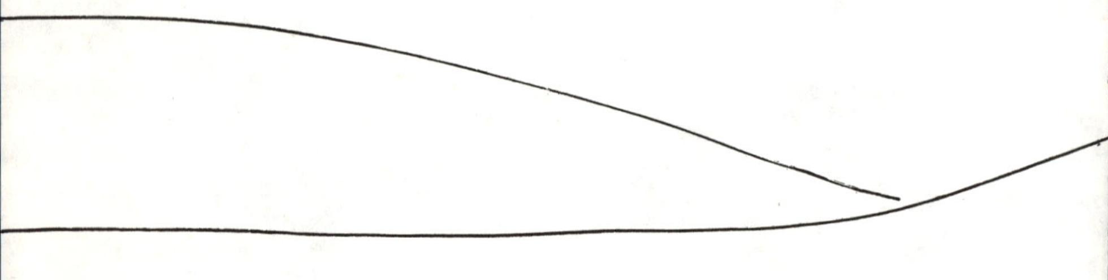

»Im Westen schwebte die Sonne über den Zackenrändern ferner Berge. Sie war groß und rot wie eine feurige Kugel, die über eine Welt rollte, von der man nicht glauben konnte, daß sie schon fertig sei. Es gab Bodenwellen und niedere Hügel, die aussahen, als ob sie morgen ebenso gut irgendwoanders sein könnten. Risse zogen durch die Erde, von denen man nicht sicher war, ob sie sich nicht über Nacht schließen würden, um tausend Meilen weiter aufzubrechen. Der magere Graswuchs erschien als der sinnlose Versuch, Leben in eine Gegend zu bringen, die kein Leben duldete. Wahrscheinlich war morgen das Gras verdorrt, und man erwachte zwischen Blöcken von Urgestein und rieselndem Sand, wenn es überhaupt ein Erwachen gab.«

»Man war schnell daheim in der Wüste, weil alle schwierigen Dinge fehlten. Es gab überhaupt nichts als harten Boden zum Darauftreten und den Himmel zum Anschauen. Am Himmel glänzten die Sterne, und weil der Mond gerade irgendwo anders schien und erst spät aufging, mußte Glück achtgeben, damit er den Weg nicht verlor. Wieder einmal hatte er keinen anderen Wegweiser als den schmalen Trampelpfad der Kamele, an den er sich halten mußte. Aber Glück war getrost. Er kannte diesen Weg aus Erzählungen anderer, als habe er ihn selbst begangen.«

*Nachdem eine Weile ausgiebig geschwiegen worden war,
begann der alte Mongole zu reden. Er sprach mit tiefer Stimme,
ohne sie zu heben oder zu senken, und er wandte sich an Christian:
»Bist du schon lange im Mongolenland?« fragte er.
Glück mußte einspringen: »Der armselige Ausländer«, sagte er,
»kennt das Grasland erst seit vier Tagen.«
»Ich bedaure ihn aufrichtig«, erwiderte der Alte.
»Wie traurig muß es sein«, sagte die Frau,
»nicht als Mongole geboren zu sein!«
»Gewiß«, bestätigte der Alte, »es ist ein Unglück;
aber welch ein Glück für ihn,
daß er den Weg zu uns gefunden hat!«*

»Dieser Mensch«, sagte er, »wandert jenseits der herkömmlichen Regeln,
das ist sein Hochmut.
Silber und Gold achtet er gering wie den Stein am Wege,
das ist seine Sicherheit.
Er spricht lieber mit Pferden und Hunden als mit Menschen,
das ist seine Traurigkeit.«

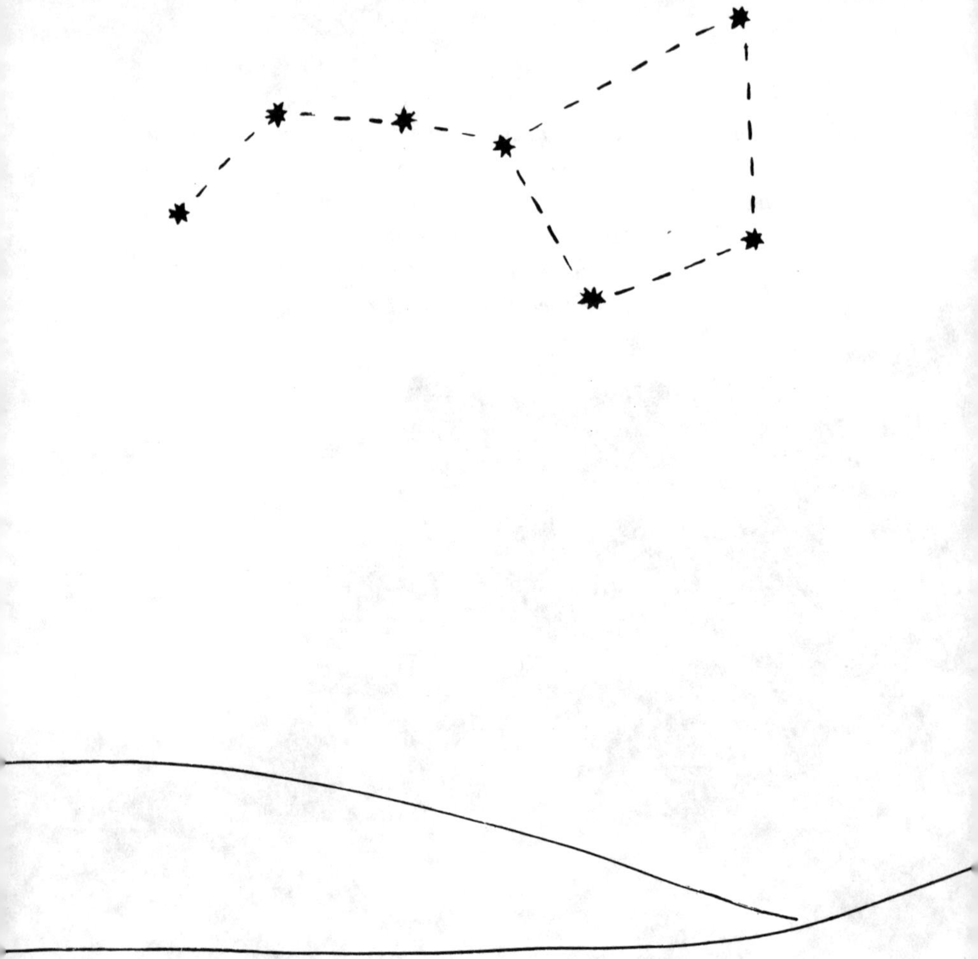

»Es muß dir etwas einfallen! Es geht nicht, daß wir beide mutlos sind.«
»Dann«, sagte Christian, »müssen wir einen Vertrag machen:
Nur einer von uns darf verzweifelt sein und ›Es gibt keine Hilfe‹ sagen.«
»Das bin ich«, sagte Großer-Tiger geschwind.
»So wäre es kein Vertrag. Ein Vertrag ist anders. Sobald einer von uns
›Es gibt keine Hilfe‹ sagt, dann muß der andere von etwas Zuversichtlichem
reden, und dann ist es ein Vertrag, der gilt.«
»Ich habe es zuerst gesagt.«
»Da bestand der Vertrag noch nicht!«
»Besteht er denn jetzt?«
»Ja«, sagte Christian, »wenn es dir recht ist, besteht er.«
»Es ist mir recht«, erklärte Großer-Tiger, »und ich sage als erster:
›Es gibt keine Hilfe.‹«
Großer-Tiger schaute, was Christian für ein Gesicht mache,
und dann mußten beide lachen.

Soviel ist also gewiß: Auf den folgenden Seiten beginnt ein Roman voller Abenteuer unter der Sonne und den Nachtgestirnen einer gewaltigen Landschaft. **Und wenn Sie jetzt zu lesen beginnen,** werden Sie am guten Ende von Glück, Spannung, dem erregenden Gefühl von nahendem Unheil und den notwendigen Traurigkeiten, **also schon auf Seite 758,** ein wenig seufzen, wie Freund Glück es getan hat: »So ist es immer und überall. Wenn es wo zufriedene Heiterkeit gibt, gleich heißt es: ›Ihr müßt gehen‹«.

Worum es geht? Von Peking aus durchquert eine Handvoll Männer Grasland und Wüste der Mongolei, erst mit LKW und dann auf Pferden und Kamelen. Ihre eigentlichen Ziele halten sie voreinander geheim: So wird aus der Fahrt ins Ungewisse eine Kundschaftergeschichte von unaufdringlicher Virtuosität, in der sich Einsamkeiten mit geglückter Geselligkeit verschränken, voll freundschaftlicher Begegnungen mit Nomaden und (edlen) Wegelagerern, deren Witz und Lebensweisheit den eigentlichen Stoff ausmacht. Eine Mission, die ihr Ziel auch verfehlen darf, weil sie ungeahnte Wege findet.

Neinnein, nicht bloß eine Männerstory. Das wird spätestens klar, wenn am Wasser des Edsin-Gol der Sprachkurs bei der jungen Mongolin Siebenstern beginnt. (Und hier wird auch noch nicht verraten, wen sie zum Abschied küsst.)

Eher ein Reisebuch der besonderen Art; denn der Autor war ausgiebig in der Mongolei, zuerst mit Sven Hedins großer Expedition. Und als er fünfzehn Jahre später seine inspirierenden Erfahrungen humorvoll in seine Erzählart verwob, räumte er ein: *»Wer an den Lagerfeuern saß, in den Jurten das unbegrenzte Gastrecht genoß, den Sandsturm erlebte und zum asiatischen Sternenhimmel aufsah, ist für Europa halb verloren.«*

Als *Fritz Mühlenweg* (1898-1961) noch nicht wußte, daß sein großes Buch preisgekrönt und in acht Sprachen übersetzt würde, schrieb er in seine Geschichte auch hinein, *»wie man reisen soll. Wer nach Zentralasien geht, muß die gewohnten Maßstäbe ablegen. Er sollte das Land betreten wie am ersten Schöpfungstag, als ob er keine Erfahrung habe, die Menschen nicht kenne und nicht einmal die Natur. Das Umlernen im Denken erfordert nicht bloß Anpassungsfähigkeit. Dazu ist die Bereitschaft des Herzens notwendig, die die beiden Helden der Geschichte mitbringen.«*

Unsere Ausgabe bringt, zum ersten Mal seit dreißig Jahren wieder, den ungekürzten Text. Achja. Von zwei unserer Hauptfiguren heißt es übrigens: *»Sie müssen erst wachsen.«* Tatsächlich sind Großer-Tiger und Kompaß-Berg in jenem zupackenden Alter, in dem Oliver Twist, Tom Sawyer und andere beherzt in die Weltliteratur eingingen.

Erstes Kapitel, in dem wir »Großer-Tiger« und »Kompaß-Berg« kennenlernen, und wie sie einen Drachenaufstieg beschließen

Ein Junge, der in Peking auf die Welt gekommen ist, muß vieles wissen. Christian war zwölf Jahre alt, und er wußte schon allerlei. Er konnte Deutsch so gut sprechen wie Chinesisch, und obendrein kannte er Tom, mit dem er englisch redete. Weil er ihn aber selten traf, fehlte ihm manchmal ein Wort. Andere Dinge, wie Trense, Steigbügel und mexikanischer Sattel, kannte Christian gut, denn er war oft auf dem Glacis, wo man reiten konnte, wenn man ein Pferd hatte.

Die Hauptsache war, man kam eine oder zwei Stunden von daheim fort, und das war weit schwieriger als alles, weil die alte Ama aufpaßte. Die alte Ama war das Kindermädchen. Sie hatte Christian aufgezogen, und darum tat sie so, als ob er noch ein Baby wäre, das man auf dem Schulweg begleiten müsse. Dabei war er ein Junge, der schon in die Lateinschule ging und sich in Peking auskannte.

»Die Ama ist nicht recht gescheit«, sagte Christian zu seinem Freund Großer-Tiger, mit dem er sich auf der Stadtmauer traf, »sie sollte lieber auf meine Schwester aufpassen; die ist noch klein.«

Hu-Ta, der Große-Tiger, nickte.

»Du mußt öfter Sie zu ihr sagen, oder: Ehrwürdiger Wagen.«

»Hilft das was?«

»Ja«, sagte Großer-Tiger, »du wirst sehen, das hilft.«

Christian setzte sich auf die Steinstufe, die von der hohen Stadtmauer zu dem noch höher gelegenen Turm führte, wo die Instrumente aus schwarzer schwerer Bronze standen. Sie gehörten zur alten Sternwarte, und ein wenig mit Grünspan überzogen waren sie auch.

Großer-Tiger setzte sich neben Christian. Er war gleich alt, nur war er etwas kleiner, und er hatte schwarze, glänzende Haare. Während der Neujahrstage hatte er einen grauen Rock getragen, der ihm bis auf die Füße gegangen war, und Christian hatte ihn kaum erkannt, so feierlich hatte Großer-Tiger ausgesehen. Zum Glück war das Neujahrsfest nach drei Wochen vorüber, und jetzt war es März. Die Sonne schien angenehm warm. Großer-Tiger trug gewöhnliche Hosen aus wattiertem Stoff und dazu einen kurzen Rock mit langen Ärmeln.

»Hast du eine Schnur?« fragte Christian.

»Ich habe eine Schnur.«

»Wie lang ist sie?«

»Vierhundert Schritte.«

»Dann können wir den Drachen steigen lassen«, sagte Christian. »Morgen ist Mittwoch, da habe ich nachmittags keine Schule.«

»Hier geht es aber nicht«, sagte Großer-Tiger, »der Wind kommt jetzt immer vom Süden. Wir müssen es am Ha-Ta-Men-Tor versuchen.«

»Dort geht es auch nicht«, sagte Christian. »Auf der Mauer beim Ha-Ta-Men-Tor führt die Ama meine Schwester im Wagen spazieren.«

»Entschuldige«, sagte Großer-Tiger, »ich dachte nicht daran. Am besten gehen wir zum Schi-Schi-Men-Bahnhof. Dort gibt es einen großen Platz.«

»Ich war noch nie dort. Ist es sehr weit?«

»Wir gehen gleich nach Mittag fort«, schlug Großer-Tiger vor.

»Am Abend sind wir dann zurück.«

»Ich will sehen, was sich machen läßt.«

»Nein, du mußt ja sagen!«

»Ja!«

»Es ist gut«, sagte Großer-Tiger und stand auf.

»Warum mußte ich ja sagen?« fragte Christian.

Großer-Tiger zögerte.

»Du mußt dein Herz weit machen«, sagte er und blickte Christian an, wie er immer tat, wenn er einen Freundschaftsdienst von ihm brauchte. Das dauerte eine gute Weile.

Jetzt wird er mich mit meinem Vornamen anreden, dachte Christian, und er freute sich im voraus, weil Chinesenjungen kein »r« aussprechen können, auch wenn sie sich Mühe geben. Großer-Tiger gab sich seit langem keine Mühe mehr. Er sagte einfach Kwi-Schan, weil es so ähnlich klang wie Christian, und weil es ein prächtiger chinesischer Name war, der soviel bedeutete wie Kompaß-Berg.

»Kwi-Schan«, sprach Großer-Tiger, »du hast morgen nachmittag keine Schule, aber ich habe Schule. Darum mußt du zu meinem Lehrer gehen und sprechen: Ehrwürdiger alter Onkel! Hu-Ta, der Große-Tiger, wohnt zwei Häuser neben mir. Er kann nicht in die Schule kommen, und darum komme ich, sein ärmlicher Freund. Großer-Tiger bedauert, daß sein Körper sich heute nicht wohl befindet. Er wird aber einen Schluck Tee trinken, und morgen wird er wieder zur Schule kommen. Hast du alles behalten?«

»Deine Rede ist lang«, sagte Christian, »aber ich habe alles behalten. Auf Wiedersehen!«

»Hier auf der Mauer, wenn es Mittag schießt.«

»Ich werde da sein«, sagte Christian.

Dann ging er auf der Stadtmauer entlang bis zum Fuchsturm, wo eine Rampe in Spitzkehren zur Straße hinunterführte. Von da mußte er den gleichen Weg wieder zurückgehen, aber nicht oben auf der Mauer, sondern unten, wo keine Sonne schien und wo es kalt war.

Als Christian daheim anlangte, sah er Großer-Tiger noch immer auf der obersten Stufe der Sternwarte sitzen.

Es ist ein Glück, daß meine Eltern bis zum Sonntag in Tientsin bleiben, dachte Christian und klopfte ans Tor, auf dem ein Messingschildchen in der Sonne glänzte:

Dr. med. H. Schneider

praktischer Arzt

Der Türhüter öffnete ihm.

»Beeile dich«, sagte er leise, »die Ama wartet seit einer Stunde auf dich!« »Ist sie böse?« »Halb böse«, sagte der Torhüter und schob den Riegel vor.

Zweites Kapitel, das von dem großartigen Aufstieg des Drachen handelt und von seinem bedenklichen Ende

Rums!

Der Mittagschuß hallte über Peking, und wer eine Uhr hatte, die falsch ging, konnte sie richten. Die meisten Leute in Peking haben keine Uhr, und sie brauchen auch keine. Sie brauchen nicht einmal den Mittagschuß, denn die Sonne geht auf und unter, und wer ein bißchen Übung hat, sieht, wo die Sonne steht, und weiß dann, wie spät es ist.

»Wo steht die Kanone, mit der man Mittag schießt?« fragte Christian, als Großer-Tiger mit seinem Drachen kam.

»Ich weiß es nicht, und es ist mir auch gleich«, sagte Großer-Tiger. »Hast du mit meinem Lehrer gesprochen?«

»Ich habe ihm alles gesagt, und er bedauert dich.«

»Das glaube ich nicht. Wahrscheinlich war er nur höflich gegen dich, weil dein Vater ein Arzt ist, der mehr kann, als nur sagen: Streck die Zunge heraus.«

»So ist es nicht, Großer-Tiger. Es ist anders. Dein Lehrer blickte mich freundlich an, und er seufzte sogar. ›Großer-Tiger‹, sagte er, ›ist ein Stück Mensch, das man bedauern muß.‹«

»Verstehst du das nicht?« rief Großer-Tiger. »Es heißt, daß er mich morgen prügeln wird.«

»Ach so«, sagte Christian, »jetzt verstehe ich.«

»Da gibt es keine Hilfe«, sagte Großer-Tiger gleichmütig. »Jetzt wollen wir zum Bahnhof gehen.«

Christian nahm die Rolle mit der dünnen Seidenschnur, und Großer-Tiger trug den gelben Papierdrachen, den ihm sein Vater zum Fest »Der Drache erhebt sein Haupt« geschenkt hatte. Sie gingen auf der Stadtmauer entlang, die um diese Tageszeit verlassen in der Sonne lag.

Von hier aus sah man über die Dächer der ganzen Stadt Peking. Die großen mehrstöckigen Gebäude und der Kaiserpalast erhoben sich über dem Grau der niederen Straßenzüge. Die Ziegel der Kaiserstadt leuchteten gelb; Wimpel und bunte Fähnchen flatterten über den Geschäftsstraßen, und in den Gärten blühten die Aprikosenbäume. Beim »Guten-Beispiel-

Turm« verließen Großer-Tiger und Christian die Stadtmauer. Jetzt mußten sie aufpassen. In dem Gewimmel der Pferdefuhrwerke, der Fußgänger und der Rikschas konnte man leicht den Weg verlieren. Zudem gab es Automobile mit Soldaten, die große Staubwolken machten. Aber Großer-Tiger kannte sich aus. Er wußte Seitengassen, die ruhig waren, und schon nach einer halben Stunde kam die Nordmauer der Kaiserstadt in Sicht.

»Es ist nicht mehr weit«, sagte Großer-Tiger.

Auf der Straße marschierten Soldaten in grauen Uniformen, die den gleichen Weg hatten. Sie lachten vergnügt, und einer sagte zu Christian:

»Kleiner fremder Teufel, willst du auch in den Krieg?«

»Ich bin kein fremder Teufel«, sagte Christian, »ich bin in Peking geboren, und ich kann so gut chinesisch wie du. Aber in den Krieg will ich nicht.«

»Ei ja, kleiner Bruder« erwiderte der Soldat, »sei nur nicht gleich böse. Wo geht ihr hin?«

»Wir gehen zum Bahnhof Schi-Schi-Men«, sagte Großer-Tiger. »Dort ist ein Platz, wo ein guter Wind weht. Dort steigen die Drachen sehr hoch.«

»Ich will sehen, wie dein Drache fliegt«, sagte der Soldat; und ein anderer rief: »Halt einmal mein Gewehr; es gibt keinen Drachen, von dem ich nicht gleich wüßte, ob er gut steigt oder nicht.«

Großer-Tiger gab ihm den Drachen und trug derweil das Gewehr. Bald hatten viele Soldaten den Drachen in der Hand gehabt, und alle behandelten ihn ehrerbietig, wie sich das gehört, und sie sagten, daß er sehr gut gebaut sei.

Am Stadttor Schi-Schi-Men gab es einen Aufenthalt. Viele Leute warteten, und die meisten kehrten um und gingen in die Stadt zurück, denn es hieß, daß nur Soldaten das Tor passieren dürften. Die Soldaten müßten in den Krieg ziehen und darum brauchten sie den Bahnhof für sich allein.

»Haltet euch an uns«, sagte der Soldat, dem Großer-Tiger das Gewehr getragen hatte, »wir bringen euch durch.«

»Ehrfurchtsvollen Dank«, erwiderte Großer-Tiger, und »Ehr-

furchtsvollen Dank«, sagte auch Christian. Aber die Wache am Tor paßte auf.
»Halt!« rief einer, dem man ansah, daß er mindestens ein Sergeant war. »Wo wollt ihr hin, ihr Galgenstricke? Marsch, zurück!«
»Diese sind keine Galgenstricke«, sprach der Soldat, »es sind meine jüngeren Brüder.«
Der Sergeant deutete auf den blonden Christian: »Ist das auch dein jüngerer Bruder?« fragte er.
»Ja«, erwiderte der Soldat, »wir sind eine große Familie.«
Damit ging er weiter, und weil der Sergeant viel zu tun hatte, um auf die erwachsenen Leute aufzupassen, schlüpften Christian und Großer-Tiger geschwind durch das Tor.
Da lag nun der Bahnhof Schi-Schi-Men. Sein Blechdach glänzte in der Sonne, aber er war noch weit weg, und der große Platz, auf dem es sonst viele Jungen und auch große Leute gab, die ihre Drachen steigen ließen, war ganz leer. Fast war es unheimlich.
»Begleitet uns bis zur Station«, sagten die Soldaten, »wir wollen dabei sein, wenn ihr den Drachen fliegen laßt. In Gesellschaft geht das besser.«
Auf dem Gleis neben dem Bahnhofsgebäude stand ein langer Zug. Die Lokomotive dampfte. Viele Soldaten waren da, und sie verluden Pferde, Wagen und einige Kanonen.
»Was macht ihr mit den Kanonen?« fragte Christian.
Die Kanoniere lachten.
»Wir lassen sie stehen, wenn der Feind kommt. So hat er was zu tun.«
»Kommt er denn?« fragte Christian.
»Er wird bald da sein«, sagten die Kanoniere, »wir fahren ihm ein Stück entgegen.«
Christian hätte gerne gewußt, wer der Feind sei und ob es schlimm wäre, wenn er nach Peking käme, allein Großer-Tiger legte just den Drachen auf den Boden und zog den langen Papierschwanz gerade.
»Kwi-Schan, leg einen Stein auf das Ende!« rief er, und Christian tat es. Dann befestigten sie gemeinsam die seidene

Schnur. Christian machte den Zeigefinger naß, streckte ihn in die Luft und sagte:
»Der Wind kommt vom Süden.«
Großer-Tiger nickte, er wußte auch ohne nassen Zeigefinger, daß es ein bißchen aus dem Süden wehte. Er setzte sich neben den Drachen, Christian nahm die Schnur, und als er hundert Meter gegen die Windrichtung gegangen war, begann er zu laufen. Da lief auch Großer-Tiger ein kurzes Stück, bevor er den Drachen losließ.
Der Drache war wirklich gut gebaut. Obgleich nur ein ganz kleiner Wind wehte, hob er sich leicht in die Luft, ja er zischte sogar. Die Soldaten standen im Halbkreis daneben, hielten die Hände vor die Augen, riefen: »Ei ja, Ei ja!« und dann sagten sie zueinander:
»Er ist ein gutes Tier.«
»Man sieht es ihm an.«
»Er zieht kräftig.«
»Der Wind ist klein, aber sein Bauch ist doch voll davon.«
»Jetzt ruht er sich aus, o weh!«
»Wir wollen dem Wind pfeifen.«
»Ja«, riefen alle, und sie pfiffen dem Wind, und die Kanoniere kamen auch und halfen pfeifen und rufen:
»Lai, lai, lai! Lai, lai, lai! Ni yao lai!« (»Komm, komm, komm! Komm, komm, komm! Du bitte komm!«)
Aber der Wind kam nicht. Dafür kam der Hauptmann, klemmte ein Bambusstöckchen unter den Arm und pfiff mit den Soldaten. Aber auch das half nicht. Der Drache schwebte in der Luft und wollte nicht mehr höher steigen.
»Wie heißt ihr?« fragte der Hauptmann.
»Dieser ist Kompaß-Berg, und ich bin Großer-Tiger.«
Der Hauptmann schmunzelte, und dabei kam ihm ein guter Einfall.
»Berg und Tiger«, sagte er, »passen gut zueinander. Seid ihr Freunde?«
»Wir sind Freunde«, sagte Christian.
»Wir haben uns lieb«, sagte Großer-Tiger.
»So kommt mit mir zum letzten Wagen. Wir fahren gleich fort,

und ihr könnt ein Stück mit uns fahren. Da bekommt der Drache Auftrieb bis zum Himmel.«
»Aber nur ein Stückchen weit«, sagte Christian.
»Wir müssen morgen in die Schule gehen«, sagte Großer-Tiger.
Sie sprachen beide gleichzeitig, aber der Hauptmann lachte und nahm die Drachenschnur selbst in die Hand. Anscheinend verstand er was vom Drachensteigen. Er lief mit tänzelnden Schritten und mit Armbewegungen, die den Drachen heranholten und wieder freiließen, zu dem offenen Güterwagen am Schluß des Zuges. Mit einem Satz war er oben.
»Kommt herauf und habt keine Bange! Euer Lehrer verdrischt euch erst morgen.«
Zu den Soldaten rief er: »Beeilt euch! Los, ihr Kerle! Auf, ihr faulen Schlingel! Steigt ein, ihr hundert Mann Schlafmützen!«
Da sprangen die Soldaten herbei und kletterten auf die Wagen; die Kanoniere setzten sich auf die Kanonen, der Hauptmann pfiff auf einer Trillerpfeife; da gab die Lokomotive Dampf und fuhr langsam aus der Station.
Sogleich straffte sich die Schnur, der Drache zog aus Leibeskräften und stieg in Luftschichten hinauf, wo es viel Wind für ihn gab. Es war ein herrlicher Anblick, wie er dem Zug in immer größerer Höhe folgte.
Der Hauptmann ließ alle Schnur aus.
»Jetzt müssen wir aussteigen«, sagte Christian.
»Bitte laßt den Zug halten, befehlender Herr«, sagte Großer-Tiger.
»Seht«, rief der Hauptmann, »ich hatte euch schon vergessen. Das Drachensteigen ist eine großartige Sache.«
Er band das letzte Ende der Schnur an ein Kanonenrad, nahm die Trillerpfeife aus der Rocktasche und pfiff, so laut er konnte, dreimal, viermal, ach, was sage ich, zehn- und zwanzigmal.
Aber der Zug hielt nicht. Er fuhr nur noch schneller, und bei dem Stampfen der Lokomotive und bei dem Rattern der Räder war es gar nicht möglich, daß der Mann auf der Maschine etwas hören konnte.
Der Drache folgte noch immer dem Zug, aber es machte ihm Mühe, und die Schnur war sehr straff gespannt. Plötzlich gab

es einen Ruck. Da war die Schnur abgerissen. Der Drache tat einen Sprung, er taumelte in der Luft, glitt ab, fing sich wieder, aber dann war doch kein Halten mehr. Weit weg stürzte er in eine Gegend von Gemüsefeldern, wo Bauern in blauen Kitteln gruben, hackten und fleißig waren, ohne auf das zu achten, was um sie herum vorging. Sie bemerkten nicht, wie der Drache sich in die Erde bohrte, wie die glatten Holzstäbe zersplitterten, wie das schöne gelbe Seidenpapier zerriß, und wie sich der lange Schwanz am Boden ringelte.

Christian kamen die Tränen, aber er beherrschte sich, als er sah, daß sein Freund lächelte.

»Da ist keine Hilfe«, sagte Großer-Tiger.

»Da ist keine Hilfe«, sagte auch der Hauptmann; aber er meinte damit den Zug, der schneller und schneller fuhr und gerade durch die Station Ching-Ho brauste.

Drittes Kapitel, in dem wir leider die große Schlacht am Nan-Ku-Paß mitmachen müssen

»Vielleicht hält er in Tschang-Ping«, sagte der Hauptmann, »dann könnt ihr den Schienen entlang nach Hause gehen. Es wird allerdings Nacht werden, bis ihr in Peking seid . . .«

»Da schließen sie die Stadttore«, sagte Großer-Tiger.

»Was wird die Ama sagen!« dachte Christian.

Aber der Stationsvorsteher von Tschang-Ping wollte keine Soldaten in seinem Bahnhof haben. Darum stellte er das Signal auf freie Durchfahrt, und als er sich vorschriftsmäßig vor dem vorübersausenden Zug verneigt hatte, telephonierte er geschwind seinem Kollegen nach Nan-Ku, daß er es ebenso machen solle.

Da fuhr der Zug auch an Nan-Ku vorbei, und es wurde Abend. Großer-Tiger und Christian sahen sich betrübt an, und Großer-Tiger sagte, so gelassen er eben konnte: »Da ist keine Hilfe.«

»Da ist keine Hilfe«, sagte auch der Hauptmann; »nehmt euch zwei Decken, damit ihr nicht friert, und legt euch schlafen.«

Doch Christian und Großer-Tiger wollten nicht schlafen. Sie

hingen sich die Decken um die Schultern, und sie schauten auf die hohen Hsingan-Berge, die sie zum erstenmal sahen. Der Zug fuhr jetzt langsam, denn es ging bergauf. Bald sah man von dem Bahndamm auf Hütten und Felder und auf die Paßstraße hinab, wo Reiter mit Pferden und Lasteseln zu Tal zogen. Auch kleine Trupps Soldaten marschierten und winkten. Sie riefen etwas, aber man konnte ihre Zurufe nicht verstehen. Der Hauptmann zog die Stirne kraus, aber er sagte nichts.

Bald wurde es dunkel. Die Sichel des zunehmenden Mondes stand über den westlichen Berggipfeln, und im Tal hörte man einen Hund bellen. Dann wurde es ganz still. Nur das Schnaufen der Maschine und das Rollen der Räder begleitete den Zug. Plötzlich pfiff die Lokomotive, und gleich darauf wurde es ganz finster. Ein großer Qualm und ein großer Donner entstand. Christian erschrak, und auch Großer-Tiger fürchtete sich.

»Keine Angst«, sagte der Hauptmann, »wir sind in einem Tunnel. Gleich kommen wir nach Tsing-Lung-Kiao, da müssen wir alle aussteigen. Wenn ihr Glück habt, könnt ihr morgen früh mit den leeren Wagen nach Peking zurückfahren.«

»Und wenn wir kein Glück haben?« fragte Christian.

»Dann habt ihr eben kein Glück«, sagte der Hauptmann, »da ist kein Ausweg.«

Kaum hatte der Hauptmann das gesagt, glänzten die Sterne wieder über den Bergen, und der Zug fuhr in die Station ein. Nur ein Denkmal und ein niederes Häuschen standen neben dem Gleis. Das Häuschen war der Bahnhof, und das Denkmal war für den chinesischen Ingenieur errichtet, der die Bahn gebaut hatte. Hier mußte jeder Zug halten, weil man die Lokomotive umdrehen mußte, und dann war der letzte Wagen der erste, sobald die Reise weiterging. Aber sie konnte nicht weitergehen, auch wenn der Hauptmann gewollt hätte, denn... Aber das werden wir gleich erfahren.

»Ihr könnt auf dem Wagen bleiben und ein bißchen schlafen«, sagte der Hauptmann, »wir fahren erst morgen früh weiter, oder wir laden aus, je nachdem.«

»Was heißt je nachdem, befehlender Herr?« fragte Großer-Tiger.
»Hast du Mut?« fragte der Hauptmann dagegen.
»Je nachdem, befehlender Herr«, sagte Großer-Tiger.
Da lachte der Hauptmann und sagte, Großer-Tiger sei ein großer Schlingel. Er deutete auf das dunkle Tor des Tunnels, das sie eben durchfahren hatten, und auf ein anderes in ziemlicher Entfernung.
»Dorthinein müssen wir, wenn wir zur Paßhöhe wollen«, sagte er, »aber ich weiß nicht, ob der Feind nicht schon am anderen Ende steht.«
»Wer ist denn euer Feind?« fragte Christian.
»Unser Feind ist der ...« Doch da konnte der Hauptmann nicht mehr weiterreden, denn plötzlich fuhren Blitze aus der Tunneleinfahrt, und es krachte.
»Da ist er schon!« rief der Hauptmann. »Springt schnell fort! Wir haben die Schlacht verloren!«
Damit hüpfte er leicht wie eine Feder vom Wagen; die Kanoniere sprangen hinterdrein und ließen ihre Kanonen stehen, so wie sie es gesagt hatten.
Im Nu waren alle verschwunden.
Christian wäre auch gern fortgelaufen, aber er wußte nicht, wohin.
»Bleib hier!« rief Großer-Tiger, »wir müssen uns flach auf den Boden legen; da ist keine Hilfe.«
Ach, dachte Christian, was wird die alte Ama sagen! Aber er legte sich gehorsam neben Großer-Tiger auf den Boden des Güterwagens, und ihre beiden Herzen pochten sehr laut. Sie wagten nicht aufzuschauen, und wenn sie es getan hätten, so hätten sie nur das dunkle Rohr der Kanone gesehen und darüber die schimmernden Sterne.
Das dauerte eine gute Stunde, und es war schrecklich, wie still es ringsum war. Die warmgelaufenen Achsen der Wagen knackten, als es kälter wurde; das war alles, und man konnte sich regelrecht fürchten. Obendrein froren unsere beiden Helden jämmerlich, aber aufzuschauen wagten sie nicht.

Viertes Kapitel, oder wie es einem ergeht, der nicht zur siegenden Partei gehört

Schon eine gute Weile blickten zwei Soldaten der dritten Division, die man die unbesiegbare nannte, auf die beiden Überlebenden der großen Schlacht. Die zwei Soldaten waren brave und tapfere Soldaten.

Sie waren zur gleichen Zeit durch den Tunnel patroulliert, als der Zug in die Station Tsing-Lung-Kiao eingefahren war. Tsing-Lung-Kiao heißt Prachts-Drachen-Brücke, aber das ist für unsere Geschichte weiter nicht wichtig.

Just als der Hauptmann sagte: »Unser Feind ist der ... « hoben die beiden Soldaten der dritten Division die Gewehre, einer zählte leise bis drei, und dann schossen sie, und gleich darauf schossen sie noch einmal und noch einmal, damit der Hauptmann wußte, wer der Feind sei.

Hernach schauten sie zu, wie der Hauptmann vom Wagen hüpfte, und wie die Kanoniere hinterdreinsprangen.

Als alle fortgelaufen waren, merkten die beiden Soldaten von der dritten Division, daß sie mit sechs blinden Schüssen einen ganzen Eisenbahnzug mit Pferden, Wagen und Kanonen erobert hatten. Sie hatten aber keinen einzigen Mann des Gegners fangen können, denn es war keiner dageblieben. Erst als sie zum letzten Wagen kamen, hatten sie Glück.

»Die sind aber noch klein«, sagte der erste Soldat leise.

»Sie müssen erst wachsen«, sagte der zweite Soldat.

»Sind sie am Ende tot?«

»Nein, sie sind nicht aus der Welt gegangen. Sie zittern.«

»Weil wir so frieren«, rief Großer-Tiger und hob den Kopf.

»Steht auf!« sagte der erste Soldat.

»Wißt ihr, was ihr seid?« fragte der zweite Soldat.

»Dieser ist Kompaß-Berg, und ich bin Großer-Tiger.«

»Nichts davon«, sagte der erste Soldat.

»Ihr seid Kriegsgefangene«, sagte der zweite.

Christian ließ den Kopf hängen und Großer-Tiger auch. Es war traurig, auf einmal ein Kriegsgefangener zu sein. »Versteht ihr was von einer Lokomotive?« fragte der erste Soldat.

»Nein«, sagten Großer-Tiger und Christian, »davon verstehen wir nichts.«
»Dumm sind sie auch noch«, sagte der zweite Soldat. »Kommt jetzt mit!«
»Dürfen wir die Decken mitnehmen, befehlende Herren?« fragte Großer-Tiger.
»Nehmt sie mit, aber sputet euch! Wir haben nur ein paar Minuten.«
Großer-Tiger sprang vom Wagen. »Da bin ich«, sagte er.
»Ich bin auch da«, sagte Christian.
Die zwei Soldaten nahmen ihre Gewehre unter den Arm und führten Großer-Tiger und Christian bis zur Mitte des Zuges. Da stand ein Wagen mit einem kleinen Häuschen darauf. Auch eine eiserne Leiter war da, und als sie alle hinaufgestiegen waren, sagte der erste Soldat: »Seht, hier ist ein Rad mit einem Griff daran.«
»Wir sehen es«, sagte Christian.
»An dem Rad müßt ihr mit aller Kraft drehen, sobald die Lokomotive pfeift. Es ist eine Bremse, und erst wenn es gar nicht mehr geht, dürft ihr aufhören.«
»Wir werden ohne Aufhören daran drehen«, sagte Großer-Tiger.
»Gleich fahren wir zur Paßhöhe hinauf«, erklärte der zweite Soldat. »Wir haben euch erobert, euch zwei Schlingel, und alle Pferde und alle Kanonen. Darum müßt ihr tun, was wir wollen. Vielleicht geht es, vielleicht geht es auch nicht. Es ist gefährlich, aber dafür ist Krieg.«
»Da ist keine Hilfe«, sagte Großer-Tiger.
Die beiden Soldaten lachten. Dann gingen sie fort und machten sich auf dem Bahnhof zu schaffen. Weil sie die Lokomotive nicht ohne Hilfe drehen konnten, stellten sie nur die Weiche um, und als sie das getan hatten, stiegen sie auf die Maschine. Die zwei Soldaten gehörten zu einem Eisenbahntrupp, und sie verstanden ihr Handwerk. Schon nach einer Viertelstunde sprühte ein gewaltiger Funkenregen aus dem Schornstein.
»Es geht los!« riefen die Soldaten, »haltet euch fest, ihr da vorne!«

»Wir halten uns fest!« schrien Christian und Großer-Tiger. Trotzdem fielen beide gegen die Rückwand des Bremserhäuschens, als die Lokomotive anfuhr. Die Puffer der Wagen prallten heftig aufeinander; danach begannen die Räder gehorsam zu rollen. Man fuhr langsam an dem Häuschen vorbei, das ein Bahnhof war, und dann an dem Denkmal, das weiter nichts war, und zuletzt an einer Tafel auf der der Stationsname »Prachts-Drachen-Brücke« geschrieben stand. Weil es aber Nacht war, konnte man die Schrift nicht lesen.
Gleich darauf ging es in den Tunnel, aus dem die beiden Soldaten so schrecklich geschossen hatten. Wieder entstand Donner und Qualm, aber der Qualm kam dieses Mal hinterdrein, denn die Lokomotive schob den ganzen langen Zug vor sich her.
Im Tunnel war es finster wie in einem Sack. Man fuhr in eine schwarze Ungewißheit, und nur wenn die Lokomotive vor Anstrengung schnaufte, jagte sie aus dem Schornstein Funken und Flammen, die blitzartig die feuchten Steinwände erhellten. Dann sah man auch, daß es stark bergauf ging.
Christian und Großer-Tiger wünschten sehr, der Tunnel möchte ein Ende nehmen. Allein der Tunnel war lang, und es blieb finster. Die Wagen rollten immer langsamer, und auf einmal ertönte ein greller Pfiff. Es war wie ein Angstschrei.
Sofort drehten Christian und Großer-Tiger an dem Rad. Zuerst ging es leicht; aber nicht lange, so ging es schwer, und sie hatten Mühe.
Am Ende des Zuges hörte man die Maschine schnaufen, ihre Räder rollten wild, und an der Decke des Tunnels jagte ohne Unterlaß der Feuerschein. Für Sekunden stand der Zug still.
Mit einemmal begannen die Wagen rückwärts zu laufen; ganz langsam und unheimlich ging es bergab.
Großer-Tiger begriff als erster, daß ein Unglück drohte. Er stemmte sich mit der Schulter gegen den Radgriff der Bremse.
»Dieses Halterad gut festhalten!« sagte er keuchend, »unser Leben ist nicht mehr viel wert.«
Da hing sich Christian mit beiden Händen an eine der Radspeichen, und so verharrten beide; und sie strengten sich an,

so gut sie es vermochten. Doch die Wagen glitten weiter bergab. Endlich kam einer der Soldaten gelaufen. Er schwenkte eine Laterne und rief: »Nicht loslassen, ihr alten Krieger! Festhalten, ihr geschätzten Heldensöhne! Im Vergleich zu diesem gibt es nichts Schlimmes auf der Welt!«
Er rannte von Wagen zu Wagen, nahm die Bremsklötze, die neben den Rädern hingen, ab und schob sie rasch darunter.
Die Räder kreischten, das Rückwärtsgleiten wurde langsamer, und schließlich stand der Zug.
Von dem letzten Wagen her kam der Soldat gegangen. Er war schon wieder vergnügt, und seine Laterne strahlte.
»Ihr könnt loslassen!« sagte er. »Ihr seid wie rechte Männer!«
Von der Maschine kam der zweite Soldat. Er hatte keine Laterne, dafür brachte er einen Brotbeutel mit, in dem süße Mohnkuchen waren. Mit rotem Zuckerguß waren die Zeichen für Reichtum, Glück und langes Leben darauf gemalt. Zuerst verteilte er die Kuchen, auf denen »Langes Leben« stand; »denn«, sagte er, »wir waren in arger Bedrängnis.«
Christian und Großer-Tiger hatten schrecklichen Hunger.
»Wir danken«, sagten sie; »entschuldigt, wenn wir uns nicht zurückhalten.«
»Ihr sollt essen«, sagten die Soldaten.
»Wir hören und gehorchen.«
Sie setzten sich auf die Eisenleiter des Bremserhäuschens, die Soldaten setzten sich auf die Puffer, und die Laterne stellten sie auf das Trittbrett des nächsten Wagens.
Als alle Kuchen verzehrt waren, sprach der erste Soldat: »Ihr seid Kriegsgefangene, doch wir vertrauen euch.«
»Wir haben euer Brot gegessen«, sagte Großer-Tiger, »und wir sind keine Strolche.«
»Gut so!« sagte der Soldat. »Wir beide müssen hier bleiben und den Zug bewachen, der sich nicht mehr bewegen will. Ihr zwei müßt ein Herz haben und durch den dunkeln Tunnel gehen bis dahin, wo er aufhört. Dort müßt ihr stehenbleiben und rufen: ›Sanfter Wind!‹ Sobald man euch antwortet: ›Bringt Gelingen!‹ könnt ihr weitergehen. Nur nicht vorher, sonst wird mit Kugeln geschossen!«

»Wir hören«, sagte Großer-Tiger.
»Und wir gehorchen«, sagte Christian.
»Die Tunnelwache wird euch fragen: ›Woher kommt ihr?‹ Antwortet: ›Guter-Gefährte und Gelber-Pfeil schicken uns.‹ Dann werden sie fragen: ›Wo wollt ihr hin?‹ und ihr sollt sagen: ›Zum großen General Wu, dem müssen wir eine Botschaft sagen.‹ Laßt euch nicht weiter ausfragen, seid standhaft und schwatzt nicht. Guter-Gefährte und ich wollen das so. Nur dem General sollt ihr berichten, was ihr wißt und was ihr gesehen habt. Bittet ihn, daß er uns eine zweite Maschine schickt, damit wir nicht hundert Jahre und darüber im Tunnel steckenbleiben. Habt ihr alles verstanden?«
»Wir haben verstanden«, sagte Christian.
»Lebt wohl, alte und ältere Brüder«, sagte Großer-Tiger, »wir gehen jetzt.«
Sie verneigten sich dreimal vor den Soldaten.
»Ihr seid artige Menschen«, sagte Guter-Gefährte. »So was merkt man gleich«, sagte Gelber-Pfeil, »lebt wohl. Wir wünschen zahlreiche Glücksterne.«

Fünftes Kapitel, in dem wir die ehrenwerte Bekanntschaft des Generals Wu-Pei-Fu machen

Solange die Laterne noch ein bißchen Licht machte, ging alles gut. Doch schon beim letzten Wagen stieß Großer-Tiger gegen ein vorstehendes Brett. Es tat sehr weh.
»Wir werden oft auf die Steine fallen oder auf die eisernen Schienen«, sagte er und befühlte die schmerzende Stelle; »Ich weiß etwas«, sagte Christian, »gerade fällt es mir ein.«
Er kletterte auf den Wagen und kroch lange im Dunkeln darauf herum, bis er das Bambusstöckchen fand, das der Hauptmann vergessen hatte mitzunehmen, weil er in so großer Eile gewesen war.
»Jetzt schwindet alle Angst«, erklärte Christian. »Gib mir deine Hand.«
Großer-Tiger wunderte sich, aber dann merkte er, wie Christi-

an mit dem Stock in der andern Hand an der Schiene entlangtastete. So hatte er einen sicheren Wegweiser in der Finsternis. Da wurde Großer-Tiger wieder fröhlich.
»Wir gehen zum General Wu-Pei-Fu«, sagte er, »hast du von ihm gehört?«
»Ich kenne ihn nicht«, sagte Christian.
»Wenige kennen ihn«, sagte Großer-Tiger, »aber alle lieben ihn. Er wird den General Tschang-Tzo-Lin schlagen, er wird den Bürgerkrieg beenden, und er wird schönen Frieden bringen.«
Sie gingen ein langes Stück, und als sie sich endlich umblickten, konnten sie nicht einmal mehr den Schimmer der Laterne sehen. Da gingen sie noch ein Stück, und noch eines, aber die Finsternis blieb. Der Tunnel war sehr lang, und es war stockdunkel darin. Großer-Tiger sah Christian nicht, und Christian konnte von Großer-Tiger nichts sehen. Sie hielten sich bei der Hand, und manchmal stolperten sie einträchtig über den Schotter des Bahndamms, den sie auch nicht sahen. Dann hallte das Geräusch hundertfach verstärkt von den Wänden wider. Aber verzagen durften sie nicht. Sie hatten versprochen, ein Herz zu haben.
Ganz gewiß waren sie schon eine Stunde unterwegs, als sie vor sich eine halbrunde Öffnung erblickten. Man sah einige Sterne und darunter eine Nachtlandschaft mit dem blinkenden Schienenstrang in der Mitte. Christian blieb stehen.
»Weißt du noch das Wort?« fragte er leise. »Heißt es frischer oder genügsamer Wind?«
»Es heißt nicht so«, sagte Großer-Tiger. »Es heißt sanfter Wind. Wir haben das in der Schule gelernt. Der Wind und das Holz sind sanft. Also heißt es sanfter Wind.«
»Bist du ganz sicher?«
»Ich weiß es gewiß, Kwi-Schan.«
Von nun an achteten sie darauf, kein Geräusch mehr zu machen: und weil sie beide Stoffschuhe mit Filzsohlen trugen, gelang es ihnen auch ganz gut. Trotzdem blieben sie hundert Meter vor dem Tunnelausgang stehen.
»Ruf du«, sagte Christian, »sonst kommt was Verkehrtes heraus.«

Großer-Tiger hob die Hände an den Mund; aber bevor er nur ein Wörtchen hätte sagen können, rief eine scharfe Stimme: »Wer da?«

»Wir sind's«, sagte Großer-Tiger verwirrt.

»Sanfter Wind!« rief Christian schnell hinterdrein.

»Bringt Gelingen!« antwortete die Stimme. Es war aber auch höchste Zeit!

»Dürfen wir jetzt weitergehen?« fragte Großer-Tiger.

»Kommt her«, rief die Stimme, »ihr scheint merkwürdige Vögel zu sein!«

»Wir sind Kriegsgefangene«, sagte Christian.

»Aber wir gehen ohne Bewachung, weil man uns vertraut«, sagte Großer-Tiger.

Sie nahmen sich wieder an der Hand und gingen mit Herzklopfen dem Ausgang des Tunnels zu. Dort standen vier Soldaten, die Pelzmäntel anhatten. Auf dem Kopf trugen sie Mützen mit Fellohren, die nur das Gesicht frei ließen. »Wo kommt ihr her?« fragte einer. »Guter-Gefährte und Gelber-Pfeil schicken uns.«

»So so! Wo wollt ihr denn hin?«

»Bringt uns zum großen General Wu. Wir müssen ihm eine Botschaft sagen.«

»Ihr?« riefen die Soldaten, und plötzlich begannen sie zu lachen. Sie konnten nicht aufhören damit, und wenn einer zu Ende war, fing der andere wieder an.

»Euer werter Name?« rief einer, aber er konnte vor Lachen kaum reden.

»Dieser ist Kompaß-Berg, und ich bin Großer-Tiger.«

Die vier Soldaten klatschten vor Vergnügen in die Hände.

»Ihr meint wohl«, rief ein anderer, »daß dieser Kohlen-Berg heißt und er selbst Schwarzer-Tiger?«

»O ihr befehlenden jungen Fürsten«, rief ein dritter, »wo ist euer wertes Heimatland?«

»Seid ihr jenseits der Weltmeere geboren, wo die Sonne die Menschen schwarz macht?« fragte der vierte.

Jetzt merkten Christian und Großer-Tiger, daß mit ihnen etwas nicht stimmte. Sie schauten sich an; und trotzdem es dunkel

war, sahen sie, daß sie schwarze Gesichter und schwarze Hände hatten und daß ihre Kleider voll Ruß waren.
»Wir sind aber keine Neger«, sagte Christian.
»Es geht weg, wenn wir uns waschen«, versicherte Großer-Tiger. »Gibt es irgendwo Wasser?« Er blickte sich um und bemerkte ein Bahnwärterhaus in einiger Entfernung. Zugleich erschrak er, denn plötzlich tauchte aus dem Dunkel eine Gestalt in einem weiten Mantel auf. Sie stand auf einmal zwischen ihnen und den Soldaten, und keiner hatte den Fremden vorher bemerkt. Er trug einen grauen Soldatenmantel mit schmalen Achselstücken, auf denen drei Sterne waren.
»Warum lacht ihr so laut?« fragte der Mann, »ihr seid doch auf Feldwache.«
Die Soldaten griffen erschrocken nach ihren Gewehren und standen still.
»Wir bitten um Eurer Exzellenz Vergebung«, sagten sie.
»Ihr seid unklug«, sprach der Mann, »ihr lärmt und solltet ruhig sein. Ihr seid schlechte Soldaten!«
»Wir bekennen es«, sagten die Soldaten zerknirscht.
Jetzt wandte sich der Fremde an Großer-Tiger und Christian.
»Ich habe gehört, was ihr wollt. Sagt mir eure Botschaft. Ich bin der General Wu-Pei-Fu.«
Großer-Tiger und Christian verneigten sich dreimal sehr höflich und sehr tief, aber eine Begrüßung mit Worten wagten sie nicht. Sie blickten stumm vor sich nieder, weil sie daran dachten, daß sie schwarz wie Mohren waren. Außerdem hatten sie noch immer die Decken um die Schultern geschlagen, und das hinderte sie auch am Reden. Sie kamen sich komisch vor wie Heinzelmännchen.
»Ihr sollt sprechen«, sagte der General.
»Wir haben uns noch nicht gewaschen«, sagte Großer-Tiger.
Der General Wu-Pei-Fu wurde heiter. »Im Kriege«, sagte er, »kommt es nicht immer darauf an, ob man sauber ist. Sagt jetzt, was ihr zu sagen habt!«
»Ich heiße Kompaß-Berg«, sagte Christian, »und dieser ist Großer-Tiger, und wir sind Kriegsgefangene.«
»Wie alt seid ihr denn?« fragte der General. Wenn es nicht so

dunkel gewesen wäre, hätte man gesehen, daß er lächelte, denn seine Schnurrbartenden hoben sich ein bißchen.
»Wir sind jeder dreizehn Jahre alt«, sagte Großer-Tiger. »Christian ist zwar nur zwölf, aber das kommt daher, weil seine Eltern das Geburtsjahr nicht mitrechnen wie meine. Gestern abend ließen wir einen Drachen steigen, doch die Schnur riß ab, weil der Zug so schnell fuhr, und da waren wir auf einmal in Tsing-Lung-Chao, wo das Denkmal steht.«
»Und dann hat es geschossen«, fuhr Christian fort, »und unsere Soldaten sprangen davon.«
»Hatten sie denn soviel Angst?« fragte der General.
»Sie sagten, die Schlacht sei verloren, da sei keine Hilfe.«
Wieder lachte der General Wu-Pei-Fu ein bißchen, und dann sagte er, die Soldaten des Generals Tschang-Tzo-Lin hätten wohl keine Lust mehr zu kämpfen.
»Sie haben den Zug stehenlassen mit vielen Pferden, Wagen und Kanonen«, sagte Christian, »und das alles haben Guter-Gefährte und Gelber-Pfeil erobert, und uns dazu. Jetzt aber stecken sie im Tunnel, denn die Lokomotive tut nicht mehr, und darum schicken sie uns, – wir sollten sagen, – Sie bitten, – Sie möchten – oder der General Wu möchte . . . «
»›Eure Exzellenz möchte‹, müßt ihr sagen«, rief einer der Soldaten leise.
»Nein«, sprach der General, »das müßt ihr nicht. Ich werde von Hwai-Lai-Hsien eine zweite Maschine kommen lassen und sie in den Tunnel zur Hilfe schicken. So war es doch?«
»So war es«, sagte Großer-Tiger.
»So ist es«, sagte Christian.
»Da wollen wir uns eilen! Kommt mit mir!«
Die Soldaten standen noch immer beschämt neben ihren Gewehren, aber der General Wu schaute sie gar nicht an. Er grüßte sie auch nicht. Er ging mit großen Schritten fort, immer am Bahndamm entlang, und Großer-Tiger und Christian liefen hinter ihm drein. Beim Bahnwärterhaus stand ein Automobil. In dem war der General gekommen, und wenn die Soldaten nicht so laut gelacht hätten, würden sie das Geräusch des Motors gehört haben. So aber . . . Doch das wissen wir ja alles.

Neben dem Auto stand auch ein Soldat. Als er den General kommen sah, legte er die Hand an die Mütze und öffnete den Wagenschlag.
»Ich fahre selbst«, sagte der General.
»Eurer Exzellenz Befehl!«
Der Soldat lief um das Auto herum und wollte von der andern Seite einsteigen.
»Halt!« rief Wu-Pei-Fu, »die beiden Jungen kommen mit!«
»Eurer Exzellenz Befehl!«
Mit einem Bein war der Soldat schon im Wagen gewesen. Darum war er nicht gerade erfreut, als er es wieder heraus nehmen mußte. So blickte er die zwei rußbeschmierten Gestalten böse an, aber etwas zu sagen, wagte er nicht. Er öffnete die rückwärtige Wagentür, deckte eine Zeltplane über die Sitze, knurrte etwas dazu, und dann hieß er Christian und Großer-Tiger einsteigen.
Trotz der schlechten Straße fuhr der General rasch und ohne Licht. Erst als es einen halsbrecherischen Weg in scharfen Kurven bergab ging, schaltete er die Scheinwerfer ein und mäßigte das Tempo. Ein riesenhohes Bauwerk, das einer Felswand glich, überquerte das Tal.
Wu-Pei-Fu wandte sich um.
»Das ist die Große Mauer«, sagte er.
Dann bremste er und hielt vor einer tunnelartigen Toreinfahrt. Soldaten mit aufgepflanztem Seitengewehr und mit breiten Schwertern sprangen von beiden Seiten aus einem Graben, wo sie versteckt gelegen hatten.
»Sanfter Wind«, sagte der General und stieg aus dem Wagen.
»Bringt Gelingen«, antworteten die Soldaten.
Ein Leutnant trat vor und grüßte: »Guten Morgen, Herr General!«
»Guten Morgen«, erwiderte Wu-Pei-Fu, »wie steht es?«
»Der Feind, der da war, ist abgezogen. Die Festung ist frei.«
»Gut«, sagte Wu-Pei-Fu, »wir fahren weiter.«
Christian und Großer-Tiger, die im Wagen geblieben waren, rückten beiseite, als sie merkten, daß der General sich zu ihnen setzen wollte.

»Glück«, rief er, »fahre, so schnell du fahren kannst, nach Hwai-Lai-Hsien!«
»Eurer Exzellenz Befehl!« sagte der Soldat Glück.
Er setzte sich ans Steuer und fuhr los. Ein kurzes Stück führte die von tiefen Furchen zerrissene Straße bergan. Dann war man auf einer Hochebene, und nun konnte Glück loslegen. Vierzig, fünfzig und bisweilen sechzig Kilometer zeigte der Zähler; aber schneller ging es nicht, denn auch hier war die Fahrbahn voller Unebenheiten und Löcher.
Wu-Pei-Fu zeigte nach rückwärts.
Der Morgen dämmerte zaghaft, und jetzt konnte man die herrliche Große Mauer mit ihren Türmen und Festungswerken sehen. Sie lief über Berg und Tal, und sie nahm kein Ende, und man hätte sie noch besser gesehen, wenn das Auto nicht soviel Staub gemacht hätte.
»Kinder«, sagte der General Wu-Pei-Fu, »man kann leicht wissen, daß das die Große Mauer ist. Aber man kann schwer begreifen, daß sie von Menschen gebaut werden konnte. Es gibt einen Stern, der heißt Mars. Vielleicht gibt es dort Menschen, und wenn es welche dort gibt, können sie mit starken Fernrohren die Große Mauer sehen. Es ist aber das einzige Bauwerk von Menschenhand, das man vom Mars aus wahrnehmen kann.«
Christian und Großer-Tiger staunten, und Wu-Pei-Fu lächelte. Aber da kamen schon die Häuser von Hwai-Lai-Hsien in Sicht, und der Fahrer Glück tutete: Ta-tü-ta-ta! Ta-tü-ta-ta!
Davon wachten die Einwohner auf.

Sechstes Kapitel,
in dem es Christian und Großer-Tiger gut geht

Zum erstenmal, seit wir die Erlebnisse von Christian und Großer-Tiger verfolgen, geraten wir in Schwierigkeiten. Wir wissen nämlich nicht, was ein Kang ist. Da aber unsere zwei Helden darauf liegen und allem Anschein nach fest schlafen, scheint der Kang eine Bettstatt zu sein.

So ist es auch, und es ist großartig, daß wir das so schnell herausgefunden haben. Der Kang ist eine Art Kiste aus Lehmziegeln, so hoch wie ein normaler Tisch bei uns, nur ist er viel größer, und meistens nimmt er zwei Drittel des Zimmers ein, sofern wir es mit einem Schlafzimmer zu tun haben. Auf so einem Kang haben viele Leute Platz. Innen ist er hohl, damit man ihn im Winter heizen kann. Er wird dann schön warm wie ein Kachelofen, man legt sich oben drauf, deckt sich zu und schläft. So ein Ding ist das.

Als Großer-Tiger und Christian aufwachten, schien die Sonne hell ins Zimmer. Es war ein schönes Zimmer, und die Wände waren mit weißem Papier beklebt. Auf dem Kang lag eine Strohmatte, auf der Strohmatte lagen Decken, und auf den Decken lagen Großer-Tiger und Christian, ein Sattel und eine Ledermappe.

»Hier schläft der General«, sagte Großer-Tiger.

»Schlafen Generäle mit dem Kopf auf einem Sattel?« fragte Christian.

»Soldaten machen das so«, erklärte Großer-Tiger.

Er stand auf, rutschte vom Kang herunter auf den Fußboden und schlich zum Fenster, das auf den Hof ging. Das Fenster war aber nicht aus Glas. Es war durch ein hölzernes Gitter in viele Quadrate geteilt, die mit dünnem Reispapier verklebt waren. So kam wohl Licht ins Zimmer, aber hinausschauen konnte man deswegen noch nicht. Man mußte schon den kleinen Finger nehmen und ein Loch durch das Papier stoßen. Großer-Tiger tat es ohne weiteres, denn er wollte wissen, was im Hof vor sich ging.

Zunächst sah er unter dem Vordach den Kübel, in dem sie gleich nach der Ankunft in warmem Wasser gebadet hatten. Im Hof waren Pferde, die gestriegelt wurden, und Soldaten, die Wassereimer trugen und Automobile wuschen. Das eine war der Personenwagen des Generals. Ein anderes war ein großer Lastwagen mit einem hohen Fahrgestell. Auf den Dächern ringsum saßen viele Tauben und gurrten.

»Kwi-Schan«, rief Großer-Tiger, »guck mal, Glück muß den Lastwagen waschen!«

»Geschieht ihm recht«, sagte Christian, und er bohrte auch ein Loch in das Papierfenster.
»Kannst du alles sehen?«
»Ich sehe alles. Schau, da kommt Guter-Gefährte!«
»Gelber Pfeil kommt hinterdrein. Siehst du ihn nicht?«
»Schrei nicht so laut, sonst erschreckst du ihn, und er läßt die Pakete fallen. Er schleppt ja wie ein Lastträger am Neujahrstag!«
»Die kommen hierher«, flüsterte Großer-Tiger, »wir wollen so tun, als ob wir schliefen. Wenn sie dann sagen: ›Diese armen Kinder sind ganz erschöpft‹, schreien wir laut.«
»Ja«, sagte Christian und kletterte flink auf den Kang, »aber was wollen wir schreien?«
»Was uns einfällt«, sagte Großer-Tiger. »Am besten ist es, wir schreien ›Wu!‹«
»›Wu‹ wie ein Hund oder ›Wu‹ wie ein Mensch?«
»Wie ein Hund ist schöner«, sagte Großer-Tiger. Er warf schnell eine Decke über Christian und eine über sich; dann machten beide die Augen zu.
Bald darauf hörten sie Schritte, die vor dem Zimmer haltmachten. Der Vorhang, der an Stelle einer Tür den Eingang verdeckte, wurde gehoben. »Sie schlafen«, sagte Gelber-Pfeil leise. »Wir wollen die Geschenke auf den Kang neben sie legen. Sobald sie aufwachen, freuen sie sich.«
»Ja, so wollen wir tun«, sagte Guter-Gefährte, und er schlich auf Zehenspitzen ins Zimmer.
»Sie können die Körper noch nicht bewegen«, bemerkte Gelber-Pfeil, »sie sind müde und blaß.«
»Diese armen Kinder sind ganz erschöpft«, sagte Guter-Gefährte.
»Wu! Wu!« schrien Christian und Großer-Tiger, und sie sprangen auf.
»Ich erschrecke sehr«, rief Gelber-Pfeil, und gleich ließ er zwei Pakete fallen, die in rotes Glückswunschpapier eingewickelt waren.
»Seid ihr Menschen, oder seid ihr Hunde?« fragte Guter Gefährte.

»Wu!« rief Christian, »wir sind Hunde.«
»Entschuldigt! Da haben wir uns im Zimmer geirrt.«
»Nein, wir sind Menschen«, sagte Großer-Tiger.
Die beiden Soldaten lachten, und dann baten sie Christian und Großer-Tiger, sie sollten sich auf den Kang setzen.
»Wie dürften wir in eurer Gegenwart sitzen!« sagte Großer-Tiger.
»Es kommt uns nicht zu, zu sitzen, solange ihr steht«, sagte Christian.
»Doch«, sprach Guter-Gefährte, »wir wollen es so haben, und wir bitten darum.«
Da setzten sich Großer-Tiger und Christian auf die Decken, und die zwei Soldaten stellten sich vor ihnen auf und verneigten sich feierlich. Die Pakete hatten sie vorher neben sich auf den Boden gelegt.
»Ihr seid unsere befehlenden jüngeren Brüder«, sprach Guter-Gefährte, »und wir verneigen uns vor euch in Dankbarkeit. Ihr habt das Rad gedreht, als es Zeit zu drehen war, und ihr habt es festgehalten, als unsere Lebensgeister wankten. Ihr seid für uns durch den finsteren Tunnel gegangen, und darum verdient ihr großes Lob vor anderen. Wir bitten euch, die schlechten Geschenke, die wir bringen, nicht zu verachten. Hier sind Nudeln und Eier, mit dem Wunsch für langes Leben. Sie sind unschmackhaft, und die Kuchen, die wir haben, sind nicht gut zu essen. Nehmt bitte trotzdem vorlieb damit.«
Als Guter-Gefährte so gesprochen hatte, sprangen Christian und Großer-Tiger schleunigst vom Kang und verneigten sich vor den Soldaten.
Sie nahmen die Pakete und die Tüten in Empfang, und dabei sagte Großer-Tiger: »Wir sind nicht würdig, von euch so dicke Geschenke zu erhalten.«
»Wir verdienen eure Aufmerksamkeit nicht«, sagte Christian.
Dann setzten sich alle miteinander auf den Kang, lachten und schwatzten, und die Soldaten erzählten, daß in den Morgenstunden eine zweite Lokomotive in den Tunnel gefahren kam und sie geholt hatte. Der General war selbst an der Station gewesen, als der Zug einlief, und er hatte sie beide zum Unter-

offizier befördert. »Wir wünschen zehntausendfaches Glück«, sagten Christian und Großer-Tiger.
Darauf öffneten sie die Tüten, die die Unteroffiziere Guter-Gefährte und Gelber-Pfeil mitgebracht hatten. Alle aßen von den Salzmandeln und Erdnüssen und von den gelben und roten Bonbons, die darin waren.
»Wir müssen jetzt gehen«, sagte Gelber-Pfeil.
»Morgen oder übermorgen müssen wir Peking erobern«, sagte Guter-Gefährte.
»Dürfen wir dabei sein?« fragte Christian.
»Ich glaube nicht«, erwiderte Gelber-Pfeil zögernd. »Der General hat gesagt, es würde viel geschossen werden. Die Soldaten Tschang-Tzo-Lins haben neues Silbergeld bekommen, und nun haben sie wieder mehr Mut als vorher.«
»Wir wohnen bei der alten Sternwarte«, sagte Großer-Tiger. »Wenn ihr nach Peking kommt, geht bitte zu meiner Heimstätte. Tretet vor meinen Vater und sprecht: ›Großer-Tiger, Euer gehorsamer Sohn, sendet Grüße und Wünsche für Wohlergehen. Er wird bald nach Hause kommen.‹«
»Geht auch zu meinem Vater«, bat Christian, »aber ihr müßt sprechen: ›Dein Sohn Christian ist nicht ungezogen. Er kann nichts dafür, daß er jetzt weit fort ist; er wollte nur einen Drachen steigen lassen. Und die alte Ama kann auch nichts dafür, und überhaupt kann niemand etwas dafür. Es ist eben so gekommen.‹«
»Wir werden alles bestellen«, versprach Guter-Gefährte, »ihr seid artige Menschen.«
Gelber-Pfeil sagte: »Lebt wohl! Wir wünschen zahlreiche Glücksterne.«

Siebentes Kapitel, in dem Christian und Großer-Tiger Geheimkuriere werden

Im Hof stand der General und sprach mit Glück. Christian und Großer-Tiger saßen auf dem Rand des Waschkübels unter dem Vordach. Sie aßen abwechselnd einen Mohnkuchen und dann ein Bonbon und dann wieder einen Mohnkuchen. Die Sonne schien warm, die Tauben gurrten, und Christian hätte gern gewußt, was der General mit Glück redete. Aber dafür war die Entfernung zu groß.

»Hörst du, was Glück sagt?« fragte Großer-Tiger.

»Ich höre es nicht«, sagte Christian.

»Aber man sieht es; jedesmal, wenn er den Mund auftut, sagt er: ›Eurer Exzellenz Befehl!‹ und weiter sagt er nichts.«

»Vielleicht hat er nicht mehr gelernt.«

»Soldaten dürfen nicht mehr sagen«, behauptete Großer-Tiger; »sie sagen: ›Eurer Exzellenz Befehl‹, oder: ›Jawohl, Herr General‹, oder so was. Früher war das anders, und jetzt ist es so.«

»Wann war früher?« fragte Christian.

»Als die Kaiserin auf dem Drachenthron saß, war früher. Aber jetzt ist Früher seit langem vorüber. Du und ich waren nicht mehr dabei.«

»Ach so«, sagte Christian, und dann aß er wieder ein Bonbon, und Großer-Tiger aß auch eines.

»Gut oder schlecht?« fragte auf einmal eine rauhe Stimme, und als sie sich umblickten, stand ein Mann hinter dem Waschkübel. Er trug eine runde gestickte Mütze, wie selbst Großer-Tiger noch nie eine gesehen hatte.

»Was macht ihr hier?« fragte der Mann, und er versuchte freundlich auszusehen. Seine schwarzen Augen blickten unruhig von Christian zu Großer-Tiger; er schaute auf Glück und auf den General, und schließlich schien es, als sähe er nur so ins Leere. Er hatte einen schwarzen Bart, der ihm über die Mundwinkel hing und ihn unheimlich machte. Dabei trug er einen schönen Rock aus schwarzer Seide, und dann fragte er noch einmal: »Was macht ihr hier?«

»Wir essen jeder ein Bonbon«, sagte Christian, weil ihm nichts Besseres einfiel.

»Dummes Zeug«, brummte der Mann, und er spuckte in das Waschfaß.

»Das Faß ist jetzt nicht mehr sauber«, sagte Großer-Tiger.

»Du bist frech«, erwiderte der Mann, und für einen Augenblick sah er zornig aus. Doch besann er sich, schob die Augenbrau-

en wieder auseinander und probierte noch einmal, wie ein freundlicher Mensch auszusehen.
Er deutete mit dem Daumen verstohlen auf Wu-Pei-Fu: »Ist das der General?«
»Vielleicht ist er es«, sagte Christian.
»Wir sind erst seit gestern hier«, sagte Großer-Tiger.
»Freilich, freilich«, brummte der Mann; »gibt es hier einen Lastwagen?«
»Dort steht einer«, sagte Christian.
»Jeder kann ihn sehen«, erklärte Großer-Tiger.
»Freilich, freilich«, knurrte der Mann wieder, und dann ging er so leise fort, wie er gekommen war. Er drehte sich noch einmal um, und es schien Christian, als habe er mit Glück ein Augenzwinkern gewechselt. Aber es ging sehr rasch, und Christian hatte keine Zeit, darüber nachzudenken, weil Großer-Tiger ihm einen Stoß gab.
»Der General kommt!« sagte er leise.
Christian verschluckte sein Bonbon, und dann stand der General schon vor ihnen in der Sonne.
»Hallo!« sagte er.
»Selber Hallo«, erwiderte Christian; aber kaum hatte er es gesagt, wurde er rot und sehr verlegen.
»Ich bitte um Vergebung . . ., meine Rede stimmt nicht, das wünschte ich nicht zu sagen.«
Wu-Pei-Fu lachte: »Gerade das wollte ich hören, sonst hätte ich nicht Hallo gesagt. Bei uns sagt man nicht Hallo.«
»Bei uns auch nicht«, versicherte Christian, »nur manchmal, und meistens nur Jungen.« Der General lachte noch immer.
»Und du«, fragte er Großer-Tiger, »kannst du auch Hallo sagen?«
Großer-Tiger verneigte sich: »Der Knabe mit dem wertlosen Namen Großer-Tiger hat es von Kompaß-Berg gelernt.«
»Hallo ist ein hilfreiches Wort«, sprach Wu-Pei-Fu. »Wer schlechte Laune hat, sollte öfter Hallo sagen. Man wird fröhlich davon. Kommt jetzt mit mir. Ich muß mit euch zwei Worte reden.«
Er ging unter dem Vordach entlang und öffnete die nächste

Tür. Da war ein Zimmer mit weißen Wänden, aber ein Kang war nicht darin. Dafür stand in der Mitte ein großer Tisch, und auf dem Tisch lag eine Karte, die ihn ganz bedeckte. Rote und blaue Fähnchen aus Papier steckten in der Karte, und man sah leicht, daß die blauen Fähnchen Wus eigene Soldaten waren, und daß die roten Fähnchen den Feind vorstellten.
Eine große rote Fahne wehte über Peking, und das war der General Tschang-Tzo-Lin, der dort sein Hauptquartier hatte. Die gleichgroße blaue Fahne Wu-Pei-Fus steckte in Hwai-Lai-Hsien. Neben dem Tisch waren einige Stühle, und sonst gab es nichts in dem Zimmer.
Wu-Pei-Fu legte seine Mütze auf den Tisch, fuhr sich mit der Hand über den kahlgeschorenen Kopf, und dann nahm er die blaue Fahne von Hwai-Lai-Hsien weg und steckte sie woandershin. »Ich verlege mein Quartier«, sagte er.
»Zur Prachts-Drachen-Brücke«, rief Christian, der den Namen gelesen hatte.
»Ja«, sagte Wu-Pei-Fu, »aber das mußt du vergessen. Kein Mensch braucht wissen, wo ich bin.«
»Ich weiß es nicht mehr«, sagte Christian.
»Gut so! Mir scheint, ihr seid beide flinke Burschen. Also paßt auf! In zehn Minuten fahre ich durch den Tunnel, die Maschine wartet schon. Ich hätte euch vieles zu sagen, aber ich habe wenig Zeit. So müßt ihr selbst herausfinden, was ihr tun dürft und was ihr lassen sollt.«
»Wir werden uns Mühe geben, den rechten Weg zu finden«, sagte Großer-Tiger. »Nehmt einen Bleistift«, sprach Wu-Pei-Fu in sanftem Befehlston. »Hier ist ein Stück Papier. Schreibt darauf, wo ihr wohnt. Sobald ich in Peking bin, werde ich euren Eltern sagen, daß ihr gesund seid, und wohin ich euch geschickt habe. Könnt ihr schreiben?«
»Wir können schreiben«, sagte Großer-Tiger, und er malte das schöne Zeichen für Peking auf das weiße Papier und darunter den Namen der Straße.
»Ich kann es nicht ganz so gut«, sagte Christian.
»Das macht nichts«, sagte der General, »zeigt her!«
Er nahm die Zettel und las.

»Du wohnst bei der alten Sternwarte, Großer-Tiger. Ich werde deine Heimstätte finden. Kompaß-Berg! Ich lese, dein Vater ist Arzt. War er früher in Loyang?«

»Er war in Loyang«, sagte Christian.

»Dann sind wir alte Bekannte. Dein Vater war der beste Arzt in der Provinz Honan. Ich werde die Freude haben, ihn wiederzusehen.«

»Es wird für meinen Vater ein Glückstag erster Ordnung sein«, sagte Christian höflich.

»Ich hoffe, er wird nicht ungehalten sein, wenn ich ihm sage, daß sein Sohn in die Provinz Sinkiang reist. Wißt ihr, wo das ist?«

»Ich weiß es«, sagte Großer-Tiger; »man muß durch die große Wüste Gobi, und dann ist man dort.«

»So ähnlich ist es«, sagte Wu-Pei-Fu. »Ihr habt gesehen, daß Glück einen Lastwagen sauber macht; der wird das erste Kraftfahrzeug sein, das die Wüste Gobi durchqueren wird. Morgen früh fahrt ihr hier fort; denn auf dem gewöhnlichen Weg kann ich euch nicht nach Hause schicken. Der Krieg beginnt ernst zu werden. Die Soldaten Tschang-Tzo-Lins haben sich in den Westbergen verschanzt, und sie werden um Peking kämpfen. Darum müßt ihr diesen Umweg machen. Wollt ihr?«

»Wir wollen«, rief Christian.

»Wir bitten darum«, sagte Großer-Tiger.

»Es ist aber«, sprach Wu-Pei-Fu ernst, »ein weiter Umweg, und ihr habt eine Aufgabe, die nicht leicht ist. Hier ist ein versiegelter Brief, den dürft ihr keinem Menschen zeigen. Ich vertraue darauf, daß ihr verschwiegen seid.«

Er zog einen Brief aus dünnem Reispapier aus der Rocktasche. Auf dem Umschlag waren zwei senkrechte rote Linien gezogen, und dazwischen war mit schwarzen Tuschzeichen geschrieben:

An Seine Exzellenz
Yang-Tsen-Hsin
Marschall von China
Gouverneur der Provinz Sinkiang
TI-HUA-FU

Großer-Tiger nahm den Brief mit beiden Händen entgegen, und während er sich verneigte, sagte er: »Niemand anderer als Exzellenz Yang wird diesen Brief sehen und lesen. Kompaß-Berg hat eine verborgene Tasche in seinem Rock, er wird den Brief bei sich tragen.«

»Das ist eure Sache. Ihr seid meine Geheimboten; tut, was ihr für richtig haltet.«

»Wir werden ganz geheim sein«, sagte Christian.

»Wir wissen, es ist eine Ehre«, sagte Großer-Tiger.

»Hier ist Geld für die Reise«, sprach Wu-Pei-Fu. »Wahrscheinlich werdet ihr es nicht brauchen, weil mein alter Freund Yang für euch sorgen wird. Das Geld ist für den Notfall.«

Damit gab er Christian eine Rolle mit fünfundzwanzig großen Silbermünzen und Großer-Tiger gab er auch eine.

»Vielen Dank! Wir werden uns nur auf das Geld stützen, falls es notwendig ist.«

»So ist es nicht gemeint. Das Geld gehört euch für tapferes Verhalten. Versteckt es. Glück soll nichts davon wissen. Er weiß auch nichts von dem Brief. Er hat nur den Befehl, euch nach Ti-Hua-Fu zu bringen. Vielleicht wird er anfangs unfreundlich sein, weil er lieber mit mir nach Peking gegangen wäre. Macht euch nichts daraus. Glück ist der einzige, der den Weg kennt, darum kann ich niemand anderen schicken. Er stammt aus Sutschou, und er war schon einige Male in Sinkiang.«

»Ist er ein Dungane?« fragte Großer-Tiger.

»Nein. Du mußt keine Angst haben. Glück ist Chinese wie du und ich. Er ist kameradschaftlich, aber erst nach einiger Zeit, und er ist auch gutmütig. Trotzdem traue ich ihm nicht ganz, weil er das Geld mehr liebt, als ein Soldat es soll. Darum bin ich froh, daß ich euch habe. Morgen fahrt ihr nach Kalgan, und dann geradewegs durch die Steppe und durch die Wüste bis zum Edsin-Gol. Der Edsin-Gol ist ein Fluß, und wo er fließt, ist die Hälfte des Weges. Am Edsin-Gol gibt es einen Platz, der Ollon-Tolle heißt, oder so ähnlich. Vielleicht kann Kompaß-Berg das Wort aussprechen. Es ist mongolisch.«

»Heißt es Orron-Tolle?« fragte Christian.

»Nein, es heißt gerade umgekehrt.«
»Dann heißt der Ort Ollon-Torre.«
»Ja, so heißt er, und es ist gut, daß du mein Botschafter bist. Du kannst mit deinem Mund wie die Mongolen machen, als ob ein Hund knurrt.«
»Rrrr!« machte Christian.
»Du kannst es«, sagte Wu-Pei-Fu belustigt. »An diesem Ort hat mein Verbündeter, der General Feng, ein Benzindepot eingerichtet. Glück kann dort tanken und die leeren Fässer wieder füllen. Bis Ti-Hua-Fu gibt es dann keinen Betriebsstoff mehr. Sobald ihr ankommt, geht ihr in den Yamen des Gouverneurs. Ihr gebt ihm meinen Brief, und ... Das ist alles. Habt ihr mich gut verstanden?«
»Wir haben verstanden«, sagte Christian.
»Und wir gehorchen«, sagte Großer-Tiger.
»Bittet meinen älteren Bruder Yang, er möge freundlich an mich denken.«
»Wir werden alles sagen.«
»So lebt wohl«, sprach Wu-Pei-Fu und stand auf. »In eurem Zimmer ist eine Ledertasche. Darin findet ihr das Notwendigste für die Reise. Wenn alles gut geht, seid ihr in zehn Tagen in Ti-Hua-Fu.« Großer-Tiger und Christian verneigten sich.
Sie sagten: »Euer Weg eben Friede! Wir wünschen Freude und zahlreiche Glücksterne.«
»Seid schweigsam, meine Kinder«, sagte der General, »und laßt die andern reden!«
»Wer sind die andern?« fragte Christian.
»Alle, die euch begegnen«, sagte Wu-Pei-Fu, und er verneigte sich zum Abschied vor Christian und Großer-Tiger wie vor erwachsenen Männern. Da waren beide sehr stolz.

Achtes Kapitel, in dem die Reise trotz schlechter Vorzeichen gut beginnt

Tüt-tüt-tüt-tüt machte Glück mit der Autohupe, und das hieß: Eilt euch! Großer-Tiger und Christian beeilten sich. Es war früh

am Morgen, und es war noch kalt und dunkel und unfreundlich. Glück lief mit einer Sturmlaterne um den Wagen. Er zählte die Benzinfässer, die er am Abend aufgeladen hatte, und als keines fehlte, zählte er die Benzinkanister und die Kannen und die Ölflaschen. Nachher drückte er mit dem Daumen auf die Reifen, und dann tutete er wieder: Tüt-tüt-tüt-tüt.
Christian und Großer-Tiger kamen mit ihren Sachen gelaufen. Sie brachten die Ledertasche mit allem, was darin war, sie schleppten die Schachtel mit den langen Nudeln für langes Leben, die letzte Tüte mit Mohnkuchen, und dann mußten sie noch einmal laufen, und noch einmal, denn da waren zwei warme Pelzmäntel, zwei Fellmützen, zwei Zeltplanen und zwei Schlafsäcke, die ihnen der General vor seiner Abreise durch einen Soldaten geschickt hatte.
»Vorne bei mir könnt ihr nicht sitzen«, sagte Glück grob.
»Wir werden sitzen, wo der Herr befiehlt«, sagte Großer-Tiger.
»Kommt her!« brummte Glück, und es klang freundlicher als vorher.
Er half Christian auf den Wagen steigen, und er faßte Großer-Tiger unter die Arme und hob ihn hinauf. Die Ladefläche war sehr hoch über dem Boden. In der Mitte gab es einen freien Platz. Er war gerade groß genug für die beiden Schlafsäcke, die Christian ausbreitete. Dann zogen sie die Pelzmäntel an und setzten die Fellmützen auf. Ringsherum standen Benzinkanister wie ein Gartenzaun, und im Rücken gegen das Führerhaus waren Eisenfässer aufgestellt. Wenn man sich auf die Zehenspitzen hob, konnte man durch ein Fensterchen Glücks oberen Mützenrand sehen.
Christian klopfte an die Fässer.
»Alle voll«, sagte er.
Dann setzte er sich neben Großer-Tiger auf den Schlafsack. Man saß weich darauf, und man hatte nach beiden Seiten und nach hinten freie Sicht.
»Seid ihr fertig, oder gibt es noch eine Sache zu besorgen?« fragte Glück.
»Wir entdecken keinen Mangel, befehlender Herr«, sagte Großer-Tiger.

»Ich weiß einen Mangel«, rief Glück; »man sieht ihn aber nicht. Kannst du lesen?«
»Ich kann lesen.«
»Dann lies!« Er warf Großer-Tiger ein gelbes, zerlesenes Buch in den Schoß. »Du kannst es mir in Kalgan wieder geben. Ein anderer als Glück würde heute keinen Li weit fahren.«
Damit ging er nach vorn und warf den Motor an. Als er lief, kamen einige Soldaten aus dem Stall und aus den Nebengebäuden. Sie riefen: »Euer Weg eben Friede!«
»Auf Wiedersehen!« rief Glück.
Er stieg ins Führerhaus. Es war schon ein wenig heller geworden. Im Osten rötete sich der Himmel, und als der Wagen durch das Tor rollte, flogen die Tauben auf.
Großer-Tiger und Christian riefen: »Auf Wiedersehen!« Aber der Lärm des Motors übertönte das Rufen.
Die Straßen von Hwai-Lai-Hsien waren leer. Trotzdem tutete Glück, daß es eine Art hatte.
»Warum macht er das?« fragte Christian.
»Weiß nicht«, sagte Großer-Tiger; »vielleicht will er die Leute aufwecken.«
Als die Häuser nur noch vereinzelt am Straßenrand standen, fuhr Glück langsamer statt schneller, und auf einmal stand der Wagen. Das Tuten hörte auf, nur der Motor lief weiter.
»Bist du endlich da?« sagte eine rauhe Stimme; »es hat lange gedauert!«
»Steig ein!« erwiderte Glück kurz.
Christian und Großer-Tiger hörten, wie die Tür des Führerhauses geöffnet wurde, wie ein Mann einstieg, wie die Federung des Polstersitzes krachte, und dann wurde die Tür wieder zugeworfen.
Glück gab Gas, und der Wagen fuhr weiter.
»Das ist er!« flüsterte Großer-Tiger.
»Wer?« fragte Christian.
»Der, der in das Waschfaß spuckte.«
»Ich will schauen, ob er es ist«, sagte Christian.
»Nein, bleib sitzen! Er ist es bestimmt, ich kenne ihn an der Stimme.«

»O weh!« sagte Christian.
»Da ist keine Hilfe«, sagte Großer-Tiger.
Die Stadt Hwai-Lai-Hsien verschwand hinter Hügeln, und weiter weg sah man nur noch die Hsingan-Berge, die den Horizont begrenzten. Der Bodennebel zerflatterte, und die Sonne stieg strahlend in den blauen Himmel. Glück fuhr auf der alten Landstraße, die dem Lauf des Yang-Ho folgte. Streckenweise führte die Straße auf dem Uferdamm entlang. Tief unten sah man den Gelben Fluß. Fast schien es, als ob das kein Wasser wäre, so trüb war es von dem vielen Sand und losgelösten Lehm.
Christian und Großer-Tiger kannten den Yang-Ho von Peking her. Er floß zwar nicht durch die Stadt, und man mußte einen Ausflug machen, wenn man ihn sehen wollte. Auch einen andern Namen hatte er bei Peking. Er hieß nicht mehr Yang-Ho, sondern Hun-Ho, und später, wenn er bei Taku ins Meer ging, hieß er sogar Pei-Ho und trug große Schiffe.
Hier sah man kein Boot. Die eiligen Wellen blitzten in der Sonne, und einige Wildenten flogen, wenn Glück tutete. Die Pappeln am Ufer trugen noch keine Blätter. Dafür saßen Krähen auf den Ästen, die lärmten und mit den Flügeln schlugen.
»Paß auf!« sagte Großer-Tiger, »wenn die Krähen nach Osten fliegen, ist es ein gutes Zeichen.«
»Und wenn sie es nicht tun?«
»Dann ist es gleich. Wenn sie aber nach Westen fliegen, ist es schlecht.«
»Woher weißt du das?«
»Das weiß man eben«, behauptete Großer-Tiger. »Wer eine Reise macht, muß auf solche Dinge obachtgeben.«
»Die Krähen fliegen aber nicht«, sagte Christian, »sie schreien nur, und sie schlagen mit den Flügeln.«
»Dann geht man einer Gefahr entgegen«, sagte Großer-Tiger.
»Weißt du das bestimmt?«
»Da gibt es keinen Ausweg. Jetzt will ich im Kalender lesen.«
Großer-Tiger nahm das gelbe Buch, das ihm Glück in den Schoß geworfen hatte, und schlug es auf.
»Es ist heute der sechste Tag des zweiten Monats«, sagte

Christian. Großer-Tiger rechnete nach. »Vorgestern war der vierte Tag, da schwänzte ich die Schule; gestern war der fünfte Tag, da kamen wir nach Hwai-Lai-Hsien; heute fahren wir, also ist es der sechste Tag, und du hast recht. Schau, was hier steht.«

»Lies lieber vor, es geht schneller«, sagte Christian.

»Am sechsten Tag des zweiten Monds«, begann Großer-Tiger, »ist es fördernd, abzustehen. Man wünscht kräftiges Fortschreiten, aber es gibt Behinderung. Dem Wagen springen die Speichen von den Rädern. Kein Reisetag. ›Will man den Fortschritt erzwingen, wird es uns Unglück bringen.‹ Man muß sich mit dem Erreichten begnügen. Ein Tag für Vorarbeiten. Nicht Haare schneiden, nicht heiraten. Beharrlichkeit bringt Erfolg.«

»Aha!« sagte Christian, »darum ist Glück ängstlich.«

»Da ist keine Hilfe«, sagte Großer-Tiger und klappte das Buch zu.

Glück fuhr jetzt langsam. Die Landstraße zum Fluß hinunter war abschüssig, der Boden war weich und ausgefahren, und eine gelbe Staubfahne folgte dem Wagen. Sobald der Weg vom Wasser abbog, kam man durch Dörfer, die nur wenige Häuser hatten. Es sah aus, wie wenn es keine Bewohner dort gäbe als alte Frauen, die an Stöcken gingen, und Kinder, die den Dung der Pferde und Esel sammelten. Hinter den Bambushecken grünten spärliche Gemüsepflanzungen. Ein schwarzes Schwein stand im Wege, und Glück tutete schrecklich, doch es ging nicht von der Stelle. Da mußte Glück ausweichen, die Eisenfässer schlugen aneinander, und Christian wurde von dem Stoß umgeworfen. Er fiel in die Schachtel, wo die Nudeln für langes Leben darin waren.

»Hoppla!« sagte Großer-Tiger, »die schlechte Sache beginnt!«

Aber es passierte weiter nichts, und nach zwei Stunden Fahrt war man in der Stadt Hsüan-Hua-Fu. Fu bedeutet Bezirksstadt ersten Ranges, doch davon merkte man wenig. In den Außenbezirken, wo die armen Leute wohnten, waren viele Lehmhütten zerfallen und verlassen, und im Innern der Stadt gab es eine ganze Anzahl Geschäfte, die geschlossen waren. Am

meisten fielen die verwahrlosten Gasthäuser auf. Die ausgedehnten Höfe und die Stallungen standen leer, und die Wirtshausschilder waren lange nicht mehr frisch gemalt worden.
»Das macht die Eisenbahn«, sagte Großer-Tiger. »Früher gingen hier die Karawanen nach Peking, und jetzt gehen sie nicht mehr.«
Christian, der schon lange neugierig war, machte die Ledertasche auf, um nachzusehen, was darin sei. Sie war in drei Fächer geteilt, und schon das war eine herrliche Sache. Es gab Notizhefte, Bleistifte, einen Kompaß, ein Lineal mit vielen Zentimetern und ...
»Au fein! Zwei Taschenmesser!« sagte Christian.
»Sie sind eine wertvolle Gabe«, bemerkte Großer-Tiger; »gib mir bitte das mit dem roten Griff.«
»Wie du willst«, sagte Christian und steckte das mit dem schwarzen Griff in die Hosentasche.
Dann war da eine Seife, ein Handtuch, ein Kamm und zwei Landkarten. »Mongolia- Southern Sheet« stand auf dem einen Blatt, »Mongolia-Western Sheet« stand auf dem andern. Daran sah man, daß es englische Karten waren. Neben den Karten lag ein Vergrößerungsglas wegen des kleinen Drucks der Ortsnamen. Christian entfaltete das Südliche-Blatt. Gleich fand er Hsüan-Hua-Fu, das mit großen Buchstaben gedruckt und dadurch auffällig war. »Hier sind wir jetzt«, sagte er.
Man fuhr gerade am Yamen des Bezirksverwalters vorüber, wo ein schläfriger Soldat Wache stand. Er wurde munter, als er Großer-Tiger und Christian vorbeifahren sah.
»Wohin geht die Reise der Herren?« rief er laut.
»Die Herren gehen in die Berge«, rief Christian ebenso laut zurück.
Er sah, und Großer-Tiger sah es auch, wie der Soldat grinsend auf sein Schwert zeigte und dazu die Gebärde des Kopfabschneidens machte.
»Was hat er nur?« fragte Christian.
»Er meint, du willst ein Räuber werden«, erklärte Großer-Tiger. »In die Berge gehen heißt, daß man ein Räuber werden will.«

»Gibt es hier welche?«
»Hier gibt es noch keine, aber hinter Kalgan gibt es.«
Der Wagen bog jetzt um eine Ecke, man sah den Soldaten nicht mehr, und die bisherige Straße mußte allein am Fluß weiterlaufen. In der neuen Richtung ging es bergauf.
»Wir werden bald in Kalgan sein«, sagte Christian und betrachtete die Karte.
Großer-Tiger hatte noch nie eine Karte in der Hand gehabt, aber er tat, als kenne er Landkarten in- und auswendig, und er sagte so nebenhin: »Dieses Landbild ist englisch, ich kann die Namen nicht lesen.«
Christian begriff, daß er seinem Freund helfen müsse. »Es ist ganz leicht«, sagte er, »und es ist gar keine Kunst, und überhaupt kann das jeder.«
»Was steht hier oben?« fragte Großer-Tiger.
»Oben ist Norden«, sagte Christian. »Die kleinen Kreise sind Dörfer und Städte, und nebendran stehen die Namen. Das Blaue sind Flüsse und Seen, die dünnen Striche sind Straßen, und die dicken Striche sind Eisenbahnen. Alles andere ist Gegend.«
»Was für eine Gegend?«
»Je nachdem. Man sieht es am besten, wenn man dort ist. Ein wenig kann man vorher erkennen, wenn man die Karte anschaut.«
»Hier kann man nichts erkennen«, sagte Großer-Tiger, und er zeigte auf weiße Flecke, von denen es viele gab.
»Wo gar nichts steht, ist eben Wüste«, erklärte Christian. »Man muß selbst hingehen, und dann weiß man, wie es in der Wüste aussieht.«
Mit dieser Erklärung gab sich Großer-Tiger nicht zufrieden. »Wo ist der komische Ort« fragte er, »von dem der General Wu gesagt hat, dort gäbe es Benzin?«
»Du meinst Ollon-Torre?« sagte Christian, und er begann zu suchen. Allein er fand Ollon-Torre nicht. Er nahm das Vergrößerungsglas aus der Ledertasche. Es verging eine lange Zeit, und endlich fand er den Edsin-Gol. »Hier ist der Fluß!« rief er. Er war sehr froh, daß er etwas gefunden hatte.

»Wo der Fluß ist, muß auch der Ort sein«, entschied Großer-Tiger; »du mußt weiter suchen.«
»Wir wollen vorher einen Mohnkuchen essen«, schlug Christian vor. »Gut«, sagte Großer-Tiger, und Christian faltete schnell die Karte Südliches-Blatt zusammen und steckte sie zu dem Westlichen-Blatt in das dritte Fach der Ledermappe. Das Vergrößerungsglas tat er auch hinein, und er war gar nicht mehr neugierig, weil er jetzt alles wußte, was es in der Mappe gab. Während sie Mohnkuchen aßen, dachte Christian: Schade, daß es die letzten sind, und Großer-Tiger dachte das gleiche.
Der Wagen fuhr langsam; es ging immer noch bergauf, und man hatte eine schöne Aussicht, weil fast kein Staub aufgewirbelt wurde. Längst waren Hsüan-Hua-Fu und der Yang-Ho nicht mehr zu sehen. Es ging durch viele kleine Dörfer und über ebensoviele Hügel, und auf einmal war die Eisenbahnlinie wieder da. Zuerst sah man die Telegrafenstangen und dann die Schienen, und dann verschwanden alle diese Dinge in einem tiefen Bahndurchstich.
Das Auto hatte es nicht so bequem wie die Eisenbahn; es mußte einen steilen Berg hinauffahren, und oben stand eine Festung. Es war aber keine Festung, sondern ein Wohnhaus, um das sich der Besitzer eine Mauer mit einem Wehrgang und mit richtigen Schießscharten gebaut hatte. Von hier aus sah man die Stadt Kalgan und den Bahnhof mit den vielen leeren Gleisen, auf denen kein einziger Wagen stand.
Auf dem Bahnhofsplatz machte Glück halt. »Aussteigen!« rief er, »wir wollen etwas essen. Habt ihr Hunger?«
»Wir haben Hunger, befehlender Herr.«

Neuntes Kapitel, von dem Mann, der in das Waschfaß spuckte

»Kommt her«, sagte Glück, »ich will euch einem Herrn vorstellen, den ich von der Straße aufgelesen habe, weil man einander helfen muß. Der Herr wird ein Stück Wegs mit uns fahren.«

»Es ist eine Ehre für uns«, sprach Großer-Tiger, und er trat Christian zum besseren Verständnis, und damit er sich nichts anmerken lasse, auf die Zehen.
Der Fremde saß auf dem Trittbrett des Wagens und rührte sich nicht. Sein schwarzer Bart hing traurig über die Mundwinkel, und die gestickte Mütze saß tief in der Stirn. Er blickte finster. Statt des schönen schwarzseidenen Rocks trug er einen abgeschabten grünen Mantel mit einer roten Schärpe.
»Los!« sagte Glück, »stellt euch nur selber vor; es braucht nicht sehr förmlich zu sein.«
»Mein geringer Name ist Kompaß-Berg«, begann Christian, und er verneigte sich.
»Ich wage nicht, meinen Namen dem Herrn zu nennen. Ich heiße Großer-Tiger.«
»Schon recht«, knurrte der Fremde und nickte leicht mit dem Kopf.
»Erlaube«, sprach Glück, »ich möchte den Knaben sagen, daß du der früher geborene Herr Grünmantel bist.«
Damit wäre die Vorstellung beendet gewesen, allein Großer-Tiger hielt Christian am Rockzipfel fest. Beide verneigten sich noch einmal, während Großer-Tiger einen sehr schönen Satz sagte:
»Unser langes Ausschauen nach Eurem Anblick ist endlich gestillt.«
Als Großer-Tiger so gesprochen hatte, lachte der Mann, der Grünmantel hieß. Man wußte aber nicht, ob er es höflich meinte, oder ob es ihn lächerlich dünkte, daß ein Knabe so formvollendete Reden führte. Er stand auf, ging zum Bahnhofsgebäude und setzte sich mit dem Rücken gegen die Mauer in die Sonne.
Nirgends war ein Bahnbeamter, es war überhaupt kein Mensch da, und der Bahnhof sah traurig aus. Von der Fassade war der Kalkbewurf heruntergefallen, es gab Löcher, wo Gewehrkugeln eingeschlagen hatten, die meisten Fensterscheiben waren entzwei, und abgerissene Telefondrähte hingen von einem eisernen Träger bis auf die Straße.
»Es gibt keine Hilfe«, sagte Großer-Tiger, und er dachte an

Peking, wo jetzt der Krieg war. Glück rumorte im Führerhaus des Wagens. Er hatte den Deckel von den Sitzen genommen und kramte in den Vorräten. Schließlich brachte er in einem Korb Brot, getrocknete Feigen und Bohnenkäse. Alle setzten sich neben Grünmantel an die Bahnhofsmauer, und Christian und Großer-Tiger zogen ihre Pelzmäntel aus, denn die Sonne schien warm.
Es war nicht schlecht, auf Reisen zu sein, fremde Städte zu sehen und dabei gut zu essen.
Grünmantel schien in Kalgan bekannt zu sein. Ein Mann, dem man ansah, daß er ein Kameltreiber sein müsse, ging vorüber und grüßte höflich. Grünmantel nickte herablassend; er knurrte etwas in seinen Bart, das sich wie »Alter Hung-Hu-Tse« anhörte.
Ich muß mir das Wort merken, dachte Christian, später werde ich Großer-Tiger fragen, was es damit auf sich hat. Er aß Bohnenkäse und Brot und schaute auf den Bahnhofsplatz. In einiger Entfernung hatten sich drei Bettelbuben aufgestellt, aber sie wagten nicht näher zu kommen, obwohl sie auch gerne etwas gegessen hätten.
»Lausevolk«, knurrte Grünmantel; doch dann winkte er dem größten der Betteljungen, der erbärmlich verhungert aussah. Er mochte vierzehn Jahre alt sein, aber genau so gut hätte er älter oder auch jünger sein können. Sein Gesicht war grau von Staub und Schmutz, die Kleider waren Fetzen, und als er demütig geschlichen kam, hörte man kaum, wie er murmelte: »Großer alter Onkel, was befehlt Ihr?«
»Bring eine Kanne heißes Wasser für den Tee«, befahl Grünmantel.
»Großer Onkel, ich habe keine Kanne.«
»Du hast keine Kanne?« schrie Grünmantel erbost. Er sprang auf und gab dem Jungen eine schallende Ohrfeige. Der Junge fiel um, war aber geistesgegenwärtig genug, sich flink am Boden so weit fortzuwälzen, um dem nachfolgenden Fußtritt Grünmantels zu entgehen. Dann richtete er sich auf, und ohne den geringsten Schmerzenslaut lief er weg. Die beiden andern folgten ihm.

Wenn ich nur nicht hier wäre und so eine Gemeinheit nicht ansehen müßte, dachte Christian. Auf einmal war ihm die schöne Reise verleidet, von dem guten Frühstück wollte er nichts mehr haben, und er schaute unglücklich auf Großer-Tiger, um zu erfahren, was der wohl dachte. Aber Großer-Tiger saß ganz still da, und erst als er merkte, daß Christian zornige Tränen in den Augen hatte, zwinkerte er ihm zu, und das hieß: »Bleib ruhig und tu, als ob nichts vorgefallen wäre.« Das war sehr schwer für Christian. Er haßte Grünmantel, und er hätte ihn am liebsten furchtbar verprügelt oder ihm sonst etwas Schreckliches angetan, wenn es irgend möglich gewesen wäre. Doch es fiel ihm nichts ein als das übliche: Es gibt keine Hilfe.
»Hast du was gesagt?« fragte Glück und schob ein Stück Brot in den Mund.
»Ich habe laut gedacht«, erwiderte Christian. Dabei wischte er sich die Tränen aus den Augen.
Grünmantel streifte Christian mit einem bösen Blick.
»Laut zu denken ist unartig«, sagte er.
Von diesem Augenblick an war es eine ausgemachte Sache, daß die beiden sich feind waren.
Einige Minuten vergingen, keiner sagte etwas, und nur Grünmantel hob manchmal den Kopf, als ob er auf jemand warte. Schließlich wurde ihm die Zeit lang, er stand auf, stapfte herum, und wenn er drei Schritte gegangen war, kam er wieder drei zurück und knurrte: »Keiner taugt mehr« oder: »Man kann sich auf niemand verlassen.«
»Wen meint er damit?« flüsterte Christian.
»Wahrscheinlich«, antwortete Großer-Tiger, »meint er den Jungen, den er geschlagen hat, du wirst sehen.«
Eine kleine Weile verging mit Warten, dann kamen die drei Bettelbuben wieder. Die zwei kleinen trugen eine dampfende Teekanne aus Messing, der größere ging nebenher und gab acht, daß sie nichts verschütteten. »Bist du endlich da?« sagte Grünmantel; »es hat lange gedauert!«
»Ich bitte um Nachsicht, Großer Onkel!«
»Schon recht«, brummte Grünmantel, kramte eine Münze aus dem Geldbeutel, den er im Gürtel trug, und sagte: »Komm

einmal her, ich muß dir noch dies und das sagen.« Er nahm den Jungen beiseite und redete leise auf ihn ein. Der Junge nickte ein paarmal mit dem Kopf, und dann kam Grünmantel mit ihm zurück.
»Eßt, was übrig ist; es ist eine ganze Menge.«
Es war aber nur ein Stückchen Bohnenkäse in dem Korb geblieben, und Glück ging zum Wagen, holte für jeden ein Stück Brot und brachte Tassen für den Tee.
»Du fütterst diese drei Stück Lumpenpack über Gebühr«, bemerkte Grünmantel. »Sie werden dicke Bäuche kriegen, und man kann sie nicht mehr zum Betteln schicken.«
»Stimmt das?« fragte Glück.
»Nein, Herr, wir betteln für uns selbst. Wir haben die Eltern verloren; der Krieg war bei uns.«
»Eßt«, sagte Glück; »wenn der Hahn zu Mittag ruft, ist der Bauch leer.«
Grünmantel hatte auf einmal keine Lust mehr, beim Tee zu bleiben. Er trank hastig eine Tasse, stellte sie beiseite und sagte zu Glück: »Ich habe zwei Augenblicke in der Stadt zu tun. Wenn du alles eingepackt hast, bin ich zurück.«
»Beeile dich«, erwiderte Glück, »du willst ja selbst, daß wir heute in Tsagan-Tscholo übernachten.«
»Freilich, freilich«, brummte Grünmantel, »du hast nicht nötig, mir Vorschriften zu machen.«
Er ging weg, und Glück schaute ihm verdrossen nach. Dann machte er sich am Motor zu schaffen, und als das erledigt war, ging er mit einer Kanne weg, um Kühlwasser zu holen.

Zehntes Kapitel, in dem wir erfahren, was Kleiner-Schneevogel weiß

Christian und Großer-Tiger sahen sich an, und keiner wußte, was er sagen sollte. Wären die drei fremden Jungen nicht dagewesen, hätte Christian gesagt: »Da stimmt etwas nicht«, und Großer-Tiger hätte genickt und geantwortet: »Es gibt keine Hilfe.« So aber saßen sie auf ihren Pelzmänteln und schwiegen. Großer-Tiger dachte angestrengt darüber nach, was zu tun sei, und Christian konnte auch nichts finden. Endlich fiel ihm etwas ein, und er sagte: »Ihr habt nichts zu essen, aber wir haben etwas zu essen.«

»Kwi-Schan hat recht«, rief Großer-Tiger erfreut.

Er sprang auf und lief zum Wagen. Christian lief hinter ihm drein und half ihm hinaufklettern. Dann kamen beide wieder, und Großer-Tiger sagte: »Hier sind einige Nudeln. Die Schachtel ist zwar eingedrückt, aber wir bitten euch, damit vorliebzunehmen.«

Die drei armen Jungen hörten auf, Brot zu essen. Sie schauten die Schachtel an, in der die Nudeln für langes Leben waren, und sie schwiegen, bis Großer-Tiger die Schachtel neben sie stellte. Da stand der auf, den Grünmantel geschlagen hatte, verneigte sich artig und sagte: »Wir sind elend, und wir können keine schönen Worte machen, denn wir sind vom Land. Ihr seid sehr gütig zu uns.«

Dann setzte er sich wieder, und Christian und Großer-Tiger setzten sich neben ihn. Die beiden andern Jungen sagten nichts; sie blickten auf den älteren.

»Ich heiße Kleiner-Schneevogel«, sagte er, »und diese sind meine Brüder. Unsere Heimat ist in Dschang-Be vor dem Nordtor. Dort standen fünf Hütten, und eine war unsere, aber jetzt sind alle verbrannt.«

»Wir sind aus Peking«, sagte Großer-Tiger, »und wir fahren nach Sinkiang.«

»Ich weiß es«, erwiderte Kleiner-Schneevogel, »Grünmantel hat es mir gesagt.«

»Kennst du ihn?« fragte Christian.

»In unseren Hütten kannte ihn jeder. Er kam oft zu uns, wenn er im Dorf Weißer-Stein zu tun hatte. Bei uns gibt es nur wenig Ackerland, und nachher beginnt gleich die Steppe, in der die Mongolen sind. Grünmantel ist ein Händler. Er kauft von den Mongolen Felle und Wolle. Dafür gibt er ihnen Salz und Mehl, Tee und Stoffe, so macht er ein doppeltes Geschäft. Er ist immer unterwegs, und er ist sehr reich. Seine Karawanen ziehen durch die Wüste bis nach Sinkiang, aber niemand hat ihn gern, weil er hart ist. Mein Vater schuldete ihm dreißig Silberstücke.«

»Hat er dich deshalb geschlagen?«

»O nein! Das tut er, weil er meint, daß ihm keiner widerstehen könne.«

»Der Gemeine mißbraucht seine Macht«, bemerkte Großer-Tiger weise. »Da ist keine Hilfe«, bestätigte Christian.

»Doch«, sagte Kleiner-Schneevogel, »man kann ihn daran hindern. Wir müssen nur einig sein.«

»Wir sind einig!« rief Christian. »Sage, was du zu sagen hast!« Kleiner-Schneevogel blickte um sich, ob die Luft rein sei, dann sagte er leise: »Ich vertraue euch, darum will ich reden. Ihr habt gesehen, daß Grünmantel allein mit mir sprach. ›Hier hast du ein kleines Silberstück‹, sagte er, ›du brachtest einen Topf mit heißem Wasser. Woher du ihn hast, ist mir gleich; es zeigt mir, daß du ein brauchbarer Junge bist. Du sollst ein großes Stück Silber haben, wenn du herauskriegst, warum die beiden kleinen Lümmel – damit meinte er euch – nach Sinkiang fahren. Ich gehe jetzt für eine Viertelstunde weg, also hast du Zeit genug, herauszufinden, was ich wissen will. Sei schlau, mein Söhnchen, dann kriegst du ein großes Silberstück!‹«

»Warum will er das wissen?« fragte Christian.

»Davon hat er nicht gesprochen.«

»Die Sache ist schwierig«, sagte Großer-Tiger; »wir reisen nach Sinkiang, weil der General Wu-Pei-Fu nicht wollte, daß wir bei der kämpfenden Truppe blieben. Da er uns aber zu helfen wünschte, fahren wir jetzt mit dem Lastwagen, und später mit der sibirischen Eisenbahn, und so werden wir in vier Wochen daheim sein, wenn der Kampf vorüber ist.«

»Soll ich ihm das erzählen?« fragte Kleiner-Schneevogel.

»Es ist die Wahrheit«, sagte Großer-Tiger, »aber die Wahrheit ist zu einfach für Leute wie Grünmantel. Er wird sie nicht glauben.«

»Wir müssen etwas erfinden«, meinte Kleiner-Schneevogel; »soll ich ihm vielleicht erzählen, daß ihr in Sinkiang eine Botschaft ausrichten müßt? Das wird ihm eingehen wie Mandelöl.«

»Wir haben keine Botschaft auszurichten«, rief Christian erschrocken.
Kleiner-Schneevogel stutzte, als er sah, welche Wirkung sein Vorschlag machte. Dann sagte er ruhig: »In diesem Fall müssen wir etwas anderes ausdenken.«
»Wir wollen überlegen«, sagte Großer-Tiger.
»Wir müssen die Sache von sämtlichen Seiten betrachten«, sagte Christian. Und dann dachten alle sehr angestrengt nach. Die Sonne schien, und die Fliegen summten, und Glück ging mit einer Kanne Wasser an der schweigenden Gesellschaft vorbei zum Wagen.
»Ich hab's!« sagte Großer-Tiger plötzlich. »Es gibt eine Erklärung, und Grünmantel wird sie begreifen.«
»Sprich!« sagte Kleiner-Schneevogel.
»Der General Wu«, setzte ihm Großer-Tiger auseinander, »hat zu uns gesagt: ›Dies ist das erste Automobil, das durch die Wüste Gobi fährt.‹ Also sagst du zu Grünmantel, der General sende diesen Wagen nach Ti-Hua-Fu, damit der Gouverneur Yang den Vorteil der Schnelligkeit erkenne. Eine Karawane braucht neunzig Tage für die Reise, ein Automobil braucht nur zehn Tage oder weniger. So wird der Gouverneur viele Automobile kaufen, und der Handel mit der Küste geht dann viel schneller als mit Kamelkarawanen. Wu-Pei-Fu wünscht einen aufblühenden Handel zwischen den Provinzen. Verstehst du das?«
»Ich verstehe alles«, sagte Kleiner-Schneevogel, »und Grünmantel wird es auch verstehen, denn er ist ein Handelsmann. Aber sage mir, was habt ihr damit zu tun?«
»Wir? . . . Nun, eben so . . ., weiter nichts«, sagte Christian.
»Du mußt ihm erzählen«, erklärte Großer-Tiger, »daß wir mitgenommen wurden, weil der Vater von Kwi-Schan ein großer Arzt ist, der mehr kann als nur sagen: ›Streck die Zunge heraus.‹ Außerdem ist er ein wertgeschätzter Freund des Generals.«
»Großen Dank. So ist es gut; ich werde mein Silberstück bekommen.«
»Wird Grünmantel es dir geben?«

»Er wird es mir nicht geben wollen, aber ich werde es trotzdem kriegen; mach dir deshalb keine Sorgen.«
»Von mir kriegst du auch eins«, sagte Christian und langte in seine Hosentasche. Dort machte er heimlich die Rolle mit den fünfundzwanzig Silberstücken auf, und eines davon gab er Kleiner-Schneevogel.
»Du verschwendest dein Herz«, sagte Kleiner-Schneevogel.
»Zehntausendfachen Dank«, sagten seine beiden Brüder.
Sie hatten solche Höflichkeiten noch vor wenigen Wochen nicht gekannt und erst in Kalgan beim Betteln gelernt. Kleiner-Schneevogel hatte noch etwas auf dem Herzen. Er sagte: »Wenn ihr nach Dschang-Be kommt, erkundigt euch bitte, wo unsere Eltern begraben sind, damit wir ihnen die schuldige Ehrfurcht erweisen. Bitte gebt uns durch eine Karawane Nachricht.«
»Wir werden es nicht vergessen«, sagte Christian; und Großer-Tiger fragte: »Sind deine ehrenwerten Eltern wirklich abgeschieden?«
»Es sind Leute gekommen«, gab Kleiner-Schneevogel zu, »die sagen, sie leben noch; aber ich glaube es nicht, denn ich habe ihren Todesschrei gehört, und ich habe unsere Hütte brennen sehen.«
Tüt-tüt-tüt-tüt, machte Glück mit der Hupe, und es war sonderbar, wie schnell Grünmantel daraufhin zur Stelle war. Er mußte ganz in der Nähe zu tun gehabt haben. Kleiner-Schneevogel ging ihm entgegen und sprach einige Worte, wobei er sich in geziemender Entfernung hielt.
»Freches Stück!« schrie Grünmantel, und es sah ganz so aus, als wolle er Kleiner-Schneevogel wieder schlagen. Er trat auch einen Schritt vor, aber Kleiner-Schneevogel wich rasch zurück. Da besann sich Grünmantel, griff in seinen Gürtel und warf ihm ein Geldstück zu, worauf Kleiner-Schneevogel eine ganze Weile redete und Grünmantel zuhörte. Er fragte auch einiges, und er hätte noch mehr gefragt, wenn Glück nicht in einem fort getutet hätte.
Tüt-tüt-tüt-tüt! Tüt-tüt-tüt-tüt!
»Du hast es mächtig eilig«, sagte Grünmantel, als er an den

Wagenschlag trat. »Wir müssen zu guter Stunde auf dem Berg sein«, erwiderte Glück trocken.
»Schon recht, aber so... , ich meine, eine Minute oder zwei ...«
Doch da setzte sich der Wagen in Bewegung, und Christian und Großer-Tiger, die auf ihren Plätzen saßen, winkten Kleiner-Schneevogel und seinen Brüdern. Die drei standen auf dem Platz in der Sonne, der jüngste trug die Schachtel mit den Nudeln unter dem Arm, und alle riefen: »Wir wünschen Bequemlichkeit und gute Reise!«
Als der Wagen in die Hauptstraße einbog, verneigten sie sich wie wohlerzogene Knaben, und dann konnte man sie nicht mehr sehen.

Elftes Kapitel, von dem Wirtshaus »Zu den zwei silbernen Schüsselchen« und von dem Wirt, der ein Rotbart war

Die Hauptstraße von Kalgan war breit, und es gab eine Menge Geschäftshäuser darin mit großen vergoldeten Aufschriften. Viele Leute waren unterwegs, und wenn nicht die Hälfte Soldaten gewesen wären, hätte kein Mensch gedacht, daß vor kaum acht Tagen in der gleichen Straße mit Maschinengewehren geschossen worden war. Jetzt saßen Kinder an den Straßenecken und spielten, der Scherenschleifer blies auf der langen Trompete, der Barbier schlug seine Stimmgabel, um unrasierte Männer aufmerksam zu machen, es sei Zeit, sich den Bart scheren zu lassen, ein Stoffhändler rief laut: »Zehn Cents der Fuß! nur zehn Cents! oder auch ein bißchen mehr!« und dazwischen tönten die Glocken einer heimkehrenden Kamelkarawane.
Glück mußte ganz langsam fahren. Einmal mußte er sogar anhalten, weil ein Esel scheu geworden war und seinen Reiter abwerfen wollte.
»Du da!« schrie Glück und beugte sich zum Fenster hinaus, »kannst du nicht reiten, oder weißt du nicht, was ein Automobil ist?«

»Ich kann reiten«, antwortete der Mann, »und ich kann ein Automobil von einem andern Wagen unterscheiden. Aber mein Esel kann es nicht. Sei so gut und lehre ihn die Verschiedenheit.«
»Schlingel!« rief Glück, »ich werde es ihm beibringen!«, und er tutete so laut, daß den Esel ein großes Entsetzen packte und er mitsamt dem Reiter davongaloppierte.
Glück lachte; aber als das Stadttor in Sicht kam, war die Zollschranke heruntergelassen, und Glück mußte von neuem halten. Er schimpfte, und der Zollwächter schimpfte zurück.
»Du wagst es, einen Militärwagen anzuhalten!« schrie Glück; »du solltest zittern!«
Der Zollwächter grinste. »Ich wage es«, sagte er, »und ich zittre nicht.«
»Ich werde dir die Knochen zerbrechen!«
»Schrei nicht so laut! Du hast was zu verzollen. Vorhin war ein Mann da mit einem Esel, der hat es mir gesagt.«
»Er lügt!« schrie Glück; »sein Vater und seine Mutter sind Lügner, und seine Großmutter lügt auch! Weil du ihm aber mehr glaubst als mir, werde ich dir eine Kugel in den Bauch schießen.«
Bei diesen Worten zog Glück die Pistole aus der Pistolentasche. Am Kolben glänzte ein Messingring, und an dem Ring baumelte eine rote Quaste aus gezwirnten Seidenfäden. Das sah prächtig aus.
Als der Zollwächter die Pistole mit der roten Troddel sah, machte er flugs die Schranke auf.
»Böser Mensch!« rief er dem davonfahrenden Glück nach, »mögen dir die Speichen von den Rädern fallen, du böser Mensch mit bösen Vorfahren!«
Außerhalb des Stadttores standen nur wenige schlechte Lehmhütten, und bald war nirgends mehr ein Haus. Ein breites Flußbett, in dem es viele kleine und große Steine und einen schmalen Wasserlauf gab, kam aus einem Seitental, in das Glück den Wagen lenkte.
Christian holte die Karte Südliches-Blatt aus der Ledermappe und versuchte, sich zu orientieren.

»Jetzt sind wir da«, sagte er zu Großer-Tiger und zeigte mit dem Finger in die Gegend von Kalgan; und eine Weile später sagte er: »Jetzt sind wir da.« Aber ganz sicher war er nicht.
»Wie heißt der nächste Ort?« wollte Großer-Tiger wissen.
Diese Frage kam Christian unerwartet. »Ich muß durch das Vergrößerungsglas schauen«, sagte er.
Nun kam es darauf an, daß Christian, wie man in China sagt, nicht das Gesicht verlor. Auch kleine Jungen haben ein Gesicht, auf das sie achtgeben müssen, damit es nicht durch eine Großsprecherei verdunkelt wird oder ganz verlorengeht.
»Der Wagen schaukelt so, ich kann schlecht lesen«, bemerkte Christian kleinlaut.
»Das kommt«, setzte ihm Großer-Tiger auseinander, »davon, weil wir über Steine und Baumwurzeln fahren.«
Christian sah von der Karte Südliches-Blatt auf, und er erblickte eine Menge dicker Baumstämme mit mächtigen Kronen.
»Schwarzpappeln«, erklärte Großer-Tiger.
Kaum hatte Großer-Tiger »Schwarzpappeln« gesagt, als Christian ein hilfreicher Gedanke kam. Es war aber auch die höchste Zeit. Es fiel ihm nämlich ein, daß es in China nur wenig Wald gibt und in den nördlichen Provinzen so gut wie gar keinen. War es da nicht fast sicher, daß ein solcher Haufen Schwarzpappeln, der beinahe die Bezeichnung Wald verdiente, in dem Südlichen-Blatt eingezeichnet war? Wald, das wußte Christian, wurde mit lauter kleinen Kreisen auf einer Karte vermerkt. Wenn er diese Kreise fand . . . Und Christian fand sie. Gleich im Norden von Kalgan waren sie; es gab zwar nur wenige, aber das kam daher, weil das Tal nicht breit war. Da war auch der Weg, und hinter den Kreisen, die Wald bedeuteten, war eine Siedlung mit vier oder fünf Häusern angegeben. Ein Name stand dabei.
»Der nächste Ort heißt: ›Heim in den Felsen‹«, berichtete Christian. »Sobald die Bäume aufhören, werden wir die Häuser sehen.«
»Das, was du da hast«, sagte Großer-Tiger anerkennend, »ist ein gutes Landbild. Es ist nützlich, daß man vorher lesen kann, wohin man nachher gelangt.«

Er sagte noch mehr bewundernde Worte, als der Wald aufhörte und man die Gehöfte von »Heim in den Felsen« sah. Sie lagen rechts von der Fahrstraße am Berghang, und jedes war mit einer Mauer umgeben. Die großen Tore aus rohbehauenen Bohlen waren geschlossen.

»Das ist wegen Räubern und schlechten Menschen«, erklärte Großer-Tiger.

»Gibt es hier wirklich welche?« fragte Christian.

»Vielleicht steht es auf dem Geländebild«, meinte Großer-Tiger. »Schau einmal nach.«

»Von Räubern steht nichts geschrieben. Man sieht nur, daß der Weg jetzt hin- und hergeht, und viele Male her und hin, und dann kommt ein Dorf, das heißt Seestadt.«

»Und vorher kommt man nirgends hin?«

»Man gelangt unterwegs an ein Haus, das heißt Silberhaus. Es liegt dort, wo der Weg anfängt, sich wie eine Schlange zu ringeln.«

»Dein Landbild ist außerordentlich nutzbringend«, bestätigte Großer-Tiger noch einmal. »Am Ende ist Silberhaus ein Räuberhaus, und man weiß es nur nicht.«

»Wir werden Glück fragen, sobald der Wa . . . Wa . . . Wa . . .«

Christian hätte den Satz gern zu Ende gesagt, allein der Wagen holperte über große Steine und über Geröll, die Fässer schlugen aneinander; Großer-Tiger und Christian wurden in die Höhe gehoben und fielen hart zurück.

»Au!« sagte Christian.

»Au!« sagte Großer-Tiger.

Dann waren sie auf dem andern Ufer des Flusses angelangt. Das Tal wurde enger, kleine Inseln mit Gesträuch lagen im Flußbett, aber die Berge ringsum waren höher geworden. Über die Felsgrate zogen weiße Wolken, und in den Wolken schwebte ein Adler, und dann sah man auch schon das Ende des Tales. Gar nicht weit weg erhob sich eine schroff abfallende Felswand, auf die der Weg schnurstracks zulief.

Man hörte das ferne Getöse eines Wasserfalls.

Die Berge rückten immer mehr zusammen, dadurch wurde das Rauschen stärker, und der Wagen fuhr auf einem aufge-

schütteten Steindamm hoch über dem Flußbett der dunklen Wand entgegen.
»Silberhaus!« sagte Christian und zeigte auf eine Schenke am Wegrand.
Im selben Augenblick hielt Glück den Wagen an. Wie immer begann er schrecklich zu tuten, und das Geplärr der Hupe tönte im Widerstreit mit dem Wasserfall von allen Bergen wider.
Darauf erschien der Wirt des Gasthauses »Zu den zwei silbernen Schüsselchen« unter der Tür, und Glück rief: »Geschwind, geschwind, bring Tee!«
»Wie Eure Exzellenz befehlen«, rief der Wirt zurück. Er machte eine sehr schöne Verbeugung, weil er die Uniform sah, und dann verschwand er schleunigst in seinem Bau.
Alle stiegen aus. Grünmantel setzte sich mit griesgrämigem Gesicht auf ein niedriges Mäuerchen neben der Straße, von wo einige Stufen zu einem Gärtchen und dann zu dem höher gelegenen Gasthaus führten.
»Du hattest es doch eilig«, sagte er zu Glück, »warum hältst du hier?«
»Ich sehe, du bist kein Autofahrer«, erwiderte Glück und öffnete die dampfende Motorhaube. »Hier beginnt das steilste Stück Weg unserer Reise. Da muß ich richtig machen, was ich richtig machen kann. Der Motor muß auskühlen. Ich fülle frisches Wasser nach, und du mußt mit den Füßen vorausgehen.«
»Schon recht«, brummte Grünmantel, »ich gehe schon.«
»Halt! nicht jetzt!« rief Glück. »Du mußt warten, bis ich fahre; dann sollst du vorausgehen, und du mußt Zeichen für mich machen, wo Gefahr droht.«
»Wir werden auch vorausgehen«, sagte Christian.
»Wir werden die wirren Mannigfaltigkeiten der Straße beachten«, sagte Großer-Tiger.
»Nein«, bestimmte Glück, »ihr müßt hinterdreingehen.«
Jetzt kam der Wirt mit dem dampfenden Teekessel, machte Bücklinge nach allen Seiten und . . .
»Oh, Herr Glück!« rief er, »oh, Exzellenz, ich bitte um Verge-

bung für meine alten Augen. Einen recht guten Tag auch den jungen Herrn. Ich bitte, die Erhabenheit der Gegend zu genießen. Große Dichter, bitte sehr, die bei mir einkehrten, schrieben unsterbliche Worte an die Wand meines Gastzimmers: ›Der Wasserfall rollt wie Donner über die Berge‹, oder: ›Seine Schleier schweben über dem Talgrund.‹ Bitte sehr, was für hohe, verdienstvolle Worte! Trinken Sie Tee, Exzellenz, das hält Schaden fern und schafft Wohlbefinden.«
»Sei still!« knurrte Grünmantel und hob den Kopf.
»Ach!« rief der Wirt, »welche Freude! Seine Herrlichkeit, der Herr Grünmantel ist ebenfalls abgestiegen! Ich bitte zu befehlen, ehrwürdiger Herr. Der Tee ist heiß und ausgezeichnet; ein besonderes Stück Tee, bitte sehr, ein Glückstee sozusagen mit Akazienblüten.«
»Scher dich fort!« sagte Grünmantel.
Der Wirt dienerte: »Ich lasse die Herrschaften allein. Vielleicht bemühen sich die Exzellenzen später in mein Gastzimmer, um die Inschriften der Dichter zu lesen; ihr Sinn ist weitreichend, und ihre Urteile sind umschreibend, aber treffend. Ich gehe jetzt, bitte sehr, ich bin schon nicht mehr da. Welche Freude, welches Glück, welches Wiedersehen!«
»Alter Hung-Hu-Tse«, brummte Grünmantel, und Christian wunderte sich wieder über das Wort. Nach der zweiten Tasse Tee stand Grünmantel auf, stieg die Stufen hinauf, ging durch den Garten, der eben zur Bepflanzung hergerichtet wurde, und verschwand in der Tür der Schenke.
»Jetzt sind«, sagte Glück grinsend, »zwei alte Hung-Hu-Tse beisammen.«
Christian faßte sich ein Herz. »Ich bitte um Vergebung meiner Unwissenheit«, sagte er, »Hung-Hu-Tse heißt Rotbart, aber von den beiden Herrn hat keiner einen roten Bart.«
»Du meine Güte!« rief Glück belustigt, »das ist kaum zu glauben. Du weißt doch sonst alles.«
Christian merkte, wie er rot wurde.
»Eben dieses weiß ich nicht.«
»Gut«, sagte Glück, »ich will es dir erklären. Diese zwei schätzbaren Herren waren nicht immer Herren. Es gibt Leute, die

behaupten, sie seien früher einmal Rotbärte gewesen. Man weiß es aber nicht genau, weil man nicht darüber spricht, denn ein Rotbart ist einer, der in die Berge ging.«
»Aha!« sagte Christian, »so ist das? – ein Rotbart ist ein Straßenräuber!«
»Sch! sch!« machte Glück, »das habe ich nicht gesagt.«
»Warum nennt da Herr Grünmantel andere Leute Rotbärte, wenn er selbst einmal . . .«
»Sch!« machte Glück, »es ist nicht sicher.«
»Aber es ist unhöflich, einen andern Hung-Hu-Tse zu nennen.«
»Das tut er«, sagte Glück, »damit niemand auf den trefflichen Gedanken kommt, er selbst könne einer gewesen sein.«
Christian sagte wieder »Aha!« und »So ist das?«, und dann sagte er nichts mehr; und Glück sprach auch nicht weiter davon, sondern stand auf, um die Arbeiten zu verrichten, die er für notwendig erklärt hatte.
Großer-Tiger stieß Christian in die Seite. »Wir müssen die Möglichkeiten ausnützen«, flüsterte er; und dann gingen beide artig zu Glück und baten um das Vergnügen, für ihn eine Kanne Wasser holen zu dürfen.
»Immer zu«, sagte Glück, »das dürft ihr.«
Großer-Tiger nahm die Kanne, und sie stiegen die Stufen empor. Sie gingen miteinander durch den Garten und traten durch die halb offenstehende Tür in die Schenke. Ein rußgeschwärzter Raum mit einer Feuerstelle, über der an Ketten ein Kessel hing, war das Gastzimmer, wo große Dichter, wie der Wirt behauptete, erhabene Gedanken kriegten. Niemand war da. Es roch nach verkohltem Holz, nach Moder und nach feuchten Wänden; doch das mochte die Nähe des Wasserfalls mit sich bringen. Aus dem Nebenzimmer hörte man gedämpft die Stimme Grünmantels. »Was verlockt dich Trottel, so zu tun, als wären wir alte Bekannte?«
»Wir sind es doch«, verteidigte sich der Wirt; »alte Freundschaft soll man nicht brechen.«
»Ich werde dir den Hals brechen!« schrie Grünmantel. »Unvorsichtiger! Du trittst dem Tiger auf den Schwanz!«

»Vergebung, Herr Grünmantel! Ich meinte nur, bitte sehr, ich dachte nur ein klein bißchen an frühere Zeiten; aber wie gesagt, nur ein ganz klein bißchen.«
»Fängst du schon wieder an? Es ist besser, du denkst nicht. Ist die Straße in Ordnung?«
»Sie ist in der vorzüglichsten Ebenmäßigkeit.«
»Unterstehe dich, Wasser darüberlaufen zu lassen!«
»Wie könnte ich so etwas auch nur träumen? Pst!... Bitte sehr, es muß jemand im Gastzimmer sein. Vergebung, ich muß mal eben nachsehen.«
Großer-Tiger hatte die leere Kanne unbedacht auf den Boden gestellt. Christian war mit dem Fuß dagegengestoßen, und nun erschraken beide. Rasch machten sie zwei Schritte rückwärts und standen, als wären sie eben gekommen, im Türrahmen, als der Wirt aus dem Nebenzimmer trat. »Oh, die beiden jungen Fürsten«, rief er lächelnd, »bemühen sich in meine kalte Hütte, um die Weisheit der Dichter zu verehren!«
»Wir möchten diese Kanne mit Wasser füllen«, sagte Großer-Tiger; »gibt es einen Brunnen hier?«
»Es gibt einen abgründigen Brunnen gleich hinter dem Haus. Darf ich die befehlenden jungen Herrn führen? – Nein, nicht hier! Um das Haus herum, bitte sehr.«
Der Wirt ging voran. Hinter dem Haus gab es Stallungen mit Pferden und eine dichte Bambushecke, wo ein Hund schrecklich zu bellen begann. Man sah ihn nicht genau, doch seine Gestalt zeichnete sich wie ein Schatten in den feinen Zwischenräumen der Bambusstäbe deutlich ab.
»Ein mächtiges Stück Hund«, bemerkte der Wirt, »ein Schrecken der Räuber, bitte sehr.«
»Gibt es hier welche?« fragte Christian zum drittenmal an diesem Tag.
»Haufenweise, bitte sehr! Die meisten Herrn Soldaten zum Beispiel sind Räuber, das heißt, ich bitte um Vergebung, die Exzellenz des Herrn Glück ist selbstverständlich ausgenommen. An ihm ist keine Spur von einem Rotbart, nicht einmal ein Stäubchen. Hier ist der Brunnen, bitte sehr; ich werde den Korb hinunterlassen.«

»Wir haben eine Kanne«, sagte Großer-Tiger.
»Der Himmel bewahre mich vor Leichtsinn«, rief der Wirt, »wie könnte ich ein wertvolles Stück Kanne diesem alten Strick anvertrauen! Nein, wir ziehen lieber zwei Körbe voll Wasser, und die Kanne wird nicht zerkratzt. Bitte sehr! Schon ist der erste Korb unten.« Man hörte das Aufplatschen des Weidenkorbs im Brunnenschacht.
»Schnell herauf!« rief der Wirt, »damit sich das Gute zeige. Bitte sehr, das ist die Sprache der Dichter, die bei mir verkehren.«
Während er so schwatzte, zog er eifrig am Seil. Das Seil lief über eine Holzrolle, die Rolle drehte sich, und der Korb erschien. Nur wenig Wasser tropfte durch das enge Geflecht. Großer-Tiger zog den Korb herbei und leerte ihn in die Kanne.
»Der halbe Segen ist nicht der ganze«, sprach der Wirt und ließ das Seil von neuem ablaufen, »der vorläufigen Mehrung folgt die Vollendung.«
»Wir danken«, sagte Großer-Tiger, als die Kanne voll war. »Wir danken, und wir gehen«, sagte Christian.
»Wozu die Eile?« fragte der Wirt, »wohin reisen meine jüngeren Brüder?«
»Wir fahren nach Sinkiang.«
»Nicht für einen Wagen voll Teufel würde ich . . . , Verzeihung; ich meine nur, dieses ist ein schlechter Reisetag. Ich habe heute mit keinem Gast gerechnet. Aber das ist die neue Zeit. Niemand achtet mehr den Kalender.«
»Doch«, sagte Großer-Tiger, »wir haben gelesen, daß heute die Speichen von den Rädern fallen.«
»Oh, ich wußte es ja«, rief der Wirt freudestrahlend, »die jungen Herrn sind Gelehrte! Gewiß; die Speichen werden von den Rädern fallen; ganz gewiß werden sie das tun, bitte sehr; es muß ja nicht gleich sein, und die Speichen brauchen es auch nicht zu sein. Man muß das nicht so wörtlich nehmen. Es gibt nämlich eine Menge Unglück von der allerbesten Sorte: es gibt Schneesturm, es gibt Hitze, es gibt Sandsturm, es gibt Überschwemmung, es gibt Donner, Blitz, und es gibt noch viel mehr. Bitte sehr, und es gibt auch Räuber.«

»Wir haben noch keinen gesehen«, sagte Christian.
»Das«, sprach der Wirt mit bedenklicher Miene, »kann man nie wissen. Man sieht es dem Menschen nicht an der Nasenspitze an, ob er einer ist. Die ehrbaren Rotbärte gehen jetzt nach Hause, um das Feld zu bestellen. Die großen Gauner, ich bitte um Vergebung, ich meine die entlaufenen Herrn Soldaten, gehen aber nicht nach Hause. Sie verursachen Unheil auf allen Wegen. Das muß nicht heute sein, wie gesagt, das kann morgen oder übermorgen sein. Ich jedenfalls wünsche Wohlergehen und gedeihliche Geschäfte.«
»Wir haben keine Geschäfte«, sagte Christian.
Der Wirt lachte, als ob er sagen wollte: Mir braucht ihr das nicht weiszumachen.
»Entschuldigung«, sagte Großer-Tiger, »wir müssen gehen. Der Herr Glück wartet auf das Wasser.«
Während der Wirt vorausging, versuchte er noch einmal die Rede auf Geschäfte zu bringen, aber Großer-Tiger sagte: »Wir sind unerfahren in jeder Art von Geschäft.«
»Wir sind jung und unwissend«, bekräftigte Christian.
Da blieb der Wirt stehen, und es war leicht zu sehen, daß er ärgerlich war, obgleich er lachte und von Segenswünschen überfloß. Schließlich ging er ins Haus zurück.
»Ein alter Schwätzer das«, sagte Glück, als ihm Großer-Tiger die Kanne reichte; »was hat er gesagt?«
»Er meinte, es sei nicht gut, an einem solchen Tag zu reisen, wie wir es tun.«
»Das weiß ich auch. Hast du im Kalender gelesen?«
»Ich habe im Kalender gelesen, befehlender Herr.«
»Was denkst du darüber?« fragte Glück.
»Ich denke, daß es bald Abend sein wird und daß bis jetzt nichts passiert ist.«
»Recht so! Es wird auch nichts passieren. Wenn aber etwas geschieht, werde ich dem schwatzhaften Burschen ein Loch in den Körper schießen.«
»Tut das bitte nicht«, sagte Christian, »er kann nichts dafür, wenn uns Unheil begegnet.«
»Das verstehst du nicht«, erwiderte Glück.

Er schloß die Motorhaube und reinigte die Hände mit einem Lappen.
»Ich kenne diesen Halunken so gut, wie ich diese Gegend kenne. Er hat nicht nur eine Schenke, er hat auch einen Stall mit Pferden.«
»Wir haben den Stall gesehen«, bestätigte Großer-Tiger.
»Und einen Hund hat er auch«, sagte Christian.
»Die Pferde«, fuhr Glück fort, »vermietet er an Fuhrleute, die Vorspann brauchen, damit sie die Paßhöhe erreichen. Wenn ein Fuhrmann keine Pferde haben will, geschieht etwas. Seht ihr den kleinen Tempel da oben?«
»Wir sehen ihn.«
»Dort sitzt ein Hüterbube, der auf die Schafe des Wirts obachtgeben muß. Sobald ihm der Wirt ein Zeichen macht, muß der Junge an einer kleinen Vorrichtung ziehen. Dann läuft ein Teil des Wassers nicht zum Wasserfall. Es läuft über die Paßstraße, der Wagen des Fuhrmanns bleibt stecken, und der Fuhrmann muß Vorspann nehmen zum doppelten Preis. Wenn es spät ist, muß er auch noch übernachten, und das kostet viel. Obendrein wird ihm ein bißchen was gestohlen, und niemand kann das Gestohlene wieder finden, weil es längst im Hundestall ist, wohin sich keine lebende Seele traut. Ich sage euch, dieser Mensch mit den vielen Worten ist wie zehn Mann Spitzbuben.«
»Kann man ihn nicht daran hindern?« fragte Christian.
»Man kann ihn nicht hindern, sagte Glück. »Niemand weiß von seinen Schlichen.«
»Aber Ihr wißt davon, befehlender Herr«, sagte Großer-Tiger.
»Ja, ich weiß davon . . . , aber ich kann nicht . . . , oder ich will nicht . . . Ach, was«, sagte Glück verdrießlich, »man muß solche kleinen Gauner machen lassen; ich fahre jetzt.«
Damit stieg Glück ins Führerhaus, und obgleich er Grünmantel kommen sah, begann er zu hupen, und Grünmantel, obgleich er Glück hupen hörte, beeilte sich nicht. Gravitätisch ging er an dem Lastwagen vorbei, der langsam anrollte.

Zwölftes Kapitel, in dem es schrecklich hergeht

Überall in der Welt gibt es schwierige Bergstraßen, aber die meisten sind für Automobile hergerichtet. Die Straße beim Haus »Zu den zwei silbernen Schüsselchen« war weder hergerichtet, noch hatte sie je ein Automobil gesehen. Gleich die Anfahrt war vielversprechend. Zwei tiefe Gleise in der Spurweite chinesischer Karren führten durch das ansteigende Kiesgeröll des Flußbetts. Als Glück darüberfuhr, zeigte es sich, daß er besser schnell gefahren wäre. Die Reifen drückten den Kies beiseite, die Steine flogen nach rechts und nach links; sie knallten gegen das Schutzblech, und die Räder drehten sich hilflos um die Achsen; aber vorwärts ging es nicht. Glück hatte diesen und noch mehr solche Fälle vorausgesehen, darum hatte er vier starke Bretter, zwei Schaufeln und sogar eine Spitzhacke mit auf die Reise genommen. Sie wurden abgeladen, und Christian und Großer-Tiger halfen, den Kies beiseiteschaufeln, bis Glück die Bretter unter die Räder schieben konnte. »Dieser Wagen ist ohne Kraft«, sagte Grünmantel, der daneben stand, die Daumen drehte und gelegentlich ausspuckte, um sein Mißfallen zu zeigen.

»Dieser Wagen ist gut«, entgegnete Glück, »aber die Straße ist schlecht. Rufe den Wirt. Ihr beide müßt hinten anschieben, sobald ich losfahre, damit die Räder auf die Bohlen kommen.«

»Ich bin schon da, bitte sehr«, rief der Wirt. »An einem solchen Tag wie heute ist es verkehrt, nichtstuend seine Freunde sich selbst zu überlassen. Wer Freunde hat, ist nicht verloren, und des Unscheinbaren Kraft bewegt die Welt.«

»Schweig!« rief Glück halb zornig, halb lachend, »sonst stehen wir noch da, wenn der Mond scheint.«

»Oh, der Herr Glück meint das Bild des Auftretens: Oben der Himmel, unten der See, und darüber die silbernen Füße des Mondes.«

»Du sollst den Mund halten und hinten anschieben!« rief Glück. Er saß bereits auf seinem Platz hinter dem Steuer.

»Seid ihr so weit?«

»Wir sind so weit«, riefen Großer-Tiger und Christian.

»Schon recht«, brummte Grünmantel.
»Gehen führt in Hemmnisse, bitte sehr, aber das Heil ist nahe!« schrie der Wirt.
»Es geht los!« rief Glück, »lai, lai, lai – komm, komm, komm, du bitte komm!« Er gab Gas, die Räder faßten die Bretter, und der Wagen kam in Bewegung. Ein paarmal noch mußten die Bretter vorgelegt werden, dann war das Flußbett überwunden, und die steinige Bergstraße begann. Glücklicherweise war sie breit genug, und es gab wenige Stellen, an denen der Abgrund nahe war.
»Wenn Seine Exzellenz erlaubt«, sagte der Wirt, »werde ich vorausgehen.«
»Geh immer voraus«, sagte Glück, »du kennst dich hier aus, alter Rotbart.«
»Der Herr Glück belieben zu scherzen.«
»Ich beliebe mit der Pistole zu schießen, wenn es schiefgeht.«
»Oh, bitte sehr«, rief der Wirt erschrocken, »es wird nicht schiefgehen, und es wird nicht krummgehen. Euer Weg eben Friede!« Er beeilte sich und stand schon an der ersten Serpentine. Christian und Großer-Tiger kamen hinterdrein. Jeder trug einen schweren hölzernen Hemmschuh, den ihnen Glück gegeben hatte mit der Anweisung, ihn unter die Hinterräder zu schieben, falls der Wagen nach rückwärts rolle.«
»Fördernd ist der Südwesten«, rief der Wirt, »noch etwas mehr, bitte sehr! – So, und jetzt . . . Halt! So geht es nicht.«
»Was geht nicht?« rief Glück.
»Die Felsen gehen nicht aus dem Weg«, sagte der Wirt; »etwas zurück und nach Osten!«
»Du sollst links und rechts sagen!« schrie Glück.
»Seine Exzellenz mäßige ihren Zorn. Mit rechts und links kenne ich mich nicht aus.«
»Dann zeige mit den Händen!«
»Mit den Händen kann ich nicht zeigen«, behauptete der Wirt; »es könnte hierherum Leute geben, die meinten, ich mache Zeichen.«
»Ich will nicht hoffen, daß es solche Leute gibt«, sagte Glück drohend.

»O weh und o je«, jammerte der Wirt, »da ist keine Hilfe. Vielleicht kann einer der jungen Herrn vorausgehen. Oben bei dem kleinen Tempel sitzt ein Hütebube, der auf meine Schafe achtgibt. Man muß ihm sagen, daß er sich nicht von der Stelle rührt, der kleine Halunke. Sonst könnte er meinen . . . Bitte sehr, solche Hütebuben meinen oft etwas.«
»Vielleicht«, sagte Glück, »könnte er meinen, du seist noch der alte Spitzbube. Los, Großer-Tiger, lauf hinauf!«
»Darf Kompaß-Berg mit mir kommen?« fragte Großer-Tiger.
»Ihr müßt wohl immer beisammen sein? Meinetwegen, geht beide. Grünmantel soll die Hemmschuhe nehmen. Aber jetzt lauft!«
»Hier, Herr Grünmantel, ist der Bremsklotz«, sagte Großer-Tiger.
»Darf ich bitten, sich zu bedienen?« sagte Christian.
Dann liefen beide dem Wagen voraus. Die Straße wand sich in viermaliger Wiederkehr zum Wasserfall hinauf. Als sie oben anlangten und in das baumlose Tal blickten, wo sich die Höhenzüge wie Falten eines Gewands in schattige Tiefen auflösten, erinnerte sich Christian plötzlich an eine Schulstunde.
»So sieht es auf dem Mond aus«, sagte er.
Großer-Tiger wunderte sich; aber da keine Zeit zu fragen war, sagte er nichts. Er schaute sich nach dem Hütebuben um, und als er den Tempel am Hang liegen sah, begann er das letzte Stück Weg zu laufen. Christian lief hinterdrein.
Auf der obersten Stufe des Tempelchens lehnte an einer der beiden Holzsäulen, die das vorspringende Dach trugen, ein großer Junge. Er hatte Pelzhosen an und einen offenen Kittel aus Schaffell. Der Oberkörper darunter war nackt, und man sah, daß der Junge kräftig war und daß er um einiges älter sein mochte als Großer-Tiger und Christian. In der einen Hand hielt er einen ansehnlichen Stock, mit der andern beschattete er die Augen. Ein kurzer schwarzglänzender Zopf hing ihm im Nacken.
Der Junge blickte nicht auf Großer-Tiger und nicht auf Christian. Er schaute den Steilhang hinab, wo man, wenn man sich etwas vorbeugte, den Lastwagen noch immer vor der ersten

Serpentine halten sah. Zwanzig Schritte voraus im Innern der Straßenbiegung stand der Wirt mit offenem Mund und schaute nach oben. Grünmantel war nicht zu sehen.
»Hallo!« rief Christian, so laut er konnte.
»Wir sind da!« rief Großer-Tiger.
Gleich darauf begann der Motor zu brummen, man hörte das Geschrei des Wirts, und Steinschlag polterte zu Tal.
»Was habt ihr zu rufen?« fragte der Hütebube barsch; »hier braucht niemand Geschrei zu machen.«
»Wir sind gekommen«, begann Großer-Tiger, »um dir zu sagen, du sollst dich nicht von der Stelle rühren.«
Der Hütejunge blickte höhnisch auf Großer-Tiger. »Bist du der Herr Provinzamtmann?« fragte er. »Geh fort, du verfinsterst mir die Aussicht.«
Er schob Großer-Tiger beiseite und machte Miene, ihn die Stufen hinabzustoßen. Bei alledem blieb sein Blick starr nach unten gerichtet, wo der Wirt den Wagen mit Hand- und Armbewegungen einmal nach links dirigierte und dann wieder nach rechts, bald zum Weiterfahren veranlaßte oder zum Halten brachte.
»Du sollst dich nicht um den Wagen kümmern«, sagte Großer-Tiger.
Der Junge hörte nicht darauf, er grinste nur und faßte seinen Stock fester. Plötzlich fuhr er zusammen.
»Das Zeichen!« murmelte er, »das Zeichen!«
Wie der Blitz wandte er sich um, riß sich den Fellkittel vom Leib und stieß Großer-Tiger, der ihm in den Weg treten wollte, vor die Brust, daß er nach rückwärts in die dunkle Nische fiel und mit dem Kopf gegen den Altar des Tempels schlug. Die Holzwand des Altars dröhnte, und der Kopf von Großer-Tiger dröhnte auch.
Mit zwei Sätzen sprang der Junge die Stufen des Tempels hinunter, wo Christian stand.
Das alles ging so geschwind, und der Junge hob den Stock so rasch, um Christian zu schlagen, daß er ihm auch richtig einen tüchtigen Hieb versetzte. Doch im selben Augenblick stürzte er der Länge nach auf die Backsteinfliesen, denn Christian

hatte ihm flink ein Bein gestellt. Der Stock fiel ihm aus der Hand. Christian stieß ihn mit dem Fuß weg und warf sich auf den am Boden Liegenden. Der schlug mit Armen und Beinen um sich, fauchte wie eine Katze und versuchte zu beißen. Vor allem wollte er sich umdrehen, um Christian unter sich zu kriegen. Aber Christian kniete ihm auf die Schultern, krallte sich mit beiden Händen in den Zopf fest und drückte so das Gesicht des andern auf die Fliesen.
Der Hütejunge bebte vor Zorn. Alle Glieder taten ihm weh von dem Sturz, die Knie waren aufgeschürft und bluteten, die Adern pochten. Mit einer letzten Anstrengung riß er die Ellbogen an sich und warf, plötzlich emporschnellend, Christian über Schultern und Kopf vor sich auf den Boden.
Nicht loslassen! nicht loslassen! dachte Christian verzweifelt, aber es half nichts.
Der große Junge hatte jetzt die Hände frei, mit denen er dem vor ihm liegenden Christian sofort ins Gesicht fuhr. Christian mußte den Zopf loslassen, um sich zu wehren, doch schon war der andere über ihm, und grub ihm mit wildem Triumph die Fingernägel in die Kopfhaut. Christian schrie.
Da flog ein Schatten über die Kämpfenden, etwas sauste durch die Luft, und dann schlug der Stock des Hirtenbuben ihm selbst auf den Kopf. Da lag er nun.
Neben ihm stand schnaufend Großer-Tiger mit dem Stecken, und Christian richtete sich mühsam auf. Alle drei waren übel zugerichtet mit Rissen in der Haut, aus denen Blut tropfte, mit Kratz- und Bißwunden und mit ausgerauften Haarbüscheln. Großer-Tiger hatte eine dicke Beule an der Stirn.
»Hast du ihn ganz totgemacht?« erkundigte sich Christian besorgt.
»Ich weiß es nicht genau; ein Stück Seele wird noch da sein.«
»Dann wollen wir ihm schnell die Füße fesseln, sonst springt er fort und zieht an der Vorrichtung, die das Wasser ableitet.«
»Hast du einen Strick?«
»Ich habe keinen. Der Drache hat alle Schnur mitgenommen.«
»Aber er«, rief Großer-Tiger, »hat einen Lederriemen um den Bauch.«

»Das ist unfair«, sagte Christian.
»Was ist das?« fragte Großer-Tiger
»Etwas«, erklärte Christian, »was man eigentlich nicht tun darf, ist unfair.«
»Wir müssen es aber tun«, entschied Großer-Tiger, »sonst schlägt er uns mit dem Knüppel tot. Er ist stärker als wir beide, und er ist wild wie zehn Wölfe.«
Ohne einen weiteren Einwand abzuwarten, machte sich Großer-Tiger über den Hirtenbuben her, nahm ihm den Leibriemen, und Christian ließ die Bedenken über fair und unfair fallen. Miteinander banden sie die Füße ihres bösen Gegners zusammen.
Sie waren kaum fertig damit, als der Junge zu sich kam. Er blickte wild um sich und wollte sofort aufspringen. Da warfen sich Großer-Tiger und Christian auf ihn und rangen ihn mit vereinten Kräften nieder; und jeder setzte sich auf einen Arm des Besiegten.
»Ihr seid zehnmal zehn Feiglinge!« schrie der Junge. »Laßt mich los, damit ich euch zu Brei zerstampfe!«
»Wir werden uns hüten, dich jemals wieder loszulassen«, sagte Christian.
»Wir würden sehr bedauern dich totschlagen zu müssen«, versicherte Großer-Tiger; »bleib lieber liegen, so ersparst du uns viele Arbeit.«
»Ihr redet großtönende Worte«, sagte der Junge, »und ihr solltet euch schämen! Ich werde nicht mehr mit euch sprechen.«
Er schloß die Augen zum Zeichen, daß er es nicht der Mühe wert halte, Christian und Großer-Tiger länger anzusehen.
Großer-Tiger sagte: »Du wirst bald wieder reden. Der Wirt ›Zu den zwei silbernen Schüsselchen‹ wird kommen, und er wird dich fragen, warum du seinen Befehl mißachtest, und auch Grünmantel wird sehr zornig sein. Vielleicht kennst du ihn.«
»Was sagst du da?« schrie der Junge und schlug die Augen schnell wieder auf. »Grünmantel ist da?«
»Er ist sehr nahe«, versicherte Christian.
»Er ist sehr übler Laune«, bemerkte Großer-Tiger.

»Das ist mir gleich«, rief der Junge hastig, »es gibt Schlimmeres; bitte laßt mich los!«
»Was unmöglich ist«, sagte Christian, »kann nicht geschehen«, ergänzte Großer-Tiger.
Jetzt verlegte sich der Hirtenjunge aufs Bitten. »Ich werde Frieden mit euch halten, bitte laßt mich gehen. Ich muß augenblicklich fort, ich habe etwas Wichtiges zu tun.«
»Wir wissen, was du tun willst«, sagte Großer-Tiger.
»Du willst das Wasser über die Straße leiten«, sagte Christian.
»Nein!« rief der Junge, und man sah, daß er mit den Tränen kämpfte; »ich muß woandershin. Laßt mich gehen, wenn ihr von Schuld frei bleiben wollt.«
»Wir kennen dich nicht«, sagte Christian
»Du mußt uns sagen, was du vorhast«, bestimmte Großer-Tiger.
»Das kann niemals geschehen.«
Der Junge begann zu weinen. Tränen rollten ihm über das Gesicht und vermengten sich mit dem Staub zu dicken Kugeln.
»Ich bin verloren, und Bators Vater ist auch verloren.«
»Wer ist Bator?« fragte Großer-Tiger.
»Bator ist mein Freund.«
»Und wer bist du?« fragte Christian
»Ich heiße Lo-Tjang . . . Doch wozu erzählen? . . . Es ist alles aus, und Grünmantel, dieser . . . «
»Dieser Schuft wolltest du sagen?«
»Ich habe kein halbes Wort sagen wollen.«
»So will ich«, erklärte Christian »dir sagen, was wir von Grünmantel halten: Hier ist Großer-Tiger, und ich bin Kompaß-Berg. Wir beide denken, daß Grünmantel ein ganz gemeiner Mensch ist. Er reist zwar mit uns, weil der Soldat Glück ihn mitgenommen hat, aber er geht uns nichts an. Wir verachten ihn.«
»Fahrt ihr mit dem Wagen, der von selber geht?«
»Wir fahren mit diesem Wagen.«
»Und Grünmantel«, rief Lo-Tjang voll Angst, »fährt er auch mit euch?«

»Ja«, sagte Christian, »das tut er, ich habe es schon vorhin gesagt.«
Lo-Tjang schluchzte von neuem. »Ich wußte es ja«, rief er verzweifelt, »wir sind alle verloren.«
Christian wechselte mit Großer-Tiger einen Blick, und dann sagte er: »Wir werden dich loslassen, wenn du versprichst, daß du uns in Frieden läßt.«
»Bei deinem Gesicht«, fügte Großer-Tiger hinzu.
»Bei meinem Gesicht«, sagte Lo-Tjang.
»Du hast es gesagt«, sprach Christian feierlich, »steh also auf!«
Sie entfernten die Fußfessel, gaben ihm den Leibriemen zurück, und Lo-Tjang, der vorhin noch ungestüm und wild war, saß am Boden und weinte.
»Hast du Kopfschmerzen?« fragte Großer-Tiger.
»Es tut weh«, sagte Lo-Tjang, »aber das ist es nicht.«
»Was ist es denn?« fragte Christian.
»Es ist nicht wegen mir«, sagte Lo-Tjang und wischte sich die Tränen fort, »es ist wegen Bators Vater, und wegen seines Gesichts, und wegen der Kamele, und wegen allem, was ihr nicht verstehen könnt.«
»Vielleicht verstehen wir es, wenn du es sagst«, meinte Großer-Tiger.
»Es ist sogar wahrscheinlich, daß wir es verstehen«, sagte Christian.
»Es gibt keine Hilfe«, erklärte Lo-Tjang.
»Man muß darüber reden«, schlug Christian vor; »es ist mühsam, einen mächtigen Gegner zu überwinden, aber es ist nicht unmöglich.«
»Meinst du Grünmantel?« fragte Lo-Tjang.
»Wen sonst!« rief Christian.
Lo-Tjang wandte sich an Großer-Tiger. »Und du?« fragte er.
»Kwi-Schan und ich meinen immer das gleiche, oder fast immer. Wir sind Freunde.«
Lo-Tjang zögerte noch. Von unten hörte man das Brummen des Motors lauter und das Geschrei des Wirts deutlicher. Man konnte zwar nur einzelne Worte wie »fördernd«, . . . »Südosten« . . . oder »großes Heil« verstehen, aber es war klar: der

Lastwagen machte Fortschritte. »Sprich«, drängte Christian.
»Rede, solange es Zeit ist«, mahnte Großer-Tiger.
»Ich bin aus Tsagan-Tscholo«, begann Lo-Tjang.
»Dort übernachten wir heute!« rief Christian.
»Ich dachte es mir«, sagte Lo-Tjang, »weil Grünmantel dabei ist. Er übernachtet immer in Tsagan-Tscholo, denn er will Bators Vater die Kamele wegnehmen.«
»Kann er das?« fragte Christian.
»Er hat es bis jetzt nicht gekonnt, weil ich ihm stets zuvorgekommen bin und Bators Vater gewarnt habe. Da hat er seine Kamele fortgetrieben, und Grünmantel hatte das Nachsehen. Aber heute fährt Grünmantel mit dem Wagen, der von selber geht, und kein Pferd läuft so schnell, daß es vor ihm am ›Weißen-Stein‹ wäre.«
»Du meinst in Tsagan-Tscholo«, verbesserte Großer-Tiger.
»Das ist dasselbe«, erklärte Lo-Tjang; »Tsagan-Tscholo ist ein mongolisches Wort, und es heißt Weißer-Stein. Versteht ihr denn nicht mongolisch?«
»Nein«, bekannte Christian, »diese Sprache sprechen wir nicht.«
Lo-Tjang schüttelte den Kopf. »Das ist schlimm. Wie wollt ihr durch die Steppe reisen, wenn ihr nicht wißt, daß tsagan ›weiß‹ bedeutet und daß Tscholo ein Stein ist?«
»Wir werden uns Mühe geben zu lernen«, sagte Großer-Tiger, »aber jetzt ist nicht die richtige Zeit dazu. Du sollst uns lieber von Grünmantel und von Bator erzählen.«
»Es gibt keine Hilfe«, sagte Lo-Tjang düster; »es handelt sich auch nicht um Bator, sondern um Bators Vater, und der heißt Serrath. Aber niemand nennt ihn so. Alle Leute sagen Dogolon zu ihm, weil er ein lahmes Bein hat.«
»Erzähle schnell!« bat Großer-Tiger; »hörst du denn nicht, daß sie nahe sind?«
»Sie sind in der dritten Kurve«, sagte Lo-Tjang ungerührt, »und es gibt doch keine Hilfe.«
»Wir könnten Dogolon warnen«, schlug Christian vor.
»Ihr?« fragte Lo-Tjang, und dabei blickte er wieder so höhnisch wie schon einmal.

Doch dann besann er sich. »Ich will euch erzählen«, sagte er schnell.
»Es war vor zwei Jahren um die gleiche Zeit wie jetzt. Da kam Grünmantel mit dreihundert Kamelen aus Sinkiang zu uns nach Weißer-Stein. Sie hatten Baumwolle geladen, aber unterwegs in der Wüste hatte Grünmantel einige Kamele verloren. Er ging zu Dogolon und handelte mit ihm. ›Verkaufe mir zehn Kamele‹, sagte er, ›ich ziehe die Paßstraße hinunter nach Kalgan; da muß ich die Lasten verringern und auf mehr Kamele verteilen, sonst geht es nicht. Willst du sechzig Silberbatzen haben?‹ Dogolon hatte noch nie einen so vorteilhaften Handel gemacht, und er verkaufte die zehn besten seiner Kamele, das Stück für sechzig Silberbatzen. Es blieben ihm immer noch zwölf Kamele, denn er besaß zweiundzwanzig. Grünmantel zog am nächsten Tag weiter und machte Lager bei Seestadt. Anderntags wollte er mit der ausgeruhten Karawane den Paß begehen.
Da gab es in der Nacht einen Schneesturm, und die Hälfte von Grünmantels Kamelen erfroren, weil sie nicht genug Filzdecken hatten, und weil sie von der langen Reise entkräftet waren. Als Grünmantel in Kalgan eintraf, lief er gleich zum Yamen und verklagte Dogolon, er habe ihm zehn schlechte Kamele verkauft, sonst wären sie nicht erfroren. Sie waren aber gar nicht erfroren. Dogolon hat alle die toten Kamele bei Seestadt gesehen, und seine zehn waren nicht darunter. Doch der Richter in Kalgan war ungerecht. Er sandte bewaffnete Büttel . . . «
»Sie kommen!« rief Christian und sprang auf.
»Ich wußte es ja«, sagte Lo-Tjang, »es gibt keine Hilfe.«
Alle drei schauten die Straße hinab, wo der Lastwagen eben um die letzte Biegung fuhr. Der Wirt lief strahlend voraus, er hüpfte von einem Bein auf das andere, er fuchtelte mit den Armen, und als er Christian und Großer-Tiger erblickte, rief er: »Wir haben das Unüberwindliche überwunden. Der Abgrund brüllte Hu! Hu! und die Steine haben getrommelt, aber wir hielten die Kinnladen geschlossen. Jetzt sind wir oben, bitte sehr! Nichts mehr kann die Räder hemmen.«

»Ich gratuliere«, sagte Christian höflich.
»Sie sind ein glücklicher Mensch«, sagte Großer-Tiger.
Lo-Tjang stand dabei, als warte er auf ein Wort des Wirts.
Doch der Wirt zuckte die Achseln, und: »Diesmal gibt es kein Lamm«, war alles, was er sagte.
Da ging Lo-Tjang zum Tempel, um seine Felljacke zu holen.
»Ich hoffe, er hat den jungen Herrn keine Schwierigkeiten gemacht«, erkundigte sich der Wirt.
»Von Schwierigkeiten kann keine Rede sein«, sagte Großer-Tiger.
»Wir haben uns angeregt unterhalten«, behauptete Christian.
»Da muß ich beipflichten«, erklärte der Wirt; »das Beste auf der Welt ist eine gute Unterhaltung. – Nicht wahr?« wandte er sich an Glück, der mit dem Lastwagen unterhalb des Tempelchens hielt und ausgestiegen war, »es ist nichts krummgegangen, und es ist auch nichts schiefgegangen.«
»Mach, daß du fortkommst!« knurrte Grünmantel. Er war hinter dem Wagen dreingegangen, schnaufte und warf die lästigen Bremsklötze kurzerhand auf die Straße.
Großer-Tiger hob sie auf und legte sie an ihren Platz auf den Wagen.
»Habt ihr euch verdroschen?« fragte Glück, als er Christians zerkratztes Gesicht bemerkte.
»Ich bin ungeschickt gewesen, und ich bin gefallen«, sagte Christian.
»Und du bist wohl aus Versehen gegen einen Felsen gerannt?«
»Es war kein Felsen, befehlender Herr«, sagte Großer-Tiger, »es war Holz.«
Glück lachte. Er wollte etwas über die Gefährlichkeit des Bergsteigens sagen, doch da rief der Wirt vom Straßenrand herüber: »Darf ich mich von den Exzellenzen und von den jungen Fürsten formlos verabschieden? Es tut mir leid, daß sie die Gastlichkeit meiner geringen Hütte nicht länger in Anspruch nahmen. Ein andermal, bitte sehr, mich wieder zu beehren.«
»Gewiß, doch«, sagte Glück, »ein andermal, alter Hung-Hu-Tse.«

»Tausend Dank«, riefen Christian und Großer-Tiger.
Grünmantel sagte gar nichts. Er schaute sich nicht einmal um.
Der Wirt ging die Straße hinab, viele Male wandte er sich zurück, und als man ihn schon nicht mehr sah, tönte seine Stimme aus der Tiefe: »Mögen Sie glückliche Tage verleben!«
Die Sonne stand im Westen über den Bergen, hoch genug, um noch eine Stunde zu verweilen und eine blasse Vorstellung von Wärme zu erwecken. Es hatte sich aber ein kalter Wind aufgemacht, gegen den die Sonnenstrahlen nichts vermochten. Die wenigen zarten Frühlingsgräser zwischen den Steinen zitterten, und die gebleichten vom Vorjahr legten sich demütig zu Boden.
Auf den Tempelstufen saß Lo-Tjang. Er hatte die Felljacke angezogen, den Knüppel über die Knie gelegt und seinen Zopf frisch geflochten. Er blickte auf Christian und auf Großer-Tiger; er sah zu, wie Glück um den Wagen ging und die Reifen prüfte, und ganz besonders gab er auf Grünmantel acht, der zur Eile antrieb.
»Was steht ihr hier herum? Sputet euch! Setzt euch auf eure Plätze!«
»Gestattet, daß wir uns von Lo-Tjang verabschieden«, sagte Christian.
»Von wem?«
»Von dem, der auf der Tempelstufe sitzt«, sagte Großer-Tiger.
»Sitzt da wer? Ach so! Auch so ein Taugenichts. Komm her, du Bursche!«
Lo-Tjang stand auf, legte den Knüppel beiseite und kam die paar Schritte vom Tempel zur Landstraße. Vor Grünmantel blieb er stehen und verneigte sich stumm.
»Ist das eine Art?« schrie Grünmantel; »hast du das Reden verlernt?«
»Ich wage nicht, Euch mit Worten zu belästigen.«
»Freilich, freilich! Das Wort ›Danke‹ kommt nicht aus deinem Hals. Habe ich dir nicht diese einträgliche Stelle verschafft, du Bündel von Mensch?«
»Ich danke Euer Gnaden für den Posten als Schafhirt«, sagte Lo-Tjang, doch es klang wie Hohn.

Grünmantel merkte es und wandte sich ab. Nach einigen Schritten kam er zurück, stellte sich vor Lo-Tjang mit zusammengekniffenen Brauen und fragte streng: »Ist der Hinkende am Weißen-Stein?«

»Ich habe gehört, er sei fortgezogen.«

»Und ich habe gehört, daß du lügst! Merke dir, das genügt für zwanzig Hiebe mit dem Bambusprügel!«

Damit ließ er Lo-Tjang stehen, ging zum Wagen und setzte sich auf seinen Platz, daß die Federn krachten.

Bevor er die Wagentür zuwarf, rief er laut: »Glück! He, Glück!«

Aber Glück war mit einem Stock beschäftigt, den er in den Benzintank steckte, um nachzuprüfen, wieviel Betriebstoff noch da sei. »Halte mal den Stock«, sagte er zu Christian, und dann machte er Bleistiftstriche dahin, wo der Tank oben aufhörte, und dahin, wo der Stock anfing naß zu werden.

»In Seestadt müssen wir nachfüllen«, sagte Glück.

»Reicht es nicht bis Dschang-Be?« fragte Großer-Tiger.

»Es reicht auch bis Dschang-Be.«

»Dann bitte ich den befehlenden Herrn, bis Dschang-Be zu fahren. Kwi-Schan wird beim Nachfüllen den Trichter halten, und ich werde derweil vor das Nordtor gehen und nach den Eltern von Kleiner-Schneevogel fragen. Wir haben es ihm versprochen.«

»Da müssen wir uns aber mächtig eilen«, sagte Glück, »sonst wird es dunkel.«

»Der Mond ist schon ein bißchen da«, bemerkte Christian.

»Er scheint nicht sehr lange, und heute überhaupt nicht«, sagte auf einmal Lo-Tjang, der abseits gestanden hatte und jetzt näher kam. Er begrüßte Glück mit einem eiligen: »Ich wünsche Ruhe, befehlender Herr«, und dann deutete er auf die Wolkenfahnen, die mit dem Wind gekommen waren. Sie jagten über die Berge, und manchmal verhüllten sie die zerfallenen Wachttürme auf den Höhen.

»Das ist schlecht«, sagte Glück besorgt. »Ist es aber auch wahr?«

»Lo-Tjang sagt die Wahrheit«, rief Christian, »auch wenn Herr Grünmantel ihn einen Lügner schimpft.«

»Ich danke dir«, sagte Lo-Tjang.
»Na, dann vorwärts!« rief Glück; »alte Schäfer kennen sich mit dem Wetter aus. Schnell! schnell!« Er half Christian und Großer-Tiger auf den Wagen steigen, und als sie oben waren, ging er nach vorn, um den Motor anzuwerfen.
»Ich wünsche viel Glück«, sagte Lo-Tjang leise, »und wenn ihr in Tsagan-Tscholo seid, dann fragt nach Dogolon!«
»Wir werden ihn vor Grünmantel warnen«, versicherte Christian. »Spricht Dogolon chinesisch?«
»Er wird euch verstehen. Aber ihr sollt in allen Dingen vorsichtig sein, denn es wird bald schneien.«
Christian wollte fragen, was der Schnee mit dem Vorsichtigsein zu tun habe, und ob Dogolon das wisse; aber der Motor begann zu brummen, und Glück tutete schrecklich, obgleich kein Mensch im Wege war.
Christian und Großer-Tiger zogen die Pelzmäntel an, weil Lo-Tjang vom Schneien gesprochen hatte. Als sie sich nach ihm umblickten, ging er die Stufen zum Tempel hinauf und holte seinen Stock.
Der Wagen kam rasch in Fahrt. Nach hundert Metern sanfter Steigung war die Paßhöhe erreicht. Hier weideten die Schafe, auf die Lo-Tjang achtgeben mußte. Sie standen gedrängt auf einem Haufen, hoben die Köpfe, als der Wagen vorbeifuhr, und blökten. Ein großes, schwarzes Tier umkreiste sie flink wie ein Teufel, und seine Locken flogen.
»Ist das ein Hund?« fragte Christian.
»Es muß wohl einer sein«, sagte Großer-Tiger.

Dreizehntes Kapitel, in dem wir zum Glück den Vater von Kleiner-Schneevogel finden

Bis jetzt hatte es Täler und Höhen, Schluchten, Felsen und viele Steine gegeben, und nun gab es auf einmal gar nichts als eine Hochfläche, auf der Glück rasch vorwärts kam. Eine Zeitlang begleiteten die alten Wachttürme den Weg. Man sah die Reste der »Kleinen Mauer«, die zu den Türmen gehörte, aber viel war nicht von ihr übriggeblieben. Ein ernsthaftes Bauwerk wie die Große Mauer war die Kleine Mauer wohl nie gewesen, eher ein Vorwerk, das die Mingkaiser für ihre Soldaten gebaut hatten, damit sie sich vor dem Angesicht der Steppe nicht zu fürchten brauchten.

Schon nach zehn Minuten Fahrt war Seestadt erreicht. Eine Stadt war es allerdings nicht, und Glück fuhr zwischen den paar Häusern durch, so rasch es ging, und mit so viel Staub und Lärm wie nur möglich. Auch einen See gab es nirgends.

»Das ist komisch«, sagte Christian. Er hatte das Südliche-Blatt vor sich auf den Knien liegen und arbeitete stark mit dem Vergrößerungsglas.

»Nein, das ist nicht komisch«, behauptete Großer-Tiger. »Es ist eben so.«

»Warum ist es so?« fragte Christian.

»Weil es ein Name ist, wie du einen hast, und wie ich einen habe. Ich bin Großer-Tiger, und das ist auch nur so. Eigentlich bin ich klein, und ein Tiger sieht anders aus, und hierherum gibt es nirgends mehr welche. Wie heißt der nächste Ort?«

»Pfahlheim«, verkündete Christian. Er war froh, daß Großer-Tiger das Thema wechselte und seinen schönen Namen Kompaß-Berg in Ruhe ließ.

»Pfahlheim«, sagte Großer-Tiger verächtlich, »ist kein Name.«

»Ach«, sagte Christian, und mehr sagte er nicht, weil er Angst hatte, daß Großer-Tiger nun doch auf Kompaß-Berg zu sprechen käme.

»Pfahlheim ist nur eine Bezeichnung«, erklärte Großer-Tiger, »man merkt es gleich, woher sie kommt. Sicher ist Pfahlheim ein ganz neuer Ort, und wahrscheinlich sind es nur ein oder zwei Häuser, in denen die Leute wohnen, die auf die Telegrafenlinie achtgeben müssen.«

»Trotzdem ist sie nicht in Ordnung«, bemängelte Christian und warf einen schrägen Blick auf die Pfähle mit den zerrissenen oder tief herabhängenden Drähten, die seit Seestadt dem Karrenweg folgten.

»Es gibt keine Hilfe«, sagte Großer-Tiger, »sie ist zerstört.«

Das war sie auch, und sie bot einen trostlosen Anblick. Was

früher eine schön ausgerichtete Linie von Telegrafenstangen war, wackelte wüst durcheinander. Manche lagen am Boden, andere waren überhaupt nicht vorhanden, und es gab welche, die an den Drähten in der Luft schwebten. Irgendeiner hatte Holz für sein Feuerchen gebraucht, und da hatte er die Stange einfach abgeschnitten, so hoch er langen konnte.
Als Pfahlheim nach einer halben Stunde erreicht war, zeigte es sich, daß es tatsächlich nur aus zwei Häusern bestand, ganz so wie Großer-Tiger vorausgesagt hatte. Allein die Häuser waren Ruinen, die Umfassungsmauern waren vielfach durchbrochen, der Brunnen war versandet, und als Glück zu tuten begann, kam niemand zum Vorschein.
Christian schaute auf Großer-Tiger, aber Großer-Tiger schwieg und der Wagen fuhr weiter.
Zwei halbverbrannte Bäume, die die Siedler von Pfahlheim in ein Gärtchen außerhalb der Einfriedung gepflanzt hatten, waren noch eine Weile zu sehen. Sie streckten ihre schwarzen Arme hilflos in den Abendhimmel, und sonst war da nichts Lebendes und nichts Totes. Es gab nur die leere Hochfläche.
»Hier kann ein Mensch leicht verlorengehen«, sagte Christian bedrückt.
Großer-Tiger nickte.
Glück fuhr gleichmäßig schnell auf der Grasnarbe zwischen der eigentlichen Straße und den Telegrafenpfosten. So gab es nur wenig Staub.
Auch der Wind hatte nachgelassen. Im Norden und im Westen war der Horizont von einer braunen Wolkenbank umlagert, die den friedlichen Ausgang des Tages nicht störte; aber für die Nacht verhieß sie nichts Gutes. Die Sonne war gelb, und sie stand eine Handbreit hoch über dem Horizont. Als sie in die Wolkenschicht wie in ein weiches Bett sank, tutete Glück, und da waren auf einmal Häuser, eine Stadtmauer und ein Tor, durch das der Wagen polternd fuhr.
»Wir sind in Dschang-Be«, sagte Großer-Tiger.
Christian faltete die Karte Südliches-Blatt zusammen.
In Dschang-Be führte eine breite Straße geradewegs vom südlichen zum nördlichen Tor. Bevor man es erreichte, hörten die

Häuser auf, und es gab einen freien Platz, so groß, als hätte hier ein ganzes Stadtviertel gestanden. Auf diesen Platz lenkte Glück den Wagen bis in die Mitte, hielt mit einem Ruck, sprang heraus und rief:

»Ihr ehrenwerten Männer, wir sind in großer Eile.«

»Merkst du es endlich?« knurrte Grünmantel.

Er stieg auf der andern Seite aus, betrachtete nacheinander den Himmel, den weißen Mond darin, die Wolkenbank und das Stadttor, und zu allem schüttelte er den Kopf. Aber Glück ließ sich die gute Laune nicht verderben. Es schien, daß er um so fröhlicher wurde, je mehr Grünmantel sich ärgerte.

»Ich werde hier allein fertig«, sagte er zu Christian und Großer-Tiger; »es ist euch doch lieber, wenn ihr beisammen seid?«

»Es ist uns lieber, befehlender Herr«, gab Christian zu.

»Wir danken für dauernde Güte«, sagte Großer-Tiger.

»Richtet dem Torhüter aus, er solle bei meinem großen Zorn noch zehn Minuten mit dem Schließen warten.«

»Wir werden es ausrichten«, sagte Großer-Tiger. »Sollen wir hierher zurückkommen?«

»Nein, wir treffen uns vor dem Tor. Macht also schnell!«

Christian und Großer-Tiger liefen über den Platz. Er war glatt wie festgestampfter Lehm, ganz eben und sauber.

»Hier könnte man . . . « rief Christian.

» . . . einen Drachen steigen lassen«, ergänzte Großer-Tiger.

Er war so schön gelb, dachte Christian; und er stieg so gut, dachte Großer-Tiger. Aber dann fiel ihnen Kleiner-Schneevogel ein, der mit seinen Brüdern in Kalgan auf der Straße stand und betteln mußte, und Großer-Tiger sagte:

»Wir wollen den Torhüter gleich nach den Eltern fragen.«

Vor dem Tor war der Boden mit Kopfsteinen gepflastert, ein niederes Hüttchen stand an die Stadtmauer gelehnt, und an der Wand der Hütte hing der große Stadtschlüssel an einem Nagel. Drei Soldaten saßen auf einer Bank, und als sie Christian und Großer-Tiger bemerkten, stand einer auf, ging in die Hütte und holte die Gewehre, damit man sah, wie gut sie ihren Dienst verrichteten. Auch ein alter Mann war da, aber er hatte kein Gewehr, und er sah friedfertig aus. Die Soldaten trugen

die gleiche graue Uniform wie überall, und man konnte nicht sogleich erkennen, zu welchem Kriegsvolk und zu welchem General sie gehörten. Dafür hatten sie als Kennzeichen breite weiße Armbinden, wo alles genau darauf stand.
Christian und Großer-Tiger wünschten Bequemlichkeit, Ruhe und einen »Guten Abend«.
»Ich danke«, sagte der alte Mann.
»Wir auch«, sagten die Soldaten, »vielen Dank.«
Der alte Mann stand auf und klopfte sein Pfeifchen auf der Bank aus. Dann wischte er die Asche mit der Hand wieder weg und sagte einladend:
»Nehmt Platz ihr jungen Herren, wir wollen ein bißchen plaudern. – Ihr«, wandte er sich an die Soldaten, »macht derweil das Tor zu.«
»Wir bitten, noch eine Zeitlang damit zu warten«, sagte Großer-Tiger.
»Es ist gegen die Vorschrift«, bemerkte ein Soldat, und nahm den Stadtschlüssel vom Nagel.
»Die Sonne ist untergegangen«, sagte ein anderer, »da schließen wir zu.«
»Sie ist noch nicht jenseits der Meere«, behauptete Christian, »sie hat sich hinter einer Wolkenbank versteckt.«
»Hat das auch seine Richtigkeit?« fragten die Soldaten.
»Mein Freund Kompaß-Berg«, setzte ihnen Großer-Tiger auseinander, spricht nur über das, was er genau weiß. Außerdem bittet der befehlende Herr Glück, noch zwei Augenblicke zu warten. Er ist derjenige Herr Glück, von dem in allen Hütten gesprochen wird, weil er das Automobil fährt, in dem der große General Wu sitzt.«
»Ist der General angekommen?« fragten die Soldaten erschrocken.
»Nein«, sagte Christian, »der General ist dort, wo niemand weiß, daß er ist.«
»Aber Herr Glück ist hier«, rief Großer-Tiger schnell, »und das ist fast dasselbe.«
»So wollen wir noch zwei Weilchen warten«, sagten die Soldaten. »Fährt dieser befehlende Herr Glück weiter?«

»Ja, er fährt die ganze Nacht weiter, ohne anzuhalten.«
»Das ist erstaunlich«, sagten die Soldaten, denen man anmerkte, daß sie nichts dagegen hatten. »Sagt eurem Herrn Glück, er möge unsere Unkenntnis entschuldigen; wir haben erst vor drei Wochen die Armbinden gewechselt.«
»Die Herren waren früher bei der Armee des Generals Tschang-Tzo-Lin«, erklärte der alte Mann, »aber sie mußten die Stadt übergeben, da war kein Ausweg.«
»Wo kein Ausweg ist, gibt es keine Hilfe«, bestätigte Großer-Tiger höflich.
»Kennt ihr vielleicht Kleiner-Schneevogel?« fragte Christian.
»Freilich!« rief der Alte; »lebt er noch, der gute Junge?«
»Er lebt«, sagte Großer-Tiger, »und er bittet um Nachricht, ob seine Eltern aus der Welt gegangen sind, oder wo sie weilen.«
»Kleiner-Schneevogel braucht kein Verehrungskleid anzuziehen. Er kann seine Trauer vermindern. Kommt einmal mit.«
Der Alte ging voran, und Christian und Großer-Tiger folgten ihm durch das Tor ins Freie.
Die Landschaft vor dem Nordtor war die gleiche wie vor dem Südtor. Man sah auch hier die unendliche Ebene, auf die sich die Schatten der Nacht senkten, und man sah die Straße darin als einen hellen Strich nach Norden ziehen. Rechts und links gab es in Rufweite einige Mauerreste, ausgebrannte Hütten und wirres Gestänge von verkohlten Dachsparren. Die Mondsichel hing wie ein Feldzeichen über dem traurigen stillen Bild.
»He, Vater Ma!« rief der Alte, »hörst du mich?«
Aus den Ruinen tauchte der Schatten eines Mannes auf und antwortete:
»Ich höre deine Stimme. Was gibt es?«
»Komm unter das Tor. Hier sind zwei würdige Herren mit Botschaft eingetroffen.«
Es dauerte kurze Zeit, und dann kam aus der zunehmenden Dunkelheit ein Mann bedächtigen Schrittes gegangen.
»Du rufst spät«, sagte er, als er vor ihnen stand und den Fellkittel um die frierenden Schultern enger zog.
»Nicht zu spät für eine gute Nachricht. Dein Sohn Kleiner-Schneevogel lebt!«

»Und die Kleinen?« fragte der Mann ängstlich mit hängenden Armen.

»Alle drei sind in Kalgan«, berichtete Großer-Tiger; »sie entbieten den Eltern kindlichen Gehorsam und Gruß. Kleiner-Schneevogel sendet tausend Worte liebevoller Ehrfurcht und bittet den befehlenden Herrn Vater um ein Zeichen.«

Nach dieser einleitenden Ansprache schwieg Großer-Tiger still, und Vater Ma schwieg auch, denn das Glück machte ihn stumm. Der Torwächter, der einen Freudenausbruch erwartet hatte, blickte verständnislos von einem zum andern, er hustete verlegen, und dann sagte er: »Na, na . . . « und: »Aber, aber. . « und ähnliche aufmunternde Redensarten.

Darüber fand Vater Ma wieder zu sich. Sein einfaches Gemüt suchte nach Worten, und als er sie nicht fand, warf er sich vor Großer-Tiger auf die Knie, schlug die Stirne auf das Pflaster und weinte. Großer-Tiger und Christian sprangen herbei und hoben ihn auf.

»Laßt ihn«, sagte der Torhüter, »er will eben viel danken.«

»Die Herren verschwenden wegen meiner ihr Herz über Billigkeit«, rief Vater Ma unter Tränen.

»Nein, das tun wir nicht«, sagte Christian.

»Wir tragen schwer an Euerm Dank«, sagte Großer-Tiger.

Dann berichteten beide, wie sie Kleiner-Schneevogel gefunden hatten, sie erzählten von Grünmantel und von allem, was in Kalgan geschehen war.

»Ich werde mich morgen früh aufmachen und die Kinder holen«, sagte Vater Ma. »Alles ist gut. Die Felder sind umgegraben, und wir haben Hirse genug bis zum Frühjahr. Die Hütte ist zwar verbrannt, aber das tut nichts; Kleiner-Schneevogel wird mir helfen neue Lehmziegel machen.«

Er war nun ruhig geworden und erzählte, was in Dschang-Be geschehen war:

»Als die Soldaten des Generals Wu-Pei-Fu näher rückten, schickten wir die Kinder in die Stadt, bevor die Tore geschlossen wurden, denn wir hatten Angst um sie. Ich blieb in der Hütte, und meine Frau blieb bei mir, und die fremden Soldaten sagten: ›Vater Ma, gib uns zu essen, es geschieht dir nichts.‹

Ich gab ihnen zu essen, und sie sahen, daß wir arm waren, und sie begnügten sich.
Am zweiten Tag ging ein Offizier vor das Tor mit einer weißen Fahne. Da ließen die von drinnen einen Korb über die Stadtmauer, und der Offizier setzte sich in den Korb, und sie zogen ihn hinauf. Er kam aber bald wieder, weil die Soldaten Tschang-Tzo-Lins die Stadt nicht übergeben wollten. Der Offizier rief uns, die wir vor dem Tor wohnten, zusammen und sprach: ›Ihr müßt jetzt fortziehen, denn es ist leider Krieg, und wir müssen eure Hütten verbrennen, damit die in der Stadt sehen, es sei Ernst. So harte Sünder kann man nur mit echtem Feuer weichkochen.‹ Er erlaubte uns aber, mitzunehmen, soviel wir tragen konnten, und als es Nacht war, mußten wir bereit sein.
Wir durften kein Wort sprechen. Vier Soldaten zu Pferd begleiteten uns, und wir gaben das Leben verloren. Die Soldaten lachten über unsere Angst, aber sie führten uns querfeldein, und wir zitterten noch mehr. Bald darauf sahen wir die Flammen aus unseren Hütten schlagen, und wir hörten ein schreckliches Geschrei vor dem Tor wie von einem großen Morden. Die fremden Soldaten taten, als ob sie uns umbrächten. Einige schrien wie Frauen, andere röchelten, und wieder andere riefen: ›Schlagt sie tot!‹ Dabei rannten sie hin und her, und das Feuer beschien sie. Da kriegten die Verteidiger von Dschang-Be eine große Furcht, und am andern Morgen öffneten sie die Tore.
Uns führten die Reiter Wu-Pei-Fus weit fort in ein verlassenes Tal, und erst nach zehn Tagen durften wir zurückkehren, weil der Offizier es so befohlen hatte. Wir fanden unsere Kinder nicht mehr, und wir weinten um sie.«
»Und Eure Söhne weinten um Euch«, sagte Großer-Tiger.
»Aber, aber«, sagte der Torwächter, »jetzt ist doch alles gut.«
Sie standen in dem dunkeln Torweg, und als keiner mehr etwas sagte, wollte Vater Ma von neuem zu einem Dankeskotau auf die Knie fallen, und Großer-Tiger hatte Mühe, ihn daran zu hindern.
Da flammten plötzlich zwei Lichter auf, und es wurde taghell.

Glück hatte die Scheinwerfer eingeschaltet, der Motor brummte, und die Hupe plärrte.
»Rettet euch!« rief der alte Wächter, »diese brüllenden Reisewagen töten mehr Menschen, als sie leben lassen!«
Er rannte in sein Hüttchen, und Großer-Tiger und Christian gingen mit Vater Ma vor das Tor, und Christian sagte: »Wir gehen jetzt, und wir bitten, unsern älteren Bruder Kleiner-Schneevogel zu grüßen.«
»Das Herz«, sagte Großer-Tiger, »möchte die Entfernung überschreiten; leider ist sie zu groß.«
Vater Ma konnte nicht sprechen. Er verneigte sich tief, damit man seine Tränen nicht sah, und er verharrte in dieser Stellung, bis Großer-Tiger und Christian auf den Wagen geklettert waren und »Wiedersehen! Wiedersehen!« riefen.
Da kam er eilig gelaufen, als habe er etwas vergessen. Er hob sich auf die Zehenspitzen und sagte leise: »Nehmt euch vor Grünmantel in acht!«
»Keine Sorge!« rief Christian.
»Ehrfurchtsvollen Dank für die Warnung«, sagte Großer-Tiger.
Glück drückte auf den Gashebel und fuhr davon. Die Flügel des Stadttors von Dschang-Be schlossen sich, und Vater Ma blieb im Dunkel zurück.

Vierzehntes Kapitel, in dem es Nacht ist und man darum nicht alles sehen kann, was vor sich geht

Es war rasch und völlig Nacht geworden. Der Viertelmond leuchtete, so gut er vermochte, und die Sterne strahlten. Einen so hellen Sternhimmel hatten Großer-Tiger und Christian noch nie gesehen. »Es sind viel mehr als in Peking«, sagte Christian.
»Wir wollen den Nordstern suchen«, schlug Großer-Tiger vor; »mein Lehrer sagt, daß er an seiner Stelle bleibt, und alle Sterne umkreisen ihn.«
Christian war gleich dabei. »Da müssen wir aufstehen«, sagte er, »der Nordstern ist irgendwo vor uns. Hier sehen wir ihn nicht.«

Beide standen auf. Sie stützten sich mit den Armen auf die eisernen Fässer und schauten zum Himmel, ob sie den Nordstern fänden. Es war aber ganz unmöglich, denn die Helligkeit der Scheinwerfer blendete die Augen, und wo sie ihre Kraft verloren, war der Himmel schwarz wie Tinte. Die krummen und graden Telegrafenstangen flogen rechts vorüber; links zogen die Gleise des Karrenwegs wie fließende Bänder.
Der Mond wurde plötzlich trüb und orangerot. Er schien von grauen Schleiern umweht, und auf einmal war er hinter der Wolkenbank im Westen verschwunden. Zugleich nahm der Fahrwind an Stärke zu.
»Diese Sache begreife ich nicht«, sagte Großer-Tiger.
»Es schneit!« rief Christian.
Im Nu war alles in wirbelnden Schnee gehüllt. Großer-Tiger deutete auf das Fensterchen, wo man den Mützenrand Glücks und seine Hände sah, die das Steuer hielten. Jetzt ließ die Rechte das Steuerrad los und griff nach dem Bremshebel. Mit der Linken versuchte Glück die Richtung beizubehalten, aber es war nicht mehr zu machen; der Wagen schlingerte, und dann gab es einen furchtbaren Krach, weil er gegen eine Telegrafenstange gerannt war. Ein Scheinwerfer erlosch, der andere brannte ruhig weiter und beleuchtete die morsche Stange, die schräg über dem Wagen in den Drähten hing.
»Da ist keine Hilfe«, sagte Glück gelassen. »Heute ist kein guter Tag zum Reisen. Es steht im Kalender.«
»Wie?« schrie Grünmantel, »es gibt keine Hilfe? Du hast mir versprochen, daß wir heute bis Weißer-Stein fahren. Wie steht es damit?«
»Das weiß der Himmel und dieser Telegrafenmast.«
Damit war für Glück vorläufig alles geregelt. Er stieg aus und ging nach vorn, um sich den Schaden anzusehen.
Als er zurückkam, sagte er: »Es ist nicht schlimm. Die Stoßstange ist verbogen, und ein Scheinwerfer ist eingedrückt. Wir werden ein Stündchen schlafen. Habt ihr mich gehört, ihr zwei da oben?«
»Wir haben alles vernommen, befehlender Herr«, antwortete Großer-Tiger.

»Wir wünschen ruhigen Schlaf«, sagte Christian.
Glück war schon wieder eingestiegen; er löschte den übriggebliebenen Scheinwerfer, und dann hörte man, wie er sich bequem zurechtsetzte.
Christian und Großer-Tiger breiteten die Schlafsäcke aus. Sie deckten die Mäntel und eine Zeltbahn darüber, streiften die Schuhe von den Füßen und schlüpften in den Sack, wo es warm war. Die Fellkappe zogen sie über das Gesicht, und dann schliefen sie ein.
Darum hörten sie nicht, wie Grünmantel zu reden anfing, und wie Glück brummte oder gar nicht antwortete.
»Du da!« sagte Grünmantel; und eine Weile später rief er: »He, Glück!« Und als das auch nicht viel nützte, fing er an, laut zu lachen: »Ha, ha, ha!« als ob es etwas zu lachen gäbe, wenn man in einem Auto sitzt und hat eine Telegrafenstange über dem Kopf hängen. Wahrscheinlich lachte Grünmantel bloß, weil er Angst hatte, Glück könnte einschlafen und hätte dann keine Lust mehr, bis Weißer-Stein zu fahren.
Im Führerhaus war es dunkel geworden. Der Wind hatte die Schutzscheiben mit Schnee beworfen, und Grünmantel konnte nicht hinausschauen. Das ärgerte ihn noch mehr. Er hörte zwar, wie der Wind vorüberpfiff und die Drähte surren machte, als ob noch Strom darin wäre; er merkte aber nicht, daß der dichte Schneefall längst nachgelassen hatte. Als ihm nach einer halben Stunde endlich einfiel, das Fenster zu öffnen, jagten nur noch einzelne Schneeflocken im Wind.
»He, du Stück Mensch!« rief Grünmantel aufgeregt, und er rüttelte Glück am Arm: »du sollst aufwachen! Der Schnee hat aufgehört zu schneien!«
Glück war müde. Am liebsten wäre er nach Dschang-Be zurückgefahren, aber Grünmantel gab keine Ruhe. Er schrie so laut, daß auch Christian erwachte: »Du hast mir versprochen, bis Weißer-Stein zu fahren, und du weißt, ich habe dort Geschäfte! In Dschang-Be ist das Tor schon lange geschlossen.«
»Ach was«, erwiderte Glück ärgerlich, »deine Geschäfte in Weißer-Stein gehen mich nichts an.«
»Freilich, freilich«, höhnte Grünmantel, »aber dein Geschäft ist

es, besser zu fahren, als du getan hast. Dieser Wagen könnte sehr an Wert verlieren, meine ich.«
»Willst du«, rief Glück laut und zornig, »damit sagen . . . «
Doch dann besann er sich und dämpfte die Stimme, und Christian konnte nichts mehr verstehen.
Es dauerte zwei oder drei Minuten, dann stieg Glück aus, um den Motor anzukurbeln. Auch Grünmantel betätigte sich, und der Streit schien für diesmal beigelegt. Grünmantel fegte den Schnee von der Haube, er wischte sogar die Glasscheiben sauber und hielt den abgebrochenen Telegrafenmast so lange fest, bis der Wagen weit genug rückwärts gefahren war, um nicht mehr gefährdet zu sein.
Christian lüpfte die Fellkappe ein wenig, stieß Großer-Tiger von der Seite an und fragte: »Hörst du mich, Großer-Tiger?«
»Ich höre dich, Kwi-Schan. Sprich aber schnell, sonst schlafe ich wieder ein, bevor ich hören kann.«
»Sie haben sich gestritten«, berichtete Christian. »Grünmantel hat gesagt, der Wagen könne an Wert verlieren, wenn Glück nicht besser aufpasse.«
»Ist das alles?«
»Ja, das ist alles, und wir sind eingeschneit. Aber ich bleibe liegen.«
»Ich stehe auch nicht auf«, sagte Großer-Tiger.
So blieben sie im Schlafsack und schliefen die meiste Zeit. Nur wenn der Wagen sehr stark rüttelte, oder wenn er über einen Graben fuhr, wachten sie auf, und Großer-Tiger sagte: »Da ist keine Hilfe.« Dann schliefen sie sogleich wieder ein.
Richtig wach wurden sie erst, als Glück tutete, und als der Wagen eine endlose Zeit ruckweise hin- und herfuhr. Die Fässer schlugen aneinander; irgendwer rief: »Südwesten! . . . Halt! . . . Noch ein Stückchen! . . . «
Christian wußte nicht, ob es der Wirt von den »Zwei silbernen Schüsselchen« war, der so schrie, und Großer-Tiger träumte, er ginge die Paßstraße hinauf, und oben stünde Lo-Tjang mit einem baumstarken Knüppel. Schnell machte er die Augen auf, und als er nur Dunkelheit sah und Wärme spürte, die ihm das Gesicht kitzelte, schlug er die Fellkappe zurück. Da war er

froh, daß Christian neben ihm lag, und Christian war froh, daß er Großer-Tiger sah.
Über sich erblickten sie einen finster drohenden Nachthimmel mit ängstlichen Wolkenfetzen. Ein Mann mit einer Papierlaterne lief dem Wagen voraus, und als Glück den Scheinwerfer löschte, schwankte das Laternchen wie ein verlorener Stern. Der Wagen stand, der Motor verstummte, und der Mann kam näher. Es war der Wirt des Gasthauses »Zum fröhlichen Gedeihen« in Weißer-Stein. Er hob die Laterne in die Höhe, um den späten Gästen ins Gesicht zu leuchten; aber da fauchte ihn Grünmantel an: »Unterstehe dich, Lümmel! Nimm die Laterne weg! Es braucht niemand zu wissen, daß ich hier bin!«
»Zu Befehl, Euer Gnaden«, stotterte der Wirt erschrocken, »ich wußte nicht, wie hätte ich ahnen können . . . , so früh in der Jahreszeit die hohe Ehre Eures Besuchs in meiner baufälligen Hütte! Dazu in einem Wägelchen, das von selber geht. Da sieht man . . . «
»Du sollst den Mund halten!« fuhr ihm Grünmantel in die Rede; »führe uns in das Gastzimmer!«
»Ich bitte um Vergebung . . . , das Gastzimmer . . . , ja, das Zimmerchen, von dem wir reden, nämlich das mit dem heizbaren Kang . . . «
»Selbstverständlich!« schrie Grünmantel, »kein anderes Zimmer kommt in Betracht!«
»Dieses Zimmerchen, Exzellenz«, jammerte der Wirt, »dieses schöne warme Kämmerchen ist besetzt.«
»Mach es frei!« befahl Grünmantel.
»Ich wage es nicht. Fünf, sechs Stück Barbarchen, ein ganzer Haufen Mensch schläft darin.«
»Wir werden sie hinauswerfen!« sagte Glück, und er klopfte mit der flachen Hand auf die Pistolentasche; »geh voran und leuchte!«
»Ich bitte kniefällig um Gnade, es sind gute Gäste.«
»Du meinst, sie bezahlen?«
»Ich bitte um weitherzige Verzeihung. Diese Gäste bezahlen nicht, aber sie hinauswerfen, hieße von einer Ameise verlangen, einen gewaltigen Berg zu transportieren.«

»Wer sind diese ehrenwerten Herzöge?« fragte Grünmantel spottend.
»Sind sie bewaffnet?« fragte Glück.
Der Wirt tat wichtig. »Keiner der Herrn ist bewaffnet«, sagte er leise; »sie wollten auch gar nicht bei mir einkehren, o nein, ich bin viel zu gering, aber der Schneesturm zwang sie dazu.«
»Sprich schon!« drängte Grünmantel.
»Es ist Jolleros-Lama gekommen, der Gegen, der lebende Gott des Klosters Belin-Sum, dazu ein leibhafter Prinz, und mit dem Gegen kam sein Gefolge, lauter hohe mongolische Lamas. Ich kann nichts dafür, Exzellenz.«
»Freilich, freilich«, knurrte Grünmantel, und er überlegte einen Augenblick. »Laß gut sein«, sagte er dann zu Glück. »Es gibt keine Hilfe. Meine Geschäfte, verstehst du, könnten Schaden leiden.«
»Geh zum Teufel mit deinen Geschäften!« sagte Glück zornig, »ich will schlafen.«
Grünmantel blieb ruhig. »Führe uns in das andere Zimmer«, befahl er dem Wirt, »du hättest es längst neu ausmauern können. Hast du wenigstens Decken und Felle?«
»Für Eure Exzellenz reiße ich mir Hemd und Hose vom Leib«, beteuerte der Wirt. Er hob die Laterne, leuchtete nach links und rechts, und schließlich fand er sich zwischen verschneiten Gepäckstücken und Ballen zurecht. Grünmantel und Glück folgten ihm.
Als sie die niedere Hausfront erreichten, die den Hof im Norden begrenzte, gingen sie unter dem Vordach entlang bis zur letzten Tür.
»Entschuldige, Großer-Tiger«, flüsterte Christian, »ich bin neugierig.«
Er kroch aus dem Schlafsack und kniete hinter die Barriere der Benzinkanister. Vorsichtig hob er den Kopf, aber er konnte fürs erste nicht mehr erkennen als den schwach beleuchteten Türrahmen, in den Grünmantel und Glück wie Schatten eintraten. Dann fiel die Türe zu. Ringsum versank alles in tiefes Dunkel, und plötzlich spürte Christian, daß er nicht allein war. Neben ihm kniete Großer-Tiger.

»Kwi-Schan«, flüsterte er, »ich bin auch neugierig. Eigentlich ist es eine Schande.«
»Es verdirbt nichts an unserer Sache. Siehst du etwas?«
»Ich sehe sehr wenig. Es gibt Ballen, die herumliegen, und es gibt ein rundes Ding, von dem ich nicht weiß, was es ist, und es müssen Kamele da sein, die ich nur hören kann.«
»Sie liegen in der südlichen Ecke«, sagte Christian, »ich höre sie auch. Sie tun, als ob jemand Getreide mahle.«
»Sie kauen«, erklärte Großer-Tiger, »während der Nacht noch einmal, was sie am Tag gefressen haben.«
»Kühe tun das auch«, sagte Christian, »aber man hört es nicht so laut.«
Großer-Tiger nickte, und nach einer Weile fragte er bekümmert: »Kwi-Schan, was machen wir jetzt?«
»Ich denke die ganze Zeit daran«, sagte Christian, »es ist eine fatale Sache. Und es ist so dunkel!«
»Und es schneit wieder. Wie sollen wir da Dogolon finden?«
»Sei still!« sagte Großer-Tiger erschrocken und faßte Christian am Arm; »das runde Ding da unten bewegt sich!«
»Es ist ein Faß«, sagte Christian; »Fässer können sich nicht bewegen.«
»Vielleicht, wenn jemand darin sitzt«, gab Großer-Tiger zu bedenken.
»Es schüttelt sich!« rief Christian entsetzt, »es ist ein Tier!«
Beide schauten auf das runde Etwas vor ihnen im Hof, das sich schüttelte und den Schnee abwarf. Sie fürchteten sich ein bißchen, und sie merkten das deutlich, weil es ihnen manchmal heiß und manchmal kalt den Rücken hinablief. Es war gut, daß sie hier oben saßen und daß das Ding unter ihnen im Hof weit genug weg war und wahrscheinlich nicht fliegen konnte. Als es aufhörte, sich zu schütteln, fiel es langsam auf die Seite, und als es auf der Seite lag und sich nicht mehr rührte, krabbelte etwas darunter hervor.
Es ging auf allen vieren und verschwand rasch hinter dem zunächstliegenden Ballen.
Dort hob es vorsichtig den Kopf, äugte umher, und als es sich unbeobachtet glaubte, lief es geschwind zum nächsten Ballen,

wo es wieder verweilte. Gerade als Christian erleichtert sagen wollte: »Es ist ein Hund«, richtete es sich auf, und es war ein Mensch, der schnurstracks zu ihrem Wagen lief und darunter verschwand.
Christian und Großer-Tiger konnten ihn nicht mehr sehen. Sie hörten aber, wie er schnaufte und ein wenig an der Nummerntafel kratzte. Anscheinend suchte er nach einem Halt für den Fuß, um sich auf die Ladefläche zu schwingen.
»Soll ich schreien?« flüsterte Christian. Aber Großer-Tiger hielt ihm den Mund zu.
Zwei Hände erschienen auf dem Rand der Brüstung, dann tauchte eine Fellmütze auf und darunter zwei Augen, die sich auf Christian und Großer-Tiger hefteten. Sie blickten ruhig, wie es schien, aber genau konnte man es nicht sehen, weil die Dunkelheit so groß war, und weil es wieder schneite. Es war auch ganz still. Nur der Wind pfiff, und die Kiefer der Kamele mahlten, und es war viel schrecklicher als in der Nacht an der Prachts-Drachen-Brücke.
»Da ist keine Hilfe«, murmelte Großer-Tiger.
Er drückte sich enger an Christian, dem dadurch nicht wohler wurde. Wie gebannt blickten beide auf das unheimliche Gesicht, das sich langsam höherschob. Als das Kinn die Brüstung erreicht hatte, sagte eine frische Jungenstimme: »Hammaguä!«
Sie schien auf Antwort zu warten, denn der Besitzer des Kopfes rührte sich weiter nicht. Christian stieß Großer-Tiger in die Rippen, und dann sagten beide wie auf Verabredung:
»Pu-tschi-tao! Wir verstehen dich nicht.«
»Ihr welch ein Chinese sein etwa?« fragte die Stimme.
»Wir sind aus Peking«, antwortete Christian.
»Das gut. Ich vorhin sagen, nirgends Befürchtung wirkliche vorhanden.«
»Komm herein«, sagte Großer-Tiger entschlossen.
Mit einem Satz schwang sich die bis dahin verborgene Gestalt fast lautlos in den Wagen. Großer-Tiger und Christian staunten.
»Bist du ein Akrobat?« fragte Christian.

»Nein, ich Mongole sein Stamm Tschachar. Geringer Name Bator. Euer Weg leicht und gut, wünschen ich.«
»Du bist Bator?« rief Christian. »Dann ist alles gut. Lo-Tjang sendet dir Grüße und Nachricht. Hier ist Großer-Tiger, und ich bin Kompaß-Berg. Setze dich.«
Sie verneigten sich voreinander, und Bator murmelte dabei Worte der Begrüßung, die Großer-Tiger und Christian nicht verstanden.
Großer-Tiger kam dann gleich auf das Wichtigste zu sprechen; er sagte: »Grünmantel ist angekommen.«
»Ich schlechten Menschen vorhin sehen und großen Schreck erfahren«, sagte Bator.
»Lo-Tjang meint, es pressiert«, fuhr Großer-Tiger fort, »es sei wegen der Kamele, und man müsse vorsichtig sein, weil es schneit.«
»Verstehen«, sagte Bator, »alles verstehen Gesagtes. Vielmals entschuldigen wegen Eile. Ich bald wiederkommen.«
Er stand auf, und Christian sah, daß Bator barfuß war, obgleich seine Füße unter dem langen Pelzmantel fast verschwanden.
»Hast du keine Schuhe?«
»Hamma-guä«, sagte Bator, »meine Stiefel stehen unter Wagen. Kein Schnee eintreten dort etwa. Ich bald wieder hier sein.«
Mit dem Schwung des geübten Reiters, der auf sein Pferd springt, setzte er über die Wagenbrüstung. Der Mantel flatterte wie eine Fahne, und von seinem Aufsprung war fast nichts zu hören.
Christian und Großer-Tiger schauten ihm nach, wie er über den Hof huschte. Jedes Ding benützte er geschickt als Dekkung, und bald war er in der südlichen Ecke des Hofes angelangt, wo es dunkel war, und wo die Kamele lagen, und wo niemand sehen konnte, was vor sich ging. Eine Weile war alles ruhig. Dann ertönte der unwillige Schrei eines Kamels, das man zum Aufstehen zwingt, wenn es lieber liegenbleiben möchte. Gleich darauf erschien der Schatten eines Menschen im wehenden Mantel auf der Hofmauer. Er hantierte mit einem Seil, doch das dauerte nur einige Augenblicke. Dann

verschwand Bator, und alles war wie vorher. Die Kamele kauten, was sie am Tag gefressen hatten, der Wind pfiff über das Dach der Herberge »Fröhliches-Gedeihen«, und der Schnee wirbelte in kleinen Flocken durch die Nacht.

»Der kann turnen«, sagte Christian anerkennend.

»Was kann er?« fragte Großer-Tiger.

»Ich meine, daß Bator leicht über Mauern springen kann.«

»Er kann nicht über Mauern springen, denn er ist kein Vogel Huhn. Hast du gehört, wie das Kamel schrie?«

»Ich habe es gehört.«

»Es schrie, weil es ärgerlich war, und es war ärgerlich, weil es aufstehen mußte.«

»Du meinst, daß Bator es aufgeschreckt hat?«

»Ich weiß, wie man so was macht«, erklärte Großer-Tiger; »und was ich nicht weiß, denke ich mir dazu.«

»Mein Vater nennt das eine Diagnose«, sagte Christian; »manchmal ist es so, und manchmal ist es nicht so.«

»Gut«, sagte Großer-Tiger, »ich sage Diagnose, daß die Kamele sehr nahe an der Mauer liegen. Dort gibt es eine Leine, die am Boden festgepflockt ist. An diese Leine binden die Männer die Kamele mit dem Nasenstrick kurz an, damit sie liegenbleiben und kauen, was sie am Tag gefressen haben, und damit sie schlafen, wenn sie müde sind. Manchmal aber gibt es Leute, die nachts geschwind fortwollen, und dann ist das Tor geschlossen. Weil der Wirt auch schlafen muß, weckt man ihn nicht extra auf, sondern man geht zu dem Kamel, das ganz an der Mauer liegt. Man bindet den Nasenstrick locker, und das Kamel schaut, weil es sich wundert. Dann setzt man sich auf das Kamel, und trommelt ihm mit den Füßen ein bißchen auf den Bauch. Da weiß das Kamel, es gibt keine Hilfe, und es muß aufstehen; aber weil es Nacht ist, schreit es. Vielleicht kommt dann einer und will sehen, was los ist; aber manchmal weht ein Wind, und es schneit, und dann kommt keiner. Das ist natürlich viel besser, als wenn einer es merkt und ein Geschrei macht, als ob die Sterne vom Himmel fielen, und dabei will ein anderer nur leise fort, damit niemand gestört wird.«

»Ja, das ist viel besser«, bestätigte Christian; »aber was dann?«

»Wenn das Kamel aufgestanden ist, steht man flink auf seinen Rücken, und von da ist man gleich auf der Hofmauer, und das ist alles, weil man auf die andere Seite hinunterspringen kann.«

»Wenn man aber wieder zurück will?« fragte Christian.

»Dann muß man ein Seil mitnehmen, das man vorher irgendwo angebunden hat, an einen Pflock, oder an ein Wagenrad, oder an etwas, was herumliegt.«

»Vielleicht an einen Ballen«, sagte Christian.

»Auch an einen Ballen«, gab Großer-Tiger zu. »Das Seil wirft man über die Mauer, und so hat man einen bequemen Rückweg, und man braucht zu niemand sagen: Zehntausendfachen Dank für liebevolle Bemühung.«

»Und du denkst, daß Bator alles so gemacht hat, wie du sagst, und daß er bald wieder hier sein wird?«

»Das denke ich«, sagte Großer-Tiger.

»Wir wollen so lange in den Schlafsack«, schlug Christian vor. »Man kann in der Wärme besser warten, als wenn man friert und die Haare voll Schnee kriegt.«

Großer-Tiger fand das auch.

Im Schlafsack war es noch warm, aber die Fellkappe, die sie vergessen hatten zu schließen, war voll Schnee.

»Puh!« sagte Großer-Tiger, »wir müssen einen Schneeschutz erfinden, ein Dach oder so etwas.«

»Das wird nicht nötig sein«, meinte Christian, »wir kommen bald in die Wüste, da schneit es nicht. In der Wüste ist es heiß.«

»In der Wüste Gobi ist es nicht immer heiß«, behauptete Großer-Tiger.

»Wir wollen Bator fragen, sobald er kommt. Ich bin dafür, daß es in der Wüste heiß ist.«

»Ich bin dafür und dagegen«, sagte Großer-Tiger.

»Kann man beides sein?« fragte Christian erstaunt.

Großer-Tiger bedachte sich, und weil es eine schwere Frage war, sagte er: »Im armseligen Reich der Mitte denkt man, daß es vorteilhaft sei, manchmal beides zu sein.«

»Wollen wir ein Stückchen schlafen?« fragte Christian.

»Ich bin dafür«, sagte Großer-Tiger.

»Ich auch; sind wir uns einig?«
»Wir sind uns immer einig.«
»Auch wenn es in der Wüste heiß sein wird?«
»Wir sind doch Freunde«, sagte Großer-Tiger.
Christian gähnte ein bißchen, und Großer-Tiger gähnte zur Gesellschaft mit; aber das kam weniger vom Müdesein als vom Hunger, denn die Mohnkuchen waren leider alle aufgegessen.
Trotzdem schliefen sie schnell ein.
Sie schliefen sehr fest, und sie merkten nicht, daß der Schnee aufhörte zu schneien, und daß der Wind einschlief. Die letzten Wolken verzogen sich, und die Sterne kamen gegangen, einer nach dem andern, und der Nordstern, nach dem sie gesucht hatten, war auch da, und es wurde kalt.
Bator kam lange nicht. Er hatte viel zu tun gehabt, und wenn er es recht überlegte, hatte er noch nie auf einmal so viel eilige Arbeit verrichten müssen. Als er endlich an dem Seil auf die Hofmauer von »Fröhlichem-Gedeihen« kletterte, betrachtete er die Sterne über sich und merkte, daß es schon gegen drei Uhr morgens war.
Es ist die Stunde des Tigers, dachte Bator, und wenn sie vorüber ist, wird der Gegen mit seinem Gefolge aufbrechen. Da bleibt nicht mehr viel Zeit. Er schaute in den Hof hinab, wo das Kamel neben der Mauer sich wieder zu den andern gelegt hatte. Ihm auf den Rücken springen ging nicht; also rutschte Bator ein Stückchen auf der Mauer entlang, bis er eine passende Stelle zum Abspringen fand.
Der Lastwagen stand gleich neben der Einfahrt. Die Radspur und jeder Tritt vom Abend vorher war weiß verschneit. Man würde neue Fußspuren sehen. Aber Bator tröstete sich damit, daß beim Aufbruch des Gegen viele Leute und viele Kamele noch während der Dunkelheit im Hof und draußen herumtappen würden. Als Verräter seiner nächtlichen Wanderung blieb lediglich das kurze Stück Mauer, wo er den Schnee beim Vorwärtsrutschen weggefegt hatte. Hamma-guä, dachte Bator, und das war ebenso gut, als hätte er »Da ist keine Hilfe« gedacht.

Er schwang sich auf den Wagen. Von den beiden Schläfern waren nur die Nasenspitzen zu sehen; alles übrige war unter den Fellkappen verborgen. Bator war unschlüssig, was er tun solle, um Christian und Großer-Tiger zu wecken. Am liebsten hätte er sie in die Nase gezwickt, aber dazu waren sie nicht gut genug bekannt. So entschloß er sich, laut »Sä untawo?« zu sagen. Das heißt soviel wie: »Hast du gut geschlafen?«, und damit wissen wir bereits mehr als Christian und Großer-Tiger, die von der mongolischen Sprache leider Gottes noch immer keine Ahnung haben. Trotzdem erwachten sie, und Großer-Tiger sagte:

»Guten Morgen! Wie geht es dir, Bator, und wie geht es zu Hause?«

»Wir Haus haben abgebrochen und eingepackt«, antwortete Bator, »alles das auf Kamel etwa fortschaffen bald.«

Christian, der nicht gleich mitkam, setzte sich betroffen auf.

»Euer Haus«, fragte er, »kann man das abbrechen und einpacken?«

Jetzt kam Bator nicht mit, und Großer-Tiger erklärte: »Er meint das Zelt; sie haben das Zelt eingepackt.«

Bator schüttelte den Kopf: »Zelt nicht vorhanden sein. Du und du, zwei Stück Mensch, müssen mongolisches Wort lernen. Bei uns zwei Arten Haus etwa, und eine Art Zelt. Unser Haus nennen ›Girr‹. Mongolischer Mensch machen aus Filz und Stangen rund wie Sonne etwa und warm und schnell einpakken. Anderes Haus nicht gut, nennen ›Bäschen girr‹. Solche Art Haus machen aus Lehm und Holz, aber nur für Kloster etwa. Dann noch Zelt aus Stoff, nennen ›Märchen‹; nicht viele Mongolen haben so was. Aber alle haben ›Girr‹ aus Filz. Girr sehr ausgezeichnet gut sein.«

»Wir nennen das Jurte«, sagte Christian, »oder Filzzelt.«

»Wissen«, sagte Bator; »alle fremden Stück Mensch nennen Jurte, was eigentlich heißen Girr. Wir Mongolen . . .«

»Halt!« sagte Großer-Tiger. »Kwi-Schan und ich werden Mongolisch lernen. Aber jetzt ist nicht die richtige Zeit. Bitte sage uns, was du zu sagen hast.«

Bator kratzte sich hinter dem Ohr. Er sah zum Sternenhimmel

hinauf und meinte: »Sagen können viel, bis Hasenstunde noch lang. Bator aber sehr kalte Füße haben, zittern etwa.«
»Setz dich neben mich«, sagte Christian und hielt den Schlafsack auf. »Hier drinnen ist es warm. Streck deine Füße hinein. Wir haben beide Platz.«
»Tausendmal tausend Dank«, sagte Bator, »jetzt erzählen leicht und gut.« Er zog die Fellmütze über die Ohren, und Christian und Großer-Tiger machten es ihm nach. Die Hände vergruben sie in die weiten Mantelärmel, und als sie das besorgt hatten, sahen sie aus wie eine Versammlung von Weihnachtsmännern. Es sprach aber bloß Bator, und nur wenn er die Worte zu sehr durcheinanderwarf, fragte Großer-Tiger, was dies und das bedeute, und dann mußte Christian ein bißchen auf die Zunge beißen, damit er nicht lachte, sonst hätte sich Bator womöglich gekränkt, und dann hätte Großer-Tiger sich für Christian schämen müssen.

Fünfzehntes Kapitel, mit dem Bericht Bators, der zuerst aus holprigen Sätzen in reines Chinesisch übertragen und dann verdeutscht werden mußte – ein schwieriges Kapitel

»Ich bin sechzehn Jahre alt, aber von meinem ersten Lebensjahr weiß ich wenig, weil ich da noch nicht auf der Welt war. Mein Vater heißt Serrath, und mein toter Großvater hieß Gombo. Er war ein weitgereister Mann, einer von den Alten, die noch Zöpfe trugen, und er hatte überall Freunde. Großvater Gombo wallfahrtete nach Kumbum, wo der wunderbare Baum mit den Blättern wächst, auf denen Gebete stehen; er reiste nach Uljassutai, wo es die vielen Kaufleute gibt, er kannte die Götterstadt Urga, und wenn ihn jemand fragte: ›Gombo, wo warst du noch nicht?‹, so antwortete er: ›Nicht gibt es nicht.‹
Bald hieß mein Großvater nicht mehr Gombo, sondern ›Nicht-gibt-es-nicht‹.
Als mein Vater acht Jahre alt war, kam Großvater Nicht-gibt-

es-nicht von einer Reise an den Edsin-Gol nach Hause. Dort hatte er einen neuen Freund gekriegt, der hieß Naidang, und weil Nicht-gibt-es-nicht gern Sachen machte, die weitab von jedem Herkommen lagen, sagte er, kaum daß er aus dem Sattel gestiegen war, zu meinem Vater: ›Mein Sohn, ich habe eine Braut für dich gefunden.‹ Das wäre eigentlich sehr gut gewesen, denn bei uns verlobt man die Kinder, wenn sie sieben oder acht Jahre alt sind. Also freute sich mein Vater, wie es einem gehorsamen Sohn geziemt. Er kniete nieder und sagte: ›Ich bin deiner Güte nicht wert.‹

Aber Großmutter freute sich nicht. ›Ein Mongole vom Stamm Tschachar‹, sagte sie, ›nimmt ein Tschachar-Mädchen zur Frau und keine Fremde. Was sind das für Leute am Edsin-Gol?‹

›Sie sind vom Torgot-Stamm‹, sagte Nicht-gibt-es-nicht.

›Da haben wir es!‹ rief Großmutter; ›die Torgot-Mongolen sind Herumtreiber. Vor ein paar hundert Jahren waren sie in Rußland, und vor wieder ein paar hundert Jahren kamen sie zurück. Sie haben kein Empfinden für gute Sitte, und du warst so lange bei ihnen und weißt auch nicht mehr, was sich gehört.‹

Das sagte sie, weil sie während der Abwesenheit von Großvater ein wenig Umschau nach einer passenden Schwiegertochter gehalten hatte. Allein Nicht-gibt-es-nicht blieb fest bei dem einmal gefaßten Vorsatz, und so heiratete mein Vater ein Torgot-Mädchen, als er achtzehn Jahre alt war. Die gute Großmutter hatte viel Kummer mit dem Großvater. Statt daß er die Braut hierher zum Weißen-Stein gebracht hätte, nahm er meinen Vater, als die Zeit zur Heirat kam, mit an den Edsin-Gol. Dort gab es, wie Großmutter zeitlebens behauptete, eine ziemlich formlose Hochzeit. Das sagte sie, weil sie nicht dabei war, und weil Nicht-gibt-es-nicht über ein Jahr am Edsin-Gol blieb. Als er endlich heimkehrte, sagte er: ›Es war eine in jedem Betracht formvollendete Hochzeit, denn sie hat ein ganzes Jahr gedauert.‹

Solche Späße liebte Großmutter nicht, allein sie freute sich, als meine Mutter ihr gleich ein Kind von der Reise mitbrachte. Dieses Kind war ich. Ich heiße Bator. Einer der Nachkommen Dschingis-Khans hieß auch so. Geboren bin ich in der Wüste an einem Brunnen, der nur schlechtes Salzwasser führt. Die Wasserstelle heißt der Kasten-Brunnen, weil ein Berg in der Nähe ist, den man Abder, den Kasten, nennt. Wahrscheinlich sieht er so aus, und allgemein zählt man ihn zu den gefährlichen Bergen. Ich bin nie wieder hingekommen, obgleich ich es gerne möchte, denn es ist traurig, wenn man seinen Geburtsort nicht kennt, auch wenn er gefährlich ist.

Während all den vielen Jahren seit meiner Geburt stand unsere Jurte tausend Schritte von hier entfernt am Fuße des Hügels Weißer-Stein. Vor einer Stunde haben wir sie abgebrochen.

Einen Steinwurf von unserer Jurte entfernt ist der Brunnen, der auch Weißer-Stein heißt. Er ist sehr tief. Das Wasser darin ist gut, und es geht nie aus. Damit es immer schön klar bleibe, machte Großvater Nicht-gibt-es-nicht eine ausgezeichnete Sache. Er holte von weither dicke und dünne Weidenzweige, und aus diesen Zweigen flocht er ein dichtes Geflecht rings um den Brunnenschacht bis ganz hinunter, wo das Wasser anfängt.

Niemals fällt seither ein Brocken Erde in den Brunnen, höchstens rieselt Staub hinein; aber das macht nichts. Als Nicht-gibt-es-nicht fertig war, rief er meinen Vater und redete sehr ernst mit ihm, und er verlangte, daß er die Worte seinem Sohn, das bin ich, getreulich weitergeben müsse; und dieser, das bin ich auch, solle sie für fernere Söhne bewahren bis an das Ende aller Zeit.

So habe ich von meinem Vater erfahren, was mein Großvater sprach: Er sagte: ›Mein Sohn! Betrachte dieses Brunnenloch, das ich mit tausendmal tausend Zweigen fest umkleidet habe. Es fällt keine Erde mehr hinein, und kein Stein kann sich lösen. Es war eine schreckliche Arbeit. Deine Mutter ist glücklich und stolz, weil wir jetzt einen Brunnen haben, wie ihn weitherum niemand besitzt. Aber deine Mutter ist eine unverständige Frau. Ich bin so viele Male in den Brunnen gestiegen und an dem Seil wieder herausgekrabbelt, daß ich deutlich spüre, wie ich dabei mein Gesicht verloren habe. Es war eine Arbeit,die eines freien Mongolen unwürdig ist. Hätte ich zu Anbeginn gewußt, was ich jetzt weiß, ich hätte nie damit begonnen. Ich sagte schon, daß deine Mutter eine unverständige Frau ist, und es bleibt dabei. Aber sie hatte recht, als sie einmal sagte, daß die Torgot-Mongolen von guter Sitte nichts wissen. Bei ihnen am Edsin-Gol sah ich solche Brunnen, und da wollte ich auch einen haben. Also ließ ich mich hinreißen, niedrige Arbeit zu verrichten, die obendrein beinah kein Ende nahm. Die Torgoten sind gute Leute, aber ich habe eingesehen, daß sie kein Ehrgefühl besitzen. Sie müssen es verloren haben, als sie so lange an der Wolga lebten. Ich verlasse euch jetzt für einige Jahre, denn wie könnte ich einen freien Tschachar-Mongolen ansehen, ohne vor Scham zu erröten! Wenn ich wiederkomme, ist hoffentlich Gras über die Sache gewachsen. Du mein Sohn, vergiß nicht, was dein Vater zu dir spricht. Hüte die Pferde und erschlage den Wolf, wo du ihn triffst, züchte Kamele und reite meinetwegen bis dahin, wo die Welt aufhört. Aber beschmutze deine Hände nicht mit unwürdiger Arbeit!‹

Das sind die Worte meines Großvaters, den man Nicht-gibt-es-Nicht nannte. Er ritt fort, und er starb unterwegs im Schnell-Schwarzwasser-Tal, und weil ich noch klein war, kann ich mich kaum an ihn erinnern.

Als man uns berichtete, daß er tot sei, dauerte es nicht mehr lange, bis auch Großmutter starb. ›Was soll ich noch bei euch?‹ sagte sie; ›ich habe alle meine Tage auf Nicht-gibt-es-nicht gewartet. Das brauche ich jetzt nicht mehr tun.‹

Um diese Zeit fing unser Unglück an.

Es kam nämlich ein Chinese aus Kalgan. Niemand kannte ihn, und wo sein Heimatland war, sagte er nicht. Er gab uns viele schöne Worte, und weil wir keinen Fürsten mehr hatten, der es verbieten konnte, schlug er sein Zelt auf, wo jetzt das Gasthaus ›Zum fröhlichen Gedeihen‹ steht.

Er kaufte Felle und Wolle, und er gab uns Mehl, Salz und Tee dafür. Weil er einen grünen Mantel trug, nannte man ihn Grünmantel, und so heißt er heute noch. Er blieb nicht lange am Weißen-Stein. Niemand wollte Handel mit ihm treiben, weil er die Menschen betrog. Das Mehl, das er verkaufte, war schlecht, und die Waage, mit der er wog, stimmte nicht.

Eines Tages brachte er einen andern Chinesen mit, der ihm viel Geld gegeben hatte für das Land, von dem Grünmantel behauptete, es gehöre ihm. Grünmantel verschwand, und bald hörte man, daß er unter die Rotbärte gegangen sei. Der andere Mann fing an, unser Grasland umzupflügen; er säte Hirse, und er baute eine Hütte für sich und die Seinen. Mein Vater sprach davon, daß es gut wäre, man schlüge ihn tot. Aber wir unterstehen dem strengen Amban in Kalgan, und so blieb der Fremde am Leben. Er heißt Hagelkorn. Ob er wirklich so heißt, weiß ich nicht. Wir nannten ihn so, weil er oft auf dem Acker stand und ängstlich am Himmel etwas suchte, was es bei uns nicht gibt. Großvater Nicht-gibt-es-nicht, der ein weitgereister Mann war, hatte uns zwar erzählt, so was gäbe es, und er habe diese Sache erlebt, aber sie sei selten und kostbar und dabei unangenehm.

Hagelkorn ist ein friedlicher Mensch. Trotzdem nahm er immer mehr von unserem Grasland, das er sein eigen nannte, weil er Grünmantel Geld dafür gegeben hatte. Nach ihm kamen noch drei Familien aus Schensi, und sie wohnen hinter dem Hügel. Da fanden unsere Schafe nicht mehr genug Futter, und wenn wir früher zweihundert hatten, besaßen wir nur noch vierzig, als Hagelkorn ein Gasthaus baute.

Es war an einem Neujahrstag, als er es einweihte; und es kam ein Mensch aus Kalgan, der auf ein schwarzes Schild mit goldener Schrift etwas malte, was Fröhliches-Gedeihen hieß. Hagelkorn klebte glückbringende rote Papierstreifen ans Tor der Herberge und sagte, daß er ein guter Nachbar sei. Darum wünsche er, Vater Serrath solle bei der Eröffnung drei Becher wässrigen Weines mit ihm trinken. ›Das kann geschehen‹, sagte mein Vater.

Am Neujahrstag ist es bei uns üblich, Verwandte und Freunde zu besuchen. Man reitet im Galopp von Zelt zu Zelt, man trinkt Wein, der aus Stutenmilch gemacht wird, und man ist fröhlich. Wer am weitesten reitet und dazu die wenigste Zeit braucht, hat ein ›Großes Gesicht‹ für das ganze Jahr. Von seinem Pferd sagt man, es sei ein Enkel von Bosafabo. Bosafabo aber war ein Hengst des Großen Khans, und schon die kleinen Kinder singen Lieder von ihm.

Mein Vater war einer der ersten Pferdehirten des Stammes

Tschachar, und er hatte ein nußbraunes Pferd mit einem weißen Stern auf der Stirn wie Bosafabo. Die Herde, die mein Vater hütete, zählte dreihundertsechzig Pferde. Am Neujahrstag ritt er bis zu den Zelten der benachbarten Sunit-Mongolen, und als er zum Weißen-Stein kam, hatte er alle anderen Pferde und alle Reiter weit hinter sich gelassen. Er trank mit Hagelkorn drei Freundschaftsbecher und machte sich in der Nacht auf den Rückweg zu seiner Herde, denn er war ein Märin; das ist einer, der auf dreihundertsechzig Pferde obachtgeben muß. Mein Vater ließ sich auf dem Sattel festbinden, denn er hatte viel trinken müssen; und als er fortritt, sang er von Bosafabo, dem Hengst des Großen Khans. Es schneite, und es wehte, und das Pferd mit dem weißen Stern auf der Stirne wußte den Weg; und es galoppierte, weil kein Pferd am Neujahrstag im Schritt gehen darf. Unterwegs stürzte das nußbraune Pferd in eine Lößrawine, die von einer Schneewehe verdeckt war, und der Gesang meines Vaters endete plötzlich mittendrin. Das Pferd brach ein Bein, und es starb in der Nacht vor Erschöpfung. Mein Vater brach auch ein Bein. Als man ihn fand, lag er halb erfroren unter dem toten Pferd. Das Bein blieb steif, und man nannte ihn nicht mehr Serrath und nicht mehr Märin wie vorher; man gab ihm den schmerzlichen Namen Dogolon, der Hinkende. Weil er keine Pferde mehr hüten konnte, verkaufte er die zwölf, die ihm gehörten. Für das Geld erwarb er Kamele. Wir hatten ohnehin das meiste Grasland an die Chinesen verloren, und so war es gleich, ob wir eine oder zehn Tagereisen weit weg die Kamele weideten. Über die Sommermonate war mein Vater von da an fort. Er führte die Kamele dorthin, wo die Steppe aufhört, und wo die Wüste beginnt. In der Steppe gab es grünes Gras und Kräuter, und wenn die Kamele in die Wüste kamen, fraßen sie trockene Derres-Halme und Gelbholz. Sie benagten die Tamarisken, und dabei wurden sie kräftig und fett zugleich. Viele Händler kamen und kauften; wir hatten zu essen, und in der Truhe meines Vaters lagen einige Silberschuhe. Er hatte mit zehn Kamelen begonnen, und wir besaßen zweiundzwanzig, als vor zwei Jahren Grünmantel zu uns kam. Grünmantel war ein reicher Kaufherr geworden, aber es gab Leute, die sich darüber wunderten und die Köpfe schüttelten, und ›Aha‹ sagten, und: ›wir wissen schon, weshalb.‹

Unsere Kamele waren noch auf der Winterweide ein paar Stunden von hier. Sie trugen das dicke Winterfell, sie hatten pralle Fetthöcker, und Lo-Tjang und ich waren als Hüter bei ihnen. Lo-Tjang ist der älteste Sohn einer der drei Familien aus Schensi, und weil er arm war, gab ihm mein Vater zwei Silberbatzen im Monat. Dafür hütete er im Winter die Kamele mit mir und im Sommer die Schafe, und wir wurden Freunde. Wir verscheuchten den Wolf, und wir kannten das Grasland und alle guten Brunnen ringsum.

An dem Abend, als Vater Dogolon mit Grünmantel den Handel machte, den er später bereute, kamen beide zu uns auf die Weide. Sie suchten die zehn besten Kamele aus, und als das geschehen war, sagte Grünmantel zu Lo-Tjang: ›Wer bist denn du?‹ Dabei schob er die Augenbrauen auseinander und versuchte wie ein freundlicher Mensch auszusehen. Lo-Tjang sagte, wer er sei und woher er war. Da tat Grünmantel erstaunt und sagte: ›Komm einmal her, ich muß dir dies und das sagen.‹ Er nahm Lo-Tjang beiseite und sprach mit ihm, ohne daß wir es hören konnten.

Er sagte: ›Du mußt ein armer Hund sein, da du bei einem Mongolen Dienst tust. Ich weiß dir eine bessere Stelle. Ein Freund von mir wird dir vier Silberbatzen im Monat geben und gutes Essen. Wenn du geschickt bist, wirst du dir allerhand nebenbei erwerben, aber du mußt verschwiegen sein. Wie denkst du darüber?‹

Da bedachte Lo-Tjang, daß er seinen Eltern schuldig wäre, mehr Geld zu verdienen, und er sagte: ›Euer Freund kann über mich bestimmen.‹

Am nächsten Morgen ging er mit Grünmantel fort, und mein Vater sagte: ›Hamma-guä!‹ So sind die Chinesen. Für Geld verlassen sie ihre Freunde!

Es war aber nicht so. Lo-Tjang tat, was er als guter Sohn tun mußte, und er vergaß auch uns nicht. Schon am Tag darauf sandte er geheime Botschaft von dem Schneesturm bei See-

stadt und von dem großen Kamelsterben, das über Grünmantels Karawane gekommen war. Wir erfuhren, daß unsere verkauften Kamele am Leben waren, und Vater Dogolon ritt nach Seestadt, um mit eigenen Augen die toten zu sehen.
Später, als Grünmantel meinen Vater beim Amban in Kalgan verklagte, und als er nacheinander bewaffnete Büttel des Yamens schickte, kam Lo-Tjang immer in der Nacht vorher und warnte uns. Wir schenkten ihm jedesmal ein Lamm, und Lo-Tjang brachte es dem Wirt von den ›Zwei silbernen Schüsselchen‹, der ihm das Pferd zu dem Ritt geliehen hatte. So waren alle zufrieden.
Wir konnten die Kamele, die Grünmantel haben wollte, weit forttreiben, und meine Mutter blieb allein am Weißen-Stein. Sie gab den Yamen-Bütteln ein paar Silberbatzen, damit sie in Kalgan meldeten, daß sie überall gesucht, aber niemand angetroffen hätten. So ging es allezeit gut. Aber jetzt geht es nicht mehr. Es muß anders gehen; aber wie das sein wird, weiß der Himmel. Es fing an, als ich gestern abend die Sonne sah, die gelb war. Ich sah die braune Wolke, und meine zwölf Kamele sahen die Sonne und die Wolke auch. Sie kamen zu mir, ohne daß ich sie rufen mußte, denn sie waren ängstlich und taten alles, damit ich ihre Angst begriffe. Sie schüttelten die Köpfe und warfen dabei die Oberlippe hin und her, als ob sie viel Wasser getrunken hätten. Sie fraßen auch nicht mehr.
›Ihr klugen Kamele‹, sagte ich, ›es wird Schnee vom Himmel fallen. Wir wollen zum Weißen-Stein gehen, damit ich euch mit Filzdecken vor der Kälte bewahre.‹
Ich sattelte eine flinke Stute, und bei Sonnenuntergang kamen wir daheim an. Vater Dogolon lobte meine Vorsicht, und ich lobte die Kamele. Während wir sie für die Nacht an eine Leine banden, kam ein langer Zug mit vornehmen Leuten, die es eilig hatten. Voran ritt ein Bannerträger, dann kam einer mit einem großen runden Schirm, obgleich die Sonne nicht mehr schien. Mein Vater sagte aber, das müsse so sein. Hinterdrein ritten Männer mit roten Fransen auf den Hüten, und das waren Beamte des Belin-Wangs, der ein König ist. Hohe Lamas waren unter ihnen und ein junger Mann auf einem weißen Pferd; und

sie begleiteten einen herrlichen Wagen, den ein Kamel zog. Zum Schluß folgten noch viele Kamele, die waren mit Zelten und anderen Dingen beladen. Sie suchten Zuflucht vor dem nahenden Sturm, und Hagelkorn lud sie freundlich ein, bei ihm zu bleiben.
Ich bat Vater Dogolon, mich eine Weile ins Gasthaus zu lassen, weil ich alles sehen wollte, was es zu sehen gab. Er erlaubte es mir, und ich lief hin, und ich sprach mit dem Wärter der Kamele. Er sagte mir, der Lebende Gott vom Kloster Belin-Sum sei gekommen, und er heiße Jolleros-Lama. Er fährt in dem schönen Wagen mit den langen Deichseln, den ein Kamel zieht, und neben ihm reitet der älteste Sohn des Königs der Belin-Mongolen auf einem weißen Pferd. Alles das, sagte er, stehe auf dem Banner geschrieben, aber ich konnte es nicht lesen, weil ich nicht lesen gelernt habe.
Sie kamen weither von einem großen Fest in der Sieben-See-Stadt: Dolor-Nor, wo der Pantschen-Bogdo zu Besuch war. Der Pantschen-Bogdo ist ein gewaltiger Priester, er ist der Scheitelschmuck aller weisen Männer, und er kommt gleich nach dem Dalai-Lama.
Der Prinz vom Belin-Stamm und der Gegen Jolleros waren nach Dolor-Nor gereist, und sie hatten den Segen des Pantschen-Bogdo erhalten. Jetzt waren sie auf dem Heimweg, und als das Unwetter aufzog, wollten sie lieber im Gasthaus übernachten als im Zelt. Darum kehrten sie bei Hagelkorn im ›Fröhlichen Gedeihen‹ ein. Sie erhielten das beste Zimmer, und Hagelkorn wird ein Großes Gesicht kriegen. Er wird auf sein Schild schreiben müssen: Hier Unterkunft für Prinzen und lebende Götter.
Gestern abend konnte ich den Gegen und den Prinz nicht mehr sehen. Sie waren schon in dem schönen Zimmer, wo sie auf dem warmen Kang lagen und sich ausruhten. Weil ich aber den Fußfall vor Jolleros-Lama machen und seinen Segen haben wollte, blieb ich im Hof, bis das Tor geschlossen wurde. Dann begann es zu schneien, und ich verkroch mich unter den großen runden Schirm, den man vor Königen und Heiligen herträgt, auch wenn die Sonne nicht scheint. Ich war schon

eingeschlafen, als ihr kamt, und anfänglich hatte ich Furcht vor dem schrecklichen Gebrüll, das der Wagen machte.
Einen Wagen, der von selber geht, hatte ich noch nie gesehen, und eigentlich war ich dem Himmel dankbar für so viele Neuigkeiten auf einmal. Geschwind machte ich ein kleines Loch in den Schirm. Da sah ich den Wagen, und ich sah den fremden Soldat mit der Pistole, und Hagelkorn, der Angst hatte, und Grünmantel, der zornig war. Als sie weggingen, merkte ich, daß noch wer auf dem Wagen sei. Ich schaute genau, und ich mußte mich anstrengen dabei, aber dann sah ich eure Köpfe über dem Wagenrand, und ich hörte euch sprechen von einer fatalen Sache, und daß es so dunkel sei.
Einer von euch sagte: ›Wie sollen wir da Dogolon finden?‹ Welche Freude! dachte ich, hier sind Freunde, und ich muß sie begrüßen!
Also lief ich geschwind über den Hof, und ich zog meine Stiefel aus, damit ich besser auf den Wagen klettern konnte, und jetzt stehen sie noch immer zwischen den Rädern, aber ich bin bei euch, und das ist alles.«
»Das ist noch nicht alles«, sagte Christian.
»Du mußt uns erzählen«, bat Großer-Tiger, »warum ihr die Jurte abgebrochen habt, die so lange am Weißen-Stein stand, und wir möchten wissen, was dein Vater jetzt vorhat.«
»Ich«, entgegnete Bator, »vorhin sagen, später erzählen das etwa.«
»Jetzt ist später«, sagten Großer-Tiger und Christian.
»Von Zukunft sprechen ungewiß sein und töricht«, gab Bator zu bedenken; er wurde aber von Christian und Großer-Tiger überstimmt, und so sagte er: »Als ich euch verließ, mußte ich über die Hofmauer klettern. Hagelkorn schiebt nicht nur Balken und Riegel vor das Tor, er hat auch ein Schloß mit einem Schlüssel, den er stets bei sich trägt, weil er ängstlich ist. Darum ging ich in die Ecke zu den Kamelen, wo es dunkel ist, und setzte mich dem auf den Rücken, das dicht an der Mauer lag. Meine Stiefel hatte ich stehen lassen, wo sie standen, weil sie zum Klettern nicht taugen. Das Kamel wollte nicht aufstehen, und ich mußte ihm mit den bloßen Füßen ordentlich auf

den Bauch trommeln. Da schrie es und stand auf. Ich wartete ein Weilchen, ob einer kommt und ein Geschrei machen will, aber es kam keiner. Da stand ich flink auf den Rücken des Kamels, griff mit den Händen nach der Hofmauer, und als ich den oberen Rand fassen konnte, zog ich mich hinauf. Vorher hatte ich ein Seil an einem Ballen festgemacht und mit mir genommen. Das Seil warf ich auf die andere Seite und sprang ihm nach. Dann lief ich heim, und Vater Dogolon sagte: ›Du kommst spät.‹

Ich rieb mir die Füße warm und berichtete derweil, was ich wußte. Mein Vater sagte: ›Hamma-guä!‹, und dann weckte er die Mutter. Als sie alles erfahren hatte, fragte sie: ›Was gedenkst du zu tun, Dogolon?‹

›Ich werde die Kamele zum Feuersee treiben‹, erwiderte er.

›Das wirst du bleiben lassen‹, sagte die Mutter, ›es hat geschneit, und man sieht die Spuren. Mit dem Wagen, der von selber geht, holt dich Grünmantel ein, bevor du an den See kommst.‹

Vater Dogolon schwieg, denn er erkannte, daß meine Mutter besser überlegte als er. Schließlich sagte er: ›Es gibt keine Hilfe.‹

Darauf hatte Mutter gewartet. Sie lächelte still vor sich hin, und da wurden Dogolon und ich zu einer Hälfte froh. Sie sagte: ›Es ist keine wirkliche Befürchtung vorhanden‹; und da wurden wir ganz froh. ›Wir werden alles nach deinem Gutdünken verrichten‹, versicherte Dogolon.

›Dann ist es gut‹, sagte Mutter. ›Du wirst sogleich die Jurte abbrechen und einpacken.‹ Dogolon erschrak heftig, und ich erschrak noch mehr, aber wir ließen uns nichts anmerken.

›Bolna, es wird geschehen‹, sagte Dogolon.

›Bator‹, fuhr meine Mutter fort, ›wird die Kamele satteln, und ich werde zu den Schensi-Leuten hinter den Hügel gehen und ihnen die Schafe gegen Mehl verkaufen. Es wird ein schlechter Tausch sein, aber wir können die Schafe nicht mitnehmen, weil wir zum Edsin-Gol ziehen.‹

›Bolna‹, sagte Dogolon, ›es wird geschehen.‹

›Wenn alles fertig gepackt ist‹, setzte uns Mutter auseinander,

›werden wir mit dem Aufladen warten, bis die Leute des Gegen aufbrechen. Wir werden um die Erlaubnis bitten, ein Stück Wegs mit ihnen zu ziehen. So verwischen sich unsere Spuren mit den ihren, und Grünmantel wird nicht herauskriegen, wo wir sind. Er würde es auch nicht wagen, etwas von uns zu fordern, solange wir in der Gesellschaft des heiligen Mannes reisen. Es gefällt mir schon lange nicht mehr am Weißen-Stein, und so wollen wir weit fort, bis dahin, wo das Land frei ist, und wo es keinen Amban gibt, der ungerechte Urteile spricht. Am Edsin-Gol lebt Großvater Naidang, und er wird uns willkommen heißen. Er hat das Ohr des Torgot-Wang, und wir werden bessere Weideplätze für die Kamele haben als hier.‹

Von diesen Worten war mein Vater überwältigt. Er kniete vor meiner Mutter nieder und sagte: ›Es ist alles zum besten gediehen, und der Himmel weiß, was er tut.‹

Dann gingen wir an die Arbeit, und wir packten und verschnürten unsere Habe, und wir teilten sie in gleichschwere Lasten. Wir arbeiteten bis zur Stunde des Tigers. Da waren wir fertig, und ich sagte: ›Jetzt muß ich gehen und meinen Freunden zwei Worte sagen. Sie warten auf mich.‹

›Geh‹, sagte meine Mutter, ›und wenn der heilige Mann in den Reisewagen steigt, so wirf dich vor ihm aufs Knie, bitte ihn um seinen Segen und um die Gnade, daß wir eine Zeitlang mit ihm ziehen dürfen.‹

›Ich werde tun, wie du sagst‹, erwiderte ich und ging fort. Dann bin ich an dem Seil über die Mauer geklettert, aber es war sehr kalt.«

»Hast du jetzt warm?« fragte Christian.

»Es ist alles zum besten gediehen«, sagte Bator.

Sechzehntes Kapitel, von dem Ring der seinen Herrn sucht

Die Geschichte Bators hatte Christian und Großer-Tiger betrübt gemacht. Jeder hätte gern etwas gesagt, worüber Bator sich gefreut hätte, aber keiner wußte, was. Sie hatten noch nie von den Tschachar-Mongolen gehört, die durch die chinesischen Einwanderer von ihren Weideplätzen vertrieben wurden und sich grollend in die magere Steppe bis an den Rand der Wüste zurückziehen mußten. Selten genug hatten Christian und Großer-Tiger in den Straßen Pekings einen Mongolen gesehen, der die fremden Schätze der Kaufläden bestaunte. Er trug ein farbiges Gewand, hielt eine Gebetskette in der Hand, und wenn er in den schweren Reiterstiefeln weiterschaukelte, hatten sie ihm verstohlen nachgeblickt, und die Erwachsenen hatten gelächelt und achselzuckend gesagt: »Ein Barbarchen!« Damit hatte es sein Bewenden gehabt.

»Du hast unser Herz beschwert«, sagte Großer-Tiger bekümmert.

»Hamma-guä!« rief Bator, »wir Tschachar-Mongolen haben wenig mehr Grasland, aber viel genug Wüste. Überall fröhlich sein wie Vogel Lerche.«

»Aber in der Wüste ist es heiß«, sagte Christian, und er gab Großer-Tiger einen freundschaftlichen Rippenstoß.

»Große Hitze nicht anwesend«, erklärte Bator, »jetzt viel mächtig kalt in Wüste und freundliche Sonne schwach. Vater Dogolon sagen, wir zwei Monde zum Edsin-Gol wandern etwa, dann erst schön warm. Jetzt aber gute Reisezeit sein. Hasenmond kalt und Drachenmond kühl. Kamele brav gehen da und nicht müde werden.«

Großer-Tiger gab Christian den Rippenstoß zurück, und das hieß soviel als: »Hast du es gehört?« Laut sagte er: »Wir fahren auch zum Edsin-Gol, aber wir sind früher dort, wenn die Speichen nicht von den Rädern fallen.«

»Keine Befürchtung wirkliche vorhanden«, behauptete Bator, »heute sehr guter Reisetag und morgen auch. Du wieviel Tage reisen?«

»In fünf oder sechs Tagen werden wir dort sein, sagt Glück.«

»Dieser Glück Soldat mit kleinem Gewehr sein etwa?«

»Ja«, sagte Christian, »er ist ein Soldat des Generals Wu, und er fährt den Wagen, der von selber geht, und im Gürtel hat er eine Pistole.«

»Gut oder schlecht Mensch?« fragte Bator.

»Halb gut«, sagte Großer-Tiger.
»Und Grünmantel auch mit euch fahren etwa?«
»Wir wissen es nicht«, gab Christian zu; »Glück sagt, Grünmantel fahre ein Stück Wegs mit uns. Wo dieses Stück Weg zu Ende sein wird, hat er nicht gesagt.«
»Das herauskriegen sehr wichtig sein. Wir gleich diese Arbeit ausgezeichnet beginnen.«
Christian staunte, und Großer-Tiger sagte: »Da ist keine Hilfe. Wir wagen nicht zu fragen.«
»Fragen nicht gut«, erklärte Bator, »besser viel erfahren ohne Fragen, Mensch Wahrheit leicht sagen, wenn gut geschlafen etwa.«
Christian und Großer-Tiger schauten sich verdutzt an; sie wußten nicht, wohinaus Bator wollte, der freundlich grinsend dasaß und behauptete: »Sobald Sonne aufgeht, wir genau wissen sehr wünschenswerte Auskunft.«
Während er das sagte, wurde es im Hof lebendig. Ein Mann ging mit einem Windlicht zu den Kamelen. Sie wurden unruhig; einige sprangen auf, aber der Mann redete mit ihnen, und wenn es welche gab, die sich nicht wieder legen wollten, schrie er sie an: »Zuck, zuck, zuck, zuck!« Da legten sie sich und bekamen einen Beutel um den Kopf gehängt.
»Was ruft der Mann?« fragte Christian.
»Er ›Zuck, zuck!‹ vielmals sagen«, erklärte Bator, »da verstehen Kamel, daß muß sich legen sogleich.«
»Bekommen sie was zu fressen?«
»Kriegen bißchen weiche Bohnen, weil Belin Prinz und Gegen reisen geschwind. Das sehr gut, wenn Mensch haben Geld dazu. Wir Tschachar-Mongolen haben kein Silber für Bohnen. Unsere Kamele fressen, was finden, dabei werden schlau wie Fuchs etwa. Das kosten gar nichts. Aber jetzt ich bitten weitherzig entschuldigen mich, da fortmüssen.«
»Dürfen wir mit dir gehen?« fragte Großer-Tiger.
»Bolna«, sagte Bator, »sehr große Verehrung erweisen heiligem Mann Jolleros-Lama. Das gut für alle Fälle.«
Großer-Tiger schaute Christian an, und Christian fragte: »Was müssen wir sagen?«

»Ihr gar nichts sagen, ich sehr gute Worte sprechen für alle. Ihr nur hübsch niederknien wie Kamel etwa.«
»Bolna«, sagte Christian; und Großer-Tiger sagte: »Wir werden einen Fußfall der Verehrung machen und ›Zehntausendfaches Glück‹ wünschen.«
Bator nickte zufrieden.
Darauf zogen Großer-Tiger und Christian die Stoffschuhe mit den Filzsohlen an, und als sie fertig waren, murmelte Bator beifällig: »Für vorhabende Arbeit diese Art Schuhe sehr ausgezeichnet gut, viel besser als meine.«
Dann kletterten alle drei vom Wagen herunter, und da standen zwei hohe schwarze Reiterstiefel, und Bator schlüpfte hinein. Die Stiefel waren aus dickem Leder gemacht und mit Filz gefüttert. An den Spitzen waren sie aufgebogen wie kleine Kähne, und die Schäfte waren mit grünem und braunem Leder verziert. Christian wunderte sich, wie wohl die Steigbügel aussahen, in die solche Siebenmeilenstiefel paßten.
»Du und du«, ordnete Bator an, »ihr beide Stück Mensch am Wagen von Gegen warten. Ich noch mit Kamelmann zwei Worte reden und dann auch kommen.«
Er lächelte verlegen, denn er war schon im Gehen und überließ es Christian und Großer-Tiger, sich zwischen den vielen Ballen, Sätteln und Tragstangen zurechtzufinden.
Aus einem der Räume unter dem Vordach schimmerte Licht. Der flackernde Widerschein eines Feuers lief an dem Papierfenster auf und nieder. Dort war die Küche. Man hörte Stimmen, aber die Stimmen sprachen mongolisch, und nur wenn Hagelkorn sich einmischte und irgend etwas auf chinesisch sagte, antwortete man ihm ebenso.
Christian und Großer-Tiger blieben stehen.
»Hier ist der Tee für die Exzellenzen«, hörten sie Hagelkorn sagen, »und dann die Tassen; eija, ich bringe gleich die Täßchen für die höchsten Herrschaften.«
»Wir brauchen deine Tassen nicht«, wurde ihm geantwortet, »der Gegen und der Prinz haben Silberschalen bei sich.«
»Ich muß mich wegen Vergeßlichkeit tadeln; selbstverständlich haben die Fürsten silberne Schälchen oder goldene. Aber

wie wäre es mit einem oder mit zwei Blättchen Safran für langes Leben?«
»Du kannst sie auf den Teller legen; jetzt mach die Tür auf!«
Christian und Großer-Tiger merkten, daß es Zeit war, zu verschwinden. Sie eilten unter dem Vordach entlang, und als sie schon an zwei Türen vorbeigelaufen waren, stolperten sie über die langen Deichseln eines Karrens, die in den überdachten Gang hereinragten.
»Das Fuhrwerk des Gegen!« flüsterte Christian und blieb stehen.
»Einsteigen!« sagte Großer-Tiger entschlossen, »es gibt keine Hilfe.«
Er kletterte behend voran, und Christian folgte mit klopfendem Herzen, weil er befürchtete, der Karren müsse jeden Augenblick nach hinten überkippen.
»Keine Angst«, flüsterte Großer-Tiger, »ich habe nachgesehen; hinten hat er eine Stütze.«
Der Karren war fest und plump gebaut und hatte zwei große gebuckelte Räder. Statt der üblichen Seitenwände trug er einen Aufbau, der wie ein Häuschen war, das nach vorne offenstand. Rechts und links gab es winzige Fenster, vor denen dunkle Vorhänge hingen. Im Innern des Häuschens lag eine Menge Kissen, auf die Christian und Großer-Tiger sich setzten. Sie hätten sich behaglich gefühlt, wenn ihnen nicht eingefallen wäre, daß am Ende einer kommen könnte und ein Geschrei machen würde, wenn er sie im Fuhrwerk des heiligen Mannes entdeckte. Sie hätten nicht einmal fortlaufen können.
»Es gibt keinen Ausweg«, sagte Großer-Tiger, »wir sind wie die Grille im Käfig.«
»Still!« sagte Christian, »es kommt wer.«
Man hörte die schlurfenden Schritte mongolischer Reiterstiefel, und plötzlich sah Christian, daß gegenüber eine Türe war, und Großer-Tiger durchfuhr bei der gleichen Entdeckung ein jäher Schrecken. Kaum drei Schritte trennten sie von der Schlafkammer Jolleros-Lamas und des Belin-Prinzen. Es blieb keine Zeit mehr, darüber nachzudenken, ob es so sei oder anders, denn es kamen zwei Männer in langen Gewändern mit

breiten Schärpen um den Bauch und mit Fuchsfellmützen auf dem Kopf. Einer trug eine dampfende Teekanne, der andere ein Tablett mit verschiedenen Schüsselchen. Sie traten ohne weiteres in die Kammer ein und schlossen die Türe hinter sich. Christian und Großer-Tiger hörten Begrüßungsworte; sie sahen auch, daß Licht gemacht wurde, und als sie anfingen, sich zu überlegen, ob sie nicht doch lieber ihr Versteck mit einem andern vertauschen sollten, traten die beiden Männer wieder aus der Kammer unter das Vordach. Sie wären weitergegangen, aber da kam Hagelkorn gelaufen und fragte: »Wie fühlen sich die Exzellenzen? Haben sie gut geschlafen?«
»Sie haben gut geschlafen.«
»Und der Tee? Was sagen sie zu meinem Blattspitzen-Teechen?«
»Sie sagen nichts. Der Prinz steht eben auf, und der Gegen betet seit einer Stunde.«
»Vielleicht auch ein bißchen für mich?«
»Er betet für das Wohl aller lebenden Wesen.«
»Ich denke«, sagte Hagelkorn, »man könnte dabei kleine Ausnahmen machen.«
»Es gibt keine Ausnahme«, sagte einer der Männer streng. Er trug das rote Gewand eines Lama-Priesters.
»Ich meinte ja nur«, entschuldigte sich Hagelkorn, »es gibt zum Beispiel Leute . . . «
»Schweig!« sagte der Lama. Er wandte sich ab, gab seinem Begleiter ein Zeichen, und beide entfernten sich nach der Küche.
Hagelkorn schaute ihnen nach, und als die Schritte verklungen waren, zuckte er geringschätzig mit den Achseln und näherte sich dem Karren. Offenbar wollte er etwas Verbotenes tun, denn er blickte noch einmal verstohlen in die Runde, ob ihn auch keiner beobachte. Dann machte er einen Schritt vorwärts, und dann noch einen; und als er den dritten machen wollte, um den neugierigen Kopf in das Häuschen zu strecken, flog ihm ein schwarzes rundes Ding ins Gesicht. Obgleich es weich war und nicht wehtat, erschrak er fürchterlich und ließ sich mit einem Schrei zu Boden fallen.

Im selben Augenblick gab es ein Gerumpel, und zwei dunkle Gestalten kamen aus dem Karren. Großer-Tiger und Christian waren in Eile; darum konnten sie auf den zwischen den Deichseln liegenden Hagelkorn nicht besonders achtgeben. Einer trat ihm auf die Brust, der andere ins Gesicht, und Hagelkorn, dem so eine Behandlung noch nicht vorgekommen war, hielt sich für verloren. Er schloß die Augen, wurde bleich und blieb liegen.

Auf den Schrei Hagelkorns hatte sich die Tür gegenüber geöffnet, und der junge Mongolenprinz trat aus der Kammer. Aus der Küche kamen Leute gelaufen, und einer fragte den andern: »Was gibt's? Was ist los?« Weil es aber noch völlig Nacht war, bemerkte niemand den halb unter dem Karren liegenden Hagelkorn, und alle schwatzten durcheinander.

»Wir wissen es nicht«, sagten die Leute aus der Küche.

»Wir sehen keinen«, sagte der Prinz.

»Aber es hat wer geschrien«, entschied der Lama, der keine Widerrede duldete.

Jetzt kam der Kamelmann mit dem Windlicht, und hinter ihm drein marschierte Bator.

»Hier liegt der, der geschrien hat!« rief er.

»Es ist Hagelkorn«, sagte der Kamelmann und schwenkte das Windlicht. »Hierher, ihr Männer!«

»Steh auf!« befahl der Mongolenprinz; »fehlt dir etwas?«

»Ich bin tot«, sagte Hagelkorn sanft.

»Daran habe ich auch schon gedacht«, sagte der Kamelmann.

»Du irrst«, versicherte der Prinz, »du hast die Welt noch nicht verlassen.«

»Zu neun Zehnteln bin ich gestorben«, behauptete Hagelkorn hartnäckig und ächzte.

Der mitleidige Kamelmann kniete neben ihm nieder. »Du mußt«, riet er ihm, »deine Glieder der Reihe nach probieren. Wenn du alle bewegen kannst, ist es nicht schlimm.«

»Es gibt keine Hilfe«, wimmerte der Wirt vom Fröhlichen Gedeihen.

Trotzdem versuchte er sich aufzurichten. Als er merkte, daß es ging, zog er die Beine an; und als das auch ging, stand er auf.

»Ich lebe«, sagte er erleichtert; »aber es war fürchterlich.«
»Was war fürchterlich?« fragte der Prinz.
»Der neunschwänzige Fuchs«, berichtete Hagelkorn, »war da. Er fuhr auf mich los, als ich zwischen den Deichseln des Wagens stand und die Sterne zählte. Er warf mir einen entsetzlichen Stein an den Kopf, davon bin ich ohnmächtig geworden, und dann bin ich umgefallen wie ein Stück Sack. Darauf stampfte mir der Fuchs ins Gesicht, und da bin ich gestorben bis jetzt. Ich sage zehntausendfachen Dank für große Hilfe und Lebensrettung.«
»Hier ist der Stein!« rief Bator und hob das Kissen auf, das neben Hagelkorn im Schnee gelegen hatte.
Alle lachten; aber Bator bereute sein vorschnelles Wort, denn der Belin-Prinz gebot Ruhe und sagte: »Es ist wer im Wagen Seiner Heiligkeit gewesen.«
Bator erschrak; er konnte sich denken, wer das gewesen war, und die Leute aus der Küche sagten: »Man muß schauen, wo der Kerl steckt.«
»Man muß ihn sofort suchen«, befahl der Lama streng.
»Nein«, sagte Bator, und er trat dem Kamelmann wie aus Versehen geschwind auf den Fuß, »man muß ihn nicht suchen. Ich bin es gewesen.«
»Du?« fragte der Kamelmann verwundert. Aber da trat ihm Bator noch einmal auf den Fuß, und der Kamelmann schwieg.
»Du?«, fragte der Prinz, und dabei blickte er auf Bator und und dann wieder auf Hagelkorn; und als er beide angeschaut hatte, mußte er lachen. »Du bist also der neunschwänzige Fuchs, der andern Leuten ins Gesicht stampft?«
»Ich stampfte aus Versehen«, sagte Bator kleinlaut, »und ich bitte um Nachsicht, weil es so dunkel war.«
»Dafür gibt es keine Nachsicht«, rief der Lama, »es ist gegen den Anstand, wenn man in den Wagen des Gegen steigt. Man muß dem Verbrecher Stockhiebe geben.«
Bator wurde ängstlich, denn noch nie hatte ihm jemand Stockhiebe gegeben. Er schaute auf den Prinz, doch der Prinz lachte nicht mehr, und es sah ganz so aus, als ob ein peinliches Gericht stattfinden würde. Da kam plötzlich Großer-Tiger, der hinter

der nächsten Säule des Vordachs gesteckt hatte, gelaufen, und nach ihm kam Christian gerannt, der hinter der übernächsten Säule gestanden hatte, und beide beugten artig ihre Knie vor dem Belin-Prinzen und riefen miteinander: »Gerechtigkeit!«

»Wer ruft hier Gerechtigkeit?« fragte der Prinz.

»Wir rufen«, antworteten Christian und Großer-Tiger.

»Wer seid ihr?«

»Dieser ist Kompaß-Berg, und ich bin Großer-Tiger, und wir haben uns in den Wagen verkrochen, weil . . . «

»Weil es so kalt war«, sagte Christian.

»Und weil wir dem Gegen einen Fußfall der Verehrung machen wollten«, sagte Großer-Tiger.

»Deswegen hättet ihr euch nicht verstecken müssen«, bemerkte der Prinz.

»Manche Leute«, setzte ihm Großer-Tiger auseinander, »brauchen nicht zu wissen, daß wir schon wach sind und herumlaufen. Wir sollten nämlich noch schlafen.«

»Diese Sache scheint schwierig«, sagte der Prinz; »steht auf!«

»Wir wagen es nicht«, entgegnete Großer-Tiger.

»Steht trotzdem auf«, befahl der Prinz, »ihr seid höfliche Menschen, das macht vieles wieder gut.«

»Aber nicht dieses«, rief der Lama, »und schlug sein rotes Gewand empört über die Schulter.

»Es ist noch nichts entschieden«, erklärte der Prinz. »Wir wissen nicht, wer im Wagen war, einer, oder zwei, oder drei, oder am Ende keiner. Wir haben uns jedoch entschlossen, diese Verwicklung sofort zu entwirren. Geht alle an eure Arbeit! Ihr drei kommt mit mir!«

»Wir hören und gehorchen«, sagten Großer-Tiger und Christian.

»Bolna!«, murmelte Bator für sich, »es wird gewiß schief gehen.«

»Hast du was gesagt?« fragte der Prinz; und weil er mongolisch fragte, merkte Bator, daß er gemeint sei.

»Ich habe gesagt, daß ich Eurer Herrlichkeit dankbar bin.«

»Wir denken vielmehr«, sagte der Prinz, »daß du ein Schlingel seist.«

Er öffnete die Tür der Kammer, trat ein, und nach ihm kam Großer-Tiger; dann kam Christian, und zum Schluß Bator. In der Kammer war es warm, ein trübes Talglicht brannte, und als der Prinz zur Seite trat, sahen Christian und Großer-Tiger einen Kang. Bator schlug die Augen nieder, und darum sah er nur ein bißchen schwach beleuchteten Fußboden und sonst nichts. Der Kang war mit schönen Teppichen belegt, und auf den Teppichen saß aufrecht und unbeweglich ein sehr alter Mann im roten Lamagewand. Sein kahler Kopf war leicht nach vorn geneigt, und durch die Finger glitt die Perlenkette der Andacht.

»Wie der Nephrit Kaiser in Peking«, flüsterte Großer-Tiger.

»Nur nicht so dick«, sagte Christian leise.

Bator, der bisher im Hintergrund gestanden hatte, drängte sich vor und warf sich dem Greis zu Füßen. Da beugten auch Christian und Großer-Tiger ihre Knie zum Fußfall der Verehrung. Jolleros-Lama unterbrach sein stummes Gebet; die Perlenkette hörte auf, durch die Finger zu gleiten, und es wurde ganz still.

»Drei Knaben sind gekommen«, sprach der Belin-Prinz, »sie bitten um den Segen für lange Wanderschaft.« Er sprach chinesisch, um dem Gegen anzudeuten, daß Christian und Großer-Tiger das Mongolische nicht bekannt sei.

Jolleros-Lama erhob sich. Er war groß, hager und sehr ernst, und seine Augen waren dunkel. Als er die Hand zum Segen auf die verwirrten Knabenköpfe gelegt hatte, sprach er: »Steht auf, meine Kinder!«

Es klang wie ein Befehl, und Christian und Großer-Tiger folgten sogleich. Nur ein geschwindes: »Wir wagen es nicht«, murmelten sie gleichsam als Entschuldigung für das unhöfliche Betragen.

»Du da«, sagte der Gegen mongolisch zu Bator, »hörst du meine Rede?«

»Ich höre sie«, antwortete Bator, ohne aufzuschauen.

»So tu, was ich dir sage. Wir sind allein. Du brauchst meinen Stockmeister nicht zu fürchten.«

»Es ist gegen jedes Herkommen«, entschuldigte sich Bator und stand auf; doch hielt er den Kopf geneigt, die Augen geschlossen, und die Fäuste legte er wie zum Gruß vor die Brust, damit die schuldige Ehrfurcht nicht noch mehr verletzt werde.

»Bolna«, sagte Jolleros-Lama lächelnd, »ich tadle deine Beharrlichkeit nicht.« Dann besann er sich und sprach: »Wir wollen chinesisch reden, damit jeder das Wort des anderen verstehe. Sprichst du diese Sprache?«

»Ich ausgezeichnet gut sprechen Reich-Mitte-Sprache«, sagte Bator.

Der Belin-Prinz war nahe daran, zu lachen, aber er unterdrückte es, und Jolleros-Lama setzte sich wieder auf den Kang.

»Wir haben hier drei angehende Übeltäter«, sagte der Prinz, »aber wir wissen nicht, wer wirklich einer ist.«

»Es sind diese beiden«, sprach der Gegen.

Großer-Tiger und Christian erschraken, denn sie hatten oft gehört, daß hohe und alte Lamas mehr wissen als andere Menschen.

Der Gegen lächelte. »Die Sache ist einfach«, sagte er; »ich hörte, wie ihr von der Küche her gelaufen kamt, denn ich war wach. Vor meiner Tür seid ihr über die Karrendeichseln gestolpert, und dann sagte einer von euch: ›Es ist das Fuhrwerk des Gegen.‹«

»Das war ich«, sagte Christian.

»›Einsteigen‹, flüsterte der andere, ›es gibt keine Hilfe.‹«

»Das war ich«, gab Großer-Tiger zu.

»Ich weiß noch mehr«, sagte Jolleros-Lama. »Der Prinz hat euch nach euren Namen gefragt, und so erfuhr ich, wie ihr heißt; mein Stockmeister hat mir berichtet, was er von dem Wirt Hagelkorn erzählt bekam, und so ist mir von eurer Fahrt mit dem Soldaten Glück vieles bekannt geworden, ohne daß ich einen Schritt gehen oder euch fragen mußte.

Aber etwas weiß ich nicht, und es ist vielleicht gut, wenn ihr es mir sagt.«

»Wir sagen alles«, erklärte Großer-Tiger.

»Nur eines nicht«, entfuhr es Christian.

»Wahrscheinlich ist es gerade das, was ich wissen möchte«. sagte der Gegen freundlich. »Wohin fahrt ihr mit dem Wagen,

der von selber geht und der dem General Wu gehört?« Christian atmete erleichtert auf, und Großer-Tiger sagte: »Wir fahren durch die Wüste bis nach Urumtschi.«
»Das ist ein weiter Weg, meine Kinder«, sagte Jolleros-Lama, »und ihr müßt achtgeben, weil ihr einen Mann bei euch habt, von dem ich nichts Gutes hörte.«
»Das Grünmantel sein, sehr schlechter Mensch etwa«, bestätigte Bator.
»Schweig!« rief der Belin-Prinz, »und sprich, wenn du gefragt wirst!«
Bator schwieg zerknirscht und senkte den Kopf noch mehr; aber der Gegen sagte: »Laßt ihn, Prinz, ich sehe, er hat etwas auf dem Herzen. Er wird es mir gleich sagen, aber ich möchte der Reihe nach fragen. Großer-Tiger hat mir geantwortet, und jetzt frage ich seinen Freund Kompaß-Berg. Komm zu mir, mein Kind, und sage mir leise, wenn du es nicht laut sagen willst, warum euch der General Wu mit dem Soldat nach Urumtschi schickt?«
Christian erschrak von neuem und suchte in großer Angst nach einer Antwort. Er hätte es unmöglich fertiggebracht, den Gegen anzulügen; und der Gegen, das wußte er, hätte jede Unwahrheit bemerkt. Am liebsten hätte Christian geschwiegen und den Kopf gesenkt wie Bator.
»Der General Wu-Pei-Fu«, stotterte er schließlich, »schickt uns auf einem Umweg nach Hause. Wir sind nämlich aus Peking, aber dort ist eine große Schlacht, und weil das gefährlich für Jungen ist, müssen wir über Urumtschi fahren.«
Der Gegen lächelte mild. »Du hast die Wahrheit gesprochen, Kompaß-Berg, aber nicht die ganze Wahrheit. Du verbirgst etwas vor mir.«
»Der General Wu«, sagte Christian, »hat mir nicht erlaubt, darüber zu sprechen.«
»Dann gibt es keine Hilfe«, sprach der Gegen. »Bewahre dein Geheimnis, aber bewahre es besser als vor mir. Sollte wieder einmal wer fragen, weshalb dich der General Wu nach Urumtschi schickt, so darfst du nicht verlegen werden. Antworte ohne Zögern, damit man dir Glauben schenke. Mir ist dein

Geheimnis bekannt, und wahrscheinlich weiß ich mehr davon als du, denn der General Wu ist mein Freund, und seine Gedanken sind mir nicht verborgen. Darum will ich dir und Großer-Tiger meinen schwachen Arm zur Hilfe leihen. Ich habe einen Ring, den ich seit zwanzig Jahren trage, obgleich er mir nicht gehört. Jetzt spüre ich, daß die Zeit gekommen ist. Der Ring sucht seinen Herrn. Nimm ihn von mir und gib ihn dem, der danach mit großem Verlangen begehrt. Er wird euch hilfreich sein, wenn ihr in Not seid.«

Bei diesen Worten streifte Jolleros-Lama einen Silberreif vom Finger und reichte ihn Christian, der sich sehr tief verbeugte.

»Am rechten Daumen wird er dir passen«, sagte der Gegen.

Christian probierte, und es war so, wie Jolleros-Lama gesagt hatte.

»Aber«, fragte Christian verlegen, »wie soll der Ring seinen Herrn finden, wenn ich nicht weiß, wie der Herr des Ringes aussieht? Am Ende sagt einer: ›Gib her‹, und es ist der Falsche.«

»Setzt euch zu mir«, sprach Jolleros-Lama, »ich muß leise mit euch reden, denn die Wände könnten Ohren haben.«

Christian und Großer-Tiger kletterten auf den Kang; Christian setzte sich links, und Großer-Tiger setzte sich rechts neben den Gegen.

»Ein Platz ist noch frei«, bemerkte Jolleros-Lama zu Bator; »setz dich mir gegenüber, mein Sohn, und sage mir, wer du bist.«

»Mein geringer Name Bator sein, Sohn von Vater Dogolon und Sohnessohn von Großvater Nicht-gibt-es-nicht. Das alles wie Windhauch etwa, der vorüberwehen, und nicht wert sein, zu reden davon.«

Während Bator das sagte, schien es, als ob der Gegen einen Augenblick überrascht auf Bator blickte; doch er sprach ruhig wie zuvor: »Schau mich an, Sohnessohn des Mannes Nicht-gibt-es-nicht. Hier ist der Platz, auf den du dich setzen sollst.«

»Große Ehrfurcht sagen: Nein«, erwiderte Bator, »Herz sagen: Ja«, und er schlug zaghaft die Augen auf. Dann setzte er sich gehorsam auf den ihm angewiesenen Platz.

»Prinz«, sprach Jolleros-Lama, »ich danke Euch, daß Ihr mir die drei Übeltäter zugeführt habt. Hört auch Ihr, wie sich in dieser Stunde fügt, was lange Jahre trennten.«
Der Belin-Prinz verneigte sich leicht und sagte leise: »Wir vernehmen in Ehrfurcht Eure Worte.«
»Vor zwanzig Jahren«, sprach Jolleros-Lama, »reiste ich nach Urga zum Fest der Sieben Staaten. Auf allen Wegen ritten fröhliche Menschen in seidenen Gewändern und auf ihren besten Pferden. Am vierten Tag rastete ich mit meinen Begleitern am Brunnen Gelber-Hügelriß. Dort traf ich einen jungen Mann, der traurig war, und seine Augen blickten finster, denn er hatte einen schrecklichen Eid geschworen, viele Menschen zu töten als Vergeltung für das, was ihm widerfahren war.
Er trat in mein Zelt, und ich sagte: ›Du verfinsterst das Licht, so lebt kein Edler.‹ Aber der Mann schwieg. Ich sagte: ›Hochmütiger Drache wird zu bereuen haben.‹ Da warf sich der Mann zu Boden, zog einen Ring vom Finger, und sagte: ›Nimm diesen Ring des Zorns, bei dem ich mit zwanzig anderen geschworen habe, aber verlange nicht mehr von mir.‹
Ich betrachtete den Ring, und es war eine Schlange aus Silber, die sich in einem Doppelreif um den Finger wand.
›Die Schlange‹, sagte ich, ›ist nicht allein das Bild des Zorns; die Schlange ist auch ein verachtetes Tier, weil sie an der Erde kriecht, und so ist sie das Bild der demütigen Bescheidenheit. Ich will deinen Ring tragen, damit ich stets der Demut eingedenk bleibe.‹ Da weinte der Mann, und ich wußte, daß er den Ring um der neuen Deutung willen gern wiedergehabt hätte. Er wurde sanft wie der Wind, und in diesem Augenblick lag sein Leben vor mir wie ein offenes Buch. ›Ich will dir den Ring wiedergeben‹, sagte ich, ›wenn meine Tage gezählt sind. In der Stunde, da du die demütige Schlange wieder in Händen hältst, gedenke meiner als eines, der aus der Welt ging.‹
Jolleros-Lama schwieg, und alle schwiegen.
Christian betrachtete heimlich den Ring, der eine Schlange war, und er freute sich nicht mehr so viel darüber wie vorher.
Der Belin-Prinz schlug die Fäuste vor das Gesicht, weinte und sprach mongolisch, und Bator erzählte später, er habe gesagt:

»Mit Euch wird das Licht in die Erde sinken; wie sollen wir da weiterleben?« Jolleros-Lama erwiderte nichts auf die Klage des Prinzen. Er sagte einfach:
»Das ist die Geschichte des Ringes, der eine Schlange ist; sie ist aber noch nicht zu Ende. Der Mann bat mich, ihm mancherlei zu sagen, und ich sagte es ihm. Da dankte er mir und wollte weiterreiten, doch ich sagte: ›Warte noch eine Stunde. Du hast mir einen Ring gegeben, ich will dich nicht ohne eine Gegengabe ziehen lassen. Weil ich aber nichts besitze, mußt du bleiben, bis einer kommt und mir etwas schenkt.‹ Wir setzten uns, und wir tranken Tee, und nach einer Stunde kam ein fröhlicher Mensch auf einem Kamel. Er sang, und als er mein Zelt sah und von meinen Begleitern erfuhr, wer ich war, stieg er ab und bat mich um den Reisesegen. Ich gab ihn gerne, und ich fragte den Fröhlichen, wie er heiße. ›Ich bin Nicht-gibt-es-nicht‹, sagte der Mann, ›und ich danke für kräftigen Segen, so kann ich immer vergnügt sein.‹
›Nicht-gibt-es-nicht‹, fragte ich, ›hast du mir etwas mitgebracht?‹ ›Ich bitte um Entschuldigung für große Vergeßlichkeit‹, rief Nicht-gibt-es-nicht und griff in seinen Gürtel. Dort verwahrte er ein kleines Buch, und in dem Buch lagen drei trockene Fliederblätter. Er gab sie mir, und er sagte, daß er sie von dem heiligen Baum in Kumbum gepflückt habe, und obwohl er nur eines habe nehmen dürfen, seien es auf einmal drei gewesen, und er wisse nicht, wie das geschehen sei.
Ich nahm die Blätter und sagte zu dem Mann, der traurig war: ›Nimm dieses Blatt mit dir, damit du weißt, daß es fröhliche Menschen gibt, die ohne Arg sind.‹
Das zweite Blatt gab ich Nicht-gibt-es-nicht zurück, und ich sagte: ›Du Schalk bedarfst keiner Ermahnung; bewahre das Blatt, bis du eines Tages in das Schnell-Schwarzwasser-Tal kommst, dann magst du es in den Wind werfen.‹ Er verstand nicht, was ich meinte, und ich war froh darüber und behielt das dritte Blatt für mich.
Heute morgen entfiel es meiner Hand, und als ich es aufheben wollte, zertrat ich es aus Ungeschick. Da stand mit einemmal vor meinen Augen, was am Gelben-Hügelriß geschehen war,

und darum habe ich es euch berichtet. Ein anderer wird das Fehlende dazutun.«
»Aber wenn ein Falscher den Ring haben will?« fragte Christian wieder, »wie soll ich das machen?« Jolleros-Lama lächelte.
»Du hast an einer Botschaft schwer genug zu tragen«, sagte er; »es war unklug von mir, dir eine zweite aufzubürden.«
Christian wurde rot und schämte sich sehr, und der Gegen befahl: »Gib den Ring deinem Freund Großer-Tiger. Er hat ohnehin einen viel zu prächtigen Namen, so kann ihm eine Minderung durch die Schlange nur nützen.«
Da gab Christian den Ring an Großer-Tiger weiter, und Großer-Tiger verneigte sich und sagte: »Zehntausendfachen Dank für ehrenwertes Vertrauen.«
»Der, dem der Ring gehört«, sprach der Gegen, »wird sehr erschrecken, wenn er ihn an deinem Finger sieht. Daran magst du den Rechten erkennen.«
Jolleros-Lama schwieg, und dann blickte er auf Bator, dem man anmerkte, wie leid es ihm war, daß er mit dem Ring, der seinen Herrn suchte, nichts zu tun hatte. So war er wie erlöst, als ihn der Gegen endlich fragte: »Bator, was hast du mir zu sagen?«
»Ich sagen große Verehrung und große Bitte von Vater Dogolon. Wir sein Reise vorhabend. Kamele warten, und Dogolon warten auch, ob dürfen sich anhängen für zwei Tage etwa an ehrenwerten Reisezug von heiligem Gegen Jolleros-Lama?«
»Dogolon mag mit uns reisen, solange er will«, sprach der Gegen, »es ist keine Hinderung vorhanden.«
Darauf senkte er die Augenlider. Christian und Großer-Tiger merkten, daß sie entlassen waren, und Bator stand auch auf. Bevor sie die Kammer verließen, beugten sie noch einmal die Knie zum Fußfall der Verehrung. Aber Jolleros-Lama hielt die Augen geschlossen. Die Perlenkette der Andacht glitt durch seine Finger, und der Belin-Prinz zupfte Christian und machte ihm ein Zeichen, daß sie leise gehen sollten.
Da ging einer nach dem andern durch die Tür unter das Vordach und dann in den Hof, über dem der kalte Morgenstern funkelte.

»Wenn man aber den nicht findet, dem der Ring gehört?« fragte Großer-Tiger.
»Was dann?« fragte Christian.
»Das ganz unmöglich sein«, behauptete Bator, und er war froh, daß er endlich an der Reihe war und sagen konnte, der Ring finde seinen Herrn, und darüber gebe es überhaupt keinen Zweifel, denn was der Gegen sage, das treffe ein und sei immer eingetroffen.
Er blickte herausfordernd auf Christian und Großer-Tiger. Aber sie entgegneten nichts. Sie saßen auf zwei Säcken gegenüber dem runden Schirm, den man den Königen vorantrug, auch wenn die Sonne nicht schien, und nebendran lag zusammengerollt das Banner mit der mongolischen Schrift, die keiner lesen konnte.
Hagelkorn, der unter dem Vordach spazierte und gelangweilt überall herumguckte, wurde plötzlich lebhaft. Er kam über den Hof gelaufen und murmelte vor sich hin: »Frechheit, Schwere Not!« und ähnliche furchtbare Worte. Er streifte die Jungen mit einem bösen Blick; aber Bator stand unternehmend auf und bat ihn, das Tor zu öffnen. Er möchte nach Hause zu seinem Vater, sagte er.
»Nichts da!« rief Hagelkorn, »vorher müssen wir den Dieb fangen.«
»Was für ein Dieb etwa?« forschte Bator.
»Einen Einbrecher!« schrie Hagelkorn.
»Wenn Herr Hagelkorn befehlen«, erbot sich Bator, »wir Diebe und Einbrecher fangen ausgezeichnet haufenweise.«
Aber Hagelkorn wollte nichts hören. Er lief aufgeregt weiter und weckte den Knecht, der im Torhäuschen schlief. Beide kamen mit Petroleumlaternen wieder, die Hagelkorn vor kurzem in Kalgan gekauft, aber aus Sparsamkeit noch nie verwendet hatte. Sie liefen an der Hofmauer entlang, und dann blieb Hagelkorn stehen und hob die Laterne, so hoch er konnte.
»Hier!« rief er laut, damit auch die Mongolen aufmerksam würden, »hier ist der Dieb über die Mauer gestiegen! Man sieht

es ordentlich! Das freche Stück Mensch ist auf meinem guten Mäuerchen herumgerutscht! Ei ja, man hat mich bestohlen!«

Der Kamelmann war eben mit Füttern fertig geworden. Er horchte zu, was Hagelkorn sagte, und kam herbei. Der Bruder Stockmeister ordnete die Kissen im Wagen des Gegen, aber er hörte auf damit, als er das Geschrei Hagelkorns vernahm.

»Ich muß nach dem Rechten sehen«, sagte er streng. Und dann kamen auch die Leute aus der Küche.

Sie standen im Halbkreis um Hagelkorn, und sie betrachteten die Hofmauer, wo der Schnee abgefallen war; und wenn sie lange hinaufgeschaut hatten, schauten sie auf den Boden und studierten die Fußspuren im Schnee, wo Bator aufgesprungen war.

»Ich habe es gleich bemerkt«, sagte Hagelkorn, »das ist ein Glück.«

»Ja, es ist ein Glück«, sagten die Leute aus der Küche, aber sie wußten nicht, weshalb das ein Glück sein sollte.

»Unsinn«, knurrte der Lama, »es sind Fußspuren von einem Menschen, der barfuß ging. Man sieht die Zehen im Schnee abgebildet.«

»Man sieht die Zehen«, wiederholte Hagelkorn nachdenklich, und er blickte heimlich im Kreis umher; aber alle, die da standen, hatten Schuhe oder Stiefel an.

»Die Zehen werden ihm erfrieren, das ist die Strafe«, sagte der biedere Kamelmann.

Doch damit gab sich Hagelkorn nicht zufrieden. »Ein Dieb«, erklärte er, »klettert über die Hofmauer, weil er etwas stehlen will. Ich bin also bestohlen worden, das spüre ich deutlich.«

»Irrst du dich nicht?« fragte der Kamelmann vorsichtig.

»Bis jetzt weiß ich nicht, was mir fehlt«, gab Hagelkorn zu, »aber das wird sich herausstellen, sobald wir den Dieb haben.«

»Man muß ihn sofort suchen«, sagte der Bruder Stockmeister.

»Wo?« fragte Hagelkorn, und er hob die Laterne wieder in die Höhe.

Der Schein fiel auf Christian, Großer-Tiger und Bator, die auf den Säcken saßen und sich nicht rührten. Das erzürnte Hagelkorn.

»He!« rief er laut, »ihr sitzt wie die Kraniche im Schatten! Kommt her, es geht auch euch an!«
»Wir sitzen gut hier«, antwortete Großer-Tiger.
»Wir sind nicht neugierig«, sagte Christian.
»Wir ganzer Haufen sehr beleidigt«, erklärte Bator; »wir sagen: Helfen Dieb fangen sofort ausgezeichnet; aber gebietender Herr Hagelkorn antworten nicht einmal Silbe.«
»Das ist nicht wahr!« schrie Hagelkorn erbittert; »du wolltest, daß ich das Tor öffne!«
»Mach es auf«, sagte der Belin-Prinz, der aus der Kammer trat, Hagelkorns Geschrei gehört hatte und ärgerlich war, daß schon wieder was nicht stimmte.
»Mein Fürst«, setzte ihm Hagelkorn auseinander, »das Tor muß geschlossen bleiben, und meine Herberge muß wie ein zugebundener Sack sein, weil ein Dieb darin steckt, ein Einbrecher sogar.«
»Wie?« fragte der Prinz, »hören Wir recht?«
Und dann ging er über den Hof, dahin, wo Hagelkorn mit der Laterne stand. Im Vorübergehen klopfte er Bator auf die Schulter, als ob er sagen wollte: Hast du schon wieder was angestellt?
Bator dachte vergnügt bei sich: Ich weiß, was du nicht weißt. Aber nachher war ihm so, als ob es am Ende anders sein könnte, und er sagte zu Christian und Großer-Tiger: »Wir besser Gerede der Leute ebenfalls anhören, sonst dunkle Wolken steigen am Himmel etwa.«
»Bolna«, sagte Christian, und sie gingen zu der Versammlung, wo Hagelkorn zum zweitenmal erzählte, was passiert sei, und der Lama sagte furchtbar streng: »Man muß den Dieb sofort fangen.«
»Er wird nicht mehr hier sein«, sagte der Prinz.
»Wieso?« fragte Hagelkorn erschreckt und setzte die Laterne auf den Boden.
»Man kann den Habicht nicht schießen, wenn er weggeflogen ist«, meinte der Prinz; »Diebe machen, daß sie fortkommen, bevor man sie fängt.«
»Er kann aber nicht«, sagte Hagelkorn, »das Tor ist zu.«

»Er ist über die Mauer eingestiegen, warum sollte er nicht über die Mauer entweichen?«
»Das ist wahr«, rief der Kamelmann, »daran habe ich auch schon gedacht.«
»Hagelkorn, mach das Tor auf!« befahl der Prinz, »draußen wird man sehen, ob es nur eine Spur gibt, die hereinführt, oder ob es zwei Spuren gibt und die zweite geht wieder fort.«
»Ja«, riefen die Leute aus der Küche, »das muß man sehen! Mach das Tor auf!« Hagelkorn war auf einmal einverstanden. »Man wird obendrein bemerken«, sagte er listig, »wohin der Dieb gegangen ist, und woher er kam.«
»Man wird ihn fangen und mit dem Bambusprügel bekannt machen«, sagte der Bruder Stockmeister.
Bator erschrak. Er sah Christian an, der verzweifelt auf Großer-Tiger blickte, und Großer-Tiger sagte leise: »Es gibt keine Hilfe.«
»Aber«, rief Bator plötzlich so laut, daß alle stehenblieben, »wenn der Dieb gar kein Dieb sein, sondern nur ein Stück Mensch vielleicht, das spazierengehen in der Nacht ein bißchen etwa?«
»Ach«, sagte der Kamelmann, »daran habe ich auch schon gedacht.«
»Was erzählst du da?« fragten die Leute aus der Küche, die schwer von Begriff waren.
»So einen gibt es nicht«, rief Hagelkorn.
»Doch«, sagte der Prinz, »so einen gibt es, denn der Bock stößt gegen die Hecke.«
»Ich sehe keinen Bock, sagte der Lama, der alles wörtlich nahm.
»Hier ist er«, sagte der Prinz und faßte Bator am Ohr. »Das ist das schreckliche Stück Mensch, das nachts ein bißchen spazierengeht.«
»Unsinn, barer Unsinn!« rief Hagelkorn, »der Lausejunge will Eurer Erhabenheit ein Ding aufschwätzen, das es nicht gibt; ganz wie vorhin. Da war es auch so.«
Aber der Prinz hörte nicht auf Hagelkorn. Er nahm Bator beiseite und fragte ihn dies und das mongolisch, und Bator

antwortete. Da lachte der Prinz, und der Kamelmann lachte auch, obwohl er nicht wußte, weshalb. Nur der Lama blickte böse und entfernte sich, weil er gekränkt war, daß man eine Strafsache so leichtnahm.

»Beladet die Kamele!« befahl der Prinz, »macht den Wagen fertig und sattelt mein Pferd! Wir wollen gleich aufbrechen. Du«, sagte er zu Hagelkorn, »öffne das Tor, damit du nicht länger glaubst, ein Dieb habe dir was gestohlen.«

Während Hagelkorn den Schlüssel aus dem Gürtel kramte und aufschloß, schob der Knecht die Balken und die Riegel weg. Der Kamelmann trollte sich und nahm den Kamelen die leeren Futterbeutel ab. Die Leute aus der Küche gingen, wohin sie gehörten, und der Belin-Prinz trat vor das Tor.

Dort war es viel kälter als im Hof der Herberge. Der Himmel war dunkel wie um Mitternacht, und die Schneeluft stand still, als hätte nie ein Lüftchen geweht. Über den Hügeln im Westen schwamm der Siebenstern.

»Das ausgezeichnet«, versicherte Bator leise, »erst um Drachenstunde hell etwa.« Er war schon wieder fröhlich und marschierte hinter dem Prinzen, der sich von Hagelkorn leuchten ließ. Dann kamen Großer-Tiger und Christian, und hinterdrein trottete der Knecht mit der zweiten Laterne, und er war womöglich noch mißtrauischer als sein Herr.

»Hier!« rief Hagelkorn plötzlich, »hier ist der Dieb! . . . « Vergebung, mein Fürst, ich meinte, daß hier zwei Spuren sind, ganz dicht nebeneinander. Die eine kommt, und die andere geht. Hier ist das Stück Mensch über die Mauer geklettert, und da ist es wieder weggelaufen.«

»Umgekehrt, verbesserte der Prinz, »hier ist Bator weggelaufen, und hier ist er wiedergekommen.«

»Warum«, fragte Hagelkorn, »bist du in der Nacht fort?«

»Weil einfallen mir, daß bißchen in warmer Jurte schlafen besser als in kaltem Hof.«

»Du willst mich in ein Fell wickeln«, sagte Hagelkorn und wandte sich ab.

»Man muß den Spuren folgen«, rief der Knecht, »dann wird sich die Wahrheit zeigen.«

»Das ganz unnötig sein«, sagte Bator geschwind: »wenn liebe Sonne scheinen, alles von hier aus sehen ohne Bemühung zu Fuß gehende.«
»Bator hat recht«, stimmte ihm der Prinz bei, der den Zusammenhang rasch herausfand.
»Ich will mich überzeugen«, beharrte Hagelkorn, und er winkte dem Knecht. »Du folgst dieser Spur, ich folge der anderen.«
»So ist es gut«, sagte der Knecht, »man muß wissen, woran man ist in diesen Zeiten.«
»Es gibt keine Hilfe«, flüsterte Großer-Tiger, und so war es auch.
Hagelkorn und der Knecht gingen mit den Laternen voraus, und sie paßten genau auf, ob sich die Spuren trennten. Aber die Spuren liefen brav nebeneinander her und trennten sich nicht. Bator stapfte mit dem Belin-Prinzen hinterdrein, und den Schluß bildeten Großer-Tiger und Christian.
»Ich sehe das Filzzelt Dogolons nicht«, sagte Hagelkorn, als er so weit gegangen war, daß man es in der Nacht und selbst ohne Licht hätte sehen müssen.
Das komme davon, sagte Bator, daß es nicht mehr vorhanden sei. Es sei zwar noch da, aber zusammengerollt und verschnürt, denn sein Vater habe ganz plötzlich Lust gekriegt, eine Reise zu machen.
Hagelkorn war sprachlos, und als er wieder reden konnte, sagte er nur: »So ist das?«, und: »Das habe ich mir gleich gedacht.«
Dabei schnalzte er mit der Zunge, und dann sah man auch schon die Kamele an der Leine liegen, und man hörte sie schnaufen. Dogolon kam den Nachtwanderern das letzte Stück entgegen. Er begrüßte sie höflich; aber erst als er sah, daß Grünmantel nicht dabei war, wurde er unbefangen. Bator flüsterte ihm zu, daß der vornehme Mann der Prinz vom Belin-Stamm sei, und daß sie sich dem Zug des Gegen und des Prinzen anschließen dürften, solange sie wollten. Da wurde Dogolon sogar fröhlich und bedankte sich bei dem Prinzen; zu Hagelkorn sagte er: »Entschuldigt, daß ich mich etwas formlos verabschiede, aber es ist wegen der Gelegenheit, ein Stück in

Gesellschaft zu reisen. Da mußte ich ohne langes Überlegen einpacken.«
»Ich verstehe«, sagte Hagelkorn und tat zutraulich, »man kann nicht leben und zugleich Angst haben. Das geht eine Zeitlang, aber nicht länger, und die schönen Kamelchen würde er doch nur erfrieren lassen, der Lump.«
»Sie gehören ihm nicht«, sagte Dogolon.
»Das ist es«, rief Hagelkorn; »aber so macht er es mit jedem. Ihr seid nicht der einzige, Vater Dogolon. Paßt nur auf, daß er Euch unterwegs keinen Prügel zwischen die Beine wirft.«
»Wir reisen mit dem Prinz von Belin und mit dem Gegen.« sagte Dogolon.
»Dann ist es gut«, rief Hagelkorn, »jetzt bin ich beruhigt. Schon lange machte ich mir Sorgen wegen Euch, guter Dogolon. Wohin verlegt Ihr denn Euren Wohnsitz?«
»Ich weiß es nicht. Wir reisen, und wo es uns gefällt, da bleiben wir.«
»Das nenne ich wahrhaftige Heiterkeit; so will es der Himmel, und so entspricht es den Menschen. Ich wünsche Glück auf allen Wegen.«
Während Hagelkorn so schwatzte, um die Enttäuschung zu verbergen, daß er nicht mehr erfahren hatte, standen Christian und Großer-Tiger bei den Kamelen. Bator kam zu ihnen und zeigte auf eines, das einen dichten schwarzen Behang hatte, dazu einen kleinen Kopf, und der Hals schien länger zu sein als bei den übrigen.
»Das mein Kamel«, sagte Bator stolz.
Es war ein prächtiges Tier, aber es war ein wenig aufgeregt, denn der Knecht Hagelkorns lief mit der Laterne herum und leuchtete dahin und dorthin, ob er nicht doch was Gestohlenes fände.
Bator wurde ärgerlich. »Du gestrigen Tag suchen etwa?« fragte er. Aber der Knecht gab keine Antwort. Er ging die Reihe der angepflockten Kamele entlang. bückte sich und spähte in die Zwischenräume. Als er bei Bators Kamel anlangte, war die Reihe zu Ende, und er richtete sich auf. Da erschrak das Kamel vor dem Laternenlicht, und der Knecht Hagelkorns schrie,

weil ihm das Kamel plötzlich einen grünen stinkenden Brei mitten ins Gesicht spie.
»Das aus Magen heraufholen, vortrefflich«, sagte Bator.
Der Knecht wurde schrecklich zornig. Als er sich die Augen ausgewischt hatte, suchte er nach einem Stock, um das Kamel zu prügeln, und als er keinen fand, hob er eine Menge Steine auf. Das ging flink; aber Bator schlug ihm die Steine aus der Hand, bevor er einen werfen konnte, und das ging auch sehr schnell.
Darauf sah es ganz so aus, als ob der Knecht auf Bator los wollte. Er stellte die Laterne in den Schnee, und Bator duckte sich und ballte die Fäuste.
»Hund!« knirschte der Knecht und wollte wieder Steine aufheben. In diesem Augenblick nahm Großer-Tiger die Laterne, lachte dem Knecht höhnisch ins Gesicht, nannte ihn einen Stinktopf und warf ihm eine Handvoll Schnee in den offenstehenden Mund. Dann rannte er weg. Christian begriff, daß »Kleine Umwälzung« gespielt werden sollte, und es kam nur darauf an, ob der Knecht mittat. Der Knecht war nicht aus Peking; daher kannte er so abgekartete Spiele nicht wie »Kleine Umwälzung« oder »Fliegender Berg«, zu denen man einen Dummen brauchte. Er machte begeistert mit. Ohne weiteres ließ er Bator stehen, wo er stand, und rannte Großer-Tiger nach, der die kostbare Petroleumlaterne schwenkte und »Lauf schneller, du Laubfrosch!« rief.
Da lief der Knecht schneller und wütender, und Großer-Tiger rannte zwischen den Traglasten durch. Dabei rief er »See«, worauf Christian »Feuer« antwortete, und nun war alles klar und aufs beste verabredet. Christian wußte, daß Großer-Tiger einen Bogen laufen würde, das gab Zeit zum Verstecken; und nachher, wenn Großer-Tiger wieder durch die Gasse der Traglasten rannte, mußte die Umwälzung geschehen.
Die Sache war einfach, weil es Nacht war, und weil überall Stangen lagen, die Vater Dogolon zur Herstellung der Packsättel benötigte. Mit einer solchen Stange wartete Christian hinter einem Ballen, bis Großer-Tiger gelaufen kam und tat, als ob er nicht mehr recht könnte. Der Knecht rannte hinter ihm drein

und dachte an nichts anderes, als wie er Großer-Tiger verhauen würde. Er streckte die Hände nach ihm aus, und: »Habe ich dich endlich!« wollte er rufen; aber da warf ihm Christian die Stange zwischen die Beine, und der Knecht fiel um. Es ging schrecklich schnell, und es platschte ordentlich, wie er mit voller Wucht und mit ausgestreckten Armen in den Schnee fiel. Da stellte Großer-Tiger die Laterne neben ihn, als ob nichts vorgefallen wäre, und ging Hagelkorn entgegen, der wissen wollte, ob was passiert sei.

»Ich weiß nicht«, sagte Großer-Tiger, »was mit Eurem Knecht ist. Erst suchte er ringsumher emsig nach Spuren, und da habe ich ihm geleuchtet, aber es ging ihm nicht schnell genug. Da bin ich gelaufen, und er ist auch gelaufen, aber auf einmal wollte er nicht mehr. Jetzt liegt er auf der Erde, und vielleicht hat er eine Spur gefunden und studiert, wie sie aussieht.«

»Vielleicht wäscht er sich das Gesicht«, sagte Christian nachdenklich, »ein Kamel hat ihn angespuckt.«

»Aber er stöhnt«, rief Hagelkorn, »man hört es.«

»Das Kamel«, erläuterte Christian, »hat ihm in den Mund gespuckt, da wird ihm übel sein.«

»Ach«, rief Hagelkorn, »das ist schrecklich!« Und er lief dahin, wo die Laterne stand, und daneben lag der Knecht, der sich erst etwas erholen mußte, bevor er sprechen konnte.

Als er damit anfing, waren Christian und Großer-Tiger schon wieder bei Bator, und dann gingen sie ein wenig abseits in die Dunkelheit, wo es eine Schneewehe gab, hinter die sie sich setzten, denn sie wollten niemand Ungelegenheiten machen.

Der Prinz hatte sich das Spiel »Kleine Umwälzung« aus der Ferne angesehen; und als Hagelkorn mit dem Knecht und mit den beiden Laternen kam, fragte der Prinz erst gar nicht, was passiert war, denn er hatte die Spielregel von »Kleiner Umwälzung« auch ohne Erklärung begriffen. Er verabschiedete sich von Dogolon und sagte: »Ladet auf, Dogolon, wir marschieren ab. Wir freuen Uns, daß Ihr mit Uns kommt, da müßt Ihr Uns von Euerm Vater ›Nicht-gibt-es-nicht‹ erzählen. Von dem haben Wir schon viel gehört.«

»Es ist eine große Ehre für mich«, sagte Dogolon.

Achtzehntes Kapitel, von dem Kang, der nicht ausgemauert war

»Was machst du da?« fragte die Mutter Bators, die bei den Schensi-Leuten hinter dem Brunnen-Hügel gewesen war und die Schafe verkauft hatte. »Sind das deine Freunde?«

»Ja, sagte Bator, »diese hier sind meine Freunde, und wir ruhen uns ein wenig aus.«

Großer-Tiger und Christian standen auf und verneigten sich.

»Dazu setzt ihr euch in den Schnee?« fragte die Mutter.

»Ja, Etsch«, sagte Bator, »dazu setzen wir uns in den Schnee. Wir wollen niemand Ungelegenheiten machen.«

Er blickte in die Richtung der Herberge »Fröhliches Gedeihen«, und da sah man noch ein Weilchen Hagelkorn mit den Laternen, den Belin-Prinz, der aufrecht ging, und den Knecht, der hinterherhinkte.

»Jetzt sind sie hineingegangen«, sagte Christian.

»Sprechen deine Freunde nur chinesisch?« fragte die Mutter Bators.

»Sie sprechen nur diese Sprache«, bestätigte Bator; »du mußt mit ihnen auch chinesisch reden, sonst verstehen sie dich nicht.«

»Kinder«, fragte die Mutter, »wie heißt ihr?«

Großer-Tiger und Christian nannten ihre Namen.

»Mich könnt ihr Etsch nennen. Etsch heißt Mutter, und weil ihr hier keine habt, will ich nach euch schauen, sonst macht ihr Dummheiten.«

»Diese beiden sehr erwachsene Stück Menschen sein«, erklärte Bator, »Dummheiten überhaupt nicht vorkommen etwa.«

»Bator!« rief Dogolon laut. »He, Bator! Wo steckst du?«

»Ich stecke hier«, antwortete Bator, »aber ich komme.«

»Wir auch«, bat Christian; »dürfen wir aufladen helfen?«

»Kommt nur mit«, sagte die Etsch, und dann gingen alle zu Dogolon, der die Reitkamele schon gesattelt hatte und die übrigen mit den Nasenstricken aneinanderband. Bator half dem Vater dabei, und Großer-Tiger und Christian halfen auch, und es ging alles viel rascher, als sie gedacht hatten.

Dogolon faßte das Leitkamel; da stand es auf, und mit ihm standen die andern Kamele auch auf. Dann führte Dogolon eines hübsch hinter dem andern in die Gasse der Traglasten, und als das vorderste Kamel zwischen den beiden Mehlsäcken stand, die es tragen sollte, standen die übrigen acht im richtigen Abstand zwischen den Ballen und den verschnürten Holzgittern der Filzjurte, jedes an seinem Platz. Dogolon zog zweimal kurz am Nasenstrick des Leitkamels und rief: »Zuck, zuck, zuck, zuck!« Da legte es sich gehorsam, die übrigen acht legten sich auch, und wenn eines stehenblieb und sich nicht gleich legen wollte, kam Bator und schrie es an: »Zuck, zuck!« Dann folgte es schnell, obwohl es die Oberlippe unmutig hochzog und Luft durch die Nasenlöcher blies.
»Nimm diesen Holzpflock«, sagte Dogolon zu Christian, »den steckst du durch die Seilschlaufen.«
»Bolna«, sagte Christian, und Dogolon lobte ihn und sagte, er spreche schon ganz geläufig mongolisch.
Dann wurde aufgeladen, und das ging, wie wenn man eins, zwei, drei zählt.
Dogolon und Bator arbeiteten zusammen: Sack aufstellen, Sack aufs Knie legen, Knie mit dem Sack ein wenig anheben, und schon lagen von rechts und links gleichzeitig je ein Sack auf dem Kamelrücken. Christian faßte die Seilschlaufen, schob sie zwischen den Höckern ineinander und steckte den Pflock durch. Da lag die Last fest, und Großer-Tiger hielt derweil das Kamel am Strick, damit es nicht aufstand. Nach zehn Minuten war die kleine Karawane abmarschbereit.
»Wir gehen«, sagte Dogolon; »euer Weg sei leicht und gut.«
»Auf Wiedersehen, Kinder!« sagte die Etsch, »ich kann leider nicht auf euch aufpassen, wie ich dachte. Macht trotzdem keine Dummheiten. Komm, Bator!«
»Liebe Mutter«, flüsterte Bator.
»Söhnchen«, sagte die Etsch laut, »ich merke, du willst was.«
»Ich möchte«, antwortete Bator, und dann sprach er sehr schnell und zeigte bittend auf Christian und Großer-Tiger. Er redete in einem fort, und als er geendet hatte, schaute Dogolon auf die Etsch, und die Etsch schaute auf Dogolon, der die Stirne

krauszog und sich nicht entschließen konnte, ja oder nein zu sagen.

Endlich sagte die Etsch: »Bolna, er kann so lange hier bleiben.«

»Aber nur, bis es hell wird«, fügte Dogolon hinzu.

»Wenn die Sonne scheint, werde ich bei euch sein«, versprach Bator.

»Es ist gut«, sagte Dogolon und stieg in den Sattel. Dann führte er das Leitkamel langsam an, die übrigen folgten, und am Schluß ritt die Etsch. »Vergiß nicht«, mahnte sie, »was du versprochen hast.«

»Ich werde es nicht vergessen«, sagte Bator.

Er nahm das Kamel mit dem schönen schwarzen Behang am Strick und ging mit Christian und Großer-Tiger hinter die Schneewehe. Dort waren sie verborgen und konnten doch die Herberge »Fröhliches Gedeihen« sehen, die wie eine Burg vor dem Nachthimmel stand. Es dauerte nicht lange, da kamen zwei Reiter zu Pferd heraus. Der eine trug den runden Schirm und der andere das entrollte Banner, und es sah feierlich aus, obwohl es dunkel war und niemand die Schrift lesen konnte, auch wenn er es gelernt gehabt hätte. Den beiden Reitern folgten fünf andere, unter denen der Bruder Stockmeister war. Er ritt sehr aufrecht und schaute nach keiner Seite. Dann hörte man den Wagen des Gegen durch den Torweg rollen. Dogolon stieg ab und beugte das Knie zum Fußfall der Verehrung, und der Prinz, der auf dem weißen Pferd neben dem Wagen ritt, nickte freundlich. Nachher kam der Zug der Lastkamele, und als sie vorüber waren, schlossen sich Dogolon und die Etsch mit den ihren an. Die Karawane verschwand in der Dunkelheit, man hörte die Torflügel knarren, und Großer-Tiger, der genau aufpaßte, sagte besorgt: »Der Knecht schiebt die Bohlen vor.«

»Wie kommen wir da wieder hinein?« fragte Christian.

»Hamma-guä«, erwiderte Bator, »nirgends Befürchtung wirkliche vorhanden.«

Er nahm einen dünnen, festgeflochtenen Strick aus Ziegenhaar, von denen er viele am Sattel hängen hatte, ließ sein Kamel niederknien und schlug ihm drei-, viermal das Seil um das linke Knie. »Du hübsch liegenbleiben«, sagte er und kraulte das Kamel hinter den Ohren; »gar nicht aufstehen versuchen, geht doch nicht, hörst du?«

Dann wandte er sich an Großer-Tiger und Christian: »Wir vorhabende Arbeit jetzt ausgezeichnet beginnen. Du und du und ich, wir alle zusammen kein Wort mehr verlieren, und auch nicht husten etwa.«

»Wir husten nicht«, sagte Christian.

»Unsere Arbeit pressieren«, erklärte Bator und deutete auf den hell leuchtenden Morgenstern; »schnell verrichten besser, als Worte sagen.«

Er steckte die Hände in die Mantelärmel und ging, als ob alles klar wäre, der Herberge »Fröhliches Gedeihen« zu. Christian und Großer-Tiger folgten ihm, obgleich sie gerne gewußt hätten, was Bator vorhabe, denn bisher waren seine Unternehmungen nicht verborgen geblieben, so heimlich er sie auch betrieben hatte. Das Kamel hob den Kopf und schaute ihnen nach.

»Das sehr gutes Kamel«, flüsterte Bator, »verstehen genau, was los sein etwa.«

Christian sagte leise, er wisse nicht, was los sei, aber Bator gab keine Auskunft mehr.

Als sie an der Hofmauer von »Fröhlichem Gedeihen« anlangten, wo Bator an dem Strick hinaufgeklettert war, schwenkten sie um und gingen statt zum Tor bis zu der nächsten Ecke. Hier hörte die Mauer auf und ging in die Rückwand der Wohngebäude über, die den Hof nach Norden abschloß. Drei viereckige Löcher waren im Abstand von einigen Metern vom Boden aus in die Wand eingelassen. Zwei waren verräuchert, und vor den Löchern lag eine Menge verschneites Kleinholz und Reisig. Christian und Großer-Tiger wußten, wozu das war. Man schob das Reisig in die Löcher, zündete es an, und dann erwärmte sich drinnen in der Stube der Kang.

Bator ging jetzt sehr vorsichtig und machte Zeichen, daß man furchtbar aufpassen müsse. Als er bei dem ersten Loch anlangte, wo es kein Reisig und keine rauchgeschwärzten Ränder gab, blieb er stehen, zwinkerte mit den Augen, und dann zog

er den Pelzmantel aus und legte ihn auf den Boden halb in das Loch hinein, damit kein knackendes Geräusch entstand, wenn doch irgendwo ein Hölzchen liegen sollte.
»Das ist die Stube mit dem Kang, der nicht ausgemauert ist«, flüsterte Christian, und Großer-Tiger nickte.
Bator, der schon niedergekniet war, hob beschwörend den Zeigefinger zum Mund, und Christian nahm sich vor, von jetzt an kein Wort mehr zu sprechen. Einer nach dem andern kroch auf allen vieren in das dunkle Loch, das sich zu einem Hohlraum erweiterte, in dem man zur Not gebückt sitzen konnte. Gemütlich war es deswegen nicht. Runde Stangen und querlaufende Knüppel bildeten die Decke. In die Zwischenräume war Stroh gestopft und Lehm geschmiert; aber die Arbeit war nachlässig gemacht, und niemals hätte man einheizen können. Bator angelte seinen Pelzmantel, legte ihn um die Schulter, und dann wartete er, ob sich nichts rege, Christian und Großer-Tiger warteten auch. Sie waren mäuschenstill, und man hörte nur die Atemzüge von zwei Schläfern. Das waren Glück und Grünmantel. Einmal wälzte sich einer im Schlaf auf die andere Seite, und dabei gab es einen dumpfen Schlag. Vermutlich war es Glück, der die Pistolentasche mit der Pistole darin auch nachts nicht ablegte. Dann war es wieder ruhig, bis ein leises Fingerkrabbeln begann; und es war furchtbar aufregend, weil jeden Augenblick etwas geschehen konnte.
Es geschah aber nichts. Bator bückte sich hin und wieder und schaute durch das Loch ins Freie, um zu erfahren, ob es draußen hell würde. Als man denken konnte, das Schwarz des Himmels sei vielleicht nicht mehr ganz so schwarz, und der Schnee sei nicht mehr so grau wie vorher, und am Ende seien die Sterne ein wenig blasser geworden und die Nacht wiche; kurz, als man alles das vermuten, aber noch nicht genau wissen konnte, ging die Tür der Kammer auf, und jemand trat vorsichtig ein. Augenblicklich hörte das Fingergekrabbel auf. Christian hörte es, und Großer-Tiger und Bator hörten es auch, und keiner wagte zu atmen, so großmächtig war die Stille und das Herzklopfen.
»Ich wünsche den Exzellenzen Ruhe und Behaglichkeit«, sagte

die Stimme Hagelkorns. Darauf war es eine Weile still wie vorher. Endlich hörte man Glück verdrießlich sagen: »Es ist mitten in der Nacht. Weshalb störst du uns?«
»Scher dich zum Teufel!« knurrte Grünmantel; doch man hörte, daß er schon vorher wach gewesen war. Die Stimme klang gar kein bißchen mehr nach Schlaf.
»Wer zu Tür und Tor hinausgeht, wird zu klagen haben«, bemerkte Hagelkorn bescheiden.
»Was soll das heißen?« schrie Grünmantel, und man merkte, wie er sich aufrichtete, denn Sand und kleine Lehmstückchen rieselten von der Decke und fielen Christian und Großer-Tiger ins Genick. Bator zog den Pelzmantel über den Kopf.
»Hinaus!« rief Glück. »Hast du noch nie gehört, daß der Schlaf des Menschen heilig sei?«
»Ich werde wiederkommen, wenn der Hahn kräht«, sagte Hagelkorn. Er ging beleidigt und schlug die Türe zu.
»Dieses Bündel von Mensch kommt immer zur unrechten Zeit«, bemerkte Grünmantel; »aber es hat etwas sagen wollen.«
»Wird was Rechtes sein«, tat Glück verächtlich.
»Sachte! Du schreist, bevor du das Stadttor erreichst. Vielleicht war es wichtig, und du hast ihn mit deinem Gebrüll am Sprechen verhindert.«
»Ach soo«, sagte Glück gedehnt. »Und du?«
»Ich?«
»Ja, du auch«, sagte Glück, »du hast gebrüllt wie ein Ochse.«
»Suchst du Streit mit mir?« erkundigte sich Grünmantel.
Glück lenkte ein. »Nein«, sagte er, »Streit möchte ich nicht; ich habe Streit überhaupt nicht gern, ich will eine andere Sache. Du hast mir eine Anzahlung versprochen, sobald wir in Weißer-Stein ankämen. Wir sind angekommen. Wie steht es damit?«
»Aha!« sagte Grünmantel, »du willst Geld haben!«
»Ich will zweihundert Silberbatzen, und ich erinnere dich daran, weil du vergeßlich bist.«
»Man muß«, sprach Grünmantel belehrend, »alles der Reihe nach tun. Sobald der Tag anbricht, werde ich Dogolon aufsu-

chen. Er ist so ein Halunke, der hier wohnt und mir zehn Kamele schuldet. Weil er ein schlechter Mensch ist, wich er mir immer aus, sobald es ans Zahlen ging, doch gestern abend erfuhr ich von Hagelkorn, daß Dogolon hier ist. Ich werde ihn also treffen, und der Bursche muß froh sein, wenn ich statt der Kamele nur Geld haben will. So bekommst du dein Teil und brauchst mich nicht daran zu erinnern.«

»Wenn dieser Dogolon aber kein Geld hat? Was dann?«

»Er hat Geld, verlaß dich darauf! Diese Mongolen sind Geizkragen. Jeder hat einen Haufen Silber, auf dem er sitzt.«

»Wenn es so ist, wie du sagst«, erwiderte Glück, »wird er dir kein Geld geben.«

»Er muß es mir geben. Ich habe einen Haftbefehl vom Amban in Kalgan in der Tasche.«

Glück lachte: »Dieser Dogolon wird großen Spaß und ein überirdisches Vergnügen haben, wenn er den Haftbefehl sieht. Wer soll ihn denn in Weißer-Stein verhaften, he?«

»Du natürlich! Du trägst eine Uniform, und du hast eine Pistole. Also wirst du ihn verhaften.«

»Ich werde es bleiben lassen.«

»Wie, du willst nicht?«

»Nein, ich will nicht. Ich bin ein Soldat und kein Polizist, und ich menge mich nicht in die Angelegenheiten anderer Leute. Ich sehe die Menschen an, die mir begegnen; das genügt mir vollauf.«

»Mehr verlange ich auch nicht. Du sollst bloß mit mir gehen, damit der Kerl Angst kriegt.«

»Meinetwegen«, sagte Glück, nachdem er sich eine Zeitlang besonnen hatte, »ich werde mit dir gehen, und nachher gibst du mir gleich die zweihundert Silberbatzen.«

»Ich gebe dir«, sagte Grünmantel sehr langsam und sehr betont, »zweihundert Silberbatzen, wenn auch der Wagen sehr an Wert verloren hat.«

»Mir scheint«, sagte Glück, »jetzt bist du es, der Streit mit mir sucht.«

»Das kommt, weil du nicht mehr weißt, was wir verabredet haben. Unsere Abmachung war, daß der Wagen so sei, wie ich ihn in Hwai-Lai-Hsien gesehen habe. Seither hat er sich verändert.«

»Eine Laterne hat er weniger, das ist alles. Man kann überall eine neue kaufen.«

»Hier nicht«, sagte Grünmantel.

Glück brummte etwas als Antwort, das so ähnlich wie »Hol dich der Teufel!« klang, und dann war es ruhig.

Bator grinste vergnügt; Christian aber fror und wäre lieber im warmen Schlafsack gewesen. Er schaute hinaus, ob es nicht bald Tag würde; doch da begann Grünmantel von neuem zu reden, und Christian vergaß, daß er kalte Füße hatte. Es wurde ihm sogar warm, und vor lauter Aufregung kriegte er einen roten Kopf, als Grünmantel sagte: »Es gibt noch etwas, über das ich sprechen muß.«

»Sprich nur«, sagte Glück, »es wundert mich, dein ›Noch etwas‹, das es gibt.«

»Es sind«, begann Grünmantel, »diese beiden frechen Lümmel. Sie sitzen auf ihren Plätzen, als ob sie dahin gehörten – sie gehören aber nicht dahin, und du mußt sie irgendwo vom Wagen werfen. Die Wüste Gobi ist groß.«

»Wie kommt es«, fragte Glück, »daß du dich auf einmal so freundlich um die zwei Buben annimmst?«

»Das will ich dir sagen. Wir haben ausgemacht, daß du mir den Wagen in Hsing-Hsing-Hsia gibst . . . «

»Wir haben ausgemacht«, unterbrach ihn Glück, »daß mir der Wagen in Hsing-Hsing-Hsia nachts in der Herberge gestohlen wird, daß ich nichts davon weiß und daß du mir dann stillschweigend tausend Silberbatzen gibst. So lautet unsere Abmachung, und darüber gibt es kein ›Noch etwas‹.«

»Höre mich«, sagte Grünmantel.

»Es gibt auch kein ›Höre mich‹«, unterbrach ihn Glück heftig.

»Gut«, rief Grünmantel bösartig, »ich werde dir sagen, was es alles gibt. Es gibt einen Amban in Kalgan, und es gibt einen Richter in Maumu, und überdies gibt es ein Militärgericht. Alle drei würden sich freuen, ein Mitglied der ehemaligen Bande vom roten Berg kennenzulernen.«

»Kommst du mir so«, rief Glück mit zornbebender Stimme,

»und merkst du nicht, du Rübengesicht, wie lächerlich du dich machst?«
»Es kommt dir nicht zu, so zu reden«, erwiderte Grünmantel kalt.
»Darüber läßt sich viel sagen«, höhnte Glück; »zwei Worte von mir genügen, und du trinkst aus dem gleichen Becher.«
»Du könntest viele Worte reden, aber niemand würde sie glauben. Nehmen wir an, es gibt irgendwo einen ehrsamen Kaufmann. Hörst du das? Einen ehrsamen Kaufmann, der in dem guten Glauben, gleich ehrenwerte Herren vor sich zu haben, euch Lumpengesindel vom roten Berg einige Male Ware abkaufte. So was kommt vor, aber deshalb ist es noch lange kein Verbrechen. Der brave Mann wurde eben getäuscht. Sollte er aber zufällig einen der Gesetzesbrecher von damals treffen und erkennen, dann ist es ein Verdienst, wenn er diesen Menschen anzeigt. Ich glaube, man würde dem ehrsamen Kaufmann obendrein eine Belohnung geben. Meinst du nicht auch?«
Christian und Großer-Tiger, die jedes Wort verstanden hatten, begannen zu zittern. Es war nicht nur der Kälte wegen, das spürten sie genau; es war auch, weil ihnen das Herz bis zum Hals schlug, und es war, weil sie erwarteten, daß Glück jetzt aufbrausen, über Grünmantel herfallen und ihn wahrscheinlich erschlagen würde.
Nichts dergleichen geschah. Glück knirschte zwar mit den Zähnen und sagte hintereinander Worte wie: »Hund, Verräter, schwarzgesichtiger Schuft«, bis er plötzlich befreit lachte und mit der Hand auf die Pistolentasche schlug. »Hier ist die Belohnung für den ehrsamen Kaufmann«, rief er, »er kann sie jederzeit kriegen!«
Grünmantel schien nicht schreckhaft zu sein, denn er lachte auch; aber es klang verächtlich, und gerade als er sagen wollte, daß er sich vor einer Pistole nicht fürchte, krähte im Hof ein Hahn.
Darum erwähnte er die Pistole erst gar nicht, und auch davon, daß er keine Angst habe, sprach er nicht.
Er hustete einige Male, und dann sagte er leise und begütigend

zu Glück: »Gleich wird dieses Schafsgesicht kommen. Sei vernünftig, Glück, ich werde dir ein andermal erklären, warum wir die beiden vorlauten Bürschchen abschaffen müssen.«
»Deine Rede ist lang, und sie hat Fehler«, widersprach Glück.
»Du wirst noch einsehen, daß sie keine Fehler hat«, sagte Grünmantel, und dann hörte man Hagelkorn den Gang entlang kommen. Vor der Tür hielt er einen Augenblick inne, und als der Hahn zum zweitenmal krähte, trat er ein.
Grünmantel tat unwillig. »Bist du schon wieder da?« fragte er und gähnte laut.
»Ich bin wieder da, damit ich erfahre, ob ich für den gnädigen Herrn das Pferd Han-Kan satteln muß. Auch wünsche ich den Exzellenzen einen ersprießlichen Morgen.«
»Was soll dein Geschwätz von dem Pferd Han-Kan?« fragte Grünmantel.
»Es ist das schnellste Pferd in meinem Stall. Es hat Mut und dünne Hufe. Vielleicht wäre es imstand, Dogolon einzuholen.«
»Was sagst du da?« schrie Grünmantel und sprang auf. »Willst du damit sagen, daß Dogolon nicht mehr hier sei?«
»Genau das möchte ich sagen«, erklärte Hagelkorn.
»Halunke!« schrie Grünmantel. »Alles Halunken! Du bist auch einer, das sehe ich dir an. Aber so kommt mir Dogolon nicht aus den Fingern. Ich werde seiner Frau das Silber abnehmen!«
»Dogolon hat«, berichtete Hagelkorn sanft, »seine Frau mitgenommen, dazu das Zelt und alle Kamele. Die Truhe war auch dabei, und wahrscheinlich hat er das Silber nicht hier liegen lassen, trotzdem er in Eile war. Es gab nur einen formlosen Abschied.«
»O du verfluchter Trottel!« rief Grünmantel, »warum hast du das nicht früher gemeldet?«
»Reg dich nicht auf«, mischte sich Glück ein, »wir werden diesen Dogolon mit unserm Wagen sehr rasch einholen.«
»Daran dachte ich nicht«, sagte Grünmantel. »Es ist gut. Hagelkorn, du kannst gehen.«
»Ich könnte gehen, aber die Pflicht gebietet mir, Eurer Erhabenheit noch zwei Worte über die näheren Umstände zu sagen.«

»Rede keinen Unsinn, ich weiß genug.«
»Ei ja«, jammerte Hagelkorn, »man verliert den Bock mit Leichtigkeit, und es ist besser, einzuhalten, wenn des Großen Macht zutage tritt. Dogolon reist nämlich nicht allein.«
»Wiederhole nicht«, fuhr ihm Grünmantel dazwischen, »was du schon gesagt hast. Wir wissen, daß Dogolon seine Frau bei sich hat. Dazu hat er einen Lausejungen, der Bator heißt. Da reist er freilich nicht allein.«
»Ihr mißversteht mich. Euch zuliebe habe ich die ganze Nacht durchwacht. Dabei habe ich alles herausgekriegt, was ihr wissen müßt.«
»Sprich schon«, sagte Glück, »aber sprich nicht mehr als zwei Worte.«
»Ich habe«, begann Hagelkorn, »Dogolon mit der Laterne ins Gesicht geleuchtet, und ich habe gesagt: ›Willst du uns verlassen?‹ ›Ja‹, antwortete er, ›es ist wegen der guten Gelegenheit.‹ ›Du willst wohl‹, sagte ich, ›mit dem Belin-Prinz und mit dem Gegen zusammen reisen?‹ ›Ja‹, sagte das schlechte Stück Mensch, ›das will ich tun; ich reise unter ihrem Schutz.‹ Dann sind sie alle im Sternenlicht abgezogen, und der Belin-Prinz ritt neben Dogolon wie neben einem Freund; aber Bator habe ich nicht gesehen, und obendrein hat sich mein Knecht ein Loch in den Kopf gefallen. Doch die Exzellenzen wünschen ja nicht, daß ich mehr als zwei Worte sage.«
Hagelkorn schwieg, und Grünmantel sagte auch nichts. Man hörte ihn aber schnaufen, und Christian, dem wieder Sand ins Genick rieselte, merkte, daß Grünmantel sich auf den Kang gesetzt hatte.
»Ich verstehe nicht«, sagte Glück, »was ihr für ein Aufhebens davon macht, ob dieser Dogolon allein oder in Gesellschaft reist.«
»Freilich, freilich, das verstehst du nicht«, knurrte Grünmantel; »aber es gibt keine Hilfe. Meine Geschäfte könnten Schaden leiden.«
»Schon wieder mal«, höhnte Glück; »ich verstehe, daß man mit einem lebenden Gott nicht anbinden kann; aber ich verstehe auch, daß ich kein Geld kriege und daß ich Hunger habe.

Marsch, Hagelkorn, richte ein Frühstück für vier ausgewachsene Männer.«

»Zu Diensten, Herr Glück. Ich eile, ich laufe. Der Knecht wird frisches Wasser für den Tee holen. Das Feuer im Herd brennt, und die Hirse ist . . . «

»Hirse?« schrie Glück. »Du wagst es, uns Hirse vorzusetzen? Schaff Reis, sage ich dir, oder . . . «

Mehr hörten Christian und Großer-Tiger nicht, denn Bator machte Zeichen, daß es eilig sei, aus dem Loch zu verschwinden. Er kroch als erster ins Freie und vergaß nicht, den Pelzmantel als schalldämpfende Unterlage auszubreiten. Einer nach dem andern kam leise aus der Dunkelheit, schüttelte sie ab, richtete sich auf und streckte die Glieder. Da war der Morgen angebrochen. Im Osten stand der klarste Tag über dem verschneiten Hügel von Weißer-Stein; ein rosenroter Hauch umwehte ihn und machte warm, was eigentlich kalt war. Es war wie an einem hohen Feiertag.

»Wenn gesegnetes Kamel nur nicht schreien etwa«, sagte Bator besorgt, als sie an der Ecke angelangt waren und vorsichtig spähten, ob die Luft rein sei.

»Er kommt!« sagte Christian, »ich höre ihn!«

»Er das Tor aufmachen großmächtig«, sagte Bator.

»Wenn er es nur nicht wieder schließt!« flüsterte Großer-Tiger.

Christian, der mit einem Auge um die Ecke schielte, zog schnell den Kopf zurück. »Er trägt zwei Wasserkübel an einer Tragstange«, meldete er, »und er geht behend wie ein Wiesel.«

»Also wieder gesund sein viel genug«, bemerkte Bator trokken.

»Er wird ein Geschrei machen, wenn er uns sieht«, gab Großer-Tiger zu bedenken.

»Dazu müßte er sich umwenden«, sagte Christian; »das ist unwahrscheinlich.«

»Doch«, widersprach Bator, »das sehr wahrscheinlich sein. Wenn Mensch im Rücken Blicke spüren, dann sich drehen flink wie Kreisel etwa. Wir besser das Gesicht in Schnee legen, sehr kalten, und nicht denken an Knecht widerwärtigen.«

»Bolna«, sagte Christian, und alle drei nahmen den Kopf in

den Arm und legten sich in den Schnee. Christian zählte in Gedanken bis zweihundert, denn so viele Schritte, dachte er, müßten es sein, damit er den Knecht oder der Knecht ihn nicht mehr sehen könnte. Am Ende sind zweihundert zu wenig, überlegte Christian, es ist besser, ich gebe noch einige dazu. Bei zweihundertzweiundvierzig hielt er es nicht mehr aus. Er hob den Kopf ganz, ganz langsam und blinzelte über den Arm in die Richtung des Hügels Weißer-Stein. Da sah er den Knecht eilig durch den Schnee stapfen. Die Tragstange mit den Wasserkübeln wippte, und obgleich die Entfernung gute zweihundert Meter betrug, glaubte Christian, der Knecht schiele nach der Stelle, wo die Kleine Umwälzung geschehen war. Doch ging er stetig weiter, wurde kleiner und verschwand hinter dem Hügel Weißer-Stein, wo es den Brunnen gab, den Großvater Nicht-gibt-es-nicht mit Weidengeflecht ausgekleidet hatte.

»Auf!« rief Christian; »Auf!« rief Bator; »Er ist weg!« sagte Großer-Tiger.

Da merkten sie, daß jeder von ihnen ein wenig geblinzelt hatte, und sie schauten sich verlegen an und lachten.

»Männer!« sprach Bator, »wir schmerzlichen Abschied nehmen eilig; ich fortreiten mit Kamel zu Vater Dogolon, ihr sehr eins, zwei, drei durch das Tor, ohne daß Knecht widerwärtiger bemerken euch.«

»Auf Wiedersehen!« sagte Christian und verneigte sich.

»Ich wünsche Wohlergehen«, sagte Großer-Tiger. Mehr sagte er nicht, denn er sah, wie leid es Christian war, den neuen Freund zu verlieren.

»Euer Weg eben Friede!« rief Bator. Als er zwei Schritte gegangen war, wandte er sich zurück. »Ihr mein Herz fröhlich machen, wenn schreiben sehr langen Brief, etwa von Ring, der seinen Herrn fand, und von Grünmantel, den müssen totschlagen du und du notwendig bald, und vom Wagen Einauge, und das alles schreiben genau an Bator, Torgot-Stamm Edsin-Gol bei Großvater Naidang etwa.«

»Bolna!« rief Christian, und dann nahm er Großer-Tiger an der Hand, und beide rannten zum Tor der Herberge »Fröhliches

Gedeihen«, das zum Glück nur angelehnt war. Sie schlüpften hinein, und als sie Hagelkorn in der Küche rumoren hörten, kletterten sie unbemerkt auf den Wagen, zogen die Filzschuhe aus und krochen in den Schlafsack.
»Diesmal ist es gut gegangen«, sagte Christian.
»Dem Himmel sei Dank!« sagte Großer-Tiger. Er richtete sich noch einmal auf, und da sah er über der Hofmauer den Kopf eines Reiters, der eine Fellmütze trug. Der Kopf tauchte mehrmals auf und verschwand ebenso oft wieder.
»Euer Weg eben Friede!« rief Bator.
Dann war es still, und die ersten Sonnenstrahlen schossen in breiten Garben über das schweigende Land.
»Großer-Tiger«, sagte Christian feierlich, »ich muß dich etwas fragen.«
»Kwi-Schan, ich höre dich.«
»Großer-Tiger, hast du Angst?«
»Ich habe Angst, Kwi-Schan, aber das geht vorüber. Vorwärts und rückwärts ist Abgrund. Wir wissen es, nur darf es uns niemand anmerken.«
»Hast du viel oder wenig Angst?« erkundigte sich Christian.
»Nicht sehr viel und nicht sehr wenig, gerade nur so«, sagte Großer-Tiger; »wir müssen tapfer sein wie die Alten vom Berge, da ist keine Hilfe.«
»Es ist schwer, tapfer zu sein«, sagte Christian.
»Nicht, wenn man es muß«, behauptete Großer-Tiger, »du wirst schon sehen; wir sind ja zu zweit.«

Neunzehntes Kapitel, von dem Geheimnis der Steinchen

»Steht auf, ihr Galgenstricke!« rief Glück, der auf den Wagen gestiegen kam, »das Frühstück ist fertig!«
»Oh, der befehlende Herr Glück«, sagte Großer-Tiger und rieb sich die Augen.
»Uah«, gähnte Christian.
»Ihr braucht mir nichts vormachen«, bemerkte Glück, »man erfährt manches, während man schläft. Zum Beispiel gibt es

Jungen, die nachts auch schlafen sollten, aber sie treiben Unfug. Hagelkorn hat einen Bauch voll Zorn deswegen. Er beklagt sich, sein Gesicht wäre zerstampft, ihr hättet ihm die Rippen eingetreten und dazu den Knecht in den Schnee geworfen. Als er euch bestrafen wollte, wart ihr verschwunden.«
»Wir können nicht verschwinden wie Rauch«, gab Christian zu bedenken.
»Wir sind nicht unsichtbar wie der neunschwänzige Fuchs«, sagte Großer-Tiger zweideutig.
»Wo wart ihr denn?« fragte Glück. »Hagelkorn hat euch überall gesucht.«
»Hagelkorn«, sagte Großer-Tiger, »hat keine Augen im Kopf. Wir sind bald nach ihm ganz aufrecht durch das Tor gegangen, er hat nur nicht aufgepaßt.«
»Nehmt euch vor ihm in acht!« warnte Glück, »er will euch verdreschen.«
»Wir bitten um den Schutz des befehlenden Herrn«, bat Großer-Tiger.
»Wir sind sehr unschuldig«, fügte Christian hinzu.
»Manche Menschen«, behauptete Großer-Tiger und zog die Schuhe an, »sind schwach auf den Beinen.«
»Sie stolpern und fallen um«, sagte Christian, »und dann deuten sie auf zwei unschuldige Jungen und sagen: Diese Verbrecher muß man bestrafen.«
Glück lachte. »Ich kenne das«, sagte er; »seid ihr fertig?«
»Wir sind fertig«, sagten Großer-Tiger und Christian.
»Dann gehen wir frühstücken«, sagte Glück.
Der Hof lag still im Frühlicht, und das Tor stand halb offen. Die Sonne schien herein, einige Spatzen lärmten, und im Stall hörte man das Pferd Han-Kan scharren.
Christian und Großer-Tiger stapften hinter Glück der Küche zu. Unter dem Vordach fegte der Knecht, aber er hörte auf, stützte sich auf den Besen und rief laut: »Da geht das Lumpenpack.«
»Von wem sprichst du?« fragte Glück und blieb stehen.
»Vergebung, Herr Soldat«, antwortete der Knecht grob, »ich fege den Boden trotz meiner klaffenden Stirnwunde, an der

zwei durchtriebene Spitzbuben schuld sind. Seht euch das einmal an.«

»Knecht, du hast keine Manieren«, sagte Glück. »Komm einmal her. Du hast dich ein bißchen an der Stirn gekratzt wie ich sehe.«

»Die Wunde ist sehr tief. Man kann sie nur nicht wahrnehmen.«

»Es ist so«, bestätigte Glück, »man sieht sie nicht. Unsichtbare Wunden rühren aber, soviel ich weiß, von bösen Geistern her. Was beschuldigst du die beiden Jungen?«

»Sie haben mir einen Bengel zwischen die Beine geworfen«, verteidigte sich der Knecht, »da bin ich auf einen Felsbrocken gestürzt.«

»Niemand soll eine Lüge loslassen«, warnte Glück mit finsterem Gesicht.

Der Knecht schwieg und blickte böse, aber Glück kehrte sich nicht weiter daran. Er ging zur Küche, und Christian und Großer-Tiger folgten ihm.

»Ich kann euch«, sagte Glück leise, »nicht immer in Schutz nehmen, wenn ihr solche Geschichten anrichtet.«

»Wir werden uns bessern«, versprach Großer-Tiger.

»Unsere Reue ist tief wie das Meer«, versicherte Christian.

Glück öffnete die Küchentür, aber er mußte stehenbleiben und husten, weil ihm Dampf und Rauch entgegenschlug. Ein schwaches Feuer flackerte in dem gemauerten Herd, der aus allen Fugen qualmte.

»Die Sonne scheint aufs Kamin«, erklärte Hagelkorn und rührte mit einem angekohlten Stecken die Glut durcheinander.

»Sie scheint dir ins Gehirn«, rief Glück. Er stieß die Türe auf, und als der Rauch sich verzogen hatte, sah man eine Reihe schwarzer Kochtöpfe an der Wand hängen. Darunter war ein schwarzer Tisch mit schwarzen Beinen, die in dem festgestampften Lehmboden steckten, und nebendran war eine Bank, auf der Grünmantel saß. Er hatte eine große Schüssel voll Reis vor sich stehen.

»Stell sie auf den Tisch«, sagte Glück, »wir wollen auch essen.«

»Freilich, freilich«, knurrte Grünmantel und kaute weiter.

»Nur immer zu! Auf mich kommt es ja nicht an. Los, schlagt euch die Bäuche voll!«
»Guten Morgen, Herr Grünmantel!« sagte Christian.
»Ich wünsche Ruhe und Bequemlichkeit«, sagte Großer-Tiger höflich.
Grünmantel erwiderte nichts. Er schob die Augenbrauen ein bißchen enger zusammen, aber es war nur für einen Augenblick. Dann stellte er die Schüssel auf den Tisch und rief: »Hagelkorn, bring Schalen! Die jungen Herren wollen essen Los!« fuhr er fort und lachte, »wie ich schon sagte: Schlagt euch die Bäuche voll! Heute gibt's noch was zu essen; morgen sind wir in der Wüste. Das Sandmeer ist groß, ihr Herren. Eßt, damit ihr nicht vom Wagen fallt. Ha! ha!«
Christian und Großer-Tiger wurden ängstlich, als sie ihn so reden hörten. Dabei hatten sie sich vorgenommen, tapfer zu sein.
Tapfer wie die Alten vom Berge, dachte Christian, aber deswegen wurde er doch blaß.
Großer-Tiger sah es und versuchte unbefangen zu tun. »Wir essen«, sagte er nachlässig, »weil wir Hunger haben.«
»Freilich, freilich«, nickte Grünmantel eifrig, und er drehte sich nach Hagelkorn um, der Schalen und Eßstäbchen auf den Tisch legte. »Du Tropf!« schalt er ihn, »wolltest uns Tee und geschälte Hirse zum Frühstück vorsetzen, grad so, als ob du es mit Kameltreibern zu tun hättest!«
»Reis ist eine kostspielige Speise«, gab Hagelkorn zu bedenken.
»Nicht für unsereins«, sagte Grünmantel patzig. »Wo sind die frischgelegten Eier?«
»Der Herr Grünmantel haben keine befohlen.«
»Eier gehören zum Frühstück. Marsch, hinaus! Und daß du nicht ohne ein halbes Dutzend wiederkommst!«
Hagelkorn staunte. Aber was half das? Er ging. Glück wunderte sich auch. Weil es aber nicht seine Sache war, über die veränderliche Gemütsstimmung anderer Leute nachzudenken, setzte er sich an den Tisch, und dann aßen alle von dem guten Reis. Als Hagelkorn die frischgelegten Eier brachte,

waren es statt sechs nur fünf. Da wollte Grünmantel auf einmal keines haben, und Glück schwor, er habe mit einem genug. So kriegten Christian und Großer-Tiger jeder zwei Eier, die sie nacheinander aufklopften und austranken.

»Es fällt mir ein«, sagte Glück zu Hagelkorn, »ich habe dich heute nacht schreien hören. War das nicht so?«

»Ich erinnere mich auch«, bemerkte Grünmantel, »du hast gebrüllt wie ein Drache im Finstern. Ich glaube, ich bin sogar aufgewacht.«

Hagelkorn seufzte, nahm den Stecken und schürte das Feuer. »Es ist besser, zu schweigen«, sagte er endlich, »damit keine Beschämung entsteht.«

»Nichts da!« rief Glück.

»Heraus mit der Sprache!« rief Grünmantel, »erzähle, weshalb du deine Gäste mit Geschrei erschreckst, wenn sie schlafen wollen!«

Hagelkorn tat, als ob er sich nur mühsam erinnern könnte.»Es geschah«, sagte er gedehnt, »wie ich hörte, daß Dogolon aufbrechen wolle. Da schrie ich laut vor Schreck, denn ich dachte an Eurer Exzellenz Verlust und an die Kamele, die von Rechts wegen Euch gehören.«

»Du hättest mich lieber wecken sollen«, erklärte Grünmantel. Er war mit Essen fertig, stützte den Kopf in die linke Hand und spielte mit der Rechten in seiner Rocktasche mit Steinchen oder mit kleinen Kugeln. Wenn sie aneinanderschlugen, schaute er vergnügt auf Glück, der tüchtig aß und genau so guter Laune war wie er.

»Wie hätte ich Euch wecken können?« sagte Hagelkorn weinerlich; »mein Schreck war derart, daß ich umfiel wie ein Flaschenkürbis. Als ich sterbend am Boden lag, stampfte man mir ins Gesicht, und man trat meine Rippen in viele Stücke.«

»Wir bitten um Vergebung«, sagte Christian leise und aß den guten Reis tapfer weiter.

Großer-Tiger legte die Eßstäbchen beiseite, stand auf und verbeugte sich kurz: »Es geschah durch unverschuldete Eile. Wir bitten um gütige Nachsicht.«

Während er sich wieder setzte, fiel Grünmantel eines der

Steinchen, mit denen er spielte, aus der Rocktasche. Das Ding blinkte metallisch, und Großer-Tiger stellte geschwind den Fuß darauf, damit er es später aufheben könnte.

»Hagelkorn«, sagte Glück, »du siehst, diese zwei Buben sind höfliche Menschen. Was können sie dafür, wenn du umfällst und deine Leiche liegt im Finstern herum? Man stolpert leicht über so was.«

»Die Ehrfurcht vor dem Alter schwindet«, erwiderte Hagelkorn, »das ist es, was ich darüber zu sagen habe.«

Als alle gegessen hatten, verlangte Glück zwei Kannen heißes Wasser. Christian stand geschwind auf, um ihm tragen zu helfen, und Großer-Tiger ließ in der Eile die Eßstäbchen fallen. Er bückte sich, um sie aufzuheben, und dabei langte er nach dem Steinchen unter seinem Fuß. Es war aber kein Steinchen, sondern ein walzenförmiges Ding aus Messing mit einer abgerundeten Spitze. Großer-Tiger steckte es ein, und dann half er mit Christian beim Einfüllen des heißen Wassers in den Kühler.

»Wie heißt der Ort, wohin wir heute fahren?« fragte Christian.

»Er heißt gar nicht«, erwiderte Glück, »wir fahren, bis die Sonne untergeht, und weiter fahren wir nicht.«

»Aber es gibt doch Orte, die einen Namen haben, oder Brunnen, die nicht nur Brunnen heißen, und vielleicht gibt es auch Berge, die man anders nennt als bloß Berg.«

»Ja«, sagte Glück, »das gibt es haufenweise. Die Namen fallen mir aber erst ein, wenn ich sehe, wo ich bin. Halt einmal! Es gibt einen Brunnen, der heißt Amün-Ossu, aber den sehen wir nicht, weil wir vorher abbiegen. Und dann gibt es den Beien-Obo, den sehen wir, weil er ein Berg ist; aber wir lassen ihn links liegen, und es ist besser, von alledem nicht zu sprechen, sonst fallen die Speichen von den Rädern, oder es passiert sonst was. – Warum fragst du danach?«

»Weil ich eine Karte habe«, gestand Christian. »Der General hat sie mir geschenkt.«

»Karten taugen nicht«, behauptete Glück. »Es ist am besten, du wirfst sie weg. Zum Beispiel, du suchst einen Brunnen, und der Name steht großmächtig auf dem Papier. Du findest den

Brunnen aber nicht, weil es ihn nicht mehr gibt, und es gibt ihn nicht mehr, weil er versandet ist. Da stehst du in der Wüste und hast Durst, aber kein Wasser, und schuld ist die Karte, die nicht taugt. Oder wenn auf der Karte steht: Zeltlager eines Mongolenfürsten, dann ist er umgezogen, bis du hinkommst, und du schaust in die Gegend und wunderst dich.«
»Aber die Berge«, wandte Christian ein, »verändern sich nicht.«
»Die Berge stürzen ein, und die Hügel werden mit Leichtigkeit versetzt. Das machen diese mongolischen Zauberer täglich beim Morgenessen. Nimm dich nur in acht!«
»Grünmantel«, warf Großer-Tiger unerschrocken ein, »hat auch gesagt, wir müßten uns in acht nehmen, sonst fielen wir vom Wagen.«
»Grünmantel ist ein Esel«, sagte Glück betreten; »solange ich fahre, gibt es keine Bedenken. Ich fahre vorsichtig, und niemand fällt da vom Wagen.«
Er ging schnell zum Führerhaus, drückte auf die Hupe, und die Hupe machte: Tüt, tüt, tüt, tüt! Sogleich kam Grünmantel gelaufen, und Hagelkorn verneigte sich, weil Glück ihm Geld für die Übernachtung gab.
»So eine Verschwendung!« knurrte Grünmantel, und er machte wieder sein altes Gesicht mit den engen Augenbrauen und mit dem herabhängenden schwarzen Bart.
Aber Glück ließ sich nicht einschüchtern. »Knecht!« rief er laut, »komm einmal her! Da hast du was für deine wehe Stirne.«
»Diese Medizin ist gut«, sagte der Knecht, »ich wünsche Wohlergehen zu Wasser und zu Lande.«
Er lief zum Tor, öffnete die Flügel weit, und dann fuhr Glück mit Hupengeplärr in die strahlende Winterlandschaft hinaus.
Christian und Großer-Tiger hatten es sich bequem gemacht. Sie hatten die Schuhe ausgezogen, die Beine in den Schlafsack gesteckt, und so saßen sie in den Pelzmänteln, an die eisernen Fässer gelehnt.
Als die Herberge »Fröhliches Gedeihen« am Horizont verschwand, zog Christian das Südliche-Blatt aus der Ledertasche und nahm das Vergrößerungsglas in die Hand.

»Amün-Ossu hat er gesagt, war es nicht so?«
»Es war so.«
»Das ist aber weit weg«, sagte Christian, »da müssen wir lange fahren, und da, da ist noch ein Amün-Ossu, und das zweite ist noch weiter weg als das erste.«
»Vielleicht«, unterbrach ihn Großer-Tiger, »hat Glück recht, und man muß die Karte wegwerfen, weil sie nicht taugt.«
»Ich behalte sie«, entgegnete Christian.
Großer-Tiger langte umständlich in die Hosentasche und brachte das Ding heraus, das Grünmantel verloren hatte. »Was ist das?« fragte er so nebenbei.
»Eine Patrone!« rief Christian; »es ist eine richtiggehende Patrone! Wo hast du sie her?«
»Sie lag unter dem Tisch«, berichtete Großer-Tiger, »und Grünmantel hat sie verloren. Er muß noch viele davon haben, denn er hat damit gespielt.«
Christian wußte nicht gleich, um was für ein Spiel es sich handle; und Großer-Tiger freute sich, daß er eine wichtige Entdeckung gemacht hatte. Er erzählte, wie alles zugegangen war; dann nahm Christian die Patrone in die Hand und sagte, daß sie zu einer Pistole gehöre, weil sie so klein sei.
»Bist du ganz sicher?« fragte Großer-Tiger.
»So etwas weiß ich genau. Ich habe schon einmal Patronen gesehen. Sie lagen in der Schublade meines Vaters, und er hat mich dabei erwischt.«
»Bei was?« fragte Großer-Tiger, der alles wissen wollte.
»Beim Abzählen«, gab Christian zu. »Ich wollte wissen, wie viele es wären, und ob man merken würde, wenn später eine fehlte. Es waren vierundzwanzig. Nachher waren die Patronen aber nicht mehr da, und ich weiß nicht, wohin mein Vater sie getan hat. Das sei nichts für Jungen, sagte er.«
Großer-Tiger meinte, das sei so eine Redensart der Väter, und die großen Leute würden wunders wie wichtig tun, wenn sie Patronen hätten, nur die Soldaten nicht. Die würden Patronen herzeigen und leichtsinnig damit umgehen. »Ich hab's!« rief er plötzlich: »oh, Kwi-Schan, ich habe ein Geheimnis entdeckt!«
»Sag es mir«, bat Christian, »damit ich es auch weiß.«

»Du mußt es sogar wissen«, flüsterte Großer-Tiger ganz leise, obgleich die Fässer klirrten und der Motor Radau machte. »Als wir mit Bator unter dem Kang saßen und warteten, ob etwas passiere, und als wir froren, und als es so schrecklich still war, hast du da nichts gehört? – ich meine, so ein klein bißchen was?«
»Ja«, rief Christian, »so ein Fingergekrabbel oder so wie Mäuse.«
»Das war Grünmantel«, versicherte Großer-Tiger, »und er hat Glück die Patronen heimlich aus der Pistolentasche gestohlen. Das tat so wie Mäuse, und dann war er die ganze Zeit vergnügt. Und er hat gesagt: ›Schlagt euch die Bäuche voll‹, weil er dachte, jetzt kann ihm nichts mehr geschehen, und Glück kann ihm nichts tun, wenn er Streit mit ihm kriegt.«
»Es gibt keine Hilfe«, sagte Christian, »du hast recht.«
Er schaute beklommen auf Großer-Tiger; aber Großer-Tiger schwieg, und wenn er etwas gesagt hätte, wäre es doch nichts anderes gewesen als: Es gibt keine Hilfe. Allein, das hatte Christian bereits gesagt. – Der Motor surrte gleichmäßig. Manchmal schlugen die Kannen aneinander und sagten: Wir sind aus Blech. Die Sonne stieg höher, und der Himmel stand blau über den sanften Wogen der Steppe.
Plötzlich fuhr der Wagen langsamer, und Christian hörte, wie Glück das Fenster öffnete und »Hier!« rief. Großer-Tiger, der eingeschlafen war, wurde munter, und da sahen beide die Räderspuren eines Karrens, die nach Süden abzweigten, und daneben gab es viele Fußstapfen von Kamelen und einige Abdrücke von Pferdehufen.
»Da gehen meine zweihundert Silberbatzen«, sagte Glück.
»Weiter!« rief Grünmantel ärgerlich, »fahr weiter, es ist nichts zu machen.«
Glück schlug das Fenster zu und gab Gas.
»Jetzt streiten sie wieder«, sagte Christian.
Allein Großer-Tiger war zu keiner Unterhaltung aufgelegt. Er zog den Mantel aus und kroch in den Schlafsack. Christian machte es ihm nach, und es dauerte nur wenige Augenblicke, da schliefen beide fest. Eine Stunde verging, und noch eine,

und Glück fuhr noch immer an der Telegrafenlinie entlang nach Norden. Die letzte chinesische Ansiedlung mit wenigen elenden Lehmhütten verschwand in einem Tal hinter steil abfallenden Lößhalden. Grünmantel hatte gewollt, Glück solle halten, weil es ihm schlecht sei. Er müsse, sagte er, einen Schnaps trinken, solange es noch einen gebe.
Aber Glück sagte, es sei ihm womöglich noch schlechter, weil er keinen Vorschuß gekriegt habe. Da schwieg Grünmantel, und Glück fuhr an den Hütten vorbei und hupte wild drauflos. Einige zerlumpte Kinder rannten schreiend davon, die Erwachsenen standen unter den Türen mit offenem Mund, und die beiden Hunde der Siedlung sträubten die Haare und bellten aus sicherer Entfernung.
Wieder verging eine Stunde, da gab es keine Täler mehr. Es gab nur die flache Steppe mit den gelben Gräsern vom Vorjahr. Der Schnee schmolz unter der steigenden Sonne, und in der Luft schwebte ein Adlerpaar. Glück wurde fröhlich trotz Grünmantel, der verdrossen neben ihm saß und den schönen Gottesmorgen nicht bemerkte. Als die ersten Mongolenjurten auftauchten, konnte Glück sich nicht versagen, laut zu tuten; es zeigte sich aber niemand. Die Jurten waren weit weg, und die beiden Pferde, die angekoppelt neben den Zelten standen, wandten die Köpfe und schlugen mit den Schweifen. Da sah Glück, daß man sich aus einem Auto hierzuland nichts machte, und er fuhr weiter. Auf dem Zähler konnte man ablesen, daß der Wagen beinah hundertfünfzig Kilometer seit »Fröhlichem Gedeihen« zurückgelegt hatte. Das waren dreihundert chinesische Li, und Glück bekam eine große Hochachtung vor sich selber. Als ein niedriger Höhenzug im Westen auftauchte, begann er jede Erhebung zu beachten, bis er auf einem Ausläufer einen kunstvoll geschichteten Steinhaufen bemerkte. Da bog er von der Telegrafenlinie ab und fuhr in die offene Steppe hinein.
»Warum fährst du nicht bis Amün-Ossu?« fragte Grünmantel, »dort geht der Karrenweg.«
»Ich bin keine Karawane«, antwortete Glück hochfahrend, »ich bin ein Auto!«

»Du solltest dich trotzdem an sichere Wege halten.«
»Ich halte mich an das, was ich weiß«, entgegnete Glück und deutete auf den Hügel, wo der Steinhaufen war. »Siehst du das Obo?«
»Ich sehe das Obo, aber ich kenne es nicht.«
»Du mußt noch viel lernen«, belehrte ihn Glück; das beste ist, du hältst den Mund, denn ich muß jetzt geradezu nach Westen fahren. Das ist keine leichte Sache.«

Zwanzigstes Kapitel, vom Herrn Mondschein mit dem Säbelhieb

Christian und Großer-Tiger schliefen fest. Sie merkten nicht einmal, daß der Wagen hielt und daß ihnen die Sonne ins Gesicht schien. Erst als Glück »Heda!« rief und »Auf, ihr faulen Schlingel!« wachte Christian auf.
»Was wünscht der befehlende Herr Glück?« fragte Großer-Tiger und rieb sich die Augen.
»Ich wünsche allerlei. Vielleicht wünschen die jungen Fürsten auch etwas?«
»Die jungen Fürsten«, rief Christian, »wünschen dem befehlenden Herrn zu dienen.« Er sprang vom Wagen, und Großer-Tiger sprang hinterdrein.
»Hier sind wir«, sagte Großer-Tiger.
»Wir sind da«, sagte Christian.
Glück hielt einen Korb in der Hand, der nicht gerade sauber war. »Ich muß euch dies und das sagen«, erklärte er; »seht euch um.«
»Der Schnee ist fort!« rief Christian erstaunt.
»Mittag ist vorüber«, setzte ihnen Glück auseinander, »und wir sind in der Mongolei. Die Sonne scheint, der Schnee ist weggetaut, und wir wollen etwas essen.«
»Ja«, rief Christian, »das wollen wir tun!«
»Dazu brauchen wir ein Feuer«, fuhr Glück fort, »und damit es brennt, brauchen wir Argal.«
»Was ist das, befehlender Herr?« fragte Großer-Tiger.

»Argal ist trockener Mist, und ihr müßt welchen suchen. Nehmt aber nur Kamelmist, der brennt am besten, und ja keinen frischen! – Hier«, und dabei zeigte er in den Korb, »ist eine Probe. Schaut euch das an, und in zehn Minuten muß der Korb voll sein. Zieht eure Mäntel aus, schnell, schnell! Kwai, kwai!«
Christian und Großer-Tiger beeilten sich. Sie warfen die Mäntel auf den Wagen und nahmen den Korb, in dem hübsche runde Bällchen lagen, die ganz leicht und trocken waren.
»Beim Brunnen gibt es am meisten!« rief ihnen Glück nach.
»Ich habe das auch schon gehört«, sagte Christian.
»Dort ist der Mist am trockensten«, sagte Großer-Tiger.
Sie hätten zwar gerne gefragt, wo es hier einen Brunnen gebe, denn Christian sah ihn nicht, und Großer-Tiger wußte auch nicht, wo er war. Aber da sie nun einmal Prärie- und Wüstenreisende waren, stapften sie drauflos.
Der Wagen stand in einer flachen Senke. Ringsherum gab es niedere Hügel mit verblichenem Steppengras, aber es gab keinen einzigen Baum. Im Westen schaute die runde Kuppe eines Berges über den flimmernden Horizont. Von dort liefen mehrere Trampelpfade durch das gelbe Gras und trafen sich an einem hellen Fleck ungefähr in der Mitte der Senke.
»Wahrscheinlich ist das der Brunnen«, sagte Christian.
»Was?« fragte Großer-Tiger.
»Ich meine den hellen Fleck, wo kein Gras wächst.«
»Ach so«, sagte Großer-Tiger. Dann steuerten sie in diese Richtung, und wenn sie unterwegs Kamelmist fanden, hoben sie ihn sorgsam auf und probierten, ob er auch trocken sei.
»Man merkt es am Gewicht«, sagte Christian.
Als sie sich dem hellen Fleck näherten, kam über die Hügelwelle im Westen ein Reiter auf einem Kamel, dem ein zweites folgte, das auf jeder Seite ein Wasserfaß trug. Man sah, daß die Fässer leer waren, denn sie schaukelten hin und her. Der Mann trieb die Kamele zur Eile an, und so traf er mit Christian und Großer-Tiger zusammen, gerade als Christian das Brunnenloch entdeckte und »Hier ist der Brunnen!« rief.
»Es gibt noch einen«, sagte der Mann und deutete mit dem

Reitstock auf ein zweites Wasserloch in geringer Entfernung, neben dem ein langer hölzerner Trog aufgestellt war.
Der Mann sprang aus dem Sattel. Er trug einen blauen Mantel, der ihm bis auf die Stiefelspitzen reichte. Statt eines Gürtels hatte er eine dunkelrote Seidenschärpe um den Bauch gewikkelt, an der eine gestickte Tasche und ein Messer mit einem Silbergriff hing. Auf dem Kopf trug er einen spitzen Seidenhut, der auch dunkelrot war; aber das sah man nicht, denn rings um den Hut lief ein Fuchsfell, unter dem das kupferbraune mongolische Gesicht freundlich grinste.
Christian und Großer-Tiger verneigten sich stumm.
»Amorchen beino?« grüßte der Fremde.
»Bolna«, antwortete Christian.
Da lachte der Mongole. »Ich merke«, sagte er, »mit euch muß ich chinesisch reden.«
»Es ist besser«, gab Großer-Tiger zu.
»Ihr habt Glück gehabt, daß ihr mich trefft«, sagte der Mongole, »hierherum sprechen wenige Stück Menschen chinesisch. Ihr solltet mongolisch lernen.«
»Wir möchten es gerne tun«, sagte Großer-Tiger.
»Wir wissen nur nicht, wie man es anstellt«, sagte Christian.
»Es ist einfach«, erklärte ihnen der Mann; »ihr müßt fragen: ›Ene ju beino?‹ Wenn ihr so fragt, sagt euch jeder, den ihr trefft, was ihr wissen wollt.«
»Was heißt ›Ene ju beino‹?« fragte Christian.
»›Ene ju beino‹ heißt ›Was ist dieses?‹«
»Aha!« sagte Christian.
Großer-Tiger sagte auch: »Aha!« und dann deutete er gleich auf das Brunnenloch und fragte: »Ene ju beino?«
»Hotog«, erwiderte der Mann.
»Hotog« wiederholten Christian und Großer-Tiger, und der Mongole nickte vergnügt. Plötzlich faßte er Christian unter die Arme, hob ihn hoch und setzte ihn auf sein Kamel. Dann deutete er mit dem Reitstock in die Richtung, aus der er gekommen war, und dazu sagte er mehrere Male: »Wang! Sunit-Wang!«
»Ich auch«, bat Großer-Tiger, »bitte ich auch.«

Der Mongole setzte ihn neben Christian in den Sattel, und von da oben sahen sie über dem Hügelrand die gelbglasierten Ziegeldächer einiger Häuser.
»Wang!« wiederholte der Mongole, und dann zeigte er wieder auf das Brunnenloch und sagte: »Wang'ne Hotog.«
Christian ging ein Licht auf. »Wang«, sagte er, »heißt der Mann, der dort wohnt.«
»Wang heißt König«, erklärte der Mongole stolz.
»Und das ist der Brunnen des Königs«, sagte Großer-Tiger, dem auch ein Licht aufging.
Der Mongole nickte, und Christian und Großer-Tiger sprangen so leicht vom Kamel, als ob sie das schon immer getan hätten. Dann unterhielten sie sich mit dem Mongolen in freundschaftlicher Weise über alles, was es gab, und wenn Christian: »Ene ju beino?« fragte, dann sagte der Mongole, daß der Reitstock »Daschior« heiße, und daß ein Kamel ein »Temmen« sei.
Während sie sprachen, füllten sie die Wasserfässer, und als sie damit fertig waren, zeigte ihnen der Mongole, daß es am nächsten Brunnen viel Kamelmist gab, weil dort die Viehtränke war. Da sie ihm beim Wasserschöpfen geholfen hatten, half er ihnen beim Argalsammeln, und der Korb wurde schnell voll.
»Wo kommt ihr her, und wo geht ihr hin?« fragte der Mongole.
»Wir kommen daher, und wir gehen dorthin«, sagte Großer-Tiger, der bei sich beschlossen hatte, vorsichtiger zu sein, und er zeigte mit der Hand nach Osten und dann nach Westen.
Der Mongole zuckte zusammen, und Großer-Tiger dachte schon, er habe ihn mit seiner Antwort beleidigt; aber es war nicht so, sondern anders.
»Du sprichst wie einer, der schon im Grasland war«, sagte der Mongole bedächtig, und dann senkte er den Blick. »Ich muß dich um etwas bitten. Zeige mir den Ring an deiner rechten Hand.«
Großer-Tiger erschrak, und seine Hand zitterte, als er sie in die des Mongolen legte.
»Es ist so«, murmelte der Mann. Eine Blutwelle schoß ihm in

das kupferfarbene Gesicht. Er schob den Hut mit dem Fuchsfell aus der Stirn, und da sahen Großer-Tiger und Christian kurz unter dem Haaransatz die breite, kaum verheilte Narbe eines Säbelhiebes. Sie lief wie ein feuerrotes Band von einer Schläfe zur andern, und sie sah so schrecklich aus, daß Christian und Großer-Tiger überlegten, ob sie sich jetzt fürchten müßten.

»Woher hast du den Ring?« fragte der Mongole erregt, und die Narbe auf der Stirn wechselte von Rot in Blau.

»Er gehört nicht mir«, erwiderte Großer-Tiger ausweichend.

Das war keine Antwort für den Mongolen. »Ich weiß es«, rief er, »aber ich kann dich kein andermal danach fragen. Darum sage mir gleich jetzt, wie der Ring an deine Hand kam.«

»Ein heiliger Mann gab ihn mir und sagte: ›Dieser Ring sucht seinen Herrn.‹ Deshalb trage ich ihn am Daumen.«

»Wir wollen uns setzen«, schlug der Mongole vor. Er langte eine Pfeife mit dünnem Rohr und mit nephritnem Mundstück aus dem Stiefelschaft, stopfte den winzigen Silberkopf mit Tabak voll und begann zu rauchen.

»Man erwartet uns«, sagte Christian.

»Wir sind pressant«, entschuldigte Großer-Tiger.

»Es gibt nichts, das eilig wäre«, widersprach der Mongole gelassen. »Du brauchst keine Angst zu haben, ich will nicht wissen, wer dein heiliger Mann ist.«

Da setzten sich Christian und Großer-Tiger, wie sie es gewohnt waren, in der Kniehocke neben den Mongolen. Sie warteten darauf, was er sagen würde, aber er paffte blaue stinkende Rauchwolken in die Luft.

»Ich heiße Sarrangril«, begann er endlich.

»Ene ju beino?« fragte Großer-Tiger sachlich.

Trotz des Ernstes, mit dem er sprach, mußte der Mongole lachen »›Sarr‹«, sagte er, »ist der Mond, und ›gril‹ bedeutet ›Schein‹. Ich heiße Mondschein. Ich bin einer von den zwanzig Männern, die den Ring an deinem Daumen kennen.«

»Wir haben von den zwanzig Männern gehört«, sagte Großer-Tiger.

»Der heilige Mann hat gesagt, sie hätten einen Schwur ge-

schworen«, fügte Christian beklommen hinzu. Mondscheins Gesicht verfinsterte sich. »Wißt ihr noch mehr?« fragte er; »wißt ihr, wie der heißt, dem der Ring gehört?«
»Wir wissen es nicht«, sagten Großer-Tiger und Christian miteinander.
»Dann steht es mir nicht zu, euch seinen Namen zu nennen. Wenn ihr ihn aber trefft und er sollte euch fragen: ›Habt ihr den oder den gesehen?‹ so antwortet: ›Mondschein lebt. Er blieb im elften Monat des vergangenen Jahres für tot liegen an dem See, der Gaschu-Nor heißt.‹«
»Ene ju beino?« fragte Großer-Tiger wieder.
»›Gaschu-Nor‹ heißt ›Bittersee‹, und der Bittersee ist groß wie das Meer. An seinem Ufer hätten mich die Wölfe gefressen, denn ich war mehr tot als lebend, wie ihr euch denken könnt.«
»Wir können es uns denken«, gab Christian zu. Ohne es zu wollen, schaute er auf die Narbe, aber sie war nicht mehr so blau wie vorher.
»So was kommt vor«, sagte Mondschein; »es ist nicht besonders hübsch, nicht wahr? Aber man kann dabei verbluten. Zum Glück kamen vier Männer vom westlichen Sunit-Stamm des Weges, die auf einer Wallfahrt gewesen waren und nach Hause zogen. Sie nahmen mich mit, und sie pflegten mich. Als ich gesund war, baten sie mich, ich sollte bei ihnen bleiben. Ich sagte: ›Ich bleibe vier Monde bei euch, und wenn die vier Monde um sind, kehre ich in die Wüste zurück.‹ Die Männer merkten, was ich für sie tun wollte, und sie sagten: ›Wir brauchen keinen Dank.‹ Allein ich bat sie, ihre Herzen weit zu machen; ich sagte: ›Ihr habt eine lange Reise gemacht, und ihr sollt euch ausruhen. Gestattet deshalb, daß ich den Jahresdienst beim Wang für euch verrichte.‹ Sie wollten es nicht haben, aber ich bestand darauf, und ich ging zum Wang, der dort hinter dem Hügel wohnt. Ich bat ihn, daß ich für jeden meiner Lebensretter den Dienst eines Monats ableisten dürfte, den sie dem Wang jährlich schulden. Der Wang erlaubte es, und so tue ich Dienst an seinem Hof bis zum ersten Tag des fünften Monats. Da werde ich frei sein und zu dem zurückkehren, dem der Ring gehört.«

Mondschein klopfte die Pfeife aus und steckte sie umständlich in den Stiefelschaft. »So ist das«, fügte er unbeholfen hinzu; »ja, ja, so ist das.«
»Wir haben alles vernommen, früher geborener Herr Mondschein«, sagte Großer-Tiger und griff nach dem Korb. »Wir werden nichts vergessen«, beteuerte Christian und stand auf.
»Nur keine Eile«, sagte Mondschein, »ich gehe mit euch. Ihr braucht frisches Wasser zum Kochen, das kann ich euch geben; so müßt ihr nicht zweimal zum Brunnen laufen.«
»Großen Dank«, sagte Christian, »es ist mehr, als wir erwarten dürfen.«
»Nichts da«, erwiderte Mondschein, »ich will mir die Menschen ansehen, mit denen ihr reist.«
»Einer heißt Glück«, sagte Großer-Tiger, »und er ist ein Soldat des Generals Wu.«
»So, so«, brummte Mondschein; allein sein Gesicht verriet nicht, was er über Soldaten im allgemeinen oder über Glück im besonderen dachte. Er führte die beiden Kamele nebeneinander am Strick und tat gleichgültig.
»Und der andere«, fragte er, »ist da noch einer?«
»Es ist noch einer da«, sagte Christian und blickte verstohlen nach Großer-Tiger.
»Es gibt noch einen zweiten«, bestätigte Großer-Tiger. Dabei blieb er stehen, als ob ihm der Korb zu schwer werde. Christian, der an der andern Seite angefaßt hatte, blieb auch stehen; und dann schauten beide, was für ein Gesicht Mondschein machen würde, wenn sie jetzt sagten, wer der andere sei.
»Er gibt sich für einen Kaufmann aus«, begann Christian.
»Und die Leute nennen ihn Grünmantel«, platzte Großer-Tiger heraus.
»Das freut mich«, sagte Mondschein, ohne eine Miene zu verziehen, »das freut mich aufrichtig. Ich wünschte schon lange diesem Herrn zu begegnen. Aber hört einmal, es ist besser, wenn er meinen Namen nicht erfährt. Auch der Soldat Glück braucht ihn nicht zu wissen. Könnt ihr schweigen?«
»Wir sind in der Geheimhaltung von Namen sehr erfahren«, behauptete Christian.

»Das habe ich gemerkt«, sagte Mondschein lachend, »ihr seid zwei tüchtige Burschen und für das Grasland wie geschaffen. Es gilt also: Keiner von euch weiß, wie ich heiße!«
»Wir haben es bereits vergessen«, erklärte Großer-Tiger.
»Niemand braucht was zu wissen!« wiederholte Sarrangril eindringlich.
»Niemand«, bekräftigten Christian und Großer-Tiger.
Dann gingen sie zusammen weiter. Großer-Tiger und Christian trugen den Korb mit Argal gemeinsam, und das Kamel trug die Wasserfässer, und das Wasser schlug gegen die hölzernen Deckel und gluckste. So kamen sie zu dem Lastwagen, wo Glück in gehöriger Entfernung ein Feuerchen gemacht hatte. Er war ungeduldig geworden; aber als er sah, daß der Mongole Wasser brachte, nickte er zufrieden. Mondschein schob den Hut in die Stirn, und dann begrüßte er Glück und Grünmantel mit einem: »Habt ihr eine gute Reise gehabt?«
Glück sagte, bis jetzt sei es leidlich gegangen, und er habe nur eine Laterne am Wagen eingebüßt.
»Man sieht auch mit einem Auge allerlei«, tröstete Mondschein.
Grünmantel schwieg, und mit Ausnahme von zwei »Gut, gut!«, die er als Begrüßung unter dem Bart hervorbrachte, tat er, als ob der Mongole nicht vorhanden wäre.
»Ich hörte mit Vergnügen«, wandte sich Mondschein an ihn, »daß Ihr der berühmte Kaufherr Grünmantel seid.«
»Der bin ich. Was willst du von mir?«
»Oh, nichts. Ich wüßte nicht. Nein, wahrhaftig, ich glaube, ich will wirklich nichts von Euch haben.«
»Dummes Zeug!« rief Grünmantel ärgerlich; »weshalb redest du da mit mir?«
»Euer Ruhm schallt bis zu den Wolken«, behauptete Mondschein, »da wollte ich die Gelegenheit nicht versäumen, zwei Begrüßungsworte mit Euch zu wechseln.«
»Freilich, freilich«, knurrte Grünmantel und blickte zum Himmel, als ob es bald regnen würde.
Mondschein kniff die Augen zusammen und grinste: »Ein wortkarger Herr, Euer Herr Grünmantel«, sagte er leise zu

Glück. Dann hieß er das Kamel mit den Wasserfässern niederknien, und sobald Glück zwei Eimer gefüllt hatte, verabschiedete sich Mondschein und stieg in den Sattel. »Ich wünsche Behaglichkeit zu allen Stunden«, rief er; »lebt wohl!«
»Auf Wiedersehen!« riefen Großer-Tiger und Christian.
Glück schaute dem Davonreitenden lange nach; er kratzte sich den Kopf und schob die Mütze nachdenklich von einem Ohr auf das andere. Aber dann wurde er plötzlich geschäftig; er setzte den Kochtopf auf das eiserne Dreibein über das Feuer und rief: »Bring das Nudelbrett, Kompaß-Berg! Hol den Nudelwalker, Großer-Tiger!«
Während sie zum Wagen liefen, begann er den Teig zu kneten, und Grünmantel setzte sich neben ihn und schaute zu.
»Höre«, sagte Glück leise: »den Kerl vorhin habe ich schon einmal wo gesehen.«
»Ich nicht«, erwiderte Grünmantel abweisend und blickte wieder zum Himmel.
Allein der Himmel war blau, die Sonne schien, und das Wasser im Kochtopf begann zu summen.

Einundzwanzigstes Kapitel, mit bedenklicher Nachricht über den ehrenwerten Mondschein, und von der Audienz beim König der Sunit-Mongolen

»Gefällt es euch in der Mongolei?« fragte Glück, als sie um den Kochtopf saßen und die langen Nudeln, die Glück zubereitet hatte, aus dem Salzwasser fischten.
»Es gefällt uns, befehlender Herr«, sagte Großer-Tiger.
»Die Nudeln sind gut«, fügte Christian hinzu.
Glück hörte das gern. Man merkte aber auch, daß er ein begabter Koch war. Wenn er Feuer mit Kamelmist machte, brannte es sogleich hell; wenn er den Teig mit dem Wellholz bearbeitete, wurde er dünn wie Reispapier. Dabei war das Wellholz nur ein runder Prügel, und das Messer, mit dem Glück die Nudeln schnitt, war ein gewöhnliches Messer; aber es war wie mit dem Lineal geschnitten. Für Kenner machte das einen gewaltigen Unterschied.

Grünmantel achtete auf nichts dergleichen. Er aß die guten Nudeln hastig wie immer, legte die Eßstäbchen weg und saß verdrießlich da.

»Die Mongolei«, sagte Glück, »ist wie das Meer. Das Herz wird eng, wenn man nicht da ist, und das Herz sagt Freude über Freude, sobald es das Grasland sieht und die Steine der Wüste.«

Christian und Großer-Tiger schauten verwundert, und Glück wurde verlegen, als hätte er etwas gesagt, was er lieber hätte für sich behalten sollen.

»Du mußt sagen: die ›roten Steine‹ der Wüste«, bemerkte Grünmantel anzüglich, und Glück wurde noch verlegener.

»Merkst du jetzt«, höhnte Grünmantel, »was für dummes Zeug du sprichst?«

»Kein dummes Zeug«, sagte Großer-Tiger mutig. »Herr Glück hat zwei sehr schöne Worte über das Grasland und über die Wüste gesprochen.«

»Wie«, schrie Grünmantel, »du freches Stück Mensch drängst dich in meine Rede, die du nicht verstehst! Ich sollte dich nach Gebühr bestrafen!«

»Tu das nicht«, warnte Glück gereizt.

»Ich sehe schon, mit wem du es hältst«, entgegnete Grünmantel und zog die Mundwinkel abwärts. »Denke ein bißchen nach, vielleicht fällt dir ein, an welchem Stein du dem Kerl mit den Wasserfässern begegnet bist.«

Als er das gesagt hatte, stand Grünmantel auf, strich den schwarzen herabhängenden Bart, daß die Spitzen ganz spitz wurden, und dann ging er zum Wagen, wo er sich auf einen Stein in die Sonne setzte.

Glück schwieg grimmig. Er war fröhlich gewesen; aber das ging jetzt nicht mehr, denn er mußte nachdenken.

»Hört einmal«, sagte er, »ihr habt doch vorhin mit dem Mongolen über dies und das gesprochen. Hat er euch gesagt, wie er heißt?«

»Wenn ihr den meint«, begann Großer-Tiger vorsichtig, »mit dem wir hierher gekommen sind, der hatte eine breite Narbe quer über der Stirn wie von einem Säbelhieb.«

»So«, sagte Glück verwundert, »ich habe nichts derart bemerkt.«
»Man sieht die Narbe nicht gleich«, erklärte Christian, »nur wenn er sich am Kopf kratzt, oder wenn der Hut verrutscht.«
»Dann ist er es nicht«, sagte Glück. »Trotzdem aber wäre es gut, wenn ich seinen Namen wüßte.«
»Haben Mongolen Namen wie wir?« erkundigte sich Großer-Tiger höflich.
»Nein«, setzte ihm Glück auseinander, »sie haben keine Familiennamen wie wir. Sie haben nur einen Namen, den sie bald nach der Geburt kriegen. Aber er nützt ihnen nicht viel. Die meisten Mongolen laufen mit einem Spitznamen herum, den ihnen andere Leute angehängt haben. Schließlich weiß das Stück Mensch selbst kaum mehr, wie es eigentlich heißt. Es weiß nur noch seinen Spitznamen.«
»Aha«, sagte Christian, »da hat also jeder Mongole doch zwei Namen, einen richtigen und einen anderen.«
»Beinah jeder«, bestätigte Glück oder wenigstens sehr viele. Ich habe mal einen gekannt, der hieß Mondschein. Er war stolz auf seinen Namen, und er sagte jedem, der es wissen wollte oder nicht wissen wollte, daß er Mondschein hieße. Aber da war keine Hilfe. Die Menschen nannten ihn deshalb noch lange nicht Mondschein. Sie nannten ihn Pfötchen.«
»Ist«, fragte Christian, »der Herr Mondschein unzufrieden damit? Das heißt . . . ich meine ja nur . . . ich möchte wissen, warum man ihn Pfötchen nennt.«
»Das ist eine alberne Geschichte«, antwortete Glück. »Dieser Mondschein, müßt ihr wissen, macht gern Spaß wie alle Mongolen. Wenn ihm aber was passiert, worüber die Leute lachen, dreht er es herum, und dann ist es auf einmal ehrenvoll für ihn. Im Winter vor ein paar Jahren war er nachts mit Kamelen unterwegs. Weil ihn an die Füße fror, stieg er ein Weilchen aus dem Sattel und trottete hinterdrein. Da gab es einen Aufenthalt, und der ganze Zug blieb stehen. Nur Mondschein marschierte im Halbschlaf weiter und rannte richtig von hinten gegen das letzte Kamel, das sofort ausschlug und Freund Mondschein derart vor die Brust traf, daß er gar nicht erst

aufwachte. Zwei andere Mongolen, die ihn umfallen sahen, kamen herbei und brachten ihn wieder zu sich. ›Was ist los?‹ fragte Mondschein, ›warum liege ich hier und blicke in den Mond?‹ ›Das Kamel hat dich getreten‹, wurde ihm berichtet, ›darum schaust du in den Mond.‹ ›Ach, ich erinnere mich‹, sagte Mondschein, ›das gute Tier wollte mir Pfötchen geben.‹ Seither nennt man ihn Pfötchen statt Mondschein, aber er hört es nicht gern; und überhaupt ist es besser, man begegnet ihm nicht.«

»Warum ist es besser?« wollte Christian wissen.

»War er es am Ende doch?« fragte Glück dagegen und fixierte Christian scharf.

»Wer?« tat Großer-Tiger verwundert, »der Mongole mit der Narbe etwa?«

»Ach so! erinnerte sich Glück, »ich vergaß die Narbe. Wenn er die nicht hätte, würde ich glauben, es wäre Mondschein gewesen, der hier war. Nun, man kann sich irren.«

»Man kann sich sehr leicht irren«, gab Großer-Tiger zu.

»Ihr seid vernünftige Jungen«, sagte Glück, »mit euch lassen sich zwei verständige Worte reden; darum will ich euch sagen es ist ja kein Geheimnis , also dieser Mondschein nämlich, von dem ich rede, ist ein richtiggehender Räuber. Versteht ihr?«

»Wir verstehen«, sagte Großer-Tiger.

»Möchte der befehlende Herr Glück«, bat Christian, »uns nicht ein bißchen von ihm erzählen?«

»Jetzt ist nicht die richtige Zeit. Los, wir wollen einpacken!«

»Schade«, sagte Christian.

»Sobald wir an den Edsin-Gol kommen, kannst du mich daran erinnern«, sagte Glück, »da machen wir einen Tag Rast, und ich werde euch von Mondschein erzählen.«

»Wir werden daran denken«, versicherte Christian.

Die Fahrt ging weiter. Grünmantel hatte bis zuletzt mit dem Einsteigen gewartet. Während Christian und Großer-Tiger lange auf ihren Plätzen waren, saß er immer noch auf dem gleichen Fleck, dachte nach und tat unbeteiligt wie ein Fremder. Endlich, als Glück schon auf den Gashebel trat, stieg er ein. Gesprochen wurde kein Wort, und Christian und Großer-

Tiger sagten auch nichts, bis Grünmantel die Tür zuwarf und der Wagen in Gang kam. Als die Fässer leise klirrten und die Blechkannen aneinanderschlugen, fragte Christian Großer-Tiger, ob sie nicht besser getan hätten, Glück zu sagen, daß der Mann mit der Narbe Mondschein gewesen war, den man Pfötchen nannte.
»Nein«, entschied Großer-Tiger, »wir haben Mondschein Stillschweigen versprochen.«
»Aber wenn er ein Räuber ist?«
»Räuber sein ist ein ehrenwerter Beruf«, sagte Großer-Tiger, »und Ehrenmännern muß man Wort halten. Zudem hat Glück Geheimnisse vor uns. Warum sollten wir nicht auch Geheimnisse vor Glück haben? Wir wollen warten; im Warten liegt Heil.«
»Sagt das dein Lehrer?«
»Nein, das sagt mein Großvater. Er sagte auch oft: ›Jugendtorheit ist rasch, sie bringt Durcheinander.‹«
»Meine Ama sagte anders«, warf Christian ein; »sie schüttelte vielmal den Kopf, wenn sie mich sah, und sie sprach: ›Kindliche Torheit hat Gelingen.‹«
»Das ist längst vorüber«, widersprach Großer-Tiger ernst, »jetzt sind wir Männer. Wir müssen tun, was Männern zu tun geziemt.«
»Geziemt es uns da, Grünmantel totzuschlagen?«
»Vielleicht. Bator hat auch gemeint, es wäre notwendig.«
»Ich kann es aber nicht tun.«
»Ich auch nicht«, gab Großer-Tiger freimütig zu.
»Also«, seufzte Christian, »müssen wir Grünmantel leben lassen.«
»Der Weg«, setzte ihm Großer-Tiger auseinander, »geht hin und her. Mein Großvater sagt, das sei der Gang des Himmels.«
Christian seufzte noch einmal, weil er nicht verstand, was Großer-Tiger meinte, und Großer-Tiger war froh, daß Christian nicht weiter fragte, denn er wußte selbst nicht, was es mit dem Gang des Himmels auf sich hatte.
Mittlerweile war Glück um den Hügel gefahren, auf dem die Häuser des Wang mit den gelbglasierten Ziegeldächern stan-

den. Die Dächer blitzten in der Sonne; aber mehr sah man nicht, denn die Entfernung war groß, und die erwärmte Luft schwebte auf und nieder wie an einem heißen Sommertag. Kein Mensch zeigte sich, und Christian vermutete, es gehöre zu den vornehmsten Aufgaben eines mongolischen Königs, in seinem Palast zu sitzen und aufzupassen, daß die Untertanen auch irgendwo säßen und nichts anderes täten, als allenfalls über den Lauf der Welt nachzudenken.

Die runde Bergkuppe im Westen kam näher, und auf einmal war sie gar nicht mehr so hoch. Das kam, weil die Steppe langsam anstieg. Bald darauf fiel sie in ein breit ausladendes Tal ebenso sanft wieder ab. Da wurde der Berg wieder mächtig, und Christian und Großer-Tiger, die ihn noch lange vor Augen hatten, betrachteten das steinerne Mal auf dem Gipfel, in dem eine Stange mit blassen Wimpeln steckte.

»Das ist der Berg Beien-Obo«, sagte Christian, der das Südliche-Blatt studierte. »Aber jetzt ist die Karte weiß, und es kommt lange nichts mehr, was einen Namen hat.«

»Es wird schon so sein, wie Glück sagt«, meinte Großer-Tiger: »so eine Karte taugt nicht.«

»Der General«, widersprach Christian, »hätte uns die Karte nicht gegeben, wenn sie unnütz wäre.«

Diesem Einwand war Großer-Tiger nicht gewachsen, doch sein Vertrauen war durch die Voreingenommenheit Glücks geschwunden. »Wie kann«, sagte er, »das Südliche-Blatt weiß sein, wenn hier ein Flußbett ist? Es ist zwar kein Wasser und auch sonst nichts darin als viele Steine, aber am Rand gibt es grüne Büsche, und vielleicht leben hier sogar Tiere.«

»Ja«, rief Christian aufgeregt, »siehst du, wie sie hopp, hopp machen und fortspringen?«

Er zeigte auf ein Rudel aufgescheuchter Antilopen, die aus dem immergrünen Schara-Mot-Gestrüpp flüchteten. Sie sprangen aber nicht einfach fort, sondern rannten in langen Sätzen und in geringer Entfernung wie geübte Wettläufer neben dem Wagen her. Glück fuhr gewaltig drauflos, doch es war von vornherein ein aussichtsloses Rennen für den plumpen Lastwagen.

Die Antilopen überholten ihn spielend und wechselten dann mit hohen Luftsprüngen auf die andere Seite. Dort blieben sie stehen, schauten verwundert, und einige begannen ruhig zu äsen. Die Flucht war beendet, der Wagen war überholt; anscheinend hatte man es mit keinem gefährlichen Gegner zu tun.

»Du siehst«, sagte Großer-Tiger, »es gibt hier Tiere, aber in dem Südlichen-Blatt ist nichts davon zu lesen.«

»Auf Landkarten stehen keine Tiere«, verteidigte sich Christian. »Weißt du, wie die da heißen?«

»Es sind gelbe Ziegen; ich kenne sie von Bildern.«

»Sie heißen auch Antilopen«, erinnerte sich Christian; »aber es ist ein schwieriges Wort, von dem man nie weiß, ob man es richtig oder falsch schreibt. Gelbe Ziegen ist besser.«

»Wo gelbe Ziegen sind, gibt es auch Wölfe«, behauptete Großer-Tiger.

»Ich möchte mal einen Wolf sehen«, sagte Christian.

»Aber besser nicht in der Nähe«, meinte Großer-Tiger.

»Vielleicht wenn man auf einem Baum sitzt und der Wolf geht unten vorbei.«

»Er kann«, sagte Großer-Tiger, »nicht unten vorbeigehen, wenn es oben keinen Baum gibt.«

»Gibt es hier nirgends Bäume?«

»Ich glaube, es gibt keine. Seit ›Heim in den Felsen‹ habe ich nie mehr einen Baum gesehen.«

»In diesem Fall«, schlug Christian vor, »ist es am besten, der Wolf geht vorbei, solange wir auf dem Wagen sitzen.«

»Das wird er nicht tun. Wölfe schleichen hinter Hügeln herum und in Lößrawinen, wo du sie nicht siehst. Gehst du aber hinter den Hügel, weil du den Wolf sehen willst, dann ist er auf die andere Seite gegangen, wo du vorher warst, und das macht er, weil er nicht sehr mutig ist.«

Christian wunderte sich, woher Großer-Tiger so viel vom Wolf wußte, und Großer-Tiger sagte, das sei leicht zu begreifen. Er habe einen entfernten Onkel, der sei Fellhändler, und der wisse von allen Tieren, was sie täten und wo sie lebten; und früher habe es in China überall Tiger gegeben, aber jetzt seien alle tot,

und den wilden Kamelen gehe es ähnlich. Es gebe nur noch ganz wenige in der Nähe des Sees, von dem Mondschein gesprochen habe.
»Beim Gaschu-Nor!« sagte Christian und holte aus der Ledertasche ein Heft, das darin war, und einen Bleistift. Den Bleistift spitzte er sorgfältig mit dem neuen Taschenmesser, bis er ganz fein damit schreiben konnte.
»Was willst du tun?« fragte Großer-Tiger.
»Ich mache ein Wörterbuch«, erklärte Christian, »damit ich Mongolisch lernen kann.« Er faltete eine Anzahl Blätter in der Mitte, und dann schrieb er

auf die eine Hälfte:	auf die andere Hälfte:
Bittersee =	*Gaschu-Nor*

darunter schrieb er:

Reitstock =	*Daschior*
Kamel =	*Temmen*
König =	*Wang*

Er las Großer-Tiger vor, was er geschrieben hatte, und fragte ihn, ob etwas fehle.
»Du hast ›Hotog‹ vergessen«, erinnerte Großer-Tiger.
Da schrieb Christian gehorsam in das Heft:

Brunnenloch =	*Hotog*

Und dann sagte er fröhlich: »Nun wissen wir schon viele Wörter. Wenn es hundert sind, fangen wir an zu reden, mit dreihundert unterhalten wir uns, und wenn wir fünfhundert Wörter können, dann geben wir andern Nachhilfestunden, die weniger wissen als wir.«
Während sich Christian und Großer-Tiger über diese wichtigen Dinge unterhielten, fuhr Glück wortlos durch die Steppe und achtete auf die Sonne wegen der westlichen Richtung und auf den Boden wegen der Löcher, die die Murmeltiere und die Füchse machten. Aber es gab nur wenige. Als es Abend wurde, hörten sie ganz auf, und Glück erkannte, daß er nicht weit von einem Kloster war, das Orte-Golen-Sum hieß.
»Weshalb fährst du auf einmal so schnell?« fragte Grünmantel.
»Weil es bald Nacht sein wird.«

Grünmantel wollte zornig erwidern, daß er das auch bemerke, aber er unterdrückte den Zorn und fragte freundlich, ob Glück vielleicht wisse, wo er sich befinde und was für eine Gegend das sei.
»Es gibt hier«, sagte Glück geschmeichelt, »ein Kloster, und in zehn Minuten sind wir dort. Das Kloster ist klein, aber es hat zwei gute Brunnen, einen lebenden Gott, der noch ganz klein ist, und freundliche Mönche.«
»Freilich, freilich«, brummte Grünmantel beifällig und unterdrückte wieder, was er sagen wollte, nämlich daß Glück ein alter Hung-Hu-Tse sei und daß es deshalb kein Wunder wäre, wenn er sich in der Mongolei besser auskenne als andere Leute, und daß er sich nichts darauf einzubilden brauche; im Gegenteil. Das alles hätte Grünmantel gerne gesagt, und es fiel ihm ordentlich schwer, so viele passende Worte für sich zu behalten. Allein er hatte einen neuen Plan ausgedacht, den er für gut hielt, und darum schwieg er still.
»Laß das dumme Grinsen«, sagte der ahnungslose Glück, »du wirst gleich sehen, daß ich recht habe.«
Grünmantel erwiderte, daß er nicht daran zweifle, und daß er Glück sowieso bewundere, weil er soviel wisse.
Im Westen schwebte die Sonne über den Zackenrändern ferner Berge. Sie war groß und rot wie eine feurige Kugel, die über eine Welt rollte, von der man nicht glauben konnte, daß sie schon fertig sei. Es gab Bodenwellen und niedere Hügel, die aussahen, als ob sie morgen ebenso gut irgendwoanders sein könnten. Risse zogen durch die Erde, von denen man nicht sicher war, ob sie sich nicht über Nacht schließen würden, um tausend Meilen weiter aufzubrechen. Der magere Graswuchs erschien als der sinnlose Versuch, Leben in eine Gegend zu bringen, die kein Leben duldete. Wahrscheinlich war morgen das Gras verdorrt, und man erwachte zwischen Blöcken von Urgestein und rieselndem Sand, wenn es überhaupt ein Erwachen gab.
Es war gut, daß Glück die Sache anders ansah. Für ihn war der Boden verläßlich fest, und die Steppe war eine Rennbahn, über die man fuhr. Er machte tüt, tüt, tüt, tüt, und das hieß: »Habe

ich recht gehabt? – Glück ist tüchtig, Glück kennt sich aus; wir sind da.«

Christian und Großer-Tiger standen neugierig auf und schauten durch das Fensterchen im Führerhaus. Da sahen sie eine graue Berglehne und darunter auf halber Höhe zehn oder zwölf weiße Häuser mit flachen Dächern und mit roten Kanten. Die Häuser waren ebenerdig mit Ausnahme von einem, das in der Mitte stand und die andern überragte. In der Einöde sah es aus wie ein Leithammel mit weißen Schafen, die sich fürchteten.

»Es sind auch Zelte da!« rief Christian.

»Und neben den Zelten stehen viele Pferde!« sagte Großer-Tiger, »und sie schlagen mit den Schweifen.«

Kaum hatte Großer-Tiger ausgesprochen, als Glück aufhörte zu tuten. Er hatte die blauen Zelte und die Pferde auch bemerkt und wußte nicht recht, was er davon zu halten hatte. Darum fuhr er nicht mehr schnell.

Der Wagen rollte zögernd und immer langsamer über die ausgedehnte Kiesfläche. Wäre ein Zuschauer dagewesen, so hätte er gesagt: Dieses Ungetüm, das von selber geht, ist unschlüssig, wohin es sich wenden soll. Es zerstampft die Gräser gewaltig, aber es hat Angst und möchte stehenbleiben; es weiß nur nicht wo.

Das kam daher, weil Glück nur mit einer Hand das Steuer hielt und sich mit der andern den Kopf kratzte. Bis zum Kloster waren es nicht viel mehr als fünfhundert Meter; aber Glück hatte plötzlich keine Lust, bei den freundlichen Mönchen zu übernachten. Er begann im stillen die blauen Wanderzelte zu zählen, und als er sechzehn herausgebracht hatte, machte er einen raschen Überschlag: Sechzehn kleine Zelte beherbergten hundertfünfzig Männer, auch wenn man einen Fürsten und zwei oder drei Adlige mitrechnete, die ein Zelt für sich hatten. Glück war sicher, daß es Sunit-Mongolen waren, mit denen er nie etwas zu tun gehabt hatte. Aber war dieser Kerl mit dem kupferbraunen Gesicht heute mittag nicht doch Pfötchen gewesen? Und wenn er es gewesen war, wie kam er hierher nach Sunit?

Glück schaute zum Seitenfenster hinaus.
Links war die graue Kiesebene, geradeaus war sie auch, und dann kam die Berglehne mit dem Kloster und in einigem Abstand die Zelte mit den schweifschlagenden Pferden. Auch einige Männer konnte man erkennen, die hin- und hergingen, oder stehenblieben, weil sie den Wagen bemerkt hatten. Rechts gab es eine sanfte Anhöhe mit schütterem Graswuchs, und oben entdeckte Glück eine Jurte. Gleich drehte er das Steuerrad.
Christian und Großer-Tiger wären beinahe umgefallen, so hart war die Wendung. Dann ging es rasch das kurze Stück bergauf, und der Wagen stand.
Christian sprang herunter, und Großer-Tiger sprang hinterdrein, ganz so wie sie Bator hatten springen sehen. Sie standen schon neben dem Schlag, als Glück noch im Führerhaus saß, den linken Arm halb zum Fenster heraushängen ließ und in die untergehende Sonne starrte.
»Gibt es was zu bedenken, befehlender Herr?« fragte Großer-Tiger bescheiden.
»Es gibt vieles zu bedenken«, antwortete Glück, »aber in der Mongolei kann man sich nichts vornehmen; es kommt, wie es kommen muß. Wollt ihr Wasser holen?«
»Wir wollen Wasser holen«, rief Christian. »Hat dieser Ort einen Namen?«
»Dieses ist kein Ort«, sagte Glück, »es ist ein Kloster, und heißt Orte-Golen-Sum.«
»Und die vielen Zelte?«
»Die Zelte«, ließ sich plötzlich Grünmantel vernehmen, »gehören Mongolen, und die Mongolen sind gekommen, weil in dem Kloster ein Fest ist. Ich kenne das.«
»Du kennst das nicht«, sagte Glück, »oder nicht gut. Wenn es ein Fest im Kloster gäbe, wären die Zelte prächtiger, und es wären auch ein paar Jurten dabei. Jetzt ist nicht die richtige Zeit für ein Klosterfest.«
»Freilich, freilich«, knurrte Grünmantel nachgiebig, »du kennst dich ja aus. Also sprich! Was gibt es da drüben? Du bist so ein alter . . . , ich meine, hast du einen guten Gedanken?«

»Ich denke«, sagte Glück, »es gibt morgen eine ganz gewöhnliche Wolfsjagd.«
»Bolna!« rief Christian erfreut.
Glück wandte sich erstaunt nach ihm um. »Ich höre dich mongolisch reden. Sprichst du diese Sprache?«
»Wir wollen sie lernen«, erklärte Großer-Tiger, »aber sie ist nicht leicht.«
»Ich mache ein Buch darüber«, sagte Christian, »es stehen schon viele schwierige Wörter darin, zum Beispiel ›Hotog‹.«
Glück mußte lachen. »Was gibt es noch für schwierige Wörter in deinem Buch außer Hotog?« fragte er.
»Eines heißt ›Wang‹, und ein Wang ist ein König.«
»Sehr gut«, lobte Glück; »nehmt jetzt die beiden Wassereimer, und wenn ihr bei den Zelten einem Wang begegnet, dann ist es der Baron-Sunit-Wang. Ihr müßt ihm einen Fußfall der Verehrung machen, aber nachher könnt ihr mit ihm reden wie mit mir.«
»Wir werden daran denken«, sagte Großer-Tiger.
Er holte die Wassereimer, während Christian geschwind auf den Wagen kletterte und das Heft aus der Ledermappe nahm. Damit ging er zu Glück und bat ihn, ihm die Wörter zu erklären.
»›Baron‹«, sagte Glück, »heißt westlich; ›Sunit‹ ist der Name des Stammes; Baron-Sunit-Wang heißt also: ›der Westliche Sunit-König‹.«
Christian schrieb die Worte sauber in das Heft, steckte es ein und sagte: »Wir gehen jetzt zum Westlichen Sunit-König und holen Wasser.«
»Nehmt einen tüchtigen Prügel mit«, warnte Glück, »vielleicht gibt es dort Hunde, und die mongolischen Hunde sind beinah so gefährlich wie Wölfe.«
»Wir haben keinen Prügel, befehlender Herr.«
Glück ging ins Führerhaus, kramte eine Weile unter dem Sitz und kam mit einem Bambusprügel wieder, an dem ein Lederriemen hing.
»Nehmt dieses Ding«, sagte er, »es ist ein Reitstock.«
»Aha«, sagte Christian, »ein Daschior.«

»Ich bleibe vor Bewunderung stumm«, rief Glück; »du weißt sehr viele Wörter.«
»Keine Erwähnung deswegen«, tat Christian bescheiden, und dann ging er mit Großer-Tiger dem Kloster und den Zelten entgegen.
Unterwegs besprachen sie wieder wichtige Dinge.
»Wie kommt es«, fragte Christian leise . . .
»Eben dieses wollte ich dich fragen«, flüsterte Großer Tiger; und dann sprachen sie über Glück, der anscheinend mongolisch konnte, es aber bisher verschwiegen hatte.
»Er hat mit Mondschein nur chinesisch gesprochen«, sagte Christian, »ich habe aufgepaßt.«
»Das tat er«, setzte ihm Großer-Tiger auseinander und blieb einen Augenblick stehen, »weil er nicht genau wußte, ob Mondschein wirklich Mondschein war, und weil er dachte, daß auch Pfötchen nicht sicher wisse, ob Glück wirklich Glück sei oder ein anderer. Das alles ist schwer zu sagen; aber man begreift es leicht, weil sich beide mißtrauen und Angst voreinander haben.«
»Mondschein hat keine Angst«, rief Christian, »er sieht nicht so aus.«
»Dann ist es eben Glück«, sagte Großer-Tiger.
»Er sieht auch nicht so aus«, sagte Christian.
Die Anhöhe senkte sich, und je mehr es dem Tal zuging, um so weniger gab es Gräser. Schließlich wurde der Boden glatt wie eine Tenne, und man sah die zwei Brunnen, von denen Glück gesprochen hatte, als dunkle, kreisrunde Punkte. Nicht weit davon hatten die Mongolen ihre Zelte an der Berglehne errichtet. Vor den weißen Klostergebäuden standen die Pferde in langen Reihen. Sie waren mit dem Zaumzeug an Stricke gebunden, die nach der Art von Wäscheleinen über Pfähle liefen.
Das letzte Licht wich der Dunkelheit. Die Sterne traten nacheinander an ihre Plätze, und der Mond war auch da, als Christian und Großer-Tiger bei dem Brunnen anlangten.
Es war wie in Wang'ne-Hotog. Neben dem ersten Brunnen lag ein ausgehöhlter Baumstamm, in den ein Mongole Wasser

schöpfte. Vom Berghang kamen zwei andere Männer mit einer Anzahl Pferden zur Tränke. Der Brunnen daneben blieb frei, und Christian ließ an einer Kette, die dalag, den ersten Eimer hinunter. Die Mongolen schauten zu, stießen sich an und lachten. Christian wußte nicht, warum, aber er merkte es bald denn die Kette klirrte am Boden und als er den Kübel heraufziehen wollte, war er leer.
»Nasch-jirr!« rief einer der Mongolen, und er winkte Christian und Großer-Tiger, sie sollten bei ihm Wasser holen. Er ließ auch gleich eine lange Stange mit einem Leinensack daran in den Brunnen. Als er ihn heraufgezogen hatte, goß er das Wasser in die Eimer.
»Sie sind voll«, sagte Großer-Tiger artig, »und wir danken.«
»Bolna!« rief Christian fröhlich.
Diesmal paßte das Wort vortrefflich, denn es hieß »Gut so« oder »Jetzt ist es recht.« Darüber freuten sich die Mongolen. Einer nach dem andern kam und fragte lange und schöne Fragen, aber Christian gab keine Antwort. Da klopften ihm die Mongolen zutraulich auf die Schultern und sagten, er sei wohl ein bißchen schüchtern, und das solle er nicht sein. Doch Christian blieb stumm, und die Mongolen merkten, daß er nicht fließend sprechen konnte. Die Unterhaltung stockte, und beinahe hätte sie ganz aufgehört, wenn Christian nicht eingefallen wäre, daß er ein neues Wort gelernt hatte. Er faßte sich ein Herz und sagte deutlich: »Baron-Sunit-Wang.«
Die Wirkung, die das machte, war groß. Ob sie gut oder schlecht war, konnte man freilich nicht gleich erkennen, denn die Mongolen steckten die Köpfe zusammen und redeten eine ganze Zeitlang unter sich. Endlich kam der, der das Wasser geschöpft hatte, faßte Großer-Tiger und Christian freundschaftlich am Ohr und sagte wie schon einmal: »Nasch-jirr!«
Christian antwortete: »Bolna!«, und dann folgten sie dem Mongolen, der mit ihnen zum Zeltlager ging. Die übrigen blieben bei den Pferden.
Unterwegs nahm ihnen der Mongole die schweren Wasserkübel ab, und Großer-Tiger, der einen schlechten Ausgang des Abenteuers befürchtete, faßte wieder Mut. Er schaute zum

Mond, dem gewaltigen Tröster der Seelen, und da war ihm, als ob nur noch ein gewisses Wort fehle, und alles wäre gut.
»Kwi-Schan«, flüsterte er, »ich muß dir etwas sagen.«
»Ich höre dich, Großer-Tiger, sprich!«
»Es gibt keine Hilfe«, sagte Großer-Tiger und lächelte.
Da wurde auch Christian fröhlich zumut, und dann standen sie vor dem ersten Zelt in der ersten Reihe der sechzehn Zelte, die alle blau waren, doch man sah die blaue Farbe nicht. In dem schwachen Mondlicht erschienen die Zelte schwarz wie eine Schar Trauerfalter, die auf dem hellen Kiesboden mit ausgebreiteten Flügeln hockte, um die Nacht zu überdauern.
Der Mongole setzte die Wasserkübel auf die Erde, bedeutete Christian und Großer-Tiger zu warten, und dann trat er in das Zelt, in dem ein Feuer brannte. Es dauerte gar nicht lang, da kam er wieder, grinste freundlich und sagte etwas Ähnliches wie eine Einladung.
Christian und Großer-Tiger faßten sich an der Hand und betraten gemeinsam das Zelt. Es war klein, aber es war hell und freundlich darin, denn das blaue Zelttuch war nur außen blau. Innen war es weiß gefüttert, und das machte viel aus. In der Mitte zwischen den beiden Zeltstangen brannte ein Feuer in einem runden Eisengestell, auf dem der Teekessel brodelte. Rechts und links lagen Teppiche; im Hintergrund saßen zwei Männer mit Fellhüten auf dem Kopf, wie Mondschein einen gehabt hatte, nur waren sie prächtiger.
Christian und Großer-Tiger taten, was Glück ihnen geraten hatte zu tun: sie machten schweigend den Fußfall der Verehrung und sagten leise: »Wir wünschen zehntausendfaches Glück.«
Hernach schauten sie auf die beiden Männer, und Christian dachte gleich, der ältere müsse der König sein, denn er sah sehr würdig aus. Doch dann verfinsterte sich das Gesicht des älteren, das vorher freundlich gewesen war, und Christian wünschte schnell, es wäre anders und der jüngere wäre der König, denn der lächelte verschmitzt und blinzelte sogar ein bißchen. Aber er sagte kein Wort. Da war es gewiß, daß der alte böse Mann der König war, und das schien besonders schlimm

für Christian zu sein, weil er ihn in einem fort zornig anblickte. Es dauerte eine ganze Weile, bis der Zorn des alten Mannes so groß wurde, daß er grollend rief: »Geht beide hinaus!«

»Nein«, widersprach der jüngere im schönen Peking-Chinesisch, »diese beiden sind unschuldige Jungen; sie sind nur unerfahren. Ich denke, sie sind gute Personen.«

Dann wandte er sich an Christian und fragte ihn, wie er heiße. Als er es erfahren hatte, sagte er, daß er Kompaß-Berg für einen seltenen und sehr schönen Namen halte. »Dieser ist Großer-Tiger«, stellte Christian vor, »und er ist mein Freund.«

»Aha!« sprach der jüngere der beiden Männer, »jetzt kenne ich euch beide. Ich bin der Sunit-König, und neben mir sitzt mein älterer Vetter. Er ist böse auf Kompaß-Berg, weil er den Daschior ins Zelt mitgebracht hat. Das darf man nicht tun.«

»Es geschah aus Unwissenheit und wegen der Hunde«, entschuldigte sich Christian, und er warf den Bambusknüppel mit der Lederschlaufe daran schnell hinter sich ins Freie.

»Nirgends ist eine Befürchtung«, sagte der Sunit-Wang. »Wir haben keine Hunde bei uns, denn wir gehen morgen auf die Wolfsjagd.«

»Braucht man da keine Hunde?« fragte Großer-Tiger verwundert.

»Wir Mongolen jagen den Wolf ohne Hund«, erklärte der Sunit-Wang. »Setzt euch und trinkt eine Schale Tee mit uns.«

»Wir wagen es nicht«, murmelten Großer-Tiger und Christian; aber dann setzten sie sich, wie sich das gehörte, auf die rechte Seite und nahe beim Zeltausgang.

Als er dieses artige Benehmen sah, wurde auch der alte Vetter des Königs wieder freundlich. Er sagte, man könne von Fremden nicht immer das Beste annehmen; er fügte dann aber hinzu, daß es zum Glück auch Ausnahmen gebe, und schließlich stand er auf und führte Großer-Tiger und Christian auf den Ehrensitz an die linke Seite des Königs. Er selbst setzte sich rechts und bestand darauf, daß es so bleiben müsse. Der König und sein Vetter tranken Tee aus Schalen, die aus Wurzelholz gedreht und innen mit Silber ausgeschlagen waren. Als sie merkten, daß Christian und Großer-Tiger keine Trinkgefäße bei sich hatten, ließ der alte Vetter zwei Schalen bringen. Dann unterhielten sie sich über die bevorstehende Reise nach Sinkiang, und Christian sollte von dem Leben in Europa berichten. Aber er wußte nicht mehr davon als der Sunit-König, und viel weniger als der alte Vetter, der in Peking studiert hatte und sehr klug war.

»Wir sind beide in Peking geboren«, sagte Großer-Tiger entschuldigend, »und das Große-Wasser haben wir noch nie gesehen. Wir wissen wenig von der Welt.«

»Wir sind vor vier Tagen zum erstenmal mit der Eisenbahn gefahren«, gestand Christian, »und es ist schlecht ausgegangen.«

Der Sunit-König sagte: »Nein, es ist gut ausgegangen, denn ihr dürft jetzt das Grasland und die Wüste sehen. Nirgends in der Welt ist das Leben so schön wie hier.«

»Glück meint das auch«, berichtete Großer-Tiger; »er sagt, die Mongolei sei wie das Meer, man habe immer Heimweh danach.«

»Wer ist dieser Mann, der Glück heißt?« fragte der Sunit-Wang, »und wo kommt er her?«

Großer-Tiger und Christian erzählten, was sie wußten. Der Sunit-Wang hörte aufmerksam zu und wollte alles genau wissen, und wenn ihm etwas unklar schien, fragte er sorgfältig.

»Es gibt Millionen Menschen in China, die Glück heißen«, meinte der alte Vetter, »ich sehe nirgends eine wirkliche Befürchtung.«

Aber der Wang gab sich damit nicht zufrieden.

»Spricht dieses Stück Mensch mongolisch?« fragte er.

»Ich glaube, es spricht diese Sprache«, antwortete Christian.

»Dann«, sagte der Wang zu seinem Vetter, »werde ich Mondschein fragen; er kommt morgen früh, bevor die Jagd beginnt.«

Christian stieß Großer-Tiger heimlich an.

»Wir müssen jetzt gehen«, sagte Großer-Tiger schnell, »und wir danken für unverdiente Gastfreundschaft.«

»Mein Kind«, sprach der alte Vetter, »die Gastfreundschaft ist im Grasland etwas, das keiner Erwähnung bedarf. Mein Zelt ist dein Zelt, und meine Speise gehört auch dir. So ist es bei

uns. Doch bevor du gehst, zeige mir den Ring an deiner Hand.«
»Es ist nur eine Schlange«, sagte Großer-Tiger nachlässig, »ich trage den Ring, damit mein Name eine Minderung erfährt.«
»Wer hat dir dazu geraten?« fragte der alte Vetter, und er betrachtete den Ring, den ihm Großer-Tiger reichte.
»Ein heiliger Mann«, sagte Großer-Tiger.
Der alte Vetter beugte sich vor, um den Ring im Schein des Feuers besser zu sehen. Dabei wurde sein Gesicht traurig, und als er den Ring dem König gab, damit er ihn auch betrachte, standen ihm die Tränen in den Augen.
»Ich glaube«, sagte Großer-Tiger bedrückt, »daß dieser Ring ein schlimmer Ring ist.«
»Kein Ding ist schlimm«, sprach der alte Mann, »allein der Mensch gibt den Dingen Bedeutung und Botschaft, und dann haftet sie an ihnen. Habt ihr noch Zeit, zwei Worte zu hören?«
»Es gibt nichts, das eilig wäre«, versicherte Christian.
»Die Erfahrung der Alten zu hören ist fördernd«, sagte Großer-Tiger.
»Vor zwanzig Jahren«, begann der alte Vetter mühsam, »reiste ich zum Fest der Sieben Staaten nach Urga. Dort traf ich Jolleros-Lama, den Abt des Klosters Belin-Sum. Wir waren schon immer Freunde, und wir hatten gute Tage miteinander. Als wir Abschied nahmen, bat ich ihn um ein Wiedersehen. ›Nur vier Tagereisen nach Südwesten trennen dich von mir‹, antwortete Jolleros-Lama, ›warum fragst du da?‹ Ich entschuldigte mich mit dringenden Geschäften, die mich nach Peking riefen. Er lächelte und sprach: ›Die geringen Entfernungen sind die größten Hindernisse für Freunde, die beisammen sein möchten. Sollten wir darüber alt werden, so will ich dir ein Zeichen geben. Sieh diesen Ring!‹ Er hob die Hand, und ich erblickte den Ring, den du, Großer-Tiger, jetzt am Daumen trägst. ›Der Ring gehört mir nicht‹, sagte Jolleros-Lama, eines Tages muß ich ihn zurückgeben. Bevor er aber seinen Herrn findet, wirst du ihn sehen, und dann sollst du wissen, daß ich dich rufe, weil ich nachher in wenigen Tagen die Welt verlasse. Wir werden uns also sehen und sprechen, ehe es zu spät ist.‹«
Der alte Vetter schwieg und wischte sich mit dem Ärmel des

Gewands die Tränen aus den Augen; doch sie kamen immer wieder. Der Sunit-König gab Großer-Tiger den Ring zurück. Dann legte er seine Hände tröstend auf die Knie des alten Vetters und sagte: »Wir reiten in einer Stunde. Ich werde den Herzog von Hanta bitten, daß er die Jagd leite. Er ist zwar unser Gast, aber er wird es mir zuliebe tun. In zwei Tagen und zwei Nächten werden wir in Belin-Sum bei Jolleros-Lama sein.«
Der alte Vetter nickte, und Großer-Tiger und Christian standen auf, um sich zu verabschieden.
»Ich muß euch beide«, sprach der alte Vetter, »um weitherzige Verzeihung bitten. Ich war unfreundlich zu euch. Du, Großer-Tiger, bist der Bote des heiligen Mannes Jolleros-Lama. Nimm diese Schale zur Erinnerung an deinen älteren Freund, den Herzog der Sunit.«
Während er das sagte, zog er einen Streifen himmelblauer Seide aus dem Gürtel, breitete ihn über beide Handflächen, legte die Silberschale, aus der er den Tee getrunken hatte, darauf und bot sie Großer-Tiger mit geneigtem Haupt zum Geschenk.
»Du mußt sie nehmen«, flüsterte der Sunit-Wang, und Großer-Tiger nahm sie und murmelte: »Zehntausendfachen Dank.«
»Der Haddak gehört dazu«, flüsterte der Sunit-Wang, und Großer-Tiger nahm auch den Streifen blauer Seide aus den Händen des alten Vetters.
»Kompaß-Berg«, sprach der Sunit-Wang, »ich sehe, auch du hast keine Schale zum Essen und Trinken. Wir Mongolen tragen sie stets im Gürtel bei uns, damit wir in jedem Zelt bewirtet werden können. Nimm meine Schale zum Andenken und zum Gebrauch.«
Er reichte sie Christian, wie der alte Vetter es getan hatte, mit einem blauen Seidenstreifen.
»Ene ju beino?« fragte Christian.
Ein Lächeln flog über das Gesicht des Königs, und auch der alte Vetter lächelte wehmütig.
»Der seidene Streifen«, erklärte der Sunit-Wang, »ist ein Haddak, und ohne ihn darf kein Mongole ein Geschenk geben oder

nehmen. Die Schale heißt ›Aich‹; mögest du lange und gesund daraus trinken.«
Da dankten Großer-Tiger und Christian mit einem Fußfall der Verehrung und wollten gehen. Aber der alte Vetter und der König waren schneller als sie; beide standen auf und waren schon vor dem Zelt, als Großer-Tiger und Christian heraustraten. Dann erst verabschiedeten sie sich mit Segenswünschen.

Zweiundzwanzigstes Kapitel, von dem Zauberwort Jabonah und von einer Wolfsjagd, bei der kein Schuß fällt

Als der Sunit-Wang und sein alter Vetter wieder im Zelt waren, stopften Christian und Großer-Tiger die Silberschalen mitsamt den Haddaks in die Rocktaschen. Doch die Taschen waren zu klein, die Schalen waren ein wenig zu groß, und deshalb schaute der obere Rand heraus.
Christian hob den Daschior auf; dann nahmen sie die Wasserkübel und machten sich auf den Heimweg. Es ging aber langsam, denn sie mußten die schweren Eimer oft absetzen. Auf halbem Weg kam ihnen Glück mit einem Mongolenjungen entgegen, der eine Schar Ziegen vor sich hertrieb.
»Ihr kommt spät«, schalt Glück; »Grünmantel ist wütend, weil er noch kein Essen hat.«
»O weh!« rief Christian.
»Bäh«, schrien die Ziegen.
»Es gibt keine Hilfe«, sagte Glück, »gebt die Wasserkübel her! Ich werde sie tragen. Was habt ihr denn in euren Taschen?«
»Wir haben jeder ein Geschenk gekriegt«, sagte Großer-Tiger.
»Das macht«, erklärte Christian, »weil wir mit dem Sunit-Wang und mit seinem alten Vetter, dem Herzog, befreundet sind.«
»Was seid ihr?« fragte Glück verwundert.
»Zuerst waren wir es nicht«, gab Großer-Tiger zu, »aber jetzt sind wir es.« Er zeigte die Silberschale, und Christian ließ die seine auch sehen. Glück konnte vor Staunen nur »Aber so was« und »Es ist kaum zu glauben« sagen. Der Mongolenjunge

stand voller Ehrfurcht stumm daneben. »Das ist alles sehr wunderbar«, meinte Glück; »aber jetzt trage ich die Wasserkübel in unser Lager. Ihr begleitet diesen Burschen, der nebendran in der Jurte wohnt. Helft ihm die Ziegen zum Kloster treiben, denn morgen früh wird hier der Wolf gejagt, und da müssen sie in Sicherheit sein. Macht schnell, es gibt Nudeln!«
Christian und Großer-Tiger sagten: »Wir hören und gehorchen.« Dann gingen sie rechts und links neben den Ziegen her. Der Mongolenjunge ging in der Mitte, trieb die Herde an und rief »Hütt!« und »Hott!« Sonst gab es leider keine Unterhaltung.
Im Kloster brannte nirgends ein Licht, doch der Mongolenjunge kannte sich aus. Gleich neben dem ersten Häuschen, das nur ein Fenster und eine Tür hatte, war eine Mauer, die einen geräumigen Hof umschloß. Dahinein wurden die Ziegen getrieben. Als sie alle in dem Hof waren, sagte der Junge: »Bolna«, und schloß das Tor. Auf dem Heimweg begegneten sie dem Mongolen, der sie zum Zelt des Sunit-Königs geführt hatte. Er hielt sechs gesattelte Pferde am Zügel und grüßte freundlich, als Christian und Großer-Tiger vorübergingen. Der Junge wollte mit ihm sprechen, aber der Mann zuckte die Achseln und gab keine Antwort. Er sagte nur »Jabonah«. Das mußte ein bedeutsames Wort sein, denn der Junge wiederholte es unterwegs mehrmals still für sich, als ob darin Glück und Fröhlichkeit in einem wären.
Trotzdem kam kein rechtes Gespräch in Gang.
Christian kannte zwar viele mongolische Worte, aber es waren noch lange nicht hundert. Ich muß Glück fragen, dachte er, was »Jabonah« heißt, wahrscheinlich ist es ein Zauberwort.
Als sie auf dem Hügel anlangten, wo der Wagen stand, war es dunkel und still. Es gab keinen Glück und keinen Grünmantel; es gab kein Feuerchen, keinen Kochtopf und also auch nichts zu essen. Christian und Großer-Tiger schauten betrübt umher, doch der Mongolenjunge lachte.
»Ene ju beino?« fragte Christian.
»Girr«, sagte der Junge vergnügt, »Tsogar girr dörent sotjena.«
Da wurden Christian und Großer-Tiger wieder fröhlich.

»Girr«, hatte ihnen Bator erklärt, war eine Jurte, und man brauchte nur hineinzugehen und kriegte was zu essen, wenn es so war, wie der alte Vetter gesagt hatte.
Der Mongolenjunge winkte, und Christian und Großer-Tiger folgten ihm. Die Jurte sah in der Dunkelheit wie ein gewaltiger Maulwurfshügel aus, auf den der Mond schien.Als sie davor standen, bückte sich der Junge und hob den Teppich vom Eingang. Christian legte den Daschior geschwind beiseite.
»Orr! Orr!« rief von drinnen eine tiefe Männerstimme.
Das bedeutet »Herein«, dachte Christian, und Großer-Tiger dachte das gleiche. Trotzdem er nicht groß war, mußte er sich bücken, denn der hölzerne Rahmen, der die Tür vorstellte, war niedrig.
»Nicht stolpern!« rief ihnen Glück entgegen, »sonst ist es ein schlechtes Zeichen.«
Großer-Tiger und Christian hoben folgsam die Füße, und dann standen sie in dem runden Filzzelt.
In der Mitte brannte ein Feuer in dem gleichen Eisengestell wie beim Sunit-Wang. Rundherum war die Erde festgestampft. Dann kamen glattgeschliffene Knüppel, die zu einem Viereck gefügt am Boden lagen und den Feuerplatz nach den vier Himmelsrichtungen abgrenzten. Alles übrige war mit Teppichen belegt, und unter den Teppichen lagen weiche Filzdecken; das merkte man sofort. Es war eine angenehme Wohnung.
Dem Eingang gegenüber saß der Mongole, der »Orr! Orr!« gerufen hatte. Links auf den Ehrenplätzen saßen Glück und Grünmantel, und die Sitze auf der rechten Seite des Hausherrn waren für Christian und Großer-Tiger aufgehoben. Sie verneigten sich, und sie wollten sagen: Wie befindet sich der früher geborene Herr? und: Haben Sie gut gegessen?, doch da fiel ihnen Glück in die noch nicht begonnene Rede.
»So geht das nicht«, sagte er; »zwei Stück Menschen, die mit Mongolenfürsten befreundet sind, müssen sprechen: ›Amorchen sän sotje beino‹«
»Amorchen sän sotje beino?« sagten Christian und Großer-Tiger.

»Gut«, lobte Glück, »für den Anfang mag es gelten. Wißt ihr, was es heißt?«
»Wir wissen es nicht, befehlender Herr.«
»Es heißt: ›Sitzt ihr leicht und gut?‹ Das ist ein mongolischer Gruß. Und jetzt setzt euch selbst, aber ja nicht mit den Füßen gegen das Feuer!«
»Ist das verboten?« fragte Christian.
»In der Mongolei ist nichts verboten«, sagte Glück, »aber es gibt Dinge, die nicht erlaubt sind, weil es unhöflich wäre, sie zu tun. Versteht ihr mich?«
»Wir bedauern außerordentlich«, sagte Christian.
»Entschuldigt unsere Begriffsstutzigkeit«, sagte Großer-Tiger.
»Das Feuer«, erklärte Glück, »ist ein Gott. Wenn man ihm die Füße entgegenstreckt, ist er beleidigt, und mit ihm ist der Hausherr und die ganze Familie beleidigt. Obendrein zeigt es, daß man nichts von Umgangsformen versteht, und dann verliert man das Gesicht, und kein Mensch schaut einen mehr an. Ihr zwei habt heute abend ein Großes Gesicht gekriegt. In allen Zelten wird man davon reden, daß euch der Wang ein dickes Freundschaftsgeschenk gemacht hat. Also müßt ihr euch besonders gut benehmen.«
»Wir wünschen uns ausgezeichnet zu betragen«, versicherte Großer-Tiger. »Wir werden von heute an sehr artig sein«, stimmte Christian bei.
Jetzt mischte sich der Mongole ins Gespräch. Er zeigte auf den Kochtopf, sprach höfliche Worte und forderte zum Essen auf. Christian und Großer-Tiger zogen die Silberschalen aus den Taschen. Da machte Grünmantel große Augen; er schob die Kinnlade nach vorn und zupfte an den Bartspitzen. Glück füllte die Schalen mit der versprochenen Nudelsuppe aus dem Kessel. Es schwammen aber Fleischstücke darin, von denen der Hausherr die größten herausfischte und obendrauflegte.
»Eßt jetzt«, sagte Glück.
»Ich wage es nicht«, erwiderte Christian leise. Er blinzelte zum Eingang, neben dem eine Frau und ein kleines Mädchen saßen, die er eben erst bemerkt hatte.
»Macht nichts«, sagte Glück, »du sollst ruhig essen.«

»Wegen der Frauen darf man kein Aufhebens machen«, flüsterte Großer-Tiger.
Dann aßen sie, und der Mongolenjunge, der Odburrung genannt wurde, kriegte auch sein Teil. Mit der Zeit stellte sich heraus, daß sein Vater Sertschi hieß, und Glück sagte, das sei tibetisch und bedeute soviel wie Goldpanzer. Auf alle Fälle sei es ein herrlicher Name. »Spiel dich nicht mit deinen Kenntnissen auf«, sagte Grünmantel mürrisch.
»Mein geringes Wissen«, antwortete Glück, »hat dir ein gutes Essen mit Fleisch verschafft.«
»Freilich, freilich«, knurrte Grünmantel, und auf einmal nickte er freundlich, weil ihm sein neuer Plan eingefallen war. Er strich den Bart beiseite, und dann versuchte er einnehmend auszusehen.
»Die jungen Herrn«, sagte er, »verkehren bei regierenden Fürsten, wie ich höre.«
»Wir können nichts dafür«, entschuldigte Christian; »man hat uns in ein Zelt geführt, dort saß der König, und sein alter Vetter saß neben ihm. Da haben wir gesagt, wer wir sind.«
»Als wir uns dann näher kannten«, erzählte Großer-Tiger weiter, »haben wir diese Silberschalen zum Andenken gekriegt.«
»Zeigt einmal her«, sagte Grünmantel.
Großer-Tiger und Christian, die mit Essen fertig waren, schleckten die Schalen sauber aus und ließen sie Grünmantel sehen. Innen waren sie vertieft, schön glatt poliert, und um den Rand lief ein Ornament aus silbernen Blättern. Dann sah man das Wurzelholz, und nachher kam wieder eine silbergetriebene Ranke. Der Boden, den man sonst nicht sah, war besonders schön gearbeitet. Da gab es springende Antilopen und Hirsche, Bäume, in denen Vögel saßen, und Felsen, die nur so dastanden, und alles war aus Silber gemacht und glänzte.
»Freilich, freilich«, knurrte Grünmantel anerkennend, »das kriegt man also von einem König, wenn man sagt, wer man ist.« Großer-Tiger nickte. Der verehrte Herr Grünmantel habe recht, sagte er, genau so sei es.
»Ein wenig haben wir uns auch unterhalten«, ließ Christian durchblicken, »aber nicht sehr.«

Grünmantel gab die Schalen freundlich grinsend zurück. Gerne hätte er: »Ihr verdammten Lügenbeutel!« geschrien und: »Mir braucht ihr keine Laus mit Sattel zeigen und sagen, sie sei ein Pferd«; aber das wäre gegen seinen Plan gewesen. »Hoppla!« rief er darum scherzhaft, »laßt die Schalen nicht fallen, es wäre ein nicht wieder gutzumachendes Elend. Was für einen prächtigen Ring du hast, Großer-Tiger!«

»Ich habe ihn auch schon bemerkt«, sagte Glück, »du trägst ihn noch nicht lange.«

»Ich trage ihn erst seit heute«, sagte Großer-Tiger nachlässig.

»Hat ihn dir am Ende auch wer geschenkt?« wollte Grünmantel wissen.

»Diesen Ring hat mir niemand geschenkt.«

»Aber woher hast du ihn denn, mein Söhnchen?«

»Ich habe ihn eben«, sagte Großer-Tiger gedehnt. Eigentlich wollte er nichts weiter sagen, doch weil alle schwiegen und neugierig auf den seltsamen Ring blickten, war ihm so, als ob es Zeit wäre, eine Lüge loszulassen.

»Mein Großvater«, begann er tapfer, »gab mir diesen Ring. damit mein glänzender Name eine Minderung erführe.«

»Ein ausgezeichneter Mann, dein Großvater!« lobte Grünmantel.

»Er sagte«, fuhr Großer-Tiger fort, »Minderung, verbunden mit hoher Wahrhaftigkeit, wirke erhabenes Heil.«

»Bravo!« rief Grünmantel, »dein ehrwürdiger Großvater ist ein Gelehrter ersten Ranges.«

»Warum trägst du den Ring erst seit heute?« fragte Glück.

»Das kommt«, erklärte Großer-Tiger, »weil ich ihn nur trage, wenn der Mond im ersten Viertel steht, oder wenn er es überschritten hat. Manchmal trage ich ihn auch bei abnehmendem Mond, oder wenn er rund ist wie ein Silberbatzen, und das Ganze ist ein schwieriges Geheimnis.«

»Ich kenne das«, rief Grünmantel, »du hast einen Glücksring!«

»Davon spreche ich nicht«, sagte Großer-Tiger bescheiden.

»Das Söhnchen hat recht«, meinte Grünmantel, »man muß vorsichtig sein.«

»Man soll«, meinte Christian ablenkend, »in die geheime

Werkstatt der Natur nicht eindringen. Es gibt Glücksringe, von denen keiner was versteht; aber es gibt auch Zauberworte, die man nicht kennt, und unterwegs habe ich eines gehört.«

Sonst hätte Grünmantel höchstens grämliche Mundwinkel gemacht und »Unsinn« geknurrt, aber das ließ er jetzt bleiben.

»Wie heißt das Zauberwort?« fragte er gespannt, wie wenn ihm nichts Besseres passieren könnte, als es geschwind zu erfahren.

»Es heißt ›Jabonah‹«, sagte Christian.

Bis dahin hatte der Hausvater Sertschi geschwiegen, denn er verstand von der Unterhaltung seiner Gäste kaum ein Wort, weil er nicht Chinesisch konnte. Jetzt wurde er munter, schlug sich begeistert auf die Schenkel und rief: »Jabonah!« Dann fragte er Glück mancherlei, und auch Odburrung mischte sich ein und sprach längere Zeit.

»Du kannst dein Heft aus der Tasche langen«, sagte Glück, »und ›Jabonah‹ hineinschreiben. Jabonah heißt eigentlich nur ›gehen‹, natürlich nicht zu Fuß, weil in der Mongolei niemand zu Fuß geht, solange er reiten kann. Es heißt auch ›aufbrechen‹, oder: ›Jetzt geht die Reise los‹; und weil nichts schöner ist, als eine Reise tun, freut sich jedermann, wenn ›Jabonah‹ gerufen wird.«

»Wir haben einen Mongolen gesehen«, berichtete Großer-Tiger, »der hatte sechs Pferde am Zügel, und er sagte das Wort.«

»Von diesem Stück Mensch«, erklärte Glück, »sprachen wir, und Odburrung meint, der Sunit-Wang reite fort, denn des Königs Pferd war unter den sechsen.«

»Vielleicht«, sagte Christian, »reitet er schon während der Nacht auf die Jagd.«

»Es muß anders sein«, meinte Glück, »die Jagd beginnt erst beim Morgengrauen.«

Darüber entspann sich ein langes Hin und Her. Keiner konnte sich erklären, warum der Sunit-Wang mitten in der Nacht aufbrach. Manchmal sprach Glück mongolisch, und manchmal sprach er chinesisch; und wer nicht verstand, was gerade gesprochen wurde, mußte warten, bis Glück es ihm erklärte. Sertschi erzählte, er sei zu der Jagd aufgerufen und sie beginne

eine Stunde vor Sonnenaufgang, wenn es noch dunkel sei. Dann werde man den Wolf in einem weiten Gebiet einkreisen, und das Kloster Orte-Golen-Sum liege etwa in der Mitte. Am Nachmittag werde am Gelben Hügelriß gejagt und am Abend wieder woanders. Das täten sie, um die vielen Wölfe zu töten, die im Winter aus dem Norden gekommen wären.
Nachdem Glück die zwei Worte Sertschis übersetzt hatte, war das Feuer heruntergebrannt, und Sertschi zog an einem Strick. Da fiel eine Filzklappe über die runde Öffnung im Jurtendach, durch die der Rauch bisher abgezogen war.
»Jetzt bleibt es schön warm«, sagte Glück, »wir wollen schlafen. Holt eure Decken und die Schlafsäcke."
Christian und Großer-Tiger gingen zum Wagen. Kaum war Großer-Tiger oben, um Christian die Schlafsäcke herunterzureichen, begann ein gräßlich ansteigendes Geheule. Es war, als ob der ganze Jammer der Welt aus einem Wolfsrachen käme und kein Ende nehmen wollte. Wenn der Wolf Luft holte, glaubte man das Pfeifen zu hören, und wenn er von neuem losheulte, war es, als stünde er ganz nah hinter der Jurte, und gleich müßte man seine grünen Lichter sehen, die Atemwolken und den buschigen Schweif. Großer-Tiger und Christian fuhren gewaltig zusammen. Christian war nahe daran, auf den Wagen zu klettern, aber Großer-Tiger sagte: »Dieses Stück Vieh ist weit weg, es gibt nichts zu befürchten.«
»Warum heult es denn so?« fragte Christian.
»Es stülpt die Eingeweide um«, belehrte ihn Großer-Tiger, ohne sich lang zu besinnen.
Weitere Fragen wartete er nicht ab. Er sprang flink vom Wagen, und dann kehrten beide in die Jurte zurück. Dabei gingen sie etwas schneller als gewöhnlich, denn es war kalt geworden, die Sterne blinkten, und der Wolf hatte aufgehört zu heulen. Wahrscheinlich schlich er jetzt näher, um den Wagen zu betrachten, oder er kam herbei, weil es noch nach Ziegen roch.
In der Jurte bot Sertschi seinen Gästen immer und immer wieder die besten Plätze an; und wenn sich einer weigerte, in der Mitte zu schlafen, und lieber am Rand liegen wollte, dann sagte er: »Es ist mir nicht einerlei, was mit dir geschieht. Viele

Leute erfrieren geschwind, wenn sie am Rand liegen; aber morgen früh muß ich auf die Jagd gehen, da kann ich mich nicht um die Gestorbenen kümmern.«

Dabei teilte er in einem fort Filzdecken und Felle aus, und als jeder eine bequeme Lagerstätte hatte, sagte er: »Schlaft leicht und gut!«

Das geschah auch, denn alle waren sehr müde. Christian lag noch eine Weile wach. Er wollte achtgeben, ob er den Wolf schleichen hörte; aber währenddem fielen ihm die Augen zu. Draußen zog die Nacht still vorüber, der Mond ging unter, und die Steine rührten sich nicht.

Gegen Morgen erwachte Großer-Tiger. Er wußte nicht gleich, wo er lag, denn es war finster wie in dem Tunnel am Nanku-Paß. Dann erinnerte er sich aber an Sertschi und an Odburrung, an die Frau und an das Mädchen, die auch da waren, obgleich man sie beinah nicht bemerkte. Grünmantel und Glück fielen ihm ein und Christian, der neben ihm lag. Großer-Tiger horchte, wie sie kräftig atmeten, und wie Grünmantel schnarchte. Dabei kam ihm das Wolfsgeheul vom gestrigen Abend in den Sinn. Ohne es zu wollen, hob er den Kopf, und sobald er das getan hatte, vernahm er undeutlich und dann immer klarer den Hufschlag eines Pferdes, das näher kam. Offenbar gehörte ein Reiter dazu, der zum Kloster wollte, denn das Getrappel ging unterhalb der Anhöhe vorüber.

Großer-Tiger zupfte Christian an den Haaren. »Erschrick nicht«, bat er ihn, »ich will dich nur was fragen.«

»Was willst du wissen?« fragte Christian schläfrig.

»Ich möchte wissen, ob du das gleiche denkst wie ich. Horch!«

»Meinst du das, was trapp, trapp macht?«

»Ja, das meine ich.«

»Es ist Mondschein«, sagte Christian.

»Nein«, flüsterte Großer-Tiger und knuffte ihn freundschaftlich, »es ist Pfötchen.«

»Bolna«, sagte Christian, und dann schliefen beide weiter. Nachher stand Sertschi leise auf; er weckte Odburrung, und es dauerte nicht lange, bis wieder Hufschlag ertönte, der diesmal erst vor der Jurte haltmachte. Sertschi und Odburrung gingen

hinaus; man hörte sie reden, und dann sagte eine rauhe Stimme: »Jabonah!« Da stiegen Sertschi und Odburrung in den Sattel und ritten mit dem Unbekannten, der die Pferde gebracht hatte, fort.
»Wer war der Mann, der ›Jabonah‹ sagte?« fragte Christian.
»Es war Pfötchen«, flüsterte Großer-Tiger.
»Ich glaube, es war Mondschein«, sagte Christian.
Als wieder eine Stunde vorüber war, wurde Glück munter. Gewöhnlich schlief er acht Stunden ohne Aufhören in einem fort. Wenn er dann erwachte, gähnte er nicht lange. Er schlug die Augen auf, schaute sich um, wo er war, und sobald er es herausgefunden hatte, sprang er auf und begann mit einer nützlichen Tätigkeit. Er machte Feuer, holte Wasser, füllte Benzin in den Tank, nähte abgerissene Knöpfe an und war fleißig. Das alles erlaubte ihm die Hausfrau Sertschis nicht.
»Bleib liegen«, sagte sie, »und ruhe dich aus.«
»Ich will aber nicht liegenbleiben«, widersprach Glück.
»Du mußt«, sagte die Mongolin lachend und setzte sich kurzerhand auf Glück, als ob er eine Bank wäre. »Du bist unser geehrter Gast und mußt folgsam sein.«
Sie entfernte die Asche von der Feuerstelle und entfachte das bißchen Glut, das noch da war, zu einem tüchtigen Feuer. Nachher füllte sie den Kochtopf mit Wasser, warf einen Brokken Ziegeltee und eine ordentliche Prise Salz hinein, und dann war sie geschäftig mit Saubermachen und Aschehinaustragen, bis der Tee aufwallte. Dazwischen zog sie an dem Strick, aber vorsichtig, damit das Rauchloch nur ein Stück weit aufgedeckt wurde.
Christian, der den Hantierungen der Frau folgte, sah, daß es draußen noch dunkel war. Also konnte man liegenbleiben und über etwas reden, wie es die alten Römer gemacht hatten, von denen in den Büchern steht, daß sie sogar im Liegen gegessen und getrunken haben, ohne daß einer kam und sagte: »Sitz aufrecht!« Aber gerade als Christian sich eine schöne Frage zurechtlegte, um ein Gespräch über die bevorstehende Wolfsjagd vom Zaun zu brechen, sagte Glück: »Steht auf, Männer! Rollt eure Schlafsäcke zusammen. Wir fahren!«

»Es ist noch dunkel«, gab Christian zu bedenken und deutete auf den Rauchfang, durch den blasse Sterne schienen.
»Wir müssen fort«, sagte Glück, »sonst stören wir die Jäger, und es gibt Aufenthalt.«
»Ich möchte«, gestand Christian, »gerne einen Wolf sehen oder auch zwei.«
Dazu hatte Glück leider keine Lust. Er sagte, die Jagd beginne bei Sonnenaufgang, aber um diese Zeit müßten sie schon unterwegs sein, denn er wolle heute bis Küh-Wasser fahren und das sei ein weiter Weg, mindestens siebenhundert Li.
Da standen Christian und Großer-Tiger willig auf, und Grünmantel sagte freundlich: »Guten Morgen, ihr jungen Fürsten!«
Dann kriegten sie ihre Schalen mit Tee gefüllt, und obendrauf streute ihnen die Hausfrau eine Handvoll gelber Hirsekörner. Christian wunderte sich, und Großer-Tiger hielt die dampfende Schale in den Händen und wunderte sich auch.
»Was macht man damit?« fragte Christian leise
»Ich weiß es nicht«, flüsterte Großer-Tiger, »ich bin kein Vogel Huhn.«
»Nur zu«, rief Glück ermunternd, »dies ist ein Frühstück zum Essen und zum Trinken.« Er hob die Schale, trank einen Schluck Tee, und hinterher kaute er die Hirse, die ihm mit dem Tee in den Mund geschwommen war.
»Ich kenne das«, bemerkte Grünmantel, »es ist mongolisch.«
»Wir kannten es nicht«, sagte Großer-Tiger, Hirse kauend; »jetzt kennen wir es auch, und es schmeckt gut.«
Als Glück aufstand, um hinauszugehen, beeilten sich die Frau und das Mädchen, vor ihm draußen zu sein, und Glück sagte, das sei hierzuland Sitte, und es gehöre zum Mongol-Joß.
»Ene ju beino?« fragte Christian.
»Das Mongol-Joß«, erklärte Glück, »ist das Gesetz der Steppe. Es stammt aus der Zeit Dschingis-Khans, und man muß danach leben, sonst ist man kein Ehrenmann.«
Sie gingen zum Wagen, und Glück goß heißes Wasser in den Kühler wie am Morgen in Weißer-Stein. Aber der Motor wollte nicht anspringen. Während Glück schwitzend die Kurbel drehte, verstauten Christian und Großer-Tiger die Schlafsäcke

und die Decken auf die Ladefläche; die Wassereimer kamen an ihren Platz, der Daschior wurde in den Kasten gelegt, wo er hingehörte, und Grünmantel setzte sich ins Führerhaus.
Glück drehte noch immer die Kurbel. »Das heiße Wasser ist zu wenig«, sagte er schnaufend, »ich muß mehr haben.«
Darüber verging eine Viertelstunde, und der Morgenstern verblaßte, als die Mongolenfrau und das Mädchen eine hohe Kupferkanne mit heißem Wasser brachten.
»Gebt mir die kleine Kanne mit dem roten Strich!« rief Glück. Christian reichte sie ihm vom Wagen herunter und beobachtete, wie Glück eine Spritze nahm, sie aus der Kanne füllte und in jeden Zylinder etwas von der Flüssigkeit drückte.
»So«, sagte Glück befriedigt, »gleich wird der Motor hüpfen wie eine Gelbe Ziege!« Er reichte Christian die Kanne über die Brüstung zurück und ging wieder nach vorn.
»Wie heißt das Wasser in diesem Gefäß?« fragte Großer-Tiger.
»Ich werde nachsehen, was es ist«, sagte Christian, öffnete den Schraubverschluß und steckte die Nase hinein. Aber er fuhr sofort zurück.
»Äther«, sagte er hustend, »es ist Äther. Mein Vater nimmt das, wenn er den Leuten die Bäuche aufschneidet.«
»Tut er das öfters?« erkundigte sich Großer-Tiger.
»Beinahe jeden Tag«, sagte Christian; »natürlich nur, wenn jemand es haben will.«
»Obachtgeben!« schrie in diesem Augenblick Glück; »der Wurzelherr der Steppe naht! Bleibt oben!« Er lief ins Führerhaus und schlug die Türe zu.
»Was ist los?« fragte Christian und ließ den Schraubdeckel fallen.
»Glück meint den Wolf«, sagte Großer-Tiger ruhig.
Christian sprang auf. Rings über den Hügeln stand der Morgenhimmel in festlichem Glanz. Die Sonne zögerte noch, und in den Tälern schwebten hauchdünne Nebelstreifen, aus denen hin und wieder galoppierende Reiter auftauchten. Es wurden immer mehr, und sie schrien laut und schwenkten Lassos, die an Stangen festgemacht waren. In wenigen Augenblicken war rund um die Anhöhe der Teufel los.

»Die Jäger kommen!« rief Christian, Großer-Tiger jedoch schüttelte den Kopf.
»Du denkst wohl«, rief Christian, »der Wolf käme von allein hier herauf?«
»Das tut er«, versicherte Großer-Tiger, »mein Onkel . . . «
»Was hat er erzählt? Sprich schnell! Kwai, kwai!«
»Er sagt, daß der Wolf auf Hügel und Berge springt, wenn er verfolgt wird.«
»Er kommt!« rief Christian. »Nein, sie kommen! Es sind zwei!«
Großer-Tiger schaute neugierig über die Fässer. Da kamen den Hang herauf, auf dem gleichen Weg, den sie gestern abend mit den Ziegen zum Kloster gegangen waren, zwei Wölfe in voller Flucht. Ein Reiter mit Lasso folgte ihnen. Er trieb sein Pferd mit dem Daschior in der Linken zu höchster Eile, die Rechte hielt das Lasso wurfbereit; aber die Wölfe liefen um ihr Leben. Da hob sich der Mann in den Steigbügeln, und das Pferd verstand, daß es jetzt sein Letztes hergeben müsse. Es galoppierte über den harten Boden, die Hufe setzten fast gleichzeitig auf; es lief, ja beinahe flog es. Aber die Wölfe liefen auch, bis einer nicht mehr konnte und ihn das Lasso des Reiters erreichte. Es gab einen gewaltigen Ruck; das Seil straffte sich und hob den Wolf mit allen vieren vom Erdboden. Er fiel auf den Rücken und kam von da an nicht mehr auf die Beine, denn der Reiter und sein Pferd waren von der gleichen Raserei besessen. Sie schleiften den Wolf hügelab im Galopp hinter sich drein. Er überschlug sich mehrere Male und blieb dann tot liegen.
Der andere Wolf hatte die Anhöhe erreicht. Er stand erschöpft mit bebenden Flanken keine zehn Schritt weit von dem Wagen und blickte auf seine Feinde rundum, die jetzt mit verhängten Zügeln die Anhöhe heraufpreschten.
Der Wolf wollte von neuem fliehen, aber er konnte nicht, denn auch hinter der Jurte kamen plötzlich Reiter zum Vorschein. Da sah der Wolf, daß er eingeschlossen war. Er stemmte sich mit gekrümmtem Rücken und steifen Vorderläufen gegen die Erde, seine Zähne schlugen aufeinander, er knurrte heiser aus offenem Rachen, und dann klappte er das Gebiß wieder zusammen, daß es krachte.

Großer-Tiger lief ein Schauer über den Rücken, und Christian lag nicht mehr viel daran, einen Wolf in nächster Nähe zu haben. Beide blickten gebannt auf ihn, wie er sich noch tiefer duckte und dabei anfing, rückwärts zu kriechen.
Als der erste Jäger mit wurfbereitem Lasso vorüberjagte, war der Wolf verschwunden.
»Er sitzt unter dem Wagen!« flüsterte Christian.
»Es gibt keine Hilfe«, sagte Großer-Tiger gefaßt.
Der Kreis der Jäger hatte sich geschlossen. Die Pferde schnaubten, weißer Schaum troff von den Mäulern, die Hufe stampften den Boden, und die Reiter schrien eine Art Jagdgeheul aus vollem Hals. Einige stocherten mit den Lassostangen unter den Wagen, aber der Wolf ließ sich nicht vertreiben. Trotz des Lärms hörte man seinen pfeifenden Atem und das Schnappen der Zähne.
Glück öffnete das Fensterchen der Rückwand. »Was gibt's?« fragte er.
»Der Wolf sitzt unter dem Wagen«, berichtete Großer-Tiger sachlich.
Grünmantel grinste. Er saß in Sicherheit und hatte leicht vergnügt sein. »Fahr zu«, sagte er zu Glück, »es ist ohnehin Zeit.«
»Gern, wenn du die Kurbel drehst.«
»Du weißt, ich kann das nicht sehr gut«, erwiderte Grünmantel betreten.
»Ich zeige es dir«, sagte Glück bereitwillig und öffnete die Tür des Führerhauses ein wenig.
»Hilfe!« schrie Grünmantel, »er will den Wolf auf mich hetzen!«
»Schrei nicht so!« sagte Glück lachend und schloß die Türe wieder.
Jetzt löste sich aus dem Getümmel ein Reiter in blauem Mantel und mit einem fellverbrämten Seidenhut, der tief in der Stirn saß. Er hatte wohl als einziger kein Lasso. Dafür schlang sich ein Riemen um das rechte Handgelenk, und am Ende des Riemens war ein Ledertäschchen, das mit etwas Schwerem gefüllt sein mußte, denn es hing senkrecht und schwankte kaum.

»Mondschein!« flüsterte Christian.
»Da ist keine Hilfe«, murmelte Großer-Tiger, »es ist Pfötchen.«
Der Reiter zwang sein widerstrebendes Pferd bis dicht an den Wagenschlag und klopfte mit der Zügelfaust hart an das Fenster.
»Ich bin's«, rief er halblaut chinesisch, »mach auf!«
Glück wurde blaß, aber er gehorchte mechanisch. Kaum hatte er das Fenster geöffnet, da sagte Mondschein in einem Ton, der keine Widerrede duldete:
»Denk an dein Versprechen!«
»Ich denke daran«, antwortete Glück.
»So steig aus und mach den Wagen laufen! Schnell!«
Mondschein wartete auf keine Erwiderung. Er ließ seinem Pferd die Zügel schießen, parierte es aber sofort wieder und hielt sich von da an in wenigen Metern Entfernung hinter dem Wagen. Christian und Großer-Tiger wurde das Herz schwer. Sie schauten abwechselnd auf Glück und dann wieder auf Mondschein, der mit gesenktem Blick zwischen die Hinterräder des Wagens starrte und den Lederriemen mit dem schweren Beutel daran hin- und herschwingen ließ.
Glück war bleich, aber vollkommen ruhig ausgestiegen. Beinah traumverloren ging er nach vorn, bückte sich und riß die Kurbel herum. Sofort begann der Motor zu hämmern, der Wagen zitterte leise, und Glück ging, als ob es keinen Mondschein und keinen Wolf gäbe, ins Führerhaus zurück. Er schloß das Fensterchen in der Rückwand, dann löste er die Bremsen und gab Gas. Der Wagen ruckte ein paarmal, die Fässer schlugen gegeneinander, und das Jagdgeheul der Reiterhorde brauste zum Himmel. Christian und Großer-Tiger sahen, wie das Pferd Mondscheins stieg, wie ein grauer Schatten unter dem Wagen hervorschoß und einen Augenblick lang in den Zügeln des schlagenden Pferdes hing. Sie sahen auch den erhobenen Arm Mondscheins, und sie hörten das Sausen des Lederriemens mit dem bleigefüllten Beutel am Ende. Aber der Schlag ging ins Leere. Der Wolf hatte in blindem Ansprung die Zügel durchgebissen, seine Krallen, die den Rist suchten, griffen zu kurz. Sie durchfurchten die Brust des steigenden Pferdes und

machten blutende Risse, aber dann glitten sie ab. Der Wolf fiel, rollte am Boden, kam wieder hoch, und plötzlich hing er mit den Vorderpfoten auf dem Rand der Wagenbrüstung.
Christian und Großer-Tiger vergaßen vor Schreck zu atmen, denn gleichzeitig mit den Pfoten erschien der Kopf mit dem entblößten Gebiß und den verzweifelt funkelnden Augen. Mit letzter Kraft versuchte der Wolf die Hinterhand hochzureißen, und Großer-Tiger und Christian sahen entsetzt, daß ihm der Klimmzug gelingen würde. Die Schulterblätter hoben sich, und zwischen ihnen schob sich der Kopf und die spitze Schnauze weit nach vorn. Da griff Christian ohne Besinnen nach der Kanne mit dem roten Strich und warf dem Wolf einen ordentlichen Guß in den Rachen. Dann schloß er die Augen, und als er sie wieder öffnete, war der Wolf verschwunden. Die sonderbare Waffe Mondscheins zischte durch die Luft; es gab einen kurzen harten Schlag, und dann brach ein Jubelschrei aus hundert Kehlen.
Glück, der noch nicht vom Fleck gekommen war, drückte auf die Hupe und wollte sich einen Weg durch die andrängenden Reiter bahnen; aber es war unmöglich.
Während er überlegte, wie er auf gute Art schnell wegkommen könne, klopfte Mondschein wieder ans Fenster. Da nahm Glück den Fuß vom Gashebel und stellte den Motor ab.
»Steig aus«, sagte Mondschein ernst.
Glück öffnete gehorsam die Tür, und Mondschein sprang aus dem Sattel.
Odburrung, der die ledigen Reservepferde führte, kam herbei, nahm sich des verwundeten Tieres an und sattelte für Mondschein frisch. Die meisten Jäger saßen ab, um den toten Wolf aus der Nähe zu betrachten.
»Er hat ihm den Schädel eingeschlagen«, sagte Großer-Tiger, der mit Christian auf dem Wagen geblieben war, weil sie von da oben die beste Aussicht auf alles hatten, was sich ereignete.
»Komm einmal her«, flüsterte Christian und zupfte Großer-Tiger am Arm. Er deutete verstohlen auf Mondschein und dann auf Glück, der die Wagentür hinter sich geschlossen hatte. Die beiden mußten sich etwas Wichtiges zu sagen haben,

denn sie gingen ein Stück seitab, bis sie außer Hörweite waren. Großer-Tiger und Christian standen hinter den Fässern und schauten zu.
Auch Grünmantel beugte sich neugierig vor, und weil er sich unbeobachtet glaubte, öffnete er leise das Fenster an seiner Seite. Doch deswegen hörte er noch lange nicht, was Glück und Mondschein miteinander verhandelten. Sie waren stehengeblieben, und Mondschein redete auf Glück ein. Dann trat er einen Schritt zurück, verneigte sich, griff in seinen Gürtel und zog etwas heraus, das er mit beiden Händen Glück darbot, der es mit ehrfürchtiger Bewegung ergriff, zur Nase führte und dann wieder in die Hände Mondscheins legte. Darauf verneigten sie sich voreinander, und als sie das getan hatten, kehrten sie zu den übrigen zurück, lachten und waren auf einmal die besten Freunde. Grünmantel schloß das Fenster wieder zu.
»He, ihr Hüttenbrüder!« rief Glück fröhlich, »wo steckt ihr denn?«
Großer-Tiger und Christian traten hinter den Fässern vor.
»Wir sind hier«, sagten sie; »was steht zu Diensten, befehlender Herr?«
»Kommt herunter!« rief Mondschein, »ihr seid wohl stolz?«
»Die Kleinen«, erwiderte Großer-Tiger höflich, »wünschen nicht, sich vorzudrängen.«
Glück schnupperte und blähte die Nasenflügel, als er dem Wagen näher kam. »Habt ihr die Kanne mit dem roten Strich umgeworfen?« fragte er.
»Was das anlangt«, gab Christian zu, »so ist etwas verschüttet worden.«
»Aber nicht viel«, sagte Großer-Tiger schnell, »nur ein ganz klein bißchen.«
Dann erzählte er, wie es mit dem Wolf gewesen war, den Christian betäubt hatte, und Mondschein sagte zu Glück: »Deine beiden jüngeren Brüder sind Helden und Söhne von Helden. Man muß ihnen zwei Worte Ehre sagen.«
»Meinetwegen«, brummte Glück, »aber sie haben genug verschüttet, um zehn Wölfe ohnmächtig zu machen.«
Er kletterte auf den Wagen, weil er in die Kanne schauen

wollte, ob noch etwas darin wäre, und Mondschein hob nacheinander Christian und Großer-Tiger herunter. Er führte sie durch die Menge der Reiter und Pferde zu dem Mann, der die zwei Wölfe im Anfang allein gejagt und dann den einen mit dem Lasso getötet hatte. Sie verneigten sich artig, und Großer-Tiger sagte: »Wir grüßen den Herzog von Hanta, und wir wünschen ihm Reichtum, Glück und langes Leben.«
»Meine Söhne«, sprach der Herzog, »woher wißt ihr, wer ich bin?«
»Der Sunit-Wang«, berichtete Christian, »hat gesagt: ›Ich werde den Herzog von Hanta bitten, daß er die Jagd leite.‹ Da Ihr sie eröffnet habt, müßt Ihr der Herzog sein.«
»Der Himmel weiß, was ihr für Burschen seid!« rief der Herzog erstaunt; »wollt ihr mit mir reiten?«
»Ich bin noch nie auf einem Pferd gesessen«, sagte Großer-Tiger kleinlaut.
»Wir bitten um weitherzige Entschuldigung«, sagte Christian, »wir müssen heute noch bis Küh-Wasser fahren.«
»Bis Küh-Wasser?« rief der Herzog unmutig; »was wollt ihr dort?«
»Vielleicht«, sagte Großer-Tiger, »gibt es in Küh-Wasser ein Zelt, in dem wir schlafen können.«
Ein Zelt gäbe es allerdings, warf Mondschein ein, und als ihn der Herzog fragend anblickte, fügte er als Erklärung hinzu: »Der Kaufmann Grünmantel fährt auch in dem Wagen, der von selber geht, da wird er in Küh-Wasser bei seinen Angestellten über Nacht bleiben wollen.«
»Nehmt euch in acht«, warnte der Herzog, »ihr seid in keiner guten Gesellschaft!«
»Wir wissen es«, sagte Christian traurig.
»Wir sitzen bedrängt unter einem kahlen Baum«, sagte Großer-Tiger.
»So bleibt bei mir«, schlug der Herzog vor, »in meinem Zelt seid ihr sicher. Jeder kriegt ein Pferd, und ich lehre euch, wie man den Wolf mit dem Lasso fängt.«
»Wir danken für übermäßige Güte«, sagte Großer-Tiger.
»Wir müssen nämlich heim«, sagte Christian, »mein Vater

wartet, meine Mutter wartet, und die alte Ama wartet auch auf mich. Wenn ich nicht nach Hause komme, wird man sagen: ›Diese Ama ist schuld, daß Kompaß-Berg verlorenging.‹ Man wird sie entlassen, und sie wird ihr Gesicht verlieren.«

»Da die Sache so ist«, gab der Herzog zu, »müßt ihr freilich nach Hause eilen, so schnell es geht. Der Wang hat mir gesagt, ihr reist über Sinkiang?«

»Wir reisen auf diesem Weg«, bestätigte Christian.

»Der befehlende Ehrwürdige in Urumtschi wird uns helfen«, sagte Großer-Tiger.

»Bis Urumtschi ist es weit«, meinte der Herzog besorgt, und er wandte sich an Mondschein: »Wie steht es mit dem Weg?« fragte er.

»Hammaguä! Es ist keinerlei Befürchtung vorhanden.«

»Wirklich nicht? Du weißt, was ich meine, Pfötchen.«

»Jenseits des Edsin-Gol ist des Himmels Unterseite in fester Hand«, erwiderte Mondschein, und er fügte einige Worte mongolisch hinzu. Da war der Herzog beruhigt, und er rief nach Odburrung, der auf sein Geheiß zwei Säckchen brachte.

»Hier ist eine wertlose Gabe«, sprach der Herzog. Er nahm einen himmelblauen Haddak aus dem Gürtel, reichte ihn höflich und sagte: »Nehmt mein schlechtes Geschenk mit Wohlwollen auf.«

Christian und Großer-Tiger verneigten sich tief. Als sie »Zehntausendfachen Dank« murmelten, fiel Christian plötzlich der Sunit-Wang ein, und daß er gesagt hatte, kein Mongole dürfe ein Geschenk ohne einen Haddak geben oder nehmen. Deshalb griff er geschwind in die Tasche, und während Großer-Tiger das himmelblaue Stück Seide aus den Händen des Herzogs entgegennahm, bot Christian den Haddak, den er vom Sunit-König bekommen hatte, als Gegengabe an. Der Herzog von Hanta nahm ihn mit Dank und versorgte ihn in seinem Gürtel.

Hinter dem Herzog stand Mondschein. Er schmunzelte und nickte eifrig mit dem Kopf. Dazu hob er mehrere Male den Daumen der rechten Hand, und das hieß: Gut so! Kompaß-Berg, oder: So ist es recht.

Dann verabschiedeten sich Christian und Großer-Tiger. Jeder nahm eines der Säckchen unter den Arm, Mondschein begleitete sie zum Wagen; und als er sie hinaufgehoben hatte, machte Glück: Tüt, tüt, tüt, tüt, denn er hatte den Motor bereits in Gang gebracht. Die Räder drehten sich schwerfällig, die Mongolen wichen zurück; und als der Wagen davonrollte, hoben sie ihre Lassostangen wie Speere zum Himmel und machten ein großes Geschrei.
»Jabonah!« brüllten sie im Chor. »Sä jabonah!« – »Reisen Gut reisen! – Gehen! Gut gehen!« Es rollte wie ein Donner über die Kiesebene, und die Hügel gaben Antwort.
Mitten unter den Reitern und Pferden stand Mondschein, und weil er keine Lassostange hatte, riß er den Fellhut vom Kopf, schwenkte ihn, und die rote Narbe über der Stirn wurde dunkelrot und beinah blau, weil er so laut und herzlich schrie: »Jabonah! Sä jabonah!«

Dreiundzwanzigstes Kapitel, von dem wilden Lama Donnerkeil und leider auch von der losgelassenen Lüge

Die Reiter auf der Anhöhe wurden kleiner und kleiner, die Jurte verschwand, und als der Wagen an den Brunnen von Orte-Golen-Sum vorüberfuhr, stieg die Sonne über die fernen Grashügel im Osten und brachte die Gewißheit von Wärme und Licht und von der Herrlichkeit des Reisens mit. »Kwi-Schan, fühlst du dich leicht und gut?«
»Ja, Großer-Tiger, ich fühle mich leicht und gut.«
»So grüßen sich die Mongolen«, sagte Großer-Tiger, »ich habe Odburrung gefragt, und er hat es mir gesagt.«
Christian nahm das Wörterheft aus der Tasche; aber als er nach dem Bleistift suchte, begann ein langsam anschwellendes Dröhnen den Talgrund zu füllen. Es klang wie Wolfsgeheul und Posaunenruf, und man konnte nicht gleich wissen woran man war, und ob es schauerlich oder schön sei.
»Gibt es was zu fürchten, oder ist es bloß so?« fragte Großer-Tiger beklommen.

»Ich glaube, es ist bloß so«, sagte Christian, denn er merkte, daß Glück ruhig weiterfuhr. Die weißen Mauern des Klosters strahlten in der Sonne, und dazwischen standen die Häuser wie Würfel, die ein rotes Querband hatten, damit man wußte, wo oben war. Die Mongolenzelte standen nicht mehr an ihrem Platz; sie lagen zusammengefaltet in Reihen. Zwei alte Männer rollten sie ein, verschnürten sie mit Stricken und beluden einige Kamele, die dalagen und die Hälse reckten, als das auf- und abschwellende Dröhnen begann. Die beiden Alten schauten zu der Berglehne empor. Als Großer-Tiger und Christian ihrem Blick folgten, sahen sie vier Mongolen im roten Lamagewand oben stehen. Die jungen Mönche hatten kahlgeschorene Köpfe, die vor Anstrengung auch rot waren, denn sie bliesen auf gewaltigen Hörnern, und wenn einem die Luft ausging, fing der andere von vorne an.
»Diese Hörner stöhnen und brüllen«, sagte Großer-Tiger; »warum tun sie das?«
»Sie stöhnen«, setzte ihm Christian auseinander, »weil man hineinbläst, und man bläst hinein, weil die Sonne aufgeht.«
»Woher weißt du das?« fragte Großer-Tiger verwundert.
»Ich denke mir, daß es so ist.«
»Wenn es aber anders wäre?«
»Dann habe ich falsch gedacht.«
»Du mußt auf dein Gesicht achtgeben«, sagte Großer-Tiger. »Mir kannst du haarklein erzählen, was du nur vom Hörensagen oder gar nicht weißt; aber manche Leute vertragen das nicht, und dann sagen sie: Dieser Kwi-Schan hat eine Lüge losgelassen.«
Christian wurde ein bißchen verlegen, weil er nicht verstand, warum Großer-Tiger ein Aufhebens davon machte. Er schaute den Hornbläsern auf dem Klosterhügel zu, wie sie in die langen Hörner tuteten. Das dünne Ende hielten sie mit beiden Händen an den Mund, bliesen die Backen auf, und dann kam die Luft mit einem schauerlichen Hu-uh drei oder vier Meter weiter aus dem trichterartigen Ende heraus. Weil die Hörner so lang waren, lagen sie auf einem Schemel, den die Bläser vor sich stehen hatten. »Hu-uh« tönte es von dem Hügel, und die

Sonne stieg höher. Christian dachte, daß er nun lange genug verlegen gewesen sei, und schaute, was Großer-Tiger für ein Gesicht mache. Da merkte er, daß Großer-Tiger viel verlegener war als er.

»Du mußt dein Herz weit machen«, sagte Großer-Tiger leise und blickte Christian an, wie er ihn anblickte, wenn er einen Freundschaftsdienst erwartete.

Gleich fiel Christian ein, warum das so sei, und er wußte, was Großer-Tiger bedrückte. »Es ist gut«, begann er vorsichtig, »daß ich weiß, woher du den Ring mit der Schlange hast. Es bleibt also dabei: Dein Großvater hat ihn dir geschenkt.«

»Ich mußte das sagen«, entschuldigte sich Großer-Tiger, »weil alle so auf mich schauten, und da war es mir, als ob es Zeit wäre. . . , du verstehst!«

»Ich verstehe«, gab Christian zu, »man muß dem Tiger von hinten auf den Schwanz treten, dann hält er es für eine angenehme Berührung und läßt sie sich gern gefallen. Wir können Grünmantel nicht anders behandeln.«

»Tausendfachen Dank, Kwi-Schan«, sagte Großer-Tiger; »ich fürchtete, du würdest mich für einen Lügner halten.«

»Davon kann niemals gesprochen werden«, fiel ihm Christian ins Wort. Jetzt waren beide wieder fröhlich. Das Kloster Orte-Golen-Sum verschwand, und das Hu-uh der Bläser hörte man auch nicht mehr. Die Fahrt ging über eine ausgedehnte Hochfläche mit wenig Gras und mit vielen kleinen Steinen, die schön gleichmäßig verstreut waren wie auf den Kieswegen der kaiserlichen Gärten in Peking.

»Wir wollen nachsehen«, schlug Großer-Tiger munter vor, »was in den Säcken ist.«

»Vielleicht ist es was zu essen«, sagte Christian, und er machte den weißen Leinensack auf.

»Bei mir«, rief Großer-Tiger, »sind runde weiße Scheiben drin mit einem geriffelten Rand, und oben ist eine Blume eingeprägt; es kann aber auch ein Zeichen sein.«

»Am Ende ein Geheimzeichen!« meinte Christian.

»Diese Zeichen«, sagte Großer-Tiger, »sind rund und in der Mitte geteilt, also sind es Glückszeichen.«

»Ich habe gehört, das Glück sei rund.«
»Es ist rund wie die Sonne am Mittag«, erklärte Großer-Tiger; »allein das dauert nur einen winzigen Augenblick; die übrige Zeit ist das Glück geteilt, aber deshalb ist es doch schön.«
»Bei mir«, bemerkte Christian zufrieden, »sind braune Würfel im Sack; sie riechen nach Honig.«
»Dann kann man sie essen«, sagte Großer-Tiger.
Beide setzten sich bequem zurecht, und während sie auf die endlose Ebene blickten, wo es keine Tiere gab, sondern bloß Steine, kauten sie die Würfel, die süß nach wildem Honig schmeckten.
»Sind wir schon in der Wüste?« fragte Großer-Tiger, »oder...«
»Hoppla!« sagte Christian, und die Fässer klirrten, weil Glück plötzlich eine scharfe Kurve machte. Einen Augenblick lang hatten alle das erregende Gefühl von nahendem Unheil, denn der Wagen fuhr nur auf zwei Rädern, und Christian wurde blaß. »Beinah wären wir umgefallen«, sagte er, als der Wagen wieder festen Boden hatte; »ich weiß, wie so was geht.«
Er stand auf und schaute durch das Fensterchen; aber er sah nur den Mützenrand Glücks und die Hände, die das Steuer hielten.
»Du mußt rückwärts schauen!« rief Großer-Tiger aufgeregt.
»Oha!« sagte Christian und betrachtete die Wagenspur. Sie folgte einem schmalen Kamelpfad, der wie ein weißer Strich die graue Kiesfläche durchschnitt. Mittendrin war ein Brunnen, aber Glück hatte ihn nicht früh genug gesehen, weil er ein wenig tiefer lag. Darum hatte Glück in voller Fahrt ausweichen müssen, und deshalb sah man um das Brunnenloch herum nur die Spur des linken Vorder- und Hinterrads.
»Glück fährt zu schnell«, sagte Christian.
»Aber er kennt doch die Gegend«, warf Großer-Tiger ein, »da braucht man nicht wie eine Schildkröte gehen.«
»Man kann«, sagte Christian, »einen Brunnen leicht vergessen, und dann weiß man nicht mehr, wo er ist. Darum gibt es Karten und Leute, die sie machen, und welche, die sie kaufen oder geschenkt kriegen. Diese wissen dann, was es unterwegs alles gibt.«

Großer-Tiger schüttelte den Kopf. »Da ist keine Hilfe«, sagte er ungläubig.
Christian zog das Südliche-Blatt aus der Ledermappe. Er nahm das Vergrößerungsglas, und als er das Blatt sehr scharf und sehr vergrößert betrachtet hatte, fing er an, mit dem Bleistift eine Linie zu ziehen. Bei einem winzigen blauen Halbkreis blieb er stehen.
»Hier sind wir jetzt«, sagte er stolz. »Siehst du dort den See?«
»Ich sehe eine braune Lehmkruste mit vielen Sprüngen.«
»Das ist ein Regensee, nur ist er ausgetrocknet, und in den Brunnen daneben wären wir fast gefallen. Es ist gut, wenn man das weiß.«
»Es wäre besser, man wüßte es vorher«, bemerkte Großer-Tiger ernsthaft.
»Wir sind ja nicht hineingefallen«, tröstete Christian. »Dafür werde ich dir jetzt genau sagen, was kommt. Bald wird es wieder Gras geben, denn die Karte ist nicht mehr weiß, sondern ein Stück weit grün. Dann kommt ein Tal, und wenn es zu Ende geht, kommt noch einmal eins, und wenn das zu Ende ist, sind wir bald in Küh-Wasser. Es ist aber noch sehr weit.«
Christian faltete das Südliche-Blatt zusammen, und Großer-Tiger begann an einer der weißen Scheiben mit dem geriffelten Rand zu nagen.
»Dieser weiße Stein schmeckt nicht sehr gut«, sagte er.
Christian klopfte an das Fensterchen im Führerhaus, und als Glück es öffnete, reichte er ihm eine Scheibe und fragte: »Ene ju beino?«
»Es ist Schafkäse«, rief Glück; »woher hast du ihn?«
»Wir haben ihn geschenkt gekriegt«, erklärte Großer-Tiger, der auch aufgestanden war.
»Das macht«, sagte Christian beiläufig, »weil wir mit dem Herzog von Hanta befreundet sind.«
»Meine Hochachtung«, rief Grünmantel, »ich habe von den jungen Herrn nichts anderes erwartet.«
»Zuerst waren wir nicht so gut bekannt«, sagte Großer-Tiger bescheiden, »aber jetzt sind wir es. Der Herzog hat uns zur Jagd eingeladen.«

»Wir werden«, fügte Christian hinzu, »später einmal der Einladung folgen. Jetzt haben wir es vorgezogen, mit Eurer Exzellenz weiterzureisen.«
»Freilich, freilich«, knurrte Grünmantel, so freundlich er es zuwegebrachte.
»Mongolischer Schafkäse«, sagte Glück, »ist eine wundervolle Speise; man beißt ein kleines Stück ab, läßt es im Mund quellen, dann schluckt man es und ist satt für den halben Tag.«
»Dürfen wir den befehlenden Herren von dieser Nie-mehr-Hunger-Speise anbieten?« fragte Großer-Tiger höflich.
»Her damit!« rief Glück und biß ein Stück ab. »Schafkäse ist gut wie Brot und besser.«
»Ich danke«, sagte Grünmantel kühl, »ich kenne das.«
Nach zwei Stunden Fahrt begann sich die Gegend zu beleben. Trotzdem die Hochfläche nur wenig abfiel, gab es Gras und immergrünes Schar-Mot-Gestrüpp. Glück mußte langsam fahren, weil der Boden nicht mehr so hart war. Rote Lößhalden schlossen sich in der Ferne zu einem Ring, aus dem es nur einen schmalen Durchlaß nach Westen gab. Dahin steuerte Glück, und als es Mittag wurde, tauchten kurz vor dem Engpaß zwei Jurten auf. Das Schara-Mot-Gestrüpp wurde höher, es gab Büsche davon, und manchmal sah es aus wie niedrige Bäumchen, von denen weidende Kamele nur die nackten Zweige übrigließen. Kleine Kamelfüllen waren mit ihren Müttern auf der Weide. Sie trugen Mäntelchen und Mützen aus Filz, weil es morgens noch kalt war, und als Glück tüt, tüt machte, hüpften sie mit allen vieren zugleich in die Luft.
Von den Jurten her kamen einige Hunde gerannt, wild und zähnefletschend und so außer Atem, daß sie kaum ein röchelndes Gebell fertigbrachten.
Glück hielt nahe bei der ersten Jurte und stieg aus. Vorher nahm er den Daschior aus dem Kasten, um sich die Hunde vom Leib zu halten, aber es war nicht mehr nötig. Ein junger Mongole trat aus dem Filzzelt und rief die Hunde zurück. Sie folgten augenblicklich, begannen aber wieder zu knurren, als Grünmantel ausstieg.
»Kommt herunter!« rief Glück, »die Hunde tun euch nichts.«

»Wenn aber doch?« fragte Großer-Tiger zweifelnd.
»Wir haben keinen Daschior«, sagte Christian.
»Hammaguä!« rief der Mongole, der das Wort Daschior verstanden hatte; »es ist keine Befürchtung vorhanden.«
Er jagte die Hunde fort, die sich in einiger Entfernung niederlegten und die fremden Besucher nicht aus den Augen ließen.
»Fühlst du dich leicht und gut?« grüßte Glück freundlich.
»Ich befinde mich leicht und gut«, antwortete der junge Mann; »und du, hast du eine leichte und gute Reise gehabt?«
Nach dieser Einleitung griff Glück in die Tasche und brachte eine gewöhnliche Schnupftabakflasche zum Vorschein, die nur durch den in Silber gefaßten Stöpsel ein wenig hübscher schien, als sie war. Der Mongole nahm aus seinem Gürtel auch eine Schnupfflasche, aber sie war ganz aus Silber getrieben, und der Stöpsel mit der dünnen Holzschaufel daran war oben mit einer Koralle verziert.
Glück und der Mongole stellten sich in den richtigen Abstand; sie verneigten sich wie zwei Würdenträger voreinander und boten sich gegenseitig die Schnupfflaschen mit ausgestreckten Fäusten. Dann öffnete jeder die rechte Hand, und die Schnupfflaschen wechselten den Besitzer. Aber keiner nahm eine Prise, wie Christian dachte. Jeder roch nur an der fremden Flasche und gab sie feierlich zurück. Dabei murmelten sie einen Segenswunsch oder eine geheime Formel, und nachher lächelten sie sich an wie Freunde. Glück und der Mongole steckten ihre Schnupfflaschen wieder ein, und Großer-Tiger flüsterte Christian zu: »Jetzt haben sie Freundschaft geschlossen.
»Wie mit Mondschein nach der Wolfsjagd«, sagte Christian leise.
»Los«, rief Glück, »jetzt kommt Kompaß-Berg dran! Ich leihe dir meine Schnupfflasche.«
Christian nahm sie, und weil ihm einfiel, was er am Abend vorher in Sertschis Zelt gelernt hatte, sagte er geschwind: »Sitzest du leicht und gut?«
»Gut«, erwiderte der Mongole; »hast du eine leichte und gute Reise gehabt?«
»Gut«, versicherte Christian; aber dann wußte er nicht mehr

weiter und blickte hilfesuchend auf Glück, der neben ihm stand und sich über den gelehrigen Schüler freute. Er zeigte Christian bereitwillig, wie man die Schnupfflasche in die Hand nehmen mußte, und sprach ihm vor: »Befindet sich dein Körper wohl? Ist dein ganzer Viehstand wohlauf?«
Während Christian die Worte nachsprach, tauschte der Mongole mit ihm die Schnupfflasche. Christian führte sie an die Nase, und als er sie zurückgegeben und die von Glück wieder erhalten hatte, war die Begrüßung zu Ende.
Nach ihm kam Großer-Tiger an die Reihe, und dann sagte Glück zufrieden: »Jetzt könnt ihr euch einigermaßen benehmen, wie es sich gehört. Wer diesen Gruß mit einem Mongolen gewechselt hat, ist seiner Freundschaft sicher.«
»Und Grünmantel?« fragte Christian.
»Er glaubt«, antwortete Glück, »er sei zu vornehm, um mongolische Bräuche zu achten.«
»Ist das nicht unhöflich?« fragte Großer-Tiger.
»Es ist sogar dumm«, erwiderte Glück; aber er sagte es leise, denn Grünmantel kam gerade herbei und fragte, ob es keinen Tee gebe oder was zu essen; er habe Hunger.
»Ich will mal sehen«, sagte Glück, lehnte den Daschior gegen die Filzwand der Jurte und trat ein. Christian und Großer-Tiger folgten ihm, und Grünmantel stapfte hinterdrein.
Der junge Mongole ging als letzter. »Ich bin ein Hirte«, sagte er zu Glück, »darum kann ich euch leider nur ein Stück Fleisch anbieten. Meine Brüder und zwei andere von unserm Klan hüten die Pferde und die Kamele des reichen Pandiriktschi, dem diese beiden Jurten gehören.«
»Pandiriktschi?« fragte Grünmantel und zog die Brauen zusammen. »Warte zwei Augenblicke«, antwortete Glück unwillig. Alle setzten sich in die Jurte, wo braune Filze aus Ziegenhaar und Kamelwolle am Boden lagen. Statt Sitzkissen wie beim Sunit-Wang gab es Satteldecken.
»Ich heiße Dascha«, sagte der junge Mongole, »und ich denke, ich kenne den Herrn, der mich nicht gegrüßt hat.«
»Es ist der Kaufmann Grünmantel, und ich bitte dich um Entschuldigung für sein unhöfliches Betragen.«

»Hochmütiger Drache wird zu bereuen haben«, sagte Dascha, und er hob den Holzdeckel von dem eisernen Kochtopf, unter dem ein schwaches Feuer brannte. »Ich habe für zwei Tage Fleisch gekocht; bitte greift zu.«

Er nahm eine Gabel und legte jedem ein großes Stück gekochtes Hammelfleisch in die Eßschale.

»Vielmals entschuldigen«, sagte Dascha verlegen lächelnd, »wir sind schlechte Menschen.«

»Weshalb?« fragte Glück, der nicht mitkam. »Du gibst uns ein dickes Gastmahl; wo ist da die Schlechtigkeit?«

»Wir Mongolen«, bekannte Dascha, »sollten erst im vierten Mond schlachten; aber schließlich sind wir ja keine Lamas; wir sind schwarze Männer, die sich nicht so ganz an die Vorschriften halten.«

Glück lachte. »Heil euch schwarzen Männern!« sagte er; »gestern haben wir auch bei einem schwarzen Mann gegessen.«

»Ich weiß«, gab Dascha zu, »daß ich nicht der einzige bin; trotzdem ist es nicht gut. In den Klöstern fasten die Lamas jetzt, und manche kriegen davon die Krankheit, die dicke Beine und dicke Köpfe macht.«

»Was ist mit Pandiriktschi?« fragte Grünmantel dazwischen.

»Du scheinst ein schlechtes Gewissen zu haben«, entgegnete Glück kauend; »laß mich mit deinem Pandiriktschi in Frieden.«

»Ich muß es wissen«, sagte Grünmantel hartnäckig.

»Wer ein gutes Gewissen hat«, belehrte ihn Glück, »dessen Herz erschrickt nicht, wenn um Mitternacht an die Tür geklopft wird.«

Plötzlich schlugen draußen die Hunde an, und gleich darauf hörte man den kurzen Trab eines Mongolenpferdes. Man hörte den Reiter fluchen, das Pferd schlagen, und einer der Hunde begann zu jaulen. Anscheinend hatte ihn das Pferd getreten. Dann vernahm man den Absprung des Reiters und den schweren Tritt von Stiefeln.

»Ich kenne den Menschen nicht«, sagte der lauschende Dascha. Er wollte aufstehen, aber da wurde der Filzteppich des Eingangs zurückgeschlagen, und in dem Türrahmen erschien die massige Gestalt eines wilden Mannes. Er trug einen Mantel aus Schafpelz mit dem Fell nach innen und mit dem Leder nach außen. Das Leder war einmal weiß gewesen, aber es war nicht mehr weiß, sondern schwarz von dem Rauch vieler Lagerfeuer. Als Gürtel hatte er eine gelbe Schärpe, die auch nicht mehr gelb war. Ein Tabakbeutel hing daran, ein Dolch und ein mondförmiger Stahl zum Feuerschlagen. Die Kleidung war selbst für mongolische Begriffe schäbig; aber man dachte nicht an die geplatzten Nähte, und man vergaß die fehlenden Messingknöpfe, wenn man den Hut des Mannes betrachtete, der aus gelber Seide und Silberfuchsfell gemacht war. Es war ein Prachtstück.

»Sitzt ihr leicht und gut?« fragte der Mann mit rollendem Baß, und sein Blick eilte von einem zum andern der merkwürdigen Gesellschaft, die um den Feuerplatz saß. Als er bei Glück ankam und die Uniform sah, hielt er still. Mit einemmal wurde das Gesicht des Fremden feindselig. Die steilen Falten zwischen den Augenbrauen vertieften sich, und der schwarze Bart über der Oberlippe zitterte von dem Luftzug, der durch die Nasenlöcher fuhr.

»Chinesenmensch«, fragte der Mann barsch, »gehört dir der Wagen, der von selber geht?«

»Der Wagen gehört dem großen General Wu«, entgegnete Glück unerschrocken, »und ich heiße nicht Chinesenmensch.«

»Dieser Krieger«, warf Dascha vermittelnd ein, »hat mit mir den Gruß der Freundschaft gewechselt.«

»Hm!« knurrte der Fremde, »so ist das.«

Er setzte sich, griff in den Gürtel und tauschte mit Dascha die Schnupfflaschen.

»Iß«, bat ihn Dascha nachher, »ich sehe, du hast einen weiten Weg gemacht.«

Der Fremde blickte auf seine staubigen Stiefel, zog eine Eßschale aus dem Mantel und füllte sie mit Fleischbrühe.

»Das ist genug«, sagte er, »ich esse kein Fleisch.«

Dann war es eine Weile sehr still. Man hörte das Feuer knistern und das leise Sieden im Kessel, und Großer-Tiger und Christian begannen sich zu fürchten.

»Warum ißt er nicht?« flüsterte Christian, der neben Glück saß.
»Er ist ein Lama«, gab Glück ebenso leise zurück, »er darf jetzt kein Fleisch essen.«
Christian wunderte sich, und es wurde ihm noch ängstlicher zumut als vorher. Er dachte an Jolleros-Lama, der gütig gewesen war wie ein Vater, und er dachte auch an den alten Vetter, der Tag und Nacht in einem fort ritt, um seinen Freund noch einmal zu sehen. Wozu mochte dieser grobe Klotz, der auch ein Lama war, über Land reiten?
»Ich bitte um Entschuldigung«, sagte Christian, dem etwas eingefallen war, »ich komme gleich wieder.«
Er stellte die Silberschale mit dem übrigen Fleisch auf seinen Platz, stand auf und verließ das Zelt. Draußen schaute er zuerst nach den Hunden; aber sie lagen faul in der Sonne, ließen die Zunge heraushängen und atmeten schnell. Trotzdem ist es besser, ich nehme den Daschior mit, dachte Christian, und er schaute, wo Glück ihn gelassen hatte. Der Daschior lehnte gegen die Zeltwand; nebendran lehnte ein zweiter, der groß wie ein Prügel war, und neben dem Prügel lehnte ein Gewehr, ein richtiges Gewehr. Es war ein moderner Reiterkarabiner. Der polierte Schaft glänzte in der Sonne, die Metallteile glänzten auch, und aus dem Lauf schaute ein Busch rotgefärbter Roßhaare heraus. Christian warf einen scheuen Blick darauf, nahm den Daschior Glücks fest in die Hand und ging das kurze Stück bis zum Wagen.
Die Hunde rührten sich nicht. Kaum daß einer den Kopf hob und ein bißchen hinter ihm dreinknurrte.
An der Türklinke des Führerhauses war das Pferd des streitbaren Mönchs angebunden. Es war ein Schimmel, der klein und wild und stämmig war wie sein Herr. Ein Kranz von weißen Haaren umrahmte die Fesseln und fiel bis auf die Hufe, die dadurch wie Pranken aussahen. In die Mähne waren Bänder geflochten, und der Schweif fegte den Boden. Als Christian näher kam, hob der Schimmel erregt den Kopf, und Christian, der an Streicheln gedacht hatte, dachte nicht mehr daran. Er machte einen Bogen um das wilde Pferd, das richtig mit beiden Hinterbeinen ausschlug, als Christian auf den Wagen kletterte.

Kick du nur, dachte er belustigt. Er nahm drei Schafkäse aus dem einen Säckchen und eine Handvoll Honigbrotwürfel aus dem andern. Damit kehrte er zur Jurte zurück, stellte den Daschior neben das blinkende Reitergewehr, aus dem noch immer die roten Roßhaare schossen wie auf dem alten Stich daheim, wo »Erzbischöflich Konstanzischer Musketier feuernd« darunter stand.

In der Jurte herrschte das gleiche düstere Schweigen wie vorher. Jeder aß gekochtes Hammelfleisch, kaute bedächtig, und der Lama blies über die Brühe, damit sie nicht so heiß wäre.

Christian setzte sich auf seinen Platz, und als er saß, stupfte er Großer-Tiger. »Ich habe etwas Ausgezeichnetes vor«, flüsterte er; »gib mir einen Haddak.«

Großer-Tiger langte in die Tasche und gab ihm das himmelblaue Stück Seide, das er von dem Herzog von Hanta bekommen hatte. Christian breitete es vor aller Augen aus, legte den Schafkäse und die Honigbrotwürfel darauf, und dann faßte er das Seidentuch an beiden Enden. Er verneigte sich artig vor dem wilden Lama. Zuerst suchte er nach ein paar passenden mongolischen Worten, aber da er in der Eile keine fand, sagte er in gewähltem Peking-Chinesisch: »Ich bitte den Großen Alten Vater, mein minderwertiges Geschenk nicht von sich zu stoßen.«

Während Christian diese zwei schönen Worte sprach, fiel ihm ein, was er suchte, und er beendete seine Rede strahlend mit dem eindrucksvollen Wort: »Bolna!«

»Du hättest ›Bollwo‹ sagen müssen«, flüsterte Glück.

Der Lama hörte auf, über die Fleischbrühe zu blasen. Er setzte die Schale ab, blickte auf den Haddak und von da auf Christian, und dabei glättete sich seine Stirn. Schließlich grinste er von einem Ohr zum andern.

»Ich haben?« fragte er, und man merkte, daß sein Chinesisch noch schlechter war als das von Bator.

»Meine Gabe ist gering, Exzellenz«, sagte Christian, »ich bitte deshalb um Vergebung. Bollwo?«

Der Lama schnaufte, griff in den Gürtel und brachte einen verblichenen Haddak zum Vorschein, den er mit einer ernsten

Verbeugung Christian reichte. Dann nahm er das Geschenk in Empfang.

»Söhnchen«, fragte er, und seine Stimme dröhnte wohlgelaunt: »du Freund von Sunit-Wang etwa? Ich merken sofort.«

Dabei deutete er auf die Oberseite des Schafkäses, wo das eingeprägte Zeichen war, das Großer-Tiger für ein Glückzeichen gehalten hatte. »Der Sunit-Wang ist unser hochgeschätzter Freund«, sagte Christian.

»Und sein alter Vetter auch«, bekräftigte Großer-Tiger, und er ließ den wilden Mann die Silberschale sehen.

»Große Ehrfurcht sagen!« rief der Lama. Er verneigte sich, und man wußte nicht, ob vor Großer-Tiger, oder vor der Silberschale, oder vor beiden. Christian bedauerte, daß seine Schale noch nicht leer war; aber der Lama merkte ohnehin, woher sie kam. Er wurde aufgeräumt und fragte mongolisch und chinesisch durcheinander, bis Glück aufhörte, beleidigt zu sein, und ihm auf mongolisch auseinandersetzte, woher sie kamen und wohin sie fuhren und wie das mit der Wolfsjagd gewesen war.

»Wo ist der Sunit-Wang jetzt?« wollte der Lama wissen.

Glück zuckte die Achseln. Das sei ihm unbekannt, sagte er, und er habe einen Mongolen gefragt, den er kenne, aber auch der habe es nicht gewußt.

Der Lama fluchte zwischen den Zähnen. Dann rief er mit einem Trauerbaß, der die ganze Jurte füllte: »Himmel und Erde kommen zusammen, aber das Wasser auf dem Berg findet man nicht. Ich habe zehn Pferde zuschandengeritten, damit meine Augen den König der Sunit sehen, und nun ist er ›ich weiß nicht wo‹.«

»Was hat er?« fragte Christian.

»Warum grölt er so traurig?« fragte Großer-Tiger.

»Das kommt«, erklärte ihnen Glück, »weil er nicht weiß, wo er den Sunit-Wang finden soll.«

Christian schaute Großer-Tiger an, und Großer-Tiger merkte, daß er reden sollte, wenn er es für gut hielte.

»Gestern«, begann Großer-Tiger langsam, »haben wir geglaubt, es sei ein Geheimnis; aber vielleicht ist es gar keines, und man kann es sagen.«

»Man kann es sagen«, bestätigte Christian.
»Wovon redet ihr da?« fragte Glück, der wieder nicht mitkam.
»Wir sprechen von einem Geheimnis, das kein Geheimnis ist, und darum kann man es ruhig sagen«, erklärte Christian.
»Unsinn!« rief Grünmantel ärgerlich; aber dann besann er sich geschwind und fing an, schmierig zu lächeln.
»Du da«, fragte der Lama und streckte den Zeigefinger nach ihm aus, »welch Mensch sein etwa du?«
Grünmantel tat, als habe er nicht verstanden, schob den letzten Bissen Fleisch in den Mund, und Großer-Tiger sagte: »Der Westliche Sunit-König ist gestern abend mit seinem Vetter zum Kloster Belin-Sum und zum heiligen Mann Jolleros-Lama geritten.«
»Woher weißt du das?« wollte Glück fragen, aber der Lama ließ ihn nicht aussprechen. »Du sagen, Sunit-Wang in Belin-Sum«, rief er aufgeregt; »das Wahrheit etwa ganz wahrhaftige?«
»Mein Freund Großer-Tiger«, sagte Christian überzeugend, »hat noch nie eine Lüge losgelassen.«
»Du kleiner Fremder«, rief der Lama und zeigte wieder mit dem Zeigefinger, »welch Name etwa?«
»Ich heiße Kompaß-Berg.«
»Das gut. Alles wissen jetzt Dordschi.« Dabei deutete er auf sich und grinste freundlich.
»Ene ju beino?« fragte Großer-Tiger.
Der Lama fiel von einem Staunen ins andere. »Warum«, rief er donnernd, »hast du nicht gleich gesagt, daß du mongolisch sprichst wie zehn Mongolen-Menschen? Mein Name ist Dordschi, wenigstens nennt man mich so. Das ist freilich ein tibetischer Name, und du kannst nicht wissen, daß er Donnerkeil bedeutet. Aber du solltest aufrichtig zu Donnerkeil sein, der dein Freund ist.«
»Entschuldige, Dordschi-Lama«, sagte Glück besänftigend, »dieser junge Mensch kann nur ›Ene ju beino‹ sagen, mehr kann er nicht.«
»Wenn das so ist«, brummte Donnerkeil, »will ich nichts gesagt haben, wenigstens nichts Beleidigendes.« Er schob die drei

Schafkäse in den Gürtel, aß einige Honigbrotwürfel und rüstete sich zum Aufstehen. Um alles wiedergutzumachen, wandte er sich noch einmal schnaubend an Großer-Tiger: »Du ›Ene ju beino‹ sagen vortrefflich; wer dir etwa lernen das?«
»Ein Mann«, sagte Großer-Tiger.
»Mondschein«, platzte Christian heraus.
»Ha!« brüllte Lama Donnerkeil entzückt, »kleiner Mensch aus Land der Außenseite, du mir großes Licht anzünden. Du auch mein Freund. Wo Mondschein steckt etwa?«
»Mondschein«, sagte Glück, »ist mit dem Herzog von Hanta und mit den Männern von Sunit auf der Wolfsjagd. Heute früh waren sie beim Kloster Orte-Golen-Sum, doch jetzt sind sie nicht mehr dort, weil die Jagd bis zum Gelben-Hügelriß und weiter zieht.«
»Es ist wunderbar, daß ich euch traf«, rief Donnerkeil, »ich muß nur noch eines wissen: Ist Mondschein ganz, oder fehlt ihm ein Stück? Ein Stück Arm, meine ich, eine Hand oder so was?«
»Mondschein ist ganz«, sagte Glück, »die Gehirntasche war entzwei, aber man hat sie geflickt.«
»Großen Dank! Alles hat sich zum Guten gewendet«, sprach Donnerkeil gerührt; »mein Mondschein, mein Pfötchen, ich werde dich wiedersehen!«
Er stand auf, preßte die Fäuste zum Gruß zusammen, daß die Finger knackten, und rief dröhnend: »Jabonah!«
»Jabonah!« rief Glück und stand ebenfalls auf.
Dascha beeilte sich, als erster draußen zu sein. Während die übrigen nacheinander die Jurte verließen, hielt Christian Großer-Tiger am Rockzipfel fest.
»Warum hast du den Ring vom Finger genommen?« flüsterte er.
Großer-Tiger zögerte mit der Antwort. »Es war mir so«, sagte er endlich, »als ob dieser Lama Donnerkeil den Ring kennen würde.«
»Es war mir auch so«, gab Christian zu; »aber wenn der Ring am Ende ihm gehört?«
Großer-Tiger zuckte die Achseln. »Dann gibt es keine Hilfe«,

sagte er kleinlaut, und er ging den andern nach, die schon vor der Jurte standen.
Christian begriff gut, daß Großer-Tiger den Ring versteckt hatte, und er wußte auch, warum. Wenn der Lama Donnerkeil den Ring kannte, hätte er es laut hinausgebrüllt, und Glück und Grünmantel hätten etwas gemerkt. Sie hätten gesagt: »Großer-Tiger hat eine Lüge losgelassen, und sein Großvater lügt auch. Beide haben ihr Gesicht verloren; es ist ganz schwarz geworden, und man kann die Familie nicht mehr anschauen, so erbärmlich sieht sie aus. Es gab wirklich keine Hilfe, und das war traurig.«
Auch vor der Jurte im Sonnenschein sah sich die Sache nicht besser an. Die Hunde standen auf und wedelten mit dem Schweif, als sie Dascha erblickten. Nebenbei knurrten sie ein wenig wegen der vielen fremden Männer. Der Lama Donnerkeil nahm das Gewehr, als ob es eine ganz gewöhnliche Sache wäre, daß er bewaffnet herumlief. Glück tat auch nicht dergleichen, und Grünmantel schaute in die Luft, wie wenn er Regen erwarte.
»Gehen! Gut gehen!« rief der Lama Donnerkeil, und klatschte mit dem Daschior gegen seine Stiefel. Da fingen die Hunde zu bellen an; aber sie hielten sich in respektvoller Entfernung. Erst als der wilde Lama zu Pferd stieg und davontrabte, rannten sie ihm nach. Sie versuchten den Schimmel zu beißen, oder taten doch so. Das Pferd schlug nach allen Seiten, und der Reiter flog im Sattel. Das Gewehr blinkte in der Sonne, die roten Roßhaare schossen aus dem Lauf wie bei Dauerfeuer, und Donnerkeil brüllte: »Jabonah! Sä jabonah!«
Dann gab er dem Schimmel einen gewaltigen Streich mit dem Daschior und sprengte davon.
Glück ging ein Stückchen hinterdrein und betrachtete die Spuren. Er tat es sorgfältig, und Christian schaute zu und fragte: »Warum reitet Donnerkeil dahin, woher er gekommen ist?«
»Du merkst auch alles«, sagte Glück. »Aber paß mal auf: Es ist nicht ganz so, wie du denkst. Der Lama hat eine weite Reise hinter sich, das hat er selbst gesagt. Er kommt aus dem Westen,

und er reitet wieder nach dem Westen. Wir werden auch nach Westen fahren. Siehst du die roten Lößbastionen?«
»Ich sehe sie«, sagte Christian.
»Wo sie zusammentreten«, fuhr Glück fort, »und wo es eng hergeht, fast so, daß man mit dem Wagen nicht durchkommt, dort beginnt eine neue Welt mit vielem schönem Gras und mit sanften Hügeln. Man sieht sehr weit, beinah bis dahin, wo alles Grasland aufhört, und man nennt diese Gegend das Tal Schara-Murin. Wenn du gut achtgibst, wirst du bald sehen, wohin Freund Donnerkeil geritten ist.«
»Nach Norden oder nach Süden?« fragte Christian.
»Natürlich nach Süden; er will doch nach Belin-Sum zum Sunit-Wang.«
»Ach so!« sagte Christian.
»Ich werde tüt, tüt machen«, versprach Glück, »sobald wir an die Stelle kommen.«
»Und bis Küh-Wasser«, fragte Christian, »ist es da noch weit?«
»Habt ihr Lust auf ein gutes Essen?«
»Wir haben sehr große Lust«, antwortete Christian, und er gab Großer-Tiger einen Schubs, damit er auch was sage.
»Es gibt keine Hilfe«, sagte Großer-Tiger, der nicht aufgepaßt hatte, weil er immerfort an den Ring denken mußte.
»Doch«, rief Glück, »wir werden in Küh-Wasser zu Abend essen; ich werde so schnell fahren, wie Donnerkeil reitet, und noch schneller.«
Hoffentlich gibt es unterwegs kein Brunnenloch, dachte Großer-Tiger; aber das sagte er nicht, dazu war er viel zu bekümmert.

Vierundzwanzigstes Kapitel, mit Nachricht von dem Berg Muruktschich und von dem davonreitenden Donnerkeil

»Wie ist das mit Pandiriktschi?« fragte Grünmantel hartnäkkig, bevor er einstieg. Glück, der einige Kannen Benzin in den Tank goß, sagte: »Ach so!« und: »Warte zwei Augenblicke.«

Als er mit der Arbeit fertig war und Christian und Großer-Tiger den Trichter versorgten und das halbleere Faß mit dem großen Schraubschlüssel zumachten, winkte er Dascha herbei.
»Wir fahren weiter«, sagte Glück, »und wir danken dir für gutes Essen.«
»Ich ertrage deine Worte nicht«, erwiderte Dascha bescheiden.
»Dann bestelle sie deinem Herrn, dem reichen Pandiriktschi.«
»Pandiriktschi kommt erst in zwei oder drei Tagen«, sagte Dascha und zwinkerte bedeutungsvoll; »er ist in die Blaue-Stadt zum Amban geritten.«
»Wegen dem da?« fragte Glück und warf einen Blick auf Grünmantel.
Dascha nickte und legte den Finger auf den Mund.
»Hammaguä«, sagte Glück leise, »es ist keine Befürchtung vorhanden.«
»He, Grünmantel!« rief er laut, »komm einmal her! Dein Pandiriktschi ist wegen einer gewissen Sache nach Kwei-Hua zum Amban geritten.«
»Ich kenne das«, sagte Grünmantel friedfertig. »Sage diesem Dascha, sein Herr solle sich nicht mehr um die Angelegenheit kümmern. Ich ziehe die Klage zurück. Mein Angestellter aus Küh-Wasser wird kommen und die Sache so regeln, wie Pandiriktschi es haben will.«
Nach diesen Worten seufzte Grünmantel, als habe er ein Königreich verschenkt, und ging würdevoll auf seinen Platz im Führerhaus. Die Federung der Polster krachte, und die Tür wurde zugeschlagen.
Glück richtete dem erstaunten Dascha die Worte Grünmantels aus, und Dascha zeigte sich erfreut, seinem Herrn eine gute Botschaft ausrichten zu dürfen.
»Warum ist Grünmantel jetzt so nachgiebig?« fragte er.
»Ich weiß es nicht«, sagte Glück. »Um was handelt es sich?«
»Der Streit geht um vier Kamele, und wenn du es wissen willst...«
»Ja«, sagte Glück, »ich möchte es wissen. Habe ich nicht in der Jurte was liegenlassen? Es ist mir so.«
»Wir wollen nachschauen«, sagte Dascha.

Dann gingen beide nicht eben eilig in die Jurte zurück, und Dascha erzählte:
»Es war vor drei Jahren im dritten Mond, da kam Grünmantel zum reichen Pandiriktschi und sagte: ›Ich höre, du willst deine Tochter verheiraten; da brauchst du Geld.‹ – ›Ich brauche dein Geld nicht‹, sagte Pandiriktschi. ›Du könntest mir Kamelfüllen verkaufen‹, schlug Grünmantel vor; ›ich zahle bar, und du verlierst keinen Silberbatzen, wenn eines stirbt.‹ Pandiriktschi wunderte sich, denn wozu braucht ein Kaufmann Kamelfohlen? Ein Kaufmann braucht Kamele, die Lasten tragen können; aber dazu müssen sie drei oder vier Jahre alt sein, und dann kosten sie sechzig oder siebzig Silberbatzen. Doch Grünmantel wollte unbedingt Fohlen haben, das war nun einmal so. Er bot dreißig Batzen für das Stück. Da verkaufte Pandiriktschi zwanzig Fohlen und strich das Geld ein, denn er brauchte es, trotzdem er vorher gesagt hatte, es wäre nicht an dem.
›Ich kann die Fohlen jetzt nicht mitnehmen‹, sagte Grünmantel, ›führe sie noch ein wenig auf die Weide, ich hole sie im Herbst.‹ Pandiriktschi war einverstanden, und im Herbst waren aus den Fohlen schöne Jungtiere geworden.
Grünmantel kam und brannte ihnen sein Zeichen auf die Wange. ›Ich kann sie jetzt nicht mitnehmen‹, sagte er, ›es ist anders gekommen, als ich dachte. Im Frühjahr hole ich sie. Hüte sie gut, damit der Wolf keines frißt.‹ Auch damit war Pandiriktschi zufrieden.«
»Aha!« sagte Glück.
»Warum sagst du Aha?« fragte Dascha.
»Weil ich genau weiß, was kommt.«
»Du kannst es nicht wissen.«
»Doch«, sagte Glück, »das ist leicht zu wissen: Im nächsten Frühjahr kam Grünmantel wieder, und im Herbst kam er auch, und jedesmal sagte er: ›Ich kann die Kamele nicht mitnehmen.‹« »Es geschah, wie du sagst«, rief Dascha erstaunt; »wie kannst du wissen, was du nicht gehört und was du nicht gesehen hast?«
»Die Gedanken eines schlechten Menschen«, erwiderte Glück, »kann man leichter erraten als die eines guten. Erzähle weiter.«

»Als Grünmantel«, fuhr Dascha fort, »das letztemal hier war, sagte Pandiriktschi zu ihm: ›Es ist billig, daß du mir ein kleines Aufgeld zahlst.‹ – ›Du willst mich betrügen!‹ schrie Grünmantel; drei Jahre lang hast du die Wolle meiner Kamele gehabt, und das Futter kostet dich nichts. Von Geld kann nicht gesprochen werden.‹ – ›So gib mir vier von den zwanzig Kamelen als Entgelt‹, sagte Pandiriktschi, ›meine Leute haben sie drei Jahre gehütet und großgezogen, und wenn es kalt war, haben wir sie mit Filzen bedeckt.‹ – ›Auch davon kann nicht gesprochen werden!‹ schrie Grünmantel zornig, ging fort und verklagte meinen Herrn beim Amban in der Blauen-Stadt.«

»Aha!« sagte Glück.

»Warum sagst du Aha?« fragte Dascha.

»Weil Grünmantel das immer tut«, sagte Glück; »aber es ist das erstemal, daß er eine Klage zurücknimmt. Was das anlangt, wundere ich mich, und ich werde darüber nachdenken müssen. Lebe wohl, Dascha, ich wünsche dir eine leichte und gute Zeit.«

»Leicht und gut reisen!« erwiderte Dascha.

Er begleitete Glück noch einmal zum Wagen, denn er hatte bisher kein Automobil gesehen. Glück stieg ein, und dann machte er tüt, tüt, tüt. Da kamen die Hunde gelaufen, bellten und fletschten die Zähne, und Dascha verneigte sich. Christian und Großer-Tiger winkten.

Glück wäre gern mit großer Geschwindigkeit fortgefahren, um Dascha zu zeigen, was für einen prächtigen Wagen er hatte, aber das ging nicht, denn der Boden war weich, und die roten Lößfelsen kamen näher. An ihrem Fuß war Sand angeweht, und als der Wagen in die enge Durchfahrt bog, warfen die Hinterräder den Sand in die Luft. Da konnte man Dascha nicht mehr sehen; die Hunde blieben zurück, und die Räder warfen immer mehr Sand hinter sich. Als sie endlich wieder Grund faßten, machte der Wagen einen Sprung, und da merkte jeder, daß Glück etwas vom Fahren verstand. Er hatte den Augenblick kommen sehen und hielt das Steuer eisern fest. Auf beiden Seiten gab es nur wenige Zentimeter Platz; aber deswegen streiften die Kanten der Ladefläche kein bißchen, und auch die Felsen blieben heil. Christian und Großer-Tiger riefen laut: »Bravo!« Dazu trommelten sie auf die Eisenfässer, und Christian schrie obendrein: »Sän bolna!«, obgleich er hätte »Sän bolsa« rufen müssen; aber das wußte er nicht.

Jenseits des Felsentors öffnete sich das, was Glück eine andere Welt genannt hatte. Ein sanfter Hang glitt in ein weites Tal, in dem eine große Pferdeherde weidete. Es mochten vierhundert Pferde sein. Drei Reiter hüteten sie, und wahrscheinlich war der Bruder Daschas dabei. Die Sonne glänzte auf dem gelben Wintergras, der Mittagwind fuhr darüberhin, und die zahllosen Hügel in der Ferne waren auch gelb und glänzten. Nur die Nordseite der Hügel war kalt und dunkel, und manchmal gab es einen weißen Fleck, wo der Schnee vom Tag vorher nicht vergangen war. Im Süden, ganz am Rand der unfaßbar weiträumigen Landschaft, lagerten Gebirgsketten, die verwirrend viele Zähne und Zacken hatten. Sie flimmerten in der Sonne, und wenn man genau hinschauen wollte, begannen sie auf und ab zu hüpfen.

Das war also das Tal Schara-Murin. Für ein Tal war es eigentlich viel zu groß, weil alles, was es rundherum zu sehen gab, eben dieses Tal war. Aber es gab keinen Fluß und nicht einmal einen Bach darin; kein kleines Rinnsal war da, nur leere Steinbette. Ab und zu schob sich zwar im Norden zwischen die Hügel ein blauer lebhafter Streifen, der wie ein Gewässer aussah, aber wer die Mongolei und die Wüste Gobi kannte, wußte gleich, daß es ein Schwindel war, auf den niemand hereinfällt. Die geschwätzigen Araber nennen das eine Fata Morgana; die Mongolen verlieren kein Wort darüber.

In der Mitte von Schara-Murin lag ein breiter, dunkler Klotz, gar nicht hoch, aber wild zerklüftet und fremd in dieser Gemeinschaft sanfter Hügel. Von der Höhe des Felsentores sah man in die Klüfte wie in ein aufgeklapptes Labyrinth. Das ganze Massiv war aus schwarzgrünem Stein gemacht, und so wild wie sein Aussehen war auch sein Name: es hieß Muruktschich.

Obschon Muruktschich im Anfang schwer auszusprechen geht, könnte man darüber hinwegkommen; doch hier geraten

wir zum zweitenmal in Schwierigkeiten. Wie sollen wir glauben, daß der Gebirgsstock den schönen und ungebärdigen Namen Muruktschich führt, wenn erstens feststeht, daß er so heißt, und wenn zweitens ganz sicher ist, daß er nicht so heißt! Großer-Tiger und Christian wußten nichts davon; aber Glück, der es ihnen später erklärte, sagte: »Es ist ähnlich wie mit den Mongolenmenschen. Die Berge haben zwar Namen, aber man spricht sie nicht aus, am wenigsten, wenn man den Berg vor sich hat. Solange er weit weg ist und man ihn nicht sieht, kann man ohne Gefahr von ihm reden. Anders ist es, wenn man ihn vor Augen hat, wie diesen schrecklichen Muruktschich . . . Auf allen Bergen, besonders aber auf den wilden und hohen, wohnen Dämonen, die nicht haben wollen, daß man ihren Wohnsitz mit Namen nennt. Darum hilft man sich mit einer harmlosen Bezeichnung. Muruktschich heißt soviel wie zerklüftete Gegend. Wenn das die Dämonen hören, haben sie keine Ahnung, daß man von ihrem Berg spricht, der natürlich ganz anders heißt. Würde man den richtigen Namen sagen, gäbe es bald ein Unglück von der allerbesten Sorte.«
»Ach«, sagte Christian, und: »Es gibt keine Hilfe«, sagte Großer-Tiger.
Das sagten sie aber erst am Abend in Küh-Wasser, als Glück ihnen das alles auseinandersetzte.
Jetzt blickten sie mit Staunen in die ungeheure Weite, und sie fuhren zusammen, als Glück tüt, tüt machte. Die Pferde, die in der Nähe weideten, stoben davon, und Christian und Großer-Tiger schauten, was es gebe. Sie sahen auch sofort, was Glück meinte.
Ein schmaler Pfad zweigte nach Süden ab, und wenn man scharf hinsah, erblickte man die frische Hufspur eines Pferdes. Ganz weit weg sah man den Reiter, und das war der Lama Donnerkeil, der es eilig hatte, dem Sunit-Wang zu begegnen.
Die Fahrt ging munter voran. Glück konnte so schnell fahren, wie er wollte, nirgends gab es ein Hindernis. Der Motor surrte, und Glück trällerte ein Lied, so fröhlich war er. Nach zwei Stunden kam aus dem Süden ein ausgetretener Kamelpfad. Da öffnete Glück das Fensterchen, und als Großer-Tiger und Chri-

stian aufstanden und hören wollten, was es gebe, sagte Glück: »Hier ist der große Karawanenweg von Kwei-Hua nach Hami. Steht er auf deinem Geländebild geschrieben, Kwi-Schan?«
»Ich werde nachsehen, befehlender Herr.«
»Halt einmal zwei Augenblicke«, sagte Grünmantel freundlich.
»Wozu?« fragte Glück.
»Wenn es so ist, wie du sagst«, entgegnete Grünmantel, bleibt es dann dabei, daß wir bis Küh-Wasser auf diesem Wege fahren?«
»Wir fahren auf diesem Weg«, erwiderte Glück, »und wir werden auf ihm nach Sinkiang fahren. Es gibt zwar ein paar Abweichungen . . .«
»Bei den Vier-Bäumen zum Beispiel«, sagte Grünmantel weise.
»Ich merke, du kennst dich aus«, lobte Glück.
»Ja«, sagte Grünmantel selbstgefällig, »von jetzt an kenne ich mich aus. Deshalb sollst du halten, denn wir wollen die Plätze wechseln.«
»Wie!« rief Glück, »verstehe ich dich richtig oder falsch?«
»Wir haben doch darüber gesprochen«, erwiderte Grünmantel leise und schloß das Fensterchen.
Bald darauf hielt der Wagen. Glück und Grünmantel wechselten die Plätze, und nachdem er ein bißchen holprig geschaltet hatte, fuhr Grünmantel los, als ob er ein alter Fahrer wäre. Im Anfang ging es etwas hin und her; aber das dauerte nur kurze Zeit, und hernach folgte der Wagen schnurgerade dem Kamelpfad. Christian und Großer-Tiger setzten sich still auf ihre Plätze. Trotzdem es gar nicht kalt war, zogen sie die Mäntel enger um die Schultern und schlugen die Pelzkragen hoch.
»Es gibt keine Hilfe«, sagte Großer-Tiger düster.
»Es gibt keine Hilfe«, bestätigte Christian.
»Wie!« rief Großer-Tiger, »du sagst auch, es gibt keine Hilfe? Das darfst du nicht tun. Du mußt etwas anderes sagen.«
»Es fällt mir nichts anderes ein.«
»Kwi-Schan!« rief Großer-Tiger flehend, »es muß dir etwas einfallen! Es geht nicht, daß wir beide mutlos sind.«
»Dann«, sagte Christian, »müssen wir einen Vertrag machen:

Nur einer von uns darf verzweifelt sein und ›Es gibt keine Hilfe‹ sagen.«
»Das bin ich«, sagte Großer-Tiger geschwind.
»So wäre es kein Vertrag. Ein Vertrag ist anders. Sobald einer von uns ›Es gibt keine Hilfe‹ sagt, dann muß der andere von etwas Zuversichtlichem reden, und dann ist es ein Vertrag der gilt.«
»Ich habe es zuerst gesagt.«
»Da bestand der Vertrag noch nicht!«
»Besteht er denn jetzt?«
»Ja«, sagte Christian, »wenn es dir recht ist, besteht er.«
»Es ist mir recht«, erklärte Großer-Tiger, »und ich sage als erster: ›Es gibt keine Hilfe.‹« Großer-Tiger schaute, was Christian für ein Gesicht mache, und dann mußten beide lachen.
Christian öffnete die Ledermappe.
»Ich werde«, schlug er vor, »auf dem ›Südlichen Blatt‹ nachsehen, wie unsere Sache steht.«
»Kannst du das in dem ›Südlichen Blatt‹ lesen?«
»Wir können es zusammen lesen. Sieh, hier steht Schara-Murin geschrieben; da sind wir jetzt, und hier ist die Karawanenstraße, von der Glück gesprochen hat. Rundherum ist alles grün. Nachher aber ist alles weiß oder braun, und es kommt nichts Grünes mehr bis zum Edsin-Gol, wo es einen schmalen Streifen davon gibt. Also beginnt gleich hinter Küh-Wasser die Wüste, und unsere Sache steht schlecht.«
»Warum steht sie deshalb schlecht?« wollte Großer-Tiger wissen.
»Denke daran, was Grünmantel in Weißer-Stein gesagt hat«, erinnerte ihn Christian. »Außerdem ist er in der letzten Zeit so freundlich zu uns, das ist ein schlimmes Zeichen.«
»Für Glück aber auch«, meinte Großer-Tiger. »Grünmantel sagt ihm kein böses Wort mehr.«
»Vielleicht«, sagte Christian nachdenklich, »ist es so; vielleicht ist es anders.« Dann schwiegen beide eine Zeitlang. Die Fässer schlugen aneinander, und manchmal rutschten sie ein wenig vor oder zurück, je nachdem es über eine Bodenwelle oder über eine Furche ging, die Grünmantel nicht beachtete.

»Wie wäre es«, schlug Großer-Tiger vor, »wenn ich Glück bei Gelegenheit die Patrone sehen ließe? Dann fragt er mich, woher ich sie habe, und ich werde sagen: ›Dieses Flintenkind habe ich gefunden; und vielleicht paßt es in die Pistole des befehlenden Herrn.‹ – Da wird er probieren, ob die Patrone paßt, und dabei wird er merken, daß man ihm die übrigen gestohlen hat, und er wird ein großes Geschrei machen.«

»Und dann?« fragte Christian.

»Dann werde ich sagen: ›Man weiß nicht, wer es getan hat, aber Grünmantel hat welche in der Hosentasche, und sie sehen so aus wie diese, und es ist eine ganze Menge.‹«

»Ich fürchte«, sagte Christian, »das ist kein sehr guter Gedanke.«

»Doch«, beharrte Großer-Tiger,« laß mich nur machen!«

»Grünmantel muß aber weit weg sein, wenn du das sagst.«

»Er muß wenigstens eine halbe Stunde lang woanders sein.«

»Wenn er dich aber nicht allein läßt?« »Dann«, sagte Großer-Tiger, »wäre es das beste, du gingst mit ihm so lange spazieren, bis ich alles gesagt habe, was Glück wissen muß.«

»Vielleicht will er gar nicht mit mir spazierengehen.«

»Er muß«, sagte Großer-Tiger, »einen andern Ausweg gibt es nicht.«

Christian erwiderte nichts mehr. Er dachte darüber nach, wie unangenehm es sein müsse, mit Grünmantel spazierenzugehen, und ob sie sich über das Wetter oder über Gelbe-Ziegen unterhalten sollten. Wahrscheinlich würde er sich fürchten, so lange wie eine halbe Stunde mit Grünmantel allein zu sein. Aber das wollte er nicht laut sagen, und darum betrachtete er die schwarzen Felsen von Muruktschich, die näher kamen.

Als es Abend wurde, war das Tal Schara-Murin überquert. Christian deutete auf das »Südliche Blatt« und sagte: »Jetzt ist es nicht mehr weit bis Küh-Wasser.«

Eine Stunde später tauchten zwei Jurten am rechten Talrand auf. Der bleiche Mond stand weiß in dem reinen Frühlingshimmel über dem Berg Muruktschich, und wer das sah, konnte nicht mutlos bleiben.

Fünfundzwanzigstes Kapitel, das von Eselsgeschrei und von Drachenknochen handelt und von einer wichtigen Entdeckung

Der eine hieß Tschen, und der andere hieß Tschin.

Der große Tschen verbeugte sich und sagte: »Wir grüßen den ehrwürdigen Herrn Grünmantel.«

Der kleine Tschin sagte: »Ehrenwerter, großer alter Vater!« Dabei gluckste er, denn er war nicht sehr gut erzogen.

»Schon recht«, sagte Grünmantel herablassend. Er saß hinter dem Steuer und genoß ausgiebig die Verblüffung seiner Angestellten, die in ihrer Verbeugung verharrten; so eine Hochachtung hatten sie gekriegt beim Anblick des Wagens und ihres Herrn, der imstande war, das Ungetüm zu lenken. Glück stieg als erster aus.

»Komm herunter von deinem Thron!« sagte er.

Grünmantel ärgerte sich, aber er erwiderte nichts. Erst als er bei Tschen und Tschin stand, die den Wagen betrachteten und viele Worte der Bewunderung verloren, bemerkte er ziemlich laut: »Es ist schade, daß dieser Wagen sein herrliches Aussehen eingebüßt hat. Der Soldat Glück, den ihr begrüßen müßt, ist einer Telegrafenstange nicht aus dem Weg gegangen. Es geschah aus mangelnder Umsicht.«

Tschen und Tschin verneigten sich: »Wie befindet sich Euer geehrter Körper?« fragten sie höflich.

»Schon recht«, antwortete Glück, wandte sich ab, und man merkte gut, daß er wütend auf Grünmantel war.

»Zwei junge Fürstensöhne«, fuhr Grünmantel ungerührt fort, »sind mit mir gekommen; sie heißen Kompaß-Berg und Großer-Tiger.«

Tschen und Tschin verneigten sich gehorsam noch einmal, und Christian und Großer-Tiger taten das gleiche.

»Wir wünschen zehntausendfaches Glück«, sagten sie ernst.

Der kleine Tschin gluckste wieder, und der große Tschen stand neben ihm. Er war ein vierschrötiger Mann im schwarzen abgetragenen Kaufmannsrock; außerdem stieß er ein wenig mit der Zunge an, und man mußte aufpassen, um ihn zu verstehen, wenn er seinen Neffen Tschin rief. Dieser Tschin war mit dreizehn Jahren als Lehrling nach Küh-Wasser gekommen. Jetzt war er ein Bürschchen von vierzehn, und obgleich er Tschin hieß, wurde er von seinem Onkel »Drachenzahn« gerufen, denn Drachenzähne waren neben Kamel und Schafwolle eine wichtige Handelsware von Küh-Wasser.

»Drachenzahn«, rief Onkel Tschen, »geh und bereite das Essen!«

»Kleiner Affe«, sagte Grünmantel wohlwollend, »was gibt es?«

»Soll ich Fleischtaschen machen?« fragte Drachenzahn.

»Ja«, rief Glück, »mach Fleischtaschen, und würze sie gut!«

»Wir haben Panzerfischtunke mit Sonnenwurzel«, sagte Drachenzahn; »aber wenn es nicht langt, haben wir auch geschnittene Frostbeulen.«

»Freches Stück!« schalt Onkel Tschen und hob einen Stein auf. Allein Drachenzahn war bereits in der Jurte verschwunden.

»Ich bedaure«, sagte Onkel Tschen und stieß mit der Zunge an, »mein mißratener Neffe verdient Tadel und Schläge.«

»Freilich, freilich«, knurrte Grünmantel. Er nahm Tschen beiseite. »Kein Wort vom Geschäft!« sagte er, »in Anwesenheit der drei Spitzbuben, die sich mir an den Hals gehängt haben.«

»Ich verstehe«, erwiderte Tschen leise. »Ach, ich sehe Euch ungern in der Begleitung von Nichtswürdigen, verehrter Herr.«

»Schon recht«, knurrte Grünmantel; »komm mit.«

Dann gingen sie in die Wohnjurte, aus der ein dünner Rauch aufstieg.

Christian und Großer-Tiger halfen Glück beim Tanken und bei anderen notwendigen Arbeiten. »Wir müssen alles bedenken«, sagte Glück, und er schaffte Filzteppiche herbei, mit denen er die Motorhaube zudeckte. »Von heute an müssen wir Wasser mitnehmen«, sagte er, und Christian füllte drei leere Kannen damit.

Als alle Arbeiten gemacht waren, brach die Nacht herein. Der Mond schien hell, der Nordstern strahlte, und der Berg Muruktschich lag schwarz und schweigend zwischen den sanften

Hügeln. Die Luft stand still. Aus der Ferne rief ein Käuzchen.
»Paßt mal auf«, sagte Glück. »Wir hören«, sagten Großer-Tiger und Christian.
»Ich nehme an, daß ihr schweigen könnt.«
»Der befehlende Herr nimmt stets das Richtige an«, sagte Großer-Tiger.
»Wir sind vorzüglich im Mundhalten«, versicherte Christian.
»Es gibt nämlich etwas«, begann Glück, »was mir nicht gefällt.«
»Es gefällt auch uns nicht«, sagte Christian.
»Was?« fragte Glück überwältigt, und »wie?« und »was meinst du?«
»Ich meine«, sagte Christian bedächtig, »es könnte zum Beispiel das sein, was Grünmantel jetzt mit den Herren Tschen und Tschin ausbrütet.«
»Da es uns nicht gefällt«, fügte Großer-Tiger bescheiden hinzu, »gefällt es vielleicht auch dem befehlenden Herrn nicht.«
»Ihr seid Mordskerle!« rief Glück. »Ja, es ist, wie ihr sagt. In der Nähe fauler Fische fängt es an zu stinken. Paßt also ein wenig auf, was hier vor sich geht, und wenn ihr etwas herauskriegt, dann sagt es mir.«
»Bolna!« sagte Christian.
»Wird der befehlende Herr zu uns halten?« fragte Großer-Tiger vorsichtig.
»Ich werde euch nicht im Stich lassen«, versprach Glück.
In der Jurte saß Grünmantel obenan auf dem Ehrensitz. Tschen saß neben ihm und redete, aber er unterbrach seine Rede, als Glück eintrat. Christian, der nachher kam, stolperte über das Wellholz, das ihm Tschin, der neben dem Eingang am Boden hockte, zwischen die Beine schob. Er wäre gefallen, aber Großer-Tiger hielt ihn fest. Am liebsten hätte Großer-Tiger Tschin verprügelt, doch es ging nicht wegen der Höflichkeit in einem fremden Zelt. Er begnügte sich daher, Tschin einen kräftigen Fußtritt zu versetzen.
»Ich bitte um Vergebung«, sagte er dann, »ich bin ausgerutscht. Wahrscheinlich lag da ein Stück Teig, wenn es nicht etwas anderes war.«

»Setzt euch«, bat Tschen, »es wird gleich zu essen geben. Seid ihr hungrig?«
»Die jungen Herren sind immer hungrig«, bemerkte Grünmantel wohlwollend.
Dann sprach er über das Wetter, und daß es noch immer kalt sei; und Tschen stieß mit der Zunge an und sagte, die Kamele hätten heuer ein besonders dichtes Fell. Das komme ebenfalls von der Witterung, und er habe nichts dagegen.
»Laß mich die Wollvorräte sehen«, befahl Grünmantel, ist es viel?«
»Ziemlich«, sagte Tschen; aber dann zog er das Gesicht in betrübte Falten und behauptete, er habe leider keine Laterne, nur eine gewöhnliche Öllampe, und die tauge nicht.
Glück stand auf, sagte: »Warte mal!« und kam bald mit einer schönen Sturmlaterne wieder, die er aus Hwai-Lai-Hsien mitgebracht hatte.
»Ich werde euch leuchten«, sagte er zuvorkommend und war schon wieder draußen, bevor Grünmantel etwas erwidern konnte. Tschen blickte auf Grünmantel, und Grünmantel zuckte die Achseln.
»Laß gut sein«, flüsterte er, »ich werde dir das Notwendige nachher sagen.«
Dann standen beide auf und folgten Glück, der vor der zweiten Jurte wartete, in der Tschen die aufgekaufte Wolle, die Felle und die Drachenzähne verwahrte, die ihm gelegentlich von Mongolen gebracht wurden.
Der alleingelassene Tschin knetete den Teig für die Fleischtaschen. Dazu kniete er vor einem Brett, wandte Großer-Tiger und Christian den Rücken zu und tat emsig. Seine mageren Schultern hoben und senkten sich, und man hörte das regelmäßige Klatschen, wenn er den Teig wendete.
»Sollen wir dich jetzt verhauen?« fragte Großer-Tiger freundlich.
Tschin drehte den Kopf halb herum und grinste verächtlich. »Es wäre schade um das gute Essen«, sagte er, »es könnte verdorben werden. Zu allem hin wäre es feig, denn ihr seid zu zweit.«

»Wisch dir die Hände ab und komm mit mir hinaus«, schlug Großer-Tiger vor, »mein Freund Kompaß-Berg wird so lange hier bleiben.«
»Mir scheint«, sagte Tschin, »ihr versteht keinen Spaß.«
»Wir verstehen eine Menge davon«, sagte Großer-Tiger, »aber das war kein Spaß.«
»Es hätte einer werden sollen«, entschuldigte sich Tschin, »aber du hast ihn verdorben. Wenn dieser da, den du Kompaß-Berg nennst, ein wenig besser gestolpert wäre, hätte er den Kochtopf umgeworfen. Dann wäre Onkel Tschen naß geworden, ohne daß er mich hätte prügeln dürfen. Dann wäre es ein sehr schönes Fest geworden.«
»Haut er dich denn?« fragte Christian.
Tschin seufzte. »Ihr habt keine Ahnung, wie das hier ist«, sagte er düster.
»Wie ist es denn?« erkundigte sich Großer-Tiger.
»Ach!« rief Tschin hilflos, »was nützt da sagen?«
Er formte den Teig zu einem Ballen und griff nach dem Nudelwalker. »Du könntest derweil das Fleisch schneiden«, wandte er sich an Großer-Tiger; »aber du mußt ganz kleine Würfel machen, sonst kriege ich's nachher.«
»Laß gut sein«, sagte Großer-Tiger, »ich weiß, wie man das macht. Gib her!«
Tschin reichte ihm ein Brett, das er aus den Gitterstäben der Jurte zerrte, dazu ein Messer und ein gehöriges Stück fettes Hammelfleisch. Während Großer-Tiger den Rock auszog und das Messer in die Hand nahm, sagte Tschin: »Heute ist ein Glückstag. Solange ihr hier seid, kann er sich nicht betrinken.«
»Meinst du deinen Onkel?« fragte Christian.
»Wen sonst?« rief Tschin. »Merkt ihr nicht, wie er spricht?«
»Es ist wahr«, sagte Großer-Tiger, »er hat den Zungenschlag.«
»Wenn er betrunken ist«, erklärte Tschin, »versteht man überhaupt nicht, was er spricht. Dann wird er böse und schlägt mich.«
»Ich würde ihm davonlaufen«, sagte Christian.
Tschin schüttelte heftig den Kopf. »Du weißt nicht, was du redest«, sagte er. »Soll ich meiner Familie Schande machen?«

»Tschin hat recht«, gab Großer-Tiger zu, »das Herz mag begehren, was es will, es muß stillhalten.«
»Manchmal«, versuchte Christian zu trösten, »gibt es eine Änderung, ehe man sich's versieht.«
»Das Glück kommt nicht paarweise«, widersprach Tschin, »es ist genug, daß ihr gekommen seid, und daß ich morgen den ganzen Tag wegen des Blitzbriefes fort sein werde.«
»Wegen was?« fragte Großer-Tiger.
»Hier gibt es doch keinen Telegrafendraht!« sagte Christian.
»Aber in Aschan gibt es welchen«, erklärte Tschin. Er legte das Nudelholz beiseite, strich den Teig von den Fingern und langte in seinen Rock, der neben ihm am Jurtengitter hing.
»Könnt ihr lesen?« fragte er leise.
»Wir können lesen und schreiben«, sagte Großer-Tiger, »bis auf die schwierigen Worte.«
»Dann sagt mir geschwind, was hier geschrieben steht! Aber es muß rasch gehen!«
»Es gibt nirgends eine Befürchtung«, warf Christian ein, »wir hören es, wenn sie zurückkommen.«
»Aber nur«, sagte Tschin kläglich, »wenn der Esel nicht schreit. Lies bitte schnell!«
»An Li-Yüan-Pei in Hami«, begann Großer-Tiger.
»Stimmt«, sagte Tschin befriedigt, »Li ist ein Geschäftsfreund von Grünmantel.«
»Lies weiter!«
»Sendet«, fuhr Großer-Tiger fort, »vierzig Kannen Benzin nach Hsing-Hsing-Hsia eilig! Schong-Ma.«
»Ist das alles?« fragte Tschin enttäuscht.
»Mehr gibt es nicht«, sagte Großer-Tiger und gab Tschin den Zettel zurück. »Wer ist dieser Schong-Ma?«
»Schong-Ma«, sagte Tschin – »ah! ihr wißt nicht, wer Schong-Ma ist? Ich sehe gut, daß ihr es nicht wißt. Gestern war auch einer da, der nach Schong-Ma fragte, aber Onkel Tschen hat ihm gesagt, er kenne keinen, der so heiße.«
»War das einer mit einem Gewehr und mit einer gelben Mütze?« fragte Großer-Tiger.
»Woher weißt du das?« rief Tschin erschrocken.

»Wir wissen eben alles«, setzte ihm Christian auseinander, »und wir wissen auch, daß dein Schong-Ma Grünmantel ist.«
»Warum fragt ihr mich«, klagte Tschin, »wenn ihr seinen Familiennamen doch kennt?«
»Das macht man so«, erklärte Großer-Tiger, »damit eine angeregte Unterhaltung zustande kommt.«
»Es geschah nur deswegen«, sagte Christian.
»Keine Erwähnung ihm gegenüber!« bat Tschin; »er will nicht, daß wer anderer seinen Namen weiß. Alle nennen ihn Grünmantel, und mehr soll niemand wissen.«
»Sorge dich nicht«, beruhigte Christian, »wir sind gewohnt, dichtzuhalten.«
»Ich hatte gehofft«, sagte Tschin, »es würde was anderes in dem Blitzbrief stehen, etwa daß wir hier wegziehen würden, oder so was. Aber ich sehe schon, alles bleibt, wie es ist. Da gibt es keine Hilfe.«
»Morgen«, tröstete Großer-Tiger, »hast du die Reise vor dir. Ist es sehr weit bis Aschan?«
Tschin lachte. »Bis Aschan sind es zwei Tagesritte mit einem guten Pferd. Ich habe nur einen Esel.«
»Ich verstehe«, sagte Großer-Tiger und überlegte in einem fort, wo Aschan liegen könne; »mit dem Esel geht es nicht. Wie machst du das? Ich meine, wohin bringst du den Blitzbrief?«
»Ich reite nach Muruktschich hinüber«, erklärte Tschin, »dort wohnt seit einem Monat der Dondur-Wang in einer Schlucht, die ich kenne. Der Wang hat Soldaten, die sich gerne etwas verdienen. Einem von ihnen gebe ich den Blitzbrief, dann reitet er nach Aschan, und wenn er nach vier Tagen zurückkommt und die Quittung des Postamtes bringt, gibt ihm Onkel Tschen so viel, daß er sich ein Vergnügen gönnen kann. Gewöhnlich betrinken sich beide.«
»Und du?« fragte Christian.
»Still! sie kommen!« flüsterte Tschin.
Ein kurzes Schweigen entstand, und Christian bewunderte im stillen Tschin, der die Tritte gehört hatte, trotzdem alle, Glück, Grünmantel und Onkel Tschen, Schuhe mit Filzsohlen trugen. Bevor sie in die Jurte traten, hörte man Grünmantel draußen

reden. »Du solltest«, sagte er zu Glück, »die Lampe ausmachen, damit das Petroleum nicht vergeudet wird.«
»Es ist meine Lampe und mein Petroleum«, erwiderte Glück unfreundlich.
»Freilich, freilich«, knurrte Grünmantel, und dann hob er den Teppich vom Eingang, blinzelte und raffte den Rock zusammen, um an Tschin und Großer-Tiger vorbeizukommen.
»Aha!« rief Onkel Tschen anerkennend, »zwei Arbeiter schaffen mehr als einer!«
»Drei mehr als zwei«, verbesserte Glück, setzte die Laterne auf den Boden, streifte die Rockärmel hoch und nahm die Mütze ab. »Drachenzahn!« rief er, »du mußt das Feuer besser in Gang bringen, das Wasser soll sieden! Komm, laß mich an deinen Platz!«
»Was ich immer sage«, raunzte Onkel Tschen, »da sieht man es wieder: Mein Neffe ist ein minderwertiges Stück. Er dient einzig zu meiner Belästigung.«
»Nein«, erwiderte Glück, »aber Kochen ist nun einmal meine Leidenschaft.«
»Sieben Steuerleute und acht Matrosen«, bemerkte Grünmantel abfällig, »bringen kein Schiff in den Hafen.«
»Gib dir keine Mühe mit Sprichwörtern«, spottete Glück; »entweder du sagst sie falsch, oder du weißt nur die Hälfte davon, oder du verwechselst Steuerleute mit Matrosen. Auf jeden Fall kommt was Verkehrtes heraus.«
»Freilich, freilich«, knurrte Grünmantel nachgiebig. und dann wurde es still.
Alle schauten zu, wie Glück den Teig in Vierecke schnitt, die ganz gleich groß waren, und keiner wußte, wie das zuging. Dann würzte er das Fleisch mit Schildkrötentunke und Knoblauch, überall kam ein Körnchen Salz dazu, und als er schließlich feingemahlenen Ingwer mit einem Lufthauch darüberstäubte, war alles getan, um aus dem Fleisch kleine Kugeln zu formen, die in die Vierecke gelegt wurden.
»Ich gäbe etwas um eine Prise Zucker«, jammerte Glück; aber da war nun wirklich nichts zu wollen, und Glück schlug betrübt mit einem breiten Messer leicht auf die Fleischkugeln,

damit sie etwas flacher wurden. Das geschah wegen des schönen Aussehens, das die gefüllten Dreiecke kriegen sollten, die jetzt aus den Vierecken geformt wurden. Es war wie Zauberei. Großer-Tiger zählte die Fleischtaschen, die in das aufwallende Wasser kamen, mit Zählworten für Respektspersonen, und Tschin, dem ein bißchen Asche in die Nase flog, nieste extra laut, damit Glück »Hundert Jahre« sagte und er ihm darauf »Ihr seid ein glücklicher Mensch« antworten konnte.
So ein geschickter Koch war Glück.
Als sich alle zum Essen bereit machten und die Schüsseln vor sich stehen hatten mit den Eßstäbchen darauf, wollte Onkel Tschen unbedingt wissen, woher die Silberschalen stammten; und als er den Ring am Daumen von Großer-Tiger bemerkte, stieß er nicht nur mit der Zunge an, sondern stotterte auch ein wenig. Doch da fiel ihm Glück ins Wort und sagte, man müsse die Fleischtaschen essen, solange sie heiß seien.
Onkel Tschen wagte keinen Widerspruch, und so wurde es wieder still. Sogar der kleine Drachenzahn vergaß, daß er eigentlich unglücklich war. Glück legte ihm immer neue Fleischtaschen in die Holzschale, und als alle satt waren, stieß Onkel Tschen laut auf. Damit wollte er Glück zeigen, wie herrlich es ihm geschmeckt habe, und wie sehr er ihn als Koch verehre.
»Wie wäre es mit einem kleinen Schluck?« fragte er nachher, und er schielte nach der Messingkanne, die hinter ihm an der Zeltwand auf einer flachen Truhe stand; »ich meine ja nur wegen der Gesundheit oder so . . .«
»Freilich, freilich«, knurrte Grünmantel, »nur wegen der Gesundheit.«
»In meiner armseligen Hütte gibt es leider nur wäßrigen Wein«, klagte Onkel Tschen, »es ist ein Ja . . . Jammer.«
»Gib schon her!« sagte Glück grob.
Onkel Tschen holte mit dem Schürhaken etwas Glut aus dem Eisenring, breitete sie aus und stellte die Kanne hinein.
»Wenn der Wein wa . . . warm ist«, behauptete er, »ist er der Gesundheit am zuträglichsten.« Er teilte kleine Becher aus, schenkte sich einen davon voll, trank ihn aus und erklärte:

»Der Wein ist zu kalt, ich habe ihn für euch probiert. Geduldet euch bitte zwei Augenblicke und überlegt derweil, welches Trinkspiel wir ma . . . ma . . .«
Onkel Tschen wurde unterbrochen. Ein langdurchdringendes Geschrei verhinderte ihn, den Satz zu Ende zu sagen. Als eine Pause eintrat, schüttelte sich Grünmantel.
»Dieses Eselsgeschrei geht mir auf die Nerven«, sagte er.
»Es zerstört die zwölf Eingeweide«, pflichtete Onkel Tschen bei, »man muß es abschaffen.«
Doch der Esel schrie wieder. Tschin grinste heimlich, und Onkel Tschen erboste sich.
»Du lachst?« rief er zornig. »Widersprich mir nicht, du kleiner widerlicher Teufel! Ich sah es deutlich, du hast gelacht! Geh sofort und mach, daß der Esel aufhört zu schreien!«
Tschin stand gehorsam auf. »Das letztemal hat er mich getreten«, sagte er weinerlich.
»Weil du ungeschickt warst!« schrie Onkel Tschen. »Du taugst eben nicht!«
»Ich begleite dich«, sagte Glück und nahm die Laterne; »es passiert dir gewiß nichts.«
»Dürfen wir auch dabei sein?« fragte Christian.
»Kommt nur mit«, sagte Glück, »ihr dürft überall dabei sein. Man muß vieles lernen.«
Nacheinander traten sie aus der Jurte. Die Laterne schien hell. Aber auch der Mond leuchtete, so gut er konnte. Die Sterne umringten ihn, und es gab welche, die auf den Hügeln wie Wächter standen. Obendrein war es kalt.
»Wo steckt der Esel?« fragte Glück.
Als Antwort ertönte ein langgezogener Schrei hinter der Vorratsjurte.
»Seid bitte vorsichtig, befehlender Herr«, bat Tschin. »Am Tage ist er ganz zahm und gut, aber nachts, wenn ich ihm den Stein anhängen soll, wird er wild und schlägt aus.«
»Keine Angst«, sagte Glück, »dies ist nicht der erste Esel, dem ich einen Stein an den Schwanz hänge.«
»Warum tut man das?« fragte Christian.
»Wenn der Esel schreit«, belehrte ihn Glück, »hebt er den

Schwanz. Sobald er den Schwanz nicht mehr heben kann, kann er auch nicht schreien. Das ist alles, was sich darüber sagen läßt; aber es nützt.«

Tschin war vorausgelaufen, blieb stehen, und: »Da ist er«, sagte er.

»Halte die Laterne, Kompaß-Berg«, befahl Glück, »und du gib mir den Stein!«

Tschin bückte sich und hob einen dicken Stein auf, um den ein Strick kreuzweise gebunden war. Als der angepflockte Esel diese Vorbereitungen sah, hob er die Ohren, zerrte an der Kette und machte kleine, abwehrbereite Sprünge nach hinten. In seinen Augen spiegelte sich das Laternenlicht.

»So geht das nicht«, sagte Glück, »der Stein ist viel zu schwer; er reißt dem Esel mit der Zeit den Schwanz heraus. Du mußt einen andern Stein suchen, Drachenzahn, und den Strick daranbinden. Wenn du damit fertig bist, komme ich wieder. Du brauchst aber nicht rufen, ich bin gleich zurück.«

Glück ging in der Richtung auf die Wohnjurte fort; aber genausogut konnte er zum Wagen gegangen sein, um etwas zu holen.

»Vielleicht ist dieser Stein richtig?« fragte Christian lauter als nötig.

»Er darf nicht rund sein«, widersprach Tschin, »sonst hält der Strick nicht.«

»Aha«, sagte Christian und machte Großer-Tiger ein Zeichen, »wir müssen einen passenden Stein suchen.« Er nahm die Laterne und ging ein gutes Stück seitab dem Karawanenweg entgegen.

Dabei sagte er zwei- oder dreimal: »Es ist nicht leicht, nachts einen passenden Eselstein zu finden.« Hin und wieder hob er einen auf, von dem er wußte, daß Tschin sagen würde, er tauge nicht; ein andermal tat Großer-Tiger das gleiche; und als Tschin selber einen Stein fand, der ihm angemessen vorkam, waren ein paar Minuten vergangen. Dann vergingen noch ein paar, bis der Strick festgemacht war, und jetzt kehrten sie zu dem Platz zurück, wo der Esel sich so weit beruhigt hatte, daß er den Schwanz hob und losschrie.

»Hallo!« rief Christian, als der Esel aufhörte und in das Laternenlicht starrte.
»Ich bin da«, sagte Glück und trat aus dem Dunkel; »habt ihr einen passenden Stein gefunden?«
»Wir haben einen Stein von richtiger Größe und von gutem Gewicht«, sagte Großer-Tiger; »der Strick ist auch schon dran.«
»Gib her«, sagte Glück.
Tschin reichte ihm den Stein, und Glück ging zu dem Esel, nahm ihn am Halfter und kraulte ihn zwischen den Ohren. Dann sprach er mit ihm und klopfte ihm den Hals. Der unzugängliche Esel versuchte es wieder mit kleinen Sprüngen. Er probierte auch nach hinten auszuschlagen, aber da war niemand, denn Glück stand dicht an seiner Seite und hielt ihm den Kopf am Halfter nieder; als er mit der freien Hand den Schwanz erwischte, sagte er: »Esel, guter Esel, braves Stück Eselchen«, und band den Stein oberhalb der Quaste fest. Dann ließ er ihn los. Der Esel schaute betrübt nach seinem Hinterteil, stellte sich breit auf alle viere und schüttelte sich. »Das wäre das«, sagte Glück; »jetzt wollen wir schlafen gehen.«
Tschin, der nur eine dünne Jacke anhatte und fror, beeilte sich, in die Jurte zurückzukehren. Unterdessen gingen Großer-Tiger und Christian zum Wagen, und Glück half ihnen die Schlafsäcke holen und die Decken. »Habt ihr was erfahren?« fragte er. »Wir haben etwas erfahren«, sagte Christian eifrig. »Aber«, mischte sich Großer-Tiger ein, »wir wissen erst die Hälfte. Wir müssen Tschin noch einmal fragen, damit er uns die andere Hälfte sagt. Es muß«, flüsterte Großer-Tiger wichtig, »so was wie ein Telegramm sein. Wenn ich ihm einen Silberbatzen gebe, hat Tschin gesagt, will er mich den Blitzbrief sehen lassen.«
Glück langte in die Tasche. »Da«, sagte er, »hast du den Silberbatzen. Merke dir gut, was in dem Blitzbrief steht, und auch an wen er gerichtet ist.«
»Das weiß ich schon«, sagte Großer-Tiger schlau, »der Mann heißt Li-Yüan-Pei, und er wohnt in Hami.«
»Aha!« sagte Glück, als ob nichts wäre; aber dabei setzte er sich einen Augenblick auf den Schlafsack von Christian und

schnaufte ein bißchen. »Hat es was zu bedeuten?« erkundigte sich Großer-Tiger.
»Ach«, seufzte Glück, »nicht gerade viel, und eigentlich dachte ich es mir, denn es ist ganz in der Ordnung. Nur, verstehst du, ich habe es satt, mich mit diesen Gaunern herumzuschlagen.«
»Ist dieser Li so einer wie Grünmantel?« fragte Christian. »So ähnlich, nur ein wenig feiner«, erklärte Glück, »und ein bißchen geriebener.«
»Hat der befehlende Herr auch etwas erfahren?« fragte Großer-Tiger geradeheraus.
»Du meinst, weil ich vorhin weggegangen bin?«
»Daran dachte ich«, gab Großer-Tiger zu.
»Ich habe zwei Augenblicke lang zugehört«, was sich die Herren in der Jurte zu sagen hatten. Es scheint, daß Grünmantel die Niederlassung in Küh-Wasser aufgeben will.«
»Tschin wird sich freuen«, meinte Christian.
»Davon dürft ihr ihm nichts sagen; er erfährt es noch früh genug.«
»Warum«, bohrt Großer-Tiger weiter, »will Grünmantel das Geschäft hier nicht mehr betreiben?«
»Ich weiß es nicht«, sagte Glück, »vielleicht wird ihm der Boden zu heiß. Es muß einer dagewesen sein und nach ihm gefragt haben.«
»Wir werden das herauskriegen«, versprach Christian.
»Aber es dauert drei Tage vorher und drei Tage nachher«, sagte Großer-Tiger tiefsinnig.
»Wie das?« fragte Glück, der nicht mitkam. »Mein Großvater«, erklärte Großer-Tiger, »sagt, das wäre die Zeit, die man zur rechten Überlegung braucht.«
»Ist es der Großvater, von dem du den Ring hast?«
»Eben dieser ist es«, sagte Großer-Tiger.
Damit nahm er den Schlafsack unter den Arm, und Christian nahm den andern, auf dem Glück gesessen hatte. Sie gingen die wenigen Schritte bis zur Jurte schweigend, und Glück stapfte hinterdrein.
»Da seid ihr ja!« rief Onkel Tschen; »ich fürchtete schon, ihr wä. . . wärt verlorengegangen.«

»Wir haben die schattige Kraft des Mondes bewundert«, sagte Großer-Tiger, »er ist im Zunehmen.«
»Wir haben unser Bettzeug mitgebracht«, sagte Christian.
»Das hat noch Zeit«, rief Onkel Tschen, und er nahm die Messingkanne aus der Glut. Glück trank einen Becher, aber er schüttelte sich und machte brr! Man stehe nicht gut auf einem Bein, belehrte ihn Onkel Tschen; doch Glück erwiderte, es sei jetzt nicht die richtige Zeit, um Dreimännerwein zu trinken.«
»Glück hat recht«, sagte Grünmantel, nahm Onkel Tschen die Kanne weg und stellte sie auf die Truhe, wo ihr Platz war.
»Ganz wie der ehrenwerte Herr denkt«, sagte Onkel Tschen ergeben und stieß mit der Zunge an. »Die Mäßigkeit erlangt den Himmelsweg. Es war«, sagte Onkel Tschen, »auch nur wegen der Gesundheit.«
Dann verteilte er die Liegeplätze, und Grünmantel erhielt den besten Platz und die meisten Decken und Kissen. Christian und Großer-Tiger krochen in ihre Schlafsäcke; aber sie nahmen Tschin zwischen sich, um vor dem Einschlafen noch dies und das mit ihm zu reden.
»Was habt ihr da zu wispern?« fragte Grünmantel streng in die zunehmende Dunkelheit, denn das Feuer war erloschen, und nur die Asche glühte noch mit mattem Schimmer.
»Ich habe gefragt, was ein Drachenzahn ist«, entschuldigte sich Christian, »weil ich noch nie einen gesehen habe.«
Onkel Tschen lachte. Er war nur ein ganz klein wenig betrunken und eher gut als schlecht gelaunt. »Wir haben«, sagte er, »keinen Drachenzahn als den, der neben euch liegt und schwatzt. Ha! ha! Drachenzähne sind hierherum selten geworden. Es gibt nur minderwertige Stücke. Ei ja! Es ist ein Elend.«
»Vielleicht gibt es einen Drachenknochen?« fragte Christian bescheiden.
»Morgen früh will ich dir einen zeigen«, versprach Onkel Tschen, »dick wie ein Turm, ein Prachtstück! Die Zeit der Drachen wa . . . war eine kräftige Zeit, sage ich euch, anders als diese Welt mit den armseligen Schrecken von Flintenkugeln und neumodischem Bumbum. Kein Flintenkind kann diese Knochen durchdringen oder nur ritzen. Ei ja! Im Winter-

chen Monat lagen die Drachen haufenweise auf dem Berg Muruktschich und schliefen, aber im Sommerchen hoben sie die feurigen Flügel, und die Sonne schien schrecklich. Da tanzten sie und drehten Spiralen, und die Erde zitterte. Wenn sie durstig waren, soffen sie einen ganzen See aus mit allem, was darin war. Deshalb gibt es hier so wenig Wasser, und man muß Brunnen graben. Zu allem hin waren die Drachen unsterblich, aber jetzt sind alle tot, und man findet die Knochen, und hier und da die Zähne; aber die kosten vier Silberbatzen das Stück, so selten sind sie. Ei ja! Es ist ein Elend.«
»Sei endlich still!« knurrte Grünmantel; »wie soll man bei deinem Geschwätz schlafen?«
»Ich möchte wissen«, warf Glück ein, »ob es Drachen gegeben hat, oder ob der ganze Kram nicht wahr ist.«
»Der Herr Glück wird morgen die Knochen sehen«, verkündete Onkel Tschen stolz, »hernach wollen wir über die Bilder der Vorzeit reden, die am Himmel hängen.«
»Wenn diese Knochen«, sagte Christian, »so dick sind wie Türme . . .«
»Es könnte sein, sie sind etwas dünner«, schränkte Onkel Tschen freiwillig ein, »aber nicht viel.«
»Solche Knochen habe ich schon einmal gesehen«, behauptete Christian; »in Peking gibt es ein Museum, wo man sie aufbewahrt, und unser Lehrer sagt, sie stammen aus einer Zeit, in der es noch keine Menschen gab, aber Tiere, die Saurier hießen und groß wie Häuser waren.«
»Oder Türme«, sagte Onkel Tschen, »das ist dasselbe. Und der neue Name«, rief Onkel Tschen großartig, »stört mich nicht. Ob man Drache sagt, oder großer Flutwälzer, oder so was wie der verehrte junge Herr, das ändert nichts an der Erhabenheit der Erscheinung.«
»Diese erhabenen Flutwälzer«, erklärte Christian, »legten Eier, und die Eier habe ich auch gesehen. Sie waren sehr groß, und weil sie so alt sind, waren sie fast so hart wie Steine.«
»Was sagt der ehrenwerte Herr Glück dazu?« erkundigte sich Onkel Tschen triumphierend.
»Schlafen!« sagte Glück, und er drehte sich um.

»Bolna!« sagte Christian, und dann wurde es still.
Die letzte Glut erlosch, und als alles finster war, griff Großer-Tiger heimlich nach der Hand von Tschin, legte den Silberbatzen hinein und flüsterte ihm ins Ohr, er solle noch eine Stunde wach bleiben, und wenn alle schliefen, möchte er mit ihm zwei Worte reden.
»Gut«, flüsterte Tschin, und er begann regelmäßig und kräftig zu atmen wie ein müder Schläfer. Er brauchte nicht einmal eine Stunde zu warten, denn Glück schlief gleich ein, Onkel Tschen ebenfalls, und als Grünmantel zu schnarchen anfing, war keine Gefahr mehr, daß ein leises Wort gehört würde. »Ihr zieht von Küh-Wasser weg«, begann Großer-Tiger, »freust du dich?«
»Ich freue mich«, sagte Tschin und gluckste vergnügt; »woher weißt du das schon wieder?«
»Wir wissen eben alles«, flüsterte Christian, der aufgewacht war; »aber ihr müßt leiser reden.«
»Wir reden wie die alten Könige inmitten der Erde«, sagte Großer-Tiger.
»Keine Angst«, flüsterte Tschin, »Onkel Tschen schläft wie ein Drache auf dem Berg Muruktschich.«
»Warum zieht ihr von Küh-Wasser fort?« fragte Großer-Tiger.
»Grünmantel will sein Geschäft in die Provinz Kansu verlegen«, sagte Tschin; »er wollte es schon lange, aber als er hörte, daß der Mann mit dem Gewehr nach ihm gefragt habe, war er plötzlich entschlossen, alles abzubrechen. Sobald ich den Blitzbrief besorgt habe, holen wir sechzehn Kamele, die uns der Mongole Pandiriktschi schuldet, und dann ziehen wir nach Sutschou. Das ist eine Stadt, die zwischen Lantschou und dem Ort liegt, von dem in dem Blitzbrief die Rede ist.«
»Hsing-Hsing-Hsia«, sagte Christian.
»Ja«, flüsterte Tschin, »so heißt das Nest. Dort ist der große Karawanenweg, den man die Seidenstraße nennt. Grünmantel sagt, es gebe dort ein besseres Geschäft, nicht bloß mit Wolle und mit Drachenknochen.«
»Vielleicht«, sagte Großer-Tiger nachlässig, »will er mit Wagen fahren, die von selber gehen; auf der Seidenstraße kann man das.«

»Onkel Tschen meint auch, daß es ginge«, sagte Tschin eifrig; »ich wäre froh, wenn es so wäre, da dürfte ich auch einmal mitfahren.«
»Es geht bestimmt«, versicherte Christian; »ich möchte bloß wissen, warum Grünmantel sich nicht Schong-Ma nennt, wenn er schon so heißt. Ich finde Grünmantel albern.«
»Manche Leute«, erklärte Tschin, »haben zwei Namen. Wenn einer nicht mehr taugt, nimmt man den andern. Vielleicht ist Schong-Ma abgebraucht.«
»Es wird wohl so sein«, meinte Großer-Tiger schläfrig.
»Gehört der Silberbatzen mir?« fragte Tschin aufgeregt.
»Er gehört dir«, sagte Großer-Tiger.
»Weshalb schenkst du ihn mir?« wollte Tschin wissen; »ich kann dir nichts dafür geben.«
»Aus Freundschaft und zur Überraschung«, sagte Großer-Tiger; »am Ende hast du bald Geburtstag.«
»Ich weiß nicht, wann mein Geburtstag ist«, erwiderte Tschin.
»Um so besser, dann ist er heute.«
»Ich glaube«, sagte Tschin, »er muß wohl heute sein, so ein schöner Freudentag ist heute. Ich habe noch nie einen ähnlichen erlebt.« Tschin schluckte vor übergroßem Glück, und er wurde sogar rot; aber das sah man nicht, weil es in der Jurte dunkel war. Es gab zwar eine Stelle im Rauchfang, die ein winziges Stück Himmel frei ließ. Zwei, drei Sterne blinkten darin, aber sie zogen rasch weiter, und dann kamen lange keine mehr. »So ein schöner Freudentag ist heute«, murmelte Tschin noch einmal beglückt, und dann schlief er ein.

Sechsundzwanzigstes Kapitel, von der Begegnung mit Mateh und dem Karawanenführer

Glück war ein überzeugter Frühaufsteher. Daher kam es, daß alle schon beim Tee saßen, während es noch dunkel und kalt war. Onkel Tschen, der andere Gewohnheiten hatte, hielt die Hände über das Feuer. Trotzdem er auch im Rücken fror, machte er ein liebenswürdiges Gesicht und sagte feierlich: »Ich wünsche den Herren Wohlergehen zu Wasser und zu Lande. Vielleicht leiht uns der Herr Glück vor der Abreise seine ehrenwerte Laterne, damit wir den Drachenknochen betrachten können. Wie ein Turm, sage ich, er ist wie ein Turm!«

»Unsinn!« knurrte Grünmantel und zog die Mundwinkel abwärts, »der Knochen ist unbrauchbar.«

Onkel Tschen schwieg gekränkt und blickte prüfend auf Tschin, der einen gelblichen Teig aus geröstetem Gerstenmehl knetete und Butter und Tee dazutat. Der Teig wurde dick und löste sich, ohne daß etwas hängenblieb, von der Schüssel.

»So muß er sein«, verkündete Glück. »Man kann den Brei essen, wie er ist, oder auch mit Tee verdünnen, und man kann ihn«, fuhr Glück fort, »anständig oder unanständig essen, ganz nach Belieben.«

»Ist das eine mongolische Speise?« fragte Christian.

»Diesmal nicht«, entgegnete Glück, »es ist eine tibetische Speise, und sie heißt Tsamba. Eßt nur! Tsamba ist das richtige Futter für alte Karawanenmänner.«

Christian und Großer-Tiger stocherten anfangs ungeschickt mit den Eßstäbchen in dem Brei herum, aber dann entschlossen sie sich, es so zu machen wie Tschin, der die Schale an den Mund setzte und mit den Stäbchen den Brei hineinschob, ohne daß es dieser Nachhilfe wirklich bedurft hätte.

Wenn das die Ama sähe! dachte Christian; aber er kam nicht dazu, sich ihre tadelnden Worte über schlechtes Benehmen bei Tisch auszumalen, denn Glück sagte unerschrocken: »Es ist das beste, man läßt Tsamba in sich hineinlaufen.«

Dieser einfachen Erklärung folgten alle, und Christian und Großer-Tiger taten es auch, denn Tsamba schmeckte süß.

»Ich gab euch«, sagte Onkel Tschen gönnerhaft, »von der allerbesten Sorte, mit etwas Zucker drin. Ein Luxus ohnegleichen, sage ich, die reine Schlemmerei!«

Mehr wurde nicht gesprochen, und es war auch nicht möglich, denn bei dieser Art des Essens wäre eine Unterhaltung hinderlich gewesen. Nachher zündete Glück die Laterne an, und Onkel Tschen ging voraus zu der Vorratsjurte, hinter der der Esel sich niedergelegt hatte.

»Alter Schreihals«, sagte Onkel Tschen, »du wirst mich nicht mehr lange stören.«
»Was soll das?« knurrte Grünmantel und stieß Onkel Tschen in die Seite; »halte den Mund!«
»Ich meinte ja nur«, entschuldigte sich Onkel Tschen; »man wird ihm nächstens zwei Steine anhängen, ja, das wollte ich sagen.« Dann hob er den Teppich vom Eingang der Vorratsjurte und sprach würdevoll: »Hier ist er. Wa . . . was sagt der verehrte Herr Glück jetzt?«
Zuerst dachten Christian und Großer-Tiger, es wäre ein gewöhnlicher walzenförmiger Stein, der da auf einem Haufen gepreßter Kamelwolle lag, aber dann sahen sie, daß es auch ein Knochen sein konnte. Wenigstens hatte er die Form, die daran erinnerte. Er war dick wie ein mittlerer Baumstamm und hatte eine rissige Oberfläche. »Wenn du diesen Stein meinst«, sagte Glück, »den habe ich gestern abend schon gesehen.«
»Ein Stein?« rief Onkel Tschen entrüstet; »es ist der größte Drachenknochen, den ich bisher sah, ein herrliches Stück!«
»Taugt nicht«, tadelte Grünmantel, der mit Kennermiene daran herumklopfte; »für einen Drachenknochen, wie ihn die Apotheker haben wollen, ist er viel zu hart. Man kann ihn nicht zu Medizin stoßen. Du hast einen Stein gekauft.«
»Was meinte der junge Fürst?« wandte sich Onkel Tschen hilfesuchend an Christian.
»Der Knochen«, sagte Christian, »ist genau so, wie ich in Peking welche gesehen habe, und alle Leute, die dabei waren, riefen ah! und oh!«
Onkel Tschen atmete erleichtert auf. Aber Grünmantel sagte streng: »Dann gibt es in dem Aufbewahrungsort, den man ein Museum nennt, nur wertlose Steine statt brauchbarer Knochen.«
Er drehte sich verärgert um und ging.
Glück sagte zu Onkel Tschen: »Da hast du's. Mußt aber nicht gleich weinen, altes Onkelchen.« Dann klappte Glück den Glaszylinder hoch und blies die Laterne aus.
Am östlichen Himmelsrand wurde es hell, ein Stern nach dem andern erblaßte, und man konnte schon gut erkennen, wie

schwarz die Felsen von Muruktschich und wie hell die Hügel waren, und auch, daß es einen schönen Tag gebe.
Darüber wurde Glück fröhlich, und er rief: »Der Himmel ist uns wohlgesinnt. Geht auf eure Plätze, ihr Männer, das Licht will aus der Erde steigen.«
Christian langte geschwind in den Sack und gab Tschin eine Handvoll Honigbrotwürfel; dann machte Glück tüt, tüt, tüt! Der Motor sprang sofort an, weil Glück vorsorglich schon vor einer Stunde heißes Wasser eingefüllt hatte. Tschen und Tschin verneigten sich, und so standen sie lange am Rand der Karawanenstraße, denn Onkel Tschen hatte sich vorgenommen, seinen minderwertigen Neffen Anstand zu lehren. Erst als die Jurten von Küh-Wasser kleiner wurden, sah man Onkel Tschen in die Jurte gehen und Tschin davonhüpfen.
»Jetzt wird er dem Esel den Stein abnehmen«, sagte Großer-Tiger.
»Und dann wird er den Blitzbrief besorgen«, sagte Christian bekümmert.
»Ei ja, es ist ein Elend«, seufzte Großer-Tiger niedergeschlagen.
Christian steckte den Kopf in den Pelzmantel und dachte betrübt darüber nach, wie schwierig manche Sachen waren. Warum hatte ihn Großer-Tiger gestern abend nicht ausreden lassen, und warum hatte er Glück schon wieder angelogen und gesagt, er wisse erst die Hälfte des Blitzbriefes? Christian verstand nicht, weshalb Großer-Tiger so viele Lügen losließ. Früher war das nie so gewesen.
Großer-Tiger dachte auch nach. Er schaute nach den rosa Wölkchen, die über den Hügeln im Osten schwammen, und dann sagte er: »Du mußt dein Herz weit machen, Kwi-Schan!«
»Ich höre, Großer-Tiger«, sagte Christian.
»Du und ich«, begann Großer-Tiger, »wir beide wissen viel aber wir dürfen niemand ein Stückchen davon erzählen.«
»Ganz besonders Grünmantel nicht«, sagte Christian.
»Nein, ganz besonders Glück nicht«, widersprach Großer-Tiger.
»Wieso?« fragte Christian, und er überlegte, weshalb gerade Glück nichts wissen dürfe.

»Den Mund aufmachen ist gefährlich«, erklärte Großer-Tiger, »den Mund geschlossen halten ist gefahrlos. Glück darf niemals erfahren, daß wir von seinem Handel mit Grünmantel etwas wissen.«
»Aha!« sagte Christian; »und warum niemals?«
»Weil Glück sein Gesicht verlieren würde. Das darf nicht sein, und darum müssen wir es so einrichten, daß er immer als Ehrenmann dasteht. So erhalten wir ihn uns als Freund. Ich habe deshalb . . . verstehst du?«
»Jetzt verstehe ich«, sagte Christian.
»Wer einmal lügt, muß vielmal lügen«, sagte Großer-Tiger traurig. »Wundere dich nicht, Kwi-Schan, wenn du mich Lügen loslassen hörst.«
»Ich werde mich nicht mehr wundern«, versprach Christian.
»Wir dürfen zu Glück nichts von dem Benzin und nichts von Hsing-Hsing-Hsia sagen. Darum muß ich jetzt nachdenken, was ich ihm erzähle, sobald er mich fragt: Was stand in dem Blitzbrief geschrieben?«
»Ich werde auch nachdenken«, sagte Christian; »am Ende fällt mir etwas ein, und du mußt nicht allein Lügen loslassen.«
Er kroch tiefer in den Pelzmantel, zog die Fellmütze über die Ohren, und Großer-Tiger machte es ihm nach. Sie schauten nach den rosa Wölkchen im Osten; aber die Wölkchen waren bleich geworden und dünn, und als die Sonne feierlich in den reinen Himmel schwebte, lösten sie sich vollends auf. Die große Sonne, die nur die Kurzschläfer in ihrer Mächtigkeit zu sehen kriegen, verschwendete alles Gold, das sie hatte. Jedes Ding glänzte, die Felsen von Muruktschich, die Grashalme am Weg, die eisernen Fässer und die Schwingen eines frühen Adlers, der über dem Tal Schara-Murin kreiste.
Eine Stunde später, als die Sonne schon wärmte, hörte der Graswuchs auf. Es gab immer mehr Steine, und es gab einen flachen Bergrücken, der von Norden her seine Ausläufer in das Tal schob wie eine ausgebreitete Hand die Finger. Der erste Ausläufer verhieß einen bequemen Aufstieg, und man sah die Karawanenstraße den sanften Hang hinaufziehen. Trotzdem verließ Glück hier den Weg und bog auf einer wenig einladen-

den Geröllhalde nach Süden ab. Der Wagen wackelte eine Zeitlang über grobes Gestein, bis er eine breit ausladende Senke erreichte, die aber nur den Anstieg zu einem zweiten Schutthang vorbereitete, wo es wieder polternd über Steine ging.
So wechselte es einige Male, bis sich ein Tal öffnete, in dem der scharfe Einschnitt eines Wasserlaufs die Eintönigkeit unterbrach. Drei bis vier Meter hohe rote Lößbastionen säumten das Flußbett und ließen die Gewalt des Wassers ahnen, das sich hier Bahn gebrochen hatte. Allein das Bett war mit Steinen gefüllt statt mit Wasser, und erst als das Tal sich weitete, sah man Schilfwiesen und hie und da einen Tümpel. Der Bergrücken im Norden sprang in einem wie vom Zirkel gezogenen Halbkreis zurück und verflachte dann. Aus dem Halbkreis kam die Karawanenstraße durch eine Felsenschlucht in die Niederung, und es war leicht einzusehen, weshalb Glück sie verlassen hatte. Am Rand der Schilfwiesen stand eine Jurte, Schafe weideten am Berghang, und aus dem Schilf tauchten die Köpfe von einigen Kamelen auf. Es mochte kurz vor Mittag sein, als Glück bei der Jurte haltmachte.
»Aussteigen!« rief er, »wir sind im Schnell-Schwarzwasser-Tal, und wahrscheinlich ist dies die letzte Jurte, die wir zu sehen kriegen, bevor wir den Edsin-Gol erreichen.«
»Bolna!« sagte Christian und schlüpfte aus dem Pelzmantel.
»Ist dir was eingefallen?« flüsterte Großer-Tiger.
»Ich weiß, was man sagen muß; bitte laß mich reden, wenn Glück uns fragt.«
»Hast du auch alles bedacht?« fragte Großer-Tiger ängstlich; »es muß eine gute Lüge sein.«
»Es ist eine sehr gute Lüge, weil sie ganz einfach ist«, entgegnete Christian zuversichtlich.
Beide stiegen vom Wagen. Ein alter Mann stand da und begrüßte sie wie langerwartete Freunde. Seine Frau verscheuchte zwei zähnefletschende Hunde, die groß und wild waren, wie Hunde sein müssen, die den Wolf ohne Geheiß angreifen. Sie waren braun und weiß, und sie waren einig in der wütenden Lust, sich auf alles zu stürzen, was ihrem Herrn feindlich sein

konnte. Sie hatten dicke Halskrausen wie junge Löwen, aber sie folgten der Alten aufs Wort.
Nach der Begrüßung, die Christian und Großer-Tiger beinahe ohne Stocken zuwegebrachten, bat sie der alte Mann, in die Jurte zu treten. Statt des Teppichs war der Eingang mit einer kleinen zweiflügligen Tür versehen, die offenstand und bescheidenen Wohlstand verkündete. Glück und Grünmantel gingen hinein, dann kamen Großer-Tiger und Christian, und zum Schluß folgte der Hausherr. Als sie schön der Rangordnung nach auf den Plätzen saßen, kam auch die Frau, schürte das Feuer und setzte frisches Teewasser auf. Christian und Großer-Tiger betrachteten die Jurte; sie war anders und bei weitem herrlicher als das arme Zelt Sertschis oder die verräucherte Filzjurte Onkel Tschens.
»Hier möchte ich bleiben«, flüsterte Christian.
»In diesem werten Palast wohnt das Glück«, sagte Großer-Tiger leise.
Die Filzwände waren neu und weiß und an den Rändern blau eingefaßt. Sie schimmerten durch das schwarze Gitterwerk, an dem neben der Tür ein Brett hing. Auf dem Brett standen der Reihe nach blanke Kupferkannen. Der Boden war mit Teppichen belegt, und auf den Teppichen lagen rote Sitzkissen, von denen es einen ganzen Stapel gab. Im Hintergrund war eine geschnitzte Truhe ehrwürdigen Alters, auf der ein gemusterter blauer Haddak lag. Zwei brennende Butterlämpchen standen darauf, hinter denen mehrere zwischen Brettchen gepreßte und in Seide gebundene Bücher lagen. An erhöhter Stelle thronte ein Buddha aus Bronze mit den großen Ohren der vollkommenen Weisheit. Es roch unaufdringlich nach Weihrauch und stillem Glück.
Nachdem eine Weile ausgiebig geschwiegen worden war, begann der alte Mongole zu reden. Er sprach mit tiefer Stimme, ohne sie zu heben oder zu senken, und er wandte sich an Christian: »Bist du schon lange im Mongolenland?« fragte er.
Glück mußte einspringen: »Der armselige Ausländer«, sagte er, »kennt das Grasland erst seit vier Tagen.«
»Ich bedaure ihn aufrichtig«, erwiderte der Alte.

»Wie traurig muß es sein«, sagte die Frau, »nicht als Mongole geboren zu sein!«
»Gewiß«, bestätigte der Alte, »es ist ein Unglück; aber welch ein Glück für ihn, daß er den Weg zu uns gefunden hat!«
Als der Tee fertig war, gab es Hirse und frischen Rahmkäse, und der Alte nahm das Gespräch wieder auf. »Ich heiße Mateh«, sagte er, »und ich komme in jedem Jahr, wenn der Winter vorüber ist, in das Schnell-Schwarzwasser-Tal. Seit vier Tagen bin ich hier. Das Wasser ist gut, die Kamele und die Schafe finden genug zu fressen; mehr brauche ich nicht.«
»Wie ist es mit dem Wolf?« fragte Glück; »ich sehe, deine Schafe weiden am Berghang, und es ist niemand bei ihnen.«
»Der Wolf kommt selten hierher, weil es keine Antilopen gibt. Auch die Hasen sind rar, und die großen Wildschafe leben in den Bergen. Sie haben Hörner, die der Wolf nicht liebt, und sie sind flink wie der Vier-nicht-gleich.«
»Vier-nicht-gleich?« fragte Grünmantel lebhaft. Er hatte das seltsame Wort verstanden, denn es gehörte zu den wenigen, wie Wolle, Mehl und Salz, die er sich angeeignet hatte. »Was ist mit dem Vier-nicht-gleich?«
»Warte zwei Augenblicke«, sagte Glück; »oder ist dir unbekannt, daß der Vier-nicht-gleich ein Märchen ist?«
»Er ist kein Märchen«, widersprach Grünmantel; »ich habe sein Geweih gesehen, und das Geweih ist so teuer, daß man es mit Gold aufwiegt.«
»Du bist einem Schwindel aufgesessen«, behauptete Glück; »was meinen die jungen Herren dazu?«
»Mein Onkel«, berichtete Großer-Tiger, »hat den Vier-nicht-gleich im Jagdpark des Kaisers gesehen. Jetzt gibt es dieses Tier nicht mehr; seine Ahnen sind tot, und seine Kinder sind gestorben.«
»Ich weiß nicht, was ein Vier-nicht-gleich ist«, sagte Christian.
»Wovon sprechen die Herren?« erkundigte sich Mateh.
»Wir sprechen noch immer vom Vier-nicht-gleich«, sagte Glück, »und wir wissen nicht, ob es ihn gibt, oder ob es ihn gab, oder wie er aussieht.«
»Der Vier-nicht-gleich«, erklärte Mateh, »war ein Hirsch; aber

er war doch kein Hirsch, obwohl er ein Geweih trug. Er hatte Füße wie ein Rind, Haare wie ein Maultier und den Schwanz eines Esels. Darum nannte man ihn den Vier-nicht-gleich, und er lebte in den Wäldern des Nordens, wo die Mongolei zu Ende geht. Ich habe ihn nie gesehen; aber vor sieben Jahren besuchte mich ein weitgereister Mann, der alles kannte, was es auf der Welt gibt. Er hatte den Vier-nicht-gleich gesehen, und er sagte, es sei ein schreckliches Vieh mit traurigen Augen.«

»Es ahnte wohl, daß es aussterben würde«, meinte Glück, und er übersetzte den Bericht Matehs ins Chinesische. Da kam Christian eine Erleuchtung, und er rief: »Der weitgereiste Mann war Nicht-gibt-es-nicht.«

Christian merkte zwar gleich, daß er etwas Verkehrtes gesagt hatte, allein es war zu spät. Er hatte die Warnung Großer-Tigers vergessen, daß es gefährlich sei, den Mund zu öffnen.

»Nicht-gibt-es-nicht?« rief der alte Mateh, – »mein Kind, was weißt du von diesem würdigen Mann?«

»Woher kennst du ihn?« fragte Glück.

»Wahrscheinlich ist es wieder ein befreundeter Fürst«, sagte Grünmantel spöttisch.

»Wir haben diesen Namen gehört«, erklärte Großer-Tiger schnell, »weil sein Träger ein berühmter Mann war, von dem man in allen Zeiten spricht. Er soll im Schnell-Schwarzwasser-Tal gestorben sein. Dies haben wir vernommen, und mehr wissen wir nicht.«

Mateh hatte aufmerksam zugehört, und da er einiges verstand, nickte er eifrig mit dem Kopf. »Es ist, wie du sagst«, rief er, »und man muß des Mannes Nicht-gibt-es-nicht mit Ehrfurcht gedenken.«

Mateh schwieg, und für einige Augenblicke war es ganz still. Man hörte das Feuer knistern. Draußen tappten die Kamele durch das nahe Schilffeld, und einer der beiden Hunde begann zu knurren.

»Eijen-Tschin!« sagte die Frau Matehs leise, und darauf wurde es womöglich noch stiller. Man hörte ein feines fernes Läuten, und jedesmal wenn es etwas näher klang, knurrten die Hunde lauter.

»Eine Handelskarawane«, sagte Grünmantel und machte Anstalten, aufzustehen.
Sofort erhob sich Mateh und war mit seiner Frau zur Tür hinaus, bevor Grünmantel recht auf den Beinen war.
»Ist das deine ganze Höflichkeit?« fragte Glück zornig; aber Grünmantel machte sein hochmütiges Gesicht, gab keine Antwort und ging.
»Da ist keine Hilfe«, seufzte Glück, »man muß die Ungebildeten mit Geduld ertragen.«
»Wohin will er denn?« fragte Christian.
»Er ist ein neugieriges Stück Mensch«, sagte Glück verächtlich, »und er schämt sich nicht, seine Unbeherrschtheit zu zeigen. Hört ihr die Glocken? Es sind zwei, – nein«, verbesserte Glück, »es sind drei. Also ist es eine große Karawane. Sie kommt die Schlucht herab, und Grünmantel will wissen, wer es ist, und woher sie kommen, was sie geladen haben, und wohin sie gehen.«
»Nimm den Daschior mit!« hörte man draußen Mateh sagen, und Grünmantel knurrte: »Weiß schon«, und: »Freilich, freilich!« Dann ging er fort. Mateh rief die Hunde, die ihm nachstürzen wollten, und dann kam er mit seiner Frau zurück.
»Ist dein würdiger Begleiter ein Handelsmann?« fragte Mateh.
»Er betreibt dieses heruntergekommene Gewerbe«, bestätigte Glück.
»Die Handelsleute«, sagte die Hausfrau entschuldigend, »müssen dem Kleinen nachjagen, damit sie das Große erlangen.« Sie füllte drei Schalen mit Milch, und Mateh holte aus der Truhe drei weiße Haddaks. Dann bot er kniend seinen Gästen nacheinander Milch und Haddak.
»Zuviel der Ehre«, sagte Glück.
»Wir sind unwürdig«, sagten Großer-Tiger und Christian. Sie tranken ein klein bißchen von der Milch und schauten zu, wie Glück den Haddak zur Stirn hob und dann in den Gürtel steckte. Da machten sie es ebenso, und Glück sagte: »Wir verdienen nicht geehrt zu werden, wir sind kümmerliche Reisende. «
Das ließ Mateh nicht gelten. Sie seien bereits sehr enge Freun-

de, behauptete er und sprach in gewählten Redewendungen, die Glück nicht alle verstand, von dem Glanz, den sie in seine Jurte brächten. »Wer meinen teuren Freund Nicht-gibt-es-nicht kennt«, rief Mateh, »steht nah an meinem Herz.«
»Das bist du«, sagte Glück, und er gab Christian einen Schubs.
»Ich kenne ihn aber nicht«, versicherte Christian unglücklich; »Nicht-gibt-es-nicht ist schon lange tot.«
»Wir bitten den befehlenden Herrn Glück«, sagte Großer-Tiger, »unsere Bedrängnis nicht zu verraten. Es wäre nämlich nicht gut, wenn Grünmantel erführe, daß wir mit dem Sohn und dem Sohnessohn des Mannes Nicht-gibt-es-nicht befreundet sind. Der eine heißt Dogolon, der andere heißt Bator.«
»Aha!« knurrte Glück, »ihr scheint feine Bekannte zu haben; von diesem Dogolon habe ich schon gehört.«
»Er ist aber kein schlechter Mensch!« rief Christian.
Glück zog die Augenbrauen hoch. Er warf einen prüfenden Blick auf Großer-Tiger und Christian, sagte aber weiter nichts, sondern begann dem wartenden Mateh auseinanderzusetzen, wie alles war, und daß Dogolon ein Sohn von Nicht-gibt-es-nicht und Bator ein Sohn von Dogolon sei.
»Ich weiß es«, erwiderte Mateh arglos. »Wie geht es Dogolon, und wohnt er noch am Weißen-Stein?«
»Vor drei Tagen ist er weggezogen«, sagte Glück ärgerlich.
»Er wandert zum Edsin-Gol«, erklärte Großer-Tiger, »dort wohnt der Mann Naidang, der auch ein Großvater von Bator ist, Christian und ich wollen ihn besuchen, wenn wir ihn finden.«
»Die Vergangenheit«, sprach Mateh, »dringt empor wie das Holz aus der Erde.«
»Habt ihr zwei Augenblicke Zeit?«
»Wir haben sie«, sagte Glück mürrisch; aber dann besann er sich und fügte höflich hinzu: »Wir haben einen ganzen Sack davon.« Dabei lächelte er zutunlich, denn er wollte seine Unhöflichkeit schnell vergessen machen.
»Vor sieben Jahren«, begann Mateh, »kam Nicht-gibt-es-nicht zu uns. Es war zeitig im Frühjahr, und die Nächte waren kalt. Nicht-gibt-es-nicht kam spät am Abend, und nachdem wir uns

kennengelernt hatten, gingen wir zur Ruhe. Am nächsten Morgen wollte er weiterreiten, doch wir baten ihn, zu bleiben, und da blieb er, und wir erfuhren von allem, was es in der Welt gibt. Wir hatten gemeinsame Bekannte, von denen wir reden konnten, und als es wieder Abend wurde, kam das Gespräch auf Jolleros-Lama.«

»Wir haben den Gegen in Weißer-Stein gesehen«, sagte Christian.

»Er ist wie Vater und Mutter«, sagte Großer-Tiger.

»Er ist gütig zu Mensch und Tier«, bekräftigte Mateh. »Von ihm hatte Nicht-gibt-es-nicht ein Blatt des heiligen Baumes in Kumbum, das sollte er im Schnell-Schwarzwasser-Tal in den Wind werfen. Es ging aber kein Wind. Am Abend des vierten Tages zog Nicht-gibt-es-nicht ein schmales Buch aus dem Gürtel, darin lag das Blatt, und viele Seiten des Buches waren beschrieben. ›Ich bin ein schlechter, neugieriger Mensch‹, sagte Nicht-gibt-es-nicht, ›kannst du lesen?‹ ›Diese Kunst verstehe ich nicht‹, sagte ich. ›Aber du hast viele Bücher‹ erwiderte er, ›wie kommt es, daß du sie bewahrst?‹ ›Sie gehören meinem erstgeborenen Sohn, er ist ein Lama im Kloster Orte-Golen-Sum.‹«

»Dort waren wir auch«, sagte Glück, »wir sind aber vorbeigefahren.«

»Das ist schade!«, rief Mateh, »in Orte-Golen-Sum ist die Blüte der weisen Männer von Ordos und Sunit.«

»Der Sunit-Wang war dort«, bemerkte Großer-Tiger, »und sein alter Vetter war auch zu Besuch. Er ist sehr klug.«

»Der alte Vetter ist ein vollkommener Weiser«, sagte Mateh. »Bei ihm war Nicht-gibt-es-nicht auch gewesen, und der gelehrte Mann schrieb ihm mancherlei in das schmale Buch, damit Naidang es lesen sollte, sobald Nicht-gibt-es-nicht zum Edsin-Gol käme. Allein des Himmels Beschluß wollte es anders.

In der vierten Nacht, als ich schlief, weckte mich Nicht-gibt-es-nicht. Ein Sturm war aufgekommen und brauste durch das Schnell-Schwarzwasser-Tal. ›Ich möchte das Gebot des heiligen Mannes erfüllen‹, sprach Nicht-gibt-es-nicht, ›und ich

bitte dich, mein Zeuge zu sein.‹ Wir traten vor das Zelt, wo die Hunde im Windschatten lagen. Sie hoben die Köpfe, und der Himmel war schwarz bis auf ein Stückchen trüben Mondes. Nicht-gibt-es-nicht griff in den Gürtel, nahm das schmale Buch heraus und warf das Blatt des heiligen Mannes in den Wind. Es flog davon, und mit ihm flog ein Blatt des dünnen Reispapiers fort, aus dem das Buch gemacht war. Ich griff danach, aber es war längst in die rauschende Nacht gewirbelt. ›Hammaguä!‹ rief Nicht-gibt-es-nicht, ›man soll Geschriebenem nicht nachlaufen.‹
Wir gingen ins Zelt zurück, und ich schlief, bis ich erwachte. Nicht-gibt-es-nicht aber wachte nicht auf; er war schon ganz tot, als ich ihn wecken wollte, so geschwind war er gestorben. Wir waren traurig, und als wir um ihn geweint hatten, ließen wir einen Lama kommen, der den Platz für Nicht-gibt-es-nicht in den Bergen bestimmte.«
»Liegt er weit von hier begraben?« fragte Christian.
»Wir möchten seinem Grabe den Fußfall kindlicher Verehrung erweisen«, sagte Großer-Tiger.
Glück schüttelte den Kopf. »Das geht nicht«, erklärte er, »weil es kein Grab gibt.«
Mateh, der zugehört und verstanden hatte, wovon die Rede war, sagte: »Wir Mongolen begraben die Toten nicht. Wir legen sie weit weg auf einen Platz, den uns der Lama zeigt, und dann warten wir drei Tage und beten, daß die irrende Seele im Jenseits wohl aufgenommen werde. Der Körper dient den Wölfen und den Adlern zur Speise. Von Nicht-gibt-es-nicht gab es nur noch die Knochen, als wir am dritten Tag seine Stätte besuchten. Er war ein guter Mensch, sonst wäre mehr übriggeblieben.«
»Und dann?« fragte Christian.
»Was tut man dann?« fragte Großer-Tiger entsetzt.
»Man tut nichts«, sagte Mateh, »man läßt die Knochen liegen, wo sie sind.«
»Aber die Angehörigen?« fragte Großer-Tiger.
»Ich sandte ihnen Nachricht«, antwortete Mateh, »und ich gab dem Boten das Kamel mit und was Nicht-gibt-es-nicht sonst

noch besessen hatte. Allein der Bote brachte alles wieder, weil Dogolon es mir schenken wollte. So bekam ich die Kamelstute, die Nicht-gibt-es-nicht geritten hatte, und sie wurde die Stammutter unserer kleinen Herde. Das Glück kehrte bei uns ein. Wir verloren seither kein Schaf durch den Wolf, und wenn wir im Winter nach anderen Weideplätzen ziehen, so kehren wir doch in jedem Frühjahr ins Schnell-Schwarzwasser-Tal zurück.«

»Ihr tut gut daran«, sagte Glück, »sonst hätten wir euch nicht getroffen, und wir wären ohne deine Belehrung geblieben.«

Nach diesen höflichen Worten trank Glück die Milch aus, und damit war das Zeichen zum Aufbruch gegeben. »Entschuldige«, bat Mateh, »wenn ich dich mit einer Bitte belästige.«

»Von einer Belästigung kann nicht gesprochen werden«, sagte Glück.

»Ich möchte«, sprach Mateh, »daß der junge Herr das Buch zum Edsin-Gol mitnimmt, damit Naidang die zwei Worte des alten Vetters erfahre. Vielleicht braucht Naidang diese Nachricht dringend.«

»Keine Befürchtung«, tröstete Glück, »im Grasland wird eine Botschaft nicht alt.«

Da nahm Mateh das schmale Buch von der Truhe, und Christian ergriff es ehrerbietig mit beiden Händen. »Wir werden Grüße von Euch bestellen«, sagte er.

»Halt einmal«, rief Glück, »wo wohnt dieser Naidang ungefähr?«

»Man hat mir gesagt, er wohne am Närin-Gol«, sagte Mateh, »mehr weiß ich nicht.«

»Wir werden Naidang finden«, versicherte Glück; »ich weiß, wo der Närin-Gol fließt. Mögest du in Frieden wohnen.«

Sie verabschiedeten sich noch einmal, als sie vor der Jurte standen. Dann warf Glück den Motor an, und Christian und Großer-Tiger wunderten sich, daß er ohne Grünmantel abfahren wollte.

»Keine Angst«, sagte Glück, »wir treffen ihn unterwegs, er wird nicht weit sein. Steigt vorne ein. Nachher könnt ihr die Plätze wieder wechseln. Macht aber die Tür fest zu, damit

keiner hinausfällt.« Also kletterten Christian und Großer-Tiger ins Führerhaus, und Christian sagte: »Das ist der Gashebel, und das ist die Bremse«, denn das wußte er, und Großer-Tiger wußte es nicht.
Mateh und seine Frau kamen ganz nah an das Fenster, und Christian und Großer-Tiger streckten die Köpfe heraus und riefen: »Lebt wohl! Wir wünschen Frieden.«
»Jabonah! Sä jabonah!« rief Mateh, und die Frau rief es auch, und sie schaute ihnen liebevoll nach wie eine Mutter.
Glück fuhr; aber er fuhr ganz langsam, trotzdem es genug ebenen Boden gab. Selbst den beiden Hunden Matehs wurde es zu langweilig, bloß so nebenher zu trotten und zu bellen. Sie kehrten um, und als Glück am Rand eines Schilffeldes entlangfuhr und man schon die Karawanenstraße sah und wahrscheinlich das Geläut der Kamelglocken gehört haben würde, wenn der Motor keinen solchen Lärm gemacht hätte, sagte Glück:
»Wie ist das mit dem Blitzbrief? Habt ihr ihn zu sehen gekriegt?«
»Wir haben ihn gesehen«, sagte Großer-Tiger.
»Wir haben ihn auch gelesen«, sagte Christian.
»Was stand denn darin?« fragte Glück.
»Es waren keine sehr schwierigen Worte«, sagte Großer-Tiger.
»Ich glaube, es waren nur sechs«, sagte Christian; »eines davon hieß Sutschou.«
»Und die anderen«, fragte Glück ungeduldig, »wie hießen die?«
»Von vorne angefangen«, setzte ihm Christian auseinander, »hießen sie: Nicht mehr Küh-Wasser, sondern Sutschou, und hintendran stand: Grünmantel.«
»Ist das alles?« fragte Glück enttäuscht; »und stand da kein anderer Name?«
»Wo?« fragte Großer-Tiger harmlos.
»Nun da, wo Grünmantel stand, hintendran, meine ich.«
»Nein«, sagte Christian, »da stand nichts weiter, nur gerade Grünmantel, und damit hörte der Blitzbrief auf.«
»Hat Grünmantel denn zwei Namen?« forschte Großer-Tiger.

»Das nicht«, erwiderte Glück, »ich dachte nur, versteht ihr, es ist etwas wenig, nur sechs Worte.«
»Sie bedeuten, daß Onkel Tschen nach Sutschou zieht«, erklärte Christian stolz, »das haben wir herausgekriegt.«
»Nicht gerade viel«, brummte Glück und begann geschwinder zu fahren.
»Wo liegt Sutschou, befehlender Herr?« fragte Großer-Tiger.
»An der Seidenstraße«, gab Glück zurück; »aber ihr habt ja ein Landbild, da könnt ihr nachsehen.«
Christian wollte höflich erwidern, daß sie es ganz gewiß tun wurden, aber da senkte sich auf einmal der Wagen, denn Glück durchquerte das Flußbett des Schnell-Schwarzwasser-Tals. Christian und Großer-Tiger mußten sich festhalten, damit sie nicht mit dem Kopf gegen die Scheibe schlugen, und nachher fielen sie gegen die Rückwand, weil der Wagen an der andern Seite steil hinauffuhr.
Glück mußte einige Male schalten. »Das ging gerade noch«, sagte er, als sie oben anlangten.
Vor sich sahen sie die Karawane, und das letzte Kamel trug eine große Glocke aus Kupferblech mit einem Holzklöppel darin, der bei jedem Tritt schwermütig anschlug. Hinterdrein ging ein Mann, der ein Pferd am Zügel führte, und neben ihm ging Grünmantel, mit dem er sich unterhielt. Als die beiden den Lastwagen kommen sahen, blieb Grünmantel stehen, und sein Begleiter sprang eilends in den Sattel. Er ritt, mit beiden Armen fuchtelnd, dem Wagen entgegen und machte schon von ferne Zeichen, daß Glück halten solle.
»Na, na!« brummte Glück und fuhr noch ein Stückchen; »aufgeregtes Volk!« Dann zog er die Bremse an.
Der Mann auf dem Pferd war ganz außer Atem. »Hörst du denn nicht«, schrie er erbost, »und siehst du nicht . . . ?«
»Ich höre«, sagte Glück ruhig, »und ich sehe, daß du ein Rüpel bist. Mit Recht heißt es, man soll sich nicht mit solchen Menschen unterhalten. Ich werde daher weiterfahren«; und er trat entschlossen auf den Gashebel oder tat wenigstens so.
»Exzellenz«, rief der Mann und sprang vom Pferd, »ich bitte um Vergebung und Gnade.«

»Unter diesen Umständen«, sagte Glück, »werde ich hören was du willst. Aber mach es kurz!«
»Ich bitte mich nicht zugrunde zu richten«, bat der Mann. »Unsere Kamele gehen mit schweren Lasten, aber sie werden erschrecken und alles abwerfen und davonrennen, wenn sie den Wagen Eurer Exzellenz aus der Nähe sehen und sein Gebrüll hören. Darum bitte ich, einen kleinen Umweg zu machen und uns in Frieden ziehen zu lassen.«
»Meine Augen«, behauptete Glück, »sind matt, und meine Ohren sind schwach geworden von deinem Geplärr. Hast du ein Mittel gegen diese Krankheit?«
»Wir haben verschiedene Mittel«, sagte der Mann kleinlaut.
So bring ein Säckchen mit zwanzig Pfund Reis, aber gut gewogen!«
»Es wird sofort geschehen«, rief der Mann erleichtert und sprengte davon.
Glück folgte langsam mit dem Wagen.
Als er bei Grünmantel anlangte, hielt er an. »Du hast einen langen Fußmarsch hinter dir«, sagte Glück; »hast du dich gut unterhalten?«
»Das habe ich getan«, antwortete Grünmantel, »und es ist richtig, wenn man sagt, man solle sich nur mit seinesgleichen einlassen.«
»Meinst du den Flegel mit dem Pferd?« fragte Glück freundlich.
»Er ist der Führer dieser großen Karawane, und er ist ein tugendreicher Herr. Wie kannst du ihn einen Flegel nennen?«
»Hat er dir ein Gastgeschenk dagelassen?« fragte Glück.
»Es ist nicht üblich, sich unterwegs Geschenke zu machen«, sagte Grünmantel streng.
»Damit ist es vorbei«, belehrte ihn Glück; »du wirst gleich sehen, was heutzutage üblich ist.« Und er setzte sich neben Grünmantel an den Rand des Kamelpfades.
Christian und Großer-Tiger stiegen auch aus. Als sie den Reiter wieder kommen sahen, kletterten sie flink auf den Wagen, und dann hörten sie, wie er das Pferd parierte, und wie er sagte: »Ich bin in großer Eile, damit ich Euch, Verehrtester, noch

einmal sehe, bevor Ihr uns überholt. Bitte nehmt meine geringe Gabe.«

»Du kannst sie auf den Wagen legen«, sagte Glück gnädig.

Christian und Großer-Tiger machten sich bereit, dem Mann zu helfen. Er wollte den Sack über die Wagenwand heben, aber sein Pferd war unruhig und schreckte vor dem laufenden Motor zurück. Endlich brachte er es nahe genug, und Christian faßte den Sack an einem Ende und Großer-Tiger am andern. Sie sagten: »Zehntausendfachen Dank!« Doch das nützte wenig; der Mann war zornig, seine Augen funkelten haßerfüllt, er knirschte »Kleine Halunken!« zwischen den Zähnen und gab seinem Pferd einen Hieb mit dem Daschior. Dann galoppierte er davon, und bald sah man nur noch die Staubwolke.

Glück zwinkerte vergnügt und klopfte Grünmantel auf die Schulter. »Merkst du jetzt«, fragte er ihn, »was üblich ist, wenn man sich unterwegs begegnet?«

»Alter Hung-Hu-Tse!« knurrte Grünmantel, und dann wollte er sich hinter das Steuer setzen.

»Daraus wird nichts«, rief Glück, »von hier bis Durben-Mot ist die Strecke viel zu schwierig für Anfänger.«

Grünmantel lächelte gezwungen, aber er setzte sich auf seinen alten Platz.

»Entschuldige«, sagte er, »ich bin ganz deiner Meinung.«

Danach begann der Motor lauter zu summen, und Glück löste die Bremsen. Zuerst fuhr er ein Stück geradeaus, und weil es auf beiden Seiten des Kamelpfads gleichmäßig viel Platz gab, entschloß er sich, nach links auszubiegen. Zu seiner Ehre muß gesagt werden, daß Glück einen großen und weiten Bogen um die Karawane machte, so daß keines der Kamele auch nur ein bißchen erschrecken konnte. Da sah man sie also in der Sonne marschieren, eins hinter dem andern, und weil sie so weit weg waren, konnte man die ganze Karawane vom Kopf bis zum Schwanz überblicken. Sicher waren es mehr als dreihundert Kamele, und Christian versuchte sie zu zählen. Aber sobald er vierundzwanzig oder dreiundzwanzig sagte, wurde er unsicher und fing von vorne an.

»Du mußt die Treiber zählen«, riet Großer-Tiger, »das ist zwar

nur ungefähr, aber ganz genau brauchen wir es ja nicht zu wissen.«
»Es sind fünfundzwanzig mit dem, der vorausgeht«, meldete Christian.
»Dann«, sagte Großer-Tiger und machte eine Pause, »dann sind es dreihundertfünfundzwanzig Kamele oder einige mehr.«
Christian staunte; doch da die meisten Chinesenjungen gut rechnen können, ließ er sich nichts anmerken und fragte nachlässig: »Wieso?«
»Das kommt«, setzte ihm Großer-Tiger auseinander, »von der Zahl dreizehn. Man bindet meistens dreizehn oder höchstens fünfzehn Kamele mit dem Nasenstrick hintereinander, und zu ihnen gehört ein Mann, der sie führt. Man braucht also nur fünfundzwanzig Männer mal dreizehn zu rechnen, und dann weiß man, wie viele Kamele es sind.«
»Ach so!« sagte Christian; »aber der mit dem Pferd?«
»Das ist der Karawanenführer, den rechnet man nicht mit, und hoffentlich begegnen wir ihm nie mehr. Er hatte einen gewaltigen Zorn auf uns.«
»Wir hätten nicht ›Zehntausendfachen Dank‹ sagen sollen; das nahm er übel.«
»Wir hätten«, erklärte Großer-Tiger, »beim Sack-auf-den-Wagen-legen nicht helfen dürfen. Jetzt hält er uns für angehende Rotbärte. Hast du seine Augen gesehen?«
»Sie waren wie feurige Kohlen.«
»Und seine Haare«, sagte Großer-Tiger, »sträubten sich so sehr, daß sie den Hut vom Kopf hoben.«
»Laß ihn«, tröstete Christian, »er ist weit weg.«
Sie schauten noch einmal auf die Karawane, die wie ein zappelnder Tausendfüßler zurückblieb. Dann fuhr Glück wieder auf dem Kamelpfad, und es dauerte nicht lange, da begann die glatte Hochfläche holprig zu werden. Es gab unendlich viele niedrige Kuppen, zwischen denen sich der Pfad durchwand, und mehrmals stand der Wagen schief, wenn die Fahrbahn nicht breit genug war. Am Fuß der kleinen Erhebungen lagen Sandwehen, die das Vorwärtskommen noch schwerer mach-

ten. Glück atmete auf, als das Gelände anstieg und das Gewirr der Hügelchen verließ.

In einem Kessel, in den der Weg unmerklich führte, gab es einen Brunnen, und rund um die Wasserstelle war genug Lagerplatz selbst für große Karawanen. Aber die Sicht war plötzlich nach allen Seiten verstellt. Man sah zwar den Weg, der scharf nach Norden bog, allein das war auch alles. Er verschwand bald hinter Felsbrocken, tauchte in Einschnitten wieder auf und tat, als ob er in diesem Tumult der einzig gangbare Pfad wäre.

Glück verachtete ihn. Er fuhr entschlossen auf einen Abhang zu, der beim Näherkommen nicht so steil war, wie er glauben machte. Trotzdem bedurfte es der hohen Fahrkunst Glücks, um nach einer beschwerlichen Stunde zum Fuß eines Bergzuges zu gelangen, der nach Westen führte. Der Süden lag offen da.

»Sand!« rief Christian bestürzt; »wo kommt der viele Sand auf einmal her?«

Er langte das »Südliche Blatt« aus der Mappe und griff nach dem Vergrößerungsglas. Da bemerkte er die feinen, dicht beisammenliegenden Pünktchen, die an einen namenlosen Höhenzug grenzten. Nicht allzu weit davon war ein blauer Halbkreis angegeben, der »Brunnen« bedeutete, und nebendran stand: Durben-Mot.

»Jetzt sind wir in der ganz richtigen Wüste«, sagte Christian beklommen.

»Das Sandmeer ist nur für die Furchtsamen schrecklich«, bemerkte Großer-Tiger; aber es klang nicht sehr mutig.

»Einmal mußte es ja sein«, warf Christian so gleichgültig hin, wie er es fertigbrachte.

»Man muß sich wundern . . . «, sagte Großer-Tiger gedehnt.

» . . . wie Glück sich hier auskennt«, vollendete Christian den angefangenen Satz.

Großer-Tiger nickte, und dann schauten beide auf die langen Wellen der Dünen, die gegen den Hang brandeten. Der Sand blendete die Augen. Es war erst später Nachmittag, und Glück fuhr drauflos, als gälte es das Leben. Dabei mußte er gut obachtgeben, denn der Wagen lag immer ein klein wenig schief gegen die Berglehne, wenn es auch nicht viel ausmachte. Später trat der Sand etwas zurück, die Dünen verflachten, und dann gab es zum Schluß eine breite Rennbahn, die geradewegs auf eine zerfetzte Baumgruppe führte. Das war Durben-Mot, der Ort der »Vier Bäume«, und der Brunnen, der dazugehörte, war auch da.

Glück fuhr jetzt langsamer, denn es kam, das wußte er im voraus, ein kiesgefülltes Becken, an dessen Rand er haltmachte und den dampfenden Motor abstellte.

»Schluß für heute«, sagte Glück

»Es ist niemand da«, bemerkte Grünmantel, als er ausstieg, »wo soll ich heute nacht schlafen? Du hättest ein Zelt mitnehmen sollen.«

»Komischer junger Mann«, sagte Glück und ließ Grünmantel stehen. Das war eine große Beleidigung, und Glück lachte auch noch dazu. Dann begann er zu arbeiten. Er goß Wasser nach, und als das geschehen war, deckte er die Motorhaube sorgfältig zu. Christian und Großer-Tiger halfen dabei.

»Ihr müßt frisches Wasser holen«, sagte Glück, »gleich neben den Bäumen ist das Brunnenloch.«

Christian nahm den einen Eimer, und Großer-Tiger griff nach dem zweiten.

»Nehmt einen Strick mit«, sagte Glück, »hier gibt es keine Kette und keine Schöpfstange.«

Die Bäume waren alte und sturmgebeugte Schwarzpappeln. Drei lagen am Boden, und nur eine hielt sich mühsam aufrecht. Man konnte nicht begreifen, wie sie zwischen Kies und Sand und ein klein wenig Erde Wurzel gefaßt hatten und Bäume geworden waren, und wie die Stämme es machten, immer wieder zu treiben, auch wenn die Wipfel am Boden lagen und im angewehten Sand verdarben.

Die Pappeln wuchsen auf der andern Seite des Kiesbeckens, wo es schmal wurde und wo der feste Boden wieder begann. Einen Steinwurf entfernt wälzten sich die Dünen vom Süden her dem Hang entgegen. Aus dem Norden kam der Geröllstrom. Er stieg aus dem breiten Bett allmählich und dann

plötzlich steil bis zur halben Bergwand empor. Dort verschwand er in einer Felsenschlucht, aus der der Karawanenweg in Serpentinen zu Tal zog.
»Da ist er wieder«, sagte Christian und deutete hinauf.
Glück kam ihnen über das Kiesfeld nachgelaufen und brachte eine Schaufel mit. »Halt einmal!« rief er von weitem, »so geht das nicht, Erst muß man sauber machen.«
Der Brunnen war mit ein paar Brettern zugedeckt, von denen Glück vorsichtig den Sand entfernte, und dann schaufelte er rundherum den Kies beiseite.
»Wenn das jeder täte«, erklärte er, »gäbe es nicht so viele verschüttete Brunnen.«
Als Glück die Bretter abhob, sah man den Wasserspiegel kaum drei Meter unter dem Brunnenrand glänzen. Das Wasser war so klar, daß jedes Steinchen am Grund deutlich wurde. Aber als Christian den Kübel hinabließ, legte sich der Kübel quer und füllte sich kaum zur Hälfte. Da mußte Christian mehrmals schöpfen, bis ein Eimer voll wurde.
»Die meisten Karawanen«, sagte Glück, »gehen eine Wegstunde weiter. Da gibt es einen zweiten Brunnen, der haufenweise Wasser hat, aber das Wasser ist sodahaltig, und man kriegt Bauchweh davon.«
»Da wollen wir lieber hierbleiben«, sagte Christian.
»Wo wird Grünmantel schlafen?« fragte Großer-Tiger boshaft; »er sagte, er brauche ein Zelt.«
»Wir haben kein Zelt«, sagte Glück, »und darum brauchen wir auch keins. Seht euch einmal um . . . Na, gibt es etwas Besseres?«
»Es ist ein ausgezeichneter Platz«, bemerkte Christian zuvorkommend.
»Ich habe selten einen Platz gesehen, der so vortrefflich war wie dieser«, bestätigte Großer-Tiger.
»Ich meine zum Lagern«, sagte Glück; »es ist alles da.«
»Ach so«, sagte Christian, »natürlich zum Lagern. Er blickte umher, aber er sah nicht, was Glück meinte, und deshalb nahm er die Wassereimer in die Hand.
»Laß sie stehen«, befahl Glück, »wir bleiben auf diesem Ufer.

Der Wagen«, fuhr er fort, »muß heute weiter weg sein als sonst, weil wir Holz zum Feuern haben. Deshalb brauchen wir auch kein Zelt, es wäre rein überflüssig. Aber das begreift Grünmantel nicht. Wie sollte er auch? Hat sich immer herumgetrieben, wo es fein herging, mit Zelt und so, und dabei immer hübsch am Rand der Wüste, immer auf dem Sprung. So ein Feigling ist das. Und faul ist der Kerl«, sagte Glück, »sitzt da drüben wie an die Wand gemalt. Man könnte die Lust zur Arbeit verlieren. Pfui!« Und Glück spuckte aus.

»Soll ich Grünmantel fortschaffen?« erkundigte sich Christian und trat Großer-Tiger zufällig auf den Fuß.

»Vielleicht für eine halbe Stunde?« fragte Großer-Tiger.

Glück lachte. »So was«, sagte er, »bringt ihr nicht fertig.«

»Wir sind zu allem imstand«, erklärte Christian bereitwillig.

»Wir nehmen die schwierigsten Aufträge entgegen«, behauptete Großer-Tiger; »ich bitte den befehlenden Herrn, Wünsche auszusprechen.«

»Dann«, sagte Glück belustigt, »probiert, ob ihr ihn für eine halbe Stunde fortschaffen könnt, oder so lange, bis der Reis gargekocht ist.«

»Kompaß-Berg wird diese Sache übernehmen«, sagte Großer-Tiger; »ich bitte dem befehlenden Herrn bei der Arbeit helfen zu dürfen.«

»Bolna«, sagte Christian, nahm die beiden Wassereimer und trug sie nicht weit von den Bäumen auf einen ebenen Platz, der ihm zum Feuermachen tauglich schien.

»Was willst du tun?« fragte Großer-Tiger leise.

»Du wirst schon sehen«, sagte Christian.

»Wenn der Wind nicht weht«, gab Großer-Tiger zu bedenken, »bewegen sich die Bäume nicht.«

»Darüber habe ich nachgedacht«, sagte Christian, und er ging, als wolle er sich die Gegend ein bißchen betrachten, über das Geröllfeld der Schlucht entgegen.

Großer-Tiger schaute ihm nach, und Grünmantel, der das Rollen der Kiesel und das Poltern der Steine hörte, schaute auch. Als Großer-Tiger das Eisengestell zum Feuermachen vom Wagen holte und hernach den Kochtopf sauber machte,

gab es plötzlich ein Geschrei. Es war weit weg, aber man konnte die Worte noch verstehen.
»Hallo!« schrie Christian, »man muß sich wundern!«
»Was gibt es?« rief Großer-Tiger zurück.
»Du wirst es mir nicht glauben, aber später werde ich es dir zeigen!«
»Was willst du mir zeigen?«
»Silberbatzen! Hier liegen welche herum! Es ist merkwürdig, und ich komme erst, wenn das Essen fertig ist!«
»Ich werde dich rufen.«
»Du mußt aber laut rufen«, schrie Christian, »ich gehe noch ein Stück bergauf!«
»Ich werde auf die Hupe drücken! Hörst du das?«
Großer-Tiger lief ins Führerhaus, und als er tüt, tüt machte, stand Grünmantel langsam auf.
»Du machst einen unerträglichen Lärm«, tadelte er, »das gehört sich nicht.«
Da machte Großer-Tiger noch einmal tüt, tüt, und Grünmantel hielt sich die Ohren zu und sagte: »Ich kann dieses Geplärr nicht ausstehen.« Er ging oftmals rutschend, aber doch mit Würde über das Kiesbecken auf die Geröllhalde zu. Oben stand Christian und winkte ihm aufgeregt. Er lief ihm auch ein Stück entgegen. »Herr Grünmantel!« sagte Christian« »ich bitte um Aufklärung, aus welchem Jahr der Regierung ist dieser Silberbatzen?«
»Er ist aus dem dritten Jahr der Regierung Yüan-Schi-Kais«, erklärte Grünmantel, »damals haben sie das beste Silber geprägt.«
»Das habe ich auch schon gehört«, sagte Christian; jetzt machen sie kein gutes Silber mehr, sie tun zuviel Kupfer hinein, diese Fälscher.«
»Woher hast du den Batzen?« fragte Grünmantel.
»Er lag zwei Schritte neben der Karawanenstraße, da wo es in die Schlucht geht; jemand muß ihn verloren haben.«
»Freilich, freilich«, knurrte Grünmantel.
»Wir sollten ein bißchen suchen«, schlug Christian vor, »es könnte sein, hier ging einer und hatte ein Loch in der Tasche.«

»Schon recht«, sagte Grünmantel, und dann stiegen beide bis zu dem Eingang der Schlucht und schauten nach links und nach rechts und überallhin.
»Hier ist nichts«, sagte Grünmantel.
Christian blieb einige Schritte zurück, langte in die Tasche und nahm drei Silberstücke heraus. Dann bückte er sich flink, und sogleich rief er: »Hier liegen drei auf einem Haufen!«
Er zeigte sie Grünmantel, der sauersüß lächelte und »Meinen Glückwunsch zu unverhofftem Reichtum« murmelte.
Dann ging Christian voran in die Schlucht, wo die Abendschatten der Felsen über den Weg fielen und das Suchen nach Silberstücken erschwerten. »Man muß sich bücken«, riet Christian, »dann sieht man noch ganz gut.«
Grünmantel bückte sich, und ganz gewiß hätte er einen Silberbatzen gefunden, wenn einer dagelegen wäre. Aber es gab keinen, bis Christian ein Stückchen vorausging. Er hatte die Silberstücke wieder in die Tasche gesteckt bis auf eines, das er in der Hand behielt. Als er um die nächste Wegkehre bog und Grünmantel ihn nicht mehr sehen konnte, lief er flink bergauf.
»Du solltest«, rief Grünmantel von unten, nicht so weit vorauslaufen! Du könntest stürzen und die Knochen brechen!«
»Ich bitte um Vergebung«, rief Christian zurück, »daran habe ich nicht gedacht.« Er legte geschwind einen Batzen seitlich des Wegs in den lockeren Kies, aber so, daß man ihn finden mußte. Dann ging er zurück und traf in der Spitzkehre mit Grünmantel zusammen.
»Ich glaube, weiter oben gibt es nichts mehr«, sagte Christian; »wenn Ihr erlaubt, setze ich mich hierher und ruhe mich ein wenig aus.«
»Schon recht«, brummte Grünmantel, »ich werde mir noch etwas Bewegung machen; man wird ganz steif von dem Immer-auf-dem-Kutschbock-sitzen.«
Er ging suchend weiter, und Christian beobachtete verstohlen, wie er sich hastig bückte und etwas aufhob. Da schaute Christian ins Tal, wo der Wagen stand und die sinkende Sonne über den Dünen glänzte. Alles, was es da unten gab, war in der Schärfe des späten Lichts und der zunehmenden Schatten

deutlicher als am Tag. Die Geröllhalde ergoß sich wie ein Strom in das steinerne Becken, das überfloß und für ein kurzes Stück zwei Ufer bildete. Auf dem einen stand der Wagen, auf dem andern Ufer waren die Bäume, und dort sah Christian einen blauen Rauch steil in den Himmel steigen. Die langen Sonnenstrahlen beleuchteten zwei Gestalten, die neben dem Feuer hockten. Das waren Glück und Großer-Tiger. Sie unterhielten sich ausgezeichnet über die beste Art der Reiszubereitung, und nebenher erzählte Großer-Tiger Verschiedenes.

»Ich habe einmal«, begann Großer-Tiger und kramte umständlich in der Hosentasche, »etwas gefunden. Es sieht aus wie eine Patrone; aber ich weiß nicht, wem sie gehört.«

»Zeig her«, sagte Glück.

Großer-Tiger gab sie ihm und bemerkte dabei, daß die Patrone ein sehr kleines Flintenkind sei und deshalb vielleicht in die Pistole des befehlenden Herrn passe. Er solle nur probieren, dann habe er einen Schuß mehr, falls es zu einem Feuergefecht käme.

Da nahm Glück die Pistole aus der Ledertasche, und als er den Ladestreifen aus dem Kolben springen ließ, war das Magazin leer, und Glück schaute. Er riß den zweiten Ladestreifen aus der Reservetasche, aber auch da gab es keine Patrone mehr.

»Ha!« schrie Glück, und dann noch einmal: »Ha!« und dann auf einmal: »Halunken! Jawohl, es gibt Halunken, die haben mich bestohlen! Meine Patronen sind fort!«

»Man weiß nicht«, sagte Großer-Tiger gelassen, »wer das getan hat, aber Grünmantel hat welche in der Hosentasche, – es ist eine ganze Menge.«

»Ich werde ihn totschießen!« schrie Glück und stieß die Patrone in den Lauf; »ganz gewiß werde ich das tun! Es gibt keinen größeren Gauner als dieses übelriechende Stück Mensch, und mich wundert nur, daß der Kerl hier herumgeht und lebt. Himmel und Erde sind grenzenlos, aber dem Menschen ist ein Ziel gesetzt. Hier ist ein guter Ort und sehr geeignet dafür.«

»Vielleicht wartet der befehlende Herr ein bißchen damit«, sagte Großer-Tiger.

»Wozu warten?« rief Glück »wenn du wüßtest, was ich weiß,

würdest du nicht von Warten reden. Ich kenne meine Patronen, und diese ist eine davon. Jetzt habe ich sie in die Pistole geladen, und wenn Grünmantel kommt, wird er sich wundern, wie schnell das Totschießen geht!«
»Die Klugheit verbietet den Zorn«, wandte Großer-Tiger ein.
»Das ist ein Spruch deines Großvaters«, höhnte Glück.
»Mein Großvater sagt, man bekommt keine jungen Tiger, wenn man die alten Tiger vorzeitig umbringt. Am Ende würde uns Grünmantel nützlich sein; man kann das nie wissen.«
Damit schwieg Großer-Tiger; Glück war auch still, und jeder hatte seine eigenen Gedanken. Großer-Tiger merkte, daß Glück an das viele Geld dachte, das er von Grünmantel gern gehabt hätte. Plötzlich rief er: »Der Reis brennt an!«
Glück sprang entsetzt auf. »Das Holzfeuer ist zu stark!« jammerte er; »ei ja, daß mir so etwas passieren muß! Ich habe es gewußt. Die Eile steckt voller Fehler. Ich werde mein Gesicht verlieren. Was wird Grünmantel sagen, wenn er den angebrannten Reis schmeckt!«
»Er wird gar nichts sagen«, wandte Großer-Tiger ein, »er wird als Leiche hier herumliegen.«
Glück zog die Stirne kraus; er wollte sprechen, aber es ging nicht. Die Sonne schwebte feuerrot über dem Sandmeer, und alle Schatten wurden tief und violett.
»Der befehlende Herr«, gab Großer-Tiger zu bedenken, »hat jetzt eine Patrone. Damit kann er Grünmantel totschießen, sobald es pressiert. Grünmantel aber weiß nichts davon und denkt, es kann ihm nichts geschehen. Darum wird er vorlaut und unbedacht sein, und der Herr Glück hat den Vorteil. Ich denke, das ist klar wie der Sand auf dem Grund des Wassers.«
»Du hast«, sagte Glück zögernd, »einen guten Gedanken. Ich werde also zwei Augenblicke mit der großen Amtshandlung warten.«
»Wird sich der befehlende Herr auch nichts anmerken lassen?«
»Ich werde mir nichts anmerken lassen.«
»Dann werden Kompaß-Berg und ich versuchen, Grünmantel bei Gelegenheit die übrigen Patronen heimlich wegzunehmen.«

»Was wollt ihr? Wie wollt ihr?« rief Glück kopfschüttelnd; aber er unterbrach seine Rede. »Ich glaube«, sagte Glück, »daß ihr mit der Zeit richtige Teufelsbraten werdet.«
»Wir nehmen sehr schwierige Aufträge entgegen«, versicherte Großer-Tiger. »Ist der Reis gar?«
»Er ist fertig«, seufzte Glück, »man kann ihn essen; aber er schmeckt nicht sehr gut.«
»Wir essen Angebranntes mit Vorliebe«, sagte Großer-Tiger und ging zum Wagen. Dort setzte er sich auf den Führersitz hinter das Steuer und drückte viermal auf die Hupe, wie Glück es machte: Tüt – tüt – tüt – tüt.
Christian hörte es; aber Grünmantel war alle sechs Serpentinen bis zur Höhe hinaufgekrochen, und darum hörte er es nicht.
»Tschö-Fan! – Essen essen!« rief Christian laut; doch er bekam keine Antwort.
Vielleicht hat Grünmantel »Schon recht!« geknurrt, dachte Christian, und weil er nicht sehr besorgt um ihn war, hüpfte er fröhlich von Stein zu Stein und in großen Sprüngen über die Geröllhalde ins Tal.
»Es gibt Reis!« rief ihm Großer-Tiger entgegen und lachte vergnügt. Da wußte Christian, daß ihre Sache um zwei Zehntel besser stand als eine halbe Stunde vorher.
»Au, fein!« rief er erfreut.
»Sag nichts«, flüsterte Großer-Tiger, »der Reis ist ziemlich angebrannt.«

Siebenundzwanzigstes Kapitel, mit der unheimlichen Geschichte vom »Uralten-Herrn« und von der Krankheit Grünmantels

»Recht so!« knurrte Grünmantel, der durch die Dunkelheit gestolpert kam, »ich wünsche gute Verdauung. Es ist weiter nicht schlimm, ich esse auch kaltes Essen.«
»Vergebung«, sagte Großer-Tiger, »ich habe viermal gehupt.«
»Ich rief sehr laut: ›Essen essen!‹« sagte Christian.

»Setz dich«, bat Glück friedlich, »wir haben ein schönes Feuer, da kannst du dich wärmen. Meinen Glückwunsch übrigens zu unerwarteten Reichtümern. Hast du viele Silberbatzen gefunden?«
»Ich habe keine gesucht«, erwiderte Grünmantel mit Würde, »also habe ich auch keine gefunden. Ich machte mir etwas Bewegung nach dem immerwährenden Sitzen, das ist alles.«
»Lang zu«, sagte Glück, »du wirst Hunger haben.«
»Der Reis ist angebrannt«, bemerkte Grünmantel und legte die Eßstäbchen weg.
»Ich werde nie darüber hinwegkommen«, jammerte Großer-Tiger, »es ist meine Schuld; ich habe das Feuer zu groß werden lassen. Bitte, mäßigt Euern gerechten Zorn.«
»Freilich, freilich«, murmelte Grünmantel, und er verzog sein Gesicht zu einem nachsichtigen Lächeln.
»Kommt, Männer«, sagte Glück, »wir wollen für das Nachtlager sorgen.«
Er stand auf und ging mit Christian und Großer-Tiger zu einer der Pappeln, die durch Hitze und Kälte geborsten war und im Sturz die Hauptäste verloren hatte. Zwei davon lagen halb im Sand vergraben und streckten die zersplitterten Arme dem Sternenhimmel entgegen. Glück packte das dicke Ende, an die Nebenäste stellte er Großer-Tiger und Christian. »Holz anfassen! eins, zwei!« rief Glück, und: »Holz anfassen! drei, vier!« Bei »zweiundzwanzig« waren die Äste endlich frei von Sand, und dann schleiften sie einen nach dem andern zu der Kochstelle.
»Hole die Axt«, sagte Glück zu Christian. »Bring die Säge, sie liegt im Kasten«, sagte er zu Großer-Tiger. Und Grünmantel fragte er nachher, ob er den kalten Reis zu essen vermocht habe.
»Wenn der Bauch ordentlich hungrig ist«, erwiderte Grünmantel, »begnügt er sich mit Fleischspeise.«
»Grütze«, rief Glück verzweifelt, »du hättest ›Grütze‹ sagen sollen. Es wäre an der Zeit, du ließest die Sprichwörter alle miteinander sein; es kommt doch was Verkehrtes heraus.«
»Du bist ein Soldat«, tadelte Grünmantel, »und ein grober

Lackel dazu. Du verstehst so feine Wortspiele nicht, wie sie unter Gebildeten gang und gäbe sind.«

»Aha!« sagte Glück; und als er nach einer Weile begriffen hatte, was Grünmantel meinte, sagte er: »Ich bedaure, ich habe den Weg erst spät gefunden.« Dann machte er sich daran, die großen Äste zu zerhacken. Von den dicksten Stücken machte er ordentliche Scheiter, und Großer-Tiger sägte überall die Gabelungen durch. So gab es einen ansehnlichen Holzstoß, und Glück zündete ihn an.

»Willst du einen Ochsen braten?« fragte Grünmantel, »oder willst du Räubern den Weg zu uns weisen?«

»Ich habe keine Schätze zu verlieren«, entgegnete Glück.

»Wegen Räubern ist keine Befürchtung vorhanden«, sagte Großer-Tiger waghalsig, »der befehlende Herr hat eine Pistole mit vielen Patronen, da kann uns nichts passieren.«

Grünmantel verzog die Mundwinkel geringschätzig und sagte, er kenne das, und im richtigen Augenblick würde so ein Ding doch nicht losgehen.

»Du irrst«, erwiderte Glück scharf, »auch ein ungeladenes Gewehr kann losgehen!« Und er griff nach der Pistolentasche. Großer-Tiger wurde himmelangst; er fiel Glück in den Arm: »Nicht schießen!« rief er, »bitte, nicht schießen! Ich kann Schießen nicht ertragen!«

»Ich auch nicht!« rief Christian und hing sich von der andern Seite an Glück.

»Na, na«, brummte Glück besänftigt, »ich habe nicht gewußt, daß ihr so schreckhaft seid.«

»Wir haben sehr empfindliche Nerven«, sagte Großer-Tiger.

»Puh!« rief Grünmantel und stand auf, »diese Hitze hält niemand aus. Weshalb verbrennst du unnütz einen solchen Haufen Holz?«

»Zu deiner Bequemlichkeit«, erwiderte Glück, setzte sich abseits und sah zu, wie die Flammen rauschend in die Nacht schlugen. Als das Feuer zusammensank und die glühenden Reste am Boden waberten, holte Glück eine Schaufel und begann die Glut auf ein großes Viereck auszubreiten. Dann warf er drei Finger hoch Sand darauf und strich ihn glatt. Da

war es auf einmal dunkel. Der Mond, auf den keiner groß geachtet hatte, war ein schöner Halbmond geworden, der kalt über dem schweigenden Sandmeer stand und die Felsen von Durben-Mot mit silbernen Kanten zierte.
»Der Kang ist geheizt«, rief Glück, »ich wünsche ruhigen Schlaf.«
»Soll ich mich«, fragte Grünmantel patzig, »in den Sand legen, damit mich die Flöhe beißen?«
»Deine Rede kümmert mich nicht«, antwortete Glück, nahm den Mantel, legte sich auf den warmen Sand und deckte sich zu. – »Kommt!« forderte er Großer-Tiger und Christian auf, »holt eure Schlafsäcke und legt euch neben mich. Wir werden heute nacht nicht frieren.«
»Dieses ist eine wunderbare Erfindung«, sagte Christian, als er sich neben Glück ausstreckte und die Wärme von unten spürte, »wir werden schlafen wie Fürst Tschao.«
»Wie war es mit dem?« fragte Glück.
»Weiter nichts«, erwiderte Großer-Tiger, »als daß man in der Schule ein Gedicht auswendig lernen muß, und Kwi-Schan kann es auch, weil ich es ihm vorgesagt habe.«
»Sage mir das Gedicht«, bat Glück, »damit ich es auch lerne.«
Da sagte Großer-Tiger das Gedicht vom Prinzen Tschao auf, der unter dem Pflaumenbaum schlief, und Glück sagte, das Gedicht gefalle ihm, und Großer-Tiger solle es morgen und übermorgen und überhaupt so lange wiederholen, bis er es auch könne.
»Unfug«, sagte Grünmantel düster. Er war nun doch gekommen, hatte sich neben Großer-Tiger auf die warme Sandunterlage gebettet und mit seinem grünen Mantel zugedeckt. »Gedichte«, erklärte Grünmantel, »sind zu nichts nütz, also taugen sie auch nicht. Wozu soll das gut sein, wenn einer sagt: ›Regen fällt herab‹ oder: ›Winterchen Schnee schneit‹, und man weiß ohnehin, daß der Schnee schneit und daß der Regen fällt.«
»Ein Gedicht reimt sich«, entgegnete Christian, »und darum ist es schön.«
»Man kann es singen«, sagte Glück, »das macht es aus.«

»Wenn ein Gedicht geschrieben ist«, sagte Großer-Tiger, »kann man es betrachten, und dann ist es wie ein Bild und manchmal schöner.«
»Ach was!« brummte Grünmantel, »sage mir lieber, bis wohin wir morgen fahren.«
»Das hängt«, sagte Glück, »von dem Sandmeer ab. Man weiß nie, wohin es wandert, und wo es einen Durchlaß gibt. Vielleicht kommen wir bis Abder, vielleicht erreichen wir Yingen-Ossu, vielleicht fahren wir nur bis zum ›Einsamen Baum‹, oder wir bleiben irgendwo stecken und kommen gar nirgends hin.«
»Du hast viele Vielleicht in deinem Vorrat«, sagte Grünmantel mürrisch, drehte sich um und begann zu schnarchen.
»Abder!« flüsterte Christian, »ist das der Kasten-Berg?«
»Sch!«, machte Glück, »daß du mir nicht davon sprichst! Der Kasten-Berg ist ein gefährlicher Berg, und er ist nicht mehr weit von hier.«
»Ich weiß es«, sagte Christian; »werden wir ihn sehen?«
»Wir fahren ganz nah an ihm vorüber, wenn . . .«
»Wenn die Speichen nicht von den Rädern fallen«, sagte Großer-Tiger trocken.
»Sch!« warnte Glück; »ich bin nicht abergläubisch, aber man kann nie wissen.«
»Gute Nacht!«
»Wir wünschen Ruhe und Behaglichkeit«, sagten Großer-Tiger und Christian, und dann wurde es still.
Die Nacht wanderte über das Himmelsgewölbe. Mit jedem ihrer lautlosen Schritte häufte sie den Trost der Einsamkeit so gewaltig, daß er sich in Furcht gewandelt hätte, wenn Christian und Großer-Tiger nicht so müde gewesen wären. Kein Nachtvogel schrie, und kein Wolf schlich. Es war einsamer als auf Robinsons Insel. Glück wälzte eine Zeitlang häßliche Rachegedanken, aber dann sagte er sich zwei- oder dreimal das Trostwort »Es gibt keine Hilfe« vor. Da schlief er ein und wachte nicht eher auf, als bis ihn der kalte Anhauch des Morgens weckte. Sofort stand Glück auf. Er nickte dem Morgenstern vertraulich zu und machte sich an die Arbeit, das Feuer wieder in Gang zu bringen. Dann holte er frisches Was-

ser, und als die Flamme loderte und der Tee kleine Blasen warf und Glück gerade: »Erhebt euch, ihr Männer, die Nacht weicht!« rufen wollte, sah er im Schein des Feuers auf dem schlafenden Grünmantel eine kleine graue Schlange. Sie lag friedlich zusammengerollt auf dem Oberschenkel, und nur wenn Grünmantel sich ein wenig rührte, hob sie den Kopf, wiegte ihn hin und her und züngelte.
»Recht so!« dachte Glück rachsüchtig; aber dann fiel ihm ein, daß neben Grünmantel Großer-Tiger lag, und daß Großer-Tiger bei einer jähen Bewegung so gut gebissen werden konnte wie Grünmantel.
Ich habe vergessen, eine Feuerzange mitzunehmen, und nicht einmal Lederhandschuhe habe ich, dachte Glück. Aber dann kam ihm bei, daß es eilig wäre, denn jeden Augenblick konnte einer der Schläfer aufwachen.
Es wurde Glück heiß und kalt vor Ratlosigkeit, und schon wollte er die Pistole ziehen und einen Schuß versuchen, als ihm eine großartige Idee kam. Eilends lief er zum Wagen und holte den Daschior. Als er damit zurückkam, näherte er sich behutsam Schritt für Schritt dem schlafenden Grünmantel, und endlich stand er neben ihm. Die kleine graue Schlange lag ruhig. Da nahm Glück den Bambusprügel verkehrt in beide Hände, holte tief Luft, hob ihn hoch, zielte, und dann tat er mit Genuß einen entsetzlichen Hieb. Der Kopf der Schlange wurde zermalmt und das Rückgrat mehrere Male gebrochen. Sie war sofort tot. Dafür erwachte Grünmantel mit einem furchtbaren Schrei. Christian fuhr empor, und Großer-Tiger kroch eilends aus dem Schlafsack.
»Was gibt's?« fragte Christian.
»Hilfe! Mörder!« schrie Grünmantel gellend und versuchte sich aufzurichten. Aber es ging nicht gut, und deshalb ließ er sich mit dumpfem Brüllen wieder fallen.
»Ist eine plötzliche Beschädigung eingetreten?« fragte Großer-Tiger sachlich.
»Er schlägt mir die Knochen entzwei!« schrie Grünmantel.
»Ich habe ihm das Leben gerettet«, sagte Glück, nahm die leblose Schlange auf den Daschior und warf sie Grünmantel

vor die Nase. »Da«, sagte er, »deine zweite Lebenshälfte hing an einem Zwirn.«
»Eine Sandviper!« rief Christian.
»Wer von ihr gebissen wird, stirbt sehr geschwind«, erklärte Großer-Tiger.
»Es gab keinen Ausweg«, behauptete Glück, »ein tüchtiger Hieb mußte in guter Absicht geführt werden.«
»Man nennt das die Arbeit des unerwarteten Erfolgs«, sagte Großer-Tiger weise.
Aber Grünmantel ließ sich nicht überzeugen. Er wimmerte in einem fort.
»Laß sehen«, bat Glück gutmütig, und er begann Grünmantel die Hose herunterzuziehen.
»Die Haut ist geplatzt«, tröstete Glück, »aber das Bluten wird aufhören, sobald die Geschwulst zunimmt. Es geht dir also vortrefflich, und du solltest das Geschrei beenden. Komm, der Tee ist fertig.«
Grünmantel setzte sich stöhnend aufrecht. Er rutschte die paar Schritte bis zum Feuer und ließ sich wieder fallen.
»Du hast mich zuschandengeschlagen«, sagte er mit schwacher Stimme; »aber warte nur, es gibt einen Tag des Fischens und eine Stunde des Netztrocknens!«
»Ist das dein Dank für Hilfe in großer Not?« fragte Glück empört. »Du solltest ›Zehntausendfachen Dank‹ sagen, oder: ›Bleibe glücklich wie bisher.‹ Auch ein kleiner Fußfall der Verehrung wäre nicht übel.«
»Schweig!« schrie Grünmantel, »du hättest diese Blindschleiche mit der Schaufel entfernen können, das weiß jedes Kind.«
»Es war eine giftige Viper, verehrter Herr«, sagte Christian.
»Sie war durch die Wärme aus dem Winterschlaf erwacht«, setzte ihm Großer-Tiger auseinander, »da sind die Schlangen besonders giftig, und man muß sie totschlagen.«
Grünmantel hielt sich die Ohren zu. »Ich war gesund«, rief er, »und jetzt habe ich eine schwere Krankheit. Das ist es, was dazu zu bemerken ist.«
Er trank den heißen Tee, aber Hirse wollte er keine haben. Da lief Christian zum Wagen und holte Honigbrotwürfel.

»Schon recht«, ächzte Grünmantel mit einem bösen Blick auf Glück, und er aß viele Honigbrotwürfel. »Ich kann heute nicht im Wagen sitzen«, sagte er, »weil ein Verbrechen passiert ist.« Glück hob den Blick, blies über den Tee und sagte: »Davon weiß ich nichts.« Dann frühstückte er ruhig und füllte zwischendurch heißes Wasser in den Kühler. Als er fertig war, begann er den Wagen zu beladen. Großer-Tiger trug die Schaufel, Christian trug den Kochtopf, und Glück schleppte zwei dicke Äste herbei, die er auch auflud.

»Sie sind für heute abend«, sagte Glück, »und Grünmantel hat noch genug Platz daneben. Ihr kommt zu mir nach vorn.«

Nachdem alles verstaut war, kam Grünmantel hinkend über die Steine und sagte noch einmal, daß ein Verbrechen geschehen sei. Aber keiner gab ihm eine Antwort.

Großer-Tiger hatte die beiden Schlafsäcke übereinandergelegt. Er sprach einladend: »Das Lager ist weich, ich wünsche Bequemlichkeit.«

»Schon recht«, ächzte Grünmantel.

Glück verschränkte die Hände und legte sie aufs Knie, damit Grünmantel mit dem gesunden Fuß hineinsteigen solle. Grünmantel tat es auch, aber er verzog schmerzlich das Gesicht. Da stützte ihn Christian von hinten, und Großer-Tiger, der auf dem Wagen stand, griff ihm unter die Arme.

»Ho ruck!« rief Glück.

»Au weh!« rief Grünmantel.

Da lag er oben auf der Ladefläche, und Großer-Tiger half ihm, sich einzurichten. Er schob ihm eine Decke unter den Kopf und eine andere unter das verletzte Bein, damit es etwas höher lag. Im Anfang sei es kalt hier oben, setzte ihm Großer-Tiger auseinander, aber das werde sich geben, sobald die Sonne aufgehe, und der Herr Grünmantel möge deswegen nicht ungeduldig werden. Als er ihn so getröstet hatte, hüpfte Großer-Tiger vom Wagen. Glück warf den Motor an, und Christian und Großer-Tiger setzten sich in das Führerhaus auf Grünmantels Platz.

»Wie war es mit den Patronen?« fragte Christian.

»Zuerst«, flüsterte Großer-Tiger, »wollte er Grünmantel sofort erschießen, nachher ein bißchen später, und dann hat er die große Amtshandlung verschoben.«

Mehr konnte er darüber nicht sagen, denn Glück stieg ein, setzte sich hinter das Steuer und fuhr los. Der Himmel stand in durchsichtiger Klarheit über der Schlucht von Durben-Mot, die noch ganz im Dunkel lag. Ihre Ränder waren scharf in das Morgenlicht gezeichnet.

Doch das konnte nur Grünmantel sehen. Großer-Tiger und Christian hatten das Sandmeer vor sich, und Glück steuerte ihm langsam entgegen. Nirgends gab es einen Durchlaß, wenigstens keinen, den man sehen konnte. Vorerst fuhr Glück an dem Kiesbett entlang, bis es aufhörte und von Sand überflutet wurde. Dann sah man den Karawanenweg noch ein Stück weit, aber dann sah man ihn nicht mehr, denn der Sand wurde tiefer, und Glück zog die Stirne in Falten.

»Es gibt keinen Ausweg«, sagte Glück, »wir müssen durch bis zum Sodabrunnen.«

Da begann der Wagen den niederen Ausläufer der ersten Düne zu erklimmen. Er fraß sich durch, so gut es ging. Er warf viel Sand hinter sich, und dann rutschte er in die erste Furche, die die bogenförmigen Dünen trennte. Dort gab es wieder festen Boden, der Karawanenweg wurde sichtbar, und Glück pfiff vergnügt. Aber schon nach hundert Metern schob sich der zweite Ausläufer in den Weg, und der Motor hatte schwere Arbeit.

»Diese gesegneten Barchane!« sagte Glück verdrossen

»Ene ju beino?« fragte Großer-Tiger.

»Wenn die Dünen Halbmonde bilden«, erklärte Glück, »statt gerade zu verlaufen, wie ehrenwerte Dünen tun, nennt man sie Barchane. Barchane sind nicht wert, daß die Sonne sie bescheint.«

Christian schaute empor, aber die Sonne verbarg sich noch hinter den Felsen von Durben-Mot. Die Kuppel des Himmels wölbte sich in dem glanzvollen Grau des Morgens, das im Zenit zaghaft blau wurde. Auch die Dünen hatten noch keine Farbe; aber je weiter sich Glück in ihre Täler vorarbeitete, um so höher stiegen sie, und ihre geschwungenen Ausläufer er-

höhten sich auch. Der feste Boden brach nirgends mehr durch, und schließlich gab es nur noch Sand. Die Karawanenstraße verschwand endgültig, und Glück mußte aufs Gratewohl weiterfahren. Er hätte es gerne getan, und es würde ihm weiter nichts ausgemacht haben, eine Zeitlang ohne Orientierung zu sein, wenn er nur hätte fahren können. Aber es ging nicht mehr. Zwei Barchane, die ihre Ausläufer zu einem vereinigt hatten, bildeten eine Sandbarriere, an der jede Fahrkunst scheiterte. Die Vorderräder wühlten im Sand, die Hinterräder machten es ebenso, und Glück stellte den Motor ab.
»Es gibt keine Hilfe«, sagte Großer-Tiger, »wir sitzen fest wie der Fuchs im Eis.«
»Das könnte dir so passen!« rief Glück. »Auf, ihr Männer! Nehmt die Schaufeln und die Bretter, wir müssen einen großen Berg transportieren.«
Sie machten sich gemeinsam an die Arbeit, und der Sand flog nach beiden Seiten.
»Ihr wißt«, sagte Glück, nachdem die Durchfahrt halbwegs freigelegt war, »jetzt fehlt nicht mehr viel, bis man die Bretter unter die Räder schieben kann. Schaufelt das letzte Stück frei. Ich gehe einstweilen voraus, damit ich sehe, ob wir den Sand durchqueren können, oder ob wir umkehren müssen.«
»Die Anfangsschwierigkeit bewirkt erhabenes Gelingen«, sprach Großer-Tiger weise.
Glück lachte und fragte Großer-Tiger, ob das ein Spruch seines Großvaters sei; und als Großer-Tiger ernsthaft nickte, bat ihn Glück, er solle den Ring am Daumen einmal herumdrehen. Großer-Tiger tat es, und Glück sagte, daß er keineswegs abergläubisch sei, allein in einer Lage wie der ihren dürfe man nichts unversucht lassen. Dann ging er.
Christian schaute ihm nach, und Großer-Tiger zuckte die Achseln.
»Was hat er nur?« fragte Christian.
»Er glaubt«, flüsterte Großer-Tiger, »daß dieser Ring ein Glücksring sei; dabei ist es einer, der Unglück bringt; aber das weiß er nicht.«
»Muß man Glücksringe drehen?« erkundigte sich Christian.

»Darin habe ich keine Erfahrung.«
»Dann«, sagte Christian ernsthaft, »ist es klüger, du drehst den Ring zurück, und die alte Lage ist wiederhergestellt.«
Großer-Tiger fand das auch, und als er es getan hatte, schaufelten sie weiter. Ein leichter Morgenwind fegte breite Staubfahnen von den Dünenkämmen. Die Sonne ging auf, der Himmel färbte sich strahlend blau, und von allen Barchanen wehte der Sand wie gelber Rauch.
Glück kam nach einer halben Stunde fröhlich zurück.
»Du hast«, sagte er zu Großer-Tiger, »einen Ring, der alle Hemmnisse beseitigt. Wir müssen zwar noch einige Male schaufeln, doch dann wird die Beharrlichkeit belohnt werden.«
»Heda!« rief Grünmantel von oben, »ihr seid wohl steckengeblieben?«
»Wir schaufeln«, antwortete Glück, »damit wir deinen werten Körper heil durch die Wüste schleifen.«
»Er ist durch boshaftes Verschulden schwer beschädigt worden.«
»Darüber wird ein andermal gesprochen werden«, antwortete Glück erzürnt.
»Schon recht«, knurrte Grünmantel; aber es klang bösartiger als sonst.
Glück achtete nicht darauf, denn er schob zwei Bretter unter die Vorderräder, warf einige Äste und Zweige, die er aus Durben-Mot mitgebracht hatte, unter die Hinterräder, und dann befahl er Christian und Großer-Tiger, die übrigen Bretter bereitzuhalten und so lange vorzulegen, bis es fahrbaren Boden gäbe.
»Wir hören und gehorchen«, sagten Christian und Großer-Tiger.
Da warf Glück den Motor an, und als er lief, ging Glück um den Wagen herum, wie alte Fahrer es machen, um nachzusehen, ob auch alles in Ordnung sei. Es gab aber nichts, das in Unordnung war, und Glück hatte auch nichts anderes erwartet. So stieg er befriedigt ein, und »Eigentlich müßte es gehen«, murmelte er vor sich hin. Da ging es auch, und Glück fuhr ganz

langsam von Brett zu Brett; Großer-Tiger und Christian aber mußten laufen und die Bretter von hinten nach vorne tragen. Das war ein heilloses Geschäft, und Großer-Tiger sagte zu Christian, wenn sie sich an den Vorderreifen trafen: »Ich verliere Schweiß.« Mehr konnte er nicht sagen, weil es gleich darauf patschte. Das machten die Hinterräder, wenn sie das letzte Brett kurz vor dem Verlassen ein wenig niederdrückten, so daß das freie Ende sich hob und nachher in den Sand zurückfiel.

Endlich rief Glück: »Genug«, und fuhr bis zur nächsten Sandverwehung, wo das Spiel von vorne mit Schaufeln anfing und mit Brettertragen endete. So ging es noch einige Male. Die Sonne stieg über die Dünen, und Grünmantel knurrte, daß sie ihm lästig sei. Aber Großer-Tiger und Christian antworteten nichts darauf, und Glück sagte auch nichts, denn sie schaufelten Sand und trugen Bretter von hinten nach vorn, und darüber verging der Vormittag.

Endlich wurden die Mondspitzen der Barchane niedriger, und Glück meinte, man könne die Bretter auf den Wagen laden und die Schaufeln versorgen. »Bolna!« riefen Christian und Großer-Tiger fröhlich, und sie sagten, sie seien der gleichen Meinung wie der befehlende Herr, denn sie vertrauten darauf, daß Glück sich auskenne. Er war auch kaum einen Li oder zwei gefahren, da öffnete sich inmitten der Dünen eine Ebene, und wenn sie auch mit Sand bedeckt war, riefen Christian und Großer-Tiger doch »Ah!« und noch einmal »Ah!« wie nach einer großen Befreiung. Glück mußte lachen; aber man sah ihm an, daß er sich genau so über den weiten Rundblick und über den festen Boden freute, den er unter den Rädern spürte.

»Die Gefahren der Erde«, sagte Glück, »sind die Berge und Flüsse, aber der Sand ist ihnen weit überlegen.«

Jetzt sah man auch die Karawanenstraße wieder. Sie lief auf die Mitte der Ebene zu, und dort gab es Schilfgräser, die über eine weißlich schimmernde Fläche verstreut waren.

»Soda«, sagte Glück, »hier ist der Brunnen mit dem vielen Wasser, von dem man Bauchweh kriegt.« Er deutete auf ein Brunnenloch, das von einem niedrigen, festgestampften Wall

umgeben war, damit es bei einem Sandsturm nicht überflutet wurde. Überall gab es Spuren von Karawanen, die hier gelagert hatten. Da waren die Dunghäufchen der Kamele, die in sauber ausgerichteten Linien eins neben dem andern lagen und weite Flächen bedeckten. Da waren die verlassenen Lagerfeuer, und es gab bleiche Knochen und manchmal ganze Tiergerippe. Durch die offenen Seitenfenster des Wagens strömte die warme Luft, und sie roch nach allem, was alten Karawanenmännern ans Herz greift: sie roch nach Staub und trockenem Mist, nach faulem Wasser, nach Asche und nach all den andern Herrlichkeiten, die den Wanderer beglücken, wenn die Mitternacht vorüber ist und die Zelte aufgeschlagen werden. Glück schnupperte andächtig.
Plötzlich ließ er das Steuer los, öffnete die Hand zu einer verächtlichen Bewegung und sagte: »Diese neumodischen Selbstgehewagen sind eine brennende Schande. Ich schäme mich, daß ich einen benütze.«
Nach dieser Selbstanklage fuhr er aber ruhig weiter, und Christian konnte sich nicht zusammenreimen, was für Gedanken Glück im stillen bewegten. Bald verließ er die Karawanenstraße wieder, die nach Westen zog und in dem Sandmeer verschwand.
»Wir müssen einen großen Umweg machen«, sagte Glück und fuhr entschlossen mit hoher Geschwindigkeit nach Norden. Rings um die Ebene wogten die hochgehenden Wellen der Dünen und Barchane, aber im Norden war ihre Kette unterbrochen, und dahin fuhr Glück.
Als er den Durchgang erreicht hatte, strich der Mittagswind über eine große Hochfläche, die im Süden und im Osten von den Dünen begrenzt wurde. So weit man nach Westen sehen konnte, gab es Kies und darin vereinzelte Tamarisken. Es waren sturmzerfetzte starre Knüppel mit rissiger Rinde, die kaum aus dem Erdboden ragten und hie und da ein paar Äste trugen. An ihrem Wurzelwerk lag der angewehte Sand, den der Wind klingend über das trostlose Land führte. Nach zwei Stunden Fahrt hörte die Begrenzung durch die Dünen auf, und man kam in eine Mulde, die den Weg nach Süden freigab.

»Ei ja!« rief Glück, »das ist der Weg, den wir brauchen. Hast du deine Karte, Kompaß-Berg?«
»Sie liegt bei Grünmantel auf dem Wagen.«
»Schade«, sagte Glück, »du könntest in das Landbild einen Brunnen eintragen, den wir bald erreichen werden. Er heißt Cheur-Ampt. Dort treffen wir die Karawanenstraße wieder, und dann dauert es nicht lange, bis wir zum »Einsamen-Baum« kommen, von dem man sagt, daß er auf den ältesten Landbildern gezeichnet sei und daß schon Dschingis-Khan in seinem Schatten geschlafen habe.«
»Wie Fürst Tschao unter dem Pflaumenbaum«, bemerkte Großer-Tiger.
»Sage mir«, bat Glück, »das Gedicht noch einmal, damit ich es lerne.«
Da sagte Großer-Tiger das Gedicht vom Fürsten Tschao auf, und Glück behauptete, jetzt könne er schon die erste Strophe, und mit der Zeit werde er die übrigen lernen.
»Und dann?« fragte Christian, »was kommt nachher, wenn wir den Einsamen-Baum gesehen haben?«
»Dann kommt der Berg, von dem wir gesprochen haben, und wenn die Speichen nicht von den Rädern fallen, werden wir zur Nacht dort bleiben. Habt ihr Hunger?«
»Wir haben Hunger, befehlender Herr.«
»Hilft nichts«, sagte Glück. »Reiche Leute, die viel Muße haben und viel Geld besitzen, essen dreimal am Tag. Wir sind aber nicht reich, und so essen wir zweimal, und vor heute abend gibt es nichts.«
»Wir haben Reis statt Gerste«, sagte Großer-Tiger, »also sind wir reich und nicht arm. Arme Leute haben nur Hirse oder Gerstenmehl.«
»Sch!« machte Glück. Dann sagte er, daß ihnen der Glücksgott der Wegelagerer und Rotbärte diesen Reis beschert habe, und daß darüber nicht gesprochen werden dürfe, sonst würde der Gott seine Gabe mit Zins zurückfordern.
Nachher sprachen sie über Grünmantel und über seine Krankheit, und Glück sagte, daß Grünmantel ein undankbarer Mensch sei.

Dann dauerte es nicht mehr lange, bis sie zum Brunnen Cheur-Ampt kamen, wo der Karawanenweg in der Sonne lag und darauf wartete, daß Glück ihm bis zum Einsamen-Baum folge. Aber der Weg war schlecht, es gab immer wieder Sandstrekken, und Glück brauchte für die vierzig Li mehr als drei Stunden. Der Einsame-Baum stand am Fuß eines Hügels. Es war eine Schwarzpappel mit einem dicken Stamm und mit einer traurigen Krone. Die Äste waren vom Sturm gebrochen, und der Wipfel bestand nur noch aus kümmerlichen Zweigen und aus den Stümpfen des mächtigen Astwerks. Zwanzig Schritte daneben war ein Brunnen, aber Glück sagte, er sei halb versandet, und das komme von der schlechten Zeit, und weil die großen Karawanen ihn nicht mehr benützten. Zu Lebzeiten Dschingis-Khans sei das anders gewesen. Damals habe der Baum im Sommer und im Winter Blätter getragen, und die Vögel des Himmels seien auf seinen Zweigen herumgehüpft und hätten unaufhörlich gesungen.

»Da war«, sagte Glück, »auch eine schöne Wiese mit seltenen Blumen, und es war ein Wunder mitten in der Wüste. Aber jetzt ist eine würdelose Zeit, darum ist alles verdorrt und fortgeflogen. Seht euch den Einsamen-Baum an«, sagte Glück und zog die Bremsen fest, »damit ihr daheim von ihm erzählen könnt.«

Christian und Großer-Tiger stiegen aus, und Glück kam hinterdrein. »Dürfen wir einen kleinen Zweig zum Andenken mitnehmen?« fragte Christian ehrfurchtsvoll.

»Es gibt keine Hinderung«, meinte Glück, und er hob Christian auf seine Schultern.

Christian brach drei kleine Zweige ab, und Glück steckte seinen gleich an die Mütze. Die beiden andern versorgte Christian in der Ledermappe, die er sich von Grünmantel geben ließ.

»Hier ist die Karte«, sagte nun Christian. Er faltete das Südliche-Blatt auseinander, und dann suchte er nach dem Einsamen-Baum, aber er fand ihn nicht.

»Dieses Landbild taugt nicht«, sprach Glück entschieden, »es ist vollkommen wertlos.«

»Vielleicht muß man nur lange genug suchen«, schlug Christian vor; »gestern habe ich Durben-Mot gefunden, und hier ist der viele Sand; und wenn der befehlende Herr zuerst nach Westen und dann nach Norden und nachher nach Süden gefahren ist und jetzt wieder nach Westen, dann sind wir hier, und der Ort heißt Gantzen-Mot, und es ist ein Brunnen dabei.«
»Ich staune«, rief Glück, »und es ist richtig, wenn man sagt, daß man mit Worten sparsam umgehen soll. Gantzen-Mot ist mongolisch, es heißt Einsamer-Baum, und ich bitte um Entschuldigung wegen vorschneller Rede.«
»Davon kann nicht gesprochen werden«, sagte Christian höflich, aber er freute sich sehr.
Während Großer-Tiger zum Wagen ging und mit Grünmantel zwei zuvorkommende Worte wechselte, und während Glück die Motorhaube öffnete, um nach etwas zu suchen, was nicht vorhanden war, setzte sich Christian auf einen Wurzelknorren des Einsamen-Baumes und suchte heimlich, ob er den nächsten Brunnen und den Berg Abder fände, von dem man nicht sprechen durfte. Aber der Berg war nicht angegeben. Abder stand nirgends geschrieben, und Christian faltete das Südliche-Blatt enttäuscht zusammen. Er beschloß, nichts darüber verlauten zu lassen.
Die Ledermappe nahm Christian ins Führerhaus, und bei der Weiterfahrt zeigte er Glück den Kompaß. Glück sagte anerkennend, der Kompaß sei ein sehr nützlicher Gegenstand und kolossal brauchbar, nur wisse er nicht, wozu, denn am Tage scheine die Sonne, und in der Nacht sitze der Herr des Nordens auf seinem Thron. So ein Kompaß sei eigentlich nichts weiter als die Bestätigung, daß die bewährte Weltordnung noch bestehe, – »auch wenn«, wiederholte Glück nachdrücklich, »wir in einer würdelosen Zeit leben«.
»Aber bei einem Sturm«, fragte Großer-Tiger, »wenn sich der Himmel verfinstert, wie ist es da?«
»Da muß man bleiben, wo man ist«, setzte ihm Glück auseinander; »ein Sturm bringt in der Wüste so viel Sand mit, und er weht so heftig, daß die Kamele sich niederlegen, und ein Wagen, der von selber geht, kann auch nicht fahren, weil man

keine zehn Schritte weit sieht. Man fiele in eine Lößrawine oder in das nächstbeste Brunnenloch, und die herumfliegenden Steine schlügen die Scheiben entzwei. »Man kann auch die notwendigen Umwege nicht machen«, sagte Glück, »und darum ist es besser, man deckt den Motor zu, damit er nicht versandet.«
»Wenn es aber regnet?« fragte Christian.
Glück lachte: »Nebel und Regen, Hagel, Blitz, Donner und Tau sind seltene Kostbarkeiten in der Wüste, vor denen man sich verneigt, und dazu braucht man keinen Kompaß.«
Da steckte Christian den Kompaß wieder in die Ledertasche, und dann sprachen sie über andere Dinge; und als die Sonne schon ein wenig schräg am Himmel stand, tauchte in der Ferne ein grauer langgestreckter Tafelberg auf. Vor ihm erhob sich ein feuerroter Klotz, vierkantig und ganz für sich allein. Er war von unwiderstehlicher Größe, obgleich er seine Umgebung nur wenig überragte.
Glück drückte auf die Hupe, da machte sie kurz und laut tüt, tüt, und das hieß: »Achtung, jetzt wird es gefährlich!«
»Hier ist Bator geboren«, flüsterte Christian Großer-Tiger ins Ohr, und Großer-Tiger nickte.
Als sie näherkamen, senkte sich der Karawanenweg. Ein steiniges Tal führte in weitem Bogen um den grauen Tafelberg und um den Berg Abder, und man sah, wie die Karawanenstraße dem Tal folgte und sich in der Ferne auf ein Hochplateau schlängelte, das gelblich schimmerte.
»Dort gibt es wieder Sand«, sagte Glück aber ich habe für heute genug davon.« Er lenkte den Wagen abseits der Karawanenlagerplätze auf eine Ebene im Talgrund, wo es sauber war. Gegenüber stand Abder, der rote Klotz. Christian und Großer-Tiger betrachteten ihn. Er hatte einen dicken Fuß aus angewehtem Sand, aus dem er mit vier senkrechten, tief zerrissenen roten Wänden emporschoß.
Er sieht wirklich aus wie ein Kasten, dachte Christian, aber er wagte nicht, es zu sagen.
»Wasser holen!« rief Glück, »schnell! schnell! Kwai, kwai!«
Er war noch geschäftiger als sonst, und wenn eine Arbeit getan

war, ordnete er die nächste an; und das war Tanken und Luftpumpen und Feuermachen. Offenbar fürchtete er, es könnte ein unbedachtes Wort über Abder, den Kasten, gesprochen werden.

Grünmantel kam nur zum Essen vom Wagen herunter. Er hinkte noch immer und sprach nur das Notwendigste, nämlich daß er auf dem Wagen zu schlafen wünsche, damit nicht wieder eine unschuldige Schlange getötet würde. Christian und Großer-Tiger holten bereitwillig die Schlafsäcke und überließen Grünmantel ihre beiden Pelzmäntel als Unterlage. Glück wickelte sich zwei Lappen um die Hände, riß einige dürre Tamarisken aus und zündete damit ein Feuer an, auf das er die mitgebrachten Äste aus Durben-Mot warf. Nachher breitete er die Glut aus und schaufelte Sand darauf wie am Abend vorher.

Darüber war es Nacht geworden; der Kasten stand schweigend im silbernen Mondlicht, und Christian und Großer-Tiger lagen neben Glück auf dem warmen Sand. In gehöriger Entfernung stand der Wagen, und weil die Stille so groß war, hörte man Grünmantel schnarchen; aber man mußte aufpassen, wenn man es hören wollte. Dazu hatten weder Christian noch Großer-Tiger Lust, und Glück schlief bereits, denn er hatte keine häßlichen Rachegedanken mehr.

Zwei oder drei Stunden mochten vergangen sein, als Christian von dem Getrappel fester Hufe geweckt wurde. Das eilfertige Geklapper war ganz in der Nähe, und als Christian verschlafen den Kopf hob, sah er wenige Schritte entfernt eine Reihe von dunklen Tieren, die mit kleinen Kisten beladen waren. Es waren keine Kamele, das sah Christian gleich, es waren aber auch keine Pferde.

In diesem Augenblick erwachte Großer-Tiger. Neben ihm sprang ein Mann aus dem Sattel und stand schwarz neben seinem schwarzen Reittier. Der Mann trug eine Uniform wie Glück, also war er ein Soldat; und das große Tier, das wie ein Pferd aussah, hatte lange Ohren, also war es ein Maulesel. Glück schlief noch immer.

»He!« rief der Soldat und schlug klatschend mit dem Daschior gegen seine wattierte Hose, »ich möchte euch sagen, wie sehr es mich freut, euch zu sehen!« Im Nu war Glück auf den Beinen. Er sah die vorüberziehende Mauleselkarawane, und dann sah er den Soldat und das Reittier.

»Störe ich vielleicht?« fragte der Soldat wieder; »ich fürchte um eure Ruhe.«

»Der Schlaf des Menschen ist eine ernste Sache«, erwiderte Glück unfreundlich. Wenn er nicht bemerkt hätte, daß der andere ebenfalls eine Pistole im Gürtel trug, hätte er wahrscheinlich »Lümmel« gesagt, oder: »Ich höre einen Flegel reden«, oder sonst etwas Unliebenswürdiges.

»Man soll alte Freundschaft nicht brechen«, sagte der Soldat lächelnd, »und man soll auch keine streitsüchtigen Reden führen.« Dabei verneigte er sich und . . .

»Oh, Langes-Leben!« rief Glück; »ich glaubte dich bei deinen werten Vätern versammelt.«

»Ich bin dem Schwert entronnen«, sagte Langes-Leben einfach.

Glück und Langes-Leben verneigten sich sehr tief und sehr freudvoll voreinander.

»Du kommst diesen Weg geritten«, sagte Glück, »wie geht das zu?«

»Du kommst diesen Weg gefahren«, antwortete Langes-Leben, »wie geht das zu?«

»Es ist wohlgetan«, sagte Glück, »wir wollen uns setzen und erzählen, was wert ist, erzählt zu werden.«

»Ich habe nichts Erwähnenswertes zu berichten«, antwortete Langes-Leben bescheiden.

Inzwischen waren die Maultiere vorbeigezogen, eins nach dem andern; mehrere Soldaten waren bei ihnen, und einer kam herbei und wollte auch absteigen. – »Weiterreiten!« rief Langes-Leben streng, »ich komme euch nach. In Cheur-Ampt sollt ihr auf mich warten.«

Da ritt der Soldat gehorsam weiter, und die schnellen Hufschläge verklangen in der Nacht.

»Ich sehe, du bist avanciert«, sagte Glück, »und ich sage dir meine Freude darüber.«

»Davon weiß ich nichts«, erwiderte Langes-Leben, »das kleine Sternchen hat keinen Wert.« Er nahm einen Lederriemen aus der Satteltasche und hobbelte dem Maultier die Vorderbeine zusammen.
»Hier ist es warm«, sagte Glück, »wir wollen uns auf den Bauch legen, so können wir angenehm plaudern. Lange ist es her, seit ich deine Stimme vernahm.«
»Mein Sehnen nach dir hatte einen hohen Grad erreicht«, erwiderte Langes-Leben. »Wer fern der Heimat lebt, ist froh, wenn er einen Landsmann trifft. Wie steht es mit diesen beiden da?«
»Entschuldige«, sagte Glück, »ich vergaß, dir zu sagen, daß diese jungen Fürsten Kompaß-Berg und Großer-Tiger heißen. Du kannst ruhig alles berichten, was es gibt. Was es einmal gab, wissen wir beide zur Genüge; darüber braucht nicht gesprochen werden.«
»Beginne du«, bat Langes-Leben.
»Wie könnte ich mich erdreisten!« rief Glück; »es ist an dir, zuerst zu sprechen.«
Langes-Leben schwieg eine Weile, und da alles still war, hörte man Grünmantel schnarchen. Man meinte den Ton einer fernen Zweimannsäge zu vernehmen, und Langes-Leben fragte: »Ist da noch einer?«
»Da ist noch einer«, sagte Glück, »und du kennst ihn: Ich rede von dem ehrsamen Kaufmann.«
»Schong-Ma ist bei dir?« rief Langes-Leben erschrocken; »ich hörte, er sei gestorben.«
»Sch!« machte Glück, und man merkte, wie peinlich ihm die Wendung des Gesprächs war. Christian stieß insgeheim Großer-Tiger ein wenig in die Rippen, und Großer-Tiger kniff Christian in den Arm.
»Schong-Ma ist gestorben«, erklärte Glück leise, »dafür gibt es einen gewissen Herrn Grünmantel.«
»Von diesem habe ich gehört«, sagte Langes-Leben, »er betreibt einen schwunghaften Handel.«
»Er hat sich einen langen Bart wachsen lassen, und niemand kennt ihn mehr.«

»Da wird ihn der Uralte-Herr vergeblich suchen«, meinte Langes-Leben beruhigt.
Glück zuckte die Achseln. Dieses sei nicht seine Sache, sagte er, sondern die Sache des Uralten-Herrn, und Langes-Leben möge lieber erzählen.
»Ich füge mich deinem Wunsch«, begann Langes-Leben. »Zuerst muß ich erwähnen, wie sehr ich dich bedauerte, als ich hörte, du wärest Soldat geworden. Ich wollte kein Soldat sein, und so kehrte ich nach Hami zu Li-Yüan-Pei zurück. ›Wie kommt es?‹ schrie Li mich an, ›daß du es wagst, dein schwarzes Gesicht über meinen Ladentisch zu hängen? Du hast nicht auf dich geachtet, also ertrage dein Mißgeschick selbst.‹ Da ging ich fort, und ich wurde, was ich nicht werden wollte. Zuerst kam ich in die Garnison Sining-Fu und später nach Sutschou. Sechs Jahre ging alles gut, bis die Exzellenz in Hami den unseligen Plan faßte, den Uralten-Herrn zu bekriegen. Da war der schöne Friede vorbei, und ich mußte in den Krieg ziehen.«
»Ich hörte«, sagte Glück, »daß ihr den Krieg nicht gewonnen habt.«
»Der Uralte-Herr hat uns abgeschlachtet wie die Hammel im Frühjahr«, bekannte Langes-Leben.
»Wie das?« fragte Glück teilnehmend.
»Wir waren tausend Mann«, berichtete Langes-Leben, »und wir brachten alles mit, was man nötig hat, um einen Krieg zu gewinnen. Wir hatten sogar die neuen Gewehre, die von selber schießen, und kleine, zerlegbare Kanonen, die wir auf Kamele luden. Dann machten wir uns auf den Marsch durch die Steinwüste und durch das Sandmeer. Als wir nach einem Mond vor der Burg des Uralten-Herrn ankamen, fingen wir sofort an zu schießen, damit der Uralte-Herr merkte, was los war. Er begriff es gleich und schloß die Tore. Er hatte nur 300 Mann und 300 Pferde, aber wir waren 1000. Da saß der Uralte-Herr in der Falle, und unser General sagte: ›Wir wollen nichts übereilen.‹ Darüber freuten wir uns. ›Wenn die Verbrecher nichts mehr zu essen haben‹, sagte unser General, ›und wenn sie alle Bohnen verfüttert haben, werden sie von selbst

herauskommen; dann schießen wir den Uralten-Herrn tot mitsamt seinen dreihundert Kollegen.‹ Also machten wir einen tiefen Graben rund um die Burg, schossen jeden Tag ein bißchen und warteten. Der Herbst verging, es wurde kalt, und wir froren jämmerlich, besonders nachts. ›Macht nichts‹, sagte der General. Er dachte, er sei früh aufgestanden, aber er traf auf Leute, die gar nicht geschlafen hatten; denn als wieder eine Nacht vorüber war und einige von uns erfroren dalagen, gab es plötzlich einen gewaltigen Donner und einen Blitz, der das Morgengrauen zerriß.

Wir fürchteten, das Ende der Welt sei gekommen. Himmel und Erde gingen gegeneinander, und die Mauer der Burg platzte an vielen Stellen und fiel in Trümmer. Da dachten die meisten von uns, wir hätten gesiegt, und machten ein großes Geschrei. Aber aus den Breschen kamen die 300 Reiter des Uralten-Herrn mit weiter nichts als mit dem Säbel in der Faust. Der Uralte-Herr war unter ihnen, und die Barbarchen brüllten wie Tiger, aber wir konnten sie nicht totschießen wegen der starren Finger, und weil die Gewehre eingefroren waren, besonders die, die von selber schießen sollten. So wurden wir der Reihe nach vom Schwert gefressen. Die Banditen jagten auf ihren Pferden durch den Belagerungsgraben, und die Hufe stampften im Blut.

Ich rannte dahin, wo die wenigen Pferde standen, die uns gehörten, weil ich sah, daß der Krieg verloren war. So entkam ich mit vier anderen, die der gleichen Meinung waren wie ich. Es gab aber einen Rückzug, der, wie man sagt, weder freiwillig war noch freundlich oder heiter, denn die Reiter des Uralten-Herrn verfolgten uns. Nichts war fördernd, außer daß wir einer Karawane begegneten, die uns Bohnen für die Pferde gab. Als wir nach zehn Tagen den Gaschu-Nor erreichten, lebten wir nur noch zur Hälfte.

Es war Nacht, und wir machten ein großes Feuer aus Tamariskenholz, um uns zu wärmen. Das hätten wir nicht tun sollen, denn plötzlich hörten wir den Hufschlag und das Tigergebrüll von zwei Barbaren. Ich sprang ins Dunkel und schoß viele Male, denn ich hatte noch eine Pistole. Da fiel einer der Kerle aus dem Sattel, und der andere wurde abgeworfen, weil sein Pferd durch die Schüsse erschreckt worden war. Wir fielen über ihn her mit Knüppeln und Säbeln, und ich spaltete ihm die Gehirntasche. Da lag er, und ich sagte: ›Dieser Hund und Schildkrötensohn hat sein Teil.‹ Das Feuer beleuchtete sein Gesicht, und plötzlich erkannte ich, daß es Mondschein war, der da lag, der gleiche Mondschein, der uns beiden damals das Leben schenkte. Meine Kameraden wollten dem Toten nehmen, was er hatte, aber ich sagte: ›Laßt das sein, ich dulde es nicht.‹ Dann ritten wir weiter, weil uns der Platz nicht mehr behagte.«

»Hast du«, fragte Glück, »diesen Mondschein ganz totgeschlagen oder zur Hälfte?«

»So tot, wie eine Leiche nur tot sein kann«, versicherte Langes-Leben.

»Diese Leiche«, sagte Glück, »geht wieder auf die Wolfsjagd. Es muß eine sehr eilige Wiedergeburt stattgefunden haben.«

»Wie das?« fragte Langes-Leben. »Hier liege ich und spreche mit dir, und Mondscheins Knochen liegen am Gaschu-Nor, und sie sind weiß vom Winterschnee.«

»Nein«, entgegnete Glück, »die Sache ist nicht so, sie ist anders. Ich, der Soldat Glück, habe Mondschein vor drei Tagen gesehen. Er war munter und konnte reden; da habe ich mit ihm gesprochen. Er war wohlwollend, und da habe ich Freundschaft mit ihm geschlossen, und er hat mir mein Versprechen zurückgegeben. Er hatte eine rote Säbelnarbe von einer Schläfe zur andern, aber sonst war er gesund. Als ich ihn traf, war er gerade damit beschäftigt, einen Wolf mit dem Bleisack zu erschlagen.«

»Die Ordnung der Welt muß gestört sein«, rief Langes-Leben, »die Toten stehen auf, reiten und jagen.«

»Wir leben in einer würdelosen Zeit«, sagte Glück, »da mag solches geschehen. Weil es nun einmal so ist, rate ich dir, du vermeidest eine Begegnung mit Mondschein. So wie ich die Sache ansehe, wird er von einem andern, der sich Donnerkeil nennt, aus Sunit abgeholt. Vielleicht ist er bereits auf dem Weg zum Uralten-Herrn, und du triffst die beiden Rotbärte in Küh-

Wasser oder schon im Schnell-Schwarzwasser-Tal. Die Herren reiten mit Pferdewechsel. Es scheint eine eilige Sache vorzuliegen.«
»Ich fürchte Mondschein nicht«, sagte Langes-Leben.
»Hast du eine erlesene Heldenschar bei dir?«
»Nein, aber wir befördern anvertrautes Gut. Da wird auch der Feigling mutig.«
»Wie viele Kisten?«
»Sechzig. Jede Kiste ist Gold wert, seit das Opium so teuer geworden ist.«
»Wohin bringt ihr das Zeug?« fragte Glück verächtlich.
»Wir sollen es in Kwei-Hua abliefern, mehr weiß ich nicht.«
»Ich bin nicht du«, sagte Glück, »tu, was du für richtig hältst.«
Da besann sich Langes-Leben; dann sagte er: »Ich will deinem Rat folgen. Wir werden in Cheur-Ampt abbiegen, bis wir beim Reichen-Quellen-Kloster auf den südlichen Weg treffen.«
»Es gibt zweierlei Tapferkeit«, sprach Glück; »mein Herz ist froh, daß du die besonnene Art wählst.«
»Die Erfahrung war meine Lehrmeisterin«, meinte Langes-Leben lächelnd. »Doch ich bin in großer Unwissenheit über dein Ergehen. Das ist ein Mangel, und darum ist es an dir, jetzt zu sprechen.«
Da berichtete Glück, wie er bei dem General Feng Soldat geworden war . . . »Nun, das weißt du ja«, sagte Glück. Es sei ihm nicht besser und nicht schlechter ergangen als vielen andern Soldaten auch; aber »Du weißt ja«, sagte Glück, »das ist nichts für mich. Ich wollte Geld verdienen, damit ich es meiner alten Mutter schicken konnte. Eines Tages wurde bei der Abteilung gefragt, ob einer da sei, der einen Wagen, der von selber geht, zu lenken verstünde. Ich trat sofort vor, und zehn andere nichtsnutzige Strolche traten auch aus dem Glied. Die meisten hatten noch nie ein Auto gesehen, und ich auch nicht.
Ein fremder Offizier kam und fragte uns Dinge, von denen wir nicht einmal den Namen kannten. Da merkte der Offizier, daß er lauter Schlingel, aber keine Autofahrer vor sich hatte. Zuletzt kam er zu mir und fragte, was wohl zu tun wäre, wenn

der Kühler dampfe. Ich antwortete: ›Wenn große Hitze ausbricht, kommt Wasser gegangen.‹ Diese Auskunft gefiel dem Offizier, und er nahm mich mit nach Honan. Vorher mußte ich meine alte Uniform abgeben, und ich kriegte eine neue, denn nun gehörte ich zu der Armee des Generals Wu.

Die Uniform war die gleiche, und man hätte mir ruhig meine alte lassen können. Aber das sei so, sagte der Offizier, und weil er wohl wußte, daß ich kein Auto fahren konnte, nahm er mich eine Woche beiseite, bevor er mich dem General zeigte. Als ich so weit war, daß ich mit einem Wagen vorwärts und rückwärts fahren konnte, stellte mich der Offizier dem General vor. ›Hier ist der Mann‹, sagte er, ›nach dem ich eifrig gesucht habe; er ist der beste Fahrer des Generals Feng, und der General hat den Mann nur freigegeben, um Eurer Exzellenz einen Dienst zu erweisen.‹ Dann hieß man mich vorwärts und rückwärts fahren, und als der General Wu sah, daß ich es konnte, sagte er: ›Gut.‹

Da war ich sein Fahrer geworden. Mit der Zeit lernte ich alles, ohne daß der General groß merkte, wie es im Anfang mit meinen Kenntnissen bestellt war. Als nach drei Jahren der Krieg mit Tschang-Tzo-Lin begann, konnte ich einen Wagen auseinandernehmen und wieder zusammensetzen. Der General gab mir eine bessere Löhnung, und ich sandte sie nach Sutschou.«

»Davon habe ich gehört«, sagte Langes-Leben, »als ich von dem Krieg gegen den Uralten-Herrn nach Hause kam. Deine Mutter hat es überall erzählt. Sie sagte, du wärest ein großer Herr geworden, der seine Mutter nicht vergißt; und alle Leute beglückwünschten sie zu ihrem werten Sohn. Du hast daheim in Sutschou ein großes Gesicht bekommen. Niemand würde sich wundern, wenn du deiner Mutter eines Tages einen Palast mit zehn Dienern und zwanzig Zofen kaufen würdest.«

»So weit ist es noch nicht«, sagte Glück nachdenklich.

Da stieß Großer-Tiger Christian heimlich in die Rippen, und beide dachten an das, was sie in Weißer-Stein unter dem ungeheizten Kang gehört hatten.

»Nun bin ich mit Ausruhen fertig«, sagte Langes-Leben, »und

ich muß gehen, meine Leute einzuholen. Wohin fährst du jetzt?«
»Ich fahre nach Sinkiang«, sagte Glück und stand auf.
»Wie machst du das«, fragte Langes-Leben, »ohne dem Uralten-Herrn in die Finger zu fallen?«
»Ich habe darüber nachgedacht. Da ihr den Krieg gegen ihn verloren habt, kann ich nicht quer durch die Wüste fahren. Gibt es noch Benzin in Ollon-Torre?«
»Es gibt Benzin in Ollon-Torre, aber es ist eine Wache dabei.«
»Keine Sorge deswegen. Ich habe eine Anweisung des Generals Wu. Also werde ich Benzin kriegen, und dann werde ich nach Sutschou fahren und später auf der Seidenstraße nach Hami.«
»Du mußt«, riet Langes-Leben, »trotzdem achtgeben. Seit der Uralte-Herr uns die modernen Waffen weggenommen hat, fängt er an, auch die Seidenstraße zu kontrollieren. Von Anshi bis Hsing-Hsing-Hsia ist es nicht mehr geheuer. Der Uralte-Herr ist behend wie ein Geist.«
»Ich danke für die Belehrung«, sagte Glück, zupfte Langes-Leben am Rockärmel und nahm ihn beiseite. Er sagte einige leise Worte, und Langes-Leben hörte aufmerksam zu. Darauf ging er zu seinem Maultier, griff in die Satteltasche und gab Glück ein kleines Päckchen.
»Das reicht«, sagte Langes-Leben. Dann nahm er dem Maultier die Fessel ab und saß auf. »Gib acht, daß niemand merkt, wen du bei dir hast«, flüsterte er, »es könnte euch allen das Leben kosten!«
»Keine Befürchtung«, gab Glück ebenso leise zurück, »du würdest den ehrenwerten Kaufmann selbst nicht wieder erkennen.«
»Wer so sicher ist wie du«, sagte Langes-Leben, »welches Ziel sollte der nicht erreichen? Auf Wiedersehen! Ich wünsche Glücksterne während der ganzen Reise.«
Glück verneigte sich, und Großer-Tiger und Christian standen auf und verneigten sich auch. Sie schauten Langes-Leben nach, wie er davonritt. Eine Zeitlang hörte man noch das eilige Hufgeklapper des Maultiers, dann wurde es schwächer, und

als es verklungen war, sagte Großer-Tiger: »Ist es gestattet, zu fragen, wer der Uralte-Herr ist?«
»Oh, ihr Männer!« rief Glück, »den Uralten-Herrn sollte man nicht beim Namen nennen, so wenig wie diesen Berg. Ich stehe hier, und der Uralte-Herr weiß es, jetzt lege ich mich nieder, und er vernimmt es. Er ist ein Mann, der in die Wildnis floh, wo keine Tamariske Wurzel schlagen kann. Dort steht seine Burg. Er ist der größte Räuber zwischen den vier Meeren und in Wahrheit ein Mörder. Alle Karawanen, die durch das Sandmeer ziehen, sind ihm tributpflichtig. Keiner vermag ihm zu widerstehen, denn das Gelingen ist bei ihm, und das Mißlingen ist bei seinen Feinden. Die Mongolen sagen, er sei ein Halbgott, aber er ist ein grausamer Teufel.«
»Wie heißt er?« fragte Großer-Tiger leise.
»Er heißt Dampignak«, flüsterte Glück.

Achtundzwanzigstes Kapitel, das voll von schlechten Vorzeichen ist

Die Nacht verging. Als der Mond hinter dem Berg Abder verschwand, löste sich ein großer Stein vom Gipfel und fiel mit Gepolter ins Tal.
Glück, der noch wachlag, nahm es für ein warnendes Zeichen, und er beschloß, mit Grünmantel zwei Worte zu reden. Nachher schlief er ein; aber es war ein unruhiger Schlaf, und er wachte früher auf als sonst. Das war ihm gerade recht. Nachdem er Feuer gemacht hatte, setzte er Teewasser auf, und dann ging er zum Wagen, wo Grünmantel auf dem Rücken lag und schnarchte. Glück schwang sich auf die Ladefläche, setzte sich neben Grünmantel und redete ihn an: »Du da! Holla, aufgewacht! He!, Grünmantel! «
»Was gibt's?« fragte Grünmantel und erwachte mit einem Seufzer.
»Ich muß mit dir reden.«
»Sprich mit mir, wenn der Tag anbricht. Ich bin noch nicht mit Schlafen fertig, also ist es nicht die richtige Zeit.«

»Es ist die richtige Zeit«, behauptete Glück, »ich habe mit dir zwei Worte zu reden, solange die Jungen schlafen.«
»Da willst du wahrscheinlich von Geld reden.«
»Ich rede davon, daß du eine Gefahr für uns bist. Der Uralte-Herr sucht dich.«
»Er sucht mich seit zwanzig Jahren. Du siehst, das sind keine neuen Worte für mich. Du hättest sie dir sparen können.«
»Der Uralte-Herr ist mächtiger als je. Langes-Leben war heute nacht hier.«
»Ei! ei! Das unfähige Rotbärtchen kommt zu einer Geheimkonferenz? Das nenne ich sich in das Dunkel hüllen. Wie geht es dem unnützen Bengel? Wie befindet sich mein Herzenssöhnchen?«
»Der ›unnütze Bengel‹ ist Leutnant geworden. Er teilt dir mit, daß der Uralte-Herr jetzt auch die Seidenstraße kontrolliert. Zwischen Anshi und Hsing-Hsing-Hsia ist man vor den Banditen nicht mehr sicher.«
»Unser Wagen läuft schneller als das schnellste Pferd.«
»Unser Wagen? Wer spricht von unserm Wagen?«
»Wenn es dir lieber ist, kann ich auch von meinem Wagen reden.«
»Eitler Affe! Der Wagen gehört dem General Wu. Er läuft schnell, aber eine Kugel holt ihn ein.«
»Ich höre«, sagte Grünmantel verächtlich, »daß Angst aus dir spricht.«
»Besser«, erwiderte Glück, »ein bißchen Angst haben als einen Bauch voll Aufgeblasenheit. Ich fahre nach Sinkiang trotz der Drachengewalt des Uralten-Herrn, aber ich überlege, ob ich dich mitnehme, oder ob ich dich in Sutschou sitzen lasse. Du kannst darüber nachdenken.«
»Was soll das heißen?« brauste Grünmantel auf.
»Das heißt«, sagte Glück, »daß du mir in Sutschou fünfhundert Silberbatzen gibst. Die übrigen siebenhundert magst du mir dann in Hsing-Hsing-Hsia geben. Ich will nicht mit leeren Händen vor meine Mutter treten.«
»Ei, der gute Sohn!« rief Grünmantel, »ei, die vortreffliche Stütze der hohen Hallen!«

»Du tätest besser, auf dich zu achten, statt die natürliche Art des Menschenherzens zu verhöhnen. Antworte mir: Bist du deines Vertreters in Hsing-Hsing-Hsia sicher?«
»Er ist mir treu ergeben.«
»Du hast«, sagte Glück schneidend, »mir einmal mit dem Gericht gedroht. Ich heiße nicht Grünmantel, und ich heiße auch nicht Schong-Ma. Es käme mir daher nicht in den Sinn, dich dem Uralten-Herrn zu verraten; aber bist du gewiß, daß es kein anderer tun wird? Das ist es, was ich dich fragen wollte.«
»Holla!« rief Grünmantel und richtete sich auf, »also das ist es! Ich bin dir dankbar«, sagte er, »du bringst mich da auf einen Gedanken, den ich noch nie gedacht habe. Aber sei unbesorgt. Mein Vertreter in Hsing-Hsing-Hsia war vor zwanzig Jahren dabei, als wir dem Uralten-Herrn den Streich spielten. Er sitzt mit mir im gleichen Boot und kann nicht aussteigen.«
»Dann ist es gut«, sagte Glück. »Komm jetzt, der Tee ist fertig.«
»Mein Bein!« seufzte Grünmantel; aber er stand auf und ließ sich vom Wagen gleiten.
»Du mußt dir Bewegung machen«, riet ihm Glück, »so wird der Einfluß des Nichtstuns überwunden, und du kannst klarer erkennen, wo es mangelt.«
»Ich verstehe«, sagte Grünmantel grinsend; »du sollst in Sutschou deine fünfhundert Batzen kriegen; ich werde Li-Yüan-Pei einen Blitzbrief senden.«
»Sieh dich vor!« warnte Glück; dann fragte er so nebenbei: »Kennt Li-Yüan-Pei deinen neuen Namen?«
»Er kennt ihn«, erwiderte Grünmantel, »doch im Geschäftsverkehr verwende ich ihn nicht. Aber keine Befürchtung deswegen, der Uralte-Herr ist zwar mächtig und geistergleich, in die Abgeschlossenheit der Poststube vermag er aber trotzdem nicht zu dringen.«
Glück kratzte sich den Kopf, und dann schaute er stirnrunzelnd auf Christian und Großer-Tiger, die nicht weit vom Feuer lagen und taten, als ob sie schliefen.
Wenn ich nur wüßte, dachte Glück, wie weit mir diese Burschen die Wahrheit sagen und wo sie mit Lügen anfangen.

»Aufstehen!« rief er ärgerlich; »ihr müßt lernen, wie man den Tag von der Nacht unterscheidet.«
Es war aber noch ganz dunkel, und der Schein des Feuers lief über die Stirn und über den Rücken Grünmantels, der gar nicht mehr sehr leidend neben dem Teekessel saß und »Habt ihr angenehm geruht, ihr Fürstenenkel?« fragte.
»Wir wünschen Behaglichkeit«, entgegneten Großer-Tiger und Christian; dann rollten sie flink die Schlafsäcke ein und trugen sie zum Wagen.
»Los!« rief Glück.
»Los!« rief Grünmantel, »wir sitzen schon beim Tee.«
»Wie befindet sich der geehrte Körper des Herrn?« erkundigte sich Großer-Tiger.
»Wie ist etwa die Fortbewegung gediehen?« fragte Christian.
Grünmantel lächelte sauersüß. »Recht gut«, sagte er, »ich hatte eine schwere Krankheit, aber sie ist im Schwinden.«
»Herr Grünmantel ist wiederhergestellt«, sagte Glück.
»Werden wir heute große Umwege machen?« fragte Grünmantel.
»Mit den Umwegen ist es vorbei«, erwiderte Glück. »Wir müssen durch das Sandmeer von Yingen-Ossu fahren. Da gibt es keinen Ausweg und keinen Umweg. Wenn es gut geht, sind wir heute abend nicht weit vom Edsin-Gol.«
»Unter diesen Umständen«, erklärte Grünmantel, »werde ich den Wagen lenken«, und er setzte sich, so aufrecht er es vermochte, damit alle merkten, er dulde keinen Widerspruch.
Glück versuchte es trotzdem. »Du hast«, sagte er, »einen Weg vor dir, aber er ist schwer zu gehen.«
»Es wird leicht sein, ihn zu fahren. Sobald wir am Roten-Berg sind . . .«
»Schweig!« rief Glück zornig.
Er rief so laut, daß das Wort vom Felsen Abder widerhallte und nach einer Weile von dem grauen Tafelberg zurückkam. Grünmantel schwieg betroffen.
Ein kalter Morgenwind wehte durch das Tal, das Feuer flakkerte unruhig, und Grünmantel sagte: »Ich finde es albern, daß du den Aberglauben der Barbaren wichtig nimmst. Aber das

ist deine Sache. Meine Sache wird es sein, bis Guch-Tologoi zu fahren.«

»Du nimmst dir viel vor«, entgegnete Glück; aber dann sagte er nichts mehr, kaute Hirse, und als alle mit dem Frühstück fertig waren, trieb er zur Eile.

Großer-Tiger und Christian bezogen ihre alten Plätze auf dem Wagen, und weil es kalt war, krochen sie in die Schlafsäcke. Sie hörten, wie Grünmantel sich an den Vorbereitungen zur Abfahrt beteiligte, wie er den Motor anwarf und wie Glück ihm mürrische Unterweisung erteilte. Dann löste er die Bremsen und fuhr die Böschung zum Karawanenweg hinauf.

Es war kaum so hell geworden, daß man sehen konnte, wohin die Fahrt ging, doch das hinderte Grünmantel nicht, gleich auf hohe Touren zu gehen. Als er die steinige Talsohle überquerte, hüpften die leeren und die halbleeren Eisenfässer; Christian und Großer-Tiger wurden hochgehoben, die Kannen rutschten von der Bordwand bis zur Mitte, wo sie an die Schlafsäcke stießen, und Christian sagte: »Es gibt keine Hilfe; au!«

»Es lohnt nicht, davon zu reden«, sagte Großer-Tiger.

Erst als der Wagen zu steigen begann, wurde die Geschwindigkeit von selbst geringer. Bald hörten auch die Steine auf, und niedrige Dünen schoben sich bis an den Rand der Karawanenstraße. Das Verdeck lag ruhig auf den Federn, und als die Morgensonne über die Berge stieg, waren Christian und Großer-Tiger eingeschlafen.

Es war leicht für Grünmantel, zu fahren. Die frischen Maultierspuren wiesen den Weg, und Glück sagte anerkennend: »Hier ritt einer, der im Sandmeer zu Hause ist.« Die Dünen und ihre Ausläufer waren geschickt umgangen, und der Sand lag nirgends so hoch wie bei Durben-Mot. Schon nach zwei Stunden erreichte Grünmantel den kleinen Brunnen von Yingen-Ossu, wo der Weg scharf nach Süden bog, bis er nach einer weiteren Stunde den Dünenbereich verließ. Dann ging es wieder nach Westen.

Grünmantel war sehr stolz. Er blickte Glück herausfordernd an; aber Glück tat, als ob gar nichts Besonderes geschehen wäre, und das dauerte eine ganze Weile. Als auch nachher

nichts geschah, hustete Grünmantel nachdrücklich und sagte: »Ich habe das Sandmeer durchquert.«
Glück hustete auch. »Der unnütze Bengel Langes-Leben«, erwiderte er, »hat durch kluge Führung alle Hemmnisse beseitigt. Man muß ihm dankbar sein, meinst du nicht auch?«
Grünmantel wurde rot vor Zorn, aber er schaute geradeaus, preßte die Lippen zusammen, und die Schnurrbartspitzen zitterten. Statt einer Antwort fuhr er schneller, und das ging auch ganz gut. Glück saß gleichmütig neben ihm und probierte im stillen, ob er die erste Strophe vom Fürsten Tschao unter dem Pflaumenbaum zusammenbrächte. Dazu brauchte er eine geraume Zeit. Als es Mittag wurde, hatte Grünmantel zwei Brunnen, die nicht weit voneinander lagen, passiert, und Glück erkannte, daß es möglich war, den Edsin-Gol zu erreichen, wenn sie zwei oder drei Stunden nach Dunkelheit weiterfuhren.
Beim nächsten Brunnen sagte Glück plötzlich: »Halt! Wir wollen einen Tee trinken.«
»Wozu das?« fragte Grünmantel. »Gestern war ich krank, da dachtest du nicht an Tee, obgleich ich der Pflege bedurft hätte.«
»Gestern ist nicht heute«, sagte Glück, griff nach der Bremse, und Grünmantel mußte sich wohl oder übel fügen.
»Wir trinken Tee«, rief Glück, »kommt herunter und bringt ein Stück Schafkäse mit!«
Großer-Tiger und Christian waren eingeschlafen, aufgewacht und wieder eingeschlafen. Jetzt wurden sie ganz munter.
»Wir kommen!« rief Christian.
»Wir sind schon da!« rief Großer-Tiger.
Sie nahmen das Säckchen mit dem Schafkäse und sprangen vom Wagen. Glück machte ein Feuer aus Argal, und als der Tee kochte, setzten sich alle rund um das Feuer, kauten Käse, und Glück sagte: »Dieser Brunnen heißt Grüner-Bruch.«
Großer-Tiger und Christian schauten sich um, aber es gab nirgends etwas Grünes. Es gab nur ein steiniges Flußtal, aber keinen Fluß, und es gab angewehten Sand und eine weite graue Steinwüste mit wenigen Tamarisken. Zwei dürre Bäume standen in einiger Entfernung am Fuß eines Hügels, auf dem

ein Obo zusammengetragen war. »Als ich vor sieben Jahren«, sagte Glück gedehnt, und dabei fixierte er Grünmantel in einem fort, »hier vorüberritt, waren die Bäume grün.« Dann schwieg er.

Grünmantel war nahe daran, zwei passende Worte wegen der sieben Jahre zu sagen, aber er unterließ es, als er merkte, daß Glück eine derartige Antwort erwartete.

»Jetzt sind die Bäume verdorrt«, sagte Christian, weil er gegen Glück zuvorkommend sein wollte, und weil sonst keiner sprach.

»Das kommt von der würdelosen Zeit«, steuerte Großer-Tiger zu der Unterhaltung bei.

»Ja«, rief Glück, »das ist es! Die Menschen wandern jenseits der Lebensregel. – Ich habe hier«, sagte Glück und öffnete die Ledertasche, »eine Pistole. Eine schöne rote Seidentroddel hängt daran, und ich besaß viele Patronen. Allein was nützt das? Ein schamloser Dieb stahl sie mir.«

»Du warst eben unachtsam«, tadelte Grünmantel kalt.

»Meine Unachtsamkeit war sehr groß«, gab Glück zu, »ich vergaß die Vorsichtsmaßregeln, die man gegen Diebe anwenden muß.«

»Da bist du zu bedauern«, erwiderte Grünmantel hohnvoll.

»Nicht allzusehr«, sagte Glück und griff in die Rocktasche; »wer Freunde hat, ist nicht allein auf der Welt.«

Er öffnete die kleine Pappschachtel, die er von Langes-Leben bekommen hatte, nahm eine Patrone nach der andern heraus und füllte die Magazine vor aller Augen neu.

»Es ist dir doch nicht unangenehm?« fragte er Grünmantel.

»Davon kann nicht gesprochen werden. Ich beglückwünsche dich.«

»Ich meinte ja nur«, sagte Glück, »weil du gestern dachtest, eine Pistole gehe im richtigen Augenblick nicht los. Sieh da!« rief Glück und tat verwundert: »eine Patrone ist übrig; sie war wohl im Lauf, und der Dieb hat sie nicht bemerkt. Es wäre schlimm für dich ausgegangen, wenn ich in Durben-Mot auf den Abzug gedrückt hätte.«

Während Glück so sprach, ließ er Grünmantel nicht aus den

Augen. Aber Grünmantel wurde weder blaß noch rot. »Deine Rede war lang«, sagte er, »bist du zu Ende damit?«
»Ich bin zu Ende«, sagte Glück unsicher und steckte die Pistole ein.
»Dann wollen wir weiterfahren«, schlug Grünmantel vor, »es war ein unnötiger Aufenthalt.«
Glück suchte vergeblich nach einer Antwort, aber Grünmantel gab ihm keine Gelegenheit, sie loszuwerden, auch wenn er eine gefunden hätte.
»Weiterfahren!« kommandierte Grünmantel, stapfte zum Wagen, kurbelte den Motor an und tat sehr selbstherrlich.
Während Glück den glühenden Ruß vom Teekessel schabte, und während Christian das Eisengestell zum Wagen trug, sagte Großer-Tiger: »Der befehlende Herr möge mir eine Frage erlauben.«
»Du kannst fragen«, sagte Glück verdrießlich.
»Warum hat der befehlende Herr Glück die neuen Patronen hergezeigt?«
»Es kam mir so in den Sinn«, sagte Glück, »ich wollte das Gesicht sehen, das Grünmantel macht.«
»Sein Gesicht veränderte sich nicht«, bemerkte Großer-Tiger; »Grünmantel wird von jetzt an vorsichtig sein statt unvorsichtig. Mehr ist nicht erreicht worden.«
»Höre«, erwiderte Glück gereizt, »ich brauche deinen Ratschlag nicht, was besser sei oder schlechter, du bist ungezogen!«
»Ich bitte, mir weitherzig zu vergeben«, murmelte Großer-Tiger.
Tüt, tüt, tüt, machte Grünmantel, und das verbesserte die Laune Glücks nicht. Er stieg wortlos ein, und Großer-Tiger hatte kaum genug Zeit, auf den Wagen zu klettern. Christian zog ihn gerade noch zu sich hinauf. Als sie oben beisammensaßen und zum Trost einige Honigbrotwürfel aus dem Sack langten, sagte Christian: »Glück ist ein Dummkopf.«
»Ich habe es ihm gesagt«, erwiderte Großer-Tiger.
»Das war nicht klug«, sagte Christian, »nun haben wir beide gegen uns.«

»Ich bekenne, daß ich unbedacht war, Kwi-Schan.«
»Es ist nicht schlimm«, tröstete Christian geschwind; »sobald wir den Edsin-Gol erreichen, haben wir die Hälfte der Reise hinter uns. Jetzt sind wir sechs Tage unterwegs; noch einmal sechs oder sieben dazu, dann werden wir in Sinkiang sein.«
»Vergiß nicht, was Glück gesagt hat: Er kann nicht quer durch die Wüste fahren, also gibt es einen weiten Umweg.«
»Mal sehen«, sagte Christian, und er nahm das Südliche-Blatt aus der Mappe. Aber das Südliche-Blatt hörte gleich hinter dem Edsin-Gol auf, und Christian mußte das Westliche-Blatt dazunehmen. Dann sprachen sie lange nichts mehr, und nachher auch nicht viel, denn Christian suchte mit dem Vergrößerungsglas nach den Orten, die er von Langes-Leben gehört hatte, und vor allem nach der Seidenstraße. Als er alles gefunden hatte und mit dem Bleistift die Entfernungen maß, sagte er: »Es sind sechshundert Li mehr; dafür ist aber vielleicht die Straße besser.«
»Wenn aber«, sagte Großer-Tiger, »dieser Uralte-Herr auch die Seidenstraße beherrscht, was dann?«
»Dann muß Glück in der Nacht fahren.«
»Der Motor«, warf Großer-Tiger ein, »macht ein lautes Getöse. Nachtfahren hilft nicht.«
»Dann gibt es keinen Ausweg«, sagte Christian. »Kennst du ihn?«
»Wen?«
»Den Uralten-Herrn meine ich.«
»Ich habe früher nie von ihm gehört. Glück sagte, daß er Dampignak heißt.«
»Wir werden Naidang nach diesem Dampignak fragen«, sagte Christian und faltete die Karte zusammen.
»Halt«, sagte Großer-Tiger, »es gibt noch etwas, was wir wissen sollten. Steht auf dem Landbild der Rote-Berg, von dem Grünmantel immer spricht, auch wenn Glück es nicht haben will?«
»Hier ist er«, rief Christian. »Wenn wir so weiterfahren wie bisher, werden wir den Roten-Berg sehen, bevor es dunkel wird.«

»Ich glaube nämlich«, sagte Großer-Tiger, »daß Glück einmal Mitglied einer ehrenwerten Gesellschaft war, die ihr Lager am Roten-Berg hatte.«
»Und Langes-Leben dazu!« rief Christian.
»Und Grünmantel?« fragte Großer-Tiger.
Christian zuckte die Achseln. »Wahrscheinlich war er etwas, was schlimmer ist, als ein Rotbart sein.«
»Es gibt keine Hilfe«, sagte Großer-Tiger abschließend; dann setzten sich beide sehr gerade, um nicht wieder einzuschlafen, und sie begannen die Sache zu überlegen.
Christians erster Gedanke war, was Grünmantel jetzt mit den Patronen anfangen würde.
»Sie sind wertlos für ihn«, sagte Großer-Tiger.
»Also wird er sie wegwerfen«, meinte Christian.
»Wenn er Angst vor Glück hat, wird er es tun.«
Christian überlegte, ob Grünmantel Angst haben würde oder nicht, und dann sagte er, daß es nicht auf die Angst ankomme, sondern daß es für Grünmantel klüger sei, etwas verschwinden zu lassen, was für ihn wertlos sei und ihm höchstens Unannehmlichkeiten bringen könne.
»Wir werden aufpassen«, meinte Großer-Tiger.
»Ob er ihm in Sutschou Geld geben wird?« sagte Christian nachdenklich.
»Nein, ob er die Patronen wegwirft«, sagte Großer-Tiger, der keine Gedankensprünge liebte.
»Wir werden auf beides achtgeben«, lenkte Christian ein; »ich meine nur, wenn Glück von Grünmantel Geld bekommt, steht unsere Sache schlecht. Wie werden wir das herauskriegen?«
Großer-Tiger sagte, das sei einfach. Man müsse nur der Mutter Glücks in Sutschou einen Höflichkeitsbesuch machen und sie zu ihrem prächtigen Sohn beglückwünschen, dann werde die alte Dame reden, auch wenn Glück es ihr verbieten sollte.
Christian gab zu, daß das ein vortrefflicher Gedanke sei, und Großer-Tiger war stolz, daß er ihn gefunden hatte.
Grünmantel fuhr jetzt schon so sicher wie ein alter Lenker. Manchmal holperte der Wagen über Steine, aber das machte Grünmantel nichts aus; deswegen verminderte er die Ge-

schwindigkeit nicht. Dann gab es wieder glatten Kies, und streckenweise fuhr der Wagen weich und federnd und hinterließ in dem Lößboden tiefe Radspuren. Soweit der Blick reichte, gab es Hügel und Höhenzüge ohne Namen und Herkunft. Sicher waren viele unter ihnen, die noch keines Menschen Fuß betreten hatte. Vielleicht waren es sogar die meisten, und wenn man sich vorstellte, daß dieses seltsame Land weiterlief und immer weiter, und daß es nirgends einen andern Anblick bot, konnte man Dinge wie Eisenbahn oder Briefkasten überhaupt nicht mehr denken. Nicht einmal mehr Haus oder Baum hatten einen Sinn. Nur das Grau der Steine blieb und der leuchtende Sand.

Am späten Nachmittag tauchte voraus eine hohe Bergpyramide auf. Sie war rot wie der Fels von Abder, und sie erschien umso gewaltiger, je näher man kam, denn der Weg senkte sich und führte in ein breites Tal, das am Fuß des Berges einen Kessel bildete. Hier war ein Brunnen mit gutem Wasser. Felsen und abfallende Vorberge schlossen sich zu einem Halbkreis, in dem die warme Luft stille stand. Der Lärm des Motors hallte von den Felsen wider, als Grünmantel langsam den Kessel ausfuhr. Er hätte das nicht unbedingt tun müssen, denn der Weg zeigte sich von weitem in einem Bergsattel, der gegen Süden einen bequemen Ausgang bot.

Christian stand auf, hob sich auf die Zehenspitzen und spähte über die Fässer durch das Fensterchen; aber er sah nur die gestickte Kappe Grünmantels und auf der rechten Seite den Mützenrand Glücks. Beide schauten verbissen geradeaus, als ob etwas furchtbar Interessantes auf dem Weg läge.

»Von einer Unterhaltung kann nicht gesprochen werden«, flüsterte Christian, als er sich wieder neben Großer-Tiger setzte.

»Es ist ein unverdientes Glück«, sagte Großer-Tiger erleichtert, »wir müssen trachten, den Keil noch tieferzutreiben.«

»Vielleicht«, schlug Christian vor, »können wir das Telegramm an Li-Yüan-Pei unterschlagen, das brächte die beiden ganz auseinander.«

Großer-Tiger schüttelte ungläubig den Kopf.

»Man darf beim Pflügen nicht an das Ernten denken«, sagte er weise, und das war wieder ein Spruch des Großvaters, der sehr schön war, aber nicht ganz zu dem paßte, von dem gerade die Rede war.
Als der Abend nahte, sah man den Roten-Berg längst nicht mehr. Grünmantel war gut gefahren. Der Weg lief über schwache Bodenwellen nach Südwesten, und die Sonne stand beim Untergang wie ein feuriges Tor mitten über der Karawanenstraße.
»Wir haben«, bemerkte Grünmantel, »einen unnötigen Aufenthalt gehabt, sonst wären wir jetzt in Guch-Tologoi. Wo bleiben wir zur Nacht?«
»Am Edsin-Gol«, sagte Glück.
»Willst du mir weismachen, daß wir an den Edsin-Gol gelangen?«
»Du nicht«, sagte Glück grob, »aber ich werde vor Mitternacht dort sein.«
»Freilich, freilich«, knurrte Grünmantel, »nun habe ich genug gefahren, ich glaube, es sind sechshundert Li.«
»Es sind fünfhundertachtzig«, sagte Glück nach einem Blick auf den Tachometer. »Ich beglückwünsche dich zu einem gesunden Bein.«
»Es ist wieder schlimmer geworden, das spüre ich.«
»Dann laß das Fahren sein«, sagte Glück und langte nach der Bremse wie in Grüner-Bruch.
Als der Wagen hielt, stieg Glück aus. Er ließ sich von Christian eine Kanne Wasser geben, und nachdem er den Kühler gefüllt hatte, brachte er die leere Kanne zurück. »Zieht eure Pelzmäntel an«, sagte Glück, »wir fahren bis zum Edsin-Gol. Da werdet ihr ein Stückchen frieren, denn der Mond scheint kalt.«
»Wir freuen uns auf die Nachtfahrt!« rief Christian.
»Ihr werdet«, gab Glück zurück, »bald mehr davon kriegen als euch lieb ist.«
Dann stieg er ins Führerhaus und fuhr der untergegangenen Sonne nach. Die Dunkelheit brach rasch herein; der Mond gewann an Kraft, und lange Zeit sah man den Weg wie ein schmales Silberband. Erst als er zwischen runden Hügeln

verschwand, schaltete Glück den Scheinwerfer ein. Von da an fuhr er langsamer.
»Er ist wieder freundlich zu uns«, sagte Christian.
»Er hat was vor«, sagte Großer-Tiger, »du wirst schon sehen.«
Tüt, tüt, tüt, tüt! tönte die Hupe, und als Christian und Großer-Tiger aufsprangen, um zu sehen, was es gebe, erblickten sie im Licht des Scheinwerfers ein blaues Wanderzelt und daneben fünf angepflockte Kamele, die an den Nasenstricken zerrten und auf und nieder hüpften wie junge Ziegen. Zwei Männer kamen aus dem Zelt gerannt.
»Wir erschrecken sehr!« riefen sie laut.
Da hielt Glück an, und einer der beiden faßte sich ein Herz und kam herbei. Er vermied es aber ängstlich, durch den Strahl des Scheinwerfers zu gehen. Glück löschte das Licht, und die allgemeine Aufregung legte sich.
»Wie heißt dieser Platz?« fragte Glück, um etwas zu sagen.
»Ihr seid in Guch-Tologoi, hoher Herr.«
»Du siehst«, erklärte Glück, »einen Wagen, der von selber geht. Es ist aber keine Befürchtung vorhanden.«
»Ich habe noch nie einen solchen Wagen gesehen, er sieht schrecklich aus.«
»Man gewöhnt sich an seinen Anblick«, versicherte Glück. »Ruht ihr leicht und gut?«
»Wir ruhen leicht und gut.«
»Ich höre«, sagte Glück, »daß du vom Torgot-Stamm bist. Wie geht es meinem Freund Naidang? und wohnt er noch am Närin-Gol?« Als der Mongole das hörte, wurde er zutraulich und berichtete, daß Naidang noch dort wohne und sicher erfreut wäre, so würdigen Besuch zu erhalten.
»Schon gut«, erwiderte Glück herablassend; »was machst du in Guch-Tologoi?«
»Wir sind unterwegs, um Salz zu holen.«
»Salz gibt es doch genug am Gaschu-Nor!«
»Das Salz vom Gaschu-Nor ist nicht gut, darum holen wir es am Gelben-Quell. Gelber-Quell liegt zwei Tagereisen von hier im Süden. Dort gibt es eine Mulde, wo das Salz in Blöcken liegt, und man muß es nur losschlagen.«

»Was man am Wege findet«, sagte Glück, »kostet nichts. Wir fahren jetzt; ich wünsche euch verschiedene Glücksterne. Geh zu deinen Kamelen und führe sie ein Stück weg, damit sie ihre Nasen nicht blutigreiben oder davonrennen.«
Da bedankte sich der Mann und lief eilends zu den Kamelen. Glück wartete eine Weile, und als er sah, daß die beiden Mongolen mit den Tieren weit genug waren, fuhr er vorsichtig durch den lockeren Kies und durch das angewehte Derresgras am Brunnen Guch-Tologoi vorüber.
Nicht lange, und es ging über einen Paß, wo Flugsand lag und Glück mit Großer-Tiger und Christian eine halbe Stunde lang schaufeln mußte.
»Alles klar!« rief Glück fröhlich, als der Weg frei war. »In einer Stunde werden wir am Edsin-Gol sein!«
Es war windstill; die Sterne blinkten in großer Nähe. Der Mond schwamm mitten unter ihnen, und wenn er schon ein Vollmond gewesen wäre, hätte man nach einer Stunde die Bäume gesehen, die den Edsin-Gol durch die Wüste begleiten. Sie stehen dort nah beieinander, und manchmal versammeln sie sich zu richtigen kleinen Wäldern und Dschungeln.
Weil es aber mehr dunkel als hell war, sah man die Bäume erst, als der Wagen hielt und der Mond in den Zweigen der hohen Schwarzpappeln hing.

Neunundzwanzigstes Kapitel, das schlecht beginnt und mit einem großen Schrecken endet

»He!« rief Glück leise, »seid ihr wach, ihr zwei Mann Schlafmützen?«
»Wir sind wach!« rief Christian.
»Wir sind munter wie Gelbe-Ziegen!« rief Großer-Tiger.
»Leise!« mahnte Glück, »Grünmantel schläft, da muß ich euch geschwind zwei Worte sagen.«
Großer-Tiger und Christian sprangen vom Wagen. Ringsum war lautlose Stille. Nicht einmal die Bäume rauschten; sie standen schweigend wie eine dunkle Mauer vor dem, was

hinter ihnen lag, und es schien, als ob sie sich in endloser Kette von Norden nach Süden aneinanderreihten, um ein wichtiges Geheimnis zu verbergen. Von einem Fluß war nichts zu hören und nichts zu sehen.
»Wir sind da«, flüsterte Glück, »dies ist der Platz Ollon-Torre. Sobald ich die unachtsamen Hundesöhne gefunden habe, werde ich Grünmantel etwas fragen, und ihr sollt wissen, daß ihr dann den Mund halten müßt. Ihr dürft nicht einmal husten.«
»Wir werden tun, als ob wir nicht vorhanden wären«, versicherte Großer-Tiger.
»Wir werden weder husten, noch sonst was sagen«, erklärte Christian.
»So ist es recht«, lobte Glück.
»Wer sind die ehrenwerten Hundesöhne?« erkundigte sich Großer-Tiger.
»Du wirst sie gleich sehen«, versprach Glück; »geht wieder auf eure Plätze. Ich fahre jetzt eine Ehrenrunde.« Damit ging Glück ins Führerhaus zurück, schlug die Türe krachend ins Schloß, daß Grünmantel erwachte, und fuhr mit Hupengeplärr an dem Waldstreifen entlang ein Stück nach Norden. Nachher machte er einen Bogen und kehrte an den alten Platz zurück. Als er hielt, trat hundert Schritte entfernt ein Soldat aus dem Gebüsch. Man sah gleich, daß es einer war, weil die goldenen Uniformknöpfe im Mondlicht glänzten. Der Soldat schritt langsam näher, damit er Zeit hatte, seinen Rock zu knöpfen.
»Schöne Wirtschaft!« rief ihm Glück entgegen; »ihr solltet wachen, aber ihr schlaft! Wo hast du dein Gewehr?«
Der Soldat stand still, doch gab er vorsichtshalber keine Antwort.
»Mir scheint«, sagte Glück streng, »du hast keinen Mund zum Reden und kein Zungenende, um zwei Worte Entschuldigung hervorzubringen. Beeile dich und koche einen Topf voll Tee!«
»Ich gehorche«, rief der Soldat und lief davon, so schnell er konnte.
Glück stieg lachend aus, jedoch Grünmantel sagte: »Du kommandierst da herum wie eine hundertjährige Exzellenz. Etwas mehr Bescheidenheit würde dir wohl anstehen.«

Das war zuviel für Glück. Zudem kam gerade Christian herbei, der es auch gehört hatte.
»Andere Leute«, rief Glück empört, »hätten es nötiger, eine gewisse Demut an den Tag zu legen! Ich mache einen Spaß, wenn es mir gefällt, und ich mache Ernst, wenn es mir paßt! Darüber magst du nachdenken.«
Als Glück so gesprochen hatte, entstand ein peinliches Schweigen.
»Hallo, Kwi-Schan!« rief Großer-Tiger vom Wagen.
»Selber Hallo!« rief Christian zurück.
»Ich gebe dir die Schlafsäcke herunter.«
»Ich komme«, sagte Christian; aber er stellte sich so, daß er immer ein wenig sehen konnte, womit Glück sich beschäftigte, und vor allem, was Grünmantel machte. Zunächst ging Glück, um eine Decke über die Motorhaube zu breiten, und Grünmantel blieb allein am Wagenschlag stehen. Offenbar war er unschlüssig, was es jetzt für ihn zu tun gebe. Nach einer Weile setzte er sich auf das Trittbrett, stützte den Kopf in die Hände und dachte sorgfältig nach. Manchmal hob er den Kopf zu den Sternen, dann senkte er ihn wieder. Endlich schien ihm etwas einzufallen. Er schaute sich vorsichtig nach Glück um, aber Glück war mit dem Motor beschäftigt. Da stand Grünmantel auf, öffnete die Wagentür, und Christian hörte, wie er den Sitz hob und ein wenig herumkramte. Dann schloß er die Tür wieder, räusperte sich, damit Glück aufmerksam wurde, und sagte: »Durch einen Unfall, von dem ich nicht mehr reden möchte, habe ich ein schweres Leiden davongetragen. Mein Bein ist von der übermäßigen Nachtfahrt geschwollen. Da will ich mich niederlegen. Haben die Menschen hier ein Zelt?«
»Schau nach«, rief Glück, »wo der Palast steht! Wir kommen gleich.«
Grünmantel stapfte hinkend unter den Bäumen entlang und verschwand im Gebüsch. Kurz darauf kam Glück um den Wagen herum, nahm das Säckchen mit dem Reis unter den Arm und fragte: »Seid ihr fertig?«
Christian und Großer-Tiger sagten: »Wir sind fertig, befehlender Herr! Gibt es noch etwas zu besorgen?«

»Heute nicht mehr«, sagte Glück. »Aber halt einmal: Wir wollen einen gemütlichen Abend haben. Ich möchte sehen, was Grünmantel für Gesichter schneidet, wenn ich ihn zum Teufel jage.«

Er nahm die Laterne vom Wagen, zündete sie an, und dann marschierten alle drei zu dem Gebüsch, aus dem der Soldat gekommen war. Dort gab es einen Pfad, der schon nach wenigen Schritten auf einen freien Platz führte, wo ein Zelt stand. Nicht weit davon war unter den überhängenden Zweigen eines Baumes ein vierkantiger Klotz errichtet, der mit Zeltbahnen verhängt war.

»Ene ju beino?« fragte Großer-Tiger leise.

»Das sind Benzinkanister«, erklärte Glück, »morgen werden wir tanken.«

In dem offenstehenden Zelt brannte ein Feuer, der Teekessel dampfte, Grünmantel lag der Länge nach auf dem besten Platz im Hintergrund und ließ sich von zwei Soldaten bedienen, die er bereits über alles aufgeklärt hatte. »Ihr müßt mir die Decke besser unter das Knie schieben«, sagte er, »ich bin schwer verletzt. – Au weh!« rief er, »ihr seid ungeschickte Tölpel. Morgen werde ich keinen Schritt gehen können. Mein Bein ist wie ein abgestorbener Ast oder beinah so.«

»Dann bleibst du eben hier«, sagte Glück und trat ein. »Ist der Tee fertig?«

Die beiden Soldaten stießen sich an, und der eine, der vorhin keine zwei Worte herausgebracht hatte, sagte: »Du sprichst hochtönende Worte wie ein alter Dschinilali. Findest du nicht auch, Schlangenfrühling, daß er angibt?«

»Ja«, sagte Schlangenfrühling unverschämt, »das finde ich auch.«

»Da will ich«, setzte ihnen Glück auseinander, »euch auf andere Gedanken bringen.« Er zog ein Papier aus der Tasche. »Ich bin«, sagte Glück vornehm, »der Beauftragte des Großen Generals Wu, und ich werde ihm melden, ob seinem Siegel die nötige Achtung erwiesen wurde.« Dabei hob er die Laterne hoch, und das Licht fiel auf das Papier mit der Anweisung und dem großen, zinnoberroten Siegel des Generals Wu-Pei-Fu.

»Lies du«, sagte Schlangenfrühling scheu, »ich habe damit nichts zu tun.«
Der andere Soldat ergriff das Papier mit beiden Händen, und auf einmal war er gar nicht mehr anmaßend. Er verneigte sich, wie sich das gehörte, vor dem roten Siegel, dann sagte er: »Vergebt meine Unwissenheit, Alter! Ich sehe, daß Euer Platz unter der Ratshalle des Generals Wu ist. Gebietet über uns, damit wir erfahren, womit wir Euch dienen können.«
Da merkte Glück, daß es mit der Kunst des Lesens bei keinem der beiden weit her war, und er sagte gnädig: »Ihr braucht nicht ›Herr unter der Ratshalle‹ oder ›Ehrwürdiger Wagen‹ zu mir sagen; aber ihr sollt wissen, daß ich Benzin brauche, und dieses ist die Anweisung Seiner Exzellenz.«
»Darf ich«, mischte sich Schlangenfrühling ein, »das Schreiben auch betrachten?«
»Er kann nämlich Zahlen lesen«, erklärte der zweite Soldat.
»Du darfst es«, bewilligte Glück, »obgleich du vorhin sagtest, daß du nichts damit zu tun hast.«
»Hier steht vierzig«, verkündete Schlangenfrühling stolz.
»Es heißt hier«, sagte Glück mit Nachdruck, »vierzig Kanister Benzin und mehr. Merke dir das!«
»Ich bemerkte es«, sagte Schlangenfrühling. »Nimm bitte Platz. Der Tee ist fertig.«
»Bohnen-Nudeln haben wir auch«, sagte der andere Soldat eifrig; »es ist eine geringe Speise, und ich wage kaum, sie dir anzubieten.«
»Bring sie immerhin«, sagte Glück, »meine jüngeren Brüder Großer-Tiger und Kompaß-Berg essen Bohnennudeln mit Vorliebe.«
»Ich heiße Ungemach«, sagte der Soldat, »und ich werde vom ›besten Gemüse‹ dazutun.« Er griff nach einem Säckchen, das unter dem Zeltdach an der Tragstange hing, und langte einige Zwiebeln heraus. Während Tee getrunken wurde, setzte Ungemach die langen, gallertartigen Bohnen-Nudeln aufs Feuer, schnitt Zwiebeln hinein, und Schlangenfrühling sagte: »Du hast da einen schönen Ring, Großer-Tiger, der zu meinem Namen passen würde. Verkaufst du ihn?«

»Der Ring«, begann Großer-Tiger, und beinah hätte er gesagt: »gehört nicht mir«.

Aber er besann sich rechtzeitig. »Der Ring«, begann er noch einmal stockend . . . »Du merkst, daß er ihn nicht verkaufen kann«, fiel ihm Glück ins Wort. »Er hat ihn nämlich von seinem Großvater gekriegt, damit der Name Großer-Tiger ein bißchen gemindert wird.«

»Meine Eltern haben das gleich bei der Namensgebung besorgt«, sagte Schlangenfrühling selbstgefällig, »aber der da... «

»Halte den Mund!« rief Ungemach, »es ist müßig, darüber zu reden.«

»Reden schafft Erleichterung«, gab Glück zu bedenken.

»Mag sein«, murmelte Ungemach und rührte die Nudeln mit einem Stecken um. Dann sagte er: »Nun bin ich mit dem Zwiebelschneiden und mit dem Umrühren fertig. Da will ich euch sagen, was Schlangenfrühling meint: Mein Vater und mein Großvater trugen glänzende Namen. Aber was nützt das? Mein Großvater hieß Reichtumsherr, und seine kalte Hütte stand nicht weit von Labrang. Er hinterließ meinem Vater nichts weiter als den schönen Namen Herbstfreude. Allein Herbstfreude hatte zu allen Jahreszeiten nur Kummer. Da beschloß er mich Ungemach zu nennen. ›Vielleicht zieht dieser Name das Glück herbei‹, sagte er zu meiner Mutter. Aber bis jetzt half das nichts. Schon seit einem halben Jahr sitze ich mit diesem da unter den Barbaren in der Wüste.«

So seid ihr nur zu zweit?« fragte Glück.

»Wir sind zu zweit«, bestätigte Ungemach, »und es ist ein Elend; manchmal vertragen wir uns, dann sprechen wir miteinander, aber wenn wir gestritten haben, reden wir nicht.«

»Da solltest Du dabei sein!« rief Schlangenfrühling; »ich kann stumm sein wie ein Karpfen, und ich gebe ihm nie das erste Wort.«

»Weil Du ein eingebildeter Tropf bist«, schalt Ungemach.

»Sch!« machte Glück, »ihr solltet friedlich sein. Wir wollen uns lieber was erzählen.«

»Das ist es ja«, seufzte Ungemach, »wir haben uns zehnmal erzählt, was es zu erzählen gibt, und wir haben zwanzigmal

über das gesprochen, was sich sagen läßt. Nun gibt es nichts mehr, was des Redens wert wäre, und so streiten wir oft.«
»Ihr werdet euch eines Tages totschlagen«, prophezeite Glück, »wenn es der Uralte-Herr nicht vorher besorgt.«
»Vor dem sind wir sicher«, behauptete Schlangenfrühling; »mit unserem General Feng bindet der Uralte-Herr nicht an, und schon gar nicht mit Soldaten wie wir sind.«
»Söhnchen, du bist ein Schwachkopf«, sagte Ungemach. »Nehmt es ihm nicht übel, Alter«, wandte er sich an Glück, »er macht gern große Worte.«
»Ich sagte dir schon, du sollst ›Du‹ zu mir sagen, und nicht ›Alter‹«.
»Also mit Verlaub«, erklärte Ungemach, »von dem was dieser Mensch spricht, ist immer nur die Hälfte wahr. Der Uralte-Herr und unser General Feng lassen einander in Frieden, weil einer den anderen fürchtet. Darum genügt es auch, daß wir beide hier Wache halten. Wir müssen nicht groß aufpassen, denn die Mongolen brauchen kein Benzin; und des Nachts schlafen wir ruhig, denn dazu ist die Nacht gemacht.«
»Kennt ihr Langes-Leben?« fragte Glück.
»Wir kennen ihn«, antwortete Ungemach.
»Er gehört zu den Soldaten des Gouverneurs«, sagte Schlangenfrühling verächtlich, »der Uralte-Herr hat sie verdroschen.«
»Sei froh, daß du nicht dabei warst«, entgegnete Glück ernst. Da schwieg Schlangenfrühling, und Grünmantel im Hintergrund seufzte.
»Mein Bein!« jammerte er, »ich glaube, es geht mit mir zu Ende.«
»Wenn der Höllenkönig bestimmt hat, daß einer stirbt«, tröstete Glück, »läßt er ihn nicht erst Auto fahren. Wir werden morgen vormittag die Fässer Benzin füllen, am Nachmittag fahren wir dann.«
»Bemühe dich nicht«, bat Ungemach, »Schlangenfrühling und ich werden alle Arbeit verrichten. Ihr habt eine weite Reise gemacht und solltet euch ausruhen.«
»Wie steht es mit dem Fluß?« fragte Glück.

»Keine Beunruhigung deswegen«, erwiderte Ungemach, »der Edsin-Gol ist zur Zeit ganz klein.«
»Ich habe gehört«, warf Schlangenfrühling ein, »daß sie in Maumu die Dämme aufmachen wollen; ihr müßt euch beeilen.«
»Nichts da!«, rief Ungemach, »die Frühjahrsbestellung hat noch nicht begonnen. Es dauert noch mindestens vier Wochen, bis das Wasser steigt. Ihr könnt ruhig einen Tag oder zwei hier bleiben, ihr seid unsere geehrten Gäste.«
Schlangenfrühling knurrte, das mit dem Fluß könne niemand voraussagen; aber dann schwieg er, und Christian fragte: »Wo liegt der Ort Maumu?«
»Du mußt auf deinem Landbild nachsehen«, sagte Glück; »Maumu liegt am Oberlauf des Edsin-Gol, wo er zusammenfließt. Dort sammeln sie das Wasser, wenn es im Frühjahr von den Bergen kommt, und erst wenn sie alle Felder überschwemmt haben, lassen sie es los. Da wird der Fluß mächtig und füllt das ganze Bett. Das Wasser kommt dann wie eine Wand daher, und man kann leicht ersaufen.«
»Darf ich mein Landbild holen?« fragte Christian, »ich möchte wissen, wo dieser Ort liegt.«
»Meinetwegen, hole es«, sagte Glück, »du kannst die Laterne mitnehmen.«
Christian sagte: »Danke«, und: »ich bin gleich wieder da!« Dann nahm er die Laterne und verließ das Zelt.
Der Mond hing noch am Himmel; aber weil Mitternacht lange vorüber war, neigte er sich zum Untergang. Er schimmerte groß und gelb zwischen den Stämmen wie ein fernes Licht.
Als Christian das Gebüsch verließ und zu dem ruhig wartenden Wagen ging, hatte er aber ganz andere Dinge im Kopf als das Südliche-Blatt oder die ferne Stadt Maumu. Er achtete auch nicht auf den Mond.
Wie gut, dachte er, daß Glück mir erlaubt hat, die Laterne mitzunehmen! Er ging rasch, und die letzten Schritte hüpfte er vor Vergnügen, so sicher war er seiner Sache. Zuerst stieg er auf das Trittbrett und drückte sachte die Türklinke des Führerstandes herunter. Sie schnappte auf. Den kleinen Knacks, den

es dabei gab, konnte man unmöglich im Zelt hören. Dann nahm er die Laterne hoch, hob den Sitz Grünmantels empor und leuchtete in den Kasten darunter. Da gab es vielerlei Schraubschlüssel, Hämmer, Zangen und, durch ein Brett abgeteilt, einige Lebensmittel: Zwiebeln, getrockneten Lauch, Bohnen, zwei Säckchen Mehl, und das alles kramte Christian eilig durcheinander. Aber er fand nicht, was er suchte.
Ich hielt ihn für dumm und mich für schlau, dachte Christian beschämt, stellte die Laterne nieder und rückte den Rahmen mit der gefederten Polsterung wieder an seinen Ort. Aber, überlegte er, irgend etwas muß Grünmantel versteckt haben, als er hier so vorsichtig herumhantierte. Ich muß sorgfältig nachdenken. Und er setzte sich auf den mit schwarzem Leder bezogenen Sitz. Die Sprungfedern ächzten, und dabei fiel Christian ein, daß er etwas vergessen hatte. Er wurde so aufgeregt, daß er nicht mehr stillsitzen konnte. Flugs hob er den Deckel mit der Polsterung noch einmal hoch und leuchtete unter die Sprungfedern, die trichterförmige Spiralen bildeten. Da sah er – ach, es war wirklich aufregend, denn da sah er, daß in eine der Spiralen ein kleines weißes Päckchen eingezwängt war.
Es lag darin wie in einer Tüte. Christian zerrte es heraus und hielt einen zusammengedrehten Leinwandfetzen in der Hand, der mit einem Stückchen Schnur abgebunden war. In dem primitiven Säckchen waren Patronen, das spürte Christian gleich. Deshalb nahm er sich nicht lange Zeit, den Inhalt nachzuprüfen. Er steckte das Säckchen in die Hosentasche, schob den Sitz auf den Kasten und verließ das Führerhaus. Die Tür schloß er so leise, wie er sie geöffnet hatte; dann kletterte er auf den Wagen und holte die Ledermappe. Als Christian ins Zelt zurückkehrte, war er überaus fröhlich. Am liebsten hätte er gesungen und gepfiffen. Aber das durfte er nicht.
Es ging auch nicht, daß er das Leinwandsäckchen Glück in den Schoß warf und »Unverhoffter Reichtum hat sich eingestellt« dazu sagte. So bezwang er sich und hing die Laterne an die Zeltstange. Dabei sah ihm Großer-Tiger aufmerksam ins Gesicht, und weil er wahrnahm, daß etwas los war, blinzelte er

ein wenig mehr als nötig, und das hieß: Sei besonnen! und: Mach keine Dummheiten!
»Du hast uns lange im Dunkeln sitzen lassen«, tadelte Glück.
»Nicht so lange wie beim Prinzen Gi«, warf Großer-Tiger geschwind ein.
»Wie war es bei dem?« fragte Glück.
»Ich weiß es auch nicht«, sagte Schlangenfrühling, »und ich will es gar nicht wissen.«
»Erzähle«, bat Ungemach, »wir erfahren so wenig von dem, was in der Welt geschieht.«
»Es ist nicht jetzt passiert«, setzte Großer-Tiger auseinander, »es ist einige Jahre her, etwa dreitausend, glaube ich.«
»Ist das eine Geschichte deines Großvaters?« erkundigte sich Glück.
»Der befehlende Herr hat recht«, gab Großer-Tiger zu.
»Dummes Zeug«, knurrte Grünmantel und gähnte laut.
»Du brauchst ja nicht zuhören«, sagte Glück, »wenn die Nudeln gekocht sind, werden wir dich wecken.«
»Erzähle«, bat Ungemach noch einmal, »was vor dreitausend Jahren war.«
»Damals«, begann Großer-Tiger, »lebte der Mensch Dschou-Sin, der besser gestorben wäre.«
»So einer wie du etwa«, höhnte Glück und grinste Grünmantel ins Gesicht.
»Dieser Mensch«, fuhr Großer-Tiger unbeirrt fort, »war ein Herrscher im Staate Wei; aber er war böse, und man nannte ihn Kleiner-Tyrann. Am Hof des Dschou-Sin lebte sein Vetter, und das war der Prinz Gi. Weil er ein Verwandter von Kleiner-Tyrann war, konnte er den Hof nicht verlassen, sonst hätte man ihn umgebracht. Es herrschte aber eine allgemeine Verfinsterung im Staate Wei, und niemand durfte ein Lied singen, und man konnte kein bißchen vergnügt sein. Prinz Gi mußte seine gute Gesinnung verbergen, und als das nichts mehr nützte, stellte er sich wahnsinnig. Aber die Finsternis erhob ihr Haupt noch mehr, denn nun sagte Kleiner-Tyrann: ›Mein Vetter ist wahnsinnig geworden, er taugt nicht mehr.‹ ›Wozu‹, sagte Kleiner-Tyrann, ›soll ein wahnsinniger Vetter noch gut sein?‹

Also packte man den Prinzen Gi und reihte ihn in das Heer der Sklaven ein, die bei Kleiner-Tyrann niedrige Arbeiten verrichten mußten. Allein der Prinz ließ sich nicht irremachen; seine Beharrlichkeit war groß, und sie überdauerte den Sturz von Kleiner-Tyrann. – Hieraus sieht man«, schloß Großer-Tiger, »daß das Licht nicht zum Aufhören gebracht werden kann, auch wenn es zeitweilig verfinstert wird.«
»Man hätte Kleiner-Tyrann totschießen sollen«, sagte Ungemach zornig und rührte die Nudeln um.
»Du bist ein Dummkopf!« rief Schlangenfrühling; »ich sage es immer, daß du ein Depp bist. Vor dreitausend Jahren – und totschießen!« Schlangenfrühling lachte laut.
»Ach was!« sagte Glück, »es gibt zu allen Zeiten Leute, die man besser täte totzuschießen, ganz ohne Patronen, nur so, verstehst du?«
»Nein«, sagte Ungemach, »das verstehen wir nicht. Aber die Nudeln sind fertig.«
»Grünmantel!« rief Glück; »he, Grünmantel! Schläfst du?«
»Ich schlafe nicht«, sagte Grünmantel, »ich habe Hunger.«
Da teilte Ungemach die Nudeln aus, und dann aßen alle vier, bis sie satt waren; und weil Ungemach viele Nudeln gekocht hatte, aßen Großer-Tiger und Christian viele Portionen.
»Bevor wir schlafen«, sagte Glück, »will ich euch erklären, wie das ist mit dem ›ohne Patronen totschießen‹.« Und er erzählte den Soldaten Ungemach und Schlangenfrühling, wie man ihm in Weißer-Stein die Patronen gestohlen habe, und daß es ein unerhörter und schamloser Diebstahl gewesen sei. Allein der gewissenlose Dieb habe eine Patrone vergessen, und in Durben-Mot . . .
»Du tust«, unterbrach ihn Grünmantel entrüstet, »als ob ich der Dieb wäre. Das ist eine Beleidigung!«
»Kann man dich überhaupt beleidigen?« fragte Glück.
»Habt ihr es gehört?« schrie Grünmantel; »er will mein Gesicht schwarz machen! Ich verlange, daß mein Rock durchsucht wird und alles, was ich an mir trage!«
»Wozu dieser Radau?« sagte Glück, plötzlich unsicher geworden; »du weißt, ich habe es nicht so gemeint.«

»Aber ich meine es so!« schrie Grünmantel, »und ich verlange es!«
»Mach keinen Lärm«, sagte Glück eingeschüchtert, »ich kann Geschrei nicht vertragen.«
»Die Herren Soldaten sind meine Zeugen, daß du mich beleidigt hast!«
»Es hörte sich so an«, sagte Schlangenfrühling, »eine Beleidigung hat stattgefunden.«
»Davon habe ich nichts bemerkt«, erklärte Ungemach, »der Herr Glück sprach von einem unbekannten Stück Dieb und nicht von dem Herrn, der Grünmantel heißt. Sein Name wurde nicht erwähnt.«
»Da hast du's«, sagte Glück, »dein Name ist nicht geschwärzt worden.«
»Ein wenig grau ist er angelaufen«, warf Schlangenfrühling streitsüchtig ein; »ganz klar ist die Sache jedenfalls nicht.«
»Ei ja!« rief Grünmantel, »so ist es. Man muß ja traurig sein. Warum stößt mir ein solches Unglück zu, verdächtigt zu werden wie ein Verbrecher?«
»Da!« und er warf seinen Mantel Glück vor die Füße, »schau nach, wo deine Patronen sind, du Ehrabschneider und Schlechtschwätzer!«
»Man muß der Exzellenz den Gefallen tun«, sagte Schlangenfrühling; »Seine Hoheit hat ein Recht darauf.« Und er begann den Mantel abzutasten. »Hier ist etwas – aber nein«, sagte Schlangenfrühling hämisch, »es sind zwei Kugeln der Besinnung. Kugeln der Besinnung sind doch keine Flintenkinder, wie?«
»Unsinn!« knurrte Glück, »laß sie stecken.«
Aber Schlangenfrühling griff in die Tasche und holte die Kugeln heraus. Sie waren so groß wie große Glasmurmeln, oder größer, und sie waren aus grünem, billigem Nephrit. Schlangenfrühling ließ sie durch die Finger der rechten Hand gleiten, und die Kugeln wechselten lautlos von oben nach unten und von unten nach oben.
»Sie bewirken erhabene Gedanken«, sagte Schlangenfrühling mit Kennermiene.

»Behalte sie«, bat Grünmantel, »es ist ein geringes Geschenk für das Verständnis meiner unverschuldeten Lage.«
»Ich bin der reichen Gabe unwürdig«, versicherte Schlangenfrühling, steckte die Kugeln ein und fuhr eifrig mit der Durchsuchung des Mantels fort. Nacheinander warf ihm Grünmantel alles zu, was er anhatte.
»Da!« rief er bei jedem Stück, und ... »Halt einmal!« rief er, »so geht das nicht! Zuerst muß Glück untersuchen! Er hat mich beleidigt.«
»Ich finde, der ehrenwerte Herr Grünmantel hat recht«, bestätigte Schlangenfrühling und schob Glück das ganze Zeug zu. Glück ermannte sich.
»Wenn es schon sein muß«, sagte er, »dann aber auch richtig.« Und er machte sich daran, jedes Stück sorgfältig abzutasten. Christian rutschte unruhig hin und her. Er schaute auf Großer-Tiger, aber Großer-Tiger saß still und geistesabwesend neben ihm, schleckte die Silberschale sauber und tat, als ob er eben erst auf die Welt gekommen wäre. Was soll ich tun? dachte Christian. Dann fiel ihm ein, daß Glück verboten hatte, zu reden, und selbst das Husten hatte Glück untersagt. Doch das war auch kein Lichtblick. Christian versuchte näher an Großer-Tiger zu rücken, aber Großer-Tiger blickte ihn abweisend an. Da fiel Christian in lautlose Verzweiflung, weil es nirgends etwas Aufrichtendes gab, und er beschloß, den Dingen ihren Lauf zu lassen.
»Nichts«, sagte Glück, »ich habe nichts gefunden.«
»Es ist eine Beschämung eingetreten«, sagte Schlangenfrühling frech.
Er gab Grünmantel die Kleidungsstücke mit einer Verneigung zurück, und Grünmantel nahm sie hoheitsvoll entgegen. »Mein Bein!« jammerte er, »ich werde mein Leben lang diese Krankheit herumschleppen müssen.«
»Wir wollen schlafen«, sagte Glück wütend.
»Bitte, auf diesem Platz«, bat Ungemach, und er breitete für Glück auf der linken Seite einige Filzdecken aus.
»Danke«, knurrte Glück, deckte sich mit dem Mantel zu und drehte sich auf die Seite. Als auch Christian und Großer-Tiger

in den Schlafsäcken lagen, löschte Ungemach das Licht. Es roch noch eine Weile nach Petroleum; Grünmantel ächzte einige Male und Schlangenfrühling fragte teilnehmend: »Tut es sehr weh, Exzellenz?«
»Ich bin gewohnt zu leiden«, seufzte Grünmantel.
Es dauerte aber nicht lange, da begann er zu schnarchen, und Christian wartete, bis auch die Soldaten schliefen. Er wartete lange, aber immer wieder regte sich einer. Darüber fielen Christian die Augen zu, und er erwachte nicht eher, als bis die Morgensonne durch die Zeltwände schien.
Während Ungemach das Frühstück besorgte und Glück den Motor reinigte, gingen Großer-Tiger und Christian auf Erkundigung.
Anders und allen Erwartungen entgegen, die sich Christian und Großer-Tiger während der Nacht zurechtgelegt hatten, sah die Gegend aus. Sie war nicht prunkvoll, aber sie war so, wie man sich in stillen Stunden wünscht, irgendwo aufzuwachen, wo es einfach hergeht, wo ernste Bäume stehen und Hügel mit rundem Rücken den Blick begrenzen. Gleich hinter dem Zelt floß ein Wässerchen, und das war der Goitzin-Gol. Er war der östlichste Nebenarm des großen Flusses Edsin-Gol, aber er schlich als ein armseliges Rinnsal dahin; man brauchte nur einen Schritt zu machen, da war man am andern Ufer. Dort gab es ein paar Büsche, und hinter den Büschen erhob sich, so steil es der Sand nur irgend zuließ, eine gewaltige Düne. Über ihr strahlte blauer Himmel.
»Ich habe nicht gewußt, daß es hier ein Stück Wüste gibt«, sagte Christian.
»Das Sandmeer ist gewaltig«, gab Großer-Tiger zu bedenken, und er begann die Düne hinaufzuklettern. Christian folgte ihm; aber sie kamen, im Sande watend und immer wieder abrutschend, nur bis zur halben Höhe.
Da sahen sie das schmale Band des Goitzin-Gol, wie es sich hart am Rand der Dünen nach Norden schlängelte. An seinem Ufer stand das verstreute Heer der Schwarzpappeln und Mehlbeerbäume wie treue und furchtlose Wächter. Die Bäume und der Goitzin-Gol gehörten sehr nah zusammen, denn kei-

ner verließ den andern. Nach Sonnenaufgang dehnte sich die graue Kieswüste, die Glück während der Nacht durchquert hatte, und dann gab es noch eine Unzahl ferner Hügel.
Unten trat Schlangenfrühling aus dem Zelt. Man sah an seinen Bewegungen, daß er keine Eile hatte. Er ging bedächtig zu dem viereckigen verhängten Klotz, betrachtete ihn lange und ließ die Kugeln der Besinnung durch die Finger laufen. Endlich steckte er sie ein und deckte die Zeltplanen ab. Da kamen vierkantige Blechkanister zum Vorschein, die in der Sonne glänzten.
»Ich muß dir was sagen«, begann Christian langsam; »du brauchst aber nicht aufgeregt werden, ich habe nämlich was.«
»Laß sehen«, sagte Großer-Tiger.
»Ich kam«, berichtete Christian, »in der Nacht an den Wagen und sah mich ein wenig um. Wegen Grünmantel, verstehst du! Unter seinem Sitz fand ich diesen zugebundenen Leinwandfetzen. Jetzt wollen wir ihn öffnen.«
»Kwi-Schan«, sagte Großer-Tiger, »es sind dreiundzwanzig Patronen darin. Wollen wir wetten?«
»Man kann nicht wetten, wenn man das gleiche meint.«
Sie setzten sich in den Sand. Christian öffnete den Knoten und schüttete die Patronen in die aufgehaltenen Hände von Großer-Tiger. Es waren dreiundzwanzig.
»Hätte ich«, fragte Christian, »zwei Worte sagen sollen? Ich meine ja nur. Glück tat mir leid.«
»Er braucht dir nicht leid tun«, entschied Großer-Tiger, »du schwiegst zur rechten Zeit. Damit hast du Unheil und Durcheinander verhütet.«
»Aber wenn Glück uns fragt«, meinte Christian bedenklich, »was sollen wir ihm antworten?«
»Hammaguä!« sagte Großer-Tiger lachend, »Glück wird uns heute nicht fragen und morgen nicht gleich. Er ist viel zu sehr beschämt, weil er mit den neuen Patronen prahlte und dadurch alles verdorben hat. Also wird eine gewisse Zeit vergehen, und wenn er dann fragt, werden wir sagen: ›Der befehlende Herr wünschte, daß wir schweigen. Nicht einmal husten durften wir. Deshalb waren wir stumm wie die Goldfische im

Behälter, denn wir sind folgsame Jungen.‹ – Du siehst«, fügte Großer-Tiger hinzu, »es ist alles zum Besten gediehen.«
Christian war nicht ganz überzeugt. Er blickte zum Zelt hinab, aus dem der Soldat Ungemach ins Freie trat, die Hände an den Mund legte und . . .
»Tschö-Fan!« rief er laut, »Essen essen!«
»Wir kommen!« antwortete Großer-Tiger von oben.
Ungemach blickte verwundert empor. Als er Großer-Tiger und Christian im Sand sitzen sah, lachte er freundlich und rief: »Die ›Früher geborenen Herrn‹ werden dringend zum Frühstück gebeten.«
»Wir danken dem Uralten-Herrn«, rief Christian fröhlich zurück.
Ungemach machte eine abwehrende Bewegung: »Von dem darf hier nicht gesprochen werden.«
»Ach so«, sagte Christian, und dann drückte er Großer-Tiger den Leinwandfetzen in die Hand. »Wickle die Patronen ein«, sagte er leise, »und behalte sie; du kennst die Zeit der richtigen Verwendung.«
»Ich danke für dein Vertrauen, Kwi-Schan. Wenn es aber trotzdem schiefgeht?«
»Dann ist eben keine Hilfe.«
Großer-Tiger knotete die Leinwand zusammen, steckte das Päckchen ein, und dann rutschten sie den Hang hinunter. Bevor sie in das Zelt traten, leerten sie erst einmal die Schuhe aus, die voll Sand waren, und Großer-Tiger sagte: »Kwi-Schan, du mußt die Nasenlöcher aufsperren, dann merkst du was.«
»Au, fein!« rief Christian, »Ungemach hat gebacken!«
»Komm schnell!« mahnte Großer-Tiger; »wenn es etwas Gutes gibt, hat Grünmantel einen gewaltigen Appetit.«
Im Zelt waren alle versammelt. Glück setzte sich gerade. Die übrigen tranken Tee und aßen die guten Gerstenmehlfladen, die Ungemach in schwimmendem Hammeltalg gebacken hatte. Grünmantel kaute eifrig. Glück verharrte einsilbig auf dem erhöhten Sitz, den ihm Ungemach aus Filzdecken bereitet hatte. Er nahm auch kaum etwas. Schlangenfrühling schaute boshaft triumphierend auf die beiden Gegner. Sie würdigten

sich keines Blickes, und gesprochen wurde auch nicht viel.
»Iß«, bat Ungemach.
»Deine Güte ist groß«, antwortete Glück; mehr sagte er nicht.
»Wir rochen«, gab Christian bekannt, »die Herrlichkeiten deiner Bratpfanne von weitem.«
»Sie duften«, ergänzte Großer-Tiger, »wie die Weidenblüten des Frühlings für hungrige Bienen.«
»Da müßt ihr ordentlich zulangen«, sagte Ungemach geschmeichelt, und er legte Christian und Großer-Tiger gleich vier Fladen auf die dampfende Teeschale.
Grünmantel räusperte sich unwillig, aber Ungemach achtete nicht darauf. »Was haben die Herren vor?« fragte er.
»Herr Grünmantel wünscht einen Tag auszuruhen«, verkündete Schlangenfrühling. »Das verletzte Bein ist hochrot und geschwollen wie eine Tempelsäule.«
»Wir fahren in einer Stunde«, bestimmte Glück, »vorher wollen wir tanken.«
»Schlangenfrühling und ich«, sagte Ungemach, »bitten nochmals um die Gnade, diese Arbeit verrichten zu dürfen. Wir wissen, wie so was gemacht wird. Der befehlende Herr möge sich derweil kräftigen.«
Glück schüttelte den Kopf; aber dann besann er sich, »Wie weit ist es von hier zum Närin-Gol?« fragte er.
»Nicht ganz eine Stunde«, wurde ihm geantwortet.
»Zu Fuß oder zu Pferd?«
»Wir haben keine Pferde«, sagte Schlangenfrühling schnell.
»Das heißt«, verbesserte Ungemach, »wir haben welche; aber sie sind nicht hier. Wir gaben sie einem Mann in Pflege, der Naidang heißt. Er wohnt am Närin-Gol. Dort gibt es Gras, das Pferde fressen können, und Futterbohnen bekommen wir geliefert.«
»Dann«, sagte Glück, »ist dieser Naidang wohl ein verläßlicher Mann?«
»Er ist ein braves Stück Mensch«, erklärte Ungemach.
»Na, na!« warf Schlangenfrühling ein und hob den Zeigefinger; »man sagt, er stehe mit dem Uralten-Herrn in Verbindung.«

»Wenn ein Pferdewechsel vorkommt«, gab Ungemach zu, »gehen die Herren Rotbärte zu ihm. Aber«, sagte Ungemach, »wer wollte sich dem widersetzen?«

»Freilich, freilich«, ließ sich Grünmantel vernehmen, »der Lehrer spricht nicht gegen den Lehrer, der Lump nicht gegen den Gauner. Man sollte diesen Gesetzesbrechern allesamt den Kopf abhacken!«

»Seine Exzellenz spricht wie ein weiser Richter der Vorzeit«, rief Schlangenfrühling.

Glück wollte zornig erwidern, daß Grünmantel der letzte sei, der es notwendig habe, andern Leuten den Kopf abzuhacken, aber Großer-Tiger kam ihm zuvor. »Wenn der befehlende Herr erlaubt«, sagte er, »dann möchten Kompaß-Berg und ich den Mann Naidang besuchen und mit ihm zwei Worte reden. Wir haben ihm Grüße zu bestellen.«

Schlangenfrühling pfiff durch die Zähne, als wollte er sagen: »Aha, solche seid ihr!« Doch Ungemach fuhr ihm über den Mund. »Pfeifen ist ungehörig«, sagte Ungemach; »die jungen Herren können in längstens zwei Stunden wieder zurück sein. Naidang wohnt einen halben Li nördlich des Karawanenwegs. Man sieht seine Jurte von weitem, weil sie unter zwei hohen Bäumen steht.«

»Ich gehe mit euch«, sagte Glück, »ich will diesen Burschen Naidang kennenlernen.«

»Inzwischen werden wir die Fässer füllen«, versprach Ungemach. »Bitte, benützt für den Rückweg unsere Pferde. Ich bin sicher, daß Naidang euch ein drittes leihen wird.«

»Bolna!« rief Christian fröhlich.

»Hast du das Buch?« fragte Großer-Tiger leise.

Christian nickte, nahm die Ledermappe unter den Arm, und dann sagte er: »Wir sind bereit, befehlender Herr.«

»Wir gehen«, sprach Glück, »ich werde euch den Wagen bis vor das Buschwerk fahren, da habt ihr nur ein paar Schritte. Aber vierzig Kannen, hört ihr! Es können auch fünfzig sein. Ein weiter Weg liegt vor uns.«

»Wir werden die Fässer füllen und den Rest aufladen«, versicherte Ungemach.

»Darf ich euch begleiten?« fragte Schlangenfrühling plötzlich bescheiden; »wenn der Herr es erlaubt, möchte ich den Wagen bis vor das Gebüsch fahren.«
»Du kannst fahren?« fragte Glück erstaunt.
»Ich habe schon einmal in einem Wagen, der von selber geht, gesessen.«
»Sitzen ist eine Sache, und Fahren ist eine andere«, sagte Glück lachend. »Iß deine Gerstenfladen und trinke Tee!«
Damit verließ er das Zelt, und Großer-Tiger und Christian stapften hinter ihm drein. Es gab noch einen kleinen Aufenthalt, bis Glück den Motor angeworfen und den Wagen bis zu den Büschen gefahren hatte, wo der Pfad mündete. Dann machten die drei sich auf den Weg.
Zuerst war Glück noch ein bißchen mürrisch; aber seine schlechte Laune verlor sich bald, denn die frühe Sonne machte das Wandern zur Freude. Sie schien nicht so grell und herrisch wie am Mittag; man spürte ihre linde Wärme, und man sah, wie sie mit leichter Hand die Schatten der Baumkronen auf den Weg zeichnete. Der Weg war hier breit ausgetreten und führte ohne Windungen geradeaus nach Westen.
Das komme, sagte Glück, von der hundertjährigen Erfahrung, die die alten Karawanenführer den nachfolgenden vererbten. So fänden sie mit der Zeit den gangbarsten Pfad.
Die Sandwüste, die anfangs hart an den Wegrand grenzte, zog sich nach einem Li gegen Norden zurück. Von da an gab es auf beiden Seiten Buschwerk und Wiesen, wo das mannshohe Derresgras in dichten Büscheln wuchs. Schwarzpappeln und Weiden mit unwahrscheinlich dicken Stämmen standen dazwischen wie große Herren. Sie ertrugen das Geschrei und das Geflatter von langgeschwänzten Elstern in unanfechtbarer Würde.
»Sehr schlechte Vögel«, tadelte Glück, und er warf einem davonfliegenden Schwarm einen Stein nach.
»Sie haben aber nichts getan«, sagte Christian.
»Sie tun was«, beschuldigte sie Glück: »Im Winter setzen sich die Elstern frech auf den Rücken der Kamele und fressen die dicken Kamelläuse.«

Das sei ein verdienstliches Werk, bemerkte Großer-Tiger.
»Dagegen sage ich nichts«, erwiderte Glück; »aber diese verkommenen Vögel begnügen sich nicht mit Läusen; Sie hacken den Kamelen zum Dank für genossene Gastfreundschaft in den Rücken und in die Fetthöcker, fressen das lebende Fleisch, und die armen Kamele können sich nicht einmal wehren. Die Elster ist ein abscheulicher Vogel mit schlechten Eigenschaften.«
»Gibt es hier nur Elstern?« fragte Christian.
»Nein«, antwortete Glück, »es gibt viele andere Vögel. Jetzt sind am Edsin-Gol die Vögel der vier Himmelsstriche und der zehntausend Arten versammelt. Sie kommen aus dem warmen Süden und ziehen nach Norden. Wohin, das weiß kein Mensch. Heute abend wirst du sie erblicken.«
»Aber heute abend sind wir doch weit fort und längst nicht mehr hier?«
»Ach was, das sagte ich nur so, damit Grünmantel einen kleinen Ärger hat. Ich habe euch einen Tag Rast versprochen, und dabei bleibt es.«
»Ich freue mich!« rief Christian.
»Da wird uns«, erinnerte Großer-Tiger, »der befehlende Herr ein bißchen von Mondschein erzählen.«
»Au, fein!« rief Christian; »vielleicht erzählt der Herr Glück gleich jetzt? Wir marschieren eins – zwei, eins – zwei, da kommt das Erzählen von selber in Gang.«
»Die Beine machen viele Schritte«, sagte Großer-Tiger, »und merken dann gar nicht, wenn sie müde werden.«
Aber davon wollte Glück nichts wissen. »Ihr habt«, sagte er, »schon sehr viel von Mondschein erfahren. So bleibt mir nichts mehr zu erzählen übrig. Meine Geisteskraft ist erschöpft.«
Glück schwieg, und es sah ganz so aus, als wolle er nicht mehr reden. Er trottete still vor sich hin, und Christian und Großer-Tiger sagten auch nichts als »Hoppla!« oder »Beinah wäre ich gefallen«, wenn einer über eine Baumwurzel stolperte.
In den Derreswiesen standen dichte Baumgruppen, und schließlich wurde ein Wald daraus, der mit dem wilden Unterholz wie ein Stück Urwald aussah. Wenigstens stellte sich

Christian vor, daß ein Urwald so sei. Schlinggewächse dick wie Taue, hingen von Baum zu Baum, und immergrüner Efeu kletterte daran empor. Ein Elsternschwarm fiel lärmend in das dürre Astwerk einer Pappel, die sich altersmüde über den Pfad neigte.
»Die haben was«, sagte Glück.
Er blieb stehen und schaute den erregten Elstern zu. Sie hüpften in den obersten Ästen der Krone auf und nieder und schimpften laut. Manche reckten die Hälse so sehr, daß sie das Übergewicht kriegten und flügelschlagend auf einen tieferen Ast hüpfen mußten, wieder aufflogen und sich weiter oben in Sicherheit brachten.
»Was gibt es, befehlender Herr?« fragte Großer-Tiger. Aber Glück gab keine Antwort, denn es raschelte im Gebüsch, und ein prächtiger Fasan mit zwei Hennen überquerte den Weg.
»Berghühner!« wollte Großer-Tiger rufen; aber er kam nicht dazu, weil sich von dem untersten Ast der Pappel ein dunkelgeflecktes Tier löste und mit einem Satz dem Fasan auf den Rücken sprang. Der Fasan schrie durchdringend, doch der Schrei brach ab, denn die Wildkatze biß ihm das Genick durch. Da schlug er noch ein paarmal jämmerlich mit den Flügeln, die Hennen flohen in das nahe Gesträuch, und die Wildkatze richtete sich auf.
»Ha!« schrie Glück, »zu Hilfe! Räuber! Mörder!«, und er rannte, so schnell er konnte, zu der Stelle des Überfalls. Dabei fuchtelte er wild mit den Armen, und Christian und Großer-Tiger rannten hinter ihm drein und fuchtelten auch.
Die Wildkatze krümmte den Rücken, als sie Glück kommen sah. Sie fauchte und sträubte die Haare, aber dann ließ sie ihre Beute fahren und krallte am Stamm der Pappel hinauf, erst wie der Blitz, dann langsamer, und schließlich hing sie in einer Gabelung, preßte den dicken Kopf zwischen die Vorderpfoten und blickte böse auf Glück. Die Elstern machten ein großes Geschrei, flogen auf und suchten das Weite.
»Du da oben«, rief Glück, und er schüttelte die geballten Fäuste, »schämst du dich nicht, brave Personen ums Leben zu bringen? Ich werde die große Amtshandlung an dir vollzie-

hen.« Er öffnete die Pistolentasche, nahm die Pistole mit der roten Seidentroddel heraus und hob sie schußgerecht von unten nach oben, bis er das Auge des Gegners ins Visier brachte. Die Wildkatze rührte sich nicht. Entweder hatte sie keine Ahnung, was Glück mit ihr vorhatte, oder sie war bereit, zu sterben.

»Ich habe dich gewarnt«, rief Glück, und dann drückte er los. Es gab einen fürchterlichen Knall, trotz dem die Wildkatze nicht vom Baum fiel. Statt ihrer kam ein dürrer Ast herunter, und Glück mußte beiseitetreten. Christian bückte sich, damit Glück nicht sah, wie er sich das Lachen verkniff, und Großer-Tiger sprach: »Man muß den Übeltäter begnadigen, er hat einen furchtbaren Schreck erlebt.«

»Meinst du?« fragte Glück und schaute zweifelnd zu der Wildkatze hinauf, die den geringelten Schweif zornig gegen den Stamm schlug. »Das schlechte Tier muß bestraft werden«, sagte Glück entschlossen, steckte die Pistole ein und hob den toten Fasan auf. »Dieses Berghuhn kommt in unsern Kochtopf.«

»Bolna!« rief Christian.

»An einer Bereicherung durch unheilvolle Ereignisse haftet kein Makel«, sagte Großer-Tiger.

»Dein Großvater hat recht«, lobte Glück, »er ist ein verständiger Mann.«

»Wenn der befehlende Herr erlaubt«, sagte Großer-Tiger, nahm den Fasan an den Flügeln, und dann setzten sie den unterbrochenen Marsch fort.

Schon nach wenigen Schritten ging der Wald wieder zu Ende. Eine baumlose Ebene mit vereinzeltem Buschwerk gab den Blick für ein kurzes Stück frei. Man sah weidende Kamele und beim Näherkommen auch Schafe und einige Antilopen, die friedlich zusammen ästen. Als sie die drei Wanderer bemerkten, hoben die Antilopen die Köpfe und flohen auf eine zweite Baumreihe zu, die von Süden nach Norden zog.

Am Wegrand saß ein Mädchen, und ein mächtiger schwarzer Pudel saß neben ihr.

Er knurrte, aber das Mädchen hielt ihn an der Mähne fest,

sagte: »Sso! sso!« und gab ihm einen wohlgemeinten Klaps. Da wurde er friedlich.

Glück hatte noch nie einen Pudel gesehen, und Großer-Tiger und Christian auch nicht.

»Ist das ein Hund?« fragte Glück.

»Es ist ein Hund«, antwortete das Mädchen, lachte und zeigte zwei Reihen schöner weißer Zähne. »Ein tibetischer Bettel-Lama hat ihn mir geschenkt. Da war er noch klein; aber jetzt ist er groß und gescheit.«

»Sein Urahne muß ein Löwe gewesen sein«, rühmte Glück und betrachtete die langen schwarzen Locken, die das Gesicht des Pudels bedeckten und an Brust und Bauch beinah auf der Erde schleiften.

»Hat er Augen?« fragte Glück.

»Man sieht sie nur, wenn es regnet«, antwortete das Mädchen. »Habt ihr einen guten Weg gehabt?« Dabei schaute sie schalkhaft und ein wenig geringschätzig auf die Schuhe von Glück.

»Wir haben einen guten Weg gehabt«, erklärte Glück stolz, »denn wir fahren in einem Wagen, der von selber geht. Jetzt steht er am Goitzin-Gol und ruht sich aus.«

»Ich habe diesen Wagen heute nacht brüllen gehört. Fährt er auf der Erde oder in der Luft?«

»Er fährt auf der Erde«, sagte Glück verblüfft.

»Dann ist es ein gewöhnlicher Wagen; so einen habe ich schon gesehen. Ich wünschte, du hättest einen mitgebracht, der durch die Wolken fährt.«

»Du bist anspruchsvoll«, sagte Glück verdrießlich.

»Verzeih!« bat das Mädchen; sie blickte Glück unschuldig in die Augen und lachte wieder. »Ich bin neugierig, und das ist schlecht von mir. Ich weiß es. Bitte sag meinem Vater nicht, daß ich geschwatzt habe.«

»Woher«, fragte Glück, »weißt du, daß ich zu deinem Vater will?«

»Aber das ist doch immer so. Alle Fremden, die an den Edsin-Gol kommen, suchen ihn auf. Die Soldaten gehen zu ihm, und die Herren Rotbärte beehren sein Zelt.«

»Wie heißt er denn, dieser dein Vater?«

»Die Leute nennen ihn den Bilderbogen, und ich nenne ihn Vater.«
»Dann ist er nicht der richtige; ich suche einen, der Naidang heißt.«
»Er ist es!« rief das Mädchen vergnügt; »ich wußte es ja. Dort drüben zwischen den beiden dicken Bäumen steht unser Zelt. Du kannst den Karawanenweg entlanggehen bis zum Fluß, dann siehst du den Pfad, der zu ihm führt. Aber du bist schneller dort, wenn du quer hinübergehst. Meine Antilopen hast du so schon verscheucht, die kommen heute nicht mehr.«
»Ich hätte ihnen aber nichts getan«, versicherte Glück.
»Und der arme Vogel da, hat er dir was Böses zugefügt?«
»Eine Wildkatze hat ihn getötet«, entschuldigte sich Glück; »ich kam zu spät, ihm das Leben zu retten.«
»Da hast du wohl die Wildkatze totgemacht«, sagte das Mädchen nachdenklich, »ich habe deinen Schuß gehört.«
»Ich habe sie bestraft«, gab Glück zu; aber dann sprach er geschwind von etwas anderem. »Sage mir, wie du heißt«, fragte er, »damit ich es erfahre.«
»Ich heiße Siebenstern!«
Glück sagte, das sei ein wohlklingender Name, und dann stellte er nacheinander Großer-Tiger, Christian und sich selber vor. Er vergaß auch nicht zu sagen, daß der General Wu ihn an den Edsin-Gol geschickt habe, aber von Grünmantel sprach er nicht.
»Verstehen deine jüngeren Brüder auch mongolisch?« fragte Siebenstern.
»Einige Worte fehlen ihnen noch.«
»Die werde ich sie lehren«, versprach Siebenstern, »ich bin eine gute Lehrmeisterin.
»Leider sind wir in Eile«, sagte Glück; »wir wollen jetzt deinen Vater aufsuchen, und morgen reisen wir weiter.«
»Tinger metne!« sagte Siebenstern.
Da verabschiedete sich Glück, und Großer-Tiger und Christian verneigten sich vor Siebenstern. Dann schlugen sie die Richtung auf die zwei hohen Bäume ein.
»Was hat sie gesagt?« fragte Großer-Tiger.

»Sie hat ›Der Himmel weiß es‹ gesagt«, erwiderte Glück, »das sagen die Mongolen immer, wenn einer eine Reise vorhat. Es hat nichts zu bedeuten.«

Großer-Tiger wollte etwas von dem unerforschlichen Ratschluß des Himmels hinzufügen, aber er bedachte sich anders, als er sah, daß Glück die Stirn runzelte und anfing, große Schritte zu machen.

Bald ging er weit voraus, und Christian und Großer-Tiger sahen nur den Kopf mit der runden Mütze über das Derresgras herausschauen. Die Halme standen höher als ein Roggenfeld vor der Ernte, denn sie wuchsen dichtgedrängt auf runden Inseln, die weit über dem sandigen Boden lagen. Zwischen ihnen mußte Glück sich durchwinden, den Blick geradeaus auf die Baumwipfel gerichtet.

Als das Derresgras aufhörte, wurde der Boden fest, und es gab kurzes Steppengras, das zaghaft anfing, grün zu werden. Jetzt hatte man eine freie Sicht auf die Baumreihe, aus der die beiden dicken rostroten Stämme ragten, zwischen denen die Jurte Naidangs stand. Einige Pferde, die wegen der kurzgehobbelten Beine nicht weit laufen konnten, grasten in der Nähe. Den Fluß hinunter gab es noch mehr Pferde, und Christian sah auch zwei Rinder, die im Schatten einer Weide standen, ohne sich zu rühren.

Glück wartete auf Christian und Großer-Tiger, damit sie gemeinsam bei der Jurte einträfen. Aber da kam ihnen Naidang schon entgegen. Er war gar nicht so würdig, wie Christian sich den Mann vorgestellt hatte, dessen Namen man in tausend Zelten kannte. Weder an seiner Gestalt noch an der bescheidenen Kleidung war etwas Auffallendes. Wenn aber viele Mongolen schon in jungen Jahren die ledergegerbte runzlige Gesichtshaut der Alten haben, so hatte Naidang ein übriges abgekriegt. Sein Gesicht war von tiefen Pockennarben bedeckt, die kein einziges Barthaar und nicht einmal die Augenbrauen verschont hatten. Eine Schönheit war Naidang nicht. Aber er schritt seinen Besuchern mit freundlichem Lächeln entgegen, als ob sie alte Bekannte wären. Er zog, kaum daß er vor ihnen stand, die Schnupftabaksflasche zur Begrüßung aus

dem Gürtel. Es gab einen langen Austausch von Höflichkeiten, denn Naidang besaß weltmännische Umgangsformen. Er erkundigte sich nicht nur nach dem Wohlbefinden und nach dem Viehstand, er sagte auch: »Habt ihr nicht kalt? Seid ihr müde? Zittert ihr am Ende? Plagt euch etwa sonst ein Unbehagen?« Als Glück geziemend alles verneint hatte, war die Reihe an ihm, nach dem geschätzten Alter Naidangs zu fragen. Da merkte man sofort, daß Naidang auch im Verkehr mit Chinesen bewandert war und wußte, was sich gehörte.
»Ich habe dreiundfünfzig Jahre nutzlos vergeudet«, antwortete er bedauernd.
»Wie viele ehrenvolle Söhne hast du?« fragte Glück liebenswürdig.
»Zwei unnütze Bengel belästigen mich.«
»Ich habe deine liliengleiche Tochter erblickt.«
»Das Frauenzimmer ist leider nicht das einzige; ich habe eine zweite Tochter, die ich in eine heruntergekommene Familie verheiratet habe.«
»Von dem Wohlstand dieser Familie vernahm ich in Weißer-Stein Wunderdinge«, log Glück.
»Ihr kommt von Weißer-Stein?« rief Naidang erfreut; »bitte tretet ein.«
Er beeilte sich, seine Gäste zu der Jurte zu führen. Vor dem Eingang blieb er stehen, und nach einigem Sträuben ging Glück voran.
»Ich bin unwürdig«, murmelte Christian und stolperte hinter Glück über die Schwelle. Großer-Tiger legte den erbeuteten Fasan neben die Jurtentüre, und als letzter folgte Naidang.
Naidang bewohnte eine alte, aber große und sehr saubere Jurte. Die Truhe gegenüber dem Eingang war glänzend braun und mit Messingkanten beschlagen. Auf ihr stand eine mit blauen Haddaks behängte Buddhafigur, und daneben standen vier silberne Lämpchen. Die Feuerstelle war gefegt, die Sitzkissen lagen bereit, der eiserne Kessel stand auf dem Dreibein, und ein Feuerchen brannte auch.
»Ich sah euch kommen«, sprach Naidang. »Das Zu-Fußgehen ist eine beschwerliche Art des Reisens.«

»Gewöhnlich fahren wir in einem Wagen, der von selber geht«, sagte Glück obenhin, und dann berichtete er, wo sie überall gewesen waren, und daß er jetzt die beiden Soldaten Ungemach und Schlangenfrühling angestellt habe, den Tank und die Reservefässer zu füllen. Nachher machte er Großer-Tiger und Christian mit Naidang bekannt, und Naidang sagte: »Etwas nordchinesische Sprache spreche ich auch. Früher«, fügte er entschuldigend hinzu, »machte ich nämlich weite Reisen, da kann man nicht umhin, von allem ein wenig zu lernen.«
Das sei großartig, sagte Glück, und er forderte Christian und Großer-Tiger auf, sich an der Unterhaltung zu beteiligen.
»Es ziemt uns nicht«, widersprach Großer-Tiger, »in die Gespräche von Leuten hohen Alters hineinzureden.«
»Hammaguä«, rief Naidang, »da gibt es keine Hinderung. Wir wollen uns kennenlernen.«
»Wir sind beauftragt«, begann Christian, »Grüße und Wünsche für langes Leben von Bator zu sagen, von seinem Vater Dogolon und von seiner Mutter, der Etsch. Sie sind von Weißer-Stein aufgebrochen, weil es ihnen dort nicht mehr gefiel, und sie haben alle Schafe verkauft, aber Kamele haben sie keine verloren.«
»War das«, fragte Naidang vorsichtig, »ein friedlicher Vorgang, oder fand ein plötzlicher Aufbruch statt?«
»Es war ein Aufbruch, der nicht lange währte«, gab Christian zu.
»Wenn man es recht betrachtet«, sagte Großer-Tiger, »dauerte er nur zwei Stunden.«
»Vielleicht«, forschte Naidang, »waren Yamen-Büttel aus Kalgan unterwegs, oder es kam ein Kaufmann gegangen, der Verwirrung brachte. Es gibt solche Leute«, sagte Naidang.
»Davon wissen wir nichts«, warf Glück rasch ein, »wir sind heute hier und morgen dort, da kümmern wir uns nicht um die Angelegenheiten der Menschen. Wir richten aus, was man uns aufträgt, ohne was dazuzutun oder wegzulassen. Das ist der Sinn einer Botschaft.«
Großer-Tiger und Christian senkten die Köpfe, und Großer-Tiger sagte leise: »Es gibt noch eine Nachricht.«

»Wir reisten durch das Schnell-Schwarzwasser-Tal«, begann Christian, »dort trafen wir einen Mann, der Mateh heißt. Wir sprachen zwei Worte mit ihm, und da gab er uns dieses hier.« Christian öffnete die Ledertasche und nahm das kleine Buch mit beiden Händen heraus. Als Naidang es sah, fuhr er zusammen, aber es war nur für einen Augenblick. Dann saß er ruhig auf seinem Platz wie vorher, und Christian verneigte sich. »Dieses Buch«, sagte er, »sendet dir Mateh, der es von dem Mann Nicht-gibt-es-nicht erhielt, als er starb.«
Während Christian das sagte, griff Naidang hinter sich, angelte nach der Fellmütze, die er abgelegt hatte, und setzte sie wieder auf den fast kahlen Schädel. Dann nahm er das Buch in Empfang.
»Die Wildgans«, rief Naidang, »flog den Wolken zu, dabei verlor sie eine Feder.« Er berührte das Buch mit der Stirn und legte es dann auf die Truhe vor die Buddhafigur.
»Erzählt mir«, bat Naidang, »was ihr von Nicht-gibt-es-nicht wißt, als er lebte, und von dem, was es gab, als er gestorben war.«
»Du sollst alles erfahren«, versprach Glück, und dann begann er haarklein zu erzählen, als ob er dabeigewesen wäre, wie der Sturm losbrach, und wie Nicht-gibt-es-nicht das Blatt des heiligen Baumes in den Nachtwind warf, und wie dabei ein Blatt des Buches mit davonflog. »Aber«, sagte Glück, »man soll Geschriebenem nicht nachtrauern.« Er erzählte auch von der Bestattung.
Als Glück zu Ende war, liefen Naidang die Tränen über das zerfurchte Gesicht. Alle schwiegen. Der Rauch schwebte empor, und der Holzdeckel auf dem Kessel begann kleine Sprünge zu machen.
»Wir wollen Tee trinken«, sagte Naidang, wischte sich mit dem Ärmel die Tränen fort und fing an, mit rührender Geschäftigkeit die Hausfrau zu spielen. »Sie ist«, erklärte er, »mit meinem ersten Sohn und mit den Kamelen zur Frühjahrsweide in die Nojen-Bogdo-Berge gezogen. Ich habe nur sieben alte Kamele hier behalten, die Schafe und meine schwatzhafte Tochter. Mein zweiter Sohn ist im Dienst des Wang.«

»So bist du allein?« fragte Glück.
»Ich bitte euch trotzdem, meine Gäste zu sein«, rief Naidang erschrocken, »es wird euch nichts mangeln.« Er verdoppelte seine Emsigkeit, warf in jede Teeschale ein Klümpchen Butter und versprach, ein gutes Essen zu bereiten.
»Wenn ich nur wüßte«, murmelte er . . . ; »ach, es ist traurig, wenn man es nicht weiß.« Mehr sagte er aber nicht, und Glück hütete sich, nach der Ursache des Kummers zu fragen.
Als alle die dampfende Teeschale vor sich stehen hatten, sagte Naidang:
»Ihr habt mir das Buch von Nicht-gibt-es-nicht gebracht, das auch mein Buch ist. Da will ich euch erklären, was es damit für eine Bewandnis hat.«
»Wir harren der Belehrung«, sagte Glück und machte ein interessiertes Gesicht.
»Ihr wißt«, begann Naidang, »daß der Edsin-Gol früher woanders floß. Das alte Flußbett ist nicht weit von hier, aber jetzt ist es versandet, und man erkennt es kaum mehr. Dort sind die Ruinen einer großen Stadt, die man Chara-Choto, die Schwarze-Stadt, nennt. Manche sagen auch die Tote-Stadt, aber das ist dasselbe. Man sieht nur noch die mächtigen Stadtmauern und die Öffnungen, wo die Tore waren. Im Innern gibt es nichts als Sand und Scherben und ein paar Schutthügel.«
»Ich sah Chara-Choto vor sieben Jahren«, sagte Glück, »die Schwarze-Stadt ist ein Anblick zum Angstkriegen.«
»Man kann dort leicht das Fürchten lernen«, bestätigte Naidang. »Aber Nicht-gibt-es-nicht war unerschrocken. Er sagte zu mir: ›Ich will die Dinge dieser Welt kennenlernen; komm mit mir‹ – gerade als ob es eine Freude wäre, in den Rachen des Todes zu blicken. Wir sattelten also, und wir erreichten die Schwarze-Stadt am späten Nachmittag. Da wir schon einmal da waren, krochen wir überall herum, und in der Mitte, wo vielleicht der Yamen gestanden hatte, stieß ich mit dem Stiefel gegen ein paar Ziegel. Sie fielen zusammen, und darunter öffnete sich ein Loch. In dem Loch lag ein Haufen kleiner Stäbchen, und auf die Stäbchen war mit alter Schrift etwas geschrieben. Das konnten wir nicht lesen.

›Gibt es hier ein Ding‹, rief Nicht-gibt-es-nicht laut, ›das an seinem Platz bleiben muß?‹

Er wartete eine Weile und horchte nach rechts und nach links, aber die Steine und die Scherben gaben keine Antwort. Da nickte Nicht-gibt-es-nicht zufrieden. Er band die Stäbchen zusammen, steckte sie ein, und ich bewunderte seine Furchtlosigkeit.

›Man muß wissen‹, sagte Nicht-gibt-es-nicht, ›was die Menschen vor alters gedacht haben.‹

Später versuchte er bei gelehrten Lamas zu erfahren, was auf den Stäbchen stand, aber die Lamas sagten: ›Wir wissen es nicht; es sind die Schriftzeichen der alten chinesischen Weisen.‹ Nicht-gibt-es-nicht bedankte sich für ihre Mühe und ging. Zu mir sagte er: ›Diese Lamas sind alberne Nichtswisser; ihre Lehrer haben vergessen, ihnen mit dem Stiefelabsatz ins Gesicht zu treten.‹«

Als Christian das hörte, stieß er Großer-Tiger heimlich an, und beide mußten lachen. Naidang lachte auch; aber nachher meinte er ernsthaft: »Ungelehrige Schüler muß man ordentlich verdreschen, sonst bleiben sie ohne Kenntnisse. Da ist keine Hilfe.«

»Wir wissen es«, sagte Großer-Tiger.

»Wir haben Erfahrung in dieser Sache«, sagte Christian.

»Und dann«, bat Glück, den die Schrift der Alten nun doch beschäftigte, »was war dann?« »Dann ließ Nicht-gibt-es-nicht die Stäbchen bei mir liegen und ritt fort. Als er zwei Jahre später wieder an den Edsin-Gol kam, um meine Tochter zu holen, sagte er: ›Ich habe einen gefunden, der die Schrift der alten Weisen zu lesen vermag. Es ist der Vetter des Sunit-Wang, und er sagt, dies seien Bambusstäbe, auf die man schrieb, als es noch kein Papier gab, und ich solle sie ihm bringen.‹ Also nahm Nicht-gibt-es-nicht außer meiner Tochter auch die Bambusstäbchen mit, und ich gab ihm ein Buch, das ich besaß. In dem Buch waren viele leere Blätter und . . .«

»Was ist das?« rief Glück und sprang auf.

»Die Himmelstrommel schlägt«, rief Naidang bestürzt, »jemand hat eine große Sünde begangen.«

»Ha!« schrie Glück, »es gibt Halunken, und ich kenne sie!« Damit stürzte er zur Jurtentür hinaus, und seine Teeschale fiel um. Auf dem sauber gefegten Feuerplatz gab es einen großen nassen Fleck.

Dreissigstes Kapitel,
von dem, was in Ollon-Torre passierte

Es donnerte. Wahrhaftig, es donnerte ganz in der Nähe, und Großer-Tiger und Christian kannten diesen Donner.
»Wir bitten um weitherzige Vergebung für schlechtes Benehmen«, sagte Großer-Tiger geschwind, aber da war er auch schon halb unter der Türe, und gleich darauf stand er neben Christian draußen unter den Bäumen. Naidang kam eilends hinterdrein, und Glück sah man den Pfad entlang der Baumreihe nach Süden rennen.
»Da!« rief Christian und deutete auf eine Staubwolke, die sich über die Derreswiese wälzte, »da fährt er!«
»Ist das euer Wagen?« fragte Naidang.
»Es war unser Wagen«, sagte Großer-Tiger trocken; »jetzt sitzt ein andrer drin, und es gibt keine Hilfe.«
Christian zog Großer-Tiger am Rock und wollte Glück nachlaufen, doch Großer-Tiger hielt ihn zurück. »Die Kuh ist zum Stall hinaus«, sagte er ruhig.
»Das kann nicht sein«, rief Christian, »es ist anders.« Aber er blieb stehen, als er sah, daß die Staubwolke auf den Baumgürtel zueilte und ihn erreichte.
Jetzt hörte man auch das wütende Bellen eines Hundes, und mitten hinein fielen zwei Schüsse. Sie klangen dünn, und der Lärm des Motors verschluckte den Nachhall vollends.
»Das war Glück«, erklärte Großer-Tiger.
Ein langsam ansteigendes Gebrüll folgte, und Christian erkannte, daß der Wagen eine schwierige Stelle passierte, denn es wurde geschaltet. Dabei krachten noch einmal zwei Schüsse, denen diesmal zwei andere antworteten, die sich wie rollender Donner von Baum zu Baum fortpflanzten.

»Das war Schlangenfrühling«, erklärte Großer-Tiger.
»So ein Hundesohn!« knirschte Christian, und dann wurde es ruhig. Das Motorgeräusch verebbte. Schließlich ging es in ein gleichmäßiges Surren über, das sich rasch entfernte.
»Wir müssen nach Glück sehen!« rief Christian; und jetzt lief Großer-Tiger sofort mit ihm.
Von der Jurte führte ein deutlich erkennbarer Pfad an dem Waldstreifen entlang. Die Zweige der Büsche schlugen Christian ins Gesicht; aber er lief, stürzte über eine Baumwurzel, sprang wieder auf, und Großer-Tiger holte ihn ein.
»Nichts«, rief Christian, »es ist nichts!« und beide rannten weiter. Endlich sahen sie Glück, der neben einer Weide am Rand des Karawanenwegs saß, wo es eine steile Böschung hinunterging. Unten sah man Wasser blinken. Der schwarze Pudel war auch da, bellte und winselte, und Siebenstern kam barfuß gelaufen.
Christian vergaß jede Zuvorkommenheit. »Bist du verwundet?« rief er atemlos von weitem; aber Glück schüttelte den Kopf. Er starrte abwechselnd auf die tiefen Radspuren in der Böschung, die sich weiterhin im Flußsand des Närin-Gol verloren, und auf die Staubfahne, die am andern Ufer in der Luft hing.
Da standen sie nun alle und schnauften.
Der Pudel schaute schweifwedelnd auf Siebenstern, trottete dann zum Fluß hinab, streckte die heraushängende Zunge ins Wasser und begann zu trinken.
Der Närin-Gol war immerhin ein Fluß. Sein Wasser reichte zwar an der tiefsten Stelle kaum bis zum Knie, und von einer Strömung merkte man auch nicht viel; aber er war gut zehn Meter breit, und man sah an den steilen Ufern, daß er zu Zeiten Hochwasser führen mochte. Die Furt der Karawanenstraße war noch um ein Stück breiter, und die Uferböschung schien an beiden Seiten künstlich eingeebnet. Trotzdem war sie für einen beladenen Lastwagen steil genug. Das Profil der Reifen hatte sich in den feuchten Grund eingepreßt, die Vormittagsonne schien hell darauf, und die traurige Versammlung blickte auf das Fischgrätenmuster im Sand, als ob davon etwas

Gutes käme. Nur der Pudel planschte vergnügt in dem klaren Wasser des Närin-Gol.
Keiner sagte was, bis Naidang des Weges kam. Er stampfte durch die Büsche, und als er sah, daß es keine Verletzten und keine Toten gab, sagte er streng zu Siebenstern: »Wo hast du deine Stiefel gelassen?«
»Ich habe sie ausgezogen, Vater«, entschuldigte sich Siebenstern, »es pressierte so.«
Glück wandte den Kopf. »Du solltest«, sagte er zu Naidang, »lieber fragen, wo ich meinen Wagen gelassen habe.«
»Wenn du es durchaus willst«, sagte Naidang und hockte sich neben Glück in die Kniehocke. »Also! Wo hast du deinen Wagen gelassen?«
»Er ist futsch«, setzte ihm Glück auseinander, »er ist so futsch, daß es nirgends und auf gar keine Weise eine Hilfe gibt, ihn wieder zu kriegen. Aber«, schrie Glück plötzlich, »es gibt Gauner und Spitzbuben, es gibt Halunken und Mörder, und die werde ich wiederkriegen.«
»Tinger metne!« sagte Naidang bedächtig.
»Du hast recht«, rief Glück, »der Himmel weiß es, aber ich weiß es auch. Hört mich, ihr Hunde und Hundesöhne: Jetzt wird Glück hinter euch her sein.« Er sprang auf und ballte die Fäuste in die Richtung, wo es längst keinen Wagen und keinen Staub mehr zu sehen gab. Als Glück so schrie, kam der Pudel aus dem Wasser gesprungen, stellte sich gegen ihn und knurrte. Da ließ Glück die Arme sinken und lächelte hilflos. »Ich ließ mich hinreißen«, sagte er kleinlaut, »euch mit überflüssigen Worten zu belästigen. Entschuldigt bitte.«
»Hammaguä«, erwiderte Naidang, »wir hörten gerne zu.«
Da war Glück erst recht beschämt, und Großer-Tiger fragte schnell: »Wer saß in dem Wagen, in dem wir bisher zu fahren die Ehre hatten?«
»Wer anders als die beiden Rotbärte Ungemach und Schlangenfrühling. Schlangenfrühling schoß sogar auf mich.«
»Der befehlende Herr hat auch geschossen«, gab Großer-Tiger zu bedenken. »Schießen ist mein gutes Recht«, verteidigte sich Glück, »außerdem waren die Kerle weit weg. Ich sah aber, wie

Schlangenfrühling auf mich anlegte. Im Wagen war das Seitenfenster zerbrochen, es muß ein Kampf stattgefunden haben.«

»Ich gehe vier Pferde satteln«, schlug Naidang vor, »wir wollen sehen, was die Kerle übrig gelassen haben.«

»Sie ließen«, sagte Glück verdrossen, »einen halblahmen Kaufmann übrig, wenn sie ihn nicht totgeschlagen haben.« »So habt ihr noch einen Begleiter?« erkundigte sich Naidang.

»Er kann nicht sehr gut gehen«, sagte Glück, »darum blieb er in Ollon-Torre sitzen.« »War ihm ein Unglück zugestoßen?« fragte Naidang besorgt. »Das nicht gerade«, sagte Glück, »eine Schlange wollte ihn beißen.«

»Der befehlende Herr«, erklärte Christian, »hat ihm aber geschwind das Leben gerettet.« »Leider«, fügte Großer-Tiger hinzu, »war dabei das Bein des Kaufmanns im Weg. Da hat es was abgekriegt.«

»Wir werden sehen«, tröstete Naidang, »wie es ihm ergangen ist.«

Er schritt voran auf dem Pfad nach der Jurte. Siebenstern verschwand mit dem Pudel zwischen den wogenden Derreshalmen, und Christian nahm Großer-Tiger beiseite: »Ich hätte nicht gedacht«, sagte er, »daß Ungemach ein solcher Rotbart wäre.«

»Man sieht von den Menschen nur die Haut und nicht, was darunter ist«, belehrte ihn Großer-Tiger.

Dann gingen sie Glück und Naidang nach und sprachen nicht viel miteinander. Jeder dachte daran, was jetzt werden solle, aber darauf gab es keine Antwort.

Erst als die rostroten Bäume auftauchten und dazwischen die Jurte Naidangs, sagte Großer-Tiger: »Vater Naidang wird einen großen Schreck erleben, wenn er den ehrenwerten Kaufmann erblickt.«

»Glaubst du, daß er ihn kennt?«

»Kennen vielleicht nicht, aber er wird erfahren, wer er ist.«

»Dann verlieren wir den einzigen Mann, der uns hier zu helfen vermag.«

»Inmitten der größten Hemmnisse kommen Freunde«, versi-

cherte Großer-Tiger, und Christian wunderte sich über die plötzliche Zuversicht und darüber, daß Großer-Tiger nicht »Es gibt keine Hilfe« sagte.
Als Christian und Großer-Tiger vor der Jurte ankamen, saß Naidang schon auf einem Pferd, und dann holte er nacheinander drei andere dazu. Er band sie mit dem Halfter an die Leine, die zwischen den zwei Baumstämmen in Manneshöhe gespannt war. Christian wollte beim Satteln helfen, aber Naidang sagte: »Laß es sein. Die Pferde ertragen deinen Geruch nicht, denn es sind mongolische Pferde. Sie werden nach dir schlagen. Kannst du reiten?«
»Ich kann reiten«, sagte Christian. Aber sein Selbstvertrauen schwand, als er in die wilden Augen der Pferde blickte, denen der Schopf in die Stirn fiel. Sobald Christian in die Nähe kam, peitschten die Schweife den Boden, und die Aufgeregtesten begannen auszukeilen.
So was nennen die Leute in Peking ein Pony, dachte Christian, und er stellte sich neben Großer-Tiger, der mehr aus der Ferne zusah, wie Naidang die Sättel auflegte. Dabei war es noch ein Glück, daß die Soldaten Ungemach und Schlangenfrühling ihr ganzes Reitzeug dagelassen hatten, denn Naidang selbst besaß nur zwei Sättel für sich und einen für Siebenstern.
»Jabonah!« rief Naidang, als er fertig war.
»Jabonah!« antwortete Glück fröhlich, und kein Mensch hätte gedacht, daß er ein Fahrer sei, der vor zehn Minuten sein Auto verloren hatte. »Was machen wir mit Kompaß-Berg«, fragte Glück, »er hat einen fremden Geruch.«
»Kompaß-Berg sagt, daß er reiten kann«, erwiderte Naidang, aber es klang nicht sehr überzeugt. Dann verteilte er vier Daschiors, und Glück sagte zu Christian: »Von einem Kamel fallen ist nicht schlimm, von einem Pferd fallen ist schlimmer, aber das Gefährlichste ist, wenn wer von einem Esel fällt. Du hast also Aussicht, am Leben zu bleiben, denn das Pferd steht in der Mitte der Gefahren.«
»Trotzdem«, meinte Naidang, »muß man vorsichtig sein.« Er ging in die Jurte, holte einen kurzen Riemen, und dann wählte er einen grauen Eisenschimmel, den er einige Male im Kreis

führte. Nachher zog er den Riemen durch die Halfter, hielt damit den Kopf des Pferdes nieder und befahl Christian, den Fuß in das mächtige Steigeisen zu setzen.

»Sobald du oben bist«, belehrte ihn Naidang, »mußt du die Zügel kurz fassen und . . . ja«, sagte Naidang, »dann geht es eben los.«

Der Schimmel schnaubte, als Christian an seine Seite trat. Er machte kurze aufgeregte Trippelschrittchen und drehte sich weg, wenn Christian nach dem Sattel greifen wollte. »So geht es nicht«, rief Glück aus sicherer Entfernung.

»Sei mutig und flink«, flüsterte Naidang und hielt den Steigbügel fest.

Da sprang Christian entschlossen hinein. Mit einem Satz war er im Sattel, griff nach dem Zügel, und Naidang ließ los, denn der Grauschimmel, der sich vorne gehemmt fühlte, warf die Hinterhand mit gestreckten Beinen in die Luft. Aber Christian wußte, was er zu machen hatte. Es gelang ihm zwar nicht, sich nach hinten zu werfen, und noch weniger vermochte er den Rücken zu steifen, was Tom in Peking für ein unfehlbares Mittel hielt. Aber Tom und Peking waren weit. Hier galt es nur, oben zu bleiben. Also faßte er mit aller Kraft das Horn des chinesischen Holzsattels und preßte die Knie gegen die Rippen des Pferdes. Dabei ging es auf und ab in einem Tempo, daß Christian sämtliche Reitvorschriften sowieso vergaß. Der Schimmel war aber deswegen noch keinen Schritt vom Platz. Er sprang auf der Stelle, und als das Steigen vorn und hinten nicht fruchtete, probierte er es mit allen Vieren zugleich.

Naidang stand daneben und verfluchte den Schimmel mitsamt allen Vorfahren; Glück freute sich, wie tapfer Christian oben blieb, aber Großer-Tiger bekam regelrechte Angst um Kompaß-Berg.

Plötzlich streckte der Schimmel den Hals, Christian konnte gerade noch die losgelassenen Zügel erwischen, und dann ging es in rasendem Galopp über das wehende Steppengras. Großer-Tiger stieß einen lauten Schrei aus, aber Glück lachte. Naidang hob den rechten Daumen zum Zeichen großen Lobes, denn er sah, daß Christian wie ein mongolischer Reiter in den

Eisen stand und das Pferd sich austoben ließ. Als der wilde Ritt sich der Weide näherte, wo die Rinder standen, zog Christian allmählich die Zügel an, setzte sich in den Sattel, und da war es mit dem Rasen vorbei. Der Schimmel galoppierte noch eine Weile, dann fiel er in Trab, und als Christian in einem Bogen zurückkehrte, waren Roß und Reiter einig geworden, sich zu vertragen. »Man muß große Freude sagen«, rief Glück schon von weitem, und Naidang hob beide Daumen voll Hochachtung.

Dann machte er sich beritten, Glück stieg ebenfalls auf, und Naidang nahm das letzte ledige Pferd und führte es am Zügel zu Großer-Tiger.

»Es gibt keine Befürchtung«, sagte er, »du kannst ruhig aufsitzen.«

»Ich bin noch nie auf einem Pferd geritten«, sagte Großer-Tiger.

»Einmal muß man anfangen«, setzte ihm Naidang auseinander, »dieses Pferd gehörte dem Soldaten Ungemach. Es ist ein Paßgänger, da sitzt man im Sattel wie in einem Wagen, der von selber geht.«

Großer-Tiger schaute auf das braune Pferd mit der weißen Blesse, und der Braune schaute auf den neuen Reiter und stampfte ungeduldig. Er schnaubte auch, als Großer-Tiger sich in den Sattel schwang, aber dann war er mit der leichten Last zufrieden. Die andern drei trabten los in dem Zuckeltrab, den die mongolischen Pferde unermüdlich durchhalten. Aber der Braune machte wiegende Paßschritte, und Naidang sagte, man könnte das Pferd teuer verkaufen und dafür mindestens zwei andere Pferde einhandeln. »Denn jetzt«, sagte Naidang, »gehören die Pferde euch, das auf dem Glück reitet und der Braune von Großer-Tiger.«

Siebenstern saß am Weg, als sie vorbeiritten, und Christian und Großer-Tiger riefen: »Hallo, Siebenstern!«, aber da waren sie schon vorüber, und der Staub wirbelte hinter ihnen drein.

Durch den Wald ritten sie im Schritt wegen der vielen Baumwurzeln, und dann kamen sie zu der Pappel, die über den Weg hing. Glück deutete mit dem Daschior hinauf. »Hier oben saß das mörderische Vieh«, sagte er.

»Was für ein . . . ?« fragte Naidang, aber er kam nicht weiter, denn Großer-Tiger rief: »Da kommt wer!«
Alle schauten auf die Lichtung, und da erblickten sie einen Menschen, der in großer Eile gelaufen kam. Er war noch weit weg, doch man sah, daß er erschöpft war, denn er stolperte, blieb für einen Augenblick stehen und rang nach Luft. Dann schlenkerte er hastig weiter. »Ungemach«, rief Christian, »es ist Ungemach!«
»Die Rotbärte«, sagte Glück kopfschüttelnd, »werden zu braven Leuten. Wie geht das zu?«
»Wir werden es erfahren«, meinte Naidang und spornte sein Pferd mit Fußtritten. Da fing es an zu laufen und dann zu galoppieren, und die andern Pferde galoppierten auch. Als die wild Jagd vor Ungemach haltmachte, gab es eine dicke Staubwolke; kleine Steine flogen, die Hufe stampften den Boden, und Ungemach lag auf den Knien. »Ich bin unschuldig«, rief er kläglich, »von mir wurde die Sache nicht verdorben, es ist ein Unglück und ein Verbrechen geschehen.«
»Das wissen wir«, sagte Glück streng, »steh auf!«
»Ich bedaure dich«, rief Naidang, sprang aus dem Sattel und hob den unglücklichen Soldat Ungemach auf. »Tröste dich«, fuhr Naidang fort, »ich und alle, die hier sind, wissen, daß du ein ehrliches Stück Mensch bist. Sage uns, wie es in Ollon-Torre zuging.«
»Du bist verwundet«, rief Glück, »was ist mit dir geschehen?«
»Es hat nichts zu sagen«, erwiderte Ungemach, aber da wurde er blaß und mußte sich an den Wegrand setzen. Seine rechte Hand und der Arm waren in einen Tuchfetzen gewickelt, durch den das Blut sickerte.
Glück sprang vom Pferd, Christian und Großer-Tiger sprangen auch ab, und Naidang band die Zügel zusammen.
»Mir scheint, ein Unglück von der besten Sorte hat sich zugetragen«, sagte Glück. »Jetzt nicht und früher nicht«, sagte Ungemach schwach, »lernte ich solches kennen. Alles Übel kam von diesem Grünmantel, den ihr mitgebracht habt.«
»Grünmantel?« rief Naidang erschrocken, »ist Grünmantel hier gewesen?«

»Er war da, und jetzt ist er fort«, sagte Ungemach.
»Zeige deinen Arm«, rief Glück schnell, »zuerst muß man wissen, wie sich deine Lebensgeister befinden.«
Ungemach wickelte den Tuchfetzen ab, und da gab es außer den fünf zerschnittenen Fingern quer über den Unterarm eine klaffende Wunde, die noch immer blutete.
»Ist die Pulsader durch?« fragte Christian.
»Sie ist heil«, behauptete Glück, »oder wenigstens nicht sehr weit offen. Versuche die Finger zu bewegen, Ungemach. Kannst du das?«
»Ich kann es«, sagte Ungemach und spreizte die Finger.
»Dann bist du ein langlebiger Mensch«, tröstete Glück. Er band den blutigen Fetzen wieder um die Wunde, weil kein anderer da war, und dann setzten sie sich im Kreis um Ungemach.
»Halte deine Hand ruhig«, befahl Glück, »wenn wir von hier aufstehen, blutet deine Wunde nicht mehr. Du hast den Arm beim Gehen geschlenkert, das war falsch.«
»Ich habe noch mehr falsch gemacht«, bekannte Ungemach verzagt.
»Erzähle«, bat Naidang, »damit wir alles erfahren.«
»Als ihr fortgegangen wart«, begann Ungemach, »öffnete ich die Kanister, und ich füllte die leeren Fässer mit Benzin, und Schlangenfrühling sagte: ›Wozu taugt die Eile? Sie taugt nicht.‹ Also blieb er bei Grünmantel im Zelt sitzen.«
»Grünmantel«, fragte Naidang wieder, »wie ist es mit dem?«
»Warte zwei Augenblicke«, sagte Glück, »du mußt nicht ungeduldig werden, sonst verliert Ungemach das Gedächtnis und weiß nicht weiter.«
»Ich dachte«, fuhr Ungemach mühsam fort, »jetzt unterhalten sie sich über viele Dinge, und Schlangenfrühling wird sie mir später erzählen, da brauchen wir eine Zeitlang nicht streiten. Ich hatte schon zwei Fässer gefüllt, da kam Schlangenfrühling aus dem Zelt und Grünmantel auch, und er war auf einmal gar nicht mehr krank, sondern ganz gesund ›Bist du fertig?‹ fragte Schlangenfrühling, und als ich sagte: ›Nein, ich bin nicht fertig‹, schrie Grünmantel: ›Faule Knochen gibt es überall, und

sie stinken.‹ ›Man muß ihm helfen‹, sagte Schlangenfrühling entschuldigend, ›er ist ein Schwächling.‹ Da luden sie viele Kanister auf und warfen kurzerhand die beiden Fässer, die noch leer waren, vom Wagen. Grünmantel brachte die Schlafsäcke und die Pelzmäntel der beiden jungen Herrn, und dann sagte Schlangenfrühling: ›Wir fahren ihnen ein Stück entgegen.‹ Er holte sein Gewehr aus dem Zelt, und was ihm sonst noch gehörte, und da wurde mir zu acht Zehnteln bewußt, was er vorhatte. Ich sagte: ›So geht es nicht. Der befehlende Herr Glück kommt hierher, wenn es Zeit ist. Bleibt hier. Ihr könntet ihn unterwegs verfehlen.‹ ›Desto besser für ihn‹, sagte Schlangenfrühling, ›sonst müßte ich ihm ein Loch in den Bauch schießen.‹ Derweil warf Grünmantel den Motor an, und ich rief: ›Also so einer bist du, heraus mit dir!‹ Aber Schlangenfrühling schlug die Türe zu. Da sprang ich auf das Trittbrett des Wagens, der schon zu fahren begann, weil Grünmantel hinter dem Steuer saß. Ich schlug mit der Faust die Scheibe ein und packte Schlangenfrühling am Kragen, doch Grünmantel nahm einen Daschior, den er hatte, und stieß nach mir. Da fiel ich vom Trittbrett in das Gebüsch und blieb liegen, und ich wußte lange Zeit nichts vor mir. Dann bin ich fortgelaufen, denn ich wollte zu euch, und mehr weiß ich nicht.«

»Aber Grünmantel«, fragte Naidang beharrlich, »wie ist es mit dem?«

»Ich will es dir sagen«, erklärte Glück. »Dieser Grünmantel stand an der Landstraße, als ich Hwai-Lai-Hsien verließ. Er machte Kotau vor mir und sagte: ›Bitte, bitte, nimm mich mit.‹ Da habe ich ihn aufgelesen, weil man einander helfen muß. Ich hielt ihn für eine ehrliche Person, aber jetzt ist er ein Spitzbube.«

»Er war schon immer einer«, sagte Naidang, »hat dir Dogolon in Weißer-Stein nicht von ihm erzählt?«

»Dogolon ist in der Nacht fortgezogen, da schlief ich. Nur diese beiden jungen Nachtwächter haben mit ihm gesprochen.« »Hat er euch nicht vor Grünmantel gewarnt?« fragte Naidang. »Er hat uns gewarnt«, gab Christian zu, »und Bator hat auch gesagt, wir sollten aufpassen.«

»Da haben wir aufgepaßt«, fuhr Großer-Tiger fort, »und wir haben herausgekriegt, daß er dem befehlenden Herrn viele Patronen stahl.«
»Das tat er wohl«, sagte Christian, »weil er damals schon daran dachte, den Lastwagen zu stehlen, und weil er nicht wünschte, daß dabei nach ihm geschossen würde.«
»Er hatte aber keine Patronen«, rief Glück, »ich habe seine Kleider bis auf die Nähte durchsucht.«
»Die Patronen waren woanders«, setzte Großer-Tiger auseinander und langte in die Tasche. »Kompaß-Berg fand sie, als er heute nacht mit der Laterne zum Wagen ging. Möge der befehlende Herr wieder froh werden und sein Eigentum erkennen.«
»Teufelsbraten«, rief Glück, als er das Päckchen in die Hände bekam, »ich sage, daß ihr richtige Teufelsbraten seid.«
»Wir nehmen sehr schwierige Aufträge entgegen«, sagte Großer-Tiger bescheiden.
»Warum«, rief Glück, »habt ihr mir das nicht gleich gesagt? Ich hätte Grünmantel vor Sonnenaufgang zumindest erschossen.«
»Wir hatten strengen Befehl, zu schweigen«, wandte Christian ein.
»Nicht einmal husten durften wir«, erinnerte Großer-Tiger.
»Deshalb«, fuhr Christian fort, »waren wir stumm wie die Goldfische im Behälter.«
»Denn«, ergänzte Großer-Tiger, »wir sind folgsame Jungen.«
»Ei ja!« schrie Glück, »es gibt eine Zeit zu reden, und es gibt eine Zeit zu schweigen. Ihr habt die richtige Zeit nicht erkannt. Möge der Uralte-Herr dem Schuft Grünmantel Haare und Nase abschneiden, wenn er ihn erwischt, und Schlangenfrühling dazu.«
»Tinger metne«, sagte Naidang bedächtig.
»Ja«, seufzte Glück, »der Himmel weiß es. Gestern abend wollte ich Grünmantel fortjagen. Hätte ich es nur getan.«
»Jabonah!« rief Naidang und stand auf, »es ist nicht gut, auf einem Fleck zu sitzen, solange man reiten kann.«
»Und dieser da?« fragte Glück.
»Ich gehe langsam hinter euch drein«, sagte Ungemach.
»Nichts da«, rief Naidang, »du bedarfst der Pflege. Meine Jurte

ist nahe, und Siebenstern ist noch näher. Laß dir von ihr die Wunde verbinden, sie versteht das.«

»Zehntausendfachen Dank«, murmelte Ungemach, stand auf und begann zu gehen. Doch er schwankte, und fast mußte man Angst um ihn haben.

»Hüte dich vor Eile«, rief ihm Glück nach, »und schlenkere deinen Arm nicht. Hörst du?« Ungemach nickte. Da stieg Glück zu Pferd, Großer-Tiger saß schon oben, und Christian klopfte dem Grauschimmel den Hals.

»Jabonah!« rief Christian fröhlich, und der Schimmel wieherte. Als sie in Ollon-Torre ankamen, lag der Platz friedlich in der Sonne. Das blaue Zelt stand da, der Eingang war offen, und der Rauch des erlöschenden Feuers stieg wie ein Faden zur Decke. Vor dem Gebüsch lagen die leeren Blechkanister unordentlich herum. Die zwei Eisenfässer, von denen Ungemach gesprochen hatte, waren ein Stück weiter gerollt und dann liegen geblieben; dazwischen glänzten ein paar Glasscherben, und an einer Stelle gab es Blutflecken im Sand.

»Die Verbrecher«, knirschte Glück, und er band sein Pferd an ein Mehlbeerbäumchen. Nachher folgte er Naidang ins Zelt. Es war so gut wie ausgeräumt. Die Schlafsäcke von Großer-Tiger und Christian waren verschwunden, die Pelzmäntel fehlten, die schöne neue Petroleumlampe hing nicht mehr an der Zeltstange, und Glück suchte vergeblich seinen wattierten Soldatenmantel. Auch das Säckchen mit dem guten Reis war fort.

»Hätten wir wenigstens die Honigbrotwürfel vom Wagen genommen«, seufzte Christian.

»Und den Schafkäse dazu«, sagte Großer-Tiger, »ich bin nämlich auf den Geschmack gekommen.«

»Es nützt nicht viel«, meinte Glück, »wenn man den Schirm nach dem Regen aufspannt.« Er setzte sich auf die Filzdecken, die noch da waren. »Eigentlich«, fuhr Glück fort, »bin ich gar nicht sehr betrübt. Ist es nicht eine brennende Schande ruhelos in einem Wagen, der von selber geht, zu fahren, solange man reiten kann?«

»Du hast recht«, stimmte ihm Naidang bei. »Es ist gut, man

kennt diese Dinge, die von selber gehen, aber es ist besser, sie nicht zu benützen. Man wird ruhelos im Geist und verderbt im Herzen.« Er zog eine lange Pfeife aus dem Stiefelschaft, schob die Asche in dem Feuerkranz beiseite, bis er Glut fand, und begann zu rauchen. »Wir wollen«, sagte er »die Dinge, die Ungemach gehören, mitnehmen.«
»Bolna!« rief Christian, »wir machen derweil ein wenig Ordnung.«
Er ging mit Großer-Tiger fort, um die leeren Kanister zu sammeln und auf einen Haufen zusammenzutragen. Von den vollen war immerhin die Hälfte übrig. Sie deckten die Zeltplane darüber, und als sie das getan hatten, brachte Naidang das Gewehr Ungemachs, den Mantel und einige Kleinigkeiten, die sie im Zelt gefunden hatten. Dann saßen alle auf und ritten den gleichen Weg zurück, den sie gekommen waren.
Als sie an der Pappel vorbeitrabten, die über den Weg hing, sagte Glück wieder: »Da oben saß das mörderische Vieh.«
»Was für ein Vieh?« fragte Naidang.
»Das den Fasan umbrachte«, erklärte Glück, »ich habe es aber in die Flucht geschlagen.« Dann erzählte er von der Wildkatze, und Naidang sagte, es gäbe auch Luchse am Edsin-Gol, und im Winter kämen hin und wieder Wölfe.
»Wölfe!« rief Glück, »Wölfe lassen das Leben sofort, wenn wir wohin kommen. Beim Kloster Orte-Golen-Sum haben wir eine Wolfsjagd mitgemacht, bevor der Tag anbrach. Wir betäubten sie einfach. Verstehst du?«
Naidang sagte, das verstünde er nicht, aber Glück setzte ihm das neue Verfahren sehr klar auseinander. »Leider«, sagte er bedauernd, »haben wir das Wasser nicht mehr, das man für diese Art der Wolfsjagd braucht.«
Das wäre schade, meinte Naidang, und dann sprachen sie über andere wichtige Dinge.
Naidang sagte: »Ihr habt drei Pferde eingebüßt.«
»Davon weiß ich nichts«, erwiderte Glück, »wir besaßen keine Pferde, wie könnten wir welche verlieren?« »Der Soldat Ungemach«, erklärte Naidang, »ist ein Held des Kampfes um der Gerechtigkeit willen geworden. Er verweilte bei der Tugend

und vermied es, ein Rotbart zu werden. Also müssen wir ihm sein Pferd lassen, es war gut zwei andere Pferde wert. Aber auch den Schecken von Schlangenfrühling können wir nicht mehr verkaufen.«

»Hammaguä!« rief Glück, »was leicht kommt, geht leicht wieder fort.«

Dann fielen ihm noch mehr Sprichwörter ein, und als er alle gesagt hatte, ritten sie durch die Derreswiese. Da sah man die Jurte Naidangs, und unter dem Eingang saß Ungemach. Er trug den Arm in einer breiten weißen Binde, und er war noch immer blaß. Der schwarze Pudel lag neben ihm, aber als er die Reiter kommen sah, sprang er auf und rannte bellend Naidang entgegen.

Da ließ Naidang die Zügel fallen, der Pudel schnappte danach und führte das Pferd bis vor die Jurte. Er ließ auch nicht eher los, als bis Naidang aus dem Sattel war und »Brav, mein guter Hund«, sagte.

Siebenstern, die im Zelt gewesen war, kam heraus und begrüßte die Gäste. Sie hatte vorsorglich ein tüchtiges Feuer gemacht, sie hatte Nudeln zubereitet, und sie hatte die Sitzkissen rund um die Feuerstelle verteilt.

Naidang nickte zufrieden. Irgend etwas schien aber doch zu fehlen, denn er murmelte wieder: »Wenn ich nur wüßte.«

»Ach«, sagte Naidang und schüttelte betrübt den Kopf, »es ist traurig, wenn man es nicht weiß.«

»Vater, ich weiß es auch nicht«, versicherte Siebenstern.

»Vielleicht weiß ich es«, mischte sich Glück ein.

Aber Naidang lachte und sagte, Glück solle sich den Kopf nicht schwer machen, denn was er suche, sei unauffindbar wie der gestrige Tag. Dann setzten sich alle. Glück mußte sich bequemen, den Ehrenplatz einzunehmen, trotzdem er sich heftig sträubte und schwor, daß er ein geringer und schlechter Mensch sei, der sich großer Fahrlässigkeit schuldig gemacht habe.

»Hammaguä«, richtete Naidang ihn auf, »an einem unverschuldeten Wechsel des Besitztums haftet kein Makel.« Und er begann die Nudeln auszuteilen.

Nach dem Essen nannte sich Naidang einen schlechten Hausvater, denn der Ehrentrunk, den er seinen Gästen schulde, sei leider nicht vorhanden. Er wisse zwar genau, behauptete Naidang und machte eine weit ausholende Handbewegung, daß es hier herum einen oder gar zwei Schläuche mit gediegenem Milchschnaps gebe, allein wo diese gesegneten Schläuche seien, wisse niemand, und es sei sehr traurig. »Wir bedauern dich«, sagte Glück teilnehmend.
»Waren etwa Diebe hier?« fragte der ahnungslose Ungemach.
»Das nicht«, erwiderte Naidang, »aber es gibt Dinge, die auch ohne Diebe verschwinden, zum Beispiel in der Neujahrsnacht.«
»Warum gerade da?« fragte Glück. »Weil ich zu Neujahr nicht daheim bin. Da muß ich doch fortreiten.«
»Selbstverständlich«, sagte Glück, »da muß man fortreiten, das weiß jeder.«
»Wenn ich dann nach Hause komme, ist nirgends mehr ein Arrak, und meine Frau sagt: ›Es waren viele Gäste da, die haben alle Behälter leergetrunken.‹ Aber das ist nicht wahr, denn sie vergräbt jedesmal einen oder zwei Schläuche, meistens zwei.« »Die Etsch tut es«, entschuldigte Siebenstern, »damit wir zum Frühlingsfest einen Trunk übrig behalten.«
»Das mag sein«, gab Naidang zu, »und deine Mutter ist eine vortreffliche Frau, aber jetzt feiern wir auch ein Fest.«
»Was für eins?« erkundigte sich Glück.
»Meiner Meinung nach«, sagte Ungemach, »ist heute ein ganz gewöhnlicher Unglückstag. Von einem Fest kann kaum gesprochen werden.«
»Für mich«, behauptete Naidang eigensinnig, »ist es ein Fest, wenn so erlauchte Gäste mein zerfetztes Zelt beehren. Dabei sitzen wir wie im Sandmeer, wo der Mensch Durst leidet. Ach, es ist traurig, wenn man es nicht weiß.«
»Vielleicht«, schlug Glück vor, »sollte man einen Spaten nehmen und ein bißchen in der Nähe graben, wo es aussieht, als ob ein voller Schlauch gedeihen könnte.«
Naidang schüttelte den Kopf. »Früher«, sagte er, »war mir der Spaten hilfreich, aber früher ist lange vorbei. Jetzt vergräbt die

Etsch die Schläuche nicht mehr in der Nähe, sondern weit weg, und es ist sehr traurig.«
»Hammaguä!« rief Glück, »wir brauchen keinen Arrak. Mein Wagen ist fort, da mögen auch zwei Schläuche Milchschnaps fort sein.«
»Sie kommen wieder«, tröstete Siebenstern.
»Am Ende kommt der Wagen auch wieder«, sagte Naidang.
»Er kann auf keine Weise wiederkommen«, setzte Glück auseinander. »Wir sind an einem Unglückstag abgereist, an dem die Speichen von den Rädern fallen. Da mußte schließlich das Unvermeidliche passieren. Wozu gäbe es sonst einen Kalender?«
»Ich werde das Neungeld werfen«, schlug Naidang vor, »dann wird das Verborgene offenbar werden.«
»Vater ist ein guter Neungeldwerfer«, lobte Siebenstern.
»Er ist wie ein Schütze, der nach der Scheibe zielt und das Schwarze trifft«, bekräftigte Ungemach.
»Meine Treffsicherheit ist gering«, wehrte Naidang, aber sein pockennarbiges Gesicht ging auseinander und strahlte in bescheidenem Stolz. Er hustete ein paarmal verlegen, und dann fiel ihm etwas ein. »Wir wollen fortfahren«, sagte er, »wo wir unterbrochen wurden.«
»Bolna!« rief Glück, »erzähle von den Bambusstäbchen mit der alten Schrift darauf.«
»Wir harren der Belehrung«, sagte Großer-Tiger.
»Hast du das Buch zurückbekommen?« fragte Siebenstern erstaunt.
»Es ist von der langen Reise heimgekehrt«, sagte Naidang, langte hinter sich auf die Truhe, und nahm das dünne Buch mit dem seidenen Umschlag in die Hände.
»In diesem Buch«, erklärte Naidang, »waren viele leere Blätter. Darum gab ich es Nicht-gibt-es-nicht mit, und ich sagte: ›Bitte den alten Vetter des Sunit-Wang, daß er alles hineinschreibe, was auf den Stäbchen steht. Dann bring mir das Buch wieder. Du weißt, ich vermag mongolisch zu lesen und zu schreiben. So werden wir beide erfahren, was die Menschen vor alters gedacht haben!‹«

»Die mongolische Schrift«, rühmte Glück, »ist eine hohe Kunst, die nur wenige verstehen.«
»Vater hat sie von Darhad gelernt«, sagte Siebenstern stolz, und sie blickte erwartungsvoll auf Glück, was der dazu sage. Aber Glück schien von Darhad nichts zu wissen, und Christian und Großer-Tiger kannten ihn auch nicht.
»Ist das mongolische Schriftbild wie das chinesische?« fragte Großer-Tiger.
»Wo denkst du hin?« rief Glück, »dann wäre es jedermann zugänglich. Die Mongolen«, erklärte er, »beginnen auf der östlichen Seite oben zu schreiben, und sobald sie unten angekommen sind, geht es oben wieder los. Wenn das Blatt vollgeschrieben ist, sieht es aus wie ein Garten mit zarten Blumen und Gräsern, aber nur sehr große Professoren wissen, wo rückwärts und vorwärts oder Anfang und Ende ist. Dazu muß man ein Schriftgelehrter hoher Grade sein«, sagte Glück, legte die Hände vor die Brust und verneigte sich vor Naidang, der ganz gerührt war, daß Glück ihn so ehrte.
»Von Gelehrtheit kann leider nicht gesprochen werden«, verteidigte sich Vater Naidang. »Ich lese, was geschrieben steht. Manchmal verstehe ich es, und meistens verstehe ich es nicht.«
»Deine Bescheidenheit überschreitet das erlaubte Maß«, widersprach Glück.
»Wir werden sehen«, sagte Naidang, öffnete das Buch an der richtigen Stelle und begann zu lesen.

Einunddreissigstes Kapitel, von dem, was auf den Bambusstäbchen stand

»Dir, Naidang, sende ich Gruß und Nachricht durch den Mann, der Nicht-gibt-es-nicht heißt. Ich habe gelesen, was auf den Bambusstäben geschrieben stand, und ich sorge mich, ob Dir die Botschaft der Vorzeit Gutes bringe oder ob sie Dich verderbe. Wüßte ich Dich gleichen Sinnes mit mir, ich gäbe Dir das Buch mit leeren Blättern zurück, statt Seite um Seite zu füllen mit dem, was sich vor beinahe fünfhundert Jahren be-

gab. Hast Du Mut, das Abgründige zu lesen, und hast Du Festigkeit, das Gelesene zu vergessen, so lies und urteile selbst. Wisse auch, daß die Stimme eines Mannes zu Dir aus dem Grabe spricht, der ein ferner Enkel war von Khabutu-Khasar, dem Bruder Dschingis-Khans. Dies tut Dir kund: Ubascha, Herzog vom Stamme der Westlichen Sunit.
Ferner: Da es heute so weit gekommen ist, daß die Leute die Hälse recken und die Augen vor Begierde aus den Höhlen springen, wenn sie alte Schrift auf Bambusplatten erblicken, habe ich die Stäbchen verbrannt. So wird Verwirrung vermieden und Schlimmeres, was aus Verwirrung erwachsen könnte.« Naidang machte eine Pause. Er rückte sich im Sitzen zurecht, und Glück, der neben ihm saß, schob die Beine erwartungsvoll enger.
»Lies«, sagte er, »es scheint eine ernste Sache zu sein.«
»Ich überlege«, entgegnete Naidang, »ob ich die Festigkeit zum Vergessen habe, die der Herzog von mir fordert. Denkt einmal alle nach, was ich tun soll.«
»Da gibt es nichts zu überlegen«, sagte Glück. »Solange man nicht weiß, was in der Schwarzen-Stadt passiert ist, kann man nicht darüber reden.«
»Aber«, gab Ungemach zu bedenken, »der Herzog meint, dieses Wissen könne Verderben bringen. Es wird schon so sein, ganz gewiß wird es so sein. Wenn ich wo dabei bin, geschieht zuverlässig ein Unglück der besten Sorte. Soll ich vielleicht hinausgehen?«
»Vater«, bat Siebenstern, »wir wollen das Buch verbrennen. Wer immer etwas aus der Schwarzen-Stadt mitgenommen hat, mußte sterben. Sonst wäre Nicht-gibt-es-nicht noch am Leben.«
»So ist es nicht«, widersprach Glück, »es ist anders. Man soll Geschriebenes lesen und dann erst verbrennen. So will es der Brauch, so hat es der alte Vetter gemacht, und so können wir es auch halten.«
Glück hat recht, dachte Christian, aber wenn er Naidang ins Gesicht sah, dachte er, daß Naidang mit seinen Bedenken auch recht haben könne. Darum schwieg er.

»Die alten Weisen der Vorzeit«, sagte Großer-Tiger, »knoteten Stricke zur Mitteilung; später schrieben sie, was ihnen wichtig schien, daß es bewahrt würde. Wie könnte da an Geschriebenem ein Makel haften?«

»Bravo!« rief Glück, »und du, Vater Naidang, darfst meinem jüngeren Bruder Großer-Tiger vertrauen. Er hat einen Großvater, dem man auch vertrauen darf, denn er ist ein verständiger Mann. Wenn Großer-Tiger was sagt, ist es so gut, als ob sein Großvater spräche, der den Schlüssel der Erkenntnis besitzt. Lies also ruhig die Botschaft, es wird daraus kein Unheil entstehen.«

»Wenn das eure Meinung ist«, sprach Naidang, »sehe auch ich kein Hemmnis mehr. Ich will also lesen. Versprecht mir aber, daß ihr geheimhalten werdet, was jetzt von Edsina offenbar wird, und dieses Versprechen soll wie ein Schwur sein.«

»Wie ein Schwur!« wiederholten Glück und Ungemach.

»Wie ein Schwur!« sagten Großer-Tiger und Christian.

»Wie ein Schwur!« flüsterte Siebenstern leise.

»Soll ich nicht lieber doch hinausgehen?« fragte Ungemach, »ich möchte nicht schuld sein, wenn was passiert.«

»Sei ruhig«, sagte Glück, »du hast dein Teil für heute abgekriegt, und was vor fünfhundert Jahren geschah, tut niemandem weh.«

»Was ist Edsina?« fragte Christian.

»Die Schwarze-Stadt«, belehrte ihn Naidang, »hieß Edsina, solange Leben in ihr war und Fröhlichkeit. Noch sieht man die Wälder, die die Stadt wie ein Kleinod umschlossen. Aber die Stämme sind von der Wurzel gefallen, und sie liegen da wie die Toten am Abend der Schlacht, als Edsina unterging.«

Naidang nahm das Buch wieder zur Hand, und jeder versuchte ein bißchen weniger aufgeregt zu scheinen als er war. Christian tat so unbefangen wie möglich, aber seine Augen leuchteten, Siebenstern war ängstlich, und Ungemach wurde um einen Schein blasser, als Naidang mit Ernst zu lesen begann:

»Wir, Araptan vom Stamme Hoschot, tun dem unbekannten Nachgeborenen am Vorabend Unseres eigenen und Unserer

Völker Untergang kund, was folgt: Unter allem, was die Dinge anfängt und die Dinge endet, gibt es nichts Unheilvolleres als den Krieg. Wir haben den Streit mit dem Kaiser nicht gesucht, doch Wir sind ihm nicht ausgewichen, als es die Klugheit gebot. Daher zeihen Wir Uns angesichts der Lebenden und derer, die nach Uns kommen, der Unklugheit, und Wir bekennen Uns schuldig am Tode der Tausende, die morgen sterben werden. Nach Uns wird Edsina nicht mehr sein, denn der Feind vor den Toren ist in zehnfacher Übermacht, und er ist unerbittlich. Man wird dem Kaiser einen Sieg zu melden haben.

Dieses ist, was geschah: Im Kampf mit einem überlegenen Gegner ist Rückzug keine Schande. Nach der Feldschlacht bei Maomu, da die Hilfsvölker wankten, zogen Wir Uns in die Mauern Unserer Stadt Edsina zurück. Der Gegner folgte Uns, und er verlor in vielen Kämpfen Männer und Vorräte. Wir erzwangen nicht den Fortschritt, doch er kam ungerufen durch Beharrlichkeit. Da glaubten Wir an Rettung aus großer Gefahr. Die Zugänge nach Norden, Osten und Westen wurden frei, und nur im Süden lag das Heer des Kaisers und trotzte allen Angriffen. Also sandten Wir Kundschafter aus, zu spähen, was den Feind so standhaft mache; allein es war zu spät. Der Edsin-Gol, der unter Unsern Mauern rauschte, versiegte in der nächsten Nacht, das Flußbett trocknete aus, und das Wasser verließ die Brunnen der Stadt. Zugleich rückte das Heer der Belagerer vor, und es war zehnmal stärker geworden als früher. Die Feinde hatten den Fluß durch die Arbeit der tausendmal tausend Sklaven und Gefangenen der großen Heerschlacht in ein neues Bett gelenkt. Nun fließt der Edsin-Gol weit von Unserer Stadt.

Da verdrehten die Männer und Frauen von Edsina die Augen und schrien, und seither sind zehn Tage vergangen, und wir sind eingeschlossen. Wir gruben die Brunnen tiefer, aber wenn sie anfänglich geringes Wasser gaben, versiegten sie doch. Der Krug ist zerbrochen, das Seil ist gerissen, und der Schlamm des Brunnens kann nicht getrunken werden.

Dieses ist, was geschah, und dies ist, was geschehen wird:

Unter allem, was die Dinge endet, gibt es nichts Schamvolleres als den Tod auf der Richtstatt. Darum werden Wir bei Sonnenaufgang die Tore öffnen und kämpfen. Der Wall wird in den Graben fallen, das Feuer wird die Stadt fressen, und wenn die Sonne sinkt, wird kein Bewohner Edsinas mehr atmen. Man wird dem Kaiser einen Sieg zu melden haben. – Dies ist, was geschehen wird, aber dies ist, was verborgen bleibt: In den tiefsten Brunnen, den Unsere Verzweiflung grub, warfen Wir heute alles, was kostbar war in Edsina. Den silbernen Röhrenbrunnen, den Uns ein Fremdling schmiedete, befahlen Wir in Stücke zu schlagen. Er ruht auf dem Grunde des Schachtes. Auf ihn warfen die Kaufleute Silberschuhe und Goldbarren von tausendmal tausend Unzen Gewicht. Der Schmuck der Frauen und die Ringe der Männer folgten. Wer einen Rubin am Schwertknauf trug, riß ihn los. Perlen und Edelsteine verschwanden, und zuletzt warfen Wir alles Gold und den Dolch, den Khabutu-Khasar trug, in die Grube. Dann verschütteten wir den Brunnenschacht und machten ihn eben. Händler und Fremdlinge ferner Zeiten werden vorüberwandern, aber der Schatz von Edsina ruht vierzig Fuß unter dem Tageslicht, unerkannt wie der Donner inmitten der Erde.«

Naidang hörte auf zu lesen. Er legte die Hand auf das Buch und blickte im Kreis seiner Zuhörer umher, als wolle er in ihren Herzen forschen.

»Und dann?« fragte Glück schnaufend, »ist das alles?«

»Es ist nicht alles«, antwortete Naidang ruhig.

»So lies«, drängte Glück, »es scheint eine ernste Sache zu sein.«

»Es handelt von einem Unglück«, sagte Ungemach, »ich wußte es ja.«

»Ungemach hat recht«, sagte Naidang und seufzte. Dann aber schien ihm ein plötzlicher Gedanke Erleichterung zu bringen, er lächelte, nahm die Hand von dem Buch und fuhr fort:

»Dieses ist, was verborgen bleibt bis auf den Tag der Wiederkehr: Wir haben beschlossen, diesen Tag nicht zu verhindern. Darum vertrauen Wir Unsere Worte nicht dem vergänglichen Papier. Wir schreiben auf das zähe Schreibholz der Alten und graben es ein, damit es das Feuer überdauern möge. Du aber, unbekannter Nachgeborener, der es aus dem Grabe hebt, merke: Es bedarf keiner Reue, denn kein böser Gedanke ruht auf dem Schatz von Edsina. Entnimm es dem Zeichen: ›Großes Heil‹, das Wir an diese Stelle setzen. Nun magst du in deinem Herzen Zweifel hegen und daran denken, daß aufgeregte Menschen viele Worte machen. Darum zeigen Wir dir den Weg und legen dir ein Zeichen der guten Vorbedeutung aus, damit dein Eifer nicht erlahme. Bedenke, daß du vierzig Fuß in die Erde steigen mußt, bis das ungewisse Licht der Sterne verblaßt vor dem Schimmer der Juwelen, der dein Auge blendet.

Wenn du durch das Nördliche-Tor die Stadt betrittst, so gehe achtzig Schritte geradeaus, und dein Fuß wird an die Reste einer Steinmauer stoßen. Verneige dich, wenn du willst, denn hier stand Unser Palast. Du sollst der Mauer folgen, bis sie zu Ende geht und nach Osten biegt. Da Wir nicht zu ahnen vermögen, ob du die Reste der Mauer noch findest, so wisse, daß du gehen mußt, bis du den großen runden Stein entdeckst, der unverrückt auf seiner Stelle liegen wird, da wo die Mauer nach Osten biegt. Er war der Sockel des silbernen Röhrenbrunnens, und Menschenhand vermag ihn nicht zu bewegen. Suche nicht nach dem Schacht, er ist verschüttet, wie alle anderen. Von hier aus wende dich nach Osten. Du erblickst in der Stadtmauer den Aufgang. Behalte ihn im Auge und gehe zwanzig Schritte auf ihn zu. Dann magst du haltmachen und graben, bis du eine Steinplatte findest. Sie liegt nur zwei Fuß tief und ein wenig mehr. Auf ihr sind die Zeichen ›Großes Heil ist nahe‹ eingeritzt. Hebe die Platte und grabe noch einmal zwei Fuß, so wirst du zehn Silberbarren finden. Sie wiegen tausend Lot, und sie sollen dir ein Zeichen sein, daß du auf dem richtigen Wege schreitest, und eine Ermunterung, nicht nachzulassen, wenn du Uns folgen willst. Versieh dich mit Werkzeug, mit Seilen und kleinen Körben zum Heraufholen der Erde. Vor allem aber laß erprobte Männer mit dir sein, die einig sind in ihrem inneren Herzen mit dir, denn allein kannst du das schwere Werk nicht vollbringen. Weiche nicht ab vom Wege, der jetzt nach Norden führt. Schreite bis du . . .«

»Lies weiter«, stammelte Glück, »dieses ist eine ernste Sache.«

»Es gibt nichts mehr zu lesen«, sagte Naidang, »es gibt noch ein paar leere Blätter. Das Geschriebene ist aus.«
Naidang legte das Buch vor aller Augen nieder, und da sah man am Heftfaden entlang einen Riß durch das dünne Reispapier gehen, wo sich das anhängende Blatt gelöst hatte.
»Hier«, sagte Naidang und legte den Finger auf den Heftfaden, »hier hing der Schatz von Edsina, für den es keinen Tag der Wiederkehr gibt.«
Glück stöhnte entmutigt; er war geradezu niedergeschmettert. Fast schien es, als ob dieses zweite Unglück des Tages schwerer zu tragen war als das erste, denn alle blickten stumm vor sich hin. Christian malte sich aus, wie aufregend es gewesen wäre, ein Schatzgräber zu sein; Großer-Tiger hätte gern das viele Gold und Silber auf einem Haufen beisammen gesehen, und Siebenstern schlug die Augen nieder. Man wußte nicht, was sie dachte.
Ungemach war von der allgemeinen Enttäuschung am wenigsten betroffen. Für ihn war es eine ausgemachte Sache, daß das Leben aus einer Folge von mehr oder minder heftigen Unglücksfällen bestand. Er blickte verstohlen im Kreis umher, ob es nicht endlich verstattet sei, ein kleines Trostwort zu sagen, aber dann fiel ihm ein, daß sein Großvater Reichtumsherr und sein Vater Herbstfreude von sehr geringer Herkunft waren, und da hielt er es für unbescheiden, als erster zu reden.
»Naidang«, sagte Glück dumpf, »du hast viel verloren.«
»Nicht, daß ich wüßte«, erwiderte Naidang, »von einem Verlust kann nicht gesprochen werden.«
»Wie?« rief Glück außer sich, »tausendmal tausend Unzen Gold und Silber nennst du keinen Verlust? Und die Perlen? Und die Edelsteine? Bedenke, was du sprichst.«
»Ich hätte keinen Finger gerührt, sie zu erlangen«, sagte Naidang.
»Du lügst«, schrie Glück, aber dann erschrak er über seine Unbeherrschtheit.
»Verzeih«, bat er schnell, »meine Zunge lief mir davon. Es kann nicht sein, wie du sagst.«
»Es ist so«, sprach Naidang ernst. »Kein Torgot-Mongole wird

je die Ruhe der Schwarzen-Stadt stören.« – »Wir hätten nichts Böses angestellt«, sagte Glück.

»Die Klugheit allein würde Stillehalten und Nichtstun gebieten«, erwiderte Naidang.

»Wie das?« fragte Glück verwundert.

»Niemand«, sprach Naidang, »könnte einen Schatz vierzig Fuß aus der Erde heben, ohne daß es ruchbar würde. Aus allen acht Himmelsgegenden kämen die zehntausend Räuber der ganzen Erde zusammengeströmt. Kein Torgot-Mongole bliebe am Leben, wenn solches geschähe. Darum hat uns der Sturmwind im Schnell-Schwarzwasser-Tal vor Unheil bewahrt, als er das Blatt entführte.«

»Aber das Kleine-Heil«, fragte Glück hartnäckig, »ich meine die zehn Silberbarren. Wie steht es damit?«

»Wir wollen«, schlug Naidang vor, »diese Sache überschlafen.«

Glück schwieg eine Weile, aber dann gab er nach und sagte: »Bolna!« denn er hoffte, daß Naidang sich mit der Zeit überreden ließe, wenigstens nach den tausend Lot Silber zu graben.

»Falls die Herren gestatten«, sagte Ungemach bescheiden, »ich meine, wenn ich auch was sagen darf.«

»Sprich«, forderte Naidang auf, »wir wollen alle darüber reden.«

»Immerzu«, rief Glück, der auf Verstärkung hoffte.

»Man sollte«, ließ sich Ungemach mit Überzeugung vernehmen, »das Graben ruhig bleiben lassen. Es war doch schon wer anderer vor uns da.«

»Woher willst du das wissen?« rief Glück erzürnt.

»Aber es ist doch immer so«, sagte Ungemach, »entweder war schon einer da, oder es kommt einer.«

»Was für einer?«

»Einer, der uns das Silber wegnimmt.«

»Dagegen gibt es Mittel«, rief Glück und klopfte auf die Pistolentasche.

»Diese Mittel treffen nicht immer«, gab Ungemach zu bedenken, »oder wenn sie treffen, ist es ein Verkehrter, der umfällt, und nachher ist keiner schuld.«

Glück schwieg verdrossen, als er das hörte, aber Christian bekam einen kleinen Hustenanfall, und Großer-Tiger hatte ebenfalls Mühe, das Lachen zu unterdrücken.
Naidang klappte das seidene Buch zu. Er legte es auf die Truhe. »Morgen wollen wir darüber sprechen«, sagte er.

Kleine Gedenkpause.
An dieser Stelle endete in der zweibändigen Erstausgabe der erste Band
»Großer-Tiger und Kompaß-Berg«
und es ging weiter im zweiten Band:
»Null Uhr fünf in Urumtschi«.

Zweiunddreißigstes Kapitel, von dem guten Plan der Schatzgräber und mit schrecklicher Nachricht über Schong-Ma und den »Uralten Herrn«

Der Abend nahte, und es wurde kühl. Siebenstern hatte die Kamele und die Schafe in die Nähe der Jurte getrieben, und der Pudel paßte auf, daß keines in die Derreswiese zurücklief. Die Pferde versorgte Vater Naidang selbst, denn das war Männerarbeit. Vor der Jurte saß Glück und rupfte den Fasan. Ungemach leistete ihm Gesellschaft, und Glück setzte ihm auseinander, wie notwendig es wäre, sich um die Silberbarren in der Schwarzen-Stadt zu kümmern.

»Sonst verrosten sie«, sagte Glück.

Ungemach nickte, aber man wußte nicht, ob das Nicken Zustimmung oder Ablehnung bedeutete. Darum fuhr Glück mit Erläuterungen fort und machte Ungemach klar, daß Silber nicht etwa rostfrei wäre. Es würde zwar nicht rot wie das Eisen, aber es verfärbe sich schwarz, und das sei dasselbe oder beinahe so. Auf jeden Fall müßte man es holen.

Christian und Großer-Tiger erinnerten sich, daß Siebenstern versprochen hatte, sie mongolisch zu lehren. Sie fanden sie nicht weit vom Fluß unter einem Baum.

»Kommt«, sagte Siebenstern, und dann gingen sie die paar Schritte durch das Gebüsch bis zum Ufer. Sie setzten sich auf die steile Böschung des Närin-Gol, und Christian hatte sein Wörterbuch mitgebracht. Er zeigte es Siebenstern; er las ihr vor, was er hineingeschrieben hatte, und Siebenstern lachte aufmunternd. Sie zog ihre Stiefel aus, rutschte die Böschung hinunter bis zum Fluß, und als ihre Füße ins Wasser tauchten, rief sie laut: »Chuitung!«, machte Brr! und schüttelte sich.

Chuitung = kalt, schrieb Christian in sein Wörterbuch.

So begann der Unterricht. Siebenstern wies auf die Sonne, die über dem andern Ufer in den Baumkronen funkelte, sagte: »Nar«, und wartete, bis Christian das neue Wort geschrieben hatte. Dann deutete sie auf den Fluß. »Gol«, erklärte Siebenstern, aber damit gab sie sich nicht zufrieden. Sie legte die Hände nah zusammen, schaute mit einem Auge zwischen den

Handflächen durch und sagte: »Närin.« Danach wies sie auf den Fluß und sprach die beiden Worte »Närin-Gol« zusammen langsam aus, bis Christian begriff.
Närin-Gol = schmaler Fluß, schrieb Christian in das Wörterbuch, und Siebenstern fuhr unverdrossen fort, alles, was es am Ufer und unter den Bäumen gab, zu benennen. Als die Sonne zwischen den Stämmen tiefer sank, kam der Pudel gelaufen, stellte sich vor Siebenstern, bellte und schüttelte trotzig die Mähne, sooft ihn Siebenstern fortschicken wollte.
»Seine Tugend ist groß«, sagte Siebenstern, »er will, daß wir die Kamele anbinden und die Schafe für die Nacht versorgen.«
»Wie heißt er?«, fragte Christian.
»Hund«, sagte Siebenstern, und sie lief dem Pudel nach.
Christian und Großer-Tiger liefen mit. Da sie schon wußten, wie man Kamele anbindet, halfen sie Siebenstern eines nach dem andern fangen und an die Leine legen. Sie lösten den Nasenstrick, der ihnen um den Hals geschlungen war, und führten die Kamele zu dem Seil, das Naidang jeden Abend woanders am Boden zwischen zwei Pflöcken ausspannte.
»Zuck! Zuck!« rief Siebenstern, und Großer-Tiger und Christian riefen auch: »Zuck! Zuck!«
Da legten sich die Kamele, und Siebenstern zählte, ob keines fehlte.
»Nig«, sagte sie, und dann zählte sie weiter mit dem Zeigefinger: »Cheur, gurub, durub, tab, tschorga, dolla!«
Es fehlte keines. Siebenstern nickte zufrieden, und weil ihr etwas Wichtiges einfiel, deutete sie auf den Abendstern. »Oth«, sagte sie leise, und dann zeigte sie lächelnd auf sich. »Dolla-n-oth«, sagte sie. So erfuhr Christian ohne schweres Nachdenken, und Großer-Tiger erfuhr es auf dieselbe Art, daß das ihr mongolischer Name war. Also schrieb Christian stolz in sein Wörterbuch:
Oth = Stern
Dolla-n-Oth = Siebenstern
Siebenstern = Tochter von Naidang.
»Warum schreibst du so viele Worte?« fragte Siebenstern, die ihm über die Schulter blickte.

»Weil«, sagte Christian, – aber dann rief er Glück zu Hilfe: »Ich bitte den befehlenden Herrn, Siebenstern zu sagen, daß ich dreimal zwei Worte schrieb, weil ich Siebenstern nicht vergessen möchte, auch wenn ich alt bin und einen Bart habe und weit weg vom Edsin-Gol irgendwo wohne, wo es lange nicht so schön ist wie hier, und wo es keine Mädchen mit Sternennamen gibt.«
Glück übermittelte die beiden höflichen Worte, die sich Christian ausgedacht hatte, und Siebenstern versicherte, auch sie würde Christian nicht vergessen, schon allein wegen der wundervollen Dinge, die seit seiner Ankunft passiert seien.
»Ich habe sie gefragt«, wandte sich Christian an Glück, »wie der schwarze Pudel heißt, aber sie sagt es mir nicht.«
»Das kann sie nicht«, erklärte Glück. »Mongolische Hunde haben keine Namen. Sie heißen Hund, ganz einfach Hund, verstehst du?«
»Ach so!« sagte Christian, aber er nahm sich vor, für den schwarzen Pudel einen prächtigen Namen zu suchen. Vielleicht, dachte er, weiß Großer-Tiger einen.
Dann gingen sie zur Jurte, und Glück sagte, daß er den Fasan braten wolle, nur wisse er nicht wie, denn Vater Naidang habe keine Pfanne, weil die Mongolen kein gebratenes Fleisch äßen, sondern nur gekochtes. Man müsse den flachen Teekessel zum Braten nehmen, falls der Hausherr es erlaube.
Nachher saßen sie noch eine Weile vor der Jurte und warteten auf Naidang, der die Pferde an die Leine band. Der Grauschimmel war auch dabei, und Christian wollte eben hingehen, um sich bekannter mit ihm zu machen, als ein Flug weißer Schwäne rauschend über die Bäume zog.
»Himmelsgänse!« rief Großer-Tiger, »oh, wie freue ich mich, und gleich so viele auf einmal!«
Er lief zum Fluß, und Siebenstern lief mit Christian hinter ihm her. Die Schwäne fielen nicht weit von der Furt ein, ordneten ihr Gefieder und schwammen still und weiß auf dem abenddunklen Wasser. Siebenstern bedeutete durch Zeichen, daß man jetzt nicht reden dürfe. »Lam-Schowo!« flüsterte sie, und sie spähte durch das Gebüsch.

Die Schwäne begannen zu grundeln, legten die Hälse zurück und schwammen im Kreis, als ob sie wen erwarteten. Es dauerte nicht lange, da zischte etwas durch die Luft. Zwei kleine weiße Gegenstände fielen ins Wasser, tauchten auf und schwammen zwischen den Schwänen, als ob es sich von selbst verstünde, daß sie die Hauptpersonen wären. Dabei waren es nur zwei kleine Enten.
Siebenstern schien ganz benommen vor Freude. Sie hob beide Daumen, wie Vater Naidang es getan hatte, als Christian nicht vom Pferd gefallen war, und ein ums andere Mal flüsterte sie entzückt: »Lam-Schowo! Lam-Schowo!«
Die Enten hatten das prächtigste Gefieder der Welt. Ihre Brust glänzte golden, ging allmählich in eine Elfenbeinfarbe über, und dann waren die Federn schneeweiß. Die Flügel waren türkisfarben und zart wie der Abendhimmel. Zudem trug der kleine Enterich zwei goldene Schilde am Kopf, über dem ein Schopf dunkler Federn nach hinten lag. Er streckte den roten Schnabel voraus und begann sogleich flußabwärts zu schwimmen. Das Entchen folgte ihm, und hintennach ruderten die Schwäne in Kiellinie wie folgsame Untergebene. Der Zug verschwand unter dem Laubdunkel der überhängenden Äste, und die Wellen, die auf beiden Seiten dem Ufer zueilten, verflachten. Das Wasser wurde still und grün und dunkel, und wenn nicht hin und wieder ein Blatt vorübergesegelt wäre, hätte man den Närin-Gol für ein stehendes Gewässer halten können.
Glück, der unbemerkt herbeigeschlichen war, freute sich ebenso kindlich wie Siebenstern, bloß weil er die beiden Enten gesehen hatte.
»Nimm dein Buch«, sagte er zu Christian, »und schreibe hinein, daß du heute zwei Lam-Schowo gesehen hast.«
»Ene ju beino?« fragte Großer-Tiger.
»Man nennt diese Enten Lama-Vögel«, setzte ihm Glück auseinander, »weil sie wie heilige Lamas Wegweiser zu Glück und großem Frieden sind. Andere Tiere folgen ihnen gern, und sie fahren nicht schlecht dabei.«
»Diese beiden Lama-Vögel«, sagte Siebenstern eifrig, »sind

noch nicht lange hier. Man sieht sie selten, aber ich weiß, daß sie auf der kleinen Insel nisten werden, die weiter unten im Fluß liegt. Dort sind sie sicher vor dem Fuchs, der das Wasser nicht liebt, und die Schwäne sind klug und bleiben bei ihnen, ehe sie nach Norden weiterfliegen.«
Glück bestätigte, was Siebenstern gesagt hatte, und er fügte hinzu, daß es ein Zeichen glückhafter Vorbedeutung sei, wenn man Lama-Vögel zu Gesicht kriege. »Ihr werdet sehen«, sagte er leise zu Christian und Großer-Tiger, »wir werden das Silber finden, das in der Schwarzen-Stadt verborgen liegt.«
»Aber es gehört doch Naidang«, sagte Großer-Tiger.
»Er wird uns schon was abgeben«, behauptete Glück, »wenn wir ihm nur das Buddeln abnehmen.«
»Das verstehe ich nicht«, widersprach Großer-Tiger.
»Eigentlich verstehe ich es auch nicht«, gab Glück zu und blieb stehen, während Siebenstern zur Jurte vorausging.
»Es ist aber so. Als ich die Mongolen kennenlernte«, sagte er, »dachte ich zuerst, sie wären Kinder und keine vernünftigen Menschen, denn sie gaben mir zu essen, ohne daß sie dafür was haben wollten. Dabei war ich ihnen fremd, und keiner kannte mich.«
»Man nennt das Gastfreundschaft«, sagte Christian, »Gastfreundschaft ist etwas Schönes, aber weiter nicht verwunderlich.«
»Sie waren aber selbst nicht reich«, gab Glück zu bedenken, »und allmählich erfuhr ich, daß alle so sind. Die Mongolen sind sonderbare Leute, sie sind anders als wir Chinesen, und sie schenken Sachen weg, für die sie höchstens einen Haddak haben wollen.«
»Dann«, sagte Großer-Tiger nachdenklich, »sind sie bessere Leute als wir.«
»Besser oder nicht«, erwiderte Glück achselzuckend, »sie sind eben anders. Wenn sie einen Handel machen, feilschen sie genau so wie wir, und Rotbärte gibt es auch bei ihnen eine ganze Menge.«
»Ich habe gehört«, sagte Großer-Tiger, »Rotbartsein sei nichts Unehrenhaftes.«

»Meinst du?« fragte Glück, und er streifte Großer-Tiger mit einem forschenden Blick.
»Das meine ich, und Kompaß-Berg meint es auch.«
»Man sagt, daß Rotbartsein kein Makel sei, solange man nicht erwischt wird«, pflichtete Christian bei.
»Das ist es eben«, sagte Glück und stapfte in Gedanken versunken durch die Büsche auf den Pfad zurück, der zu Naidangs Jurte führte. »Nicht erwischt werden, das ist es eben.«
Siebenstern saß vor der Jurtentüre. Sie scheuerte den Teekessel außen und innen mit Sand. »Vater sagt, du willst den Vogel braten und essen?«
»Er ist nun einmal tot«, gab Glück zu, »da muß man ihn auch verzehren.«
Siebenstern schauderte bei dem Gedanken daran, aber sie scheuerte tapfer weiter. Als sie Christian mit dem Wörterbuch unter dem Arm kommen sah, klopfte sie mit der Faust auf den Teekessel, lachte ihn strahlend an und sagte: »Togo.«
Togo = Kessel, schrieb Christian in das Buch, aber es war zum Schreiben nicht mehr hell genug, und die Buchstaben wackelten durcheinander.
»Nachher«, bat Christian, aber Siebenstern schüttelte den Kopf. Sie war eine strenge Lehrmeisterin, bei der es kein »Nachher« gab. Also mußte Christian sich neben sie setzen und noch eine Menge Wörter schreiben, die schon zu den schwierigen gehörten, obgleich es finster wurde und man gerade zu diesen Wörtern mehr Licht gebraucht hätte als den zunehmenden Halbmond. Auch während Glück mit Großer-Tiger den Fasan in Hammelfett briet und der verlockende Bratenduft rings um das Zelt schwebte, ging der Unterricht weiter. Besonders die Zeitwörter waren gar nicht leicht, aber Siebenstern gab sich große Mühe. Sie versuchte es mit Chinesisch, und wenn ihr das richtige Wort fehlte, machte sie es vor. Sie ging und sie hüpfte, sie lief, sie setzte sich und stand auf, und jedesmal sagte sie das passende Wort dazu und war nicht eher zufrieden, als bis Christian es ordentlich nachsprechen konnte, wie es sich gehörte. Dann erst durfte er es einschreiben, und die Buchstaben wackelten immer mehr durcheinander.

Endlich, als Glück laut »Tschö-Fan« und Vater Naidang »Chol-Idne« rief, was beides »Essen essen« hieß, durfte Christian das Wörterbuch zuklappen.
Siebenstern faßte ihn an der Hand, und dann gingen sie miteinander in die Jurte, wo Glück dabei war, den Fasan kunstgerecht zu zerlegen.
Trotz allem Zureden sträubte sich Naidang, ein Stück zu probieren, und Siebenstern hielt die Hände abwechselnd vor das Gesicht. Der Pudel streckte erwartungsvoll den dicken Kopf zur Tür herein, aber Siebenstern verwies ihn streng.
»Hund!« rief sie, »wo gehörst du hin?«
Der Pudel gab keine Antwort, doch sein Kopf verschwand, und Christian dachte, jetzt müsse er wohl traurige Augen haben wie der Vier-nicht-gleich, von dem Mateh erzählt hatte.
»Warum darf er nicht herein?« fragte Christian.
»Ein Hund«, erklärte ihm Glück, »darf nicht ins Zelt. Er muß draußen bleiben, wo er hingehört, denn das Zelt ist nur für die Menschen. Er muß aufpassen, was draußen vor sich geht, und wie sollte ein Hund das besorgen können, wenn er verweichlicht im Zelt herumlungern dürfte.«
Naidang nickte zustimmend. Dann schaute er aufmerksam zu, wie seine Gäste den Fasan verzehrten. Die Knochen sammelte Siebenstern und trug sie dem Pudel hinaus.
»Seit langer Zeit«, sagte Ungemach, »habe ich kein solches Festmahl mehr genossen. Es sollte mich wundern, wenn nicht noch was Schlimmes passierte.«
Aber es passierte nichts. Naidang und Siebenstern tranken Milch, aßen ein Stückchen Käse dazu, und Christian dachte an die Honigbrotwürfel, und wie gern er einige davon Siebenstern gegeben hätte. Glück versuchte das Gespräch auf die Schwarze-Stadt zu bringen, aber als er merkte, daß Naidang nicht darauf einging, gab er es auf. Dann verteilte Naidang Decken und Pelze für die Nacht, schloß den Rauchfang zur Hälfte und machte die Jurtentür zu.
»Gut schlafen«, sagte Naidang, als alle auf ihren Plätzen lagen.
Christian und Großer-Tiger wickelten sich in die Decken.
»Es ist noch nicht die richtige Zeit«, widersprach Siebenstern.

»Ich bitte um Entschuldigung für mein vorlautes Kind«, sagte Naidang, »meine Schuld ist groß, weil Siebenstern schlecht erzogen ist. Bitte tragt es mir nicht nach.«
»Davon kann nicht gesprochen werden«, rief Glück, »ich bekenne, daß wir die mindeste Gastpflicht grob vernachlässigten. Morgen wird Großer-Tiger nachholen, was heute versäumt wurde. Er weiß viele Geschichten, die wert sind, in allen Zelten erzählt zu werden.«
»Ich freue mich auf deine Belehrung«, sagte Siebenstern zu Großer-Tiger, aber Großer-Tiger versicherte, er sei nur ein alberner Nichtswisser.
Gleich wurde ihm von allen Seiten widersprochen.
»Er hat uns gestern«, sagte Ungemach, »die Geschichte vom Prinzen Gi erzählt. Sie ist schon einige tausend Jahre alt, und trotzdem hat er sie genau gewußt. Auch kam darin ein Unglück von der besten Sorte vor, fast habe ich geweint.«
Da gab Großer-Tiger nach. »Ich werde überlegen«, versprach er, »was wert ist, erzählt zu werden.«
Dann wurde es still im Zelt. Naidang gähnte, und draußen gähnte der Pudel, der noch keinen Namen hatte, sondern nur Hund hieß. Christian dachte nach, wie man ihn nennen könnte, aber es fiel ihm kein passender Name ein. Neben ihm lag Großer-Tiger, der auch mit Denken beschäftigt war.
»Ich weiß«, flüsterte Großer-Tiger, »wie man es machen muß.«
»Was muß man machen?« fragte Christian verwundert.
»Man muß«, setzte ihm Großer-Tiger leise auseinander, »das Silber aus der Schwarzen-Stadt holen.«
»Ach«, sagte Christian betroffen, »daran dachte ich nicht, ich dachte an Hundenamen.«
»Und ich an die zehn Silberbarren«, sagte Großer-Tiger. Dann schilderte er ausführlich den Plan, den er sich ausgedacht hatte, und fragte Christian, ob er ihn für gut hielte.
»Ich wüßte keinen besseren«, sagte Christian bewundernd, und er bedauerte im stillen, daß er nur über Hundenamen und nicht auch über den Schatz von Edsina gegrübelt hatte.
»Also wir beide buddeln allein«, fragte Großer-Tiger, »abgemacht?«

»Wenn du es fertigbrächtest«, gab Christian zu, »wäre das eine sehr gute Sache.«
»Laß mich nur machen. Gute Nacht, Kwi-Schan!«
»Gute Nacht, Großer-Tiger!«
Da neigte sich Großer-Tiger ans Ohr von Christian und flüsterte: »Naidang ist weise wie der Gelbe-Kaiser und fest wie ein Stein. Jetzt weiß ich, warum sein Name in tausend Zelten mit Ehrfurcht genannt wird.«
»Weshalb?« wollte Christian wissen.
»Wenn wir ganz allein sind«, flüsterte Großer-Tiger, »werde ich es dir sagen.«
Es war eine feierliche Nacht. Tausendmal tausend Sterne zogen über die Wüste und über den Närin-Gol. Sie spiegelten sich im Wasser, und sie füllten das Trümmerfeld der unglücklichen Stadt Edsina mit bläulichem Licht. Der Mond zog mit ihnen, und als er durch den Rauchfang in Naidangs Jurte schien, wachte Christian auf.
Wer die Augen öffnet und den sanft schwebenden Mond erblickt, den befällt eine Trauer, für die es keinen Namen und keine Ursache gibt. Christian allerdings brauchte nicht lange zu suchen.
Das Haus mit dem Garten in Peking fiel ihm ein. Er stellte sich vor, wie alles dort war, und er sah den Vater mit langen Schritten unter dem Vordach auf und ab gehen, während die Mutter sich über das Bettchen der kleinen Schwester beugte, damit niemand ihre Tränen sehen sollte. Schließlich war da noch in irgendeiner Ecke die alte Ama, der man laut oder leise die Schuld an seinem Verschwinden gab. Um sie hatte Christian die allermeiste Angst, denn er war in chinesischen Anschauungen besser daheim als in abendländischen, und er wußte, was Schlimmes passieren konnte. Wenn Großer-Tiger neben ihm nicht so fest geschlafen hätte, hätte er ihn aufgeweckt, ganz einfach um ihm zu sagen: »Ich denke an die Ama.« Und Großer-Tiger würde ihn begriffen haben. Man kannte ja genug Beispiele von treuen Dienern, die unter der Last einer falschen Beschuldigung sich vor der Tür ihrer Herrschaft das Leben genommen hatten. Am nächsten Morgen lagen sie dann

da. »Sieh hier«, hieß das, »so weit ist es nun gekommen.« Die Nachbarn und die Leute, die vorübergingen, sagten: »Es gibt keine Hilfe; diese Familie hat eine große Sünde begangen, und sie hat ihr Gesicht verloren.« Denn überall auf der Welt haben die Toten recht.

Dabei spürte Christian deutlich, daß es keine gewöhnliche Angst war, die ihn quälte; es war mehr, und es war viel schrecklicher, denn Christian hatte seine Ama lieb, auch wenn sie Runzeln im Gesicht hatte und mehr streng war als zärtlich. Christian blickte hilfesuchend zum Mond empor, aber der Mond war weitergezogen, und der Rauchkranz im Jurtendach war leer. Nur der Rand schimmerte silbern wie der gespannte Bogen des letzten Kämpfers von Edsina.

Der Morgen kam, und mit ihm kam große Geschäftigkeit. Das war so recht nach dem Herzen von Glück und eher noch zu wenig.

Zunächst verbot Glück streng, daß Naidang etwas arbeite, und Naidang untersagte Glück, auch nur den kleinen Finger zu rühren. Darüber kamen die beiden fast aneinander.

»Weißt du nicht«, sagte Naidang erbost, »daß das Mongol-Joß gebietet, den Gast zu ehren und ihm zu dienen?«

»Unterstehe dich« grollte Glück, »erbärmlichen Leuten von niederer Herkunft Ehre zu erweisen.«

»Ihr seid meine Gäste«, beharrte Naidang, »mehr weiß ich nicht, und mehr wünsche ich nicht zu wissen.«

Da verlegte sich Glück aufs Bitten, und als er schwor, es gäbe keine größere Freude für ihn als Kochen, gab Naidang endlich nach. Er ging, um die Pferde auf die Weide zu entlassen, während Glück den Haushalt besorgte. Siebenstern war schon vor Sonnenaufgang mit den Schafen und Kamelen zur Derreswiese gezogen.

Die wenigen Handgriffe waren bald getan. Großer-Tiger und Christian schüttelten die Decken, legten sie zusammen, und Ungemach ordnete die Sitzkissen. Unterdessen machte Glück Feuer. Nachher wurde Tee getrunken, und dazu gab es Hirse. Siebenstern kam auf einem Kamel von der Weide geritten, und als alle beisammensaßen, sagte Naidang: »Ich habe beschlossen, mit Glück zur Schwarzen-Stadt zu reiten. Was meint ihr dazu?«

»Vater!« rief Siebenstern, »das darfst du nicht tun. Wer etwas aus der Schwarzen-Stadt nimmt, muß sterben.«

»Ich werde nichts nehmen«, erwiderte Naidang, »also werde ich auch nicht sterben. Ich möchte meinen Gästen einen Dienst erweisen, falls ihnen zehn Barren Silber nicht zu gering erscheinen.«

»Niemals«, verwahrte sich Glück, »können wir solches annehmen. Das Silber ist dein Eigentum, denn du bist der Finder.«

»Gerade deshalb«, behauptete Naidang, »kann ich mit meinem Besitz tun, was mir Freude macht. Ihr habt einen großen Verlust erlitten, gestattet, daß ich euch mit Wenigem diene.« Er zog einen Haddak aus dem Gürtel und bot ihn kniend Glück, damit er ihn annehme. »Verschmähe meine geringe Gabe nicht«, bat er, »sie soll für dich und für deine Freunde sein. Zwar bin ich besorgt um Anfang und Ende, denn auch Ihr könntet in Gefahr kommen, doch ich habe alles bedacht. Es gibt da«, sagte Naidang schlau, »Mittel und Wege, von denen wir später reden wollen.«

Glück zögerte. Gern hätte er das Silber der Schwarzen-Stadt gehabt, allein der Tod von Nicht-gibt-es-nicht gab ihm zu denken, und die Ängstlichkeit Siebensterns machte ihn bange.

»Diese Sache ist mir unheimlich«, gab er zu.

»Hammaguä!« rief Naidang, »du hast gehört: Es ruht kein böser Gedanke auf dem Schatz von Edsina.«

»Keine Angst«, ließ sich plötzlich Ungemach vernehmen, »du magst das Geschenk ohne Bedenken annehmen. Es war doch schon wer anderer da.«

»Wenn es so sein sollte«, sprach Naidang ruhig, »gehören dir vier von meinen Kamelen. Wozu sollte ich viele Kamele haben, wenn du keines hast und welche brauchst?«

»Deine Güte reicht bis zu den Wolken«, sagte Glück, verneigte sich sehr tief und nahm den Haddak entgegen. Dann zog er einen andern aus dem Gürtel, den er Naidang reichte.

»Morgen früh wollen wir reiten«, sagte Naidang, und bedankte sich für die Gegengabe.

»Bolna!« antwortete Glück entschlossen.
»Aber«, ließ sich Großer-Tiger vernehmen, »wenn niemand bei einem ist, kommen die Schädiger herbei.«
»Wie meinst du das?« fragte Glück.
»Ich verstehe dich nicht sehr gut«, sagte Naidang.
»Das kommt«, setzte ihnen Großer-Tiger auseinander, »von den vier hohen Stadtmauern. Wer im Innern einer Stadt gräbt, sieht nicht, was außerhalb vor sich geht. Es könnten Leute des Weges kommen und sich ein bißchen unterhalten, und wenn einer dabei ist, der sagt: ›Wir wollen die Schwarze-Stadt betrachten‹, dann gehen sie durch das Tor und sehen, wie der befehlende Herr den ersten Silberbarren aus der Grube hebt und den zweiten schon in der Hand hat, und dann wäre es nicht gut, sondern schlecht.«
»Großer-Tiger hat recht«, rief Siebenstern, »man sollte auf seine Worte hören.«
»Hm!« brummte Glück, »es braucht nicht gerade wer in Chara-Choto spazieren gehen, solange wir dort sind.«
»Man muß an vieles denken«, wandte Christian ein. »Großer-Tiger hat einen Plan ausgedacht. Vielleicht sollte man sagen: ›Sprich, damit wir ihn erfahren.‹«
»Bolna!« rief Naidang, »Großer-Tiger soll sprechen.«
»Wenn ich nicht dabei sein muß«, sagte Ungemach, »ist es bestimmt ein ausgezeichneter Plan.«
»Ohne Ungemach geht es nicht«, widersprach Großer-Tiger, »und Siebenstern muß auch dabei helfen.«
»O weh!« rief Siebenstern, »dazu tauge ich nicht.«
»Ich sehe schon«, sagte Ungemach, »es ist doch kein guter Plan.«
»Ruhe!« gebot Naidang, »wir wollen hören, um was es sich handelt.«
»Ich habe herausgefunden«, sagte Großer-Tiger, »daß wir mit Siebenstern sechs Männer sind. Das ist gerade die richtige Zahl, die man zu dem Unternehmen nötig hat, weil es in Chara-Choto vier Stadtmauern gibt, in jeder Himmelsrichtung eine. So stand in dem Bericht, den wir hörten.«
»So ist es«, bestätigte Naidang.

»Wenn wir auf jede Stadtmauer«, fuhr Großer-Tiger fort, »einen Posten stellen, sind wir nach allen Seiten gesichert. Kommt ein Mensch zu Fuß, dann sieht man ihn von weitem, einen Reiter erblickt man noch früher, und eine Karawane ist entdeckt, bevor sie unterwegs ist. Dann braucht man nur ›Hallo!‹ rufen oder ›Holla!‹ und gleich decken die beiden, die das Silber ausgraben, die Steinplatte umgekehrt auf das Loch. So kann niemand ›Großes Heil ist nahe‹ lesen, und wenn einer was fragt, dann sagen wir: ›Wir ruhen uns ein wenig aus, weil vorhin einige Geister hier waren. Davon sind wir etwas bleich geworden, aber es geht vorüber.‹«
»Großer-Tiger«, rief Naidang, »ich muß dir großes Lob sagen. Wir werden die Sache nach deinem Vorschlag angreifen.«
»Aber wer soll Posten stehen, und wer soll graben?« fragte Glück.
»Der befehlende Herr hat recht«, sagte Großer-Tiger. »Man muß vorher beschließen, was man tun will, damit nachher nichts Unvorhergesehenes eintritt. Da die Schwarze-Stadt ein Anblick ist, um Angst zu kriegen, ist es das beste, wenn Kompaß-Berg und ich graben. Wir kommen beide von weither, da kennen uns die Geister nicht, wenn es welche gibt, und bevor sie wissen, wer wir sind, packen wir das Silber ein und verschwinden.«
»Ihr habt Mut«, sagte Naidang, »aber wie wird es sein, wenn ihr in den Ruinen steht?«
»Wir hoffen den Anblick zu ertragen«, sagte Christian.
»Abgemacht!« rief Glück, »wir wollen noch einmal die Weisung hören, wie man gehen muß, damit man den Stein findet und nachher das Silber.«
Da setzte Naidang die Mütze auf, nahm das Buch aus der Truhe und las die Beschreibung Araptans vor, bis er an die Stelle kam, wo es hieß: »Versieh dich mit Werkzeug, mit Seilen und kleinen Körben.«
»Die brauchen wir nicht«, sagte Naidang und schloß das Buch. »Jetzt verbrennen wir das Geschriebene, wie Glück es gesagt hat und wie es der Brauch will.«
»So habe ich es nicht gemeint«, widersprach Glück, »die alten

Heiligen machten die Worte fest, damit sie Dauer hätten. Warum willst du ihrem Gebot zuwiderhandeln?«

»Es könnte sein«, sagte Naidang, »daß ein Wort davonfliegt, und keiner kann es je wieder einholen. Da ist es besser, ich vernichte alle.«

Er nahm das Buch, löste die Heftfäden und warf die Blätter eins nach dem andern ins Feuer. Sie loderten hell auf, dann kräuselte sich die Asche und wurde schwarz. Die Schriftzeichen liefen weiß und grau darüber hin, bis Siebenstern ein Eisen nahm und die fliegenden schwarzen Blättchen wie Feinde zerstampfte.

»So«, rief sie aufatmend, »jetzt könnt ihr niemand mehr schaden.« Dann stand sie fröhlich auf und ging hinaus. Gleich darauf hörte man sie davontraben.

»Auch ich muß gehen«, sagte Naidang, »heute abend bin ich wieder da.«

»Wo gehst du hin?« fragte Glück.

»Reite mit mir«, forderte ihn Naidang auf, »wir haben mancherlei Arbeit zu verrichten.«

»Aber das Kochen«, fragte Glück, »wer soll das Kochen besorgen?«

»Ich werde das Essen bereiten«, erbot sich Großer-Tiger, »der befehlende Herr soll sich deswegen nicht beunruhigen.«

»Ach«, seufzte Glück, »es ist ein Jammer, daß man nicht überall dabei sein kann. So geht manches krumm, was gerade gehen könnte. Gestern war es so, und wer weiß, wie es heute sein wird.«

»Ungemach wird uns helfen«, tröstete Christian.

»Den habe ich ganz vergessen«, rief Glück erleichtert, »das kommt, weil er zu wenig redet.«

»Es ist besser«, sagte Ungemach, »von den Zwischenfällen des Lebens zu schweigen.«

»Mit der Zeit«, versprach Glück, »werden wir dich umkrempeln, wie man alte Filzkappen von innen nach außen wendet und mit roten Schnüren verziert. Dann sind sie neu, und man kennt sie nicht wieder.«

»Seit meiner Geburt warte ich darauf«, versicherte Ungemach.

Aber er lächelte und begleitete Glück und Naidang zum Sattelplatz. Als sie davontrabten, schrien Christian und Großer-Tiger: »Jabonah! Sä Jabonah!«
Sie hätten gern gewußt, was Naidang vorhatte und wohin er ritt, aber keiner wagte danach zu fragen.
»Ob Siebenstern es weiß«, sagte Christian.
»Wir wollen sie fragen«, entschied Großer-Tiger.
Christian nahm das Wörterbuch unter den Arm, und als sie über die Weide und nachher durch die Derreswiese gingen, sagte Christian die neuen Worte vor, die er gelernt hatte, und Großer-Tiger sprach sie nach. Das war nicht einfach, denn es waren Worte darunter, die nicht nur ein R hatten, sondern zwei, und Großer-Tiger sprach die Worte auf seine Weise.
»Hammaguä«, sagte Siebenstern. Sie saß wie gestern am Wegrand, und der schwarze Pudel lag neben ihr. »Großer-Tiger spricht sehr gut, und jeder Mongole versteht ihn, denn wir wissen von vornherein, daß die Chinesen ›magasch‹ sagen statt ›margatter‹ und daß es trotzdem ›Morgen‹ heißt.«
Dann unterhielten sie sich, so gut es ging, und mit der Zeit ging es vortrefflich, denn Siebenstern half chinesisch aus, wenn es nicht weitergehen wollte, und es wollte oft nicht weitergehen.
»Wir haben«, sagte Christian so nebenbei, »einen getroffen, der Donnerkeil heißt. Er hatte ein Gewehr bei sich, und vielleicht kennst du ihn?«
»Ich kenne ihn«, erwiderte Siebenstern, »er ist ein Lama.«
»Haben Lamas auch Gewehre?«
»Eigentlich nicht; nur manchmal haben sie eins, aber nicht oft.«
»Also selten«, sagte Großer-Tiger und mischte chinesisch und mongolisch durcheinander.
Siebenstern sagte, es sei so.
»Ich dachte«, begann Christian von neuem, »daß Lamas im Kloster sitzen und beten.«
»Nicht alle«, belehrte ihn Siebenstern, »es gibt welche, die das Kloster wieder verlassen, aber deswegen bleiben sie doch Lamas. Vielleicht haben sie nicht gut lesen gelernt, oder sie waren nicht folgsam, oder es war auch gar nichts anderes, als

daß sie wieder im Zelt leben wollten und im Sattel. Vor allem im Sattel, denn der Sattel ist unsere Heimat.«

»Aber das Gewehr«, fragte Christian wieder, »wie ist es damit?«

»Darüber spricht man nicht«, sagte Siebenstern, »auch kenne ich nur einen Lama, der eines hat, und das ist Donnerkeil.«

»Und der Uralte-Herr?« fragte Christian geradezu.

»Was weißt du von ihm?« rief Siebenstern.

»Ich habe gehört, daß er ein Räuber sei und eine feste Burg irgendwo habe, ganz aus Stein und mitten in der Wüste.«

»Er ist ein Fürst«, sagte Siebenstern leise, »und ein großer Krieger. Man sagt auch, daß er ein Lama sei, aber ob er ein Gewehr hat, weiß ich nicht.«

»Er wird wohl eins haben«, vermutete Christian, »denn er hat Feinde.«

»Es soll da einen gewissen Schong-Ma geben, den der Uralte-Herr gar nicht leiden kann«, sagte Großer-Tiger waghalsig.

»Schong-Ma ist ein Teufel!« rief Siebenstern mit Abscheu.

»Man hat von ihm gesprochen, als ob er ein Mensch wäre«, sagte Großer-Tiger, »denn es gibt welche, die ihn suchen; zum Beispiel der Lama Donnerkeil.«

»Ich wünschte, er fände ihn«, rief Siebenstern, und ihre Augen blitzten zornig. »Leider weiß man nicht genau, ob Schong-Ma am Leben ist. Lange Zeit hieß es, er sei gestorben, aber jetzt geht ein Gerücht um, und viele sagen, es gebe ihn noch, und er verberge sich unter einem andern Namen.«

»Weiß man den andern Namen?« fragte Christian.

»Man weiß ihn nicht«, sagte Siebenstern, »aber die scharfen Augen des Uralten-Herrn spähen in jeden Winkel, und sie werden Schong-Ma finden, wenn er lebt.«

»Was hat er ihm denn getan?« forschte Christian.

»Ich will euch ein paar Worte sagen. Wenn ich die ausgesprochen habe, werdet ihr euch fürchten.«

»Vor wem?« fragte Großer-Tiger.

»Vor Schong-Ma natürlich«, rief Siebenstern, »seid froh, daß ihr von solchen Unmenschen nur erzählen hört, statt ihnen zu begegnen.«

»Man weiß das nie«, gab Christian zu bedenken. »Da geht einer ein bißchen spazieren, und vielleicht steht irgendwo ein Waschfaß, auf das er sich setzt, weil er müde ist und weil er den Tauben zuschauen möchte, die herumfliegen. Plötzlich erschrickt er, denn hinter ihm hustet einer und hat Augen wie ein Wolf und spuckt in das Waschfaß, und sein schwarzer Bart zittert.«
»Das ist er nicht«, sagte Siebenstern, »Schong-Ma hat keinen Bart. Er sieht aus wie ein gewöhnlicher Mensch; darum ist er so schwer zu finden.«
»Aha!« sagte Großer-Tiger und machte Christian ein Zeichen, daß er schweigen solle. »Sage uns, was du von Schong-Ma weißt.«
»Er stammt aus der Gegend von Sining-Fu«, begann Siebenstern, »aber was fängt man mit einem Menschen an, der wie ein großer Herr tut und viele Schulden macht, die er am Neujahrstag nicht bezahlen kann?«
»Man sperrt ihn ein«, sagte Christian, »das ist so.«
»Schong-Ma konnte man nicht einsperren«, fuhr Siebenstern fort, »er floh durch alle drei Reiche bis in die Mandschurei. Dort begann er mit chinesischen Siedlern jenseits der Hsingan-Berge und mit den verarmten Stämmen der Tschachar- und Naiman-Mongolen Handel zu treiben. Er fand aber auch einen Fürsten, der reich war an Vieh und an altem Familienbesitz. Als der Fürst mit seinen Männern vor zwanzig Jahren zum großen Kurultai nach Urga ritt, tat sich Schong-Ma mit einigen Schurken zusammen. Sie überfielen die Jurten des Fürsten, raubten das Vieh und schleppten aus den Zelten die Truhen fort mit dem, was darin war. Die Frauen und Kinder, die daheimgeblieben waren, brachten sie um.
»Was sagst du da?« rief Christian.
»Weshalb erschrickst du so?« fragte Siebenstern, »ich sagte dir doch, er ist ein Teufel.«
»Kompaß-Berg«, sagte Großer-Tiger ruhig, »hat noch nicht erfahren, daß es niedrige Menschen gibt, die schlimmer sind als Wölfe und Tiger.«
»Seit dem Überfall«, berichtete Siebenstern, »blieb Schong-Ma

verschwunden. Eine Zeitlang ging das Gerücht, man habe ihn in Lantschou gesehen, aber das ist schon lange her. Der Fürst verließ die Weidegründe seiner Väter und schwor, jeden Chinesen, den er im Grasland träfe, zu töten. Mit ihm schworen zwanzig Männer seines Stammes, und viele schlossen sich ihm an, als er den Rachezug begann.«

»Tat er denn«, fragte Christian entsetzt, »was er sich vornahm?«

»Er tat, was er tun mußte«, erklärte Siebenstern, »weil man einen Schwur nicht brechen darf. Er eroberte Dörfer und ganze Städte, und kein Chinese blieb am Leben. Als er genug Blut vergossen hatte, sprach er seine Männer von dem Eid frei und baute sich eine Burg mitten in der Wüste. Jetzt sucht er nur noch Schong-Ma. Zu allen Zeiten sind Männer von ihm unterwegs, besonders in Sining-Fu und in Lantschou. An den Lagerfeuern der Karawanen sitzen seine Spione und passen auf, ob sie was erfahren. Als Donnerkeil vor zwanzig Tagen bei uns war, hatte er es besonders eilig. Der Fürst, sagte er, hat Nachricht bekommen, daß einer, den sie als tot betrauerten, am Hof des Sunit-Wang lebt. Er heißt Mondschein.«

»Manche Leute«, sagte Großer-Tiger, »nennen ihn auch Pfötchen.«

»Woher weißt du das?« rief Siebenstern erstaunt.

»Das kommt«, sagte Großer-Tiger, »weil wir ihn kennen.«

»Wir haben den Wolf mit ihm gejagt«, berichtete Christian, »und dabei sind wir Freunde geworden.«

»Ich freue mich«, rief Siebenstern, »da werden wir Mondschein bald wiedersehen.«

»Weißt du«, fragte Großer-Tiger, »warum der Lama Donnerkeil so eilig den Gefährten Mondschein holen muß?«

»Das hat er uns nicht verraten«, sagte Siebenstern, »es muß aber eine wichtige Sache sein, denn Mondschein sitzt zur Linken des Fürsten, und bei großen Unternehmungen ist er der erste im Sattel.«

Großer-Tiger drehte versonnen den Ring am Daumen.

»Also«, sagte er gedehnt, »ist der Fürst der Uralte-Herr, und der Uralte-Herr ist Dampignak und Dampignak ist . . . «

»Sag nicht, daß er ein Räuber sei«, rief Siebenstern, »er ist ein Edler. Viele fürchten ihn, aber viele lieben ihn auch.«
»Wer Unschuldige tötet«, sagte Großer-Tiger, »ist kein Edler. Wir trafen«, fuhr er fort, »den heiligen Mann Jolleros-Lama, dem Dampignak vor vielen Jahren begegnete. Der Gegen sprach zu ihm: ›Du verfinsterst das Licht. So lebt kein Edler!‹ Da warf sich Dampignak zu Boden und weinte.«
»Das tat er nicht«, rief Siebenstern erregt.
»Der heilige Mann Jolleros-Lama«, erwiderte Großer-Tiger ernst, »hat es uns selbst erzählt, und Jolleros-Lama spricht keine Lüge. Bedenke, er ist ein Gegen.«
»Aber«, sagte Siebenstern, die nur mit Mühe Worte fand, »wie sollte einer leben, dem solches Unrecht widerfuhr?«
»Vielleicht«, sagte Großer-Tiger, »ist Dampignak ein Mensch, der meint, es sei recht, wenn einer unbeugsam bleibe, und am Ende ist er noch stolz darauf. So soll es aber nicht sein. Mein Großvater sagt: ›Ein Edler sieht das Gute und ahmt es nach. Hat er Fehler, so legt er sie ab.‹«
»Ist dein Großvater ein Gelehrter?«
»Er ist kein Gelehrter, er ist nur mein Großvater.«
»Und du«, wandte sich Siebenstern an Christian, »was denkst du?«
»Ich glaube«, sagte Christian, »Großer-Tiger sprach von der wahren Gesinnung, die einer haben sollte.«
Da schwieg Siebenstern, runzelte die Stirn und blickte vor sich auf den Weg, in dem man die Räderspuren des Lastwagens sah. Sie hatte eine Weidengerte, mit der sie Figuren in den Sand zeichnete und unwillig wieder auslöschte.
Christian wurde das Herz schwer, denn zum erstenmal ahnte er die dunklen Gewalten, die den Menschen unempfindlich machen gegen fremdes Leid. Großer-Tiger hatte aufgehört, den Ring zu drehen.
Er betrachtete sorgfältig die silberne Schlange, und er schaute erst auf, als der Pudel sich setzte, ein wenig schnüffelte und die Zottelohren stellte.
»Sitzenbleiben«, befahl Siebenstern leise.
»Ihr sollt auch nicht aufstehen«, sagte sie zu Großer-Tiger und

Christian. »Wenn ihr eine Weile wartet, kommen meine Antilopen, und ihr könnt sie betrachten.«
»Gehören sie dir?« fragte Christian.
Siebenstern mußte lachen, obwohl sie traurig war. »Sie gehören niemand außer sich selber«, sagte sie, »aber deswegen sind es doch meine Antilopen.«
Der Pudel begann unruhig zu werden. Man merkte, daß er am liebsten davongestürmt wäre, aber Siebenstern faßte ihn am Kragen und zwang ihn, sich neben sie zu legen. »Er begreift noch immer nicht«, sagte sie, »daß er ihnen nichts zuleide tun darf. Unsere Hasen hat er alle verscheucht, und sie kommen nicht wieder. Das ist traurig.«
»Hasen hattest du auch?« fragte Großer-Tiger.
»Wir hatten viele Hasen«, sagte Siebenstern, »sie wohnten nicht weit von unserem Zelt, und wenn der Fuchs oder fremde Hunde sie jagten, kamen sie in die Jurte gerannt und suchten Schutz. Ich streichelte ihnen die langen Ohren und den Hals, und ich spürte, wie ihnen das Herz schlug. Sie gingen auch nicht eher fort, als bis ich draußen nachgeschaut hatte und ihnen sagte, daß nirgends mehr eine Befürchtung sei.«
»Bei uns rennen die Hasen fort, sobald sie den Menschen erblicken«, sagte Großer-Tiger.
»Sch!« machte Siebenstern, und dann waren alle drei ganz still und rührten sich nicht, denn über den Derreshalmen erhob sich das geschwungene Gehörn eines Antilopenbocks, der vorsichtig herüber äugte. Siebenstern faßte dem Pudel in die Locken, und Christian und Großer-Tiger vergaßen Schong-Ma mitsamt dem Uralten-Herrn. Sie wurden ganz aufgeregt vor Freude und Stillsein, und sie vermeinten nie etwas Schöneres gesehen zu haben als das stolze Tier mit den braunen vertrauenden Augen. Der Bock kam langsam näher, blieb aber dann stehen und beobachtete aufmerksam den Pudel, während die Ricken sorglos ästen, an den Halmen rupften und ohne Arg auf die Gruppe am Wegrand blickten. Langsam zogen sie weiter. Sie mengten sich unter die Schafe und Kamele, die sie als gute Freunde schon lange kannten.
»Sie wissen, daß wir ihnen nichts tun«, sagte Siebenstern.

»Gelbe Ziegen gehen, als gebe es keinen Boden, um darauf zu treten«, sagte Großer-Tiger, »darum sind sie so schön.«
»Jagt man bei euch die Antilopen nicht?« fragte Christian.
»Man jagt sie«, gab Siebenstern zu, »aber nur wenn das Fleisch knapp ist.«
»Und die Hasen?« fragte Großer-Tiger.
Siebenstern war entsetzt. »Man darf doch die Hasen nicht jagen«, sagte sie, »so ein kleines Tier, und außerdem sitzt ein Hase im Mond, was sollte der denken?«
»Entschuldige«, sagte Großer-Tiger, »ich habe den Mondhasen vergessen.«
»Voriges Jahr«, berichtete Siebenstern, »war er in großer Gefahr.«
»Wie das?« fragte Christian.
»Der Mond war rund und schön«, erzählte Siebenstern, »und er glänzte. Wir schliefen schon, aber auf einmal wurden die Kamele unruhig. Sie sprangen auf, und der Hund wimmerte, als ob er Schmerzen hätte. Davon wachte ich auf. Ich weckte Vater und Mutter und meine Brüder, und sie gingen mit mir hinaus.
Da erlebten wir einen großen Schrecken. Der schöne Mond verfärbte sich blutig rot, und zur Hälfte war er schon gar nicht mehr da. ›Es eilt‹, rief Vater, ›die hungrigen Wölfe des Himmels wollen den Mondhasen fressen. Wir müssen sie verscheuchen.‹ Da griffen wir zu dem, was gerade zur Hand war, und Vater holte seine Gabelflinte, mit der er viele Male schoß. Wir schrien und wir machten einen großen Lärm, und schließlich half es auch. Der Mond wurde wieder hell, die Wölfe mußten von ihrer Beute lassen, und der Hase saß wie immer auf den Hinterläufen und betrachtete die Welt. Da freuten wir uns sehr.«
»Man nennt das eine Mondfinsternis«, sagte Christian, »und ich habe in der Schule gelernt, warum das so ist, aber ich habe es vergessen.«
»Du hättest aufpassen sollen«, tadelte Siebenstern, »weißt du die Worte, die ich dich gelehrt habe, oder hast du sie auch vergessen?«

»Wir wissen alle«, versicherten Großer-Tiger und Christian gemeinsam.

»Ich will erfahren, wie es damit steht«, sagte Siebenstern, und sie hörte auf, chinesische Worte zur Hilfe zu nehmen. Sie sprach nur noch mongolisch, und wenn ihre Schüler Fehler machten, drohte sie mit der Weidengerte und sagte, daß sie jetzt eine Lehrmeisterin sei, die die Nichtskönner bestrafen müsse. Über diesem strengen Unterricht wurde es Mittag, und die Sonne schien heiß. Der Pudel stand auf, zottelte zum Fluß hinunter, um Wasser zu trinken, und Siebenstern ging zur Derreswiese. Sie kam mit drei Kamelen wieder.

»Wir wollen die Tiere zur Tränke führen«, sagte sie und gab Christian und Großer-Tiger jedem einen Führungsstrick mit dem daran hängenden Kamel.

»Jirr!« rief Christian und führte das Kamel hinter sich drein.

»Jill!« rief Großer-Tiger und wollte sich auf den Weg machen.

»Halt!« sagte Siebenstern, »so macht man das nicht, man macht es anders. Der Mensch«, sprach sie ernst, »ist nicht zum Gehen mit den Füßen auf der Welt. Man hat zwei Beine, damit man reiten kann.«

»Aha!« sagte Großer-Tiger.

»Aber es ist nur ein kurzes Stück bis zum Fluß«, wandte Christian ein.

»Wir Mongolen«, belehrte ihn Siebenstern, »denken, daß man einen kurzen Weg ebenso gut reiten kann wie einen langen. Bolwo?«

»Bolna!« sagte Christian.

»Die Kamele haben aber keine Sättel«, sagte Großer-Tiger, »wie soll man da reiten?«

»Ich werde es dir zeigen«, versprach Siebenstern, und dann rief sie »Zuck! Zuck!« und Großer-Tiger und Christian riefen auch »Zuck! Zuck!«

Da fielen die Kamele gehorsam mit den Vorderbeinen auf beide Knie, daß es einen Plumpser tat; dann rutschten sie auf den Knien, wo die Kamele zum Glück eine Hornhaut haben, so weit vorwärts, bis die Hinterbeine einknickten und der schwere Körper sich senkte. Hinterher ordneten sie im Liegen

die Beine, und dann schauten sie aus großen Augen, was jetzt wohl käme.
»Ihr müßt ihnen schnell auf den Rücken springen«, sagte Siebenstern, »denn die meisten Kamele stehen geschwind auf, sobald sie merken, daß man reiten will. Wir haben aber keinen Sattel und also auch keine Steigbügel, in die man gemächlich den Fuß setzen kann. Schaut einmal her!«
Sie zog den Nasenstrick leicht an, faßte den vorderen Fetthöcker und schwang sich trotz der schweren Stiefel unglaublich flink auf den Rücken. Da war das Kamel schon aufgestanden, und Christian wünschte, er wäre auch oben.
»Nicht so fest ziehen«, warnte Siebenstern, als sie sah, daß Großer-Tiger den Nasenstrick spannte. Das Kamel sperrte den Rachen auf, schrie ärgerlich, und es hätte Großer-Tiger angespuckt, wenn er nicht locker gelassen hätte. Aber es war nicht so schwer, wie es aussah. Man mußte nur flink sein, und wenn man einmal saß, mußte man die Knie an den runden Rücken pressen. Großer-Tiger und Christian waren flink, und ehe man »eins, zwei« sagen konnte, schwebten sie hoch oben und merkten, daß sie Kamelreiter geworden waren.
»Ihr treibt die Schafe zusammen«, befahl Siebenstern, und sie ordnete an, was zu geschehen habe.
»Du«, sagte sie zu Christian, »und du«, sagte sie zu Großer-Tiger, »ihr müßt jeder einen großen Bogen reiten, damit kein Schaf zurückbleibt. Ich hole derweil die Kamele und warte auf euch.«
Christian und Großer-Tiger riefen »Bolna!«, und dann ritt Großer-Tiger durch die Derreswiese, bis sie aufhörte und die Weideplätze der Pferde anfingen. Christian ritt bis zum Waldrand, wo er einen tüchtigen Stecken brach, mit dem er die Schafe vor sich her trieb. Die Antilopen waren längst entflohen. Anfänglich schien es leicht, die Schafe beisammenzuhalten, aber dann gab es Ausreißer, und wenn Christian einem nachreiten mußte, hatte sich im Nu die übrige Schar zerstreut. Da rief Siebenstern den Pudel, und als er kam, ging die Arbeit auf einmal flott vonstatten. Er hielt die Herde zusammen, und Christian und Großer-Tiger brauchten nur die Einzelgänger

holen. Als Christian bei Siebenstern anlangte, übergab sie ihm die vier Kamele und begann die Schafe zu zählen, die an ihr vorbei zum Wasser zogen. Sie wackelten mit den Fettschwänzen und wirbelten eine Unmenge Staub empor. Manche waren dabei, die unter dem Gewicht des mächtigen Fettschwanzes einknickten oder stolperten, wenn es über eine Unebenheit ging.
»Vierundsechzig«, sagte Siebenstern, »es stimmt.«
Am Flußufer sprangen die Reiter ab. Siebenstern band den Kamelen die Leitstricke um den Hals, und sie begannen gleich zu saufen. Man sah, wie sich die Bäuche füllten und prall wurden. Zwischenhinein schlenkerten die Kamele die Oberlippe, schauten hochmütig nach allen Seiten und verspritzten weit herum Wasser vor lauter Wohlbehagen. Die Schafe tranken viel manierlicher. Bald räumten sie den Kamelen das Feld, knabberten an den Büschen und durften den Nachmittag über auf der Weide bleiben, die sonst den Pferden und den beiden Kühen vorbehalten war.
»Wenn Vater heute abend zurückkehrt, mußt du was erzählen«, sagte Siebenstern, »vergiß es nicht.«
»Mein Wissen ist gering«, erwiderte Großer-Tiger.
»Wohin ist Vater Naidang geritten?« erkundigte sich Christian.
»Er wird Turakina holen«, entgegnete Siebenstern, »sie ist meine Base. Jemand muß doch bei den Schafen bleiben, wenn ich mit euch reiten soll. Erwähnt aber Turakina gegenüber nichts von Edsina und nichts von dem Silber.«
»Wie sind gewohnt zu schweigen«, sagte Christian stolz.
»Seit wir durch die Mongolei reisen, üben wir uns in dieser Kunst.«
»Obwohl uns kein Verdienst zukommt«, sagte Großer-Tiger bescheiden, »haben wir damit beträchtliche Erfolge erzielt.«
»Wie das?« fragte Siebenstern.
»Zum Beispiel mit den Patronen«, sagte Christian. Und dann erzählte er Siebenstern die Geschichte von dem gewissen Herrn Grünmantel, der Patronen stahl, und auch wie die Sache mit Bator und mit den Kamelen gewesen war. Aber diese Geschichten kennen wir schon.

Dreiunddreißigstes Kapitel, das von dem ersten Fund handelt und von dem Mann, der »Regenschirm« hieß

»Naidang kommt spät«, sagte Großer-Tiger, »die Sonne geht bald unter.«

»Es wird ihm was passiert sein«, sagte Ungemach düster.

»Was soll ihm denn groß passieren?« fragte Großer-Tiger.

»Es braucht nichts Großes sein«, belehrte ihn Ungemach, »ein Wadenkrampf genügt.«

Auf diese Weise unterhielten sie sich, während Großer-Tiger vor dem Nudelbrett kniete und den Teig in Streifen schnitt. Ungemach kniete ihm gegenüber, und weil er eine ganz bestimmte Vorstellung hatte, wie Nudeln aussehen sollten, walzte er sie mit den Händen, bis sie rund und dünn waren wie Stricknadeln. Dann erst warf er sie in den Kessel.

Siebenstern saß vor dem Zelt mit einem Steinmörser. Bums, bums, ging es in einem fort; denn sie zerschlug einen Teeziegel zu kleinen Brocken, und die kleinen Brocken zerstieß sie zu Bröseln. »Eigentlich ist es eine Morgenarbeit«, sagte sie zu Christian, »was habt ihr denn heute früh getrieben?«

»Wir haben ›Sä Jabonah‹ gerufen, als dein Vater wegritt, und dann haben wir noch einmal, ›Sä Jabonah‹ gerufen, als Glück davonritt, und dann . . . «

»Ich merke schon«, sagte Siebenstern, »welche Art Arbeit ihr verrichtet habt«, und sie gab Christian den Stößel in die Hand.

»Der Tee muß aber sein wie grober Staub«, sagte Siebenstern streng. Dann ging sie, um das Holzgatter für die Schafe aufzustellen, das Vater Naidang gemacht hatte und das man zusammenschieben und wieder auseinanderziehen konnte, wie man es brauchte. Als sie weg war, kam Großer-Tiger vor die Jurte, um nachzuschauen, was das Klopfen bedeute.

»Ich mache groben Staub«, erklärte Christian.

»Höre sofort auf«, sagte Großer-Tiger, »du hast den Tee schon viel zu fein gestoßen, und die Nudeln macht Ungemach viel zu dünn. Wenn Glück nach Hause kommt, wird er eine mittlere Freude erleben. Vielleicht sollten wir lieber nach den Schwänen sehen.«

»Sie müßten schon da sein«, sagte Christian, und dann gingen sie miteinander unter den Bäumen entlang bis zur Furt.
Dort regte sich nichts. Das Wasser war spiegelglatt und dunkel, und kleine Eisschollen schwammen darauf wie Seerosen. Auch schien es, als ob der Närin-Gol etwas gestiegen wäre.
»Wir wollen«, schlug Großer-Tiger vor, »forschen, wie es flußaufwärts aussieht. Hier kennen wir uns schon aus, aber weiter oben nicht.«
»Bolna!« rief Christian erfreut. Sie drangen auch gleich in das Gebüsch ein, aber da gab es keinen Pfad mehr, sondern Dorngestrüpp zwischen sehr alten Bäumen mit dürren Ästen. Die Lianen umschlangen die Äste, und der Efeu umschlang die Lianen, und so erwürgten sie sich gegenseitig. Unter einer Pappel, deren gewaltige Krone geborsten am Boden lag, hörte Christian auf zu forschen.
»Die Expedition ist zu Ende«, sagte er, »man müßte eine Axt haben.«
»Dort oben ist was«, rief Großer-Tiger und deutete am Stamm hinauf.
Christian klopfte mit der Faust dagegen. »Hohl«, sagte er, »in diesem Stamm wohnt eine Eule oder eine Wildkatze, am Ende auch ein Luchs oder zwei Luchse.«
»Nein«, widersprach Großer-Tiger, »da oben hat jemand Dornen und Reisig hineingestopft. Das macht kein Tier.«
»Vielleicht ist es ein Vogelnest.«
»Mal sehen«, sagte Großer-Tiger.
Christian verschränkte die Hände, Großer-Tiger stieg hinein, und als er einen Ast fassen konnte, schwang er sich bis zu der Gabelung empor, wo der Stamm sich teilte und einer der gebrochenen Hauptäste mit zersplitterten Spänen am Stamm hing.
»Komm herauf«, rief Großer-Tiger, »hier ist eine Sache, die ich dir nicht deutlich machen kann. Du mußt sie selber sehen.«
Christian bedachte sich, aber als Großer-Tiger versicherte, der Ast breche nicht, und man könne ihn zum Aufstieg benützen, kroch er daran empor, bis er rittlings auf den gebogenen Spänen saß, die leise knarrten.

»Ene ju beino?« fragte Großer-Tiger und deutete auf ein Dornenbündel, das in der Bruchstelle steckte.
»So kann man es nicht wissen«, antwortete Christian, »man sollte einen Lappen oder Handschuhe haben.« Und er zerrte an den Dornen.
»Auf jeden Fall müssen sie weg«, entschied Großer-Tiger.
»Wenn aber plötzlich etwas herauszischt, das bisher eingesperrt war?«
»Wir werden langsam arbeiten, dann kann nichts zischen, wenigstens nicht unvermutet. Sollte trotzdem etwas Verborgenes heraus wollen, haben wir Zeit, uns fortzubegeben.«
»Bolna!« sagte Christian, aber er blickte zum Abendhimmel und dachte, daß es bald dunkel sein würde, und auch Großer-Tiger überlegte, um wieviel besser es wäre, wenn man noch bei Licht der Sache zu Leibe ginge. Rasch entschlossen wickelte er die Bänder los, die seine Hosen über den Schuhen zusammenhielten, und schlang sie um das Dornenbündel. Es steckte aber fest in dem Loch, und Christian und Großer-Tiger mußten zu zweit zerren und ziehen, bis es sich endlich rührte.
»Nicht so heftig«, sagte Christian, »sonst fallen wir.«
»Zischt was?« erkundigte sich Großer-Tiger und hörte auf zu ziehen.
»Ich höre nichts«, sagte Christian.
Dann zogen sie das Dornenbündel aus dem hohlen Baum und warteten eine Weile.
»Es rührt sich nichts«, sagte Christian, und er guckte vorsichtig in das dunkle Loch.
»Man sieht nichts«, bestätigte Großer-Tiger und guckte auch hinein.
»Es riecht betäubend«, bemerkte Christian, »das macht die Fäulnis.«
»Wir müssen der Sache auf den Grund gehen«, entschied Großer-Tiger. Er brach einen Zweig ab, mit dem er anfing, in der Höhlung herumzustochern, aber er kam nicht weit damit, denn er stieß gleich auf Widerstand.
»Was ist dir?« rief Christian erschrocken, weil er sah, daß Großer-Tiger bleich wurde. »Gibt es einen Gegenstand?«

»Es gibt einen weichen Gegenstand, der seufzt.«
»Seufzt er sehr?«
»Nur wenn man ihn stößt. Tu du mal!«
Christian griff zögernd nach dem Stock, den ihm Großer-Tiger reichte, und dann spürte er entsetzt, daß etwas Wabbliges in dem hohlen Baum steckte, das seufzte und gurgelte. Da wurde auch Christian ein wenig übel, und er setzte sich rasch aufrecht.
»Hallo!« rief Großer-Tiger, um zu zeigen, daß er wieder mutig war.
»Selber Hallo!« sagte Christian schwach.
Dann schauten sie sich an und versuchten zu lachen. Dabei merkten sie, daß es nicht sehr gut ging und daß es immer dunkler wurde.
Inzwischen hatte sich Großer-Tiger etwas schrecklich Tapferes ausgedacht.
»Wir müssen«, sagte er, »eins, zwei zählen. Wenn Zwei zu Ende ist, langen wir miteinander in das Loch und holen heraus, was sich darin verbirgt.«
»Aber wenn es zappelt?« fragte Christian.
»Auch wenn es zappelt«, erklärte Großer-Tiger standhaft.
»Und wenn es beißt?«
Dann lassen wir schnell los.
»Bolna!« sagte Christian ergeben, »ich mache mit.«
»Eins!« zählte Großer-Tiger und legte die Hand auf den Rand der Höhlung.
Christian bewunderte ihn dafür und folgte seinem Beispiel. Dann rief Großer-Tiger: »Zwei!«
Beide streckten die Arme blitzschnell in den Abgrund, faßten zu, und Großer-Tiger schrie: »Festhalten!«
»Aber es zappelt!« rief Christian.
»Nicht sehr«, sagte Großer-Tiger keuchend, »es ist ein Tier, aber es hat keine Haare oder nur ganz wenige. Zieh schnell, bevor es aufwacht. Es liegt im Winterschlaf.«
»Zieh du«, sagte Christian und wollte loslassen. Aber dann schämte er sich, und so zogen beide das Tier heraus, dessen Haut sie in der Faust krampfhaft festhielten.

Christian grauste. Trotzdem hielt er die Augen tapfer offen. Großer-Tiger war auch nicht wohl zumut.
»Es ist ein Tier, das schläft«, sagte er dumpf und betrachtete die Beute.
»Aber es hat keinen Kopf«, widersprach Christian, »und von den Beinen sieht man auch nicht viel.«
»Das kommt, weil es dunkel ist«, sagte Großer-Tiger. »O Kwi-Schan!« rief er plötzlich und lachte, »es ist kein Tier. Es war mal eins, aber jetzt ist es ein voller Ziegenschlauch mit Arrak darin. Deshalb«, setzte Großer-Tiger auseinander, »riecht es betäubend.«
»Wenn das so ist«, erwiderte Christian, »gibt es vielleicht noch einen zweiten Schlauch.«
»Mal sehen«, sagte Großer-Tiger und tastete mit dem Stock in die Höhle. »Es gibt einen zweiten«, berichtete er, »aber den können wir nicht fassen, er liegt zu tief.«
»Lassen wir ihn, wo er ist«, schlug Christian vor, »dann sucht die Frau des Naidang nicht vergeblich, wenn sie was holen will, und sie wird nicht ganz böse auf uns sein, sondern bloß halb.«
»Vielleicht wundert sie sich nur«, sagte Großer-Tiger.
Dann machten sie sich vereint daran, das Dornenbündel wieder an den richtigen Platz zu rücken und in die Höhle zu pressen. Großer-Tiger, der aufrecht stehen konnte, stampfte mit dem Fuß darauf herum, und als er die Wickelbänder um die Beine gewickelt hatte, und als alles aussah wie vorher, begann der Rückzug. Er war schwierig wegen der vielen Dornen und gefahrvoll wegen der vielen Gefahren, von denen man nichts weiß, solange es hell ist, die es aber gleich gibt, wenn es dunkel wird. Als Christian an der Furt aus dem Dschungel trat, war er herzlich froh, und Großer-Tiger legte den Schlauch aufatmend nieder.
Der Mond war gekommen, in der Ferne sah man den Feuerschein durch die offene Jurtentür, und Siebenstern rief abwechselnd: »Kwi-Schan!« und dann wieder: »Hu-Ta!« Dazwischen bellte der Pudel; man war nicht allein auf der Welt.
»Wir kommen«, rief Christian zurück.

»Schnell«, sagte Großer-Tiger leise, »was sagen wir?«
»Müssen wir schon wieder eine Lüge loslassen?« fragte Christian besorgt.
»Es gibt keine Hilfe«, antwortete Großer-Tiger, »es muß sogar eine vortreffliche Lüge sein, eine von der Sorte, die keine ist, denn wir dürfen Mutter Naidangs Versteck nicht verraten.«
Christian seufzte sehr. Während er den Pfad entlang schritt und Großer-Tiger den Schlauch tragen half, dachte er darüber nach, was das für eine Lüge sein müsse, von der Großer-Tiger behauptete, sie wäre keine. Wahrscheinlich eine Art leichter Schwindel, dachte Christian, und dann fiel ihm beruhigend ein, daß sie diesmal ganz unschuldig waren.
Der Pudel kam ihnen mit wehenden Locken und mit furchtbarem Gebell entgegen, doch als er sah, daß es Großer-Tiger und Christian waren, sprang er schweifwedelnd an ihnen empor, denn nun waren sie schon alte Bekannte.
»Ihr kommt spät«, rief Ungemach, »das Essen ist bereit, und Vater Naidang wartet seit langem.«
»Wir bitten um Nachsicht«, rief Christian, während Großer-Tiger sich bückte und den Schlauch hinter einem der dicken rostroten Bäume in den Mondschatten legte.
In der Jurte saßen alle um den Kochtopf. Ungemach machte ein erwartungsvolles Gesicht, was wohl Glück sagen würde, wenn er den Holzdeckel heben und die prachtvollen dünnen Nudeln sehen würde. Auch ein fremdes Mädchen war da. Sie saß neben Siebenstern, die eifrig mit ihr tuschelte und lachte.
»Ruhe!« befahl Vater Naidang. »Ich habe«, sagte er, »Turakina mitgebracht, damit sie die Jurte versieht und die Schafe weidet, solange wir beim alten Märin auf Besuch sind.«
»Auf einmal, wie das eben so geht«, erklärte Glück, »wünschte ich die Bekanntschaft dieses ehrwürdigen Mannes zu machen. Er wohnt nicht sehr weit von hier; ein guter Tagesritt oder so, dann sind wir zurück.«
»Dürfen wir mit?« fragte Großer-Tiger artig.
»Wir möchten nämlich gerne«, sagte Christian.
»Ihr ehrt mich«, rief Naidang, »selbstverständlich dürft ihr mit.«

»Meinetwegen«, brummte Glück, und damit war das stillschweigende Einverständnis der Schatzgräber hergestellt. Ungemach lüftete den Deckel.
»Ah!« riefen Christian und Großer-Tiger.
Aber Glück hielt den Kopf schief und rief nicht Ah! »Diese Nudeln leiden an Kürze«, sagte er, »und an Dünne.«
»Sie sind durch langes Kochen zerfallen«, entschuldigte sich Ungemach, »deshalb kleben sie ein bißchen.«
»Man kann sie aber essen«, sagte Christian eifrig.
»Der kleine Fehler mag uns vergeben werden«, bat Großer-Tiger.
»Ich sehe überhaupt keinen Mangel«, widersprach Naidang, und Ungemach war ihm dankbar dafür.
Nach dem Essen wurde Tee gekocht. Siebenstern, die mit Turakina neben der Türe saß, schloß die beiden Flügel. »Denn«, sagte sie, »ich möchte nicht, daß eines der Worte von Großer-Tiger verlorengehe.«
»Gibt es einen Weg«, fragte Ungemach erwartungsvoll, »auf dem wir alles erfahren, was dein weiser Großvater von den Dingen dieser Welt weiß?«
»Ich bin zu gering, sie mitzuteilen«, wehrte Großer-Tiger bescheiden, aber Naidang sagte: »Wir bitten dich darum«, und dann verwies er Turakina das Schwatzen.
»Zunächst«, begann Großer-Tiger, »muß ich etwas mitteilen, was mir wert scheint, erwähnt zu werden.«
»Immer zu!« rief Naidang wohlgelaunt.
»Kompaß-Berg und ich«, bekannte Großer-Tiger, »üben uns in der Kunst des Schweigens. Deshalb gingen wir, als es Abend wurde, am Fluß hinauf und sprachen kein Wort. An der Furt setzten wir uns in das Gebüsch, und weil der Anfang der Zehntausend Dinge schwierig ist, machten wir es wie die drei Affen.«
»Wie war es mit denen?« fragte Ungemach wissensdurstig.
»Der erste«, erklärte Großer-Tiger, »hielt sich die Ohren zu, der andere die Augen und der dritte den Mund. So lernten sie durch gegenseitige Belehrung: Nichthören, Nichtsehen und Nichtreden, dadurch wurden sie berühmt. Viele Leute schnitz-

ten sie aus Holz oder bildeten sie in Ton, und manche, die es ernst meinten, nahmen sich die drei Affen zum Vorbild. Das taten auch wir, denn wir hielten es für ein verdienstvolles Beginnen. Aber als ich die Ohren schließen wollte, hörte ich ein Rauschen in der Luft; da wollte ich die Augen zumachen, doch ich erblickte die beiden Lama-Vögel, die vom Himmel fielen, und zum Glück konnte ich mir gerade noch den Mund zuhalten, sonst hätte ich vor Verwunderung geschrien. Die Lama-Vögel schwammen nämlich nicht den Fluß hinunter wie gestern, sondern sie sagten in einem fort ›Jirr! Jirr!‹ und ruderten ans andere Ufer. Kompaß-Berg stieß mich an und sagte leise: ›Diese beiden rufen: Komm! Komm!‹ ›Ich höre es‹, erwiderte ich, ›und ich glaube, wir müssen ihnen den Gefallen tun.‹ Also zogen wir die Schuhe aus und die Hosen, und wir wateten durch das Wasser. Es war aber sehr kalt.«

»Sogar Eisstücke schwammen darauf«, bekräftigte Christian, »und es wurde dunkel.«

»Immerhin«, fiel ihm Großer-Tiger ins Wort, »war es noch hell genug, daß wir erkennen konnten, was die zwei Lama-Vögel wollten.«

»Sprachen sie weiterhin mongolisch mit euch?« erkundigte sich Glück spöttisch.

»Das taten sie«, sagte Großer-Tiger unerschrocken, »doch sie riefen nicht mehr ›Jirr! Jirr!‹ sondern ›Jama! Jama!‹ und sie schlugen mit den Flügeln. ›Was meinen diese beiden?‹ fragte ich, und Kwi-Schan sagte: ›Sie rufen: Ziege! Ziege! und ich versteh nicht, warum sie das tun.‹ Nachher merkten wir es aber, denn am Ufer lag eine tote Ziege, die war angeschwemmt und hatte einen aufgedunsenen Leib. Sie muß schon lange im Wasser gelegen haben, denn der Kopf war weg mitsamt den Hörnern, von den Beinen war nicht mehr viel übrig, und da haben wir sie mitgebracht.«

»Wenn ihr sie sehen wollt«, sagte Christian bereitwillig und stand auf.

»Dann holen wir sie«, sagte Großer-Tiger und öffnete die Tür.

»Puh«, rief Siebenstern, »eine tote Ziege!«

»Pfui!« rief Turakina entrüstet.

»Laßt sie draußen«, rief Glück, »tote Ziegen riechen nicht gut.«
»Es ist nur«, entgegnete Großer-Tiger, »damit die Herren sehen, daß wir gewohnt sind, die Wahrheit zu sprechen.«
»Aber nur zeigen«, bat Ungemach, »nicht hereinbringen; ich ertrage das schlecht.«
Da gingen Großer-Tiger und Christian zu dem rostroten Baum, nahmen miteinander den Schlauch aus dem Mondschatten und trugen ihn vor die Jurtentüre. Großer-Tiger hob ihn hoch und sagte: »Dieses ist die Ziege ohne Kopf und ohne Hörner. Beine hat sie auch keine, und sie riecht nach Milchschnaps.«
»Ha!« rief Glück, »es gibt kleine Halunken, und ich kenne sie. Das ist wahrlich das Übergewicht der Später-Geborenen. Ihr seid Teufelsbraten der besten Sorte.«
Naidang sprang auf, doch er besann sich und schritt Großer-Tiger mit Würde entgegen. Er verneigte sich gerührt.
»Du bringst mir«, sagte er, »wonach mein Herz sich sehnte. Wo warst du denn so lange?« fragte er und streichelte den Schlauch. »Ach, ich weiß schon, du lagst im Wasser und bist doch ganz trocken geblieben.« Naidang schmunzelte. »Ich will nicht hören, wo du warst, ich will den Ort nicht sehen, wo du gesteckt hast, aber euch beiden will ich große Ehre sagen. Becher her!« rief Naidang, »Becher für die Fürstensöhne Großer-Tiger und Kompaß-Berg!«
Siebenstern hatte schon die Messingkanne hervorgeholt, und während Naidang den Spund löste, brachte Turakina zierliche chinesische Porzellanbecher, nicht viel größer als Fingerhüte. Naidang setzte die Fellmütze auf. Er blickte würdevoll wie ein Landesvater in die Runde, und sofort langten die Soldaten Ungemach und Glück nach ihren Mützen mit dem fünffarbigen Stern. Christian und Großer-Tiger machten es ihnen schleunig nach, und dann saßen alle bedeckten Hauptes da.
»Dscha! Dscha! Dscha!« murmelte Naidang, hob den ersten Becher zur Stirn und reichte ihn mit beiden Händen Großer-Tiger.
Es war sehr feierlich.
»Ich wage es nicht«, erwiderte Großer-Tiger höflich, doch er nahm den Becher in Empfang.

»Du mußt austrinken«, belehrte ihn Glück leise.

Großer-Tiger tat es, aber er mußte husten, denn der Arrak brannte wie Feuer, und obendrein blieb Großer-Tiger die Luft weg. Glück schlug ihm hilfsbereit und kräftig auf die Schultern.

»Na! na!« sagte er, »du hast wohl noch nie einen Schluck getrunken?«

»Ich auch nicht«, sagte Christian entschuldigend, weil er sah, daß ihm Naidang mit dem nächsten Becher entgegenkam.

»Nimm dich zusammen«, flüsterte Glück.

Da versuchte Christian sein Heil und goß den Becher geschwind hinab. »Ich«, sagte er und schluckte, »ich wa ... wage es nicht.« Dann mußte er husten wie Großer-Tiger.

»Siehst du«, sagte Glück, »es geht dir wie Onkel Tschen, der hatte auch den Zungenschlag.«

Als der erste Umtrunk vorüber war und der zweite auch, strahlte Naidang zufrieden. »Jetzt ist die richtige Zeit«, sagte er, »den angewärmten Geist mit einer Geschichte zu erfreuen.«

»Sie braucht nicht ganz so wahr sein wie die von den sprechenden Lama-Vögeln«, spottete Glück.

»Schenke uns dein Licht«, bat Ungemach, »auch wenn es traurig hergehen sollte wie überall in der Welt.«

»Höre nicht auf ihn«, flüsterte Siebenstern, »Turakina und ich lachen lieber.«

»Die Geschichte, die ich weiß«, sagte Großer-Tiger, »handelt von einem Mann, der hieß Yü-San, der Regenschirm. Seine Frau hieß Yü-Lan, die Magnolienblüte, und beide hatten ein Söhnchen, das hieß Yü, der Fisch. Alle drei paßten ausgezeichnet zueinander. Tagsüber lag Yü-Lan auf dem Kang, während Regenschirm unter der Türe stand und auf Regen wartete. Darüber vergaß er seine Felder zu bewässern, solange es Zeit war.

›Hast du gearbeitet?‹, fragte Yü-Lan am Abend, und Yü-San sagte: ›Ich habe gearbeitet.‹ ›Dann ist es gut‹, sagte Yü-Lan. Es war aber nicht gut, sondern schlecht, und als Magnolienblüte es merkte, war es zu spät. Die Frühjahrsaussaat war verdorrt, und Regenschirm sagte: ›Das kommt, weil es nicht geregnet

hat.‹ ›Taugenichts!‹ schrie Magnolienblüte, ›da habe ich einen Mann, der Regenschirm heißt, und es regnet nicht. Pack dich und grabe den Acker um, damit wir eine neue Saat in den Boden bringen.‹
Also ging Yü-San mit der Hacke aufs Feld, und der alte Großvater saß in der Ecke und sprach: ›Möchtest du mir nicht einen Sarg kaufen, geliebte Tochter, wenn schon mein Sohn diese einfachste Kindespflicht vergißt?‹
Allein Magnolienblüte schrie: ›Alter Trottel! das hat noch Zeit.‹ Sie legte sich auf den Kang, und Söhnchen Yü riß dem Großvater zum Vergnügen die weißen Barthaare einzeln aus.«
»So ein Elend«, seufzte Ungemach, »aber erzähle weiter, es ist eine traurige Geschichte. Sie gefällt mir.«
»Als Yü-San den Acker erblickte«, fuhr Großer-Tiger fort, »schwitzte er augenblicklich. Er schaute die Hacke an, da rann ihm der Schweiß in Strömen, und er fiel entkräftet in eine Furche. Ich werde hier liegen bleiben, dachte er. Bis zum Abend habe ich viel Mut gesammelt, und wenn Yü-Lan auf den Acker kommt, werde ich sagen: ›Faules Stück! Weißt du nicht, daß Graben und Hacken die Arbeit der Weiber ist?‹ Dieser Gedanke gefiel Yü-San sehr, und er schlief vorzüglich, bis ihn ein Fußtritt weckte.
›Strolch!‹ schrie Magnolienblüte, und sie trampelte auf Regenschirm herum, ›warum hackst du nicht?‹
›Faules Stück‹, wimmerte Regenschirm, ›weißt du nicht, daß Graben und Hacken Weiberarbeit ist?‹
Als Magnolienblüte die frechen Worte Regenschirms hörte, erschrak sie gewaltig. Er ist plötzlich mutig geworden, dachte sie, vor diesem Menschen muß ich mich ja fürchten. Sie griff nach der Hacke, aber kaum hatte sie zwei- oder viermal gehackt, stieß sie auf etwas Hartes.
›Gibt es einen Gegenstand?‹, fragte Regenschirm spöttisch.
›Es gibt einen Gegenstand‹, stammelte Yü-Lan, ›und er ist hart.‹
›Ich will dir helfen‹, sprach Yü-San gnädig, und dann gruben sie beide gemeinsam. Die Sonne war untergegangen, da brachten sie endlich ein altes Faß ans Licht.

›Es scheint noch brauchbar‹, sagte Regenschirm und klopfte an die Dauben.
›Man kann es verkaufen‹, schlug Magnolienblüte vor, ›wir haben sowieso keine Sachen zum Hineintun.‹
›Gut‹, sprach Yü-San, ›jetzt sind wir mit Ausgraben fertig, und wir rollen das Faß nach Hause. Dort mag es Großvater die Nacht über schrubben, er kann ohnehin nicht schlafen. Morgen früh, wenn das Faß sauber ist, verkaufen wir es in der Stadt.‹
Also kriegte der arme Großvater eine Bürste in die Hand und während Yü-San und Yü-Lan schliefen, mußte er das Faß schrubben, bis der Morgenstern bleich wurde. Da wurde auch der Großvater bleich; er fiel ohnmächtig um und die Bürste fiel in das Faß. Sie war aber kaum auf dem Grund angelangt, raschelte es gewaltig, und das Faß füllte sich mit Bürsten bis zum Rand. Als die Sonne aufging, erwachten Yü-San und Yü-Lan aus tiefem Schlaf, und der Großvater erwachte aus tiefer Ohnmacht. Alle drei standen um das Faß und wunderten sich, und Söhnchen Yü stand auch daneben.
›Unverhoffter Reichtum hat sich eingestellt‹, sagte Regenschirm, ›nimm einen Korb und tu die Bürsten hinein, ich will sie in der Stadt verkaufen.‹
Magnolienblüte tat folgsam, was Regenschirm anordnete, aber soviel Bürsten sie auch aus dem Faß nahm, es füllte sich stets von neuem mit Bürsten. Da merkten Yü-San und Yü-Lan, daß das Faß ein Zauberfaß war.
Nun begann ein fröhliches Leben für Yü-San und Yü-Lan. Jeden Morgen gingen sie in die Stadt und verkauften die Bürsten, die der Großvater aus dem Faß klauben mußte. Wenn sie vollgegessen nach Hause kamen, schalt Magnolienblüte: ›Alter Trottel, du hast nichts gearbeitet.‹
Regenschirm sagte: ›Die Scheune sollte längst voller Bürsten sein; du mußt dich rascher bücken. Unter solchen Umständen kann von einem Sargkauf keine Rede sein.‹
Söhnchen Yü hüpfte auf und nieder und piepste: ›Ich habe ihn die ganze Zeit getreten, aber er hat sich deswegen nicht schneller und nicht öfter gebückt. Er ist faul.‹

›Nimm es dir nicht zu Herzen, mein Liebling‹, tröstete Yü-Lan, ›hier hast du einen Silberbatzen für deine Mühe.‹
Söhnchen Yü nahm den Silberbatzen, zielte und warf ihn dem Großvater, der sich ächzend nach einer Bürste bückte, an den Kopf. Da kriegte der arme Großvater augenblicklich eine Beule, groß wie ein Hühnerei, aber der Batzen fiel in das Faß. Im Nu waren die Bürsten verschwunden, und das Faß füllte sich mit Silberbatzen.«
»Ein großartiges Faß!« rief Glück, »ein Faß, das taugt.«
»Warte ab«, sagte Ungemach, »diese Geschichte endet schlecht; sowas merke ich sofort.«
»Erzähle weiter«, bat Siebenstern, »was kommt jetzt?«
»Ein Unglück von der besten Sorte«, prophezeite Ungemach.
»Nein«, sagte Großer-Tiger, »das fröhliche Leben für Yü-San und Yü-Lan begann erst recht. Freilich, der alte Großvater mit der dicken Geschwulst am Kopf kriegte eine Schaufel in die Hand, und gleich hieß es: ›Alter Trottel! Schaufle!‹ Yü-San schleppte die Bürsten aus der Scheuer, und nun sollte der Großvater den Raum bis unter das Dach mit Silber füllen. ›Bist du in vier Tagen fertig damit‹, sagte Yü-San, ›kaufe ich dir einen wunderschönen Sarg.‹ ›Verlaß dich auf mich, Papa‹, rief Söhnchen Yü, ›ich werde ihn mit meiner Peitsche peitschen, wenn er faul ist.‹
Yü-San und Yü-Lan gingen jetzt nicht mehr zu Fuß. Sie kauften einen Esel, und da sie nichts mehr verhandeln, sondern das Geld nur ausgeben mußten, unterzogen sie sich dieser Arbeit mit Eifer. Sie aßen teure Gerichte und tranken vom besten Wein. Selbstverständlich kauften sie sich seidene Gewänder, wobei sie streng darauf achteten, daß der Verkäufer ›Exzellenz‹ zu Yü-San und ›Gnädige Frau‹ zu Yü-Lan sagte.
Unterdessen stand der Großvater vor dem Faß und schaufelte Silber. Die Knie zitterten ihm, aber wenn er sich ausruhen wollte, kam Söhnchen Yü mit dem Peitschchen und klatschte ihm die Schnur um die Knöchel. Da seufzte der Großvater, und weil es gerade sein letzter Seufzer war, fiel er vornüber in das Faß, und die Beine schauten heraus.
Am Abend kamen Yü-San und Yü-Lan auf ihrem Esel nach

Hause. Ein Berg Silberbatzen lag in der Scheune, und im Faß lag der tote Großvater. Söhnchen Yü hielt das Peitschchen in der Hand und piepste: ›Ich habe getan, was ich konnte, er ist aus lauter Trotz gestorben.‹
Regenschirm packte den Großvater, hob ihn aus dem Faß und legte ihn auf die Tenne. ›Es gibt keine Hilfe‹, sagte er, ›jetzt müssen wir einen Sarg kaufen.‹
›Du irrst‹, widersprach Magnolienblüte sanft, ›wir müssen zwei Särge kaufen, es steckt noch ein Großvater im Faß.‹
›Ei ja!‹ schrie Yü-San, packte den zweiten Großvater am Kragen und zerrte ihn heraus.
Allein das Faß füllte sich von neuem mit toten Großvätern, so oft Regenschirm einen herausholte. Zum Schluß gab es eine ganze Menge davon, und Regenschirm schrie wütend: ›Diesen einen ziehe ich noch aus dem Faß, dann keinen mehr.‹
Kaum hatte er ihn keuchend heraus, zerfiel das Faß in zehntausend Stücke.
Nun ging ein schreckliches Heulen los, denn Yü-San und Yü-Lan mußten mehr als hundert tote Großväter beweinen und mehr als hundert Särge kaufen und für die Bestattungskosten aufkommen. Kein einziger Silberbatzen blieb übrig, ja sie mußten Schulden machen, für die Söhnchen Yü noch heute in harter Arbeit die Zinsen aufbringen muß.«
»Das geschieht ihm recht«, sagte Ungemach erfreut.
»Es ruhte eben kein Segen auf der Sache«, sagte Glück obenhin.
»Kein Wunder, wenn die Gesetze des Himmels und die Ehrfurcht vor dem Alter mit Füßen getreten werden.«
»Was meinen die Herren«, fragte Ungemach besorgt, »sollte ich nicht lieber zu Hause bleiben statt . . . den alten Märin besuchen?«
»Ach was!« rief Glück, »von uns hat keiner einen Großvater schlecht behandelt. Großer-Tiger hat von seinem sogar einen Ring geschenkt gekriegt, der ein Glücksring ist. Wie sollte uns da der Besuch beim alten Märin mißlingen?«
»Sch!« machte Naidang, »wir wollen noch einen Becher trinken und dann schlafen. Vor Sonnenaufgang müssen wir im Sattel sein.«

Vierunddreißigstes Kapitel, in dem von großen Gefahren und von der Standhaftigkeit Naidangs die Rede ist

»Jabonah!« rief Naidang und hob sich fröhlich in den Bügeln.
»Sä Jabonah!« rief Turakina. Mit einer Hand winkte sie den Davonreitenden, mit der andern hielt sie den Pudel an einem Strick fest. Er bellte und zerrte an dem Strick, er stellte sich auf die Hinterbeine, und als Turakina ihn zurückriß, begann er zu winseln.
»Ich komme wieder«, tröstete ihn Siebenstern, die als letzte ritt, »paß auf die Schafe auf, paß auf die Kamele auf, tu meinen Antilopen nichts zuleid und gib auf die Jurte acht. Hörst du alles, was ich dir sage?«
Wahrscheinlich hörte der Pudel nicht alles, denn als Siebenstern mit den Ermahnungen zu Ende war, trabte Naidang schon durch die Furt des Närin-Gol. Das Wasser spritzte, die Pferde kriegten einen nassen Bauch, und weil das Wasser kalt war, jagten sie das andere Ufer hinauf. Dann trotteten sie den Karawanenweg entlang. Die breiten Radspuren des Lastwagens liefen nebenher, und Glück warf hin und wieder einen scheelen Blick darauf, den er mit einer Verwünschung begleitete. Naidang fluchte zur Gesellschaft mit, und wenn es was gefruchtet hätte, wäre Schlangenfrühling auf der Stelle tot gewesen. Ungemach ritt still in sich gekehrt hinter den beiden. Er konnte seinen Arm wieder bewegen, aber Glück hatte ihn ermahnt, die Hand zwischen den dritten und den vierten Knopf des Waffenrocks zu schieben, damit der Arm ruhig lag. Christian und Großer-Tiger folgten, und hinterdrein kam Siebenstern.
Schon nach einem Li bog ein schmaler Weg nach Süden. Glück spuckte zum Abschied geschwind in die linke Radspur, murmelte mehrere unfreundliche Worte, und von da an ritten sie hintereinander wie Indianer auf dem Kriegspfad. Es war kalt, und Christian und Großer-Tiger froren, denn sie hatten keine Pelzmäntel mehr.
Über Nacht war ein Reif gefallen, der die Gräser weiß machte. Ein blauer Nebelstreif lag weithin über dem Boden, und aus

ihm ragten die wenigen Bäume, die es gab, als ob sie auf der dünnen Wolke schwebten. Das Bandgras, das hie und da den Wegrand säumte, glänzte silbern, und Christian, der sich vorgenommen hatte, auf alles zu achten, sagte zu Großer-Tiger: »Merkst du was?«
»Was soll ich merken, Kwi-Schan?«
»Daß keines unserer Pferde ein Eisen hat.«
Großer-Tiger schaute zuerst auf die Spuren in dem weichen Boden, dann auf die Hufe der Pferde, und als er sah, daß es so war, wie Christian sagte, fragte er Siebenstern, die hinter ihm ritt: »Haben eure Pferde keine Hufeisen?«
Was für Dinge das seien, wollte Siebenstern wissen.
»Hufeisen«, setzte ihr Großer-Tiger auseinander, »sind eben Hufeisen. Verstehst du das nicht?«
»Nein«, sagte Siebenstern, »das verstehe ich nicht.«
»Es sind Eisen«, rief Christian und drehte sich im Sattel um, »die man den Pferden auf die Hufe nagelt.«
»Unsere Pferde«, sagte Siebenstern, »brauchen so was nicht. Wenn sie ausschlagen, kann einer genau so schnell tot sein, als wenn man den Pferden extra ein Eisen dazu gibt.«
Da ritt Christian nach vorn und holte Glück zu Hilfe, damit er Siebenstern klarmache, wozu Hufeisen gut wären. So leicht war das aber nicht, und erst als Glück sagte: »Bedenke, daß bei uns die Pferde auf Steinen gehen müssen, an denen sie die Hufe abwetzen würden, wenn man keine Eisen zum Schutz daraufgäbe«, begriff Siebenstern, was ein Hufeisen sei.
»Bei euch«, sagte Glück, »ist das anders. Hier gibt es nur die Steppe oder den weichen Boden der Wüste und ganz wenig Steine. Da werden die Hufe kräftig und brauchen keine Eisen.«
»Unsere Pferde brauchen überhaupt nichts«, sagte Siebenstern stolz.
»Ihr gebt ihnen nichts«, erwiderte Glück vorwurfsvoll, »nicht einmal einen Stall. Im Sommer stehen eure Pferde in der Hitze und im Winter im Schneesturm. An der Mähne und am Bauch hängen dann die Eiszapfen und klingeln, als ob eine Karawane unterwegs wäre. Ich staune«, sagte Glück, »daß eure Pferde den Winter überleben.«

»Nicht alle halten ihn durch«, entgegnete Siebenstern, »die Hälfte der Fohlen stirbt jedesmal.«
»Wunderst du dich darüber?« rief Glück, »bei dieser Behandlung.«
»Wir behandeln sie aber gar nicht«, sagte Siebenstern gekränkt, »sie sterben, weil die Schwachen sterben müssen. Mehr läßt sich nicht darüber sagen.«
»Aber wenn Schnee fällt«, fragte Christian, »wie ist es da mit dem Futter?«
»Unsere Pferde sind schlau«, sagte Siebenstern, »sie kratzen den Schnee mit den Hufen weg, bis sie was finden.«
»Wenn aber«, bohrte Christian weiter, »der Schnee sehr tief liegt?«
»Dann müssen sie warten, bis er schmilzt. Aber es fällt kein tiefer Schnee. Am Närin-Gol«, sagte Siebenstern, »habe ich noch keinen tiefen Schnee erlebt.«
»Aber ich«, brummte Glück und ritt wieder nach vorn, »ich habe schon viele verhungerte Pferde gesehen.« Gleich darauf gab es einen Halt. Man war an ein Wäldchen gelangt, das einen Tümpel umsäumte. Eine Wolke von kleinen braunen Vögeln erhob sich schwirrend, kreiste noch einmal über den Bäumen und zog nach Norden ab. »Waldschnepfen«, sagte Glück, »die waren gestern noch nicht da. Es wird Frühling.«
Naidang stieg vom Pferd und verschwand im Gebüsch. Er kam mit zwei kleinen Spaten wieder. »Entschuldige«, sagte er zu Ungemach. »Glück und ich waren gestern in Ollon-Torre. Dort haben wir das blaue Zelt abgebrochen und versteckt, damit keiner auf den Gedanken kommt, es gehöre niemand. Es gibt nämlich Leute«, sagte Naidang, »die solche Gedanken haben.«
»Zehntausendfachen Dank«, sagte Ungemach.
»Die beiden Spaten haben wir allerdings mitgenommen und hier versteckt, denn wir brauchen sie heute. Morgen kriegst du sie wieder.«
»Davon soll nicht gesprochen werden«, entgegnete Ungemach, »den Spaten Schlangenfrühlings magst du ohnehin behalten.«

»Ich brauche ihn nicht«, sagte Naidang, »ich habe selbst einen, aber weil er zu groß für unser Unternehmen ist, habe ich ihn zu Hause gelassen. Es braucht nicht gleich jeder sehen, was wir vorhaben.«
Naidang nahm die beiden Handspaten, wickelte sie in ein blaues Tuch und verschnürte sie mit einem Strick. Das Bündel nahm er vor sich auf den Sattel, und dann ritten sie weiter.
Als die Sonne aufging, zerflatterte der Nebel, der Reif löste sich zu Tautropfen, und die Bäume standen wieder fest in der Erde. Überall erhoben sich Schnepfenschwärme, taumelnd und ziellos, bis sie von einem plötzlichen Entschluß getrieben davonschwirrten.
Nach einer Stunde gewann die Sonne an Kraft. Christian und Großer-Tiger brauchten nicht mehr frieren, und Siebenstern wies mit dem Daschior nach Westen.
»Dondur-Gol«, sagte sie. Sie zeigte auf eine zweite Baumreihe, die sich in spitzem Winkel näherte, und man sah schon den Punkt, wo sie mit der des Närin-Gol zusammenstieß.
»Wo diese zwei sich berühren«, fragte Christian, »ist dort der Edsin-Gol?«
Siebenstern schüttelte den Kopf: »Sie berühren sich nicht, sie teilen sich.«
»Also, wo sie sich teilen«, gab Christian nach.
»Teilen ist auch nicht richtig«, verbesserte Siebenstern, »sie teilen sich nicht. Er teilt sich, und er heißt Ichen-Gol, der Große-Fluß. Aber der Edsin-Gol ist das nicht.«
»Ist er noch weit weg?«
»Mehr als zweihundert Li«, sagte Siebenstern. »Wenn er sich zum erstenmal teilt, verliert er seinen Namen, und die beiden neuen Flüsse heißen Ichen-Gol und Morin-Gol. Der Ichen-Gol teilt sich hier«, Siebenstern deutete geradeaus, »und dann wird der Dondur-Gol daraus und der Närin-Gol.«
»Und der Goitzin-Gol?« fragte Christian.
»Das ist nur ein kleiner Bach, der dem Närin-Gol fortgelaufen ist. Hast du alles begriffen?«
»Nicht sehr gut«, sagte Christian, »ich werde auf dem Landbild nachsehen, sobald wir zu Hause sind.«

»Du hättest es mitnehmen sollen«, tadelte Siebenstern. Sie war wißbegierig, und Christian nahm sich vor, ihr auch den Kompaß zu zeigen, obwohl er befürchtete, daß Siebenstern nicht mehr davon halten würde als Glück.
»Seht ihr den Hügel?« fragte Siebenstern.
»Wir sehen ihn«, sagten Christian und Großer-Tiger.
»Dort«, setzte ihnen Siebenstern auseinander, »gibt es drei Jurten auf einem schönen Platz unter Bäumen. Turakinas Eltern wohnen dort, und deswegen müssen wir jetzt woanders reiten.«
Wirklich verließ Vater Naidang nach kurzer Zeit den Weg und ritt wieder dem Närin-Gol entgegen. Er hielt darauf, daß alle hübsch hintereinander blieben. »Denn«, sagte er, »es geht niemand was an, wie viele Reiter hier geritten sind.«
Der Baumbestand am Fluß war licht geworden. Dafür gab es Büsche, und es gab auch Sand und kleine Bodenwellen. Man sah den Närin-Gol von weitem in der Morgensonne glänzen. Keiner dachte, daß der Übergang schwierig sein könnte; man ritt einfach durch das Wasser und war drüben. So sah es aus, bis man ans Ufer kam. Hier aber drängte der Fluß mit kräftiger Strömung gegen den erhöhten Uferrand, der unterspült war und unter den Pferdehufen einbrach.
Naidang mußte den Daschior zu Hilfe nehmen, und als er sein widerspenstiges Pferd so weit hatte, daß es die abgetretene Böschung mit den Vorderhufen hinabrutschte, gab es plötzlich ein schreckliches Durcheinander.
Ein wildgewordenes schwarzes Tier schoß mit heraushängender Zunge an den wartenden Reitern vorbei, sprang freudig heulend dem Pferd Naidangs halb auf die Kruppe und war dann mit einem Satz im Wasser.
»Hund!« rief Siebenstern streng, allein es war zu spät.
Der Falbe Naidangs ging hinten hoch und warf den ahnungslosen Reiter kopfüber in den Närin-Gol.
Siebenstern schrie laut auf. Glück sprang ab und lief zum Ufer, doch da erhob sich Naidang triefend wie ein zürnender Meergott. Bis zum Gürtel stand er im Fluß. Der Pudel brachte sich ans andere Ufer in Sicherheit, schüttelte das Wasser aus dem

Fell und feierte das Wiedersehen mit Bellen und Schweifwedeln.
»Hund«, rief Naidang grollend. Er griff auch gleich nach dem Daschior, der davonschwimmen wollte, obwohl er besser nach seinem Hut gefischt hätte. Als er sich endlich nach ihm umdrehte, trieb er bereits ein gutes Stück weit und begann friedlich zu sinken.
»Du bist auch ein Hund«, schrie Naidang, aber er meinte sein falbes Roß, das ihm nachgerutscht war und drüben bei dem Pudel wohlbehalten an Land stieg.
»Vater!« rief Siebenstern ängstlich, »lebst du noch?«
»Ich lebe«, schrie Naidang erbost, »aber ich schlottre. Na, komm schon«, sagte er und langte nach dem Zügel von Glücks Pferd, das zunächst stand.
»Laß mich vorher aufsteigen«, bat Glück.
»Ach so!« sagte Naidang, »du willst trocken bleiben.«
Glück stieg schnell in den Sattel und ließ sich von Naidang über den Närin-Gol führen. Die übrigen folgten ohne Zwischenfall.
»Ich wußte es ja«, seufzte Ungemach, »ich hätte zu Hause bleiben sollen.«
Aber keiner hörte auf ihn. Alle saßen ab, und Glück begann sofort das Nötige zu tun.
»Zieh deinen Mantel aus«, sagte er zu Siebenstern.
»Nein, ich!« rief Ungemach.
»Also beide«, entschied Glück. Dann half er dem frierenden Naidang aus dem nassen Zeug und hing ihm die trockenen Mäntel um. Christian und Großer-Tiger holten Holz, und als sie zurückkamen, hatte Glück bereits ein Feuerchen auf der schmalen Uferbank gemacht.
»Mehr Holz«, kommandierte Glück, »ihr müßt halbe Baumstämme bringen.«
Da schleiften Christian und Großer-Tiger dicke Äste herbei; Ungemach half ihnen, und Siebenstern stand bei den Pferden. Der Pudel saß neben ihr. Er blickte sie treuherzig an, und zum erstenmal sah man unter den feuchten Locken die runden schwarzen Augen, die Siebenstern nicht losließen.

»Hund«, schalt sie, »habe ich dir nicht befohlen: Paß auf die Schafe auf. Ich habe es dir befohlen, aber du hast nicht gefolgt. Also bist du ein schlechter Hund.«

Der Pudel senkte schuldbewußt den Kopf, doch das dauerte nicht lange. Er war viel zu fröhlich, Siebenstern wieder gefunden zu haben. Er wedelte mit dem Schweif und tat unbefangen, ja er versuchte ein bißchen zu bellen. In die Nähe Naidangs traute er sich freilich nicht.

Naidang saß am Boden und fror. Glück goß derweil die Stiefel aus, hing die nassen Kleider an Gabelstützen ans Feuer, sorgte, daß sie nirgends ansengen konnten, und dachte an nichts Böses.

Das ging eine ganze Zeitlang so.

Nachher hatte Glück das bestimmte Gefühl, es fehle etwas, und er dachte angestrengt nach, was das wohl wäre. Er ging grübelnd auf und ab, aber es half wenig. Also blieb er stehen. In einer Stunde, überlegte Glück, würden Naidangs Kleider trocken sein, dann konnte man weiterreiten zur Schwarzen-Stadt und dann, ja, dann fiel Glück ein, was fehlte. Es wurde ihm schwarz vor den Augen, und sein Gemüt verdüsterte sich zur Teilnahmslosigkeit. Glück mußte sich setzen.

»Fehlt dir was?« erkundigte sich Naidang zähneklappernd.

»Die Spaten«, stöhnte Glück, »die Spaten fehlen.«

»Mein Fellhut auch«, tröstete Naidang, »er liegt im Wasser, wo es am tiefsten ist, und dabei war er noch gar nicht alt. Beinah neu, sage ich dir, man konnte ihn noch gut aufsetzen.«

Doch Glück hatte keine Lust, sich an Trostworte zu klammern. Er stützte den Kopf in die Hände, und fast sah es aus, als ob er weinte. Christian und Großer-Tiger, die einen dürren Stamm durch das Gestrüpp schleiften, blieben verwundert stehen. Hinten schob Ungemach nach, aber als es nicht weiterging, wunderte er sich auch.

»Ist schon wieder was passiert?« fragte Ungemach schnaufend.

»Nichts Neues«, sagte Naidang, »die Spaten sind weg; das waren sie vorhin schon, wir haben es nur nicht gleich gemerkt.«

»Wenn weiter nichts ist«, rief Christian.
»Weiter ist nichts«, sagte Naidang, »außer meinem Fellhut der fehlt auch.«
»Der Hut ist ertrunken«, setzte ihm Christian auseinander, »da gibt es keine Hilfe. Aber die Spaten hole ich.« Während er das sagte, zog er den Rock aus und das Hemd.
»Was willst du tun«, rief Naidang erschrocken, »ich sage dir doch, die Spaten liegen im Wasser.«
»Eben darum«, sagte Christian und zog die Schuhe aus.
Glück hob den Kopf, aber da hatte Christian auch schon die Hose herunter und alles, was man ausziehen kann, und ging ins Wasser.
»Der arme Junge«, schrie Ungemach, »jetzt ist er wahnsinnig geworden.«
»Laß ihn!« rief Großer-Tiger, »Kompaß-Berg kann schwimmen, und du brauchst keine Angst haben.«
»Kwi-Schan«, rief Siebenstern flehend, »du wirst sterben, du bist doch kein Fisch.«
Glück sprang auf, aber Großer-Tiger hielt ihn fest. Der befehlende Herr, bat er, möge sich nicht beunruhigen. Es gebe Menschen, die schwimmen können, versicherte er, und Kompaß-Berg sei so einer.
Unterdessen ging Christian der Unfallstelle entgegen. Das Wasser war schneidend kalt und trüb. Man konnte nicht auf den Grund sehen, und Christian mußte mit den Füßen nach den Spaten suchen. Als er in die Nähe des westlichen Ufers kam, nahm die Strömung zu. Christian stand bis zum Bauch im Wasser, fror entsetzlich und gab sich große Mühe, nicht fortgerissen zu werden. Ich kehre um, dachte Christian, jetzt kehr ich ganz bestimmt um. Ich spüre schon gar nicht mehr, auf was ich trete, dachte er, aber da fing sich die große Zehe in einem Strick, und der Strick gehörte zu dem blauen Tuch, in dem die Spaten eingewickelt waren.
Christian tauchte sofort.
Das ging so geschwind, daß er den Schrei, der vom andern Ufer brach, nicht mehr hörte. Dabei hatten alle geschrien: Naidang, Glück und Großer-Tiger. Am lautesten schrie Unge-

mach, und vor Aufregung riß er den verletzten Arm aus der befohlenen Ruhelage. Siebenstern schlug die Hände vor das Gesicht. Sie schluchzte herzzerbrechend. Der Pudel war Christian bis in die Mitte des Närin-Gol nachgelaufen, blieb stehen und bellte.

Er bellte noch, als Christian wieder auftauchte. Das geschah einige Meter flußabwärts, denn so weit hatte das Wasser Christian mitsamt dem Spatenbündel fortgetragen. Als er mit Schwimmstößen und mit Krabbeln die seichte Flußmitte gewonnen hatte, stand er auf. Er taumelte erschöpft, er machte noch einen Schritt und dann noch einen, aber als es nicht mehr ging, fühlte er sich plötzlich emporgehoben. Er hörte wie im Traum das Freudengebell des Pudels, aber richtig zu sich kam er erst, als er am Feuer lag und spürte, wie ihn die kräftigen Hände Glücks mit dem Hemd trocken rieben. Er erholte sich rasch, und Siebenstern war auch da. Sie hatte die Pferde sich selbst überlassen, als sie sah, wie Glück dem schwankenden Christian zu Hilfe eilte.

»Ich hatte schreckliche Angst um dich«, sagte Siebenstern, »du tatest, was man nicht tun darf.« Sie kniete neben Christian, sie befühlte ihn, ob er noch am Leben sei, und in ihren Augen schwammen ängstliche Tränen.

»Hol meine Satteltasche!«, befahl Naidang, »mir ist etwas eingefallen.«

»Mach schnell«, rief Glück, »Kwai, kwai!« Er hatte beim Aufbruch bemerkt, wie Naidang verstohlen eine Flasche aus dem Schlauch abgefüllt hatte.

Siebenstern beeilte sich, und als sie mit dem Ledersäckchen wiederkam, holte Naidang die Flasche heraus und wollte nach dem Hut greifen. Es war aber keiner da.

»Ach so!« sagte Naidang, und »O weh!« und er kratzte sich den blanken Schädel, »man kann doch nicht barhaupt trinken.«

Doch da kniete auf einmal Großer-Tiger vor ihm und hatte einen ausgebreiteten Haddak zwischen den Händen, und auf dem Haddak lag die Pelzmütze von Großer-Tiger.

»Gewährt mir eine Bitte«, sprach Großer-Tiger höflich, »nehmt diese minderwertige, verfilzte Mütze, weil ich keine bessere habe.« Naidang wehrte sich so lange, wie es die gute Sitte vorschrieb, dann nahm er das Geschenk mit Dank an. Die Mütze paßte vortrefflich, und nun konnte die Flasche reihum gehen. Der Arrak belebte die herabgeminderten Lebensgeister, die Sonne wärmte, und das Feuer trocknete die Kleider Naidangs und die Hose Glücks.

»Ein Hund ist dieser Hund«, schimpfte Naidang, »wo ist er denn schon wieder?«

»Er kommt mir vor wie ein rechter Unglückshund«, bemerkte Ungemach.

»Dieses Vieh ist an allem schuld«, bekräftigte Naidang, »es taugt eben nicht.«

Siebenstern wollte widersprechen, und Christian war drauf und dran zu sagen: Er ist ein Hund von der höchsten Gattung, aber er kam nicht dazu. Man hörte wütendes Bellen. Eine Männerstimme fluchte, und dazwischen fielen Schläge mit dem Daschior. Ein Krachen war, als ob Knochen splitterten, und dann wieder ein brüllender Angriff des Pudels.

»Hund!« schrie Siebenstern und rannte in die Richtung, wo der Kampf im Gange war. »Hund, komm her!«

Aber diesmal folgte der Pudel nicht.

»Jetzt bringt er einen um«, sagte Naidang.

»Wahrscheinlich zwei«, verbesserte Ungemach und schob, aller Dinge gewärtig, die verletzte Hand zwischen den dritten und den vierten Knopf des Waffenrocks in Ruhestellung.

Großer-Tiger lief hinter Siebenstern her, und Christian beeilte sich, in die Kleider zu kommen.

Gleich nach dem Dickicht, das die Uferbank säumte, gab es eine flache Mulde, die zuzeiten von Hochwasser überschwemmt sein mochte. Riedgras wuchs da und Schilf, und die genügsamen Pferde hatten sich über den Grund verteilt. Sie fraßen, was sie fanden. Dahinter erhob sich ein langgestreckter Hügel, auf dem eine Baumgruppe stand. Von dorther tönte der Kampflärm.

Als Siebenstern den Hügel hinankeuchte und immer wieder »Hund!« rief und »Hund, komm her!«, sah sie einen Mann im

roten Lamamantel. Er stemmte sich mit dem Rücken gegen einen Baum und wehrte mit Fußtritten den anstürmenden Pudel ab. Zehn Meter weiter stand ein gesatteltes Pferd mit hellem Schweif und heller Mähne. Es war angebunden und zerrte aufgeregt an der Leine.
»Hund!« rief Siebenstern wieder.
»Hund, komm her!« rief Großer-Tiger.
Endlich folgte der Pudel. Er ließ von seinem Gegner ab und kam die letzten zwanzig Schritte Siebenstern entgegen. Völlig ermattet, hechelnd und mit blutiger Nase legte er sich nieder.
»Armer, dummer Hund«, sagte Siebenstern.
»Du hättest lieber folgen sollen«, sagte Großer-Tiger.
»Das konnte er nicht«, entschuldigte Siebenstern einsichtig, »wer Hiebe mit dem Daschior kriegt, kann nicht gehorchen.«
Sie blickte zu dem Baum, wo der Mann gestanden hatte, aber der Platz war leer. Der Mann war zu seinem Pferd gelaufen. Er band es hastig los, stieg auf und trieb es mit Fausthieben zur Eile.
»He du!« rief Siebenstern, »warum reitest du fort?«
Aber Siebenstern bekam keine Antwort. Der Mann ritt die andere Hügelseite hinunter. Man hörte den Hufschlag von Trab in Galopp übergehen, und Siebenstern hatte Mühe, den Pudel zurückzuhalten, weil er dem Feind nachstürzen wollte.
»Sei gut«, mahnte sie, »du hast genug angestellt.«
Siebenstern stieg mit Großer-Tiger den Hügel vollends hinauf. Unter dem Baum, den der Mann als Rückendeckung benützt hatte, lag ein zerfetzter Daschior. Der Pudel hatte ihn mitten durchgebissen. Großer-Tiger hob ihn auf, denn er wollte die Lederschlaufe des Handgriffs und den Schlagriemen haben, um sich selbst einen Daschior zu machen, auch wenn der Stiel nicht aus Bambusrohr war wie der, dessen Stücke er in der Hand hielt. Als Großer-Tiger den Riemen eingesteckt hatte und die Schlaufe zu lösen begann, sah er, daß das Ende des Griffs mit einer silbernen Metallplatte kunstvoll geschlossen war. Das Ding sah aus wie eine Drachenmünze, und Großer-Tiger hielt es für eine, aber es war keine Jahreszahl und kein Schriftzeichen darauf. Der Drache war auch kein Drache, son-

dern eine Schlange mit aufgerissenem Rachen, aus dem die gespaltene Zunge hervorschoß. In dem entblößten Oberkiefer standen die Giftzähne wie Nadelspitzen.
»Was hast du?« fragte Siebenstern.
»Ich möchte die Lederschlaufe haben, aber ich kriege sie nicht los.«
»Du bist blaß, laß mich mal versuchen.«
»Es geht schon«, erwiderte Großer-Tiger, und er verbarg das Griffende in der hohlen Hand.
Dann, als Siebenstern sich dem Platz zuwandte, wo das Pferd des Mannes gestanden hatte, langte Großer-Tiger das Messer des Generals Wu aus der Tasche und schnitt einen dicken Span aus dem Bambusrohr. Da löste sich die Metallplatte mitsamt der Lederschlaufe, und Großer-Tiger steckte beides ein.
»Man muß sich wundern«, rief Siebenstern, »und man muß nachdenken. Komm einmal her.«
»Ich komme, worüber muß man nachdenken?«
»Über diesen Mann, er ist kein Torgot-Mongole.«
»Wie gut du das weißt!« sagte Großer-Tiger bewundernd.
»Ich weiß es, denn ich kenne alle Torgot-Mongolen, wenigstens hier herum.«
»Aber deshalb ist es nicht gut, sondern schlecht. Sieh her!«
»Was soll ich sehen?« fragte Großer-Tiger und schaute auf den Boden, weil Siebenstern auch auf den Boden schaute.
»Er ist dahin geritten, wo er herkam«, setzte Siebenstern auseinander.
»Da ist er wieder nach Hause«, schloß Großer-Tiger folgerichtig, »und er wollte uns nicht erst kennenlernen.«
»Ich sagte dir schon, er hat hier kein Zuhause«, rief Siebenstern ungeduldig, »also kann er nicht dahin geritten sein. Du mußt über diesen Menschen nachdenken.«
»Ich werde es tun«, versprach Großer-Tiger und setzte sich auf eine Baumwurzel. Er überlegte, ob es gut wäre, Siebenstern etwas von der Schlange zu sagen, aber es fiel ihm ein, daß er selbst einen Schlangenring am Daumen trug. Das geht also nicht, dachte Großer-Tiger, und dann dachte er, es sei das beste, wenn er geradeheraus sage, daß dieser Mensch seiner Mei-

nung nach ein Rotbart wäre. »Bist du jetzt mit Nachdenken fertig?« erkundigte sich Siebenstern.

Großer-Tiger sagte: »Ja!« aber bevor er etwas anderes sagen konnte, wurde er durch das Bellen des Pudels unterbrochen. Diesmal war es ein freudiges Gebell, und gleich darauf erschien Christian zwischen den Bäumen. Der Pudel sprang neben ihm her und fegte mit dem Lockenbehang das welke Laub beiseite. Dabei hörte er aufmerksam zu, wie sehr ihn Christian wegen der blutigen Nase und wegen seiner sonstigen Schmerzen bedauerte.

»Gut, daß du kommst«, rief Siebenstern, »Großer-Tiger will mir nicht glauben, daß der Mensch, der hier war, ein schlechter Mensch ist.«

»Du meinst, er sei ein Rotbart?« fragte Christian.

»Er ist ganz bestimmt einer«, behauptete Großer-Tiger plötzlich, »wir haben nur noch nicht darüber gesprochen.«

»Wir haben«, verteidigte sich Siebenstern, »über alles gesprochen, was man über diese Sache sagen kann. Es geht doch nicht, daß man ohne Einleitung sagt: ›Hier ist ein Räuber gewesen.‹ Vorher muß man doch ein Gespräch machen.«

»Ach so!« sagte Großer-Tiger, und er befühlte in der Hosentasche die Silbermünze mit der Schlange. »Vielleicht«, sagte Großer-Tiger, »war er einer von denen, die an den Lagerfeuern der Karawanen sitzen und ein bißchen zuhören wollen, ob einer was über Schong-Ma weiß.«

»Wir sind keine Karawane«, sagte Siebenstern kurz.

»Eben deshalb wird er fortgeritten sein«, gab Christian zu bedenken, aber Siebenstern wollte sich auf keine weiteren Verhandlungen einlassen.

»Jetzt sind wir mit Nachdenken fertig«, sagte sie, »wir wollen die Pferde holen.«

Sie gingen in die Mulde, nahmen die Pferde eins nach dem andern am Zügel und führten sie zum Lagerplatz zurück. Der Pudel leckte sich die blutige Nase.

»Wieviel Tote hat es gegeben?« fragte Ungemach.

Siebenstern erstattete Bericht, und als sie damit zu Ende war, wollte Naidang wissen, ob der Fremde ein Gewehr hatte.

»Er hatte keins«, sagte Großer-Tiger.
»Trotzdem«, schlug Naidang vor, »wollen wir einen Umweg machen. Es gibt nämlich Leute, die auf andere aufpassen, obwohl niemand sie darum bittet. Jabonah! In den Sattel, Männer!«
Er zog auch gleich den Mantel an, der noch gut feucht war, und er schlüpfte in die Stiefel, die noch feuchter waren. Das Spatenpaket nahm diesmal Glück vor sich auf den Sattel.
Zuerst ritt Naidang ein Stück flußabwärts auf der Uferbank. Als das Dickicht seitwärts aufhörte und ein lichter Waldstreifen folgte, sagte Naidang ergeben: »Wir sind in der Hand des Himmels.« Damit verließ er den Närin-Gol, und die andern ritten hinter ihm drein, einer nach dem andern. Der Pudel lief neben Siebenstern her. Manchmal rannte er ein paar Schritte voraus, blieb stehen und blickte schweifwedelnd zu Christian oder zu Großer-Tiger empor. Einen Weg gab es nirgends.
Über eine Stunde ritten sie nach Osten durch eine ständig wechselnde Landschaft. Trotzdem blieb sie immer gleich, und das machte der Sand, der einmal wie mit loser Hand über die Ebene gestreut war, dann wieder Dünen formte oder am Fuß der gelben Lehmhügel lag. Es gab Tamarisken, aber wenn man meinte, die Wüste habe angefangen und würde nie wieder aufhören, rannten ein paar Antilopen durch die Dünentäler, oder es stand irgendwo in einer Senke eine Baumgruppe zwischen vertrocknetem Schilf und Derresgras.
Als in der Ferne eine weit auseinandergezogene Reihe alter Pappeln auftauchte, bog Naidang nach Südosten ab.
»Dort floß der Edsin-Gol«, sagte er, »als Himmel und Erde noch in Einklang standen.«
Mehr wurde nicht gesprochen, und jeder blickte gespannt voraus, ob er die Mauern der Schwarzen-Stadt als erster erblicke. Sie ritten nicht mehr hintereinander. In dem flach ansteigenden, oft von Furchen zerrissenen Lehmboden hinterließen die Hufe nur undeutliche Spuren. Großer-Tiger machte Christian ein Zeichen, daß er ein wenig zurückbleiben solle, und dann sagte er: »Ich muß dir was zeigen. Es gehört dem Mann, von dem wir denken, daß er ein Rotbart sei.«

Großer-Tiger langte in die Tasche und gab Christian die Silbermünze mit der Schlange in die ausgestreckte Hand.

»Ich bin auch erschrocken«, sagte Großer-Tiger, als er sah, daß Christian sich auf die Lippen biß und daß die Hand, die er ihm fröhlich entgegengestreckt hatte, ein wenig zitterte.

»Das Ding«, erklärte Großer-Tiger, »war im Handgriff des Daschiors, den der Pudel zerbiß.«

»Der Mann wird zurückkehren und die Münze suchen«, sagte Christian, »ganz bestimmt wird er das tun.«

»Dann sucht er eben vergeblich«, erwiderte Großer-Tiger ungerührt, »warum war er so aufgeregt und ritt fort, ohne uns zu grüßen. Ich hätte ihm die Münze wieder gegeben.«

»Er wird uns verfolgen«, sagte Christian, aber Großer-Tiger zuckte bloß mit den Achseln, als ob die Schwurbrüder Dampignaks nicht zählten.

»Man darf«, sagte Großer-Tiger nach einer Weile, »nicht erschrecken, wenn das Dunkle hervortritt und das Licht schwindet. Wir haben uns vorgenommen, mutig zu sein wie die Alten vom Berge; wir müssen unerschrocken werden.«

»Ach!« seufzte Christian, »es gibt Leute, die durch Vorherwissen dem Unheil entgehen. Ob wir aber zu diesen Leuten gehören?«

»Naidang gehört zu ihnen«, behauptete Großer-Tiger, »wir müssen uns an ihm ein Beispiel nehmen.«

»Naidang? Wieso Naidang?«

»Hast du nicht bemerkt, wie er es gemacht hat? Ich meine, wie er der Versuchung widerstand? Fester als ein Stein?«

»Ich habe keine Versuchung bemerkt. War da eine?«

Großer-Tiger drängte sein Pferd näher an das von Christian. »Ist ein Schatz«, fragte er leise, »mit Gold und Edelsteinen, wie ihn Fürst Araptan beschrieb, keine Versuchung?«

»Es ist eine Versuchung«, gab Christian zu, »aber . . .«, und plötzlich konnte Christian vor Bestürzung keine rechten Worte mehr finden. Er sagte bloß noch: »Wie kommst du darauf?«

»Ich habe genau aufgepaßt«, setzte ihm Großer-Tiger ruhig auseinander, »von dem Augenblick an, als Glück schnaufte und als Vater Naidang heiter lächelte, ließ ich ihn nicht mehr aus den Augen. Naidang hat die letzte Seite nur zur Hälfte vorgelesen. Ich sah, wie sein Blick die Zeilen entlang lief, und als er aufhörte zu lesen, waren wenigstens noch sieben oder acht Zeilen übrig, die Naidang verschwieg. Auf dem Blatt, das der Sturmwind entführte, stand wahrscheinlich nur Unwesentliches. Vielleicht, ›man solle seine Trauer mäßigen‹, oder ›Dieses schrieb Araptan, weiland Fürst von Edsina‹ oder so was.«

»Und das übrige«, fragte Christian, »ich meine den Schatz von Edsina; hat Naidang den ins Feuer geworfen?«

Großer-Tiger nickte. »Naidang widerstand der Versuchung«, sagte er, »man muß große Achtung vor Naidang haben.«

Großer-Tiger schwieg, und Christian gab ihm stumm die Münze mit der Schlange zurück. Sie trabten nebeneinander her, und dann fielen die Pferde in Schritt, weil der tote Wald begann, von dem Naidang erzählt hatte. Unzählige Stämme lagen am Boden, halb vom Sand zugeweht und kaum daß man erkennen konnte, wo unten die Wurzeln gewesen waren oder oben die Kronen mit frischem Grün und mit Vogelgezwitscher in den Zweigen. Die nackten Stämme waren geblieben mit grauer Rinde, die wie Stein aussah, und sie lagen einzeln oder übereinander, wie sie gefallen waren, als der ausgedörrte Boden sie nicht mehr hielt.

Nachdem der tote Wald zu Ende war, wurde der harte Lehmboden noch härter, die Pferdehufe klapperten, und vor aller Augen stiegen die Mauern der Schwarzen-Stadt aus der Erde empor. Die Sonne stand im Mittag. Da hob Naidang den Daschior wie eine Lanze, die Pferde begannen zu galoppieren, und der Boden dröhnte unter den Hufen.

Fünfunddreißigstes Kapitel, wie sie das »Kleine Heil« fanden und einen andern Weg zurückreiten mußten

Zu der Zeit, als die alten Germanen mit Bärenhäuten bekleidet waren und als sie den Auerochs mit dem Speer erlegten, erfanden die Chinesen das Schießpulver.

Sie machten aber nur Feuerwerk damit und lustige Knallereien während der Neujahrstage, damit die bösen Geister, die es überall gibt, Angst kriegten und irgendwohin gingen, wo es nicht knallte. Außer dem Schießpulver gab es noch andere Mittel. Man hatte nämlich herausgefunden, daß böse Geister, obwohl sie listig und voller Tücke sind, nur geradeaus gehen können. Noch nie hatte man einen bösen Geist um eine Ecke schleichen gesehen. Deshalb errichtete man hinter jedem Tor in einigem Abstand eine Mauer, die etwas länger als das Tor breit war. So konnten Menschen und Wagen rechts oder links an der Mauer vorbei gehen oder fahren, aber die bösen Geister konnten das nicht. Sie stießen, wenn sie in die Stadt wollten, mit der Nase gegen die Mauer und mußten unverrichteter Dinge wieder abziehen. Diese Mauer nannte man die Geistermauer, und sie erwies sich als praktisch. Alle Leute machten die Erfindung mit, und wer ein Haus baute mit einer Mauer drum herum, errichtete für alle Fälle eine Geistermauer hinter der Einfahrt.

Auch in Chara-Choto hatten die Leute Geistermauern gebaut. Wer durch das Loch in der Stadtmauer ging, wo ehemals das Tor gewesen war, sah nicht gleich in das Innere, denn die Geistermauer war stehengeblieben. Man mußte um sie herum gehen, dann erst überblickte man das Trümmerfeld. Dieses, hatte Glück gesagt, sei ein Anblick zum Angstkriegen, und Christian und Großer-Tiger, die noch nie eine zerstörte Stadt gesehen hatten, beschlich ein Grauen, trotzdem die Sonne schien. Eigentlich sah man überhaupt nichts, aber gerade das war beängstigend. Es gab kaum die Andeutung einer Hausruine. Nur dort, wo der Yamen gewesen war, ragten ein paar Mauerreste aus dem eingeebneten Geviert, um das die hohen Wälle ernst und traurig herumstanden. Naidang stieg aus dem Sattel. Er blickte auf Christian und Großer-Tiger, aber er sprach nicht über das, was sie vorhatten. Er sagte nur: »Wir wollen die Pferde anbinden.«

Dazu nahm er einen großen Stein, wickelte eine Leine kreuzweise darum wie um ein Paket, und an der Leine machte er die Halfterriemen fest. Als der Pudel das sah, ließ er sich dicht bei

den Pferden in den Schatten fallen und blieb erschöpft liegen.
»Hier sind die Spaten«, sagte Glück.
Auch er schien keine Lust zum Reden zu haben. Alle hatten das Gefühl, als ob sie dabei wären, etwas Unrechtes zu tun.
Ungemach ging mit gesenktem Kopf abseits und lehnte sich gegen die Geistermauer. »Kommt da jemand?« fragte er plötzlich. »Ach so, du bist es«, sagte er zu Naidang, der mit den schweren Stiefeln daherschlurfte.
»Sollten wir nicht lieber umkehren?« fragte Siebenstern leise. Sie bückte sich und kraulte den Pudel hinter den Ohren.
»Überhaupt wo ich dabei bin«, sagte Ungemach.
»Ruhe!« befahl Naidang, »davon will ich nichts hören. Du«, sagte er zu Ungemach, »gehst auf die Ostmauer, Siebenstern geht auf die Westmauer, ich bleibe hier, und Glück geht nach Süden. Stellt euch hinter die Brüstungen und beobachtet durch die Schießscharten. Ihr zwei«, sagte Naidang zu Christian und Großer-Tiger, »beginnt erst mit der Arbeit, wenn alle Posten auf den Mauern stehen. Dann aber macht schnell.«
»Bolna!« sagte Christian und nahm das Spatenbündel unter den Arm. »Komm!« sagte er zu Großer-Tiger.
»So ist es recht«, lobte Naidang, »ich wünsche Glück und unverhoffte Reichtümer.« Er wandte sich dem schrägen Aufgang zu, der auf die Stadtmauer führte, und Siebenstern und Ungemach folgten ihm. Der Pudel hob den Kopf, aber auf das Geheiß Siebensterns blieb er bei den Pferden liegen.
Glück ging geradeaus zum Südtor.
»Laßt mich mit«, rief er Christian und Großer-Tiger nach, die vorangegangen waren.
»Fünfundfünfzig, sechsundfünfzig«, zählte Großer-Tiger laut und machte gleichmäßige Schritte. Christian zählte leise mit, und auch Glück bewegte die Lippen.
»... Achtzig!« sagte Großer-Tiger, blieb stehen und blickte sich um.
»Da ist sie«, rief Glück. Er warf sich zu einem Fußfall der Verehrung auf die Knie und berührte dreimal mit der Stirne den Boden.
»Wo?« fragte Christian.

»Du stehst darauf«, erwiderte Glück. Da verneigten sich Christian und Großer-Tiger auch, denn sie standen auf den Resten einer Mauer aus Lehmziegeln, die zwei Finger breit aus dem Schutt hervorragten.
»Hier stand Araptans Palast«, flüsterte Christian.
Er schaute ringsumher, aber die Wüstenei war überall die gleiche. Bei jedem Schritt trat man auf Scherben aus Ton oder Porzellan. Die Leute von Edsina mußten einen unvorstellbaren Geschirrvorrat besessen haben; fast sah es aus, als hätten sie überhaupt nur irdene Töpfe und Porzellanschalen gehabt. Es gab braune, grüne und bemalte Scherben, es gab welche, die roh gebrannt waren, und es gab schön glasierte. Aber kein Topf und keine Schale war heil geblieben.
»Ich sehe den runden Stein«, rief Großer-Tiger plötzlich.
Er deutete voraus und wartete nicht länger, ob Christian und Glück ihn auch sähen. Er ging auf einen wie vom Zirkel in den Schutt gezogenen Kreis zu, und als er hinkam, schob er die Scherbendecke mit dem Fuß beiseite. Ein gelber Sandstein war darunter, und in den Sandstein war ein Relief gemeißelt. Man sah die Sonnenpferde und den Weltenbaum mit einer steinernen Blüte an jedem Zweig. Wo die Zweige sich neigten, stießen sie an das Jahresrad und an die erhobenen Hämmer der Schmiede, die es schmiedeten. Soviel sah man, und mehr sah man nicht. Als aber Großer-Tiger sich bückte und mit der Hand den Staub der Lehmziegel und die Scherben wegfegte, kamen auch die Wagner zum Vorschein. Sie trugen Speichen in den Händen und einen Radkranz, den sie zusammenfügten.
»Laß das«, sagte Glück zu Großer-Tiger, »jetzt ist nicht die richtige Zeit, um alte Steine zu betrachten.« Er schaute zurück. Naidang stand hoch oben auf der Mauer neben dem Nordtor, Siebenstern bog eben um die Ecke nach Westen, und Ungemach ging auf der östlichen Mauer bereits der Mitte entgegen. Er schien es eilig zu haben. Da machte auch Glück, daß er fortkam.
»Wir müssen nach Osten gehen«, sagte Christian.
»Zwanzig Schritte«, sagte Großer-Tiger.
»Geh voraus«, bat Christian, »du kennst das richtige Schritt-

maß.« Da begann Großer-Tiger wieder gleichmäßig zu gehen, und dabei blickte er immerzu auf die Rampe des Osttors und zählte laut.
»Zwanzig!« verkündete Großer-Tiger; »hier ist die Stelle, wo das ›Kleine Heil‹ verborgen liegt.«
»Man merkt aber nichts«, sagte Christian.
Er legte das Spatenbündel neben sich auf den Boden, und die Scherben knackten. Dann löste er gemeinsam mit Großer-Tiger die Stricke, und sie falteten das blaue Tuch auseinander. Zwei kleine Handspaten, wie Soldaten sie haben, wenn sie in den Krieg ziehen müssen, lagen darin.
»Wir wollen beginnen«, sagte Großer-Tiger.
»Noch nicht«, widersprach Christian, »erst muß Glück auf dem Posten sein.«
Also warteten sie noch eine Weile. Der blaue Himmel strahlte ohne ein Wölkchen, die Scherben der Schwarzen-Stadt glänzten in der Sonne, und man hörte die eiligen Schritte Glücks, die sich mehr und mehr entfernten. Als Glück auf der südlichen Mauer erschien, winkte er, und Ungemach und Siebenstern winkten auch. Naidang nickte nur mit dem Kopf, denn er spähte aufmerksam zum toten Wald hinüber, als ob da was wäre. Da war Christian nicht ganz sicher, ob das Nicken ein genügendes Zeichen sei.
»Hast du Angst?« fragte Großer-Tiger.
»Angst habe ich keine«, sagte Christian, »aber Naidang hat nicht gewinkt wie die andern.«
»Das macht nichts«, versicherte Großer-Tiger und begann die Scherben und den Schutt beiseitezuräumen. Dann nahm er einen Spaten in die Hand, und Christian nahm den zweiten, und sie fingen an zu graben und zu probieren, ob sie nirgends auf etwas Festes stießen, das ein Stein sein konnte.
»Hier ist nichts«, sagte Christian.
»Hier muß etwas sein«, sagte Großer-Tiger.
»Vielleicht war schon einer da«, erinnerte Christian. Er warf einen raschen Blick zum Osttor, wo Ungemach neben einer Schießscharte auf der Mauer stand.
Aber Ungemach zeigte den Rücken und rührte sich nicht.

»Hallo!« rief Großer-Tiger plötzlich.
»Selber Hallo!« sagte Christian, »gibt es ein Ding, das fest ist?«
»Es gibt so ein Ding«, erwiderte Großer-Tiger und legte den Finger an die Nase. Dann gruben beide emsig, und Christian zog den Rock aus, und Großer-Tiger zog den Rock auch aus. Als sie das getan hatten, ging es viel leichter, und bei jedem Spatenstich sahen sie ein Stück mehr von einer Steinplatte, die so gelb war wie der Sockel, auf dem der silberne Röhrenbrunnen einmal gestanden hatte.
»Den hätte ich gerne gesehen«, sagte Christian.
»Wen?« fragte Großer-Tiger schnaufend.
»Ich dachte an den silbernen Brunnen«, entschuldigte sich Christian und grub weiter.
»Du solltest vorher sagen, woran du denken willst; dann weiß ich es, und sonst weiß ich es nicht.«
»Aber wenn ein Gedanke plötzlich kommt, ich meine, so geschwind oder schneller als ein Pfiff?«
»Solche Gedanken mußt du für später aufheben«, sagte Großer-Tiger. Er stieß den Spaten neben sich in den Boden, und Christian legte den seinen aufatmend beiseite, denn die Steinplatte lag frei. Sie war etwas größer als ein großes Schachbrett, und sie war in viele Quadrate geteilt. Achtmal acht, zählte Christian, aber bevor er sagen konnte, daß offenbar die Leute von Edsina schon Schach gespielt hätten, ertönte von der Nordmauer ein Pfiff.
»Was ist das?« rief Großer-Tiger erschrocken.
»Ein Gedanke von Naidang«, sagte Christian.
Sie schauten zum Nordtor, wo die Pferde unten an der Geistermauer beisammenstanden und wo Naidang oben stand und sich gegen eine Brustwehr preßte. Er blickte angestrengt nach dem toten Wald, aber mit der Hand machte er Zeichen, daß Christian und Großer-Tiger sich beeilen sollten.
»Vielleicht kommt wer«, vermutete Großer-Tiger.
»Ich weiß, wer kommt«, erwiderte Christian, »und du weißt es auch.«
»Es gibt keine Hilfe«, sagte Großer-Tiger und bückte sich, »der Kerl will die Schlangenmünze wiederhaben.«

»Dann pressiert es«, sagte Christian.
Sie hoben miteinander die Steinplatte und griffen wieder zu den Spaten.
Auf der Unterseite der Platte waren Schriftzeichen eingemeiselt, aber Großer-Tiger warf kaum einen Blick darauf, und Christian schaute gar nicht hin. Sie gruben so schnell sie konnten. Vorher hatten sie achtgegeben, die Erde nicht umherzustreuen, jetzt ging das nicht mehr. Nur rasch, dachte Christian, bevor es zu spät ist. Die Erde flog; ein klein wenig feucht war sie auch, und hier und da glänzte ein Stückchen schwarzer Holzkohle. Auf einmal knirschte der Spaten Christians und glitt an einem Stück grauen Metalls ab. Die angekratzte Stelle blinkte hell.
»Nummer eins«, rief Christian und hob den Silberschuh aus der Grube.
»Hundert Unzen«, sagte Großer-Tiger mit Kennermiene und wog den Klumpen in der Hand. Er hatte die Form eines Schiffchens und in der Mitte trug er ein quadratisches Prägezeichen.
»Weiter!« mahnte Christian.
»Weiter!« sagte auch Großer-Tiger.
Nun gab es keine Schwierigkeiten mehr. Ein Silberschuh nach dem andern kam ans Licht. Als alle zehn nebeneinander auf dem Rand der Grube lagen, war sie leer.
Wieder ertönte ein Pfiff, und diesmal machte Naidang Zeichen, die zur höchsten Eile mahnten. Da warfen Großer-Tiger und Christian die Erde in das Loch, sie deckten die Steinplatte mit den Zeichen »Großes Heil ist nahe« umgekehrt darauf, und dann breiteten sie in fliegender Hast Scherben und Sand darüber.
»Merkt man was?« fragte Christian.
Großer-Tiger kniff die Augen prüfend zusammen. »Man merkt«, sagte er, »daß hier gebuddelt wurde. Das macht die frische Erde. Morgen wird man nichts mehr sehen, und übermorgen wird es sein wie überall.«
»Übermorgen ist weit«, sagte Christian.
Er kniete am Boden und packte die Silberbarren in das blaue

Tuch, in dem vorher die Spaten eingewickelt waren. Großer-Tiger kniete mit dem Strick zum Verschnüren neben ihm.
»Wir können das Geschehene nicht rückgängig machen«, sagte Großer-Tiger gelassen, »jetzt müssen wir eilig fort.«
Da machte Christian die haltbaren Knoten, die ihm ein amerikanischer Seesoldat in Peking beigebracht hatte, und als das Bündel fertig war, hingen sie es an die Spatenstiele und trugen es zwischen sich wie die Kundschafter von Kanaan die große Traube.
»Hallo!« rief Christian laut.
»Die Arbeit ist getan«, rief Großer-Tiger.
Sogleich verließ Glück seinen Posten auf dem Südtor. Er sprang in großen Sätzen die Rampe herunter, und Ungemach kam vom Osttor herbei. Auch Siebenstern lief nicht mehr auf der Mauer entlang. Man sah sie den Aufgang im Westen heruntereilen, und alle trafen sich bei den Pferden. Der Pudel sprang auf und freute sich mit einem kleinen Gebell.
Nur Naidang blieb auf der Nordmauer stehen. Hinter einer Brüstung verborgen, hielt so sorgfältig Ausschau, und als er merkte, daß alle da waren, wandte er sich um und rief: »Kommt zu mir herauf, aber so, daß euch von draußen keiner sehen kann.«
»Ist wer da?« fragte Glück.
Naidang zog die Stirn in hilflose Falten. »Einen Menschen sehe ich nicht, aber ich merke, daß einer da ist.«
»Ich verstehe«, sagte Glück, aber er hatte keine Ahnung, was Naidang meinte.
Während er als erster die Rampe hinaufstieg, die früher einmal Stufen gehabt hatte, jetzt aber einer versandeten und abschüssigen Rinne glich, sagte er belehrend zu den übrigen: »Oben müßt ihr auf allen vieren kriechen, bis jeder hinter einer Brüstung ist. Dann mögt ihr aufstehen. Das beste ist«, sagte Glück, »ihr tut, was ich euch vormache.«
»Bolna!« rief Christian.
»Hund bleib da!« befahl Siebenstern streng.
»Wir tun, was der befehlende Herr für richtig hält«, erklärte Großer-Tiger bereitwillig.

Als sie auf der Mauer anlangten, krochen sie hintereinander wie eine Bärenfamilie tapp tapp unter den Schießscharten entlang, bis jeder hinter einer Brüstung anlangte und sich aufrichten konnte. Christian und Großer-Tiger schauten vorsichtig hinaus, was es gäbe.
»Seht ihr was?« fragte Naidang.
»Ich sehe«, sagte Christian, »den harten Lehmboden mit den Rissen darin, aber da ist niemand. Dahinter sehe ich den toten Wald, wo die Bäume durcheinander liegen. Aber auch da ist niemand.«
»Und du?« fragte Naidang.
Großer-Tiger räusperte sich. »Ich sehe, was Kompaß-Berg sieht, und mehr sehe ich nicht.«
»Seid nicht vorwitzig«, warnte Ungemach, »wahrscheinlich lauert da draußen ein Hung-Hu-Tse oder der große Räuber Tung-Fu-Tze selber, und sein Gewehr ist geladen. Er wartet, daß einer den Kopf vorstreckt, aber bei mir hat er kein Glück damit.«
»Paßt einmal auf«, sagte Naidang, »hinter dem toten Wald gibt es im Osten einen Hügel, der bis zu den Pappeln reicht, wo früher der Edsin-Gol floß. Könnt ihr das erkennen?«
»Ich sehe den Hügel«, sagte Großer-Tiger, »er ist aber sehr weit weg.«
»Auf dem Hügel steht ein Obo«, sagte Christian.
»Es ist kein Obo«, setzte ihm Naidang auseinander, »es ist eine Mauer, doch sie ist zerfallen wie alles, was zur Schwarzen-Stadt gehört. Nur ein kleines Stück ist übriggeblieben. Es ist mannshoch und zwanzig Fuß breit. Dieses Stück Mauer sollt ihr betrachten.«
»Aha!« sagte Glück.
»Ich betrachte es lieber nicht«, sagte Ungemach.
»Gibt es dort was?« fragte Christian.
»Hin und wieder«, antwortete Naidang, »man muß aber gut aufpassen. Da ist es wieder«, rief er, »habt ihr es gesehen?«
»Es ist ein Zweig, der im Winde weht«, sagte Glück. »Die Sache ist einfach: Hinter der Mauer steht ein Bäumchen oder ein Busch, und wenn ein Windstoß kommt . . .«

»Es weht aber kein Wind«, sagte Siebenstern.
»Ich hab's!« rief Christian.
»Es geht nicht darum, was du hast« sagte Glück verdrossen, »sondern um den Baum, der hinter der Mauer steht.«
»Hinter der Mauer steht ein Pferd«, sagte Christian, »und weil es ungeduldig ist, schlägt es mit dem Schweif. Das sieht dann aus, als ob ein Zweig im Winde wehe.«
»Kompaß-Berg hat recht«, sagte Naidang. »Hinter der Mauer steht ein Pferd, und wo ein Pferd ist, muß es auch einen Reiter geben. Man sieht ihn nicht, aber er ist da, und darum muß man einen Plan machen, damit wir nicht in den Rachen des Tigers fallen.«
»Das Pferd hat einen hellen Schweif«, rief Siebenstern. »Der Mann, der meinen Hund auf die Nase schlug, hatte so ein Pferd.«
»Ich dachte es mir«, sagte Naidang düster.
Glück klopfte herausfordernd auf die Pistolentasche. »Der Mensch«, teilte er mit, »hat sieben Leibesöffnungen. Ich werde dem Tropf eine achte machen.«
»Nein«, rief Ungemach entsetzt, »so geht es nicht. Wir müssen einen besseren Plan erfinden.«
»Was denkt Großer-Tiger?« fragte Naidang.
»Ein freiwilliger Rückzug bringt dem Edlen Heil und dem Gemeinen Untergang.«
»Diesmal«, sagte Glück, »taugt der Rat deines Großvaters nicht. Wie wollen wir uns zurückziehen, wenn der Vogel da draußen den Hals nach uns reckt?«
Großer-Tiger wies auf die Haufen großer und runder Steine, die in Abständen hinter der Brüstung lagen, damit die Verteidiger von Edsina sie ihren Feinden auf den Kopf werfen konnten.
»Hier ist ein Stein«, sagte Großer-Tiger, »er ist dick wie ein Kopf. Den schieben wir in die Schießscharte; dann sieht es aus, als ob da einer wäre, der auf der Lauer liegt, und es wird lange dauern, bis der Reiter, der zu dem Pferd gehört, merkt, daß er betrogen ist. Wenn er sich endlich in die Stadt traut, sind wir lange fort, denn wir reiten zum Südtor hinaus. Hinter die

Geistermauer kann niemand gucken, also wird unser Rückzug ungesehen und in Frieden vor sich gehen.«
»Großer-Tiger«, rief Naidang begeistert, »weiß mehr als Aus- und Einatmen; er wird dereinst im Kurultai erfahrener Männer die Stimme erheben, und sein Wort wird gelten.«
»Ich bin nur ein alberner Nichtswisser«, wehrte Großer-Tiger bescheiden, »mein Großvater besitzt die Erkenntnis, die ich weitergebe.«
»Dein Großvater gehört zu den wahrhaft Weisen«, rühmte Naidang.
»Du bist ein Teufelsbraten«, sagte Glück wohlwollend, »und dein Großvater ist auch einer.«
»Die Gnade des Himmels hat ihn berührt«, seufzte Ungemach, »leider gibt es Leute, die davon ausgenommen sind.«
»Auf«, rief Naidang »in den Sattel, ihr Männer!«
Da griff Glück nach dem dicken Stein, den Großer-Tiger bezeichnet hatte, schob ihn in eine der Schießscharten, und dann machte sich einer nach dem andern auf den Rückweg. Sie schlichen wie eine Bärenfamilie tapp tapp bis zu der Rampe, und als sie unten bei den Pferden anlangten, waren alle auf einmal sehr aufgeräumt. Selbst Ungemach lächelte, so gut er es fertig brachte. Der Pudel lief, von der allgemeinen Fröhlichkeit angesteckt, jedermann zwischen den Beinen herum, bis ihn Siebenstern energisch zu sich rief.
»Du fängst schon wieder an, Dummheiten zu machen«, sagte sie.
Nur Naidang stand stirnrunzelnd vor dem blauen Tuchballen, und sein Blick wanderte zwischen dem Ballen und den Spaten hin und her.
»So ist es verkehrt«, sagte Naidang, »man muß die Spaten einpacken, und das Silber muß man auspacken.«
»Bolna«, rief Christian und machte sich gleich daran, den Strick aufzuknoten.
»Das Silber ist ein wenig grau«, sagte er, »aber das macht nichts.«
Und er faltete das Tuch auseinander.
Da lagen die zehn Silberschuhe. Glück nahm einen prüfend in

die Hand und kratzte mit dem Daumennagel, bis das blanke Metall sichtbar wurde. Dann nickte er befriedigt.
»Wir sind fünf Männer«, sagte Naidang, »also muß jeder zwei Silberschuhe einstecken.«
»Ich auch?« fragte Ungemach.
»Du gehörst zu uns«, erwiderte Naidang freundlich, »steck sie in deine Taschen. Es eilt. Kwai, kwai!«
Da nahm jeder zwei Silberschuhe, und Naidang packte die Spaten in das blaue Tuch.
»Gib her«, sagte Glück, »sonst fallen sie wieder ins Wasser.«
»Keine Sorge deswegen«, beruhigte ihn Naidang, »wir reiten nicht über den Närin-Gol zurück. Davon habe ich genug.«
Dann war es Zeit, aufzubrechen, und Naidang setzte sich an die Spitze des Zuges. Die Pferdehufe trappelten über das Scherbenfeld; es knisterte und es knackte, und der runde Sockel des Röhrenbrunnens, auf dem Schmiede das Jahresrad schmiedeten, lag an seinem Platz in der Sonne.
»Schade«, sagte Großer-Tiger zu Christian, »ich hätte gern die übrigen Bilder gesehen.«
»Ich auch«, sagte Christian und langte in die Hosentasche. »Sieh hier«, sagte er, »was ich auf der Stadtmauer gefunden habe, als wir auf allen vieren krochen.« Es war eine Pfeilspitze aus schwarzer Bronze, und sie war mit Grünspan überzogen wie die Instrumente der Sternwarte in Peking. »Behalte sie zum Andenken«, bat Christian.
»Du machst mir ein dickes Geschenk«, sagte Großer-Tiger, »und ich habe nichts. Halt einmal«, sagte er, weil ihm die Silbermünze mit der Schlange einfiel. »Ich habe das Ding da, aber es ist kein ganzes Geschenk, sondern ein halbes, weil es eigentlich nicht mir gehört.«
»Macht nichts«, tröstete Christian, »jetzt hat jeder von uns eine Schlange, die ihm nicht gehört, und ich bin neugierig, was daraus werden wird.«
Unter diesem Gespräch waren sie in die ehemalige Stadtmitte gelangt, wo es einen hohen Schutthügel gab und einige Mauerreste. Hier hatte, wie Naidang sagte, der Yamen gestanden, aber ganz sicher war das nicht. Dann rückte das Tor im Süden

näher, und als sie um die Geistermauer bogen, warf Christian einen letzten Blick auf die traurige Schwarze-Stadt, die keine Stadt mehr war. Die Pferde stampften zum Tor hinaus, und für kurze Zeit hörte man keinen Hufschlag, denn der angewehte Sand lag hoch, und die Pferde hatten Mühe durchzukommen. Kaum zwanzig Schritte vom Stadttor entfernt führte ein Kamelpfad von Osten nach Westen oder von Westen nach Osten, je nachdem wohin man wollte.

»Ene ju beino?« fragte Christian, und deutete auf einen ziemlich erhaltenen Bau außerhalb der Stadtmauer. Das Ding sah wie ein Würfel aus, trug eine halb zerfallene Kuppel und hatte ein rundes Mondfenster, das wie ein erloschenes Auge nach Westen starrte.

»Dieses«, erklärte Glück, »ist eine Moschee, sofern du weißt, was eine Moschee ist.«

»Es ist ein Tempel«, sagte Großer-Tiger.

»Die Mohammedaner beten darin«, sagte Christian.

»Die Rechtgläubigen«, verbesserte Glück, »so nennen sie sich in Sinkiang und hier herum.«

»Meint der befehlende Herr die Sarten und die Dunganen?« erkundigte sich Großer-Tiger.

»Von diesen rede ich«, sagte Glück. »Wenn sie nicht gerade einen Aufstand machen, sind sie angenehme friedliche Leute.«

»Und wenn sie einen Aufstand machen?«

»Dann geht es schrecklich her«, sagte Glück, »und es ist ein Elend.«

»Da waren also«, sagte Großer-Tiger nachdenklich, »die Bewohner von Edsina Rechtgläubige?«

»Nicht alle. Die Moschee ist klein, das siehst du doch?«

»Ich sehe es«, sagte Großer-Tiger.

»Aber der Fürst Alaptan«, fuhr Glück fort.

»Er hieß Araptan«, bemerkte Christian.

»Habe ich was anderes gesagt?« fragte Glück. »Also dieser Fürst Alaptan war ein verständiger Mann, wie mir scheint. Er baute für die Rechtgläubigen eine Moschee, für die Mongolen Tempel und Tschorten, und alle lebten in der Ordnung, die Himmel und Erde vorschreiben.«

»Bis auf die Sache mit dem Kaiser«, sagte Christian.

»Ja«, sagte Glück, »bis auf diese Sache, und es ist ein Elend, daß sie daran zugrunde gingen.«

Während Glück sprach, war Naidang mit Ungemach und Siebenstern vorausgeritten. Der Pudel lief mit ihnen, aber dann blieb er stehen, und weil es ihm unerträglich war, die Gesellschaft auseinandergerissen zu sehen, rannte er in langen Sätzen zurück und bellte.

»Wir kommen«, rief Christian, »sei ruhig, wir kommen.«

Er trieb sein Pferd zur Eile, und Großer-Tiger und Glück folgten. Naidang hatte den Weg nach Westen eingeschlagen, der unter der Stadtmauer entlang führte. Hier hatten die Stürme im Lauf der Jahrhunderte gewaltige Sandmassen an den Wällen abgelagert. Die vorspringenden Bastionen waren bis zur Zinne von Sand überflutet, und nur der gezähnte Kranz der Brustwehren ragte heraus. An der Südwestecke stand als letztes Wahrzeichen hoch auf dem Rondell eine mongolische Tschorte. Dann war die Stadt zu Ende.

Der harte gelbe Lehmboden mit den vielen Rissen begann, und man konnte sich nicht vorstellen, daß hier einmal Gärten gewesen waren voll Fülle und umhegt mit Bambushecken und blühenden Sträuchern. An Stelle der glatten Aprikosenbäume wuchsen Tamarisken mit zerfressener Rinde, und auf der fruchtbaren Erde lag tiefer Sand. Der Pfad führte durch ein Gewirr von Hügeln, die zur Zufriedenheit Naidangs so hoch waren, daß sie den Reitertrupp völlig verbargen. Naidang schlug einen scharfen Trab an. Es war leicht zu merken, daß ihm darum zu tun war, möglichst rasch aus dem Bannkreis der Schwarzen-Stadt zu kommen. Die Sonne schien warm, Naidangs Mantel trocknete und dampfte, aber der Pudel lief mit heraushängender Zunge nebenher.

Nach zwei Stunden ging es durch einen Bach; es gab wieder Bäume, und es gab Gras und Hügel, auf denen noch mehr Bäume wuchsen. Man hätte meinen können, es wären Wälder, wenn nicht das Sandmeer hinter den Wipfeln so gelb und endlos gewesen wäre.

Zwischen den baumbestandenen Hügeln glänzte ein Fluß.

Die Pferde fielen in Schritt, die Hufe klapperten über Geröll oder stapften durch feuchten Sand, und dann standen sie vor dem breiten Bett des Ichen-Gol. Sogleich drängten die Pferde zum Wasser, aber Naidang rief: »Weiter! Sie dürfen jetzt nicht trinken.«

Er trieb seinen Falben mit straff gezogenen Zügeln ins Wasser, das kaum fußtief in eiligem Fluß nach Norden strömte. Von der Mitte an wurde es tiefer, aber erst kurz vor dem andern Ufer reichte es den Pferden für ein paar Augenblicke bis zum Bauch. Die Reiter zogen die Knie an, der Pudel mußte ein Stück weit schwimmen, dann war der Fluß überquert. Wieder bedeckte Geröll und Sand den Boden, und man sah den Kamelpfad, dem Naidang bisher gefolgt war, breit ausgetreten nach Westen ziehen.

»Hier geht es nach Sinkiang«, sagte Naidang, und er hob den rechten Arm wie einen Wegweiser.

»Weiß wohl«, brummte Glück, und wie nicht anders zu erwarten war, fiel ihm Grünmantel ein. »Entschuldige, ich möchte mal was nachsehen.«

»Nicht nötig«, rief Naidang, »das erfahren wir beim alten Märin.«

Er wandte sein Pferd und ritt, ohne auf eine Antwort Glücks zu warten, flußabwärts nach Norden. Es ging durch hohes Derresgras und Buschwerk. Der Ichen-Gol, der hier einen Bogen machte, entschwand den Blicken, aber man sah an der Baumbegrenzung den weiteren Verlauf des Flusses. Eine freundliche Niederung zwischen zwei Hügelzügen tat sich auf, und mitten drin stand eine neue weiße Filzjurte. Aus dem Rauchloch im Dach stieg ein sanfter Rauch, kräuselte sich in der erwärmten Luft und verschwamm.

»Der Alte ist daheim«, murmelte Naidang zufrieden.

Unter einer dicken Pappel machte er halt, nahm die leere Flasche aus dem Lederbeutel und steckte sie in den Gürtel.

»Gebt mir die Silberbarren«, sagte Naidang, »wir wollen sie jetzt in die Satteltasche tun. Es ist wegen der Wahrheit«, setzte er lächelnd hinzu, »die ich dem alten Märin schmackhaft machen muß. Deswegen braucht ihr mich aber für keinen

Lügner halten.« Da sagten alle, sie hielten ihn nicht dafür, und Glück fragte, wie er überhaupt darauf käme. »Man muß«, sagte Glück, »der Wahrheit stets auf die Beine helfen, das weiß jeder.«

»Es gibt aber Leute«, warnte Ungemach, »die die Nachhilfe merken.«

»Wisse«, sagte Glück streng, »daß Vater Naidang in dieser Sache die zehntausend Regeln beherrscht wie kein anderer.« Da entschuldigte sich Ungemach, und dann packte Naidang die Silberschuhe sorgfältig in die Ledertasche. Nachher hob er sich in den Bügeln und versteckte das blaue Spatenbündel in den untersten Ästen der Baumkrone. Als das geschehen war, wurde Naidang sehr fröhlich.

»Jabonah«, rief er, und sie ritten bis zu der Jurte in gestrecktem Galopp. Während sie aus dem Sattel sprangen, hob ein magerer nackter Arm den Teppich vom Eingang des Filzzeltes. Dem Arm folgte eine tibetische Wollweste, die dunkelrot war. Dünne Goldschnüre umrandeten den aufgestellten Kragen, aus dem ein langer Hals hervorragte. Der dazu gehörige Kopf saß fest auf den knochigen Schultern, und die Augen unter den Brauen blitzten. Der Alte trug eine schwarze chinesische Kappe und einen ebenso schwarzen glänzenden Zopf. Lange weiße Fellhosen und geflochtene Strohschuhe kamen gemächlich hinterdrein, und dann stand der alte Märin da.

»Der Zopf ist falsch«, flüsterte Naidang vertraulich grinsend. Er warf die Zügel Siebenstern zu und ging dem alten Märin lächelnd entgegen. »Ruhst du leicht und gut?« rief er.

»O Bilderbogen!« sagte Märin, und sein Gesicht strahlte eitel Freude, »hast du einen leichten Weg gehabt?«

»Leicht und gut«, log Naidang, »wir kommen geradewegs von daheim.«

»So so!« sagte Märin zweifelnd, »eigentlich sieht es nicht so aus.« Und er wies auf den Pudel, der zum drittenmal das Wasser aus dem Fell schüttelte.

»Der Hund ist anders wie andere Hunde«, setzte Naidang auseinander, »in dem dicken Fell hält sich das Wasser einen halben Tag lang.«

»Das ist aber ungesund«, sagte Märin sorgenvoll, und er betrachtete den Pudel eingehend.
»Es ist wahr«, gab Naidang zu, »er hustet oft, besonders nachts.«
Dann wechselten sie die Schnupfflaschen, und nachher stellte Naidang seine Besucher der Reihe nach vor.
»Mit Märin könnt ihr in eurer Heimatsprache reden«, sagte Naidang zu Christian und Großer-Tiger, »er stammt aus dem Land Tschachar. In den alten Tagen, als die Kaiserin auf dem Drachenthron saß, hütete er fünfhundert Pferde der kaiserlichen Herden. Damals kam er oft nach Peking.«
»Wir kommen gerade aus Peking«, sagte Großer-Tiger und verbeugte sich.
»Aber jetzt sind wir hier«, sagte Christian, und er verneigte sich ebenfalls.
Märin schien erfreut. Sein faltiges Gesicht war braun wie altes Leder, aber in den Augenwinkeln saß der Schalk. Die kühne Adlernase stand in merkwürdigem Gegensatz zu den mongolischen Backenknochen, und wenn die nicht gewesen wären, hätte man Märin für einen alten Indianerhäuptling halten können. »Herein!« rief er einladend, »bei mir ist es warm.«
Er half Siebenstern mit einigen Handgriffen die Pferde anbinden und trat als letzter in die Jurte. Ein helles Holzfeuer brannte darin, der Teekessel summte, und die blaugefaßten Sitzkissen lagen abgezählt bereit, als ob Märin den Besuch erwartet hätte.
»Hast du uns kommen gesehen?« fragte Naidang besorgt.
»Ich hörte die Pferde, und dann sah ich euch«, gab Märin zu. Er nahm den Deckel von dem dampfenden Kessel und schöpfte mit einer Kupferkelle den heißen Tee in die Schalen.
»Naidang hat mir von Euch berichtet«, begann Glück, »und von der vielseitigen Erfahrung, die Euer hohes Alter ziert. Da bat ich ihn, mich mit Euch bekannt zu machen.«
»Der Bilderbogen übertreibt«, brummte Märin höflich, »ich bin ein unwissender Tölpel.«
»Was mich betrifft«, sagte Ungemach, »bin ich nur so mitgeritten. Entschuldigt meine Anwesenheit.«

»Jeder ehrliche Mensch ist mir willkommen«, rief Märin.
»Da wir schon bei ehrlichen Menschen sind«, begann Naidang, »möchte ich dich was fragen.«
»Wenn du mich nach Grünmantel fragen willst, der war vorgestern bei mir.«
»Die Welt staunt nicht umsonst über deine Weisheit«, rief Naidang, »diesen Herrn suchen wir.«
»Er wurde von einer Mörderbande überfallen«, berichtete Märin düster.
»Wie schrecklich!« sagte Naidang grinsend.
»Oh, der Schuft!« schrie Glück, »er ist ein Hundesohn, und sein Vater war auch einer.«
»Sieh diese beiden Fürstenkinder«, sagte Naidang, »sehen sie aus wie Mitglieder einer Mörderbande?«
»Wir redeten von ehrlichen Menschen«, sprach Märin ernst, »also wollen wir erforschen, wie es sich damit verhält.«
»Es verhält sich so«, rief Glück zornig, »daß Grünmantel endlich vor den Richter gehört.«
»Er ist unterwegs zu ihm«, antwortete Märin, »um eine eilige Anzeige zu erstatten.« Dabei blickte er Glück forschend an, worauf Glück unruhig hin und her rutschte.
»Sitzst du nicht bequem?« erkundigte sich Märin.
»Ich sitze ausgezeichnet«, knurrte Glück.
»Sprich«, bat Naidang und langte die Pfeife aus dem Stiefelschaft, »erzähle, was du weißt, damit wir es erfahren. Hernach werden wir berichten.«
»Vorgestern«, begann Märin, »bevor es Mittag wurde, vernahm ich einen Donner ohne Anbeginn und Ende. Er näherte sich rasch, und da wußte ich, daß es ein brüllender Wagen sei, der von selber geht. Hinter dem Hügel hörte der Donner plötzlich auf, und bald nachher kam Grünmantel gelaufen. ›Ich komme, um dich zu warnen‹, sagte er, ›in Ollon-Torre ist ein berüchtigter Räuber und Mörder eingetroffen. Er heißt Glück.‹«
Märin machte eine Pause, und alle schauten auf Glück. Aber Glück hatte sich gefaßt. Er saß ruhig auf dem Kissen, rutschte kein bißchen hin und her und hielt den Blicken stand.

»Verbrecher«, sagte Glück geringschätzig, »haben die Gewohnheit, andere Leute ihrer Untaten zu bezichtigen.«
»Gut gesprochen«, rief Naidang, »so ist es.« Und er zündete sich zufrieden die Pfeife an.
»Ich fragte Grünmantel«, fuhr Märin fort, »ob etwas passiert sei, und Grünmantel sagte: ›Es ist was passiert. Ich habe da einen Wagen gekauft, mit dem ich auf der Seidenstraße fahren will, damit der Handel schneller geht. Ich bin viele Tage gefahren, und in der Nacht kam ich an den Goitzin-Gol. Dort stand ein Zelt, und in dem Zelt saßen zwei Soldaten des Generals Feng und der entlaufene Soldat Glück, der ein bekannter Rotbart ist. Zwei Buben, von denen einer ein fremder Teufel vom Land der Außenseite ist, saßen auch dabei. Die Sache kam mir verdächtig vor, aber Glück erzählte mir, er habe die beiden aus den Händen einer Räuberbande errettet, und jetzt bringe er sie zu ihren Eltern nach Hause. Damit gab ich mich zufrieden‹, sagte Grünmantel, ›obwohl ich die Geschichte nicht glaubte. Ich bat die beiden Soldaten, mir etwas Benzin zu verkaufen. Es braucht nicht viel zu sein, sagte ich. Das dürfen wir nicht tun, sagte einer, der Schlangenfrühling hieß, der General hat es verboten. Ach was, rief der andere. Unser General merkt nicht, wenn ein paar Kanister fehlen. Er verlangte einen schändlichen Preis, aber ich bezahlte, was er haben wollte. Da spannten die Spitzbuben, daß ich Geld hatte, und sie beschlossen, mich umzubringen. Der ehrliche Schlangenfrühling erschrak zu Tode, als er das hörte, aber was konnte er machen! Während ich schlief, stahlen mir die Kinder, die zum Stehlen abgerichtet sind, alle Patronen, die ich hatte, mitsamt der Pistole. Nachher wollten die Verbrecher mich ermorden, aber weil Schlangenfrühling nicht mitmachte, gerieten sie untereinander in Streit, und davon erwachte ich. Es gab einen furchtbaren Kampf‹, sagte Grünmantel. ›Kämpfte ich vorn wie ein Tiger, bissen mich die verruchten Kinder hinten, und wenn Schlangenfrühling nicht zu mir gehalten hätte, wäre ich eines schrecklichen Todes gestorben. Mit genauer Not entkamen wir, und nun eilen wir nach Sutschou, um dem Präfekt Anzeige zu erstatten, damit er Polizisten und

Soldaten schickt, die diese Pest an Ort und Stelle ausrotten werden.‹ Als Grünmantel so gesprochen hatte, verabschiedete er sich und sagte: ›Es ist das beste, alter Märin, wenn du sogleich von hier entfliehst und dich so lange verbirgst, bis die Kerle erschossen sind. Du bist mein Freund, darum habe ich dich gewarnt.‹ ›Ich danke dir für die Nachricht‹, sagte ich, ›und ich werde deinen Rat befolgen.‹«

»Trotzdem bist du hier geblieben?« fragte Naidang, »wie geht das zu?«

»Ich wollte die Räuber und Mörder kennenlernen«, antwortete Märin lächelnd.

»Sie sind alle anwesend«, versicherte Naidang, »eigentlich solltest du zittern.«

»Ich zittre«, beteuerte Märin, »erlaubt, daß ich mich stärke.« Er stellte ein Messingkännchen mit Milchschnaps in die heiße Asche, und als der Becher kreiste, erzählte Naidang, was sich in Ollon-Torre zugetragen hatte.

Märin wiegte bedenklich das Haupt, und der Zopf schlenkerte hin und her.

»Die Sache eilt«, sagte er, »laßt mich nachdenken. In sieben Tagen«, rechnete Märin an den Fingern, »können die Häscher des Yamen hier sein.«

»Zwei Tage sind seither vergangen«, gab Naidang zu bedenken.

»Bleiben also noch fünf«, sprach Märin, »wahrscheinlich brauchen die Soldaten länger, aber damit dürfen wir nicht rechnen. Grünmantel ist ein Freund des Oberrichters in Sutschou. Da wird es ihm ein leichtes sein, den Überfall glaubhaft zu machen und das Kommando schleunigst auf den Weg zu bringen.«

»Werden sie uns wirklich totschießen?« fragte Christian.

»Der Himmel weiß es«, erwiderte Märin, »die Zeiten sind wirr, und die guten Tage sind vergangen. Ich rate zu eiliger Flucht.«

»Darüber habe ich nachgedacht«, sagte Naidang. »Meine Freunde sind ohne Reittiere und ohne Lebensmittel. Ich habe deshalb in alten Truhen gekramt, und dabei habe ich zehn Silberschuhe gefunden, die ich längst vergessen hatte.«

»Das kommt vor«, sagte Märin ernst, »so was vergißt man leicht.« Er betrachtete das Silber, das Naidang auspackte, sehr genau, kratzte daran herum und biß darauf. »Es ist gut«, sagte er dann, »den Stempel vermag ich nicht zu lesen, aber es ist Silber ohne Beimischung. Ich werde dir das gleiche Gewicht in gängigem Silbergeld besorgen. Das wolltest du doch?«
»Ein bißchen wenig ist es schon«, sagte Naidang, »meinst du nicht auch?«
»Ich bin ein armer Mann«, seufzte Märin, während er die Silberschuhe in seine Truhe sperrte. »Ja«, sagte er, »wenn wir mehr Zeit hätten, ließe sich ein höherer Preis erzielen, aber es eilt. Da gibt mir der Chinese am Morin-Gol keinen Batzen mehr als das Übliche. Hast du nicht selbst gesagt, daß es eilt? Na also.«
»Ich will nicht handeln«, sagte Naidang großartig, »hast du eine Waage?«
»Wo denkst du hin? Ich habe meiner Lebtag keine Waage gebraucht. Bei mir ist es nicht wie bei Leuten, die Silberbarren in ihren Truhen vergessen und nachher nicht einmal wissen, wie schwer sie sind.«
»Zusammen tausend Unzen«, knurrte Naidang, »ich wollte bloß, daß du dich selbst überzeugst.«
»Dein Wort genügt«, sprach Märin feierlich, »morgen bringe ich dir die Batzen.«
»Dann gibt es«, sagte Naidang, »noch eine Kleinigkeit, die beachtet werden muß.«
»Deine Kleinigkeit heißt Schweigen. Deswegen kannst du unbesorgt sein.«
»Bolna!« rief Naidang erleichtert, »es gibt nichts mehr zu überlegen. Unser Geschäft ist fertig und wir gehen.«
»Wozu die Eile?« rief Märin, »in der Eile sind Fehler.«
»Die Fehler sind nicht schlimm«, bemerkte Ungemach, »man erkennt sie erst, wenn das Unglück geschehen ist.«
»Dann ist es zu spät«, warnte Märin, »wir wollen lieber noch einen Becher in Frieden trinken.«
Er schenkte ein, und als die Reihe an Großer-Tiger war, borgte ihm Märin seine schwarze Kappe, »denn«, sagte er, »dem Wein

muß man mit Ehrfurcht begegnen. Wo hast du deine Mütze gelassen?«

»Großer-Tiger hat sie mir geschenkt«, erklärte Naidang, »weil mein Hut in den Dondur-Gol fiel und ertrank.«

»Die Dinge«, sagte Märin, »können nicht dauernd an ihrem Platz weilen. Ich habe da einen Hut, der mir nie recht gepaßt hat, weil mein Zopf sehr stattlich ist. Vielleicht paßt dir der Hut.«

Er öffnete die Truhe wieder und holte einen prachtvollen mongolischen Fellhut heraus, den er Großer-Tiger mit einem Haddak überreichte.

»Zehntausendfachen Dank«, sagte Großer-Tiger. »Ich bin Eurer dicken Gabe unwürdig, . . . aber der Hut paßt.«

»Bravo!« rief Märin, »du bist ein Meister der guten Sitte.«

Er goß sich begeistert einen Becher voll, langte mit sicherem Griff hinter die Truhe und brachte ein Saiteninstrument zum Vorschein. Es sah aus wie eine kleine Holztrommel mit langem Steg und zwei darübergespannten Saiten. Es sah nicht vielversprechend aus.

»O Märin«, bat Naidang, der völlig vergessen hatte, daß er eigentlich gehen wollte, »singe uns von Dschusserä.«

Märin kniff die Augen zu. »Alter Bilderbogen«, sagte er, »das ist ein wehmütiges Lied.« Er griff nach dem Bogen, aber kaum erklangen die empfindsamen Töne, war er der erste, dem die Augen übergingen. Dafür sang er mächtig laut. Großer-Tiger und Christian verstanden nur ein paar Worte von schönem Gras und Holz und Filzzelt, aber als das Lied zu Ende war, sagten sie: »Es war schön wie das Saitenspiel des Gelben-Kaisers und noch schöner.«

Märin nickte geschmeichelt, doch plötzlich stand er auf. »Mir ist«, sagte er, »als wäre da jemand, der nicht hierher gehört. Entschuldigt bitte.«

Er schlurfte so geschwind zum Zelt hinaus, daß selbst Naidang nicht gleich verstand, was Märin meinte. Dann aber beschlich ihn eine böse Ahnung, und er lief Märin eilends nach. Die andern folgten ihm auf dem Fuß.

»Hab mir's gleich gedacht«, murmelte Ungemach, »das ist

immer so, wenn ich wo dabei bin.« Er stolperte auch richtig über die Schwelle, aber Glück fing ihn rechtzeitig auf.
»Nichts«, sagte Märin, der um das Filzzelt gelaufen kam, »es ist nicht die geringste Spur zu sehen, obgleich ich geschworen hätte . . . Nun, man kann sich täuschen.«
»Was hättet Ihr geschworen?« fragte Glück.
»Daß da einer herumschlich. Ich hörte es, als ich nach der Geige griff, aber ich dachte, es sei euer Hund.«
»Unser Hund hätte jeden Fremden in winzige Stücke gerissen«, versicherte Naidang, »er ist ein Hund von der erlesensten Gattung, er ersetzt eine ganze Meute.«
»Hund« rief Siebenstern, »Hund, komm her!«
»Er ist fort«, sagte Christian, »man sieht ihn nirgends.«
»Vielleicht hatte er plötzlich Durst und ist zum Wasser gelaufen«, sagte Großer-Tiger.
»Das tut er nicht«, widersprach Siebenstern, »es muß was anderes sein. Hund, Hund, komm her!«
Allein, das Rufen war umsonst.
Naidang ging zu den Pferden und machte sie los. »Wir reiten«, sagte er zornig, »mag dieser Hund von einem Hund bleiben, wo er ist. Ich sagte ja, er taugt nicht.«
»Er ist ein rechter Unglückshund«, pflichtete ihm Ungemach bei.
»Vater«, bat Siebenstern, »ich möchte hier bleiben und auf den Hund warten.«
»Zwei Stunden«, sagte Naidang, »magst du bleiben. Dann mußt du reiten, damit du vor Dunkelwerden daheim bist.«
»Bitte, wir möchten auch bleiben«, baten Christian und Großer-Tiger.
»Meinetwegen«, erlaubte Naidang, und dann nahm er sie beiseite, während der alte Märin noch einmal hinter die Jurte ging, um alles genau zu prüfen. »Wir reiten«, flüsterte Naidang, »von hier gleich flußabwärts, sonst merkt der Alte was. Ihr müßt die Spaten mitnehmen. Macht es aber unauffällig.«
»Wir sind in Unauffälligkeiten geübt«, sagte Christian.
»Keine Besorgnis deswegen«, sagte Großer-Tiger. »Es wird uns eine passende Ausrede einfallen.«

»Jabonah!« rief Naidang. »He, Märin, wir reiten! Ich muß daheim nach den Herden schauen.«
»Dein Weg sei leicht und gut«, rief Märin, und er schlurfte in den Strohschuhen eilig herbei. »Ich glaube«, sagte er leise zu Naidang, »es war doch einer da. Hinter der Jurte ist eine Stelle, als ob da einer gekniet wäre.«
»Gib auf das Silber acht«, warnte Naidang, »es laufen jetzt mancherlei Menschen herum.« Er stieg in den Sattel.
Glück und Ungemach saßen ebenfalls auf, und Glück, der verstanden hatte, um was es ging, sagte: »Wir leben in einer würdelosen Zeit, da gibt es Menschen, die hin- und herschleichen. Das ist nun einmal so.«
»Ich bitte, sich nicht zu beunruhigen«, sagte Märin, »mich hat noch keiner drangekriegt.«
»Sä Jabonah!« riefen Großer-Tiger und Siebenstern.
»Sä Jabonah!« rief Christian.
Märin blickte den Davonreitenden aufmerksam nach. »Alter, dummer Bilderbogen!« murmelte er. »Kommt, Kinder«, sagte er dann und setzte sich vor die Jurtentür in die Sonne, »wir wollen nachdenken, wo euer Hund sein kann.«
»Wie dürften wir in Eurer Gegenwart sitzen?« sagte Großer-Tiger.
»Wir wagen es nicht«, murmelte Christian.
Bei diesen höflichen Worten verneigten sich Christian und Großer-Tiger und dann setzten sie sich neben Märin. Siebenstern setzte sich gegenüber.
»Euer gutes Benehmen ist eine Wohltat«, sagte Märin, »es erinnert mich an die Zeiten, in denen die Ordnung der Welt nicht gestört war. Allerdings habe ich etwas bemerkt, was mir nicht gefallen will.« Er deutete auf den Ring, den Großer-Tiger am Daumen trug, und Großer-Tiger wurde rot, denn es schwante ihm, daß der erfahrene Märin die Schlange und ihre Bedeutung kannte. Während Großer-Tiger nach passenden Worten suchte, aber keine fand, kam Christian ihm zu Hilfe.
»Dieser Ring«, sagte Christian gedehnt, »wenn Ihr nämlich den Ring meint, den Großer-Tiger am Daumen trägt, oder sollte es ein anderer sein?«

»Er hat ihn von seinem Großvater gekriegt«, warf Siebenstern arglos ein. »Glück hat es gesagt und er hat sogar gesagt, der Ring sei ein Glücksring.«
»Ach so!«, machte Märin und blinzelte ein bißchen, »wenn Glück das sagt, wird es wohl so sein. Aber warum sollte es gerade ein Glücksring sein?«
»Weil es einer ist«, sagte Siebenstern; »das sieht doch jeder.«
Großer-Tiger räusperte sich. »Die Schlange«, sagte er, »hat eine üble Bedeutung, denn sie ist das Bild des Zorns. Aber wer der Schwierigkeiten eingedenk ist, überwindet das Unheil. Vielleicht hat Glück es so gemeint.«
»Ach so!«, machte Märin wieder, »ich dachte an etwas anderes. Aber«, erinnerte er, »wir wollen den Hund nicht vergessen, Kinder.« Er griff in die Gürteltasche und brachte neun Kupfermünzen heraus von der alten Sorte, die es unter den Ming-Kaisern gegeben hatte.
Siebenstern war hocherfreut.
»Märin wirft das Neungeld«, flüsterte sie, »da werden wir den Hund wieder finden.«
»Tinger metne«, sagte Märin und rieb bedächtig eine der Münzen an der Türschwelle blank. »Die ist jetzt die Hauptperson«, erklärte er lächelnd, »die andern sind ihr Gefolge.«
Er schüttelte die Münzen zwischen den hohlen Händen dreimal tüchtig durcheinander, blies einen Atemzug Luft darüber und schüttelte wieder. Es war auch, als ob er eine Beschwörung murmelte, und dann schüttelte er zum drittenmal. Nachher breitete er die Münzen auf der rechten Handfläche aus, so daß eine der andern folgte. Da lagen sie nun, wie Märin sagte, schwarz und weiß auf der Vorder- oder auf der Rückseite. Die blanke Münze lag als zweite in der Reihe.
Siebenstern war sehr aufgeregt, aber sie wagte nicht zu fragen. Sie schaute ängstlich auf Märin, ob sie aus seinem Gesicht günstige oder schlechte Nachricht ablesen könne, doch das war ganz unmöglich, denn der Alte verzog keine Miene. Er war eben ein erfahrener Orakelleser.
»Dein Hund ist über den Berg gegangen«, sagte er gleichgültig, »dort hat er einen Wolf gewittert, aber es ist ihm nichts gesche-

hen. Zur Stunde des Affen wirst du ihn wiederfinden.« Siebenstern verneigte sich tief. »Dank!« rief sie, »Großen Dank! Es ist alles zum besten geraten.« Sie schaute zur Sonne und wollte aufspringen. »Die Stunde des Affen ist da.«

»Bleibe noch eine Weile«, sagte Märin, »es eilt nicht. Der Hund wartet auf dich.«

Allein Siebenstern bat Märin, gehen zu dürfen. Als er es ihr erlaubte, lief sie gleich zu den Pferden, zog die Sattelriemen nach und löste die Halfter von der Leine. Großer-Tiger und Christian wollten ihr helfen, aber Märin hielt sie zurück.

»Mein Kind«, sagte er leise zu Großer-Tiger, »ich habe deinen Ring noch nie gesehen, aber ich kenne die Schlange, und ich weiß, wer dahinter steckt. Ist es mir gestattet, zu fragen, woher du den Ring hast?«

»Der heilige Mann Jolleros-Lama gab ihn mir, und er sagte, daß mir der Ring in der Not hilfreich sein würde.«

Märin atmete auf. »Ich war in großer Sorge«, sagte er, »jetzt bin ich es nicht mehr. Reise in Frieden, mein Kind, und du auch.« Er umarmte Großer-Tiger und Christian, und sie wunderten sich sehr. Das war ihnen noch nie vorgekommen. Als sie aufsaßen, sagte Christian so nebenbei: »Wir reiten um den Hügel herum, damit wir den Hund finden.«

»Tut es«, erwiderte Märin freundlich, »und vergeßt nicht, das lange Ding mitzunehmen, das Freund Bilderbogen in der Pappel versteckt hat.«

»Wir denken daran«, sagte Christian verdattert. »Lebt wohl!«

»Sä Jabonah!« rief Märin. Dann war es, als ob er noch etwas sagen wollte, aber er kehrte in die Jurte zurück. Sie war neu und weiß und kündete von der Wohlhabenheit des Besitzers.

Als sie außer Hörweite waren, und als die Pferde nach der langen Wartezeit tüchtig ausgriffen, sagte Großer-Tiger kopfschüttelnd: »Es gibt keine Hilfe; diesem alten Märin ist das Verborgene offenbar.«

Unter der Pappel hielten sie. Christian hob sich in den Steigbügeln, wie Naidang es getan hatte, aber er mußte den Daschior Siebensterns ausborgen, um das Spatenbündel von den Ästen zu angeln. Dann nahm er es vor sich auf den Sattel.

Die weiße Jurte Märins verschwand, und die Pferde trabten durch das hohe Derresgras. Unweit der Furt, durch die sie gekommen waren, bog Siebenstern nach Westen. Bald hörte der Graswuchs auf, die Büsche blieben zurück, und lange Wanderdünen mit überhängenden Graten verlagerten den Weg. Aber da war auch schon, was Siebenstern suchte. Am Rand der Grasnarbe, wo die letzten Halme mit dem Sand kämpften und wo grüne Schilfspitzen halb aus dem Boden ragten, als habe man sie hineingesteckt, liefen zwei Radspuren. Sie waren breit, und manchmal hatte sich das Fischgrätenprofil der Reifen in die Erde gedrückt.
»Hier ist der kürzeste Weg nach Ollon-Torre«, machte Siebenstern aufmerksam.
»Hier fuhr Grünmantel«, sagte Christian.
»Wo ist der Hund?« fragte Großer-Tiger.
»Welchen meinst du?« wollte Siebenstern wissen.
»Den, den man nicht sieht«, erklärte Großer-Tiger.
»Ich sehe keinen von beiden«, sagte Christian, »aber wenn du den Hund Siebensterns meinst, den sehe ich auch nicht.«
»Dort«, rief Siebenstern, »ist der Hügel, hinter dem Märins Jurte liegt. Dort ist mein Hund.«
»Tinger metne«, sagte Christian zweifelnd.
»Nein!« rief Siebenstern empört. »Der alte Märin hat gesagt: ›Der Hund ist da‹, also ist er da.«
»Ich wollte dich nicht zornig machen«, entschuldigte sich Christian, und dann ritten sie in eiligem Trab den Radspuren nach. Als weit voraus die Baumreihe des Ichen-Gol wiederkehrte, auf die der Weg schnurgerade zulief, sah Christian einen dunklen Punkt zwischen den Räderfurchen. Großer-Tiger sah ihn auch, und Siebenstern rief: »Hund! Hund, komm her!« Aber der Punkt bewegte sich nicht. Dafür fing er an zu bellen. »Er ist es«, jubelte Siebenstern, »wahrscheinlich hat er den Wolf getötet.«
»Dann muß es ein sehr junger Wolf gewesen sein«, sagte Großer-Tiger.
Siebenstern warf ihm einen zürnenden Blick zu und ritt schneller. Als sie näher kamen, sahen sie den Pudel auf einem

grauen Fellknäuel stehen, und sie hörten, wie er bellte. Schließlich packte er das leblose Ding mit den Zähnen und zerrte es hinter sich drein den Reitern entgegen.

»Er hat den Wolf getötet«, rief Siebenstern stolz, »jetzt bringt er ihn.«

»Der Wolf hat einen Strick um den Leib«, sagte Großer-Tiger.

»Er trägt ein Schaffell«, sagte Christian.

Siebenstern entgegnete nichts, denn nun lag das Fellknäuel da, und jeder sah, was es war. Der Pudel stand daneben und bellte wild vor Freude. Dann zerrte er wieder an dem zusammengerollten Schafpelz, der mit einem Strick umwunden war. Der Strick war abgerissen; jemand mußte den Pelz verloren haben.

»Es ist mein Mantel«, sagte Christian und stieg ab.

Da sprangen auch Großer-Tiger und Siebenstern vom Pferd.

»Grünmantel hat ihn verloren«, sagte Großer-Tiger, »der Strick ist gerissen, da fiel das Bündel vom Wagen.«

»Der Hund«, sagte Siebenstern zu Christian, »hat am Geruch erkannt, daß es dein Mantel war. Deshalb blieb er hier und wartete. Er ist kein gewöhnlicher Hund. Er sucht sogar, ohne daß man: ›Verloren-wiederkomm‹ sagt.«

»Es entgeht ihm nichts«, lobte Christian.

»Aber der Wolf«, fragte Großer-Tiger, »wie ist es mit dem?«

Siebenstern dachte nach, und dann sagte sie: »Komm mit!« Sie ging den Spuren des Pudels nach, und als sie hundert Schritte gegangen war, zweigte eine zweite Spur von der des Pudels ab. Sie war kaum mehr zu erkennen.

»Hier ging der Wolf«, erklärte Siebenstern, »und von hier aus sah der Hund den Mantel liegen. Da lief er zu dem Mantel, denn die Wolfsfährte ist alt, aber mein Hund ist klug.«

»Er ist ein außergewöhnliches Stück Hund«, gab Großer-Tiger zu.

Da war Siebenstern zufrieden.

Auf dem Nachhauseweg kreuzten sie den Dondur-Gol, bald nachdem er sich von dem Närin-Gol trennt. Trotzdem kamen sie nicht an der Jurte vorbei, wo Turakinas Eltern wohnten, denn sie folgten weiter dem Pfad, der am rechten Ufer des Dondur-Gol entlang lief. Hier standen die Pappeln wie in

einem alten schönen Park, wo jeder Baum Platz genug hat, sich auszubreiten und in die Höhe zu wachsen. Züge von Wildenten flogen über die Wipfel nach Norden, und der Schrei der Wandergänse kam aus dem Abendhimmel.
Als der Mond im Osten heraufzog und bald danach ein sanftes Licht über Gräser und Büsche und über alle Blätter goß, erreichten die späten Reiter den Närin-Gol. Am Ufer wartete Vater Naidang.
»Es gibt was Neues«, sagte er.
»Gutes oder Schlechtes?« fragte Siebenstern.
»Gut ist es nicht«, sagte Vater Naidang, und der Pudel bellte laut vor Freude und Wiedersehen.

Sechsunddreißigstes Kapitel, von dem, was Turakina widerfuhr, und wie Glück eine lange Rede hielt

In der Jurte saßen Glück und Ungemach. Sie verzehrten das Essen, das Turakina für sie bereitet hatte, und Christian, Großer-Tiger und Siebenstern setzten sich dazu. Sie warteten, ob Vater Naidang über das Neue sprechen würde, das es gab, aber er schwieg.
Turakina hockte im Halbdunkel nahe der Tür. Auch sie sagte nichts, nicht einmal: »Habt ihr eine gute Reise gehabt?« Sie ließ den Kopf hängen, als ob sie was angestellt hätte. Dabei war alles in guter Ordnung. Die Schafe waren im Pferch, die Kamele und die Kühe waren angebunden, das Feuer brannte unter dem Kessel, und das Essen war kein bißchen angebrannt.
Das einzige war, daß ein fremdes braunes Pferd mit hellem Schweif und heller Mähne an der Leine zwischen den rostroten Bäumen angebunden stand. Christian und Großer-Tiger hatten es gleich bemerkt, und Siebenstern war sogar erschrocken. Dafür fehlte Turakinas Pferd, auf dem sie gekommen war. »Es ist immer so«, sagte Ungemach düster. Er war als erster mit dem Essen fertig und schleckte die Schale sauber. »Wenn ich wo dabei bin, passiert was. Entweder man sieht zu Mittag den Polarstern oder um Mitternacht die Sonne.«

»Passiert ist gar nichts«, berichtigte Naidang, »ich bin zwar ins Wasser gefallen, weil ihr der Hund weggelaufen ist, aber dafür hat Turakina ein herrliches Pferd gegen ein minderwertiges eingetauscht.«
»Wie das?« fragte Siebenstern und blickte auf Turakina, und Turakina begann zu weinen.
»Gibt es einen Mangel?« fragte Großer-Tiger teilnehmend.
»Tut dir was weh?« fragte Christian.
»Nur keine Weibertränen«, knurrte Glück, »es wird schon nicht so schlimm sein.«
»Erzähle«, befahl Naidang, »damit wir es wissen, als ob wir dabei gewesen wären.«
»Ich kann nichts dafür«, sagte Turakina schluchzend.
»Niemand sagt, daß du an etwas schuld seist«, sagte Naidang, doch das tröstete Turakina wenig.
»Es war«, fing sie stockend an, »es war eben so, wie es war, und wenn ihr ein paar Minuten eher gekommen wärt, hättet ihr den Lama auch gesehen. Er ritt im Galopp, obgleich sein Hengst fast nicht mehr konnte. Als der Lama aus dem Sattel sprang, warf er mir die Zügel ins Gesicht. ›Da!‹ schrie er mich an. Am liebsten wäre ich davongerannt, aber ich konnte nicht, denn er sah mich mit seinen Augen an. Da mußte ich stehenbleiben. Er war wie ein dürrer Baum mit brauner Rinde und wehendem Bart. Die Augen flackerten, und keinen Augenblick blieb er ruhig. Er nahm dem Hengst den Sattel und das Zaumzeug ab und befahl, mein Pferd damit zu satteln und zu zäumen. Während ich tat, was er wollte, sprach er leise mit dem Hengst, wie man mit Menschen spricht. Dann machte er ihn an der Leine fest. ›Bist du fertig‹, schrie er, und ich sagte: ›Ja, Herr, ich bin fertig.‹ Da saß er auf. ›Dein Pferd taugt nicht‹, rief er, ›ich glaube nicht, daß du es lebend wieder siehst. Gib mir einen Daschior.‹ Ich ging und brachte ihm meinen Daschior, denn er hatte keinen. ›Wohnt hier der Mann, den man den Bilderbogen nennt?‹, fragte er, und als ich nickte, sagte er: ›Du kannst ihm ausrichten, daß ich einen Stein für keinen Kopf halte, auch wenn man ihn in eine Schießscharte schiebt. Sage ihm auch, er muß meinen Hengst pflegen wie Bosafabo, bis

Mondschein kommt. Der soll ihn reiten.‹ Bei diesen Worten schlug er mein Pferd, daß es einen Satz machte und davonstob. Er kam aber noch einmal zurück und warf mir zwei Goldstükke zu. ›Für deine Mähre‹, schrie er, ›du kannst das Geld behalten, auch wenn du sie wiederkriegst.‹ Dann ritt er fort, und gleich nachher kamt ihr, und ihr hättet ihn gesehen, wenn er nicht schon fortgewesen wäre.«

»Das ist sogar wahrscheinlich«, sagte Ungemach, »aber es ist besser, daß wir ihn nicht sahen.«

»Ich hätte«, rief Glück, »mit ihm über gutes und schlechtes Benehmen gesprochen. Ich hätte ihn gefragt, ob er nicht weiß, was ein Gruß ist, und ich hätte ihm die Regeln des Mongol-Joss abgehört. Zeige mir«, bat er Turakina, »die beiden Goldstücke.«

Turakina gab sie ihm, und Glück drehte sie von unten nach oben und von oben nach unten.

»Dieses Geld kenne ich nicht«, sagte er, »es kann also nicht viel wert sein.«

»Es sind zwei Imperial«, erklärte Naidang, »früher bekam man für ein Goldstück dieser Art ein Pferd.«

»Früher ist nicht heute«, sagte Glück spöttisch.

»Heute«, erwiderte Naidang, »geben manche Leute zwei Pferde für ein solches Goldstück.«

»Dann ist dieser Mensch von Sinnen«, rief Glück, »er weiß nichts von den Lebensregeln, er kennt das Mongol-Joss nicht, und der Wert des Geldes ist ihm unbekannt.«

Naidang schüttelte den Kopf. »Dieser Mensch«, sagte er, »wandert jenseits der herkömmlichen Regeln, das ist sein Hochmut. Silber und Gold achtet er gering wie den Stein am Wege, das ist seine Sicherheit. Er spricht lieber mit Pferden und Hunden als mit Menschen, das ist seine Traurigkeit.«

»Vater!« rief Siebenstern entsetzt, »du sprichst von dem Uralten-Herrn.«

»Ich spreche von ihm«, sagte Naidang, »weil er hier war.«

Als Naidang das gesagt hatte, wurde es still in der Jurte. Jeder fragte sich, ob es jetzt was zu fürchten gebe, und wenn es was zu fürchten gab, was das wohl sei.

Nach einer Weile, die sehr lange dauerte, sagte Naidang: »Vergeßt, daß ich von Dampignak sprach. Was für ihn gut ist, taugt nicht für alle, und ob es für ihn taugt, weiß der Himmel.«
»Hast du gehört, was ich dachte?« fragte Ungemach betroffen, »gerade das hätte ich auch gerne gesagt, aber ich fand die richtigen Worte nicht.«
»Ach was!« knurrte Glück, »ihr macht ein Aufhebens, als ob der Uralte-Herr der Gelbe-Kaiser wäre. Dabei ist er ein gewöhnlicher Rotbart.«
»Er ist ein unglücklicher Mensch«, sagte Naidang ernst.
Turakina schluchzte noch immer, aber Siebenstern tröstete sie.
»Dein Vater«, sagte Siebenstern, »wird sich über das viele Geld freuen, das du ihm bringst.«
»Über was?« fragte Turakina.
»Über die beiden Goldstücke; sie sind so viel wert wie zwei Pferde. Hast du es nicht gehört?«
»Nein«, sagte Turakina, »ich mußte doch weinen.«
»Morgen kommt der alte Märin«, sagte Naidang, »vielleicht tauscht er dir das Gold gegen Silberbatzen. Dann sieht dein Vater, wie viele es sind.«
»Oder wie wenige«, sagte Ungemach, »es geht nicht immer alles nach Wunsch.«
»Mein Daschior ist auch weg«, seufzte Turakina.
»Ich mache dir einen neuen«, versprach Großer-Tiger, »ich habe den Riemen, den man braucht, und eine Lederschlaufe habe ich auch.«
»Wird er schön werden?« fragte Turakina, aber dann war sie so müde, daß sie nicht mehr fragte. Sie weinte noch ein bißchen und schlief ein.
Siebenstern ging vor das Zelt und brachte dem Pudel ein paar Knochen und ein Stück Fleisch, das sie heimlich beiseite gelegt hatte. Der Hengst stand im Mondschein und zitterte am ganzen Körper. Sein dicker Kopf hing im Halfter, der Halfter hing an der Leine, und die Leine war straff gespannt. Da ging Siebenstern zu ihm, obwohl sie sich fürchtete, und machte den Halfterriemen lang. Der Hengst schnaubte und schlug die Augen auf, aber er legte sich gleich auf den Boden, als er

merkte, daß es ging. So ein Unmensch, dachte Siebenstern, er reitet ein edles Pferd zuschanden, er schlägt meinen Hund mit dem Daschior, und ich glaubte, er sei ein Fürst. Sie streichelte den Pudel, und dann ging sie in die Jurte zurück, wo sich alle zum Schlafen gelegt hatten.
»Schlafen! Gut schlafen!« sagte Christian, aber Siebenstern nickte nur, und das konnte Christian nicht sehen, denn das Feuer war heruntergebrannt.
Am nächsten Morgen weckte Naidang, bevor die Sonne aufging.
»Steht ihr jeden Tag so früh auf?« fragte Christian.
»Die Nacht ist vorüber«, antwortete Siebenstern verwundert, »da muß man doch aufstehen.«
»Man könnte auch liegenbleiben«, versicherte Christian.
Aber Siebenstern schüttelte den Kopf. »Das geht nicht«, erklärte sie, »wozu gäbe es die Sonne? Du mußt an die Sonne denken.«
»Sie ist noch hinter den Bergen.«
»Eben deshalb«, sagte Siebenstern, und sie zerstieß den Tee im Mörser, bis er sehr fein war.
Als alle um den Teekessel saßen und den heißen Tee tranken, und als sie Hirse dazu kauten, hielt Glück eine lange Rede. Sie begann mit: »Wir haben beschlossen . . .«
(damit meinte er Naidang und sich), und sie endigte mit: »Das haben wir also beschlossen.« Dazwischen war von dem Geld die Rede, das der alte Märin bringen sollte. »Tut es in den Kasten«, sagte Glück, »bis wir wieder zurück sind. Jetzt ist es nicht mehr das Silber, das es vorher war. Es ist gewöhnliches Geld geworden, für das uns Naidang fünf Kamele verkaufen wird. Wir können nämlich nicht warten«, sagte Glück, »bis wieder einer so kühn ist und mit einem Wagen, der von selber geht, durch die Wüste fährt. Da müßten wir zehn Jahre warten, aber wir haben nur noch fünf Tage Zeit.«
»Vier«, sagte Naidang.
»Mit heute sind es fünf«, widersprach Glück, »aber vier Tage reichen auch, um die fünf Kamele zu holen, die wir brauchen. Dann reisen wir nach Sinkiang, und Ungemach reist mit uns.«

»Wenn ich wo dabei bin . . .«, warf Ungemach ein.
Aber Glück schnitt ihm die Rede ab. »Willst du«, fragte er, »hier bleiben, bis dich Schlangenfrühling oder ein Yamenbüttel totschießt, bevor du den Mund aufmachen, und ›ich bin unschuldig‹ sagen kannst? Das wäre«, sagte Glück, »ein sehr schlechter Tod. Daher reisen wir, sobald heute, morgen und übermorgen vorbei ist; und dann gibt es eine behagliche Reise, denn das blaue Zelt, in dem du mit Schlangenfrühling wohntest, nehmen wir selbstverständlich mit. Ich freue mich schon darauf, auch wenn wir aufpassen müssen, daß uns der Uralte-Herr nicht erwischt. In fünfzig Tagen«, sagte Glück so nebenbei, »sind wir dann in Urumtschi.«
An diese Rede schloß Glück eine Menge Ermahnungen und viele: »Seid vorsichtig! Macht keine Dummheiten!« und: »Paßt auf die Silberbatzen auf!«
Dann tat Naidang eine große Flasche in seinen ledernen Beutel, und er ermahnte Siebenstern, auf den Hengst achtzugeben. »Versuche nicht«, warnte er, »ihm die Vorderbeine zu fesseln, sonst trampelt er dich tot. Du mußt ihn frei laufen lassen.«
»Ich werde auf ihn achthaben«, versprach Siebenstern, »Großer-Tiger und Kompaß-Berg werden die Schafe und die Kamele hüten, Ungemach wird kochen, und so wird niemand der Fürsorge entbehren.«
»Bolna!« sagte Naidang, und dann ritt er mit Glück zusammen fort, um am Nojen-Bogdo fünf tüchtige Kamele von der Frühjahrsweide zu holen.

Siebenunddreißigstes Kapitel, in dem wir einem alten Bekannten begegnen

Die Tage vergingen. Es regnete nicht, und es stürmte nicht; jeden Tag schien die Sonne wärmer, und immer größere Schwärme von Zugvögeln flogen nach Norden. Christian und Großer-Tiger hüteten die Schafe und die Kamele, und der schwarze Pudel blieb bei ihnen, denn nun kannten sie sich schon sehr genau. Anfangs hatte er versucht, mit Siebenstern

auf die Pferdeweide zu gehen, aber der Hengst jagte ihn fort, sobald er sich blicken ließ. Da zog er vor, bei den Schafen und Kamelen zu bleiben, am Wegrand zu liegen wie bisher und beim Eintreiben der Schafe zu helfen oder wenn es zur Tränke ging.
Manchmal kam Siebenstern auf eine Stunde herüber. Dann mußte Christian viele neue Worte in sein Buch schreiben, und weil die einfachen Worte aus waren, gab es schwierige wie: »dudelchur« und »issgirna«. Das hieß »auf einem Schlüssel pfeifen«, und Christian war stolz, daß er und Großer-Tiger keine Anfänger mehr waren, sondern Worte lernten, die man überall gut brauchen konnte.
Das Schönste aber waren die Abendstunden, wenn Ungemach zum Essen rief und wenn alles besorgt war, was es zu besorgen gab. Dann erzählte Ungemach aus seinem kummervollen Leben, und Siebenstern erzählte, was sie wußte, oder sie sang ein wenig, und das alles konnten sie leichten Herzens tun, denn sie mußten auf kein Geld aufpassen.
Der alte Märin war nämlich gleich am ersten Tag gekommen, wie er versprochen hatte, aber Geld brachte er deswegen keines.
»Sage deinem Vater«, sprach er zu Siebenstern, »ja, was sollst du ihm denn sagen? Laß mich nachdenken«, und dann saß er lange am Feuer und beschäftigte sich mit Überlegen. Man sah es gut, denn manchmal zogen Unmutswolken über seine Stirn, manchmal nickte er zufrieden, als habe er jetzt gefunden, was er suchte, und schließlich sagte er: »Du mußt dem Bilderbogen ausrichten, daß der Chinese kein Geld hatte, aber ein anderer hat Geld. Allerdings kriege ich es erst in acht Wochen, und solange muß der Bilderbogen warten. Kannst du meine Worte behalten, ohne sie durcheinanderzubringen?«
»Ich habe die Worte gehört«, sagte Siebenstern, »und keines wird verlorengehen.«
»Dann ist es gut«, sagte Märin. Er ritt fort und nahm Turakina mit, die sich von Siebenstern ein Pferd auslieh.
»Für dich habe ich hundert Silberbatzen«, sagte Märin gönnerhaft zu Turakina, »soviel sind deine zwei Goldstücke gerade

wert.« Turakina hatte nie gehofft, eine solche Menge Geld dafür zu kriegen. Sie war dankerfüllt und deshalb sagte sie schnell: »Unter hundertzwanzig gebe ich die beiden Goldstükke nicht her. Versteht ihr mich, Märin?«

»Schlecht«, knurrte Märin, »doch das Geschäft gilt. Du kriegst hundertzwanzig Silberbatzen, aber keinen mehr.«

»Ich hätte hundertfünfzig sagen sollen«, dachte Turakina betrübt, und dann ritten die zwei miteinander fort. Turakina trug den neuen Daschior, den ihr Großer-Tiger gemacht hatte, am Handgelenk.

»Wenn die wüßte«, sagte Siebenstern, »woher die Lederschlaufe ist, würde sie den Daschior fortwerfen wie glühendes Eisen.«

Am zweiten Abend war Vollmond. Großer-Tiger saß mit Christian und Siebenstern vor der Jurte. Ungemach, der die häuslichen Pflichten ernst nahm, rumorte im Zelt.

»Heute ist der sechzehnte Tag des zweiten Monds«, sagte Christian, »da sind wir dreizehn Tage unterwegs.«

Großer-Tiger sagte: »Wenn wir noch lange hier sitzen, werden wir Bator wiedersehen.«

»Das wäre wunderschön«, rief Siebenstern, »aber leider ist es nicht so. Es ist anders, denn ihr müßt fort sein, wenn die Mordkommission kommt.«

»Sobald Bator eintrifft«, sagte Christian, »mußt du ihm alles erzählen, was passiert ist. Das übrige, nämlich das, was noch passieren wird, schreibe ich in einem Brief, sobald ich daheim bin.«

»Es wird eine Menge sein«, rief Ungemach aus der Jurte, »verlaß dich darauf.«

»Kann man nach Ollon-Torre einen Brief schreiben?« erkundigte sich Christian.

»Du kannst es tun«, antwortete Siebenstern, »aber der Brief bleibt in Maomu liegen, bis ihn jemand holt. Da wir mindestens alle zwei oder drei Jahre nach Maomu reiten, kriegen wir ihn bestimmt.«

»Schneller geht es wohl nicht?« fragte Christian.

»Wozu sollte es schneller gehen? Wir erfahren, was in dem

Brief geschrieben steht, sobald wir einen treffen, der ihn lesen kann.«
»Dauert das wieder zwei Jahre?« fragte Großer-Tiger.
»Nein«, sagte Siebenstern, »wir machen an jedem Neujahrstag einen Besuch beim Torgot-Wang. Am Hof gibt es einen Schriftgelehrten, der chinesische Briefe lesen kann. So erfahren wir alles sehr rasch.«
»Da schreibe ich am besten gleich an den Wang«, sagte Christian.
»Wenn du das tust«, rief Siebenstern erfreut, »kriegen wir deinen Brief furchtbar schnell. Der Wang schickt jedes Vierteljahr einen Boten nach Maomu auf die Post, damit er die Amtszeitung holt. Paß auf«, sagte Siebenstern, »ich will dir sagen, wie du schreiben mußt.«
Da nahm Christian sein Wörterbuch und schrieb auf die letzte Seite, was Siebenstern sagte.
»Schreibe«, sagte sie: ›An den Alten Torgoten Dola beile-Kün-Wang-Daschi, Provinz Edsina (Kansu)‹. Sein Schriftgelehrter wird den Brief lesen und uns sagen, was darin steht.«
»Wenn es aber etwas Geheimes ist?«
»Dann mußt du das Geheime so schreiben, daß nur wir es verstehen. Kannst du das?«
»Diese Sache schlägt in unser Fach«, versicherte Großer-Tiger.
»Manchmal kommt zwar eine Verwirrung heraus«, sagte Christian, »aber das gibt sich.«
»Besonders auf große Entfernung«, sagte Großer-Tiger.
»Ich komme schon jetzt nicht mit«, rief Ungemach.
»Das macht nichts«, erwiderte Siebenstern, »wir haben sowieso nichts Geheimes mehr.«
Großer-Tiger blickte in den Mond.
Er dachte an den Ring an seinem Daumen, und nachher fiel ihm das Schreiben des Generals Wu ein, das Christian in der Rocktasche trug. Da mußte er ein bißchen seufzen, und Christian, der wieder einmal an die alte Ama in Peking dachte, seufzte laut mit.
»Gibt es einen Kummer?« fragte Siebenstern.
»Wir müssen ihn schlucken«, bekannte Christian, »es ist we-

gen der fünfzig Reisetage, von denen Glück sprach. Sie sind sehr lang.«

»Es gibt keine Hilfe«, tröstete Großer-Tiger, »der Weg ist weit, da werden die Tage von selber lang und von selber kurz.«

»Hammaguä!« rief Siebenstern, »jetzt beginnt die schöne Zeit, in der aller Kummer schwindet. Wenn der Mond das nächstemal voll wird, feiern wir das Frühlingsfest: Chausch-Orowa. Da kommt meine Mutter, und mein zweiter Bruder wird wieder bei uns sein. Er heißt Gontschuk.«

»Wo ist Gontschuk jetzt?« fragte Christian.

»Hat Vater es nicht gesagt?« erkundigte sich Siebenstern vorsichtig.

»Vater Naidang sagte, er sei im Dienst des Fürsten.«

»Ja«, sagte Siebenstern eifrig, »so ist es, er dient.« Sie stand auf und ging ins Zelt, als ob ihr plötzlich was eingefallen wäre, was unbedingt jetzt getan werden müsse.

Christian und Großer-Tiger schauten sich an. Jeder dachte: Da stimmt was nicht, aber keiner sagte ein Wort, und Ungemach sprach auch nicht, denn ihm war nichts Besonderes aufgefallen.

Der dritte Tag ging vorüber wie der erste und der zweite, und Siebenstern sagte: »Morgen abend wird Vater mit Glück wiederkommen. Sie werden die Kamele bringen, und übermorgen werdet ihr reiten. Ich werde ›Sä Jabonah!‹ rufen, aber ich weiß, daß ich nachher weinen muß, denn wir werden für immer getrennt sein.«

»Gräme dich nicht«, bat Christian.

»Wir sind des Kummers nicht wert«, sagte Großer-Tiger.

»Wenn du willst«, schlug Christian vor, »weine ich mit dir, dann bist du nicht allein, und es geht ganz leicht.«

»Aber es macht sich nicht gut«, sagte Siebenstern und versuchte zu lächeln, »du bist doch ein Mann.«

»Diese jungen Leute von heute sind zimperlich«, sagte Ungemach. »Wollte man wegen ein bißchen Abschied gleich weinen, man käme aus den Tränen nicht heraus. Da passieren ganz andere Dinge, die zum Heulen viel geeigneter sind. Du wirst solche Sachen schon noch erfahren.«

»Besonders wenn du dabei bist«, sagte Großer-Tiger keck.
»Ja besonders dann«, antwortete Ungemach düster.
Am vierten Tag nach dem Frühstück machte Christian die Ledertasche auf und langte das Stück Seife heraus, das darin war.
»Willst du dich waschen?« fragte Großer-Tiger erschrocken.
»Nein«, antwortete Christian, »zieh dein Hemd aus.«
»Warum gerade ich?« fragte Großer-Tiger entsetzt.
»Weil ich heute Wäsche waschen will.«
Da wurde Großer-Tiger wieder fröhlich. »Ich war sehr besorgt«, sagte er, »du würdest eine Wäscherei veranstalten.«
»Keine Angst deswegen«, sagte Christian, »ich halte es für das beste, wir waschen uns erst, wenn wir in Urumtschi ankommen.«
»Ein sehr vernünftiger Entschluß«, lobte Ungemach.
»Vorher lohnt es ja nicht«, sagte Christian.
»Laßt mich die Wäsche waschen«, bat Ungemach, »ich verstehe viel davon.«
»Bolna!« rief Christian, aber Großer-Tiger sagte: »Wie dürften wir dich bemühen?«
»Nämlich«, sagte Ungemach stotternd, »ich weiß, daß ein wertvolles Stück Seife nicht oft zur Hand ist. Sofern ihr gestattet, möchte ich, ach, es ist natürlich anmaßend, wenn ich mein Hemd auch waschen möchte, selbstverständlich nur ein bißchen.«
»Wasche es kräftig«, sagte Christian.
»Schone die Seife nicht«, bat Großer-Tiger, »wir brauchen sie nicht mehr.«
Da bedankte sich Ungemach und zog mit der Wäsche zum Närin-Gol. Großer-Tiger und Christian gingen mit den Schafen und Kamelen auf die Weide, und am Nachmittag saßen sie am Wegrand. Sie lernten die vielen neuen Worte, die ihnen Siebenstern aufgegeben hatte, und der Pudel lag neben ihnen. Die Schafe rupften an den Büschen, die Kamele rauften Derresgras, und wenn es nicht gleich gehen wollte, ruckten sie ärgerlich mit den Köpfen. Dann gingen ganze Büschel mitsamt den Wurzeln aus. Auch die Antilopen kamen zu Besuch.

Als sie wieder fort waren, sagte Großer-Tiger: »Die Stunde des Affen neigt sich dem Ende.«
»Auf!« rief Christian, »wir reiten zur Tränke.«
Der Pudel hatte zugehört, aber er zog die Pfoten faul an sich. Er gähnte sogar. Plötzlich aber spitzte er die Ohren und setzte sich aufrecht. Man hörte das ferne Geläut von Karawanenglokken. »Eijen-Tschin«, sagte Großer-Tiger.
»Ja«, sagte Christian, »eine Karawane kommt.«
»Am Ende ist es die«, sagte Großer-Tiger; ». . . nun, du weißt schon, die, von der wir den Reis hatten.«
»Dann wäre es besser, wir säßen nicht hier, sondern woanders.«
»Es wäre besser«, sagte Großer-Tiger, »aber wo?«
»Vielleicht bei Ungemach in der Jurte«, schlug Christian vor, »da kann uns keiner sehen.«
»Ja«, rief Großer-Tiger, »komm, Hund, wir gehen.«
Der Pudel folgte ungern. Er hatte sich auf eine Rauferei mit den Karawanenhunden gefreut, aber schließlich half er gutwillig, die Schafe und die Kamele in die Derreswiese hineintreiben. Als sie weit weg von dem Kamelpfad waren und als man am Glockenton hörte, daß die Spitze der Karawane den Wald erreicht hatte, schlenderten Großer-Tiger und Christian zur Jurte.
»Was gibt's?« fragte Ungemach verwundert.
»Es kommt eine Karawane«, setzte ihm Christian auseinander, »und vielleicht ist ein Mann dabei, mit dem wir unterwegs zwei unfreundliche Worte wechselten.«
»Darum«, fügte Großer-Tiger hinzu, »halten wir es für klüger, in der Jurte zu bleiben, bis diese Leute vorbeigezogen sind.«
Ungemach war voller Lob. »Geht immer hinein«, sagte er, »man soll sich des Streits enthalten. Besser, ausgewichen als angefahren, ihr seid zwei besonnene Stück Menschen.«
Während er sich mit dem Pudel in die Sonne setzte, hockten Christian und Großer-Tiger im Halbdunkel der Jurte und hörten, wie die Karawanenglocken läuteten und wie die Treiber die Kamele mit lockenden Zurufen durch das Wasser des Närin-Gol führten.

Man hörte das Planschen von vielen Füßen. Als alle durch waren und als Christian gerade den Teppich heben und »diese Gefahr ist vorüber« sagen wollte, ertönte Pferdegetrappel. Gleich stürzte der Pudel dem Reiter entgegen, aber Ungemach rief: »Hund, komm her!«

Der Pudel folgte knurrend, und er knurrte noch immer, als eine bekannte Stimme sagte: »Hast du schon Essen gegessen?«

Ungemach gab den Gruß zurück, und die Stimme sagte: »Wohnt hier Naidang, der Bilderbogen?«

»Er wohnt hier«, sagte Ungemach, »aber er ist nicht daheim.«

»Nun, eine Schale Tee wird es auch ohne ihn geben.«

»Die gibt es, aber du mußt sie hier draußen trinken. In der Jurte liegt ein Kranker.«

»Man sieht aber nichts.«

»Das kommt«, setzte Ungemach auseinander, »weil die Jurte kein Grillenkäfig ist, in den man hineingucken kann.«

»So viel weiß ich selbst, aber wo ist das Krankenseil?«

»Was für ein?« fragte Ungemach, »wie sagtest du doch? Ach ja, so ein Seil, nämlich ein Krankenseil, haben wir nicht.«

Jetzt hörte man, wie der Fremde vom Pferd stieg. »Du solltest bedenken«, sagte er unfreundlich, »daß du Unsinn redest.«

»Pst!« sagte Ungemach, »nicht so laut! Der Kranke schläft, oder wenn er nicht schläft, ist er wach.«

»Du lügst! Wenn in einem Mongolenzelt jemand krank ist, hängt ein Strick an der linken Seite der Tür. Das ist dann das Krankenseil. Jeder kennt es, und man reitet an diesem Zelt vorüber. Hier hängt aber keins, also lügst du.«

»Mäßige deine Rede«, sagte Ungemach, »bei uns sind alle Stricke und sämtliche Seile ausgegangen, die Krankenseile besonders.«

»Aber ein Wäscheseil hast du?«

»Es ist eine Pferdeleine.«

»Hosen und Hemden hängen daran, zwei sehr kleine Hemden, wie ich sehe.«

»Hübsch, nicht wahr?« sagte Ungemach, »ich habe sie mit richtiger Seife gewaschen, da wurden sie weiß wie die Wolken im Frühling.«

»Genug!« schrie der Mann, »wo sind die beiden kleinen Ungeheuer?«
»Setze dich zu mir«, bat Ungemach, »ich höre gern von den Ungeheuern der Vorzeit reden. Hast du schon einmal einen Hund gesehen wie diesen?«
»Wer bist du«, rief der Mann, »daß du es wagst, mich zu verhöhnen? Ich traf unterwegs zwei kleine Banditen, und ich merke an den Hemden, daß sie hier sind.«
»Habe ich dir schon von unserm Hund erzählt?« fragte Ungemach. »Er ist anders wie andere Hunde; er zerreißt Menschen und Tiere in winzige Stücke. Setz dich zu mir, man sitzt hier angenehm.«
»Du hältst mich zum Narren«, schrie der Mann und machte einen Schritt auf die Jurtentür zu.
Ungemach stand auf und stellte sich davor. »Deine Rede«, sagte er, »ist nicht gut zu hören. Wir wollen uns lieber über Hunde unterhalten. Dieser zum Beispiel ist ein rechter Unglückshund, er ist wie eine ganze Meute von Unglückshunden.«
»Schweig!« brüllte der Mann. Er hob den Teppich vom Eingang, und Ungemach, der es ihm wehren wollte, geriet ins Wanken. Doch da hatte der Pudel schon die Lederhose zwischen den Zähnen, zerrte den Eindringling nach hinten, und Ungemach stellte ihm ein Bein. Da lag er.
»Ich habe dich gewarnt«, rief Ungemach, »jetzt muß ich den Hund festhalten, sonst frißt er dich.«
»Halte ihn fest, oder ich schlage dich tot.«
»Was das anlangt«, sagte Ungemach sanft, »habe ich keine Befürchtung, du darfst dich aufsetzen, wenn du willst.«
»Danach frage ich dich nicht«, rief der Mann empört, aber dann verschlug es ihm die Stimme, und alles, was er noch sagen wollte, sagte er nicht, denn unter der Jurtentüre stand Christian und neben ihm stand Großer-Tiger, und beide hielten das Gewehr Ungemachs in den Händen.
»Sollen wir auf den Hebel drücken?« fragte Großer-Tiger.
»Halt!« schrie der Mann, »zu Hilfe! Mörder!«
»Warte zwei Augenblicke«, sprach Ungemach.

Er wußte genau, daß das Gewehr nicht geladen war, weil Schlangenfrühling alle Patronen mitgenommen hatte außer den zehn, die Ungemach in der Rocktasche bei sich trug. Davon zog er eine heraus.

»Von diesen Flintenkindern«, sagte er obenhin, »stecken viele, viele und eine ganze Menge in dem Gewehr. Ich erwähne das nur«, sagte Ungemach, »weil es unwichtig ist.«

»Tut das Gewehr weg!« schnaubte der Mann. »Was wollt ihr von mir?«

»Ich möchte dich gern über Hunde unterhalten«, sagte Ungemach, »ich bin noch nicht fertig damit. Gestatte, daß ich mich zu dir setze. Hund, sei friedlich!« Der Pudel legte sich knurrend neben die Jurtentür, aber er ließ den Fremden nicht mehr aus den Augen. Ungemach setzte sich neben ihn, und Christian und Großer-Tiger verschwanden in der Jurte.

»Sieh diesen Unglückshund«, begann Ungemach, »ich habe ihn durch zwei Worte besänftigt; auch dich möchte ich besänftigen, denn wir sind keine Mörder.«

»Wir sind auch keine Banditen«, sagte Großer-Tiger, der mit einer Schale Tee aus der Jurte trat und artig das Knie vor dem Fremden bog.

»Ich bin Großer-Tiger«, sagte er, »und dieser ist mein Freund Kompaß-Berg.«

»Wir trafen Euch, alter Onkel, unter einem unglücklichen Stern«, behauptete Christian. Er legte ein Stück Butter auf den heißen Tee und sah zu, wie es schmolz.

»Ihr habt mir zwanzig Pfund Reis abgepreßt«, knurrte der Mann, aber er nahm die Schale mit dem Tee entgegen.

»Wir vergaßen nur das Bezahlen«, erklärte Christian.

»Ihr rittet in großer Eile fort«, sagte Großer-Tiger, »gerade als wir Euch fragen wollten, was der Reis koste.«

»Vielleicht weißt du es noch?« erkundigte sich Ungemach.

»Einen Silberbatzen«, knurrte der Mann.

Da zog Großer-Tiger zwei Silberbatzen des Generals Wu aus der Hosentasche und sagte: »Eure kleinen Diener sind sehr betrübt, daß sie mit dem Bezahlen säumig waren. Entschuldigt bitte den geringen Zins.«

»Meinetwegen!« brummte der Mann, und er blickte unsicher von einem zum andern. Doch dann steckte er das Geld ein. Da merkte Ungemach, daß die Sache um acht Zehntel besser stand als zu Beginn und er sagte: »Gestatte, daß ich dich nach dem werten Namen frage.«
»Wozu? Ich heiße Ma, wie die meisten Leute aus Kansu. Da ist nichts Großartiges dabei.«
»Alter Herr Ma«, bat Großer-Tiger, »wenn Ihr unterwegs dem ehrenwerten Herrn Grünmantel begegnet, so richtet ihm Grüße aus und tiefempfundene Wünsche für Wohlergehen.«
»Woher«, fragte Ma erstaunt, »weißt du, daß ich ihm begegne?«
»Das ist leicht zu wissen«, antwortete Großer-Tiger. »Wenn sich zwei Handelsherren in der Wüste treffen, sagen sie nicht bloß ›es schneit‹, oder ›die Hitze ist groß‹. Sie besprechen wichtige Dinge des Handels, und man muß seine Denkkräfte nicht anstrengen, um das zu wissen.«
»Du hast recht«, sagte Ma geschmeichelt. »Bevor ihr mit dem Wagen kamt, habe ich mit Herrn Grünmantel ein solides Geschäft abgeschlossen. Es handelt sich da um alte Schmuckstükke.«
»Aber, aber«, rief Ungemach, »ich möchte mit dem gewissen Herrn Grünmantel . . .«
Weiter kam er nicht, denn Großer-Tiger versetzte ihm einen Rippenstoß, und Christian kniff ihn von der andern Seite in das untergeschlagene Bein.
»Was gibt's?« fragte Ma betreten.
»Ach«, sagte Großer-Tiger leichthin, »es gibt da eine hoffnungslose Sache. Der Soldat Ungemach möchte schon lange mit Herrn Grünmantel bekannt werden. Das ist nun einmal sein Wunsch, seit er von dem Ruhm dieses Handelsherrn gehört hat. Selbstverständlich verbietet es sich, darüber zu reden.«
»Ich bin zu gering«, sagte Ungemach, dem ein Licht aufging.
»Das will ich nicht sagen«, rief Ma wohlgelaunt, »durch mich kann vieles geschehen, was andern nicht leicht gelingen würde.«

»Ist es mir gewährt, zu fragen«, sagte Großer-Tiger, »ob Herr Grünmantel einen tüchtigen Mann brauchen könnte?«
»Hm«, brummte Ma, und dann betrachtete er Ungemach.
»Man sieht es ihm nicht an«, warf Christian ein, »aber er versteht einen Wagen zu fahren, der von selber geht. Das ist eine seltene Kunst.«
»Oh!« rief Ma, »darüber ließe sich reden. Herr Grünmantel sagte mir, daß er einen solchen Wagen kaufen wolle.«
»Er hat ihn schon gekauft«, sagte Großer-Tiger.
»Ausgezeichnet!« rief Ma, »da will ich gerne den Vermittler machen.«
»So dachten wir«, sagte Christian.
»Die Frage ist nur«, entgegnete Ma, »auf welchem Wege kommen wir zusammen?«
»Ja, das ist die Frage«, sagte Christian.
»Vielleicht in Hsing-Hsing-Hsia«, klopfte Großer-Tiger auf den Busch.
»Nein«, erwiderte Ma, »nach Hsing-Hsing-Hsia komme ich nicht. Es liegt weitab von dem Weg, den ich einhalten muß, denn meine Karawane geht unter einem Kontrakt von neunzig Tagen Reisezeit nach Kutschen-Se. Daher treffe ich Herrn Grünmantel in Möng-Schui. Dort haben wir eine Zusammenkunft für den vierten Tag des dritten Monds frühmorgens verabredet.«
»Von dem Ort Gewaltiges-Wasser habe ich gehört«, log Großer-Tiger tapfer.
»Es muß ein kolossaler Ort sein«, sagte Christian.
Ma lächelte. »Das nun gerade nicht«, sagte er nachsichtig, »Wasser gibt es in Möng-Schui schon lange keines mehr, nur noch eine verlassene Grenzfestung mit Schutthaufen innen und einer hohen Mauer drum herum. Dort treffe ich Herrn Grünmantel.«
»Ist es sehr weit bis Gewaltiges-Wasser?« fragte Großer-Tiger.
»Wir reisen nämlich morgen weiter«, sagte Christian, »Herr Grünmantel konnte uns leider nicht mitnehmen, weil er in Sutschou Geschäfte hatte.«
»Ich weiß«, erwiderte Ma und lächelte vielsagend, »ihr kleinen

Briganten habt ihm viel Ärger bereitet. Nun, so was gibt sich«, tröstete Ma. »Wenn ihr gute Kamele habt, könnt ihr uns einholen. Dann wollen wir über das Anliegen des Herrn Ungemach sprechen.«
»Ihr verschwendet Euer Herz über Billigkeit«, sagte Ungemach ergeben und verneigte sich tief. »Zehntausendfachen Dank.«
Ma stand auf. Er nahm sein Pferd am Zügel. »Ich reite jetzt«, sagte er, »ich kann meine Leute nicht länger allein lassen. Na denn, ihr kleinen Bösewichter!« rief er wohlwollend, »auf Wiedersehen in Möng-Schui.«
»Euer Weg eben Friede«, riefen Großer-Tiger und Christian.
»Ich wünsche zahlreiche Glücksterne«, murmelte Ungemach.
»Hund, bleib hier!« rief Christian, aber der Pudel rannte bellend hinter Ma drein, bis er die Furt durchquerte.
Ungemach blickte ihm verwundert nach. »Sein Kopf ist mit Lehm verkleistert«, sagte er, »aber er kann nichts dafür. Man müßte euch ein Schild umhängen, wo ›Außerordentliche Vorsicht‹ draufsteht. Ihr habt gemacht, daß er von dem redete, was er besser verschwiegen hätte. Wie geht das zu?«
»Es ist nicht schwer«, sagte Christian.
»Es geht ganz leicht«, sagte Großer-Tiger.
»Wenn einer Karawanenführer ist«, erklärte Christian, »ist er noch lange kein Handelsherr.«
»Sobald man ihm aber beibringt, er sei einer«, fuhr Großer-Tiger fort, »kriegt er eine solche Freude, daß er einen Ochsen nicht mehr von einem Pferd unterscheiden kann.«
»Entschuldigt meine Begriffsstutzigkeit«, sagte Ungemach, »beinahe hätte ich alles verpatzt.«
»Hammaguä!« rief Christian fröhlich, »es hat sich alles zum Besten gewendet.«
Er holte seine Ledermappe und das Heft, in dem er die Tage einzeln aufschrieb, damit ein Kalender daraus wurde.
»Heute ist der achtzehnte Tag des zweiten Monds«, sagte er, und dann schrieb er viele Zahlen im vorhinein, bis er zum vierten Tag des dritten Monds kam. Da machte er ein Kreuz, und neben das Kreuz schrieb er Möng-Schui, und neben

Möng-Schui schrieb er in eine Klammer: Gewaltiges Wasser – Grenzfestung – Treffpunkt mit Grünmantel. Dann zählte er die Tage. »Es sind fünfzehn«, sagte er.
»Man weiß nicht«, sagte Großer-Tiger, »was in dieser langen Zeit alles passieren wird.«
»Eine Menge«, versicherte Ungemach.
»Deshalb bitten wir dich, von dem, was wir jetzt erfahren haben, nichts zu sagen, nicht einmal zu Glück und überhaupt zu niemand.«
»Ich werde meine Gedanken fesseln und meine Zunge anbinden«, versprach Ungemach.
»Tu das«, bat Großer-Tiger.
»Zehntausendfachen Dank«, sagte Christian.
Dann gingen sie auf die Weide und führten die Kamele und die Schafe zur Tränke. Der Pudel lief nebenher. In dem abendlichen Wasser war sein Spiegelbild noch schwärzer als sonst, und Christian sagte: »Ich wollte ihm einen schönen Namen geben, aber ich habe keinen gefunden, und es ist traurig.«
»Es lohnt nicht mehr«, sagte Großer-Tiger, »morgen werden wir den Närin-Gol verlassen.«
»Das ist es ja eben«, seufzte Christian.
»Da ist keine Hilfe«, tröstete Großer-Tiger, aber davon wurde Christian nicht fröhlicher, und sie verrichteten die Abendarbeit einsilbig. Selbst beim Niederlegen der Kamele riefen sie nicht so laut wie sonst: »Zuck, Zuck«.
Es klang wehmütig, und der Pudel wunderte sich.
Siebenstern kam mit den Pferden von der Weide. Der Hengst hatte sich erholt. Er war ein prächtiges wildes Tier, das den Kopf hoch trug, mit den Ohren spielte und die Locken aus der Stirn warf.
»Sei gut«, bat ihn Siebenstern, »du siehst, daß die Nacht naht. Da wird es finster, und der Mond kommt spät. Die Vögel schlafen, die Hasen schlafen, und nur der Wolf schleicht herum. Glaube mir, es ist besser, du bleibst hier und läßt dich anbinden.«
So redete Siebenstern mit ihm, und die dunklen mongolischen Worte beruhigten den Hengst. Er ließ sich an die Leine binden,

und dann kam Siebenstern ins Zelt. »Gibt es was Neues?« fragte sie, »ich hörte Karawanenglocken.«
»Nicht, daß ich wüßte«, sagte Ungemach, »sie müssen sehr leise geläutet haben.«
»Wir haben zwei Worte mit dem Karawanenführer gesprochen«, sagte Großer-Tiger, »er heißt Ma.«
»Ich war aber nicht dabei«, versicherte Ungemach, »ich weiß von nichts.«
»Du hast nicht viel versäumt«, sagte Großer-Tiger, »er ist ein Handelsmann wie jeder andere.«
»Ma ist ein Bekannter von Grünmantel«, rief Siebenstern, »es ist schade, daß ich ihn nicht traf. Ich hätte ihm ein helles Licht angezündet, welche Sorte Menschen er zu Freunden hat.«
»Keine Besorgnis deswegen«, sagte Christian, »Ma wird es zur richtigen Zeit erfahren.«
»Tinger metne«, sagte Siebenstern, und dann aßen sie, was Ungemach gekocht hatte. Nachher erzählte Ungemach, wie es daheim in den Bergen bei Labrang zuging, als er noch klein war. »Dort gibt es«, sagte Ungemach, »Bären, die auf zwei Beinen gehen, sobald sie dem Menschen begegnen; aber sie sagen nicht: ›Hast du Essen gegessen?‹ sondern man muß fortspringen, oder es passiert was. Am besten ist es, man begegnet ihnen nicht, und noch besser wäre es, man begegnete überhaupt niemand, denn bei uns gibt es haufenweise wilde Tibeter, vor denen man sich in acht nehmen muß, und wenn man das getan hat, kommt ganz gewiß ein Rechtgläubiger und sagt: ›Ehrenwerter Herr, es ist leider Krieg‹, und dann schlägt er einen tot, falls man nicht vorher aus Angst gestorben ist. Ich begreife nicht, weshalb Großvater Reichtumsherr in dieses Land gewandert ist, wo man aus der Angst nicht herauskommt. Hier ist es zwar auch nicht viel besser, denn morgen müssen wir fliehen, und es ist überall das gleiche Elend. Wenn es wo schön ist, muß man gehen.«
»Sonne und Mond wechseln ab«, sagte Großer-Tiger weise.
»Ja, ja, dein Großvater«, sagte Ungemach, »wer so einen hätte.«
»Angst gibt es überall«, bestätigte Christian, »aber du hast doch Mut. Wie sollte da etwas schief oder krumm gehen?«

»Habe ich Mut?« fragte Ungemach erstaunt.
»Wir haben dich bewundert«, versicherte Großer-Tiger.
»Du warst standhaft, als der Tiger Hu-Hu brüllte«, erinnerte Christian.
»Wann war denn das?« erkundigte sich Siebenstern neugierig.
»Das war immer schon so«, rief Großer-Tiger, »er glaubt es nur nicht.«
Als Ungemach das hörte, wurde er zuversichtlich, und er sagte sogar, daß er versuchen wolle, tapfer zu sein, trotzdem es ihm nicht läge. Dann breitete er die Decken für die Nacht aus, und Siebenstern legte vorsorglich trockenes Holz bereit, damit sie rasch Feuer machen könnte, wenn Naidang und Glück nach Hause kämen.
»Schlafen, gut schlafen!« sagte Siebenstern.
»Was das anlangt«, sagte Ungemach, »davor habe ich keine Angst.«

Achtunddreißigstes Kapitel, wie Christian und Großer-Tiger beinahe Rotbärte wurden

Über der Derreswiese funkelten die Sterne, und über dem Wald ging der Mond auf. Es geschah in aller Stille, aber der Pudel, der keinen Namen und auch keine Aussicht hatte, einen zu kriegen, spitzte die Ohren, denn er lag wach. Manchmal war es, als ob Hufe stampften und Eisen klirrte, und manchmal war es nicht so. Der Pudel stand auf. Als er sicher war, daß es so sei, und als das Geräusch näher kam, stürzte er dem unbekannten Feind mit Gebrüll entgegen. Davon erwachte Siebenstern, und Großer-Tiger und Christian wachten auch auf.
»Vater kommt«, rief Siebenstern, »ich freue mich.«
»Nur keine Angst«, sagte Ungemach, »es kann auch wer anderer sein.«
»Nein«, rief Siebenstern entrüstet. Sie schürte die Glut, legte Holz auf und öffnete das Rauchloch.
»Aber der Hund bellt«, sagte Ungemach, »und er hört nicht auf damit.«

»Das tut er«, erklärte Siebenstern, »weil er eine große Freude hat.«
»Er hat einen großen Zorn«, sagte Ungemach, »so was merke ich sofort.«
Christian und Großer-Tiger zogen ihre Jacken an und traten vor das Zelt. Da hörten sie schnelles Traben, das laute Bellen des Pudels und dazwischen eine donnernde Stimme, die »Hund von einem Hund!« rief und hinterher eine Reihe von Schimpfworten grölte.
»Dieser Herr . . .«, flüsterte Großer-Tiger.
»Ist Donnerkeil«, sagte Christian.
»Hund«, riefen Großer-Tiger und Christian nun gemeinsam, »Hund, komm her!«
Als sie zweimal gerufen hatten, raschelte es im Gebüsch, und der Pudel kam atemlos gelaufen.
»Bravo, guter Hund«, lobte Christian und hielt ihn an den Locken fest, »jetzt mußt du aber artig sein.«
Gleich darauf tauchten die Umrisse von zwei Reitern auf. Die schweren Steigeisen schlugen aneinander und summten wie Glockenton, die Gäule stampften, und die Reiter sprangen ab. Der eine kam mit gewaltigen Schritten auf Christian und Großer-Tiger zu.
»Ich richtig hören«, brüllte er, »Ha Pfötchen! Du sehr dicker Holzkopf sein. Donnerkeil kennen seine lieben Freunde ganz sofort, augenblicklich an Stimme.«
Christian und Großer-Tiger verneigten sich brav.
»Euer Weg sei leicht und gut«, grüßten sie mongolisch.
Donnerkeil war sprachlos. Er riß den Karabiner von der Schulter und stampfte den Kolben auf die Erde, als wolle er ihn einrammen. »Hast du das gehört, Pfötchen?« rief er donnernd. »He Pfötchen! Wo steckst du?«
Aber Mondschein stand neben dem Hengst mit dem hellen Schweif, klopfte ihm den Hals und sprach leise mit ihm. Er hörte nicht auf Donnerkeil, und er sah nicht, was um ihn vorging. Erst als Donnerkeil zu ihm trat und ihm freundschaftlich auf die Schulter schlug, sagte er: »Siehst du nicht, wer hier ist?«

»Ah!« brüllte Donnerkeil, und dann verstummte er. Er rappelte sich aber schnell zusammen und lief zur Jurte. Siebenstern, die gerade aus dem Eingang trat, schob er unwirsch beiseite, drückte ihr in der Eile den Karabiner in die Hand, raffte den Mantel und machte sich zu einem Fußfall der Verehrung bereit.
»Tu das nicht«, rief Ungemach bestürzt von drinnen, »ich bin nicht der, den du suchst, ich bin wer anderer. Glaube mir, ich bin nicht einmal wer anderer. Wenn du willst, bin ich überhaupt nicht vorhanden.«
Donnerkeil trat einen Schritt zurück. »Du Soldat Ungemach sein«, schrie er, »ich deutlich sehen. Du sitzen vor mir, guter Freund.«
»Es sieht nur so aus«, sagte Ungemach bescheiden.
»Er meint«, rief Großer-Tiger und drängte Donnerkeil sanft beiseite, »daß Ihr ihn nicht weiter beachten sollt. Er liebt es nicht, wenn man ein Aufhebens von ihm macht. Bitte nehmt Platz.«
Und er schob Donnerkeil auf den Ehrensitz.
»Der Tee wird gleich fertig sein«, sagte Christian, der auch hereingekommen war, »habt Ihr eine gute Reise gehabt?«
»Friert Ihr?« fragte Großer-Tiger, »oder seid Ihr am Ende müde?«
»Wie geht es dem geehrten Körper?« erkundigte sich Christian.
Aber als Donnerkeil antworten wollte, kam er nicht dazu, denn Großer-Tiger fragte flink, wie sich die Pferde befänden und ob keines lahme. Soviel Höflichkeit war Donnerkeil schon lange nicht mehr vorgekommen. Als Mondschein endlich unter dem Türrahmen erschien, rief er ihm gerührt entgegen: »Diese zwei ehrenwerten Stück jüngere Brüder sind echte Mongolen geworden.«
»Wie steht es damit?« fragte Mondschein lächelnd.
»Nicht sehr gut«, bekannte Christian, »zumindest lange nicht so gut, wie der verehrte Herr Donnerkeil meint.«
»Herr Donnerkeil hin und her«, rief der Lama, »habe ich nicht gesagt, ihr seid meine jüngeren Brüder?«
»Wir grüßen den älteren Bruder mit dem Fußfall des Gehor-

sams«, sagten Großer-Tiger und Christian, aber Donnerkeil hob sie auf und setzte sie an seine linke Seite.
»Leider fehlen uns die geringsten Sprachbegriffe«, sagte Großer-Tiger, »darum bitten wir, gelegentlich chinesisch mit uns zu reden.«
»Das gar keine Schwierigkeit«, beteuerte Donnerkeil, »ich auch Halunkensprache tibetisch sprechen, wenn gewünscht wird, sofort ohne Zersplitterung der Zähne.«
»Sch!« machte Mondschein, »wir haben nur wenige Augenblikke. Erzählt, was wert ist, erzählt zu werden.«
»Siebenstern soll reden«, sagte Großer-Tiger.
Sie war eben eingetreten, und weil sie ein Mädchen war, setzte sie sich rechts neben den Eingang auf den bescheidensten Platz, den es gab. Nach diesem Platz gab es nur Draußenbleiben. Sie langte nach der Kelle, um den Tee in die Schalen zu gießen, aber der Tee war nicht heiß genug, und Siebenstern schüttelte den Kopf.
»Es ziemt sich nicht für ein Mädchen, zu reden. Hier sitzen drei, vier, fünf Männer; wie sollte ich mich erdreisten, zwei Worte zu sagen?«
»Hammaguä«, rief Mondschein, »du hörst, was diese Burschen reden. Kein brauchbares Wort ist dabei. Es sei denn«, und Mondschein blickte auf Ungemach, »wie steht es mit dir?«
»Schlecht«, rief Ungemach, »ich bin der geringe Soldat Ungemach, und mein Vater . . .«
»Ich weiß«, sagte Mondschein, »Donnerkeil hat mir von dir berichtet und von dem andern Schlingel, der mit dir die Blechbehälter in Ollon-Torre bewacht.«
»Bewacht habe«, sagte Ungemach düster.
»Mir scheint«, sagte Mondschein, »bei euch ist was passiert.«
»Es ist was passiert«, bestätigte Ungemach, »und es ist ein Unglück von der besten Sorte.«
»Dann soll Siebenstern berichten«, entschied Mondschein, »Frauen übertreiben nicht halb so viel als Männer, wenn wo was passiert ist.«
Da waren alle still, und obgleich Donnerkeil »Unsinn« knurrte und »Hat die Welt schon so was gehört?« begann Siebenstern

zu erzählen, wie Grünmantel und Schlangenfrühling den Lastwagen gestohlen hatten, und wie alles gekommen war und noch mehr, denn sie sagte: »Wir waren auch beim alten Märin, und als wir nach Hause kamen, stand ein fremder Hengst an der Leine und zitterte, und Turakina sagte, es wäre ein Lama dagewesen, der habe befohlen: ›Mondschein soll ihn reiten, wenn er kommt.‹«
Das alles sagte Siebenstern, aber von der Schwarzen-Stadt sagte sie nichts.
»Der alte Märin«, fügte Großer-Tiger hinzu, »hat uns dies und das erzählt, denn Grünmantel suchte ihn auf und sagte, er wolle uns beim Gericht in Sutschou verklagen.«
Mondschein pfiff durch die Zähne. »Der Wind kommt aus dem Feuer«, sagte er, »wie ist es mit dem ›dies und das‹ des alten Märin?«
Da berichtete Großer-Tiger, was Märin erzählt hatte, und Christian sagte: »Daraufhin ist Naidang mit Glück fortgeritten, und jetzt bringen sie Kamele, damit wir dem Gewitter beizeiten entgehen.«
»Das Unsinn!« rief Donnerkeil dröhnend, »Polizisten sämtlich tot sein morgen und zukünftig. Du Pfötchen vorausreiten allein, ich hier mit Gewehr jene fünf, sechs, acht Stück Polizei herzliche Grüße sagen aus Hinterhalt.«
»Daraus wird nichts«, erwiderte Mondschein ernst, »ich habe erfahren, was es zu erfahren gab. Nun bin ich fertig damit, und wir reiten weiter.«
»Der Tee kocht«, sagte Siebenstern, »ich bitte zwei Augenblicke zu verweilen.«
Sie nahm die Kelle und schöpfte den Tee in die Schalen. Nachher winkte sie Christian zu sich und flüsterte mit ihm, aber Christian sagte leise: »Ich bin zu gering. Großer-Tiger ist der ältere von uns beiden. Er muß es tun, wenn nicht Ungemach . . .«
»Nein«, unterbrach ihn Siebenstern, »Ungemach geht nicht. Er ist Soldat, und diese beiden sind Herren der Berge. Das macht einen Unterschied.«
»Bolna!« sagte Christian, und dann flüsterte er mit Großer-

Tiger, und Großer-Tiger setzte den prächtigen Fellhut auf, den er vom alten Märin gekriegt hatte. Unterdessen füllte Siebenstern das Messingkännchen mit Arrak, und als Großer-Tiger feierlich befahl: »Reiche mir die Kanne!« kniete Siebenstern gehorsam nieder. Sie hielt Großer-Tiger die Messingkanne mit emporgehobenen Händen entgegen, und Großer-Tiger nahm sie in Empfang. Er füllte schweigend den ersten Becher, und Mondschein mußte an sich halten, so begeistert war er über die Würde von Großer-Tiger. Dafür schnaubte Donnerkeil und blies die Luft durch die Nasenlöcher, daß die Barthaare zitterten.

»Der unwürdige Kleine«, sagte Großer-Tiger, »bittet im Namen des Hausherrn, zwei Becher wäßrigen Weins nicht zu verschmähen.« Er machte: »Dscha, dscha, dscha!« wie er es von Naidang gehört hatte und verneigte sich vor Mondschein. Mondschein hob den Becher zur Stirn und trank. Dann kam Donnerkeil an die Reihe und nachher Ungemach und Christian. Als der erste Umtrunk getan war, klatschte sich Donnerkeil auf die Schenkel.

»Ah«, rief er donnernd, und diesmal sprach er mongolisch: »Du Sohn und Enkel guter Sitte, mein Zelt ist dein Zelt. Es wäre unrecht von dir, ihm länger fernzubleiben.«

»Er lädt dich ein, ihn zu besuchen«, sagte Mondschein, als er merkte, daß Großer-Tiger nicht ganz mitkam.

»Mein älterer Bruder verschwendet sein Herz«, antwortete Großer-Tiger höflich.

Aber schon murmelte Mondschein etwas zwischen den Zähnen, das von großer Eile und großem Dank handelte. Er trank noch einen Becher und stand auf.

Sofort ließ Großer-Tiger alles stehen und liegen und rannte zum Zelt hinaus. Er war der Vertreter Naidangs geworden, und Christian rannte ihm nach, weil er zum näheren Anhang gehörte. Hinter ihm drein liefen Ungemach und Siebenstern, damit die Regeln des feinen Benehmens nicht verletzt wurden.

»Schade«, knurrte Donnerkeil, als er draußen den Karabiner über die Schulter warf. »Ich sagen Unwillen und Bedauern wegen verpatztem Hinterhalt.« Er wandte sich an Siebenstern:

»Welches Pferd?«
»Dieses hier«, sagte Siebenstern, und sie zeigte auf den Eisenschimmel, den Christian am ersten Tag geritten hatte.
Während Donnerkeil umsattelte, trat Mondschein zu Siebenstern. Er trug einen neuen Fellmantel mit dem weißen Leder nach außen und darüber eine blauseidene Schärpe, die auch neu war. Aber im Mondlicht sah die Schärpe schwarz aus, und der Silbergriff des Dolchs steckte darin und glänzte.
»Ist Gontschuk auf dem Platz, wo er sein soll?« fragte Mondschein.
»Er ist dort«, antwortete Siebenstern.
»Wieviel Pferde?« fragte Mondschein kurz.
»Vier«, sagte Siebenstern, »Ihr könnt wählen.«
Mondschein schob den Fellhut nachdenklich aus der Stirn, und die Narbe des Säbelhiebs sah aus wie ein dunkles Band.
»Vier sind zu viel und zu wenig«, sagte Mondschein, und Siebenstern verstand nicht, was er meinte. Christian und Großer-Tiger begriffen es auch nicht, und Ungemach verschwand in die Jurte, weil er von rätselhaften Äußerungen nichts Gutes erwartete.
»Pfötchen! He, Pfötchen!« posaunte Donnerkeil, »aufsitzen, Jabonah!«
»Reite voraus«, befahl Mondschein, »ich bin noch nicht mit Nachdenken fertig.«
»Mit was?« erkundigte sich Donnerkeil hohnvoll. »Ach so!« sagte er, »mit Nachdenken. Da wünschen langweiliger Lama Donnerkeil nicht länger belästigen. – Oh, ihr meine jüngeren Brüder«, rief er donnernd, »mein Herz überschreiten Gedanke an Trennung sehr mühsam.«
Großer-Tiger und Christian verneigten sich tief. »Euer Weg eben Friede«, sagten sie respektvoll.
Donnerkeil verneigte sich auch, und so verharrten sie in gegenseitiger Hochachtung, bis dem Lama der Karabiner über die Schulter rutschte.
»Jabonah!« grölte er traurig und schwang sich in den Sattel.
»Sä Jabonah!« riefen Großer-Tiger und Christian.
»Hund, bleib hier!« rief Siebenstern streng, und der Pudel blieb

folgsam liegen, obwohl es ihm Überwindung kostete. Er knurrte, solange man den Hufschlag hörte, und er bellte zornig, als das Planschen vom Fluß herübertönte. Dann hörte man nichts mehr. Die Sterne funkelten, der Mond schien hell, und es war kalt. Mondschein stand neben Siebenstern vor der Jurte. Man sah, daß er noch immer nachdachte. Der Hengst scharrte mit den Hufen, und plötzlich wieherte er hell.
»Ich komme«, rief Mondschein. Er löste die Zügel von der Leine.
»Leb wohl«, Siebenstern, sagte er, »ich gehe jetzt. Grüße deinen Vater Bilderbogen und sage dem Soldat Glück, er solle unbesorgt sein.«
Siebenstern verneigte sich stumm.
»Ihr beide«, befahl Mondschein, »begleitet mich bis zum Fluß. Ich muß euch zwei Worte sagen.«
»Wir hören«, sagte Christian.
»Und wir gehorchen«, sagte Großer-Tiger.
»Eine kleine Weile«, bat Christian, »ich bin gleich wieder da.« Er lief in die Jurte und kam mit dem Mantel wieder, den der Pudel gefunden hatte. Dann gingen sie neben Mondschein her. Er führte den Hengst am Zügel, die Steigeisen klirrten und summten wie Glockenton, und das welke Laub vom Vorjahr raschelte. Als sie an der Furt anlangten, knotete Mondschein den Riemen des Daschior mit dem Zügel zusammen. Dann ließ er den Hengst frei. Er ging zum Wasser, trank ein bißchen, und Mondschein setzte sich auf den Rand der Böschung. Weil er es so haben wollte, setzten sich Christian und Großer-Tiger ihm gegenüber, und Christian warf den weiten Mantel über beide. Sie saßen wie unter einem Zelt.
»Habt ihr nur einen Mantel?« fragte Mondschein.
»Den andern hat Grünmantel«, erklärte Großer-Tiger.
»Diesen hatte er auch«, sagte Christian, »aber er fiel vom Wagen, und da fand ihn der Hund.«
»So so«, sagte Mondschein, aber mehr sagte er nicht, weil er wieder mit Nachdenken anfing. Zuerst schob er den Fellhut aus der Stirn, und nachher zog er ihn tiefer, je nachdem was ihn beschäftigte.

»Was wißt ihr von Glück?« fragte Mondschein plötzlich.
»Wir wissen, daß er ein Soldat ist«, sagte Christian.
»Er gehört zur Armee des Generals Wu«, sagte Großer-Tiger.
»Und Grünmantel?« fragte Mondschein, »was wißt ihr von dem?«
»Grünmantel ist ein Kaufmann«, antwortete Christian, »aber jetzt ist er ein . . .«
Christian stockte. Es überlief ihn heiß und kalt, und er stieß Großer-Tiger flehentlich in die Rippen, damit er schnell was sage.
»Kompaß-Berg meint«, stotterte Großer-Tiger, »daß Grünmantel jetzt nicht mehr ein Kaufmann ist.«
Mondschein lachte vergnügt. »Das stimmt«, sagte er, »aber ihr könnt ruhig sagen, daß Grünmantel ein Rotbart geworden ist. Ich bin zwar auch einer, aber es gibt da gewisse Unterschiede.«
»Es gibt bedeutende Unterschiede«, pflichtete ihm Christian bei.
»Die Unterschiede sind gewaltig groß «, versicherte Großer-Tiger eifrig.
»Da wir schon von Rotbärten reden«, fuhr Mondschein fort, »halte ich es für meine Pflicht . . . versteht mich recht meine Kinder«, sagte Mondschein fast zärtlich, »ihr habt jetzt die erste schlechte Erfahrung hinter euch, und ich möchte nicht, daß ihr eine zweite macht. Ich meine nämlich die Sache, die wichtig ist, weil ihr sie wissen müßt. Damit will ich nicht behaupten, daß es jetzt noch so ist, aber es war einmal so, und da es Wiederholungen gibt, muß ich, ja«, sagte Mondschein verzweifelt, »ich muß ja wohl, nicht wahr, ihr Heldensöhne?«
»Wenn der Herr Mondschein vielleicht meint . . .« begann Christian.
»Daß Glück auch ein Rotbart war . . . « fuhr Großer-Tiger fort.
»So wissen wir das«, sagte Christian.
Mondschein machte große Augen.
»Ich glaube«, rief er, »ich habe schon einmal gesagt, daß ihr in das Grasland paßt. Jetzt merke ich; ihr paßt auch in die Wüste. Wie habt ihr das herausgekriegt?«
»Wir haben es nicht herausgekriegt«, sagte Großer-Tiger be-

scheiden, »wir haben nur ein bißchen zugehört, als Grünmantel und Glück sich stritten.«
»Das war, als wir unter einem Ofenbett saßen«, erklärte Christian, »und auf dem Ofenbett lag Glück, und neben Glück lag Grünmantel. Als sie gut geschlafen hatten, begannen sie zu streiten, und weil wir nicht geschlafen hatten, hörten wir zu.«
»An dieser Sache war Hagelkorn schuld«, setzte Großer-Tiger auseinander, »er kam und sagte: ›Ich wünsche den Exzellenzen Ruhe und Behaglichkeit.‹ Aber die Exzellenzen wünschten das nicht. Sie warfen Hagelkorn zur Tür hinaus, und dann gerieten sie wegen der alten Sache am Roten-Berg in Streit, daß der Kang zitterte.«
»Berichtet mir«, bat Mondschein, »diese Sache.«
»Davon wissen wir wenig«, sagte Christian.
»Glück war ein Räuber am Roten-Berg«, sagte Großer-Tiger, »und Grünmantel machte den Hehler.«
»Jetzt haben wir alles berichtet«, sagte Christian, »und mehr wissen wir nicht. Außerdem ist die Sache sieben Jahre her, denn das sagte Glück, sooft es einen Wortwechsel gab.«
Christian schwieg, und Großer-Tiger sprach auch nicht mehr. Mondschein blickte auf das stille Wasser des Närin-Gol, in dem die Sterne schwammen. Der Hengst schleifte den Daschior hinter sich drein und rupfte an den Büschen.
»Ich habe erfahren, was ich nicht wußte«, sagte Mondschein, »da will ich euch erzählen, was ihr nicht wißt.«
»Wir bitten darum«, sagte Christian.
»Der früher geborene Herr ist sehr gütig«, sagte Großer-Tiger.
»Ihr wißt«, begann Mondschein, »wem ich diene.«
»Wir wissen es«, sagte Christian.
»Man nennt ihn den Uralten-Herrn, aber er ist mein Fürst. Vor sieben Jahren, als wir die Herrschaft über die Wüste antraten und als wir die Burg bauten, gab es zehntausend Räuberbanden, die die Karawanenwege unsicher machten. Meistens waren die Räuber entlaufene Soldaten, und wir schlugen sie tot. Vom Edsin-Gol bis zur Grenze von Sinkiang gab es keine Räuber mehr. Es gab nur noch uns. Wir erhoben von den Karawanen einen Silberbatzen für jede Kamellast. Dafür ga-

ben wir ihnen sicheres Geleit, und die Kaufleute freuten sich. So liehen wir dem Handel unsere helfende Hand, und wir sorgten für die Sicherheit der fünf menschlichen Beziehungen. Aber eines Tages erfuhren wir, daß es eine neue Bande ostwärts des Edsin-Gol beim Roten-Berg gäbe. Der Fürst befahl mir, sie auszurotten, denn man sagte, es wären gefährliche Burschen. Also nahm ich zwanzig Kamele, sieben Männer und mein Pferd. Wir kleideten uns wie Kaufleute, und wir zogen ehrbar des Weges, und die Karawanenglocke läutete weithin. Als wir beim Brunnen am Roten-Berg anlangten, schlugen wir Lager, und Donnerkeil war auch dabei. Ich rasierte ihm den schwarzen Bart ab, und als es Nacht wurde, mußte er mit zwei andern im Lager bleiben. Mit den übrigen verbarg ich mich in halber Höhe des Kessels hinter dicken Steinen, und wir luden die Gewehre. Kennt ihr das Tal am Roten-Berg?«

»Wir kennen es«, sagten Großer-Tiger und Christian.

»So muß ich«, fuhr Mondschein fort, »nur noch erwähnen, daß Donnerkeil ein tüchtiges Feuer machte, damit es schön hell im Lager war. Hätten die Rotbärte nur ein wenig nachgedacht; sie wären schnell hörend und klar sehend geworden, weil es am Roten-Berg weitherum kein Holz für ein solches Feuer gibt. Aber ihre Köpfe waren mit Lehm verschmiert. Sie waren elf Mann stark, doch es kamen nur neun, und sie überfielen den armen Donnerkeil. Er warf sich mit den beiden Kameraden zum Fußfall der Ergebung platt auf den Boden, und dabei brüllte er dauernd um Gnade. Da schossen wir, und wir hatten leicht schießen, denn die Kerle standen im Schein des Feuers und traten dem brüllenden Donnerkeil mit dem Stiefel ins Gesicht. Bald aber brüllten sie selbst, und die letzten drei schlugen wir mit dem Kolben tot, als sie fliehen wollten. Die Sache ermangelte jeder Schwierigkeit. Allein nach einer Weile fiel mir ein, daß ich elf Kerle hätte totschlagen sollen, und es lagen nur neun herum. Da sprang ich aufs Pferd, während Donnerkeil die Karawane zum Abmarsch bereit machte. Es war aber Nacht, und ich fand keine Spuren. Also hieß ich Donnerkeil zum Edsin-Gol vorausziehen und blieb allein am Roten-Berg zurück. Die Gewehre der Räuber und alles, was sie

besaßen, ließen wir liegen, damit die zwei übrigen Rotbärte desto sicherer kämen. Ich versteckte mein Pferd in einer Schlucht, und hinter einem Felsblock erwartete ich den Tag und die beiden überlebenden Söhne der Berge. Ich brauchte nicht lange warten, da kamen zwei junge Burschen, die mir des Himmels Befehl vor die Flinte führte. Als sie die Toten sahen, zitterten sie wie Lampengras, wenn man es anzündet, und ihre Jahresreihe war nahe am Ausgehen, denn ich hielt den Finger am Abzug. Sie begannen zu schreien, und sie beklagten die Toten, und sie trugen sie auf einen Haufen zusammen. Im Morgenhimmel kreisten zwei Geier. Ihre Schatten huschten über die Felswände des Kessels, und ein dritter saß auf einem Obo mit eingezogenem Kopf. Er wartete wie ich.
›Oh, Langes-Leben‹, rief einer der beiden, ›wer hat diesen Unglücklichen die Art zu handeln befohlen und die Art zu sein vorgeschrieben?‹
›Schrei nicht so laut‹, sagte der andere, ›er ist ein Schuft; aber auch wir sind Schufte, wenn wir diese Toten nicht begraben, die als irrende Geister die Heimat vergeblich suchen.‹
›Spart euch die Mühe‹, sagte ich und trat mit der Büchse auf sie zu. ›Die Waffen weg‹, rief ich.
Da fielen sie auf die Knie und baten um ihr Leben.
Ich sagte: ›Es lohnt nicht, Worte zu verlieren. Ich bin gekommen, euch auszulöschen.‹
Sie schwiegen, und die Schatten der Geier huschten über ihre Rücken. Es war kein guter Anblick, und es war kein guter Ort.
›Steht auf‹, sagte ich, ›wir sind allein, so kann ich tun, was sonst nicht möglich wäre.‹
Sie dankten mir mit dreimaligem Stirnaufschlag, aber sie blieben liegen.
›Ich heiße Glück‹, sagte der eine, ›verfügt über mich.‹
›Ich bin Langes-Leben‹, sprach der andere, ›befehlt Eurem Diener.‹
›Ich befehle euch aufzustehen‹, sagte ich.
Da standen sie auf.
Ich sagte: ›Ich will eure Pferde und eure Waffen haben. Sonst will ich nichts.‹

Sie führten mich dahin, wo die Pferde standen, und sie halfen mir die Gewehre bündeln und die Patronen in einen Sack tun. ›Geht hin, wo ihr her seid‹, sagte ich, ›der Edsin-Gol ist nicht weit; den könnt ihr zu Fuß erreichen. Sollten wir uns in diesem Leben wiedersehen, so vergeßt nicht, daß ihr mir Gehorsam schuldet.‹
Also versprachen sie mir mit heiligen Eiden, dienstbar zu sein, bis ich sie lossprâche, und so schieden wir. Nachher fiel mir ein, daß ich vergessen hatte, sie nach dem zu fragen, den sie einen Schuft genannt hatten, aber da war es zu spät. Ich ritt mit den ledigen Pferden und mit den Gewehren, bis ich Donnerkeil einholte. Ich sagte zu ihm: ›Über diese Sache braucht nicht mehr gesprochen werden‹, und er lachte vergnügt, als er die elf Pferde sah und die elf Gewehre.«
»Nun bin ich«, sagte Mondschein, »Glück wieder begegnet, und ich erkannte ihn sogleich. Durch euch erfuhr ich, daß Grünmantel der ist, den sie einen Schuft nannten; doch Langes-Leben sah ich nie wieder.«
»Der befehlende Herr Mondschein irrt«, sagte Christian.
»Ein Wiedersehen hat stattgefunden«, bestätigte Großer-Tiger, »bloß hat der früher geborene Herr den Leutnant Langes-Leben nicht erkannt.«
»Weil es Nacht war«, sagte Christian.
»Ihr wißt mehr als ich«, rief Mondschein, »seid ihr Gurtums, die die rechten Geister beschwören und erfahren, was keiner weiß?«
»Wir sind keine Geisterbeschwörer«, sagte Großer-Tiger bescheiden.
»Langes-Leben ist unschuldig«, versicherte Christian, »daß die Wiedersehensfreude leicht getrübt war.«
»Wenigstens«, rief Mondschein, »hätte er mich grüßen, und ›Hast du schon Essen gegessen?‹ sagen können. Das tut ein anständiger Mensch.«
»Er konnte es nicht«, setzte Großer-Tiger auseinander, »denn der früher geborene Herr lag am Boden und verlangte nicht nach Essen.«
»Weil ihm die Gehirntasche auseinanderklaffte«, sagte Christi-

an. Mondschein fuhr mit der Hand über die Stirn. »Dieses«, sagte er und tastete die Narbe entlang, »ist ein Fehler der Gesichtsbildung.«
»Es ist ein Säbelhieb«, sagte Christian trocken.
»Irgend so was muß es wohl sein«, gab Mondschein zu, »ich war zwar dabei, als ich ihn kriegte, aber ob es gerade ein Säbel war?«
»Es war einer«, versicherte Christian.
»Langes-Leben hielt ihn in der Hand«, teilte Großer-Tiger mit.
»Wie«, schrie Mondschein und stöhnte. »So ein wortbrüchiger Hund«, sagte er verzweifelt.
»Kein wortbrüchiger Hund«, widersprach Christian. »Langes-Leben erkannte Euch nicht gleich.«
»Weil es so finster war«, sagte Großer-Tiger.
»Und weil Ihr vom Pferd fielt«, sagte Christian, »und weil die Lebensgeister schwanden.«
»Aber er«, schrie Mondschein, »er war nicht ohnmächtig.«
»Er war bei sich«, gab Christian zu, »aber er war traurig, als er sah, was er angerichtet hatte.«
»Seine Trauer erreichte einen hohen Grad«, versicherte Großer-Tiger, »denn er hielt Euch für tot.«
»Und er befahl seinen Soldaten«, fuhr Christian fort, »den Platz zu räumen, denn er war ein befehlender Herr Leutnant geworden.«
»Da mußten die Soldaten gehorchen«, sagte Großer-Tiger, »und als sie Euch alles nehmen wollten, sagte Langes-Leben: ›Das dulde ich nicht.‹«
»Tat er das wirklich?« fragte Mondschein zweifelnd.
»Hat Euch was gefehlt?« fragte Großer-Tiger dagegen, »ich meine, außer der Besinnung?«
»Nein«, gab Mondschein zu, »sonst fehlte nichts.«
»Die Kleidung und der Fellmantel rettete Euch das Leben«, sagte Christian, »daran ist Langes-Leben schuld.«
»Der gute Junge«, sagte Mondschein, »wo habt ihr ihn denn getroffen?«
»Beim Berg Abder«, antwortete Christian.
»Sch!« machte Mondschein, »das ist ein gefährlicher Berg. Man

sollte ihn nicht leichtfertig beim Namen nennen, selbst hier nicht, wo er weit weg ist. Ihr könntet noch einen zweiten Wagen verlieren.«

»Wir haben keinen zweiten«, sagte Großer-Tiger.

»Wir werden uns bemühen, den ersten wiederzukriegen«, sagte Christian.

Sofort wurde Mondschein hellhörig.

»Wie wollt ihr«, sagte er langsam, »das anstellen? Wer euch zuhört, kriegt schnelle Ohren, denn ihr sagt nichts, ohne daß was dahinter steckt. Ihr seid wackere Spitzbuben, nie fand ich aufgewecktere.«

Großer-Tiger und Christian zogen den Mantel über die Köpfe für den Fall, daß sie sich ein leises Wort sagen müßten, und Christian stieß Großer-Tiger, damit er den Anfang mache.

Großer-Tiger sagte: »Wir haben eine Verabredung mit Grünmantel, aber er weiß nichts davon. Es ist sehr geheim.«

Mondschein schwieg fassungslos; er schob den Fellhut bis hinter die Ohren. »Ich verstehe«, sagte er endlich, »es ist wie in Weißer-Stein unter dem Kang.«

»Damit hat es große Ähnlichkeit«, gab Christian zu.

»Kinder!« sagte Mondschein, »ihr seid mir über. Wollt ihr nicht in unsere Brüderschaft eintreten? Kerle wie euch sucht man innerhalb der vier Meere wie den Vier-nicht-gleich. Aber man findet ihn nicht.«

»Wir möchten schrecklich gern«, sagte Großer-Tiger höflich, »und es wäre eine unverdiente Auszeichnung für unser geringes Talent, aber wir müssen nach Hause.«

»Die alte Ama wartet auf mich«, sagte Christian.

»Ist es gestattet, zu fragen, wo die Zusammenkunft mit Grünmantel stattfindet?« erkundigte sich Mondschein und rückte näher. Er hielt den Atem an, und die Narbe über der Stirne schwoll. Aber das konnten Christian und Großer-Tiger nicht sehen, denn eine Wolke schwebte am Mond vorüber, und es wurde für zwei Augenblicke dunkel.

»Wir haben uns«, sagte Großer-Tiger langsam, »mit dem, der sich Grünmantel nennt, auf den vierten Tag des dritten Monds verabredet.«

»Der Ort heißt Gewaltiges-Wasser«, sagte Christian, »und dort wartet er auf einen gewissen Herrn Ma. Dieses haben wir erfahren, und weil wir es wissen, möchten wir gerne dabei sein.«
Mondschein ließ die Hände sinken, aber sie ballten sich zu Fäusten, daß die Finger knackten. Ein wildes Durcheinander schüttelte ihn, und Großer-Tiger und Christian erschraken als plötzlich Mondschein vor ihnen das Knie bog und mit der Stirn die Erde berührte.
»Zehntausendfachen Dank«, murmelte er, »zehntausendfachen Dank!«
Großer-Tiger ließ den Mantel fallen und riß Mondschein empor.
»Wir sind unwürdige Knaben«, rief Christian.
»Junge Toren«, sagte Großer-Tiger, »soll man mit Milde ertragen, aber nicht ehren.«
»O ihr Heldensöhne und Enkel großer Weisen«, sprach Mondschein, »ihr habt meine Augen sehend gemacht. Wie soll ich euch danken? Jetzt erkenne ich den, der nach Gewaltiges-Wasser kommt.«
Er blickte von einem zum andern, und dabei wurde er allmählich ruhig.
»Wir müssen handeln«, sagte er entschlossen, »aber nur wir drei. Bei dem Ring, den du am Daumen trägst.«
»Nein«, rief Großer-Tiger entsetzt, »nicht bei diesem Ring.«
»Verzeih«, bat Mondschein, »ich wollte dich nicht erschrecken. Es geht auch so. Versprecht mir aber, mit niemand von dieser Sache zu reden.«
»Wir versprechen es«, sagte Christian.
»Wir sind erfahrene Geheimnisträger«, sagte Großer-Tiger.
Mondschein lächelte. »Ihr werdet bald von mir hören«, sagte er. Er stand auf.
»Euer Weg sei leicht und gut.«
»Sä Jabonah!« riefen Großer-Tiger und Christian. Sie zogen den Mantel über die Schultern, und sie schauten zu, wie Mondschein mit schweren Schritten über den feuchten Sand stapfte. Der Hengst kam ihnen entgegen. Mondschein griff

nach dem Daschior, der am Boden schleifte, hob ihn auf, löste den Knoten und schwang sich in den Sattel. Er saß noch nicht oben, als der Hengst durch das Wasser jagte.
»Sä Jabonah!« riefen Großer-Tiger und Christian noch einmal, aber da schossen Roß und Reiter schon die andere Uferböschung hinauf. Nachher hörte man nur noch den Hufschlag und dann nichts mehr. Das Wasser des Närin-Gol glättete sich, und der Mond rollte seine silberne Kugel darin.
»Wir haben etwas vergessen«, sagte Großer-Tiger, »wir hätten Mondschein fragen sollen, warum vier Pferde zu wenig und zuviel sind.«
»Macht nichts«, erwiderte Christian, »wir wollen Siebenstern fragen. Gontschuk ist doch ihr Bruder.«
Sie gingen zum Zelt zurück, aber Siebenstern wußte es auch nicht.
»Diese Ja- und Nein-Sagerei in einem gefällt mir nicht«, sprach Ungemach, »ihr werdet sehen, es kommt nichts Gescheites dabei heraus.«
»Vater kommt auch nicht«, seufzte Siebenstern.
»In der Eile sind Fehler«, tröstete Großer-Tiger, »Vater Naidang vermeidet sie eben.«
»Wenn er es kann«, sagte Ungemach und gähnte, »manche können es nicht.«
Siebenstern schloß das Rauchloch. »Schlafen, gut schlafen!« sagte sie, und Christian und Großer-Tiger folgten ihr gern.

Neununddreißigstes Kapitel, in dem wir von Siebenstern und Naidang Abschied nehmen

Der Morgenstern wanderte ganz allein über den Himmel und glänzte. Die Pferdeweide und die Derreswiese waren vom Rauhreif überhaucht, und die Pappeln standen am Ufer des Närin-Gol. Sie griffen mit ihren Zweigen in das lichter werdende Blau. Über dem Fluß dampfte der Nebel.
So sieht ein Reisetag aus, dachte Siebenstern traurig, als sie aus der Jurte trat.

Der Pudel klopfte mit dem Schwanz auf den Boden, hob den Kopf zur Begrüßung, aber er blieb liegen. Es war noch zu früh, um mehr zu tun. Er wartete darauf, daß Siebenstern den Mörser hole, und als sie ihn holte, wartete er darauf, daß sie sich neben ihn setze. Sie tat es auch, und als sie »bums, bums« den Ziegeltee zu Brocken schlug und die Brocken zu feinen Bröseln, wachten alle auf: Christian, Großer-Tiger und Ungemach. Die Schafe und die Kamele lagen längst mit offenen Augen da, und die Pferde, von denen man nicht recht wußte ob sie überhaupt schliefen, standen an der Leine. Die abgehetzten Gäule von Mondschein und Donnerkeil hatten ein rauhes verklebtes Fell, und an den Fesseln glänzte weißer Reif. Auch die Mähnen glitzerten.
»Oh, ihr Armen!« rief Siebenstern und stellte den Mörser weg, »ich vergaß euch gestern abend.«
Sie lief an die Leine und machte die Zügel der beiden Pferde los. Sie legten sich gleich, aber bevor sie ruhig liegenblieben, wälzten sie sich am Boden, streckten alle viere in die Luft und scheuerten den Rücken. Eine Menge Staub wirbelte auf, und das Fell wurde nicht schöner davon. Die Pferde schnauften vor Wohlbehagen.
»Warum machen sie das?«, fragte Christian und blieb unter der Türe stehen.
»Weil sie das Fell juckt«, sagte Siebenstern, »das ist doch einfach.«
»Ach so!« sagte Christian, und er dachte an das Glacis in Peking, wo sich die Pferde nicht herumwälzten, sondern abgerieben wurden und eine Decke kriegten, wenn sie geschwitzt hatten. Er sagte aber nichts darüber, und Siebenstern hing weiter traurigen Gedanken nach. Großer-Tiger band die Kamele los, Christian öffnete den Schafpferch, und in der Jurte kochte Ungemach den Tee.
Sie saßen beim Frühstück, als Naidang und Glück eintrafen. Der Pudel rannte ihnen entgegen und bellte, Siebenstern sagte: »Habt ihr eine gute Reise gehabt?« und Naidang erwiderte: »Gut, gut!«
Christian und Großer-Tiger betrachteten die Kamele, die mit

erhobenen Köpfen daherschritten. Sie hatten steile Fetthöcker und einen hoffärtigen Zug um die überhängende Oberlippe. Sie waren jung und stark. Eines trug einen Packsattel und das blaue Zelt, in dem Ungemach und Schlangenfrühling gewohnt hatten. Die Zeltstangen wippten beim Gehen auf und nieder.

»Nicht abladen«, rief Glück, »wir müssen gleich aufbrechen.«

Christian und Großer-Tiger ging ein Stich durchs Herz. Jetzt also war es soweit, und Siebenstern, die es auch gehört hatte, wandte sich ab. Mit einemmal war nirgends mehr eine Freude. Was vorher fröhlich gewesen war, war nicht mehr fröhlich, und die Kamele schrien zornig, als sie sich niederlegen mußten. Sogar die aufgehende Sonne tröstete nicht; sie mahnte doch nur zur Eile. Die schweren Herzen von Christian und Großer-Tiger wurden noch schwerer, und Glück sagte: »Am Abend müssen wir am Morin-Gol sein. In der Nacht marschieren wir auch.«

»Geh hinein, Glück, und trinke Tee«, rief Naidang, »wir satteln derweil.«

»So ist es immer«, seufzte Ungemach: »wenn es wo zufriedene Heiterkeit gibt, heißt es gleich: Ihr müßt gehen, es kommt ein Wagen voll Teufel.«

Er schleppte seinen Sattel und den von Schlangenfrühling herbei. Die Riemen mußten länger gemacht werden, damit sie um die Bäuche der Kamele gingen. Für Christian und Großer-Tiger hatte Naidang zwei alte hölzerne Sättel mitgebracht und gesteppte Satteldecken zum Unterlegen. Außer den Nasenstricken trugen die Kamele geflochtene Halfter aus Ziegenhaaren.

»Für alle Fälle«, sagte Naidang, »denn ein Nasenstrick kann reißen.«

»Aber . . .«, sagte Christian.

»Leider gibt es kein Aber«, sagte Naidang, »es ist höchste Zeit, und ihr müßt fort.«

»Wir wissen es gut«, gab Christian zu, »aber . . .«

»Hammaguä«, rief Naidang, »ich sehe nirgends eine Behinderung.«

»Doch«, beharrte Christian, »der alte Märin hat nämlich kein Geld gebracht.«
Naidang lachte. »Der Regen fällt manchmal spät«, sagte er, »ich werde euch welches mitgeben.«
»Es ist nicht deswegen«, sagte Christian, »Großer-Tiger und ich haben genug für den Notfall; es ist wegen der Kamele.«
»Sie gehören euch«, sprach Naidang ernst, »darüber will ich nichts mehr hören.«
»Zehntausendfachen Dank«, sagten Christian und Großer-Tiger; aber Naidang hielt sich die Ohren zu.
»Wieviel Geld habt ihr?« fragte er leise.
»Zusammen sind es fünfundvierzig Silberbatzen oder so.«
»Das reicht«, erklärte Naidang befriedigt. Dann fragte er Siebenstern, ob es was Neues gebe, und Siebenstern berichtete über den Besuch von Mondschein und Donnerkeil. Sie sagte auch etwas wegen Gontschuk und den Pferden, aber das sagte sie leise.
»Es ist gut«, murmelte Naidang. »In den Sattel, ihr Männer!« rief er laut. »Jabonah!«
Da kam Glück aus der Jurte, und Ungemach holte sein Gewehr.
»Ich habe noch zehn Patronen«, sagte er, »da mag der Donner grollen, und der Abend mag dunkel werden.«
Alle schauten auf Ungemach, als er zwei so tapfere Worte sprach, und alle wunderten sich sehr. Glück war nahe daran, unhöflich zu grinsen.
»Ich bitte um weitherzige Vergebung«, rief Ungemach erschrocken, »mir scheint, ich sagte Ungeziemendes. Es ist aber so«, fügte er leise hinzu, »und deshalb kann vielleicht darüber gesprochen werden. Ich meinte nämlich bloß, daß ich treffe, wenn ich wohin schieße. Da sind zehn Patronen viel genug.«
Er ging beschämt und beinahe schuldbewußt an Naidang vorüber und nachher an Glück, und dann ging er noch einmal in die Jurte, um seinen Handspaten zu holen, den er mitnehmen wollte.
»Ich begleite euch ein Stück Wegs«, versprach Naidang.
Christian und Großer-Tiger verneigten sich vor Siebenstern.

»Wir wünschen Freude«, sagten sie, »mögest du glückliche Tage verleben.«
»Kompaß-Berg«, sagte Siebenstern, »hole dein Buch, du mußt noch was hineinschreiben.«
»Nicht hier«, sagte Siebenstern, als Christian das Wörterbuch brachte.
Sie ging in die Jurte, aus der Ungemach mit dem Spaten trat. Es war nur wenig hell darin, und Siebenstern machte die Türe zu, als Christian neben ihr stand. Zwei dicke Tränen rollten über ihre Wangen, aber Siebenstern lächelte. Sie faßte Christian bei den Ohren und küßte ihn mitten auf den Mund.
»Unissna«, sagte Siebenstern leise, und sie wartete, bis Christian das neue Wort in sein Buch geschrieben hatte. Es stand zuunterst in der Reihe. Als er es ordentlich nachsprechen konnte, stieß Siebenstern die Türe auf, und Christian trat mit ihr vor die Jurte in den Sonnenschein, wo Großer-Tiger wartete. Das Buch trug er unter dem Arm.
Siebenstern zog einen Haddak aus dem Gürtel. »Ich bin gering, und ich besitze nichts«, sagte sie schluchzend, »da kann ich euch kein Geschenk geben. Nur den Hund, er soll mit euch gehen.«
»Dieses ist ganz und gar unmöglich«, widersprach Christian, »er ist ein Hund, der hundert Hunde aufwiegt. Niemals könnten wir ein so großes Geschenk annehmen.«
»Er ist ein Nachtwache-Halter und ein Nachrichten-Beschleuniger«, sagte Großer-Tiger, »du kannst ihn nicht entbehren.«
Siebenstern beugte das Knie und legte den Haddak vor sich auf die Erde. Sie sagte einfach: »Der Hund gehört nicht mehr mir.«
Da nahm Christian den Haddak auf, hob ihn zur Stirn, und Großer-Tiger verneigte sich stumm. Dann langte Christian den himmelblauen Haddak des Herzogs von Hanta aus der Ledertasche, legte den Kamm des Generals Wu darauf, der ganz neu und weiß war, weil ihn keiner benützt hatte, und er sagte: »Unser Dank ist im Herzen, dieses kann nur ein törichtes Andenken sein.«
»Steine und Felsen verneigen sich vor deiner Güte«, sagte

Großer-Tiger. Siebenstern nahm den Haddak und den Kamm, hob die Hände empor und lief weinend in die Jurte.
»Jabonah«, rief Naidang, »es ist Zeit.«
»Ihr steht da wie verlorene Hühner«, tadelte Glück; »eilt euch.«
»Was mich betrifft . . .«, sagte Ungemach und schwang das rechte Bein verwegen über den Höcker seines Kamels; aber da stand das Kamel auch schon auf, und Ungemach konnte den Satz nicht mehr zu Ende bringen, denn er mußte sich am Sattelbogen festhalten.
Siebenstern kam aus der Jurte zurück.
»Vater«, sagte sie, »der Hund gehört nicht mehr mir, er soll mit Kompaß-Berg und Großer-Tiger gehen.«
»Recht so«, rief Naidang erfreut, »das nenne ich einen glücklichen Gedanken. Hund, du darfst mit!«
Ungemach erschrak, als er das hörte. »Der Unglückshund«, murmelte er, und die Mundwinkel fielen ihm herunter. Aber der Pudel sprang fröhlich bellend an Naidang empor. Er hatte gefürchtet, wieder einen Strick um den Hals zu kriegen und dableiben zu müssen. Jetzt lief er überall herum und versuchte durch Gebell den Aufbruch zu beschleunigen. Als die Kamele nacheinander aufstanden, hüpfte er so ausgelassen, daß sie nach ihm traten.
»Die schlechte Sache beginnt«, sagte Ungemach, »es gehört sich nicht, daß ich meine Meinung über den Hund loslasse, aber man sollte daran denken, daß ich bloß aus Höflichkeit nichts sage.«
Naidang war als einziger zu Pferd. Er hatte die lederne Satteltasche bei sich, und in der Satteltasche war weiter nichts als die Flasche, die Naidang für alle Fälle frisch gefüllt hatte.
»Ich komme heute nacht zurück«, rief er Siebenstern über die Schulter zu, und dann setzte er sich an die Spitze des Zuges.
Nach ihm ritt Glück auf einem stolzen Kamel. Er hatte keine Satteltasche und auch sonst keine Gegenstände an den Sattel zu hängen, aber er trug die Pistolentasche am Schulterriemen mit der Pistole darin. Das sah prachtvoll aus und sehr kriegerisch, denn die rote Seidentroddel fiel in Wellen über den

grauen wattierten Rock, und das machte viel aus. Dann kam Ungemach. Er war bei weitem besser ausgerüstet. Vor sich hatte er den Mantel mit den Goldknöpfen liegen, der ihm die Knie wärmte; um die Schulter hing das große Gewehr, mit dem er unfehlbar schießen konnte, und die zehn Patronen trug er in der Rocktasche. Man sah sie nicht, aber jeder, der Ungemach erblickte, mußte angesichts der ernsten Haltung auf Ungewöhnliches schließen. Ein wenig lehnte er rückwärts gegen den Sattel, doch das kam, weil er das Lastkamel an einem Strick hinter sich drein führte. Es trug vorläufig nur das Zelt mit den Stangen, die auf und nieder wippten, und obendrauf lag der Spaten Ungemachs und der Fellmantel von Christian. Am Schluß ritten Großer-Tiger und Christian, die als echte Kamelreiter frei im Sattel saßen und den Daschior am Handgelenk trugen.

»Euer Weg sei leicht und gut«, rief Siebenstern.

»Wir wünschen Frieden«, rief Großer-Tiger.

Christian wollte auch was rufen. aber es gelang nicht gut weil er sich auf die Zunge beißen mußte, um nicht zu weinen. Er winkte Siebenstern mit beiden Händen, und Siebenstern rief: »Sä Jabonah!«

Sie rief noch einige Male, bis es nicht mehr ging. Aber da waren die Reiter schon weit weg, und keiner sah, wie sie weinte, und niemand hörte, wie sie am Boden kauernd »Unglück! Unglück!« wimmerte. Nicht einmal der Pudel war da um sie zu trösten.

Er lief voraus, und er war der erste über dem Närin-Gol. Er schüttelte das Wasser aus dem Fell, man sah seine Augen wie glänzende schwarze Knöpfe blinken, und dann rannte er die Böschung hinauf und wieder herunter, bis alle beisammen waren. Dabei bellte er laut.

»Er freut sich so«, sagte Großer-Tiger.

»Auf das Ende kommt es an«, gab Ungemach bekannt.

Christian bedeutete Großer-Tiger, ein wenig zurückzubleiben, und als Ungemach nicht mehr hören konnte, was gesprochen wurde, ritten sie eine Weile nebeneinander, bis Christian sagte: »Jetzt müssen wir dem Pudel einen Namen geben.«

»Er hat doch einen«, sagte Großer-Tiger.
»Er heißt Hund«, widersprach Christian, »aber Hund ist kein Name. Ich habe noch nie gehört, daß jemand Hund heißt.«
»Da hast du schlecht aufgepaßt; es gibt haufenweise Leute die Hund heißen. Wenn wir nach Peking kommen, wird niemand wissen, daß ›Nochoi‹ ein Hund ist. Viele Menschen werden fragen: ›Wie nennt ihr diesen schwarzen Teufel?‹ und wir werden antworten: ›Er heißt Nochoi.‹ Klingt das nicht herrlich?«
»Es klingt nicht schlecht«, gab Christian zu.
»In Peking«, fuhr Großer-Tiger fort, »gibt es kaum ein Stück Mensch, das mongolisch spricht. Also weiß auch keiner, daß Nochoi Hund bedeutet, und so haben wir ohne Nachdenken einen seltenen Namen. Man kann«, sagte Großer-Tiger begeistert, »sich eine Menge wunderbarer Sachen vorstellen, wenn man Nochoi sagt. Mindestens denkt jeder an ›Zauberschildkröte‹ oder ›Schläfriger Drache‹. Findest du nicht auch?«
»Ich finde«, sagte Christian, »du hättest mir das früher sagen sollen. Jetzt finde ich nämlich auch, daß Nochoi ein Name ist, der taugt.«
»Bolwo?« rief Großer-Tiger.
»Es bleibt dabei«, sagte Christian.
Dann ritten sie nebeneinander und sprachen nicht viel. Man sah die Gleise des Lastwagens deutlich, und Glück murmelte unfreundliche Worte. Sie kamen aber schneller voran als gewöhnliche Karawanen, denn die Kamele mußten keine schweren Lasten tragen. Als sie an der Stelle vorüberritten, wo die Wagenspuren nach Süden bogen, klopfte Glück an die Pistolentasche.
»Laß gut sein«, sagte Naidang, »Siebenstern hat mir berichtet, es gebe noch mehr Leute, die sich um Grünmantel kümmern.«
»Wieso?« fragte Glück barsch. »Wen meinst du damit?«
»Mondschein war in der vergangenen Nacht in meinem Zelt. Hast du es nicht bemerkt?«
»Er hat keine Besuchskarte dagelassen«, sagte Glück verdrossen, »es muß ein formloser Besuch gewesen sein.«
»Mondschein hatte es eilig«, gab Naidang zu, »aber er nahm

den Hengst mit, daran hättest du merken können, daß er da war.«
»Er hinterließ dem befehlenden Herrn eine Botschaft«, rief Großer-Tiger.
»Dann sage sie mir, vielleicht pressiert es.«
Großer-Tiger ritt nach vorn, und Christian ritt mit ihm.
»Man soll«, berichtete Großer-Tiger, »dem befehlenden Herrn sagen, er möge ohne Sorge sein.«
»Ist das alles?«
»Mehr Worte hat Mondschein nicht dagelassen.«
»Deine Botschaft«, bemerkte Glück spöttisch, »ist nicht besonders eilig.«
»Dafür ist sie gut«, sagte Naidang; »auf dem Weg, den du vor dir hast, sind solche Worte selten.«
»Ich weiß, was du meinst«, knurrte Glück, »und ich weiß auch, wen du meinst. Aber«, rief er, »solche Worte sind wie eine Schublade, die man öffnet, und es ist nichts darin.«
»Oder der alte Staub vom Vorjahr«, sagte Ungemach.
Naidang sagte nichts mehr. Er hatte geglaubt, Glück würde sich freuen; aber Glück freute sich nicht. Er brummte verdrießlich: »Nun, nun, wir werden sehen«, und nach einer Weile: »Da steckt was dahinter.«
»Ach«, seufzte Ungemach, »es gibt vieles, was man nicht weiß, und es gibt vieles, wo was dahintersteckt, vielleicht schon hinter diesen Bäumen.«
Damit meinte er die Pappeln des Dondur-Gol, die den Horizont begrenzten und näher rückten. Es waren stattliche Bäume, und der Dondur-Gol war hier ein richtiger Fluß. Die Böschung, die zu der Furt hinabführte, war von frischen Kamelspuren breitgetreten. Es gab auch eine flache Sandkuhle in der sich Wasser gesammelt hatte, und Glück bemerkte nicht ohne Schadenfreude, daß hier eines der Kamele die Lasten abgeworfen hatte. Doch dann runzelte er die Stirn und betrachtete die Spuren genauer.
»Gestern oder vorgestern«, sagte er, »muß hier eine Karawane gegangen sein. Habt ihr sie nicht gesehen?«
»Wir hörten die Glocken«, sagte Großer-Tiger.

»Aber nur von ferne«, sagte Ungemach, »sozusagen beinah gar nicht.«
»Der Hund bellte so laut«, entschuldigte Christian.
»Und es war Nacht«, log Ungemach.
»Es sollte mich nicht wundern«, brummte Glück, »wenn dieser Halunke vor uns herzöge.«
»Wen meinst du?« fragte Naidang arglos.
»Ach«, sagte Glück obenhin, »ich dachte an einen schäbigen Kerl, dem wir unterwegs begegneten. Kaum daß er uns ein Säckchen Reis verkaufte, dieser ausgewachsene Geizkragen.« Und Glück trieb sein Kamel in das Wasser. Es floß noch langsamer als das des Närin-Gol, aber es war tiefer, und Naidang mußte die Knie anziehen. Der Pudel mußte schwimmen, und nur den Kamelreitern machte es nichts aus.
»Das kommt«, sagte Naidang, »weil es zum See nicht mehr weit ist, da fließt das Wasser träge.« Christian zog das Westliche-Blatt aus der Ledermappe, und als sie weiterritten, faltete er es auseinander. »Hier sind zwei Seen«, sagte er, »der eine heißt Gaschu-Nor, und der andere heißt Socho-Nor. Alle Arme des Edsin-Gol fließen hinein, aber nicht wieder heraus.«
»Steht das auf deinem Landbild geschrieben?« fragte Naidang verwundert.
»Alles steht darauf«, sagte Glück großartig, »und noch viel mehr.«
»Auch ich?« fragte Naidang.
»Noch nicht«, setzte ihm Glück auseinander, »aber wenn Kompaß-Berg nach Hause kommt, wo man die Landbilder macht, wird er sagen: ›Hier fehlt einer‹, und die Leute werden sagen: ›Wir bitten um weitherzige Vergebung unserer Unwissenheit.‹ Nachher werden sie den Fehler gutmachen und hineinschreiben: ›Hier wohnt Naidang der Bilderbogen.‹«
Da ließ sich Naidang die Karte zeigen, und er betrachtete sie mit gebührender Hochachtung.
»Jetzt sind wir hier«, sagte Christian und beugte sich vom Kamel herab; »bis zum Morin-Gol sind es noch vierzig Li.«
»Ich sehe«, sagte Naidang höflich, »daß dieses Landbild wertvoll ist.«

»Es ist ein unersetzliches Stück«, sagte Glück, »ich habe das gleich erkannt, als ich es zu Gesicht kriegte.«
»Wie sieht es am Socho-Nor aus?« fragte Christian.
»Wie überall auf der Welt«, antwortete Naidang, »es gibt Wasser, und es gibt Land.«
»Also traurig«, sagte Ungemach.
»Ein wenig traurig ist es schon«, bestätigte Naidang. »Der Socho-Nor ist groß wie ein Meer, aber der Gaschu-Nor ist größer. Rundherum ist ein weißer Rand, doch es ist kein Winterchen-Schnee, sondern Salz, und nachher ist alles gelbe Wüste. Das Wasser der Seen ist blau und viel herrlicher als der Himmel; es ist über alle Maßen schön, und im Norden liegt der Götterberg Nojen-Bogdo und schaut zu.«
»Man bleibt aber bei Besinnung«, sagte Ungemach.
»Habe ich gesagt, daß man vor Freude brüllt?« fragte Naidang. »Nein, ich habe es nicht gesagt, schon deshalb nicht, weil man von dem blauen Wasser keinen Tropfen trinken kann. Es schmeckt salzig nach des Himmels Beschluß, und der Mensch hat keinen Anteil daran.«
»Soll man da nicht etwa betrübt sein?« fragte Ungemach, und er fügte hinzu: »Hier ist es auch nicht gerade lustig.« Zum Beweis deutete er mit dem Daschior nach allen Himmelsrichtungen.
Da gab es eine große Ebene, und der Boden war hart. Sand war darüber gestreut und kleine Steine, und der Karawanenweg zog wie eine Furche nach Westen. Man sah ihn kaum, aber er war da, und er war das einzige Ding, an das man sich halten konnte. Die Sonne stieg höher. Es wurde warm, und der Pudel trottete still neben den Kamelen her, die gleichmäßig schritten, eins hinter dem andern. Naidang begann zu singen, und Christian sagte zu Großer-Tiger: »Wenn ich die Sache richtig überlege, habe ich Hunger.«
»Ich auch«, sagte Großer-Tiger.
»Es gibt zwei Arten, sich zu ernähren«, belehrte sie Ungemach, »nach der Völlerei sind wir jetzt bei der Dreizehn-Hirsekorn-Ernährung angelangt. Da ißt man oft wenig, aber meistens nichts. Es ist die Art, die ich am besten kenne.«

»Es ist keine sehr gute Art«, sagte Großer-Tiger.
»Sie gefällt uns nicht«, sagte Christian.
Sie ritten weiter, und Naidang sang. Erst am späten Nachmittag änderte sich die Gegend. Es gab winzige Sandhügel, und auf jedem stand eine kümmerliche Tamariske. Bald wurden die Tamarisken größer, Buschwerk begann, und schließlich gab es einzelne Pappeln und kleine Waldstreifen. Aber eine geschlossene Baumreihe wie an den beiden andern Flüssen fehlte. Sogar das Gras wuchs in Flecken, und die Halme waren dünner als am Närin-Gol. Die Äste der Sträucher waren gebrechlicher, und wenn man die Pappeln ansah, dachte man eher an Vergehen statt an Festigkeit und Dauer. Zwischen den Bäumen sah man weit hinaus auf die Wüste und ferne blaue Berge.
Der Morin-Gol durchfloß ein breites Kiesbett, in dem die Sandbänke größer waren als die schmalen Wasserarme. Eigentlich waren es nur Bäche, über die man springen konnte, aber das Wasser war klar wie im Gebirge. Am andern Ufer des Morin-Gol stand eine Jurte. Sie war ein wenig älter und schlechter, als die von Onkel Tschen gewesen war, und die Vorräte des Herrn Ping lagen unter einer grauen Plane gleich neben dem Zelt. Herr Ping trat heraus, als er das Gebell des Pudels hörte, aber da war es schon zu spät. Sein gelber, gewalttätiger Köter rannte dem Pudel entgegen, und mitten im Morin-Gol kam es auf einer Sandbank zum Kampf.
»Kou!« rief Herr Ping, »lai, lai, lai!«
»Nochoi!« riefen Christian und Großer-Tiger, »nasch jirr!«
Aber der Pudel hörte nicht auf mongolisch, und der Hund des Herrn Ping hörte nicht, was sein Herr chinesisch befahl. Beide kämpften verbissen auf Leben und Tod, während die Besitzer auf den Uferbänken standen, die einen hoch zu Kamel, der andere zu Fuß, und alle drei riefen: »Hund, komm her!« Naidang sah unbeteiligt zu und ließ sein Pferd trinken, denn er wollte erst in der Nacht heimreiten. Die Kamele drängten auch zum Wasser, und Glück sagte ruhig: »Es gibt keine Hilfe, die Hunde fressen sich.«
»Nein«, schrie Christian verzweifelt und hob den Daschior. Er

wollte sein Kamel antreiben, damit es zum Kampfplatz eile, aber Ungemach fiel ihm in den Arm.
»Nicht nötig«, rief Ungemach, »warte zwei Augenblicke.«
Er ließ sich vom Kamel gleiten und hob zwei Steine auf. Dann peilte er sehr genau und sehr ruhig über den ausgestreckten Zeigefinger der linken Hand und warf. Der gelbe Hund des Herrn Ping, der gerade obenaufgekommen war, tat einen Luftsprung und heulte laut. Er lief davon, und der Pudel stürzte ihm nach. Aber da hatte Ungemach schon zum zweitenmal gepeilt und auch geworfen.
»So«, sagte Ungemach, »diese Sache ist entschieden.«
Man hörte ordentlich, wie der Stein auf das Hinterteil des Pudels prallte, man sah, wie er einknickte, und dann kam er winselnd zur Sandbank zurück.
Christian und Großer-Tiger staunten, Glück staunte auch, und Naidang wandte sich im Sattel um. Er hob beide Daumen steil zum Himmel und rief: »Ein treffender Stein! Ein überaus treffender Schütze!«
Am andern Ufer stand Herr Ping. »Du hast meinen Hund totgeworfen« rief er herüber, »mein Hund ist zu neun Zehnteln nicht mehr lebendig. Du mußt zahlen.«
Allein Ungemach tat nicht dergleichen. Er stieg in den Sattel, und während die Kamele umständlich Wasser schlürften und spritzten, sagte er entschuldigend: »Eigentlich wollte ich es nicht tun; ich bitte die Herren Hundebesitzer um Vergebung.«
»Davon kann nicht gesprochen werden«, rief Großer-Tiger, »du bist ein Meister der Treffsicherheit.«
»Wie machst du das?« erkundigte sich Christian, »ich bitte um Unterricht im Steinewerfen.«
»Zuviel der Ehre«, murmelte Ungemach geschmeichelt, »aber es geht nicht. Es geht wirklich nicht.«
»Gibt es keinen Weg, diese Kunst zu erlernen«, fragte Großer-Tiger enttäuscht, weil er auch gern mitgemacht hätte.
Ungemach sagte: »Es gibt einen Weg, aber er ist lang. Mein Großvater lehrte mich die Steine, und mein Vater machte mich im Werfen vollkommen. Wer in den Bergen von Labrang kein Gewehr besitzt, muß verstehen, den Stein zu werfen. Ich war

ein Knabe, und ich übte jeden Tag, wenn ich die Ziegen hütete. Als ich auf fünfzig Schritte einen Baum nicht mehr fehlte, starb mein Großvater. Drei Jahre später fehlte ich eine Stange selten, auch wenn sie hundert Schritte weg war. Als ich sie nicht mehr fehlte, starb mein Vater. Da hatte ich keine Angst mehr vor wilden Hunden und einzelnen Wölfen. Doch da wurde ich Soldat und lernte schießen. Schießen ist aber keine Kunst«, sagte Ungemach, »durch Schießen habe ich die Sicherheit im Werfen verloren. Ich müßte zwei Jahre üben, sie wieder zu erlangen. Ihr habt ja gesehen, wie schlecht ich warf.«
Alle schauten verwundert auf Ungemach, und Ungemach sagte kleinlaut: »Ich wollte euern Hund bloß streifen; entschuldigt meine Unfähigkeit.«
Inzwischen hatten die Kamele und das Pferd eine Menge Wasser getrunken, und Naidang ritt voraus über den Morin-Gol. Die Hufe klapperten über den Kies, und die Sohlen der Kamele schoben ihn knirschend auseinander. Auf der Sandbank lag der Pudel und wartete.
»Hund«, tadelte Christian, »du hast dich schlecht benommen.«
»Hund«, mahnte Großer-Tiger, »du solltest auf unsere Worte hören.«
Der Pudel versuchte, mit dem Schweif zu wedeln, aber es ging schlecht, weil ihm das Kreuz weh tat. Er trottete neben Großer-Tiger und Christian her, schlabberte Wasser, sooft es über ein Rinnsal ging und blickte zum andern Ufer, wo sich sein Gegner zurückzog, als die Reiter näher kamen.
Herr Ping, der Naidang erkannt hatte, war ganz getröstet.
»Oh«, rief er freudig bewegt, »ich begrüße den ehrenwerten Herrn Bilderbogen. Habt Ihr eine gute Reise gehabt, alter Onkel?«
»Wie geht es deinem Hund?« erinnerte Naidang.
»Ausgezeichnet«, sagte Herr Ping, »es könnte ihm nicht besser gehen.«
Dabei warf er einen wütenden Blick auf Ungemach. Er lächelte aber gleich wieder, als er die rote Seidentroddel an Glücks Pistole bemerkte, und als er sah, daß Glück mindestens so

elegant aus dem Sattel sprang wie ein Herr Hauptmann, der jeden Tag zum Vergnügen reitet.
»So ein hoher Besuch«, seufzte Herr Ping, »ach, meine elende Hütte!« Er schnalzte dreimal mit der Zunge vor Bedauern und bat seine Gäste einzutreten.
Christian und Großer-Tiger banden die Kamele an die Leine, und Ungemach half ihnen. Als sie in die Jurte traten, hatte Herr Ping Bohnennudeln zugestellt, Naidang saß auf dem Ehrenplatz und rauchte, und Glück, der merkte, daß Herr Ping über ihn im unklaren war, ließ ihn dabei.
»War der alte Märin bei dir?« erkundigte sich Naidang, nachdem Herr Ping einen angewärmten Gerstenschnaps herumgereicht hatte.
»Es bedrückt mein Herz schon lange«, bekannte Herr Ping, »daß ich seinen Besuch entbehre. Gibt es eine Sache, über die man reden muß?«
»Nicht, daß ich wüßte«, erwiderte Naidang, »es kam mir so in den Sinn.«
»Die sehr alte Exzellenz Märin«, bohrte Herr Ping vorsichtig, »ist in Geschäften etwas hart.«
»Das bin ich auch«, sagte Naidang.
Da gab Herr Ping weitere Nachforschungen auf. Augenscheinlich war ihm ein Geschäft entgangen und dazu kein kleines, denn der alte Märin befaßte sich nicht mit Kochtöpfen und Garnspulen. Er handelte mit Pferden und Kamelen, und er machte die verzwickten Geldgeschäfte, bei denen man gewinnen und verlieren konnte. Aber Märin verlor nie, denn er nahm keine Papierscheine in Zahlung. Man konnte nur mit Silber oder Gold zu ihm kommen, und böse Zungen flüsterten, er sei der Bankier des Uralten-Herrn.
Als die Bohnennudeln verzehrt waren, winkte Naidang Herrn Ping zu sich.
»Ich brauche Verschiedenes«, sagte Naidang, »zuerst ein eisernes Kochgestell.«
Herr Ping bemerkte wehmütig, daß der Preis für Eisen gewaltig gestiegen sei, und dann reichte er Naidang bekümmert die Hand. Die weiten und langen Ärmel fielen über die ver-

schränkten Hände, und niemand sah mehr, was sie machten. Während sich die beiden ernst gegenübersaßen, blickte Naidang Herrn Ping wegen etwaiger Verlogenheit unerschütterlich in die Augen, und Herr Ping hielt Naidangs Blick fest, um das geringste Zeichen von Nachgiebigkeit für sich auszunützen.

Leider spielten beide dieses Spiel schon viel zu lange, als daß sich einer hätte ertappen lassen. So blieb es bei dem stummen und sehr geheimen Handel der Finger, dem keiner zusehen konnte. Herr Ping drückte Naidangs Hand zweimal mit dem Daumen und einmal mit dem kleinen Finger. Das war natürlich unverschämt, aber Naidangs Gesicht veränderte sich nicht. Er teilte Herrn Ping durch einen einzigen Daumendruck sein Gegenangebot mit, und das war auch unverschämt.

Herr Ping hatte nichts anderes erwartet. Deshalb verzog er schmerzlich den Mund, um seinem Kunden darzutun, wie sehr er ihn beleidige. Herr Ping tat auch so, als ob er Naidangs Hand empört loslassen wolle, aber solche Finten zogen bei Naidang nicht, und Herrn Pings Hand kehrte reumütig zurück. Sie machte einen Versuch mit zwei Daumendrücken, obwohl Herr Ping damit zugab, daß er sich auf dem Rückzug befand. Er nahm sich aber vor, dieses Angebot mindestens einen Händedruck lang zu halten, bevor er es aufgab und dem zögernd entgegenkommenden Naidang von da an Zwanzig-Kupferstück-weise nachgab. Als sie sich bei anderthalb Silberbatzen trafen, war der Handel abgeschlossen. Die Gegner ließen die Hände los, und ein Aufatmen ging durch das Zelt.

»Ferner«, sagte Naidang, »brauche ich vierzig Pfund Mehl.«

»Von welcher Sorte«, fragte Herr Ping lauernd.

»Von der besten«, sagte Naidang patzig.

Da merkte Herr Ping, daß Naidang das Mehl nicht für sich kaufen wollte, und Herr Ping wurde sehr fröhlich. Sofort ließ er die Kinnlade fallen, und schwere Kummerfalten bedeckten die Nasenwurzel.

»O Bilderbogen«, seufzte er, »ich rate dir zu der zweiten Sorte. Sie ist blütenweiß wie die erste, und wenn sie auch ein wenig grauer sein sollte, was schadet das?«

»Deine Hand«, sagte Naidang, »ich brauche die beste Sorte.«
»Ich würde sie dir niemals empfohlen haben«, schwor Herr Ping, »du weißt, ich will dein Bestes.«
Naidang verschluckte zwei unfreundliche Worte, aber als er Herrn Pings Hand ergriff, und als die Ärmel darüberfielen, kniff er ihn zur Begrüßung in den Handballen. Herr Ping blieb sehr freundschaftlich. Er wußte, daß Naidang weder vor ihm noch vor seinen Gästen das Gesicht verlieren durfte, nachdem er so unvorsichtig gewesen war, die beste Sorte zu verlangen.
»Weil du es durchaus so haben willst«, wimmerte Herr Ping, zuckte die Achseln und nannte mit festem Händedruck einen schamlosen Preis. Er ging auch nur ganz wenig herunter.
Als die Hände sich trennten, griff Herr Ping nach dem Rechenbrett und notierte die bisher erzielten Preise durch Verschieben einiger Kugeln. Er machte es aber so rasch, und er deckte auch gleich den Rockzipfel darüber, daß selbst Großer-Tiger nichts ablesen konnte. Das war Herr Ping seinen Kunden schuldig.
Nacheinander kaufte Naidang einen Kochkessel, einen Ziegel Tee, etwas Salz, einige Pfund Bohnennudeln, Knoblauch, Hammelfett und ein kleines Wasserfaß, das Christian und Großer-Tiger füllten. Dann wurde abgewogen und aufgepackt. Ungemach belud das Lastkamel. Er verteilte den Proviant in zwei Säcke und obendrauf hing er auf die eine Seite das Kochgestell und den Kessel; auf die andere Seite kam das Wasserfaß.
»Wir reisen«, sagte Glück.
Naidang nickte, und während Glück die Sattelriemen nachzog, nahm er Ungemach beiseite.
»Ich habe zwei Pferde von dir bekommen«, sagte Naidang.
»Davon ist mir nichts bekannt«, widersprach Ungemach, »die Pferde gehören nicht mir.«
»Man muß diese Sache richtig betrachten«, setzte ihm Naidang auseinander, »der Amban von Sutschou will euch totschießen lassen. Soll ich ihm da zur Belohnung zwei Pferde geben, noch dazu wo eines ein Paßgänger ist? Es wäre gegen jedes Herkommen«, sagte Naidang, »es wäre sogar ein Unrecht.«
Ungemach trat erschrocken einen Schritt zurück und sagte, er

wolle kein Unrecht begehen. »Ich auch nicht«, erklärte Naidang befriedigt, »so was würde mich zeitlebens betrüben. Deshalb habe ich gestern deine Pferde einem Mann verkauft, der sie heute nach Ning-Shia mitnimmt. Ning-Shia ist weit.«
»Meine Pferde sind es aber nicht«, erinnerte Ungemach dem es wieder ängstlich wurde, »ich glaube, ich sprach schon davon.«
»Hammaguä!« rief Naidang, »die Pferde sind verkauft und bezahlt, und du sollst wissen, daß ich mit dem Geld euern Proviant bezahle. Es bleibt aber ein Rest, und hier ist er. Mach schnell«, drängte Naidang, und er schob Ungemach ein Päckchen in die Hand, das schwer war und in einem blauen Tuchfetzen steckte. Auch war es fest verschnürt und verknotet.
Ungemach steckte es mit leichten Gewissensbissen ein, aber darum scherte sich Naidang nicht. Er trat zu Herrn Ping, der unter der Jurtentür stand und dem Aufbruch zuschaute.
»Ein Weilchen bleibe ich noch bei dir«, versprach Naidang.
Herr Ping lächelte sauersüß, und dann trat Glück vor. Großer-Tiger und Christian stellten sich mit Ungemach hinter ihn in eine Reihe. Sie verneigten sich, hoben die Fäuste zur Stirn, und Glück sprach: »Des Schicksals Befehl heißt uns gehen. Wir wissen nicht, wohin er uns führt, doch überall werden wir deiner himmelhohen Güte gedenken. Du sollst alle Tage leicht und gut in Frieden verbringen«, fügte Glück mongolisch hinzu, und er bot Naidang einen ganz neuen, hauchdünnen Haddak mit eingewebten Glückszeichen auf den ausgebreiteten Händen zum Abschied. Er hatte ihn, während Naidang mit Ungemach sprach, geschwind dem Herrn Ping unter Hinweis auf den großen Einkauf abgepreßt.
Naidang nahm den Haddak entgegen, und Herr Ping rief bewundernd: »Oh!, was für ein selten schönes Stück.«
Dann brachte Ungemach die Kamele, und als alle aufgesessen waren, ritt Glück voraus.
»Sä Jabonah!« riefen Naidang und Herr Ping.
»Sä Sotjenah!« riefen Christian und Großer-Tiger.
Der Pudel kannte sich nicht aus; er lief ein Stück mit den Reitern, dann kehrte er um und blieb bellend vor Naidang

stehen. »Hund komm her!« rief Christian und drehte sich im Sattel um.
»Fort mit dir!« rief Naidang. Aber der Pudel machte kleine und große Sprünge, schnappte nach dem Mantel und wollte durchaus nicht ohne Naidang sein.
»Hund, komm her!« rief Großer-Tiger.
»Es gibt keine Hilfe«, murmelte Naidang und griff nach dem Daschior. Aber auch das half nichts. Endlich brachte Herr Ping, was man brauchte. Er besaß ein ledernes Halsband, mit dem er seinen ruppigen Hund des Nachts neben dem Vorratsstapel an eine Kette band. Dieses Halsband brachte er: »Es kostet einen Silberbatzen«, sagte Herr Ping.
»Darüber werden wir uns später unterhalten«, knurrte Naidang, »gib her.«
So kriegte der Pudel ein Halsband, Naidang machte einen Strick daran, und Christian und Großer-Tiger kehrten noch einmal um. Da kam ihnen Naidang entgegen, und als sie zusammentrafen, waren sie ganz allein. Glück zog mit Ungemach der sinkenden Sonne entgegen. Herr Ping war in die Jurte gegangen und sein gelber Hund wartete hinter einem Sandhügel.
»Wenn ihr eines Tages den Uralten-Herrn seht«, sagte Naidang leise, »so sprecht zu ihm: ›Der Mongole Naidang vom Torgot-Stamm, den man den Bilderbogen nennt, grüßt mit dem Fußfall der Verehrung. Der Uralte-Herr möge seinem Boten den Umweg über den Alten-Märin sparen und die Silberbatzen lieber gleich dem Mongolen Naidang senden, der am Närin-Gol wohnt.‹ Habt ihr mich verstanden?«
»Wir haben alles verstanden«, sagte Christian.
»Wir werden Eure Worte bestellen«, sagte Großer-Tiger.
»So lebt wohl, meine Kinder«, rief Naidang fröhlich.
Er gab Christian den Strick in die Hand und streichelte dem Pudel das schwarze Fell. Noch lange stand er am Wegrand und schaute den Reitern und dem Pudel nach, bis sie kleiner und kleiner wurden, und die Sonne sank.
Diesmal, dachte Naidang zufrieden, habe ich den alten Märin drangekriegt.

Vierzigstes Kapitel, wie in dem schönen Tal ›Namenlos‹ schreckliche Dinge geschahen

Christian und Großer-Tiger kam es vor, als wären sie schon immer dagewesen.

Man war schnell daheim in der Wüste, weil alle schwierigen Dinge fehlten. Es gab überhaupt nichts als harten Boden zum Darauftreten und den Himmel zum Anschauen. Am Himmel glänzten die Sterne, und weil der Mond gerade irgendwo anders schien und erst spät aufging, mußte Glück achtgeben, damit er den Weg nicht verlor. Wieder einmal hatte er keinen anderen Wegweiser als den schmalen Trampelpfad der Kamele, an den er sich halten mußte. Aber Glück war getrost. Er kannte diesen Weg aus Erzählungen anderer, als habe er ihn selbst begangen. Freilich die Seidenstraße im Süden kannte Glück besser; sie war auch bequemer, und fast jeden Tag begegnete man jemandem. Aber dort fuhr Grünmantel mit dem Lastwagen, und vielleicht war er jetzt schon in Hsing-Hsing-Hsia.

Eigentlich könnte es mir gleich sein, dachte Glück, doch dann war ihm so, als ob es ihm nicht gleich sein dürfe, und er beschloß, zur Seidenstraße abzubiegen, sobald er die Grenze von Sinkiang erreicht hätte.

Bei Möng-Schui etwa, dachte Glück, und dann wandte er sich an Ungemach, der hinter ihm ritt und das Päckchen mit dem Geld befühlte, ob es noch da sei. Es war noch da.

»Kennst du den Ort Gewaltiges-Wasser?« fragte Glück.

Ungemach erschrak, aber er faßte sich schnell. »Noch nie«, log er tapfer, »hörte ich von diesem Ort.«

»Wo soll das sein?« erkundigte sich Großer-Tiger.

»Gerade dort, wo Kansu aufhört, und wo Sinkiang anfängt«, erklärte Glück, »es ist eine alte Grenzfestung, und sie liegt mitten in der Wüste.«

»Hat es«, fragte Christian besorgt, »mit dieser Festung etwas Besonderes auf sich?«

»Das nicht gerade«, antwortete Glück, »sie ist verfallen, aber man kommt von Möng-Schui in zwei guten Tagesritten nach

Hsing-Hsing-Hsia, und ich denke, wir sollten uns in diesem Ort ein wenig umtun.«
»Das meinen wir auch«, sagten Großer-Tiger und Christian.
Dann schwiegen sie, und weil es Nacht war und weil keiner eine Uhr hatte, fing die Zeit an langsamer zu gehen, und Christian dachte, es wäre nicht schlecht, Lager zu machen und ein Feuer zu haben, denn er fror. Einen Mantel zum Umhängen hatte er ja, aber das ging nicht, weil Großer-Tiger keinen hatte. So froren beide, die Sterne flimmerten, und die Füße in den Steigbügeln wurden kalt.
Aber Christian sagte nichts, und Großer-Tiger schwieg auch.
Eine Stunde verging und die nächste dazu, und Christian dachte, daß das Karawanenleben mühsam sei. Es schien ihm unmöglich, länger im Sattel zu bleiben, aber als er Großer-Tiger fragen wollte, ob es am Ende erlaubt sei, auch ein Stück zu gehen, oder ob Gehen gegen die allgemeine Vorschrift bei Karawanen verstoße, glitt Ungemach vom Kamel, nahm es am Strick und führte es hinter sich drein. Da sprangen Christian und Großer-Tiger wie auf Befehl aus dem Sattel, und der Pudel freute sich, daß er Gesellschaft bekam, besonders weil er noch immer am Strick gehen mußte. »Ich fürchtete«, bekannte Großer-Tiger, »es sei vielleicht nicht ehrenwert, mit den Füßen zu gehen, wenn man eine Karawane ist.«
»Ich dachte, man dürfe nur reiten«, sagte Christian.
Ungemach verwunderte sich sehr und sagte: »Man befragt einen Wanderer nicht, wie er tausend Li zurückgelegt hat; wenn er nur ankommt.«
»Siebenstern lehrte uns«, sagte Christian, »daß man die Beine nicht zum Gehen habe, sondern zum Reiten.«
»Das mag für die Mongolen gelten«, meinte Ungemach, »die lassen sich auf dem Pferd festbinden, wenn sie müde sind.«
»Ach was«, rief Glück und stieg ebenfalls ab, »Mondschein hieße nicht Pfötchen, wenn er nicht auch ein Stück zu Fuß gegangen wäre.«
Ungemach, der die Geschichte nicht kannte, bat Glück, sie ihm zu erzählen, aber Glück blieb plötzlich stehen, und der Pudel begann zu knurren.

»Da ist doch einer«, sagte Glück halblaut.
»Er hat ein Pferd bei sich«, flüsterte Ungemach.
»Also ist er ein Rotbart«, stellte Glück fest. Er war aber ganz ruhig dabei.
»Ich wußte«, sagte Ungemach, »daß es kein Entrinnen gibt.«
»Warum bleibt ihr stehen?« rief eine Stimme aus dem Dunkel, doch da begann der Pudel laut zu bellen, und Christian mußte ihn festhalten. Man konnte nicht mehr miteinander reden, weil der Pudel so bellte, und als er endlich aufhörte und nur noch die Zähne fletschte, weil ihn das Halsband schnürte, war der Fremde herangaloppiert.
Er parierte sein Pferd dicht vor Glück.
»Reist ihr leicht und gut?« fragte er. Dabei eilte sein Blick von einem zum andern, bis er wieder bei Glück anlangte.
»Leicht und gut«, antwortete Glück, »wer bist du?«
Der Mann schüttelte den Kopf wie über eine ungehörige Frage und sein Zopf flog. Wahrscheinlich machte er ein abweisendes Gesicht, aber man sah es nicht genau, denn das Mondlicht fehlte. Der Pudel war endlich ruhig geworden.
»Ich habe zwei Worte«, sprach der Mann; »wenn ich die gesagt habe, muß ich weiter.«
»So sprich«, sagte Glück.
Der Mann setzte sich im Sattel aufrecht. Er sagte leiernd: »Mondschein grüßt Glück, Kompaß-Berg, Großer-Tiger und einen, dessen Name ich vergaß.«
»Er ist nicht weiter wichtig«, warf Ungemach ein.
»Mondschein sagt: ›Ein Sohn muß gehen, wohin ihn sein Vater gehen heißt. Das ist vorüber. Ein Freund soll gehen, wohin ihn sein Freund zu gehen bittet. Das ist jetzt.‹ Wo ich vorhin saß und auf euch wartete, führt eine frische Spur nach Norden. Mondschein bittet Glück, dieser Spur zu folgen.«
Der Mann schwieg und wandte sein Pferd. »Bollwo?« fragte er kurz.
»Bolna«, antwortete Glück ergeben.
»Wenn es an dem ist«, sprach der Mann freundlicher, möchte ich dir einen Rat geben. »Schlage dein Zelt hier auf und warte den Tag ab. Die Spur ist schwach, du könntest sie in der Nacht

verlieren. Reite aber früh weiter, denn hier gibt es nichts für die Kamele, kein Futter und kein Wasser. Am Nachmittag wirst du beides finden.«

»Mehr nicht?« fragte Glück.

»Was erwartest du noch?«

»Wie der Brunnen heißt«, wollte Glück wissen.

»Er heißt Namenlos.«

»Ach so!« sagte Glück, und dann verneigte er sich zum Abschied, denn der Mann war herrisch und hatte ein Gewehr.

»Gut schlafen!« rief der Fremde. Er trieb sein Pferd an, und er ritt auf dem Weg zurück, den er gekommen war.

Glück wandte sich unsicher nach Christian und Großer-Tiger um. Auf einmal war er nicht mehr der befehlende Herr, der den Weg bestimmte und den Lagerplatz für die Nacht. Ein anderer hatte das Kommando an sich gerissen.

Es war aber nicht so, wie es beim General Wu gewesen war. Der General Wu hatte gesagt: Glück, fahre mich nach Hwai-Lai-Hsien. Da war Glück nach Hwai-Lai-Hsien gefahren, und der General hatte befohlen: »Halt! Ich steige aus.« Das war klar und einfach gewesen, und es war selbstverständlich, daß Glück gehorchte, denn hinter den Anordnungen des Generals Wu spürte man nur die Landkarte mit den Fähnchen und das Rechenbrett. Gefühle gab es keine. Hier aber sprach einer von weit her aus dem Dunkel der Nacht und bat um einen Freundschaftsdienst, und hinter der Bitte stand eine Drohung. Es war nicht gesagt worden, was passiere, wenn Glück nicht folgte, denn es lohnte nicht, davon zu reden. Eine Auflehnung war unmöglich.

»Abladen«, befahl Glück zornig, und dann stellte Ungemach zum erstenmal das Zelt auf. Christian und Großer-Tiger hatten sich das fröhlicher vorgestellt. Sie hatten gedacht, daß Christian »Hierher« und Großer-Tiger »Dorthin«, und daß Glück schließlich »Na, meinetwegen« sagen würde. Statt dessen suchte Ungemach schweigend einen Platz, der ihm geeignet schien, und geeignet war hier alles. Der Boden war glatt und hart, die Steine, die herumlagen, schob Ungemach beiseite, und dann breitete er das Zelt aus mit dem Endzipfel nach

Norden. Dort schlug Ungemach mit einem schweren Hammer den ersten Pflock ein. Nachher schob er die Tragstange durch die Ringe im Dach, befestigte die Stützen und schlug zwei seitliche Pflöcke ein. Dann zog er das Zelt hoch. Es ging sehr geschwind.

Christian und Großer-Tiger legten derweil eine Leine am Boden aus, machten sie mit zwei Zeltpflöcken fest, und dann führten sie die Kamele im richtigen Abstand nebeneinander an die Leine. Sie riefen »Zuck! Zuck!«, und als die Kamele sich legten, banden sie sie für die Nacht an.

Glück war verschwunden. Als er nach einer Weile wiederkam, hatte er einen Armvoll Tamariskenstrünke, die knapp für ein Feuer reichten.

Der Mond ging auf. Solang er sich über den Horizont erhob, sah er aus wie ein feuerroter Brand, nachher wurde er gelb, und schließlich strahlte er still und bleich über dem toten Land.

»Ich freute mich«, sagte Glück, »zwischen den vier Meeren nach Belieben zu reiten. Ich wollte Lager machen, wo ich es für gut fand, oder wo es mir gefiel. Kommt denn immer einer, der einem die Art zu sein und die Art zu handeln vorschreibt?«

Ungemach rührte den Tee um. »Ich habe es nie anders erfahren«, sagte er, und streute eine Prise Salz in den aufwallenden Tee.

»Und was sagt dein Großvater?« erkundigte sich Glück.

»Wenn des Großen Übergewicht drückend wird«, erklärte Großer-Tiger, »ist die Zeit gekommen, stille zu halten, und der gerade Weg wäre nicht der kürzeste.«

»Wenn es an dem ist«, sagte Glück, »müssen wir die krummen Wege gehen. Dein Großvater hat sich als wackerer Mann mit gutem Rat bewährt.«

Sie tranken Tee und wärmten sich die Hände über dem Feuerchen. Auch das Zelt wurde ein wenig warm davon, aber als Glück sagte: »Wir haben nur noch sechs Stunden, und wir wollen schlafen«, suchten sie zusammen, was es zum Zudekken und zum Unterlegen gab. Christian brachte dem Pudel einen Napf mit lauwarmem Wasser, und Glück, der vorsorglich alle in Ollon-Torre zurückgebliebenen Filzdecken mitgenommen hatte, breitete sie am Boden aus. Christian und Großer-Tiger deckten sich mit dem Fellmantel zu, und Glück und Ungemach schliefen miteinander unter dem Mantel mit den goldenen Knöpfen.

»Wenn unser Hund nur nicht den Strick durchbeißt«, sagte Großer-Tiger.

»Er wird ihn auffressen«, sagte Ungemach, »die Dreizehn-Korn-Ernährung ist nicht jedermanns Sache.«

»Er ist kein gewöhnlicher Hund«, widersprach Christian, »er weiß, daß er auf die Kamele und auf uns Obacht geben muß. Das macht viel aus.«

»Tinger metne«, sagte Glück, und dann ging das Feuer aus. Der Pudel, der sich auf die Satteldecke Christians gelegt hatte, gähnte laut. Er war viel zu müde, um Stricke durchzubeißen.

Am andern Morgen bewährte sich Glück als Frühaufsteher. Die Sonne war noch nicht aufgegangen, da war er schon unterwegs und riß dürre Tamarisken aus, die er im Morgengrauen leichter fand als in der vergangenen Nacht. Es gab ein besseres Feuer, und während Ungemach den Tee kochte, sattelten Großer-Tiger und Christian. Der Pudel bekam wieder lauwarmes Wasser, und als die Sonne aufging, standen die Kamele auf, und die Reiter saßen schon oben.

Am Tag war die Gegend anders als in der Nacht. Die Hügel, die die Dunkelheit verschluckt hatte, waren alle da; und die Tamarisken sahen aus, als habe ein Kind hier und dort ein Hölzchen in einen Sandhaufen gesteckt. Im Norden gab es blaue Berge mit gezackten Graten, die in der Morgenluft schwammen. »Wo ist die Spur?« fragte Christian, als Glück von der Karawanenstraße abbog.

»Du mußt aufpassen«, knurrte Glück.

Ungemach hielt sein Kamel an, und das Lastkamel blieb auch stehen.

»Da es nun einmal so ist«, sagte Ungemach und schaute, ob Glück weiterritt, »und weil die schlechte Sache angefangen hat, muß man auf alles Obacht geben, was passiert.«

»Ich habe nichts bemerkt«, sagte Großer-Tiger.

»Ist was passiert?« fragte Christian.

Ungemach schaute noch einmal nach Glück, aber Glück ritt weiter, und man merkte, daß er mit Aufpassen genug zu tun hatte.
Ungemach sagte: »Hier sind neben den Kamelspuren auch Pferdespuren. Zwei davon gehen nach Norden, und Glück reitet ihnen nach; die übrigen folgen der Karawanenstraße nach Westen, und was uns betrifft, gehen sie uns nichts mehr an, wenigstens vorläufig nicht.«
»Aha!« sagte Christian.
»Wir begreifen«, sagte Großer-Tiger.
»Nirgends ist eine Schwierigkeit des Begreifens«, sagte Ungemach, und er trieb sein Kamel wieder an. Sie ritten nebeneinander her, und man sah die Hufspuren von zwei Pferden, wenn Glücks Kamel sie nicht gerade breittrat. Eine der beiden Pferdespuren war kräftiger als die andere.
»Das ist der Hengst«, sagte Christian.
»Hier ritten Mondschein und Donnerkeil«, bestätigte Ungemach leise, »aber bevor sie nach Norden abzweigten, trafen sie auf der Karawanenstraße mit Herrn Ma zusammen und mit dem andern, der die Karawane begleitet. Vielleicht war da auch noch ein zweiter Rotbart dabei oder ein dritter. Dort«, sagte Ungemach, »wo die vielen Pferdespuren waren, sprachen sie miteinander, und sie sind nicht einmal abgestiegen, denn es gab keine Fußstapfen. Nachher bogen Donnerkeil und Mondschein nach Norden ab, die Karawane zog weiter, und der Kerl, der seinen Namen nicht nannte, wartete auf uns.«
»Wir bekennen«, sagte Großer-Tiger, »daß wir unachtsam waren.«
»Von jetzt an«, versprach Christian, »werden wir unsere Denkkräfte besser anstrengen.«
»Darf ich mich erdreisten, zu fragen, was ihr über diese Sache denkt«, erkundigte sich Ungemach. »Ich meine nur, weil wir zusammen in einem Boot sitzen und weil der Wind zu blasen beginnt.«
»Du meinst«, sagte Großer-Tiger, »was die Herren miteinander sprachen und warum Donnerkeil und Mondschein die Karawanenstraße verließen?«

»Eben diese Sache ist es«, sagte Ungemach bekümmert, »was die Menschen anlangt, sind die klugen wenig, und die dummen sind viel.«
»Einer allein kann es nicht«, räumte Großer-Tiger bescheiden ein. »Ich denke, daß Mondschein und Donnerkeil gar nicht auf der Karawanenstraße reiten wollten. Als sie aber die frischen Kamelspuren sahen, ritten sie ihnen nach, um zu erfahren, wen sie vor sich hätten.«
»Ich wußte es ja«, rief Ungemach, »daß du das Verborgene errätst.«
»Nachher«, sagte Christian, »als sie mit Ma gesprochen hatten, ritten sie nach Norden, damit sie den Platz erreichen, wo Gontschuk mit frischen Pferden auf sie wartet. Du weißt doch«, erinnerte Christian, »vier sind zu wenig und zu viel.«
»Das ist es ja eben«, seufzte Ungemach, »diese Ja- und Neinsagerei gefällt mir nicht.«
»Sie ist weiter nicht schlimm«, tröstete Großer-Tiger, »aber warum müssen wir den beiden jetzt nachreiten?«
»Weil Mondschein nicht will«, sagte Christian, »daß wir mit Herrn Mas Karawane zusammen reisen. Mondschein hat was Besonderes mit uns vor.«
»Wahrscheinlich ein Unglück von der besten Sorte«, sagte Ungemach, »ach, wir sind bedauerliche vier Stück Menschen.«
»Das Bewußtsein der Gefahr bringt Heil«, behauptete Großer-Tiger, und er blinzelte Christian zu. Da sagte Christian auch zwei stärkende Worte, aber Ungemach war von alledem nicht zu überzeugen. »Erhabenes Gelingen« und »Fördernde Beharrlichkeit« waren für ihn bloß Worte, die an seinem Ohr vorbeirauschten. Er blickte trübselig auf den schwarzen Pudel, der mit hängenden Ohren nebenher lief, und nur weil Ungemach Großer-Tiger und Christian nicht kränken wollte, erwähnte er nichts von gewissen Unglückshunden, die die beste Sache der Welt zu einem schlechten Ende brächten.
Der Vormittag verging. Ein Wind hatte sich aufgemacht, und am Himmel flogen weiße Wölkchen in großer Hast von Westen nach Osten. Glück hatte Mühe, die Spur nicht zu verlieren, aber es war nicht wegen des Windes. Es war, weil der Boden

schon anfangs hart gewesen war, und jetzt wurde er steinig. Man kam in die Ausläufer der Berge, die das Frühlicht blau und verschwommen gezeigt hatte. Zwischen den Hügelzügen lagen braune ausgetrocknete Seebecken, die ein Gewitterregen vor Jahren einmal gefüllt haben mochte. Sie waren von Rissen durchzogen, und solange die Spur der Reiter darüber führte, sah man die harten Hufe des Hengstes und die weicheren des Grauschimmels deutlich eingeprägt. Nachher verloren sie sich in einer Steinhalde, und Glück suchte vergeblich. Plötzlich hielt er an.
»Es gibt keine Hilfe«, sagte Glück laut.
»Hier ist die Hufspur«, rief Christian, und er zeigte mit dem Daschior auf ein Fleckchen Erde zwischen den Steinen.
»Kulane«, sagte Glück verächtlich.
»Wo es Wildesel gibt«, erklärte Ungemach, »ist die Welt zu Ende. Und die Hoffnung natürlich auch.«
Christian betrachtete die Spuren. Die Hufeindrücke waren kleiner, und es gab bei näherem Zusehen vier oder fünf davon.
»Irgendwo wächst hier Gras«, sagte Glück. »Gras bedeutet Wasser, und Wasser bedeutet, na ... es ist egal, was es bedeutet. Wir müssen jedenfalls umkehren, wir finden doch nichts.«
Er wandte sein Kamel, und weil keiner einen besseren Rat wußte, ritten sie die steinige Halde wieder hinab, bis zu dem ausgetrockneten Seebecken. Der Pudel trottete nebenher, und Ungemach blickte ihn strafend an. Als sie zu der Stelle kamen, wo man die Spuren Mondscheins und Donnerkeils wieder sehen konnte, stieg Glück ab, um einen letzten Versuch zu machen. Er ging zu Fuß, und er betrachtete den Boden Schritt für Schritt. Manchmal glaubte er, die Spur zu entdecken, aber dann gab es kein Stückchen freier Erde mehr, und der grausame Steinbewurf deckte alles zu. Einige Dornensträucher und niedere heidekrautähnliche Büsche wucherten darin. Auch gab es vereinzelte Disteln. Glück kehrte um und hieß sein Kamel sich niederlegen.
Als er wieder im Sattel saß, sagte er zu Christian: »Laß den Hund frei. Wir reiten zur Karawanenstraße zurück, da wird er nicht davonlaufen.«

»Bolna!« rief Christian und sprang vom Kamel, »der Hund wird sich freuen.«
»Er wird unsere Angelegenheiten gänzlich ruinieren«, prophezeite Ungemach.
Der Pudel, der teilnahmslos mitgezottelt war, hüpfte vor Freude, als Christian ihn von dem Strick befreite.
»Komm her!« rief Christian, und er nahm ihm auch das lästige Halsband ab.
Dann begann der Rückzug. Glück ritt voran, und der Pudel rannte weit voraus. Hier war kein holpriger Boden. Er war glatt und ohne Steine, und als der Pudel sich umdrehte und bellte, damit alle erfuhren, wie glücklich er jetzt sei, fegte sein Schweif über den braunen Grund mit den vielen Rissen. Aber kein Staub wirbelte auf. Nur ein dünnes rotes Bändchen flog empor, und der Pudel haschte danach. Es fiel ihm vor die Füße, und als er es einigemale mit den Pfoten umgedreht hatte, beschnupperte er es ernsthaft. Dann richtete er sich auf und bellte stolz wie damals, als er den Mantel Christians gefunden hatte.
»Hund, was hast du da?« fragte Glück.
»Man muß betrübt sein«, sagte Ungemach, »es handelt sich um den Überrest eines Verstorbenen.«
»Ein bißchen wenig ist übriggeblieben«, spottete Glück.
»Kein Überrest«, rief Christian, »das Bändchen gehört dem Hengst; es war in seine Mähne geflochten.«
»Er hatte zwei«, sagte Großer-Tiger.
»Nimm es mit«, riet Glück, »solche Bändchen kriegt ein Pferd, wenn es ein Rennen gewonnen hat. Bring es dem Uralten-Herrn als ein Geschenk, da wird er sich freuen.«
Christian stieg ab und hob das rote Bändchen auf. Am Ende war ein Knoten, und in dem Knoten steckten zwei helle Mähnenhaare.
»Hund«, lobte Christian, »du bist kein gewöhnlicher Hund.« Er streichelte ihm den dicken Kopf, und dann sagte er noch einmal »Hund!«, denn die Worte Siebensterns fielen ihm ein. Er sprach das zweite »Hund!« aufmunternder als vorher, und dabei hielt er dem Pudel das Bändchen unter die Nase.

»Such«, rief Christian, »Verloren-wiederkomm!«
Es schien, als ob der Pudel nur darauf gewartet hätte. Er lief, und obgleich es hier nicht nötig war, hielt er die Schnauze dicht über dem Boden, bis er dahin kam, wo die Spur in den Steinen aufhörte.
»Aus«, sagte Glück.
»Nicht aus«, rief Christian, »er wartet bloß auf uns.«
»Ist was los?« fragte Ungemach, der nicht mitkam.
»Der Hund zeigt uns den Weg«, setzte ihm Christian auseinander.
»Er ist ein Auskunftsvermittler«, erklärte Großer-Tiger, »Kompaß-Berg hat ihn gebeten, uns zwei Längen Weg zu führen.«
»Etwas spät«, sagte Glück zweifelnd, aber er wandte sein Kamel und ritt wieder zurück.
»Dreimal hin und dreimal her«, sagte Ungemach, »es ist ein hübsches Spiel.«
Sie waren aber noch nicht am Rand des Beckens angelangt, als sich der Pudel erneut in Trab setzte. Statt den Berghang hinaufzulaufen, wohin die bisherige Richtung der Spur wies, bog er nach Osten und lief über den Kies, der sich am Fuß des Hangs staute. Die Kamele mußten langsam gehen, weil die Steine rutschten, und weil es eine sanfte Schräge aufwärts ging. Nachher fiel die Kieshalde ebenso sacht ab und endete in einem weiten Tal. Es umschloß ein zweites braunes Becken, aber Hufspuren sah man keine darin. Der Pudel lief weit voraus. Als das Tal enger wurde, und als Treibsand, den die Stürme hineingetragen hatten, den Grund bedeckte, waren auch die Spuren wieder da. Eine halbe Stunde wanderte die kleine Karawane bergauf, und schon ahnte man eine Hochebene und eine große Freiheit, als der Pudel in einem Seitental verschwand. Felsbrocken lagen im Weg, und Glück sprang als erster vom Kamel.
»Ich merke«, sagte Ungemach, »wir kommen ins Gedränge, bevor einer von uns sagen kann: ›So etwas wünschen wir nicht.‹«
Er stieg murrend ab. Großer-Tiger und Christian sprangen auch aus dem Sattel, und dann führten sie die Kamele unter

einer Felswand entlang, bis die zerklüftete Gegenseite zurücksprang und den Blick in einen Kessel freigab. Darin sah es aus wie in einem verlassenen Steinbruch. Was aber keiner erwartet hatte, war das hohe Derresgras, das den Talgrund füllte, und einige verkrüppelte Mehlbeerbäume, die an den Rändern zwischen Gestrüpp um ihr Dasein kämpften. In der Mitte war die Felswand eingestürzt. Ihre Trümmer lagen weit verstreut, und der nachfolgende Erdrutsch verbarg den rückwärtigen Teil des Kessels. Dort hörte man den Pudel bellen, sehr laut und so, als ob er hüpfen würde und eine große Freude hätte. Das Gebell kam näher, und als Glück um die Schutthalde des Erdrutschs bog, wo der Boden weich war, trabte ihm ein Reiter entgegen. Er saß auf einem Eisenschimmel, und Christian kannte das Pferd gleich.
Sowie der Reiter sah, daß Glück zu Fuß ging und sein Kamel hinter sich drein zog, sprang er ab.
»Habt ihr eine gute Reise gehabt?« fragte er und verneigte sich höflich.
»Ruhst du in Frieden, Gontschuk?« grüßte Glück.
»Ich habe durch Saumseligkeit meine Pflicht verletzt«, bekannte Gontschuk.
»Mondschein befahl mir, euch bis zum trockenen See entgegenzureiten. Ihr müßt früh aufgebrochen sein.«
»Wir waren auf dem besten Weg des Nichtgekommenseins«, sagte Ungemach, »da hat uns das schwarze Stück Hund zu dir geführt.«
»Darf ich bitten«, rief Gontschuk erschrocken, »diese Sache Mondschein gegenüber nicht zu erwähnen.«
»Wie sollten wir?« sagte Glück lachend, »wir sind ja da. Bist du allein?«
»Ich bin allein«, antwortete Gontschuk, »und ich wollte nach Hause reiten, sobald ich euch gesehen hätte; aber jetzt geht es nicht.«
»Warum geht es nicht?« fragte Glück.
»Ist was passiert?« erkundigte sich Ungemach.
»Es wird was passieren«, erklärte Gontschuk und deutete empor. Alle schauten, was es da gebe, und Ungemach beschat-

tete die Augen, damit ihm nichts entginge. Die Sonne stach ein wenig, aber die eiligen weißen Wölkchen flogen nicht mehr. In großer Höhe schwebten zwei Adler, und wenn man ihrem ruhigen Flug glauben durfte, stand die Luft still. Der blaue Himmel wölbte sich über den Felswänden. Er war ehrlich blau bis auf zwei durchsichtige weiße Bänder, die sich im Norden und im Süden erhoben und einander entgegenstrebten wie bei einem Brückenschlag, dem noch das Mittelstück fehlte. Allein, das war es eben.

Gontschuk hob die Arme über den Kopf, und als sich seine Hände berührten, sagte er bedeutungsvoll: »Bis dahin sind es drei Stunden.«

»Ich hatte es nicht bemerkt«, sagte Ungemach, »gegenwärtig bemerke ich es.«

Glück nickte bloß, und er sagte: »Jetzt heißt es die Körper bewegen.«

Er nahm sein Kamel am Strick und schritt eilends voran. Gontschuk wies ihm den Weg, aber man sah es auch so, daß der Kessel zu Ende war. Die Felsen standen senkrecht über einer Sandbank und über einer Wasserlache, aus der ein Wässerchen kam, das zeitweilig Pfützen bildete, dann weiterfloß und sich in der Derreswiese verlor. Beim Näherkommen hörte man Tropfenfall.

Auf der Sandbank lagen die wenigen Habseligkeiten Gontschuks: Ein Kochkessel, ein Sack mit was darin, zwei Felldecken und einiges Riemenzeug.

»Wir haben ein Zelt«, sagte Glück.

»Unter den Felsen ist es am sichersten«, behauptete Gontschuk, »wenn nicht gerade ein Stein fällt oder der Berg einstürzt.«

»Wir sind in des Himmels Hand«, erwiderte Glück, und dann wurde abgeladen. Neben der Sandbank gab es festen Boden, und Ungemach schlug das Zelt auf. Wieder geschah es schweigend und ohne die von Großer-Tiger und Christian erwartete Fröhlichkeit. Glück sagte nicht einmal: »Na meinetwegen!« Er hieß Großer-Tiger die Kamele tränken, und Christian mußte derweil das Wasserfaß leeren und mit frischem Wasser füllen.

Das Wasser war klar und kalt, aber es war kaum fußtief. Nur unterhalb des Felsens gab es eine Stelle, wo man mit dem Eßnapf schöpfen konnte, ohne den Grund aufzurühren. Die Tropfen fielen Christian ins Genick. Entlang dem Wasserlauf hatten sich die Kamele verteilt, und Christian bemerkte am Sinken des Spiegels, daß sie dabei waren, ihn auszusaufen.
»Halte sie fest«, rief er Großer-Tiger zu.
Da hielt Großer-Tiger die Kamele zurück, bis das Faß voll war.
»Wozu die Eile«, fragte Christian, »verstehst du das? Wir haben ja noch drei Stunden?«
»Drei Stunden bis was?« erkundigte sich Großer-Tiger.
»Ich weiß es auch nicht«, bekannte Christian, »irgend etwas Schreckliches muß im Gange sein.«
»Es gibt keine Hilfe«, sagte Großer-Tiger und blickte zum Himmel empor, wo sich die weißen Wolkenbögen unmerklich näherten. Die Adler zogen ihre Kreise ohne Schwingenschlag aus lauter Lust am Fliegen.
»Die Sonne scheint sehr stark«, sagte Christian, als er das Fäßchen vor Ungemach auf den Boden setzte. »Gibt es am Ende ein Gewitter?«
Ungemach blickte auf. Er war mit Feuermachen beschäftigt, und das war keine kleine Sache, denn er hatte nur trockenen Kamel- und Pferdedung, den er zu einem hübschen Mäuerchen innerhalb des Eisengestells schichtete. Zum Anzünden benützte er ein Büschel Derresgras. Zuerst qualmte und stank es ein bißchen, aber nachher brannte ein Feuer mit sanfter Flamme, dem man anmerkte, daß es von Dauer sein würde. Da setzte Ungemach den Kessel auf, und während er sich daran machte, Bohnennudeln zu brechen und ins Wasser zu werfen, sagte er: »Wie ich gehört habe, sagtest du was?«
»Ich erwarte ein Gewitter«, gab Christian bekannt, »die Sonne scheint so stark.«
»Im Herbst ist das schönste Wetter«, erklärte Ungemach, »nicht jetzt.«
»Zählen Gewitter zum schönen Wetter?« fragte Christian.
»Sie zählen zum Regen«, belehrte ihn Ungemach, »aber Regen fällt erst im Schafsmond.«

»Und jetzt«, fragte Christian, »was fällt jetzt?«
»Sand!« sagte Ungemach und hob den Zeigefinger den beiden Wolkenbögen entgegen. »Meinen herzlichen Glückwunsch zu zwei bis drei Tagen Schlummer. Ich wünsche Bequemlichkeit und Ruhe.«
»Zehntausendfachen Dank«, sagte Christian, und dann ging er zu Großer-Tiger, der den Kamelen die Stricke lose um den Hals band, wie Siebenstern es ihm gelehrt hatte.
»Wir kriegen einen Sandsturm«, teilte Christian mit, »Ungemach sagt, es dauert zwei oder drei Tage.«
»Wozu die Aufregung?« fragte Großer-Tiger, und er dachte an die Staubstürme, die im Frühjahr über Peking brausten. Sie kamen aus der Wüste Gobi, wie die Leute sagten, und man ging nach Hause, verklebte die Papierfenster, wo sie schadhaft waren, und mehr geschah nicht. Dann aber fiel Großer-Tiger ein, was Glück über Sandstürme gesagt hatte, und er erschrak. Er sagte: »Wenn wir hier drei Tage aufgehalten werden, wie sollen wir da am vierten Tag des dritten Monds in Möng-Schui sein!«
»Herr Ma wird auch liegenbleiben müssen«, tröstete Christian.
»Er wird die versäumte Zeit einholen«, gab Großer-Tiger zu bedenken, »aber wir können nicht zu Glück sagen: ›Von jetzt an müssen wir jeden Tag drei Stunden länger marschieren, weil wir eine Verabredung haben.‹«
Christian kratzte sich den Kopf, und er sagte leise: »Darüber müssen wir nachdenken.«
»Jetzt geht es nicht«, sagte Großer-Tiger, denn er sah Glück durch das Derresgras stapfen.
»Kwai! Kwai!« rief Glück, »seid ihr fertig mit Tränken und Wasserschöpfen?«
»Wir sind fertig damit«, sagten Großer-Tiger und Christian.
»Sammelt Argal«, befahl Glück, »der Himmel spendet uns nur noch kurze Zeit.«
Da gingen Christian und Großer-Tiger kreuz und quer durch das Felsental, und wo sie ein Stückchen trockenen Dung fanden, hoben sie es auf und trugen es zu Ungemach ins Zelt neben der Feuerstelle. Von den Mehlbeerbäumchen brachen

sie verdorrte Äste ab. Gontschuk ritt durch das Gras und trieb die Pferde vor sich her, doch der Hengst war nicht dabei.
»Sollen wir die Kamele auch eintreiben?« fragte Christian.
»Nicht nötig«, sagte Gontschuk, »die Kamele sind vernünftiger als die Pferde, sie laufen nicht fort, sie legen sich.«
»Essen, essen!« rief Ungemach aus dem Zelt. »He, Glück! Kwai, kwai!«
»Ich bin schon da«, rief Glück, aber er kam erst, als seiner Meinung nach alles zum besten geordnet war. Er schlug die Zeltwand zurück, so daß man einen freien Ausblick auf die Derreswiese hatte. Man sah die Kamele weiden, und man sah die Felsblöcke, zwischen denen das Wässerchen floß und irgendwo versickerte. Man sah den blauen Himmel mit den Wolkenbögen und hoch oben die Adler. Doch dazu mußte man den Blick anstrengen. Während alle Bohnennudeln aßen, langte Gontschuk ein Stück getrocknetes Hammelfleisch aus dem Sack und verteilte es.
»Wir wollen es lieber ohne Sand essen«, sagte er.
Nachher tranken sie Tee, und der Pudel bekam ein Stück Fleisch.
Er lag vor dem Zelt, legte den dicken Kopf auf die Vorderpfoten, fraß die übriggebliebenen Knochen und sah weiter nicht unglücklich aus. Bevorstehende Naturkatastrophen kümmerten ihn wenig.
Es mochte gegen vier Uhr sein, als sich der Wolkenbogen schloß. Die Sonne strahlte unermüdlich freundlich, und Glück war eben dabei, Gontschuk Grüße von Vater Naidang auszurichten, die ihm nicht aufgetragen waren. Damit hoffte er den Grund für eine ausgiebige Unterhaltung zu schaffen; aber Ungemach reckte plötzlich den eingezogenen Kopf, wies mit dem Zeigefinger nach oben und sagte: »Die ärgerliche Sache beginnt.«
Alle außer Gontschuk schauten geschwind, wohin der Finger Ungemachs zeigte. Er wies nämlich nicht auf einen festen Punkt. Das war nur im Anfang und nur für einen Augenblick. Dann bewegte sich der Finger Ungemachs abwärts, und Christian und Großer-Tiger sahen gerade noch, wie zwei Körper

aus dem Himmel stürzten und knapp über den Felsen die Schwingen breiteten. Dann strichen die Adler ab und verschwanden. Sie hatten sich in Sicherheit gebracht.

»Na meinetwegen«, sagte Glück gelassen.

Gleich darauf wurde es finster wie in einem Keller mit trüber Deckenbeleuchtung. Das Heulen des Sturms und das Gejohle, mit dem er in den Felsenkessel brach, beachtete niemand, denn ein Haufen kleiner und mittelgroßer Steine prasselte auf das Zelt. Sie hatten offenbar auf dem Rand des Felsplateaus gelegen und schon lange auf den Absturz gewartet. Nun fielen sie senkrecht in die Tiefe, und Glück, der hinten im Zelt auf dem Ehrenplatz saß, bekam die meisten ab und die dicksten. Er tat einen lauten Schrei.

Gontschuk ließ murmelnd die Gebetskette durch die Finger gleiten, Ungemach zog den Mantel mit den Goldknöpfen über den Kopf, und Christian und Großer-Tiger flüchteten unter den Schafpelz. Niemand wußte, wie es geschah, aber plötzlich war auch der Pudel im Zelt und suchte bei Christian Schutz. Draußen schlugen die Pferde und zerrten an der Leine.

»Mein guter Hund«, flüsterte Christian und streichelte ihm die nasse Schnauze.

»Nur keine Angst«, tröstete Großer-Tiger und hielt ihm die zitternde Pfote.

»Nur keine Angst«, wiederholte Ungemach tapfer und fiel mitsamt dem Teekessel über den bleichen Glück. Der Boden zitterte dumpf, und die Zeltstangen wurden vom Luftdruck mindestens eine Handbreit hochgehoben. Es war nur für einen Augenblick, aber es reichte gerade, daß Glück seinen Daumen darunterschieben konnte und nicht wieder loskriegte. Es mußte was passiert sein.

Über den heißen Tee rollte ein gräßlicher Donnerschlag. Es zischte auch, und es stank, aber das war zum Glück nur der glühende Kamelmist, den das Teewasser löschte. Trotzdem blieb die Asche so heiß, daß sich der Pudel in der Aufregung die Pfoten verbrannte und Ungemach auf den Rücken sprang. Dort blieb er liegen, und Ungemach blieb auch liegen, denn Glück erhob sich ebenfalls nicht. Er hatte ja den Daumen unter der Zeltstange. Christian und Großer-Tiger standen als erste auf. Es war immer noch dunkel, aber der Boden zitterte nicht mehr, der Donner war verhallt, und nur noch kleine Steine flogen pfeifend über das Zeltdach. Sie schlugen in einiger Entfernung ins Gras. Dafür hörte man das Brüllen des Sturms, man sah die Sandwolken, die er mit vollen Händen in den Felsenkessel warf, und über allem hing die Sonne wie ein ferner roter Lampion. Der Pudel schlich schuldbewußt aus dem Zelt.

Gontschuk wickelte die Gebetskette um das Handgelenk und blickte sich nach Überlebenden um.

»Ist wem was passiert?« fragte er.

»Mir nicht«, versicherte Christian, und er rüttelte Ungemach.

»Mir auch nicht«, meldete Ungemach, »oder nicht viel.« Er versuchte sich aufzurichten, und als es ging, war er blaß, aber erfreut.

»Mein herzliches Beileid«, sagte Ungemach, »Glück ist hin. Ich bitte die Herren Fürstensöhne, ihre Trauer zu mäßigen.«

»Wie?« schrie Großer-Tiger, »was sagst du da?«

»Ich kann nicht darüber hinwegkommen«, seufzte Ungemach, »man müßte eine Laterne haben.«

»Man sieht es auch ohne Licht«, sagte Gontschuk, und er hob mit aller Kraft die Zeltstange so weit empor, daß der Daumen Glücks frei wurde. Aber der Daumen rührte sich nicht.

»Glück!« rief Christian schmerzlich und schob die Hand mit dem dick geschwollenen Daumen beiseite. Glück gab auch jetzt keine Antwort, und Gontschuk ließ die Zeltstange dumpf fallen.

»Man muß die Lebensgeister zurückrufen«, riet er, »sie können noch nicht weit fort sein.«

Da füllte Christian seine silberne Eßschale aus dem Wasserfaß und schwappte das gute kalte Wasser Glück ins Gesicht. Das half. Glück kriegte deswegen noch lange keine Farbe, aber er schlug die Augen auf.

»Mein Kopf«, wimmerte Glück, »meine Ohren, mein Genick, nichts befindet sich gleichmäßig.«

»Die Haarkrankheiten sind zahlreich«, sagte Ungemach, aber

während er weiterfuhr und Verhaltungsmaßregeln gab, rollte er eine Filzdecke zusammen, schob sie Glück unter den Kopf und deckte ihn mit seinem Mantel zu.

»Lege dich auf die Seite«, riet Ungemach, »sonst schmerzt dich die Beule am Hinterkopf. Was sagst du? Ach so, die Schulter tut dir weh. Nun, ich werde nachsehen, ob eines der Pferde gestorben ist. Pferdefett gibt eine gute Salbe.«

Er streckte den Kopf zum Zelt hinaus, doch da sah er Gontschuk durch die rötlichen Sandwolken wie einen Schatten gehen, und neben Gontschuk standen vier Pferde an der Leine. Keines fehlte, und keines lag am Boden, denn Gontschuk hatte die Pferdeleine vorsichtshalber ein gutes Stück von der Felswand entfernt ausgespannt. Jetzt, da von oben nur noch kleine Kiesel kamen, die der Sturm in den Kessel trug, verlegte er die Leine nah an den Fels. Hier standen die Pferde geschützt.

»Ich dachte«, sagte Gontschuk, als er zurückkehrte, »das Zelt würde den Steinschlag besser abhalten. Ich werde es mir für die Zukunft merken.«

»Die Zukunft ist ungewiß«, sagte Glück, »sicher ist nur das Gegenwärtige.« Und er befühlte den Hinterkopf, und ob die Beule noch da wäre.

»Sie wird wachsen«, tröstete Ungemach, »wir haben Zeit zum Warten.«

Er räumte das Zelt auf, Großer-Tiger fegte die Asche hinaus, und Christian schlug die Zeltpflöcke nach. Sie hatten sich gelockert, als der Luftdruck das Zelt hochhob.

»War das nur so?« fragte Christian, »oder war es anders, als es donnerte und als der befehlende Herr den Daumen unter der Stange befestigte?«

»Was habe ich?« fragte Glück ahnungslos.

»Du hast einen unförmigen Daumen«, teilte Ungemach mit.

Glück betrachtete den dunkelrot geschwollenen Daumen, aber er schwieg heroisch. Man hörte den Sturm über die Felswände jagen, es pfiff und es heulte in den Kaminen, und der Sand fiel prickelnd wie ein feiner Regen auf das Zeltdach. Weiter weg schlugen die Steine ins Gras.

»Ihr müßt nach den Kamelen sehen«, befahl Glück, und daran

merkte man, daß es ihm schon wieder besser ging. Christian und Großer-Tiger sprangen auf, aber Gontschuk sagte: »Ich gehe mit euch.«
Zu dritt verließen sie das Zelt, und als sie aus dem Windschatten der Felsen traten, faßte der Sturm nach dem schönen Fellhut von Großer-Tiger. Großer-Tiger erwischte ihn gerade noch, und Gontschuk zeigte ihm die Bänder, die für solche Fälle im Innern angenäht waren. Man mußte sie unter dem Kinn zusammenbinden.
»Nummer eins«, rief Gontschuk laut und deutete auf das Lastkamel, das sich mit dem Rücken gegen den Wind zwischen das Derresgras gelegt hatte. Der lange Hals mit dem Kopf voraus lag ausgestreckt am Boden, die Augen waren halb geschlossen, aber die Nüstern bewegten sich.
»Hier befindet sich keines mehr«, brüllte Gontschuk, und Christian wunderte sich, woher Gontschuk das wissen wollte. In dem herrschenden Halbdunkel, durch das die Sandwolken wie Schleier zogen, sah man keine zehn Meter weit. Aber Gontschuk hatte, bevor der Sturm losbrach, nicht auf die Adler geschaut, auf die Ungemach mit dem Finger zeigte; er hatte sich blitzschnell und mit so großer Genauigkeit die Standorte der Kamele gemerkt, daß er sie auch in der Nacht gefunden hätte. Daher schritt er, ohne zu suchen, wie ein Traumwandler dahin, wo er das zweite Kamel zuletzt gesehen hatte. Er fand aber kein Kamel.
Schatten von mächtigen Felsblöcken, die vorher nicht dagelegen waren, tauchten auf, und Gontschuk stolperte über Geröll und scharfkantige Steinplatten. Er fluchte halblaut vor sich hin, und dann mußte er einen großen Umweg machen, denn der neue Einsturz hatte mächtige Erdmassen in Bewegung gebracht, die noch immer nachrutschten.
»Gebt acht«, mahnte Gontschuk, »man kann sehr leicht sterben.«
Großer-Tiger und Christian tappten Gontschuk nach, der selber aufs Geratewohl voraus stampfte und erst einen Durchlaß zu dem vorderen Teil des Tales fand, als schon die Umrisse der südlichen Felsbastionen auftauchten. Einem Kamel begegne-

ten sie nicht. Dafür lief der Pudel plötzlich neben ihnen her und wedelte zutraulich.
»Auch Kamele sterben leicht«, brüllte Gontschuk Christian ins Ohr, und er blieb einen Augenblick stehen, um sich zu schütteln, obgleich es zwecklos war, weil der Sand längst durch den Kragen über Brust und Rücken lief und die Stiefelschäfte füllte.
»Kamele sterben sogar gern«, behauptete Gontschuk, denn er wollte Großer-Tiger und Christian darauf vorbereiten, daß sie keines der Kamele mehr fänden.
»Hier sind aber welche«, rief Christian.
»Mindestens zwei«, schrie Großer-Tiger und zeigte auf Spuren in dem lockeren Erdreich. Gontschuk kniff die Augen zusammen und hob die Daumen zum Zeichen der Anerkennung.
»Hund!«, schrie er dann, »such ›Verloren-wiederkomm‹, wenn du was taugst!« Er drückte dem Pudel die Nase in die Kamelspuren, aber es war nicht mehr nötig.
Schon nach wenigen Schritten sahen sie dicht aneinandergedrängt vier Kamele liegen.

Einundvierzigstes Kapitel, wie die Karawane auf dem Pfad der Nachdenklichkeit marschierte

Zwei Tage und drei Nächte heulte der schwarze Sturm. Das Essen, das Ungemach kochte, war voll Sand, ununterbrochen mußte man die Nase schneuzen, und die Hautfarbe von Großer-Tiger und Christian konnte niemand mehr unterscheiden. Selbst der braune Gontschuk sah wie ein gelber Sandmann aus.
»Wie lange dauert es noch?« erkundigte sich Christian, als sie am Morgen des dritten Tages Tee tranken und Hirse kauten, und der Sand knirschte zwischen den Zähnen.
»Warum sollte sich was ändern?« fragte Ungemach. »Himmel und Erde sind durcheinander; es ist das Bild des Friedens. Mir«, sagte er und wischte zwei dicke Sandhaufen aus den Augenwinkeln, »gefällt es ausgezeichnet.«
»Es könnte nicht besser sein«, pflichtete Glück hohnvoll bei.

Er saß wieder aufrecht, und wenn er es vorsichtig machte, konnte er sogar die Mütze aufsetzen.
»Trotzdem«, sagte Gontschuk, »reite ich heute nach Hause.«
»Sei nicht leichtsinnig«, mahnte Glück, weil er merkte, daß Gontschuk die letzten Futterbohnen aus dem Sack schüttete und sie mit kochendem Wasser brühte, »nur der Himmel kennt sich wahrhaft aus.«
»Zu Mittag scheint die Sonne«, behauptete Gontschuk, »ich reite.«
»Au fein«, rief Christian, »da können wir auch weiter reisen.«
»Pressiert es dir so?« fragte Glück.
»Es pressiert«, setzte ihm Christian auseinander, »weil die alte Ama wartet und weil Großer-Tiger wieder in die Schule muß.«
»Und du?« fragte Glück, »wie steht es mit dir?«
»Meine Lehrer sind gefaßt«, erklärte Christian, »aber für Großer-Tiger habe ich nur einen Tag frei gefragt, da hat ihn sein Lehrer gleich bedauert.«
»Mir scheint«, sagte Glück, »ihr habt nicht den Duft großen Ruhmes hinterlassen.«
Er stand auf und ging vor das Zelt, aber er kam gleich wieder, und er war ganz aufgeregt. »Kommt«, rief er, »der gewaltige Wind läßt nach, die Sonne scheint heller.«
»Schade«, sagte Ungemach, »ich hatte mich von allen Schönwettergedanken freigemacht.«
Er kam langsam hinterdrein, während die andern auf die Sandbank eilten und durch den Dunst der Staubfahnen erwartungsvoll nach der blassen Sonnenscheibe blickten. Auch der Pudel war da, und seine Locken wehten, aber deshalb war er nicht fröhlich. Vor allem verabscheute er den Sand, der ihn am Bellen hinderte und der ihm die nasse Schnauze gelb machte.
»Wo ist das Ende?« fragte Ungemach, »ich sehe nichts davon.«
Er wollte ins Zelt zurückkehren, doch da ging der ganze Kummer mit einem Schlag zu Ende. Es war, als zöge man einen häßlichen Vorhang beiseite, und es war, als ob der Meister einer Blasmusik mittendrin den Stab niederlegte. Die Hörner und Trompeten schwiegen, die Fanfaren schmetterten nicht mehr, und die große Pauke hörte auf zu pauken.

Von den Rändern des Felsenkessels strahlten blauer Himmel, Windstille und Sonnenschein. Bloß in der Ferne wälzte sich eine wüste graugelbe Wand nach Osten.
»Ei ja!« rief Glück und reckte sich wie ein Feldherr, »diese Gefahr ist vorüber.«
Er schaute nach den Kamelen, aber sie weideten im Talgrund, als ob Sturm und Sonnenschein ein und dieselbe Sache wäre. Gontschuk ging, um die Pferde für ein paar Stunden freizulassen. »Ene ju beino?« fragte Christian. Er deutete auf vier Tiere, die zwischen den Kamelen zum Vorschein kamen. Sie waren braun und am Bauch ein wenig weiß, und als sie furchtlos zur Sandbank schauten, stellten sie die merkwürdig langen Ohren.
»Aha«, rief Glück freundlich, »da seid ihr ja.«
»Wildesel«, erklärte Ungemach, »sind die letzten Geschöpfe der Welt. Ich glaube, ich sagte das schon einmal.«
Jetzt hatte auch der Pudel die Kulane bemerkt, und bevor Christian ihn fassen konnte, war er davon. Über seinem Rükken schlug das Derresgras zusammen, und drei der Wildesel flohen sofort vor dem furchtbaren Gebell. Der vierte setzte zu einem kurzen Galopp an und wandte sich plötzlich gegen den anstürmenden Pudel. Da hörte das Bellen auf, und nach wenigen Sekunden raschelte es im Gras.
»Bist du wieder da?« fragte Großer-Tiger.
»Warum kneifst du den Schwanz ein?« fragte Christian.
Der Pudel war sehr beschämt. Er schaute abwechselnd auf Christian und dann auf Großer-Tiger, aber als sie ihn tadelten und belehrende Worte wie »Siehst du wohl« und »Das hast du davon« sagten, tat er auf einmal, als ob nichts vorgefallen wäre. Er schlabberte ein wenig Wasser, obgleich es noch trüb war, und ging dann zum Zelt, wo Ungemach einen Nudelteig machte. Glück besann sich auf seine Würde. »Zur Mittagstunde reiten wir«, sagte er.
Er ging um mit Gontschuk zwei Worte zu reden, aber Gontschuk kam ihm schon entgegen. Während sie sich auszogen und den Sand aus den Kleidern schüttelten, und während Christian und Großer-Tiger das gleiche taten, sagte Glück so nebenbei: »Hast du eine Botschaft für mich?«

»Ich habe eine«, sagte Gontschuk und leerte die Stiefel aus. »So sprich«, sagte Glück.
»Mondschein läßt dich grüßen«, begann Gontschuk, »und Donnerkeil bittet seine jüngeren Brüder, freundlich an ihn zu denken.«
»Seid ihr das?« fragte Glück.
»Es muß wohl so sein«, gab Christian verlegen zu.
»Eine gewisse Verwandtschaft hat sich herausgestellt«, erklärte Großer-Tiger.
»Na«, sagte Glück, »eure ehrenwerten Eltern werden sich freuen. Besonders dein Großvater wird entzückt sein.«
»Ich hoffe auf seine Zustimmung«, sagte Großer-Tiger, »mein Großvater liebt die gewöhnlichen und die ungewöhnlichen Tugenden.«
»Es sind sehr ungewöhnliche Tugenden«, versicherte Glück. »Da ich aber kein Sachwalter der Tugenden bin, enthalte ich mich des Urteils. Sprich weiter, Gontschuk.«
Gontschuk zog die Stirn in Falten, damit der Sand herunterfiel, aber er hörte auf damit und sagte: »Du hast jetzt einen guten Weg vor dir. Zehn Li von hier im Norden gibt es einen Pfad, der wenig begangen ist. Ihr werdet also kaum einem Menschen begegnen, und so reist es sich angenehm. Hin und wieder gibt es sogar einen Brunnen.«
»Ein ausgezeichneter Weg«, knurrte Glück.
»Es ist ein Weg des Fastens und der Nachdenklichkeit«, setzte Gontschuk auseinander, »und die Pilger, die nach Lhasa reisen, benützen ihn gern. Nach fünf Tagen werdet ihr einen herrlichen Platz erreichen. Er heißt Ichen-Gol, der Große Fluß. Dort gibt es richtiges Gras und Bäume, einen Menschen, der wenig spricht und gutes Wasser.«
»Wie heißt dieser Mensch?« fragte Glück.
»Wenn du es erlaubst«, antwortete Gontschuk, »ich weiß es nicht. Man nennt ihn Ohnezehen. Mehr ist mir nicht bekannt.«
»Also ein Verbrecher«, sagte Glück.
»Er war unvorsichtig«, gab Gontschuk zu, »da ist ihm das passiert.«
»Immer besser«, brummte Glück, »es geschieht nicht oft, daß

man feine Gesellschaft trifft. Gebt acht«, wandte er sich an Großer-Tiger und Christian, »daß ihr nicht einen neuen Verwandten kriegt.«
»Wir werden sehr zurückhaltend sein«, versprach Christian.
»Wir werden nichts tun, was der befehlende Herr nicht für gut befindet«, versprach Großer-Tiger. Dann gingen sie ins Zelt, aßen die Nudeln, die Ungemach diesmal etwas dicker geschnitten hatte, und auch der Pudel bekam sein Teil.
Zur Stunde des Schafs brachen sie auf. Die Sonne schien hell und warm. Kein Lüftchen regte sich, und die Felsbrocken lagen im Tal Namenlos, als ob sie schon immer dagelegen hätten. Nur die Bruchstellen glänzten frisch, und das Wässerchen, das in seinem Lauf gehemmt war, bildete Pfützen, bevor es versickerte.
»Jabonah!« rief Gontschuk fröhlich. Er saß auf dem Grauschimmel und trieb die drei ledigen Pferde vor sich her.
»Jabonah!« riefen Großer-Tiger und Christian.
Sie ritten miteinander durch den Engpaß, bis sie das Tal erreichten, das zur Höhe führte. Dort verabschiedeten sie sich.
»In einer guten Stunde«, sagte Gontschuk, »werdet ihr zu dem Pfad der Nachdenklichkeit gelangen.«
»Aber der Hund?« fragte Christian.
»Nehmt ihn an die Leine«, riet Gontschuk, »er könnte Heimweh nach dem Närin-Gol kriegen.«
»Die Dreizehn-Korn-Ernährung ist nicht jedermanns Sache«, erinnerte Ungemach.
Da stieg Christian ab, und der Pudel mußte sich das ärgerliche Halsband und den Strick wieder gefallen lassen.
»Worte sind eine armselige Sache«, sagte Großer-Tiger, »trotzdem bitten wir dich, Vater Naidang und Siebenstern zu grüßen.«
Christian sagte: »Du bist nicht ich, aber ich wollte, ich wäre du. So könnte ich Siebenstern wieder sehen und viele neue Worte lernen.«
»Ich werde alles ausrichten«, versicherte Gontschuk.
»Dem werten alten Bilderbogen wünsche ich tausend Jahre«, rief Glück.

»Möge er von Beulen am Hinterkopf verschont bleiben«, wünschte Ungemach.

Dann trennten sie sich.

Vom Tal her hörte man Gontschuk noch einige Male »Sä Jabonah« rufen, aber das war nicht lange. Es wurde still. Die Kamele tappten gleichmäßig der Höhe zu, und der Pudel trottete nebenher. Er hatte sich mit dem Schicksal abgefunden, ein Wanderer am Gängelband zu sein.

Auf dem Hochplateau sah man nirgends mehr Spuren. Der Sturm hatte sie verwischt und neue gab es nicht. Auch die Wildesel mußten einen andern Weg gegangen sein. Ein paar Tamarisken schauten mit den Spitzen aus den Verwehungen, und wo es Risse im Boden gab, waren sie mit Sand gefüllt wie die Ackerfurchen nach einem Neuschnee. In dem Blau des Himmels schwebte das Adlerpaar, die Kamele traten die erste Spur in die Sanddecke, und alles war so frisch wie das wiedergewonnene Leben.

Christian und Großer-Tiger waren sehr vergnügt. Jetzt waren sie eine richtige Karawane, die durch die Wüste zog und nicht einmal einen Weg vor sich hatte. Glück ritt zwar nach Norden, um den Pfad der Nachdenklichkeit zu finden, aber trotzdem ging man ins Ungewisse wie die großen Abenteurer der Vorzeit. Dazu saß man auf einem richtigen Kamel, und das Wasser im Wasserfaß gluckerte.

Von diesen angenehmen Vorstellungen war Ungemach frei. Er kratzte sich öfters, weil er keine Zeit gehabt hatte, den Sand aus den Kleidern zu schütteln, und dabei fiel ihm sein Gewehr ein. Also nahm er es von der Schulter, legte es vor sich auf den Sattel und fing mit Reinigen an. Das Schloß steckte er in die Tasche.

»Man kann nie wissen«, sagte Ungemach ernst, und Christian und Großer-Tiger bewunderten ihn für seine Umsicht, die stets das Schlimmste als selbstverständlich betrachtete.

Über eine Stunde ritten sie. Die Gegend blieb gleich, denn die Hochfläche war groß, und nur an den Rändern gab es kantige Berge. Ungemach war längst mit Gewehrreinigen fertig.

Plötzlich bog Glück nach Westen. Er wandte sich im Sattel um

und sagte: »Jede Landstraße führt durch Peking, jeder Pfad führt nach Lhasa.«
Man war also auf der Straße der Nachdenklichkeit. Anscheinend war sie auch eine Straße der Verborgenheit, denn Christian, der am Schluß ritt, konnte sie erst sehen, als auch er sein Kamel in die neue Richtung lenkte. Sie war nur ein Schatten oder ein zitternder Faden, der auf ein fernes Bergmassiv zulief.
»Wir werden in der Nacht eine mittlere Freude erleben«, prophezeite Ungemach.
»Erkläre, was du meinst«, sagte Glück.
»Ich meine, daß der Mond fehlt.«
»Dagegen gibt es Mittel«, versicherte Glück, »sie sind nicht angenehm, aber was bedeutet das schon?«
»Es bedeutet nichts«, antwortete Ungemach folgsam und kratzte sich.
»Na also«, sagte Glück, und dann ritten sie dem dünnen Schatten nach, der einen Pfad vorstellte. Das Bergmassiv, das so weit weg war, als läge es am Ende der Welt und könnte höchstens morgen erreicht werden, verlor schon nach drei Stunden die Farbe. Es wurde höher, und man sah, daß es nicht blau war. Es war gelb und grau wie die Wüste, aber die Steinhalden, die aus den Schluchten stürzten, waren hell. Sie waren fast weiß, und auf die größte der Steinhalden führte der Weg. Dort verlor er sich, und man konnte nur hoffen, daß er später wieder auftauchen würde.
»Halt!« befahl Glück, »wir machen Lager.«
»Bolna!« rief Christian erfreut, doch dann fiel ihm ein, daß sie erst ein kurzes Stück marschiert waren. Geschwind rechnete er an den Fingern die Tage nach, die bis zum Vierten des dritten Monds blieben.
»Neun Tage haben wir noch«, flüsterte er Großer-Tiger zu, und Großer-Tiger sagte leise: »Es gibt keine Hilfe.«
»Dieser Platz«, bemerkte Glück, »sieht nach Wasser aus.«
»Laßt den Unglückshund los«, riet Ungemach, »er ist nicht unbegabt.«
Der Pudel war dankbar, als Christian ihm das Halsband abnahm, aber er begriff nicht, was er tun sollte. Er freute sich über

die wiedergewonnene Freiheit, rannte herum und bellte. »Ossu!« rief Christian, und »Ossu!« rief Großer-Tiger, aber der Pudel bellte bloß.

»O ihr Himmlischen!« seufzte Ungemach, »jetzt versteht er kein Mongolisch mehr.«

Glück war inzwischen die Steinhalde hinaufgestiegen, um zu erkunden, ob der Weg oben weiterführe. Ungemach blieb bei den Kamelen, und Christian und Großer-Tiger sagten: »Hund, komm mit!« Sie gingen am Rand des Gerölls entlang, wo Dornsträucher wucherten und wo es einen runden freien Platz gab, auf dem der Schatten eines Felsenhangs lag. Der Platz war glatt wie eine Tenne und gegen die Hochebene von Tamarisken umsäumt. In dem Schatten der Felsen war es kalt und dunkel, aber Großer-Tiger begriff sofort, daß der schwere Stein in der Mitte nicht von ungefähr dahin gerollt war. Auch Christian merkte was. Er sagte: »Wir wollen das Brunnenloch öffnen.«

Sie rollten den Stein beiseite, und da sie nun schon alte Karawanenleute waren, entfernten sie den Sand, bevor sie die Bohlen hoben. Dann riefen sie Ungemach. Er kam mit den Kamelen, und nachher kam auch Glück, denn er hatte die Straße der Nachdenklichkeit oberhalb der weißen Geröllhalde wiedergefunden.

»Ihr habt einen brauchbaren Platz entdeckt«, lobte Glück, »wir wollen das Zelt aufschlagen.«

»Wasser ist auch da«, sagte Großer-Tiger, »unser Hund besitzt das, was man Verstand nennt.«

»Er ist kein gewöhnlicher Hund«, versicherte Christian.

Sie stellten sich neben den Pudel, und weil sie nicht gerade gelogen hatten, wurden sie auch nicht rot.

Da entschuldigte sich Ungemach, aber Großer-Tiger sagte: »Keine Erwähnung deswegen, unser Hund ist gewohnt, daß sein Wert verkannt wird.«

»Das arme Tier«, sagte Glück, und dann wurde zum erstenmal das Zelt mit Fröhlichkeit aufgerichtet und ohne Eile. Die Sonne stand im Westen über unendlich gezahnten Gebirgsketten, aber vielleicht waren es gar keine Gebirge. Am Ende waren es

Hügel oder Dünen, und sie sahen bloß aus wie Berge, weil sie weit weg waren und weil es nichts Hohes zum Vergleichen gab. Sie funkelten prächtig, und die Ränder des Himmels färbten sich purpurrot wie damals in Durben-Mot. Der feurige Sonnenball schwebte langsam zur Erde. Dann wurde es rasch dunkel.
Christian und Großer-Tiger trieben die Kamele zusammen, die an den Tamarisken knabberten, und der Pudel war auch dabei. Überhaupt ging es zu wie bei einer sehr erfahrenen Mannschaft, bei der jeder seine Arbeit kennt und ohne Aufhebens verrichtet. Glück sammelte Tamariskenholz und holte Wasser, Ungemach kochte wieder einmal Nudeln, und Christian und Großer-Tiger tränkten die Kamele und banden sie an die Leine. Nach dem Essen, als das Feuer noch ein wenig flackerte, begann Glück mit einer Rede.
»Da es so weit gekommen ist . . .«, sagte er.
»Entschuldige«, unterbrach ihn Ungemach, »erst kommt die Gesundheit.«
»Was kommt?« erkundigte sich Glück ärgerlich.
»Knoblauch«, sagte Ungemach; »es ist das beste Gemüse, und es ist wegen der Gesundheit.« Er verteilte einige Knoblauchzehen, und als sich alle dem Genuß hingaben, begann Glück wieder: »Nachdem es so weit gekommen ist, daß der Mond abnimmt, müssen wir etwas dagegen tun. Sein Gleichgewicht hat gelitten, aber sein Licht reicht aus, um die Straße der Nachdenklichkeit zu finden. Deshalb müssen wir bald nach Mitternacht aufstehen und bis zum Vormittag marschieren. Denn die Kamele müssen untertags ihr Futter suchen. Es ist nicht die angenehmste Art zu reisen, aber was bedeutet das schon?«
»Es bedeutet nichts«, riefen Großer-Tiger und Christian begeistert.
»Herzlichen Glückwunsch zu ausgedehntem Schlummer«, sagte Ungemach und legte sich sofort nieder. Glück, der seine Rede beendet hatte, legte sich neben ihn und deckte sich zur Hälfte mit Ungemachs Mantel zu.
»Ich werde euch wecken«, versprach Glück.

Da krochen auch Christian und Großer-Tiger brüderlich unter den Fellmantel. Der Pudel legte sich vor den Zelteingang, und die Nacht war schwarz.

Zweiundvierzigstes Kapitel, von der Mitte der Wüste Gobi, wo Ohnezehen lebte, der ein Verbrecher war

»Kwai, kwai!« sagte Glück und »Der Mond kommt gleich«, aber obwohl er es sagte, kam der Mond nicht, und die Kamele standen gesattelt und bepackt.

»Er hat sich verspätet«, behauptete Glück, nahm sein Kamel am Strick und ging die Steinhalde hinauf. Die andern folgten ihm. Alle gingen zu Fuß, denn es war kalt. Die Steine wichen unter den Tritten der Kamele und rollten zu Tal. Auf jede Frage gaben die schwarzen Wände eine hallende Antwort und aus den Schluchten wehte es eisig. Ungemach knöpfte den Mantel mit den Goldknöpfen bis zum Hals.

»Wir sind zur Unzeit an diesem Ort«, sagte er, »ich habe schon den Husten.«

Nachher, als der Boden fest wurde, und auch später, als der Mond aufging und als die Schluchten der Steinberge zu sanften Tälern geworden waren, setzte sich keiner aufs Kamel. Es ging langsam und stetig bergan. Die Sterne kamen näher und immer näher, und wenn der Morgen nicht gegraut hätte, hätte man sie wahrscheinlich greifen können. Aber da erlosch einer nach dem andern, und die mächtige Sonne erhob sich über die niedrige Erde. Sie war aus durchgesiebtem Sand gemacht und aus den beiseite geworfenen Steinen. Gegen zehn Uhr, zur Stunde des Ebers, wie Glück sagte, der die neue Zeitrechnung verabscheute, schlugen sie das Zelt auf, und die Kamele durften suchen, ob sie was zu fressen fanden. Es gab aber nichts als Tamarisken.

Christian und Großer-Tiger schliefen, Glück schlief auch, und Ungemach dämmerte so dahin, bis es Zeit war, das Essen zu bereiten. Dann suchten Großer-Tiger und Christian die Kamele zusammen, und der Pudel half dabei.

Noch einmal durften die Kamele ihr Glück versuchen und die benagten Tamarisken bis auf das Holz abfressen, denn sie waren nur geholt worden, damit sie nicht zu weit vom Lager wegliefen. Sobald es dunkel wurde, mußten die Kamele an die Leine. Ungemach verteilte Nudeln und Knoblauch, und zum Schluß gab es Tee. Der Pudel bekam eine Schale Wasser und was übrig geblieben war.
So marschierten sie vier Nächte und fünf Tage, und jede Nacht war kälter als die vorhergehende. Der Mond kam spät und verkümmerte zu einer Sichel. Christian und Großer-Tiger froren während der Nacht; untertags hatten sie Hunger. Manchmal fanden sie, wie Gontschuk vorausgesagt hatte, einen Brunnen, aber das Wasser war alt und abgestanden, und der Tee schmeckte wie von vorgestern. Einen Menschen trafen sie nicht. Es gab auch keine Tiere, und als sie einmal ein verendetes Kamel am Weg liegen sahen, war die eingesunkene Haut noch am Skelett, und der aufgebrochene Leib wies den vertrockneten Mageninhalt. Nicht einmal Wölfe gab es hier; ja sogar die Geier fehlten.
»Es wäre an der Zeit«, maulte Ungemach, »daß wir zum Großen-Fluß kämen. Heißt er nicht so?«
»Er heißt so«, antwortete Christian, »und wir sind gleich da.«
»Erlaube«, sagte Ungemach, »daß ich mich wundere.«
»Worüber?« fragte Großer-Tiger.
»Über eure Wissenschaft«, mischte sich Glück ein und hielt sein Kamel an. Er ritt und alle ritten, denn es war später Vormittag, und die Sonne schien warm.
»Seit gestern«, erklärte Christian, »haben wir die Spuren von Mondschein und Donnerkeil wieder vor uns.«
»Ich habe sie bemerkt«, sagte Glück schläfrig.
»Sie sind noch da«, sagte Ungemach, »jeder kann sie sehen.«
»Das beweist«, setzte Großer-Tiger auseinander, »daß wir auf dem richtigen Weg sind.«
»Es lohnt nicht, davon zu reden«, sagte Glück, »wir wissen es auch so.«
»Da wir Ungemach versprochen haben«, erklärte Christian, »die Denkkräfte besser anzustrengen, bemerkten wir, daß die

Spuren seit einer halben Stunde eine schnellere Gangart zeigen.«
»Hier galoppierten die Pferde bereits«, sagte Großer-Tiger und wies auf die Straße der Nachdenklichkeit.
»Oh, ihr Teufelsbraten«, rief Glück, »ihr seid wie echte Rotbärte und besser. Es sollte mich nicht wundern, wenn die Herren der Berge euch eines Tages kniefällig bäten, Hauptleute zu werden.«
»Zuviel der Ehre«, sagte Großer-Tiger.
»Wir müssen noch wachsen«, sagte Christian.
Sie ritten zwischen runden Sandhügeln, die Dornensträucher trugen, und Glück war nicht mehr schläfrig. Auch Ungemach blickte gespannt voraus, die Kamele blähten die Nüstern und schritten schneller.
Als die Sandhügel verflachten, lag plötzlich vor aller Augen ein busch- und baumbestandenes Grasland. Im Sommer mochte es grün sein und herrlich wie eine Insel im Meer. Jetzt sah man zwischen den Zweigen der Bäume durch, und obwohl es viele waren, erblickte man ein Hüttendach, aus dem Rauch aufstieg. Das Gras war gelb. Wo es aufhörte, kam ein kleiner munterer Bach heraus, als ob er es eilig hätte, die Welt kennenzulernen. Aber die Welt rund herum war Wüste, und der Bach konnte nicht umkehren. Man sah ihm an, wie bestürzt er war. Er lief nur ein Stückchen weit, dann teilte er sich wie ein Seilende in viele Fransen. Hie und da gab es Grasbüschel. Einige Schilfspitzen stießen wie Dolche durch den Sand, aber von dem Bach sah man nichts mehr. Der Pfad führte durch ein Dickicht von Mehlbeerbäumchen und dornigem Gestrüpp. An einer lichten Stelle weideten zwei Schafe, man sah Pferdespuren, und dann gab es plötzlich ein rechteckiges Feld, einen richtigen abgeernteten Acker mit Furchen, in denen gebrochene braune Stengel lagen und zertretene Kapseln.
»Ene ju beino?« fragten Christian und Großer-Tiger, die das Gewächs nicht kannten.
Glück wechselte mit Ungemach einen Blick, der soviel hieß wie »Aha!« und »Jetzt wissen wir alles«, und dann sagte Glück langsam: »Dieses ist eine brennende Schande, es ist Mohn.«

Am Ende des Feldes lag die Hütte, die beinahe ein Haus war, denn sie war aus Lehmziegeln gebaut. Sie hatte vier weiße Wände gehabt, aber das Weiße war weg und abgeblättert; sie hatte ein Fenster und eine Tür. Das Fenster war mit Papier verklebt, viel ordentlicher als bei den meisten Leuten in der Stadt, und es hatte nur im untersten Gitter ein Loch zum Durchgucken. Die Tür war aus alten schwärzlichen Brettern gemacht, und der Pudel stieß sie mit der Schnauze auf. Ein Stück glühender Kohle flog ihm entgegen. Eilends zog er den dicken Kopf zurück und bellte empört. Er flüchtete zu Großer-Tiger und Christian, die aus dem Sattel sprangen, und »Hund, komm her!« riefen.
Glück übergab Ungemach sein Kamel, und dann warteten sie zehn Schritte vor der Haustüre, die sich auf geheimnisvolle Weise und wie von selbst wieder geschlossen hatte. Christian wartete besonders, denn das Knusperhäuschen fiel ihm ein und die alte Knusperhexe, die jetzt heraustreten würde. Glück fiel nichts ein, und deshalb wurde er ungeduldig.
»Wenn hier ein Mensch wohnt«, rief er laut, »so zeige er sich.«
»Rede nicht«, rief eine dunkle Männerstimme, »kommt Tee trinken.«
Glück schaute Ungemach an, und Ungemach nahm das Gewehr von der Schulter.
»Mir scheint«, sagte er erfreut, »wir sind eingeladen. Es hörte sich so an.«
»Von einem Verbrecher«, knurrte Glück, »von einem Opiumpflanzer.«
Ungemach war nicht so engherzig. Er rief laut: »Ehrwürdiger alter Onkel, geduldet Euch zwei Augenblicke.«
»Rasch«, befahl er leise, »wir wollen abladen und das Zelt aufstellen. Du«, sagte er zu Glück, »hast nicht die richtige Art, mit Leuten umzugehen, die sich in der Wildnis vergraben wie die Heiligen der Vorzeit. Laß mich mit ihm reden.«
»Immer zu«, brummte Glück, »eine Art Verwandtschaft wird sich bald herausstellen. Meinen herzlichen Glückwunsch.«
Neben der Hütte gab es einen freien Platz, wo zwei Stangen in den Boden gerammt waren mit einer dazwischen gespannten

Leine. »Hier nicht«, sagte Ungemach, »hier ist der Platz für die Pferde.«
»Pferde?« fragte Großer-Tiger.
»Nun ja, eben Pferde«, sagte Ungemach, und er wies auf die verstreuten Dunghaufen.
»Dann hier!« rief Christian.
»Meinetwegen«, sagte Glück gleichgültig.
Dabei war der Platz wie in dem Märchen von der großen Wüste, aus der es kein Entrinnen gibt, bis endlich der freundliche Zauberer den Hut lüftet: Eine Wiese ist darunter, umschlossen von Buschwerk, und an einer Seite ist ein kleiner Steilhang, auf dem Bäume stehen, und die Wurzeln schnellen wie gespannte Bogen aus dem Erdreich, aber sie kehren zurück, denn sie neigen sich dem Bach entgegen, der den Wiesenrain umschließt.
Und zu allen diesen Herrlichkeiten sagte Glück bloß verdrossen: Meinetwegen. Großer-Tiger und Christian war die Gemütslage Glücks einerlei. Sie waren fröhlich, als sie merkten, daß Ungemach sich freute. Sobald das Zelt aufgeschlagen war, ließen sie die Kamele frei. Der Pudel lief schweifwedelnd von einem zum andern, er trank Wasser aus dem Bach, aber zu der Hütte traute er sich nicht.
»Kommt«, sagte Ungemach, »wir gehen jetzt.«
»Vielleicht gibt es was zu essen«, sagte Christian ermunternd zu Glück, der auf einem Sattel vor dem Zelt saß und mit dem Daschior auf das Gras klopfte.
»Ein Tag ist wie der andere«, seufzte Glück, »wenn ich wo hinkomme, treffe ich auf Gauner und Spitzbuben. Ich möchte wieder einmal ehrliche Menschen sehen.«
»Der befehlende Herr möge uns betrachten«, sagte Großer-Tiger.
»Euch?« rief Glück, »ich sehe Räuberhauptleute vor mir.« Aber da mußte er lachen, und Christian und Großer-Tiger faßten ihn unter die Arme und stellten ihn auf. Miteinander gingen sie zu der Hütte, und der Pudel begleitete sie bis zur Tür. Weiter ging er nicht.
Ungemach trat als erster ein. Die schwarze Brettertüre öffnete

sich geräuschlos, und sie schloß sich wieder, als alle drinnen waren. Das kam von einer dicken Eisenkugel, die an einem Seil hing, das kunstreich über zwei Holzrollen lief und den Zug der Kugel an die Türe weitergab. Die Kugel hing wie eine Lampe mitten unter dem Dach. Eine Zimmerdecke gab es nicht. Man sah die verräucherten Dachsparren, die darüber gebreiteten Zweige, Stroh und Lehm. In der Ecke gegenüber der Tür war die Feuerstelle. Ein eisernes Dreibein stand da wie in allen Zelten, aber darüber war ein Kamin, durch den der Rauch abzog. Nach der Feuerstelle kam ein freier Raum mit glattgestampftem Lehmboden, eine Truhe stand in der Mitte, und dahinter erhob sich der Kang, auf dem eine Strohmatte lag und ein Mensch in blauer Hose mit einer blauen Jacke. Er trug einen angegrauten Zopf und unter der kräftigen Nase einen schütteren Hängebart. Er mochte fünfzig Jahre alt sein, und er sah aus wie ein biederer Landmann.

»Wir wünschen Ruhe«, begann Ungemach.

»Wir wünschen Behaglichkeit«, sagten Großer-Tiger und Christian.

Glück verneigte sich stumm.

Der Mann kletterte umständlich vom Kang herunter. Man merkte gleich, daß er nicht gut zu Fuß war. Er griff nach einem Stock, und dann ging er eilfertig auf die Feuerstelle zu. Mitten im Zimmer drehte er sich um und lud seine Gäste durch eine Verbeugung und mit ausgebreiteten Armen ein, auf dem Kang Platz zu nehmen.

»Nach dir«, knurrte Glück.

»Wie könnten wir es wagen«, sagte Ungemach höflich.

»Keinen Unsinn«, rief der Mann, »nehmt Platz.«

Er wartete auch gar nicht, ob jemand seiner Einladung folge, sondern wandte sich dem Teekessel zu, der in einem Häufchen heißer Asche neben dem Dreibein stand. Als er mit dem Kessel wieder kam, waren Christian und Großer-Tiger folgsam auf den Kang geklettert, und Glück saß neben Ungemach am Rand und stützte die Beine auf die Truhe.

Nacheinander holte der Mann einen eisernen Untersatz für die Teekanne und aus der Truhe bemalte Porzellantassen und

Schälchen mit Melonen- und Sonnenblumenkernen. Es ging zu wie in der feinsten Gastwirtschaft.
Ungemach blinzelte vergnügt. Er schien nichts anderes erwartet zu haben.
»Unterhaltet euch nur«, sagte der Mann, »ich höre gern zu.«
Ungemach begann vorzustellen. »Mein elender Name«, sagte er, und dabei knackte er Sonnenblumenschalen, »ist Ungemach. Ungemach verdient keiner Erwähnung. Nehmt an, verehrter Onkel, daß ich bis jetzt kein Wort gesagt habe. Hier sind die nichtsnutzigen Bengel Kompaß-Berg und Großer-Tiger, die man am besten sofort vergißt, und neben mir sitzt der vom Unglück verfolgte Herr Glück.«
»Aus Sutschou?« fragte der Mann mit der blauen Jacke und drehte den Kopf so rasch, daß der Zopf flog.
»Aus Sutschou«, sagte Glück, »wundert dich das?«
»Es wundert mich nicht«, antwortete der Mann. Er widmete sich einem walzenförmigen Kupferkessel, den er von einem Haken an der Wand nahm und von unten her mit glühender Holzkohle füllte.
»Ist es mir gestattet«, sagte Ungemach, »nach deinem ehrenwerten Namen zu fragen?«
»Nein«, erwiderte der Mann grob, »nennt mich Ohnezehen, wie alle Leute mich nennen. Es macht mir nichts aus.«
»Uns auch nicht«, sagte Ungemach heiter. »Namen taugen sowieso nicht. Das hat sich in tausend mal tausend Jahren herausgestellt. Jeder weiß es. Mein Großvater zum Beispiel hieß Reichtumsherr. Merkst du was, Ohnezehen?«
»Ich merke nichts«, sagte Ohnezehen, »sprich weiter, deine Rede gefällt mir.«
Da erzählte Ungemach die traurige Geschichte von seinem Großvater Reichtumsherr und von seinem Vater, der Herbstfreude hieß und das ganze Jahr über Pech hatte. Mittlerweile begann der Kupferkessel zu dampfen. Als das Wasser darin kochte und Blasen warf, brachte Ohnezehen den Kessel herbei, und Großer-Tiger rief bewundernd:
»Ein Feuertopf! Es ist ein richtiger Feuertopf wie . . .«
»Wie in Peking«, vollendete Ohnezehen selbstbewußt.

»Eßt«, sagte er dann und stellte eine Platte mit rohen Fleischschnitten neben den Feuertopf. Aus der Truhe langte er beinerne Eßstäbchen, und: »Jetzt sollt ihr essen«, sagte Ohnezehen. Christian schaute, wie Ungemach das mache, und Ungemach schaute, ob Glück es wisse, und alle drei schauten schließlich auf Großer-Tiger, der weltmännisch gewandt mit den Eßstäbchen eine Fleischschnitte faßte und in das sprudelnde Wasser hielt, bis sie gar war. Da merkte Christian, wie man es machte, und Glück und Ungemach lernten es auch. Als das Wasser mit der Zeit eine Fleischbrühe wurde, holte Ohnezehen Löffel, und auf jeden Löffel legte er ein gerolltes Chrysanthemenblatt als Suppeneinlage. Es ging zu wie in der feinsten Gastwirtschaft.
»Ihr habt einen Hund?« fragte Ohnezehen.
»Bitte«, rief Christian, »wir haben einen Hund.«
Ohnezehen nahm einen Napf mit Knochen und legte ein tüchtiges Stück Fleisch obendrauf. »Gib es ihm«, sagte er, »mich kennt euer Hund nicht oder nur von der schlechten Seite.«
Christian öffnete die Tür, die eiserne Kugel senkte sich ein Stück, und draußen stand erwartungsvoll der Pudel. Das Fleisch verschlang er ohne weiteres. Nachher legte er sich neben der Knochenschüssel in die Sonne, und Christian freute sich, wie der Pudel die Knochen zerkrachte. Man hörte es in der Stube.
»Du und du«, sagte Ohnezehen plötzlich zu Christian und Großer-Tiger, »seid ihr satt?«
»Zehntausendfachen Dank, großer Alter«, sagte Christian.
»Der Herr verschwendet sein Herz über Billigkeit«, sagte Großer-Tiger.
»Was für ein Unsinn«, knurrte Ohnezehen. Er schrie: »Ich bin kein Herr. Merkt euch das.«
Großer-Tiger kletterte flink vom Kang herunter und stellte sich neben Christian. Sie verneigten sich, und Christian sagte: »Wir gehorchen deinem Wunsch.«
»Es ist uns leid, dich nicht ehren zu dürfen«, fügte Großer-Tiger hinzu.
Ohnezehen stützte sich auf den Stock, blickte von einem zum andern, und dann sagte er wie vorher: »Du und du«, und dabei

tippte er Großer-Tiger und Christian auf die Brust, »und ich, wir drei reiten in einer Stunde. Mit Pferden«, sagte Ohnezehen.
»Halt einmal«, rief Glück und sprang von der Matte auf, »ich werde dir die Ohren waschen, alter Hung-Hu-Tze, damit du deutlich hörst, was angängig und was unverschämt ist. Diese beiden Fürstensöhne sind mir anvertraut, und den möchte ich sehen, der kommt und sagt: Geht dahin und geht dorthin.«
»Spiele dich nicht auf, Glück«, sagte Ohnezehen ruhig, »was ich sage, geschieht.«
»Ha!« schrie Glück, »es gibt Halunken, die meinen, sie besitzen die goldene Befehlsrolle, aber sie haben bloß ein freches Mundwerk, und du gehörst dazu. Alter Schnapphahn, windiger Pferdedieb und Lügendrescher, wer bist du, daß du Reden führst wie der gelbe Kaiser?«
»Ich bin dein Onkel«, sagte Ohnezehen trocken, »schäme dich, daß du deines Vaters Bruder schmähst.«
Es wurde still in der Stube. Man hörte den Pudel die Knochen zerbeißen und weiter weg die Kamele das Derresgras raufen. Durch das Guckloch im Fenster fiel ein Bündel Sonnenstrahlen schräg auf den Boden, und der Staub, den Glück aufgewirbelt hatte, tanzte darin.
Ungemach saß mit untergeschlagenen Beinen auf dem Kang und lächelte vermittelnd.
»Es geschieht nicht oft«, sagte er, »daß die Wiedersehensfreude so aufrichtig ist.«
»Du mein Onkel!« schrie Glück und trat drei Schritte zurück, »ich kenne dich nicht.«
»So ist es richtig«, sagte Ungemach, »jede echte Familientagung beginnt mit Nichtwiedererkennen.«
»Halte den Mund«, rief Glück zornig, »dieser Mensch . . .«
»Dieser Onkel«, verbesserte Ungemach geduldig.
»Lebt deine Mutter noch in der Löwengasse?« fragte Ohnezehen dazwischen.
Glück hielt sich an der Wand fest. Er starrte Ohnezehen ins Gesicht, aber Ohnezehen lächelte, und man sah, daß er nicht mehr viele Zähne hatte.
»Sie ist umgezogen«, knurrte Glück benommen.

Ohnezehen nahm den Stock und ging zur Truhe. Er kramte darin, und als er gefunden hatte, was er suchte, klappte er den Deckel zu und setzte sich darauf.
»Entschuldige, lieber Neffe«, sagte er, »das Stehen fällt mir schwer. Nimm diese Kleinigkeit. Sie ist für deine Mutter.« Damit legte er zwei blinkende Silberbarren neben sich auf den Truhendeckel. »Keine Bedenken«, sagte Ohnezehen, »sie stammen noch aus der Zeit, als ich die Herberge zu den ›Hundert Abschnitten der Wahrheit‹ in Anshi besaß.«
»Ich hörte davon«, gab Glück ungern zu, aber er kam näher, und er betrachtete Ohnezehen genau und mehr noch das Silber.
»Verzeih, alter Onkel«, sagte Glück, »ich möchte dir nicht Unrecht tun, – ich möchte überhaupt niemand Unrecht tun, aber . . .«, und dann stand Glück eine Weile unschlüssig und mit gesenktem Kopf vor Ohnezehen. Schließlich bequemte er sich widerwillig zu einer flüchtigen Verbeugung.
Ohnezehen ließ es gelten. Er beschwerte sich mit keinem Wort über den mangelnden Fußfall kindlicher Verehrung, ja, er tippte Glück mit dem Stock vertraulich auf den Bauch. »Du«, sagte er, »setz dich zu mir. Soeben habe ich seit sieben Jahren die erste Freude erlebt. Ich erkannte dich, als du zur Tür hereintratst, so sehr gleichst du deinem Vater bis in die Gebärde des Zorns. Leider ist jetzt nicht die richtige Zeit für lange Erklärungen. Es eilt. Der Uralte-Herr«, sagte Ohnezehen, »wünscht Kompaß-Berg und Großer-Tiger am zweiten Tag des dritten Monds vor Sonnenaufgang zu sehen.«
»Der Uralte-Herr!« schrie Glück empört, »also so einer bist du jetzt?«
»Ja«, sagte Ohnezehen, »so einer bin ich jetzt, und in einer halben Stunde reiten wir. Es ist alles vorbereitet.«
»Kommt einmal her, ihr zwei«, rief Glück mit mühsam unterdrücktem Zorn, »was meint ihr dazu?«
Christian und Großer-Tiger hatten sich schon einige Male zugeblinzelt. Sie waren bereit, mit Ohnezehen zu reiten, und Christian war drauf und dran, es zu sagen, als ihn ein warnender Blick von Großer-Tiger traf. Das war gerade, als Glück

zornig fragte: »Was meint ihr dazu?« und Christian begriff, daß er jetzt nicht sagen durfte, was er sagen wollte. Es mußte was anderes sein; etwas, das Glück wieder ein Ansehen gab. Deshalb schwieg Christian, und Großer-Tiger trat einen Schritt vor.

Er sagte: »Mein Freund Kompaß-Berg und ich haben in dieser Sache keine eigene Meinung.«

Christian trat auch einen Schritt vor. »Bisher«, sagte er, »hat der befehlende Herr sämtliche Anordnungen erteilt, und sie erwiesen sich als vortrefflich. Wir bitten ihn als gehorsame Kinder, zu sagen, was er für gut befindet, damit wir es tun.«

Das waren zwei sehr schöne Worte, und Glück setzte sich aufrecht. Er war stolz auf Christian und auf Großer-Tiger, aber sein Zorn kochte weiter. Ungemach tat ein übriges. »Auch ich«, sagte er zu Ohnezehen, »stehe seit vielen Tagen unter der Befehlsgewalt deines werten Neffen, und ich befand mich wohl dabei.«

Das waren auch zwei schöne Worte, aber nun mußte Glück reden, und Glück konnte es nicht. Sein Herz begann schrecklich zu pochen, und nichts anderes konnte er denken als: »Mein Gesicht ist schwarz geworden, ganz schwarz, und jeder kann es sehen.« Glück verachtete seinen Onkel. Am liebsten hätte er ihn angespien.

Ohnezehen hob seinen Stock ein wenig hoch und ließ ihn auf den Lehmboden fallen. Es tat einen leichten Schlag, und alle merkten, daß Ohnezehen statt Glück reden wollte.

Er tat es auch.

»Mondschein war vor drei Tagen bei mir«, begann er, »und von ihm weiß ich, wer ihr seid. Mondschein sagte: ›Durch den Sandsturm haben wir drei Tage verloren. Wenn Glück den Weg nach Tschagan-Burgussun kennt, und wenn er von Tschagan-Burgussun den Weg zur Burg weiß, dann gib ihm drei Pferde und sage ihm, daß er in zwei Nächten und drei Tagen mit Kompaß-Berg und Großer-Tiger dort sein muß. Es ist wichtig für ihn und für uns alle. Sollte Glück den Weg nicht wissen, so mußt du reiten, und ich verlasse mich auf dich.‹«

»Und Ungemach?« fragte Christian.

»Auf mich kommt es nicht an«, rief Ungemach, »es hat nichts zu sagen.«
»Doch«, widersprach Ohnezehen, »gerade auf dich kommt es an. Du reitest mit den Kamelen langsam nach. In Tschagan-Burgussun wartet ein Führer auf dich, und in wenigen Tagen seid ihr wieder beisammen.«
»Es gibt keine Hilfe«, rief Glück verzweifelt. Er stützte den Kopf zwischen die Hände, er blickte auf den runden Sonnenfleck am Boden, und dann war es mit seiner Beherrschung vorbei. Er weinte und er schrie: »Du! Auch du bist einer von denen, die mein Leben verdarben. Wohin werdet ihr mich jetzt wohl schicken? Wohin werdet ihr diese meine jüngeren Brüder bringen? In die Burg? Ha!« schrie Glück, »ihr seid Halunken, und wir sind in eurer Hand. Aber ich fluche dir und allen, die mit dem Uralten-Herrn im Bunde stehen.«
Glück stand auf. »Den Weg nach Tschagan-Burgussun kenne ich nicht.«
»So muß ich reiten«, sagte Ohnezehen, »obwohl ich alt bin, und . . . nun, du weißt lieber Neffe, weshalb es mir schwer fällt.«
»Ich weiß es«, rief Glück hohnlachend, und sein gräßliches Gelächter erfüllte ihn mit Genugtuung. Endlich war es ihm vergönnt, diesem Menschen zu zeigen, was er über ihn dachte; diesem Kerl von Onkel, dem man die Zehen abgeschnitten hatte, von dem niemand daheim mehr sprach, weil er ein Verbrecher war mit verlorenem Gesicht. Glück setzte sich schwer auf die Truhe zurück, und sein Blick fiel auf die beiden Silberbarren. Gleich würde er sie von dem Deckel auf die Erde stoßen, ganz gewiß würde er das tun. Und bleiben würde er auch nicht. Zwei Augenblicke noch, dann würde er aufstehen und gehen. »Ruhe dich ein wenig aus«, sagte Ohnezehen, »aber du«, wandte er sich an Ungemach, »kommst mit mir.«
Er zog einen Fellmantel an, er langte nach dem Stock und nach einem kleinen Messinghorn, das am Türrahmen hing und trat hinaus. Ungemach folgte ihm bereitwillig.
Sie gingen nebeneinander wie Brüder, und als sie zehn Schritte gegangen waren, kamen sie an den Rand des Mohnfeldes, und

sie gingen einträchtig weiter, bis es zu Ende war. Wo das Dickicht anfing, gab es eine Art Bank aus Lehmziegeln, und von der Bank aus übersah man alles: Das Mohnfeld, die Hütte und den Platz für die Pferde. Sie setzten sich ohne Förmlichkeiten.

»Sieben Jahre war ich hier«, sagte Ohnezehen, »und jetzt gehe ich. Ich kehre nicht mehr zurück.«

»Aber«, rief Ungemach, »deine Habe! Was geschieht mit der?«

»Eben deshalb rede ich mit dir. Du bist ein trauriger Mensch, und solche Menschen sind verläßlich, denn sie erwarten wenig oder nichts. Sobald ich mit den zwei Buben fort bin, macht ihr es euch in meiner Hütte bequem. Bleibt diese Nacht hier und reitet morgen weiter. Morgen habt ihr zwei ledige Kamele. Ladet die Truhe auf und alles, was sich bei mir findet. Es ist nicht viel. Kannst du Schafe schlachten?«

»Nein«, rief Ungemach erschrocken, »das verstehe ich nicht.«

»Du hast ein Gewehr. Kannst du schießen?«

»Schießen kann ich«, sagte Ungemach.

»So schieße meine zwei Schafe tot. Glück soll sie zerteilen, da habt ihr lange Zeit Fleisch. Folgt der Straße der Nachdenklichkeit. Wenn ihr jeden Tag fünfzig Li marschiert, kommt ihr am dritten Tag in ein Tal, wo es Wasser und Gras gibt und hohe Felsen. Das Tal heißt Tschagan-Burgussun, und dort wartet ein Führer. Er wird euch zu uns bringen.«

»Und dann?« fragte Ungemach.

»Auf das Ende folgt immer wieder ein Anfang«, sagte Ohnezehen. »Sei getrost, ich habe das Unglück der Welt kennengelernt.«

»Wie ich«, sagte Ungemach teilnehmend.

»Trotzdem bin ich kein Verbrecher.«

»Ich auch nicht«, erklärte Ungemach.

»Jetzt«, setzte ihm Ohnezehen auseinander, »gehe ich eine alte Rechnung begleichen. Vorher wollte ich meine Heimstatt noch einmal betrachten. Das habe ich getan, und ich bin fertig damit.«

Er stand auf, und Ungemach stand auch auf. Als sie am Ende des Ackers anlangten, nahm Ohnezehen das Messinghorn und

blies. Gar nicht sehr laut, nur so. Da gab es einen langen quäkenden Laut, und dann wartete Ohnezehen.
»Geh hinein«, sagte er zu Ungemach, »und hole mir den Sack, der neben dem Kang auf dem Boden steht. Es ist Hafer darin, richtiger Hafer aus Rußland, wie man ihn in Uljaßutai zu kaufen kriegt.«
Ungemach ging ins Haus, und als er die Tür öffnete, saß Glück genauso auf der Truhe, und Christian und Großer-Tiger standen genauso verschüchtert neben der Feuerstelle wie vorher. Die beiden Silberbarren lagen neben Glück auf dem Deckel und blinkten.
»Dein Onkel«, sagte Ungemach beiläufig, »ist ein sehr zu verehrender Herr.«
Glück hob den Kopf, aber er brachte nichts weiter fertig, als den Mund einmal zu öffnen und wieder zu schließen. Nachher rückte er die Mütze ein bißchen, aber dabei blieb es.
»Habe ich dir schon gesagt«, erkundigte sich Ungemach, »daß dein Onkel einer ist, dem sich mein Herz zuneigt?«
»Schweig«, rief Glück, »bedenke, was du sprichst.«
»Ich habe es bedacht«, erwiderte Ungemach mit Würde, und dann nahm er den Sack aus der Ecke. Im Hinausgehen blinzelte er Großer-Tiger und Christian zu. Sie öffneten ihm die Türe.
»Keine Angst«, flüsterte Ungemach, »dieser Onkel ist ein Mastbaum der Tugend.«
Die Türe schloß sich geräuschlos. Draußen hörte man das Getrappel von Hufen und das leise »Lai! Lai! Lai!« von Ohnezehen, das so klang, als ob er mit den Pferden Pferdesprache redete.
»Sag du was«, flüsterte Großer-Tiger.
»Du kannst es besser«, flüsterte Christian.
»Wir wollen beide reden«, sagte Großer-Tiger und nahm Christian an der Hand. Schweigend traten sie vor den unglücklichen Soldaten Glück. Ein paar Sekunden war es still; dann schob Glück die Silberbarren beiseite, als könnte er die lästigen Zeugen der Verwandtschaft damit verschwinden machen. Er schob sie so lange, bis sie über die Kante des Truhendeckels kippten und dumpf auf den Boden fielen. Sie klirrten aneinan-

der und verstummten jäh. Da endlich hob Glück das Gesicht, aber weil er geweint hatte, barg er es in den Händen.
»Geht«, sagte Glück, »ein Mann wie ich hat hier nichts mehr zu befehlen.«
»Wir müssen gehen«, sagte Großer-Tiger, »früher hatte der befehlende Herr Geheimnisse vor uns. Er möge verzeihen, daß wir jetzt ein Geheimnis vor ihm haben.«
»Es ist aber kein schlimmes«, sagte Christian schnell, »es ist ein gutes. Eigentlich«, fügte er hinzu, »ist es gar kein Geheimnis, sondern bloß eine Verabredung.«
»Mit wem?« rief Glück. Er nahm die Hände vom Gesicht und legte sie erwartungsvoll auf die Knie. »Sagt es mir, damit ich euch ruhiger ziehen lasse.«
»Mit dem befehlenden Herrn«, erwiderte Großer-Tiger, »wir sehen uns in Möng-Schui wieder.«
Glück lächelte traurig. »Ihr seid Spitzbuben«, sagte er, »ihr sprecht, als ob ich einer wäre, der eure Schliche nicht kennt. Na meinetwegen. Ich muß euch aber noch sagen, mit wem ihr reitet, damit ihr es wißt. Dieser mein Onkel«, sagte Glück, und ohne es richtig zu wollen, machte er eine Pause, ». . . ist ein Mörder.«
Wieder gab es eine Pause, und Christian und Großer-Tiger erschraken tief hinein.
»Nicht wahr«, sagte Glück, »mehr kann man von seines Vaters Bruder nicht sagen? Vielleicht denkt ihr, das kann nicht sein, denn wer ein Mörder ist, dessen Kopf fällt in den Korb des Henkers. – Habt ihr seine schönen Hände gesehen«, fragte Glück, »die geraden langen Finger mit den stumpfen Spitzen? Diese Hände brachten einen Menschen um. Nachher stellte sich freilich heraus, daß der Tote ein gewöhnlicher Räuber war, ein Mongole, und dazu einer von Dampignaks Bande, ein Herr der Berge. Ihr seht, meines Vaters Bruder hatte Glück. Man schnitt ihm statt des Kopfes nur die Zehen ab, und seither geht er auf den Fersen. Haus und Hof wurde ihm von Dampignaks Bande aus Rache niedergebrannt, und er selbst verschwand. Darüber waren wir sehr froh. Doch was nützt das? Meine Familie steht in Schande und Beschämung.«

»Unverschuldetes Unglück bedarf keiner Entschuldigung«, rief Großer-Tiger, »wir bedauern den befehlenden Herrn.«
»Aber«, fragte Christian, »der werte Herr Onkel befindet sich jetzt selbst in der Gesellschaft des Uralten-Herrn. Wie geht solches zu?«
»Ich kann es mir nicht erklären«, sagte Glück, »irgend etwas stimmt da nicht. Man nennt das: sich in undurchdringliches Dunkel hüllen.«
»Wir werden versuchen, es herauszukriegen«, versprach Großer-Tiger.
»Nehmt ihr schon wieder derartige Aufträge entgegen?« fragte Glück. »Ihr solltet lieber aufpassen, daß euch selbst nichts passiert.«
»Der werte Herr Onkel sieht nicht wie ein Mörder aus«, versicherte Christian.
»Ungemach nannte ihn einen Mastbaum der Tugend«, teilte Großer-Tiger mit.
»O ihr Heiligen der Vorzeit«, rief Glück, »Ungemach sollte Disteln fressen und iah rufen. Ich weiß, was ich weiß, und ihr sollt es auch wissen. Er tat es mit einem Küchenmesser. Paßt also auf, wenn er ein Messer in die Hand nimmt.«
»Wir werden darauf achten«, versprach Großer-Tiger.
»Ich will euch«, sagte Glück, »etwas mitgeben; das soll den Alten stutzig machen. Kannst du damit umgehen?« fragte er und klopfte auf die Pistolentasche.
»Nein«, rief Großer-Tiger erschrocken, »bitte, ich nicht. Ich bedaure sehr.«
»Wie steht es mit dir?« fragte Glück.
»Nicht sehr gut«, bekannte Christian. »Man muß auf den Abzug drücken, damit es knallt. Mehr weiß ich nicht davon.«
»Das genügt«, sagte Glück. »Sieh, diesen Hebel, den mußt du vorher beiseiteschieben, sonst tut es nicht. Aber nur wenn es pressiert.«
»Ich werde vorher nicht daran rühren«, versprach Christian.
»Und aufpassen müßt ihr darauf«, sagte Glück, »es wird gut sein, wenn immer nur einer von euch schläft und der andere bleibt wach. Ihr habt«, sagte Glück, »ganz gute Anlagen zum

ehrenwerten Handwerk. Jetzt müßt ihr die Ausdauer dazu lernen.«
Während er weiter väterliche Ermahnungen gab, kürzte er den Tragriemen der Pistolentasche, und dann hing er sie Christian um. Die Pistole lag schwer darin, der Kolbenhals schaute ein wenig heraus, und an dem Ring baumelte die rote Seidentroddel mit den geflochtenen Schnüren. Sie fielen Christian bis fast in die Kniekehlen. Glück betrachtete sein Werk und hieß Christian ein paar Schritte gehen.
»Schießen«, sagte er plötzlich besorgt, »ich meine wirklich und wahrhaftig schießen, verstehst du, Kompaß-Berg, so ganz im Ernst, nämlich, daß es kracht . . .«
»Ich weiß«, unterbrach ihn Christian höflich, »daß man nicht schießt. Schießen ist unfair.«
»Was ist es?« fragte Glück.
»Kompaß-Berg meint«, erläuterte Großer-Tiger, »daß man nicht schießt, weil man einen Mund zum Reden hat.«
»Ich sehe, ihr habt mich verstanden«, schloß Glück befriedigt. »Selbstverständlich gibt es Ausnahmen, zum Beispiel meinen Onkel, den könnt ihr ruhig . . .; ich meine, da macht es nicht viel aus, wenn so einer aus der Welt geht. Aber bei andern Leuten hat man Unannehmlichkeiten.«
Glück stand auf.
»Ich bin nicht für Feierlichkeiten«, sagte er, »doch jetzt sollt ihr mir versprechen, daß ihr auf euch achtet und so handelt, als ob ich dabei wäre.«
Großer-Tiger bat ihn, an Stelle einer ordentlichen Estrade auf die Truhe zu steigen, aber Glück schlug es rundweg ab.
»Wir bitten den befehlenden Herrn, von erhöhter Stelle unser Versprechen entgegenzunehmen«, beharrte Großer-Tiger.
»Ihr seid wie Vater und Mutter«, sagte Christian, »da gehört es sich so.«
Glück gab nach. »Nur weil ihr es so haben wollt«, sagte Glück, und er stieg auf die Truhe. Da neigten Christian und Großer-Tiger die Knie zum Fußfall kindlichen Gehorsams, und es war sehr feierlich.
Als sie aufstanden, wollte Glück von der Truhe steigen, aber

er kam nicht dazu, denn Ungemach trat zur Tür herein. Die eiserne Kugel senkte sich wie ein Kronleuchter, und es gab einen entsetzlichen dumpfen Schlag.
»Seid ihr fertig?« rief Ungemach.
»Ha!« schrie Glück, aber dann wurde er bleich und mußte sich setzen. Es war gut, daß Glück die Mütze aufgehabt hatte und daß der Kang gleich hinter der Truhe anfing. So gab es keine Schwierigkeiten für einen, der ohnmächtig werden oder sich bloß ein bißchen setzen wollte.
»Es gibt Halunken«, stöhnte Glück, »ich wußte nicht, daß du auch einer bist.«
Ungemach war sehr betroffen.
»Es geht vorüber«, versuchte er zu trösten, »es wird gleich wieder gut sein. Nur keine Ohnmacht, wir brauchen dich nämlich.«
»Wozu?« fragte Glück schwach.
»Dein Onkel möchte sich von dir verabschieden; er sitzt schon auf dem Pferd.«
Glück schrie laut: »Er soll zum Teufel reiten!«
»Gleich«, versprach Ungemach, »nur noch eine Kleinigkeit.« Und er zog hinter Glück einen weißen Fellmantel vom Kang, auf den Glück sich gerade zurücklegen wollte.
»Ich bitte um weitherzige Vergebung«, rief Ungemach, und weil nichts anderes zur Hand war, zog er seinen Rock aus und schob ihn Glück unter das dröhnende Haupt.
»Kommt«, flüsterte Ungemach, »es eilt.«
»Wir gehen«, sagte Großer-Tiger, »und wir wünschen dem befehlenden Herrn schleunige Befreiung von Kranksein.«
»Ich bin nicht krank«, seufzte Glück, »es geht mir nur nicht besonders gut.«
»Wann wird uns der Himmel wieder beisammen sehen?«
»In zehn Tagen«, antwortete Großer-Tiger aufs Geratewohl.
»Es könnten auch elf sein«, meinte Christian.
»Also zwölf«, sagte Ungemach abschließend. »Nimm diesen Mantel, Großer-Tiger, er gehört dir. Er ist eine Kleinigkeit zu lang und etwas zu weit, aber das gibt sich. Alles gibt sich«, tröstete Ungemach, und er schaute auf Glück, der schon wie-

der etwas Farbe kriegte. Er drängte Großer-Tiger und Christian zur Tür und öffnete sie. Da lief das Seil über die Holzrollen, und die Kugel senkte sich wie ein Kronleuchter.
Glück folgte ihr mit den Augen, und als sie den tiefsten Stand erreichte, sagte er leise: »Au!« Da schwebte die Kugel wieder nach oben. Glück blickte zur Tür, aber sie war lautlos zugegangen.
Draußen hörte man Hufestampfen, der Pudel bellte freudig, und dann vernahm Glück, wie Ungemach sagte: »Dein Neffe kann leider nicht kommen. Als er aufstand, um zu dir zu eilen, traf ihn deine Himmelskugel auf den Kopf. Sterbend wünscht er dir zahlreiche Glücksterne.«
»Ich hörte es deutlich«, sagte Ohnezehen.
»Hund, komm mit!« riefen Großer-Tiger und Christian.
Da bellte der Hund, Ungemach rief: »Sä jabonah«, Pferdegetrappel wurde laut und verklang.
In der Stube wurde es still, und Glück setzte sich aufrecht. Er blickte umher. Die Stube war leer und sehr ordentlich. ›Wie in der besten Gastwirtschaft‹, dachte Glück.

Dreiundvierzigstes Kapitel, mit einem genauen Bericht über Onkel Ohnezehen

Christian blickte nach der Sonne, als sie den Ichen-Gol verließen. Es mochte vier Uhr sein. Die Pferde waren ausgeruht, und es hätte nur eines leichten Schenkeldrucks bedurft, so wären sie im Galopp gelaufen. Aber Ohnezehen erlaubte Galoppieren nicht. Er ritt voraus, und als er nach einem Li die Zügel fallen ließ, war es das Zeichen zu dem kurzen ausdauernden Reisetrab, der den mongolischen Pferden angeboren ist. Im Anfang war Christians Pferd unruhig und machte Versuche auszubrechen, bis es sich an den fremden Reiter mit dem fremden Geruch gewöhnt hatte. Dann nahmen seine Hufe den Gleichtakt der beiden andern auf, leise und exakt wie ein rasch gehendes Uhrwerk.
Ohnezehen sang vor sich hin.

Der Pfad der Nachdenklichkeit war jetzt deutlicher zu erkennen, und fast sah er aus wie eine gewöhnliche Karawanenstraße. Doch schien er mehr von eiligen Pferdehufen getreten zu sein als von bedächtig schreitenden Kamelen, denn er blieb schmal. Er war fester und ein bißchen tiefer geworden, und die Pferde liefen ihm nach wie ums Leben. Der Pudel trottete schnaufend hinterdrein, und oft blieb er ein Stück zurück .

Nach drei Stunden sank die Sonne. Man war auf ein Hochplateau gelangt, auf ein flaches Dach mit weitem Rundblick. Ein aufgeregtes Dünenmeer lag im Süden und alte stille Steinberge im Norden. Dazwischen lief der Pfad der Nachdenklichkeit. Er war meilenweit zu sehen.

»Wir wollen rasten«, sagte Ohnezehen und stieg behutsam ab.

»Binde die Pferde aneinander«, befahl er Christian; »und dann . . . nein, ich will es selbst machen«, sagte Ohnezehen, »sie kennen dich nicht gut genug.«

Er nahm einen kurzen Riemen vom Sattel und hobbelte einem Pferd die Vorderbeine zusammen. Da mußte es stehenbleiben und mit ihm die beiden andern.

Der Pudel war auch da, aber als Christian nach ihm schaute, lag er am Boden, und über die rote Zunge jagte der Atem in harten Stößen.

»Seid ihr auch müde?« fragte Ohnezehen.

»Wir sind nicht sehr frisch«, bekannte Christian.

»Es gibt keine Hilfe«, sagte Ohnezehen bedauernd.

»Keine Bedenken deswegen«, bat Großer-Tiger, »dein Neffe Glück befahl uns, auszudauern, und wir sind folgsame Jungen.«

»Hat er euch das befohlen? Nun«, sagte Ohnezehen, »so will ich das Meinige tun. Wer eine harte Arbeit verrichtet, darf nicht mit leerem Mund bleiben. Nehmt die Säcke von den Pferden.«

Ohnezehen war sehr vergnügt, als er sah, wie Christian und Großer-Tiger sich freuten. Es war aber auch an alles gedacht. Nicht nur, daß auf den harten Sätteln doppelte Felle lagen, damit sich keiner wund reiten konnte; auch hinter jedem Sattel war an den Packringen ein lederner Reisesack festgemacht. Es gab getrocknetes Fleisch darin, Weizenbrote, die in Fett ge-

backen waren, mongolischen Käse, Knoblauch und Honigbrotwürfel. Das Tageslicht reichte gerade noch aus, um diese Herrlichkeiten zu würdigen.
»Hund, komm her!« rief Christian laut.
Da kam er durch die einfallende Dämmerung in langen Sätzen gesprungen. Er war wie neu belebt, und von seiner Schnauze troff Wasser.
»Er scheint nicht dumm zu sein«, lobte Ohnezehen, und dann sagte er, daß es hundert Schritte weiter einen Brunnen gebe, und es müsse wohl eine Quelle sein, denn man brauche das Brunnenloch nicht zudecken. Das Wasser liefe immer etwas über, und man könne es ohne Bedenken trinken. »Doch vorher wollen wir essen«, sagte Ohnezehen, »wir haben den Tagesmarsch einer Karawane gemacht, und wir haben das Doppelte vor uns.«
Da aßen Christian und Großer-Tiger von allem, was es gab, und der Duft der lang entbehrten Weizenbrote dünkte sie weit herrlicher als der wilde Geruch des roten Fleischs, das Ohnezehen mit einem scharfen Messer in Scheiben schnitt.
»Es ist Antilopenfleisch«, sagte Ohnezehen, und er gab das Messer an Christian und Großer-Tiger weiter, die versprochen hatten aufzupassen, sobald der Alte ein Messer zur Hand nähme. Aber daran dachten sie nicht mehr.
Eine halbe Stunde ging vorüber, und die Nacht zog mit allen Sternen herauf.
Da waren Großer-Tiger und Christian satt und ein wenig ausgeruht, und der Pudel war auch nicht mehr hungrig, denn Ohnezehen hatte ihm ein großes Stück Fleisch aus seinem Schnappsack zugeteilt. Sie machten sich reisefertig. Ohnezehen befreite sein Pferd von der Fußfessel, und dann griff jeder nach dem Zügel und nach dem Pferd, das er ritt. Großer-Tiger mußte den weißen Fellmantel umschlagen und festhalten, damit er nicht am Boden schleifte. So gingen sie zu dem Brunnen, der eigentlich nur ein rundes Loch im Boden war. Er war bis an den Rand mit Wasser gefüllt, die Sterne spiegelten sich darin, und ein klein wenig floß er über. Aber eine Bewegung sah man nicht.

»Zuerst kommen die Menschen«, sagte Ohnezehen und schubste den Pudel beiseite.
Während Großer-Tiger und Christian die Eßschalen füllten, hielt Ohnezehen die Pferde. Das Wasser war sehr kalt. Man konnte es nur langsam trinken, und die Pferde prusteten, als Ohnezehen sie freiließ.
»Laß sie nur machen«, sagte er zu Christian, »es sind mongolische Pferde der höchsten Art. Sie wissen selbst, was ihnen gut tut und was schlecht für sie ist. Es sind Kerulen-Pferde. Siehst du, wie wenig sie trinken und wie vorsichtig. Diese Pferde sind keine gewöhnlichen Rösser. Du wirst sie kennenlernen.«
Ohnezehen nahm sein Messinghorn und blies leise hinein. Da hoben die Pferde die Köpfe, verließen augenblicklich den Brunnen und wandten sich Ohnezehen zu. Er griff in die Tasche und gab jedem einen Honigbrotwürfel oder zwei. Dann wurde aufgesessen.
»Schlaft nicht ein«, warnte Ohnezehen, »wir werden sieben Stunden im Sattel sein.«
»Armes Stück Hund«, sagte Christian.
»Er wird es aushalten«, versicherte Ohnezehen, »die Pferde müssen jetzt langsamer gehen, weil es dunkel ist.«
Anfangs war nichts davon zu merken. Die Pferde trabten dahin wie am hellen Tag, aber als die Hochfläche zu Ende ging und der Pfad der Nachdenklichkeit durch Sandhügel und steinige Täler führte, wurde der Trab langsamer, und manchmal fielen die Pferde in Schritt. Ohnezehen ließ ihnen alle Freiheit. Er trieb sie nicht an, und er zog nicht am Zügel. Man hörte das leise Klingeln des Zaumzeugs, wenn sie trabten, und man spürte die federnden Tritte, wenn sie gingen. Die Nacht war schwarz, und man sah nicht, wo sie aufhörte. Man ahnte zwar, wo die Erde begann, weil es da keine Sterne gab, weder die mächtig blitzenden noch die kleinen, die bloß blinkten und weit weg waren. Es mußte ein Dunst in der Luft liegen. Später, als schon ein paar Stunden im Trab und im Schritt vergangen waren, wurde es anders. Keiner hatte es bemerkt, doch plötzlich war es so, daß scharfe Konturen Himmel und Erde schieden. Da war die schweigende Wüste unten, und der Himmel

war darüber, und alles wurde klar und feierlich. Christian und Großer-Tiger, die einige Male nah daran waren einzuschlafen, wurden hellwach. Mitternacht mußte längst vergangen sein, und der Pudel hielt wacker Schritt.

Es war so, wie Ohnezehen gesagt hatte. Auch von den Pferden hatte er nicht zu viel Rühmens gemacht. Wenn Christian oder Großer-Tiger der Schlaf überkam und wenn der Schenkeldruck nachließ, hörten die Pferde sofort auf zu traben, und sie blieben stehen, sobald der Reiter im Sattel schwankend wurde. Dann drehte sich Ohnezehen um und rief gutmütig: »Oho! mein Söhnchen.« Christian und Großer-Tiger schämten sich, aber weil es jedem passierte, war es weiter nicht schlimm.

Einmal kamen sie durch eine steinige Schlucht, und im Grund standen drei Bäume beieinander. Ein Brunnen, dachte Christian, aber Ohnezehen ritt vorüber, und die Pferde fingen an schneller zu traben. Die letzten zwei Stunden vergingen wie im Flug. Sie ritten durch ein weites Tal zwischen Hügeln im Osten und Bergen im Westen, und die Erde war eben und tot. Nachher kamen die ersten Erhebungen, und als man sah, daß es Felsen waren mit glatten runden Kanten, senkte sich der Weg in eine tiefe Rinne. Die Pferde tasteten vorsichtig abwärts und bremsten mit gespreizter Hinterhand.

»Tschagan-Burgussun!« rief Ohnezehen, und da waren auch schon Bäume; Derresgras streifte die Steigbügel, und als ein Wässerchen den Weg kreuzte, zog Ohnezehen die Zügel.

»Einhundertfünfzig Li«, sagte er; »Söhnchen, ihr seid brav geritten.«

»Setz dich«, bat Großer-Tiger, als er sah, wie Ohnezehen wankte. »Kompaß-Berg und ich wissen, was man tun muß.« Sie hatten selber schwere und unbewegliche Beine gekriegt, das merkten sie erst jetzt, aber es ging bald vorüber. Man mußte nur einige Male fest auftreten. Sie sattelten ab, aber die Decken ließen sie auf den Rücken der Pferde liegen; sie banden die Pferde an einen Baum, und sie gingen, um trockenes Holz zu sammeln. Miteinander schleiften sie große Äste herbei, und sie fanden auch einen sandigen Platz, der zu ihrem Vorhaben paßte.

»Hast du ein Feuerzeug?« fragten sie Ohnezehen, und Ohnezehen hatte eins.
»Was wollt ihr machen?« fragte er.
»Wir machen einen geheizten Kang aus Sand«, erklärte Christian.
Ohnezehen sagte, den kenne er nicht und er sei sehr neugierig.
»Und wir«, sagte Großer-Tiger, »kennen dein Feuerzeug nicht, und wir sind auch neugierig.«
Ohnezehen hatte sich so weit erholt, daß er aufstehen und bis zu dem Holzstoß gehen konnte.
»Schwefelhölzer«, sagte er, »gehen aus, oder man hat keine, wenn man welche notwendig braucht. Steine und Stahl hat man immer, und ein Stück Zunder gibt es überall«. Er schlug Feuer, und Christian und Großer-Tiger bewunderten ihn dafür.
Der Zunder glimmte, Ohnezehen blies ihn an, und dann nahm er ein Büschel trockenes Derresgras. Bald brannte das Feuer hell und überall zugleich. Es lief an den trockenen Zweigen den ganzen Stapel auf und nieder, es prasselte wie Gewehrfeuer, und dann fingen die dicken Äste an zu brennen. Eine hohe Flamme schlug in die Nacht, und der Widerschein stellte die schweigenden Bäume wie Kulissen um das erregende Schauspiel.
»Soviel Holz«, sagte Ohnezehen, »ist das nötig zu dem, was ihr machen wollt?«
»Es ist nötig«, sagte Christian.
»Du wirst gleich sehen, wozu es taugt«, sagte Großer-Tiger.
Weil keine Schaufel da war, mußten sie die Hände nehmen, und es dauerte länger als in Durben-Mot, bis die Glut mit Sand bedeckt war.
»Schlafen – gut schlafen«, sagten Großer-Tiger und Christian, und sie luden Ohnezehen ein, auf dem warmen Sand Platz zu nehmen.
»Söhnchen«, sagte Ohnezehen, »dieses ist eine herrliche Sache.« Er deckte sich mit dem Mantel zu, und weil Großer-Tiger auch einen hatte, der ihm zudem weit über die Füße reichte, brauchte niemand frieren. Jeder hatte schön warm, und Chri-

stian legte die Pistole unter die Fellmütze. Eigentlich wollte er darauf schlafen, aber dann wurde ihm das Ding unbequem.
»Ich glaube«, flüsterte Großer-Tiger, »man braucht nicht wach zu bleiben.«
»Keine Bedenken deswegen«, flüsterte Christian, und er legte die Pistole zwischen sich und Großer-Tiger. »Ohnezehen ist ein Onkel der Rechtlichkeit.«
Beide schliefen getröstet ein, und der Mond kam. Aber er war unscheinbar geworden und ganz dünn. Es blieb ihm auch nicht viel zu tun, denn gleich nach ihm kam der Morgen, aber Christian und Großer-Tiger wachten deshalb nicht auf. Erst als jemand Christian ins Gesicht blies und ihm sanft auf die Schulter tatzte, schlug er die Augen auf. Da war es hellichter Tag, die Sonne schien, und neben Christian lag der Pudel.
»Seid ihr mit Schlafen fertig?« erkundigte sich Ohnezehen freundlich.
»Wir sind fertig damit«, sagte Christian und stand eilends auf.
»Wie geht es der werten Gesundheit?« fragte Großer-Tiger.
Ohnezehen zog ärgerlich die Brauen zusammen. »Unsinn«, knurrte er, »habe ich nicht gesagt, daß ihr das lassen sollt? Kommt Tee trinken!«
»Tee?« rief Großer-Tiger erstaunt.
»Ja, Tee«, sagte Ohnezehen, »es ist nicht eben viel, aber es gibt welchen.«
Er saß neben einem Feuerchen, er hatte zwei Gabelstützen in die Erde gerammt und einen grünen Ast darübergelegt. An dem Ast hing eine Kupferflasche, die Ohnezehen als eiserne Wasserreserve in seinen Reisesack getan hatte. Nun dampfte sie. Christian und Großer-Tiger durften sich die Schalen zweimal füllen, denn Ohnezehen hatte schon gefrühstückt. Er hatte auch die Pferde losgebunden. Jetzt saß er mit untergeschlagenen Beinen auf einer Satteldecke und rauchte. Blaue stinkende Wölkchen schwebten in der Morgenluft.
»Du hast da eine dicke Pistole«, bemerkte Ohnezehen.
Christian kaute umständlich einen Bissen Fleisch, bevor er sagte: »Dein Neffe, der befehlende Herr Glück, hat sie mir geliehen.«

»Er ist wohl sehr besorgt um dich.«
»Er ist besorgt um uns alle«, behauptete Großer-Tiger.
»Was mich anlangt«, sagte Ohnezehen, »hörte ich ihn was anderes sagen.«
»Das tat er nur«, setzte ihm Großer-Tiger auseinander, »weil sein Geist verwirrt war. Deine Himmelskugel fiel ihm auf das Gehirndach, da hat es Schaden gelitten.«
»Sein Hochmut ist schuld«, sagte Ohnezehen, »wozu stieg er auf die Truhe?«
»Weil wir ihn darum baten«, rief Christian.
»Unsinn«, knurrte Ohnezehen, »läßt sich huldigen wie ein Landeskönig.« Ohnezehen rauchte heftig. »Geschieht ihm ganz recht«, sagte er.
Christian und Großer-Tiger wagten nicht zu widersprechen. Ohnezehen war nun einmal gegen jede Art von Höflichkeit und Herkommen; da war wenig auszurichten. Also frühstückte Großer-Tiger tapfer weiter, und Christian nahm einen neuen Bissen Fleisch in den Mund.
»Kannst du«, fragte Ohnezehen nach einer Weile, und dabei blickte er auf die Pistolentasche, als ob es keine anderen Gegenstände gäbe, »mit so was umgehen?«
Christian kaute heftig; Großer-Tiger aber schluckte geschwind, was er im Mund hatte und sagte: »Mein Freund Kompaß-Berg ist ein sehr berühmter Pistolenschütze. Er braucht bloß ein bißchen zielen, und schon liegt der Fasan tot am Boden. Wir haben ihn dann gegessen.«
»Wenn das so ist«, sagte Ohnezehen erfreut, »dann zeige mir, wie man es macht.«
»Zeigen geht nicht«, erwiderte Großer-Tiger, »es ist viel zu gefährlich.«
»Habt ihr Angst?« fragte Ohnezehen.
»Nicht sehr oft, aber es kommt vor«, gab Christian zu.
»Jetzt zum Beispiel haben wir ein bißchen«, sagte Großer-Tiger.
»Vor wem?« fragte Ohnezehen geradezu.
»Vor der Pistole«, antwortete Großer-Tiger höflich lächelnd.
»Schade«, bedauerte Ohnezehen, »ich wollte Kompaß-Berg

um eine kleine Gefälligkeit bitten. Er ist ein Fremder von jenseits der Meere, da dachte ich, macht es ihm nicht viel aus. Ja, das dachte ich, und weil wir allein in der Wüste sind.«
Christian und Großer-Tiger schauten sich um, ob es auch so wäre, aber das Derresgras bewegte sich nicht, und hinter keinem Baum stand einer.
»Wir möchten dir gern gefällig sein«, sagte Christian.
»Wir nehmen auch schwierige Aufträge entgegen«, behauptete Großer-Tiger.
»Ich hätte so einen«, sagte Ohnezehen. »Paßt einmal auf. Wenn wir zum Beispiel wohin kommen, und wir begegnen einem, der wie ein schlechter Mensch aussieht, und wenn ich dann sage: ›Ziele ein bißchen auf diesen da, Kompaß-Berg‹, – fällt er dann um?«
»Vielleicht ist er langlebig«, gab Großer-Tiger zu bedenken. »dann dauert es länger.«
»Zielen geht nicht«, erklärte Christian, »und schießen geht erst recht nicht. Glück sagt, man könnte Unannehmlichkeiten kriegen.«
»Bei dem nicht«, versicherte Ohnezehen, »den kannst du ruhig . . . ich meine, da macht es nicht viel aus, wenn so einer aus der Welt geht.«
»Wir haben bereits einen ähnlichen Auftrag«, bekannte Großer-Tiger, »zwei auf einmal sind zuviel. So eine Menge Patronen haben wir nicht.«
Ohnezehen schüttelte unwillig den Kopf. Er sagte: »Mein Auftrag verdient den Vorzug. Ich will es euch erklären. Hat euch«, fragte er, »Glück erzählt, wer ich bin?«
Großer-Tiger und Christian nickten ernsthaft, und Großer-Tiger sagte vorsichtig: »Dein Neffe hat uns berichtet, daß dich beim Anblick eines Küchenmessers die Bedachtsamkeit verließ, die man bei Küchenmessern nötig hat.«
»Es stimmt«, antwortete Ohnezehen, »aber die Menschen wissen von den meisten Dingen nur die Hälfte, die sie dann als das Ganze ausgeben.«
»Erzähle«, bat Christian, »damit wir die fehlende Hälfte erfahren.«

»Laßt uns nicht länger in Unwissenheit«, bat Großer-Tiger.
Ohnezehen sagte gleichgültig: »Es gibt doch keine Hilfe«, aber er stopfte ein neues Pfeifchen mit grünem Machorka. Er strich den Bart glatt, und er fuhr mit der Hand über die Stirn.
»Ich besaß ein Gasthaus in Anshi«, begann er, »und ich hatte eine Frau und zwei Söhne. Den ganzen Tag stand ich in der Küche, denn ich war ein guter Koch, und viele Leute kamen in mein Haus. Mein Wohlstand mehrte sich, und ich war glücklich bis vor sieben Jahren. Da kam das Unglück und riß von einem Tag zum andern nieder, was schön und zufrieden war. Das Unglück hatte die Gestalt eines Mannes in einem verstaubten Reisemantel. Ein schwarzer Bart hing ihm über die Mundwinkel, und seine Augen blickten herrisch. Als er in die Gaststube trat, merkte ich gleich, daß ihm einiges nicht paßte. Viele Leute saßen da, aßen und tranken. Er aber geht großartig an den Mitteltisch und sagt: ›Platz da! Ich will essen‹, sagt er und schiebt den Becher eines Mongolen beiseite. Der Mongole nimmt seinen Becher und setzt sich in eine dunkle Ecke. Nun gut, das kommt vor. Der Mongole ist ein Barbarchen, und er ist ein vornehmer Herr.
Also brachte ich ihm, was er haben wollte: Bambussprossen und Föhrenblüteneier, Steinhuhn und Schweinsrücken, und während er ißt, beobachtet ihn der Mongole, und seine Augen hängen ihm heraus vor lauter Gier. Es war aber keine Gier, es war etwas anderes. Der vornehme Herr ißt und merkt nichts. Nach einer Weile steht er auf und kommt zu mir in die Küche. ›Sind wir allein?‹ fragt er mich, und ich sage: ›Wir sind allein, was wollt Ihr von mir?‹ ›Ich höre‹, sagt er und tut sehr fein, ›daß Euer Ältester heiraten wird. Ich hätte da ein Brautgeschenk, einen Gelegenheitskauf, ein Wunder von einem Haarschmuck.‹ ›Laßt sehen‹, sagte ich, und ich legte mein Messer auf die Fleischbank.
Der Herr greift in seinen Mantel und langt ein Päckchen heraus. Er wickelt es aus und legt zwei goldene Haarspangen auf den Tisch, wie ich noch keine sah. ›Man kann sie umarbeiten‹, sagt der vornehme Herr obenhin, ›es ist mongolische Arbeit, und vielleicht ist sie nicht nach deinem Geschmack. Aber es ist

reines Gold. Zweitausend Silberbatzen denke ich.‹ Wie er das sagt, öffnet sich hinter ihm die Türe, und der Mongole tritt ein. Er sieht den Schmuck auf dem Tisch, und er wird bleich. Der vornehme Herr dreht sich unwillig um. Die beiden blicken sich an, und das Gesicht des Mongolen verzerrt sich. ›Jetzt kenne ich dich‹, knirscht er und will sich auf ihn stürzen. Da reißt der vornehme Herr das Messer von der Fleischbank und stößt zu; er reißt den Schmuck an sich und rennt zur Tür hinaus. ›Mord!‹ schreit er, ›es ist ein Mord geschehen! Packt ihn! Laßt ihn nicht los! Ich hole die Polizei!‹ Und fort ist er.
Nach einer Weile kommt er wieder mit dem Ortsvorsteher und mit einem Haufen Soldaten. Der Ortsvorsteher hört mich an, und weil er mich kennt, sagt er: ›Laß gut sein.‹ Sie ergreifen den Fremden, aber da hatte er kein Gold mehr bei sich und nichts als ein paar Silberbatzen, gerade genug, um die Zeche zu bezahlen.
Weil das so war, mußte ich nach Sutschou zum Oberrichter. Kaum war ich dort, da verschwand der vornehme Herr. Auf dem Richtertisch aber lag eine dicke Klageschrift, und als der Oberrichter sie öffnete, las er: ›Verbindung mit Räuberbanden, Mord zum Zweck der Beseitigung eines Zeugen seiner dunklen Geschäfte.‹
Sofort schloß der Oberrichter die öffentliche Sitzung und ordnete eine Geheimverhandlung an. Meine Freunde und der Ortsvorsteher mußten gehen. Da war ich allein, und ich mußte froh sein, den Kopf nicht zu verlieren.
In der Klageschrift stand, daß der ermordete Mongole ein Mitglied der Gesellschaft des Uralten-Herrn war. ›Ausstreichen‹, sagte der Oberrichter höhnisch, ›den Mord rächt Dampignak selbst. Weiter‹, befahl er, und sein Schreiber las: ›Unbeschadet des Mordes muß das Verbrechen der geheimen Verbindung mit einer Bande von Dieben und Mördern gesühnt werden.‹ Also schnitt man mir die Zehen ab, und als ich nach ein paar Wochen nach Hause kam, war mein Gasthaus niedergebrannt. Meine Frau und beide Söhne lagen erschlagen. Meine Freunde kannten mich nicht mehr, und der Ortsvorsteher verschloß mir die Tür des Yamen. Wer Schulden bei

mir hatte, brachte unaufgefordert das Geld, und ich verließ Anshi als ein Ausgestoßener. Ich ritt auf einem Esel zum Tor hinaus, denn ich wollte nach Sinkiang.
Die Stadt war kaum außer Sicht, da kam ein Mongole auf mich zu. Weil aber Reisende unterwegs waren, nahm er die Hand vom Dolch und sagte: ›Folge mir.‹ Ich ritt mit ihm, und als die Seidenstraße außer Sicht war, sagte ich: ›Du hast nicht den bei dir, den du suchst.‹ ›Versuche nicht dein Leben zu retten‹, rief der Mongole, ›wir wissen, daß du einen der Unseren erstochen hast. Alle Welt weiß das.‹ ›Die Welt weiß nur die Hälfte‹, sagte ich, und dann erzählte ich ihm die fehlende Hälfte, und jetzt wißt ihr sie auch.«
»Wir danken für dein Vertrauen«, sagte Großer-Tiger.
»Aber dann«, fragte Christian, »was geschah dann?«
»Nichts mehr geschah«, antwortete Ohnezehen. »Der Mongole brachte mich zur Burg des Uralten-Herrn. Er hieß Mondschein, und an jedem Morgen unserer Reise bat er mich auf den Knien um Vergebung für das, was in Anshi geschehen war, denn er war der Anführer gewesen. Der Uralte-Herr ließ sich von mir berichten, und ganz besonders genau mußte ich ihm beschreiben, wie der Schmuck ausgesehen habe, und er wollte wissen, wie viele Türkise in den Haarspangen gewesen seien. Als ich sagte: ›In jeder waren vier, und ein großer war in der Mitte‹, preßte er die Lippen zusammen, bis sie weiß waren. Er sah aus wie ein Sterbender.
›Würdest du‹, fragte er, ›diesen Menschen wiedererkennen?‹ Ich sagte: ›Ja, und wenn er alt würde wie ein Geist.‹ ›Ich kann dich leider nicht an die Seidenstraße schicken‹, sagte der Uralte-Herr, ›jeder kennt dich dort, und Schong-Ma würde dir aus dem Wege gehen.‹«
»Schong-Ma?« riefen Großer-Tiger und Christian.
»So heißt er«, sagte Ohnezehen, »kennt ihr ihn?«
»Wir hörten von ihm«, sagte Großer-Tiger vorsichtig.
»Siebenstern erzählte, daß er die Familie des Uralten-Herrn umbrachte«, sagte Christian.
»Er ist es«, rief Ohnezehen, »und ich wartete alle die Jahre, ob er nicht eines Tages die Straße der Nachdenklichkeit gezogen

käme, denn das war meine Aufgabe. Manchmal griffen die Mongolen einen auf, der einen Bart hatte und finstere Augen. Dann holten sie mich in die Burg, und wenn ich sagte: ›Dieser ist es nicht‹, ließen sie ihn wieder laufen. Als Mondschein und Donnerkeil vor vier Tagen bei mir waren, sagte Mondschein: ›Gib deinen Posten auf, in wenigen Tagen kriegen wir ihn.‹ Ich bat Mondschein, mir zu sagen, was er vorhabe, aber er machte ein Geheimnis daraus.‹ ›Du wirst Schong-Ma sehen‹, sagte er, ›bevor der neue Mond voll wird, ob tot oder lebend, das weiß ich nicht.‹«

»Verehrter alter Vater . . .«, sagte Großer-Tiger.

»Nichts da«, rief Ohnezehen zornig.

»Gestattet«, sagte Großer-Tiger, »daß wir diesmal festbleiben. Mein Freund Kompaß-Berg und ich ertragen es nicht länger, Euch nicht nach Gebühr ehren zu dürfen.«

»Ich bin, was ich bin«, schrie Ohnezehen, »ein Verbrecher, dem man die Zehen abgeschnitten hat.«

»Es heißt«, sprach Großer-Tiger, »daß, wer sich nicht rühmt und wer sich seine Verdienste nicht anrechnet, wahrhaft bescheiden sei. Wer sich aber Untaten anrechnet, die er nicht begangen hat, frevelt an sich selbst.«

»Wer sagt das?« knurrte Ohnezehen.

»Mein Großvater sagt es«, erwiderte Großer-Tiger, »und Ihr dürft ihm Glauben schenken, denn er kennt die Dinge dieser Welt. Wir bitten um Euren werten Familiennamen.«

»Ich habe ihn abgelegt, weil meine Familie mich nicht mehr kennt. Ihr müßt mich nennen wie bisher.«

Christian und Großer-Tiger standen auf, und sie verneigten sich sehr tief. Sie hoben die Fäuste zur Stirn, und sie sagten: »Wir bitten Euch, das Versprechen kindlichen Gehorsams in allen Dingen entgegenzunehmen, werter alter Herr Ohnezehen.«

»Genug, genug!« rief Ohnezehen, aber er stand auf und erwiderte die Verbeugung.

Nachher beendeten Christian und Großer-Tiger das Frühstück, und sie waren viel fröhlicher als beim Beginn. Ohnezehen sah zu, und »Ihr habt mich drangekriegt«, sagte er

wohlwollend. Er lächelte sogar. »Wir müssen reiten«, sagte er dann, »heute abend ist Treffpunkt.«
»Mit wem«, fragte Christian, »wenn es erlaubt ist zu fragen.«
»Ich weiß nicht, wer kommt«, erklärte Ohnezehen, »irgendeiner bringt uns frische Pferde zum Verdeckten-Brunnen. So in einem fort, versteht ihr, auf den gleichen Pferden reiten geht nicht.«
»Wir verstehen«, sagte Großer-Tiger, »und jetzt holen wir die Pferde.«
»Nicht nötig.«
Ohnezehen nahm das kleine Messinghorn, das bäh macht wie eine Kindertrompete. Da kamen die Pferde, eins nach dem andern, und Christian und Großer-Tiger packten ein, was von dem Vorrat übriggeblieben war.
»Löscht das Feuer«, befahl Ohnezehen, »denn man muß vorsichtig sein. Nicht weit von hier«, sagte er, »gibt es ein zweites Grastal. Es heißt Scharachulussun, das Gelbe-Riedgras, aber voriges Jahr brannte es und wurde schwarz. Seither habe ich hier kein Tier mehr gesehen.«
Christian nahm die Kupferflasche und holte Wasser. Als die Glut gelöscht war, füllte er die Flasche noch einmal für alle Fälle und tat sie in den Reisesack von Ohnezehen. Dann brauchte es ein paar Handgriffe, und alles war getan.
Wie gestern ritt Ohnezehen voraus.
Die Vormittagssonne schien, die Rücken der Pferde glänzten, und nichts anderes konnte man denken, als daß es überall auf der Welt warm und freundlich sei. Am Ausgang des Tales Tschagan-Burgussun, wo es kein Gras und kein Wasser gab, stand eine Schwarzpappel für sich allein.
Christian riß ein Stück Papier aus seinem Schreibheft, und Großer-Tiger schrieb darauf: »Das Helle hat sich erhoben, Euer Onkel ist ein Mastbaum der Tugend. Wir wünschen glückliche Reise.« Dann schrieb Christian seinen schönen Namen Kompaß-Berg darunter, und Großer-Tiger unterschrieb auch.
»Was macht ihr da?« rief Ohnezehen, der ein Stück vorausgeritten war und merkte, daß es Aufenthalt gab.
»Wir hinterlassen Glück einen Gruß und Wünsche für gute

Reise«, sagte Großer-Tiger, und Christian schob den Zettel zwischen den Stamm und ein Rindenstück, das er mit dem Messer ein bißchen abhob. Die Rinde schnellte zurück, der Zettel steckte fest, und wenn Glück vorüberritt und nicht gerade schwere Gedanken wälzte, mußte er das weiße Papier bemerken.

Ohnezehen brummte etwas von Unfug und unnötig, aber als Christian und Großer-Tiger ihn einholten, sagte er friedfertig: »Söhnchen, ich danke euch. Ihr grüßt meinen minderwertigen Neffen, trotzdem er solche Zuneigung nicht verdient.«

Christian und Großer-Tiger widersprachen, aber Ohnezehen sagte: »Es gibt einiges, das euch unbekannt ist.«

»Wenn ihr damit meint«, begann Großer-Tiger vorsichtig, »daß Glück ein Rotbart war ...«

»So wissen wir das«, sagte Christian.

Ohnezehen zog die Zügel und ließ Christian und Großer-Tiger herankommen, bis die Pferde beieinanderstanden. Eine gute Weile hörte man nur das Klirren des Zaumzeugs, das Schnauben und das Stampfen der Pferde, und wie sie mit den Schwänzen schlugen. Der Pudel blieb in achtungsvoller Entfernung stehen, hielt den Kopf schief und schaute. Als Ohnezehen noch immer nicht sprach, sagte Christian entschuldigend: »Wir haben das mit der Zeit herausgekriegt.«

»Rotbartsein«, fügte Großer-Tiger hinzu, »ist ein ehrenwerter Beruf. Euer würdiger Neffe verdient geringen Tadel.«

Ohnezehen lachte. »Söhnchen«, rief er laut, und zwischendurch lachte er wieder, »ihr scheint durchtriebene Burschen zu sein. Ihr wißt ja allerlei. Sagt einmal«, setzte er ernsthaft hinzu, »wißt ihr am Ende auch, weshalb euch der Uralte-Herr sehen will? Hat das«, und Ohnezehen betonte haßerfüllt Wort für Wort, »mit Schong-Ma zu tun?«

Christian erschrak. Nun hatte Ohnezehen also doch gefragt, und man mußte ja oder nein sagen, weil es keine andere Antwort gab. Da ist keine Hilfe, dachte Christian verzweifelt, wir müssen eine Lüge loslassen.

Er schaute auf Großer-Tiger, aber Großer-Tiger tat verwundert und sagte: »Wir haben uns nicht mit Schong-Ma, sondern mit einem gewissen Herrn Ma verabredet, und weil es eilig ist, hat uns Mondschein seine Hilfe geliehen. Vielleicht kennt Ihr Herrn Ma? Er ist ein Karawanenführer.«

»Ich kenne ihn«, sagte Ohnezehen, »Ma ist ein kleinlicher und genauer Herr. Sooft er die Seidenstraße bereiste, kehrte er bei mir ein. Er müßte längst sein eigener Kaufherr sein, aber dazu fehlt ihm die Festigkeit in den Backenknochen. Was will er denn von euch?«

»Wir wollen was von ihm«, sagte Großer-Tiger. »Der Soldat Ungemach möchte kein Soldat mehr sein, da hat Ma versprochen, ihm zu helfen, was anderes zu werden.«

»Ach«, sagte Ohnezehen enttäuscht, »das ist keine große Sache. Aber der Uralte-Herr, was will der von euch?«

»Vielleicht«, sagte Christian aufatmend, »möchte er erfahren, wie es dem General Wu geht und wie es in der Welt aussieht. Wir kommen geradewegs aus dem Krieg, und wir waren dabei, wie Wu den Nan-Ku-Pass eroberte, und am Ende interessiert das den Uralten-Herrn.«

»Mag sein«, sagte Ohnezehen bedächtig, aber da er schon einmal beim Fragen war, wollte er alles wissen. »Mondschein hat mir erzählt«, sagte er, »man habe euch einen Wagen gestohlen, der von selber geht. Wie ist es damit?«

»Wir haben ihn bloß ausgeliehen«, behauptete Großer-Tiger, »in Hsing-Hsing-Hsia oder vielleicht schon vorher kriegen wir ihn wieder, und dann sollt Ihr mit uns fahren, verehrter alter Onkel. Ihr reist doch auch nach Sinkiang, war das nicht so?«

Ohnezehens Blick wurde böse. »Davon«, sagte er, »kann noch nicht gesprochen werden. Jetzt reiten wir.«

»Wohin?« fragte Christian, »ich erdreiste mich, nach dem Weg zu fragen.«

»Weg gibt es keinen«, setzte ihm Ohnezehen auseinander, »der Verdeckte-Brunnen liegt von hier genau im Mittag. Die Mongolen reiten durch die weglose Wüste, als ob sie auf der Seidenstraße ritten. Einmal habe ich es auch versucht, aber ich verirrte mich, und ich mußte froh sein, wieder nach Tschagan-Burgussun zurückzufinden. Seither mache ich einen Umweg. Seht ihr den Berg dort im Westen?«

»Er ist sehr weit weg«, sagte Großer-Tiger, »aber wir sehen ihn.«
»Dorthin müssen wir«, erklärte Ohnezehen, »denn vom Fuß dieses Berges aus erblickt man einen Sattel in der geraden Linie der Wüste, und daran erkenne ich, wohin ich mich wenden muß. Man muß doch«, sagte Ohnezehen, »etwas haben, an das man sich halten kann.«
»Ich habe einen Kompaß«, sagte Christian schüchtern.
»Ah!« rief Ohnezehen erfreut, aber gleich nachher fragte er zweifelnd: »Verstehst du, damit umzugehen?«
»Mein Freund heißt Kompaß-Berg«, erklärte Großer-Tiger stolz, »weil er das Höchstmaß von Kompaß-Verständnis besitzt.«
»Wie konnte ich das vergessen!« rief Ohnezehen, und er bat Christian, die Führung zu übernehmen. »Wir sparen durch deine Gelehrsamkeit drei beschwerliche Stunden in tiefem Flugsand«, sagte er.
Christian schwieg, aber er nahm den Kompaß aus der Tasche, und er warf auch einen Blick auf das Westliche-Blatt, das er lange nicht mehr angeschaut hatte. Als er Tschagan-Burgussun darauf fand, war er froh. Ein blauer Kringel war da; das war das Wasser. Man sah den braunen schraffierten Taleinschnitt, und sogar der Pfad der Nachdenklichkeit war eingezeichnet, auch wenn er bloß punktiert war, weil er als unsicher galt. Bis dahin war alles gut. Nach Norden zu gab es Berge, und im Westen waren auch welche, und der Pfad der Nachdenklichkeit lief über sie hin. Aber im Süden war auf der Karte alles weiß und gelb. Kein blauer Kringel war gemalt, nur ein paar Berge, über denen weit auseinandergezogen die Worte »Boro-Ula« standen. Ganz weit weg – Christian schätzte mehr als zweihundert Li – waren zwei gekreuzte Hämmerchen gezeichnet, und daneben stand »Alter Goldfundort«. Das war aber auch alles. Was für ein Unfug, dachte Christian enttäuscht und faltete das Westliche-Blatt zusammen. Er nahm den Kompaß in die Hand.
»Jabonah!« sagte er so sicher, wie es eben ging, und dann ritt er voraus.

Ohnezehen blieb eine Zeitlang neben ihm, um aufzupassen, wie man es mache, und da merkte er, daß es schwierig war. Vor ihnen lag eine einsame, tote Wüste mit Steinen und dünnem Sand. Der Sand war gelb, die Steine waren gelb, und der Boden, den sie bedeckten, war auch gelb. Wie auf dem Meer sah man in die Unendlichkeit.
Die Pferde begannen zu traben, aber der Hufschlag drang kaum bis zum Ohr, weil er nirgends einen Widerhall fand. Christian blickte angestrengt auf den Kompaß. Die Nadel zeigte nach Norden, wo es genug Anhaltspunkte gegeben hätte. Im Süden, wohin das Ende der Nadel wies und wo die Zahl 180 stand, war die Wüste ganz für sich und leer. Manchmal gab es einen größeren Stein, den Christian anpeilte, aber der Stein war schnell vorüber, und es galt, ein neues Merkmal zu finden. Dabei war es ein Glück, daß die Pferde die einmal eingeschlagene Richtung beibehielten. So konnte Christian die Zügel fallen lassen, den Kompaß in beide Hände nehmen und auf die schwankende Nadel achten. Wenn sie richtig stand und wenn ihr Ende mitten zwischen die Ohren des Pferdes zeigte, brauchte man nur noch ein bißchen Glück haben, um voraus einen Stein zu finden oder eine Sandverwehung. Fand man nichts, mußte man warten und auf die Nadel starren.
»Es ist anstrengend«, sagte Ohnezehen, »ich sehe es an deinem Gesicht.«
»Man muß überlegen«, erwiderte Christian, »das macht es aus.«
Da ließ ihn Ohnezehen allein vorausreiten, denn er wollte niemand beim Überlegen stören. Einige Male wandte er sich um und schaute nach Tschagan-Burgussun zurück. Aber die Berge wurden kleiner, der Taleinschnitt verschwamm, und Ohnezehen blickte nur noch geradeaus. Er wartete auf den Sattel, den er kannte.
Als vier Stunden vergangen waren, wurde Ohnezehen unruhig. Der glatte Boden war rauh geworden, es gab viele und große Steine, und Christian war glücklich darüber. Es ging auch abwärts, und rechts, wo die Sonne jetzt stand, begann ein schwacher Hügelrücken. Man sah es an dem feinen Schatten.

»Halt einmal!« rief Ohnezehen. »Wir sind da, wo wir nicht hingehören.«
Christian entgegnete nichts.
Er blickte auf den Kompaß, und dann schaute er zurück. Die Spur der Pferde war wie vom Lineal gezogen, und ganz weit weg war ein dunkler Punkt. Armer Hund, dachte Christian, und er war froh, daß Ohnezehen »Halt!« gerufen hatte.
»Wo gehören wir hin?« erkundigte sich Großer-Tiger, »bitte sagt Eure Meinung.«
»Irgendwoanders«, antwortete Ohnezehen, »wo es einen Sattel gibt, den man von weither sehen kann.«
»Vielleicht kommt er noch«, tröstete Großer-Tiger.
»Er kommt nicht«, widersprach Ohnezehen. »Für meinen Umweg brauchte ich jedesmal sieben Stunden bis zum Verdeckten-Brunnen. Die Mongolen sagen, sie brauchen bloß vier. Vier Stunden sind herum.«
»Wir kommen von einer andern Seite«, gab Christian zu bedenken, »da kann man den Sattel nicht sehen, den Ihr sucht.«
»Man müßte ihn sehen«, beharrte Ohnezehen, »ein anderes Merkmal gibt es nicht.«
»Hund!« rief Großer-Tiger, »armer Hund, bist du müde?«
Der Pudel kam langsam herbeigetrottet. Die rote Zunge hing ihm aus dem schwarzen Maul, und der Atem jagte in kurzen Stößen. Ohnezehen schüttelte bedauernd den Kopf. »Hunde«, sagte er, »sind gut für Kamelkarawanen, aber für Ritte mit den Pferden taugen sie nicht.«
»Er wird sich erholen«, sagte Christian, »wenn wir zwei Augenblicke warten.«
»Meinetwegen«, knurrte Ohnezehen verdrießlich und blickte auf den Pudel, der den Kopf hob und unschlüssig stehenblieb.
»Leg dich«, sagte Christian.
»Ruh dich aus«, sagte Großer-Tiger.
Aber der Pudel kehrte sich nicht an die gutgemeinten Ratschläge. Er wedelte kurz, dann lief er weiter. Er ließ die Zunge heraushängen, er schnaufte, er war kein gewöhnlicher Hund.
»Jabonah!« rief Christian fröhlich, »gleich sind wir da, der Hund riecht Wasser.«

Ohnezehen schüttelte wieder den Kopf, diesmal aber heftig, und sein angegrauter Zopf flog. »Was du sagst, ist nicht möglich«, rief er, »der Verdeckte-Brunnen ist mit Bohlen zugedeckt, und viel Sand liegt darüber. Es ist ein geheimer Brunnen, und nur die Herren der Berge kennen ihn. Sie haben ihn auch gegraben.«

»Trotzdem«, bat Christian, »sollten wir reiten.«

»Gut«, sagte Ohnezehen gleichgültig, »auf einen Fehler mehr kommt es nicht an.«

Der Pudel lief schon ein gutes Stück voraus, es ging immer mehr abwärts, und der Hügelrücken rechts wurde höher. An seinem Fuß lag tiefer Sand. Schließlich mußten die Pferde im Schritt gehen, aber der Pudel lief schneller und schneller. Er verschwand, als der Höhenzug nach Westen bog, und plötzlich hört man Gebell.

»Verblendete Begeisterung«, murmelte Ohnezehen.

»Nein!« rief Christian, aber dann griff er erschrocken nach den Zügeln und riß sein Pferd zurück. Hinter der Biegung standen zwei blaue Wanderzelte, und vor ihnen stand der Pudel und bellte. Pferde waren da, Männer gingen ab und zu, und einer blieb stehen und blickte verwundert auf den schwarzen Hund, der, halb auf Abwehr und halb auf Flucht bedacht, ihn mit Bellen einschüchtern wollte. Aus dem größeren der beiden Zelte, das mit weißen aufgenähten Glückszeichen geschmückt war, trat ein Mann im Fellmantel mit blauer Schärpe. »Hund, komm her!« rief er laut.

»Dieser Herr ...«, sagte Großer-Tiger und beugte sich über den Sattel.

»Ist Mondschein«, sagte Christian erleichtert.

Vierundvierzigstes Kapitel, von dem Ring, der seinen Herrn fand

»Wir haben euch von da oben erwartet«, sagte Mondschein, als die Begrüßung vorüber war. Er zeigte auf einen Sattel in dem Hügelzug, und es war die einzige Unterbrechung in dem

glatten Verlauf der Welle, die hier ihre höchste Erhebung hatte und sich ebenso langsam, wie sie angestiegen war, nach Süden senkte.
»Wir kommen von woanders«, setzte ihm Großer-Tiger auseinander, »denn wir sind nach dem Kompaß geritten, und der Hund hat das Wasser gerochen.«
»Ein vortreffliches Stück Hund«, lobte Mondschein, und er sah sich nach dem Pudel um. Aber der Pudel stand neben dem Brunnen, aus dem zwei Männer Wasser für die Pferde schöpften.
»Gebt ihm zu saufen«, rief Mondschein, »er hat es verdient. Ich sehe«, sagte er zu Ohnezehen, »es ist alles zum besten gediehen.«
»Es gibt gute und schlechte Begebenheiten«, erwiderte Ohnezehen einschränkend, »man kann nicht lauter Lustbarkeit erwarten.«
»Kommt«, rief Mondschein, »kommt Tee trinken. Laßt die Pferde stehen, Sämbilik wird sich um sie kümmern.«
Er schritt zu dem kleinen Zelt, das einfach blau war und keine Verzierung hatte. Ein junger Bursch von achtzehn Jahren saß am Feuer.
»Sämbilik«, sagte Mondschein, »geh die Pferde absatteln und schau nach den Kamelen.«
»Ich gehe«, sagte Sämbilik, »der Tee ist in der Kanne.«
Im Zelt waren vier Plätze. Man sah es an den zusammengerollten Mänteln und an den Gewehren, die an der Seite lagen. Hinter jedem Mantel lag eins. Der Boden war mit Filzen bedeckt, und sonst war nichts da außer dem Kessel und einer Kupferkanne, die Mondschein in die Hand nahm.
»Tee trinken«, sagte er friedfertig, und als die Schalen gefüllt waren, fuhr er listig lächelnd fort: »Ich habe drei Kerle mitgenommen, die kein Wort Chinesisch verstehen. Wir können daher über alles sprechen, was es gibt und was es geben wird. Wie befindet sich Glück?«
»Der befehlende Herr war leidend, als wir ihn verließen«, teilte Christian mit.
»Die Himmelskugel aus Eisen traf ihn auf den Kopf«, sagte

Großer-Tiger, »da kam das Erschüttern und machte ihn fassungslos.«
»Glück wünschte mich zum Teufel«, sagte Ohnezehen trocken.
»Wie das?« erkundigte sich Mondschein, »habt ihr Streit gehabt?«
»Unter Verwandten«, setzte ihm Großer-Tiger auseinander, »sind die Meinungen öfter verschieden als unter Fremden.«
»Die Verfinsterung des Lichts«, versicherte Christian schnell, »wird bloß eine vorübergehende sein.«
»Verwandte?« fragte Mondschein unsicher. Er rückte die Fellmütze aus der Stirn, aber mehr zu fragen traute er sich nicht. Anshi fiel ihm ein, und das schwere Gewicht des begangenen Unrechts drückte auf Mondschein. »Verwandte?«, fragte er noch einmal, weil keiner was sagte.
»Wir möchten dem werten Herrn Ohnezehen nicht vorgreifen«, erklärte Großer-Tiger.
»Am besten spricht man nicht davon«, rief Ohnezehen. »Was ist das schon?« sagte er leise, »ein lumpiger Neffe, ein hergelaufenes Nichts von Soldat, was ist das schon?«
»Trotzdem«, widersprach Christian sanft, »hat der alte Onkel eine große Freude erlebt; man sah es ihm an.«
»Die Wiederkehr hat mich überrumpelt«, verteidigte sich Ohnezehen, »er gleicht so sehr seinem Vater, der mein Bruder war.«
»Die Wiederkehr hat Gelingen«, rief Großer-Tiger, »mein Großvater sprach oft davon.«
»Was das anlangt«, versicherte Mondschein, »darfst du Großer-Tiger glauben. Großväter sind dazu da, den Sinn von Himmel und Erde zu verstehen. Du hast einen prächtigen Neffen gefunden, und ich sage dir meine Freude dazu.«
Ohnezehen beugte sich über die dampfende Teeschale.
Sein Gesicht wurde rot und heiß, und er überhörte, was Mondschein sagte. Er wollte es auch nicht hören. Solange es Schong-Ma gab, gab es keine Freude für Ohnezehen. Das war seit Jahren so.
»Wird Glück kommen?« fragte Mondschein.
»Er hat gute Kamele«, antwortete Ohnezehen, »er wird über-

morgen in Tschagan-Burgussun sein, und der andere, der Ungemach heißt, wird mit ihm reisen. Sie bringen meine Habe mit.«
»Gut«, sagte Mondschein zufrieden, »der Führer wird morgen reiten.«
Er stand auf. »Kommt«, sagte er zu Christian und Großer-Tiger, »der Fürst möchte euch kennenlernen.«
Christian stand auf, und Großer-Tiger stand auch auf.
Von einem Zelt zum andern gehen ist kein weiter Weg. Es waren zehn Schritte, und das Zelt sah freundlich aus mit den weißen aufgenähten Glückszeichen. Vor dem Eingang steckte eine Lanze im Boden mit einem roten Roßschweif. Kein Haar davon bewegte sich, so still stand die Luft, und es war warm. Großer-Tiger und Christian zogen die Mäntel aus.
»Ich stolpere sonst und ich falle«, sagte Großer-Tiger entschuldigend.
»Ist er dir zu lang?« fragte Mondschein lächelnd, »nun, nun, du wirst hineinwachsen.«
»Ich habe eine Frage«, flüsterte Großer-Tiger.
»Keine Erwähnung deshalb«, kam ihm Mondschein zuvor, »ich habe längst einen anderen Mantel.«
»Vergebt mir«, rief Großer-Tiger, »weil mein Dank sich unabsichtlich verspätet. Ich kannte den großherzigen Spender des Mantels nicht. Der befehlende Herr Mondschein hat sich meinetwegen dem Tode des Erfrierens ausgesetzt.«
»Du siehst, daß ich lebe«, erwiderte Mondschein lachend. »Kommt jetzt.«
Aber Großer-Tiger blieb stehen und sagte: »Es gibt eine zweite Frage: Weiß der Uralte-Herr von dem Ring, den ich am Daumen trage?«
»Davon weiß er nichts«, entgegnete Mondschein leise, »mag er den Ring als sein Eigentum erkennen oder nicht, das steht bei ihm. Jetzt gehen wir.«
Zehn Schritte waren es bis zu dem großen schönen Zelt, und selbst das dreieckige Eingangstuch war mit einem weißen Schmetterling geziert. Am Brunnen stampften die Pferde, der Himmel war ganz blau, und weit hinaus sah man in die weite

Wüste. Nur im Westen stand der Hügelzug, der wie eine glatte Mauer war mit einer einzigen Scharte darin. Aber auch die war mit blauem Himmel gefüllt, und es gab nichts, wovor man sich hätte fürchten müssen. Trotzdem fiel Christian und Großer-Tiger das Gehen schwer. Der lange Ritt ist schuld, dachte Christian, aber er spürte, daß außer den Beinen auch das Herz schwer war.
Der Pudel kam gerannt, bellte und lief ihnen vor den Beinen herum.
»Du mußt draußen bleiben«, sagte Christian streng.
»Du mußt die Pistole ablegen«, flüsterte Mondschein, und Christian tat es gehorsam. Da legte sich der Pudel neben die Pistole, und Mondschein schlug das Dreieckstuch mit dem Schmetterling beiseite, schob Christian und Großer-Tiger vor sich her und trat ein. Hinter sich schloß er das Zelt.
Es herrschte Halbdunkel darin, ein Feuerchen brannte, und vor der rückwärtigen Zeltstange saß der Mann, von dem Turakina gesagt hatte, er sehe aus wie ein dürrer Baum mit brauner Rinde. Den wehenden Bart hatte er auch, aber er hing über die Mundwinkel und rührte sich so wenig wie der Roßschweif vor dem Zelt. Die schwarzen Augen hefteten sich auf Christian und Großer-Tiger.
»Wir verneigen uns«, sagten sie, und sie beugten das Knie zum Fußfall der Verehrung. Dampignak neigte sich ihnen entgegen und hob die Hände bis zur Stirn.
»Habt ihr eine gute Reise gehabt?«
»Wir reisten in Frieden. Sitzt der Fürst leicht und gut?«
»Nehmt Platz«, sagte Dampignak.
»Hier«, rief er befehlend, als er sah, daß Großer-Tiger und Christian sich auf die rechte Seite und, wenn es gegangen wäre, sehr weit weg und am liebsten gleich neben den Ausgang gesetzt hätten.
»Wir wagen es nicht«, sagte Großer-Tiger.
»Wir sind unwürdig«, sagte Christian.
Sie sträubten sich, so gut es ging, doch Mondschein zwang sie mit sanfter Gewalt auf zwei gewöhnliche Filzdecken, die mehrmals zusammengelegt waren, und so eine Art Sitzkissen

vorstellten. Da saßen sie nun zur Linken des gefürchteten Kriegers Dampignak, den man den Uralten-Herrn nannte, der ein Fürst war und von dem man sagte, er sei ein gewaltiger Räuber. Er trug das rote Gewand eines Lamas, die nackten Arme lagen unter den Falten des Überwurfs, die Hände ruhten auf den gekreuzten Beinen, und nichts an ihm war in Bewegung als der linke Daumen, der eine Kugel der Gebetskette nach der andern über den quergestellten Zeigefinger rollte. Sein Haupt war unbedeckt. Nach Art tibetischer Würdenträger war die vordere Kopfhälfte kahl geschoren. Kurz vor dem Wirbel begannen lange Haare. Sie waren schwarz wie der Bart, aber sie waren straff in einen Zopf geflochten, der dick begann und sehr schnell dünn wurde. Das Ende glich einer Peitschenschnur.
Dampignak blickte ins Feuer, mitten in das runde Gestell mit den kleinen Flammen, auf dem kein Kessel stand. Außer dem Gestell mit dem Feuer darin gab es nichts im Zelt als ausgebreitete Filzdecken und einen nachlässig hingeworfenen Mantel.
»Setz dich«, sagte Dampignak.
Jetzt erst merkten Christian und Großer-Tiger, daß Mondschein immer noch am Zelteingang stand. Er setzte sich rechts neben Dampignak, schaute auch ins Feuer und schwieg. Eine Weile ging das so, aber als keiner was sagte, holte Mondschein die Pfeife aus dem Stiefelschaft, stopfte sie und beugte sich dem Feuer entgegen. Das lange Rohr reichte ohne große Mühe bis in die Glut. Mondschein paffte, und Dampignak schwieg. Vor dem Zelt lag der Pudel neben der Pistolentasche, streckte sich und gähnte laut. Plötzlich wandte sich Dampignak mit einer heftigen Bewegung an Christian, der neben ihm saß. Ein Geruch von Lagerfeuern und Pferden strömte aus dem Mönchsgewand.
»Hast du mir was mitgebracht?« fragte er.
Gehorsam langte Christian in die Tasche und brachte das rote Bändchen heraus, das er mit beiden Händen Dampignak bot. Es fiel ihm ein, was Glück gesagt hatte, und Glück behielt recht. Dampignaks gezwungene Ruhe löste sich, die Stirn wurde frei,

die zurückliegenden Augen flammten auf, und eine große Freude glitt über den zuckenden Mund. Der Uralte-Herr lächelte glücklich wie ein Kind. Rasch nahm er Christian das Band aus den Händen und zeigte es dem schuldbewußt grinsenden Mondschein. »Habe ich Euch zuviel gesagt«, rief Mondschein, »es sind Kerle, wie man sie zwischen den vier Meeren vergeblich sucht.«
»Nicht wir«, sagte Christian, »der Hund hat es gefunden.«
»Der Hund?«, fragte Dampignak, »meinst du den schwarzen Teufel?«
»Eben den meine ich«, sagte Christian, »er ist kein gewöhnlicher Hund.«
»Ich habe es bemerkt«, entgegnete Dampignak, »aber ich habe dich nicht nach dem roten Band gefragt. Ich fragte dich nach etwas anderem.«
»Das habe ich auch«, sagte Christian, und diesmal langte er in die Hosentasche. Da war das runde Silberstück mit der Schlange, das einer Münze glich und das in die hohle Rundung eines Bambusstocks gehörte, damit ein neuer Daschior daraus würde. Dampignak nahm die Schlangenmünze, wie man einen Kupferkäsch nimmt und einsteckt. Er blickte auch wieder ins Feuer, und die Freude auf seinem Gesicht war erloschen.
Er sagte: »Ihr habt in der Schwarzen-Stadt zehn Silberbarren ausgegraben. Warum ließt ihr das Große-Heil unberührt? Es lag nahe.«
Dampignak schwieg und es wurde sehr still. Man hörte den Pudel schnaufen. Dabei hatte Dampignak ganz gewöhnlich gesprochen, wie man über das schöne Wetter spricht oder ob es beim Mondwechsel anders wird. Christian wurde verlegen, und Großer-Tiger kam sich vor wie einer, der was angestellt hat.
Keiner begriff, wie Dampignak zu dem Geheimnis der Schwarzen Stadt kam, und Großer-Tiger schob langsam die linke Hand über die rechte, damit der Ring verdeckt wurde.
Es ist nicht die richtige Zeit, dachte er, wenn Dampignak ihn jetzt sieht. Laut sagte Großer-Tiger: »Der Weg zum Großen-Heil ging verloren.«

»Wie das?« fragte Dampignak ungeduldig.
»Das kam«, setzte ihm Christian auseinander, »von der Besonnenheit Naidangs, den man den Bilderbogen nennt. Der Schatz von Edsina gehörte ihm, aber er wollte Unheil verhüten, da hat er die Beschreibung des Weges verbrannt.«
»Nichts blieb übrig davon«, bestätigte Großer-Tiger, »ich habe aufgepaßt.«
»Und ihr habt geschwiegen?« rief Dampignak, »darf man zusehen und schweigen, wenn ein unermeßlicher Schatz verbrannt wird?«
»Reden stand uns nicht zu«, sagte Großer-Tiger einfach.
»Berichtet!« befahl Dampignak, als ob er zu seinen Räubern spräche. Er legte den Kopf zurück, er schloß die Augen, er preßte die Lippen aufeinander, und der Daumen hörte auf, die Kugeln der Gebetskette über den Zeigefinger zu rollen. Großer-Tiger und Christian stießen sich gegenseitig mit dem Ellbogen, damit der andere rede.
»Jeder soll sagen, was er weiß«, bestimmte Dampignak, ohne die Lider zu heben.
Da begann Christian zu erzählen von Naidang und von Nicht-gibt-es-nicht, wie sie die Bambusplättchen fanden und wie Nicht-gibt-es-nicht weite Reisen machte und gelehrte Lamas fragte, was auf den Stäbchen stünde.
»›Wir wissen es nicht‹, sagten die Lamas, ›es sind Schriftzeichen der alten Zeit, die wir nicht verstehen.‹ Da bedankte sich Nicht-gibt-es-nicht für ihre Mühe, und zu Naidang sagte er später: ›Diese Lamas waren alberne Nichtswisser; ihre Lehrer haben vergessen, ihnen mit dem Stiefelabsatz ins Gesicht zu treten.‹«
»Genug«, rief Dampignak, und er preßte die Lippen fester zusammen als vorher. Dann wollte er was sagen, aber es ging nicht mehr, denn Mondschein lachte laut und schallend los. Er grölte vor Vergnügen.
»Pfötchen«, mahnte Dampignak, »dummes altes Pfötchen.« Aber ernst konnte selbst Dampignak nicht mehr bleiben. Damit war es vorbei. Er öffnete die Augen, er lächelte sogar, und er sagte: »Es ist genug. Nun kenne ich deine Geschichte, denn

die gelehrten Lamas waren Donnerkeil und ich, und Mondschein saß mit uns beiden im Zelt.«

»Vor vielen Jahren«, begann Dampignak, »hatten wir eine Reise zu dritt gemacht, und wir lagerten beim Brunnen Guch-Tologoi, als Nicht-gibt-es-nicht des Weges kam. ›Dieser Mensch ist mir bekannt‹, sagte ich, und wir versteckten unsere Gewehre. Donnerkeil und ich trugen das Lamagewand, und zu Mondschein sagte ich: ›Du bist unser Diener.‹ Nicht-gibt-es-nicht trat ins Zelt, und er erkannte mich nicht, denn es waren mehr als zehn Jahre vergangen, seit wir uns gesehen hatten. Damals war ich ein Fürst und kein Lama, und ich trug keinen Bart. Es dauerte nicht lange, da zeigte uns Nicht-gibt-es-nicht ein Bündel Bambusstäbe und wollte wissen, was darauf geschrieben stehe. Donnerkeil, der weder lesen noch schreiben kann, zog die Augenbrauen dicht zusammen und tat sehr gelehrt. Dann gab er mir die Stäbchen, und ich sah, was es war. Ich ordnete sie, und ich las den Bericht von Edsina, und als ich alles wußte, sagte ich zu Nicht-gibt-es-nicht: ›Es sind die Schriftzeichen der alten Zeit, und ich verstehe sie nicht. Sogar der würdige Lama, der neben mir sitzt, weiß sie nicht zu deuten.‹ Da bedankte sich Nicht-gibt-es-nicht und zog weiter. Ich aber schrieb mir den Weg zu dem Kleinen und zu dem Großen-Heil auf, damit ich ihn nicht vergäße für den Fall, daß ich eines Tages Reichtümer notwendig brauchte.«

»Aber wenn ein anderer sie geholt hätte?« fragte Christian.

Der Uralte-Herr lächelte wieder: »Keiner hätte das vermocht«, sagte er, »meine Leute sind überall. Oft ritt ich allein nach Edsina, und ich prüfte den Stein mit dem Schachbrett, und stets lag er unberührt unter der Scherbendecke, bis ihr kamt. Ich stand auch auf dem Brunnenschacht, in dem das Große-Heil verborgen liegt bis zur Stunde der Wiederkehr, und ich fühlte die Macht und die Schwere des Goldes. Seit dem Tod von Nicht-gibt-es-nicht wußte ich freilich nicht, ob einer lebt, der das Geheimnis mit mir teilt.«

Ich kann es nicht sagen, dachte Christian, aber warum hat er Nicht-gibt-es-nicht die Stäbe nicht einfach weggenommen, ein Räuber, der er ist?

»Vielleicht«, fuhr Dampignak fort, »denkt einer von euch ich hätte mir die Mühe sparen und die Stäbchen rauben können. Es wäre einfacher gewesen, nicht wahr, Kompaß-Berg?«
Christian wurde rot. Alle mußten es sehen, obschon es im Zelt nicht sehr hell war, und Christian schämte sich und senkte den Kopf.
»Es gibt keine Hilfe«, sagte Großer-Tiger tapfer, »auch ich denke, daß Wegnehmen einfacher gewesen wäre.«
Dampignak streifte Mondschein mit einem Blick, und Mondschein nickte und murmelte etwas, das »Bravo« oder »Hoppla« heißen konnte. Jedenfalls war es etwas Anerkennendes.
»Ihr seid aufrichtig«, sagte Dampignak, »jedem anderen hätte ich ohne Bedenken die Bambusstäbe weggenommen, denn ein Räuber hat andere Grundsätze als ein Provinzstatthalter. Allein die Dankbarkeit ist eine Tugend, über die es auch bei Räubern weder Rede noch Gegenrede gibt. Sie ist selbstverständlich. Als ich Nicht-gibt-es-nicht zum erstenmal traf, war ich kein Lama, und ich war auch kein Räuber. Ich war jung an Jahren und bartlos, aber ich war verzweifelt. Ich saß im Zelt eines Heiligen am Gelben-Hügelriß, und ich wollte gehen, denn die Welt war finster für mich. ›Warte eine Stunde‹, sprach der heilige Mann, ›ich will dich nicht ohne eine Gabe ziehen lassen. Weil ich aber nichts besitze, mußt du bleiben, bis einer kommt und mir etwas schenkt.‹ Eine Stunde verging, da kam ein fröhlicher Mensch auf einem Kamel, und dieser Mensch war Nicht-gibt-es-nicht. Er brachte drei Blätter des heiligen Baumes, der im Kloster der hunderttausend Bilder wächst, und eines der Blätter erhielt ich zum Geschenk. Deshalb«, sagte Dampignak, »griff ich nicht nach dem Schatz von Edsina, obwohl er mein war. Wenn die Stunde kommt, werde ich Naidang davon geben, soviel er haben will, denn das Andenken von Nicht-gibt-es-nicht ist mir teuer. Das Blatt besitze ich heute noch.«
Er griff in die Falte des Gewands und holte ein dünnes Heft heraus, das zwischen zwei Holzplättchen gepreßt war. Eine rote Seidenschnur war kreuzweis darum geschlungen und verknotet.

»Nicht öffnen«, rief Großer-Tiger ängstlich, »Nicht-gibt-es-nicht mußte sterben, als er das Blatt in den Nachtwind warf, und . . .«
»Und?« fragte Dampignak.
»Nicht öffnen«, bat Großer-Tiger noch einmal und hob flehend die Hände.
Da brach ein Schweigen ins Zelt wie keines vorher. So still war es noch nie gewesen wie jetzt, als Großer-Tiger die Hände hob und langsam fallenließ. Er trug den Ring. Der Ring glänzte matt und silbern. Alle starrten ihn an, und keiner wagte, woanders hinzublicken und schon gar nicht in das Gesicht des Uralten-Herrn.
Gleich wird er schreien oder etwas Unsinniges tun, dachte Großer-Tiger, aber er ließ die Hand auf dem Knie liegen, wohin sie gefallen war. Christian heftete den Blick auf die silberne Schlange, und auch Mondschein schaute hin. Das lange Pfeifenrohr in seiner Faust zitterte und trommelte leise auf den Stiefelschaft, aber das merkte Mondschein nicht. Es tat ihm weh, daß seinem Herrn ein Schmerz geschah. So hatte Mondschein sich das nicht vorgestellt.
Die kleinen Flammen in dem eisernen Gestell hüpften auf und nieder, und der blaue Rauch stieg zur Zeltdecke. Draußen schien die Sonne.
»Jolleros-Lama ist tot«, sagte Dampignak rauh.
»Das kam«, sagte Großer-Tiger, »weil das Blatt des heiligen Baumes zu Boden fiel und zertreten wurde.« Er wollte den Ring vom Finger streifen, doch Dampignak hob die Hand.
»Nicht jetzt«, sagte er. »Zwanzig Jahre habe ich würdelos vergeudet. Laßt mich allein.«
»Wir gehen«, sagte Mondschein.
Er raffte seinen Mantel, er steckte die Pfeife in den Stiefelschaft, und dann stürzte er vor Großer-Tiger und Christian aus dem Zelt, damit der Brauch nicht verletzt werde.
Draußen lag der Pudel in der Sonne, und die Pistole lag neben ihm.

Fünfundvierzigstes Kapitel, in dem man viele wichtige Dinge erfährt

Den Nachmittag über saßen Christian und Großer-Tiger vor dem kleinen blauen Zelt in der Sonne, und als sie hinter dem Hügel verschwand, halfen sie Sämbilik beim Füttern der Pferde und beim Tränken der Kamele.

»Seid ihr Mongolen?« fragte Sämbilik.

»Noch nicht«, sagte Christian, »aber wir sind dabei, welche zu werden.«

Sämbilik lachte. »Mit den Kamelen«, lobte er, »könnt ihr schon umgehen.«

Es waren aber bloß zwei, und Sämbilik sagte, sie seien dazu da, die Zelte und die wenigen Dinge zu tragen, die man zu einer Reise in der Wüste nötig habe. »Reiten tun wir auf Pferden«, sagte Sämbilik stolz, »wir haben viele.«

Außer Sämbilik waren noch zwei schweigsame ältere Männer da, die Großer-Tiger und Christian eher feindselig betrachteten als freundlich. Sie redeten nur wenige Worte, und die Worte grollten aus ihren Mündern wie ferner Donner. »Setz den Topf auf«, sagten sie zu Christian, »hol Wasser« oder »leg das Ding da weg«. Damit meinten sie die Pistole, die Christian wieder umgehängt hatte und schweigend zu den Gewehren legte, als die Männer es verlangten.

Es war ein trübseliger Nachmittag trotz der schönen Sonne und trotz des Pudels, der wedelte, sooft Großer-Tiger und Christian mit ihm sprachen.

Ohnezehen lag im Zelt und schlief. Mondschein ging zu Dampignak, um, wie er sagte, Befehle zu holen, und er kam erst zurück, als Sämbilik ihn zum Essen rief. Da war es schon dunkel, und es gab Fleischtaschen, also ein Festessen.

Die Männer saßen um das Feuer, die Zeltwand war zurückgeschlagen, und man sah in die ungeheure Ferne der Nacht.

»Neumond«, sagte einer.

»Wie oft noch?« fragte der zweite verdrossen.

»Juchi!« erwiderte Mondschein, »wetze deine Zunge nicht an Dingen, die der Fürst bestimmt.«

»Wir wollen ihn endlich als König sehen«, maulte Juchi, »am Vorabend der Schlacht von Kobdo hat er es uns versprochen. Das ist lange her.«
»Damals«, erinnerte Mondschein, »waren wir mit vielen Fürsten verbündet, die heute gegen uns sind.«
»Warum zwingt er sie nicht, ihn anzuerkennen?« rief Juchi. »Er ist mächtiger als alle, und er ist ein Hoschot.«
»Ruhe!« befahl Mondschein, »es hat Jahre gedauert, was bedeuten da ein paar Tage?«
»Ein paar Tage?« fragte Juchi mißtrauisch.
»Wir verlassen die Burg, bevor der Mond sich rundet«, sagte Mondschein, »die Zeit ist nahe.«
»Jabonah!« rief Sämbilik fröhlich.
»Sch!« machte Mondschein, »ihr wißt, was vorher geschehen muß.«
»Die alte Geschichte«, knurrte Juchi.
»Solche Rede dulde ich nicht«, sagte Mondschein scharf. »Seht Ohnezehen! Er ist verstümmelt worden, und dem Fürst ist Schlimmeres geschehen.«
»Wann reiten wir?« fragte Ohnezehen.
Mondschein antwortete: »Der Fürst befiehlt, daß wir vor Sonnenaufgang reiten. Sämbilik geht nach Tschagan-Burgussun, um Glück und Ungemach zu erwarten. Juchi und Sanienbeier brechen die Zelte ab und folgen uns mit den Kamelen und den übrigen Pferden. Du, Ohnezehen, reitest mit ihnen und wartest in der Burg, bis Glück eintrifft.«
»Niemals«, rief Ohnezehen außer sich.
»Es geht nicht anders«, sagte Mondschein.
»Es muß anders gehen«, schrie Ohnezehen.
»Nein«, sagte Mondschein.
Ohnezehen traten zornige Tränen in die Augen.
»Schong-Ma wird euch entwischen«, jammerte er, »noch nie habt ihr ihn fassen können. Stets brachtet ihr einen Falschen angeschleppt. Nur ich kenne ihn, ich werde ihn packen und nicht mehr loslassen. Ich muß dabei sein.«
»Es geht nicht«, sagte Mondschein, »ich kann es dir nicht erklären, aber es geht nicht.«

Da verlegte sich Ohnezehen aufs Bitten. Er sagte: »Du weißt, Mondschein, daß ich keinen Gewinn suche; ich begehre nichts als meine Rache. Jahre sah ich Schweigen um mich und Gestrüpp. Wenn ihr ohne mich geht, wird euer Gehen in Hemmnisse führen, und euer Wagen wird nach hinten gezerrt werden.«

»Wir fahren nicht«, sagte Mondschein, dem nichts Besseres einfiel, »wir reiten.« Allein Ohnezehens Sinn stand nicht nach Späßen. Zu lange war er einsam gewesen, und zu viele Nächte hatte er mit bösen Rachegedanken verbracht. Am Tage waren sie blaß geworden, wenn er die Schafe schor oder das Mohnfeld hackte. Sobald aber die Dämmerung aus den Winkeln kroch, waren die Gedanken wieder da, und sie wurden heiß und rot. Sie hockten neben ihm an der Feuerstelle, und sie gingen mit ihm zum Kang, wenn Ohnezehen schlafen wollte. Sie verließen ihn nicht.

»Er hat recht«, sagte der aufsässige Juchi, »ihr müßt ihn mitnehmen.«

Da stand Mondschein knurrend auf und ging mit Ohnezehen hinüber zum Uralten-Herrn. Juchi schloß das Zelt, und dann legte er sich mit dem andern, der Sanienbeier hieß und überhaupt nichts redete, zum Schlafen nieder. Der junge Sämbilik saß am Feuer, schüttelte den Kopf und sagte: »Es wäre das erstemal, daß etwas anders geschähe, als der Fürst es haben will.«

»Schweig!« rief Juchi ergrimmt; aber da trat Mondschein ins Zelt, und hinter ihm drein kam Ohnezehen, blaß vor Enttäuschung und gebückt. Niemand sprach mehr, das Feuer ging aus, und Großer-Tiger legte sich neben Christian.

»O Kompaß-Berg«, flüsterte Großer-Tiger, »verstehst du das?«

»Was soll ich verstehen?«

»Verbirg dich nicht, du weißt, was ich meine.«

»Es gibt keine Hilfe«, flüsterte Christian, »was sagt dein Großvater dazu?«

»Er sagt, der Schrei nach Rache sei wie Hahnenruf, der zum Himmel dringen möchte und ihn nie erreichen kann. Solche Beharrlichkeit bringt Unheil.«

»Wir sind aber dabei«, sagte Christian leise und bekümmert. »Es gibt ein Ding zwischen den Mundwinkeln, das heißt das Durchbeißen.«
»Du bist mutig wie die Alten vom Berge; ich bewundere dich.«
»Nein, Kwi-Schan, ich bin bloß gefaßt. Gute Nacht!«
»Gute Nacht, Großer-Tiger.«
Es war eine ruhige und prachtvolle Nacht. Die Sterne zogen still ihre Bahn, und die Menschen schliefen mit Ausnahme von Ohnezehen. Er lag wach und als Sämbilik aufstand, um Feuer zu machen, schaute er mit unvernünftig starren Augen in die Flammen. Er war blaß wie am Abend vorher, und er schwieg. Er sagte auch nichts, als Tee getrunken wurde; und als Mondschein aufstand und nach seinem Gewehr griff, rührte er sich nicht.
»Es ist Zeit«, sagte Mondschein zu Christian und Großer-Tiger, »wir reiten.«
»Werter alter Herr Ohnezehen«, sagte Großer-Tiger, »wir gehen, doch wir zählen die Stunden, bis wir durch eure Gegenwart wieder erfreut werden.«
»Wir hoffen Euch bald wieder zu sehen«, sagte Christian.
Sie verneigten sich tief.
Ohnezehen nickte, aber er schaute nicht mehr auf; und Großer-Tiger und Christian verließen das Zelt auf Zehenspitzen. Großer-Tiger trug die Mantelenden, damit sie nicht am Boden schleiften, und Christian hing sich die Pistole um.
Wozu habe ich sie mitgenommen, dachte er betrübt, Ohnezehen wird sich unnötig gekränkt haben.
Draußen standen vier Pferde, ausgeruht, gefüttert, getränkt und gesattelt.
Sämbilik hielt sie am Zügel, und dann kam der Uralte-Herr. Sein rotes Gewand sah schwarz aus, denn noch war es Nacht, und die Sterne flimmerten kalt. Der Pudel lief von einem zum andern; er bellte nicht, aber als Dampignak an ihm vorüberging, knurrte er leise.
»Hund, hierher!« befahl Christian.
»Wo ist Juchi?« fragte Dampignak. »Juchi soll kommen und Sanienbeier auch.«

Beide traten aus dem Zelt, und Dampignak sagte: »Juchi, wir hörten gestern abend deine Rede. Wie lange bist du bei uns?«
»Ich diene Euch sechzehn Jahre.«
»Gib dein Gewehr Sanienbeier, nimm ein Kamel und soviel Fleisch, wie dir zusteht, und reite weit fort. Wir möchten dir nie mehr begegnen, Juchi!«
»Es wäre nicht gut für dich«, setzte Mondschein hinzu.
Juchi blieb stumm und Sanienbeier auch. Als der Uralte-Herr aufs Pferd stieg, grüßten sie ihn mit dem Fußfall der Verehrung. Da saß auch Mondschein auf und nach ihm Großer-Tiger und Christian. Die Ledersäcke hingen an den Sattelringen, die Felle lagen zweifach über den Sätteln; nichts war vergessen. Nur die Pferde waren andere. Sie waren etwas größer, sie warfen die Köpfe, aber keines war aufgeregt, nicht einmal, als Christian aufstieg.
Sämbilik rief: »Sä Jabonah!« Doch es war keine Fröhlichkeit dabei.
Sie ritten, und die Zelte am Verdeckten-Brunnen blieben zurück. Zum erstenmal hatten Großer-Tiger und Christian das bedrückende Gefühl, Groll und Bitterkeit hinter sich zu lassen statt guter Wünsche und Zuneigung.
Es gibt keine Hilfe, dachte Christian, und Großer-Tiger sagte es laut. Allein das traurige Wort ging genau so verloren wie der muntere Zuruf Sämbiliks.
Neumond war keine gute Zeit.
Die Pferde begannen zu traben. Eine Weile hörte man nur dumpfe Hufschläge, denn es ging am Fuß der Hügelwelle entlang, wo ein feiner Flugsand in festen Schichten lag. Nachher gab es harten Kies, und die Pferde griffen aus. Im Osten lichtete sich der Himmel.
Der Uralte-Herr ritt voraus, Mondschein begann zu singen, und Christian und Großer-Tiger kannten die Melodie. Sie spornten ihre Pferde, bis sie Mondschein einholten und rechts und links neben ihm ritten.
»Der alte Märin hat uns auch von Dschusserä gesungen«, sagte Christian, als Mondschein zu Ende war.
»Ich wollte, er wäre hier«, seufzte Mondschein, »der alte Märin

ist klug, und er hat das Ohr des Fürsten, weil er sein Freund ist.«

»Gibt es was zu bedenken?« fragte Großer-Tiger.

»Kann man darüber reden?« fragte Christian.

»Juchi hat darüber geredet«, antwortete Mondschein, »ihr habt es gehört.«

»Die Sache scheint schwierig«, sagte Großer-Tiger, »es war nicht die richtige Zeit zu reden.«

»Der Fürst urteilte hart«, sagte Christian.

»Er urteilte weich«, widersprach Mondschein; »wenn ein Diener sich empört, liegen die Ursachen nicht zwischen Morgen und Abend eines Tages. Juchi war nicht schlecht, aber jetzt wird er schlecht werden. Es mangelt ihm die Geduld, und Geduld ist die erste Tugend, die ein Räuber braucht. Einen Räuber ohne Langmut sollte man töten.«

»Braucht ein Räuber Tugenden?« fragte Christian verwundert.

»Er braucht sie mehr als andere Leute«, setzte Mondschein auseinander. »Niemals wird es einen großen Räuber geben, der nicht weiß, wo was zu holen ist. Das ist seine Eingebung. Er muß der erste im Kampf sein, das ist sein Mut; und er muß der letzte beim Rückzug sein, das gebietet ihm sein Pflichtgefühl. Er muß die Beute gerecht teilen, das ist seine Güte. Aber das schwerste für einen Räuber ist, niemals das Unmögliche zu versuchen. Das ist seine Weisheit. Ich wollte«, sagte Mondschein, »der alte Märin wäre noch unter uns.«

»War er das?« fragte Christian.

»Du fragst, worauf es keine Antwort geben darf«, entgegnete Mondschein.

»Wir sind aber keine Verräter«, sagte Christian.

»Wir sind auch nicht neugierig«, sagte Großer-Tiger stolz.

»Entschuldigt«, bat Mondschein, »allein ihr wißt, daß das Leben eines Rotbarts schon gefährdet ist, wo Hundebellen aus dem nächsten Ort gehört werden kann. Der alte Märin war kein Rotbart, aber er war zwei Jahre bei uns in der Burg. Während dieser Zeit verließ er sie nie, und als er ging, war es Nacht. So hat ihn kein Mensch in unserer Gesellschaft gesehen, und er konnte ruhig am Edsin-Gol leben. Durch ihn erhielten

wir die erste Nachricht vom Nahen der Belagerungsarmee, und er bewachte den Schatz von Edsina, von dem nur er und ich etwas weiß. Den Ort freilich, wo das Gold und die Edelsteine liegen, kennt der Fürst allein. Jetzt«, sagte Mondschein, »gibt es außer ihm niemand mehr zwischen den vier Meeren, der das Große-Heil zu finden vermöchte. Seht, vor euch reitet der reichste Mann der Erde.«
Die Sonne ging auf. Ihre Strahlenbündel weckten die Bläue des Himmels, und die Erde wurde gelb wie am Tag vorher, als Christian nach dem Kompaß reiten mußte. Das rote Gewand Dampignaks wehte wie eine Fahne.
Der reichste Mann der Erde, dachte Christian, und es wurde ihm unheimlich.
»Der Schatz von Edsina«, sagte Mondschein, »ist sein rechtmäßiges Erbe. Dampignak ist ein Hoschot aus dem Geschlecht Araptans.«
Sie ritten den ganzen Vormittag ohne Unterbrechung. Dampignak sah sich nicht um; er brauchte keinen Kompaß. Im Süden lagen Dünen, und Dampignak umritt sie, es ging durch Hügelketten, und Dampignak lenkte ohne Zögern in eines der hundert Täler, die alle gleich waren. Nirgends gab es ein Obo, denn es gab auch keine Wanderer, die ein Wegzeichen gebraucht hätten. Menschen hatten hier nichts zu suchen.
Sooft aber Christian heimlich den Kompaß aus der Tasche nahm, es war immer dasselbe. Sie ritten nach Südwesten, und zwar genau auf den Strich. Einhundertfünfunddreißig hieß die Zahl, und Christian merkte sie sich. Zu Mittag gab es einen Halt. Dampignak stieg ab, und Mondschein band die Pferde zusammen.
Der Uralte-Herr setzte sich zehn Schritte abseits, ließ die Kugeln der Gebetskette durch die Finger gleiten und schloß die Augen. Fast sah es aus, als ob er schliefe, aber dann bewegten sich die Lippen ein bißchen, der Daumen schob die nächste Kugel über den Zeigefinger, und man sah, daß Dampignak wach war und betete.
Christian und Großer-Tiger nahmen die Ledersäcke von den Sattelringen, und der Pudel stand erwartungsvoll daneben.

Die Zunge zitterte im offenen Maul, und der Atem ging heiß und schnell.
»Armer Hund«, sagte Christian.
»Hier gibt es kein Wasser«, sagte Großer-Tiger.
Sie setzten sich neben Mondschein, und Großer-Tiger öffnete den Sack.
»Ich bin nicht gewohnt, untertags etwas zu essen«, entschuldigte sich Mondschein, aber weil Großer-Tiger ihn bat, nahm er aus Höflichkeit ein Weizenbrot. Großer-Tiger und Christian teilten sich auch eins, und Christian öffnete den andern Sack, um ein Stück Fleisch für den Pudel abzuschneiden. Er fand das Fleisch, aber auch die Kupferflasche Ohnezehens war in dem Sack, und sie war mit Wasser gefüllt.
»Er muß sie heimlich hineingetan haben«, sagte Christian.
»Ohnezehens Güte reicht bis zu den Wolken«, sagte Mondschein, »dafür kenne ich ihn. Es tut mir leid«, fügte er hinzu, »daß er zurückbleiben mußte.«
»Ist es mir gestattet«, sagte Großer-Tiger, »nach der Ursache zu fragen?«
»Sie ist einfach genug«, antwortete Mondschein. »Ohnezehens Haß ist abgrundtief und bergehoch, und er würde ihn zur Unbesonnenheit hinreißen. Solche Leute können wir bei unserem Unternehmen nicht brauchen. Darum reiten nur wir vier nach Möng-Schui, und wenn wir Schong-Ma treffen, wird selbst der Fürst zurückbleiben, bis wir das haben, wonach wir seit zwanzig Jahren suchen.«
»Ene ju beino?« fragte Christian.
»Wir suchen den Familienschmuck des Fürsten«, sagte Mondschein leise. »Seit Schong-Ma dem unglücklichen Ohnezehen zwei Spangen zum Kauf anbot, hörten wir nichts mehr davon. Wahrscheinlich hat er noch alles. Der Haarschmuck der Fürstin allein war fünftausend Pferde wert. Aber«, sagte Mondschein, »deswegen suchen wir ihn nicht.«
»Wir verstehen«, sagte Großer-Tiger, »aber wo wird Schong-Ma den Schmuck haben?«
»Tinger metne«, sagte Mondschein.
Christian nahm allen Mut zusammen.

»Und dann ...?« fragte er.
»Dann muß Schong-Ma sterben«, sagte Mondschein, »diesmal kommt er uns nicht davon.«
Christian wurde blaß. Er hatte gewußt, daß es keine andere Antwort gebe, aber jetzt war sie ausgesprochen statt gedacht, und das machte einen schrecklichen Unterschied. Man merkte es erst hinterher. Wenn Glück schrie: »Ich werde Grünmantel totschießen; ganz gewiß werde ich das tun«, dann war es ebenso gewiß, daß Glück es nicht tat. Man brauchte ihn bloß bitten und so tun, als ob man ihn für einen furchtbaren Kriegsgott hielte, und sofort wurde alles wieder gut. Glück war ein Mensch wie Christian und Großer-Tiger. Dampignak aber war ein unerbittlicher Rächer.
Christian schaute auf Großer-Tiger, aber Großer-Tiger hielt den Kopf gesenkt. Er sagte von unten herauf: »Werter Herr Mondschein, wir möchten lieber nicht nach Möng-Schui reiten.«
»Ihr wollt doch euern Wagen wieder haben«, erinnerte Mondschein.
»Das möchten wir gerne«, gab Christian zu, »und wir wissen jetzt, daß Grünmantel oder eben dieser Schong-Ma ein schrecklich schlechter Mensch ist, aber wir haben ihn verraten, und das ist auch schlecht.«
»Dem Gemeinen zersplittert das Haus ohne Zutun«, erwiderte Mondschein. »Als ich mit Donnerkeil die Burg betrat, wußte der Fürst bereits, daß Grünmantel Schong-Ma ist. Ihr habt also nichts verraten. Wie das kam? Nun«, sagte Mondschein, »es kam, wie es endlich kommen mußte, und weil wir Freunde haben. Ihr wißt, daß wir mit dem Gouverneur von Kansu Krieg führten und daß er den Krieg verlor. Er ist unser Nachbar im Süden. Im Westen aber ist Sinkiang, und der alte Gebieter in Urumtschi ist uns freundlich gesinnt.«
»Ist es der, den man Yang-Tsen-Hsin nennt?« erkundigte sich Christian.
»Er heißt so«, sagte Mondschein, »und er ist mit uns zufrieden, weil wir die Handelswege beschützen. Die Karawanen gehen unbesorgt, und der Handel blüht. Deshalb tun uns die Grenz-

soldaten Yangs manchen Gefallen, und wenn wir mit ihnen bei Möng-Schui zusammentreffen, erfahren wir allerlei. Sie sagten uns, daß der große Kaufherr Grünmantel vor einem Vierteljahr eine Audienz beim alten Gebieter, betreffend den Räuber Dampignak, erbeten habe. Da beschloß der Fürst, auf diesen Herrn aufzupassen.

Wir brachten bald heraus, daß Grünmantel eine Niederlassung in Hsing-Hsing-Hsia habe und daß seine Karawanen nur auf der Seidenstraße gingen. Von da an streiften unsere Leute südwärts bis zur Seidenstraße. Von Zeit zu Zeit durchschnitten sie den Telegrafendraht, der dort an Pfählen festgemacht ist. Wenn der Draht entzwei ist, kann niemand einen Blitzbrief senden, aber die Nachrichten-Leute wissen sich zu helfen. Sie schicken einen Boten mit den Telegrammen zur nächsten Station, bis der Draht wieder ganz gemacht ist. Diesen Boten fingen wir ab, aber wir taten ihm nichts Böses. Wir nahmen ihm nur die geschriebenen Blitzbriefe weg, nachdem wir ihm erlaubten, sie abzuschreiben und weiterzubefördern, damit der alte Gebieter in Urumtschi uns nicht zürne und damit der Handel keinen Schaden leide. Diese Blitzbriefe brachte ein eiliger Reiter in die Burg, und der Fürst las sie. Es waren aber bloß zwei darunter, die ihm wichtig schienen. Der erste kam vor beinahe einem Monat, und er war an den alten Gebieter in Urumtschi gerichtet. Doch ich weiß nicht genau, was darin stand, denn da war ich noch beim Sunit-Wang.«

»Pfötchen!« rief Dampignak mahnend herüber. Er stand auf und kam langsam die zehn Schritte gegangen. Mondschein grinste verlegen.

»Du sollst keine Lügen loslassen«, sagte Dampignak ernst.

»Ich weiß nur die Hälfte oder weniger«, verteidigte sich Mondschein, »ich war nicht dabei.«

»Pfötchen«, sagte Dampignak, »wenn du den Mund öffnest, so öffne ihn ganz. Ich will es euch sagen, meine Kinder.«

Dampignak setzte sich zwischen Großer-Tiger und Christian.

»Im ersten Blitzbrief stand geschrieben: ›An Seine Exzellenz Yang-Tsen-Hsin, Marschall von China, Tih-Hua-Fua. Sende Euch heute Kompaß-Berg und Großer-Tiger. Ankunft in etwa zehn Tagen. Wu-Pei-Fu.‹ Dieser Blitzbrief kam aus Hwai-Lai-Hsien«, sagte Dampignak lachend. Es war aber nur für einen Augenblick, und der Uralte-Herr sprach weiter, als habe er die erschreckten Augen Christians und das Blinzeln Großer-Tigers nicht bemerkt. Wahrscheinlich sah er auch nicht, wie Christian nach der Brusttasche griff, denn sein Blick war geradeaus gerichtet auf etwas, was es da gab. Auf einen Stein vielleicht oder auf die Kupferflasche Ohnezehens, die dicht vor ihm am Boden lag.

»Damals«, sagte Dampignak, »wußte ich nicht, wer Kompaß-Berg und wer Großer-Tiger sei. Jetzt weiß ich es.«

Wieder machte er eine kurze Pause, als warte er darauf, ob einer was sage. Aber Christian rührte sich nicht, und Großer-Tiger schwieg beharrlich. Sie warteten voll Angst, ob Dampignak an das Geheimnis des versiegelten Briefs rühre oder ob die Gefahr vorüberginge.

Dampignak sagte: »Der zweite Blitzbrief, den ich abfing, hieß ›An Li-Yüan-Pei in Hami. Sendet vierzig Kannen Benzin nach Hsing-Hsing-Hsia eilig. Schong-Ma.‹ Eine Stunde später ritt ich zum Edsin-Gol, ich ritt Tag und Nacht, denn ich hoffte, Schong-Ma zu erwischen. Das Telegramm kam aus Aschan, und ich dachte, er käme auf dem südlichen Weg über die Schwarze-Stadt gefahren. Ich suchte den alten Märin auf, der mir von Grünmantel berichtete. So erfuhr ich, was mir unbekannt war, aber ich kam zu spät. Statt Schong-Ma traf ich euch, und nun wißt ihr alles.«

»Jetzt verstehen wir, was unklar war«, sagte Christian.

»Wir danken für ehrenwertes Vertrauen«, sagte Großer-Tiger.

»Zehntausendfachen Dank«, sagte auch Christian.

»Gebt euerm Hund zu trinken«, mahnte Dampignak, »wir brechen auf, denn ihr seid zwanzig Tage im Rückstand. Der alte Gebieter in Urumtschi wird sehnsüchtig nach euch Ausschau halten.«

Christian langte schnell nach der Wasserflasche, und Großer-Tiger machte sich mit der Eßschale zu schaffen, denn etwas anderes hatte er nicht, um den Hund trinken zu lassen. Beide waren sehr eifrig, und so sahen sie nicht, wie der Uralte-Herr

Mondschein zulächelte und wie Mondschein sich breit grinsend auf die Brust tatzte, dahin, wo seiner Meinung nach bei Christian der Brief des Generals Wu steckte.
»Jabonah«, rief Dampignak, legte die Gebetskette um den Hals und schritt auf sein Pferd zu. Der Pudel schlabberte dankbar das Wasser, er soff schweifwedelnd die ganze Flasche leer, und da stand auch schon Mondschein und hielt die Pferde am Zügel. Sie saßen auf.
Der leichte Wind, den die Bewegung schaffte, wurde stärker. Dampignak ritt einen noch schärferen Trab, aber vielleicht griffen die Pferde von selbst besser aus als vorher, denn weder Dampignak noch Mondschein nahmen je den Daschior zu Hilfe. Er hing lose am rechten Handgelenk; die lederne Zunge wehte im Wind oder streifte am Boden, wenn der Reiter den Arm fallen ließ. Dampignak änderte die Richtung.
Es ging nach Süden auf eine Bergkette zu, die aus der steinigen Ebene aufstieg. Sand gab es auch, aber er lag nie höher als eine Handbreit. Man spürte den harten Boden darunter, und der Pudel trottete zufrieden hinterdrein, wenn die Pferde in Schritt fielen. Sobald aber der Sand aufhörte, begannen die Pferde zu traben, und es war, als wollten sie das Versäumte nachholen, je näher sie den Bergen kamen. Die Berge waren nicht hoch, und eine markante Erhebung gab es nicht. Trotzdem trug einer der vielen Gipfel ein Obo, und es war deutlich, daß Dampignak darauf zuhielt.
Kurz bevor die Steigung begann, trafen die Reiter auf einen Karawanenweg, der von Norden kam, und Christian holte das Westliche-Blatt aus der Tasche. Sie ritten mit lockeren Zügeln nebeneinander.
»Zeige mir deine Karte«, sagte Dampignak.
»Wo sind wir jetzt?« fragte er, nachdem er das Blatt lange betrachtet hatte und es Christian zurückgab; »ich kann diese Schrift nicht lesen.«
»Sie ist englisch«, beugte Christian vor, »und es gibt viele Worte, die ich nicht lesen kann, weil sie schwierig sind. Leider gibt es«, fügte er bedauernd hinzu, »mehr schwierige als leichte Worte, besonders auf Karten.«

»Hammaguä«, sagte Dampignak, »darauf kommt es nicht an.«
»Ich glaube«, sagte Christian und buchstabierte im stillen, »wir kommen jetzt in die Berge, die Boro-Ula heißen.«
»Wir sind schon darin«, bestätigte Dampignak; »auch der Verdeckte-Brunnen liegt in den Boro-Ula-Bergen.«
»Dann«, sagte Christian erleichtert, »ist dies eine Karawanenstraße, die nach Sutschou führt.«
»Gut«, lobte Dampignak; »aber was steht hier geschrieben?« Und er deutete auf die gekreuzten Hämmerchen.
Christian wurde unsicher, obgleich es ihn nichts anging, was für Unsinn die Kartenzeichner auf die Karten schrieben.
»Wir werden gleich dort sein«, ermunterte Dampignak; »wenn man eine Karte hat, muß man vorher wissen, was es unterwegs alles gibt. Sonst braucht man sie nicht erst kaufen.«
»Wir haben sie geschenkt bekommen«, entschuldigte Christian.
»Das macht keinen Unterschied. Der General Wu«, klopfte Dampignak auf den Busch, »wird euch keine Karte schenken, die nicht taugt.«
»Er kann nichts dafür«, sagte Christian, »wenn die Leute, die die Karten machen, etwas daraufschreiben, was es in der Wüste nicht gibt.«
»Und was gibt es nicht?«
»Gold«, sagte Christian; »neben den Hämmerchen steht: Alter Goldfundort, und ich weiß wirklich nicht . . .«
»Keine Entschuldigung deswegen«, unterbrach ihn Dampignak, »die Kartenmacher wissen mehr als die Kaufleute, die daran vorüberziehen, am Brunnen die Kamele tränken und keine Ahnung haben, daß man dort einmal Gold gegraben hat.«
»Einen Brunnen gibt es auch?« fragte Christian.
»Erst seit kurzem«, sagte Dampignak; »er war verschüttet, aber ich ließ ihn ausgraben, und darum wissen es die Leute jenseits der Meere noch nicht. Du kannst es ihnen sagen, wenn du einmal hinkommst.«
»Ich werde daran denken«, versprach Christian.
Eine Weile später erreichten sie die Paßhöhe. Es war ein kurzer

Anstieg gewesen, und das Tal war weit. Nach der andern Seite senkte es sich tief, und weil es gerade verlief, hatte man einen ungehinderten Ausblick.
So groß war die Welt noch nirgends gewesen. Man sah bis an ihren zitternden Rand. Allein diese Welt war gelb und tot. Hier fiel kein Regen, es schneite keinen Schnee, oder wenn ihn ein Zufall herwehte, war er anderntags aufgesogen und nicht mehr da. Im Frühjahr jagten die Monsunwinde über das Land, aber sie trugen die Wolken hoch und eilig weiter, und der Donner hallte von fruchtlosen Blitzen, die zornig in den Sand schlugen.
Woher in aller Welt das Wasser in die Brunnen kam, war ein Rätsel.
Es war aber darin, und als die Reiter bergabwärts trabten, lief der Pudel bald voraus. Am Fuß der letzten Hügel in einem Steinkar, das kaum mehr eine Neigung hatte, stand er und winselte vor Freude. Er konnte es kaum erwarten, bis Mondschein die Bohlen hob und die Säcke wegnahm, die über das Brunnenloch gelegt waren. Der Schacht war mit Weidenzweigen ausgekleidet, und man sah bis auf den Grund. Christian und Großer-Tiger schauten sich an, und jeder merkte, daß der andere an Bator dachte und an das, was er von dem Brunnen erzählt hatte, den Nicht-gibt-es-nicht am Weißen-Stein mit vieler Mühe gegraben hatte.
»Wenn die Dinge groß sind, kann man sie betrachten«, sagte Mondschein stolz.
»Es ist ein durch nichts zu überbietender Anblick«, sagte Großer-Tiger höflich.
»Jeder Brunnenmacher sollte ihn zum Vorbild nehmen«, sagte Christian; »darf ich mich erdreisten, nach dem Erbauer zu fragen?«
»Ihr kennt ihn«, sagte Mondschein.
»Raten ist schwierig«, sagte Christian und tat gedankenvoll, »ich glaube, der Mann wohnt am Edsin-Gol.«
»Das Wasser fließt ununterbrochen und kommt ans Ziel«, sagte Großer-Tiger, »also ist es Naidang.«
Mondschein schüttelte den Kopf, denn er wunderte sich.

»Warum fragt ihr«, sagte er, »wenn ihr doch alles zum voraus wißt?«
»Nur so zum Spaß«, sagte Christian.
»Wir wissen nämlich«, erklärte Großer-Tiger, »daß die Torgot-Mongolen solche Brunnen bauen.«
»Da war es nicht mehr schwer«, sagte Christian.
Nachher, als sie die Pferde getränkt hatten und als der Pudel zufrieden am Boden lag und in die Sonne blinzelte, erzählte Christian die Geschichte vom Brunnen am Weißen-Stein, und der Uralte-Herr hörte auch zu.
»Nicht-gibt-es-nicht«, sagte er, »war ein seltsamer Mann. Er redete mit den Tieren und mit den Steinen, und alle gaben ihm fröhlich Antwort. Hier«, und Dampignak schlug mit dem Daschior auf den Boden, »wäre Nicht-gibt-es-nicht keinen Augenblick geblieben.«
Christian und Großer-Tiger schwiegen. Sie wagten nicht zu fragen, und es war auch nicht nötig, denn Dampignak fuhr fort: »Aus diesen Bergen, meine Kinder, stammt der Schatz von Edsina. Alles Gold, das je ein Hoschot besaß, wurde hier gegraben. Ein Teufel fand es, und Araptan nahm es, weil er mächtig werden wollte wie Dagan. Er sammelte Krieger um sich, aber es waren zu wenige, und er sammelte Gold, aber das Gold war zu viel. Wenn Araptan Arbeiter brauchte, brach er in des Kaisers Provinzen und entvölkerte ganze Dörfer. Sie liegen hier unter den Steinen begraben. Der Kaiser warnte Araptan, aber er warnte ihn, wie man einen Bruder mit leichtem Unwillen tadelt, denn der Kaiser war zufrieden mit Araptan, der soviel Gold für ihn anhäufte und eine Blutschuld auf sich nahm, die dem Kaiser einen willkommenen Anlaß zum Kriege bot.
Als Araptan anfing, sich die mongolischen Fürsten mit Geschenken geneigt zu machen, und als seine Krieger zahlreich wurden, merkte der Kaiser, daß es Zeit war, denn er war schlau. Er dachte, den Schatz von Edsina zu holen wie ein starker Dieb, der die Truhe auf seine Schultern lädt und davongeht. Allein seine Soldaten stürmten eine brennende Stadt, und sie fanden Trümmer und Scherben statt Gold. Hier«, sagte

Dampignak, und wieder schlug er mit dem Daschior auf den Boden, »begann Araptans Untergang. Es ist kein guter Platz.« Er stand auf und sagte: »Wir reiten.«
Mondschein deckte den Brunnen zu, und Christian und Großer-Tiger halfen ihm dabei. Sie blickten sich um, ob sie nirgends etwas entdecken könnten, einen alten Schacht vielleicht oder eine Grube.
Aber die Hügel waren rund, die Berge sahen aus wie seit Anbeginn der Welt, und die Karawanenstraße zog durch das breite Tal steil nach oben. Sie schwankte nicht nach links und sie bog nicht nach rechts. Sie führte von Sutschou nach Barkul oder Uljaßutai, das war ihre Aufgabe. An Gold dachte keiner der Vorüberziehenden mehr. Davon wußten nur die Kartenmacher in London und in Gotha, und Christian betrachtete das Westliche-Blatt zum erstenmal mit einem ehrfürchtigen Schauder vor soviel geheimer Überlieferung.
Von jetzt an ging der Ritt wieder nach Südwesten. Die große Ebene hob und senkte sich, aber man merkte es kaum, so gering waren die Unterschiede, und so unendlich war der Raum. Als die ersten Hügelwellen eines von Süden her nahenden Bergzugs die Sicht einengten, wandte sich Dampignak im Sattel um und deutete voraus.
»Noch eine Stunde«, rief er.
Aber da waren sie schon zwei Stunden unterwegs; der Pudel trottete schnaufend hinterdrein, und die Sonne war längst in den Nachmittag geglitten.
Plötzlich sah man auch eine Karawanenstraße, und sie war schon ganz nahe und lief parallel mit dem Weg, den die Reiter verfolgten.
»Hier geht es nach Hami«, sagte der Uralte-Herr, als Christian die Karte herausholte.
»Hier ritt Ma«, sagte Mondschein und wies auf die frischen Kamelspuren, »er ist also vor uns.«
Der Bergzug im Süden kam nicht näher. Er wich sogar zurück, die Unebenheiten des Bodens verflachten, und schließlich sahen sie aus wie die kleinen Wellen des Meeres, wenn es in der Sonne liegt und mit dem vielen Wasser spielt.

So ging es endlos weiter.
Die Stunde, von der Dampignak gesprochen hatte, war lange vorüber, und es war wohl eine mongolische Stunde damit gemeint, die so lang ist wie zwei andere.
Als sie vorbei war, endete auch der Wellenschlag des Sandmeers. Eine graue Kiesfläche war plötzlich da, glatt gewalzt wie ein Strombett oder wie das künstlich eingeebnete Glacis einer Festung.
Mittendrin erhoben sich drei Hügel. Sie waren nicht hoch und weiter nicht bemerkenswert, außer daß sie eben da waren. Auf dem größten Hügel – und er lag wieder in der Mitte – erhob sich eine Burg mit einer Mauer aus unbehauenen Steinen, mit klotzigen Bauwerken und mit einem dicken Wachturm. Der Turm hatte Fensteröffnungen nach allen Seiten. Sie waren groß und viereckig, und man sah den Posten von weither wie eine dunkle Brustscheibe.
Ein Hornsignal verwehte in der klaren Luft.
Noch war es heller Tag, und die Sonne stand hoch über dem Horizont, aber man sah, wie sie dem Abend zueilte. Der Schatten des Wachturms lag auf den flachen Dächern der Nebengebäude, dann fiel er über eine Mauer des inneren Burghofs in die Tiefe.
Die Pferde fielen in Schritt, man hörte den Pudel herbeischnaufen, und ein Reiter kam aus dem Tor gesprengt. Er wirbelte eine Menge Sand auf, er schlug mit den Stiefeln auf die Brust des Pferdes oder auf den Bauch, wo es gerade hintraf, und sein gelber Mantel flatterte. Er ritt ohne Sattel und ohne Zaumzeug, denn er hatte es furchtbar eilig.
Von weitem grölte er: »O ihr meine jüngeren Brüder, mein Herz ist voll Freude.«
Dampignak wandte sich lächelnd an Christian und Großer-Tiger. »Ich wußte nicht«, sagte er, »daß ihr mit Donnerkeil verwandt seid.«
»Es hat sich mit der Zeit so herausgestellt«, sagte Großer-Tiger.
»Es ist eine Ehre für uns«, sagte Christian.

Sechsundvierzigstes Kapitel, wie Christian und Großer-Tiger in der Räuberburg geehrt wurden

Als sie durch das Tor ritten, dachten Großer-Tiger und Christian, sie müßten sich bloß in den Bügeln aufrichten, um über die Burgmauer blicken zu können, so niedrig war sie.
Zwei Männer standen am Tor, neben jedem Flügel stand einer, und sie grüßten Dampignak mit dem Fußfall der Verehrung. Er grüßte wieder, aber er hob die Fäuste nur bis zur Brust. Dampignak war kein gewöhnlicher Räuberhauptmann, er war ein Fürst aus Araptans Geschlecht; er war ein Hoschot.
Das Tor blieb offenstehen. Es war aus dicken Bohlen gezimmert, die Querbalken lehnten aufrecht dagegen, und die niedrige Mauer umschloß einen engen Bezirk. Ein Torwächterhaus stand darin; und ein Rundturm, der um nichts höher war, stand daneben. Auf der Plattform sah Christian zwei Maschinengewehre, die mit Zeltplanen zugedeckt waren. Eine einmalige Kehre führte den Hügel hinauf, und die niedrigen Mauern liefen auf beiden Seiten mit.
Im Torwächterhaus, erzählte Donnerkeil vertraulich grinsend, müßten die Karawanenführer den Tribut für gute Wegeleitung entrichten. Sie täten es aber gern, versicherte er, und gestern sei Herr Ma dagewesen.
Während er das sagte, blickte er Christian und Großer-Tiger von der Seite an, aber sie verzogen keine Miene.
»Dieses ist eine herrliche Burg«, lenkte Christian ab.
»Der werte Palast überschreitet jede Vorstellung«, sagte Großer-Tiger, und da waren die Pferde auch schon den Hügel hinaufgestampft, und Christian schaute nach dem Pudel, ob er da war.
Oben begann die eigentliche Festungsmauer aus roh zusammengefügten Steinen. Sie war höher als die kleine Mauer des Vorwerks, und es waren schmale Schießscharten darin. Unheimlich viele waren es; eine folgte der andern rings um die Burg.
Auch hier stand das Tor offen, aber die Wachen trugen blanke Säbel in den Fäusten, und sie grüßten damit. Hinter dem Tor

war der Boden mit Steinplatten belegt, die Hufe der Pferde schlugen hart auf, und das Gepolter hallte von der gegenüberliegenden Wand wieder. Es war aber keine Geistermauer mit freiem Ausritt nach beiden Seiten wie in Edsina. In Dampignaks Burg dachte man weniger an Geister als an Verteidigung bis aufs letzte. Der Torweg bog in scharfer Rundung nach links; man ritt durch einen Mauerschacht, und als er sich öffnete, sah man breite Rampen, die auf die Mauer führten. Gegen den Torweg zu war eine Bastion aufgeschüttet, und oben standen wieder Maschinengewehre und ein leichtes Feldgeschütz. Sonst gab es nichts, und der Platz war vom Innenhof der Burg durch eine Zwischenmauer getrennt. Ein schmaler Durchlaß schien dahin zu führen, aber wieder war ein Viereck abgeteilt. Es war größer und es war belebt. In die Festungsmauer waren eiserne Ringe eingelassen, und an den Ringen stand Pferd neben Pferd. Es mochten hundert sein. Über ihren Köpfen lief der Wehrgang, aber es war nur ein Mann als Wache oben.
Er grüßte Dampignak, und er nickte Großer-Tiger und Christian wie alten Bekannten zu.
»Es ist Mendo«, sagte Donnerkeil, »er hat hinter dem Edsin-Gol auf euch gewartet, doch da war es Nacht, und so wißt ihr nicht, wie er aussieht.«
Fast die ganze Nordseite des Platzes nahm ein Haus ein, das in seiner Mächtigkeit die Festungsmauer übertraf. Die Wände waren dick, man sah es an den wenigen Fensteröffnungen und an dem Mauerkranz, der zahllose Schießscharten hatte. Aus der Tür kamen junge und alte Männer. Alle trugen schwere Reiterstiefel und bunte mongolische Gewänder. Sie umringten die Angekommenen und grüßten mit lauten Zurufen.
Dampignak sprang vom Pferd.
»Kommt!« rief Mondschein.
»Unsere Reisesäcke«, erinnerte Christian.
»Laßt alles, wie es ist«, sagte Mondschein.
Er nahm Christian und Großer-Tiger an der Hand und führte sie durch den Kreis der Männer, der immer größer wurde. Von allen Seiten kamen sie gelaufen; auf dem Mauerkranz der Kasematte tauchten sie auf, und viele standen auf dem schma-

len Rand des Lößfelsens, der die Zitadelle und den vierkantigen Wachturm trug.
»Seht den Hund«, riefen die einen.
»So schwarz ist kein Hund«, schrien andere.
»Also ein Teufel«, sagten die dritten.
Wieder ging es zwischen fensterlosen Mauern aufwärts. Es war kalt und dunkel in der engen Gasse, und es roch scharf nach Pferden. Dann öffnete sich ein quadratischer Platz. Er war vollkommen eben und glatt gestampft, und mittendrin standen drei schneeweiße Jurten auf runden Sockeln aus Lehmziegeln. Zwei Stufen führten zu den Eingängen. Ohne sich umzublicken, schritt Dampignak zu der mittleren Jurte, die als Bekrönung eine blaue Filzdecke trug. Die Tür stand offen. Dampignak verschwand darin, und die Leibwachen schlossen die Flügel mit der linken Hand. In der Rechten hielten sie die gleichen schweren Reitersäbel wie die Wachen am Tor.
Vor der ersten Jurte blieb Mondschein stehen.
»Hier ist das Gästezelt«, sagte er, »nebendran wohnt der Fürst, und die dritte Jurte ist für Donnerkeil, Djamiën-surun und für mich.«
»Wer ist Djamiën-surun?« fragte Christian.
»Er führt das Kommando in der Burg, wenn der Fürst und ich auswärts sind. Ihr werdet ihn kennenlernen.«
Mondschein öffnete die kleinen Flügeltüren. Die zwölf Monatstiere waren darauf geschnitzt, auf jeder Seite sechs. Tiger, Hase und Drache machten den Anfang, dann kam die Schlange.
»Weiter«, drängte Mondschein, und er schob Christian und Großer-Tiger vor sich her.
Durch das geöffnete Rauchloch drang das letzte Tageslicht in breiten Bahnen, die das Dachgestänge voneinander schied. Am Boden und in halber Höhe der Wände lag der Schatten davon wie das Gitterwerk eines Käfigs. Das Rund der Jurte war rasch überblickt. In Dampignaks Gästezelt lagen dunkle Teppiche aus Kaschgar mehrfach übereinander. Die Feuerstelle war wie überall in der Mitte, sauber gefegt, fest gestampft

und von Rundhölzern umgrenzt. Das dreibeinige Eisengestell war auch da, und ein Feuerchen brannte darin. Zwei Felle gegenüber dem Eingang deuteten die Schlafplätze an. Das war die Einrichtung und mehr brauchte es nicht.
Christian und Großer-Tiger wagten kaum, auf die schönen Teppiche zu treten, und gleich nach dem ersten Schritt blieben sie stehen, denn sie sahen, daß auf jedem der beiden Felle ein blauer mongolischer Mantel lag, dazu eine dunkelrote Schärpe, eine gestickte Tasche mit was drin, ein Paar Reiterstiefel und ein neuer herrlicher Seidenhut mit grauem Fuchsfell.
Hinter Christian und Großer-Tiger stand Mondschein und freute sich. Er grinste von einem Ohr zum andern, aber als Christian sich umdrehte, wurde Mondschein ernst, und schon hielt er einen blauseidenen Haddak in den Händen und kniete vor Christian.
»Nimm«, bat er, »diese minderwertigen Dinge von deinem Freund Mondschein.«
Da kniete auch Christian nieder, nahm den Haddak entgegen und führte ihn zur Stirn, wie er es gelernt hatte.
Während er »Zehntausendfachen Dank für himmelhohe Güte« murmelte, fischte er ängstlich in der Tasche und war glücklich, als er das schöne blaßblaue Seidentuch von Siebenstern fand, das er Mondschein bot.
»Es ist für uns beide«, sagte Christian und legte den Haddak geschwind auch über die Hände von Großer-Tiger, »wir haben nämlich bloß einen.«
Mondschein lächelte und er sagte: »Ich bin so großer Gabe unwürdig, ihr beschämt mich, ihr Heldensöhne.« Dann kriegte auch Großer-Tiger einen Haddak von ihm, wie der Brauch es verlangte.
»Ich gehe jetzt«, sagte Mondschein, »und ich wünsche Ruhe und Behaglichkeit.«
Als Mondschein das Zelt verlassen hatte, probierten Christian und Großer-Tiger zuallererst die Stiefel.
»Viel zu groß«, sagte Christian.
»Nein, sie passen«, sagte Großer-Tiger, »du mußt die Strümpfe dazu anziehen.«

»Welche Strümpfe?«
»Die da«, sagte Großer-Tiger und zeigte auf zwei dicke Filzstrümpfe, die aussahen, wie ein zweites Paar Stiefel. Man mußte sie aber nur in die Lederstiefel stecken, die dann enger wurden, und auf einmal paßten die Füße hinein und hatten schön warm. Über die gemusterten Schäfte ragten die rotgefaßten Enden der Filzstrümpfe ein Stückchen hinaus. So hatte man es bequem und konnte sich beim besten Willen nicht wundscheuern.
Nachher wollte Christian den Mantel probieren, aber er ließ ihn schnell fahren, als draußen ein gefährliches Knurren laut wurde.
»Hund!« rief Großer-Tiger.
»Sei friedlich«, rief Christian und lief zur Türe.
Als er sie aufstieß, stand der Pudel auf dem Absatz des Sockels, fletschte die Zähne und sah ganz so aus, als wollte er sich auf die beiden Männer stürzen, die in einiger Entfernung standen und sich fürchteten.
»Hund!« rief Christian und faßte ihn in die schwarzen Locken. »Hund, komm her, ich will dir deinen Platz zeigen.« Er führte ihn die zwei Stufen hinunter und blieb seitwärts mit ihm stehen.
»Er ist sanft«, erklärte Christian, »bitte, tretet unbesorgt ein.«
Da gingen die Männer ins Zelt, und Großer-Tiger nahm ihnen die Ledersäcke ab, die sie brachten, die Sättel, die Tasche von Christian mit dem Kompaß darin und die Pferdedecken. Eine davon gab er gleich Christian, damit er sie für den Pudel neben den Stufen ausbreitete.
»Hund, bleib hier!« befahl Christian streng.
Dann ging er ins Zelt zurück.
»Meinst du«, fragte Christian, als die Männer gegangen waren, »ob wir bald was zu essen kriegen?«
»Hast du Hunger?« fragte Großer-Tiger.
»Der Hund hat auch Hunger«, teilte Christian mit, »er gähnte wieder so laut.«
»Keine Sorge deswegen«, sagte Großer-Tiger, und er öffnete die Ledersäcke.

»Den Käse heben wir für unterwegs auf, aber das Fleisch geben wir ihm.«
Also kriegte der Pudel zwei große Stücke Dörrfleisch, und er fraß sie augenblicklich; er schluckte sie nur so hinunter. Die Mongolen, die vom Dach der Kasematte herüberschauten, und die vielen, die ringsumher auf den Mauern, auf dem Turm und auf den Felsrändern standen, lachten, aber einige schüttelten unwillig die Köpfe, als ob sie beleidigt wären.
»Nicht nötig«, riefen sie.
Da ging Christian wieder ins Zelt und sagte: »Mir scheint, wir haben etwas falsch gemacht.«
»Es gibt keine Hilfe«, tröstete Großer-Tiger, »immer alles richtig machen geht nicht. Jetzt wollen wir die Mäntel probieren.«
Die Mäntel waren außen blau, und es schien, als ob der Stoff aus Seide wäre, denn er schimmerte matt. Innen war weißes Lammfell, und die Ränder wurden von Goldborten eingefaßt. Der hochstehende Kragen war gelb. Die Mäntel reichten bis auf die Stiefel, aber als Christian und Großer-Tiger sich mühsam die roten Schärpen um den Bauch gewickelt hatten, waren auch die Mäntel etwas höher gerutscht und hatten genau die richtige Länge.
»Jetzt kommt die Tasche«, sagte Christian und stopfte sie von oben in den Gürtel. Sie war aus grüner Seide mit eingewebten Glückszeichen und einem roten Rand. In der Mitte war ein Schlitz, und als Christian hineinlangte, war ein silbernes Schnupffläschchen darin.
»Sollen wir?« fragte Christian.
»Wir sollen«, sagte Großer-Tiger.
Also probierten sie den Schnupftabak, der in den Fläschchen war.
»Dieses Nasenpulver . . .«, sagte Großer-Tiger; – aber dann sagte er nichts mehr, denn die Tränen traten ihm in die Augen, die Nase hob sich von allein, und Christian, der über Großer-Tiger lachen und ihm versichern wollte, wie komisch er aussehe, kam auch nicht dazu. Miteinander mußten sie viele Male und schrecklich niesen, und der Pudel draußen bellte.
»Wozu soll das gut sein?« fragte Großer-Tiger und setzte sich

erschöpft. »Höchstens für die Schule«, sagte Christian; »ich will es für die Rechenstunde aufbewahren.«
Als sie sich erholt hatten, setzte Christian den Fellhut auf, und Großer-Tiger setzte ihn auch auf, und da waren sie auf einmal richtige Mongolen. Sie steckten die Silberschalen in den Mantel.
»Wie Bator«, rief Christian, »du siehst wie Bator aus.«
»Deine Ama wird sich wundern«, sagte Großer-Tiger, und er sah nach den letzten Sonnenstrahlen, wie sie die Dachstangen überglänzten, und den Ruß, der in langen Fäden daranhing.
»Heute ist der erste Tag des neuen Monds«, fuhr Großer-Tiger fort, »und wir wollten doch nur einen Drachen steigen lassen.«
»Statt in der Schule«, sagte Christian, »sitzen wir in einer Räuberburg, und ich habe nicht geglaubt, daß es so etwas noch gäbe.«
»Warum er den Ring nicht haben wollte?« sagte Großer-Tiger nachdenklich, »er gehört doch ihm.«
»Das müssen wir überlegen«, schlug Christian vor, aber sie kamen nicht dazu, denn die Tür öffnete sich, und zwei Männer traten ein. Sie trugen runde Hüte mit einem Korallenknopf, von dem rote Seidenschnüre über den ganzen Hut fielen. In den ausgestreckten Handflächen hielten sie Silberplatten. Sie beugten das Knie, und sie sagten: »Bitte eßt Essen in Frieden.«
Christian und Großer-Tiger nahmen die Platten entgegen, aber es kamen noch welche und nachher noch einmal, und Großer-Tiger sagte: »Wir können nicht jeder ein ganzes Lamm aufessen.«
»Ihr seid unseres Fürsten geehrte Gäste«, sagten die Männer, »eßt, soviel ihr könnt, wir kommen wieder.«
Da aßen Christian und Großer-Tiger, aber sie sahen mit einem Augenaufschlag, daß sie niemals mit den vielen Speisen fertig werden konnten, mit dem Lamm schon gar nicht und noch weniger mit dem gekochten Hammel- und Antilopenfleisch. Von den Krapfen nahm jeder nur ein Stück, obwohl sie noch ganz frisch waren und noch warm, und von dem Käseberg brachen sie nur die Spitze ab. Dafür tranken sie alle Milch, die da war, und sie schmeckte süß und säuerlich zugleich. Nach

einer Weile trat einer der beiden Männer ein und füllte nach.
»Ene ju beino?« fragte Christian.
»Es ist Stutenmilch«, entgegnete der Mann, und die roten Seidenschnüre des Zeremonienhutes fielen nach vorn, weil er sich bei jeder Antwort höflich verneigte. »Jetzt sollt ihr aber mit dem Essen beginnen«, mahnte der Mann.
Großer-Tiger sah Christian an, und Christian sah Großer-Tiger an, aber da war der Mann mit dem Zeremonienhut verschwunden.
»Ich kann nicht mehr«, sagte Christian.
»Wir stehen wie die Ameisen vor dem Wu-Schan-Gebirge«, sagte Großer-Tiger.
»Es ist nicht mehr hell«, tröstete Christian schlau, »da sieht man nicht, wieviel wir übriglassen.«
Die Dämmerung war unbemerkt hereingebrochen. und die Jurte verdunkelte sich zusehends. In dem Rauchloch glänzte ein rundes Stück Abendhimmel, aber es war ein müder und rasch verlöschender Glanz. Nacheinander kamen die großen und die kleinen Sterne, und bald traten die beiden Männer wieder ins Zelt.
»Zehntausendfachen Dank«, sagte Christian, »für ein herrliches Mahl.«
»Ihr habt viel zuviel Güte an uns verschwendet«, sagte Großer-Tiger.
Die Männer verneigten sich stumm und nahmen kniend die Platten, die ihnen Christian und Großer-Tiger zurückreichten.
»Schlafen, gut schlafen«, wünschten die Männer, und einer zog an dem Strick, damit die Filzklappe über das Rauchloch fiel. Nur ein winziges Stück Himmel blieb frei, es war schmal wie eine Mondsichel. Bevor sie sich schlafen legten, gingen Christian und Großer-Tiger noch einmal vor das Zelt. Am Fuß der Treppe lag der Pudel und hatte eine Wasserschüssel und einen Freßnapf neben sich stehen. Er sprang fröhlich auf.
»Geht es dir gut?« fragte Christian.
»Bist du auch ein geehrter Gast?« fragte Großer-Tiger, und kraulte ihm den Kopf. Dann schauten sie auf die nachtdunklen Mauern und auf den Bergfried, auf dem ein Mann über die

Brüstung lehnte. Unten im Hof scharrten die Pferde, man hörte die Schritte der Wachen, und aus der Ferne kam Wolfsgeheul.
»Die müssen sich verlaufen haben«, sagte Christian.
»Wie wir«, sagte Großer-Tiger.
Christian seufzte, und er wartete darauf, daß Großer-Tiger »Es gibt keine Hilfe« sagen würde, aber Großer-Tiger streichelte den Pudel.
»Kwi-Schan«, sagte er, »glaubst du, daß alle so sind?«
»Ich möchte der Fürst nicht sein«, erwiderte Christian ausweichend.
»Vielleicht«, meinte Großer-Tiger, »hat Naidang recht, und er ist nur ein unglücklicher Mensch.«
Sie gingen ins Zelt zurück, und als sie sich mit den alten Mänteln zugedeckt hatten, denn die neuen schienen ihnen zu neu und kostbar dazu, schliefen sie ein. Sie waren zu müde, um weiter nachzudenken, sie waren in einer Räuberburg, sie hatten gegessen, sie hatten getrunken, und jetzt schliefen sie.
Mondschein, der eine Weile später die Türe öffnete und hineinschaute, schloß sie sachte wieder und ging zu Dampignak hinüber.
»Sie schlafen schon«, sagte er.
Am nächsten Morgen kamen die beiden Männer mit den rotseidenen Hüten frühzeitig. Es war noch dunkel, und sie machten Feuer und brachten das Frühstück. Für die Milch hatten sie diesmal eine größere Kanne gewählt, und sie entschuldigten sich wegen der Unachtsamkeit am Abend vorher. Sie brachten auch eine zweite Kanne, in der Wasser war, und weil zwei feuchte heiße Tücher und zwei zum Abtrocknen dabei lagen, erkannten Christian und Großer-Tiger, was gemeint war. Aber die Seife benützten sie deswegen doch nicht. Sie wischten mit den feuchten Tüchern über Gesicht und Hände, und sie trockneten sich ab. Dann sagten sie »Bolna«, und die Männer nickten verständnisvoll.
Als sie gegangen waren, trat Mondschein durch die Tür, und weil er gerade dazukam, wie Christian sich die Schärpe um den Bauch wickelte und Großer-Tiger auch damit anfing, sagte er: »So geht es nicht gut, anders geht es besser.«

»Wie ist anders, befehlender Herr?« fragte Christian.
»Leiht uns Euer Licht in dieser schwierigen Sache«, bat Großer-Tiger.
»Zu zweit geht es besser«, erklärte Mondschein, und er befahl Christian, das eine Ende der Schärpe an sich zu pressen.
»Jetzt dreh dich«, sagte er.
»Nur immer weiter«, befahl er, und während Christian sich langsam auf der Stelle drehte, ließ Mondschein den breiten Seidengürtel straff durch die Hände gleiten.
Da legte er sich in schöne enge Falten, und zum Schluß schob Mondschein das Ende von oben hinein. »Das hält«, sagte er befriedigt, und dann kam Großer-Tiger dran. Als beide fertig waren und als sie die neuen Hüte aufgesetzt hatten, sagte Mondschein: »Wir wollen die Burg betrachten. Sie ist für die Dauer gemacht, aber was ist das schon? Vielleicht verlassen wir sie bald.«
Miteinander traten sie vor das Zelt. Der lichte Morgenhimmel verhieß einen strahlenden Tag. Noch stand der Bergfried im Dunkel, und der Mann, der sich über die Brüstung lehnte, war ein körperloser Schatten; doch schon wurden die Ränder der Festungsmauern hell, und durch die Schießscharten im Osten drang das Licht.
Der Pudel sprang fröhlich auf und begleitete Christian und Großer-Tiger, als sie mit Mondschein über eine Rampe zu dem höchsten Verteidigungswerk der Burg emporstiegen.
Es lag auf einem Plateau von Lößfelsen, die zu Steilwänden abgegraben waren. Oben gab es noch einmal Mauern mit Schießscharten. Sie umgrenzten ein vollkommen leeres Viereck. An der Ostseite stand der Wachturm, aber auch er war von Mauern umgeben, die als letzte Zuflucht gedacht waren.
Mondschein wandte sich dem schmalen Torweg zu, und Großer-Tiger und Christian gingen hinter ihm drein, als von oben ein Stimme in schlechtem Chinesisch wetterte: »Ihr meine Brüder, eilends heraufkommen sofort, gleich wird Sonne geboren mit Empordringen und großem Heil.«
Mondschein lachte. »Geht flink«, sagte er, »mir scheint, Donnerkeil möchte euch den Sonnenaufgang zeigen.«

»Wir kommen«, rief Christian, und dann rannte er mit Großer-Tiger durch den Torweg. Sie überquerten den kleinen Binnenhof, und sie liefen nebeneinander die Holztreppe empor, die zum ersten Zwischenboden des Wachturms führte. Im Turm war es dunkel, es gab keine Fenster, und nur von oben fiel ein matter Schein durch einen viereckigen Ausschnitt. Man konnte auch keine Treppe mehr hinauflaufen, denn es gab bloß eine schwankende Leiter, die weiterführte. Rasch entschlossen schlüpfte Großer-Tiger aus den Stiefeln, und er war schon die Hälfte der Sprossen hinaufgeklettert, als Christian ihm folgte. Oben wartete Donnerkeil.

»Sonne sich verspäten, extra wegen euch sehr wahrscheinlich. Nicht hier«, rief er donnernd, »dies gewöhnlicher Ausguck-Platz, ein bißchen ganz oben, wo Habicht und Adler ausruhen, wenn müde sein etwa.«

Und schon beschritt er krachend eine zweite Leiter, die sehr steil stand und von der man nicht wußte, wohin sie führte und wo ihr oberes Ende war, denn nirgends gab es einen Lichtschimmer. Christian und Großer-Tiger schauten Donnerkeil nach, wie er im Dunkel verschwand.

Sie waren in der Turmstube mit den vier leeren Fensteröffnungen, und der Posten trat auf sie zu und grüßte. An der Wand hing ein Gewehr und ein Messinghorn.

Plötzlich gab es einen dumpfen Krach, und oben wurde es hell. Donnerkeil hatte mit seinem Kopf die Falltür aufgestoßen, die zur Plattform des Turmes führte. Christian und Großer-Tiger beeilten sich. Sie sagten »Auf Wiedersehen« zu dem Wachposten, und: »Wir sind gleich wieder da«, und dann stiegen sie die Leiter hinauf.

»Hier«, schrie Donnerkeil, »sein erhabener Platz von Vereinigung Himmel und Erde. Das da nicht beachten weiter.« Damit meinte er ein Maschinengewehr, das auf einem hohen Schlitten in der Mitte der Plattform stand.

»Hier Empordringen aus dem Dunkel, das meint Segen und erhabenes Heil. Klein bißchen warten! Nein«, rief Donnerkeil jubelnd, »schon da.«

Man sah die Sonne, wie sie sich über den Rand der Wüste

erhob. Feurig wie eine Schlechtwetterwolke stieg sie über den blauen Dunst, und sie übergoß die Wüste und die Kiesebene, die drei Hügel und die steinerne Burg mit flammendem Schein. Viermal blies der Wachposten in der Turmstube einen langgezogenen Trompetenton, aus jeder Fensterluke einen. Der Tag war da.

»Großer-Tiger«, flüsterte Christian, »ich muß dich etwas fragen.«

»Kwi-Schan«, flüsterte Großer-Tiger, »es gibt keine Hilfe. Wir müssen tapfer sein, oder so tun, als ob wir es wären. Das meintest du doch?«

»Das meinte ich«, sagte Christian.

»Wir sind ja zu zweit«, tröstete Großer-Tiger.

»Und wir sind uns einig«, sagte Christian.

Sie beugten sich über die Mauerbrüstung, und sie schauten nach Osten wie Donnerkeil, der den Arm hob und die Gebetskette freudig der Sonne entgegenschlenkerte, als ob er ihr winke.

»Schaut euch um, meine Brüder«, rief er, und Mondschein, der eben aus der Luke auftauchte, sagte: »Jetzt sollt ihr die Burg von oben betrachten.«

Er wies nach Norden, und da sahen Christian und Großer-Tiger weitläufige Höfe und feste Bauwerke, die sich bis in den rückwärtigen Talgrund senkten. Aus vielen Brunnen wurde Wasser geschöpft, überall standen Pferde an den Umfassungsmauern, Männer gingen mit Futtersäcken und Wasserkübeln, und durch die offenen Tore wurden Kamele und Pferde getrieben.

»Sie gehen auf die Weide«, erklärte Mondschein, »nicht weit von hier gibt es eine große Derreswiese.«

»Dort drüben«, rief Donnerkeil, »müssen betrachten meine Brüder Graben von dummem Volk, das meinen uns totschlagen können sofort wie Wolf im Winterchen Mond.«

Er grinste vergnügt und zeigte auf die Hügel im Westen und Osten, wo es eingesunkene Schützengräben und vorgetriebene Sappen gab, in der die chinesische Belagerungsarmee gelegen hatte.

»Sehr dummes Volk das«, sagte Donnerkeil zufrieden, und er begann zu erzählen, wie die Chinesen das leere Torwächterhaus stürmten, es aber bald wieder aufgeben mußten, als sie von oben Feuer erhielten.
Mondschein unterbrach ihn und hieß Christian und Großer-Tiger nach unten blicken. Man sah in senkrechtem Fall über die Turmwand und die Lößfelsen mitten auf den Platz, wo die drei Zelte standen. Aus der Jurte, in der Christian und Großer-Tiger geschlafen hatten, traten die beiden Männer mit den roten Seidenhüten, und sie trugen die Sättel unter dem Arm und die neugefüllten prallen Reisesäcke.
»Es wird Zeit«, sagte Mondschein ernst.
Als erster stieg er die Leiter hinunter, als zweiter folgte Donnerkeil, denn selbst auf dem Turm galt der Brauch, und erst dann kletterten Christian und Großer-Tiger zum Wachraum hinunter und nachher auf den finsteren Zwischenboden.
Über der viereckigen Luke erschien der Kopf des Wachpostens. »Sä Jabonah!« rief er ihnen nach.
Am Fuß der Leiter erwartete sie der Pudel und erhob ein Freudengebell. Es hallte von allen Wänden wieder, und der Lärm war so groß, daß selbst der Pudel erschrocken verstummte. Eilends stürmte er die Treppe hinunter und in den Zwischenhof, wo die Sonne schien, und wo Bellen wenig ausmachte.
Während Christian und Großer-Tiger in die Stiefel schlüpften, sagte Mondschein: »Ich muß euch Schmerz bereiten; der Hund muß hierbleiben und auf Glück warten.«
Darauf waren Großer-Tiger und Christian nicht vorbereitet. Sie gingen stumm und mit schweren Stiefeln, eins, zwei – eins, zwei die Treppe hinunter. Als sie ins Licht traten, blieben sie einen Augenblick stehen.
»Wir sind geblendet«, sagte Christian und wischte sich mit dem Ärmel über die Augen.
»Er ist kein gewöhnlicher Hund«, sagte Großer-Tiger unglücklich.
»Auch ungewöhnliche Hunde«, setzte Mondschein auseinander, »bellen, wenn sie still sein sollen. Das müßt ihr begreifen.«

»Wir begreifen es schwer«, sagte Christian und streichelte dem Pudel die Locken.
»Er wird es gut haben«, versicherte Mondschein.
»Ich ganz besonders achtgeben auf schwarzes Stück Hund«, erklärte Donnerkeil. Großer-Tiger wollte auch was sagen, aber dann sagte er doch nichts, denn was wäre anderes dabei herausgekommen als: »Es gibt keine Hilfe«. So gingen sie schweigend hintereinander durch den Torweg, über das Plateau und dann die Rampe hinunter zum Innenhof, wo die drei Zelte standen.
Hier verabschiedete sich Donnerkeil. Er ging zum Sattelplatz, und Mondschein nahm Christian und Großer-Tiger an die Hand. Die Wachen vor Dampignaks Zelt senkten die Säbel zum Gruß, sie öffneten die Türflügel, und der Uralte-Herr kam ihnen entgegen. Er war kein Mönch mehr. Er hatte das rote Lamagewand abgelegt und lächelte, als er die erstaunten Gesichter von Großer-Tiger und Christian sah. Auch Mondschein mußte sich fassen.
»Nehmt Platz«, bat Dampignak.
Aber Christian und Großer-Tiger weigerten sich. Sie sagten: »Nach Euch«, und »Wie dürften wir es wagen?« und Dampignak hörte ernsthaft zu.
»Meine Kinder«, sagte er, »ihr seid die ersten Gäste der Burg, die ohne jeden Arg zu mir kommen. Es ist mein Wunsch, euch zu ehren.«
Christian und Großer-Tiger wußten sich nicht mehr zu helfen. Sie knieten und sie riefen: »Wir sind unwürdige Knaben, vergebt unsern Ungehorsam.«
Aber Dampignak hob sie auf, und dann saßen sie auf zwei weißen Pantherfellen, und da es nun einmal so war, ließen sie es auch geschehen, daß der Uralte-Herr das Knie vor ihnen bog. Er sagte: »Mein Freund Mondschein, der mich auf allen Wegen begleitet, hat sich erbeten, euch mongolische Gewänder schenken zu dürfen. So bleibt mir wenig. Nehmt es als ein geringes Zeichen meiner Zuneigung.«
Während er das sagte, legte ihm Mondschein zwei hauchdünne Haddaks über die Hände und darauf zwei silbergefaßte

Dolche mit silbernem Kettengehenk. »Wir wagen es nicht«, sagte Christian, »habt zehntausendfachen Dank.«
»Ihr verschwendet Euer Herz«, sagte Großer-Tiger, »Ihr seid wie die Sonne am Mittag.«
Sie dankten mit einem Fußfall der Verehrung und reichten die Haddaks, die sie von Mondschein gekriegt hatten, als Gegengabe zurück.
»Ihr Männer«, rief Mondschein, »ich sage euch meine Freude.«
Der Uralte-Herr setzte sich. »Bevor wir reiten«, sagte er, »bitte ich euch, mir zu berichten, wie es in Peking aussah, als ihr fortgingt.«
»Wir haben gar nicht gemerkt, daß es Krieg geben würde«, antwortete Großer-Tiger. »Wir wollten einen Drachen steigen lassen, und alles war wie sonst.«
»Niemand hat etwas gewußt«, bestätigte Christian, »erst als wir an den Bahnhof Schi-Schi-Men kamen, waren auf einmal Kanonen und Soldaten da. Aber die Soldaten hatten keine Lust zum Kriegmachen.«
»Am Nan-Ku-Paß sind sie einfach fortgelaufen«, sagte Großer-Tiger.
»Und der General Wu brauchte nicht schießen«, sagte Christian, »er besetzte die Große-Mauer, weil kein Feind da war.«
»Er hat Peking erobert, und er hat Tientsin im Handstreich genommen«, teilte der Uralte-Herr mit, »ich erfuhr es durch die Telegrafen-Leute in Anshi.«
»Der General Wu-Pei-Fu wird den Bürgerkrieg beenden, und es wird schöner Friede sein«, rief Großer-Tiger.
Der Uralte-Herr sagte: »Dazu seid ihr unterwegs, ihr seid Boten des Friedens. Wißt ihr das?«
»Wir wußten es nicht«, sagte Großer-Tiger.
»Jetzt wissen wir es«, sagte Christian.
Es wurde still. Der blaue Himmel und eine helle Zuversicht strahlten von oben in Dampignaks Zelt. Auch hier lagen kostbare Teppiche, und ein Feuer brannte in der Mitte.
Langsam griff der Uralte-Herr in die Falte des grauen Mantels, den er trug, und seine Hand brachte das dünne Heft heraus, das zwischen die Holzblättchen gepreßt war.

»Keine Angst«, sagte er lächelnd zu Großer-Tiger, »das Blatt des heiligen Baumes wird nicht versehrt werden.«
Er knotete die Seidenschnur auf. Zuoberst lag ein verschlossener und versiegelter Brief, und Großer-Tiger las in breiter Pinselschrift die Worte: »An den sehr alten Gebieter Yang-Tsen-Hsin, Marschall von China, Gouverneur der Westlichen Provinz Sinkiang, Tih-Hua-Fu.«
Christian begann auch zu lesen, aber als er bis zu: »sehr alten Gebieter« gekommen war, sagte Dampignak zu ihm: »Da du, Kompaß-Berg, der Geheimbote des Generals Wu bist, so nimm auch meinen Brief und beuge das Knie für mich, wenn du ihn der alten Exzellenz gibst. Seid vorsichtig, meine Kinder, denn ein Brief des Räuberhauptmanns Dampignak wäre für die Boten gefährlich, wenn er in unrechte Hände fiele.«
»Ich werde nie mehr an die Brusttasche langen«, versicherte Christian.
»Wir werden so geheim sein«, sagte Großer-Tiger, »daß wir selbst nicht mehr wissen, was andere nicht wissen sollen.«
Christian nahm den Brief mit beiden Händen entgegen, hob ihn zur Stirn, und nachher steckte er ihn dahin, wo der Brief des Generals Wu seit einem Monat war.
»Ich bewundere meinen älteren Bruder Wu«, sprach Dampignak, »er ist einfallsreich und kühn. An ihn klammert sich das Volk wie Kinder an Vater und Mutter, aber er kennt seine Grenzen. Er haßt die Fülle, und er liebt die Bescheidenheit. Er sendet euch zu dem großen Befähigten, dem auch ich dienen möchte. Mein älterer Bruder Wu konnte keine begabteren Boten finden.«
»Wir sind gering«, wandte Christian ein.
»Wir verdienen keinerlei Beachtung«, sagte Großer-Tiger.
»Es geschieht nicht oft«, fuhr Dampignak fort, »daß der Wille des Himmels sich durch ein Beispiel kundtut.«
Er öffnete das dünne Heft, in dem es viele leere Blätter gab und zwei in der Mitte, die eng beschrieben waren. Ein seidener Heftfaden hielt sie zusammen. Dazwischen lag ein braunes vertrocknetes Fliederblatt. Dampignak hob es sorgfältig heraus, legte es beiseite und riß die beschriebenen Blätter aus dem

Heft. Da war es leer, und Dampignak legte das Fliederblatt behutsam in die Mitte zurück. Dann preßte er das Heft zwischen die Holzplättchen, schnürte die rote Schnur darum und verwahrte es in der Mantelfalte.

»Durch euch erfuhr ich«, sprach der Uralte-Herr, »von der Weisheit des Mannes Naidang, den man den Bilderbogen nennt. Er widerstand der Versuchung, um Unheil zu vermeiden. Für mich gibt es keine Versuchung. Ich kenne den Platz, und ich weiß, daß Gold und Edelsteine die Welt in Verwirrung stürzen. Ihr habt mich daran erinnert, solange es Zeit ist. Seht zum zweitenmal, wie ein unermeßlicher Schatz verbrannt wird.«

Er zerknüllte die dünnen Papiere und warf sie ins Feuer. Sie flackerten hell auf, die schwarze Asche krümmte sich, und als sie zerfiel, stand Dampignak auf.

»Wir reiten«, sagte er.

Er hing sich einen alten Dolch mit Silbergriff in den Gürtel, und Mondschein zeigte Christian und Großer-Tiger, wie man es machte.

»Wir drei«, sagte Dampignak, »tragen jetzt den gleichen Dolch, ich habe eure dem meinen nachbilden lassen, als ich von Pfötchen erfuhr, wie tapfer ihr den Wolf besiegt habt.«

Ohne eine Antwort abzuwarten, verließ er mit raschen Schritten das Zelt, und Mondschein folgte ihm.

Als sie am Gästezelt vobeikamen, machte Mondschein halt und sagte: »Seid nicht bekümmert, es wird ihm nichts geschehen, aber jetzt sollt ihr ihn anbinden.«

»Hund, komm her!« rief Christian.

»Armer Hund«, sagte Großer-Tiger und streichelte den dicken Kopf, während Christian ihm das lederne Halsband umlegte, das Mondschein bereit hielt. Es war alles da. Die Kette, die an einem Ring festgemacht war, und der Ring, der in den Sockel des Gästezelts eingelassen war.

»In vier Tagen kommen Glück und Ungemach«, tröstete Mondschein.

»Und Ohnezehen«, fügte Christian hinzu.

»Sagt ihm, daß er eure Sachen gut bewachen soll.«

»Und die Pistole?« fragte Christian.
»Auch die Pistole«, sagte Mondschein, »es genügt, wenn ich eine habe.«
»Hund«, ermahnte ihn Großer-Tiger, »wir gehen jetzt, und du sollst nicht traurig sein.«
Aber der Pudel wollte mit. Er richtete sich an der Kette auf, er bellte und begann jämmerlich zu klagen, und das Halsband würgte ihn. Christian ging noch einmal zurück, da legte ihm der Pudel die Pfoten auf die Schultern, und so umarmten sie sich.
Im Hof neben der Kasematte waren alle Pferde fort bis auf vier, die gesattelt mitten auf dem Platz standen und von einem untersetzten derben Mann am Zügel gehalten wurden. So sah es aus, aber es war anders, denn er hielt nur drei Pferde, und das vierte hielt Donnerkeil. Doch das sah man erst beim Näherkommen. Das vierte Pferd war der braune Hengst mit der hellen Mähne und dem hellen Schweif.
Dampignak saß gleich auf, und Mondschein hatte kaum mehr Zeit, Großer-Tiger und Christian dem untersetzten Mann vorzustellen. Er trug einen dicken schwarzen Schnauzbart, und Mondschein sagte, daß er Djamiën-surun heiße und der Burgvogt sei.
»Steigt immer auf«, sagte Djamiën-surun wohlgelaunt, »ich habe euch die besten Pferde ausgesucht. Keine Angst, die halten mit ihm Schritt.« Damit meinte er den Hengst, den Donnerkeil eben losgelassen hatte.
»Sä Jabonah!« brüllte Donnerkeil dem Uralten-Herrn nach, und dann kam er eilends herbei und breitete die Arme aus. »Oh, ihr meine jüngeren Brüder«, rief er donnernd, und nacheinander umarmte er Christian und Großer-Tiger, die sich ihm vom Sattel aus entgegenneigten, »werden wir uns wiedersehen in diesem Leben etwa?«
Tränen standen ihm in den Augen, und plötzlich zerrte er an seinen dicken Fingern, als wolle er sie ausreißen.
»Vielmals entschuldigen«, rief er, »wegen grober Beleidigung und Nichtachtung. Haddak in großer Eile nicht vorhanden, aber herzliches Gedenken von armem Lama Donnerkeil.«

Dabei steckte er Christian den Silberring, den er am kleinen Finger getragen hatte, auf den Daumen, und Großer-Tiger kriegte den andern, den Donnerkeil am Mittelfinger gehabt hatte. Er paßte nirgends hin.

»Nicht gut angemessen«, jammerte Donnerkeil, aber da trabte Mondschein los, und Christian und Großer-Tiger folgten ihm.

»Sä Jabonah«, brüllte Donnerkeil schmerzlich, »Sä Jabonah«, rief Djamiën-surun ungerührt, und »Sä Jabonah« rief es von allen Mauerkronen und vom Turm.

Zwischenhinein hörte man das Heulen und Winseln des Pudels. Im Torweg verschluckte das Dröhnen der Hufe und der Widerhall von den Wänden jeden andern Lärm. Die Wachen grüßten mit dem Säbel, und es ging den Hügel hinunter. Das Torwächterhaus blieb zurück, der niedere Rundturm mit den Maschinengewehren fiel keinem mehr auf, und dann waren sie auch schon draußen, und jagten dem Uralten-Herrn nach, der weit voraus ritt und sich nicht umblickte. Er folgte der Karawanenstraße, die nach Westen zog.

Siebenundvierzigstes Kapitel, mit neuer Nachricht von Herrn Grünmantel

Die schnellen Pferde legten eine Strecke zurück, die Christian anfangs zu schätzen versuchte, doch er gab es bald auf.

»Kann man in einer Stunde zwanzig Li reiten?« fragte er Großer-Tiger, aber Großer-Tiger wußte es nicht.

»Ich glaube, unsere Pferde können mehr«, sagte Christian.

Der Weg war eben, obgleich der Bergzug vom Süden her wieder näher kam. Jedesmal, wenn es schien, als wolle er seine Ausläufer bis an die Karawanenstraße schicken, war es doch nicht so. Es gab keine Steigung.

Erst am Nachmittag, als die Schatten länger wurden, fielen die Pferde in Schritt. Es ging einen Hang hinauf. Auch vom Norden her schoben sich die Vorläufer von Bergen bis an die Karawanenstraße, und schließlich wurde ein breites Tal aus der Ebene, und die Berge trugen Kuppen aus schwarzgrünem

Gestein. Es waren Felsenzähne, die den Löß und den Sand und den Kies, der darauf lag, durchstießen, um zu zeigen, was das Erdinnere der schwarzen Gobi barg. Im Tal lag dünn angewehter Sand.
Die Tritte der Kamele von Mas Karawane waren scharf ausgeprägt, zuweilen sah man die Hufspuren einiger Pferde.
»Ma ist nicht weit vor uns«, sagte Mondschein, »heute Nacht lagert er am Steilhang-Brunnen und morgen in Möng-Schui. Er hält seine Verabredung ein.«
»Wir auch«, sagte Christian.
»Wie wollt ihr es eigentlich machen?« erkundigte sich Mondschein.
»Es ist wie beim Mäusefang«, antwortete Großer-Tiger, »man weiß nicht, ob er in die Falle geht, und man muß es abwarten.«
»Du meinst: Tinger metne?«
»Ja, das meine ich.«
»Was ist in diesem Behälter?« fragte Christian, und klopfte auf das gewölbte Lederfutteral, das an Mondscheins Sattel hing.
»Eine Pistole«, antwortete Mondschein, »sie ist dazu da, wenn es pressieren sollte. Man tut das bloß, versteht ihr, weil der Mensch sterblich ist. Aber am besten macht man nichts damit. Pistolen dienen auch den Rotbärten nur zur Verzierung, oder damit einer Angst kriegt, der in ungestörtem Behagen seine Zeit mit Bosheit verbringen möchte. Natürlich kann man auch schießen, aber wer schießt schon gerne? Bloß unbesonnene Leute tun das.«
»Glück«, sagte Großer-Tiger, »hat uns ebenso belehrt.«
»Daran sehe ich«, erwiderte Mondschein, »daß er euch heil nach Urumtschi bringen wird. Für heute sind wir da.«
»Wo?« fragte Christian, aber es war nicht mehr notwendig zu fragen.
Der Uralte-Herr bog von der Karawanenstraße ab und ritt nach Süden in die Berge hinein. Nach einer halben Stunde kamen die schwarzen Kuppen näher, und man sah, daß die Felszacken aus dem Urgrund aufschossen, hüben und drüben und überall. Es war wie in einer abseitigen Welt, wo einer schwarze Warnungstafeln mit »Betreten verboten« aufgestellt

hat. Dampignak ritt zwischen den Felsen durch, und dann dauerte es nicht lange, bis es abwärts ging und in ein Tal hinein, wo es runde Hügel als Begrenzung gab, auf dem Grund ein Wässerchen und daneben zwei blaue Reisezelte.

Wieder einmal war alles vorbereitet. Der rote Roßschweif war aufgerichtet, aber die Zelte waren einfach blau, eins wie das andere. Zwei Männer warteten und sie begrüßten Dampignak. Sie sagten: »Es hat sich nichts ereignet. Die Dinge sind im Gleichgewicht. Tangat wird nach Mitternacht zum Bericht kommen.«

Sie nahmen die Pferde am Zügel, und Dampignak winkte Christian und Großer-Tiger.

»Seid meine Gäste«, bat er, »teilt mein Zelt. Wir wollen beisammenbleiben, solange es uns vergönnt ist.«

Als sie beim Tee saßen, brachten die Männer die Reisesäcke und die Tasche Christians.

Mondschein sagte zu ihnen: »Nehmt den Roßschweif weg, man kann nie wissen.«

Die Männer blickten auf Dampignak, aber Dampignak widersprach nicht, und so gingen sie.

Der Uralte-Herr saß unbewegt mit vorgebeugtem Haupt und starrte ins Feuer. Sein Daumen schob eine Kugel der Gebetskette nach der andern über den Zeigefinger, manchmal bewegten sich die Lippen, aber sie blieben stumm. Die Lider senkten sich über die Augen. Nur ein Spalt blieb offen.

Christian und Großer-Tiger verließen das Zelt, um die Hügel zu betrachten und nachzusehen, woher das Wässerchen kam und wo es verschwand.

»Es ist gut, daß er nicht dabei ist«, sagte Christian und zupfte einen Derreshalm ab, der von einem abgefressenen Büschel übriggeblieben war.

»Er hätte nicht durchhalten können«, gab Großer-Tiger zu, »wir sind scharf geritten.«

»Und er hätte womöglich gebellt, wo er nicht sollte.«

»Mir scheint, es darf niemand wissen, daß wir hier sind«, sagte Großer-Tiger.

»Mondschein hat sogar den Roßschweif wegnehmen lassen.«

»Die Herren sind eben vorsichtig«, meinte Christian, und er warf einen Blick in das Zelt nebenan. Es stand offen.
Einer der Männer saß am Feuer und kochte das Abendessen.
»Ene ju beino?« fragte Großer-Tiger.
»Nudeln«, antwortete der Mann.
»Das ist ein gutes Essen«, sagte Christian, »ich habe Hunger.«
Sie gingen weiter und kamen an den Pferden vorüber, die an einer Leine standen mit umgehängten Futtersäcken. Über die Hügel kam der zweite der Männer. Er ritt auf einem Kamel und trieb drei andere vor sich her ins Lager. Plötzlich hielt er an, und gleichzeitig hörte man einen fernen Zuruf, der ihm galt, damit er Lust bekäme, zu warten. Christian und Großer-Tiger sahen niemand, denn das Tal war klein. Ringsum gab es Hügel und Berge. An der Südseite wuchsen vereinzelte Kräuterbüschel und ein wenig Gelbholz, aber weiter oben war alles kahl. Da gab es nur die schwarzen Felszähne.
Lange dauerte es nicht, bis sich der Zuruf wiederholte; und ein wenig näher war er auch schon. Dennoch währte es eine gute Zeit, bis der Rufer in Sicht kam. Er ritt auf einem Kamel, aber das Kamel ging schleppend, und manchmal knickte es ein und stolperte. Es war vollkommen erschöpft. Als der Reiter die Zelte erblickte, sprang er gleich aus dem Sattel und ging zu Fuß neben dem Kamelmann her, der ihm zu Gefallen auch abstieg. Miteinander kamen sie näher.
»Ein Fremder«, sagte Großer-Tiger.
»Wir müssen es Mondschein sagen«, meinte Christian.
Also gingen sie ins Zelt zurück und meldeten, daß ein Fremder komme auf einem Kamel, das kaum mehr gehen könne.
»Führt ihn zu mir«, befahl Dampignak, »aber sagt ihm nicht, wer ich bin.«
»Vielleicht weiß er es schon.«
»Keine Bedenken deswegen«, erwiderte Dampignak, »meine Männer sind schweigsam.«
Da gingen Großer-Tiger und Christian dem fremden Mann entgegen. Es war ein Mongole, er war groß, braungebrannt und bartlos, und er hatte viele Runzeln im Gesicht, die hin und her liefen wie schwarze Federstriche. Er war hohlwangig und

man sah, daß er nicht viel zu essen kriegte. Sein Kamel war noch magerer. Die Fetthöcker waren nach rechts und links umgefallen und hingen wie schlaffe Säcke über die hervorstehenden Rippen. Auf der Brust trug der Mann an einer gedrehten dicken Seidenschnur ein silbernes Kästchen, das fein ziseliert und in der Mitte ein wenig offen war. Man sah aber nicht, was darin steckte.

Christian und Großer-Tiger grüßten, und als der Mann sein Schnupffläschchen aus dem Gürtel zog, freuten sie sich, daß sie auch eins hatten. Sie waren keine Anfänger mehr. Sie tauschten die Fläschchen, sie führten sie zur Stirn, sie sprachen die vorgeschriebenen Worte schön langsam und fehlerlos, und wenn Großer-Tiger das »R« ausließ und dafür »L« sagte, so war das weiter nicht schlimm.

Der fremde Mongole wußte nicht recht, wen er vor sich hatte. Großer-Tiger, das merkte er bald, war ein Chinese, aber bei Christian war er im Zweifel. Ein Orros, dachte er, auf jeden Fall ist er ein Ausländer, oder sollte er am Ende ein Torgot-Mongole sein? Bei denen gab es welche, die blonde Haare hatten. Er wollte fragen, aber Christian sagte: »Unser Nojen wünscht Euch zu sehen.«

»Habt ihr einen Nojen bei euch?« fragte der Fremde. Er wandte sich leise an den Kamelmann. »Ist er ein großer oder kleiner Nojen?« Allein der Kamelmann zuckte die Schultern, und »Das wirst du schon merken«, sagte er, »geh nur.« Er nahm das Kamel des Fremden und führte es zum Wasser, wo es sich zum Trinken niederlegte. So müde war es.

Christian und Großer-Tiger gingen voraus. Sie öffneten das Zelt, und sie baten den Fremden, einzutreten. Als er Dampignak erblickte, beugte er das Knie und grüßte höflich, und sie wechselten die Schnupfflaschen. Nachher sagte er: »Ich höre, daß Ihr ein Nojen seid.«

»Du siehst«, log Mondschein drauflos, »einen Offizier der Leibwache des alten Gebieters in Urumtschi vor dir. Er kontrolliert die Grenzposten.«

»Ich dachte, ich wäre schon an Möng-Schui vorüber. Entschuldigt meine Unkenntnis.«

»Möng-Schui liegt hinter dir. Wir sind, verstehst du, ein wenig über die Landesgrenzen hinausgeritten, um die Leute Dampignaks zurechtzuweisen. Ab und zu muß man diesen Rotbärten sagen, wer sie sind und wohin sie gehören.«
Der Fremde zögerte mit einer Antwort. Man sah ihm an, daß er am liebsten geschwiegen hätte. Schließlich sagte er bedächtig: »Du hast recht; es gibt Leute, die sich über die Rotbärte beklagen.«
»Nicht möglich!« rief Mondschein.
»Wo kommst du her?« fragte Dampignak dazwischen.
»Ich heiße Dämbit«, sagte der Fremde, »und ich bin ein Pilger. Ich war in Lhasa, und jetzt gehe ich nach Hause. Der Himmel weiß, ob ich meine Heimat wiedersehe, denn mein Kamel hat die Kraft verlassen, und bis zu den Tschuun-Sunit ist ein weiter Weg.«
»Wie lange bist du auf Reisen, Dämbit?«
»Das dritte Jahr neigt sich dem Ende. Zu Beginn des vierten hoffte ich daheim zu sein.«
»Ich sehe, deine Mühe war nicht vergebens«, sagte Dampignak, und er verneigte sich vor dem silbernen Kästchen, das Dämbit auf der Brust trug.
»Ich erhielt den Segen des Dalai-Lama«, sagte Dämbit einfach.
»Du bist ein glücklicher Mensch«, rief Dampignak, »und ich sage dir meine Freude, dich bei uns zu sehen.«
Einen Augenblick war es still, aber dann ließ es Mondschein keine Ruhe mehr. Er fragte: »Wohin willst du jetzt, Freund Dämbit?«
»Ich möchte die Straße der Nachdenklichkeit erreichen, aber ich habe den Weg verloren. Wieviele Tage muß ich nach Norden reiten?«
»Von hier ist es nicht gut, geradewegs nach Norden zu reiten. Du fändest kein Wasser. Reite bis zur Karawanenstraße, die von Hami kommt. In einer Stunde bist du dort. Folge ihr nach Osten, und in zwei Tagen kommst du zur Burg des Uralten-Herrn. Dort magst du nach der Straße der Nachdenklichkeit fragen; die Kerle zeigen dir den Weg. Man sagt, sie seien freundlich zu Pilgern und zu armen Reisenden.«

»Ich fürchte mich trotzdem«, sagte Dämbit, »man hat mich eindringlich gewarnt.«
»Recht so«, sagte Mondschein, »wir haben unsere Grenzsoldaten angewiesen, jedermann zu warnen. Ich merke, sie tun ihre Pflicht. Einzelne Reisende allerdings ... was meint Ihr, Hauptmann?«
Dampignak schwieg. Er blickte an Mondschein vorbei, und jeder merkte, daß er nicht antworten wollte.
»Die Grenzsoldaten sind es nicht«, wandte Dämbit ein, »sie haben mich nicht gewarnt. Es war wer anderer. Die Soldaten sagten sogar: ›Sei unbesorgt, dir schenken die Rotbärte was, wenn sie dich sehen.‹ Und sie trugen mir obendrein Grüße und Glückwünsche auf für einen, der tot war und jetzt wieder lebt.«
»Das nenne ich Pflichtvergessenheit«, schrie Mondschein, »was meint Ihr, Hauptmann?«
Christian und Großer-Tiger senkten die Köpfe. Sie merkten, weshalb Mondschein so laut schrie, und sie hatten Mühe, das Lachen zu unterdrücken, das herauswollte und nicht durfte. Großer-Tiger preßte die Finger ineinander, Christian biß sich wieder einmal auf die Zunge, aber der Uralte-Herr sprach gelassen: »Die Menschen sind so geartet, daß sich ihr Herz eher den schlimmsten Banditen zuneigt als der Obrigkeit. Wie heißt der, dem du Glückwünsche für erfolgte Wiederbelebung bringen sollst?«
»Er heißt Mondschein«, antwortete Dämbit, »›und das Schwert‹, sagten die Soldaten, ›fuhr ihm mitten durch die Gehirntasche. Da starb er und war tot. In der Nacht aber kam Kalatschakra und machte ihn wieder gesund.‹ So sagten die Soldaten, und Mondschein muß ein großer Krieger sein und ein guter Mensch, denn in unserer Zeit sind solche Wunder selten geworden.«
»Sieh mich an«, sagte Mondschein, »auch mir klopfte das Schwert die Gehirntasche auf, aber davon macht niemand ein Aufhebens.«
Dämbit fuhr erschrocken zurück, als Mondschein den Hut aus der Stirn rückte. Die feuerrote Narbe lief wie ein Band von

einer Schläfe zur andern, und Mondschein sagte lachend: »Eine Zierde ist es nicht, aber deshalb brauchst du nicht erschrecken.«

»Es ist nicht deswegen«, stotterte Dämbit, »es ist wegen der Ähnlichkeit. Einer, der Mondschein gesehen hat, beschrieb ihn mir.«

»Ich will nicht hoffen«, sagte Mondschein, »daß ich ihm ähnlich sehe.«

»Das ist es ja«, rief Dämbit, »wovon das Erschrecken kommt. Vorgestern traf ich zwei Männer mit einem Wagen, der von selber geht, und einer von ihnen erzählte haarklein, wie Mondschein aussieht. Er sagte: ›Dieser und der Uralte-Herr sind die ärgsten Verbrecher der Zehntausend Staaten. Ich werde aber dafür sorgen, daß sie das Schwert des Henkers frißt.‹«

»Desto besser«, sagte Mondschein erfreut, »der Herr wird uns eine große Sorge abnehmen. Wie heißt er denn?«

»Sein Begleiter nannte ihn ›Herr Grünmantel‹.«

»Sieh da«, rief Mondschein, »du mußt nämlich wissen, Dämbit, daß Herr Grünmantel ein alter Bekannter von mir ist, ein Herr, dessen Ruhm die Täler und Schluchten füllt. Welche Freude, wenn in der Wildnis der Schritt eines lange Gesuchten endlich ans Ohr dringt. Wo trafst du ihn, den lieben Alten?«

»Ich kam dazu, wie er zwischen Hsing-Hsing-Hsia und dem Ort, den man Fallende-Wand nennt, in einer Kiesbank steckenblieb.«

»Ich hoffe, du hast ihm geholfen.«

»Ich half ihm, weil man hilfreich sein soll. Er hieß mich schaufeln, und ich schaufelte, er hieß mich Bretter tragen, und ich schleppte sie. Da konnte er weiterfahren.«

»Gewiß hat er dich fürstlich belohnt, der alte Wohltäter.«

»Ich bat um keinen Lohn.«

»Da half er dir, wie du ihm halfst. Oh, ich kenne ihn.«

Wieder zögerte Dämbit mit einer Antwort. Endlich sagte er: »Indem der Herr Grünmantel dein Freund ist, braucht darüber nicht gesprochen werden.«

»Ich sehe schon«, rief Mondschein, »Freund Grünmantel hat in der Eile vergessen, sich zu bedanken.«

»Das ist es nicht«, sagte Dämbit.
»Was ist es denn? Hat er dich in seiner Güte beschämt?«
Dämbit schüttelte den Kopf. »Da du es wissen willst«, sagte er, »sollst du es erfahren. Dieser Herr Grünmantel rief mir nach: ›Was stehst du da, Lausekerl. Ich habe keine Reichtümer zu verschenken. Bedanke dich bei Mondschein, der mich ausgeraubt hat. Bist wohl auch ein alter Hung-Hu-Tse?‹«
»Nun, nun«, sagte Mondschein begütigend, »Freund Grünmantel ist ein wenig hart. Er ist ein Dungane und vom Mongol-Joss weiß er nichts. Vielleicht«, entschuldigte er, »ist ihm das Fahren mit einem Wagen, der von selber geht, in den Kopf gestiegen. Manche Leute ertragen das nicht gut.«
»Genug«, rief Dampignak, »dein Grünmantel scheint großen Rühmens unwert zu sein. Wir wollen Tee trinken.«
»Die kleinen Jungen«, sagte Christian bescheiden, »möchten sich erdreisten, auch etwas zu fragen.«
»Ihr sollt fragen«, bestimmte Dampignak.
Christian wandte sich an Dämbit. »Ihr müßt wissen«, sagte er, »daß mein Freund Großer-Tiger und ich diesen Herrn Grünmantel gesehen haben, als er am Edsin-Gol an uns vorüberfuhr. Da hatte er weiter nichts geladen als eiserne Fässer und Kannen. Darf ich fragen, was jetzt auf dem Wagen war?«
»Der Wagen war voll leerer Kannen«, antwortete Dämbit, »bis auf ein großes eisernes Faß. Es stand vorn in einer Ecke.«
»War sein Begleiter ein Soldat?« fragte Großer-Tiger.
»Ein Soldat war er nicht«, antwortete Dämbit, »er war klein und dick und schnaufte. Zu Grünmantel sagte er ›Verehrter Herr‹, und er trug einen schwarzen Kaufmannsrock, der nicht mehr schwarz war, sondern verschossen.«
»In welche Himmelsgegend fuhr Grünmantel weiter?« fragte Christian.
»Er fuhr nach Norden.«
»War er bewaffnet?«, wollte Großer-Tiger wissen.
Dämbit lachte. »Ihr fragt viel«, sagte er, »aber ich erinnere mich. In der Wagenhütte, wo die beiden auf einer Bank saßen, lag ein Gewehr.«
»Nur noch eine Frage«, bat Christian, »ich möchte nämlich

gerne wissen, um welche Stunde Ihr mit Grünmantel zusammentraft?«
»Die Sonne stand im Mittag«, antwortete Dämbit verwundert, »wozu mußt du das wissen?«
»Nur so«, antwortete Großer-Tiger obenhin, »mein Freund Kompaß-Berg fragt oft Sachen, um die man sich nicht kümmern muß, weil sie keine Bedeutung haben.«
»Ach so«, sagte Dämbit.
»Tee trinken«, rief Mondschein, und er füllte Dämbits Schale und tat ein Stück Schafbutter hinein.
Christian nahm die Tasche mit dem Kompaß, und Großer-Tiger stand auch auf.
»Wir gehen«, sagte er, »denn wir möchten die Gegend ein bißchen betrachten und alles, was es gibt.«
»Es gibt Nudeln«, sagte Mondschein.
»Ich freue mich«, sagte Christian, und dann stiegen sie hinter dem Zelt den ersten Hügel hinauf, und als sie oben waren, gingen sie wieder hinunter bis dahin, wo sie niemand sehen konnte, und dort setzten sie sich nieder. Christian holte das Westliche-Blatt aus der Tasche und für alle Fälle auch den Kompaß, und dann sagte er: »Hier ist Möng-Schui und hier ist Hsing-Hsing-Hsia. Hier sind wir; und vorgestern war Grünmantel zwischen Hsing-Hsing-Hsia und dem Ort, der Fallende-Wand heißt.«
»Wo ist Fallende-Wand?« fragte Großer-Tiger.
»Ich weiß es nicht, aber es muß wohl hier sein, wo die Berge anfangen. Siehst du diese spitzen Dinger, die aussehen wie eine Zahnbürste?«
»Ich sehe die Zahnbürste.«
»Die Zahnbürste ist das Zeichen für Felsen, und ganz gewiß ist dort Fallende-Wand, und wenn ich wieder daheim bin, schreibe ich es den Kartenmachern.«
»Aber jetzt?« fragte Großer-Tiger, »was ist jetzt?«
»Jetzt ist alles klar«, versicherte Christian. »In diesem Tal«, und Christian deutete einfach in die Mitte zwischen Hsing-Hsing-Hsia und dem Felsgebiet, »traf Dämbit mit Grünmantel zusammen.«

»Wo ist das Tal?« fragte Großer-Tiger, weil er es genau wissen wollte. »Man kann es nicht sehen«, gab Christian zu, »aber es wird schon dasein, denn Dämbit sprach von einer Kiesbank, in der der Wagen steckenblieb. Kiesbänke gibt es nur in Tälern.«

»Aha«, sagte Großer-Tiger, und im stillen bewunderte er Christian, der sich so gut mit Tälern auskannte.

»Dämbit konnte nur langsam reiten«, fuhr Christian fort, »weil sein Kamel kraftlos war. Deshalb brauchte er drei Tage, bis er hierher kam. Grünmantel war eine oder zwei Stunden später in Fallende-Wand, also am Nachmittag.«

»Das war vorgestern«, sagte Großer-Tiger.

»Das ist es eben«, erwiderte Christian betrübt, »was macht er so lange dort? – Für übermorgen ist er mit Ma verabredet, dazwischen bleiben fünf Tage. Was tut Grünmantel an dem Ort Fallende-Wand?«

»Ich weiß es nicht.«

»Ich weiß es auch nicht.«

»Da wir es beide nicht wissen«, sagte Großer-Tiger, »ist auch nicht alles klar.«

Christian gab es zu, und Großer-Tiger fragte, wie weit es, von Fallende-Wand bis Möng-Schui wäre.

»Vielleicht siebzig Li«, schätzte Christian, »es können auch achtzig sein. Ein Kamel braucht einen Tag, ein Pferd einen halben und ein Auto zwei Stunden. Es kommt auf den Weg an.«

»Es gibt keine Hilfe«, sagte Großer-Tiger, »immer ist etwas, was man nicht weiß.«

»Vielleicht kriegen wir es heraus«, tröstete Christian, aber obgleich er sich anstrengte und obgleich Großer-Tiger sagte: »Am Ende ruht sich Grünmantel bloß ein bißchen aus«, schien es ihnen unwahrscheinlich, daß er fünf Tage dazu brauchen würde.

Als Mondschein »Essen essen!« rief, und »Wo steckt ihr Heldensöhne?« gaben sie das Nachdenken auf. Sie gingen zum Zelt zurück, aber Christian, dem unterwegs eine neue Frage eingefallen war, konnte es kaum erwarten, bis die Mahlzeit vorüber war. Dämbit, der wenig aß, weil er zu lange gefastet hatte, erzählte von seiner Wallfahrt. Über ein halbes Jahr war er in der Götterburg Lhasa gewesen. Er sprach mit Hingebung von der Pracht, die er gesehen hatte, und von der wilden unzugänglichen Bergwelt, in der die eingemauerten Einsiedler hausten. Von der eigenen Mühsal sprach er kein Wort, sie stand in seinem Gesicht geschrieben. Alle hörten zu, und Mondschein sagte hin und wieder »Kaum zu glauben« oder sonst etwas Passendes. Bevor er aber »Schlafen, gut schlafen« sagen konnte, platzte Christian heraus: »Ich erlaube mir zu fragen, wie es an dem Ort Fallende-Wand aussieht. Ich bitte um Vergebung meiner Unwissenheit«, fügte er hinzu, als er merkte, wie alle verstummten.

»Ich war noch nie dort«, sagte Dämbit, »aber der Herr Hauptmann wird es wissen. Fallende-Wand liegt im Grenzgebiet.«

»Wir sind erst seit kurzem hier«, entschuldigte Mondschein geschwind, »denn eigentlich gehören wir zur Leibwache des alten Gebieters in der Hauptstadt. Ich sprach schon davon, und ich glaube, wir sollten jetzt schlafen.«

»Schlafen, gut schlafen«, wünschte Dampignak, und damit war jedes Gespräch zu Ende.

»Schade«, flüsterte Christian Großer-Tiger ins Ohr, »jetzt wissen wir so wenig wie zuvor.«

»Die Anfangsschwierigkeit bewirkt Gelingen«, tröstete Großer-Tiger, »wer keine Beschränkung kennt, wird zu klagen haben.«

»Sobald wir daheim sind«, sagte Christian, »werde ich deinem Großvater einen Dankesbesuch abstatten; er weiß für alle Lebenslagen das richtige Trostwort.«

»Du wirst sehen, daß er recht behält«, versicherte Großer-Tiger.

Da war Christian überzeugt, daß alles zum besten stehe. Er dachte noch geschwind an den Pudel, und ob Donnerkeil auch für ihn die richtigen Trostworte fände, und nebendran fing Dämbit an zu schnarchen.

Über das Zelt zogen die flammenden Sterne der Nacht. Es gab keinen Dunstschleier, alles war klar wie am Tag. Bis Mitternacht strömte der Sand die Tageswärme aus, dann wurde es kalt.

Christian erwachte, als der Kamelmann kam und Feuer machte. Dampignak saß abwesend auf seinem Platz unter der Zeltstange, und die Kugeln der Gebetskette glitten über den quergestellten Zeigefinger. Wahrscheinlich saß er schon lange so, vielleicht die halbe Nacht. Christian traute sich nicht, aufzustehen und den Morgengruß »Gut geschlafen?« zu sagen. Er wartete lieber, bis Mondschein erwachte und mit seinem derben fröhlichen Gehaben die Schläfer aufrüttelte und um den Teekessel versammelte.

Viel gesprochen wurde nicht. Dämbit, der Pilger, ging hinaus, um vor Sonnenaufgang den Seelen der Abgeschiedenen ein Trankopfer zu bringen, und als er wiederkam, gab es Tee mit Hirse; und Mondschein tat überall ein wenig Butter hinein. Christian hörte, wie die beiden Kamelmänner ihr Zelt niederlegten, und wie sie die Kamele zum Aufbruch bereit machten. Sie hatten keine Pferde.

»Wir reiten«, sprach Dampignak, »du Dämbit, magst mit den beiden Männern ziehen. Sie werden dir den Weg zeigen. Vorher bitte ich dich, den Teil unserer geringen Habe zu nehmen, der dir zusteht.«

Er stand auf, und Dämbit folgte ihm. Als auch Mondschein das Zelt verließ, gingen Christian und Großer-Tiger hinterdrein. Da war auf einer Decke alles ausgebreitet, was die Männer Dampignaks an Lebensmitteln mitgebracht hatten, und auch die Reisesäcke von Christian und Großer-Tiger waren geleert worden. Aus alldem waren sieben Häufchen gemacht: sieben Häufchen Mehl, sieben Häufchen Hirse, siebenmal Dörrfleisch und Käse, siebenmal ein wenig Tee und siebenmal noch weniger Salz.

Dämbit verneigte sich vor Dampignak. Er sagte: »Reist in Frieden«, aber mehr sagte er nicht. Dann ging er zu seinem Kamel, nahm ein leeres Säckchen vom Sattel und tat das Mehl hinein, das ihm gehörte. In seiner Gürteltasche versorgte er die Hirse in der einen Hälfte, und Käse und Tee in der andern.

Das Salz tat er in eine runde Holzbüchse, und das Fleisch

schnallte er hinten auf den Sattel. Großer-Tiger und Christian standen dabei und schauten verwundert zu. Während die beiden Männer Dampignaks ihre Teile wieder versorgten und das Fleisch und den Käse, etwas Tee und Salz wieder in die Reisesäcke von Christian und Großer-Tiger füllten, sagte Mondschein leise: »So will es das Mongol-Joß. Das Gesetz Dschingis-Khans befiehlt, daß der Wanderer ehrlich teilen soll mit dem, der nichts hat; und man darf dafür keinen Dank verlangen und auch nicht annehmen.«
»Und alle Mongolen befolgen dieses Gesetz?« fragte Christian.
»Alle«, sagte Mondschein.
Dampignak ging nicht mehr ins Zelt zurück. Er blieb neben Dämbit stehen und sah dem Aufbruch zu. Christian und Großer-Tiger halfen beim Zeltabbauen und beim Einrollen, aber als sie die Kamele beladen wollten, rief Dampignak: »Wartet zwei Augenblicke.«
Er ging mit Dämbit zu dem Platz, wo die Kamele lagen.
»Höre, Dämbit«, sagte er, »diese vier Kamele gehören mir. Ich möchte deines eintauschen, weil es jung ist und weil es mir gefällt. Darum bitte ich dich, von diesen vier eines auszuwählen, das dir gefällt.«
»Wie kann das sein?« fragte Dämbit. »Mein Kamel ist mager und kraftlos.«
»Was ich sage, gilt«, antwortete Dampignak.
Da verneigte sich Dämbit scheu. Er murmelte: »Dank, jetzt ist alles zum besten gediehen«, und dann wollte er sich das geringste der Kamele nehmen.
»Dieses nicht«, befahl Dampignak, und er ging selbst, nahm das kräftigste Tier am Strick und führte es Dämbit zu.
»Ich danke dir, Dämbit«, sprach der Uralte-Herr, »daß du meinen Wunsch erfüllt hast. Reise in Frieden.«
Er verneigte sich kurz; dann ging er zu den Pferden, und Dämbit sah ihm nach.
»Mach dir nichts draus«, sagte Mondschein, und er klopfte Dämbit zum Abschied auf die Schulter, »er ist nun einmal so, verstehst du. Er ist ein Nojen.«
»Reist leicht und in Frieden«, wünschten Christian und Gro-

ßer-Tiger, und sie folgten Mondschein zum Sattelplatz, wo einer der Kamelmänner die Pferde am Zügel hielt.
»Tangat ist nicht gekommen«, sagte Dampignak.
»Ich werde ihm ins Gesicht treten«, rief Mondschein wütend, »ist denn heutzutage auf niemand mehr Verlaß?« Und er machte sich mit der Pistolentasche zu schaffen. Er schaute hinein, ob auch was drin war.
»Jabonah!« rief Dampignak.
Alle saßen auf. Der Uralte-Herr sprach vornübergebeugt mit seinem Hengst und hielt die Zügel straff. Als er sie losließ, schoß der Hengst davon und sprengte die Hügel hinan. Sand und kleine Steine flogen.
»Sä Jabonah«, rief Dämbit. Er stand aufrecht und winkte, aber plötzlich hörte er auf damit und beugte das Knie zum Fußfall der Verehrung. »Das Pferd des roten Lama«, rief er bestürzt, und er kniete noch immer, als Mondschein mit Christian und Großer-Tiger an ihm vorüberritt und den Daschior hob. Die Pferde fingen an zu galoppieren, und sie jagten hinter Dampignak her, bis die Kamele und die drei Männer außer Sicht waren.
Der frühe Morgen wich einem strahlenden Tag. Auf den schwarzen Felsen glänzte das Sonnenlicht, ein bißchen Wärme gab es auch schon, und Dampignak ritt langsam. Die Pferde fielen von selbst in Schritt, und als die Karawanenstraße wieder erreicht war, trottete der Hengst dahin, als ob es keine andere Gangart gäbe.
Mondschein war verstimmt. Hin und wieder schaute er nach der Sonne, dann blickte er auf die Spuren von Mas Karawane, und jedesmal begleitete er seine Beobachtungen mit dem unfreundlichen Wort »Herzensbrüderchen« oder mit der Versicherung »Ich werde ihm ins Gesicht treten«. Das Wort »Herzensbrüderchen« hatte Mondschein bei einigen Russen in Uljaßutai aufgeschnappt, und er meinte Tangat damit, der sich noch immer nicht blicken ließ.
Als der nördliche Höhenzug zurücktrat und einer weiten Ebene Raum bot, ritt Mondschein an die Seite des Uralten-Herrn und wechselte mit ihm ein paar Worte. Nach den paar Worten

sagte Mondschein laut: »Es gibt keine Hilfe, ich werde ihm auch die Knochen brechen müssen.« Und damit war wieder Tangat gemeint.
Gleich nachher ritten sie ein Stück vom Wege seitab und stiegen aus dem Sattel. Hinter einem der letzten Hügel hobbelte Mondschein den Pferden die Fesseln der Vorderbeine zusammen, und damit sie nicht von der Stelle konnten, machte er die Zügel lang und verknotete sie in eins. Dann gingen alle vier auf den Hügel, und Mondschein setzte sich so, daß er über den Kamm blicken konnte und eine freie Übersicht hatte. Der Uralte-Herr ging abseits, und Christian und Großer-Tiger legten sich auf den Rücken und schauten in den blauen Himmel. Sie warteten, ob nicht ein weißes Wölkchen vorüberflöge oder ein Adler, aber es kam nichts geflogen. Der blaue Himmel blieb blau, und Christian und Großer-Tiger schliefen ein. Eine Stunde verging, und die Sonne stieg in den Mittag, als Mondschein einen fernen Reiter ausmachte, der im Galopp über die Ebene jagte. Der Reiter kam näher, und Mondschein sah, daß es Tangat war. Unbemerkt wollte er über den Hügel und zur Karawanenstraße hinunterschleichen, aber der Uralte-Herr hielt ihn zurück.
»Keinen Unfug, Pfötchen«, sagte Dampignak, »führe ihn zu mir. Erst muß man ihn anhören.«
»Wie Ihr wünscht«, knurrte Mondschein, aber man merkte, daß ihm das Gehorchen sauer ankam.
Christian und Großer-Tiger waren aufgewacht. Sie blickten vom Hügel zur Karawanenstraße, wo Mondschein stand und dem Reiter winkte. Es war Tangat, und er wollte absteigen, aber Mondschein bedeutete ihm, dahin zu reiten, wo die andern Pferde standen. Tangat tat es, sprang ab und ließ sein erschöpftes Pferd einfach stehen. Mondschein hatte sich derweil neben Dampignak gesetzt, und Tangat kam den Hügel herauf.
Tangat war jung, von heiterer Gemütsart, und er liebte das unstete Leben in der Gesellschaft der Herren der Berge. Er war ein armer Torgot-Mongole aus dem armen Uschak-Tal, und das Uschak-Tal war weit weg. Es lag, weiß Gott, wo.

Als Tangat das finstere Gesicht Mondscheins sah, war er nah daran zu lachen, so ahnungslos war Tangat. Jedenfalls maß er sich keine Schuld wegen des Zuspätkommens bei. Nachher fiel sein Blick auf Christian und Großer-Tiger, die er schon bemerkt, aber nicht für Fremde gehalten hatte, weil sie mongolisches Gewand und mongolische Hüte trugen und weil sie Reiterstiefel an den Beinen hatten mit braun und grün verzierten Schäften und mit weißen Randleisten an den Sohlen. Wie vom Donner gerührt, blieb Tangat stehen, und nacheinander starrte er Christian und Großer-Tiger ins Gesicht. Dann griff er sich an den Kopf, um sicher zu sein, daß er nicht träume.

»Hast wohl noch nie einen Fremden gesehen, Herzensbrüderchen?« fragte Mondschein freundlich. »Taugenichts!« schrie er, »wo bleibt dein Bericht?«

Tangat schrak zusammen, so sehr wurde er aus seinen Betrachtungen gerissen.

Er beugte das Knie vor dem Uralten-Herrn, stand wieder auf und sprach: »Ich bitte um Vergebung wegen Zuspätkommens, aber es ging nicht anders. Ich tat, wie der befehlende Herr Mondschein geboten hatte: Ich begleitete mit Bank zusammen die Karawane des Herrn Ma bis zum Steilhang-Brunnen. Kurz vor Mitternacht kamen wir an und schlugen Lager. Als alle schliefen, wollte ich fortreiten, um zu berichten, daß die Reise ohne Zwischenfall verlaufen sei. Ich war schon bei den Pferden, als die Hunde anschlugen, und gleich darauf kamen sechs fremde Reiter mit Gewehren und einem Packpferd. Zuerst dachte ich, es wären Leute von uns ... «

»Holzkopf!« rief Mondschein, »ich sagte dir, daß niemand von uns an der Grenze ist.«

»Sprich weiter, Tangat«, befahl Dampignak ruhig.

»Grenzhauptmann Kao-Scheng war gekommen«, sagte Tangat, »mit fünf Mann. Er grüßte mich, und er fragte nach dem Befinden des Fürsten und des befehlenden Herrn Mondschein. Er bat um Entschuldigung wegen Gebietsübertretung, allein der große alte Tupan in Urumtschi habe befohlen, zwei junge Fürstensöhne zu suchen, die er schon lange erwartet. Sie heißen Kompaß-Berg und Großer-Tiger.«

»Du siehst sie hier«, sagte Dampignak.
»Dann«, antwortete Tangat, »ist es nicht mehr nötig, Euch die Bitte des Hauptmanns Kao-Scheng vorzutragen, dem alten Gebieter zuliebe nach den jungen Herrn zu forschen. Ich bat den Hauptmann, er möge Ma gegenüber keine Erwähnung deshalb machen, denn ich dachte mir zu neun Zehnteln, daß etwas dahinterstecke.«
»Dein erster vernünftiger Gedanke«, brummte Mondschein.
»Hauptmann Kao-Scheng blieb im Lager«, fuhr Tangat fort, »und so mußte ich auch bleiben, denn alle waren wach geworden, und ich wollte sicher sein, daß Kao-Scheng über seinen Auftrag schwieg. Vor einer Stunde ist er endlich mit seinen Leuten zur Grenze zurückgeritten, und Ma wird auch bald nach Möng-Schui aufbrechen. Ich sagte zu ihm: ›Unterwegs habe ich meinen Daschior verloren, und ich will ihn suchen gehen. Ich werde bald zurück sein.‹«
»Du hast in allen Dingen recht getan«, lobte Dampignak.
Tangat strahlte. »Kann ich«, fragte er, »dem Hauptmann Kao-Scheng ausrichten, daß die zwei Fürstensöhne gefunden sind? Er lagert heute nacht wie immer am Steinbach.«
»Holzkopf!« rief Mondschein wieder, »merkst du nicht, daß die Sache sehr geheim ist?«
»Wo wird Ma lagern?« fragte der Uralte-Herr ruhig.
»Ma sagte, der Steinbach sei kein guter Platz für die Kamele. Er will gleich neben der alten Festung die Zelte aufschlagen. Dort, sagte Ma, sei es eben, und der Boden sei weich und ohne Steine.«
Mondschein nickte zufrieden. Er zwinkerte verstohlen Großer-Tiger und Christian zu, und der Uralte-Herr sprach: »Du magst heute nacht zum Steinbach hinübergehen. Grüße den Hauptmann Kao-Scheng und sprich zu ihm: ›Der Fürst empfiehlt sich dem Herrn Hauptmann. Er wird drei Stunden vor Sonnenaufgang selbst kommen und dem Herrn Hauptmann Kompaß-Berg und Großer-Tiger vorstellen. Der Herr Hauptmann möge auf alles achten, was bis dahin vorgeht. Der Fürst wird ihm dafür zu danken wissen.‹ Jetzt reite.«
Tangat verneigte sich tief. Er sagte: »Ich habe Belehrung erfah-

ren, und kein Wort wird mir entwischen. Ich wünsche Frieden.«
Damit erhob er sich, grüßte Mondschein, Großer-Tiger und Christian und eilte den Hügel hinab zu seinem Pferd.
»Sä Jabonah!« rief Mondschein versöhnt, und Christian und Großer-Tiger riefen auch: »Sä Jabonah!«
Tangat schwenkte sein Gewehr zum Abschied und sprengte davon.
Drei Stunden lang blieb Dampignak auf dem Platz hinter dem Hügel. Die Karawanenstraße lag in der Sonne, aber es kam niemand, und Christian und Großer-Tiger wurde die Zeit lang. Sie holten ein Stückchen Käse aus der Tasche, das sie vorsorglich eingesteckt hatten und knabberten daran, aber weil es nichts zu trinken gab, hörten sie bald auf damit. Am Fuß des Hügels standen die Pferde und ließen die Köpfe hängen. Mondschein war eingeschlafen.
Endlich stand der Uralte-Herr auf.
»Komm, Pfötchen«, sagte er, »es ist Zeit.«
»Hoppla!« rief Mondschein, »mir scheint, ich war gerade dabei einzunicken.«
»Du hast geschnarcht«, sagte Dampignak, und er ging den Hügel hinab.
Mondschein beeilte sich, den Pferden die Fußfesseln abzunehmen, denn er wollte zeigen, wie munter er sei.
»Es pressiert nicht, Pfötchen«, sagte Dampignak lächelnd, »in der Eile sind Fehler.«
Sie ritten gemächlich zur Karawanenstraße zurück. Auch nachher ließ Dampignak die Pferde im Schritt gehen, und erst als sich in der nach Norden ansteigenden Ebene ein Einschnitt zeigte, der steil zur Straße abfiel, gab er das Zeichen zum Trab.
Der Platz vor dem Steilhang war leer. Ma war mit seiner Karawane weitergezogen, aber die Lagerfeuer rauchten noch. Rund um den Brunnen war der Boden feucht von vergossenem Wasser, und viele Reihen von frischem Kameldung lagen hübsch ausgerichtet eine neben der andern.
Eine Stunde, nachdem sie angekommen waren, tränkte Mondschein die Pferde.

»Schade«, sagte er, »das Wasser ist nicht sehr gut, und wir haben keinen Teekessel.«
»Ich habe was Ähnliches«, sagte Christian, und er langte die Kupferflasche von Ohnezehen aus dem Ledersack.
»Man kann die Flasche dreist in die Glut stellen«, sagte Großer-Tiger, »wir haben schon einmal Tee darin gekocht.«
Mondschein war sehr zufrieden, »denn«, sagte er, »vor morgen früh werden wir kaum was kriegen.«
Christian und Großer-Tiger sammelten trockenen Dung, und Mondschein brachte eines der verlassenen Lagerfeuer wieder in Gang. Weil kein Holz zu Gabelstützen da war, baute er aus Steinen ein Viereck, in das er die Kupferflasche stellte. So verging der Nachmittag. Sie tranken viele Male Tee, sie aßen Dörrfleisch und Käse, aber als es Abend wurde, sagte der Uralte-Herr: »Ihr hättet besser getan, zwei Stunden zu schlafen.«
»Wir haben geschlafen«, sagten Christian und Großer-Tiger, »wir sind sehr munter.«
»Ich auch«, sagte Mondschein.
»Dann«, sprach Dampignak, »mag die Nacht beginnen.«

Achtundvierzigstes Kapitel, wie Ma und Grünmantel in der Festung »Gewaltiges-Wasser« um Hilfe schrien

Strahlend zog die junge Mondsichel ihre kurze Bahn. Als sie sich dem Untergang neigte und rot wurde, waren Christian und Großer-Tiger schon eine Stunde im Sattel. Im Trab ging es die Karawanenstraße entlang nach Westen. Seit dem Steilhang-Brunnen begleitete die Geländestufe den Weg, und wenn sie einmal niedrig wurde oder verschwand, tauchte sie bald wieder auf. Es war, als ob man unter einer Stadtmauer entlang ritt, wo man nicht sah, was oben war. Man wußte es aber. Es war die große steinbeworfene Ebene, die nach Norden rollte, und ob sie irgendwo zu Ende ging, war unsicher. Auch im Süden lief sie weiter und weiter, und die Sterne füllten sie mit bleichem Glanz.

Als der Siebenstern sich aufrecht stellte und seine Sterne auseinanderzog, damit er sie beim Untergang nicht alle auf einmal verlor, bog Dampignak von der Karawanenstraße ab. Er benützte eine Senke in dem Steilabfall, um die höhergelegene Ebene zu erreichen. Oben ritt er nur ein kleines Stück nach Norden. Dann folgte er wieder der alten Richtung. Mit schräggewandtem Blick beobachtete er die Kante des Steilabfalls, damit der Abstand zur Karawanenstraße der gleiche bliebe. Sie ritten im Schritt.

Kurz vor Mitternacht stieg Dampignak ab. Die Ebene war plötzlich zu Ende. Hundert Meter von dem Platz, wo sie hielten, gab es undurchdringliches Dunkel und gegenüber ein paar matt beleuchtete Hügel. Ein Tal mußte dazwischenliegen. Nach der Seite, wo die Karawanenstraße zog, ging es ebenfalls den Berg hinunter, aber dort war nichts Dunkles. Man hörte Karawanenglocken und man sah weit in die Ebene. Mitten drin stand ein viereckiger Klotz auf einem kleinen Hügelchen. Daß es die alte Grenzfestung Möng-Schui war, erkannte man an der Würfelform des Bauwerks, von dem die hohen Umfassungsmauern erhalten waren. Ob es dahinter etwas gab, blieb dem Blick verborgen. Im Westen erhoben sich die gleichen matt beleuchteten Hügel. Auch hier war die Ebene zu Ende.

Mondschein nahm die Pferde am Zügel und übergab sie Christian. »Halte sie zwei Augenblicke«, sagte er leise. Dann legte er die eisernen Steigbügel verkehrt über die Sättel, damit sie nicht klirren konnten.

»Ich gehe«, sagte Mondschein.

Dampignak nickte. »Grüße Hauptmann Kao-Scheng, ich komme zur verabredeten Stunde.«

Da ging Mondschein mit den Pferden fort.

Christian und Großer-Tiger wurde es unheimlich. Jeder dachte im stillen: »Die schlechte Sache beginnt«, aber so weit war es noch nicht. Kaum verklangen die letzten Huftritte, als Dampignak Christian und Großer-Tiger winkte. Sie gingen bis zum Rand des Steilhangs, und dort legten sie sich auf den Boden. Unten zog die Furche der Karawanenstraße. Von Möng-Schui her drang verworrener Lärm. Man hörte Kamele schreien, die

Rufe der Treiber hallten durch die Nacht, und dazwischen klangen die Hammerschläge auf die Zeltpflöcke.
Nachher flammten die Lagerfeuer auf. Man sah aber nur ihren Widerschein am Hügel und an der Festungsmauer auf- und niederhuschen, denn die drei Zelte der Karawane Ma waren mit dem Eingang nach Süden aufgestellt.
Das gehörte sich so.
Das Leben im Lager dauerte nicht lang. Die Kamele waren abgeladen und angebunden, die Männer tranken Tee, und die Feuer erloschen eins nach dem andern. Als Mondschein eine Stunde später kam, herrschte Ruhe, und die Burg lag im ungewissen Licht der Sterne.
»Was hast du erfahren?« fragte Dampignak.
»Hauptmann Kao-Scheng entbietet Euch Gruß und Verehrung. Er bittet Euch, mein Fürst, ihn schnellstens zu beehren. Er wartet, der arme Kerl«, sagte Mondschein lachend, »er ist schon ganz zappelig.«
»Wißt ihr auch, warum er zappelt«, fragte Mondschein und wandte sich an Christian und Großer-Tiger.
»Dieses«, sagte Christian, »ist schwer zu wissen.«
»Wir kriegen es nicht heraus«, sagte Großer-Tiger, »bitte, leiht uns Euer Licht.«
»Ihr wißt doch sonst alles«, sagte Mondschein, »und diese Sache ist einfach. Der gute Kao-Scheng hofft auf Beförderung, wenn er dem alten Gebieter melden kann, daß er euch zwei Goldfasanen gefunden hat.«
»Wenn es an dem ist«, sagte Dampignak, »wollen wir uns eilen.«
Er stand auf. »Es ist ohnehin besser«, sagte er zu Mondschein, »wer früh aufsteht, fängt den Tiger.«
Hintereinander, denn so wollte es der vorsichtige Mondschein haben, gingen sie über die Kiesfläche. Die dunkle Schlucht blieb links, und erst nach einer Viertelstunde hielt Dampignak auf sie zu. Es wehte kalt herauf, aber die Dunkelheit war nicht mehr undurchdringlich. Man sah Felsen und Steine, und schließlich gab es eine Schutthalde, über die sie behutsam zu Tal stiegen. Dennoch lockerten sich Steine unter den Tritten

und hüpften voraus. Dreimal, viermal hörte man sie aufschlagen, und einige knallten vorzeitig gegen einen Felsbrocken unterwegs und blieben liegen.
Oh, wie freute sich Kao-Scheng, als er das hörte. Eilends kam er gelaufen, und auf halbem Weg schon beugte er das Knie zur Begrüßung. Er trug eine schwarze Uniform mit goldenen Knöpfen, und er sagte: »Nur noch zehn Schritte«, und dann: »Nur noch fünf«, und »Jetzt sind wir da.« Man sah aber weiter nichts als einige ausgebreitete Filzdecken, auf denen die Männer Kao-Schengs in Schafspelzen hockten oder am Boden lagen. Uniformen hatten sie keine. Die Pferde standen ein Stück weiter oben im Tal, wo es breiter war und wo es einige Büschel Derresgras gab. Eine Wache war bei ihnen.
Nach der Begrüßung sagte Kao-Scheng: »Ich habe meinen Leuten untersagt, ein Feuer zu machen, denn Eure Anwesenheit, mein Fürst, ließ mich auf etwas Besonderes schließen.«
»Eure Umsicht ist lobenswert«, antwortete Dampignak höflich, »sie wird unvergessen bleiben, und Eure Männer sollen nach Verdienst belohnt werden. Wie lange seid Ihr noch hier?«
»Noch eine volle Woche«, sagte Kao-Scheng.
»Am sechsten Abend wird Euch mein Bote eine geringe Entschädigung für Eure Mühe bringen.«
»Viel zuviel Güte, edler Wohltäter«, rief Kao-Scheng, und seine Männer stimmten ihm bei, als sie erfuhren, um was es sich handle. Sie wurden munterer und zugänglicher als vorher, und sie räumten die besten Plätze und holten ein paar Satteldecken als Sitzkissen für die Gäste.
»Sieh die Fürstensöhne Kompaß-Berg und Großer-Tiger«, begann Mondschein, »ihre Ankunft wird die Gunst des alten Gebieters auf dich lenken.«
Darauf hatte Kao-Scheng gewartet. »Kann ich«, fragte er, »den Boten mit dem Blitzbrief nach Hsing-Hsing-Hsia senden? Er wartet schon.«
»Gedulde dich zwei Augenblicke«, bat Mondschein, »morgen ist auch noch Zeit.«
Kao-Scheng fiel die Kinnlade herunter. »Gewiß«, pflichtete er bei, »wie der verehrte Herr Mondschein wünscht.«

»Die Goldfasanen«, fuhr Mondschein fort, »sind nämlich in Geschäften hier.«
»Dachte ich mir's doch«, sagte Kao-Scheng eifrig, »so eine weite Reise macht man nicht bloß, um sagen zu können: ›Ich bin hier und dort gewesen‹. Was wünschen die jungen Herrn?«
»Wir möchten den Kaufmann Grünmantel aufsuchen«, sagte Christian, »wir hörten, er sei in Hsing-Hsing-Hsia eingetroffen.«
»Welch ein Jammer«, rief Kao-Scheng, »vor vier Tagen ist Grünmantel nach Hami weitergefahren mit einem prachtvollen Wagen, der von selber geht. Seine Geschäfte machen sich.«
»Nach Hami?« fragte Mondschein betroffen.
»Gewiß, nach Hami. Hu hat ihn gesehen.«
»Hu soll sprechen!«, befahl Mondschein.
Der Angerufene merkte, daß von ihm die Rede war, aber er räusperte sich bloß und machte ein unglückliches Gesicht.
»Hu möchte gern sprechen«, entschuldigte Kao-Scheng, »aber er kann es nicht. Er spricht die gewöhnliche Sprache der Kansu-Dunganen, und ein halber Sarte ist er auch. Ihr würdet ihn nicht verstehen, und es ist ein Elend.«
»So sprich du«, sagte Mondschein.
»Ich werde alles für die jungen Herrn sagen«, begann Kao-Scheng, »denn ich kenne die Geschichte vom Kopf bis zum Schwanz. Es ist schon so, wie Hu sagt, ganz gewiß ist es so. Hu traf Herrn Grünmantel gleich hinter Hsing-Hsing-Hsia, als er dahergebraust kam, und der Himmel verfinsterte sich. Trotzdem hob Hu sein Gewehr, denn er ist ein tapferer Soldat, und Grünmantel sollte merken, daß wir an der Grenze aufpassen. Herr Grünmantel hielt, und sein Herr Geschäftsführer, nämlich der von Hsing-Hsing-Hsia, saß neben ihm. ›Siehst du nicht‹, rief der Herr Geschäftsführer, ›daß wir es eilig haben?‹ ›Halte den Mund‹, sagte Grünmantel, ›es freut mich, wenn die Herren Grenzsoldaten Obacht geben.‹ ›Wohin des Wegs?‹ fragte Hu, und Herr Grünmantel sagte: ›Nach Hami.‹ Da wunderte sich Hu sehr und sagte: ›Ich erdreiste mich zu fragen, warum die Herren nicht auf der Seidenstraße fahren, wo es bequem ist, statt mitten durch die Wüste, wo es unbequem

ist und ein Umweg dazu.‹ ›Ich will es dir erklären‹, sagte Herr Grünmantel freundlich, ›wir fahren hier, weil ich den nördlichen Weg erproben will, und weil man vieles wissen muß. Außerdem habe ich in Tasch-Bulack Geschäfte.‹ ›Ach so‹, sagte Hu, und dann fuhren die Herren weiter, und der Himmel verfinsterte sich wieder.

Es war sozusagen ein Erdbeben. Noch lange hörte Hu das Geschepper der vielen leeren Kannen, die auf dem Wagen waren. Hu sagt, es klapperte wie in des Teufels Knochenmühle. Ich sage, daß es ein außergewöhnlicher Lärm war, ein Donner sozusagen, aber ich hörte ihn nur von ferne.«

Mondschein begann zu fluchen, aber der Uralte-Herr untersagte es ihm.

»Nun, nun« lenkte Kao-Scheng ein, »vielleicht läßt sich da was machen. Wir haben ja«, begann er hoffnungsvoll, »die Blitzbrief-Station in Hsing-Hsing-Hsia. Wenn die jungen Herrn nach Hami zu telegrafieren wünschen, das wäre doch eine Möglichkeit.«

»Wie kommt man von hier nach Hsing-Hsing-Hsia?« fragte Christian.

»Es ist gar nicht weit«, versicherte Kao-Scheng fröhlich, »zwei Tagesritte, dann ist man dort. Früher ging es schneller, aber früher ist lange vorbei.«

»Und was war früher?« fragte Großer-Tiger.

»Wir sind nämlich in Eile«, sagte Christian.

»Ei ja!« rief Kao-Scheng bedauernd, »früher gab es den direkten Weg über Fallende-Wand. Das war ein Weg, sage ich euch. Alle Karawanen, die nach Norden zogen, benützten ihn, und die, die vom Nordweg kamen und müde waren, ruhten sich in Fallende-Wand aus. Einen richtigen Bach gibt es dort, er ist mindestens dreihundert Fuß lang oder noch viel länger, und Gras und Bäume und eine Felswand, hoch wie der Himmel, mit Höhlen darin. Man brauchte in Fallende-Wand keine Zelte aufstellen; man ging in die Höhlen und hatte warm. So war das früher.«

»Und jetzt?« fragte Christian, »ist in Fallende-Wand etwas passiert?«

»Es ist was passiert«, bestätigte Kao-Scheng, »aber es ist schon lange her, und man braucht nicht darüber reden.«
»Wir hören gerne zu«, versicherte Christian.
»Sprecht, Hauptmann«, fiel Dampignak ein, »wir haben Zeit.«
»Es ist eine Ehre für mich«, sagte Kao-Scheng und verneigte sich gegen den Uralten-Herrn, »ich sage, es ist eine Ehre für mich, darüber zu berichten, obgleich ich nicht dabei war, denn sonst wäre ich nicht mehr hier. Vor zehn Jahren nämlich, ich glaube solange ist es schon her, oder sind es elf?« »Nehmen wir an, es sind elf«, sagte Mondschein ungeduldig, »und es war Sommer.«
»Also vor zehn Jahren«, fuhr Kao-Scheng fort, »als es wieder einmal Winterchen war, lagerte eine Karawane in Fallende-Wand. Es wehte ein Ostwind, und er blies den Rauch in die Höhlen, denn irgendwo sind auch Höhlen offen, sonst wären es keine. Weil also der Rauch die Höhlen füllte, machten die Leute ein großes Feuer im Freien, und sie setzten sich um das Feuer und aßen, was es gab. Meiner Meinung nach«, sagte Kao-Scheng, »gab es was Ausgezeichnetes, denn die Karawane reiste in amtlichem Auftrag, und man weiß, wie es da hergeht. Man weiß aber nicht, ob es Nacht war oder Tag. Ich für mein Teil glaube, daß es Nacht gewesen sein muß. Jedenfalls tat es einen entsetzlichen Donnerschlag, und dann stürzten die Felswände ein. Damals hieß der Ort ›Segensreiche Unterkunft‹, aber damit war es vorbei. Die Karawane lag zerquetscht unter den Felsen, sozusagen platt wie Reispapier, und das Feuer ging aus. Alle Hunde waren sofort tot, und alle zehn Stück Soldaten auch, denn es war eine Regierungskarawane, und die sechs Stück Kameltreiber lebten auch nicht mehr.«
»Bis auf einen«, sagte Mondschein.
»Unterbrecht mich nicht«, bat Kao-Scheng, »woher will der verehrte Herr Mondschein das wissen?«
»Einer muß doch sein, der alles erzählt hat. Sonst wüßtest du nichts.«
»Richtig«, sagte Kao-Scheng verblüfft, »aber es macht sich besser, wenn man den Überlebenden nicht sofort erwähnt. Er

war ohnehin sehr jung, ein Knabe sozusagen. Er war gerade am Bach, als es passierte, und da fiel er ins Wasser und wurde naß, und die Kleider gefroren ihm am Leib, weil es Winter war. Der arme Kerl verlor den Verstand, aber ein kleiner Rest blieb ihm erhalten. Also packte er ein fliehendes Kamel, und weil es Nacht war, ich behaupte nämlich, daß es Nacht gewesen sein muß, kriegte er das schwächste zu fassen. Er ritt, und niemand weiß, wie er das fertiggebracht hat, aber wahrscheinlich nahm er Dörrfleisch mit, der Spitzbube, oder sonst was Gutes zu essen; kurz, er ritt, bis er nach Hsing-Hsing-Hsia kam. Dort erzählte er, in Segensreicher-Unterkunft sei der Himmel eingestürzt, und alle Hunde wären gestorben und alle Menschen bis auf ihn, und die meisten Kamele wären auch tot. ›Warum hast du nicht wenigstens die übrigen mitgebracht?‹ fragte man ihn, aber weil er halbtot vor Schrecken war, ließ man ihn stehen. Ein wenig geschneit hatte es auch«, sagte Kao-Scheng, »und als man am fünften Tag nach dem Unglück zu Segensreicher-Unterkunft kam, schneite es wieder. Man fand aber bloß die eingestürzten Felswände, auf denen der Schnee lag, und ab und zu einen halben Arm oder so was wie einen zerdrückten Hund und ein paar Kistendeckel. Sofort merkte der Herr Grenzhauptmann, damals war es ein anderer, daß hier eine reiche Karawane totgegangen war. ›Welch ein Jammer!‹ schrie er laut. Es kann natürlich auch sein, daß er bloß ›Oh, abgrundtiefes Elend‹ schrie, doch kaum hatte er eines dieser zwei Worte geschrien, da lösten sich neue Felsbrocken, und es war ein Glück, daß die Herren vorsichtig am Bachrand weilten. So kamen sie lebend davon. Sie flohen ohne Aufhören nach Osten und Westen, nach Norden und Süden, und als sie wieder beisammen waren, sagten sie eine Zeitlang gar nichts, und dann ritten sie heim. Seither heißt der Ort Fallende-Wand.«

»Und die Kamele?« fragte Christian.

»Und die Ladung?« fragte Großer-Tiger, »wie war es mit der?«

»Das ist es ja eben« antwortete Kao-Scheng, »man fand nichts, sozusagen gar nichts. Später einmal gingen beherzte Kerle, herzhabende Tiger sozusagen, nach Fallende-Wand, und weil sich herausgestellt hatte, daß die Karawane Silberbarren zur Münze nach Peking bringen sollte, wollten sie eine kleine Nachlese halten. Selbstverständlich waren Beamte dabei, sehr zu verehrende Herren aus der Hauptstadt, aber sie sprangen geschwind fort, als große und kleine Steine herunterprasselten, bloß weil die Herren ein wenig geseufzt hatten wegen der vielen Toten, die man nicht sah, und wegen des Silbers, das auch nicht da war. Jetzt liegt der Platz verlassen, und keine Karawane geht mehr vom Nordweg nach Hsing-Hsing-Hsia, denn der neue Weg ist beschwerlich, und deshalb braucht man zwei Tage statt anderthalb. Mit Pferden natürlich, mit Kamelen dauert es länger.«

»Aha«, sagte Mondschein, »das war also vor unserer Zeit.«

»Es war, bevor die Herren unsere Gegend beehrten«, gab Kao-Scheng höflich zu, »sonst wäre so etwas kaum passiert.«

»Gestattet der Herr Hauptmann«, fragte Dampignak, »daß wir den Ort Fallende-Wand morgen besichtigen?«

»In meiner Gegenwart ist das eine Selbstverständlichkeit«, rief Kao-Scheng begeistert, »es ist sozusagen eine notwendige Ehre.«

»Hauptmann«, sagte Mondschein und schlug ihm auf die Schulter, »du hast eine gute Idee.«

»Habe ich die?« fragte Kao-Scheng zweifelnd, aber fröhlich.

»Du wirst bald Oberst sein«, behauptete Mondschein, »und ihr alle werdet Unteroffiziere.«

Als Kao-Scheng seinen Soldaten das sagte, vergaßen sie sogar, daß sie kein Feuer hatten und daß sie ein bißchen froren. Einer stand auf und holte eine tüchtige Messingflasche, und weil man sie nicht wärmen konnte, tranken die Männer den Schnaps kalt. Mondschein trank der Höflichkeit halber auch, aber er sagte: »Die jungen Herrn sind des Trinkens ungewohnt; sie wünschen zu schlafen.«

Christian begann zu gähnen, und Großer-Tiger half ihm dabei. Da ging Mondschein mit ihnen abseits hinter einen Felsvorsprung.

»Schlafen, gut schlafen«, rief er und zog die Stiefel aus. Das war aber voreilig, und Mondschein schlüpfte wieder hinein, weil er an den Füßen fror und weil plötzlich Tangat erschien, der seine Meldung an Kao-Scheng loswerden wollte.

»Du siehst, wir sind schon da«, sagte Mondschein, »wenn Ma morgen weiterzieht, bleibst du mit Bank in Möng-Schui, bis wir dich holen. Verstanden?«

»Es wird so geschehen, wie Ihr befehlt«, antwortete Tangat und verschwand.

Eine gute Stunde verging, bis Hauptmann Kao-Scheng mit seinen fünf Mann eingeschlafen war, und der, der die Pferde bewachen sollte, schlief als erster. Dafür blieb Dampignak wach. Er gab Mondschein ein Zeichen, und da zog Mondschein zum zweitenmal die Stiefel aus, und Christian und Großer-Tiger machten es ihm nach. Sie banden die Stiefel an die Lederschlaufe des Daschior und nahmen ihn auf die Schulter. Schritt für Schritt schlichen sie das Steinbachtal entlang, bis sie weit genug fort waren.

»Habt ihr was gemerkt?« flüsterte Mondschein, als sie die Stiefel wieder anzogen.

»Wir haben was gemerkt, befehlender Herr.«

Sie gingen noch ein paar Schritte über Geröll und rutschenden Kies, bis Mondschein sich in der Dunkelheit zurechtfand. Das Tal bog in scharfer Wendung nach Süden, und von da an gab es an der rechten Seitenwand einen bequemen Weg, der geradeaus führte. Es gab auch keine Steine mehr.

»Wir sind auf dem Karawanenweg«, sagte Mondschein, und Christian und Großer-Tiger merkten, daß es so war. Das Tal wurde breiter, und auf einmal ging es zu Ende. Sie standen am Fuß des Steilabfalls, auf dem sie mit dem Uralten-Herrn gelegen waren und nach Möng-Schui geschaut hatten, als Herr Ma dort Lager schlug. Mondschein blieb stehen.

»Hört einmal, ihr Heldensöhne«, sagte er, »was machen wir jetzt? Irgend etwas sollten wir unternehmen.«

»Vielleicht«, schlug Christian vor, »sollten wir uns ein bißchen umsehen.«

»Das tun wir ja«, sagte Mondschein.

»Kompaß-Berg meint«, sagte Großer-Tiger, »daß wir die Festung betrachten sollten. Man könnte von oben ins Lager sehen, und dann merkt man, ob wer kommt oder ob wer nicht kommt.«

»Ma wollte am frühen Morgen mit Grünmantel wegen eines Geschäfts zusammentreffen«, erinnerte Christian.

»Es handelt sich um alte Schmuckstücke«, fügte Großer-Tiger hinzu.

»Was sagst du da?« schrie Mondschein.

»Nicht so laut«, bat Christian, »Herr Ma erwähnte es nur so nebenbei, und mehr wissen wir nicht.«

»Aber ich weiß mehr«, knirschte Mondschein. Er sah wild und hilflos in die Nacht und er schwieg.

Dann bedachte er sich. Er sagte: »Ich kenne die Burg, und sie hat bloß einen Zugang; das heißt einen richtigen, und das ist das Tor im Süden. Da geht man hinein, und dann sieht man alles, was es gibt. Es gibt Lehmhaufen, die einmal Häuser waren, und drumherum ist die Mauer mit dem Wehrgang, und mehr gibt es nicht. Man kann sich überall hinsetzen, und von überall sieht man alles, denn die Burg ist klein.«

»Wir verstehen«, sagte Christian.

»Der befehlende Herr«, sagte Großer-Tiger, »denkt, daß es nicht gut wäre, wenn wir zum Südtor hineingehen, und vielleicht sitzt schon einer auf einem Lehmhaufen, der wartet und sich wundert, wenn er uns zu sehen kriegt.«

»Daran dachte ich«, gab Mondschein zu, »und es gibt keinen Ausweg. Wir müssen den Tag abwarten.«

»Wie steht es mit dem Zugang, der nicht richtig ist?« fragte Christian.

»Ach so!« sagte Mondschein, »du meinst das Wassertor.«

»Wenn es ein Wassertor gibt«, sagte Großer-Tiger, »dann meinen wir es.«

»Es gab ein Wassertor«, erklärte Mondschein, »aber es ist halb verschüttet. Groß war es nie, und jetzt ist es vielleicht bloß ein Mauseloch oder ganz zu. So was geht schnell.«

»Wir möchten es betrachten«, sagte Christian.

»An welcher Seite liegt es?« wollte Großer-Tiger wissen, der für Genauigkeit war. Statt einer Antwort sagte Mondschein entschlossen: »Jabonah!« und dann stapfte er voraus.

Die Hügel, die die Ebene im Westen begrenzten, waren klein. Sie ähnelten runden Maulwurfshügeln, die auf einem Haufen beisammenstanden. Weiter weg wurden sie größer und höher, und schließlich wurden Berge daraus. Aber die Berge sah man nicht, denn es war Nacht, und Mondschein begnügte sich damit, hinter der ersten Reihe der Maulwurfshügel entlangzuschleichen. Als er gegenüber der Festung Möng-Schui anlangte, machte er halt und trat vorsichtig an den Rand der Ebene. Zwischen ihr und der Hügelkette lief ein breites Geröllband, und Großer-Tiger und Christian merkten, daß es das leere Flußbett aus dem Steinbachtal war.
Dahinein mündete ein trockener Graben, der in gerader Linie von der dunklen Festung herkam. Mit raschen Schritten überquerte Mondschein das Flußbett, und als er den Graben erreicht hatte, setzte er sich mitten hinein und winkte Großer-Tiger und Christian zu sich.
»Dieser Graben«, flüsterte er, »führt direkt zum Wassertor.«
»Die müssen einmal viel Wasser gehabt haben«, sagte Christian.
»Es heißt«, erwiderte Mondschein, »daß im Innern der Burg ein unerschöpflicher Brunnen war. Da konnten sie Wasser vergeuden, soviel sie wollten, und in den Ablaufgraben schütten. Darum ist er so tief.«
»Es ist ein Elend«, sagte Großer-Tiger, »die Fülle bedeutet Anlaß zur Trauer.«
»Ein wahrer Jammer«, pflichtete Mondschein bei. »Jetzt gibt es nur einen kleinen Brunnen außerhalb, wo Ma lagert, aber das Wasser ist schlecht.«
»Glück sagt, das käme von der würdelosen Zeit«, bemerkte Großer-Tiger.
»Jabonah!« mahnte Christian, »sonst wird es auf einmal Tag, und wir sitzen hier.«
»Keine Bedenken deswegen«, sagte Mondschein und blickte nach den Sternen. »Bis die Sonne kommt, haben wir noch drei Stunden.«
»Mongolische oder andere?« erkundigte sich Großer-Tiger.
»Andere, versteht sich«, sagte Mondschein, »wir gehen mit der

neuen Zeit. Rotbärte müssen fortschrittlich sein.« Er stand auf und ging durch den Graben voran. Anfangs konnte er aufrecht gehen, und Großer-Tiger und Christian vermochten nicht über den Grabenrand zu blicken, obschon er an vielen Stellen eingebrochen war. Aber lange dauerte es nicht, und Mondschein mußte sich bücken, um nicht gesehen zu werden, wenn ja einer um den Weg war. Schließlich ging auch Gebücktgehen nicht mehr, und Mondschein krabbelte auf allen vieren der Festungsmauer entgegen. Christian und Großer-Tiger krochen hinterdrein. Der alte Wassergraben war zu einer versandeten Rinne geworden, die sich den Burghügel steil hinaufzog.
Mondschein schnaufte, Christian kam es komisch vor, daß sie mitten in der Nacht Räuber und Gendarm spielten, aber Großer-Tiger tat der schöne neue Mantel leid.
Die Festungsmauern von Möng-Schui waren aus Lehmziegeln erbaut wie die Mauern von Edsina. Die Wände waren glatt verstrichen und hoch wie ein Turm. An vielen Stellen war der Verputz abgebröckelt. Dann sah man die Lehmziegel, die ebenfalls bröckelten, aber das machte nicht viel aus, denn die Mauern waren dick. Das merkten Christian und Großer-Tiger, als sie vor dem Wassertor ankamen. Es war ein dunkles Loch, und sehen konnte man überhaupt nichts anderes, als daß man gebückt hineingehen konnte. Drinnen war es wie in einem Schilderhaus. Man konnte oben an die Decke langen, und Großer-Tiger fuhr auch gleich mit der Hand darüber hin. Deutlich spürte er die Löcher, in denen einmal die Eisenstangen des Gitters gesteckt hatten. Es mußten beinahe armdicke Stangen gewesen sein, die eng nebeneinander gestanden hatten. Ein Feind hätte kaum mit der Hand durchlangen können. Aber Eisenstangen sind wertvoll, und deshalb waren sie lange fort.
»Es tut mir leid«, sagte Mondschein, »jetzt seid ihr dran. Hier komme ich nicht gut durch. Im Anfang geht es, aber nachher geht es nicht mehr. Ich bin zu dick.«
Christian und Großer-Tiger betrachteten das dunkle Loch in der Rückwand. Sie befühlten die Ränder der brüchigen Lehmziegel an der Decke und an den Seitenwänden. Auf der Sohle

lag hereingewehter Sand. »Mal sehen«, sagte Christian, »ob wir durch diesen Kanal in die Festung kommen.«
»Wir wollen es probieren«, sagte Großer-Tiger.
Sie wickelten die Schärpen los, sie zogen die Mäntel aus, und die schönen Hüte legten sie obendrauf.
Mondschein setzte sich unter das Wassertor und schaute in die Nacht hinaus. Drüben erhob sich das Gewimmel der kleinen Hügel, und dahinter sah man die größeren, aber die Berge sah man nicht. Sie waren weit weg und versanken im Dunkel. Zwischen dem Hügelland und der Festung lag das schmale Stück Ebene im Sternenschimmer. Der versandete Wassergraben, den Mondschein durchschritten und durchkrochen hatte, lief wie ein Strich darüber hin.
Mondschein hörte, wie hinter seinem Rücken die Arbeit begann. Christian kroch als erster in das finstere Loch, das schräg nach oben führte. Mit beiden Händen warf er den Sand zwischen den Beinen durch, und Großer-Tiger beförderte ihn weiter.
»Geht es oder geht es nicht?« fragte Mondschein.
»Bis jetzt geht es«, antwortete Christian dumpf aus der Höhle, »aber das Rohr wird enger, und vor mir liegt Dunkelheit und kein Licht.«
»He, Kompaß-Berg!« rief Mondschein plötzlich, »wenn es an dem ist, so nimm den Daschior und stoße ein bißchen vor dir her. Für alle Fälle, verstehst du!«
»Für welche Fälle?« fragte Großer-Tiger, der es genau wissen wollte.
»Eigentlich«, gab Mondschein zu, »meine ich nur einen Fall. Es könnte nämlich sein, daß ein Fuchs in dem Loch ist, verstehst du, so was kommt vor.«
»Ach so«, sagte Großer-Tiger, und dann kroch er geschwind bis dahin, wo Christian war und reichte ihm den Daschior. »Mondschein sagt«, berichtete er, »es wäre für den Fall, wenn dir ein Fuchs begegnete.«
»Keine Sorge deswegen«, sagte Christian, »wo ein Fuchs ist, stinkt es, aber das tut es hier nicht.«
»Was hat er gesagt?« erkundigte sich Mondschein, als Großer-

Tiger mit einer Ladung Sand wiederkam. »Die Sauberkeit der Luft«, setzte Großer-Tiger auseinander, »ist durch keinen Gestank getrübt.«
»Trotzdem soll er aufpassen«, knurrte Mondschein, und Großer-Tiger kroch wieder in das Loch und ermahnte Christian, Obacht zu geben.
»Es ist was im Weg«, sagte Christian, »das nicht weg will.«
»Vielleicht ein Stein«, sagte Großer-Tiger.
»Ein Stein ist es nicht«, erwiderte Christian, »oder ist es doch einer?«
Er nahm den Daschior, stemmte ihn gegen die Brust und versuchte mit aller Gewalt, das Hindernis fortzuschieben. Plötzlich gab es ein dumpfes Gerumpel, Lehmbrocken fielen von der Decke und ein dichter Staub füllte den Schacht.
»Was gibt's?« rief Mondschein erschrocken, als die Staubwolken aus der Höhle quollen.
Großer-Tiger konnte nicht antworten und Christian erst recht nicht. Er konnte überhaupt nur mit den Beinen zappeln, weil er unter einem Lehmhaufen lag und keine Luft kriegte. Hinter ihm faßte Großer-Tiger nach den zappelnden Beinen und zog, aber die Stiefel blieben ihm in den Händen. Großer-Tiger wurde es heiß. Er warf die Stiefel zur Seite und griff von neuem nach den Beinen. Er zog und das Herz schlug ihm bis zum Hals. Er stemmte sich gegen die Wände des Schachts, und er spürte, daß er selbst nicht mehr konnte, weil ihm die Luft ausging. Zwei Augenblicke lang dachte Großer-Tiger, daß sie jetzt miteinander sterben müßten. »Weit von der Heimat«, dachte Großer-Tiger verzweifelt, aber da spürte er, wie auch ihm jemand die Stiefel auszog.
»Festhalten!« rief Mondschein, doch es war als ob er flüsterte, so dick war die Luft. Großer-Tiger hielt fest. Er krallte die Finger um die Knöchel, die er in der Hand hielt, und gleich darauf wurde er in die Länge gezogen.
Großer-Tiger fühlte sich wachsen, aber es tat weh. Dann gab es plötzlich einen Ruck, dann noch einen, und nachher wurde er durch die Höhle geschleift und Christian hinterdrein, denn Großer-Tiger ließ nicht los. Er spürte glücklich einen frischen

Luftzug wehen, und dann kniete Mondschein neben ihm. »Laß fahren«, sagte Mondschein grob, und Großer-Tiger öffnete die verkrampften Finger. Eine Weile lag er so. Dann fiel ihm ein, was geschehen war, und er tastete durch die Dunkelheit nach dem Ausgang. Da saß Mondschein und hielt Christian auf dem Schoß. Er wischte ihm den Staub vom Mund, und Christian atmete und schlug die Augen auf.
»Nicht schimpfen«, bat Großer-Tiger.
»Wer sagt denn, daß ich schimpfen will«, knurrte Mondschein, »ich will euch doch umarmen.«
Er zog Großer-Tiger zu sich an den Rand des Wassertors, wo es den Hügel hinunterging, und da saßen sie, bis die Herzen langsamer schlugen und bis Mondschein sagte: »So was kommt, weil der Mensch sterblich ist. Na, mit diesem ›In die Erde kriechen‹ ist es jetzt vorbei.«
»Ich glaube«, wandte Großer-Tiger zaghaft ein, »der Kanal ist frei. Ich spürte einen Luftzug.«
»Luftzug hin oder her«, sagte Mondschein ernst, »jetzt wird hier geblieben.«
Eine Zeitlang sagte keiner was, aber dann begann Großer-Tiger wieder. Er sagte leise vor sich hin: »Beharrlichkeit bringt Heil« und »Durch Fortschreiten erreicht man den rechten Platz.«
»Was murmelst du da?« fragte Mondschein.
»Sein Großvater murmelt«, erklärte Christian, »er hat nämlich einen, und man muß diesem Großvater vertraun, weil er ein Weiser ist.«
»Will dein Großvater haben, daß ihr in die Erde kriecht, und die Luft bleibt euch weg?«
»So ist es nicht gemeint«, setzte Großer-Tiger auseinander, »man sollte aber nichts unversucht lassen, weil es ein Ding zwischen den Mundwinkeln gibt, das man Durchbeißen nennt.«
»Ich sehe«, sagte Mondschein, »bei euch gibt es keine Besserung.«
Er stand auf. »Diesmal krieche ich hinterdrein«, sagte er, »wenigstens, soweit ich komme.«

Allein Christian und Großer-Tiger widersprachen. Sie sagten, daß jeden Augenblick einer kommen könne, auf den man aufpassen müßte, und Mondschein gab es zu.
»Ihr habt recht«, sagte er, »deshalb sind wir hier, und man muß an vieles denken.«
Er postierte sich wieder unter dem Wassertor, und Großer-Tiger sagte leise zu Christian: »Bisher haben wir alles gemeinsam gemacht, Kwi-Schan.«
»Dabei soll es bleiben«, antwortete Christian, und weil er wußte, was Großer-Tiger meinte, ließ er ihm ohne Widerrede den Vortritt.
Zuerst holte Großer-Tiger die Stiefel aus dem Schacht, und Christian stellte sie dahin, wo Mondschein saß.
»Wie ist das Befinden?« erkundigte sich Mondschein sorgenvoll.
»Ich sehe nach«, versprach Christian, und er kroch schleunig in die Röhre, in der Großer-Tiger wie ein Pfropfen steckte und wühlte. Christian wartete darauf, daß Großer-Tiger ihm Sand und Lehmbrocken zum Hinausräumen zuschiebe, aber Großer-Tiger tat nichts dergleichen.
»Gibt es eine Stockung?« rief Christian ängstlich.
Statt einer Antwort bekam er einen Tritt ins Gesicht, weil Großer-Tiger ausgerutscht war, als er sich mit den Zehen gegen den Boden stemmte. Daran merkte Christian, daß die Sache günstig stand: Großer-Tiger kam vorwärts.
An der Einbruchstelle lag ein Haufen lockerer Lehmstaub mit Sand und Brocken, aber Großer-Tiger spürte einen Lufthauch, der darüber strich, und ganz oben erblickte er ein Stückchen Himmel mit einem Stern darin.
Der Weg zurück ist lang, dachte Großer-Tiger, und er begann das Hindernis vor sich herzuschieben. Es ging leichter, als er vermutet hatte. Jetzt, dachte Großer-Tiger, und dann stemmte er die Füße gegen den Boden, und auf einmal ging es. Die Zehen rutschten aus, und Großer-Tiger trat hinter sich, aber es ging. Er kroch über das, was noch im Weg lag, und er sah, daß er in einer Höhle war, ähnlich wie die, in der Mondschein saß, bloß daß sie von außen her halb mit Schutt gefüllt war, und

daß es deshalb keinen freien Ausgang gab. Es gab nur das Stückchen Himmel unter der Decke mit dem Stern darin.
»Hallo!« rief Christian leise.
»Selber Hallo!« rief Großer-Tiger, und machte Platz für Christian, der eben aus dem Stollen kroch.
»Wo sind wir«, flüsterte Christian, »hast du das schon herausgekriegt?«
»Noch nicht genau, aber unter der Mauer sind wir durch. Ich will es Mondschein sagen.«
Gemeinsam räumten sie den Eingang zum Schacht frei, und dann verschwand Großer-Tiger, um Mondschein den gelungenen Durchbruch zu melden.
Christian sah sich um. Weil nicht viel zu sehen war, tastete er die Gegend ab. Die Höhle, das merkte auch Christian, war ganz wie die andere. In der Decke gab es die Löcher für die Eisenstangen, die nicht mehr da waren, und wahrscheinlich hätte man ebener Erde hinausspazieren können, wenn nicht der Schutthaufen den Ausgang versperrt hätte. Christian kletterte auf den weichen Hügel von zerbröckelten Lehmziegeln, Scherben und Holz, der schräg hereinragte, und steckte den Kopf durch den freien Raum unter der Decke. Er reckte den Hals, doch deshalb sah er nicht mehr als rechts den hohen Schuttkegel, auf dessen Ausläufer er saß, und links die dunkle Festungsmauer. Darüber gab es Himmel und Sterne. Es war immer noch Nacht.
Christian lauschte angestrengt, aber es blieb still wie in einem Totenhaus. Anfangs wollte er den hindernden Schutt beiseite schieben und auf allen vieren ins Freie kriechen, aber dann besann er sich, weil er an Großer-Tiger dachte und was der dazu meinte.
Also zog Christian den Kopf zurück, rutschte den Schutthügel hinunter bis vor den Eingang zum Schacht und wartete. Das Warten dauerte lang. Manchmal meinte er, Großer-Tiger reden zu hören oder ein aufgeregtes Flüstern von Mondschein. Dann war es wieder still. Einige Sekunden vergingen, und Christian überlegte, ob er nicht durch die Röhre kriechen sollte, um zu erfahren, was es gab, doch rechtzeitig fiel ihm ein, daß Großer-

Tiger vielleicht auch gekrochen käme, und sie würden in der Mitte die Köpfe zusammenstoßen, und keiner könnte mehr vorwärts und nur sehr schlecht wieder rückwärts.

Auf einmal ging das Warten zu Ende. Christian hörte, wie jemand die Stiefel, die drüben standen, beiseite rückte, er hörte Mondschein fluchen, und die Stimme von Großer-Tiger bat leise und eindringlich: »Bitte, bitte, nicht jetzt, es pressiert ja nicht. Der befehlende Herr hat selbst gesagt, daß nur unbesonnene Leute so was tun.« Mondschein knurrte, und dann kam Großer-Tiger gekrochen.

Christian brauchte erst gar nicht fragen: »Was ist los?«, denn kaum hatte Großer-Tiger den Kopf zum Schacht heraus, als er sagte: »Es ist schrecklich, Kwi-Schan, er ist da.«

»Grünmantel?« fragte Christian.

»Auf einem Esel«, sagte Großer-Tiger, »mit hinten was drauf.« Er kroch vollends aus dem engen Loch, und dann saßen sie nebeneinander auf dem Grund der Höhle.

»Warst du draußen?« fragte Großer-Tiger leise.

»Nein«, sagte Christian, »ich wollte auf dich warten.«

Großer-Tiger seufzte erleichtert. »Das bedeutet«, sagte er, »daß man nirgends Spuren sieht?«

»Nirgends«, sagte Christian, »du sollst aber hinausschauen, was es gibt, denn wir müssen überlegen, was man tun muß.«

Großer-Tiger kroch auf den Schutthaufen bis dahin, wo es was zu sehen gab, und als er zurückkam, flüsterte er: »Da ist keine Hilfe, und wir können nichts unternehmen.«

»Erzähle«, bat Christian, »wie das mit Grünmantel war, damit ich es erfahre.«

»Als ich zu Mondschein kam«, begann Großer-Tiger leise, »legte er den Finger auf den Mund und horchte. Da horchte ich auch, und dann hörte ich das Getrappel eines Esels. Erst war es weit weg, und nachher war es näher, und dann kam plötzlich einer über die Ebene geritten, ganz nah bei dem Graben, durch den wir gekrochen sind. Unten, wo der Festungshügel beginnt, wandte der Reiter den Esel, und Mondschein begann zu zittern, weil es Grünmantel war. Grünmantel ritt um die Burg herum, und wahrscheinlich ist er zum südlichen Tor hinein, denn, wenn er ins Lager von Ma wäre, müßte man jetzt die Hunde hören.«

Großer-Tiger schwieg, und Christian fragte: »Hat Mondschein schießen wollen?«

»Es verlangte ihn danach«, sagte Großer-Tiger, aber dann sagte er nichts mehr, sondern hielt Christian die Hand auf den Mund, denn kleine Steine und Lehmbrocken rollten draußen den Schutthügel hinunter, und ein wenig Sand stäubte ins Innere der Höhle.

»Du oder ich?« flüsterte Christian Großer-Tiger ins Ohr.

»Du«, gab Großer-Tiger zurück.

»Nein«, flüsterte Christian, »du bist geschickter.«

Da stand Großer-Tiger auf, und kroch noch einmal auf den Schutthaufen, diesmal aber so langsam und vorsichtig, daß Christian vor Ungeduld verging und ihm nachkroch. Endlich war Großer-Tiger oben, und Christian sah, wie er den Kopf durch die Öffnung steckte, Zoll um Zoll und Fen um Fen. Das dauerte auch eine entsetzlich lange Zeit. Aber kaum konnte Großer-Tiger was sehen, als er den Kopf zurückzog, und das ging in Blitzeseile. Wieder rollten Steine den Schutthang draußen hinab, Scherben klirrten und eine Staubwolke verhüllte den Ausblick.

Als der Staub sich verzog, sah Christian, wie Großer-Tiger den Finger auf den Mund legte, und nachher hielt er ihm die geballte Faust vor die Nase. Es war schwer zu begreifen, was Großer-Tiger meinte. Dann aber wurde es auf einmal leicht, denn Großer-Tiger ließ zunächst den Daumen springen und gleich darauf den Zeigefinger und dann keinen mehr. Zwei, dachte Christian, also ist Ma gekommen, und jetzt sitzen sie auf dem Schutthügel, und wenn wir Glück haben . . .

»Na, da bist du ja«, hörte man Grünmantel ohne Einleitung sagen. Seine Stimme klang rauh wie immer, und wenn sie auch ein wenig weit weg war und gedämpft, weil er nicht laut sprach, verstanden Christian und Großer-Tiger doch das meiste, und den Rest konnten sie sich denken.

»Ich warte seit einer halben Stunde auf der Mauer«, erwiderte Ma beleidigt, »es war kein Vergnügen.«

»Dummes Zeug«, brummte Grünmantel.
»Immer stürzt irgendwo was ein«, verteidigte sich Ma, »und dann erschrickt man. Es ist kein guter Ort.«
»Weiß schon«, knurrte Grünmantel. »Laß das Schwatzen. Es taugt nicht, die Zeit zu verplempern. Hier ist die Schatulle.«
»Ich habe mir die Sache überlegt«, sagte Ma, »viertausend sind zuviel.«
»Viertausend sind zu wenig, du schäbiger Beutelschneider.«
»Dreitausendfünfhundert und nicht mehr.«
»Viertausend.« – »Unmöglich«, jammerte Ma, »was ist, wenn ich es nicht loswerde?«
»Dann ist deine Dummheit schuld. Ich will dir sagen, wie du es machen mußt. Kutschen-Se ist natürlich kein Platz für solche Ware. Du mußt sie auf dem Rückweg bis Peking mitnehmen. Dort kriegst du, wenn du geschickt bist, von einem Ausländer das Doppelte.«
»Und weshalb«, fragte Ma lauernd, »macht Ihr dieses Geschäft nicht selbst?«
»Dummer Teufel«, rief Grünmantel lauter, als ihm lieb war. Er stand auf, und Großer-Tiger merkte es an dem herabrieselnden Sand.
»Ich wollte dir was zukommen lassen«, sagte Grünmantel heiser, »allein ich sehe, daß ich meine Güte an einen Unwürdigen verschwende.«
»Seid nicht gleich so aufgebracht, alter Herr. Also dreitausendfünfhundert, und hier ist der Schuldschein. Li-Yüan-Pei wird ihn sofort einlösen.«
»Lumpenkerl«, knurrte Grünmantel, »denkst wohl, mein Hirn sei mit Dreck verkleistert? Ich gab dir die Aufstellung und das Gewicht. Alles reines Gold.«
»Darf ich bitten?« fragte Ma höflich.
»Schau hinein, obwohl ich meine Zeit vergeude.«
Eine Weile hörten Christian und Großer-Tiger nichts, dann war es, als ob der Schiebedeckel eines Holzkästchens knarrte, und Ma entfuhr ein bewunderndes »Ah!«
»Na, siehst du, Freundchen! Also her mit den übrigen fünfhundert!«

»Wieso?« fragte Ma patzig. Dann knarrte der Schiebedeckel wieder, und Christian und Großer-Tiger hörten, wie Grünmantel zornig sagte: »Alter Halunke, so kommst du mir nicht fort.«
»Richtig«, höhnte Ma, »erst muß ich Euch noch tausend Grüße und tiefempfundene Wünsche für Wohlergehen ausrichten«.
»Von solchen Banditen, wie du einer bist?«
»Von den jungen Herren Kompaß-Berg und Großer-Tiger.«
»Hundesohn!« schrie Grünmantel, »her mit der Schatulle!«
»Ihr habt den Schuldschein, ich habe die Schatulle. Unser Geschäft ist abgeschlossen.«
Ma hatte noch nicht ganz ausgesprochen, als ihn ein Faustschlag ins Gesicht traf und hintenüber warf. Er rollte den Schutthang hinunter und die Schatulle hinterdrein.
Großer-Tiger und Christian hörten das Prasseln der Steine und das dumpfe Gepolter des sich überschlagenden Herrn Ma. In ihrer Höhle verfinsterte sich der Ausguck; es tat einen harten Schlag, und Großer-Tiger rutschte den Lehm- und Schutthaufen hinunter bis auf den Grund, wo der Schacht anfing.
»Au!« jammerte er leise, »meine Schulter.«
Christian wollte ihm eilig nachrutschen, als er vor sich den Gegenstand liegen sah, der durch das Guckloch hereingefallen war und Großer-Tiger weh getan hatte. Er war aus Holz und von der Größe einer Zigarrenkiste, in der hundert Stück Platz haben. Schnell griff Christian danach, und er spürte, daß das Kästchen schwer war.
»Fort«, flüsterte er Großer-Tiger zu, »wir müssen ganz geschwind fort, ich habe die Schatulle.«
»Welche Schatulle?« fragte Großer-Tiger benommen, aber dann begriff er blitzschnell, denn draußen ertönte ein gellendes Geschrei: »Hilfe! Mörder! Hilfe!«
Das war Herr Ma.
Sand und Steine prasselten von neuem durch das Guckloch, und während Großer-Tiger eilends in den Schacht kroch, wurde es vollkommen dunkel. Christian sah überhaupt nichts mehr. Da, wo das Guckloch gewesen war, stampfte einer und strampelte, und das mußte wohl Grünmantel sein, der Ma

nachgerannt war und zugleich das Kästchen suchte. Obgleich er aber bloß bis zu den Knien in die Höhle eingebrochen war und weiter nichts Schlimmes passierte, brüllte er genauso laut wie Ma. Das machte der Schrecken, und vielleicht kam es auch daher, daß Christian ihn kräftig in die entblößte Wade biß, bevor er Großer-Tiger in den Schacht folgte. Das Kästchen schob er sorgsam vor sich her.

Drüben wartete Mondschein.

Er hatte Ma und nachher Grünmantel um Hilfe rufen gehört, aber jetzt war es still wie zuvor. Die Sterne flimmerten, und Großer-Tiger legte beschwörend den Finger auf den Mund.

»Zwei Augenblicke Geduld«, flüsterte er Mondschein ins Ohr, und dann bat er ihn, sich an seinen alten Platz zu setzen. Christian und Großer-Tiger zogen die Stiefel an, legten die Mäntel um die Schultern und setzten sich neben ihn.

»Eure zwei Augenblicke sind lang«, knurrte Mondschein.

»Sch!« machte Christian, und »Sch!« machte auch Großer-Tiger, sobald Mondschein reden wollte. So verging eine halbe Stunde.

Großer-Tiger und Christian wußten ganz gut, warum es lange dauerte. Wahrscheinlich kroch Grünmantel im Schutt herum, suchte die Schatulle und war wütend, weil er sie nirgends fand und weil er sich nicht in die Höhle traute, wo es wilde Tiere gab, die bissen.

Erst als sich die Ränder des Nachthimmels lichteten und die kleinen Sterne erloschen, und als es gerade noch so düster war, daß ein Reiter die Ebene überqueren konnte, ohne daß man mit Sicherheit zu sagen vermochte, wer es war, hörten Großer-Tiger und Christian das Getrappel eines Esels. Geschwind legten sie ihre Hände auf den Arm von Mondschein, der nach der Pistole langen wollte. Es war aber unnötig, denn Grünmantel ritt diesmal nicht unterhalb des Wassertors vorüber. Sobald er hinter der Festungsmauer zum Vorschein kam, hielt er geradewegs auf die Hügel im Westen zu und war bald verschwunden.

»Da reitet die Bestie«, sagte Mondschein grimmig. »Auf, zu den Pferden!«

»In der Eile sind Fehler«, gab Großer-Tiger zu bedenken und kratzte sich da, wo es weh tat.
»Gibt es etwas, über das man reden müßte?« erkundigte sich Mondschein ungeduldig.
»Man müßte über den Großvater von Großer-Tiger reden«, sagte Christian.
»Ist es der, der von dem rechten Platz gemurmelt hat?« fragte Mondschein.
»Eben der ist es«, bestätigte Christian.
»Wir haben nämlich den rechten Platz gefunden«, sagte Großer-Tiger, »und da fiel mir was auf die Schulter, und es tat weh.«
»Es ist aus Holz«, sagte Christian, »und wir haben es mitgebracht, weil man kein Ding geringachten soll.«
Er legte die Schatulle mit dem Schiebedeckel Mondschein in den Schoß, und Mondschein ließ die Arme sinken, und seine Hände zitterten.
»Vielleicht«, sagte Großer-Tiger, »sollte man nachsehen, ob was drin ist.«
»Ich wage es nicht«, sagte Mondschein.
»Wenn es gestattet ist«, sagte Christian und schob den Deckel aus dem Falz. Es knirschte, aber das machten die Sandkörner, die eingeklemmt waren, und sie fielen zwischen das viele Gold und zwischen die Perlenketten, die das Kästchen füllten. Obendrauf lag ein Stirnreif mit einem Kranz von kleinen Türkisen und einem großen in der Mitte. Daneben gab es zwei kleine Kästchen, wie Dämbit eines auf der Brust getragen hatte, aber sie waren aus Gold und mit Perlen verziert. Unten lagen Armspangen, Ringe und Ketten, und alle waren aus purem Gold. Christian und Großer-Tiger betrachteten den Schatz, und es ging ihnen wie Ma, der ein bewunderndes »Ah« nicht hatte unterdrücken können, obwohl es dunkel war, und jetzt schimmerte ein zages Frühlicht.
Christian schaute auf Mondschein, was der dazu sage, aber Mondschein hatte Tränen in den Augen. Sie lösten sich und sie rannen über die zerfurchten Wangen, und dann tropften sie in das Kästchen auf das Gold und auf die Türkise.

Mondschein schob den Deckel zu. »Vor zwanzig Jahren«, sagte er, »trug die junge Fürstin den Stirnreif, und sie war lieblich und sanft.« Er fuhr sich mit der Hand über die Augen. Da wurden sie auf einmal hart, und Mondschein rief: »Auf, zu den Pferden! Es eilt!«
Christian und Großer-Tiger zogen die Mäntel an, und Mondschein half ihnen beim Umbinden der Schärpen. Dann verließen sie das Wassertor. Sie liefen den Festungshügel hinunter in den Graben, sie machten große Schritte und sie gingen aufrecht. Im Osten wurde es hell. Dunkel stand der vierkantige Festungsklotz Möng-Schui, wo es einmal so viel Wasser gegeben hatte, daß man ein Wassertor und einen Ablaufgraben brauchte, vor dem Morgenhimmel.
Mondschein trug das Kästchen unter dem Arm. Als sie das Steinbachtal aufwärtsgingen, kam ihnen der Uralte-Herr entgegen. Er war aber ganz allein.
Mondschein warf sich aufs Knie, hob das Kästchen zur Stirn, und an den zuckenden Schultern sah man, daß er nicht sprechen konnte, weil er wieder weinen mußte. Lange hielt er das Kästchen empor, bis es ihm Dampignak aus den Händen nahm. Die Augen des Uralten-Herrn wurden dunkel und trüb. Sie irrten von dem Kästchen zu Mondschein, und von da zu Großer-Tiger und Christian, die ihn mit dem Fußfall der Verehrung grüßten.
»Nicht ich«, rief Mondschein schluchzend. »Die da! Sie sind durch die Erde gekrochen, und die Luft blieb ihnen weg.«
»Pfötchen«, sprach Dampignak ernst, und er gab ihm das Kästchen zurück, »die Wendezeit ist da.« Er hob Christian und Großer-Tiger auf und umarmte sie schweigend.
Nachher, als sie das Tal hinaufschritten, und als man schon Kao-Scheng und seine Leute sah, die beim Tagesanbruch ein Feuer angemacht hatten und Tee und Futterbohnen kochten, sagte der Uralte-Herr leise zu Christian und Großer-Tiger: »Vergebt mir, ich kann euch nicht danken, denn Worte sind bloß ein erbärmliches Geräusch.«

Neunundvierzigstes Kapitel, in dem es allmählich ernst wird

»Ei ja!«, rief Kao-Scheng von weitem, »die Herren hatten einen Morgenspaziergang gemacht.«

»Wir haben das Trankopfer dargebracht«, log Mondschein, und er steckte das Kästchen vor aller Augen in den ledernen Reisesack von Großer-Tiger, wo es Platz gab. »Die Opfergefäße«, erklärte er mit einem Blick auf das Kästchen, »müssen vor Sonnenaufgang gereinigt sein.«

»Ich verstehe«, sagte Kao-Scheng höflich, »es ist eine Wohltat für die Geister der Abgeschiedenen. Darf ich die Herren zum Tee bitten?«

Christian und Großer-Tiger hatten Hunger. Sie leerten den Reisesack Christians aus, damit alle zugreifen konnten, und als die Soldaten sahen, daß es nicht bloß Hirse gab, sondern Dörrfleisch und Käse, wurden sie gesprächig. Vier von ihnen waren Dunganen, und einer war ein richtiger Sarte mit einem großen schwarzen Vollbart. Christian und Großer-Tiger verstanden nicht, was die Dunganen sagten, obwohl sie chinesisch sprachen, und der Sarte war schweigsam. Kao-Scheng mußte den Dolmetscher machen.

»Die edlen Wohltäter«, sagte er und verneigte sich gegen Christian und Großer-Tiger, »mögen die Ungebildetheit meiner Leute vergeben. Sie bedanken sich für ein königliches Frühstück, aber leider stehen sie vor der Umgangssprache der Gebildeten wie vor einer verschlossenen Tür.«

Trotz dieser Schwierigkeit wurde drauflos geschwatzt, bis Mondschein energisch zum Aufbruch mahnte. Aber so schnell ging das nicht. Einmal waren die Futterbohnen nicht weich genug, dann mußten die Pferde getränkt werden, und nachher war das Packpferd, das die Soldaten bei sich hatten, nicht beladen.

»Wozu die Eile, befehlender Herr?« fragte Kao-Scheng, »in der Eile sind Fehler.«

»Höre«, sagte Mondschein, »du willst doch gern Oberst werden?«

»Beförderung ist kein Nachteil«, gab Kao-Scheng zu.
»Man kann auf verschiedenen Wegen befördert werden«, belehrte ihn Mondschein.
»Es gibt Bestechung, aber sie ist teuer und ungewiß. Es gibt hervorragende Geistesgaben, aber wie soll man beweisen, daß man sie besitzt? Das sicherste ist, wenn man Verdienste erwirbt und einen Verbrecher fängt.«
»Hier gibt es keine«, sagte Kao-Scheng bedauernd, »und wenn es welche gibt, dann sagen sie es nicht. Sie sind sozusagen schweigsam.«
Mondschein hielt Kao-Scheng an einem seiner goldenen Knöpfe fest. »Du hast recht«, sagte er, »die Schwierigkeiten beim Verbrecherfang sind groß, weil man es den Kerlen nicht ansieht. Trotzdem haben wir herausgekriegt, daß der größte Verbrecher zwischen den vier Meeren sich hier herumtreibt.«
Kao-Scheng entsetzte sich. »Hier?« rief er laut, »dann müßte ich ihn ja kennen.«
»Allerdings«, sagte Mondschein, »und er heißt Grünmantel.«
»Wie?« schrie Kao-Scheng. »Was? Der ehrenwerte Kaufherr Grünmantel?«
»Nicht so laut«, bat Mondschein. »Was ich sage, will ich dir beweisen, denn du bist ein Hauptmann an der Grenze und darfst nicht alles glauben, weil es Leute gibt, die Lügen loslassen. Also mußt du den Fall prüfen.«
»Wie soll ich etwas prüfen, von dem ich nichts weiß?«
»Man prüft, indem man Fragen stellt«, belehrte ihn Mondschein, »das nennt man ein Verfahren, und jetzt geht es los.«
»Wenn der befehlende Herr Mondschein nichts dagegen hat, möchte ich lieber antworten, statt fragen.«
»Wie du willst«, sagte Mondschein und ließ den goldenen Knopf Kao-Schengs los, »wir wollen uns setzen.«
»Muß man das?«
»Man kann besser nachdenken«, behauptete Mondschein. »Sage mir«, begann er, »wie war das, als man dir den Auftrag gab, nach den beiden Heldensöhnen Kompaß-Berg und Großer-Tiger zu forschen?«
Kao-Scheng seufzte: »Eigentlich ist es ein Staatsgeheimnis,

aber da Ihr nun schon einmal das meiste wißt, will ich die Sache vom Kopf bis zum Schwanz erklären.«

»Lügen loslassen gilt nicht«, mahnte Mondschein, »sonst ist es kein Verfahren.«

»Eines Tages«, begann Kao-Scheng, »kam ein Blitzbrief des alten Gebieters aus der Hauptstadt und befahl allen Grenzhauptleuten, besonders aber mir, nach den jungen Herren zu forschen. Sie seien, hieß es, am sechsten Tag des vergangenen Monds in Hwai-Lai-Hsien abgereist, und man habe sie am sechzehnten Tag in der Hauptstadt erwartet. Sie wären aber sozusagen nicht eingetroffen.«

»Hast du über diese Sache nachgedacht?«

»Ich habe zahllose Nächte mit Nachdenken verbracht, besonders aber die Tage.«

»Du hast es eben falsch angestellt«, versicherte Mondschein, »oder mindestens nicht richtig. Sage mir, wie lange braucht man von Kalgan bis zur Hauptstadt des alten Gebieters?«

»Neunzig Tage mit Kamelen.«

»Richtig«, sagte Mondschein, »und von Hwai-Lai-Hsien dauert es noch zwei Tage länger. Wie könnte man da in zehn Tagen die Reise machen?«

»Vielleicht«, sagte Kao-Scheng, »mit einem der neumodischen Wagen, die von selber gehen.«

»Bravo!« rief Mondschein, »ich sehe, du bist ein Hauptmann und kein Holzkopf. Die zwei Fürstensöhne reisten mit so einem Wagen, weil sie nun einmal junge Exzellenzen sind. Aber am Edsin-Gol hat ihnen dieser verdammte Grünmantel den Wagen gestohlen. Jetzt fährt er selbst damit, und es sollte mich nicht wundern, wenn wir ihn an dem Ort Fallende-Wand erwischten.«

»Ha!« schrie Kao-Scheng, dem ein Licht aufging. Er sprang auf die Beine.

»Habt ihr gesattelt, ihr Tagediebe? Seid ihr fertig, ihr fünf Mann Schlafmützen?«

»Man soll nichts überstürzen«, mahnte Mondschein, und er rief Großer-Tiger und Christian, damit sie dem Hauptmann berichteten, wie es am Edsin-Gol zugegangen war.

»So eine Bestie!« schrie Kao-Scheng; »ich glaubte, er sei ein Kaufmann und fahre nach Hami, und jetzt ist er ein stinkender Wagendieb, der sich in Fallende-Wand versteckt. Aber wir werden ihn kriegen. Es ist zwar«, sagte Kao-Scheng, »eine gefährliche Gegend.«
»Verbrecher fangen ist immer so«, beruhigte ihn Mondschein; »in einem Melonengarten kann man es nicht. Geh jetzt und sage deinen Männern, daß wir Grünmantel fangen wollen. Sie sollen die Gewehre laden und die Roßhaarbüsche aus den Läufen nehmen. Eine dicke Belohnung kannst du ihnen obendrein versprechen.«
Da versammelte Kao-Scheng seine fünf Soldaten und redete lange, und nachher redeten alle durcheinander, und schließlich brüllten sie »Bravo!« oder etwas Ähnliches wegen der Belohnung. Dann ging alles sehr geschwind, und nach wenigen Minuten saßen die Männer im Sattel.
Kao-Scheng ritt voraus. Die Sonne war aufgegangen, aber im Steinbachtal war es kalt. Mondschein wäre am liebsten nach Möng-Schui zurückgeritten, um der Eselspur nachzujagen, aber Dampignak sagte: »Laß Kao-Scheng machen, er weiß den kürzesten Weg.«
Sie blieben ein Stück hinter dem Hauptmann und seinen fünf Soldaten zurück, und Dampignak bat Christian und Großer-Tiger, zu erzählen, wie es in dem Schacht unter der Festungsmauer gewesen war und wie sie zu dem Kästchen kamen. Da berichtete Christian, was er wußte, und Großer-Tiger half ihm dabei, und als sie mit Erzählen fertig waren, sagte Mondschein: »Am Ende hat Grünmantel auch Ma umgebracht; ich hörte ihn um Hilfe rufen.«
»Wir glauben es nicht«, erwiderte Christian, »denn Ma hatte Zeit zum Davonlaufen, solange Grünmantel mit den Beinen in dem Loch strampelte.«
»Ich erinnere mich«, sagte Mondschein, »das war, wie auch er um Hilfe schrie, dieser Schurke.«
»Der Schreck war schuld«, sagte Großer-Tiger, »und weil Kompaß-Berg ihn in die Wade biß, damit er Angst vor der Höhle kriegte. Sonst hätte er uns gefunden.«

»Er wäre nicht mehr am Leben«, sagte Mondschein wütend.
»Pfötchen«, sagte Dampignak, »so, wie es ist, ist es besser.«
Sie hatten die Paßhöhe des Steinbachtales erreicht, und die Pferde begannen zu traben. Aus den Hügeln waren Berge geworden, die nicht gerade hoch waren, aber sie versperrten jede freie Aussicht. An vielen Stellen konnte man eine Rinne im Boden wahrnehmen. Das war der ehemalige Karawanenweg, aber er war versandet und verweht, und Spuren gab es nirgends. Zwei Stunden vergingen, bis die Reiter auf einer Hochfläche anlangten, die wenigstens den Blick nach Norden freigab. Plötzlich zog Kao-Scheng die Zügel, und der ganze Vortrab hielt. Aus einem Seitental von links kam eine Eselspur, und als sie den verwehten Karawanenweg erreicht hatte, folgte sie ihm und lief ihm nach, so weit man sehen konnte.
»Was gibt's?« fragte Mondschein harmlos.
»Ein Esel war hier«, antwortete Kao-Scheng, »vielleicht hat er sich verlaufen.«
»Wenn aber einer draufsaß«, gab Mondschein zu bedenken.
»In diesem Fall«, sagte Kao-Scheng, »wäre es sozusagen ein Reiter.«
»Es war einer«, behauptete Mondschein, »sonst liefe der Esel nicht dem Weg nach.«
»Der verehrte Herr Mondschein hat recht«, sagte Kao-Scheng, »man muß darüber nachdenken.«
»Gut gesprochen«, rief Mondschein und sprang aus dem Sattel, »wir wollen eine Beratung abhalten.« Alle stiegen ab, und Mondschein führte die Pferde beiseite, um sie anzuhobbeln. Er winkte Christian und Großer-Tiger zu sich.
»Grünmantel ist dicht vor uns«, flüsterte er frohlockend, »gleich reiten wir weiter, und dann haben wir ihn.«
»Aber unser Wagen?« warf Großer-Tiger schüchtern ein.
»Keine Bedenken deswegen«, sagte Mondschein, »ich trete Schong-Ma die Rippen ein, bis er gesteht, wo er den Wagen hat.«
»Nichts von alledem geschieht«, sagte Dampignak streng. Er war unbemerkt herbeigekommen, und er stand aufrecht neben Mondschein. Er war der gleiche Uralte-Herr, wie Christian

und Großer-Tiger ihn kannten, seit sie ihn zum erstenmal am Verdeckten-Brunnen im Zelt sitzen sahen, und doch war er ein anderer. Seine Hand lag ruhig am Gürtel, und seine Augen flackerten nicht, obwohl er geradeaus ins Helle blickte.

Der Zorn ist aus ihm gewichen, dachte Großer-Tiger.

»Von jetzt an befehle ich«, sagte Dampignak, und er ging dahin, wo Kao-Scheng mit seinen Leuten saß, und wartete. Sie machten ihm ehrfürchtig Platz.

Nachdem auch Mondschein, Großer-Tiger und Christian im Kreis auf ihren Plätzen saßen, sagte Dampignak: »Herr Hauptmann! Ich befinde mich auf fremdem Gebiet, und Euer Herr ist der große Alte in Urumtschi. Seine Belange sind durch den Wagendieb Grünmantel schwer geschädigt worden. Wir sind in dieser Sache Verbündete. Da aber zwei Steuerleute das Schiff schwerlich in den Hafen lenken, bitte ich um die Befehlsgewalt.«

»Von Herzen gern«, sagte Kao-Scheng, der sowieso nicht wußte, was er anfangen sollte, »wenn nur meine Leute nichts merken.«

»Euer Gesicht bleibt gewahrt«, versprach Dampignak, »ich sage Euch, was zu tun ist, und Ihr gebt meine Befehle weiter, als ob sie von Euch kämen.«

»Gemacht!« rief Kao-Scheng. »Das sind Worte, die ich gern vernehme, und Befehle, die ich ausführen werde.«

»Wie kann man«, fragte Dampignak, »den Ort Fallende-Wand mit einem Wagen, der von selber geht, erreichen?«

»Nur vom Süden her«, antwortete Kao-Scheng, »da ist das Tal offen und breit. Nach Norden zu wird es schmal. Es ist dort sozusagen ein Engpaß, und Eure Herrlichkeit wird selbst sehen, wie es ist, denn wir sind auf dem Weg, der durch die enge Stelle nach Fallende-Wand führt. In zwei Stunden werden wir dort sein, und dann lauert das Unheil des fallenden Todes.«

»Ich möchte es von Euch abwenden«, sagte Dampignak.

»Eure Diener«, versicherte Kao-Scheng, »werden um so lebhafter gehorchen, sie sind voll ungebrochenen Eifers.«

»Findet Ihr Fallende-Wand auch ohne Weg?« erkundigte sich Dampignak.

»Bei Tag und bei Nacht«, behauptete Kao-Scheng, »am Tage aber besonders gut.«
»So reitet ohne Verzug«, befahl Dampignak. »Besetzt den südlichen Talausgang, aber weist Eure Männer zu großer Vorsicht an. Keiner darf gesehen werden, denn Grünmantel wird kurz nach Euch in Fallende-Wand von Norden her eintreffen. Sein Geschäftsführer ist jetzt schon dort, und wahrscheinlich noch ein dritter, den wir nicht kennen. Sollte Grünmantel den Ort Fallende-Wand heute noch verlassen wollen, so haltet ihn auf und nehmt ihn gefangen. Wenn er nicht halten will, so schießt, aber trefft.«
»Ausgezeichnet«, rief Kao-Scheng begeistert. »Treffen ist unsere besondere Fähigkeit, eine Spezialität sozusagen. Ich habe da«, sagte er und deutete auf den Mann mit dem Vollbart, »einen Sarten bei mir, behende wie ein Geist. Wenn die Kamelläuse fliegen könnten, würde er sie aus der Luft herunterholen wie die Schneeflocken im Winterchen-Mond. Befehlt, ob er einen oder zwei Mann auf einmal totschießen soll.«
»Da sein Geschick so groß ist«, sagte Dampignak, »soll er die Menschen am Leben lassen und in die Reifen des Wagens schießen.«
»Wozu dient Reifenschießen?« erkundigte sich Kao-Scheng erstaunt.
»Damit es einen entsetzlichen Knall gibt«, erklärte ihm Mondschein, »nachher kann der Wagen nicht mehr weiter.«
»Fallende-Wand wird von neuem einstürzen«, rief Kao-Scheng besorgt.
»Desto besser«, tröstete Mondschein; »wenn der Donner die Verbrecher verwirrt, kann man sie leicht fangen.«
»Postiert euch da«, befahl Dampignak, »wo es keine Felsen gibt.«
»Jetzt ist es ein guter Plan«, rief Kao-Scheng erfreut, »gestattet, daß ich meinen Soldaten Anweisung gebe und die Befehle erteile.«
Dampignak nickte, und Kao-Scheng setzte seinen Männern auseinander, um was es sich handelte.
Bevor sie aufbrachen, befahl er dem Sarten, sich vor Dampi-

gnak zu verneigen. »Dieses ist der Geisterschütze«, stellte Kao-Scheng vor, »er heißt Kasim, und jetzt reiten wir.«
»Bleibt auf dem Posten«, befahl Dampignak, »bis morgen früh die Sonne aufgeht. Da werden wir bei Euch sein und gemeinsam in Fallende-Wand eindringen. Sollte inzwischen was passieren, sind wir in der Nähe und stehen Euch bei.«
»Wir werden den Sieg erringen«, rief Kao-Scheng stolz, »bei unserem Anblick werden die Verbrecher erzittern.«
Er schwang sich in den Sattel und folgte seinen Leuten, die schon ein Stück vorausgeritten waren. Sie schwenkten die Gewehre, und Großer-Tiger und Christian riefen: »Sä Jabonah!«
»Warte zwei Augenblicke«, sagte Dampignak zu Mondschein, »wir reiten gleich weiter.«
Dann bat er Christian, die Karte zu holen. Er breitete sie auf den Knien aus, aber das ging nicht gut. Also legte er sich auf die Erde, und winkte Christian und Großer-Tiger, sich neben ihn zu legen. Lange betrachtete Dampignak das Westliche-Blatt. Schließlich deutete er auf die schraffierte Felsengegend und fragte Christian, ob hier der Ort Fallende-Wand sei.
Christian sagte: »Großer-Tiger und ich denken, daß es so ist«, und auf einmal rief er: »Es ist bestimmt so«, denn er hatte die Klammer entdeckt, die Engpaß bedeutet, und sie war am Nordende des Tales.
Dampignak nickte befriedigt. »Aber«, sagte er, »es ist schade, daß man nicht weiß, welche Seite von Fallende-Wand die höhere ist: die, auf der die Felsen sind, oder die andere.«
»Man weiß es«, rief Christian eifrig, »und es ist die Ostseite, wo keine Felsen sind oder nur wenige.«
»Wie das?« fragte Dampignak.
Christian holte das Vergrößerungsglas aus der Mappe und zeigte auf die kleine Zahl, die auf dem Kamm der Berge im Osten von Fallende-Wand stand. Sie hieß: 2156.
»Diese Zahl bedeutet Meter«, erklärte Christian, »und es ist die Höhe der Berge. Wenn viele beieinander sind, dann ist auf den Landkarten immer der höchste Berg der, auf dem die Zahl steht. Also ist die Felsenseite niedriger.«

»Ist 2156 sehr hoch?« fragte Großer-Tiger.
»Es ist hoch«, sagte Christian, »aber weil da, wo wir jetzt sind, 2000 steht, ist der Unterschied nicht groß. Es sind bloß 156 Meter, also rund 500 Fuß.«
»Bolna!« sagte Dampignak und erhob sich. Er klopfte Christian und Großer-Tiger auf die Schultern, und das hieß soviel wie: »Mit euch kann man was unternehmen«, und Mondschein, der den Pferden die Fußfesseln abgenommen hatte, schmunzelte.
Dann saßen sie auf. Zum Verdruß Mondscheins erlaubte der Uralte-Herr keinen Galopp und nicht einmal einen kleinen Trab. Wie immer ritt er an der Spitze, aber wenn er sonst wenig auf den Weg achtete und auf die Umgegend kaum einen Blick verwandte, gab es jetzt kein Ding, das er nicht mit Aufmerksamkeit betrachtete. Er ließ die Eselspur nicht aus den Augen, er blickte scharf voraus, und bestimmt hätte er Grünmantel in aller Weite entdeckt, denn der verwehte Karawanenweg führte im Süden am Rand eines Bergzuges stetig aufwärts. Allerdings merkte man die Steigung kaum. Nach Norden dehnte sich ein unbegehbares von tausend Rissen zerfurchtes Hochplateau.
Mittag war vorüber, als der Weg aufhörte zu steigen. Dampignak ritt noch vorsichtiger. Einen Li und dann noch einen lief die Rinne mit der Eselspur geradeaus, dann senkte sich der Weg. Das Hochplateau rechts brach in steilen Wänden ab. Links teilte sich der Hang in zahllose Falten, aus denen weiter unten ein schwarzer Fels zutage trat. Aus dem Tal wurde eine Schlucht, und man sah auch, wohin sie führte.
Dampignak hielt, und alle stiegen ab.
»Pfötchen«, sprach Dampignak ernst, »ich bin nicht gewohnt, dir zu befehlen. Heute muß ich es tun.« Er hob den Daschior und zeigte auf die Ecke einer braunen Felswand, die sich den Bergfalten und der schwarzen Schlucht entgegenstellte.
»Dort beginnt Fallende-Wand«, sagte Dampignak, »laß dein Pferd hier, geh in die Schlucht und suche dir einen passenden Platz. Wir gestatten dir, einen Blick in das Tal zu tun, damit du siehst, was dort vor sich geht. Nachher ziehst du dich in die

Schlucht zurück, wo du die Nacht über bleibst bis zum Sonnenaufgang. Wir verbieten dir, selbständig zu handeln. Wir erlauben dir aber, auf jeden zu schießen, der durch den Engpaß nach draußen will.«
»Auch auf den dritten?« fragte Mondschein, »Ihr spracht von einem dritten.«
»Auch auf den«, sagte Dampignak.
»Woher kommt denn auf einmal dieser dritte?« erkundigte sich Mondschein. »Pfötchen!« rief Dampignak, »dummes altes Pfötchen! Glaubst du, ein Esel liefe allein nach Fallende-Wand, bloß damit Schong-Ma reiten kann?«
»Ach so«, sagte Mondschein zerknirscht. »Wenn es aber ein Unschuldiger wäre, der den Esel brachte, ein Bauer zum Beispiel, oder so einer?«
»Kein Bauer«, widersprach Christian.
»Ganz unschuldig ist er auch nicht«, sagte Großer-Tiger.
»Aha!« rief Mondschein, »ihr wißt wieder mal, was keiner weiß.«
»Wir denken uns bloß was«, setzte Christian auseinander, »und nachher ist es manchmal so.«
»Und was habt ihr gedacht?« erkundigte sich Dampignak.
»Meistens denken wir das gleiche«, sagte Großer-Tiger. »Kompaß-Berg denkt, daß der dritte Mann kein Bauer ist, sondern ein Soldat.«
»Und Großer-Tiger denkt, daß er Schlangenfrühling heißt«, erklärte Christian.
Mondschein pfiff durch die Zähne. »Ich erinnere mich«, sagte er, »das ist der Schuft, der am Edsin-Gol auf Glück schoß. Sollte mich freuen, ihn auf zwei Augenblicke vor das Rohr zu kriegen.«
»Nimm dir was zu essen mit«, sagte Dampignak, »und geh.«
Großer-Tiger öffnete seinen Reisesack, in dem auch das Kästchen war, und jeder nahm sich, was er für den Abend brauchte. Dann holte Mondschein die Pistolentasche vom Sattel, langte die Pistole heraus und steckte sie in den Gürtel. »Es geht geschwinder«, sagte er entschuldigend, »und man weiß nie, wann es pressiert.«

»Pfötchen, ich verlasse mich auf dich«, mahnte Dampignak.
»Ich höre und gehorche«, erwiderte Mondschein, und dann verabschiedete er sich umständlich von Christian und Großer-Tiger. »Hütet euch vor dem fallenden Tod, ihr Heldensöhne«, mahnte er, »unter einem Felsen bleibt die Luft ganz weg, und hervorziehen kann ich euch auch nicht oder nur zur Hälfte.«
Großer-Tiger und Christian wollten »Sä Jabonah« rufen, aber der Uralte-Herr verbot es ihnen. So winkten sie Mondschein, der abwärts schritt und hinter Felsvorsprüngen verschwand.
»Wir reiten«, sagte Dampignak.
Er wandte seinen Hengst, nahm das ledige Pferd Mondscheins am Zügel und ritt auf dem Weg zurück, den sie gekommen waren. Großer-Tiger und Christian folgten ihm, aber keiner wußte, was davon zu halten sei, bis sie nach einem Li dahin kamen, wo Dampignak schon vom Pferd gestiegen war und auf sie wartete.
Die braunen Felsen von Fallende-Wand waren verschwunden, und auch den Hohlweg sah man nicht mehr. Rechts lag das Hochplateau mit den vielen Schrunden und Klüften, links ging es in die Berge. Sie waren mit grauem Staub bedeckt, und es sah aus, als ob gelegentlich ein Steinregen fiele, der sich dann in großen Halden sammelte. Die Falten, die von dem breiten Rücken des Gipfels zu Tal liefen, zeigten Licht und Schatten, aber kein Grün, nicht einmal eine Distel.
»Ist dort 2156«, fragte Dampignak.
»Es muß wohl so sein«, antwortete Christian, »die Berge sind alle niedrig, aber dieser ist der höchste.«
»Ich sehe keinen, der höher wäre«, sagte Großer-Tiger.
»Jabonah«, befahl Dampignak.
Großer-Tiger und Christian zogen die Mäntel aus und legten sie über die Sättel, während der Uralte-Herr nach einem Aufstieg suchte. Er suchte lange. Seine Augen wanderten über die Steinkare, über die Felsen und über alle Falten bis zum Gipfel.
»Mit Pferden geht es nicht«, sagte Dampignak plötzlich, »wie lange braucht ihr, bis ihr oben seid?«
»Wir ziehen die Stiefel aus«, sagte Großer-Tiger, »da geht es schnell.«

»Eine Stunde«, sagte Christian, »vielleicht auch bloß eine halbe.«
»Gut«, erwiderte Dampignak, »zieht eure Mäntel wieder an, und nehmt den Daschior mit.«
»Aber das Kästchen?« fragte Großer-Tiger.
»Wenn es euch nicht zu schwer ist«, sagte Dampignak, »so nehmt es mit. Ich bringe die Pferde zu Kao-Scheng. Erwartet mich auf dem Berg.«
»Und wenn was passiert?« fragte Christian.
»So tut, was ihr für richtig haltet, aber geht auf keinen Fall ins Tal.«
»Wir hören«, sagte Christian.
»Und wir gehorchen«, sagte Großer-Tiger.
Sie nahmen den leeren Reisesack Christians und taten das Kästchen hinein, sie zogen die Mäntel wieder an und wickelten sich gegenseitig die Schärpen um. Nachher schlüpften sie aus den Stiefeln und hingen sie wie im Steinbachtal an den Daschior.
Dann begann der Aufstieg. Das Kästchen trugen sie abwechselnd. Nach einer Weile blieben sie stehen, um Dampignak zu winken, aber sie hörten nur den Hufschlag trabender Pferde, und es war auch gar nicht anders möglich, denn die Falten des Bergstocks erwiesen sich als enge Schluchten, die steil aufwärts zogen. Man sah hüben und drüben die Kanten, aber darüber hinaus sah man nicht. Großer-Tiger und Christian beeilten sich, auf den ersten Absatz zu gelangen. Allein Dampignak blieb verborgen. Er mußte in ein Seitental gebogen sein, und so hoch waren Christian und Großer-Tiger noch nicht, um die vielgestaltige Bergwelt überblicken zu können.
Sie stiegen ein ausgedehntes Steinkar hinauf, und bald merkten sie, daß Barfußgehen nicht so einfach war.
»Diese Sache muß man üben«, sagte Christian, als die Steine ins Rollen kamen.
»Wir sind ja gerade dabei«, tröstete Großer-Tiger, dem sie auf die Zehen fielen; »laß mich vorausgehen.«
»Au!« sagte Christian, »du kannst es auch nicht besser.«
Auf diese Weise unterhielten sie sich freundschaftlich, bis sie

zum letzten Anstieg kamen. Da war es nicht mehr schlimm. Eine weiche Staubschicht lag in der flachen Mulde, die zur Höhe führte, und beinah hätte Christian jede Vorsicht vergessen und »Hallo« gerufen, weil von hier oben alles zu sehen war, was es gab.

»Hinlegen«, rief Großer-Tiger im letzten Augenblick, aber Christian lag schon. Rechtzeitig war ihm eingefallen, daß man auch ihn von überallher sehen konnte, wenn er aufrecht blieb. Es war großartig, was man sehen konnte: Die vielen Berge, die sie umritten hatten, die Hügel, die immer kleiner wurden, das Steinbach-Tal, die kleine Ebene und dahinter die große, die kein Ende nahm, und vornedran den viereckigen Festungsklotz Möng-Schui, der wie ein Würfelchen aussah, das einer verloren hatte. Das alles sah man, aber Christian und Großer-Tiger schauten kaum hin.

Was es auf der andern Seite gab, war viel aufregender. Nebeneinander lagen sie auf dem Bauch, und sie merkten gar nicht, daß der eigentliche Gipfel noch ein gutes Stück höher war. Was sie von ihrem Platz aus sahen, war genug.

»Sie kochen ab«, sagte Christian.

»Also brechen sie heute noch auf«, sagte Großer-Tiger, der sofort Schlüsse zog.

»Aber wo ist der Wagen?«

»Ich sehe ihn auch nicht, bloß der Esel ist da.«

»Und Schlangenfrühling«, sagte Christian, »wo haben sie bloß den Wagen gelassen?«

»Glaubst du, daß sie uns sehen können?« fragte Großer-Tiger nachdenklich.

»Wir wollen zur Vorsicht die Hüte abnehmen«, schlug Christian vor.

Sie krochen ein Stück zurück, nahmen die Hüte vom Kopf und legten sie auf das Kästchen neben die Stiefel. Dann schauten sie wieder in das Tal, das einmal »Segensreiche-Unterkunft« geheißen hatte. Gegenüber erhob sich senkrecht eine braunrote Felswand, an die sich nach hinten eine abfallende Berglehne schloß, von der man sah, daß sie in sanfte leere Steintäler mündete.

Unten an den Felsen gab es Höhlen, zu denen eine Sandbank führte, die aus dem Talgrund kam. Derresgras wuchs darin, und mächtige Felsblöcke lagen überall herum. Die Stellen an der Wand, wo sie sich abgelöst hatten, waren kaum mehr zu erkennen. Es war zu lange her.
Im Norden traten die Felsen mit den Abstürzen des Berges, auf dem Christian und Großer-Tiger lagen, nah zusammen. Dort war die Schlucht, in der Mondschein saß und hoffte, daß einer käme, den er totschießen durfte.
Nach Süden zu war das Tal offen. Die Felsen brachen jäh ab, aber gleich schlossen sich sand- und staubbedeckte Hügel an. Zwischendrin lag ein leeres Kiesband in der Sonne. Der Bach, der hineingehörte, floß nicht weiter. Großer-Tiger und Christian konnten gerade noch ein Stück von ihm wahrnehmen; dann war die Sicht verdeckt.
»Alles kann man nicht sehen«, sagte Christian, »vielleicht steht der Wagen auf unserer Talseite.«
»Mag sein«, sagte Großer-Tiger und beugte sich weit vor. »Es nützt nichts«, fuhr er fort, »auf unserer Seite gibt es auch Felsen.«
»Wir müssen aufpassen, was sie treiben«, sagte Christian, dem nichts Besseres einfiel.
Die Männer saßen beim Essen: Grünmantel, der kleine dicke Geschäftsführer aus Hsing-Hsing-Hsia und Schlangenfrühling. Das Feuer rauchte, ein Kessel stand darauf, und wie es schien, wurde nicht viel gesprochen. Die Männer bewegten sich kaum. Sie schienen aber keine Angst vor Fallende-Wand zu haben, denn sie hatten das Feuer in der Nähe der größten Höhle gemacht, gleich unter dem überhängenden Fels und neben dem gewaltigen Schutthügel, aus dem viele kantige Steinblöcke ragten. Plötzlich stieß Großer-Tiger Christian in die Rippen. »Schau dorthin«, sagte er aufgeregt.
»Vielleicht ist es Kasim«, sagte Christian.
»Und dort ist wieder einer und dort auch.«
Sie hatten erst jetzt die Soldaten Kao-Schengs bemerkt, die auf den Hügeln nahe bei dem Talausgang postiert waren, klein wie Punkte, weil man von den meisten nur die Köpfe sah.

»Grünmantel ist eingekreist«, sagte Großer-Tiger, »da gibt es keine Hilfe.«
Eine Weile lang sagte er nichts mehr, aber seine Augen suchten überall, ob sie was fänden.
»Wo sind die Pferde?« fragte er schließlich.
»Kao-Scheng hat sie versteckt«, belehrte ihn Christian, »sonst wäre es kein guter Plan.«
»Ach so«, sagte Großer-Tiger.
Auf der Sandbank war man mit dem Essen fertig geworden. Grünmantel, den Christian und Großer-Tiger trotz der Entfernung gut erkannten, stand auf und ging in die Höhle. Er kam aber bald wieder und sprach mit Schlangenfrühling. Offenbar gab er ihm etwas, denn Schlangenfrühling machte einen Dankeskotau.
»Jetzt sagt er ›Zehntausendfachen Dank‹«, bemerkte Großer-Tiger.
»Wofür?« fragte Christian.
»Das müssen wir herauskriegen«, erwiderte Großer-Tiger, dem die Sache anfing, Spaß zu machen.
»Aber wenn man ihn vorher totschießt?« warf Christian zaghaft ein.
»Dann eben nachher«, sagte Großer-Tiger sachlich.
Christian seufzte, aber Großer-Tiger hatte sich vorgenommen, über das Ende des Unternehmens nicht mehr nachzudenken.
»Wir haben uns auf das Meer gewagt«, setzte er Christian auseinander, »und wer das tut, darf nicht betrübt sein, wenn des Himmels Befehl schrecklich lautet.«
Im Tal hatte sich Schlangenfrühling vom Kotau erhoben. Er grüßte den Geschäftsführer mit einer lässigen Verbeugung, und dann ging er zu dem Esel. Der Esel aber wollte nicht zu Schlangenfrühling. Er knabberte an den Derreswurzeln, er raufte an den trockenen Halmen, und wenn Schlangenfrühling sich näherte, hob er den Schwanz und lief weg. Ein paarmal streckte er sogar Schlangenfrühling das Hinterteil entgegen und schlug mit beiden Beinen kräftig aus. Der kleine Geschäftsführer saß neben dem Feuer. Er sah zu, wie Schlangenfrühling dem Esel nachrannte und klatschte sich vor Ver-

gnügen auf den Bauch, bis er eine kräftige Maulschelle von Grünmantel kriegte. Da war der Spaß vorbei.
»Die Herren sind nicht ganz einig«, bemerkte Christian.
»Man kann nicht mit seinem Oberen streiten«, sagte Großer-Tiger, »siehst du, wie der Dicke läuft?«
Der Geschäftsführer war aufgesprungen und lief flink wie ein Wiesel dem Esel entgegen, hinter dem der täppische Schlangenfrühling her war. Der Esel schlug, und Schlangenfrühling fiel nach hinten um, obwohl er, und das sah man von oben genau, überhaupt nicht getroffen werden konnte. Dazu war er zu weit von dem Esel weg.
»So ein Feigling«, sagte Christian.
Inzwischen war der Geschäftsführer zum Zug gekommen.
Es war unglaublich, wie behend er das Ohr des Esels faßte und ihn daran zum Feuer führte. Schlangenfrühling humpelte hinterdrein.
»Hat er doch was abgekriegt?« fragte Christian verwundert.
»Er tut nur so«, sagte Großer-Tiger, »damit Grünmantel sehen soll, wie groß das Unrecht ist, das ihm der Esel und der Geschäftsführer antun.«
Schlangenfrühling spielte seine Rolle unentwegt weiter. Er ließ sich auf den Boden fallen und rieb das Bein, als ob da was verletzt oder geschwollen wäre. Grünmantel stand neben ihm.
Als der Geschäftsführer den Esel gesattelt und gezäumt brachte, gab es eine kurze Auseinandersetzung, wobei Schlangenfrühling heftig gestikulierte und nicht aufstehen wollte.
Endlich ließ er sich von dem Geschäftsführer in den Sattel helfen. Er verabschiedete sich von Grünmantel und ritt dem südlichen Talausgang entgegen.
Christian und Großer-Tiger waren furchtbar aufgeregt. Sie blickten gebannt auf Schlangenfrühling, der sorglos den Bach entlang trabte. Wo das Wasser versickerte und die letzten Derresbüschel im Kreis wie auf verlorenem Posten standen, wandte sich Schlangenfrühling im Sattel und winkte. Vielleicht winkte Grünmantel zurück, aber Christian und Großer-Tiger sahen es nicht. Sie sahen nur Schlangenfrühling.
Sie merkten auch nicht, daß sich der Punkt auf dem ersten

Hügel ein klein wenig hob. Es war nur für einen Augenblick, und man sah auch weiter nichts, als daß plötzlich der Esel unter Schlangenfrühling zusammenstürzte. Der Hall des Schusses kam erst viel später. Da war Schlangenfrühling schon unter dem Esel hervorgezappelt und lief, was er konnte, nach Fallende-Wand zurück. Dabei vergaß er vollends sein wehes Bein, und das war zu verstehen, denn dem ersten Schuß folgten andere. Hall und Widerhall brachen sich an den Felsen, aber die Felsen standen und rührten sich nicht.

»Warum schießt denn die ganze Bande?« fragte Christian empört.

»Ich weiß es auch nicht«, antwortete Großer-Tiger, »wahrscheinlich ist Schießen ansteckend.«

Im Tal hatte sich Grünmantel, wo er stand zu Boden geworfen, aber der flinke Geschäftsführer war in der Höhle verschwunden. Als Schlangenfrühling die Sandbank erreichte, verhallten die letzten Schüsse. Er besann sich nicht lange, warf sich neben Grünmantel, und beide steckten die Köpfe in den Sand, als ob das was nütze.

»Wir müssen zurück«, sagte Christian hastig, »gleich werden sie die Köpfe heben und herumschauen, was los ist.«

»Wenn wir ruhig liegenbleiben«, meinte Großer-Tiger, »werden sie uns für Steine halten.«

»In der Schwarzen-Stadt«, erinnerte Christian, »hat uns der Uralte-Herr auch bemerkt.«

Da gab Großer-Tiger nach, und sie krochen zurück, bis sie bei den Stiefeln anlangten, neben denen die Hüte auf dem Kästchen lagen.

»Was jetzt?« fragte Großer-Tiger und schaute sich um.

Christian schaute sich auch um, und dann merkten beide, daß sie noch gar nicht auf dem Berggipfel waren, sondern ein Stück darunter. Sie sahen auch, daß ein gezackter Grat den Kamm entlanglief, und daß es dort oben ein besseres Versteck gab als auf der runden Kuppe, auf der sie gelegen waren. Also packten sie die Stiefel, die Hüte und das Kästchen und machten sich auf den Weg. Das letzte Stück legten sie kriechend zurück.

Oben gab es wenig Platz, aber man konnte sich freier bewegen, wenigstens auf allen vieren. Große und rauhe Steine bildeten eine wilde Schanze, in der es eine Reihe schmaler Durchblicke gab. Man brauchte sich nur dahinter legen, und man sah, was drunten in Fallende-Wand passierte.

Fünfzigstes Kapitel, in dem das Schicksal rollt

Zunächst passierte nichts. Der Geschäftsführer war wieder da; Grünmantel schaute nach der Sonne, aber er sah sie nicht mehr. Sie war gerade über die Kante von Fallende-Wand geglitten, und der erste Schatten fiel ins Tal. Schlangenfrühling blickte überall herum und fürchtete sich.
»Schade, daß wir nicht hören können, was sie reden«, sagte Christian.
»Man kann es sehen«, erwiderte Großer-Tiger, »schau Grünmantel an.«
Anscheinend befahl er abwechselnd Schlangenfrühling und dem Geschäftsführer, etwas zu unternehmen, aber beide weigerten sich. Das hätten sie nicht tun sollen. Augenblicklich hagelte es Maulschellen und Fußtritte, und als das nichts fruchtete, hob Grünmantel den Daschior vom Boden auf, den Schlangenfrühling von seinem traurigen Ausflug mitgebracht hatte. Damit verdrosch er den kleinen Geschäftsführer ausgiebig. Schlangenfrühling hätte sich gern davongemacht, aber er hatte Angst. Prügel waren eine kleine Sache gegen Totgeschossenwerden, und so kriegte er das ihm zugedachte Teil. Als Grünmantel das besorgt hatte, ging er aufrecht, und so, als ob er einen Spaziergang mache, zwischen den Felsblöcken quer durch das Tal. Er sprang über den Bach, und Christian und Großer-Tiger konnten ihn nicht mehr sehen.
»Jetzt geht er zum Wagen«, sagte Großer-Tiger.
»Vielleicht versucht er, fortzufahren«, sagte Christian.
»Horch!«
Allein man hörte nichts. Grünmantel kam nach einer Weile wieder. In der einen Hand trug er das Gewehr Schlangenfrühlings, in der andern einen Benzinkanister.

Er sprang nicht mehr über den Bach, dafür war er zu schwer beladen. Als er auf der Sandbank anlangte, beeilte sich der Geschäftsführer, ihm den Kanister abzunehmen. Er trug ihn in die Höhle, und Schlangenfrühling lehnte das Gewehr gegen die Felswand. Dann kam er wieder.

Bald erschien auch der Geschäftsführer, und beide stellten sich einträchtig neben Grünmantel. Grünmantel schien seinen Zuhörern einen Plan zu entwickeln. Er deutete geradeaus, dann wieder zurück, er hob beide Hände über den Kopf und ballte sie zu Fäusten, er ließ die Fäuste niederfahren, daß Schlangenfrühling erschrocken einen Schritt beiseite trat, und nachher stand er wie ein Feldherr da, gegen dessen Anordnungen keine Einwände möglich sind. Schlangenfrühling und der Geschäftsführer machten auch keine. Grünmantel sah den einen an und dann den andern, und beide nickten ergeben.

»Vielleicht«, sagte Christian plötzlich, »sollte einer von uns beiden auf die andere Seite.«

»Es sind nur noch zwei Stunden bis Sonnenuntergang«, warnte Großer-Tiger.

»Das reicht.«

»So geh, Kwi-Schan. Es ist das erstemal, daß ich nicht bei dir sein kann.«

»Das Los soll entscheiden«, schlug Christian vor und nahm einen Stein in die Hand. »Du mußt rechts oder links sagen, und wer den Stein hat, darf gehen.«

»Bleibt beisammen«, sagte Dampignak, der hinter ihnen lag und lächelte. Christian fuhr herum, und Großer Tiger starrte ihn aus aufgerissenen Augen an.

»Wir haben aber aufgepaßt«, sagte Christian.

»Ihr seid lautlos wie ein Geist«, sagte Großer-Tiger.

»Wo wollt ihr denn hin?« fragte Dampignak.

»Wir möchten sehen, wo der Wagen steht«, sagte Christian.

»Sie haben was vor«, sagte Großer-Tiger, »vielleicht sieht man von drüben, was es ist.«

»So geht«, sagte Dampignak, »und folgt meiner Spur; ich bin nirgends über Steine gegangen. In einer halben Stunde seid ihr bei Kao-Scheng. Nehmt Pferde. Ihr könnt den rückwärtigen

Hang von Fallende-Wand hinaufreiten, bis ihr über der Felswand seid. Kao-Scheng soll euch führen. Bleibt aber weit genug vom Abgrund weg.«
»Wir hören und gehorchen«, riefen Großer-Tiger und Christian.
Rasch schlüpften sie in die Stiefel und setzten die Hüte auf. Dabei sahen sie, daß Dampignak Filzschuhe anhatte.
»Ich habe sie von Kao-Scheng geborgt«, erklärte der Uralte-Herr, »sonst hätte ich euch schwerlich überraschen können. Filzschuhe taugen besser zum Bergsteigen.«
»Da steht das Kästchen«, erwähnte Christian eilig, und dann liefen sie schon bergab.
Dampignaks Spur kam vom Süden her. Er hatte den Weg sorgfältig gewählt und die Steinkare vermieden, die vom Gipfel auf einen Bergrücken stürzten, wo sie wie ein See zusammenflossen. Hier hörten die Schwierigkeiten auf. Statt der zahllosen Schluchten und Falten auf der Nordseite gab es bloß den Bergrücken, der breit ausladend ins Tal führte. Dampignaks Spur ging mitten drüber hin, und unten sahen Christian und Großer-Tiger von weitem die Pferde und Kao-Scheng, der mit einem seiner Leute am Feuer saß. Der blaue Rauch stieg steil in den blauen Himmel. »Kao-Scheng kennt sich aus«, sagte Christian, als sie näher kamen.
»Dafür ist er ein Grenzhauptmann«, sagte Großer-Tiger.
Es schien, als ob der Bach, der hinter Fallende-Wand versickerte, hier wieder zutage trat. Kleine Tümpel glänzten in der Sonne, und gelbes Derresgras stand in wirren Büscheln ängstlich um die Wasserstelle. Die Pferde fanden ein dürftiges Futter.
»Tee trinken!« rief Kao-Scheng, als er Großer-Tiger und Christian kommen sah, und er stampfte ihnen in den Reiterstiefeln Dampignaks entgegen.
»Vorher müssen wir dies und das tun«, widersprach Großer-Tiger, und er erklärte ihm, weshalb sie kamen. Allein Kao-Scheng blieb unerschüttert. »Tee trinken«, sagte er, »ist auch eine wichtige Sache. Wir wollen das eine tun und das andere nicht lassen.«

Also schickte er den Mann, den er bei sich hatte, nach den Pferden, und bis sie geholt und gesattelt waren, verging eine Viertelstunde mit Teetrinken.
»Hat Kasim den Esel totgeschossen?« fragte Großer-Tiger.
»Nicht wahr?« rief Kao-Scheng begeistert, »es war ein Meisterschuß. Kasim ist wie Ju-Tzu, der Bogenschütze, und sein Geschoß ist wie ein Blitz aus den Wolken.«
»Der arme Esel«, sagte Christian.
»Aber die andern?« fragte Großer-Tiger, »warum haben die geschossen?«
»Man muß den Feind erschrecken«, belehrte ihn Kao-Scheng, »schon in den sechs Kampfplänen ist davon die Rede, und die goldene Befehlsrolle des Krieges will es auch so haben.«
»Darin sind wir unbewandert«, gab Großer-Tiger zu.
»Laßt mich nur machen«, sagte Kao-Scheng zuversichtlich.
Gewaltig wie ein Kriegsgott stampfte er auf die Pferde zu, die der Mann brachte. Er ließ sich den Steigbügel halten, und es war notwendig, denn die Stiefel paßten kaum hinein.
»Mein Gewehr«, befahl Kao-Scheng mit Herrschermiene. Der Mann brachte es eilfertig. Man sah, wie beeindruckt er von den Ereignissen war. So was kam an der Grenze nicht alle Tage vor.
Kao-Scheng ritt im Galopp bis zu dem gewundenen Kiesbett, das aus Fallende Wand kam.
Zwanzig Schritte vorher zeigte er auf den festen Boden, in dem die Reifenspuren des Lastwagens oberflächlich eingedrückt waren.
»Hier fuhren die Verbrecher«, sagte Kao-Scheng.
»Wenn man von hier nach Süden fährt«, fragte Großer-Tiger, »ist da der Boden noch lange so glatt und hart?«
»Noch sehr lange«, versicherte Kao-Scheng, »deswegen war der Karawanenweg so beliebt. Achtzig Li geht es in einem fort so weiter bis zu einer Kiesbank, und nachher gibt es kein Hindernis mehr bis Hsing-Hsing-Hsia.«
»Aha!« sagte Großer-Tiger, der an Dämbit dachte und wie er für Grünmantel Kies geschaufelt hatte.
»Schade, daß wir keinen Spaten haben«, sagte Christian.
Kao-Scheng wunderte sich. »Wozu einen Spaten?« fragte er.

»Man könnte einen Graben machen«, erklärte Großer-Tiger, »in dem der Wagen steckenbleibt.«
»Ich begreife«, sagte Kao-Scheng, »du meinst sozusagen eine Autofalle. Nun, nun, keine Besorgnis deswegen. Wir haben Kasim, der in die Reifen schießt, daß es donnert.«
Er bog vorsichtig ein Stückweit nach Süden aus, und man sah seine vier Männer bloß aus der Ferne. Sie lagen auf den Hügeln in Rufweite voneinander, aber Kasim war der vorderste. Kao-Scheng winkte ihnen ermunternd zu, und dann fielen die Pferde in Schritt. Das Tal war überquert. Es ging die Berglehne hinauf, die den Rücken von Fallende-Wand bildete. Die Höhe lag im Sonnenschein, aber als die Reiter oben anlangten, stiegen die Schatten der Felswand bereits an der andern Talseite empor.
»Dürfen wir«, bat Großer-Tiger, »den befehlenden Herrn Hauptmann bitten, mit den Pferden hier zu warten?«
»Gern«, antwortete Kao-Scheng, »die Stiefel hindern mich leider, an der Erkundung teilzunehmen. – Seid vorsichtig«, mahnte er, »damit euch die Schurken nicht entdecken.«
Christian und Großer-Tiger gingen aufrecht, solange sie ihren Schatten vor sich hergehen sahen. Dann legten sie sich nieder und krochen bis an den Rand der Felswand.
Tief unter sich sahen sie das Feuer glimmen, neben dem der kleine Dicke saß und von Zeit zu Zeit einen Ast nachlegte. Der Rauch stieg empor, aber er verwehte, und nur der Geruch von verbranntem Holz drang zu ihnen herauf. Schlangenfrühling und Grünmantel waren nicht zu sehen. Dafür stand jenseits des Bachs der Wagen, und Christian und Großer-Tiger freuten sich, als ob sie einen alten Bekannten zu Gesicht kriegten. Er stand auf dem Streifen festen Bodens, der sich vom Taleingang her unterhalb einer Felsbarriere entlangzog. Man sah die Räderspuren und eine trichterähnliche Grube, die vom Wenden kam. Die Ladefläche war mit Kanistern eben voll bepackt; die Schutzbretter waren geschlossen, die Motorhaube war zu. Der Wagen stand abfahrbereit.
»Ob Grünmantel in der Höhle ist?« fragte Christian leise.
»Wozu hat er die Kanne Benzin geholt?« fragte Großer-Tiger.

Sie schwiegen, weil es auf beide Fragen keine Antwort gab. Plötzlich öffnete sich die Tür des Führerhauses, und Grünmantel stieg heraus. Schlangenfrühling folgte nach, denn der Wagen stand so dicht an der Felswand, daß die andere Tür nicht gut aufgegangen wäre. Er zerrte eine Schaufel und eine Spitzhacke seitlich heraus. Grünmantel holte verschiedene Werkzeuge aus der Kiste unter dem Führersitz. Nachher kletterte er auf den Wagen. Schlangenfrühling kam hilfsbereit gelaufen, aber auf einen Wink Grünmantels blieb er unten.
Auf der Ladefläche standen die Kanister aus Ollon-Torre höher wie sonst in Reihen nebeneinander. Fast zur Hälfte ragten sie über die Schutzwände hinaus. Das eiserne Faß, von dem Dämbit gesprochen hatte, war auch da. Es stand auf seinem Platz hinter dem Führerhaus. Grünmantel probierte das Gewicht einiger Kanister, bis er den richtigen fand. Dann gab er ihn dem wartenden Schlangenfrühling, der damit zum Tank ging. Es fehlte aber nur ganz wenig Benzin, und Schlangenfrühling reichte den Kanister bald zurück.
»Paß auf«, sagte Großer-Tiger, »jetzt muß er Wasser nachfüllen.«
Richtig gab ihm Grünmantel einen Eimer, aber diesmal ging Schlangenfrühling nicht gleich zum Bach, wie Grünmantel es haben wollte. Er öffnete den Kühler, tunkte den Zeigefinger hinein und hielt ihn Grünmantel unter die Nase. Da erst war Grünmantel zufrieden und ließ es bei dem nassen Finger bewenden. Er nahm die Werkzeuge, die er sich ausgesucht hatte, schloß die Wagentür und sprang über den Bach. Unbefangen, als ob nie ein Schuß gefallen wäre, schritt er zwischen den Felsblöcken durch. Trotzdem gelang es ihm nicht, sein Selbstvertrauen auf Schlangenfrühling zu übertragen, der mit Schaufel und Spitzhacke folgte und ängstliche Seitenblicke zum Talausgang warf.
»Fertig?« rief ihnen der Geschäftsführer entgegen, und Christian und Großer-Tiger konnten es hören. Es war aber auch das einzige Wort, das sie zu hören kriegten. Grünmantel antwortete nicht. Er war der Vorgesetzte.
»Was denkst du über diese Sache«, fragte Christian leise.

»Warte zwei Augenblicke«, antwortete Großer-Tiger, »vielleicht erfahren wir mehr.«
Sie schauten nach unten, aber der Dicke saß wieder allein am Feuer und warf ein paar Hölzchen hinein. Grünmantel war mit Schlangenfrühling in die Höhle gegangen. Es dauerte jedoch nur wenige Augenblicke, da kam Schlangenfrühling mit einem armvoll Baumwolle. Er warf sie dem Geschäftsführer vor die Füße. Vielleicht sagte er auch etwas, aber mehr als »Da hast du deine Arbeit« war es sicher nicht, denn Schlangenfrühling verschwand wieder in der Höhle. Bald kam er mit noch mehr Baumwolle zurück.
Der Dicke fing an, einen losen Strick zu drehen, und Schlangenfrühling schaute eine Zeitlang zu, ob er es recht mache.
Dann griff er nach der Spitzhacke. Er begann einen kleinen Graben aufzuhacken, den er nach dem Bach zu fortsetzte. Wenn er eine Strecke weit gehackt und mit der Schaufel gegraben hatte, trat er den Graben mit kleinen Schrittchen fest, immer hin und her.
Er war noch nicht weit mit der Arbeit gediehen, als Grünmantel aus der Höhle kam und ihm die Spitzhacke abverlangte. So hatte Schlangenfrühling nur noch die Schaufel, und das Graben ging langsamer. Dafür hörte man aus der Höhle dumpfe Schläge, und wenn sie schwiegen, ertönte das spitze metallische Hämmern, mit dem ein Meißel ins Gestein getrieben wird.
»Kwi-Schan«, flüsterte Großer-Tiger, »ich möchte etwas wissen.«
»Sie wollen Fallende-Wand sprengen«, antwortete Christian.
»Das schon«, sagte Großer-Tiger, »aber wozu?«
»Wenn wir«, setzte ihm Christian auseinander, »jetzt zu Kao-Scheng sagen: ›Heute nacht wird Fallende-Wand von neuem einstürzen‹, was, glaubst du, wird er tun?«
»Er wird mit seinen fünf Männern davonreiten, da gibt es keine Hilfe.«
»Deshalb«, sagte Christian, »will Grünmantel sprengen. Der Donner schafft Verwirrung, und in der Verwirrung wird er fortfahren. Der Wagen steht drüben weit genug weg. Du siehst,

bis wohin die Felsbrocken das letztemal gefallen sind. Über dem Bachrand liegt keiner.«

»Jetzt ist alles klar«, sagte Großer-Tiger, »und wir gehen.«

»Es pressiert«, sagte Christian. Sie schauten noch einmal in die Tiefe. Der Dicke war aufgestanden, er trug einen Baumwollpack unter dem Arm, und während er den fertigen Strick in den Graben legte, drehte er emsig weiter.

»Nachher gießen sie Benzin darüber«, sagte Christian, »und wenn sie beim Wagen sind und der Motor läuft, zünden sie an.«

Er schwieg, und Großer-Tiger sah ihn bekümmert an. »Was tun wir«, fragte er. »Können wir was tun?«

»Wir wollen es Dampignak sagen«, schlug Christian vor, »er führt den Befehl. Es wäre vermessen, ihm vorzugreifen.«

»Bolna«, sagte Großer-Tiger und begann zurückzukriechen. Christian kroch auch rückwärts, aber bald stand er auf, und miteinander liefen sie, so schnell es ging, zu den Pferden. Atemlos langten sie bei Kao-Scheng an.

»Wozu die Eile?« fragte Kao-Scheng verwundert, »in der Eile sind Fehler.«

»Grünmantel will ausbrechen«, teilte Christian mit.

»Bereitet er einen Angriff vor?« erkundigte sich Kao-Scheng besorgt.

»Wir glauben es nicht«, beruhigte ihn Großer-Tiger, »aber sie wollen fort.«

»Ich lache«, sagte Kao-Scheng; »hört ihr, wie ich ›Haha!‹ sage? Diese minderwertigen Subjekte fahren weder auf den Wolken, noch haben sie fliegende Drachen als Gespann. Wie sollten sie uns entrinnen?«

»Mit dem Wagen, der von selber geht«, sagte Christian.

»Das werden sie bleiben lassen«, versicherte Kao-Scheng, »ich habe meinen Soldaten befohlen zu schießen, sobald es dunkel wird. Jede Stunde einmal oder öfter. Das macht dem Feind Angst und bewahrt meine Leute vor dem Schlummer. Sie sind wachsam wie die Gazellen, aber was nützt das? Man muß sie vor dem Einschlafen bewahren. Grenzwächter sein ist in harter Beruf.«

»Trotzdem«, sagte Christian, »möchten wir keinen Augenblick vergeuden.«
»Wie die jungen Herren wünschen«, sagte Kao-Scheng. Er betonte das Wort »Junge Herren« mehr als notwendig. Fast war es beleidigend.
Aber Großer-Tiger und Christian war um Eile zu tun, und Kao-Scheng erwies ihnen den Gefallen. Er wollte zeigen, daß er selbst unnötige Dinge zu tun bereit war, und er ritt Galopp, sobald sie den Talgrund erreichten. Christian und Großer-Tiger ritten hinter ihm drein.
»Einer von uns sollte bei den Pferden bleiben«, sagte Großer-Tiger.
»Wir wollen losen«, schlug Christian vor.
»Nein«, sagte Großer-Tiger, »ich bleibe und du gehst.«
Die Sonne stand nicht mehr hoch, als sie beim Lagerplatz Kao-Schengs eintrafen.
»Berichtet dem Fürsten«, bat Kao-Scheng, »daß wir ungeduldig den Kampf mit den Verbrechern erwarten.«
»Ich werde Eure Worte nicht vergessen«, versprach Christian.
»Wie?« rief Kao-Scheng, »soll das bedeuten, daß du allein in die Felsenwildnis steigen willst?«
»Es bedeutet«, sagte Großer-Tiger, »daß ich müde Füße habe und nicht mehr zu klettern vermag. Wenn der Herr Hauptmann gestattet, möchte ich mich hier ein wenig ausruhen. Ich werde beim Anbinden der Pferde helfen.«
»Anbinden?« rief Kao-Scheng, »wozu anbinden, da wir diese Nacht mit Wachen verbringen?«
»Unsere Pferde sind es so gewohnt«, erwiderte Großer-Tiger, »wenn sie in der Nacht nicht still beisammenstehen, sind sie unglücklich.«
Da lachte Kao-Scheng laut und herzlich. Er konnte sich gar nicht beruhigen. Noch nie hatte er gehört, daß Pferde glücklich oder unglücklich sein könnten. Er prustete noch immer, als Christian sagte: »Ich komme bald wieder.«
»Halt einmal!« rief ihm Kao-Scheng nach. Er hatte sich so weit erholt, daß er reden konnte. »Was das anlangt, müssen wir ein Losungswort ausmachen, eine Parole sozusagen. Es könnte

Nacht sein, und ich muß die Pferde verteidigen. Wie wäre es mit: Alter Gebieter?«
»Alter Gebieter ist gut«, sagte Christian, »ich werde ›Alter‹ rufen, und ihr antwortet ›Gebieter‹, damit ich weiß, daß Ihr es seid. So haben wir diese Sache gelernt.«
»Ein ausgezeichnetes Verfahren«, lobte Kao-Scheng, und dann verabschiedete sich Christian schleunigst.
Er stieg den Bergrücken hinauf, und als er unter dem Gipfel stand, ging die Sonne unter. Allein Christian hatte keinen Blick für die wilde Schönheit der rot- und goldglänzenden Ebene, der flammenden Hügel und der schwarzen Wand gegenüber, die sich ins Bodenlose verlor. Er hastete den Spuren Dampignaks nach, und er erreichte den gezahnten Gipfelgrat bei einbrechender Nacht.
»Wo ist Großer-Tiger?« fragte Dampignak sofort.
»Er blieb bei den Pferden«, antwortete Christian, »weil man nicht weiß, was Kao-Scheng tut, wenn Fallende-Wand einstürzt.«
»Recht so«, lobte Dampignak, und dann ließ er sich von Christian berichten. Das meiste wußte er schon. Er hatte gesehen, wie der Dicke Baumwollstricke drehte, wie Schlangenfrühling schaufelte, und er hatte das Hämmern und Pochen Grünmantels in der Höhle vernommen. Als Christian ihm erzählte, daß der Wagen fahrbereit in der Richtung zum südlichen Talausgang stehe, stützte Dampignak mit einer heftigen Bewegung den rechten Arm auf. Es sah aus, als wolle er sich sogleich erheben.
Er besann sich aber. Er schwieg und schaute zum Abendstern, und nachher zu der tieferstehenden Mondsichel. Dann senkte er den Blick bis auf den Grund von Fallende-Wand. Das Feuer brannte noch immer, und der Geschäftsführer saß daneben. Aus der Schlucht wehte es kalt. Es war ganz still.
»Sie sind fertig«, sagte Dampignak, »ich muß mich eilen.«
In diesem Augenblick trat Schlangenfrühling aus der Höhle. Er hielt die schöne Sturmlaterne Glücks in der Rechten, aber sie war schwarz verrußt. Die spitze zuckende Flamme darin hatte keine Leuchtkraft mehr, und Schlangenfrühling löschte

sie aus. Nach einer Weile, als das Glas kalt geworden war, nahm er es aus dem Schutzgestell und putzte es mit Baumwolle blank. Er beschnitt den Docht und zündete die Laterne wieder an. Da brannte sie hell. Schlangenfrühling wechselte mit dem Geschäftsführer ein paar Worte, und dann gingen sie miteinander in die Höhle.

»Zu spät«, murmelte Dampignak, »jetzt bleibt nur noch Kasim.« Er starrte auf den Lichtfleck im Dunkel, der in seinen Augen zwei winzige glühende Spiegel entfachte.

Zum erstenmal sah Christian, wie geräumig die Höhle war. Beide Männer gingen aufrecht durch den gewölbten Bogen, aber schon nach wenigen Schritten blieben sie stehen. Schlangenfrühling hob die Laterne hoch. Da sah man sie nicht mehr. Man sah nur noch den friedlichen gelben Schein, der die gefurchten Wände erhellte. Ein paar Sekunden standen die schwarzen Umrisse des großen Schlangenfrühling und des kleinen Dicken beisammen und rührten sich nicht. Dann traten sie auseinander. Sie machten einem Dritten Platz, der auf einmal irgendwoher kam, dem Dicken etwas gab und wieder verschwand. Von da an hatte der Geschäftsführer eine Spitzhacke in der Hand, und er kriegte noch mehr Werkzeuge dazu, als Grünmantel wieder kam. So beladen, machte er sich auf den Rückweg. Hinterdrein ging Schlangenfrühling, der die Laterne trug. Er hielt sie ein klein wenig niedriger, und es war deutlich, daß er Grünmantel leuchtete, der gebückt ging und aus einer Kanne den weißen Baumwollstrick am Boden mit Benzin begoß.

Sie waren bis zum Ausgang der Höhle gelangt, und eben traten sie ins Freie, als ein Schuß fiel. Es war der erste der nächtlichen Schreckschüsse, die Kao-Scheng befohlen hatte. Es war auch der letzte. Der scharfe Knall durchzuckte Grünmantel, und das Entsetzen fuhr durch Schlangenfrühling. Seine Knie knickten ein; er ließ sich einfach fallen. Grünmantel riß die Laterne hoch, aber da war das Glas schon zerbrochen, und ein Flammenband lief durch die Höhle. Für den Bruchteil eines Augenblicks war sie taghell erleuchtet. Dann schoß ein Blitz heraus, grell wie ein Degenstich, ein schwaches Leuchten tastete über die wanken-

den Felsen, und dann ging alles unter in dem Donner, der Fallende-Wand von unten bis oben füllte.
Selbst auf dem Berggipfel bebte die Erde unter der Wucht der stürzenden Wände. Christian spürte den Luftdruck und das Wehen eines heißen Windes, der über dem Gebrüll der Felsmassen nach oben flog. Als es verstummte, fiel ein dichter Steinregen von allen Seiten in die Schlucht. Eine Staubwolke wogte bis zu der Kuppe, auf der Christian mit Großer-Tiger gelegen war, und da schwebte sie noch lange.
»Schon vorbei?« fragte Christian schnüffelnd.
Die Luft roch nach trockenem Staub, nach heißem Stein, ein wenig nach Benzin und nach etwas, das Christian nicht kannte. Vielleicht ist es Pulver, dachte er, oder das andere, das schlimmer ist als Pulver. Aber davon hatte Christian den Namen vergessen.
Dampignak stand auf. »Komm«, sagte er ruhig.
Christian nahm das Kästchen, das an dem Platz lag, wohin Großer-Tiger es gelegt hatte. Sein Herz schlug laut. Er ging hinter Dampignak her, der in den Filzschuhen von Kao-Scheng den Gipfel abwärtsschritt. Auf den Steinkaren und zwischen den Felsen lag die Klarheit der Nacht. Bald erblickten sie den schimmernden Bergrücken, der ins Tal führte. Sie gingen und sprachen kein Wort. Als sie in die Nähe von Kao-Schengs Lagerplatz kamen, hörten Sie Pferdeschnauben und aufgeregte Männerstimmen. Kao-Scheng schrie, und dazwischen hörte man Großer-Tiger etwas sagen. Es war aber immer das gleiche:
»Wartet noch zwei Augenblicke. Bitte wartet.«
»Nein«, rief Kao-Scheng, »wenn der Himmel einstürzt, ist es ein deutliches Zeichen, daß wir hier nicht hergehören. Wir haben uns zu weit vorgewagt.«
Er hatte den einen Fuß schon im Steigbügel, als Dampignak in den Schein des Feuers trat.
»Hauptmann«, sagte Dampignak, »ich höre, daß es eilt. Darf ich bitten, die Schuhe vorher mit mir zu tauschen.«
»Ach so!« sagte Kao-Scheng verblüfft, »aber dann . . . «
»Wir wollen uns setzen«, schlug Dampignak vor.
»Eure Herrlichkeit!« wandte Kao-Scheng ein, »hier stehen mei-

ne Leute bis auf einen. Sie sind knapp dem Tode entronnen, da setzt sich keiner gern.«

»Wo ist Kasim?« fragte Dampignak.

»Das ist es ja eben«, rief Kao-Scheng, »er ist zu neun Zehnteln tot, vielleicht auch ganz.«

Dampignak begann die Filzschuhe auszuziehen. Er sagte: »Befehlt Euren Leuten, abzusatteln und ein Essen zu bereiten; Großer-Tiger, Kompaß-Berg und Wir werden derweil nach Kasim schauen. Sind unsere Pferde da?«

»Sie sind hier«, sagte Großer-Tiger. Er stand abseits und hielt den Hengst am Zügel. Die andern Pferde hatte ihm Christian abgenommen.

Kao-Scheng fragte nichts weiter. Er war starr, daß Dampignak sich nichts aus Erdbeben und stürzenden Felsen machte, aber er war erleichtert, daß er wußte, was zu geschehen habe. Er wäre doch bloß in die Nacht hinausgeritten, ohne seinen Leuten sagen zu können wohin. Also setzte er sich und zog die Stiefel aus. Dabei wurde er ruhiger. Er blieb auch sitzen, als Dampignak aufstand, obwohl es unhöflich war.

»Recht so«, sagte Dampignak, »Ihr müßt Euren Männern ein Beispiel geben.«

Da schlich sich ein großer Stolz in Kao-Schengs Brust. Er begann zu befehlen, und seine Soldaten, die erst widerwillig murrten, hörten bald auf damit. Sie sattelten ab, und sie beeilten sich sogar, dem Packpferd die Lasten abzunehmen.

Als Dampignak aufsaß, ging einer bereits mit dem Kochkessel zum Wasser, ein anderer stellte das eiserne Dreibein wieder aufs Feuer, und Kao-Scheng erhob sich und wünschte Glück und langes Leben. Beinahe hätte er noch Reichtum hinzugefügt, aber es schien ihm nicht passend. Christian hatte inzwischen den Reisesack mit dem Kästchen darin an die Sattelringe geschnallt, und dann ritten sie hinter Dampignak her.

Als sie die Kiesrinne erreichten, die aus Fallende-Wand kam, hatte Christian Großer-Tiger alles erzählt, was es zu erzählen gab: Grünmantel war tot, Schlangenfrühling lebte auch nicht mehr, und der Geschäftsführer war mit ihnen umgekommen.

Großer-Tiger nickte: »Wir haben uns hundert vergebliche Ge-

danken gemacht«, sagte er, »der Himmel hat sie zum Totsein verdammt.«
Christian wußte gut, was Großer-Tiger damit meinte. Grünmantel und die beiden andern waren fern der Heimat gestorben. Sie hatten keinen Sarg und niemand, der sie mit frommen Gebeten und Opfern ehrte. Sie waren keine Ahnen. Sie waren tot.
Schweigend ritten Großer-Tiger und Christian das Kiesbett entlang, und als sie unter dem Hügel anlangten, auf dem Kasim lag, hörten sie ihn rufen, und sie sahen, daß er winkte. Da winkten sie zurück.
Kasim kam den Hang herab. Kaum hörte man seine leisen Schritte, da stand er schon mitten in dem Geröllbett.
»Sallam«, rief Kasim und breitete beide Arme aus.
Christian und Großer-Tiger sprangen vom Pferd und liefen ihm zu, und der bärtige Türke grüßte sie mit fremden Worten wie Brüder, und deshalb verstanden sie gut, was Kasim sagte. Großer-Tiger antwortete ihm chinesisch, und Christian sagte ihm auf mongolisch, wie sehr sie sich freuten, ihn lebend zu sehen. Miteinander gingen sie über die Kiesbank auf den festen Boden, wo Dampignak abgestiegen war. Bevor Kasim etwas sagen konnte, begrüßte ihn der Uralte-Herr, und Kasim dankte mit bewegten Worten. Dann wies er in die Schlucht. Dampignak schüttelte den Kopf. Er sagte: »Morgen früh bei Tagesanbruch werden wir betrachten, was es gibt.«
»Ming-tien«, sagte Großer-Tiger in der Hoffnung, daß Kasim das Wort verstünde.
»Margatter«, wiederholte Christian.
»Inschallah«, antwortete der fromme, rechtgläubige Kasim.
Christian bot ihm sein Pferd an, und Kasim lächelte dankbar. Er sagte auch weiter nichts, aber er hob Christian empor und setzte ihn vor sich in den Sattel. So ritten sie zu Kao-Scheng zurück. Von weitem sahen sie das Feuer, ein schwacher Schein in der ungeheuren und leblosen Nacht.
Plötzlich richtete sich vor ihnen einer auf und brüllte: »Halt! Wer da?«
»Alter!« antwortete Großer-Tiger.

»Ich dachte mir gleich«, rief Kao-Scheng, »daß ihr es seid.«
»Hauptmann«, erinnerte Christian, »Ihr müßt was anderes sagen. So ist es nicht richtig. Am Ende seid Ihr wer Fremder oder gar ein Feind.«
»Ich bin kein Fremder; ihr seht ja, daß ich es bin.«
»Nachts gilt nur die Parole«, sagte Großer-Tiger, »das ist nun einmal so.«
»Richtig!« rief Kao-Scheng, »ich wollte euch bloß auf die Probe stellen. Habt ihr Kasim getroffen? Ach, ich sehe schon, ihr seid ohne ihn zurückgekehrt, und wir müssen eine Trauerfeier veranstalten.«
»Ich bin Kompaß-Berg«, rief Christian und sprang vom Pferd, »aber hinter mir sitzt auch einer.«
»Sallam«, grüßte Kasim mit Würde.
Da umringten ihn die Dunganen, die vor dem Donner davongelaufen waren, und später erzählte Kao-Scheng, Kasim habe gesagt, er sei ohnmächtig geworden, als die Erde wankte, und deshalb wäre er auf seinem Platz liegengeblieben. Das sagte Kasim aber bloß, damit das Gesicht der Dunganen geschont wurde, sonst hätten sie sich schämen müssen. So einer war Kasim.
Als alle um das Feuer saßen und aßen, was es gab, berichtete Dampignak, wie es in Fallende-Wand zugegangen war, und Kao-Scheng sagte weise: »So ist es, wenn das Schicksal rollt.«
Er sagte auch: »Auf tausend Arten kann man das Leben verlieren; aber«, rief er plötzlich, »das Erschüttern brüllte ›Hu hu!‹ bis hierher, und die Erde hob und senkte sich wie ein Wagbalken. Wir aber lächelten ›Ha! ha!‹« Er blickte sieghaft im Kreis umher, und die Zuhörer, die seine Rede verstanden, schauten vor soviel Unverfrorenheit beschämt zu Boden.
Dampignak lächelte, Großer-Tiger wollte antworten, und Christian hätte gern gefragt, wohin Kao-Scheng vor einer Stunde reiten wollte. Aber sie waren zu müde dazu. Sie waren dankbar, daß das Feuer sie wärmte, und sie schliefen ein, ohne Tee zu trinken, und Kao-Scheng saß stolz und aufrecht neben ihnen.

Christian erwachte nicht von allein, und Großer-Tiger mußte gerüttelt werden, bevor er die Augen aufschlug. Da graute der Morgen, die Sterne im Westen verblaßten, und Kao-Scheng rief: »Auf, ihr Männer!«

Seine Stirn war umwölkt, und obwohl er die leichten Filzschuhe wieder anhatte, stapfte er schwerfällig zu den Pferden.

Christian und Großer-Tiger blickten sich um. Dampignak saß neben ihnen. Das Feuer war heruntergebrannt, aber eine Kanne mit heißem Tee stand in der Glut.

»Trinkt«, sagte der Uralte-Herr, »etwas zu essen gibt es erst in Fallende-Wand.«

Dann neigte er sich Großer-Tiger entgegen. »Jetzt«, sagte er, »sollst du mir den Ring geben.«

Großer-Tiger zog ihn vom Daumen, er hob ihn zur Stirn, und er beugte das Knie. Er sagte: »Der heilige Mann Jolleros-Lama befahl mir, den Ring dem zu geben, der mit großem Verlangen danach begehrt.«

»Ich habe dieses Verlangen«, sprach Dampignak. Er kniete vor Großer-Tiger nieder und nahm den einfachen Silberreif wie ein hohes Gut entgegen.

Kao-Scheng, der die Pferde brachte, blieb vor Schreck stehen. Da kniete einer, den man mit »Exzellenz« und »Eure Herrlichkeit« anreden mußte, vor einem Knaben. Kao-Schengs Staunen wuchs, aber seine geringe Vorstellungskraft suchte vergeblich nach einer Erklärung. Schließlich dachte er, es sei eine Zeremonie vor dem Beginn großer Gefahren.

Er hörte, wie Großer-Tiger sagte: »Jolleros-Lama bat, in dieser Stunde seiner zu gedenken als eines Mannes, der aus der Welt ging.«

»Ich gedenke seiner«, sprach Dampignak.

Da konnte Kao-Scheng nicht länger an sich halten. Was hier geschah, war unheimlich. Also räusperte er sich laut und machte einen Schritt vorwärts.

Dampignak und Großer-Tiger erhoben sich, und Kao-Scheng machte einen zweiten Schritt.

»Ist es gestattet«, begann er zögernd, »nach dem Stand der Dinge zu fragen?«
»Hauptmann«, antwortete Dampignak, »ich sagte Euch gestern, daß wir bei Sonnenaufgang gemeinsam in Fallende-Wand eindringen werden. Diese Stunde ist gekommen.«
»Das war es also.« Kao-Scheng erschrak und er sagte: »Die Sonne ist noch hinter den Bergen.«
»Sie wird scheinen, sobald wir in die Schlucht einreiten.«
»Einreiten?« rief Kao-Scheng. Er faßte sich aber und fragte:
»Darf ich mich nach der Ordnung des Zuges erkundigen, damit ich meinen Männern die nötigen Befehle erteile?«
»Sie hängt von Euch ab«, erwiderte Dampignak ernst, »wer Fallende-Wand zuerst betritt, gewinnt das Recht auf die Beute. Ausgenommen bleibt der Wagen, der dem General Wu gehört.«
»Ist der auch hier?« rief Kao-Scheng entgeistert.
»Wu ist nicht anwesend«, setzte ihm Dampignak auseinander, »aber seine Abgesandten.« Und er zeigte auf Christian und Großer-Tiger.
Kao-Scheng war zu verwirrt, um einen Zusammenhang zu begreifen. Er sagte: »Da Eure Herrlichkeit als Gast bei uns weilt, steht Euch das Recht des Einzugs zu.«
»Hauptmann«, sagte Dampignak, »ich danke Euch.«
Christian und Großer-Tiger tranken eine Schale heißen Tee. Dann wurde aufgesessen. Kao-Scheng ritt neben Dampignak, nachher folgten die übrigen, und ein Soldat führte das Packpferd hinterdrein.
Der Morgen lag mit stumpfem Grau auf der Wüste, die Steine glänzten noch nicht, und der Sand war ohne Farbe. Als sie zu dem Hügel kamen, auf dem Kasim gelegen war, öffnete sich vor ihnen das Felsental. Man sah die braunen Wände, und weil es schon heller geworden war, erkannte man die frischen Bruchflecke im Gestein. Man sah auch den toten Esel liegen, aber mehr gab es nicht zu sehen. Der schräge Ausläufer von Kasims Hügel verwehrte den Einblick. Die Reiter hielten, und Kao-Scheng stieg ab. Sogleich sprangen auch seine Männer aus dem Sattel. Die ersten Sonnenstrahlen berührten die Fels-

wände von Fallende-Wand, und der Himmel färbte sich zart und blau wie zu einem Friedensfest.
Dampignak schwieg und wartete, und Kao-Scheng sagte auch nichts. Weil es aber doch einmal sein mußte, machte er nach einer Weile aufmerksam, daß die Sonne scheine und mithin die richtige Zeit zu einem, wie Kao-Scheng sagte, siegreichen Einzug gekommen wäre.
»Warte zwei Augenblicke«, sagte Dampignak und er wies auf Kasim, der auf den Hügel gegangen war und kniend mit dem Gesicht nach Westen sein Morgengebet sprach. Die vier Dunganen taten nicht dergleichen. Sie waren auch Rechtgläubige, aber was kümmerte sie das? Zu lange schon ritten sie an der Grenze herum. Entweder lagen sie in den Herbergen oder unter freiem Himmel. Der Mullah war fern, und sie tranken Schnaps, sooft es welchen gab.
Kasim hatte seine Andacht beendet. Fröhlich stand er auf und kam den Hügel herab. Er ging auch gleich zu seinem Pferd und wollte aufsteigen. Als ihm Kao-Scheng bedeutete, daß er zurückbleiben müsse, weil die Ehre des Einzugs an Dampignak vergeben sei, trat er vor den Uralten-Herrn und bat, mit ihm reiten zu dürfen. Kao-Scheng begann zu vermitteln, aber Dampignak verstand auch so, was Kasim wünschte.
Er nickte ihm freundlich zu und sagte: »Bolna!«
»Seid nicht so laut«, mahnte Kao-Scheng, »ich bitte Eure Herrlichkeit, nicht zu reden, sonst passiert was. Wenn aber was passiert«, fügte er großartig hinzu, »werde ich Euch zu Hilfe eilen.«
»Ich danke Euch, Hauptmann«, sagte Dampignak, hob den Daschior, und der Hengst flog wie ein Pfeil von der Sehne. Kao-Scheng schüttelte den Kopf, Christian und Großer-Tiger galoppierten hinterher, und Kasim ritt in ihrer Mitte. Auf dem festen Boden schlugen die Hufe hart und wirbelten den Staub empor, der in der Nacht gefallen war. Anfangs gab es auf der Bergseite nur Schutthalden und große Steine, die heruntergerollt waren. Dann aber kam die Stelle, wo der Bach aus dem Tal trat und zwischen dem Kies versickerte. Dort begann eine Felswand, die allmählich anstieg und nachher gerade weiter-

lief. Sie war nicht ganz so hoch wie die Mauer von Möng-Schui, aber sie war schwarz, und wahrscheinlich war sie aus dem gleichen Stein, den es in den Bergen gab, wo sie Dämbit getroffen hatten. Hart an der Felswand stand der Wagen. Großer-Tiger und Christian sahen den eingedrückten Scheinwerfer, und sie sahen auch, daß der andere noch ganz war, und alles schien ihnen so vertraut, als hätten sie nur eine kurze Rast gemacht und würden gleich weiterfahren.

Dampignak zügelte den Hengst. Kasim, der das Gewehr vor sich auf dem Sattel liegen hatte, hing es um die Schulter, lächelte und wies auf das Führerhaus, in dem einer saß. Als die Reiter wenige Meter vor dem Wagen hielten, drückte der Kerl auf die Hupe, und die Hupe machte: Tüt, tüt, tüt, tüt. Wie auf Kommando stiegen die Pferde, und Mondschein nahm schleunigst die Hand von dem schwarzen Gummiball.

»Pfötchen!« rief Dampignak, »dummes altes Pfötchen!«

Mondschein öffnete die Tür, in der es noch immer kein Fenster gab und stieg schuldbewußt vom Trittbrett.

»Du bist schon hier?«, fragte Dampignak.

»Euer Befehl lautete, bis zum Sonnenaufgang in der Schlucht zu bleiben«, erwiderte Mondschein, »das habe ich getan, obschon es mir schwer fiel.« Er blickte Dampignak fragend an.

»Sie sind tot«, sagte der Uralte-Herr und stieg ab. »Der Himmel hat es so gewollt.«

»Ich wußte es«, sagte Mondschein, »und ich war fröhlich im Herzen. Wie kommt es, daß ich jetzt traurig bin?«

»Pfötchen«, sprach Dampignak, »zwanzig Jahre waren wir in Bedrängnis, da vermindert sich der Groll. Weine ihm nicht nach.«

»Gestern hatte ich ihn noch«, sagte Mondschein verbissen.

Aber Dampignak schüttelte den Kopf. »Du irrst«, sagte er, »dein Mund tat wichtig, doch du warst in Ratlosigkeit. Jetzt wollen wir den Wagen betrachten, bevor Kao-Scheng hier eintrifft.«

»Er stinkt«, sagte Mondschein.

»Das ist nun einmal so«, erklärte Christian, »Wagen, die von selber gehen, tun das.«

»Besonders wenn sie voll mit Benzinkannen geladen sind«, fügte Großer-Tiger hinzu.
»Dämbit sagte, die Kannen seien leer gewesen, als er Grünmantel begegnete«, gab Christian zu bedenken.
»Mal sehen«, sagte Großer-Tiger. Er kletterte auf den Wagen und versuchte einen Kanister zu heben und dann den nächsten, aber sie waren zu schwer bis auf den einen, aus dem Schlangenfrühling den Tank nachgefüllt hatte.
»Benzin ist keines drin«, sagte Großer-Tiger, »es muß was anderes sein.«
»Und das Faß?« fragte Christian.
»Es ist voll«, sagte Großer-Tiger, »und ich glaube, es ist Benzin.« Aber aufmachen konnte er es nicht, weil es in der Ecke stand und zur Hälfte ausgelaufen wäre, wenn er den Schraubdeckel geöffnet hätte.
Da befahl Dampignak, das Schutzbrett aufzumachen. Christian und Großer-Tiger holten einen Hammer aus der Kiste im Führerhaus, und sie schlugen die Bolzen aus den Ringen, die fest darinsteckten. Das Schutzbrett fiel herunter, und alle standen dabei und schauten, aber keiner sagte was. Auf der Ladefläche lag ein Silberbarren dicht neben dem andern. Über der ersten Schicht lagen Bretter, und auf den Brettern lagen wieder Silberbarren, und es sah aus wie eine Ladung kleiner grauer Ziegelsteine. Dann kamen noch einmal Bretter, auf denen die Kanister standen. Wer den Wagen von außen betrachtete, mußte denken, Grünmantel hätte nur Benzin geladen und weiter nichts. Jetzt sah man freilich, daß es Silber war.
Kasim zog einen der schmalen Barren unter den Brettern hervor und prüfte den Prägestempel. Er reichte Dampignak den Silberschuh, und er rief: »Es gibt keine Macht außer bei Allah dem Erhabenen, Großen!«
Da merkten Christian und Großer-Tiger, daß es mit dem Silber etwas Besonderes auf sich hatte, und weil sie Kasims Worte nicht verstanden, schauten sie erwartungsvoll auf Dampignak.
»Es ist der Stempel des alten Gebieters in Urumtschi«, sagte Dampignak, »das Silber gehört ihm.«

Er schob den Barren wieder an seinen Platz, und Mondschein hob einen der Kanister vom Wagen herunter. Als er den Schraubdeckel öffnete, roch es zwar ein bißchen nach Benzin, es gluckerte auch, und eine Flüssigkeit lief heraus. Es war aber bloß Wasser. Auf dem Grund des Kanisters lagen acht Silberbarren. Bei allen andern war es auch so, und deshalb waren sie so schwer. Auf einmal begriffen Großer-Tiger und Christian, warum Grünmantel fünf Tage in Fallende-Wand zugebracht hatte, und es wurde ihnen verschiedenes klar.

»Wir wollen Kao-Scheng rufen«, sagte Dampignak.

Kasim ritt fort, um ihn zu holen, und als sie allein waren, sagte Mondschein: »Schong-Ma hat wegen des Silbers eine ganze Karawane ums Leben gebracht, aber ich begreife nicht, warum er es nicht früher fortgeschafft hat. Zehn Jahre sind eine lange Zeit.«

»Das ist leicht zu begreifen«, setzte ihm Großer-Tiger auseinander. »Mit einer Kamelkarawane ging es nicht; es hätte zu viele Mitwisser gegeben. Also ließ er das Silber in der Höhle liegen, in einem Nebengang vielleicht, den er verschüttete. Da lag es sicher und das Kästchen auch, denn es traute sich sowieso niemand mehr nach Fallende-Wand.«

»Grünmantel«, sagte Christian, »ließ sich Zeit. Er wartete auf eine Gelegenheit, und als er Glück in Hwai-Lai-Hsien traf, dachte er, es sei der richtige Augenblick. Gleich wollte er den Wagen von Glück haben.«

»Aber Glück widerstand der Versuchung«, behauptete Großer-Tiger.

»Na, na!« sagte Mondschein zweifelnd.

Doch Christian und Großer-Tiger widersprachen ihm heftig. Sie wollten Glück zu einem Gesicht verhelfen, und sie rühmten seine Unbestechlichkeit. »Es gab keine Hilfe«, sagten sie, »wenn Grünmantel den Wagen haben wollte, mußte er ihn stehlen. Also hat er es getan. Glück ist ein Vorbild der Rechtschaffenheit.«

»Ich merke«, sagte Mondschein grinsend, »die Zeit, in der die Rotbärte aussterben, ist nicht mehr fern, da sie sich jetzt schon haufenweise zur Tugend bekehren.«

Er blickte auf Dampignak, was der dazu sage, aber der Uralte-Herr schaute nach der Felswand, wo die niedergebrochenen Blöcke auf die alten gestürzt waren und die Höhle verschüttet hatten. Vor dem Eingang lag ein Berg.

»Kao-Scheng kommt«, sagte Christian.

Am Taleingang sah man sie auftauchen. Einer ritt hinter dem andern in vorsichtigem Schritt, und der letzte führte das Packpferd. Alle blickten nach der geborstenen Felswand, an der die abgestürzten Platten zackige Ränder und große hellbraune Flecken hinterlassen hatten. Jeden Augenblick erwarteten sie einen neuen Einsturz.

Kao-Scheng nahm sich zusammen. »Frieden und Ordnung sind eingekehrt«, rief er halblaut, »und ich hörte von unermeßlicher Beute. Die Diebe«, sagte er lächelnd, »haben uns die Mühe des Einpackens erspart. Nie wurde ein größerer Sieg errungen.«

»Darüber muß gesprochen werden«, erwiderte Dampignak. Und er bat Kao-Scheng und seine Leute, sich in einem Kreis um ihn zu setzen.

»Weil wir«, begann Dampignak, »als erste in Fallende-Wand eindrangen . . . «

»Und Kasim«, erinnerte Kao-Scheng.

»Und Kasim«, gab Dampignak friedfertig zu, »gewannen wir das Recht auf die Verteilung der Beute. Die Verbrecher liegen erschlagen unter den Felsen, und nichts blieb übrig als der Sattel und das Zaumzeug des Esels. Wir sprechen es Kasim zu.«

»Aber das viele Silber«, fragte Kao-Scheng bestürzt, »wie ist es damit?«

»Es wird seinem rechtmäßigen Besitzer zurückgegeben«, erwiderte Dampignak, »denn wir befinden uns in seinem Land, in dem die Gesetze und Verordnungen der alten Weisen regieren. Ihr, Hauptmann Kao-Scheng, seid dafür verantwortlich, daß nicht ein Silberschuh abhanden kommt von allen, die auf dem Wagen liegen. Dieses gilt für Euch. Mondschein und wir kommen aus dem Land, in dem unsere Gesetze gelten. Eines davon lautet: ›Was ein Herr der Berge ergreift, ist sein.‹ Also ist die Kanne mit den acht Silberbarren, die Mondschein vom Wagen hob, unser Eigentum, und wir verfügen darüber. Kommt Euch diese Teilung gerecht vor, Hauptmann?«

»Sie ist gerecht«, sagte Kao-Scheng tief enttäuscht.

»Anerkennung und Ruhm werden Euren Taten folgen«, tröstete Dampignak. »Für heute laßt Euch mit einer Kleinigkeit genügen. Wir bestimmen, daß die acht Silberbarren verteilt werden. Jeder von Euren Leuten erhält einen, Ihr als der Anführer bekommt zwei, und mit dem letzten sollt Ihr einen Eurer Männer nach Hsing-Hsing-Hsia senden, damit er einkauft, was man für ein paar festliche Tage zu essen und zu trinken notwendig braucht. Er soll das Packpferd mitnehmen.« Als Dampignak so gesprochen hatte, hellte sich das trübe Gesicht Kao-Schengs augenblicklich auf.

»Zehntausendfachen Dank für himmelhohe Güte«, rief er begeistert. »Seit unser ärmliches Dasein begann, widerfuhr uns kein solches Glück.«

Er verneigte sich tief, und nacheinander traten seine Leute vor Dampignak und dankten mit Stirnaufschlag für das Geschenk, das ihnen Mondschein aushändigte.

»Jetzt wollen wir essen, was da ist«, sagte Dampignak.

Die Männer Kao-Schengs luden das Packpferd ab, und dann machten sie weit genug vom Wagen entfernt ein Feuer am Bachrand. Christian und Großer-Tiger gingen Holz holen, und Mondschein zeigte ihnen, wo sie es finden konnten. Hinter der Sandbank, vor der der tote Esel lag, standen alte sturmgebeugte Weiden neben vielen jungen Trieben, die wie Derresgras aus dem feuchten Grund schossen.

»Wie war die Sache heute nacht?« fragte Mondschein wißbegierig, »ich sah vieles, aber alles sah ich nicht, denn ich war weit weg.«

»Es war so und so«, sagte Christian, und dann erzählte er Mondschein, was er wußte, und Großer-Tiger fügte hinzu, was Christian vergaß.

»Aber das Ding«, fragte Mondschein, »ich meine das, was Schlangenfrühling von Schong-Ma geschenkt kriegte. Wie ist es damit?«

»Ach so«, sagte Großer-Tiger, »darüber wissen wir leider nichts.«
»Schlangenfrühling ist tot«, sagte Christian, »und man kann ihn nicht mehr fragen, wofür er ›Zehntausendfachen Dank‹ sagte.«
Sie nahmen die Äste und das trockene Holz, das sie aufgesammelt hatten und schleiften es hinter sich drein. Als sie an dem Platz vorbeikamen, wo der tote Esel lag, sah Christian etwas blinken. Es lag gleich neben dem Esel in dem grauen Kies, aus dem sich Schlangenfrühling herausgewälzt hatte. Der glänzende Rand zeigte, daß es etwas Rundes war. Vielleicht ein Geldstück, dachte Christian und hob es auf. Es war aber viel dicker als ein Geldstück. Eher schien es eine silberne Dose zu sein mit einem schön gearbeiteten Deckel.
»Hier ist das Ding«, sagte Christian, »und es ist aus Silber. Schlangenfrühling hat es verloren.«
Zu dritt betrachteten sie die kleine Dose. Auf dem getriebenen Deckel war ein Baum mit großen Blättern und Nestern. Unten am Stamm standen Hirsch und Kranich beisammen und schauten zu, wie der Vogel Phönix die mächtigen Flügel regte. Christian wollte den Deckel abheben, aber es ging nicht.
»Es ist keine Dose zum Aufmachen«, sagte Mondschein wehmütig.
Da merkten auch Christian und Großer-Tiger, daß es etwas anderes sein mußte. Die dicke Seitenwand war in sechs Felder geteilt, und dazwischen gab es wieder sechs Felder, die sich hin und her bewegten, aber nur ein bißchen. Auf den zwölf Feldern waren die Monatstiere zu sehen. Sie waren abgegriffen und blank und nur schwer zu erkennen.
»Es ist ein Spielzeug«, sagte Mondschein, »mit dem die Kinder bei uns das Jahr und die Monde lernen, und es gehörte dem Uralten-Herrn. Als er klein war, war ich auch klein. Wir spielten damit, und wir nannten die Namen der Monde. Dampignak hatte es stets bei sich. Er schenkte es seinem Sohn, als er vier Jahre alt war, und dann kam Schong-Ma, der Mörder.«
Christian hielt das silberne Spielzeug noch immer, und Großer-Tiger stand neben ihm. Er hätte es auch gern gehabt und

von nah betrachtet, aber jetzt ließ er die Hand sinken. Beide blickten Mondschein an, und ihre Blicke fragten um Rat, was zu tun sei. Allein Mondschein wußte keinen, außer einen schlechten.

»Gebt es Dampignak«, sagte er und wandte sich ab.

»Wir wagen es nicht«, sagte Christian.

»Wir legen es in das Kästchen«, schlug Großer-Tiger vor, »wenn niemand um den Weg ist.«

»Ihr müßt es bald tun«, sagte Mondschein, »der Fürst und ich reiten nach dem Frühstück.«

»Und wir?« fragte Großer-Tiger beklommen.

»Ihr bleibt bei dem Wagen, bis Glück kommt. In drei Tagen wird er bei euch sein.«

»Wird uns der befehlende Herr Mondschein die Freude des Wiedersehens schenken?« fragte Großer-Tiger.

»Wir bitten darum«, sagte Christian.

»Macht es mir nicht zu schwer, meine Kinder«, bat Mondschein.

Er bückte sich nach dem Brennholz, und als er es hatte, ging er dem Feuer am Bachrand entgegen. Seine Schultern hingen traurig wie die Arme, die das Astwerk schleiften.

Am Feuer waren alle versammelt und alle redeten durcheinander. Der Kessel dampfte, der Tee warf Blasen, und Großer-Tiger holte seinen Reisesack und leerte den Rest auf eine Satteldecke. Da war nichts mehr darin. Auch Christian nahm den Ledersack aus den Sattelringen, öffnete ihn, und ohne daß einer was merkte, schob er den Deckel des Kästchens beiseite. Großer-Tiger half ihm dabei, und nachdem er das silberne Spielzeug in der Hand gehabt hatte, legte er es zwischen die goldenen Armreifen und den Haarschmuck. Dann verschnürten sie den Sack mit festen Knoten und zur Sicherheit mit einem Lederriemen.

In den Vorräten Kao-Schengs gab es Tsamba, Salzgemüse und Bohnennudeln. Mehl gab es einen ganzen Sack voll, und als das Frühstück beendet war, sprach Kao-Scheng bereits vom Abendessen. Dann aber fiel ihm plötzlich was ein.

»Hu!« rief Kao-Scheng, »eile dich, spute dich, sattle das Pferd.«

»Was soll er?« fragte Mondschein.
»Hu soll reiten«, erklärte Kao-Scheng, »es pressiert.«
»In der Eile sind Fehler«, machte Mondschein aufmerksam, »erst müssen die Pferde was fressen.«
»Aber der Blitzbrief«, rief Kao-Scheng, »man muß einen Blitzbrief senden.«
»Was willst du denn in dem Blitzbrief schreiben?« erkundigte sich Mondschein.
Kao-Scheng machte eine weit ausholende Gebärde. »Alles«, sagte er großartig.
»Alles geht nicht«, sagte Mondschein, »ein Blitzbrief soll zehn Worte haben. Hast du ein Papier?«
»Wozu?« fragte Kao-Scheng verblüfft.
»Zum Schreiben«, sagte Mondschein.
»Ich schreibe nicht gern«, erwiderte Kao-Scheng, »Schreiben ist umständlich. Ich sage Hu, was es gibt, und Hu lernt es auswendig. Das übrige machen die Beamten in Hsing-Hsing-Hsia, dazu sind sie da.«
Christian stand auf und holte die Tasche, in der Papier war, und was man brauchte, um einen Blitzbrief zu schreiben. »Herr Hauptmann«, sagte er, »Worte können verlorengehen, und dann fehlt auf einmal die Hälfte. Großer-Tiger ist ein Schriftgelehrter hoher Grade. Er wird von allen Worten, die es gibt, zehn aussuchen, die dem alten Gebieter berichten, was er wissen muß.«
»Es darf aber nichts vergessen werden«, mahnte Kao-Scheng.
»Keine Sorge deswegen«, sagte Christian, »Ihr seht, Großer-Tiger denkt bereits nach.«
»Ruhe!« befahl Kao-Scheng, und er blickte streng im Kreis umher, damit sich ja keiner erdreiste, Großer-Tiger im Nachdenken zu stören. Alle waren sehr still und schauten zu, wie Großer-Tiger schrieb, und sie bewunderten ihn, wie schnell er mit so etwas Schwierigem wie mit einem Blitzbrief fertig wurde.
»Ist das alles?« fragte Kao-Scheng enttäuscht.
»Es sind genau zehn Worte«, sagte Großer-Tiger, »mehr gibt es nicht.«

»Lies bitte vor«, sagte Kao-Scheng, »du weißt, ich habe schwache Augen.«
Großer-Tiger räusperte sich ein wenig und las: »Kompaß-Berg, Großer-Tiger und verlorener Silberschatz gefunden. Ankommen Monatsmitte, Hauptmann Kao-Scheng.«
»Ich habe mitgezählt«, rief Mondschein, »nie hörte ich von einem Blitzbrief, der die hundert Abschnitte eines Geschehens in zehn Worte faßte wie dieser.«
»Aber«, wandte Kao-Scheng ein, »wenn ihr früher ankommt. Was dann?«
»Desto besser«, sagte Mondschein, »dann ist der alte Gebieter überrascht.«
»Ich weiß nicht, ob er Überraschungen liebt«, meinte Kao-Scheng, »der alte Gebieter ist schon bei Jahren. Das Festessen wäre nicht fertig und die Fahnen nicht aufgezogen.«
»Keine Besorgnis deswegen«, mischte sich Dampignak ein, »der alte Gebieter läßt sich nicht überraschen. Er wird alle Stationen unterwegs anweisen, Nachricht zu geben, wo Kompaß-Berg und Großer-Tiger eintreffen und wann sie weiterfahren. In seiner Provinz lockert sich das vordere Wagenrad nicht, ohne daß es zuvor das hintere weiß.«
»Richtig!« rief Kao-Scheng begeistert, »der Fürst hat recht. Das Reich des alten Gebieters ist sozusagen beispielhaft.«
In diesem Augenblick löste sich an der Felswand gegenüber ein Block und zerschellte in der Tiefe. Kao-Scheng erschrak fürchterlich.
»Habe ich zu laut gesprochen?« flüsterte er.
»Du hast wie ein Ochse gebrüllt«, teilte ihm Mondschein mit. »Nimm dich in acht! Heute nacht hörte ich, wie es ist wenn Knochen krachen.«
»Schauderhaft!« sagte Kao-Scheng.
»Du hast wenig davon gesehen und gehört«, fuhr Mondschein fort, »laß dir erzählen, damit du es weißt. Zuerst kam ein Wind, der die Berge versengte und mir den Hut vom Kopf hob. Dann...«, sagte Mondschein, und weil er merkte, daß er jetzt ins beste Fahrwasser kam, langte er die Pfeife aus dem Stiefelschaft. – Dampignak unterbrach ihn: »Pfötchen«, sagte er und

erhob sich, »es ist nicht die richtige Zeit zum Erzählen. Wir reiten.«
»Schon?« rief Kao-Scheng bestürzt. »Ich hoffte, die Gegenwart Eurer Herrlichkeit würde unser Fest verschönen.«
Mondschein schob die Pfeife wieder an ihren Platz. »Hauptmann Kao-Scheng«, sagte er, »es war mir eine Ehre. Wenn wir uns wieder einmal an der Grenze treffen, erzähle ich dir den Rest. Es muß ja nicht gleich sein. Solche Geschichten werden mit der Zeit mannigfaltiger in den Vorkommnissen und prächtiger in den Ereignissen.«
»Sie werden sozusagen immer erzählenswerter«, pflichtete Kao-Scheng bei.
»Bravo«, rief Mondschein, »wir verstehen uns.«
Er stand auf und ging zu den Pferden. Kao-Scheng und seine Leute halfen ihm beim Satteln, und Christian und Großer-Tiger traten vor Dampignak.
»Gestattet, daß wir Euch ein Stück begleiten«, bat Christian.
»Wir bitten, uns diese Auszeichnung zu gewähren«, sagte Großer-Tiger.
»Reitet mit uns bis zu dem Platz, wo wir gestern den Aufstieg begannen«, sagte Dampignak, »dort wollen wir Abschied nehmen.«
»Wir danken«, sagten Christian und Großer-Tiger, und sie eilten zu den Pferden.
»In allen Zelten wird man von unsern Taten reden«, rief Kao-Scheng, als Dampignak in den Sattel stieg. Die Männer drängten sich herbei, und jeder sagte seinen bescheidenen Glückwunsch für gute Reise. Christian und Großer-Tiger verstanden nicht, was sie sagten, und Dampignak grüßte mit dem Daschior.
»Ich habe vergessen«, rief Kao-Scheng, »Eurer Herrlichkeit mitzuteilen, daß in der Hauptstadt ein Regierungsblatt gedruckt wird. In wenigen Wochen werden die Gebildeten aller Völker erfahren, wie glanzvoll der Sieg der Gerechtigkeit in Fallende-Wand errungen wurde.«
»Schicke mir so ein Blatt«, sagte Mondschein lachend.
»Lebt wohl, Hauptmann«, rief Dampignak, und dann trabten

sie dem rückwärtigen Teil des Tales entgegen, wo es eng wurde, und wo die Schlucht begann, in der Mondschein die Nacht verbracht hatte. Auch hier standen alte Weiden, und ihre Schößlinge umrahmten die Stelle, an der der Bach durch den Kies drückte und ein bißchen plätscherte. Der Geruch von feuchter Erde und nassem Gestein wehte vorüber wie eine Erinnerung an die ferne Welt, in der es Pflanzen und Tiere gab. Sie stiegen ab und führten die Pferde über das Geröll in die Schlucht. Es war, wie Kao-Scheng gesagt hatte. Mit ausgebreiteten Armen konnte man die anstehenden Wände berühren, und der Pfad führte steil empor. Es war mühsam, ihn zu gehen, die Pferde stolperten, und man sah, daß es selbst für eine Kamelkarawane nicht leicht war, hier durchzukommen. Aber Kamele gehen bedachtsam und ruhig, und der Pfad verhieß Sicherheit. Er führte nach Norden, wo die Wüste, Gott weiß wo, zu Ende ging. Einmal würde es wieder Gras geben und Bäume, Zelte und weiße Klöster und schließlich ganze Städte, Uljaßutai und das noch fernere Kobdo. Man mußte sich nur an den Pfad halten.

Nach kaum zehn Minuten war der Engpaß überwunden, und der blaue Himmel kam näher. Der Weg machte eine scharfe Wendung nach Osten; man konnte wieder reiten. Bald erreichten sie die Stelle, wo Mondschein am Nachmittag abgestiegen war, und dann war es nur noch ein Li.

Dampignak hielt, und alle stiegen ab.

»Nur der Himmel weiß«, sprach der Uralte-Herr, »ob es einen Weg gibt, der uns nochmals zusammenführt. Meint er es gut mit mir, werdet ihr den Räuberfürsten Dampignak als einen andern wiedersehen.«

Er umarmte Christian und Großer-Tiger.

Als Mondschein sich zu ihnen niederbeugte, war sein Gesicht von Tränen naß.

»Bitte, bitte nicht weinen«, bat Christian, »sonst muß ich laut heulen.«

Er schaute nach Großer-Tiger, und er sah, daß auch seine Augen feucht waren, denn Großer-Tiger hatte Mondschein liebgewonnen. Eine Weile blickte der Uralte-Herr auf das zer-

klüftete Plateau hinüber, als ob es da was gäbe. Dann stieg er auf. Mondschein nahm die ledigen Pferde von Christian und Großer-Tiger, er band die Zügel zusammen und löste den Ledersack, in dem das Kästchen war, aus den Sattelringen. Er legte ihn vor sich und hielt ihn mit der Zügelhand fest.
»Ihr kriegt den Reisesack gefüllt wieder«, versprach Mondschein.
Christian trat vor Dampignak und sagte: »Wir haben etwas vergessen, und ich will es sagen, bevor es zu spät ist. Der Mongole Naidang vom Torgot-Stamm, den man den Bilderbogen nennt, grüßt mit dem Fußfall der Verehrung. ›Der Uralte-Herr‹, sagte er, ›möge seinem Boten den Umweg über den Alten-Märin ersparen und die Silberbatzen lieber gleich dem Mongolen Naidang senden, der am Närin-Gol wohnt.‹«
»Es ist geschehen«, erwiderte Dampignak lächelnd, »der Bilderbogen hat sein Geld.«
Dann hob er den Daschior zum Gruß, Großer-Tiger und Christian riefen laut: »Sä Jabonah!« und sie riefen noch viele Male, bis sie nur noch Staub sahen und dann nichts mehr. Da waren sie allein in der großen Steinwüste, und der blaue Himmel war wolkenlos. Christian wollte was sagen, aber weil er mehr geweint hatte als Großer-Tiger, nahm er sich vor, wenigstens nicht als erster zu reden.
Also saßen sie schweigend am Wegrand, und Christian entdeckte die Spuren, wo sie tags zuvor auf den Berg gestiegen waren. Er folgte ihnen mit den Augen bis zu dem Steinkar, in dem sie sich verloren, und weiter oben sah man sie auch nicht mehr.
»Ich wollte, Glück wäre hier«, sagte Großer-Tiger.
»Oder bloß der Hund«, sagte Christian.
Sie standen auf und gingen den Weg zurück. Bei jedem Schritt mußten sie die schweren Reiterstiefel mit Anstrengung heben, sonst schlurften sie am Boden. Abwärts durch die Schlucht ging es besser. Fast von allein rutschten die Stiefel über das Geröll. Als die Felsen auseinander traten und als die kühle Luft vom Wasser her wehte, sahen Großer-Tiger und Christian zwischen den Weidenbäumen den Wagen stehen. Aber die

Pferde waren fort, und nur ein Mann saß an dem ausgehenden Feuer.
»Kasim«, sagte Christian.
»Aber die andern«, fragte Großer-Tiger, »und die Pferde?«
»Kao-Scheng ist es unheimlich geworden«, vermutete Christian, »er wird zum alten Lagerplatz zurückgekehrt sein.«
»Kao-Scheng fürchtet, am Mittag den Polarstern zu sehen«, sagte Großer-Tiger, »die Festigkeit der Backenknochen ist ein Ding, das ihm fehlt.«
»Man kann es ihm nicht verübeln«, sagte Christian, »Fallende-Wand ist kein guter Ort.«
Kasim kam ihnen entgegen. Er war heiter, und sein Mund formte weiche wohlklingende Worte, die Christian und Großer-Tiger nicht verstanden. Erst als er die Zeichensprache zu Hilfe nahm, begriffen sie, daß es so war, wie sie vermutet hatten. Kao-Scheng war zu den Tümpeln hinter dem Berg zurückgekehrt. Aber Kasim blieb bei ihnen.

Zweiundfünfzigstes Kapitel, das voll von vorhergesehenen und unvorhergesehenen Ereignissen ist

Die drei Tage, von denen Mondschein gesprochen hatte, vergingen. Christian und Großer-Tiger reinigten den Motor, so gut sie konnten, sie machten den Wagen so sauber, wie es irgend ging, und sie leerten das Wasser aus den Kanistern, damit die Last geringer wurde, und das machte viel aus. Sie legten das Faß um und schauten nach, was darin war. Es war Benzin. Kasim half die Reifen aufpumpen, denn das war eine schwere Arbeit, und außerdem ritt er zweimal am Tag, um das Essen bei Kao-Scheng zu holen. Manchmal löste ihn Christian oder Großer-Tiger ab, und Kao-Scheng fragte jedesmal, ob Glück gekommen wäre. »Noch nicht, Herr Hauptmann«, sagte Christian, oder: »Wir bitten um eine kleine Weile Geduld«, sagte Großer-Tiger.
Allein, Kao-Scheng hatte gar keine Eile.
Hu war am dritten Tag aus Hsing-Hsing-Hsia mit einer Menge

guter Sachen zurückgekehrt, und deshalb fragte Kao-Scheng nur der Ordnung halber.
Der vierte Tag verging, und Glück kam nicht. Christian nahm das dickste Heft aus der Ledermappe und begann zu schreiben.
»Was tust du?« fragte Großer-Tiger.
»Ich schreibe ein Tagebuch«, erklärte Christian, »und ich hätte das schon längst machen müssen. Jetzt hole ich alles nach. Es ist eine Menge Arbeit.«
»Warum mußt du das machen?« erkundigte sich Großer-Tiger.
»Damit ich später weiß, was passiert ist, wo wir waren und ob die Sonne schien oder ob es stürmte und schneite.«
»Das hat es alles getan, und ich dachte schon nicht mehr daran.«
»Siehst du«, sagte Christian, »deshalb muß man es aufschreiben.«
Großer-Tiger war nicht überzeugt. Er setzte sich in die Sonne, während Christian fleißig Seite um Seite schrieb. Kasim sammelte schwarze und weiße Steine, und weil keine Arbeit mehr zu verrichten war, fegte er einen Platz neben dem Wagen sauber und zeichnete mit einem Schraubenschlüssel auf den festen Boden ein Viereck, das er in viele Quadrate teilte. Dann spielte er mit Großer-Tiger Dame, bis es Abend wurde; aber Glück kam nicht.
»Ming-tien«, sagte Großer-Tiger.
»Margatter«, sagte Christian.
»Inschallah«, erwiderte Kasim, der von dem, was Menschen tun oder lassen können, nicht viel hielt.
Auch der fünfte Tag neigte sich zum Abend. Großer-Tiger hatte in der Sonne gelegen, Christian hatte geschrieben, und Kasim war eben weggeritten, um das Essen zu holen.
Großer-Tiger und Christian waren dabei, die Baumwolle, die sie aus dem Graben genommen hatten, für das Nachtlager auszubreiten, als von der Schlucht her Gepolter und Steinschlag ertönte. Bevor Christian »Das ist Glück« sagen konnte, fegte etwas Schwarzes unter den Weiden entlang, und dann hörte man, wie einer ohne Aufhören Wasser schlabberte.

»Hund, komm her!« riefen Großer-Tiger und Christian. Da kam der Pudel auf sie zugestürzt. Er sprang dem einen und dann dem andern auf die Schulter, er drehte sich im Kreis, er bellte in einem fort laut, schrecklich laut sogar, und gewiß wäre Kao-Scheng erschrocken, wenn er es gehört hätte.
Aber Fallende-Wand rührte sich nicht.
Christian und Großer-Tiger liefen Glück entgegen, der als erster den Hohlweg herunterkam. Er war aber nicht abgestiegen. Stolz saß er auf dem hochmütigen Kamel, das die Oberlippe warf, mit den Vorderbeinen rutschte und mit der Hinterhand den Geröllhang herabsteuerte. Glück trug die Pistole mit der roten Seidentroddel wieder, und er sah imponierend aus. Er saß sehr aufrecht im Sattel. Nach ihm kam Ungemach, aber Ungemach ging zu Fuß, weil er die Kamele führte, die beladen waren, und den Schluß bildete Ohnezehen, der das Kamel Christians ritt.
»Na, da seid ihr ja«, sagte Glück und stieg ab. Er hatte sich vorgenommen, beleidigt zu sein, weil er nirgends dabei gewesen war, weder in Möng-Schui noch in Fallende-Wand, und Mondschein hatte ihm großartige Geschichten erzählt, als sie sich in Dampignaks Burg begegnet waren.
Christian und Großer-Tiger verneigten sich artig. Sie sagten: »Wir haben auf uns geachtet, wie der befehlende Herr es wollte, und wir haben gehandelt, als ob er dabeigewesen wäre. Wir sind über alle Maßen froh, Euch wiederzusehen.«
Da brach das Eis in Glücks Brust. »Oh, ihr Spitzbuben«, rief er, »mein Herz freut sich, euch zu sehen. Lange entbehrte ich euern Anblick.«
Ungemach ließ die drei Kamele stehen, und Ohnezehen glitt vorsichtig aus dem Sattel.
Eine Zeitlang konnte man nicht verstehen, was gesprochen wurde, wer gerade redete oder wer was sagen wollte. Der Pudel bellte dazwischen, aber die Kamele gingen still und bedächtig zum Wasser.
»Ich hörte«, sagte Ungemach, als es ruhiger wurde, »von einem Unglück bester Sorte.«
»Bitte hier drüben«, antwortete Christian und zeigte auf die

Felsmassen, die am Fuß der Wand lagen, und auf die Trümmer, die es weitherum gab.
»Es ist besser, das Tal nur auf der Ostseite zu betreten«, machte Großer-Tiger aufmerksam.
Ohnezehen starrte auf das Trümmergebirge, das die Höhle verdeckte, aber er schwieg. Er hatte lange genug in Anshi gelebt; daher kannte er die Geschichte von Fallende-Wand. Auch wunderte es ihn weiter nicht, daß Schong-Ma dahinter gesteckt hatte. Allein, Ohnezehen war nicht einverstanden mit dem, was jetzt geschehen war.
»Ich wußte es«, knurrte er, und seine Augenbrauen schoben steile Falten gegen die Nasenwurzel, »sie würden ihn nicht fassen können; und sie haben es nicht fertiggebracht.«
»Des Himmels Befehl«, erklärte Ungemach sanft, »lautete auf Plattgedrücktwerden. Was soll der Mensch dagegen tun?«
Ohnezehen verstummte, aber jedem war klar, daß er noch lange nicht die Ansicht Ungemachs teilte.
Zusammen führten sie die Kamele bis zu dem Lastwagen. Christian und Großer-Tiger halfen beim Abladen. Das blaue Zelt wurde aufgestellt, und als Kasim zurückkehrte, brannte ein Feuer darin. Zu essen gab es im Überfluß, und an Unterhaltung fehlte es auch nicht, denn Kasim konnte mit Ohnezehen reden, der wie ein Sarte türkisch sprach. Glück machte sich am Wagen zu schaffen. »Ihr habt geputzt, daß es eine Art hat«, sagte er, »jetzt wollen wir probieren, ob der Motor läuft.«
Er krempelte die Ärmel hoch, trat an die Kurbel und drehte. Einmal, zweimal, da fing der Motor an zu brummen, und die Kamele, die zum Glück schon angebunden waren, sprangen auf. Sie zerrten an den Nasenstricken, der Pudel bellte, und Glück lief ins Führerhaus und stellte schleunig den Motor ab.
»Morgen fahren wir«, rief er fröhlich, »übermorgen sind wir in Hami. Da werde ich Herrn Li-Yüan-Pei begrüßen. Er wird eine mittlere Freude erleben, wenn er mich sieht.«
»Essen essen!« rief Ungemach, und weil es gewürzte Fleischtaschen gab, ließ sich keiner bitten.
Nachher schrieb Christian in sein Tagebuch: »Heute ist der zehnte Tag des dritten Monds. Da kamen Glück und Unge-

mach und Onkel Ohnezehen. Aber unser Hund kam als erster gerannt, wie es im Lesebuch steht. Er hat laut gebellt, und er hat uns das Gesicht abgeschleckt. Es war sehr schön. Glück sagt, er hat uns auch was mitgebracht, aber wir kriegen es erst morgen. Er tat, als ob morgen Neujahrstag sei, und dabei sind wir im April. In Hami will er Li-Yüang-Pei besuchen, und ich glaube, wir müssen ihn wieder am Schießen verhindern oder wenigstens so tun. Ohnezehen erzählte, daß sie in der Burg einpacken, und Mondschein hat gesagt, daß Dampignak ein großer König werden wird, und das viele Silber, das wir auf dem Wagen haben, sei zum Augenauswischen, und sie brauchen es nicht. Glück hat aber anders geschaut, als er es sah, und Ungemach sagte, daß bestimmt etwas passieren würde, aber er will lieber nicht dabei sein. Glück ist zu Kao-Scheng geritten auf Kasims Pferd, damit sie einen Plan machen. Da wird es spät werden. Wir schlafen jetzt wieder im Zelt, und unser Hund bewacht uns.«

In der Nacht kam Glück zurück. Der zunehmende Mond beschien das stille Tal, und der Bach glitzerte. Auf den Rändern der Kanister lief das scheue Mondlicht auf und nieder, und Glück erkannte alle Gegenstände, die es gab. Aus dem dunklen Zelt tönte das Schnarchen der Schläfer, und der Pudel bellte zweimal laut.

»Hast recht«, sagte Glück, und am liebsten hätte er gerufen: »Auf, ihr Männer! Wir fahren!« Weil aber nur ein Scheinwerfer ganz war, und weil der Akkumulator keinen Strom lieferte, ließ er es bleiben.

Dafür stand er auf, bevor es Tag wurde. Er machte Feuer, er kochte Tee, und dann weckte er unbarmherzig. »Männer!« sagte Glück unternehmungslustig, »ich habe mit Kao-Scheng gesprochen, und es ist, wie wir verabredet haben, und darum wird es auch so sein. Du, alter Onkel, fährst mit uns bis Hsing-Hsing-Hsia und Kao-Scheng auch, weil er die Verantwortung für das Silber hat. Ungemach kommt mit den Kamelen nach. Dann könnt ihr überlegen, was ihr machen wollt.«

»Wir haben es überlegt«, sagte Ungemach, »und einen Namen haben wir auch schon.«

»Was habt ihr?« erkundigte sich Glück.
»Die Hauptsache ist«, sagte Ungemach, »daß man einen guten Namen findet, einen Namen, der taugt. So einen, der alle Begriffe übersteigt, damit die Leute gar nicht anders können, als in unserm Gasthaus absteigen.«
»Ihr wollt eine Kneipe eröffnen?« rief Glück.
»Es handelt sich um ein Gasthaus ersten Ranges«, verbesserte Ungemach sanft, »um eines mit mindestens drei oder vier Zimmern, und in jedem Zimmer ist ein Kang, der im Winterchen-Mond nicht raucht. Dann wird in Hsing-Hsing-Hsia niemand mehr fragen müssen: ›Wo logiert Eure Exzellenz?‹ denn es ist selbstverständlich, daß die Exzellenz im Gasthaus ›Zur zufriedenen Heiterkeit‹ logiert, wo Onkel Ohnezehen die Küche führt und wo ich Hausknecht, Chef und Oberkellner sein werde.«
»Wie?« sagte Glück, und: »Verstehe ich recht?« und: »Warum gerade in Hsing-Hsing-Hsia?«
»Lieber Neffe«, sagte Ohnezehen, »es bedarf keines großen Scharfsinns, um das zu wissen. Hsing-Hsing-Hsia ist der erste Ort im Reich des alten Gebieters. Also können uns die Herren aus Kansu nichts anhaben. Alle Leute, die auf der Seidenstraße reisen, brauchen dort ein Nachtquartier. Aber bis jetzt gibt es in Hsing-Hsing-Hsia nur elende Spelunken. Diesem Mangel werden wir abhelfen.«
»Ha!« rief Glück, »es gibt Halunken, und es gibt Leute, die an morgen denken statt an gestern und vorgestern. Ich sage euch meine Freude.«
»Wir bitten, unsere ergebensten Glückwünsche entgegenzunehmen«, sagte Großer-Tiger.
»Möge das Gasthaus ›Zur zufriedenen Heiterkeit‹ gedeihen«, sagte Christian.
Glück stand auf. Er ging zu dem Gepäck und schnürte einen blauen Tuchballen los, der mit festen Stricken umwunden war. »Jetzt ist die richtige Zeit«, sagte er. »Auf die Minderung folgt die Mehrung. Schaut her, was euch der Uralte-Herr sendet.«
Er faltete das Tuch auseinander. Da lagen die zehn Silberbarren der Schwarzen-Stadt, und daneben lagen sechs Beutel, die

schwer waren, und eine Menge Haddaks. »Jetzt muß ich«, sagte Glück, »meinen Geist anstrengen, damit ich die Worte wiederfinde, die mir der Uralte-Herr aufgetragen hat.« Er legte die Silberschuhe immer zwei und zwei nebeneinander, da waren es fünf Geschenke, und über jedes breitete Glück einen Haddak.

»Kommt her, ihr zwei«, sagte Glück, und er winkte Großer-Tiger und Christian, die artig das Knie beugten. »So ist es recht«, lobte Glück, »Ehrerbietung ist am Platz, denn ihr habt schon wieder einen Verwandten gekriegt. Der Uralte-Herr sprach: ›Gib jedem meiner Brüder Kompaß-Berg und Großer-Tiger zwei Silberschuhe zur Erinnerung an das Kleine-Heil und an ihren Bruder Dampignak.‹ Er umarmt Euch«, sagte Glück, als Großer-Tiger und Christian aufstanden, »und jetzt kommst du.«

»Ich?« rief Ungemach erschrocken.

»Keine Angst«, sagte Glück, »du bist kein Fürstenbruder, aber du kriegst auch zwei Silberbarren, weil du in der Schwarzen-Stadt dabei warst. ›Gib sie dem‹, sagte Dampignak, ›der auf der Ostmauer stand und aufpaßte.‹«

»Und du, alter Onkel«, fuhr Glück fort, »kriegst auch zwei. ›Verehre sie dem alten Ohnezehen‹, sprach Dampignak, ›wir haben ihm Schlimmeres zugefügt, als ein Mensch zu tragen vermag. Er möge mir und Pfötchen vergeben, damit sich das Leid mindere.‹«

Ohnezehen blickte traurig auf die Silberschuhe und auf den blauen Haddak, der sie halb bedeckte, aber Ungemach sagte: »Das Geschenk ist mit guter Meinung gegeben, darum sollst du es annehmen.«

»Auch ich«, sagte Glück, »bitte dich um Vergebung, alter Onkel, wegen schlechten Betragens. Durch Pfötchen erfuhr ich von deinem Unglück, das mir das Herz schwer macht.«

Er warf sich vor Ohnezehen nieder und berührte viermal mit der Stirn den Boden.

»Steh auf!« rief Ohnezehen, »ich habe dir nichts zu vergeben.«

Da nahm Glück die übrigen zwei Silberbarren, die ihm selbst gehörten, und dann wies er auf die sechs Beutel: »Diese Silberbatzen sind für Kao-Scheng und für seine Soldaten. Sei so gut, verehrter Onkel, und teile es Kasim mit, damit er sie nimmt und Kao-Scheng bringt. Er wartet am Talausgang auf uns.«

Als Kasim erfuhr, um was es sich handelte, strahlte er über das ganze Gesicht. In jedem Beutel waren fünfzig Silberbatzen, und das war eine ganze große Menge. Er packte sie zusammen und stieg sogleich aufs Pferd.

Dann wurde das Zelt eingerollt und zusammengepackt. Ungemach nahm die Kamele und führte sie aus dem Tal Fallende-Wand hinter den Hügel, auf dem Kasim gelegen war. Dort war der Treffpunkt mit Kao-Scheng.

Onkel Ohnezehen setzte sich ins Führerhaus, und Christian und Großer-Tiger sprangen seitlich auf die Trittbretter, als Glück losfuhr. Der Motor brummte, und aus alter Gewohnheit drückte Glück auf die Hupe. Da machte sie: Tüt, tüt, tüt, tüt, und dann noch einmal, und so fuhr Glück mit Lärm und Motorgeheul unter der Felsbarriere entlang. Der Pudel rannte hinterdrein und bellte. Von Fallende-Wand kam der Widerhall, aber die Felsen rührten sich nicht.

Am Ausgang des Tales wartete Kao-Scheng mit seinen Reitern. Ungemach war mit den Kamelen ein Stück weiter gezogen, damit sie nicht erschrecken konnten.

Großer-Tiger und Christian sprangen ab, Glück stieg aus, und Kao-Scheng kam ihnen entgegen.

»Unverhoffter Reichtum hat sich eingestellt«, sagte Kao-Scheng lächelnd, »ich verneige mich im Namen aller vor dem Boten des Fürsten. Durch seine Güte ist unser erbärmliches Los erleichtert worden.«

»Es war mir eine angenehme Pflicht«, erwiderte Glück höflich, »darf ich bitten?«

»Wo?« fragte Kao-Scheng ängstlich, und er betrachtete das fremde Ungetüm, auf dem es viele Blechkanister, aber keinen Platz gab.

»Wir wollen abladen«, schlug Glück vor, »ich meine nämlich, daß die Kanister überflüssig sind. Wir werfen sie vom Wagen.«

»Es ist aber was drin«, erinnerte Kao-Scheng.

»Eben deshalb«, setzte ihm Glück auseinander, »habe ich Eure

Ankunft abgewartet. Ihr sollt dabei sein, wenn wir das Silber aus den Blechkannen nehmen, und Ihr sollt die Barren zählen.«
›Nicht nötig‹, rief Kao-Scheng großartig, aber dann besann er sich, daß er eine wichtige Amtsperson war. Während Christian und Großer-Tiger die Kanister leerten, überwachte er die Schichtung der Silberbarren und zählte sie.
»Gut«, sagte Kao-Scheng mit Würde, aber er verriet nicht, wie viele es waren. Als die Arbeit beendet war, gab es auf einmal Platz auf dem Wagen. Wie in Ollon-Torre stellten Christian und Großer-Tiger die leeren Kanister auf einen Haufen in das Geröllbett, und dann kam Ungemach gelaufen. Er hatte die Kamele einem Dunganen zur Bewachung übergeben, und er brachte, was vergessen worden war. Er schleppte den ledernen Reisesack, der neugefüllt und prall war, er brachte die alten Mäntel von Christian und Großer-Tiger, ein paar Decken und auch die Filzschuhe.
»Hund, komm her!« rief Großer-Tiger.
»Hund, du darfst Auto fahren«, sagte Christian.
Sie legten die neuen prächtigen Gewänder ab und falteten sie hübsch zusammen. Nachher kletterten sie auf den Wagen und zogen den Pudel zu sich hinauf.
»Haltet ihn fest!« rief Glück, »er muß sich erst daran gewöhnen.«
»Ich komme zu euch«, rief Onkel Ohnezehen, »da oben gibt es frische Luft und Unterhaltung. Ihr müßt mir erzählen.«
»Alter Onkel«, sagte Christian, »wir freuen uns.«
Kao-Scheng und Glück verschränkten die Hände, und Onkel Ohnezehen stieg hinein. Oben griffen ihm Großer-Tiger und Christian unter die Arme, und sie bereiteten ihm einen angenehmen Platz. Da saß er nun und winkte und freute sich, weil alle fröhlich waren.
»Reist Ungemach allein?« fragte Christian besorgt.
»Keine Bedenken«, antwortete Ohnezehen. »Kasim begleitet ihn, und wahrscheinlich bleibt er bei uns und verwaltet die Ställe.«
»Da habt Ihr«, sagte Großer-Tiger, »zwei Meisterschützen, die

die Gäste von ›Zufriedener Heiterkeit‹ mit Steinewerfen und geistergleichem Schießen unterhalten können.«
»Reist gemächlich, alter Onkel«, wünschte Ungemach und trat zwei Schritte zur Seite. »Ach, der Unglückshund ist auch oben! Mögen euch trotzdem zahlreiche Glücksterne scheinen.«
Mehr verstand man nicht, denn Glück warf gerade den Motor an. Die Dunganen hatten Mühe, ihre Pferde zu zügeln, Ungemach trat noch ein paar Schritte zurück, aber Kao-Scheng saß stolz im Führerhaus und streckte beide Hände da hinaus, wo einmal eine Fensterscheibe gewesen war. Er winkte, und Großer-Tiger und Christian brüllten: »Sä Jabonah!« Die Dunganen schrien auch etwas, und Ungemach wünschte eine glückliche Reise, obgleich er es für völlig aussichtslos hielt.
Das war am frühen Vormittag, und Ungemach hätte sich sehr gewundert, wenn ihm einer gesagt hätte, daß der Wagen zwei Stunden später durch die einzige Straße von Hsing-Hsing-Hsia brauste, eine Menge Staub aufwirbelte und vor dem größten Haus hielt.
»Hier wohnte der Verbrecher«, sagte Kao-Scheng und stieg aus.
Zwei Soldaten standen vor dem mit einem breiten Papierstreifen verklebten Tor. Rechts und links glänzte ein frisches rotes Siegel. »Aufmachen!« befahl Kao-Scheng.
»Nein«, sagten die Soldaten und kreuzten die Gewehre. »Befehl des alten Gebieters aus der Hauptstadt: Nur dem Oberst Kao-Scheng soll das Tor geöffnet werden. Vergebt, Herr Hauptmann, wenn wir Euerm Befehl nicht gehorchen.«
Christian und Großer-Tiger sprangen vom Wagen, und der Pudel machte einen Satz. Da war er unten und bellte laut, weil ihm alles neu war: der Staub und das Tor und die Häuser, aus denen Leute kamen, und vor allem die Soldaten, die böse Gesichter machten.
»Wir sagen unsere Freude«, rief Großer-Tiger, »über die Rangerhöhung.«
»Der Herr Hauptmann«, sagte Christian, »hat eine sehr hohe Stelle erreicht. Wir gratulieren.«
Gleich kam auch der Bürgermeister gelaufen. Er kannte Kao-

Scheng, und er zerriß das Papier, die Soldaten mußten präsentieren, und vor dem Schlafengehen schrieb Christian in sein Tagebuch:
»Wir sind in Hsing-Hsing-Hsia, und es ist der elfte Tag des dritten Monds. Der Pudel liegt auf dem Wagen, weil er weiß, daß er auf ihn aufpassen muß. Er ist kein gewöhnlicher Hund. Das Haus des Herrn Grünmantel ist groß. Es sind vier Zimmer darin und zwei große Schuppen, die voll Baumwollballen sind, mit denen man Handel treibt. Im Hof stehen vierzig Kannen Benzin, und sie gehören uns. Es steht zwar Li-Yüan-Pei darauf, aber der Bürgermeister sagt, damit ist es vorbei. Das Haus und alles, was da ist, gehört niemand, denn der Hausmeister und die Angestellten haben Angst gekriegt, als sie hörten, daß in Fallende-Wand was passiert ist. Jetzt ist der Bürgermeister ängstlich, denn er hätte sie verhaften sollen, doch er konnte es nicht, weil sie nicht mehr da waren, als er es tun wollte. Glück hat ihn aber beruhigt und gesagt, ›das macht nichts‹, und Kao-Scheng sagte, er sei zwar ein Oberst, aber er will die Augen zudrücken bei Leuten, die wenig Geistesgaben besitzen und nicht so gut aufpassen können wie er. Da hat sich der Bürgermeister geschämt, und er bedankte sich für die Großmut des Herrn Oberst, und Kao-Scheng sagte, er wundert sich, weil er schon lange gespannt hat, daß Grünmantel kein Kaufmann ist, sondern ein Verbrecher, und andere Leute merken es nicht.
Morgen wird der Hof und das Haus versteigert, aber der Bürgermeister sagt, er will es so einrichten, daß es Onkel Ohnezehen kriegt, und darum fängt die Amtsstunde ein bißchen früher an, und es sei ganz einfach. Da ist Kao-Scheng gnädig geworden, und er hat dem Bürgermeister versichert, daß er ihm sein Amt lassen will, weil er dafür taugt, und Onkel Ohnezehen hat er versprochen, ihn zu beehren, sooft er nach Hsing-Hsing-Hsia kommt. Man weiß, was das heißt, und Onkel Ohnezehen weiß es auch. Deshalb hat er gelächelt und gesagt, es sei eine ganz große Ehre. Morgen fahren wir nach Hami weiter, und Kao-Scheng fährt mit. Er sagt, er muß dem alten Gebieter einen Rapport machen und ihm sagen, wie man

Verbrecher fängt. Der Vorsteher von der Telegrafenstation ist auch gekommen und hat gefragt, wie es mit unserer Gesundheit steht. Davon muß er einen Blitzbrief machen und einen zweiten, sobald wir zum Tor hinausfahren. Kao-Scheng sagt, ›man merkt, daß der Staat gut regiert ist.‹«
Christian las Großer-Tiger vor, was er geschrieben hatte, aber Großer-Tiger war nicht einverstanden. Er sagte: »Du mußt dieses Tagebuch anders schreiben.«
»Wie meinst du das?« fragte Christian enttäuscht.
»Es fehlt der nötige Ernst«, sagte Großer-Tiger.
Also nahm sich Christian vor, ein besseres Tagebuch zu schreiben, und am nächsten Abend überlegte er jeden Satz, den er schrieb. Als er fertig war, stand da: »Heute ist der zwölfte Tag des dritten Monds, und wir sind in Hami. Mehr als zweihundert Kilometer sind wir auf der Seidenstraße durch die Wüste gefahren, und wenn es Kao-Scheng unterwegs nicht schlecht geworden wäre, hätten wir eine Stunde weniger gebraucht. Zum Glück geschah es hinter dem Dorf Huan-Lu-Kang, und niemand hat es gesehen. Kao-Scheng sagte, das wäre wegen der vielen Telegrafenstangen passiert, und davon würde dem Menschen schwindelig. Er hätte aber gar nicht hinschauen brauchen, denn niemand hat ihm angeschafft, sie zu zählen.
Als wir frühmorgens fortfuhren, haben wir uns von Onkel Ohnezehen verabschiedet. Er war ganz gerührt, und er sagte: ›Söhnchen, in vier Jahren seid ihr erwachsen, und dann müßt ihr mich besuchen, wenn dann die Welt noch steht.‹ Da haben wir ihm versprochen, zu kommen, und er soll Kasim und Ungemach grüßen, und ihm ausrichten, daß wir in Peking einen Platz suchen, wo wir Steinewerfen üben, damit wir es bis zum Wiedersehen können. Denn es ist eine nützliche Kunst. Der Telegrafenmeister war auch da, und dann fuhren wir fort, und er rannte in sein Haus, wo der Draht hineingeht. Ich glaube, er hat einen Blitzbrief losgelassen, denn als wir durch das Stadttor von Hami kamen, mußte Glück langsam fahren, weil eine solche Menschenmenge da war und außerdem Soldaten mit Trommeln und Trompeten. Sie haben geblasen und getrommelt, und Kao-Scheng hat gesagt, das sei

wegen ihm. Nachher mußten wir in den Yamen fahren, wo ein General war und die Hand an die Mütze legte. Er heißt Liu, und er ist mager. Vielleicht geht es ihm nicht gut. Großer-Tiger sagte, das käme vom Opiumrauchen, und es sei eine Schande. Wir tranken Tee mit ihm, aber indem es bloß wegen der Höflichkeit ist, trinkt man keinen oder höchstens einen Schluck, bevor man aufsteht. Großer-Tiger und ich zeigten dem General, daß wir wissen, was sich gehört, und als er uns zum Teetrinken nötigen wollte, reichten wir die Tassen zurück, damit er sieht, wie unwürdig wir sind. Dreimal haben wir die Tassen zurückgereicht, und dann war der Besuch zu Ende, und der Herr General war zufrieden mit uns. Hami ist eine prächtige Stadt. Bisher war überall Wüste, und jetzt ist auf einmal ein Melonengarten am andern, und es gibt Bäume und Straßen, in denen viele Geschäfte sind. Weit weg im Norden sind hohe Schneeberge, und weil man im Hami fast bloß türkisch spricht, heißen sie Karlyk-Tag oder Emir-Tag, und ein turmhohes Schloß gibt es auch. Es gehört dem mohammedanischen König. Kaum, daß wir da waren, hat er uns eine rote Besuchskarte geschickt, und es ist eine hohe Ehre. Die Karte war aber chinesisch geschrieben, damit wir sie lesen konnten. Der König heißt: Ching-Wang-Ye-Schah-Maksut. Das ist ein langer Name, und wir wollen ihn besuchen. Glück sagte gleich, er geht nicht mit, sondern er besucht lieber Li-Yüan-Pei, weil er ihn lange nicht gesehen hat, und ein Verlangen und eine Sehnsucht treibt ihn zu ihm. Bevor er ging, nahmen wir ihm seine Pistole weg. Zuerst wollte er sie nicht hergeben. Er tat schrecklich zornig, aber nachher sagte er: ›Bloß weil ihr es so haben wollt‹, und dann ging er fort. Wir hatten aber kaum zehn Mohnkuchen gegessen, kandierte Äpfel, Datteln mit Nugat, eine Menge Salzmandeln, Bonbons und solche Sachen, die uns der magere General schickte, als Glück wiederkam. Er sagte: ›Dieser Hundesohn ist auch geflohen, und sein Laden ist versiegelt.‹ Da waren wir sehr froh, und weil noch zwei Stunden bis zum Sonnenuntergang blieben, besuchten wir den König mit dem langen Namen. Er wohnt draußen vor dem Stadttor, wo lauter Rechtgläubige wohnen, und sein Schloß ist so hoch, daß man nicht begreift, wie man so etwas aus Lehm bauen kann. Man geht durch ein Tor in das Schloß. Es war finster darin, und zwei Männer standen da mit großen grauen Bärten. Sie hatten Hellebarden in der Hand, als ob es keine Gewehre gäbe. Unser Lehrer in Peking sagt, man nenne es das Mittelalter, und es sei vorbei, aber in Hami ist es noch. Weil wir keine Visitenkarten hatten, konnten wir auch keine hergeben, aber gleich kam einer, der freundlich zu uns war. Er sprach türkisch und er ging voraus in den Hof der Burg. Ganz weit oben war der Abendhimmel, und ganz unten waren wir in einer engen Gasse. An einer Mauer war nichts als Wand, aber an der andern war eine Eisenstange, und an der Eisenstange hingen Ketten, und an den Ketten waren lederne Halsbänder mit silbernen Verzierungen, und in den Halsbändern steckten fürchterliche Tiere, die uns die Zunge zeigten und den Rachen und alle Zähne. Es waren fünf Stück, und ich dachte zuerst, es seien Tiger, aber weil sie ein weißes Fell hatten, waren sie keine, sondern Großer-Tiger sagte: ›Dieses sind Schneeleoparden, und mein Onkel kennt sie.‹ Jetzt kennen wir sie auch.

Unser Führer ging voraus, als ob die Bestien nicht da wären, und ich merkte, daß zwischen der Mauer und den Tatzen der wilden Tiere so viel Platz war, daß man hintereinander gehen kann, ohne daß sie einen erwischen. Da hatte ich weniger Angst als vorher. Am Ende der Gasse war eine hohe Holztreppe, auf der ein alter Mann mit einem großen weißen Vollbart stand. Er lächelte, und Großer-Tiger und ich dachten gleich, daß das der König war. Deshalb gingen wir ganz aufrecht neben den Leoparden her, und die Leoparden liefen an der Kette mit, so lang wie die Eisenstange war. Sie hätten uns gern gefressen, aber es ging nicht, und weil wir merkten, daß es ein Spaß war und kein Ernst, wurden wir immer tapferer. Da kam uns der König ein Stückweit entgegen. Oben war alles aus Holz, das Geländer, die Treppe, die mehr als hundert Stufen hatte, und ein Pavillon, wo wir noch einmal Tee trinken sollten. Dreimal reichten wir die Tassen zurück, indem wir so höflich sind, und jedesmal tat der König eigenhändig ein Stück Zucker mehr hinein. Er dachte, der Tee wäre uns nicht süß genug, und wir wunderten uns sehr, weil er doch wissen muß, daß man keinen Zucker in den Tee tut. Zum Glück war einer da, der Chinesisch konnte, und er sagte, wir sollten den Tee ruhig trinken, denn wir seien bei einem Rechtgläubigen und nicht bei einem Chinesen zu Gast, und überall seien die Sitten anders. Nachher machten wir ein Frage- und Antwortspiel. Der König fragte, der Dolmetscher fragte noch einmal, und wir antworteten, und als wir nach Hause kamen, stand im Hof ein Sack mit guten Sachen und mit vielen Grüßen von Ching-Wang-Ye-Schah-Maksut.«

»Ich habe viel geschrieben«, sagte Christian zu Großer-Tiger, als er fertig war, »und vielleicht ist jetzt der richtige Ernst dabei. Es handelt nämlich von den wilden Tieren und von dem König, den wir besucht haben.«

»Laß hören«, sagte Großer-Tiger.

»Ist es gestattet«, fragte Glück, der zur Tür hereinkam, »daß ich deiner Belehrung teilhaftig werde?«

»Der befehlende Herr«, antwortete Christian bescheiden, »sieht ein Ei und möchte, daß es schon kräht. Ich schreibe nicht zur Belehrung, sondern bloß so.«

»Aha«, sagte Glück, »wenn es bloß so ist, höre ich um so lieber zu.«

Also las Christian vor, wie es bei dem mohammedanischen König gewesen war, aber Großer-Tiger schüttelte den Kopf.

»Es ist nur wenig besser«, sagte er, »laß mich mal eine Seite schreiben, wenn wir morgen abend wo sind.«

»Morgen abend sind wir in Tschiku-Tsching«, behauptete Glück, »übermorgen in Kutschen-Se, und wenn die Speichen nicht von den Rädern fallen, sind wir am nächsten Abend in Urumtschi.«

»Gibt es das bei einem Wagen, der von selber geht?« fragte Kao-Scheng, der eben eintrat. Er trug prächtige Achselstücke und in der Hand ein Bambusstöckchen, wie es sich für seinen Rang geziemte.

»Es gibt noch viel mehr«, behauptete Glück. »Die Speichen sind das wenigste. Meist fliegen gleich ganze Räder weg, und dann ist es ein Unglück.«

»Kommt so was oft vor?« erkundigte sich Kao-Scheng besorgt.
»Haufenweise«, sagte Glück, und dann krachte der Kanonenschuß, der den Untergang der Sonne, das Schließen der Stadttore und den Beginn der Nacht anzeigte. Da der Schuß vor der Tür des Yamen abgefeuert wurde, erschraken alle miteinander, und im Hof bellte der Pudel. Nachher, als sie merkten, daß es nur der Abendschuß war, lächelten sie sich zu, und Kao-Scheng sagte: »Wir leben in einem Staat der Ordnung.«
Christian und Großer-Tiger gingen in den Hof, wo der Pudel neben dem Wagen lag und sie freudig begrüßte. Sie nahmen Dörrfleisch aus dem Reisesack, und Großer-Tiger holte Wasser aus der Küche, denn hier war es nicht wie in Dampignaks Burg. In Hami mußte ein Hund für sich selbst sorgen. Nachher bereiteten sie ihm ein Lager auf dem Wagen, hießen ihn hinaufspringen, und sie befahlen ihm, auf alles gut aufzupassen.
»Nicht nötig«, sagten zwei Soldaten, die kamen, um während der Nacht den Wagen und das Silber zu bewachen.
Aber Großer-Tiger sagte: »Er ist es so gewohnt, er ist kein gewöhnlicher Hund, und er ist sehr scharf.«
Als sie in das Gästezimmer zurückkehrten, lagen Kao-Scheng und Glück schon auf dem Kang, und Glück hatte das gelbe Kalenderbuch aufgeschlagen vor sich.
»Man sieht nicht mehr recht, was da steht«, sagte Glück, »doch soviel ich sehe, ist morgen ein Unglückstag erster Ordnung.«
»Das kann nicht sein«, widersprach Kao-Scheng, »gestern war der Tag, an dem ›Klare-Luft‹ beginnt, also muß es ein Glückstag sein.«
»Eigentlich ist es einer«, gab Glück zu, »allein während Klarer-Luft ist es verboten, zu arbeiten und an Arbeit zu denken. Die Tiere sollen sich ausruhen, und die Wagen, die von selber gehen, müssen sich erholen. Wer trotzdem was arbeitet, läuft Gefahr.«
»Was für eine Gefahr?« wollte Kao-Scheng wissen, aber Glück klappte das Buch zu und sagte, das würde sich morgen herausstellen.
Kao-Scheng konnte lange nicht einschlafen. Er hörte die Nachtwächter, die mit zwei Hölzern aneinanderschlugen oder

mit der Rassel lärmten, um den Dieben, falls es welche gab, ihr Anwesenheit mitzuteilen. Dann knurrte der Pudel, und Kao-Scheng hörte, wie er die Zähne fletschte.
»Der verdammte Hund«, sagte einer der beiden Wachsoldaten leise. Sie hatten sich zehn Schritte vom Wagen entfernt unter das Vordach des Gästezimmers gesetzt.
»Nichts zu machen«, antwortete der zweite ebenso leise.
Spitzbuben, dachte Kao-Scheng belustigt. Er lächelte, denn er hatte Verständnis für arme Soldaten, die selten eine Löhnung kriegten. Aber schlafen konnte er deswegen doch nicht.
Erst gegen Morgen fiel Kao-Scheng in einen unruhigen Schlummer, doch da stand Glück auf, füllte Benzin und Wasser nach, und als die Sonne aufging, rollte der Wagen zum Westlichen-Tor hinaus.
Gleich hinter Hami begann die Wüste wieder; allein ihre Macht war gebrochen. Es gab Einzelhöfe und kleine Weiler, und man sah, daß der gute fruchtbare Lößboden an die Oberfläche drängte. Nur das Wasser fehlte. Es mußte mühsam in unterirdischen Kanälen vom Fuß der nahen Berge bis zu den Feldern geleitet werden. Der Karrenweg, der die Dörfer verband, war schlecht, und eigentlich gab es nur zwei Siedlungen, die mehr als fünf Häuser hatten. Sie lagen hundert Kilometer auseinander. Das eine war Lo-Tung, wo der Weg durch das Teufelstal nach Turfan abbog, und das andere war Tschiku-Tsching, wo sie am späten Nachmittag eintrafen.
In Tschiku-Tsching standen die Männer und die Kinder auf der Straße, um die seltenen Gäste zu bestaunen. Auch eine Art Herberge war da, aber kaum hatte Glück das Gastzimmer gesehen, als er wiederkam und sagte: »Wir werden auf dem Wagen schlafen. Bis jetzt haben wir keine Läuse gekriegt, und wir wollen lieber nicht damit anfangen.«
Christian gab Großer-Tiger das Tagebuch, und Großer-Tiger schrieb sorgsam und mit schönen chinesischen Zeichen hinein: »Wir sind in Tschiku-Tsching. Es ist der dreizehnte Tag des dritten Monds, und es verspricht eine klare Nacht zu werden. Der Herr Oberst Kao-Scheng ist fröhlich, weil wir einen guten Reisetag hatten. Die Bewohner des Dorfs sind Sarten. Die

Männer tragen große Bärte, und die Frauen sieht man nicht, weil sie sich vor Fremden nicht zeigen. Ringsum sind hohe und kahle Berge. Der Herr Oberst spricht vollendet türkisch, und wir bewundern ihn dafür. Er hat uns ein vorzügliches Abendessen besorgt, das man Palao nennt. Ich glaube, es war Reis mit viel Hammelfleisch und Rosinen. Auch einige Quittenschnitze habe ich erkannt. Der befehlende Herr Glück erfreut sich bester Gesundheit, Kompaß-Berg befindet sich wohl und ich auch. Der Hund bewacht uns. So können wir ruhig schlafen. Es war ein glücklicher Tag mit guten Vorzeichen.«

»Ein schöner Bericht«, lobte Glück, als Großer-Tiger vorgelesen hatte.

»Die guten Vorzeichen«, bemängelte Kao-Scheng, »habe ich nicht bemerkt, aber es freut mich, daß du sie gesehen hast.«

»Morgen ist ein gerader Tag«, erinnerte Großer-Tiger, »schon das ist glückverheißend.«

»Tinger metne«, sagte Glück halsstarrig. Entweder wollte er durch seine Bereitschaft, ein Unglück hinzunehmen, das Gegenteil, nämlich das Glück, herbeirufen, oder er wollte Kao-Scheng bange machen. Vielleicht wollte er beides.

Aber auch Kao-Scheng blieb nicht müßig. »Dieses Dorf«, erklärte er, »ist voll mit Dieben und Spitzbuben. Nehmt euch in acht. Andern Leuten verengen sich die Augenbrauen vor Angst, doch ich blicke furchtlos in den dunklen Rachen der Nacht.«

»Der Hund bewacht uns«, trösteten Großer-Tiger und Christian.

»Inschallah«, sagte Kao-Scheng weise.

Allein in Tschiku-Tsching dachte niemand daran, den nächtlichen Frieden zu stören. Als der Morgenruf des Mullah ertönte, stand Glück auf; doch erst nach Mittag erreichten sie die Paßhöhe bei Ta-Schi-Tu, die über die Barkul-Berge führte. Von da an ging es bergab, und am Abend langten sie eine Stunde vor Torschluß in Kutschen-Se an. Es war schon spät, als Christian das Tagebuch aus der Tasche langte. Er schrieb:

»Heute ist der vierzehnte Tag des dritten Monds. Er scheint in den Hof, wo unser Wagen neben einem andern steht, der dem

Gouverneur gehört. So hat er Gesellschaft gekriegt. In unserm Zimmer gibt es eine Petroleumlampe und viele gute Sachen zu essen. Auch ein Eilbrief des Marschalls mit vielen Grüßen lag dabei. Er freut sich, daß er uns bald sehen wird, weil wir nun schon alte Bekannte sind.
Mit den alten Bekannten ist es so, daß man sie trifft, wenn man an nichts Böses denkt. Wir fuhren von Tschiku-Tsching fort, und ich studierte das Westliche-Blatt. Man brauchte es aber nicht studieren, sondern man merkte auch so, daß es bergauf ging. Die Berge waren hoch, und obendrauf lag Schnee. Trotzdem kochte das Wasser im Kühler, und wir mußten aussteigen und Kao-Scheng auch, obwohl er lieber sitzen geblieben wäre. Glück sagte, wenn er nicht an alles denkt, denkt niemand daran. Damit meinte er eine Kanne mit kaltem Wasser, die er mitgenommen hatte. Wir mußten die Bremsklötze hinterdreintragen, und ich freute mich schon, was Kao-Scheng für ein Gesicht macht, wenn der Wagen stehenbleibt. Der Motor lief aber wieder ein Stück und dann noch eins, und so kamen wir nach Ta-Schi-Tu, das wie Tschiku-Tsching aussieht, nur daß es keine Telegrafenstangen mehr gibt. Die Linie geht nämlich über Turfan, und so braucht Kao-Scheng nicht mehr schwindlig werden. In Ta-Schi-Tu wollte Glück nicht bleiben, nicht einmal zu einem Tee. Schließlich blieb er doch, weil Kao-Scheng behauptete, sein Magen käme sonst in Unordnung, und es passiere was.
Indem wir es eilig hatten, blieben wir vor der Teestube mitten auf der Straße sitzen, und wir schauten einem Reiter zu, der auf einem Pferd von Barkul her kam. Er sah mager und abgetrieben aus. Wenn man alte Bekannte trifft, soll man höflich sein, und nicht: ›Du Lumpenkerl‹ und ›Du Hundesohn‹ schreien, wie Glück das machte. Er langte zwar bloß nach dem Daschior und nicht nach der Pistole, aber Kao-Scheng hängte sich an seinen Arm und schrie: ›Warum willst du den ehrenwerten Herrn verprügeln? O Unglück! O Mißverständnis!‹ Gleich war ein Haufen Leute da, und sie sagten: ›Es muß ein Irrtum vorliegen.‹ Großer-Tiger und ich gingen miteinander zu dem Herrn, und als wir ihn artig grüßten, war er sehr froh,

daß er nicht verprügelt, sondern begrüßt wurde. Es war nämlich Herr Ma, und er sah ganz erschöpft aus, und sein Pferd zitterte auch. Glück war immer noch wütend, aber wir sagten, daß wir Herrn Ma besser kennen als vorher, daß er kein Geizkragen ist, und wenn er seine Kamele bei sich hätte, würde er uns aus lauter Freundschaft ein herrliches Geschenk machen. ›Wo hast du sie?‹ fragte Glück streng, und Ma sagte, er habe die Karawane schon lange verlassen. Gleich als sie die furchtbaren Pässe des Emir-Tag hinter sich hatten, sei er vorausgeritten, Tag und Nacht, und er habe entsetzlich viel Geld für Futter ausgegeben, aber es nützt nichts, und sein Pferd ist halbtot. Glück sagte: ›Du bist eben ein pflichtvergessener Mensch‹ und Ma weinte ein bißchen und sagte, er sei ruiniert. Da luden wir ihn zum Teetrinken ein, und Großer-Tiger machte den Reisesack auf. Als Ma die vielen guten Sachen des Königs Ching-Wang-Ye-Schah-Maksut sah, wurde ihm besser. ›Weshalb bist du vorausgeritten?‹ fragte Glück, und Ma sagte: ›Weil ich einen pressanten Blitzbrief in Tschiku-Tsching aufgeben muß.‹ ›Da kommen wir her‹, sagte Glück, ›nimm ein frisches Pferd, aber vor morgen abend bist du nicht dort.‹ Ma seufzte und rief: ›Es gibt keine Hilfe!‹ Da sagte Großer-Tiger langsam: ›Wenn der verehrte Herr Ma dem gewissen Herrn Li-Yüan-Pei telegrafieren möchte, daß er kein Geld an Grünmantel auszahlen darf, so ist das unnötig, und Herr Ma kann sich die Mühe sparen, nach Tschiku-Tsching zu reiten.‹ Man sollte nicht denken, wie die Leute erschrecken, wenn man ihnen helfen will. Ma wurde ganz bleich, und Kao-Scheng mußte ihn stützen, und die Männer von Ta-Schi-Tu wichen zwei Schritte zurück, weil sie Großer-Tiger für einen Propheten hielten. Ma ließ den guten Mohnkuchen fallen, und als unser Hund ihn gefressen hatte, sagte ich: ›Nirgends gibt es einen Grund zur Beunruhigung. Der Schuldschein über dreitausendfünfhundert Batzen liegt unter einem Steinhaufen, wo ihn kein Mensch findet, und Grünmantel kann ihn nicht einlösen, weil er auch darunterliegt. Obendrein wohnt Li-Yüan-Pei nicht mehr in Hami, denn sein Tor ist versiegelt, und Soldaten stehen davor. Wir bedauern, daß Herr Ma sich große

Sorgen gemacht hat, wo es gar keine gibt.‹ Da riefen die Männer von Ta-Schi-Tu: ›Allah akbar!‹ und Herr Ma brauchte lange, bis er begriff, daß es Jungen gibt, die in alten Festungsgräben herumkriechen und zufällig hören, wenn zwei andere wegen eines Kästchens und eines Schuldscheins Streit kriegen. Schließlich lächelte Herr Ma schwach, und er sagte: ›Ihr seid eben doch kleine Banditen!‹ Glück aber sagte: ›Reite zu deiner Karawane zurück, du pflichtvergessener Mensch‹, und er gab ihm eine Menge guter Ratschläge mit auf den Weg: ›Laß dich in keine dunklen Geschäfte mehr ein, Holzkopf, der du bist‹ und: ›In der Nähe fauler Fische stinkt man selber.‹ Dann warf er den Motor an, und Herr Ma bedankte sich für so viel Güte, und weil wir von Mondschein gelernt haben, was sich gehört, teilten wir die Gaben des Königs von Hami dreimal und legten einen Haddak über den Teil, den wir Herrn Ma kniefällig überreichten. Auf diese Art bekamen wir so viele Segenswünsche, daß wir ohne Unfall nach Kutschen-Se kamen; Glück konnte so geschwind fahren, wie er wollte.

Jetzt sind wir hochgeehrte Gäste im Yamen, und der alte Gebieter hat uns einen Lastwagen entgegengeschickt, damit wir das schwere Silber auf zwei Wagen verteilen. Kao-Scheng hat aufgepaßt und gezählt. Nun weiß er genau, wie viele Silberbarren es sind, aber er sagt es nicht, denn es ist ein Staatsgeheimnis.

Morgen fahren wir nach der Hauptstadt, die zwei Namen hat. Die Chinesen sagen, sie heißt Ti-Hua-Fu, die Türken nennen sie Urumtschi, und von hier aus sieht man ganz weit weg den Bogdo-Ola. Das ist ein mongolischer Name und heißt: Götterberg. Er ist so hoch, daß noch niemand oben war, und auf der Karte steht, es sind sechstausend Meter. Da geht einem die Luft aus, aber wie will man das wissen, wenn man in Gotha oder in London auf einem Stuhl sitzt? Der Bogdo-Ola ist voll Schnee und Eis, und wo der Schnee aufhört, gibt es Wälder und dort wohnen Kirgisen, die kirgisisch sprechen. Großer-Tiger sagt, Sinkiang ist ein verwirrendes Land. Das finde ich auch, aber jetzt schlafen wir, und Kao-Scheng schnarcht bereits, weil er immer so viel wachen und aufpassen muß.«

Dreiundfünfzigstes Kapitel
wie es bei einem Staatsempfang zugeht

»Auf, ihr Männer!« rief Glück »auf, ihr Galgenstricke! Vergebung, Herr Oberst, aber der Motor läuft schon, der Mond scheint prächtig, und ein Frühstück gibt es unterwegs.«
Kao-Scheng erhob sich seufzend: »Ich bin gewohnt, um den Schlaf betrogen zu werden. Grenzwächter sein ist ein harter Beruf.« Er nahm Glück beiseite.
»Mein Amt«, sagte er leise, »gebietet mir, auf alles zu achten. Heute muß ich in den andern Wagen sitzen. Der Fahrer sieht zwar nicht aus wie ein Spitzbube, aber er könnte unterwegs einer werden. Es ist wegen des Silbers.«
Glück war hocherfreut.
»Ich verstehe«, jammerte er und hob bedauernd die Hände. »Ihr entzieht mir Eure werte Gesellschaft.«
»Es geht nicht anders«, entschuldigte Kao-Scheng, »einer muß die Aufsicht führen.«
»Die Ansicht des Herrn Oberst ist durchaus die meine«, versicherte Glück, »ich werde also vorausfahren, da habt Ihr den Überblick über beide Wagen.«
»Wo denkst du hin?« rief Kao-Scheng entrüstet, »so ist es nicht gemeint.«
Er war aber sehr zufrieden, und Großer-Tiger und Christian beeilten sich, die Mäntel und die Decken auf der Ladefläche auszubreiten.
»Ihr könnt vorn bei mir sitzen«, sagte Glück
»Das möchten wir gern«, antwortete Christian, »aber es geht nicht.«
»Der Hund könnte verlorengehen«, erinnerte Großer-Tiger.
»Haltet ihn fest«, flüsterte Glück, »wenn ich ein bißchen schneller fahre als sonst.«
Der Hof des Yamen lag still und kalt im Mondlicht. Über die beiden hohen Masten der Regierungshalle war der Sternenhimmel gespannt, und an ihrem Sockel brannte das Feuerchen der Wachsoldaten. Der Tag war noch fern.
Einer stand auf und schob die Balken vom Tor. Tüt, tüt, tüt, tüt

plärrte die Hupe, und dann fuhr Glück durch die leere Hauptstraße von Kutschen-Se, sehr langsam und sehr rücksichtsvoll. Auch das Stadttor öffnete sich ihm, ohne daß er aussteigen brauchte, und Großer-Tiger und Christian sahen an den Scheinwerfern des zweiten Wagens, daß Kao-Scheng folgte. Man sah sie nicht mehr lange. Gleich hinter dem Stadttor klopfte Glück an das Fensterchen, und als Christian schaute, was es gab, zwinkerte Glück und grinste bloß. Dann gab er Gas. Eine Staubwolke erhob sich, das Stadttor verschwand, die Lichter von Kao-Schengs Wagen verdunkelten sich zusehends, und Christian und Großer-Tiger hielten den Pudel fest, bis er sich an das schnelle Fahren gewöhnte.
Eine Stunde später schliefen alle drei.
Es war aber immer noch Nacht. Nicht umsonst war Glück zur Stunde des Tigers aufgebrochen. Er wollte in Urumtschi einfahren, wenn der Mittagschuß krachte und die Leute sich ein wenig auf den Kang legten, um auszuruhen. Er wollte keine Trompeten und Trommeln wie in Hami, und vor allem wollte er Kao-Scheng weit hinter sich lassen. Glück hatte sich endgültig zur Bescheidenheit bekehrt. Leider kam es anders.
Als der Morgen graute, fuhr Glück durch die Ortschaft Tsinüschwan. Die Häuser standen abweisend mit verschlossenen Toren, und in der Dorfmitte lagen die Abfälle des Wochenmarkts. Auf den Feldern arbeiteten die Männer, aber man sah nur die gekrümmten Rücken und die Arme, die die Hacke hoben und senkten. Ein blauer Nebel schwebte über dem Boden, und Glück mußte zu seinem Verdruß langsam fahren, damit er die Straße nicht verlor. Doch das dauerte nur kurze Zeit. Die wenigen Felder wichen der Wüste, und als die Sonne aufging, führten die Karrengleise über eine endlose Kiesfläche. Es machte wenig aus, ob man seitwärts fuhr oder der Straße folgte. Im Süden erhob sich, von unscheinbaren Vorbergen getragen und immer höher ansteigend, das wilde, schneebedeckte Hochgebirge des Bogdo-Ola. Der Gipfel des Götterbergs war von weißen Wolken eingehüllt.
»Himmel und Erde stoßen zusammen«, sagte Christian, als er aufwachte.

»Himmel und Erde wirken gemeinsam«, sagte Großer-Tiger. Sie betrachteten schweigend das niegesehene Wunder eines Berges, der am klaren Morgen bis in die Wolken reichte. Nachher schauten sie, wo Kao-Scheng sei. Sie beschatteten die Augen mit den Händen, und sie hätten Kao-Scheng bestimmt gesehen, wenn er dagewesen wäre, denn Glück fuhr seitlich des Karrenwegs, wo nur wenig Sand aufwirbelte und gleich wieder zu Boden fiel. Allein der zweite Lastwagen war nirgends zu entdecken.
Als die Kieswüste zu Ende ging und feiner Flugsand den Boden überflutete, kehrte Glück auf die Straße zurück. Rechts und links gab es dichte Tamariskendschungel, Schilf wucherte dazwischen, und Fasanen liefen, vom Getöse des Motors erschreckt, über den Weg. Bald sah man die Dächer eines Dorfes, die, von einem Minarett überragt, einige Wohlhabenheit verkündeten.
Über den Fluß, der aus dem Gebirge kam, war eine neue Holzbrücke gebaut, und die kurze Bazarstraße war sauber gefegt. Mittendarauf stand ein weißgedeckter Tisch, und drei würdige Männer mit grauen Bärten eilten herbei und verneigten sich. Wenn Glück sie nicht umfahren wollte, mußte er halten. Also zog er die Bremse und stieg aus. Keiner verstand den andern, aber man begrüßte sich mit vielen Worten der Hochachtung, und Christian und Großer-Tiger kreuzten die Arme und sagten einige Male: »Sallam!« Das hatten sie von Kasim gelernt.
»Jetzt sollt ihr frühstücken«, sagte Glück, »zeigt den Muselmännern, daß ihr Hunger habt, damit sie sich nicht kränken müssen.«
»Wir hören und gehorchen«, sagten Christian und Großer-Tiger, und dann machten sie sich über die warmen Pastetchen her, die auf einer großen Platte aufgebaut waren. Glück griff ebenfalls zu. Er hatte von dem Fahrer des zweiten Lastwagens im Vertrauen gehört, daß man in dem Ort Fu-Kan nach Sonnenaufgang ein Frühstück für sie bereit halte. Offenbar war dieses Dorf das richtige, und Glück bat Christian, das Westliche-Blatt zu studieren.

»Hier ist Fu-Kan«, sagte Christian, und die drei Alten nickten.
»Wie viele Li sind es noch bis zur Hauptstadt?« wollte Glück wissen.
»Nicht viel mehr als hundert«, antwortete Christian, »aber es geht den Berg hinauf.«
Glück staunte. »Du hast einiges dazu gelernt«, sagte er, »und wenn es so ist wie du sagst, kommen wir zu Mittag nach Urumtschi, wenn keiner dran denkt.«
»Der befehlende Herr möge diese Stangen betrachten«, sagte Großer-Tiger, und wies auf die neuen Telegrafenpfähle, die hinter den Häusern der Bazarstraße über die Dächer ragten.
In diesem Augenblick kam ein schwarzgekleideter junger Chinese mit trippelnden Schritten gelaufen. Er grüßte höflich und sagte: »Ich freue mich, daß ich die Ankunft des verehrten Herrn Glück und der jungen Exzellenzen soeben dem alten Gebieter melden konnte. Der Tupan wird entzückt sein, euch bald zu sehen.«
Glück schwieg. Man sah ihm an, wie enttäuscht er war; aber der Beamte wunderte sich doch, als Glück nach einer Weile über die würdelose Zeit, über die listigen Geräte, die die Menschen verderben und ruhelos machen, über sich selbst und über alle, die sie benützen, zu schimpfen begann.
»Da ist keine Hilfe« sagte Großer-Tiger, »man muß sich damit abfinden.«
»Der befehlende Herr möge sich nicht kränken«, sagte Christian.
»Wir fahren!« rief Glück.
Er bedankte sich bei den drei Alten, und er verneigte sich vor dem Telegrafenbeamten. »Du bist auch so einer«, sagte er, »aber du kannst nichts dafür. Vielleicht sehen wir uns bald wieder.«
Der Beamte war zu verdutzt, um antworten zu können. Er zweifelte an Glücks Verstand, aber Glück klopfte ihm auf die Schulter, »Wozu baut ihr eine Telegrafenlinie in dieses Nest?« fragte er.
»Sie wird bis Kutschen-Se weitergeführt«, erwiderte der Beamte, »denn die alte Exzellenz wünscht, eine Automobilver-

bindung mit der Hauptstadt einzurichten. Wir leben in einem fortschrittlichen Staat.«
»Ich weiß«, sagte Glück, »der Oberst Kao-Scheng singt das gleiche Lied.«
»Wo steckt er denn?« erkundigte sich der Beamte.
»Er wird bald eintreffen«, tröstete Glück und warf den Motor an.
»Hund, komm her!« rief Christian.
Da kam der Pudel, dem einer der Alten eine Schüssel mit Wasser und was zu fressen gebracht hatte, und Großer-Tiger und Christian dankten dafür. Sie baten den Beamten, den Männern zu sagen, daß sie dem Ort Fu-Kan ein strahlendes Gedeihen wünschten.
Hinter Fu-Kan lief die Karrenstraße noch lange am Rand ausgedehnter Schilfwiesen und auf der andern Seite an den Vorbergen des Hochgebirges entlang. Unmerklich wandte sie sich in einem großen Bogen nach Süden, und ebenso unvermerkt stieg sie aus den Niederungen der Sümpfe auf die Höhe von Urumtschi, die eigentlich ein Tal ist zwischen zwei Gebirgsmauern, die beide auf sechstausend Meter ansteigen.
Maßlos, wie in diesem Land alles ist, war auch die Stadt. Sobald Glück die ersten Gemüse- und Melonenfelder erblickte, fuhr er langsamer. Die Angst vor der eigenen Courage überfiel ihn, und er bekam Lust, auf Kao-Scheng zu warten. Bis zu den ersten Häusern, dachte er, werde ich fahren, weiter nicht. Aber die ersten Häuser lagen abseits der Straße hinter Büschen und Bäumen und hinter Gräben, die das Wasser auf die Felder leiteten. Noch waren die Bäume unbelaubt. Es ging eben dahin, und man ahnte die Stadt nur durch den Dunstschleier, der in den hohen Wipfeln einer Allee hing, die plötzlich anfing und auf einem Platz endete, der frei in der Sonne lag.
Merkwürdige niedrige Gebäude umrahmten ihn im Halbrund. Sie waren neu gebaut, das sah man, und sie waren mit unförmig hohen Toren versehen, von denen zwei sperrangelweit offen standen.
Als Glück diesen Platz erreichte, erkannte er, daß es keinen

Ausweg gab. Er begriff nicht, warum es notwendig war, daß eine Militärkapelle dastand mit rotweißen Federbüschen auf den Mützen, und weshalb die würdigen Herren, die aufgereiht daneben warteten, so ernste Gesichter machten und kein bißchen lächelten. Doch da dröhnte die große Pauke dreimal wie ferner Donnerschlag, der Kapellmeister hob den Stab, die Trompeten schmetterten, die Trommeln rasselten, die würdigen Herrn lächelten und verneigten sich, Glück zog die Bremse, und der Pudel sprang vom Wagen und bellte.

Der Empfang war in vollem Gang.

Fürs erste wußten Christian und Großer-Tiger nicht, was sie tun oder lassen sollten. Schließlich, als die Musik immer weiterspielte, faßten sie sich ein Herz. Sie sprangen dem Pudel nach, und sie stellten sich nebeneinander auf den Platz, hoben die Fäuste zur Stirn und verneigten sich sehr tief. Da schwieg die Musik, der Mittagschuß krachte, und Christian und Großer-Tiger sagten laut: »Zuviel Ehre. Wir sind unwürdige Knaben.«

Jeder konnte es hören. Allein der Kapellmeister warf beide Arme in die Luft und ließ einen Tusch blasen. Ein Herr in einem schönen schwarzen Seidengewand, aber mit einem steifen Hut auf dem Kopf, trat vor, nahm Christian und Großer-Tiger an der Hand und holte Glück aus dem Führerhaus. Der Herr hieß Fan-Darin. Wie sich später herausstellte, war er ein Minister, und er machte Großer-Tiger und Christian mit allen bekannt, die dastanden. Es waren viele, und ein dicker General war auch dabei. Er hatte einen Schnauzbart wie der Pudel, und er lachte gern. Als die erste Begrüßung vorbei war, nahm er Christian und Großer-Tiger bei den Haaren, schüttelte sie und sagte leise, daß sie eigentlich Lausejungen wären, und er hieße Wui-Hung-Wen und sei ihr Freund.

Hinter den chinesischen und türkischen Herrn standen auch zwei Europäer, die dem Gouverneur zulieb gekommen waren, und weil sie gern einen Spaß mitmachten wie alle Leute in Sinkiang. Der eine war ein Schotte und hieß MacLorn.

Er sagte: »Wie geht es euch?« und: »Kommt mal bei mir vorbei, wenn es euch langweilig wird.« Währenddem spielte die Mu-

sik immer weiter, denn dazu war sie hergekommen, aber sie spielte leise wie bei einem Gartenfest.
Der zweite Europäer trug einen schwarzseidenen Ischang. Er hatte einen gewaltigen roten Bart, der die ganze Brust bedeckte, und er war ein Missionar.
Christian erschrak, als er von dem Riesen auf einmal deutsch angeredet wurde.
»Junge, Junge!« sagte der Pater Hillbrenner, »ihr habt was Schönes angerichtet. Na«, sagte er, »jetzt ist ja alles gut.«
Christian wurde verlegen, doch der Pater lachte und zwinkerte mit den blauen Augen. Das war der verabredete Wink für den Kapellmeister, und da bliesen die Trompeten nicht mehr leise, sondern mit Kraft, die Pauke donnerte, und Christian kriegte einen roten Kopf, weil die chinesischen Minister und die türkischen Würdenträger auf ihn und auf Großer-Tiger schauten und weil die Militärmusik brausend »Hänschen klein, geht allein« spielte. Herr MacLorn, der auch ein Riese war, stand neben dem dicken General Wui-Hung-Wen. Die beiden lachten sogar unverhohlen, und als die Trompeten »Wünscht ihm Glück, wünscht ihm Glück« schmetterten, begannen alle, die da waren, »Kehre bald zurück« zu singen, und das hatte ihnen der Pater Hillbrenner beigebracht, der bloß ein bißchen sang und ganz erstaunt tat. Christian hatte gleich einen Verdacht auf ihn, aber jetzt war nicht die richtige Zeit dazu, denn er mußte an sein Gesicht und an das von Großer-Tiger denken. Also zog er ihn am Rock, und als die Musik aufhörte, standen sie schon mitten auf dem Platz und verneigten sich dankend nach allen Seiten, besonders aber vor dem Kapellmeister. Da fing der bärtige Pater an zu klatschen und »Bravo!« zu rufen, und dann klatschten alle, und Wui-Hung-Wen schlug sich auf die Schenkel und rief: »Sehr gut! Sehr gut! Ihr versteht einen Spaß. Ihr seid meine Freunde.«
Da war der Empfang zu Ende. Glück fuhr den Lastwagen durch eines der offenen Tore in die neugebaute Garage, und dann wuschen sich alle drei und machten sich so fein, wie sie konnten, denn im Hof stand der Privatwagen des Gouverneurs und wartete. Der General Wui-Hung-Wen war dageblie-

ben, und er verklebte die Garagentür mit einem breiten Papierstreifen, auf den er seinen Namen schrieb. Außerdem stellte er zwei Wachen davor.

»Hört einmal«, sagte er zu Christian und Großer-Tiger, »woher habt ihr diese prächtigen Gewänder und den silbernen Dolch?«

Christian und Großer-Tiger wurden von neuem rot, aber Glück sagte gelassen: »Das haben sie von ihrem Bruder Dampignak geschenkt gekriegt.«

Wui-Hung-Wen zog die Stirne kraus. Er sagte nichts, aber er setzte sich krachend auf den Ledersitz neben den Fahrer, und seine gute Laune war weg.

»Zum Yamen!« befahl er dem Fahrer.

Christian und Großer-Tiger, die neben Glück auf dem Rücksitz saßen, wurde beklommen zumut. Selbst der Pudel zu ihren Füßen rührte sich nicht, und die Fahrt durch die Stadt freute keinen mehr. Als sie nacheinander die Besuchskarren des Empfangskomitees überholten, winkten sie zwar, und sie lächelten dem Pater Hillbrenner zu, aber es war keine Fröhlichkeit dabei. Der Wagen fuhr langsam, und der Weg war weit, denn der Yamen des Gouverneurs lag außerhalb der Stadt in einem von hohen Mauern umschlossenen Geviert. Er glich eher einer Festung als einem Regierungspalast. Am Tor standen Wachen und präsentierten. In dem Hof, der groß wie ein Sportplatz war, hielt der Wagen mit einem Ruck.

Wui-Hung-Wen sprang heraus und machte sogleich den Führer. Er ging durch viele Korridore und an vielen Türen vorbei, bis er vor einem Hausgarten haltmachte, der nicht anders aussah als der eines beliebigen Bürgers in Peking.

Unter dem Vordach öffnete Wui-Hung-Wen eine Tür und bat, einzutreten. Ein runder Tisch stand in dem Raum und eine Anzahl niedriger Sessel. Aber das Besondere waren zwei große blanke Fensterscheiben, durch die man in den Garten blicken konnte.

Nach Süden lag er offen. Man sah, wie er sich in einen Park verlor, in dem es einen Bach gab. Der Bach fiel über einen künstlichen Wasserfall in einen Teich und plätscherte. Der

Teich schillerte grün, eine weiße Kamelhöckerbrücke führte darüber, und schöne alte Bäume überragten die Yamenmauer, die man in der Ferne sah. Sie war rot.
»Nehmt bitte Platz«, sagte Wui-Hung-Wen förmlich. Auf einmal hatte er es eilig, fortzugehen. Unter der Tür drehte er sich um. Er hob die weißbehandschuhte Rechte und ließ sie wieder fallen. »Oh, ihr meine armen Freunde«, sagte er, dann war er verschwunden.
Bevor die Tür zuklappte, sahen Großer-Tiger und Christian wie es sich der Pudel unter dem Vordach bequem machte. Er streckte die Beine, legte den Kopf auf die Steinplatten und gähnte faul.
Vielleicht hatte er Hunger, dachte Christian.
Glück blieb betreten stehen. Er nahm die Mütze vom Kopf und warf sie auf den Tisch. Er sagte: »Da habe ich was Schönes angerichtet. Wir sitzen in der Patsche, und nur der General Wu kann uns retten.«
Christian und Großer-Tiger setzten sich. Sie verstanden überhaupt nicht, was vor sich ging. Hatte Dampignak nicht gesagt, daß er mit dem Marschall auf freundschaftlichem Fuß stünde, und nun war es auf einmal anders?
»Macht eure Herzen weit und vergebt mir«, sagte Glück »ich bekenne mich schuldig wegen unbedachten Redens.«
»Davon kann nicht gesprochen werden«, wandte Großer-Tiger ein.
»Ich habe einen Brief Dampignaks in der Tasche«, sagte Christian, »auch ohne das Zutun des befehlenden Herrn wäre offenbar geworden, was der dicke General erfahren hat. Es ist ein unverschuldetes Unglück.«
»Der Himmel bewahre uns vor der großen Amtshandlung«, rief Glück entsetzt, »laß den Brief verschwinden. Gib ihn her, damit ich ihn verschlucke.«
»Das Handeln ohne Überlegung bringt Übel«, warnte Großer-Tiger.
»Nein!« rief Glück du kennst diese Leute nicht, und dein Großvater kennt sie auch nicht. »Gib den Brief her, es eilt.«
Er hatte noch nicht ausgesprochen, als Schritte unter dem

Vordach laut wurden. Christian griff in die Brusttasche, aber er zog die Hand zurück, denn Wui-Hung-Wen riß die Tür auf und salutierte.
Im Türrahmen erschien die stattliche Gestalt eines Mannes, sehr aufrecht, sehr ruhig und mit einem ganz weißen Bart. Er war unscheinbar gekleidet, wie man es in China für richtig hält, wenn man ein Gelehrter oder ein Staatsmann ist oder einer, der was auf sich hält. Yang war ein Gelehrter und ein Staatsmann, und daß er was auf sich hielt, sah man an dem sauberen grauen Ischang und der schwarzen Seidenjacke. Auf dem kahlen Kopf saß das runde Samtkäppchen, das die Jahreszeit alten Herren vorschrieb. Die Augen unter den buschigen weißen Brauen blickten forschend und fast teilnehmend auf Christian und Großer-Tiger, die die Fäuste zur Stirn hoben und das Knie zum Fußfall der Verehrung beugten. Glück berührte mit der Stirn den Boden.
»Wir wollen uns setzen«, sagte Yang und verneigte sich zu einem kurzen Gruß.
Er tippte Großer-Tiger und Christian auf die Schulter. »Setzt euch, Kinder«, sagte er, »ihr habt viel für mich getan; und auch du«, sagte er zu Glück »sollst dich setzen. Ich habe mit euch zu reden.«
Alle drei sagten: »Wir wagen es nicht«, doch Wui-Hung-Wen rückte Sessel zurecht und machte ein grimmiges Gesicht.
Sobald der Marschall saß, setzte sich der General neben ihn, und da gab es keine Widerrede mehr. Christian und Großer-Tiger schauten nach ihren weißgeränderten Stiefelspitzen, aber als der Marschall zu sprechen begann, blickten sie auf. Er sprach mit einer dunklen Stimme und wie von weither: »Ich empfinde großen Schmerz, daß ich euch Freude sagen wollte, und ich vermag es nicht. Grämt euch nicht zu sehr, meine Kinder, denn der Ablauf des Schicksals ist ohne Gleichmaß. Wer das erkennt, jubelt nicht darüber, daß er lebt, und er verzweifelt nicht am Tode. Euer Bruder Dampignak ist aus der Welt gegangen.«
Christian und Großer-Tiger schwiegen. Sie senkten die Köpfe, und sie schauten wieder auf die Stiefelspitzen. Sie wehrten sich

gegen das nahe Weinen und gegen die ängstliche Stille in dem schönen weißen Zimmer. Plötzlich stieß Wui-Hung-Wen einen wilden Seufzer aus der breiten Brust. Alle Blicke wandten sich ihm zu. Er saß regungslos auf seinem Platz, er starrte in den Garten und sah böse aus. Aber über den struppigen Schnauzbart rollten Tränen und sie tropften auf die graue Hose mit den roten Streifen.

»Der General hat ihn gekannt und geliebt«, entschuldigte Yang.

»Dampignak«, fuhr er fort, um die Aufmerksamkeit von Wui-Hung-Wen abzulenken, »muß ein Mann gewesen sein, für den es weder Recht noch Unrecht gab. Schande war ihm so gleichgültig wie die Ehre, die die Welt zu vergeben hat. Als ich mein Amt in Sinkiang antrat, hörte ich sagen, er sei schlechthin ein Mörder. Ich hatte nichts mit ihm zu tun, denn seine Horden durchzogen die Mongolei. Vor wenigen Jahren baute Dampignak eine Burg in die Wüste, und weil sie nicht weit von der Grenze meines Landes lag, mußte ich mich mit ihm beschäftigen. Ich tat es behutsam, und er verfuhr auf die gleiche Weise mit mir. Eines Tages bat er um einen Unterhändler, und ich sandte Wui-Hung-Wen. In weniger als einer halben Stunde waren sich die Herren einig, und Wui-Hung-Wen kehrte zu mir zurück, nicht anders, als habe er den Weisesten der Weisen und den Gerechtesten aller Gerechten kennengelernt.«

»Er war ein Mann von Wort«, knurrte der General, »mehr braucht nicht gesagt werden.«

»Niemand bestreitet es«, gab Yang lächelnd zu. »Dampignak vernichtete alle Räuberbanden, die es bis zum Edsin-Gol und dahinter gab, und er erhob dafür einen angemessenen Wegzoll. So hatten wir es ausgemacht, so geschah es, und wir lebten in gegenseitig gutem Einvernehmen. Im vergangenen Winter kam zwar einer und beklagte sich über Dampignak, aber Wui-Hung-Wen warf ihn zur Tür hinaus.«

»Ich riet, ihn sogleich zu köpfen«, brachte der General in Erinnerung und schneuzte sich.

»Grünmantel ist tot«, sagte Yang, »und da ich bisher nicht mehr davon weiß, bitte ich euch, mir zu berichten.«

»Es ist aber eine lange Geschichte«, warnte Christian.
»Heraus damit!« knurrte Wui-Hung-Wen, »und daß ihr mir nichts vergeßt! «
»Wenn Seine Exzellenz erlaubt«, begann Christian, »werden wir alles erzählen.«
Yang lächelte, und Großer-Tiger und Christian begannen, und weil sie ganz vorn anfingen, war Glück ein wenig ängstlich, als von ihm und Grünmantel die Rede war. Allein er merkte bald, daß er keine Angst haben brauchte, denn Christian rühmte die Unbestechlichkeit Glücks, und Großer-Tiger sagte, daß Glück ein Fahrer sei, wie man nicht leicht einen zweiten fände. Es dauerte eine gute Stunde, da waren sie mit der Geschichte zu Ende, und Großer-Tiger sagte gerade: »Das ist alles, und mehr wissen wir nicht«, als es einen Lärm im Korridor gab.
Man hörte, wie einer rief: »Laß mich los, du Enterich! Ich muß Seiner Exzellenz rapportieren, wie ich die Verbrecher vernichtete. Seine Herrlichkeit wartet ungeduldig auf mich. Weg, du Grünschnabel! Fort mit dir, du Bestie!«
Wui-Hung-Wen stand auf und schob den Schnauzbart tatenfroh beiseite.
»Laß ihn herein«, sagte Yang, »und sei freundlich zu ihm, er hat es verdient.«
Da ging der General hinaus, und man hörte, wie er rief: »Was für ein Lärm? Was für ein Getöse? Wer stört die Mittagsruhe des alten Gebieters? Man soll ihm augenblicklich den Kopf abschlagen. – Ah!« rief Wui-Hung-Wen, »du bist es? Schäme dich, Kao-Scheng. Ich will dich noch einmal begnadigen, wenn du ganz still bist und überhaupt kein Wort sprichst.«
»Aber mein Rapport?«
»Den kannst du bei mir loswerden. Jetzt schweig, wenn dir dein Leben lieb ist.«
Er schob Kao-Scheng durch die Tür, und der neuernannte Oberst warf sich aufs Knie, obgleich er nicht sicher war, ob es wirklich der Marschall sei, der vor ihm saß.
»Steht auf, Oberst«, sagte Yang, »Euer Platz ist hier.«
Dabei zog er einen freien Sessel an seine linke Seite und lud

Kao-Scheng zum Sitzen ein. Kao-Scheng warf einen triumphierenden Blick auf Wui-Hung-Wen, und kaum daß er flüchtig »Ich bin unwürdig« gemurmelt hatte, saß er schon strahlend auf dem Ehrenplatz.
»Eure Herrlichkeit . . .«, begann er, sich tief verneigend.
»Willst du wohl?« rief Wui-Hung-Wen dazwischen.
»Laß ihn reden, General«, sagte Yang, »der Herr Oberst möchte mir erklären, wie man Verbrecher fängt.«
»Man kann es auf verschiedene Arten«, fing Kao-Scheng an, »aber in einem Melonengarten geht es nicht . . .«
»Freund«, unterbrach ihn Wui-Hung-Wen, »du wirst weitschweifig. Ich werde dich lieber fragen, und du antwortest.«
»Dann ist es ein Verfahren«, sagte Kao-Scheng gekränkt, »ich kenne das.«
»Es verkürzt die Sache ungemein«, setzte ihm Wui-Hung-Wen auseinander, »ich habe nämlich bloß eine Frage: ›Möchtest du mit uns Tee trinken?‹«
»Zuviel der Ehre«, murmelte Kao-Scheng verdattert; aber Wui-Hung-Wen klatschte sofort in die Hände, und da kam einer, der ganz in himmelblauer Seide steckte, und brachte Tee und Tassen und eine Menge Bäckerei, Salzmandeln und rote Himbeerbonbons.
»Es ist kein Höflichkeitstee«, erklärte Wui-Hung-Wen, »ihr habt eine lange Reise hinter euch, also sollt ihr essen.«
Anfänglich griffen Christian und Großer-Tiger zaghaft zu, aber Wui-Wung-Wen ließ das nicht gelten. Er füllte die Teller, er goß Tee ein, und zwischenhinein verhinderte er Kao-Scheng am Reden.
Nach einer Weile erhob sich der Marschall. »Bleibt hier«, sagte er zu Kao-Scheng und Glück, »der General hat mit euch zu reden. Ihr zwei begleitet mich durch den Garten.«
Er schritt leise und aufrecht durch die Türe, und Christian und Großer-Tiger folgten ihm. Als sie ins Freie traten, hörten sie noch, wie Wui-Hung-Wen sagte: »Los! Sprich dich aus! Wie viele Silberbarren sind es insgesamt, alter Hung-Hu-Tse?« Sie vernahmen nicht mehr, was Kao-Scheng antwortete, und da es ein Staatsgeheimnis war, wollten sie es auch nicht wissen.

»Hund, bleib da!« befahl Christian.
»Gehört er euch?« fragte der Marschall.
»Wir haben ihn von Siebenstern geschenkt gekriegt«, teilte Christian mit.
»Er ist anders wie andere Hunde«, bemerkte Großer-Tiger.
»Dann soll er uns begleiten«, entschied der Marschall.
Er schritt auf dem gepflegten Kiesweg voran, aber an der Kamelhöckerbrücke wartete er. Rechts und links führte er Christian und Großer-Tiger auf die Brücke, und während sie in das grünschillernde Wasser blickten, in dem Goldfische und Drachenaugen schwammen, langte Yang in die Tasche und streute den Fischen Futter.
»An das Brückengeländer gelehnt«, sagte er, und dann wartete er darauf, ob Großer-Tiger weiter wisse.
Großer-Tiger hatte das Gedicht in der Schule gelernt, wo er es so lange aufsagen mußte, bis er es nicht mehr vergessen konnte. Also fuhr er fort: »Harre ich auf das Kommen der Goldfische.« Mehr sagte er aber nicht, weil er wußte, daß man mit seinen Kenntnissen nicht prunken soll.
»Weiter!« ermunterte Yang.
Doch Großer-Tiger schwieg und gab Christian verstohlen ein Zeichen.
»Den ganzen Tag bringe ich mit erwartungsvollem Verweilen zu«, vollendete Christian.
»Wie?« rief Yang erstaunt und erfreut, »du weißt es auch?«
»Das kommt«, erklärte Christian, »weil wir oft auf der Stadtmauer sitzen, und wenn wir keine wichtigen Geschäfte haben, lehrt mich Großer-Tiger, was er gelernt hat, und so lerne ich es auch.«
Yang nickte nur, aber er war mit Großer-Tiger und Christian zufrieden. Sie gingen miteinander unter den Weiden entlang, und Yang sagte: »Ich wartete lange auf euch, und als man mir aus Hsing-Hsing-Hsia meldete, daß Großer-Tiger und Kompaß-Berg Knaben seien, wollte ich es kaum glauben. Jetzt sehe ich, daß der General Wu keine besseren Boten senden konnte.«
»Wir sind ihm bloß so zugelaufen«, sagte Christian entschuldigend.

»Wir sind seines Vertrauens unwürdig«, sagte Großer-Tiger, »wir haben uns verspätet.«
»Keine Erwähnung deswegen«, sprach Yang, »was habt ihr mir zu sagen?«
»Wir haben einen Brief«, teilte Christian mit, »vergebt, er ist etwas zerknittert.« Er langte in die Tasche und hob das Schreiben des Generals Wu zur Stirn.
»Wir haben auch zwei Worte«, erinnerte Großer-Tiger, »und sie lauten: ›Bittet meinen älteren Bruder Yang, er möge freundlich an mich denken.‹«
Yang machte den Brief auf. Er entfaltete sorgsam das Blatt und überflog den Inhalt. Man sah aber nicht, ob das Schreiben etwas Gutes oder etwas Schlechtes enthielt. Das Gesicht des Marschalls blieb unbewegt. Er schaute nach den Weidenbäumen am Ufer des Teichs, aber es schien, als blickte er an ihnen vorbei.
»Wir haben noch einen Brief«, sagte Christian zaghaft, und weil ihm die Worte Dampignaks einfielen, gab er Großer-Tiger einen Wink, und beide beugten die Knie zum Fußfall der Verehrung.
»Unser großer Bruder Dampignak«, sagte Christian leise, »bat uns, diesen Brief kniend der sehr alten Exzellenz zu geben.«
Diesmal hob Yang den Brief zur Stirn, bevor er ihn öffnete, und als er gelesen hatte, was darin stand, sprach er sofort: »Ihr habt mir Nachrichten gebracht, die vor zehn Tagen von einiger Bedeutung gewesen wären. Die Gewichte haben sich verschoben, es lohnt nicht, deswegen betrübt zu sein.«
Er steckte die Briefe in den Ärmelaufschlag des Ischangs und schritt über die Parkwege und über die Kamelhöckerbrücke zurück in den Garten und vorbei an dem Zimmer, aus dem die Stimme Wui-Hung-Wens schallte. Man hörte etwas von »strahlenden Heldentaten« und von »Belohnung«, und Yang lächelte. Er ging ein wenig schneller, und er winkte Christian und Großer-Tiger, ihm zu folgen. Bisher war der Pudel hinterdrein getrottet. Jetzt, da er merkte, daß es woanders hinging, lief er schweifwedelnd neben Yang her.
Es ging aber nicht weit. Hinter der Hausanlage, die den Garten

umschloß, führte ein gedeckter Gang zu einer andern, die ähnlich war; aber sie war prächtiger und weiter. In der Mitte gab es einen hohen Empfangsraum, dessen Ziegeldach auf dicken roten Säulen ruhte. Zu beiden Seiten lagen helle Räume mit Glasfenstern. Statt eines Gartens dehnte sich im Innern des quadratischen Hofs eine Rasenfläche.
Yang schritt an der Empfangshalle vorüber und öffnete die Tür zu dem zweiten Raum. Ein großer Tisch aus Rosenholz stand darin, auf dem die Kostbarkeiten der Studierstube wohlgeordnet lagen. Unbeschriebene Blätter und beschriebene Papiere lagen gesondert. Auf einem Lacktischchen an der Seite häuften sich Bücherstapel.
Yang wies auf einen zweiten Tisch nahe beim Fenster. Niedere Hocker standen daneben, und als Großer-Tiger und Christian dem Wunsch des Marschalls folgten und sich zu ihm setzten, langte er die Briefe aus dem Ärmelaufschlag. Er sagte: »Ihr habt treue Botendienste geleistet, doch das Schicksal war gegen euch. Der General Wu-Pei-Fu hat mir den leeren Stuhl des Präsidenten von China angeboten. Er wußte, daß Eile nottat, allein einem Blitzbrief konnte er diese Nachricht nicht vertrauen. So kündigte er mir nur euer Kommen an und hoffte, daß ihr mich zur rechten Zeit erreichen würdet. Es ist zu spät geworden. Li-Yuan-Hung wurde zum zweitenmal Präsident, weil meine Zusage fehlte.«
»Wir bekennen, säumige Boten zu sein«, sagte Großer-Tiger.
»Wir haben die notwendige Vorsicht, die man Wagendieben gegenüber anwenden muß, außer acht gelassen«, sagte Christian.
Yang schüttelte den Kopf. »So ist es nicht. Unverschuldetes Hemmnis ist kein Makel. Was heute unsern Augen gut oder böse erscheint, kann sich morgen ins Gegenteil wandeln.«
»Aber Dampignak«, sagte Christian, »ist es gestattet, zu fragen, wie es mit ihm war?«
»Dampignak«, antwortete Yang, »erkannte die Zusammenhänge, als er den Blitzbrief abfing, der euer Kommen anzeigte. Vielleicht«, sagte Yang lächelnd, »hat er bei euch ein wenig auf den Busch geklopft.«

»Das hat Mondschein getan«, rief Christian.
»So so?« sagte Yang. »Wie dem auch sei, des Himmels Befehl lautete anders. Dampignak wollte sich zum König aller Mongolen südlich der neuen Grenzen machen. Er versicherte mir Gehorsam und Treue zum Reich der Mitte, wenn ich als Präsident in dieses Vorhaben willigte. Ich hätte ihn gewähren lassen«, sagte Yang, »denn er war ein Mann, der zu seinem Wort stand. Nun sank sein Licht in die Tiefen der Erde, und wir betrauern ihn.«
»Wie konnte dieses geschehen?« fragte Großer-Tiger.
»Dampignak fiel durch Mörderhand«, antwortete Yang.
Er stand auf, ging zu seinem Schreibtisch und kam mit einem großen Buch wieder, in dem er einige Seiten zurückblätterte. Als er gefunden hatte, was er suchte, glättete er das Papier und las: »Am dreizehnten Tag des dritten Monds: Telegramm aus Hsing-Hsing-Hsia. ›Dampignak wurde vor drei Tagen von einem ausgestoßenen Mitglied der Bande mit Namen Juchi erschossen.
Dampignaks Horde, die im Aufbruch begriffen war, ist uneins geworden und löst sich auf.‹«
Der Marschall hob den Blick. Er schloß das Buch, und Christian sagte: »Ich erlaube mir zu fragen, ob dieses . . .«, aber dann erschrak er über sein vorschnelles Reden und wurde rot. »Ich bitte tausendmal um Vergebung«, sagte er zerknirscht.
»Es ist mein Tagebuch«, sagte Yang, »wolltest du das wissen?«
»Vergebung, Exzellenz«, warf Großer-Tiger ein, »das kommt, weil mein Freund Kompaß-Berg auch ein Tagebuch schreibt.«
»Er tut gut daran«, erwiderte Yang. »In jedem Ding steckt was, das wert ist, betrachtet zu werden. Ich begann zu schreiben, als ich aus der Enge von Yünan in die Weite von Sinkiang kam. Am Ende von zweiunddreißig Tagebüchern, die hier stehen, erkannte ich, daß die Enge blieb. Es wäre unerheblich, hätte ich sie noch einmal mit einer andern vertauscht. Auch das Reich der Mitte ist zwischen den vier Meeren wie ein Reiskorn im Speicher.«
Christian und Großer-Tiger betrachteten die Tagebücher des Marschalls, die alle gleich gebunden waren, und sie dachten

daran, daß auch ihre Namen darin standen. Also waren sie in der Geschichte Sinkiangs vermerkt, und das war eine hohe Ehre.
»Wir wollen euern Eltern ein Telegramm senden«, schlug Yang vor.
»Wir bitten darum«, sagte Christian.
»Es wäre für unsere Heimstatt eine Beruhigung«, sagte Großer-Tiger.
Da nahm Yang ein Blatt, feuchtete Tusche an und schrieb, ohne sich einen Augenblick zu bedenken, mit festem Pinsel: »Kompaß-Berg und Großer-Tiger zu meiner unaussprechlichen Freude gesund bei mir eingetroffen. Abreise übermorgen. Ankunft in Peking am Monatsende. Yang-Tsen-Hsin, Marschall von China.«
»Ich bedaure«, sprach Yang, »daß ich euch nur einen Tag bei mir behalten darf; allein die Rücksicht auf eure Eltern fordert, daß ich mich bescheide. Bringt das Telegramm zur Station; ich gebe euch einen Führer mit.«
Als sie aus dem Arbeitszimmer Yangs unter das Vordach traten, brachte ein Diener drei Ponies, und Yang sagte: »Morgen früh, wenn ihr genug geschlafen habt, kommt zu mir. Ihr wißt jetzt, wo ihr mich findet.«
Er sah zu, wie Christian und Großer-Tiger in den Sattel stiegen. Der Diener ritt voraus, der Pudel sprang hinterdrein und bellte, und Yang kehrte in das Zimmer und an seinen Schreibtisch zurück. Er schrieb lange, er gab Anordnungen, er sandte zum russischen Konsulat und zum Pater Hillbrenner, und er empfing Kao-Scheng und Glück. Am Abend schrieb er in sein Tagebuch, und Christian schrieb auch:
»Heute ist der fünfzehnte Tag des dritten Monds, und wir sind in Ti-Hua-Fu, das Urumtschi heißt. Die hohen Schneeberge sind in der Nähe, und deswegen ist es kälter als anderswo. Aber das macht wenig aus, weil es Kohle gibt, die nichts kostet. Man braucht nicht erst in die Erde kriechen, sondern man nimmt einen Handwagen und eine Spitzhacke. Wenn man lange genug gegangen ist, kommt man dahin, wo man die Kohle loshackt. Nachher fährt man die Brocken heim und hat

warm. Wir sind von einer Regimentsmusik empfangen worden, und eine Menge würdiger Herren war auch da. Sie waren alle sehr freundlich, aber der Pater Hillbrenner hat der Musik angeschafft, daß sie ›Hänschen klein‹, spielen muß, und Großer-Tiger verstand nicht, was es ist. Jetzt versteht er es, denn ich habe es ihm erklärt, und daß es ein Spaß ist. Großer-Tiger freute sich, und er meint, wir müssen nachdenken, wie man dem Pater Hillbrenner auch ein Vergnügen bereitet, damit er sieht, wie höflich wir sind.
Der Marschall Yang heißt hier Tupan, und weil er uns gern leiden mag, ist es ihm leid, daß wir nicht länger bei ihm bleiben. Wir sind traurig, daß unser Bruder Dampignak nicht mehr lebt, und Mondschein wußte schon, warum er sagte, daß ein Räuber, der keine Langmut hat, nicht taugt, sondern ein schlechter Kerl ist.
Am Nachmittag haben wir ein Telegramm fortgeschickt, daß man sich unsertwegen keine Sorgen machen muß. Wir sind selbst zur Station geritten, und der Beamte hat die andern Telegramme auf die Seite geschoben, als er die Unterschrift des alten Gebieters sah. ›Es ist ein Regierungstelegramm‹, hat er gesagt. ›Darum geht es ganz schnell, und in ein paar Stunden ist es in Peking.‹ Der Beamte war freundlich, und er fragte süß wie Zucker, ob wir die jungen Exzellenzen seien, und Großer-Tiger erwiderte, daß er zwei unnütze Bengel vor sich sehe. So hinterließen wir überall den Duft der Bescheidenheit.
Dann sind wir in den Yamen zurückgeritten, wo wir in einem Zimmer wohnen, zwei Türen neben dem Marschall, und er hat noch Licht, weil er auch einer ist, der Tagebuch schreibt. Glück ist heute bei uns, aber morgen zieht er um, und dann wohnt er dort, wo die neugebauten Häuser für die Lastwagen sind, denn er ist zum Oberaufseher aller Automobile ernannt worden, die dem Gouverneur gehören. Wui-Hung-Wen hat gesagt, es macht nichts, wenn Glück nicht zum General Wu zurückkehrt, weil er ihm einen Brief schreibt, wo alles drin steht, und daß man Glück in Urumtschi notwendig braucht.
Kao-Scheng ist schon fort, und zwanzig Soldaten sind mit ihm geritten. Sie müssen eilig an die Grenze, weil der Marschall es

befiehlt, denn man weiß nicht, was die Räuber ohne Dampignak anstellen, und vielleicht sind die Karawanenstraßen jetzt nicht mehr sicher, sondern unsicher, und es ist ein Elend. Kao-Scheng hat einen Orden gekriegt, weil er ein Soldat des Marschalls ist. Er hat ihn angehängt und gesagt, man sieht, daß der Staat gut regiert ist.«

Als Christian soviel geschrieben hatte, setzte er sich mit Großer-Tiger und Glück noch eine Weile vor die Tür unter das Vordach. Der Vollmond wanderte strahlend über die Wipfel der hohen Bäume im Park, das Rauschen der Stadt war verstummt, und nur aus der Gegend, wo die Gemüsebauern wohnten, kam vereinzeltes Hundebellen. Dann knurrte der Pudel, aber Christian streichelte ihm den dicken Kopf und sagte: »Hund sei still, der Tupan schreibt Tagebuch.«

»Beim letzten Vollmond waren wir am Edsin-Gol«, sagte Großer-Tiger nachdenklich.

Glück seufzte: »So ist es immer und überall. Wenn es wo zufriedene Heiterkeit gibt, gleich heißt es: ›Ihr müßt gehen.‹«

»Das hat Ungemach gesagt«, erinnerte Großer-Tiger.

»Er sagte aber auch«, fuhr Christian tapfer fort, »daß man nicht aus den Tränen herauskäme, wenn man wegen ein bißchen Abschied gleich weinen wollte.«

»Wir weinen ja nicht«, knurrte Glück und fuhr sich über die Augen.

Dann waren sie still. Über den Rasenplatz wehte der Nachtwind, die Gräser blinkten im Mondlicht, und Glück bat leise: »Sagt mir noch einmal das Gedicht vom Prinzen Tschao, damit ich es lerne und eine Erinnerung an euch habe.«

Da sagte Großer-Tiger das Gedicht, und nachher sagte es Christian auch.

»Jetzt kann ich es«, sagte Glück, »und ich danke euch. Ihr habt mir viel Freude bereitet, aber diese ist die größte und sie wird dauern.«

Sie kehrten in das Zimmer zurück, und sie schliefen lange.

Als Christian und Großer-Tiger aufwachten, schien die Sonne, aber der Platz neben ihnen war leer. Glück hatte sie beim Morgengrauen verlassen.

Vierundfünfzigstes Kapitel, in dem der alte Großvater das Schlußwort spricht

»Heute ist der sechzehnte Tag des dritten Monds, und wir sind traurig aufgewacht, weil Glück weg war. Oder soll man nicht traurig sein, wenn man fortwährend Abschied von seinen Freunden nehmen muß und nicht weiß, ob man sie wiedersieht? Zuerst saßen Großer-Tiger und ich auf dem Kang, und wir weinten ein bißchen, und nachher machten wir auch nichts anderes, denn wir waren allein, und da kann man es tun. Eigentlich wollten wir gar kein Frühstück haben, aber es kam ein blauseidener Diener und hat uns geholt. Er führte uns in das Zimmer des Marschalls, und da saß er mit dem General Wui-Hung-Wen. Sie warteten, daß wir mit ihnen Tee trinken sollten und Schmalzgebackenes essen, oder Kastanien, oder süße Yamwurzel, oder Sachen, die wir nicht kannten. Es gab auch Taubeneier. Wir aßen von allem ein bißchen, und der General hat gefragt, was uns bis jetzt am besten gefallen hat. Großer-Tiger sagte gleich, es ist die Musik, die uns der Pater Hillbrenner geschafft hat. Da lachte der General, bis ihm die Tränen kamen, und er hätte eine Rückenlehne am Sessel gebraucht, aber es war keine vorhanden. Als er hintenüberfiel, rief er: »Ihr seid meine Freunde«, und nachher erzählte er dem Tupan von ›Hänschen klein‹ und wie sie alle gesungen hatten. Da lachte der Tupan auch, aber nur ein bißchen, und er sagte, der Pater sei nun einmal ein großer Freund von Musik.

Später gingen wir zum Einkauf in die Stadt, damit wir allen daheim mitbringen können, was sie notwendig brauchen. Zum Glück trafen wir einen Zuckerbäcker, der aus Syrup das macht, was man haben will, und es geht ganz geschwind. Man kann zusehen. Ich bestellte einen Fächer für meine Mutter, eine Pfeife für den Vater, ein Püppchen für meine kleine Schwester und die drei weisen Affen für die Ama. Großer-Tiger kaufte für den Großvater den gelben Kaiser, und der Zuckerbäcker machte alles und sagte, wir haben gut gewählt.

An einer Straßenecke standen ein paar Kerle, die eine schöne Musik machten mit Tamburin und mit einer Geige, die bloß

zwei Saiten hat, weil mehr nicht notwendig sind. Ein anderer pfiff auf einer Tonpfeife, in die man vorher ein wenig Wasser füllt, damit sie richtig tut, und der vierte blies Maultrommel. Wir hörten zu, und es war eine schöne kräftige Musik. Großer-Tiger gab ihnen einen Silberbatzen, und weil die Musikanten so was nicht gewohnt sind, sondern höchstens Kupferkäsch, machten sie ein lautes Dankgeschrei.
›Keine Erwähnung deswegen‹, sagte Großer-Tiger. Aber sie bestanden darauf, uns für das Geld eine lange Musik zu machen, und Großer-Tiger sagte, es wäre uns recht, und ob sie den Pater Hillbrenner kennen. Also schickten wir sie zu ihm, weil er ein großer Musikfreund ist, und weil wir ihm ein Vergnügen schulden. Sie zogen auch gleich los, und ein Haufen Liebhaber von guter Musik lief hinterdrein, damit sie es umsonst hören können.
Auf dem Bazar war auch ein Auflauf, und als wir hinkamen, stellten wir uns dazu. Es war wieder Musik, und beinah wären wir weggegangen, doch da fing einer an zu singen, und vorher sagte er, sein Lied sei ganz neu, und man müsse gut aufpassen, denn es sei unerhört und es heiße: ›Das Lied vom tapfern Oberst Kao-Scheng‹. Also hörten wir zu, wie man Verbrecher fängt, und daß man es nicht in einem Melonengarten kann, sondern in einem Tal, wo die Felswände von selber einstürzen und wo ein ungeheurer Silberschatz in einer Höhle liegt; und Kao-Scheng hat ihn gefunden. Dafür ist er befördert worden, und weil er zwei unmündige Knaben gerettet hat, kriegte er obendrein einen Orden. Wir sind schnell weitergegangen, denn wir wünschen nicht, ein Aufsehen zu machen oder Glückwünsche für Lebensrettung zu kriegen.
Die Hauptstraße von Urumtschi war wie ein Kanal. Wenn die Kinder auf die andere Seite gehen, probieren sie, ob ihnen der Schlamm bloß über die Knie geht oder bis zum Bauch. Sie tun es barfuß und sie ziehen die Hosen hoch. Es ist ein schönes Spiel, aber man kann es nur im Frühjahr machen, wenn es tagsüber sehr warm ist. Da schmilzt der Schnee in den Bergen, und weil das Wasser überall hinläuft, kommt es auch in die Hauptstraße, wo die Pferde den Dreck aufwühlen. Im Sommer

ist die Straße wieder trocken, und die Kinder müssen sich ein anderes Spiel ausdenken.
Am Nachmittag haben wir Glück besucht. Er hat schon gemerkt, daß die Wagen, die der Gouverneur besitzt, nicht gut im Stand sind. Die Leute, die damit umgehen, haben nicht viel gelernt. Es hat eben nicht jeder so eine Ausbildung wie Glück. Er wird uns morgen früh abholen, und wir müssen aufstehen, wenn es noch dunkel ist, denn wir wissen gut, was es heißt, wenn Glück sagt: ›Morgen früh‹. Es heißt, kurz nach Mitternacht. Dann fahren wir zwei Tage lang bis zur russischen Grenze, aber vorher ist heute abend ein Abschiedsfest in der großen Halle neben dem Zimmer des Marschalls, und alle Herren, die beim Empfang waren, sollen auch beim Abschied dabei sein. Wir sind neugierig, wie dem Pater Hillbrenner die Musik gefallen hat, und Großer-Tiger sagt, wir müssen obachtgeben, denn er glaubt, der Pater ist ein Spaßvogel.
Wir haben auch aufgepaßt, und weil wir manierlich waren, haben die Herren viele Male auf unser Wohl getrunken, aber wir haben bloß die Fäuste geschüttelt und für unser Wohlsein gedankt. Der Pater hat nichts gesagt wegen der Musik, und so ging alles vortrefflich, bis zwei riesige Melonen auf den Tisch kamen. Auf der Seite tropften sie ein wenig, aber das kommt vor. Der General Wui-Hung-Wen ist aufgestanden wegen einer Rede, die er halten will. Er sagte: ›Ihr seid meine Freunde‹ und dann ging es nicht weiter. Er kämpfte mit dem Lachen, und er wurde ganz rot; doch da haben ihn der Marschall und der Pater Hillbrenner sehr ernst angeblickt. Also strich er seinen Schnauzbart und sagte süß wie Honig: ›Es ist ein alter Brauch in Sinkiang, daß die geehrten Gäste die Melonen zerteilen und ihren Freunden jedem ein Stück geben. Ich bitte euch, dieses Geschäft zu übernehmen.‹ Dabei gab er Großer-Tiger und mir ein langes Melonenmesser, und wir begannen die Melonen zu schneiden, wie man es auf der Straße von den Verkäufern beim Zuschauen lernt. Anfangs ging es gut, aber dann nicht mehr, und wir merkten, daß die Melonen in Sinkiang anders sind als in Peking, denn sie haben innen einen harten Kern statt Saft. Wir taten, als ob wir das wüßten, und

den ersten Schnitz gaben wir dem Marschall. Die Musik blies jedesmal einen Tusch, bis man sah, daß in der Melone von Großer-Tiger eine Pfeife war, in die man Wasser gibt, damit sie gut pfeift, und in meiner steckte eine Maultrommel. Als wir die Instrumente herausfischten, war wieder ein großes Vergnügen. Der Pater Hillbrenner sagte, er wundert sich, wieso Maultrommeln in Melonen wachsen, und alle riefen, wir müßten ein Konzert machen. Da haben wir ›Hänschen klein‹ gepfiffen und gemaultrommelt, und Wui-Hung-Wen saß auf einem Sessel mit einer Rückenlehne, und so ist nichts passiert, und . . .«

»Weshalb hast du nicht weitergeschrieben?« fragte Christians Vater, der das Tagebuch vor sich auf den Knien liegen hatte.

»Weil nichts mehr passiert ist«, entschuldigte sich Christian. »Wir sind immerzu gefahren mit Auto und mit Wagen, mit dem Dampfer auf dem Irtisch und mit der Eisenbahn, aber wir waren immer allein, die Leute redeten russisch, und wir hatten keine Bekannten.«

»Gerade wenn nichts passiert, soll man Tagebuch schreiben«, sagte der Vater, »so macht es der Marschall auch. Da du einmal angefangen hast, sollst du nicht gleich aufhören.«

Also schrieb Christian auf das letzte Blatt seines Heftes:

»Gestern abend sind wir in Peking angekommen. Es war Neumond. Meine Eltern waren am Bahnhof, und die Ama mit meiner Schwester im Kinderwagen war auch da. Sie hatte gar keine so gräßliche Angst gehabt, wie ich immer dachte, denn der General Wu war gleich gekommen, als er Peking erobert hatte, und sagte zu ihr, sie soll nicht ängstlich sein, und niemand braucht denken, es passiert was. Von Großer-Tiger kamen nicht bloß die Eltern und der Großvater, sondern alle Onkel, Tanten, Vettern und Basen standen hinter der Sperre. Das kam, weil wir von Mukden aus telegrafierten, wie es uns der Pater Hillbrenner angeschafft hat. War das eine Aufregung! Meine Mutter weinte, und die Ama auch. Der Pudel hat gebellt, und die Menschen erschraken und fragten, ob das ein Hund sei. Großer-Tiger sagte: ›Es ist einer, und er heißt Nochoi.‹ ›Was für ein niedlicher Name!‹ sagte seine Cousine,

›man merkt, daß er von weither kommt.‹ Jetzt schläft er auf einer Matte, die extra für ihn unter dem Vordach liegt, und morgen gehen wir mit ihm spazieren, denn wir müssen einen Platz suchen, wo man Steinewerfen üben kann. Ich weiß schon einen unter der Mauer beim Ha-Ta-Men, wo die Soldaten das Blasen lernen, aber nachmittags sind sie nicht da, und dann üben wir, bis es geht. Die Straßen in der Stadt sind beflaggt, weil wir einen neuen Präsidenten haben, aber er heißt nicht Yang-Tsen-Hsin. Das ist schade, sonst könnten wir ihn oft besuchen, und den General Wui-Hung-Wen auch. Auf meinem Bücherbrett habe ich eine Ausstellung gemacht. Die Silberbarren aus der Schwarzen-Stadt liegen auf einer Seite, die Eßschale des Sunit-Wang steht auf der andern, aber in der Mitte liegt der Dolch meines Bruders Dampignak auf dem Haddak, den er mir geschenkt hat. An der Wand hängt die Maultrommel, und den Ring von Donnerkeil trage ich am Daumen, denn auch er ist ein Bruder von mir, und hoffentlich lebt er noch. Morgen kaufen wir Briefpapier, und dann schreiben wir einen langen Brief an Bator und Siebenstern. Vielleicht kaufe ich auch ein neues Tagebuch.
Der Großvater von Großer-Tiger ist schon alt, und ich wollte, ich hätte auch einen, denn er hat uns den Kopf gestreichelt und gesagt, es sei fördernd, auch in jungen Jahren was zu unternehmen. Großer-Tiger und ich finden, er hat recht.«

»Hammaguä! Man soll Geschriebenem nicht nachlaufen« .
Naja, manchmal vielleicht doch. Ein Nachwort von Ekkehard Faude.

Wer nach Fritz Mühlenweg fragte, 30 Jahre nach seinem Tod, traf neben Ratlosigkeit noch den Rand des schmalen Etiketts »Jugendbuchautor«, eigentlich nur noch assoziiert mit dem bei Herder und dtv stetig verkauften Buch »Großer-Tiger und Christian«. Der Blick ins ältere Handbuch »Kinder- und Jugendliteratur« fand noch einen einzigen Satz unter der Rubrik »völkerkundlich-geographisch orientiertes Abenteuerbuch«; Heinrich Pleticha tat da, als ob ein Hauptwerk namens »Großer-Tiger und Christian« 1963 erschienen sei. Kein Hinweis darauf, daß damals, zwei Jahre nach Mühlenwegs Tod, unter dem neuen Namen nur die um ein starkes Sechstel gekürzte Fassung seines erfolgreichsten Romans vertrieben wurde. Der ist mit seinen ursprünglichen Titeln freilich einer Generation von Leserinnen und Lesern, die heute dem Abenteuer des Alterns näher ist als ihrem Jugendaufbruch, noch mild vertraut.
Sie haben in den 50er Jahren den vollen Text meist in der zweibändigen Ausgabe »Großer-Tiger und Kompaß-Berg« und »Null Uhr fünf in Urumtschi« gelesen, die zu Weihnachten 1950 erstmals erschien, pro Band für DM 5,80; oder in der voluminösen einbändigen Ausgabe unterm Titel »In geheimer Mission durch die Wüste Gobi«, die parallel angeboten wurde. Bis 1963 sind mehr als hunderttausend Exemplare verkauft worden.
Kein Wunder, daß Fritz Mühlenweg einer Nachkriegsgeneration, die das Lesen noch nicht gegen die bequemeren Flimmerbilder im Wohnzimmer tauschen konnte, dann doch wieder zum Begriff werden kann. Wenn sich die versonnen aufsteigenden Erinnerungen an dieses große Buch heute noch mit einem eigentümlichen Augenleuchten einfärben, ist das nicht Folge der Auflagenhöhe. Es kann als Körpersediment einer Qualität des Textes genommen werden, die Mischung aus aufschließender Klugheit und Herzenswärme, die sich auch als entfernte Lektüre hält. Nur ein wenig verschüttet nach all den Jahren, der Zugang zu einer eigenen Welt, die Mühlenwegs Buch unverwechselbar macht. *»Sitzt ihr auch leicht und gut?« – »Keine Besorgnis deswegen!«* und andere Sätze einer exotischen Höflichkeit, Spielformen der zurückhaltenden Annäherung an eine ernstzunehmende Fremde, gibt das Gedächtnis noch frei. Mühlenweg-Begeisterte erkennen sich an Paßworten. Das schaffen nur Klassiker. (Wie »Winnie-the-Pooh« zum Beispiel, dessen inspirierende Wirkung zu spüren ist, von der Erzählart bis zu *Ungemachs* Eyore-Philosophie...)
Jenseits der großen Leserschaft mit ihren Anhänglichkeiten haben einzelne Literaturkenner Fritz Mühlenweg immer wieder gepriesen. Schwebende Fäden einer hochkarätigen, oft abreißenden Geschichtsschreibung, die als Ausschnitte vom Feuilleton der großen Zeitungen in Buchdeckel abgelegt wird, nie eigentlich zu einem Netz geworden für eine nachhaltigere öffentliche Wertschätzung. Sie alle versuchen seine früh erfolgte, zu enge Verortung als Jugendbuchautor aufzulockern oder rückgängig zu machen. Ein schwieriges Unternehmen in einem Geschäft der Literatur-

bewertung, wo im nationalen Rahmen schon die Einkästelung ins Marketing-Segment Jugendliteratur in den Lektoraten beginnt und von der starren Regalordnung der Buchhandlungen bestätigt wird; und wo im internationalen Bereich eine Dichterin wie *Astrid Lindgren* den Kriterien des Nobelpreises nicht genügen kann.

Hartmut von Hentig hat im Herbst 1990 für die Frankfurter Anthologie der FAZ Fritz Mühlenwegs Gedicht »Sehnsucht« ausgewählt. Eine von 39 Nachdichtungen aus der klassischen chinesischen Gedichtsammlung Schi-King, die er mehr als vierzig Jahre zuvor in Mühlenwegs erstem Buch, dem schmalen Band *»Tausendjähriger Bambus«*, kennengelernt hatte. Hentig wußte, wie unbekannt Mühlenweg geworden war, und machte den Autor mit dem Hinweis kenntlich, daß er »1927 mit Sven Hedin durch die Wüste gezogen ist und daraus später zwei der schönsten Abenteuerromane der Weltliteratur gemacht hat«. (Gemeint ist, neben unserem Buch hier, der Roman »Fremde auf dem Pfad der Nachdenklichkeit«.)

Jahre zuvor, 1979, meditierte *Bernhard Heimrich* in einer Serie der FAZ (»Erinnerung an mein erstes Lieblingsbuch«) über seine bereits ein Vierteljahrhundert zurückliegenden Leseerinnerungen, zuletzt auch über die »tückische Traurigkeit«, die das Buch zurückließ. »Uns Fremdlingen erscheint diese dunkle Sprache wie die Erzählweise ursprünglicher, kindlicher Ernsthaftigkeit. Sie läßt mit Geschick in der Schwebe, ob hier eigentlich die Kinder die Erwachsenen abgeben sollen oder umgekehrt – ein Geschick, das natürlich auch als unmongolische Ironie verstanden werden kann.«

Das verworrene Echo seines Könnens ist schon in seinem Werk begründet. Was Fritz Mühlenwegs literarischer Ruhm hätte werden können, begann mit Übertragungen aus einer sehr entfernten Sprache: 1946 erschien bei Dulk in Hamburg sein »Tausendjähriger Bambus«. *»Diese Gedichte sind die Früchte meines sechsjährigen Postenstehens bei Tag und Nacht. So war die Zeit nicht ganz vertan«*, schrieb er im Mai 1947 an den Arzt *David Hummel* in Schweden und meinte damit seine Dienstverpflichtung zum Zoll, die er meistenteils in Meersburg am Bodenseeufer absolviert hatte. Ein Kunstmaler im fünften Lebensjahrzehnt, nicht mehr vom Krieg an der Front gefährdet wie 1917/18, aber ferngehalten vom Malen und dem Alltagsleben mit Frau und Kindern in Allensbach, überträgt aus einer englisch-chinesischen Ausgabe jahrtausendealte Gedichte und tröstet sich mit den selbstgeschaffenen Sprachgedanken von ganz eigener Prägung. (Das Echo klingt noch im Roman: *»Dann waren sie still. Über den Rasenplatz wehte der Nachtwind, die Gräser blinkten im Mondlicht, und Glück bat leise ›Sagt mir noch einmal das Gedicht vom Prinzen Tschao, damit ich es lerne und eine Erinnerung an euch habe.‹«* Nicht nur an dieser Stelle auf Seite 753 leiht sich der Soldat Glück Mühlenwegs eigene Stimme.)

Er hatte das Bändchen Jahre zuvor von einem chinesischen Studenten erhalten, der 1931 an der letzten Gobi-Expedition teilgenommen hatte und an den Bodensee auch noch schrieb, als er in Maos Volksrepublik als

Professor lehrte. Über die Nachdichtungen, eher aus dem Englischen, aber mit beharrlichen Versuchen, der schwierigen klassischen Sprachstufe der Gedichte gerecht zu werden, hielt der Grenzschützer Mühlenweg Zwiesprache mit einer älteren Zeit; (am Nachthimmel der Widerschein vom bombardierten Friedrichshafen her). Nicht nur mit Liebe und Bedrängnis in den Texten dieser zeitübergreifenden Dichtung, nicht nur mit Zeugnissen einer klassischen Gegenwelt zu den Erbärmlichkeiten des abtrudelnden »Tausendjährigen Reichs«. Vor allem wohl waren es Wiederbelebungen seiner eigenen Erfahrungen im fernen Asien.

Mühlenweg schrieb seinem schwedischen Freund Hummel, der zwanzig Jahre zuvor dabei gewesen war, nichts von der rühmenden Rezension, die *Bruno Snell* am 10. Oktober 1946 in der »Zeit« veröffentlicht hatte. Der bedeutende Philologe hatte die sprachlich anverwandelnde Kraft dieses Erstlings unverhohlen gerühmt: »...und immer wieder hat der Übersetzer das Wunder vollbracht, daß in leichten und doch nie aufdringlichen Reimen in einer selbstverständlichen und doch erfüllten Sprache vollendete deutsche Gedichte entstanden sind.« Mühlenweg schrieb ausführlich von den Zeitumständen. Auch am kriegsheilen Seeufer waren sie hart genug. Im November 1947 hat der Mann neun Ster Holz geschlagen (um drei davon selbst zu bekommen), Kohlen gibt es schon lange nicht mehr, der Ofen ist kaputt, die Familie – das sind vor allem die drei Töchter und drei Söhne im Alter von 3, 6, 8, 10, 12 und 13 Jahren – sitzt im Atelier der Frau um ein Eisenöfchen. Es ist *Elisabeth Mühlenweg*, die mit ihren gut verkäuflichen religiösen Bildern und den Illustrationsaufträgen die Familie ernährt; (und schneidert; und kocht: eine im Bekanntenkreis gerühmte Hausfrau). Fritz Mühlenweg, dessen Ölbilder der einsamen Landschaften und surrealischen Mythologien kaum verkäuflich sind und der schon über einen Auftrag der Bäckersfrau (»Blumenstilleben«) froh sein muß, schreibt im Getümmel, *»ein Brett auf den Knien«*. (Vielleicht skizziert er schon die Erzählung Naidangs vom uralten Bambus, auf dem die Botschaft vom Untergang der Stadt Edsina überliefert wurde?)

Die Erleichterung über das Ende der Hitlerzeit braucht er nicht mitzuteilen, der schwedische Freund weiß, daß er schon den aufsteigenden Hitler vor 1930 verachtete. Ins Allensbacher Haus waren die Führertiraden und die Fanfaren der Sondermeldungen nicht gedrungen *(»wir besitzen keinen Radioapparat und wir haben auch nie einen haben wollen, denn die Politik interessiert uns nicht«).*

Die markanteste Freundschaft verband die Familie Mühlenweg seit den späten 30er Jahren mit der Familie Dix, die im nicht so fernen Hemmenhofen den Abstand zur Reichskulturkammer hielt. Die beiden Männer, die zuweilen Malerausflüge am See machten, teilten die gleiche künstlerische und politische Abwehr, die *Otto Dix* 1938 in einem seiner kurzen Briefe an Fritz Mühlenweg auf die grimmige Formel brachte: »Bleiben wir also die Alten. Es lebe die Entartung!«

1947 schreibt Mühlenweg seine längeren Briefe auch an *Sven Hedin* und die Kameraden der Expedition, zu denen er den Kontakt fast verloren

hatte; mit ihnen verbindet ihn die Einsicht, *»daß wir zu spät erkannt haben, welch herrliche Zeit wir dort verbringen durften«.*
Dort: Das war vor allem die innere Mongolei, Grasland und Steinwüste der Gobi, in den Jahren zwischen 1927 und 1932. Das »zu spät« spielt auf Politisches und die eigene Biographie an. Die Mongolei, die sie noch kennengelernt hatten, war in den 30er und 40er Jahren fast untergegangen, in Zerstörung und Tod, im Gefolge von chinesischer und russischer Großmachtpolitik und der Expansion des japanischen Faschismus. Die Lebensläufe der Expeditionsteilnehmer andererseits hatten sich verfestigt: Aus den Abenteurern, die dem krisengeschüttelten Europa der 20er Jahre entkommen wollten, waren Familienväter geworden, deren Erinnerung an die Erlebnisse zwischen Sattel und Zelt allmählich den Dreck, die Mühen, die Psychokrämpfe und die zermürbende Langeweile der Expedition ausgefiltert hatten. Der Duft der Lagerfeuer wehte blau in die Nachkriegsmisere der alten Karawanenmänner herüber.

Es hätte für Fritz Mühlenweg bei diesem einen Gedichtband bleiben können. Er wäre dann der Maler geblieben, dessen Bilder am Bodensee in privaten Sammlungen verschwanden (und seither an Wert gewannen), ein Mann im wüstenfarbenen Cordanzug, der eine ungewöhnliche, zierliche Tasche am Schulterriemen trug. Von dem die Schulfreunde der Oberrealschule in Konstanz noch wußten, daß er im Ersten Weltkrieg Drogist gelernt hatte, im fernen Bielefeld. (Von dort war sein Vater einst hergekommen, ein westfälischer Drogist der Oetker-Generation, der die Tochter seines Konstanzer Chefs geheiratet und die florierende Drogerie Kornbeck mit ihr zusammen geschickt weitergebracht hatte.)
Der ehemalige Drogist Fritz Mühlenweg, der sieben Jahre in seinem Beruf tüchtig gearbeitet hatte, im Mannheimer Großhandel und zuletzt, nach dem Tod des Vaters, im eigenen Geschäft in der engen Kanzleistraße neben dem Rathaus. Bis der 28jährige abrupt vom Bodensee fortging, Mutter und Schwester mit der Drogerie allein ließ, zur jungen »Luft Hansa« nach Berlin; und der von dort auf geheimnisvolle Weise gleich nach Ostasien reiste. Die Daheimgebliebenen konnten sich bald Zeitungsberichte über die Expedition vorlesen, in denen Mühlenweg von seinem berühmten Chef *Sven Hedin* mit hoher Wertschätzung erwähnt war.
In Allensbach, wo er von 1934 an mit seiner österreichischen Frau wohnte, wußte man, daß sich die beiden auf der Wiener Akademie kennengelernt hatten. Der 35jährige mit Wüstenerfahrung, der schon auf die erste Expedition 1927 Ölfarben mitgenommen und auf dem Berg Abder (jaja, oben S. 109, 296) ein beglückendes künstlerisches Initiationserlebnis hatte, war im Herbst 1932 von Professor *Andri* ohne weiteres in die Meisterklasse aufgenommen worden. (Er hielt die Mühen der Ebene freilich kein Jahr aus, das akademische Lernen war unerträglich, und die trauerkranken Kamele und Bergadler im Wiener Zoo füllte er mit seinen Erinnerungen an Gobisterne und Karawanenglocken zum pathetischen Gleichnis.) Die 25jährige *Elisabeth Kopriva* ihrerseits hatte ihr Malerstudium soeben mit

Bravour zu Ende geführt. Die beiden wurden in der Konstanzer Gegend ein vielfach bewundertes Ehepaar, in ihrer je eigenen Stärke so ungewöhnlich, daß der Malerfreund *Sepp Biehler* von der Westfront im selben Briefkuvert für beide getrennt schrieb.

Als Fritz Mühlenweg zu schreiben begann, blieb es doch nicht beim Gedichtband. Wie der Drogist und Abenteurer übers unentschlossene dritte Lebensjahrzehnt hinaus den Maler in sich hatte wachsen lassen, so regte sich auch der Erzähler länger schon. Das Allensbacher Haus stand am äußeren Rand einer Welt, die noch nicht per Knopfdruck vom Sprachlärmfilz ausgelegt werden konnte. Man machte eigenes Programm, täglich neu. Die Mühlenwegs lebten eine Familienkultur, die sich aus der Produktivität der Eheleute entwickelte und bald auch auf die Kinder bezogen war. Selbstgemachte Bilderbücher zuerst, die im Freundeskreis gezeigt wurden. Da der Frau das Zeichnerische mehr lag als ihm, übernahm er den Textpart umso lieber. Der gefeierte Jugendbuchautor hat später gern betont, wo sein Erzählen den Sitz im Leben zuerst nahm: in der Frage seiner Kinder (»Papa, erzähl uns doch was«). Unter den Zuhörern von Anfang an also vier Frauen; davon wollte das sexistische Buchmarketing der Adenauerzeit dann nichts mehr wissen, als es mit dem Abenteuerbuch nur noch »den echten Jungen« anpeilte...

Es gab aber noch eine andere Hälfte der Wahrheit. Er wollte veröffentlichen und dazuverdienen. Erste Versuche mit asiatischen Erzählstoffen waren in den 30er Jahren erfolglos geblieben. Der Blitzstart seines Gedichtbands – 5000 Exemplare waren rasch verkauft – wirkte auf den fast Fünfzigjährigen wie eine Befreiung. Zunächst in die falsche Richtung, wie bei so manchen Produktiven, die sich aufeinmal alles zutrauen: Er schrieb, wieder an chinesische Stoffe anknüpfend, ein Theaterstück (»Piän Ki«), das im Dezember 1947 angenommen (und nie aufgeführt...) wurde.

Ende 1948 bestellt der Herausgeber beim Südverlag für die Zeitschrift »Die Erzählung« eine Kurzgeschichte bei Mühlenweg. Dieser gute Zufall bringt sein Erzählen auf soziologischen Grund: Mit *Ludwig Emanuel Reindl* war aus dem zerbombten Berlin ein Mann von großstädtischem Horizont und wachsamer Neugier gekommen. Ein Glücksfall im ansonsten katholisch-verhockten Konstanz, zudem am neu gegründeten »Südkurier«; und in jener kurzen Aufschwungzeit, da das unzerstörte Theater *Hans Hilpert* angelockt hatte. (*Max Frisch* ist damals mit *Brecht* vom nahen Zürich per Auto angereist. Wenn die Mühlenwegs ins Konstanzer Theater gingen, waren das aber 16 km Nachtmarsch heimwärts.)

Reindl hat gern Unbekannte gefördert, mit dem Bonus einer oft blumigen Kulturbegeisterung. Aus dieser Kurzgeschichte ist, so wird aus der Verlagskorrespondenz deutlich, der Roman gewachsen. Also doch auch ein Text für Erwachsene , der aus den familiären Erzählungen gewachsen war und nun eine eigene Richtung nahm. Mit Bleistift in alte Kontorbücher geschrieben, seine zierliche flüssige Schrift, wenigstens eineinhalb Jahre lang. Und um sich im engen Haus die ganz anders laufende Schrift der

Füße: zu den sechs Kindern waren noch zwei Flüchtlinge aus der Verwandtschaft gekommen.
Dem Werkprozeß nachzuspüren, mit dem er seiner Erzählerphantasie aufhalf, wäre eine hübsche Aufgabe für ein Dechiffriersyndikat jenseits von Bargfeld. Seine literarischen Lektüren hielt er bedeckt, das paßte auch besser zum Bild eines spätstartenden Originalgenies. Mit vergleichbarer Bescheidenheit konnte der chemisch versierte Drogist den Roman-Bösen durch ein selbstverschuldetes Explosionsunglück hinrichten: eine geniale Lösung, sodaß seine Botschaft von der lebensvergeudenden Dämonie der Rache nicht durch einen Mord geschwächt wurde.
Er war von seinen Expeditions-Erfahrungen bildkräftigend weit entfernt und konnte sie durch exquisite Quellen auffrischen. Es gab die Briefe noch, die er von seiner ersten Wüstenfahrt nach Hause an die Mutter geschrieben hatte, von der Anreise im kalten Januar 1927 auf der Transsibirischen Eisenbahn nach Peking über den eigentlichen Aufbruch der 300 Kamele im Juli und die Aufteilung in getrennte Karawanen bis hin zur Ankunft in Urumtschi, der Stadt des Gouverneurs Yang, im Februar 1928. Auch sein schmales Expeditionstagebuch war ihm geblieben *(»damit ich später weiß, ob es stürmte oder schneite«,* erklärt Christian) und Hunderte von Fotos, z. T. vom Wüstensand lädiert. Es waren schon mehrere Bücher über die Expedition erschienen, zuerst natürlich Hedins »Auf großer Fahrt durch die Wüste Gobi« (1929).
Was für den Expeditionsleiter Sven Hedin seine mehrmals unterbrochene letzte große Ostasienexpedition von 1927 bis 1934 wurde, hat Mühlenweg ganz anders erlebt. Er war als kaufmännischer Angestellter der »Luft Hansa« in Berlin dabei, die Hedins Vorhaben finanzierte, weil sie an meteorologischen Beobachtungen aus der Gobi interessiert war. Es ging in dieser streng geheimen Sache um die Vorbereitung einer direkten Luftlinie Berlin–Peking. (Im Dezember 1931 war Mühlenweg dann Zeuge einer ersten Zwischenlandung am mongolischen Fluß Edsingol. Die Maschine der »Eurasia« brachte sogar einen Weihnachtsbaum mit.)
1927 war dieses geheime Vorhaben ein Politikum für das von den Versailler Mächten wirtschaftlich kontrollierte Deutschland; die ersten Flugkontakte ostwärts liefen, im gleichen stillen Einvernehmen wie bei der Reichswehr, über den jungen Sowjetstaat. Die ungute wilhelminische Besatzer-Vergangenheit in China andererseits war noch unvergessen, es gab noch antideutsche Animositäten, mit denen Hedin zu kämpfen hatte. Geheimsache auch von China aus: Auch nach Versailles hielten die Siegermächte in mieser alter Kolonialmanier das national erwachte Riesenreich nieder, das seine Dynastie davongejagt hatte, von Machtkämpfen regionaler Militärs erschüttert war und sich zu wehren begann.
Der gelernte Kaufmann Mühlenweg organisierte 13 Monate lang die Verpackung von 40 Tonnen Material, verwaltete mehrere Zentner mexikanischer Silberdollars, buchte Löhne und Ausgaben und wurde über seine exakten und weitsichtigen Berichte der Vertrauensmann der Hansa in Berlin. Auch in der Männerrunde der Expedition erwarb sich dieser

Jüngste rasch allseitige Wertschätzung. Er hatte nicht nur von seiner tollkühnen Flucht aus französischer Kriegsgefangenschaft zu erzählen; bei einem Kamelaufstand ritt er beherzt und ausdauernd ins Gewühl. Ein humorvoller Mann, der riskante Bergtouren liebte, mit seinen Skiern den Säntis durch Sanddünen ersetzte und bei Schneestürmen eher jauchzte als klagte. Was ihn am stärksten unterschied, war eine grenzüberschreitende Wißbegier, die sich den mongolischen Karawanenmännern zuwandte. Das Wörterbuch, das Christian unter Siebensterns strenger Anleitung führt, hat Mühlenweg selbst sofort begonnen.
Mit *Sven Hedin* war er keine neun Monate zusammen; das hat genügt, um den polyglotten, permanent schreibenden und zeichnenden Schweden als Vorbild für eigene Lebensentwürfe aufzunehmen. Es hat aber auch für eine heftige Ablehnung gereicht, die bei den deutschen Expeditionsteilnehmern generell aufkam. Der ausdauernd optimistische Selbstinszenierer, zudem ein Nachtmensch, war eine Strapaze für seine Zuhörer und enttäuschte seine Verehrer durch unerwartete Sprunghaftigkeit. Als dann die Daheimgebliebenen Hedins fortlaufend publizierte Zeitungsberichte mitschickten – der Schwede lebte als freier Autor und vermarktete seine Reiseschriftstellerei über eine amerikanische Agentur –, erkannten sie in seinen romantisierenden Skizzen die Mühen und Fehlschläge der Fahrt nicht wieder. *(»Überhaupt nehmt Ihr unsere ganze glorreiche Expedition und das pittoreske Karlchen für viel zu wichtig. Wie gerne würde auch ich zu ihm als einem grossen Mann und Führer aufschauen aber er ist es wirklich nicht, doch das kann man Euch in Deutschland ja nicht glaubhaft machen.«* Klare Worte aus Urumtschi nach Konstanz, im März 1928)
Es ist aber schwer sich gegen einen lebenden Mythos zu wehren. Im konservativen Deutschland war Hedin seit gut 30 Jahren der politisch gefeierte Weltheld. Der Ostasienforscher, tollkühner Bezwinger der Wüsten und des tibetischen Hochlands, war schon mit der Machtelite des Kaiserreichs befreundet gewesen und hatte als Kriegsberichterstatter ein glühend deutschfreundliches Durchhaltebuch geschrieben. Ein Erfüller von Männerphantasien, der vom deutschen Markt lebte. Bei Brockhaus wurden seine lockeren Texte zu Büchern gemacht und vertrieben.
Als Mühlenweg Sven Hedin bei seiner zweiten Reise wiedertraf, nur einen Tag lang, hatten beide einen Dissens beizulegen: Er war im Auftrag der Luft Hansa mit einem Sonderauftrag nach Asien geschickt worden, weil es auf der zwei Jahre zuvor am Edsingol eingerichteten Wetterbeobachtungs-Station zu Mord und Selbstmord gekommen war und er den dort verbliebenen Deutschen herausholen sollte. Hedin hielt die Aktion der Luft Hansa für überflüssig, fürchtete wohl auch die negative Publicity. (Von den zahlreichen Todesopfern seiner Expeditionen war nie viel die Rede.) Während der vier Monate, die Mühlenweg im Winter 1929/30 fern von Berlin verbrachte, sah er mongolisches Gebiet nur eine Woche.
Am bedeutendsten für seine Mongolei-Erfahrungen wurde die letzte Reise. Sie dauerte fast eineinhalb Jahre, und vom März 1931 bis zum Frühjahr 1932 war er mit dem deutschen Meteorologen *Haude* auf Wetter-

beobachtung in der mongolischen Gobi. Wie schon 1927 war *Märin* wieder dabei, der gewitzte Mongole aus unserem Buch, und die meiste Zeit blieben sie am Edsingol. Viel enervierend öde Meßarbeit. Viel Zeit aber auch für Gespräche mit den Mongolen, ein überwiegend freundschaftlicher Austausch. Auch aus den kurzen Streiks seiner Expeditionsarbeiter hat Mühlenweg gelernt. Der im geselligen Leben erfahrene Europäer, der selbst am Edsingol die Vereinsnachrichten des Konstanzer Ruderklubs weiterlas, erkundigte sich nach Festen, Familienleben, Tierhaltung, Kalenderphilosophie und der Zurückdrängung der Mongolen durch Chinesen und Russen. Und er mußte sich seinerseits fragen lassen, was er denn dauernd so viel aufschreibe, warum er denn immer noch nicht verheiratet sei und wie man fern der Mongolei überhaupt leben könne.
Der Respekt vor eigenwüchsigen Lebensformen und die Aufgeschlossenheit für fremde Denkart, noch wo sie der mitgebrachten Prägung komisch vorkam, ist diesem Süddeutschen von den Mongolen mitgeteilt worden und bleibt die starke Botschaft seiner Erzählung. In politischer Hinsicht ist das keine Selbstverständlichkeit: Mühlenweg hätte sich vom rassistischen Männerdenken der Expeditionsteilnehmer leicht einfärben lassen können, es waren Freikorpsleute und frühe Nazis mit Hakenkreuzfahne dabei. Und als er jetzt sein Buch in den endvierziger Jahren langsam schrieb, mußte er eine andere ideologische Verhärtung abwehren.
Genau besehen also: Wenn Mühlenweg zur Beglaubigung seines Stoffs die Dauer seines Aufenthalts mit »1927/31« angab, meinte der zahlengenaue Kaufmann die beiden Jahre seiner eigentlichen Mongoleizeit; er erhob freilich *(»Man muß der Wahrheit stets auf die Beine helfen, das weiß jeder«*, sagte Glück) keinen Einspruch, wenn der Trennstrich bei begeisterten Rezensenten später die verlängernde Richtung nahm: »1927-31«.
Noch andere Strategien, seinen phantasievoll angewachsenen Erzählstoff mit historischer Glaubwürdigkeit zu versehen, kamen vom Autor. Sie waren auf einen Markt bezogen, den das Buch im Sommer 1950 auf einmal ansteuern mußte.

Denn Mühlenwegs Versuche, das Manuskript in einem Erwachsenen-Programm unterzubringen, waren hochrangig gescheitert. Im Juli 1950 kam der letzte Absagebrief von *Rowohlt*, der den Stoff doch eher der Jugendliteratur zuordnete. Rowohlt, der mit den Rotationsdrucken der markanteste Verlag der westdeutschen Republik geworden war, der so Neutöner wie Wolfgang Borchert und Arno Schmidt entdeckte. Es dürfte aber eher ein Buch des absagenden Cheflektors *Kurt W. Marek (Ceram)* gewesen sein, das den Allensbacher zur Anfrage überhaupt bewogen hatte: Seit Ende 1949 hatte Cerams »Götter, Gräber und Gelehrte« seine Seller-Karierre im Rowohlt-Programm begonnen. War das nicht auch ein für Jugendliche und Erwachsene gleichzeitig lesbares Buch beglaubigter Geschichte, wie er es vorhatte?
Mühlenweg war dann, ungeduldig, mit dem Manuskriptpacken unterwegs nach Hamburg, zu seinem Verlegerfreund Hans Dulk. *»Es ist eine*

Räubergeschichte für das Alter von 12 bis 70 Jahren«, hatte er ihm im Mai geschrieben. Er suchte also, als die letzten beiden Kapitel noch fehlten, immer noch keinen Jugendbuchverleger. Auf der Fahrt machte er Station bei Herder in Freiburg, um Illustrationen seiner Frau abzuliefern. An den traditionsreichen, aber katholisch geprägten Herder-Verlag hatte der kirchenferne Protestant selbst nie gedacht. Seine Geschichte war so fern jeder christlichen Mythologie wie, sagen wir, die Gesänge Ossians. Religiosität kommt darin als gelebte Scheu der Mongolen im Naturbereich vor, die nur ein Menschenfeind wie Grünmantel verächtlich machen konnte. Der streng religiöse Mohammedaner Kasim wird deutlich positiver als seine rituell laschen Landsleute gezeichnet. Und sein eigentliches Ideal religiöser Toleranz läßt er Glück aus den Trümmern der Stadt Edsina lesen: *»Also dieser Fürst war ein verständiger Mann, wie mir scheint. Er baute für die Rechtgläubigen eine Moschee, für die Mongolen Tempel und Tschorten, und alle lebten in der Ordnung, die Himmel und Erde vorschreiben.«* Mühlenweg war für eine Ordnung wechselseitigen Respekts, längst bevor die multikulturellen Waschfarben aufkamen.

Es soll eine Frage auf der Treppe des bombengeschädigten Herder-Verlags gewesen sein, schon beim Abschied, die dem Paket unterm Arm des Kunstmalers Mühlenweg galt. Der Lektor *Theo Rombach* erbat sich das unfertige Manuskript bis zum nächsten Tag und erkannte in nachtfressender Lektüre die Macht dieses Textes. Traumstunde eines Lektors.

Herder war, nach den Ausdünnungen der Hitlerzeit, unter anderem am Aufbau einer Jugendbibliothek, und der umsichtige Rombach suchte nach literarischen Stoffen. Er rang seinem Chef am nächsten frühen Morgen das Placet ab und machte dem Autor klar, wieviel besser es für ihn sei, wenn sein Buch bei Herder erschiene. Ein großer Verlag, mit mächtigen Verbindungen zur katholischen Presse und einem Programm, das der Sortimentsbuchhandel kannte. Der Autor sah das ein und war über den Verlagsvertrag im Juni froh. Die eilig geschriebenenen Schlußkapitel richten sich auf die nun festgelegte jugendliche Leserschaft.

Es war wohl diese Festlegung, die Mühlenweg selbst einen pseudohistorischen Rahmen fester zurren ließ. Noch in der Drucklegung hat er eine Mongoleikarte gewünscht, die den »Reiseweg von Christian und Großer-Tiger« durch die Wüste Gobi nachzeichnete. Sie ist vor allem seiner Fahrt des Jahrs 1931 nachgebildet, wie er sich überhaupt für die ersten Stationen des Buchs von den geographischen Einträgen des Expeditionstagebuchs leiten ließ. Wem die Mühen der Bergstraße im 12. Kapitel nicht anschaulich genug sind, könnte also ihr Vorbild, den Aufstieg am 4. März 1931 von »Silberdorf« aus, mit 540 Metern Unterschied exakt ausrechnen, mit Mühlenwegschen Zahlen, und kann auch ein Schneetreiben als historisch buchen. Aber was soll das? Bleibt uns nicht viel eindrücklicher die erfundene Raufszene, die sich gleichzeitig abspielt und in der drei Jungen aus Argwohn und Kampf zu einem Freundschaftsbund finden, weil sie Schwächere gegen einen Verfolger schützen wollen? (*»Es ist mühsam, einen mächtigen Gegner zu überwinden, aber es ist nicht unmöglich.«* S. 80)

Mühlenweg hat auch eine Vorbemerkung geschrieben »Für alle die es genau wissen wollen«: *»Im Frühjahr 1922 eroberte der General Wu-Pei-Fu Peking. Es war die Zeit der Bürger- und Generalskriege, der erfolgreichen Räuberhauptleute und der ohnmächtigen Staatspräsidenten. Damals gab es eine Menge hervorragende, aber auch einige unerfreuliche Zeitgenossen, die so, wie sie nun einmal waren, in dieser Erzählung auftreten. Viele von ihnen hat der Verfasser kennengelernt, und mit Naidang hat er das Neujahrsfest 1931/32 gefeiert. Von ihm und Siebenstern erfuhr er das meiste dieser Geschichte, und dafür ist er ihnen Dank schuldig.«* Der gewitzte Autor wußte, daß die vagen Sätze über die Bürgerkriegssituation im China der 20er Jahre reichten; sie hätten ihm auch für die Weimarer Republik genügt, Räuberhauptleute und ohnmächtige Staatspräsidenten gab es auch in Europa genug.
Er hat seinem Buch den Mantel des Historischen mit der gleichen Lockerheit umgelegt, mit der er sich in eine veritable Kostümierung begab: Im Herder-Gebäude posierte er in einer mongolischen Verkleidung, die eilig aus einem nahen Museum ausgeliehen wurde. Für Jahre prangte dieses Autorenfoto auf zigtausend Werbezetteln für seine zahlreichen Lesereisen. Er hatte zuhaus noch die Fotos seiner wirklichen Mongolenzeit. Vom Outfit jenes soldatisch-flotten Westlers in Lederjacke, Krawatte und Knobelbechern (1927) oder des Hippiemähnigen (1932) war seine Verkleidung für die Jugenbuch-PR-Maschine so weit entfernt wie ein drapiertes mongolisches Museumsstück vom Ambiente eines verdreckten Lamatempels in der Steppe. Vom Herder-Foto blickt einer so klar und ernst und wetterknittrig unter der Pelzkappe ins Ferne, daß man die Erwartungen der jugendlichen Nachkriegsleser an Trapper, Winnetou & andere letzte Mohikaner voll knirschen hört. Um den Hals eine Schmuckkette, die gebieterisch aufgestützte Rechte schaut schwerberingt unter einer Schafwollmanschette hervor. Mühlenweg hat es, so zeigt das Bild, geschafft, wenigstens für die Minuten der Aufnahme ernst zu bleiben. Er konnte sich das Kostümspiel leisten. Sein literarischer Stil beweist ganz unauffällig, wo er nicht Staffage betrieb. Keiner, der sich vom Schreibtisch aus die Requisiten des Abenteuers schaffte; wenn Mühlenweg seine Helden einen mongolischen Fluß durchreiten läßt, ist klar: da weiß einer, wie man einen Falben mit straff gezogenen Zügeln in ein kaltes Wasser treibt.

Wer es »genau wissen wollte«, müßte im nachhinein einen Horizont chinesischer und mongolischer Geschichte aufreißen, den die Teilnehmer der Hedin-Expedition nie erfahren haben, weil sie die wenigen verstreuten Nachrichten nur durch die Brille westlicher Kolonialmächte sahen. Was die Europäer im Frühjahr 1927 als schwer verständliche Verzögerung ihres Aufbruchs in die Wüste erlebten, hing mit Arbeiteraufständen in Nanking und Schanghai zusammen, bei denen der neue starke Mann Tschiang Kai-schek tausend Streikteilnehmer erschießen ließ, die ihm zuvor von ausländischen Polizeitruppen überstellt worden waren. Daß der General in eben jenen Wochen ein Regime der Konterrevolution einrichtete, drang nicht zu den Gobi-Reisenden.

Es hat wenig Sinn, Mühlenweg auf seinen künstlichen historischen Rahmen festzulegen, um ihn von dort zu entmythisieren. Der »alte Gebieter« Yang, der 1928 bei einem von sowjetkommunistischen Kreisen ausgehenden Attentat ums Leben kam, war nicht der philosophische ältere Herr unserer Schlußkapitel. Und den so freundlich geschilderten General Wu-Pei-Fu werden wir kaum mit jenem chinesischen »warlord« zusammenbringen, der im Jahr 1921 zum Beispiel unter einer gewerkschaftlichen Delegiertenversammlung ein Massaker angerichtet hat. Die Erzählung bleibt auf einer anderen Ebene historisch vertrauenswürdig.
Mühlenweg hat soziologisches Wissen in Personen anschaulich werden lassen. Ein Wissen aus erster Hand, denn der beharrliche Sprachenlerner konnte im Gegensatz zu den meisten Asienreisenden sich mit den Mongolen unterhalten. So hat er in der Person *Hagelkorns* jenen Prozeß der unheimlich fortschreitenden Landnahme durch chinesische Siedler abgebildet, die von den mongolischen Nomaden erst gastfreundlich geduldet wurden und diese dann immer weiter aus ihrem Grasland wegdrängten, an die Ränder der unwirtlichen Wüste. Und in der Figur *Grünmantels* wird die unheilvolle Rolle chinesischer Händler begreiflich, die in Komplizenschaft mit bestechlichen Richtern arglose Kamelzüchter wie *Dogolon* betrogen und auch zur Verarmung und zum Unglück mongolischer Adliger wie *Dampignak* beitrugen. Der edle Hoschot, eine historische Figur, war nicht der einzige, der in eine Freischärler-Existenz absteigen mußte. Wieviel spezielle und nur ihm zugängliche mündliche Tradition über die Lebensumstände Dampignaks Mühlenweg verarbeiten konnte, hat Spezialisten schon interessiert; beantwortbar wird die Frage wohl erst, wenn die chinesischen Archive ihr Material über die unterdrückte mongolische Geschichte nicht mehr verschließen.
(Bis dahin, Freunde aus dem Dechiffriersyndikat, gibt es viel Publiziertes zu lesen, und wir nähern uns dem Motiv der »edlen Räuber« vielleicht auch einmal durch die Lektüre eines chinesischen Klassikers: »Die Räuber vom Liang Schan Moor«... Wir wollen vor allem aber über unseren historiographischen Klügeleien nicht die Erinnerung an Erlebnisse ganz anderer Authentizität vergessen, die Mühlenwegs Meisterschaft uns beim Lesen vermittelt hat und die dem Buch noch lange den Horizont offenhält: indem er Dampignak in einer Tragik beläßt, die alle trivialen Deutungsansprüche abweist und deren Geheimnis von dem jungen Erwachsenen Christian wie eine Initiation akzeptiert wird: *»Ihm wurde das Herz schwer, denn zum erstenmal ahnte er die dunklen Gewalten, die den Menschen unempfindlich machen gegen fremdes Leid.«*)

Eine ganz andere und für die Marketingstrategie des Verlags überragend wirksame Absicherung des Romanstoffs brachte Mühlenwegs Idee, dem Buch ein *Vorwort von Sven Hedin* voranzustellen. (Möglicherweise hat er so versucht, eine Vereinnahmung in den abendländischen Fundamentalismus abzuwehren: Ein edel gedrucktes Werbeblatt bei Herder begann mit dem Satz: »Die jüngsten Ereignisse im Fernen Osten haben unseren

Blick mehr denn je auf die christliche Mission im Osten gelenkt.«) Hedins Vorwort aber wurde zum fulminanten Startschuß. Von der Erstauflage bis hin zur gekürzten Ausgabe von 1963 wiederholen die Rezensionen brav den großen Namen *(»kein Geringerer als Sven Hedin«)* als Beglaubigung. Damit gelang im Jugendmarkt die Pflege eines Images, das dem seit Generationen bestsellernden Erzfeind, Karl May nämlich, die geographische Erfahrung des Autors voraus hatte.

Mühlenweg war offenbar mit wachsender Entfernung zum erlebten Hedin vom öffentlichen Mythos eingeholt worden. Fünfzehn Jahre zuvor, hatte er (vergeblich) versucht, den gefeierten Vortragsreisenden zwischen seinen Auftritten in Stuttgart und München nach Konstanz umzuleiten. Seine Glückwünsche zum 80. Geburtstag kamen in Stockholm im Februar 1945 mit 287 Briefen und 972 Telegrammen aus aller Welt zu liegen.

Im nachhinein kann das »Geleitwort« Sven Hedins als eine doppeldeutige Kuriosität erscheinen. Die zweieinhalb Seiten sind für unsere Ausgabe entbehrlich, weil die blumigen Worte, mit denen der 84jährige Schwede *»den Wunsch meines lieben Freundes Fritz Mühlenweg«* nach einigen einleitenden Zeilen erfüllte, nur ein wirkungsvoll krauses Herumreden um einen heißen Brei sein konnte. Der war von den Zwängen der Buchherstellung diktiert: Als Mühlenweg in einem Brief vom 17. August 1950 um ein Vorwort bat, mit dem realistischen Argument: *»Ihr Wort gilt bei der deutschen Jugend«*, las er bereits die ersten Korrekturfahnen. Hedin hat das Manuskript nicht gesehen und ließ sich eine Lektüre auch gern abnehmen. Ihm genügte das folgende abstract des Autors: *»Es schildert die Reise zweier Jungen, eines Deutschen und eines Chinesen, nach Urumtschi. (...) Ich habe in das Buch alles hineingeschrieben, was ich dank der Reisen, die ich mit Ihnen tun durfte, von der Mongolei weiß und durch den Umgang mit Mongolen erfahren habe. Es wird also nicht gelogen.«* Für uns, die wir das chinesische Rezept für höfliche Übertreibung seit S. 472 ebenfalls kennen, klingt das nur *unmerklich* zu stark.

Der kluge Mann vom Bodensee wird sich nicht wenig amüsiert haben, als er im Geleitwort wiederentdeckte, wie der medienerfahrene Schwadroneur die alten Gemeinsamkeiten seinerseits wirkungsvoll übertreibend retournierte *(»während vieljähriger gemeinsamer Wanderungen durch Nordchina, die innere Mongolei, die Wüste Gobi und die Provinz Sinkiang«)*. Es ist aber auch anzunehmen, daß er seltsame Interferenzen hörte bei einem anderen Empfehlungssatz Hedins: *»Gerade deshalb ist es von großem Interesse für alt und jung, an des erfahrenen Führers Hand einen Besuch in das verbotene Land machen zu dürfen.«*

Denn der berühmte Forscher war ein tausendjähriges Reich lang von dessen *Führer* in Privataudienzen hofiert worden. Er hatte im August 1936 im Berliner Olympia-Stadion, nach pressegerechter Begrüßung durch den Führer, eine Rede an die deutsche Jugend gehalten. Und Mühlenweg wußte aus einem kummervollen Brief des Freundes Hummel, der dem greisen Forscher ebenfalls trotz seiner politischen Idiotien treue Verehrung bewahrte, daß dieser den »Führer« auch nach dem schmählichen

Selbstmord im Bunker noch zu den Großen der Weltgeschichte zählte, stur und öffentlich.
Das alles hatte Hedin im Gebiet der Westmächte in den ersten Jahren nach Kriegsende zum verbotenen Autor gemacht; die deutsche Ausgabe seiner trotzigen Hommage an die Mächtigen des 3. Reiches (»Ohne Auftrag in Berlin«) konnte 1949 nur in einem Altnaziverlag in Buenos Aires erscheinen, der auch die Erinnerungen von Hitlers höchstdekoriertem Kampfflieger und von Goebbels' Pressereferenten druckte. Als der Schwede im Sommer 1950 Fritz Mühlenweg als Führer durchs Grasland empfahl, war die kurze Zeit seiner Verfemung aber bereits vorbei: Der Koreakrieg brachte seine eigenen Rehabilitierungen für einen, der nur markant genug immer antikommunistisch gewesen war. Hedins Bücher waren bereits dabei, zum Konfirmationsgeschenk der Adenauerzeit zu werden.
Mühlenwegs Dankbarkeit für die Mongolei-Erfahrung, während der schwierigen Jahre seiner Identitätssuche, verband sich mit der Person Hedins und blieb echt, über alle politischen Unvereinbarkeiten hinaus. Man kann das akzeptieren als eine besondere Fähigkeit, Ambivalenzen zu ertragen, wie es nur einem unabhängigen Typus möglich ist; die acht Jahre jüngere *Hannah Arendt* hat eine vergleichbare persönliche Treue Heidegger gegenüber bewahrt, auch über dessen Hitler-Zeit hinaus.
Was sich Mühlenweg aber bei aller Dankbarkeit nicht gefallen ließ, waren einige Schlußsätze des Reaktionärs Hedin, der auch im Geleitwort die Klaviatur des Kalten Kriegs betätigte und dem Buch eine ungut raunende politische Färbung verpaßt hätte. Hedin machte er die eigenmächtige Kürzung mit einem gesamtdeutschen Argument schmackhaft, das dem merkantil erfahrenen Schriftsteller einleuchten mußte: Das Buch sollte sich nicht vorab den ostdeutschen Markt verschließen. Seinem Lektor begründete er die Zensur so: *»Da mein Buch ohne jede politische Absicht geschrieben wurde, möchte ich auch keine im Vorwort sehen.«*
Ohne jede politische Absicht? Das stimmt für alle Schattierungen von Machtpolitik, die er verachtete. Im Kontext des kalten Kriegs verhielt er sich mit seiner Ideologie-Abstinenz aber durchaus nicht unpolitisch. Er hätte sich leicht mit einem anderen Unabhängigen verständigen können, der gerade ins Bodenseedorf Engelswies gezogen war: *Günther Weisenborn*, der 1949 in einer Rede an der Pariser Sorbonne nicht nur den deutschen Widerstand gegen Hitler zum Thema machte, sondern auch die neuen Schwierigkeiten literarischer Autoren im geteilten Land umriß: *»Angesichts der enormen Erhitzung des öffentlichen Lebens, die durch den Ost-West-Konflikt in Deutschland besteht, wird jeder Satz eines Schriftstellers mit Auslegungen belastet, die manchmal die Öffentlichkeit verwirren und gelegentlich auch den Schriftsteller...«* In diese politisch erhitzte Rezeption wollte sich Mühlenweg nicht durch Hedin ziehen lassen.
Er hatte bald danach aber keinerlei Einfluß auf eine andere Einfärbung im amerikanischen Marketing: *Kurt Wolff*, jaja der große Kurt Wolff, hat den Roman für seinen Pantheon Verlag übernommen, gleich auf einen »wirtschaftlichen Umfang« kürzen lassen und mit dem fürs christliche Kinder-

zimmer akzeptableren Titel »Big Tiger and Christian« angekündigt. Zudem neutralisierte der Werbetext des Verlags, sechs Jahre nach der Niederkämpfung Hitlerdeutschlands, den deutschen Arztsohn aus Peking in einen »white friend« des »Chinese boy Big Tiger« .
Diese erste von acht Übersetzungen kam rasch zu Ehren; und in journalistische Schieflagen. Im Dezember 1952 war in der »Neuen Zeitung« zu lesen: »Als das beste Kinderbuch für 1952 wird von der Saturday Review of Literature die Arbeit des deutschen Verfassers Fritz Mühlen*berg*, ›Big Tiger and Christian‹ gepriesen. Das Buch ist fast 600 Seiten stark und gibt eine anregende Schilderung von Erlebnissen in *Tibet*.«
Der Autor las das, von einer seiner Lesereisen heimkehrend. Fast 20 Veranstaltungen im Weihnachtsgeschäft. Noch im Jahr 1956 hat er in Innsbruck einen Saal mit 900 Zuhörern gefüllt. Eine Erfolgsgeschichte der fünfziger Jahre mit vielen Dimensionen. Umtriebigkeit des Ruhms und der kleine Stachel, nicht zur »richtigen Literatur« gerechnet zu werden. Am 30. März 1955 stand der schmale Mann im Straßenanzug (dunkles Hemd, ohne Krawatte) im Plenarsaal des Braunschweiger Rathauses und nahm den Friedrich-Gerstäcker-Preis entgegen (1000 Mark immerhin, ein großes Brot war damals noch für 90 Pfennige zu haben. Neben ihm im dunklen Anzug mit silbergrauer Krawatte lächelt Max Frisch durch die Hornbrille, Raabe-Preis, 2000 Mark). Mühlenweg wäre ein lohnendes Kapitel Literatursoziologie der Nachkriegszeit; und erst recht ein Thema für eine Literaturkritik, die sich um Einschätzungen nicht einfach schon drückt, weil ein Autor mit traditionellen Masken erzählt; (die leisen Selbstdistanzierungen seiner Schreibart sind mit jenem Blick verknüpft, der die chinesische Mauer vom Mars her ins Auge fassen kann). Er war das Gegenteil eines avantgardistisch ambitionierten Neuerers. Aber das heißt nur, daß er für eine Innovations-Schickeria uninteressant ist. Mühlenweg hat als Erzähler mehr bewirkt als manche Namen, die in literaturgeschichtlichen Aufzählungen fortgeschrieben werden.
Vielleicht hätte er nichts dagegen gehabt, jenem Kreis *»literarischer Escapisten von Format«* zugerechnet zu werden, den *Weisenborn* in seiner Sorbonne-Rede als Produkt der neuen Ideologisierung anwachsen sah. Es gibt aber eine Literatur, die entkommt so ihrer eigenen Zeit. Mühlenweg siedelt seine Handlungen, so sachkundig und verständnisvoll sie in fremden Einzelheiten sind, auf einer Ebene der »politics of experience« an. Seine hohe Kunst der erfundenen Authentizität. Da können Angst und Glück in der Mongolei und die tröstende Stimme des Erzählers mit den ganz anderen Gefährdungen noch viel späterer LeserInnen zusammentreffen. Im besten Fall hat Literatur lebenslange Wirkung: bei immer schon insgeheim erwachsenen Kindern und bei Erwachsenen, die ihre Kindlichkeit nicht frühzeitig vergreisen lassen.
Moritz Heimann hat das in seinem Feuilleton über das Authentische in der Literatur viel besser gesagt: *»Nur eines bleibt als Geheimnis zurück: daß der authentische Teil des Menschen, diese Persönlichkeit, dieses Kaum-noch-etwas und Beinah-nichts, dieser Augenblick im Strom – der ganze Strom der Welt ist.«*

Fremdwörter-Verzeichnis

»Wenn es hundert Worte sind, fangen wir an zu reden,
mit dreihundert unterhalten wir uns.«

Abder	Der Kasten (Name eines Berges)
Amban	Orts-, Bezirksvorsteher
Amorchen beino?	Fühlst du dich leicht? (Mongolischer Gruß)
Amün-Ossu	Süßes-Wasser (Brunnenname)
Argal	Dung der Tiere, dient als Brennmaterial
Belin	Mongolischer Volksstamm
Belin-Wang	König des Belin-Stammes
Bolna	Richtig: So ist es gut.
Bolwo?	Ist es so richtig? Geht es so?
Chara-Choto	Schwarze-Stadt, früher Edsina
Dagan	Mongolischer Fürst. Letzter Einiger aller Stämme
Dalai-Lama	Der oberste Lama, wörtlich: Meer aller Lamas
Dankeskotau	Fußfall mit Stirnaufschlag
Darhad	Berühmte Familie des Ordos-Stammes. Hüter der sterblichen Reste Dschingis-Khans
Daschior	Reitpeitsche (Bambusstock mit Lederriemen)
Derres	Hartes, sehr hohes Steppengras
Diagnose	Bestimmung von Krankheiten
Dondur-Gol	Mittlerer Fluß (Arm des Edsin-Gol)
Dreizehn-Korn-Ernährung	Ungenügende Ernährung
Dschingis-Khan	Mongolischer Eroberer
Dschinilali	General (verballhorntes Wort)
Dschusserä	Mädchenname
Dungane	Mohammedanischer Chinese
Eijen-Tschin	Karawane
Ene ju beino?	Was ist das?
Eßstäbchen	Zwei Stäbchen aus Holz oder Bein
Etsch	Mutter
Fen	Kleinstes Maß, etwa 3 mm
Fuß	Etwa 30 cm
Gegen	Lebender Gott
Gelbe Ziegen	Antilopen
Glacis	Vorfeld vor Befestigungen
Haddak	Blaues, seltener weißes Seidentuch, mit dem ein Geschenk überreicht wird
Hammaguä	Keine Sorge; macht nichts
Herr des Nordens	Schamg-Ti, der Weltenlenker; seine Residenz ist der Nordstern
Hoschot	Mongolischer Volksstamm
Hung-Hu-Tse	Rotbart, soviel wie Räuber

Imperial	Russische Goldmünze der Zarenzeit
Inschallah!	So Gott will!
Ischang	Mantelähnlicher Männerrock
Jabonah!	Los geht's! Reiten wir! (Fröhlicher Zuruf beim Aufbruch
Jama	Ziege
Jirr!	Komm!
Jurte	Mongolisches Rundzelt aus Filzen
Kang	Chinesisches Ofenbett
Kansu	Chinesische Provinz
Kaschgar	Stadt in Ost-Turkestan
Kerulen-Pferde	Pferde aus dem Kerulen-Tal, berühmt durch Pferdezucht
Khabutu-Khasar	Bruder Dschingis-Khans
Ko-Tau	Fußfall
Kou	Hund (chinesisch)
Kulane	Wildesel
Kupferkäsch	Kupfermünze
Kurultai	Gesetzgebende Fürstenversammlung
Kwai, kwai!	Schnell, schnell
Lai. lai. lai!	Komm, komm, komm!
Lama	Priester des Lamaismus, einer Abart des Buddhismus
Lampengras	Docht
Lam-Schowo	Lama-Vogel (Ente)
Land der Außenseite	Alle Länder außerhalb Chinas
Lebender Gott	Lama-Priester, der zu Lebzeiten göttliche Ehren genießt
Li	360 Schritte, etwa 600 m
Lößrawine	Spalte im Lößboden durch Wasser, Wind oder Trockenheit entstanden
Machorka	Grüner Tabak
Margatter	morgen (mongolisch)
Ming-Kaiser	Chin. Herrscherhaus, 1368–1644 n. Chr.
Ming-tien	morgen (chinesisch)
Mongol-Joss	Das mongolische Gesetz
Mullah	Rufer zum Gebet
Nasch jirr!	Komm her!
Nephrit	Schmuckstein
Neungeld	Neun Münzen zum Wahrsagen
Nochoi	Hund (mongolisch)
Nojen	Befehlshaber
Obo	Geschichtetes Steinmal
Orros	Fremder
Orte-Golen-Sum	Lang-Fluß-Kloster
Ossu	Wasser

Sae-Sotjeno?	Sitzt ihr gut? (Mongolischer Gruß beim Eintritt in ein Zelt)
Sallam	Abkürzung für: Salem aleikum! Friede sei mit euch! (arabisch)
Sarte	Einwohner von Ost-Turkestan (Turkmene)
Schara-Mot	Gelbholz
Serpentine	Straßenwindung
Siebenstern	Mädchenname
Southern-sheet	Südliches-Blatt
Sunit	Mongolischer Volksstamm; es gibt: Tschuun-Sunit = Östliche Sunit, und Baron-Sunit = Westliche Sunit
Sunit-Wang	König des Sunit-Stammes
Tinger metne	Der Himmel weiß es!
Torgot	Mongolischer Volksstamm
Torgot-Wang	König des Torgot-Stammes
Tschorte	Pagode, Tempeltürmchen
Tsogar girr dörent sotjena	Alle sitzen in der Jurte
Tung-Fu-Tze	Berühmter General und Freibeuter der Jahrhundertwende
Tupan	Bezeichnung für den Gouverneur der Provinz Sinkiang
Vier-nicht-gleich	Sagenhaftes Tier
Wang	König
Weißer-Stein	Ortsname
Yamen	Kreisamt, Amtsgebäude
Yamenbüttel	Amtsbüttel, Ortspolizei

Alte chinesische Tageseinteilung in zwölf Doppelstunden

11-1 Uhr *Vormittag*	Stunde der Ratte
1-3	Stunde des Ochsen
3-5	Stunde des Tigers
5-7	Stunde des Hasen
7-9	Stunde des Drachen
9-11	Stunde der Schlange
11-1 Uhr *Nachmittag*	Stunde des Pferds
1-3	Stunde des Schafs
3-5	Stunde des Affen
5-7	Stunde des Hahns
7-9	Stunde des Hundes
9-11	Stunde des Ebers

Es gibt keine Hilfe?

Keine Besorgnis deswegen: Haben wir uns gesagt, als im Herbst 1993 die erste Auflage dieses Hauptwerks gedruckt war und damit der dritte Teil unseres Versuchs begann, den Erzähler Fritz Mühlenweg aus dem Kästchen eines halbvergessenen Jugendautors zu holen. Seither wird die Fanpost begeisterter Leserinnen und süchtiger Leser gesammelt, die zum ersten Mal das Leseglück auf den Pfaden der Nachdenklichkeit erfahren haben oder eine alte Leseglückserinnerung auffrischen konnten. Bisher haben uns die zehn- bis 70jährigen geschrieben. **Really.** (Wo bleiben die neunjährigen, wo die 90jährigen?)

Die Wiederentdeckung führte unerwartet bald zu Besprechungen in den einsichtigeren Feuilletons. (Die uneinsichtigeren nennen wir später; bolwo?) Dank für die folgenden Haddaks:

»**Ein deutscher Vorläufer der Reisenden Chatwin und Theroux.** ... Sein erzählerischer Gleichmut schafft ein Fluidum, das erinnert an die Romane von Melville und die frühen Stummfilme von Griffith, an Lévi-Strauss und Michel Serres.«
Fritz Göttler, Süddeutsche Zeitung

»**Ein Kultbuch ohne Kult.** Das ist der erste ernstzunehmende Ersatz für die verschollenen ersten Ausgaben, wahrscheinlich ist er sogar besser als der Ur-Mühlenweg.«
Bernhard Heimrich, Frankfurter Allgemeine Zeitung

»**Ein Glücksfall von einem Erzähler**. .... Am wichtigsten, letzten Endes auch am tiefsten berührend ist jedoch die scheinbar mühelose Vermittlung des Fremden durch einen liebevollen, trockenen, witzigen, niemals deutsch-humorigen Erzähler.«
Gisbert Haefs, Die Weltwoche

»Es ist ein Roman, der **alles enthält, was einen guten Roman lesenswert macht:** Spannung und Humor, Glück und Traurigkeit, das Wissen um die Vergänglichkeit menschlichen Strebens, – und die Verpflichtung, diesem Wissen Menschlichkeit und Optimismus entgegenzusetzen.«
Christoph Pepper, Mindener Tagblatt

»**Es ist, als ob Karl May Pu den Bären getroffen** und von ihm endlich gelernt hätte, daß der Reiz der Ferne sich nicht in serieller Superman-Action vor exotischer Kulisse erschöpft. Sprache und Erzählweise formen hier ein Stück Literatur, das für Leser aller Altersstufen gleichermaßen zum Kultbuch werden kann.«
Heribert Seifert, Der Tagesspiegel

Die Umschrift mongolischer Wörter und chinesischer Namen wurden in der Mühlenwegschen Lautierung belassen. FM hat auf die ursprünglichste Art mongolisch gelernt, übers Ohr, per Nachfrage und ins Büchlein notiert, wie er's hörte, (ganz wie Christian). Heutige Mongolisten würden das einwenig anders schreiben. Tinger metne. Wichtiger ist, daß den Fremden in der Mongolei auch heute noch seine Schilderung von Leuten und Land als vortreffliche Einführung dienen kann: Dank für diese Bestätigung an Barbara Kuhn in Ulan-Bator. Fremdwörter-Verzeichnis und Stunden-Tabelle wurden unverändert nach dem Manuskript für die Erstausgabe übernommen. (Naja, fast unverändert. Wir haben den Begriff »Tachometer« weggelassen, der anno 1950 offenbar noch erklärt werden mußte; aber »Serpentine« blieb drin zur fortwährenden Warnung an Herrn Grünmantel!) Die Fotos der Anfangsseiten wurden von Fritz Mühlenweg während der Expedition in der Gobi gemacht.

Für die großzügige Hilfe bei der Erschließung biographischer Details sei den Geschwistern Mühlenweg gedankt (geradezu fußfallmäßig geht dieser Dank an Sabine Beck-Mühlenweg).

Wie das kleingedruckte Nachwort schon ahnen läßt, ist möglicherweise ein umfänglicher Essay über Leben und Werk Fritz Mühlenwegs balde erwartbar. Ab Herbst 1994 jedenfalls ist auch Mühlenwegs allererstes Erfolgsbuch »Tausendjähriger Bambus« wieder gedruckt: Seine Nachdichtungen aus dem chinesischen Schi-King, dem ältesten Buch der Lieder.

Die digitalisbethanische Textaufbereitung wurde in den Monaten nach Erscheinen der Erstausgabe durch mancherlei freundliche Ratschläge veredelt. (Eine seltene Variante des Wörtchens »spätestens« war übrigens schon auf S. 12 versteckt.) ***Besonderen Dank*** *an Lothar Baumbach (Freiburg), Heinrich Bauersfeld (Bielefeld), David und Kay Borowsky (Tübingen), Maria Burghardt (Wolfenbüttel), Marianne Coester-Zoege von Manteuffel (CH Glarus), Karin Diehl (Burbach), Frank Eisele (Saulgau), Michael C. de Frênes (Kelsterbach), Katherina Grunder (CH Waldenburg), Christoffer Grundmann (Tübingen), Ilse Haak (irgendwo bei Bietigheim), Horst Hauswald (Allensbach), Elisabeth Kantzenbach (Saarbrücken), Marlis Killermann (Winnenden), Wolfgang Liebermann & Susanne Rockenbach (Berlin), Ulrike Ortlepp, Sybille von Pufendorf-Gather (Konstanz), Knut Walf (NL Nijmwegen), Susi Walser-Roth (CH Fehraltorf), Elke Wienbreyer (Grabau) . . .*

Gedruckt und gebunden bei Kösel in Kempten
ISBN 3-909081-58-4

3 4 5 6 7 8 9 10 Auflage 99 98 97 96